MW01140927

CARSON McCULLERS

CLASSIQUES MODERNES

CARSON McCULLERS

ROMANS ET NOUVELLES

Édition établie par Pierre Nordon
Préface, notices et notes
de Marie-Christine Lemardeley-Cunci

Traductions de Jacques Tournier, Colette M. Huet,
Frédérique Nathan et Pierre Nordon

La Pochothèque
LE LIVRE DE POCHE

Les traductions sont dues à :

Frédérique Nathan pour *Le cœur est un chasseur solitaire* (The Heart is a Lonely Hunter).
Pierre Nordon pour *Reflets dans un œil d'or* (Reflections in a Golden Eye).
Jacques Tournier pour *Frankie Addams, Esquisse pour « Le Muet »*, et les nouvelles.
Colette M. Huet pour *L'Horloge sans aiguilles* (Clock Without Hands).

Ce volume contient :

ROMANS

Le cœur est un chasseur solitaire, *suivi de* Esquisse pour « Le Muet »
Reflets dans un œil d'or
Frankie Addams
L'Horloge sans aiguilles

NOUVELLES

La Ballade du café triste
Wunderkind
Le Jockey
Madame Zilensky et le roi de Finlande
Celui qui passe
Un problème familial
Une pierre, un arbre, un nuage
Sucker
Cour dans la 80e Rue
Poldi
Un souffle qui vient du ciel
L'Orphelinat
Un instant de l'heure qui suit
Comme ça
Les Étrangers
Histoire sans titre
Correspondance
L'Art et Mr. Mahoney
Le Garçon hanté
Qui a vu le vent?

Préface

Au même titre que William Faulkner, Tennessee Williams, Flannery O'Connor, Eudora Welty, et Erskine Caldwell, Carson McCullers est un écrivain du Sud. Elle occupe, toutefois, une place à part dans la tradition sudiste : âgée seulement de douze ans lors de la publication du *Bruit et la Fureur* de William Faulkner en 1929, Carson McCullers avait écrit la majorité de ses textes avant 1946 (à l'exception du roman, *L'Horloge sans aiguilles*, paru en 1961). Son œuvre se situe dans une période de transition, et reste isolée des courants plus récents de la littérature du Sud.

Mais peut-on pour autant réduire sa dimension à celle d'un écrivain régionaliste? Pour Carson McCullers, le Sud est à peine une région, c'est plutôt un emblème de la solitude des passions.

Certes, la plupart de ses romans se passent dans le Sud, mais aucun folklore romantique sur fond de magnolias en fleur ne colore ses paysages arides, et les échos lointains des conflits mondiaux tiennent l'Histoire à distance dans ses histoires qui ressemblent à des contes. Les nostalgiques du vieux Sud, dépeint dans *Autant en emporte le vent* (1936), trouveront mornes les ruelles désertes de ces villes de filatures dans les années trente. Évitant la fresque historique ou l'évocation baroque d'une culture en décomposition, l'œuvre de Carson McCullers suit la ligne de faille qui parcourt des vies à l'horizon défait.

Le Sud, terre vacante

Plus qu'un paysage, le Sud fournit à Carson McCullers une atmosphère : la touffeur humide des après-midi de canicule semble peser sur ses récits comme une fatalité. Dans *Le cœur est un chasseur solitaire*, Mick Kelly lutte contre la chaleur en s'inventant une Suisse imaginaire, et caresse le rêve unique et persistant de « voir la neige ». Souvent c'est la longueur de l'ombre portée sur le sol qui indique l'intensité plus ou moins aveuglante du soleil, et la chaleur devient presque palpable : « L'atmosphère de midi était visqueuse et pâteuse comme un sirop bouillant, et de la filature venait l'odeur suffocante des cuves de teinture. » (*Frankie Addams*) La chaleur est synonyme d'ennui et de désœuvrement, tandis que le froid stimule les rêves les plus débridés. Ainsi l'imagination de Frankie Addams, dans le roman qui porte son nom, est déclenchée par un nom de lieu, « Winter Hill », où son frère va se marier. Mais ce frère avait déjà suscité en elle émotion et admiration, du simple fait de son séjour en Alaska. Frankie Addams ne connaît rien de plus exotique que les Eskimos et les ours polaires. C'est sur fond de neige et de glace qu'elle s'imagine enfin reliée à une famille, littéralement encordée avec son frère et sa fiancée :

> Elle se vit soudain avec son frère et la fiancée de son frère, et ils marchaient, ensemble tous les trois, sous le ciel glacé d'Alaska, le long d'une mer gelée où des vagues de glace verte s'écrasaient contre le rivage. Ils escaladaient sous un grand soleil un glacier aux reflets froids et pâles, et une même corde les tenait attachés tous les trois ensemble...

Quant à J.T. Malone, le héros mourant de *L'Horloge sans aiguilles*, il contredit le cliché selon lequel les retraités ne seraient heureux que sous le soleil permanent de la Floride, et préfère s'imaginer terminant sa vie dans les montagnes du Vermont, ou dans la fraîcheur pluvieuse du Maine.

Le Sud c'est aussi la pauvreté partagée des Blancs et des Noirs vivant dans des quartiers séparés pendant les années de la Dépression. Si le docteur Benedict Mady Copeland dans *Le cœur est un chasseur solitaire* survit c'est grâce à son idéal de voir un jour les gens de sa race relever le front.

Bérénice, la « servante au grand cœur » de *Frankie Addams*, réunit dans sa cuisine l'orpheline et son petit voisin, et la chaleur de sa voix est ce qu'il y a de plus proche de l'affection manquante d'une mère :

> Bérénice s'était redressée et sa voix ne s'arrêtait plus. Quand elle était lancée ainsi, sur des sujets importants et inépuisables, les mots s'enchaînaient les uns aux autres, et sa voix commençait à chanter. Dans la pénombre de la cuisine, pendant les longs après-midi d'été, le son de sa voix était limpide et chaude comme de l'or, et on pouvait n'en écouter que la couleur et la musique, sans comprendre les mots prononcés.

L'écrivain noir-américain Richard Wright, auteur de *Native Son* (1940), a d'ailleurs salué la beauté et l'humanité de ces portraits d'hommes et de femmes noirs, brossés sans mépris ni condescendance par un auteur blanc.

Le dernier roman de Carson McCullers, *L'Horloge sans aiguilles*, publié en 1961, et qui retrace la vie d'une petite ville du Sud en 1953, offre une analyse assez cinglante du racisme ordinaire pratiqué par les pauvres blancs. La critique est portée par le juge Clane, ce notable nostalgique de la splendeur sudiste passée :

> Autre chose encore, reprit le vieil homme, vous et moi, nous avons des biens, une position, notre dignité. Mais qu'est-ce que possède Sammy Lank, à part sa nichée d'enfants? Sammy Lank et les pauvres Blancs n'ont rien d'autre que leur couleur de peau. N'avoir ni biens, ni ressources, personne à mépriser... voilà le fin mot de toute l'affaire. C'est une triste considération sur la nature humaine, mais tout homme doit avoir quelqu'un à mépriser. Alors, les Sammy Lank de ce monde n'ont que les nègres.

Le Sud de Carson McCullers ce sont des villes sans nom, à la fois dans *Le cœur est un chasseur solitaire* où il est indiqué que la ville se trouve au beau milieu du Sud profond, sans autre précision, et dans *La Ballade du café triste* qui s'ouvre sur la description d'une ville fantôme, « loin de tout, en marge du monde ». Ici et là des noms de lieu comme Fork Falls, Cheehaw ou Flowering Branch permettront à l'amateur de cartographies précises de repérer ces points sur un atlas, mais l'essentiel tient dans leur vide et leur isolement.

Le Sud c'est l'errance d'êtres marginaux qui ne se rencontrent jamais, les ravages de l'amour non partagé, une terre vacante où règne la loi de l'exclusion. Le Sud est un autre nom pour la faille qui sépare à jamais « l'espace du dedans » (the inside room) de Mick Kelly, dans *Le cœur est un chasseur solitaire*, de celui du dehors. L'épilogue du *Cœur est un chasseur solitaire* semble cerner la béance ouverte par la disparition de Singer, le sourd-muet qui servait de pivot à cet univers désaxé.

Dans *Reflets dans un œil d'or*, les couples sont désunis et le voyeurisme tient lieu de rencontre.

Tout le roman de *Frankie Addams* est une rêverie autour de l'impossible réunion avec une famille qui n'existe qu'en mirage.

L'Horloge sans aiguilles explore les déchirures du tissu social américain, tout en résumant la condition de l'homme par une phrase empruntée à Kierkegaard sur la perte du moi : « Le moi est bien la chose dont on s'inquiète le moins ici-bas, et celle qu'il est le plus dangereux de faire remarquer que l'on a. Le plus grand danger, celui de se perdre, ne fait pas plus de bruit ici-bas que s'il ne comptait pas; nulle perte ne peut être plus indifférente, mais toute autre, celle d'un bras, d'une jambe, de cinq francs, d'une femme, etc., ne passe pas inaperçue. »

La Ballade du café triste dessine la figure d'un triangle mortifère reliant Miss Amelia, Marvin Macy et le bossu, dans un jeu d'alliances infernal dont l'issue ne peut être que la désolation prise dans son sens littéral : « La ville même est désolée. »

Le point commun à tous ces personnages, c'est leur quête de quelque chose qui les dépasse et leur nostalgie d'un bonheur qu'ils n'ont jamais connu.

Le Sud de Carson McCullers n'est pas un territoire, mais le désert des sentiments dans un pays fait d'entités juxtaposées, une constellation de vies brisées tournant autour d'un centre absent.

Dans un article publié dans *Harper's Bazaar* en avril 1941, « Books I remember » (« Les livres qui m'ont influencée »), Carson McCullers évoque ses lectures d'enfance et en particulier un livre qu'elle avait choisi comme cadeau de Noël pour son petit frère. *L'Enfant perdu*, écrit par un auteur dont le nom commençait par Z, ne plut guère au jeune garçon qui, sans toucher à la couverture du livre, entreprit d'en découper les pages, pour y ménager un espace carré, une sorte de boîte destinée à cacher une pièce de dix centimes et un petit âne en plomb. La grande sœur raconte comment elle commença à lire ce texte troué au sens propre du terme, qui se révéla passionnant pour une petite fille de dix ans, puisqu'il décrivait les agissements mystérieux d'un attardé mental et d'une servante, suivis par la naissance d'un enfant. Pendant trois jours la petite Lula Carson fut rivée à cette découverte de la sexualité, qui resta pour elle associée à l'image d'une servante et d'un petit âne de plomb caché dans un livre.

Cette anecdote qui associe la curiosité enfantine liée au sexe à la lecture d'un livre découpé en son milieu, pourrait bien offrir l'image-princeps du livre pour Carson McCullers, une construction où le centre défaille pour laisser échapper une vérité aussi tangible qu'une pièce de dix centimes et un petit âne de plomb.

Le Sud de Carson McCullers est proche de la Russie des grands écrivains qu'elle a découverts avec enthousiasme dans son enfance, Dostoïevski, Tolstoi, Tchekhov. Dans un article, « Réalisme russe et littérature du Sud » (« The Russian realists and Southern literature »), publié dans le magazine *Decision* en 1941, où elle rapproche le réalisme russe du tempérament sudiste souvent qualifié de « gothique », au sens de monstrueux et cruel, Carson McCullers évoque les raisons de cette analogie. Au-delà des causes économiques qui relient le dénuement du Sud, région au statut quasiment colonial vis-à-vis du Nord, et la pauvreté dans l'ancienne Russie, c'est une attitude, un style qui les réunit : la faculté d'appréhender ensemble et sans hiérarchie le sordide et le sublime, le sacré et le vulgaire, l'âme humaine dans ce qu'elle a de plus élevé et le détail dans ce qu'il a de plus concret. Pour Carson McCullers la force du récit réaliste russe émane de cette abrasion de toute hiérarchie des valeurs face à la mort omnipotente et omniprésente. Dans l'ancienne Russie comme dans le Sud, la vie humaine ne vaut pas cher, et la mort est traitée sans relief particulier mais sans cynisme non plus, comme un passage obligé de la condition humaine. L'extrême sobriété avec laquelle Carson McCullers peint la mort de ses personnages, sans emphase ni pathétique, l'apparente aux grands auteurs classiques.

La deuxième partie du *Cœur est un chasseur solitaire* se clôt sur le suicide de Singer, qui n'est accompagné d'aucun commentaire, comme si la césure entre la deuxième et la dernière partie suffisait à marquer le changement radical apporté par cette disparition :

> Il se reposa, but un verre de café glacé et fuma une cigarette. Puis, après avoir lavé le verre et le cendrier, il sortit un pistolet de sa poche et se tira une balle dans la poitrine.

La mort du petit John Henry, dans *Frankie Addams*, est brutale; la beauté du ciel en fait mieux ressortir l'horreur :

> John Henry avait une méningite et, au bout de trois jours, il mourut. Jusqu'à la fin, Frances refusa une seule seconde de croire qu'il pouvait mourir. C'était l'époque de la saison dorée, des chrysanthèmes et des papillons. L'air était doux. Jour après jour, le ciel se teintait de gris-bleu très clair, et semblait comme empli d'une lumière qui avait la couleur des vagues peu profondes.

Dans *Reflets dans un œil d'or*, l'installation d'Alison Langdon dans une maison de repos semble indiquer un nouveau tournant dans le récit et le lecteur n'est en rien préparé à la chute : « La seconde nuit suivant son arrivée, Alison était morte d'une crise cardiaque. »

Ces morts traités avec une égale sobriété mettent en avant ce que Carson McCullers nomme le « peu de valeur de la vie humaine » (the cheapness of human life) à la fois dans son essai sur le réalisme russe et dans un passage de *La Ballade du café triste* qui reprend mot pour mot cette réflexion :

> Or vous connaissez sans avoir besoin de le demander, le prix de la balle de coton ou d'un litre de mélasse. Mais la vie humaine n'a pas de valeur précise. Elle nous est offerte sans rien payer. Quel est son prix? Regardez autour de vous. Il risque de vous paraître dérisoire, peut-être nul.

La littérature sudiste est souvent identifiée au goût du bizarre, désigné en anglais par « Gothic », et Carson McCullers ne fait pas exception à la règle. Son univers est traversé sinon par des monstres, du moins par des êtres ambigus. Les sourds-muets du premier roman, le bossu de *La Ballade du café triste*, la servante noire Bérénice avec son œil de verre bleu, le « nègre aux yeux bleus » de *L'Horloge sans aiguilles*, sans oublier tous les êtres à la sexualité déviante : le capitaine Penderton de *Reflets dans un œil d'or* (qui, « sexuellement, présentait une subtile ambivalence entre les deux sexes »), Miss Amelia, masculine mariée on ne sait pourquoi dix jours seulement avec Marvin Macy et qui vit avec le nain une passion fusionnelle incompréhensible, et aussi Anacleto, le serviteur philippin de *Reflets dans un œil d'or*, francophile et mélomane. Les adolescentes androgynes que sont Mick Kelly et Frankie Addams n'ont pas cette dimension inquiétante, car leur perversité garde une fraîcheur enfantine. Le sérieux avec lequel Mick et surtout Frankie se jaugent et se trouvent trop grandes ne peut que faire sourire, même si c'est la silhouette inquiétante et familière du phénomène de foire qui surgit à la fin des calculs précis de Frankie :

> Si elle devait grandir jusqu'à dix-huit ans, cela durerait encore cinq ans et deux mois. Donc, d'après ses calculs mathématiques, si elle ne trouvait d'ici là aucun moyen de s'arrêter, elle finirait par mesurer deux mètres soixante-quatorze. Et qu'est-ce que c'était qu'une femme qui mesurait deux mètres soixante-quatorze? C'était un phénomène de foire.

Afin de restituer l'étrangeté parfois mordante de situations que le simple bon sens ne parvient pas à élucider, Carson McCullers a souvent recours au détail qui brille, soit par son excentricité, soit par sa banalité.

Pour illustrer cet aspect double du détail utilisé, à des fins de réalisme (« le petit détail qui fait vrai ») ou au contraire pour faire saillir l'étrange, il nous suffira d'évoquer, d'une part les chaussettes grises de J.T. Malone après le diagnostic de sa leucémie (*L'Horloge sans aiguilles* : « Quand l'examen fut terminé, Malone s'assit en tremblant au bord de la table, écœuré de sa propre faiblesse et de son désarroi. Ses pieds étroits, déformés par les durillons, le dégoûtaient particulièrement, si bien qu'il enfila d'abord ses chaussettes grises »), et d'autre part les seins coupés d'Alison Langdon, dans *Reflets dans un œil d'or* : « Ils trouvèrent Mrs Langdon évanouie, elle s'était coupé les deux bouts de seins avec des cisailles de jardin. »

Le Sud vu à travers les romans et nouvelles de Carson McCullers ressemble au paysage abstrait de la mémoire enfantine peuplé de détails d'une netteté inquiétante et d'impressions floues comme des rêves diurnes.

Le roman de la vie

Contrairement à ce que pourraient laisser imaginer ses récits marqués par la solitude et l'isolement, Carson McCullers a vécu très entourée. À l'inverse des écrivains du Sud qui traditionnellement restent toute leur vie dans leur pays natal (William Faulkner, Eudora Welty ou Flannery O'Connor en sont les meilleurs exemples), Carson McCullers a souvent changé de lieu d'habitation.

Elle a passé sa petite enfance en Georgie, où elle est née le 19 février 1917, dans la ville de Columbus.

Mariée à vingt ans à Reeves McCullers qui rêve lui aussi de devenir un écrivain célèbre, Carson McCullers a une vie personnelle plus que mouvementée, instable et malheureuse. Après trois ans de mariage, chacun ayant connu des liaisons homosexuelles, le couple se sépare et divorce en 1941.

Durant sa brève existence, puisqu'elle meurt en 1967 à l'âge de cinquante ans, Carson McCullers a partagé sa vie d'adulte entre l'Amérique et la France, tout en faisant de fréquents retours dans sa Georgie d'origine. Sacrée écrivain-prodige dès l'âge de vingt-trois ans, lors de la publication du *Cœur est un chasseur solitaire* en 1940, Carson McCullers mène une vie de bohême intellectuelle et partage son temps entre la communauté bigarrée du 7 Middagh Street (l'immeuble loué par le rédacteur en chef de la revue chic *Harper's Bazaar* à Brooklyn Heights, où elle côtoie les poètes W.H. Auden et Louis MacNeice, le compositeur Benjamin Britten, sans oublier la strip-teaseuse Gypsy Rose Lee, également auteur de deux romans policiers loufoques), et les foyers intellectuels tels que Yaddo, au nord de l'État de New York, ou Bread Loaf, où des artistes se réunissent l'été pour organiser des colloques, littéraires et sentimentaux.

Malgré son attirance pour le brassage intellectuel d'une grande ville comme New York, Carson McCullers reste attachée à l'ambiance d'une petite communauté. Dans un article paru dans *Vogue* en mars 1941, « Brooklyn is my neighbourhood », elle dépeint le rythme lent et paisible d'une vie de village dans ce quartier chargé d'histoire, puisque Walt Whitman et Talleyrand, pendant son exil américain, y séjournèrent. Carson McCullers est sensible au charme très XIXe siècle qui émane de ces petites rues animées simplement par les bruits d'enfants sages apprenant leur leçon de mathématique. La proximité de la mer attire les marins et les prostituées; et elle a même aperçu dans un bar un nain dont la silhouette difforme annonce celle du cousin Lymon dans *La Ballade du café triste*.

La guerre, qui envoie en 1943 le lieutenant James Reeves

McCullers au front en Europe, va les rapprocher. Dans l'article signé « a war wife », c'est-à-dire littéralement une épouse de guerre (alors qu'elle est divorcée), et intitulé « L'amour n'est pas le jouet du temps » (« Love's not time's fool », *Mademoiselle*, avril 1943), Carson McCullers écrit une sorte de lettre d'amour à l'amour en affirmant la nécessité vitale pour tous de croire en quelque chose de plus vaste et de plus généreux, afin de mieux contrer les forces de la destruction et de la haine. Revenu de guerre en héros blessé, Reeves retrouve Carson et ils se remarient en 1945.

Cette situation peu ordinaire, digne des vies de stars hollywoodiennes, Carson McCullers l'avait imaginée en fiction avant de la vivre en réalité. En effet, le second mariage de Lucile, belle-sœur de Biff Brannon, avec son propre mari, deux ans après leur divorce, apparaît dans le premier roman de Carson McCullers, *Le cœur est un chasseur solitaire* paru en 1940, soit cinq ans avant les « faits ».

Carson et Reeves sont attirés par la France, et leur passage à Paris en 1946-1947 est marqué à la fois par la maladie et un épisode comique. C'est en effet en France que Carson McCullers sera admise à deux reprises à l'hôpital américain pour une crise cardiaque, mais c'est aussi à Paris qu'elle donnera la conférence la plus brève de l'histoire. Comme elle ne connnaissait pas un mot de français, mais qu'elle était convaincue de la nécessité de se montrer aimable et avenante, Carson McCullers répondit « oui » à une question dont le sens lui avait totalement échappé. Lorsque, quelques jours plus tard, elle se rendit compte qu'elle avait en réalité promis de donner une conférence à la Sorbonne, Reeves se mit à faire les valises. Mais Carson se ravise et décide de lire en anglais un poème récent de sa composition, avant de passer la parole à John Brown et René Lalou qui animèrent un débat à sa place.

Carson et Reeves acquièrent une propriété en France, dans l'Oise, où Reeves se suicide dans une chambre d'hôtel en 1953.

Carson rentre seule aux États-Unis, pour s'installer avec sa mère, Marguerite Smith, à Nyack, au nord de l'État de New York. Marguerite meurt subitement en 1955. Carson, très affaiblie physiquement, vivra encore douze ans à Nyack jusqu'à sa mort en 1967.

Dans l'œuvre de Carson McCullers, nombreux sont les éléments autobiographiques qui accréditent l'impression d'une adéquation parfaite entre la vie et l'œuvre. Ainsi la plupart des pères sont, comme le père de Carson, Lamar Smith, joailliers et réparateurs de montres dans une petite ville du Sud. Dans *Le cœur est un chasseur solitaire*, Mick Kelly prend soudain conscience de la solitude de son père :

> Elle eut brutalement la *certitude* de connaître son père. Il se sentait seul et c'était un vieil homme. Parce que aucun de ses enfants ne venait le trouver, et parce qu'il ne gagnait pas beaucoup d'argent, il se croyait coupé de sa famille. Et dans son isolement il voulait être proche d'un de ses gosses – bien trop occupés pour s'en rendre compte. Il avait l'impression d'être inutile.

La présence insistante des horloges et des montres dans tous les textes de Carson McCullers semble confirmer la défaillance de l'image paternelle dans la mesure où le temps représenté est souvent le temps immobile des horloges sans aiguilles. Après son initiation sexuelle ratée, Frankie Addams associe son angoisse à l'arrêt de l'horloge, et évoque le geste rassurant d'une pendule qu'on remonte comme remède à ce silence terrifiant. Dans *La Ballade du café triste*, la voix narrative, qui s'intercale dans le récit pour faire un commentaire général au présent simple, donne une définition de l'angoisse d'être seul, où il est encore question d'horloge arrêtée :

> Quand vous avez vécu avec quelqu'un, c'est un terrible supplice d'être obligé de vivre seul. Le silence d'une chambre, sans autre lumière que le feu, et brusquement l'horloge qui s'arrête, toutes ces ombres qui bougent dans la maison vide. Plutôt que d'affronter la terreur de vivre seul, il vaut mieux accueillir chez vous votre plus mortel ennemi.

Si le père est toujours là, en relief ou par défaut, les mères sont soit absentes soit mortes dans les principaux romans de Carson McCullers, alors que sa mère véritable, Marguerite Waters Smith semble avoir été omniprésente, au point d'écrire tous les jours à sa fille quand elles étaient séparées. L'écriture implique peut-être pour Carson McCullers la destruction pure et simple d'une image maternelle trop puissante, comme si l' « auto-graphie » de Carson McCullers devait passer par l'effacement de la figure maternelle.

Le caractère autobiographique de certains traits ne fait pas de doute, comme la peur chez la jeune Lula Carson d'être trop grande, ou sa difficulté à se forger un prénom que l'on retrouve chez Frankie Addams qui se prénomme d'abord Frankie, puis F. Jasmine et enfin Frances.

Dès l'âge de quinze ans, Lula Carson Smith rompt avec la tradition de sa région d'origine en récusant l'usage des prénoms doubles. Curieusement, elle troque « Lula » pour « Carson », son deuxième prénom, nom de famille hérité de la branche maternelle irlandaise, et dont la consonance masculine (la terminaison en « son » évoquant une filiation du côté du fils) crée un effet d'étrangeté.

Au-delà de l'élément autobiographique cette recherche du prénom signale la quête d'une identité voulue, et non imposée de l'extérieur. Frankie c'est le surnom familier de l'enfant, qui marque son appartenance à un groupe imaginaire en s'inventant un prénom de fleur (F. Jasmine) qui possède en commun avec celui de son frère Jarvis et de sa fiancée Janice la syllabe « Ja ». Quant à Frances, c'est le prénom officiel, celui de l'état civil que, paradoxalement, la jeune fille, mûrie par l'échec de son rêve, choisit pour aborder sa nouvelle vie.

Le rapprochement terme à terme entre la vie et l'œuvre semble cependant réduire l'œuvre à une série de phénomènes disjoints et donner de la vie de Carson McCullers une vision fausse. Malgré son physique d'adolescente, ou peut-être à cause de son corps frêle, presque enfantin, Carson McCullers a beaucoup séduit son entourage, les hommes mais aussi les femmes. Les dédicaces de certains de ses livres sont la trace de ses amitiés amoureuses : Annemarie Clarac-Swarzenbach, à qui elle dédie *Reflets dans un œil d'or* et le docteur Mary Mercer, dont le nom apparaît dans la dédicace de *L'Horloge sans aiguilles*, et qui sera sa plus fidèle amie pendant les dernières années de sa vie.

Quant aux hommes, elle recherche leur compagnie et sait se faire aimer d'eux : Tennessee Williams sera l'un de ses amis les plus chers, et Truman Capote, son ami et sa « découverte ». La célébrité de Carson McCullers, due d'abord au succès de son premier roman, puis à sa métamorphose en écrivain de théâtre adulée à Broadway, après le succès de l'adaptation de *Frankie Addams (The Member of the Wedding)* fait d'elle une sorte de mythe vivant.

L'instabilité affective, l'alcoolisme, et surtout la présence constante de la maladie parviennent à peine à entamer cette force vitale, parfois épuisante pour son entourage. Carson McCullers semble à la fois meurtrie et indestructible.

La maladie comme métaphore

Lula Carson Smith connaîtra tôt la faiblesse physique : une première crise de rhumatisme articulaire aigu, mal diagnostiquée en 1932, est sans doute à l'origine de cette fragilité cardiaque qui va la rendre peu à peu invalide. De cette maladie, dont les premiers symptômes passent souvent inaperçus tant ils sont ténus, les médecins disent qu'elle « lèche les articulations mais qu'elle mord le cœur ». S'il n'y a pas de séquelles au niveau des articulations, en revanche, des années plus tard des lésions cardiaques se révèlent. En effet, à l'âge de trente et un ans, une première attaque laisse Carson McCullers paralysée du côté gauche. Se voyant ainsi diminuée, elle tente de se suicider et se retrouve dans une clinique psychiatrique, la Payne Whitney Clinic de New York. Maladie organique et déséquilibre psychique sont ainsi étroitement liés.

Elle connaît deux autres crises durant son séjour à Paris, et son corps s'affaiblit de plus en plus; la maladie accompagne sa vie.

Le critique René Micha rencontre Carson McCullers en 1954 (elle meurt le 29 septembre 1967) et fait un portrait poignant de sa déchéance physique :

> Je trouvai Carson McCullers malade, et presque infirme : sa main gauche, en partie paralysée, reposait sur une autre main en métal. Bien que j'eusse vu plusieurs photos d'elle, son air de petite fille me surprit. Sa tête me parut trop lourde pour son corps : peut-être jugeai-je ainsi à cause des yeux, qui avaient une importance insolite... Elle était pâle, j'eus le sentiment d'un génie séduisant à l'étroit dans ses membres fragiles...

En visite à New York pour la promotion de *Bonjour tristesse*, paru en France en 1954, alors qu'elle n'avait que dix-neuf ans, Françoise Sagan rencontre celle qu'elle considère comme « le meilleur écrivain, le plus sensible en tout cas de l'Amérique d'alors », et le portrait physique qu'elle donne de Carson McCullers fait ressortir à la fois la fraîcheur et l'épuisement :

> Une femme grande et maigre dans un short, des yeux bleus comme des flaques, un air égaré, une main fixée sur des planchettes de bois...
>
> Toute la poésie du monde, tous les soleils se révélaient incapables de réveiller ses yeux bleus, ses paupières lourdes et son corps

efflanqué. Elle avait simplement gardé son rire, ce rire d'enfant à jamais perdu (*Avec mon meilleur souvenir,* pp. 46-47).

La mort présente en elle « comme un essaim d'abeilles dans une ruche de verre » (Cocteau) semble hanter jusqu'au vocabulaire de Carson McCullers qui emploie le mot cœur là où d'autres parleraient du sentiment ou de l'âme : « le cœur me poigne », dit Mick dans *Le cœur est un chasseur solitaire.* Le désespoir et la déception de Frankie Addams se marquent par sa posture corporelle, épaules repliées sur son cœur gonflé. Toutes les expressions figurées comme « avoir le cœur gros », « serrer le cœur », ou « aimer de tout son cœur », acquièrent dans le texte de Carson McCullers une dimension littérale.

La confusion entre la maladie cardiaque et le tourment moral est toujours entretenue, en particulier dans le personnage d'Alison Langdon ; le drame de l'enfant mort lui a métaphoriquement et réellement *brisé le cœur* :

> Elle était très malade et cela se remarquait. Sa maladie n'était pas seulement physique, mais le chagrin et l'angoisse l'avaient rongée jusqu'aux moelles et elle était maintenant au bord de la folie.

Le cœur, siège des sentiments, est perçu comme un organe contractile au bord de la rupture, dont il est impossible d'oublier l'existence : « Le cœur d'un enfant blessé peut se contracter de telle manière que, pour toujours, il devient dur et grêlé comme le noyau d'une pêche » *(La Ballade du café triste).*

Organe défaillant, le cœur est l'indispensable source de vie, dont les insuffisances mêmes disent par métaphore la maladie de l'âme. Ce que Kierkegaard, cité dans le dernier roman de Carson McCullers, appelle la « maladie à la mort », c'est une forme de désespoir qui se traduit par la perte chronique du sentiment de soi.

C'est aussi une sorte de handicap affectif, une incapacité à supporter la réciprocité des sentiments, si bien énoncée dans un passage méditatif de *La Ballade du café triste* souvent cité comme le credo de Carson McCullers :

> C'est pourquoi la plupart d'entre nous préfèrent aimer plutôt que d'être aimés. La plupart d'entre nous préfèrent être celui qui aime. Car, la stricte vérité, c'est que, d'une façon profondément secrète, pour la plupart d'entre nous, être aimé est insupportable.

Aimer étant synonyme de posséder, avec une dimension presque cannibale pour celui qui aime, la position d'objet aimé est insupportable. La seule place tenable est celle qui donne le pouvoir : pouvoir d'aimer l'autre, quitte à le dépecer et même à le détruire.

Écrire, dit-elle

« Je n'écris pas pour gagner ma vie, mais pour gagner mon âme. »

Devenir écrivain ne fut pas pour Carson McCullers le fruit du hasard, mais le résultat d'une décision. Parmi les circonstances familiales qui furent déterminantes pour sa carrière, l'admiration éperdue de Marguerite Smith pour sa fille aînée (d'ailleurs surnommée Big Sister par tous les membres de la famille) a sans doute contribué à l'élaboration inconsciente d'un projet qui a pris d'emblée des allures de destin. D'après les biographes, Marguerite Smith aurait proféré, au-dessus du berceau de sa fille, ce souhait : « Ce sera une grande musicienne. Le monde entier la connaîtra. »

Et en effet, dès que Lamar Smith, le père, offre un piano à ses enfants, Lula improvise de petits airs. Sa mère croit tellement au talent musical de sa fille qu'elle lui fait donner des cours de piano, notamment par une certaine Mary Tucker qui semble avoir inspiré le personnage de Leonora Penderton dans *Reflets dans un œil d'or* (1941). L'intérêt de Carson McCullers pour la musique est resté prépondérant, même si très tôt elle sait qu'elle gagnera la célébrité prédite par sa mère par une voie différente, l'écriture.

Déterminée mais aussi précoce, Carson Smith est metteur en scène avant de devenir romancière. Adolescente, elle écrit des pièces qu'elle joue avec sa sœur et son frère dans le salon familial. Sa première pièce *(The Faucet, Le Robinet)* est un pastiche de Eugene O'Neill, dont la pièce sans doute la plus célèbre *Mourning Becomes Electra (Le deuil sied à Électre)* (1931), emprunte à la tragédie grecque sa trame œdipienne pour l'adapter à un contexte américain contemporain.

Lorsqu'à dix-sept ans Carson Smith se rend à New York pour suivre des cours de musique à la prestigieuse Juilliard School, elle perd l'argent destiné à payer son inscription à l'école de musique, dans des circonstances jamais élucidées. Déjà inscrite à l'université de Columbia, elle décide d'aller suivre des cours de « creative writing » avec Helen Rose Hull.

Carson McCullers a donc commencé modestement par apprendre à écrire comme on fait ses gammes, et ses premiers textes furent écrits pour un séminaire, en particulier celui de Sylvia Chatfield Bates, que Carson suivait en cours du soir à l'université de New York. Cette attitude bien pragmatique, qui fait de l'écriture un métier à acquérir, a pour conséquence assez émouvante que certaines nouvelles écrites lorsque Carson avait dix-huit, dix-neuf ans (c'est-à-dire avant le succès de son premier roman *Le cœur est un chasseur solitaire* en 1940) sont assorties, dans le recueil publié à titre posthume en 1971, par la sœur de l'artiste, *The Mortgaged Heart (Le Cœur hypothéqué)*, de commentaires du professeur.

Une musique triste

Si la musique impose un ordre de composition elle est aussi un thème qui parcourt sur le mode mineur tous les textes de Carson McCullers. La musique classique permet à Mick Kelly une échappée lyrique, l'éveil d'une conscience de soi adolescente qui vivait dans l'entre-deux. La musique, c'est le refuge pour échapper à un mal que l'on ne connaît pas.

La musique, c'est aussi le symbole de l'harmonie, et les voix sont toujours décrites avec précision en intensité et en tonalité, comme si elles servaient à représenter le personnage mieux qu'un portrait physique. Dans *Frankie Addams*, les deux enfants réunis autour de Bérénice mêlent leur voix et transforment leur détresse en une tresse vocale sobrement décrite par Carson McCullers :

> D'autres fois, ils ne se mettaient pas d'accord, et chacun commençait un air différent, mais peu à peu les airs finissaient par se confondre, et ils inventaient tous les trois ensemble une musique qui leur était personnelle. John Henry chantait d'une voix haute et battait la mesure à contretemps avec son talon. L'ancienne Frankie montait et descendait dans l'espace compris entre John Henry et Bérénice, et leurs trois voix se rejoignaient et leurs trois chansons finissaient par s'entrelacer.

L'entrelacs des voix réalise ce rêve d'union à trois qu'elle associe au mariage, mais sans voir que le vrai trio est là dans cette cuisine et non pas dans le paradis neigeux de ses songes.

Le prix à payer pour que l'harmonie dure, semble nous dire McCullers, n'est rien moins que l'abdication de la liberté comme l'indique la présence énigmatique et forte des douze hommes enchaînés qui clôt le récit de *La Ballade du café triste* :

> Et chaque jour, c'est la musique. Une voix sombre amorce une phrase, à peine modulée, comme une question qu'elle pose. Bientôt une seconde voix la rejoint, et peu à peu le groupe entier se met à chanter. Voix sombres dans l'incendie doré du soleil, inextricablement fondues, musique déchirante et joyeuse à la fois. Et voici qu'elle prend de l'ampleur. Une ampleur si vaste qu'elle semble ne plus venir des douze hommes, mais de la terre elle-même ou de l'immensité du ciel. Musique qui force le cœur à s'ouvrir.

Le chant, les voix mêlées ou les cris isolés qui rompent le silence de ces villes désolées, tissent un fond sonore jamais totalement paisible, et désignent l'harmonie comme un désir de fusion toujours déçu. La note bleue du jazz résonne comme un appel dans le silence de ce monde crépusculaire :

> C'était une mélodie lente, triste et sombre. Frankie écoutait toujours, et, tout à coup, la trompette se mit à sautiller sur un rythme de jazz brutal et un peu fou, qui zigzaguait avec la désinvolture des Noirs. Puis la musique s'immobilisa sur une note longtemps tenue, qui allait en s'effilant de plus en plus et en s'éloignant. Et la première mélodie réapparut, et c'était comme si elle parlait de cette longue saison pleine d'ennui.

La musique semble ouvrir un espace intermédiaire, où l'intérieur et l'extérieur peuvent enfin communiquer, ne serait-ce que fugacement.

Il serait faux cependant d'associer musique et idéal dans l'univers de McCullers. Le thème musical est aussi l'occasion pour Carson McCullers de donner libre cours à son ambivalence, et de montrer ainsi un aspect différent de la musique comme domaine réservé, champ clos où il n'est pas facile d'être admis.

L'ignorance de Mick Kelly, épelant le nom du compositeur inconnu d'elle mais qui figure en haut de sa liste de grands hommes : « MOTSART », est à l'image de ses notions historiques approximatives. Répondant à son nouvel ami Harry Minowitz qui lui demande si ce Mozart au nom allemand est fasciste ou nazi elle dira simplement que ni l'un ni l'autre, puisqu'il est mort depuis un certain temps et que fascistes et nazis sont de création récente.

Dans les nouvelles, la musique permet d'identifier un sentiment précoce d'exclusion, ainsi dans « Wunderkind », la première nouvelle écrite par Carson McCullers à l'âge de dix-sept ans et dont la part de confession est indéniable. Très tôt consacrée enfant prodige, Frances, la jeune musicienne, apprend très vite à se retrouver de l'autre côté de la barrière qui sépare les élus des exclus, et son refus de la musique est un acte de rupture qui la renvoie au monde discordant de l'enfance.

Dans « Madame Zilensky et le roi de Filande », le thème de l'absence est traité sur le mode comique, puisque les trous de mémoire de Madame Zilensky, embauchée par le département de musique d'un certain Ryder College par Mr. Brook, ne parviennent pas à ébranler la confiance de ce dernier : « Il n'avait aucun préjugé. Il acceptait parfaitement que les gens se marient dix-sept fois et mettent au monde des enfants chinois. »

Une fois démasqués, les mensonges de Madame Zilensky n'en continuent pas moins à produire leur effet, et la nouvelle se clôt sur la persistance des illusions.

Dans « Celui qui passe », la musique joue un rôle différent. La rencontre fortuite de John Ferris et Elizabeth son ex-femme, qu'il croise par hasard dans une rue de New York, donne lieu à une soirée embarrassée où Ferris fait la connaissance du nouvel époux d'Elizabeth et de leurs deux enfants. C'est Ferris qui demande à Elizabeth de s'installer au piano, et la musique de Bach crée un effet d'inquiétante familiarité, comme le chant mélancolique de leur rupture jamais acceptée. Le deuil impossible de cet amour, la musique ne le figure pas mais elle l'évoque, et Carson McCullers indique bien que ses principaux acteurs restent en-deçà d'une prise de conscience : la musique tient lieu de deuil mais elle ne l'accomplit pas.

Une langue adamique

Les nouvelles placées à la suite des romans contiennent des amorces, parfois une simple phrase ou un épisode, que l'on retrouvera au cœur des romans majeurs (voir notices).

Ainsi « Histoire sans titre » raconte un avatar de l'envol d'Icare, qui peut être vu comme l'image même du rêve brisé de Mick Kelly, de Frankie Addams, ou d'Alison Langdon. Les cours de pilotage que prend Jester Clane petit-fils du Juge dans *L'Horloge sans aiguilles*, ne sont-ils pas un retour à ce désir antique de se laisser porter par le vent?

Tous les êtres imaginés par Carson McCullers ont pour profession d'être solistes, interprètes uniques et solitaires de leur propre partition. Jamais l'harmonie ou l'accord, au sens musical des termes, ne peuvent durer et Frankie Addams, par exemple, rompt l'instant suspendu où les mots ont cédé la place au son pur pour se poser la question de la distance entre les mots et les choses :

> C'était l'heure où les contours de la cuisine se perdaient dans l'ombre et où les voix s'épanouissaient. Elles parlaient doucement et leurs voix ressemblaient à des fleurs ouvertes – si tant est que les sons soient comme des fleurs et que les voix s'épanouissent. Mains croisées derrière la tête, F. Jasmine faisait face à la pièce obscure. Elle avait l'impression que des mots inconnus se formaient dans sa gorge et qu'elle était sur le point de les prononcer. Des mots étranges, qui s'ouvraient dans sa gorge comme des fleurs et le temps était venu pour elle de les appeler par leur nom.

Souvent désignés par des prénoms asexués, Mick, Frankie, Alison (qui rime avec Carson), ou Jester (le « joker »), qui parvient à grand-peine à se faire une place dans ce jeu où manquent les cartes maîtresses, ses parents, les personnages de Carson McCullers évoquent la solitude d'avant le nom, la souffrance d'un mal resté lettre morte.

La difficulté de maîtriser une langue claire se traduit sur le mode humoristique par les tournures malhabiles maniées par ces adolescents qui jouent à être adultes. Leur expression empesée et empruntée est là pour nous rappeler que toute langue maternelle est une langue d'emprunt, une langue étrangère qu'il faut s'approprier.

Ainsi lorsque Frances décide de faire une fugue, elle laisse à son père un mot tapé à la machine. L'expression toute faite qu'elle emploie souligne son désir enfantin de parler « comme les grands » : « Tout est venu de l'ironie du sort, et ça ne pouvait pas être autrement. »

De même dans *L'Horloge sans aiguilles*, le jeune Noir aux yeux bleus, Sherman Pew, a des tournures langagières qui impressionnent Jester : « la vérité nue et sans fard », « mon petit doigt me l'a dit », ou « hôte payant ».

En utilisant une véritable langue étrangère comme le français, les personnages ne sont pas plus à l'aise, et les phrases produites n'ont en général pas beaucoup de sens : « Merci à la parlez » dit Frankie Addams, et dans *Reflets dans un œil d'or* les phrases en français d'Anacleto produisent un effet de cadavre exquis :

> – *C'est les...* Mais Anacleto n'étudiait le français que depuis peu et il ignorait le mot pour « sinus ». Il n'en compléta pas moins sa réponse avec une dignité impressionnante :
> – *Maître Corbeau sur un arbre perché,* commandant.
> Il se tut, claqua des doigts, puis il ajouta d'un air pensif, comme s'il se parlait à lui-même :
> – Un bouillon chaud, présenté de façon très attractive.

Ces morceaux de discours, qui semblent extraits au hasard d'une méthode de langue, marquent une hésitation sur la capacité de la langue à transmettre un sens.

D'ailleurs, en dehors des grands thèmes, ce que l'on retient de l'univers de Carson McCullers ce sont des bizarreries d'expression, des tournures presque intraduisibles tant leur gaucherie les rend attachantes : « the we of me », « le nous de moi » dans *Frankie Addams*, ou surtout l'expression-titre « membre du mariage » qui dans sa maladresse même dit quelque chose de ce désir obscur d'appartenir à quelque chose, même à une entité abstraite.

Le passage où la servante noire Bérénice souligne l'absurdité de cet attachement ridicule à un mariage est révélateur de la méthode de Carson McCullers : après avoir énuméré toutes sortes d'aberrations, à la manière du « tall-tale » fait d'exagération et de fanfaronnades, Bérénice répète que parmi toutes les choses bizarres qu'elle a connues, jamais au grand jamais elle n'a vu personne être amoureux d'un mariage. En juxtaposant la langue pittoresque du parler noir-américain où le récit fourmille de détails superflus, à cette formule maladroite « amoureux d'un mariage » qui reprend la phrase du titre, Carson McCullers invente l'étrange musique du désir sans nom.

Ce regard sans amertume porté sur des êtres à la recherche de quelque chose qui les dépasse tout en menant de petites vies étriquées, annonce des prolongements modernes comme l'écriture blanche d'un Raymond Carver, portraitiste contemporain d'une Amérique moyenne presque *désaffectée*.

Dans l'univers romanesque de Carson McCullers la réalité est bien présente, mais le travail des voix, le jeu des répétitions et des redites confèrent à ses récits une tonalité allégorique.

La précision lapidaire, la facture classique, le sens de l'allégorie comme le goût du détail réaliste donnent à la prose de Carson McCullers la valeur universelle des ouvrages nécessaires.

Marie-Christine LEMARDELEY-CUNCI.

Chronologie

1917 – Naissance de Lula Carson Smith le 19 février à Colombus, Georgie ; premier enfant de Marguerite Waters Smith et Lamar Smith.

1919 – Un frère, Lamar Smith Jr, naît le 13 mai.

1922 – Une sœur, Margarita, naît le 2 août.

1923-1933 – Études primaires et secondaires. À l'âge de dix ans Carson commence le piano qu'elle étudiera pendant quatre ans avec le même professeur (Mrs Kendrick Kierce). À treize ans, elle prend des cours de piano avec Mary Tucker, épouse d'un officier posté à Fort Benning. Carson se destine à la carrière de pianiste de concert. Elle entretient une relation privilégiée avec la famille Tucker.

1930 – Après une visite chez son oncle et sa tante à Cincinnati, elle abandonne la première partie de son prénom, Lula, pour se faire appeler Carson. Première crise de rhumatisme articulaire aigu, mal diagnostiquée, en 1932.

1933 – Écrit sa première nouvelle « Sucker ».

1934 – Quitte Colombus pour New York.

1935 – Cours de Creative Writing à Columbia puis à New York University.

1936 – Décembre, « Wunderkind » est publié dans *Mademoiselle*. Carson commence à travailler sur « Le Muet », ébauche du *Cœur est un chasseur solitaire*.

1937 – Mariage avec Reeves McCullers ; le couple s'installe à Charlotte, en Caroline du Nord, où Carson écrit son premier roman, d'abord intitulé *Le Muet*.

1939 – Elle écrit en deux mois *Reflets dans un œil d'or*. Commence « Le Marié et sa sœur » (futur *The Member of the Wedding*).

1940 – Publication du *Cœur est un chasseur solitaire*.
Publication de *Reflets dans un œil d'or* en deux livraisons dans *Harper's Bazaar*.
Le couple s'installe à Brooklyn dans l'immeuble bohême du 7 Middagh Street.

1941 – Écrit *La Ballade du café triste* pendant l'été à Yaddo, et continue à travailler sur « Le Marié et sa sœur ».
Publications d'articles critiques dans différentes revues.
La nouvelle « Le Jockey » est publiée dans le *New Yorker*. Écrit « Madame Zilensky et le roi de Finlande » et « Correspondance ».
Divorce d'avec Reeves.

1942 – La nouvelle « Une pierre, un arbre, un nuage » est sélectionnée après sa parution dans *Harper's Bazaar* pour figurer dans l'anthologie annuelle O. Henry Memorial Prize stories.
« Correspondance » publiée dans le *New Yorker*.

1943 – *La Ballade du café triste* (Prix de l'Académie des Arts et des Lettres) est publiée dans *Harper's Bazaar*.

1944 – Reeves blessé en Normandie.
Mort du père de Carson, Lamar Smith.
Remariage avec Reeves; installation avec la mère de Carson et sa sœur à Nayack dans l'État de New York.

1946 – Publication de *The Member of the Wedding (Frankie Addams)*. Visite à Tennessee Williams à Nantucket; Carson réécrit *The Member of the Wedding*, pour l'adaptation à la scène.
Elle voyage en Europe avec son mari.

1947 – Deux attaques la laissent paralysée du côté gauche.
Tentative de suicide et hospitalisation à New York.

1949 – Grand succès de la pièce *The Member of the Wedding* jouée à Broadway.
Nombreuses récompenses.

1950 – « The Sojourner » (« Celui qui passe ») est publié dans *Mademoiselle*.

1951 – Houghton Mifflin publie *The Ballad of the Sad Café and Other Works*.

1952 – Carson et Reeves achètent une maison en France, dans l'Oise (Bachvillers).
Publication, par Houghton Mifflin, de *The Ballad of the Sad Café and Collected Short Stories*. Ce recueil contient « Le garçon hanté », nouvelle publiée pour la première fois.

1953 – Suicide de Reeves.
Carson rentre aux États-Unis où elle s'installe avec sa mère.

1955 – Passe le printemps à Key West avec Tennessee Williams.
Mort de sa mère en juin.

1957 – Sa pièce de théâtre *The Square Root of Wonderful (La Racine carrée du merveilleux)* n'a aucun succès à Broadway.

1961 – *L'Horloge sans aiguilles*.

1962 – Opérée d'un cancer du sein.

1964 – Publie des poèmes pour enfants, *Sweet as a Pickle, Clean as a Pig*.

1967 – Couronnée par un prix, le Henry Bellamann Award, pour sa « contribution remarquable à la littérature ».
Victime d'une hémorragie cérébrale le 15 août, Carson meurt un mois plus tard.

1971 – Publication posthume de *The Mortgaged Heart* (*Le Cœur hypothéqué*, poèmes, nouvelles, essais réunis par sa sœur, Margarita Smith).

Repères bibliographiques

I. Textes de Carson McCullers

En anglais :

The Heart is a Lonely Hunter, Boston, Houghton Mifflin, 1940.

Reflections in a Golden Eye, Boston, Houghton Mifflin, 1941.

The Member of the Wedding, Boston, Houghton Mifflin, 1946.

« The Ballad of the Sad Café » : The Novels and Stories of Carson McCullers, Boston, Houghton Mifflin, 1951. Comprend : *The Ballad of the Sad Café, The Heart is a Lonely Hunter, The Member of the Wedding, Reflections in a Golden Eye* et six nouvelles : « Wunderkind », « The Jockey », « Madame Zilensky and the King of Finland », « The Sojourner », « A Domestic Dilemma », « A Tree, a Rock, a Cloud ».

Clock Without Hands, Boston, Houghton Mifflin, 1961.

Sweet as a Pickle and Clean as a Pig : Poems. Boston : Houghton Mifflin, 1964.

The Mortgaged Heart, Boston, Houghton Mifflin, 1971. Comprend : « Sucker », « Court in the West Eighties », « Poldi », « Breath from the Sky », « The Orphanage », « Instant of the Hour After », « Like That », « The Aliens », « Untitled Piece », « Correspondence », « Art and Mr. Mahoney », « The Haunted Boy », « Who Has Seen the Wind? », des essais et articles ainsi que cinq poèmes.

En français :

Le cœur est un chasseur solitaire, Stock, trad. M.M. Fayet, 1947, F. Nathan, 1993.

Reflets dans un œil d'or, Stock, trad. C. Cestre, 1946, P. Nordon, 1993.

Frankie Addams, Stock, trad. M.M. Fayet, 1949, J. Tournier, 1974.

La Ballade du café triste, Stock, trad. J. Tournier, 1974.

L'Horloge sans aiguilles, Stock, trad. C.M. Huet, 1962.

Le Cœur hypothéqué, Stock, trad. J. Tournier et R. Fouques Duparc, 1977.

II. Théâtre

The Member of the Wedding, adaptation de Carson McCullers, création le 21 décembre 1949. Publiée par New Directions, 1951. Une adaptation française d'André Bay fut jouée au Théâtre de l'Alliance Française en 1958.

The Square Root of Wonderful, créée le 30 octobre 1957, publiée par Houghton Mifflin, 1958.

The Ballad of the Sad Café, adaptation d'Edward Albee; création le 30 octobre 1963, publiée par Jonathan Cape, 1965.

III. Biographies

CARR, Virginia Spencer, *The Lonely Hunter : a Biography of Carson McCullers*, Garden City, Doubleday, 1975.

EVANS, Oliver, *The Ballad of Carson McCullers*, New York, McCann, 1966.

TOURNIER, Jacques, *Retour à Nayack, à la recherche de Carson McCullers*, Paris, Seuil, 1979.

– *Carson McCullers. Qui êtes-vous?*, Paris, la Manufacture, 1986.

IV. Ouvrages critiques

BLOOM, Harold, éd., *Carson McCullers*, New York, Modern Critical Views, Chelsea House Publishers, 1986.

CARR, Virginia Spencer, *Understanding Carson McCullers*, Columbia, University of South Carolina Press, 1990.

COOK, Richard, *Carson McCullers*, New York, Ungar, 1975.

WESTLING, Louise, *Sacred Groves and Ravaged Gardens. The Fiction of Eudora Welty, Carson McCullers and Flannery O'Connor*, Athens, University of Georgia Press, 1985.

V. Filmographie

The Member of the Wedding, de Fred Zinnemann, avec Julie Harris, Ethel Waters et Brandon de Wilde (1950).

Reflections in a Golden Eye, de John Huston avec Elizabeth Taylor, Marlon Brando et Brian Keith (1967).

The Heart is a Lonely Hunter, de Robert Ellis Miller, avec Alan Arkin, Sandra Locke et Stacy Keach (1968).

Une pierre, un arbre, un nuage, de Christine Van de Putte, avec Rufus (1981).

The Ballad of the Sad café, de Simon Callow, avec Vanessa Redgrave, Keith Carradine, Cork Hubbert et Rod Steiger (1991).

Les romans et nouvelles présentés dans cette édition constituent l'essentiel de la fiction publiée de Carson McCullers.

Romans

LE CŒUR
EST UN CHASSEUR SOLITAIRE

À Reeves McCullers
et à
Marguerite et Lamar Smith.

La genèse du Cœur est un chasseur solitaire *est fidèlement transcrite dans l'*Esquisse pour « Le Muet », *reproduite ici à la suite du roman.*

Dans l'ébauche initiale, le personnage principal était un Juif, Harry Minowitz, à qui tous les autres personnages venaient confier leurs soucis. Au lieu de Mick Kelly, qui sera la jeune héroïne du roman, l'esquisse présente un jeune homme qui répond au nom de Jester. Si elle féminise le personnage adolescent, Carson McCullers lui donne cependant un prénom à consonance masculine, Mick. Quant à Jester, ce sera le prénom du petit-fils du Juge Clane dans son dernier roman, L'Horloge sans aiguilles.

L'esquisse raconte également ce que Carson McCullers s'est plu à présenter de manière assez théâtrale comme la « révélation fondatrice » de son roman encore informe au bout d'un an de travail : son héros serait sourd-muet et il s'appellerait John Singer.

Si l'on en croit Carson McCullers elle-même, cette « découverte » lui permit de trouver l'impulsion nécessaire pour mener à bien son projet. Le choix du nom de « Singer » (« chanteur ») pour un sourd-muet est bien sûr ironique.

Cette absence de John Singer dans l'échange verbal est la condition même de son irrésistible présence. Les personnages se retrouvent au café tenu par Biff Brannon qui porte le nom dérisoire de New York Café *et se tournent vers John Singer à qui ils attribuent toutes sortes de qualités imaginaires. Son silence contraint lui confère une aura quasi divine, et le principe de symétrie qui gouverne l'agencement du récit accentue encore l'ironie profonde qui est au cœur de ce conte allégorique.*

En effet, la relation qui lie les quatre personnages principaux à John Singer a pour pendant la relation qui unit John Singer à un autre sourd-muet d'origine grecque, Spiros Antonapoulos. L'amour que lui voue John Singer ne s'explique guère plus que l'admiration des quatre personnages à l'égard de John Singer. Mick Kelly, jeune adolescente de treize ans, rêveuse et désœuvrée, Jake Blount, marxiste révolté, le docteur Benedict Mady Copeland, militant de la cause noire, et Biff Brannon, en proie aux tourments de l'ambivalence sexuelle, tous transforment John Singer en une espèce de demi-dieu. Antonapoulos, qui perd la tête, est emmené dans une institution spécialisée où il mourra d'une maladie des reins. Lorsque le Grec meurt, John Singer ne peut survivre et il se tue ; l'épilogue du roman montre comment les quatre autres personnages satellites ont perdu, avec John Singer, leur point d'ancrage.

Carson McCullers utilise la métaphore d'une roue dont Mick, Jake, le docteur Copeland et Biff seraient les rayons, et dont John Singer serait le moyeu (vide) : « Chaque personne s'adressait principalement au muet. Leurs pensées semblaient converger vers lui, comme les rayons d'une roue qui mènent au moyeu. »

Comme pour accentuer la portée tragique de ce récit, la structure du Cœur est un chasseur solitaire *est un chiasme. Si Singer est le centre muet de cette constellation de bavards, chaque chapitre est centré plus particulièrement sur un personnage et il se produit un effet de symétrie entre la première section et la dernière en forme d'épilogue. Le premier chapitre sert de prélude à l'histoire, le deuxième chapitre est consacré à Biff, le troisième à Mick, le quatrième à Jake, et le cinquième à Copeland. À l'inverse, l'épilogue fait se succéder Copeland, suivi de Jake, Mick et Biff.*

Cet effet de miroir est d'ailleurs renforcé par le schéma temporel puisque la première et la dernière partie correspondent toutes les deux à un intervalle de vingt-quatre heures, alors que la section centrale couvre une période d'un an (d'août 1938 à juillet 1939). Dans la première section, les chapitres deux à cinq se situent entre la soirée du samedi et le dimanche soir en mai 1938 ; de même les quatre chapitres qui constituent la dernière partie, comme un bref épilogue, couvrent le matin, l'après-midi, le soir, et la nuit du 21 août 1939 pour se terminer aux petites heures du jour suivant. Cet accent mis sur le parallélisme des formes tend à souligner l'ordre d'importance des personnages, qui tous voient leur rêve s'effondrer à la mort de Singer, comme son propre abattement lors du départ du Grec pouvait le laisser prévoir.

*Dans l'*Esquisse pour « Le Muet » *Carson McCullers indique bien qu'elle a construit son premier roman à la manière d'une fugue. Comme dans l'écriture contrapuntique, chacun des personnages a sa voix propre, mais sa personnalité s'enrichit au contact des autres, et les différentes voix se superposent comme des mélodies. Pour rendre claire la distinction des voix, chaque personnage a un style caractéristique. Quant à John Singer, il est dépeint dans le style objectif et neutre d'une légende. Sa douceur et son attitude bienveillante l'apparentent au Prince Muichkine, dans* L'Idiot *de Dostoïevski, que Carson McCullers admirait beaucoup (voir la Préface).*

La morale de cette fable citadine c'est que, las de vivre dans un monde sans Dieu, les humains recréent des demi-dieux chimériques qui ne parviennent pas à les sauver de la médiocrité de leur condition simplement humaine. Carson McCullers reprendra ce thème de la nécessité de l'illusion pour survivre, mais sur un mode plus léger dans la nouvelle « Madame Zilensky et le Prince de Finlande ».

Publié en juin 1940 par Houghton Mifflin, grand éditeur new-yorkais, Le cœur est un chasseur solitaire *fut tout de suite salué comme l'œuvre d'un jeune talent prometteur pour les lettres américaines. Si tous les critiques n'apprécient pas unanimement le mélange de réalisme et d'allégorie de ce récit, ils sont tous très impressionnés par la maturité de cet écrivain âgée seulement de vingt-deux ans. Les plus élogieux sont sensibles à la portée universelle de cette chronique d'une petite ville du Sud dans les années de la Dépression. Le message humaniste et la justesse de ton dans la peinture des personnages noirs sont salués par un contemporain de Carson McCullers, Richard Wright qui publie* Native Son *la même année.*

Lu un demi-siècle plus tard, Le cœur est un chasseur solitaire *n'a rien perdu de son intensité, faite de finesse psychologique et d'humour (l'épisode de l'accident de Baby est à cet égard un petit chef-d'œuvre, qui révèle les raffinements de la perversité enfantine lorsque Mick explique à son petit frère Bubber qu'il ira au pénitencier, où il y a de petites chaises électriques juste à sa taille). La vision finale de Biff Brannon suspendu entre le rayonnement et les ténèbres, entre l'ironie et la foi, clôt le roman sur une note mélancolique.*

Première Partie

1

Il y avait, dans la ville, deux muets qui ne se quittaient jamais. Ils sortaient le matin de bonne heure de la maison où ils habitaient et descendaient la rue, bras dessus, bras dessous, pour aller à leur travail. Les deux amis étaient très différents. Celui qui décidait du chemin était un Grec obèse et rêveur. En été, il portait un polo jaune ou vert à moitié rentré dans son pantalon sur le devant, et qui lui pendait sur les fesses. Quand le temps fraîchissait, il enfilait par-dessus un pull-over gris informe. Il avait un visage rond et huileux, aux paupières mi-closes, et ses lèvres s'incurvaient en un doux sourire stupide. L'autre muet était grand. Ses yeux avaient une expression vive, intelligente. Sa tenue était toujours impeccable et d'une extrême sobriété.

Chaque matin, les deux amis gagnaient en silence la rue principale de la ville. À la hauteur d'un magasin de fruits et de friandises, ils s'arrêtaient un instant sur le trottoir. Le Grec, Spiros Antonapoulos, était employé par son cousin, à qui appartenait la boutique. Il devait confectionner les friandises, déballer les fruits, et s'occuper du ménage. Avant de le quitter, le muet maigre, John Singer, posait presque toujours la main sur le bras de son ami et scrutait brièvement son visage. Après cet adieu, Singer traversait la rue et se rendait seul à la bijouterie où il était ciseleur.

Les amis se retrouvaient en fin d'après-midi. Singer repassait au magasin de fruits et attendait qu'Antonapoulos soit prêt à rentrer. Le Grec défaisait paresseusement un cageot de pêches ou de melons, ou feuilletait un illustré dans sa cuisine à l'arrière du magasin. Avant de partir, Antonapoulos ouvrait un sac en papier qu'il cachait sur une étagère de la cuisine pendant la journée. Il y gardait les restes de nourriture qu'il avait glanés – un fruit, des échantillons de bonbons, ou un bout de pâté de foie. Au moment de quitter le magasin, Antonapoulos, de son pas dandinant, se dirigeait vers le compartiment vitré qui abritait des viandes et des fromages. Il ouvrait la glissière du fond et sa main grasse s'avançait amoureusement vers la denrée délicate qu'il convoitait. Parfois, le propriétaire ne le voyait pas. Mais, s'il s'en apercevait, il lançait à son cousin un regard d'avertissement, le visage pâle et pincé. Antonapoulos poussait tristement le morceau d'un coin de la vitrine à l'autre. Pendant ce temps-là, Singer, très droit, les mains dans les poches, regardait ailleurs. Il n'aimait pas assister à cette petite scène entre les deux Grecs. Car, mis à part l'alcool et un secret plaisir solitaire, ce qu'Antonapoulos préférait, c'était la nourriture.

Les deux muets rentraient lentement chez eux dans le crépuscule. À la maison, Singer ne cessait de parler à Antonapoulos. Ses mains façonnaient les mots par touches rapides. Son visage était empreint d'une expression passionnée et ses yeux gris-vert étincelaient. De ses mains fines, fortes, il racontait à Antonapoulos les événements de la journée.

Antonapoulos se calait nonchalamment dans son siège et contemplait Singer. Il lui arrivait rarement de se servir de ses mains pour parler – et dans ce cas c'était pour indiquer qu'il voulait manger, boire ou dormir. Il disait toujours les trois choses avec les mêmes gestes confus et gauches. Le soir, s'il n'était pas trop ivre, il s'agenouillait devant son lit et priait un moment. Puis ses mains potelées dessinaient les mots « Saint Jésus », « Dieu », ou « Marie Chérie ». C'étaient les seuls mots énoncés par Antonapoulos. Singer ne savait jamais ce que son ami comprenait de ses discours. Mais ça n'avait pas d'importance.

Ils partageaient l'étage d'une petite maison à proximité du quartier commerçant de la ville. Il comprenait deux pièces. Antonapoulos préparait leurs repas sur le fourneau de la cuisine. Les chaises de cuisine droites, simples, servaient à Singer, et le sofa rembourré à Antonapoulos. La chambre était essentiellement meublée d'un vaste lit double couvert d'un édredon pour le gros Grec, et d'un étroit lit de fer pour Singer.

Le dîner durait longtemps, parce que Antonapoulos aimait manger et qu'il était très lent. Après le repas, le gros Grec s'étendait sur le sofa et se passait longuement la langue sur chaque dent, par délicatesse, ou pour garder la saveur des aliments – tandis que Singer lavait la vaisselle.

Le soir, les muets jouaient parfois aux échecs. Singer avait toujours beaucoup apprécié ce jeu et, des années auparavant, il avait essayé de l'apprendre à Antonapoulos. Au début, son ami ne s'intéressa guère aux manœuvres des différentes pièces sur l'échiquier. Puis Singer se mit à cacher une bonne bouteille sous la table, qu'il sortait à la fin de chaque leçon. Le Grec ne se fit jamais aux mouvements fantasques des cavaliers ni à l'irrésistible mobilité des reines, mais il retint quelques coups d'ouverture. Il préférait les blancs et refusait de jouer quand on lui donnait les noirs. Après les premiers coups, Singer poursuivait la partie tout seul sous le regard assoupi de son ami. Lorsque Singer se livrait à de brillantes attaques contre ses propres pièces, qui aboutissaient à la mort du roi noir, Antonapoulos, très fier, était aux anges.

Les deux muets n'avaient pas d'amis et, sauf pendant leurs heures de travail, ils demeuraient seuls tous les deux. Les jours se ressemblaient beaucoup, car leur isolement était tel que rien ne les dérangeait. Une fois par semaine, ils se rendaient à la bibliothèque où Singer empruntait un roman policier, et le vendredi soir ils allaient au cinéma. Le jour de la paie, ils passaient à l'atelier de photo à dix *cents* situé au-dessus du magasin « Army and Navy » pour qu'Antonapoulos se fasse tirer le portrait. C'étaient les seuls endroits qu'ils fréquentaient régulièrement. De nombreux quartiers de la ville leur étaient inconnus.

La ville [1] se trouvait au cœur du Sud profond. Les étés duraient longtemps et les mois de froid hivernal étaient réduits. Le ciel gardait presque en permanence une teinte d'azur lisse, éclatante, et le soleil s'embrasait avec une ardeur féroce. Puis les légères pluies glacées de novembre arrivaient, parfois suivies de gel et de quelques mois froids. Les hivers étaient changeants, mais les étés toujours brûlants. La ville était assez grande. La rue principale comportait plusieurs ensembles de bureaux et de magasins à deux ou trois étages. Mais les bâtiments les plus vastes, c'étaient les usines, qui employaient un fort pourcentage de la population. Ces grosses filatures de coton prospéraient, et la plupart des ouvriers de la ville étaient très pauvres. Dans les rues, les visages portaient souvent l'empreinte désespérée de la faim et de la solitude.

Les deux muets n'éprouvaient cependant aucun sentiment de solitude. Ils étaient heureux de boire et de manger chez eux, et Singer confiait allégrement par gestes ses pensées à son ami. Les années passèrent ainsi tranquillement et Singer atteignit l'âge de trente-deux ans ; il vivait dans la ville depuis dix ans en compagnie d'Antonapoulos.

Un jour, le Grec tomba malade. Assis dans son lit, les mains posées sur son ventre adipeux, il versait de grosses larmes grasses. Singer alla voir le cousin de son ami, le propriétaire du magasin de fruits, et il demanda également un congé à son propre patron. Le médecin prescrivit un régime à Antonapoulos et déclara qu'il ne devait plus boire de vin. Singer appliqua rigoureusement les ordres du docteur. Il restait toute la journée au chevet de son ami et s'efforçait de faire passer le temps le plus vite possible, mais Antonapoulos se bornait à le regarder avec colère du coin de l'œil et refusait d'être distrait.

Le Grec, très irritable, ne trouvait jamais à son goût les jus de fruits et la nourriture que Singer lui préparait. Il demandait constamment à son ami de l'aider à sortir du lit pour prier. Quand il s'agenouillait, ses énormes fesses retombaient sur ses pieds dodus. Il agitait gauchement les mains pour dire « Marie Chérie » puis se cramponnait à la petite croix de cuivre qu'il portait au cou au bout d'un cordon sale. Ses yeux révulsés se fixaient au plafond avec une expression apeurée ; il devenait ensuite très boudeur et ne se laissait pas adresser la parole.

Singer, patient, ne ménageait pas ses efforts. Il traçait de petits dessins, et il esquissa une fois le portrait de son ami pour l'amuser. Le croquis blessa le gros Grec qui refusa toute réconciliation jusqu'à ce que Singer le représente avec un visage jeune et beau, les cheveux très blonds et les yeux d'un bleu de porcelaine. Antonapoulos s'efforça de dissimuler son plaisir.

Singer soigna si bien son ami qu'au bout d'une semaine celui-ci fut en mesure de reprendre son travail. Néanmoins, leur vie changea. Pour les deux hommes, les ennuis commencèrent.

Antonapoulos n'était plus malade, mais sa personnalité s'était transformée. Il était irascible et les soirées paisibles à la maison ne le satisfaisaient plus. Quand il voulait sortir, Singer ne le quittait pas d'une semelle. Antonapoulos entrait dans un restaurant et, pendant qu'ils étaient à table, il glissait sournoisement des morceaux de sucre, un poivrier ou de l'argenterie dans sa poche. Singer payait scrupuleusement ces larcins, et l'affaire s'arrêtait là. Au retour, il grondait Antonapoulos, mais le gros Grec se contentait de le regarder avec un sourire placide.

Les mois passant, les habitudes d'Antonapoulos empirèrent. Un jour, à midi, il sortit calmement de la boutique de son cousin et urina en public contre le mur du bâtiment de la First National Bank, de l'autre côté de la rue. S'il croisait sur le trottoir des gens dont la tête ne lui revenait pas, il leur rentrait dedans et les poussait du coude et du ventre. Il pénétra dans un magasin et emporta un lampadaire sans payer ; une autre fois, il essaya de voler un train électrique qu'il avait aperçu en vitrine.

Pour Singer, ce fut une période de grande détresse. Il ne cessait d'accompagner Antonapoulos au palais de justice à l'heure du déjeuner pour régler ces infractions à la loi. Singer devint un expert en matière de procédures, et il était en proie à une perpétuelle agitation. Ses économies à la banque disparurent en cautions et en amendes. Il employa toute son énergie et son argent à éviter la prison à son ami poursuivi pour vol, attentats à la pudeur et voies de fait.

Le cousin grec pour qui travaillait Antonapoulos ne prit pas la moindre part à ces démarches. Charles Parker (le cousin avait adopté ce nom-là) ne renvoya pas Antonapoulos, mais il le surveillait constamment de son air pâle, pincé, sans jamais tenter de l'aider. Charles Parker faisait une impression étrange à Singer qui se mit à le détester.

Il vivait dans une agitation et une anxiété continuelles. Néanmoins, Antonapoulos demeurait placide et ne se départait en aucune circonstance de son gentil sourire mou. Au fil des années, Singer avait cru percevoir dans le sourire de son ami une grande subtilité et une grande sagesse. Il n'avait jamais su au juste ce qu'Antonapoulos comprenait ni ce qu'il pensait. À présent, Singer croyait déceler dans l'expression du gros Grec de l'espièglerie et de la ruse. Il secouait son ami par les épaules jusqu'à n'en plus pouvoir et lui expliquait interminablement la situation à l'aide de ses mains. Mais rien n'y faisait.

Il ne resta plus un sou à Singer, qui dut emprunter de l'argent au bijoutier chez qui il travaillait. Il lui fut un jour impossible de payer la caution de son ami, et Antonapoulos passa la nuit en prison. Lorsque Singer vint le chercher le lendemain, il était d'humeur très maussade. Il ne voulait pas partir. Il avait apprécié son dîner de lard et de pain de maïs arrosé de sirop. Sa nouvelle chambre et ses compagnons de cellule lui plaisaient.

Ils avaient vécu si seuls que Singer ne connaissait personne qui pût l'aider dans sa détresse. Antonapoulos ne se laissait entamer par rien et résistait à toute tentative pour le guérir de ses habitudes. Chez eux, il préparait quelquefois le plat qu'il avait goûté en prison et, à l'extérieur, ses réactions étaient imprévisibles.

Puis Singer reçut le coup de grâce.

Un après-midi où il vint rejoindre Antonapoulos au magasin de fruits, Charles Parker lui tendit une lettre. La lettre expliquait que Charles Parker avait pris des dispositions pour faire interner son cousin dans l'asile d'État à trois cent cinquante kilomètres de là. Charles Parker s'était servi de son influence dans la ville et les détails étaient déjà réglés. Antonapoulos devait entrer à l'asile la semaine suivante.

Singer lut la lettre plusieurs fois et resta un moment incapable de réfléchir. Charles Parker lui parlait de l'autre côté du comptoir, mais il n'essaya même pas de lire sur ses lèvres. Finalement, Singer écrivit sur le petit bloc de papier qu'il gardait en permanence dans sa poche :

Vous ne pouvez pas faire cela. Antonapoulos doit rester avec moi.

Charles Parker secoua vigoureusement la tête. Il parlait un américain sommaire. « Pas votre affaire », ne cessait-il de répéter.

Singer comprit que tout était fini. Le Grec craignait d'être un jour responsable des actes de son cousin. Charles Parker connaissait mal la langue américaine – mais il comprenait fort bien le dollar américain, et il s'était servi de son argent et de son influence pour faire interner son cousin sans délai.

Singer n'avait aucun moyen d'intervenir.

La semaine suivante il ne cessa de déployer une activité fébrile. Il parlait sans arrêt. Et malgré les mouvements continuels de ses mains, il n'arrivait pas à exprimer tout ce qu'il avait à dire. Il voulait communiquer à Antonapoulos les pensées dont sa tête et son cœur débordaient, mais le temps manquait. Ses yeux gris brillaient, et sur son visage intelligent se peignait une vive tension. Antonapoulos l'observait d'un air endormi, et son ami ignorait dans quelle mesure il le comprenait.

Le jour du départ d'Antonapoulos arriva. Singer sortit sa propre valise et y rangea très soigneusement leurs possessions communes les plus précieuses. Antonapoulos prépara son déjeuner pour le trajet. En fin d'après-midi, ils descendirent la rue ensemble, bras dessus, bras dessous, pour la dernière fois. C'était un après-midi frisquet de la fin novembre, et de petites buées se formaient devant leurs lèvres.

Charles Parker devait voyager avec son cousin, mais il évita les deux hommes à la gare routière. Antonapoulos se hissa dans le car et procéda minutieusement à son installation sur l'un des sièges du devant. Singer l'épiait à travers la vitre et ses mains se mirent à parler désespérément à son ami pour la dernière fois. Mais Antonapoulos était si occupé à vérifier les divers articles de son panier-repas qu'il n'y prêta aucune attention. Juste avant que le car ne s'éloignât du trottoir, il se tourna vers Singer avec son sourire placide et distant – comme s'il était déjà à des kilomètres de là.

Les semaines qui suivirent semblèrent parfaitement irréelles. Singer travaillait pendant la journée sur son établi à l'arrière de la bijouterie, puis il rentrait seul chez lui le soir. Plus que tout, il aspirait à dormir. Dès son retour, il s'étendait sur son lit en essayant de s'assoupir un moment. Son demi-sommeil était entrecoupé de rêves. Et Antonapoulos y figurait toujours. Ses mains s'agitaient nerveusement, car, dans ses rêves, il parlait à son ami qui le regardait.

Singer tenta de se souvenir de l'époque où il ne connaissait pas encore son ami. Il essaya d'évoquer certains épisodes de son enfance. Mais rien de ce qu'il essayait d'évoquer ne paraissait réel.

Il se rappelait un fait qu'il jugeait sans importance. Malgré sa surdité qui remontait à la prime enfance, il n'avait pas toujours été muet. Orphelin très jeune, il avait été placé dans une institution pour les sourds. Il avait appris à parler avec les mains et à lire. Avant l'âge de neuf ans, il était capable de s'exprimer avec une main à la mode américaine – et pouvait également utiliser les deux, selon la méthode européenne. Il avait appris à suivre les mouvements des lèvres et à comprendre les gens. Puis on lui avait enseigné à parler.

À l'école on le considérait comme très intelligent. Il savait les leçons avant les autres. Mais il ne put jamais s'habituer à parler avec les lèvres. Cela ne lui était pas naturel, et il avait l'impression d'avoir une baleine à la place de la langue. Devant l'air ébahi de ses interlocuteurs, il crut que sa voix ressemblait à un cri d'animal ou que son élocution les rebutait. Articuler lui était pénible, alors que ses mains étaient toujours prêtes à modeler les mots qu'il désirait. À l'âge de vingt-deux ans, il quitta Chicago pour cette ville du Sud, où il rencontra aussitôt Antonapoulos. Il n'avait plus jamais reparlé avec la bouche depuis; avec son ami, c'était inutile.

Rien ne semblait réel excepté les dix années en compagnie d'Antonapoulos. Son ami lui apparaissait avec une grande netteté dans ses demi-rêves, et une solitude douloureuse l'habitait à son réveil. De temps à autre, il expédiait un colis à Antonapoulos, mais il ne recevait jamais de réponse. Et les mois passèrent dans ce vide peuplé de songes.

Au printemps, un changement se produisit chez Singer. Très agité, il ne dormait plus. Le soir, il arpentait sa chambre, sans pouvoir épuiser son énergie nouvelle. Quand il trouvait le repos, ce n'était que quelques heures avant l'aube – puis il sombrait brusquement dans un sommeil qui durait jusqu'à ce que la lumière du matin lui transperce les paupières comme un cimeterre.

Il se mit à passer ses soirées à déambuler dans la ville. Ne pouvant plus supporter les lieux où Antonapoulos avait vécu, il loua un logement dans une pension délabrée proche du centre.

Il prenait ses repas au restaurant, à deux rues de là. Ce restaurant, qui se trouvait tout au bout de la longue rue principale, s'appelait le *Café de New York*. Le premier jour, après avoir jeté un rapide coup d'œil sur la carte, il écrivit un mot qu'il tendit au patron.

Chaque matin, au petit déjeuner, je voudrais un œuf, du pain grillé et du café – $ 0.15.

À déjeuner je voudrais de la soupe (n'importe laquelle), un sandwich à la viande et du lait – $ 0.25.

Veuillez me servir au dîner trois légumes (tout sauf du chou), du poisson ou de la viande, et un verre de bière – $ 0.35.

Merci.

Le patron lut le mot et lui lança un regard vif et discret. C'était un homme rude, de taille moyenne, portant une barbe si noire et si fournie que la partie inférieure de son visage semblait moulée dans l'acier. Il se tenait généralement dans le coin près de la caisse, les bras croisés, observant sans mot dire ce qui se passait autour de lui. Singer en arriva à connaître parfaitement le visage de cet homme, car il mangeait au restaurant trois fois par jour.

Le soir, le muet [2] marchait seul dans les rues pendant des heures. Parfois, les nuits étaient froides à cause des vents humides et pénétrants de mars, et il pleuvait à verse. Mais peu lui importait. Il allait d'un pas nerveux et gardait les mains bien enfoncées dans les poches de son pantalon. Puis, au fil des semaines, les jours devinrent chauds et languissants. Peu à peu, chez Singer, l'épuisement succéda à l'agitation; il émanait de sa personne un calme profond. Son visage prit l'expression de paix mélancolique qu'on voit aux gens très tristes ou très sages. Il continuait cependant d'arpenter les rues de la ville, silencieux et solitaire.

2

Par une nuit noire et suffocante du début de l'été, Biff Brannon se tenait derrière la caisse du *Café de New York*. Il était minuit. Les réverbères étaient déjà éteints, et la lumière du café découpait sur le trottoir un rectangle jaune. La rue était déserte mais, à l'intérieur du café, une demi-douzaine de clients buvaient de la bière, du vin de Santa Lucia ou du whisky. Biff attendait, imperturbable, le coude posé sur le comptoir, écrasant avec son pouce le bout de son long nez. Il avait un regard attentif. Il observait en particulier un petit homme courtaud en bleu de travail, que l'ivresse rendait tapageur. Ses yeux se tournaient parfois vers le muet qui était seul à une table au centre, ou vers d'autres clients face au comptoir. Mais il revenait toujours à l'ivrogne en salopette. L'heure avançait, et Biff continuait à attendre silencieusement derrière le comptoir. Puis il examina une dernière fois le restaurant avant de se diriger vers la porte du fond qui menait à l'étage.

Il entra sans bruit dans la pièce en haut de l'escalier. Il y faisait sombre et il marchait avec prudence. Après quelques pas, son orteil heurta un objet dur; il se baissa et sentit la poignée d'une valise par terre. Il n'était dans la pièce que depuis quelques instants et s'apprêtait à partir lorsque la lumière s'alluma.

Alice se redressa sur le lit défait en le regardant.

« Qu'est-ce que tu fabriques avec cette valise? demanda-t-elle. Tu peux pas te débarrasser de ce cinglé sans lui rendre ce qu'il a déjà bu?

– Réveille-toi et descends toi-même. Appelle les flics pour l'expédier à la chaîne des forçats avec du pain de maïs et des haricots. Vas-y, madame Brannon.

– Je m'en priverai pas s'il est là demain. Toi, laisse ce sac tranquille. Il appartient plus à ce pique-assiette.

– Des pique-assiette, j'en connais, et Blount n'en est pas un, répliqua Biff. Moi-même – je sais pas trop. Mais je ne suis pas ce genre de voleur. »

Biff posa calmement la valise sur le palier. L'air de la chambre n'y était pas étouffant et confiné comme en bas. Il décida de rester quelques minutes et de se passer la tête sous l'eau froide avant de redescendre.

« Je t'ai déjà dit ce que je ferai si tu ne te débarrasses pas de ce type pour de bon ce soir. Le jour, il pionce dans le fond et, le soir, tu lui files des repas et de la bière. Depuis une semaine, il n'a pas payé un *cent*. Et ces boniments de toqué et tout ce tintouin, y a de quoi ruiner un établissement décent.

– Tu ne connais rien aux gens ni au commerce, répondit Biff. Le type en question est arrivé il y a douze jours, et c'était un inconnu dans la ville. La première semaine il nous a rapporté vingt dollars. Vingt au minimum.

– Et depuis à crédit, remarqua Alice. Cinq jours à crédit, et soûl à faire honte à la maison. En plus, c'est qu'un clochard et un monstre [3].

– J'aime les monstres, rétorqua Biff.

– Je pense bien que tu les aimes! Et comment, que tu dois les aimer, monsieur Brannon – vu que tu en es un. »

Il frotta son menton bleuâtre sans lui prêter attention. Pendant les quinze premières années de leur mariage, ils s'étaient tout simplement appelés Biff et Alice. Puis dans une de leurs disputes ils s'étaient donné du Monsieur et Madame, et ne s'étaient jamais suffisamment racommodés par la suite pour changer d'habitude.

« Je te préviens qu'il n'a pas intérêt à être là quand je descendrai demain matin. »

Biff alla dans la salle de bains et, après s'être baigné le visage, il décida qu'il avait le temps de se raser. Sa barbe était si noire et si fournie qu'on l'aurait crue vieille de trois jours. Devant le miroir, il se frotta la joue d'un air méditatif. Il regrettait d'avoir parlé à Alice. Avec elle, mieux valait se taire. La présence de cette femme l'éloignait de son vrai moi. Il devenait dur, mesquin et vulgaire comme elle. Les yeux de Biff étaient froids et fixes, à demi dissimulés par l'abaissement cynique des paupières. Il portait au petit doigt de sa main calleuse une alliance de femme. La porte était ouverte derrière lui, et il apercevait dans la glace Alice étendue sur le lit.

« Écoute, dit-il. L'ennui avec toi, c'est que tu n'es pas vraiment bonne. Je n'ai connu qu'une femme vraiment bonne.

– Oui, mais moi je t'ai vu faire des choses dont aucun homme ici-bas ne serait fier. Je t'ai vu...

– Ou peut-être c'est de curiosité que je veux parler. Tu ne vois ni ne remarques jamais les événements importants. Tu n'observes pas, tu n'essaies pas de comprendre. C'est peut-être ça la plus grande différence entre toi et moi, en fin de compte. »

Alice s'était presque rendormie, et Biff contemplait avec détachement son reflet dans le miroir. Rien en elle n'accrochait son attention, et son regard glissait de la chevelure châtain clair aux contours ramassés des pieds sous la couverture. Les douces courbes du visage menaient à la rondeur des hanches et des cuisses. Loin d'elle, il ne gardait en mémoire aucun trait particulier et se rappelait une silhouette entière, ininterrompue.

« Tu n'as jamais su ce que c'était que le plaisir d'un spectacle », ajouta-t-il.

La voix d'Alice était fatiguée. « Ce type en bas est un vrai spectacle, et un cirque par-dessus le marché. Mais je l'ai assez vu.

– Bon sang, cet homme, je m'en fiche. C'est pas un parent ou un copain. Tu sais pas ce que c'est d'emmagasiner plein de détails puis de tomber sur la vérité. » Il fit couler l'eau chaude et commença rapidement à se raser.

C'était le matin du 15 mai, oui, que Jake Blount était entré. Il l'avait immédiatement remarqué et observé. L'homme était petit, avec des épaules massives comme des poutres. Sous sa moustache mince et mal soignée, sa lèvre inférieure semblait comme gonflée par une piqûre de guêpe. Physiquement ce type présentait des tas de traits contradictoires. Sa tête était très grosse et bien formée, mais son cou doux et fin comme celui d'un enfant. La moustache paraissait fausse, comme si elle avait été collée pour un bal masqué, et menaçait de tomber s'il parlait trop vite. Elle lui donnait presque l'air d'un homme mûr, alors que le visage était jeune, avec son front haut et lisse et ses yeux grands ouverts. Blount possédait des mains énormes, tachées et calleuses, et il était vêtu d'un costume bon marché en lin blanc. L'homme produisait un effet extrêmement comique, tout en vous coupant l'envie de rire.

Il commanda une pinte d'alcool qu'il but sec en une demi-heure. Puis il s'assit à une table et dîna copieusement de poulet. Ensuite, il lut un livre en buvant de la bière. C'était le début. Et malgré ses observations minutieuses, Biff n'aurait jamais deviné ce qui allait arriver. Jamais il n'avait vu un homme changer si souvent en douze jours. Jamais il n'avait vu un gars boire autant, rester si longtemps ivre.

Du pouce, Biff releva le bout de son nez et rasa sa lèvre supérieure. Quand il eut terminé, son visage parut plus frais. Alice dormait lorsqu'il traversa la chambre pour redescendre.

La valise était lourde. Il la porta près de la devanture du restaurant, derrière la caisse, où il avait l'habitude de se poster chaque soir. Il parcourut la salle d'un regard méthodique. Quelques clients étaient partis et le café était moins bondé, mais la situation restait la même. Le sourd-muet buvait toujours du café, seul, à une table du milieu. L'ivrogne continuait à parler. Il ne s'adressait à personne en particulier, et personne n'écoutait. Quand il était entré ce soir-là, il portait cette combinaison bleue à la place du costume de lin crasseux qu'il ne quittait pas depuis douze jours. Il n'avait plus de chaussettes et ses chevilles égratignées étaient couvertes d'une croûte de boue.

L'esprit en alerte, Biff saisissait des bribes de son monologue. Le type semblait être reparti dans des considérations politiques bizarres. Le soir précédent, il parlait d'endroits qu'il connaissait – du Texas, de l'Oklahoma et des Carolines. Un jour, lancé sur le thème des bordels, il s'était mis à faire des plaisanteries si crues qu'on avait dû le réduire au silence à coups de bière. Mais la plupart du temps, personne ne savait au juste ce qu'il racontait. Il parlait – parlait – parlait. Les mots jaillissaient de sa gorge en cataracte. Et ce qui était bizarre, c'est qu'il n'arrêtait pas de changer d'accent et de vocabulaire. À certains moments, il s'exprimait comme un analphabète, et à d'autres comme un professeur. Il employait des mots de trente centimètres de long, et il butait sur la grammaire.

Difficile de dire de quelle famille et de quel coin il venait. Il changeait tout le temps. Biff se caressa pensivement le bout du nez. Tout ceci manquait de logique. Pourtant, normalement, la logique va avec l'intelligence. Cet homme avait un bon cerveau, pas de doute, mais il passait d'un sujet à l'autre sans la moindre raison. Il donnait l'impression d'un homme dévié de sa route par un obstacle.

Biff s'appuya sur le comptoir et se plongea dans le journal du soir. L'article de tête commentait une décision du conseil municipal, prise au bout de quatre mois de délibérations, selon laquelle le budget local ne permettait pas l'installation de feux à certains carrefours dangereux de la ville. La colonne de gauche présentait un compte rendu de la guerre en Orient [4]. Biff lut les deux avec une égale attention. Tandis que ses yeux suivaient la page imprimée, le reste de ses sens en alerte enregistrait les mouvements autour de lui. Les articles terminés, il continua à fixer le journal, les yeux mi-clos. Il était nerveux. Le type lui posait un problème qu'il fallait régler avant le matin. Et il avait aussi le sentiment, sans savoir pourquoi, qu'il allait se produire quelque chose d'important ce soir-là. Le type ne pouvait pas continuer comme ça éternellement.

Biff perçut une présence à l'entrée et leva rapidement les yeux. Une jeune adolescente dégingandée d'une douzaine d'années, aux cheveux filasse, se tenait sur le seuil. Elle était vêtue d'un short kaki, d'une chemise bleue, et chaussée de tennis – à première vue, elle avait l'air d'un très jeune garçon [5]. Biff écarta le journal lorsqu'il l'aperçut, et sourit quand elle vint vers lui.

« Bonsoir, Mick. T'étais aux scouts?

– Non, répondit-elle. J'en fais pas partie. »

Du coin de l'œil, il remarqua que l'ivrogne donnait un grand coup de poing sur la table et se détournait des gens à qui il parlait auparavant. La voix de Biff se durcit en s'adressant à l'adolescente debout devant lui.

« Ta famille sait que tu es dehors à minuit passé?

– Vous inquiétez pas. Il y a une bande de gosses qui jouent tard ce soir à côté de chez nous. »

Il ne l'avait jamais vue entrer avec un enfant de son âge. Quelques années plus tôt, elle marchait dans le sillage de son grand frère. Les Kelly étaient une famille nombreuse. Plus tard, elle était venue en tirant une paire de bébés morveux dans un chariot. Mais lorsqu'elle ne faisait pas la nounou ou qu'elle n'essayait pas de s'accrocher aux plus âgés, elle était seule. À présent, la gamine restait immobile, apparemment incapable de se décider. Elle ne cessait de lisser ses cheveux humides, presque blancs, de la paume de la main.

« Je voudrais un paquet de cigarettes, s'il vous plaît. Les moins chères. »

Biff esquissa une réponse, hésita, puis tendit la main sous le comptoir. Mick sortit un mouchoir et commença à dénouer le coin où elle gardait son argent. Elle tira brusquement sur le nœud, et la monnaie tomba bruyamment à terre, roulant vers Blount, qui marmonnait tout seul. Blount considéra un instant les pièces d'un œil hébété, mais, avant que la gamine ait le temps de se mettre à leur recherche, il s'accroupit et ramassa l'argent avec soin. Il se dirigea d'un pas lourd vers le comptoir et s'arrêta en faisant tinter dans sa paume les deux pièces d'un *cent*, celle de cinq *cents* et celle de dix.

« Alors, dix-sept *cents* pour des cigarettes? »

Biff attendait, et Mick regardait les deux hommes à tour de rôle.

L'ivrogne rassembla l'argent en une petite pile sur le comptoir, en continuant à le protéger de sa grande main sale. Il préleva lentement une pièce d'un *cent* et la retourna. « Un demi-*cent* pour les petits Blancs qui ont fait pousser le tabac et un demi-*cent* pour les pauvres imbéciles qui l'ont roulé, dit-il. Un *cent* pour toi, Biff. » Puis il s'efforça de déchiffrer les devises inscrites sur la pièce de cinq *cents* et sur celle de dix. Il tripotait sans arrêt les deux pièces en les faisant tourner. Enfin, il les repoussa. « Et c'est un humble hommage à la liberté. À la démocratie et à la tyrannie. À la liberté et à la piraterie. »

Biff ramassa calmement l'argent et fit sonner le tiroir-caisse. Mick semblait avoir envie de rester un moment dans les parages. Elle jaugea l'homme ivre d'un long regard, avant de se tourner vers le milieu de la salle où le muet était assis seul à sa table. Au bout de quelques instants Blount jeta lui aussi un coup d'œil dans cette direction. Le muet buvait sa bière sans bruit, traçant négligemment des dessins sur la table avec un bout d'allumette brûlée.

Jake Blount fut le premier à reprendre la parole. « C'est drôle, mais j'ai vu ce type dans mon sommeil ces trois ou quatre dernières nuits. Il me fiche pas la paix. Je ne sais pas si t'as remarqué, il ne dit jamais rien. »

Biff discutait rarement d'un client avec un autre. « Non, répondit-il laconiquement.

– C'est bizarre. »

Mick se balançait d'un pied sur l'autre; elle enfonça le paquet de cigarettes dans la poche de son short.

« C'est pas bizarre si on le connaît un peu, observa-t-elle. Mr. Singer vit chez nous. Il loue une chambre dans notre maison.

– Ah bon? demanda Biff. Par exemple – je n'étais pas au courant. »

Mick se dirigea vers la porte et lui répondit sans regarder autour d'elle. « Mais oui. Ça fait trois mois maintenant qu'il est chez nous. »

Biff déroula ses manches de chemise avant de les retrousser soigneusement de nouveau. Il ne quitta pas Mick des yeux lorsqu'elle sortit du restaurant. Et, plusieurs minutes après son départ, il tripotait toujours ses manches de chemise en contemplant le seuil désert. Puis il croisa les bras sur sa poitrine et se tourna vers l'homme ivre.

Blount s'appuyait lourdement au comptoir. Ses yeux marron, grands ouverts et hébétés, semblaient larmoyants. Il était tellement crasseux qu'il puait comme un bouc. Des gouttes de sueur sales perlaient sur son cou, et une tache de graisse lui maculait le visage. Ses lèvres étaient épaisses et rouges, et sa chevelure châtain formait un bloc emmêlé sur son front. Le haut de sa salopette était trop court et il ne cessait de tirer sur l'entrejambe.

« Mon vieux, tu devrais avoir un peu plus de plomb dans la cervelle, finit par dire Biff. Tu peux pas te promener comme ça. Je suis étonné qu'on t'ait pas ramassé pour vagabondage. Tu devrais dessoûler. Tu as besoin de te laver et de te couper les cheveux. Sainte Mère! C'est pas une tenue digne d'un être humain! »

Blount fronça les sourcils et se mordit la lèvre inférieure.

« Allez, sois pas vexé, et te fiche pas en rogne. Fais ce que je te dis. Va dans la cuisine et demande au garçon de couleur une grande casserole d'eau chaude. Dis à Willie de te donner une serviette et un gros morceau de savon et lave-toi bien. Ensuite, tu prends du pain au lait, t'ouvres ta valise et t'enfiles une chemise propre et une paire de pantalons à ta taille. Et demain tu pourras commencer ce que tu voudras, travailler où ça te plaira et te remettre les idées en place.

– Tu sais ce que tu peux faire, articula Blount d'une voix pâteuse. Tu peux...

– Ça va, repartit calmement Biff. Non, je ne peux pas. Maintenant, tiens-toi convenablement. »

Biff alla au bout du comptoir et revint avec deux verres de bière pression. L'ivrogne empoigna le sien si maladroitement que la bière se renversa sur ses mains et éclaboussa le comptoir. Biff savourait sa bière à petites gorgées. Il observait Blount à travers ses yeux mi-clos. Blount n'était pas un monstre, malgré l'impression qu'il produisait au premier abord. Il semblait atteint d'une espèce de difformité – mais quand on l'examinait de près, chaque partie était comme il fallait. Par conséquent, si la différence n'était pas physique, elle devait être morale. Il ressemblait à un homme qui a purgé une longue peine de prison, ou fait ses études à Harvard [6], ou bien vécu longtemps avec des étrangers en Amérique du Sud. Il paraissait être allé dans des endroits improbables ou avoir accompli des actes inouïs.

Biff pencha la tête d'un côté en demandant :

« D'où es-tu ?

– De nulle part.

– Allons, t'es forcément né quelque part. Caroline du Nord... Tennessee... Alabama... quelque part. »

Les yeux de Blount étaient rêveurs et vagues. « Caroline, répondit-il.

– Je me doutais que tu avais roulé ta bosse », suggéra délicatement Biff.

L'ivrogne n'écoutait pas. Il s'était détourné du comptoir et contemplait la rue obscure et vide. Au bout d'un moment, il se dirigea vers la rue d'un pas incertain.

« *Adios* », cria-t-il.

De nouveau seul, Biff soumit le restaurant à une de ses inspections rapides mais complètes. Il était plus d'une heure du matin, et il ne restait que quatre ou cinq clients dans la salle. Le muet était toujours seul à la table du milieu. Biff le regarda sans y penser et secoua la bière au fond de son verre. Puis il l'avala d'une seule lampée et retourna à son journal déplié sur le comptoir.

Cette fois, il ne parvint pas à se concentrer sur les mots devant lui. Mick lui revenait en mémoire. Il se demandait s'il aurait dû lui vendre le paquet de cigarettes et si c'était vraiment mauvais pour les enfants de fumer. Il pensait à la façon dont Mick plissait les yeux et repoussait sa frange de la paume de la main. Il pensait à sa voix rauque, garçonnière, et à sa manière de retrousser son short kaki et de parader comme un cow-boy dans un western. Un sentiment de tendresse l'envahit. Il était mal à l'aise.

Biff, nerveux, reporta son attention sur Singer. Le muet avait les mains dans les poches, et devant lui la bière à moitié bue était devenue tiède et plate. Il offrirait à Singer un coup de whisky avant son départ. Ce qu'il avait dit à Alice était vrai – il aimait les monstres. Il vouait une sympathie particulière aux malades et aux infirmes. Quand entrait dans le restaurant un homme avec un bec-de-lièvre ou un tuberculeux, il lui apportait de la bière. Si le client était bossu ou sévèrement mutilé, c'était du whisky aux frais de la maison. Il connaissait un type dont la quéquette et la jambe gauche avaient été arrachées dans une explosion de chaudière, et chaque fois qu'il venait en ville, une pinte gratuite l'attendait. Et si Singer avait été un buveur, il aurait pu consommer à moitié prix autant qu'il voulait. Biff hocha la tête. Puis il plia soigneusement le journal et le rangea sous le comptoir avec plusieurs autres. À la fin de la semaine, il les emporterait tous dans le cellier derrière la cuisine, où il gardait une collection complète de journaux du soir qui remontait à vingt et un ans, sans interruption.

À deux heures, Blount revint au restaurant. Il amenait un grand nègre portant un sac noir et qu'il essaya d'attirer au comptoir pour boire un verre, mais le nègre partit dès qu'il comprit pourquoi il avait été conduit là. Biff le reconnut ; c'était un médecin noir qui exerçait en ville depuis aussi longtemps qu'il pouvait s'en souvenir. Il était apparenté au jeune Willie de la cuisine. Avant qu'il ne parte, Biff le vit darder sur Blount un regard de haine frémissante.

L'ivrogne ne bougea pas.

« Tu sais pas que tu peux pas emmener un moricaud dans un café d'hommes blancs ? » lui demanda un client.

Biff assistait à la scène de loin. Blount était très en colère, et on voyait bien à présent à quel point il était soûl.

« J' suis en partie nègre moi-même », lança-t-il par défi.

Biff le surveillait d'un œil vigilant ; la salle était silencieuse. Avec ses narines épaisses et le blanc de ses yeux qui roulaient, il était presque convaincant.

« Je suis en partie nègre et rital et polak et chinetoque. Tout ça. »

Des rires fusèrent.

« Et je suis hollandais et turc et japonais et américain. »

Il marchait en zigzag autour de la table où le muet buvait son café. Sa voix était forte et cassée. « Je suis un homme qui sait. Je suis un étranger dans un pays étrange [7].

– Calme-toi », lui conseilla Biff.

Blount ne prêtait attention à personne excepté au muet. Ils se regardaient tous deux. Les yeux du muet étaient froids et doux comme ceux d'un chat. Il semblait écouter de tout son corps. L'ivrogne était fou furieux.

« Tu es le seul dans cette ville à saisir ce que je veux dire, poursuivit-il. Depuis deux jours je te parle dans ma tête parce que je sais que tu comprends ce que j'ai à dire. »

Des gens riaient à une table parce que, sans le savoir, l'ivrogne avait choisi un sourd-muet comme interlocuteur. Tout en décochant aux deux hommes de rapides coups d'œil, Biff écoutait attentivement.

Blount s'assit à la table et se pencha près de Singer. « Il y a ceux qui savent et ceux qui ne savent pas. Et dix mille ignorants pour un homme averti. Voilà le miracle le plus inouï – que des millions de gens sachent tant de choses sauf ça. C'est comme au quinzième siècle quand tout le monde, à part Colomb et quelques autres, croyait que la terre était plate. Mais c'est différent : il fallait du talent pour imaginer que la terre est ronde. Tandis que face à une vérité aussi criante, l'ignorance des gens tient du prodige. Toi, tu piges. »

Biff posa les coudes sur le comptoir et regarda Blount avec curiosité. « Savoir quoi ? demanda-t-il.

– L'écoute pas, coupa Blount. Fais pas attention à ce péquenaud de fouineur qui a le menton bleu. Parce que, tu vois, quand des gens qui savent comme nous se rencontrent, c'est un événement. Ça n'arrive presque jamais. Quelquefois, on se croise, et aucun des deux ne devine que l'autre fait partie de ceux qui savent. C'est moche. Ça m'est arrivé souvent. Mais on est si peu nombreux.

– Francs-maçons ? s'enquit Biff.

– La ferme, toi. Sinon je t'arrache le bras et je te roue de coups avec », beugla Blount. Il se courba vers le muet et sa voix devint un murmure aviné. « Et comment ça se fait ? Pourquoi ce miracle d'ignorance se prolonge-t-il ? Il y a une raison. Une conspiration. Une vaste et insidieuse conspiration. L'obscurantisme. »

Les hommes de la table se moquaient toujours du soûlard qui essayait de poursuivre une conversation avec le muet. Seul Biff demeurait sérieux. Il voulait vérifier si le muet comprenait ce qu'on lui disait. Le type hochait souvent la tête d'un air pensif. Il était seulement lent – voilà tout. Blount se mit à sortir quelques blagues au milieu de ses grands discours. Le muet ne souriait que plusieurs secondes après la remarque drôle; lorsque les propos redevenaient sombres, le sourire flottait un peu trop longtemps sur son visage. Ce type était franchement troublant. Les gens se surprenaient à l'observer avant même de savoir qu'il était différent. Ses yeux faisaient penser qu'il entendait ce que nul n'avait encore entendu, que son savoir dépassait les pressentiments les plus subtils. Il ne semblait pas tout à fait humain [8].

Jake Blount se pencha sur la table et les mots se déversèrent, comme si un barrage s'était rompu dans son cerveau. Biff ne parvenait plus à le suivre. Blount avait la langue si pâteuse et parlait à une allure si frénétique que les sons s'entrechoquaient. Biff se demandait où il irait quand Alice le chasserait. Et au matin, elle le ferait – ainsi qu'elle l'avait annoncé.

Biff bâilla faiblement, en tapotant sa bouche ouverte du bout des doigts jusqu'à ce que les muscles de sa mâchoire se décontractent. Il était presque trois heures, l'heure la plus creuse du jour ou de la nuit.

Le muet était patient. Il écoutait Blount depuis pratiquement une heure. Il commençait à regarder la pendule de temps en temps. Blount ne le remarquait pas et continuait sans s'interrompre. Il s'arrêta enfin pour rouler une cigarette, alors le muet inclina la tête en direction de la pendule, sourit à sa façon dérobée et se leva. Ses mains enfoncées dans ses poches comme d'habitude, il sortit rapidement.

Blount était si ivre qu'il ne comprit pas ce qui s'était passé. Il ne s'était même pas rendu compte que le muet ne répondait jamais. Il regarda autour de lui, la bouche ouverte, et roulant des yeux égarés. Une veine rouge saillait sur son front et il se mit à frapper furieusement la table de ses poings. La crise ne pouvait plus durer très longtemps.

« Viens par ici, dit Biff avec bienveillance. Ton ami est parti. »

Le type cherchait toujours Singer. Il n'avait jamais eu l'air aussi soûl. Ni le regard aussi menaçant.

« J'ai quelque chose pour toi et je voudrais te parler une minute », dit Biff.

Blount se détacha péniblement de la table et se dirigea de nouveau vers la rue, à grandes enjambées incertaines.

Biff s'adossa au mur. Entrer et sortir – entrer et sortir. Après tout, ce n'était pas son affaire. Un calme absolu régnait dans le café. Les minutes traînaient en longueur. Il laissa retomber sa tête avec lassitude. Tout mouvement semblait lentement déserter la salle. Le comptoir, les visages, les bancs, les tables, la radio dans le coin, les ventilateurs vrombissants au plafond – tout paraissait s'immobiliser et s'estomper.

Il avait dû s'assoupir. Une main lui secouait le coude. Il reprit lentement ses esprits et leva les yeux pour voir ce qu'on lui voulait. Willie, le garçon de couleur de la cuisine, se trouvait devant lui, vêtu de son long tablier blanc et de son bonnet. Willie bégayait, tant il était excité par ce qu'il essayait de dire.

« Et alors il tab-b-b-assait le mur de brique là.

– Qu'est-ce que c'est que ça?

– Dans une p'tite rue juste à deux p-p-portes d'ici. »

Biff redressa ses épaules affaissées et ajusta sa cravate.

« Quoi?

– Et ils veulent le ramener ici et ils vont rappliquer d'une minute à l'autre...

– Willie, interrompit patiemment Biff. Commence par le commencement et arrange-toi pour que je comprenne.

– C'est le petit Blanc à la m-m-moustache.

– Mr. Blount. Oui.

– Eh ben... J'ai pas vu le début. J'étais sur le seuil de la porte de derrière quand j'ai entendu le tapage. Ç'avait l'air d'une grande bagarre dans la ruelle. Alors j'ai couru voir. Et ce Blanc il se contrôlait plus. Il donnait des coups de tête contre le mur de brique et le frappait avec ses poings. Il jurait et se battait comme j'ai jamais vu un Blanc avant. Avec le mur. Il allait s'éclater la tête s'y continuait. Pis deux Blancs qu'avaient entendu le tapage sont arrivés, y f'saient cercle et y regardaient.

– Alors?

– Eh ben... vous voyez ce monsieur muet... les mains dans les poches... ç'ui..

– Mr. Singer.

– Il vient et il s'arrête pour voir ce qui se passe. Et Mr. B-B-Blount le voit et commence à parler et à brailler. Pis tout d'un coup y tombe par terre. Peut-être qu'il s'est vraiment fendu la tête. Un p-p-policier se pointe et quelqu'un lui dit que Mr. Blount habite ici. »

Biff courba la tête et organisa le récit qu'il venait d'entendre en un schéma rigoureux. Il se frotta le nez et réfléchit un instant.

« Ils vont s'amener d'une minute à l'autre. » Willie alla à la porte et examina la rue. « Les v'là. Ils doivent le traîner. »

Une douzaine de badauds et un policier se bousculaient pour entrer dans le restaurant. Dehors, deux putains regardaient à travers la vitrine. Toujours drôle, le nombre de gens qui pouvaient surgir de nulle part dès qu'il se produisait un événement sortant de l'ordinaire.

« Autant créer le moins de désordre possible », observa Biff. Il considéra le policier qui soutenait l'ivrogne. « Les autres peuvent dégager. »

Le policier assit l'ivrogne sur une chaise et repoussa la foule dans la rue. Puis il se tourna vers Biff : « Quelqu'un a dit qu'il habitait ici avec vous.

– Non. Mais ça aurait pu se faire, répondit Biff.

– Vous voulez que je l'emmène? »

Biff examina la proposition. « Il ne fera plus d'histoires ce soir. Bien sûr, je peux pas être responsable... mais je crois que ça va le calmer.

– Bon. Je repasserai avant d'arrêter le boulot. »

Biff, Singer et Jake Blount restaient seuls. Pour la première fois depuis qu'on l'avait ramené, Biff tourna son attention vers l'ivrogne. Apparemment, Blount s'était sérieusement blessé à la mâchoire. Il était effondré sur la table, avec sa grande main sur la bouche, et se balançait d'avant en arrière. Il avait une estafilade à la tête et le sang coulait de sa tempe. Ses jointures étaient écorchées vives, et il était si crasseux qu'on l'aurait cru repêché d'un égout par la peau du cou. Toute son énergie avait explosé et il était complètement vidé. Le muet était assis à la table en face de lui, et rien n'échappait à ses yeux gris.

Biff se rendit compte que Blount ne s'était pas blessé à la mâchoire, mais qu'il tenait sa main contre sa bouche parce que ses lèvres tremblaient. Des larmes se mirent à couler sur son visage sale. Furieux d'être surpris en train de pleurer, il jetait des coups d'œil en coin à Biff et à Singer. C'était embarrassant. Biff haussa les épaules à l'adresse du muet et leva les yeux au ciel avec une expression d'impuissance. Singer inclina la tête de côté.

Biff était perplexe. Pensivement, il se demandait comment

résoudre le problème. Il s'interrogeait toujours sur la décision à prendre, lorsque le muet commença à écrire au dos de la carte.

Si vous ne trouvez pas d'autre endroit, il peut venir chez moi. Il lui faudrait d'abord un peu de soupe et de café.

Soulagé, Biff opina vigoureusement du chef.

Il plaça sur la table trois assiettées du plat principal de la veille au soir, deux bols de soupe, du café et du dessert. Mais Blount ne mangeait pas. Il n'ôtait pas la main de sa bouche, comme s'il avait, en offrant ses lèvres aux regards, dévoilé une partie très secrète de sa personne. Sa respiration était ponctuée de sanglots inégaux et ses larges épaules tressautaient nerveusement. Singer désignait un plat après l'autre, mais Blount gardait la main sur la bouche en secouant la tête.

Biff articula lentement pour que le muet puisse voir. « La tremblote », dit-il, sur le ton de la conversation.

La vapeur de la soupe continuait à flotter vers le visage de Blount qui, au bout d'un moment, s'empara de sa cuillère d'une main tremblante, mangea sa soupe et une partie de son dessert. Ses grosses lèvres épaisses frémissaient toujours, et il penchait la tête très bas sur son assiette.

Biff le remarqua. Il pensait que presque tout le monde protégeait jalousement une partie de son corps. Chez le muet, c'étaient les mains. Mick la gamine tirait sur le devant de sa blouse pour empêcher le frottement du tissu sur les mamelons jeunes et tendres qui se formaient sur ses seins. Alice, c'étaient les cheveux ; elle ne le laissait jamais dormir avec elle quand il frictionnait d'huile son cuir chevelu. Et chez lui ?

Biff fit longuement tourner l'alliance à son petit doigt. En tout cas, il savait ce que ce n'était pas. Pas. Plus. Une ride profonde creusa son front. Dans sa poche, sa main se déplaça nerveusement vers ses organes génitaux. Il se mit à siffler une chanson et se leva de table. Amusant de le repérer chez les autres, quand même.

Ils aidèrent Blount à se remettre debout. Il vacilla faiblement. Il ne pleurait plus, mais semblait ruminer des pensées maussades et honteuses. Il marcha dans la direction où on le conduisait. Biff sortit la valise de derrière le comptoir en donnant des explications au muet. Singer avait l'air de ne jamais s'étonner de rien.

Biff les accompagna jusqu'à l'entrée. « Secoue-toi les puces et tiens-toi à carreau », conseilla-t-il à Blount.

Le ciel noir de la nuit commençait à pâlir et à prendre une teinte bleu foncé avec l'arrivée du matin. On ne voyait que quelques étoiles chétives, argentées. La rue était vide, silencieuse, presque fraîche. Singer portait la valise de la main gauche, et soutenait Blount de sa main libre. Il dit au revoir à Biff d'un signe de tête, et ils s'éloignèrent ensemble sur le trottoir. Biff resta dehors à les regarder. Quand ils eurent parcouru une cinquantaine de mètres, il ne distingua plus que leurs silhouettes noires dans l'obscurité bleue – le muet, droit et ferme, et Blount, trapu, chancelant, qui s'accrochait à lui. Lorsqu'ils disparurent entièrement de sa vue, Biff attendit un moment en examinant le ciel. Sa vaste profondeur le fascinait et l'oppressait. Il se frotta le front et rentra dans le restaurant vivement éclairé.

Il se tenait derrière la caisse, et son visage se durcit tandis qu'il tentait de se remémorer les événements de la soirée. Il avait l'impression d'avoir quelque chose à élucider. Il se rappelait les incidents avec une fastidieuse exactitude et n'en restait pas moins perplexe.

La porte s'ouvrit et se referma plusieurs fois au passage d'une soudaine affluence de clients. La nuit était terminée. Willie empila quelques chaises sur les tables pour nettoyer par terre. Il s'apprêtait à rentrer chez lui, et il chantait. Willie était paresseux. Dans la cuisine, il ne cessait de s'interrompre pour jouer de son harmonica qu'il emportait partout. À présent, il donnait des coups de balai nonchalants, en fredonnant sa musique nègre et solitaire.

La salle n'était toujours pas bondée – c'était l'heure où les hommes qui ne se sont pas couchés de la nuit croisent ceux qui viennent de se lever, prêts à commencer une nouvelle journée. La serveuse ensommeillée servait de la bière et du café. Il n'y avait ni bruit ni conversation, car chaque client semblait être seul. La méfiance réciproque entre les hommes à peine réveillés et ceux qui terminaient une longue nuit donnait à chacun un sentiment d'exclusion.

Le bâtiment de la banque de l'autre côté de la rue était très pâle dans l'aube. Puis, peu à peu, ses murs de briques blancs devinrent plus distincts. Quand enfin les premiers rayons du soleil levant commencèrent à éclairer la rue, Biff inspecta la salle une dernière fois avant de monter.

Il agita bruyamment la poignée de la porte en entrant, histoire de déranger Alice. « Jésus Marie! s'exclama-t-il. Quelle nuit! »

Alice s'éveilla avec précaution. Couchée sur le lit froissé comme un chat boudeur, elle s'étira. Dans la fraîche lumière du chaud soleil matinal, la chambre paraissait sale; une paire de bas de soie pendait, molle et flétrie, au cordon du store.

« Est-ce que cet abruti d'ivrogne traîne toujours en bas? » demanda-t-elle.

Biff enleva sa chemise dont il examina le col pour voir si elle était assez propre pour être portée encore une fois.

« Va vérifier toi-même. Je t'ai dit que personne ne t'empêcherait de le flanquer dehors. »

Alice baissa indolemment la main et ramassa une Bible, le côté vierge d'un menu et un livre de catéchisme, posés par terre près du lit. Elle feuilleta vivement les pages de papier fin de la Bible, à la recherche d'un passage précis, et se mit à lire en prononçant les mots à voix haute avec une concentration douloureuse. C'était dimanche, et elle préparait la leçon hebdomadaire pour la classe de garçons de la section élémentaire de sa paroisse. « Comme Il cheminait sur le bord de la mer de Galilée, Il vit Simon et André son frère, qui jetaient un filet dans la mer; car c'étaient des pêcheurs. Et Jésus leur dit : " Venez à ma suite, et Je vous ferai pêcheurs d'hommes [9]. " Eux, aussitôt, laissant les filets, Le suivirent. »

Biff alla se laver dans la salle de bains. Le murmure velouté se poursuivait tandis qu'Alice étudiait à voix haute. Il écouta. « ... et le matin, bien avant le jour, Il sortit et s'en alla dans un lieu désert, et là Il priait. Simon et Ses compagnons Le suivirent. Et L'ayant rejoint, ils Lui dirent : Tout le monde Te cherche." »

Elle avait fini. Biff laissait les mots doucement résonner en lui. Il essayait de séparer les mots eux-mêmes du son de la voix d'Alice. Il voulait se souvenir du passage tel que sa mère le lui lisait quand il était enfant. Il jeta un coup d'œil nostalgique sur l'alliance qu'il portait au petit doigt, et qui avait appartenu à sa mère. Il se demanda à nouveau comment elle aurait réagi à son abandon de l'Église et de la religion.

« La leçon d'aujourd'hui porte sur le rassemblement des disciples, articula Alice pour s'entraîner. Et le texte est " Tout le monde Te cherche ". »

Brusquement, Biff sortit de ses méditations et ouvrit à fond le robinet. Il ôta son tricot de corps et commença sa toilette. Il était toujours d'une propreté scrupuleuse de la ceinture jusqu'à la tête. Chaque matin, il se savonnait le torse, les bras, le cou et les pieds – et environ deux fois par saison il plongeait dans la baignoire et se lavait le corps entièrement.

Biff, debout près du lit, attendait impatiemment qu'Alice se lève. De la fenêtre, il voyait que la journée serait brûlante et sans vent. Alice avait fini de lire la leçon. Elle restait paresseusement étendue en travers du lit, sachant parfaitement qu'il attendait. Une calme, morne colère le gagnait. Il émit un rire ironique. Puis il lança avec amertume : « Si tu veux, je peux aller lire le journal quelques minutes. Mais j'aimerais que tu me laisses dormir maintenant. »

Alice s'habilla et Biff refit le lit. Il retourna prestement les draps dans tous les sens possibles, mettant celui du dessus dessous, les changeant de côté, plaçant le haut en bas et inversement. Quand le lit fut impeccable, il attendit qu'Alice quitte la pièce avant d'enlever son pantalon et de se glisser sous les draps. Ses pieds dépassaient de la couverture et la masse noire de son torse au poil dru se détachait sur l'oreiller. Il était content de ne pas avoir raconté à Alice ce qui était arrivé à l'ivrogne. Il avait eu envie d'en parler à quelqu'un : peut-être que s'il exposait tout haut les faits il parviendrait à mettre le doigt sur ce qui lui échappait. Le pauvre connard qui parlait et parlait sans jamais arriver à faire comprendre ce qu'il voulait dire. Ne le sachant pas lui-même, probablement. Et sa façon de tourner autour du sourd-muet, de le choisir et d'essayer de s'offrir à lui sans réserve.

Pourquoi ?

Parce que certains hommes sont parfois poussés à renoncer à ce qu'ils ont d'intime, avant que ça fermente et que ça empoisonne – le refiler à un être humain ou le raccrocher à une idée communicable. C'est plus fort qu'eux. Ils ne peuvent pas faire autrement – le texte est « Tout le monde Te cherche ». Peut-être que c'était la raison... peut-être... Il était chinois, prétendait le type. Et nègre et macaroni et juif. Et s'il y croyait assez fort, c'était peut-être vrai. Tout ce qu'il avait prétendu être...

Biff écarta les bras et croisa ses pieds nus. Son visage était plus vieux dans la lumière du matin, avec les paupières fermées, rétrécies, et la barbe abondante, comme une masse de fer sur ses joues et sa mâchoire. Peu à peu sa bouche s'amollit et se détendit. Les implacables rayons jaunes du soleil entraient à travers la vitre, chauffant et illuminant la pièce. Biff se retourna péniblement et se couvrit les yeux des mains. Et il n'était que – Bartholomew – le vieux Biff, deux poings et pas la langue dans sa poche, – Mr. Brannon – seul.

3

Le soleil réveilla Mick de bonne heure ; pourtant, elle était restée dehors rudement tard la nuit précédente. Comme il faisait trop chaud pour prendre un café ou un petit-déjeuner, elle but un sirop glacé et mangea des galettes froides. Elle traîna un moment dans la cuisine, avant d'aller lire les illustrés sous le porche, dans l'espoir que Mr. Singer y serait avec son journal, comme presque tous les dimanches matin. Mais Mr. Singer n'était pas là et, par la suite, son père lui raconta qu'il était rentré très tard la nuit dernière et qu'il avait du monde dans sa chambre. Mick attendit Mr. Singer longtemps. Tous les pensionnaires descendirent sauf lui. Finalement, elle revint dans la cuisine et sortit Ralph de sa chaise haute, lui mit une tenue propre et lui essuya la figure. Quand Bubber rentra du catéchisme, elle était prête à emmener les gosses. Et, laissant Bubber monter dans le chariot parce qu'il n'avait pas de chaussures et que le trottoir chaud lui brûlait les pieds, elle traversa une huitaine de rues en tirant le chariot, jusqu'à la grande maison qu'on était en train de construire. L'échelle était toujours appuyée contre la bordure du toit ; Mick prit son courage à deux mains et se mit à grimper.

« Surveille Ralph, cria-t-elle à Bubber. Fais attention aux moucherons, qu'ils se posent pas sur ses paupières. »

Cinq minutes après, Mick se redressa de toute sa hauteur et ouvrit les bras comme des ailes [10]. Chacun brûlait d'envie de se hisser là-haut. Au sommet. Mais ils étaient rares les enfants qui en étaient capables. La plupart avaient peur, parce que si on lâchait prise et qu'on passait par-dessus bord, on se tuait. Autour d'elle s'élevaient les toits des maisons environnantes et les cimes vertes des arbres. À l'autre bout de la ville se dessinaient les clochers des églises et les cheminées des usines. Le ciel, d'un bleu éclatant, chauffait comme un brasier. Le soleil noyait le sol dans une blancheur vertigineuse ou dans le noir.

Elle voulait chanter. Les chansons qu'elle connaissait se pressaient dans sa gorge, mais aucun son ne sortait. Un grand garçon qui était parvenu au faîte du toit la semaine précédente avait poussé un hurlement, avant de brailler un discours appris au lycée – « Amis, Romains, compatriotes, écoutez-moi [11] ! » D'arriver tout en haut, ça vous surexcitait et ça vous donnait envie de crier ou de chanter ou de lever les bras et de s'envoler.

Elle sentit les semelles de ses tennis déraper, et se laissa glisser à califourchon sur l'arête du toit. La maison était presque terminée. Ce serait l'un des plus grands bâtiments des environs – deux étages, avec des plafonds très hauts et le toit le plus abrupt qu'elle ait jamais vu. Mais bientôt les travaux s'achèveraient. Les charpentiers partiraient et les gosses devraient trouver un autre endroit pour jouer.

Mick était seule. Il n'y avait personne dans les parages, et elle pouvait réfléchir tranquillement. Elle sortit de la poche de son short le paquet de cigarettes acheté la veille au soir. Elle inhalait lentement la fumée. La cigarette l'étourdissait, lui rendait la tête lourde et molle, mais il fallait la finir.

M. K. – C'était ce qu'elle ferait écrire partout quand elle aurait dix-sept ans et qu'elle serait célèbre. Elle rentrerait à la maison dans une automobile Packard rouge et blanche avec ses initiales sur les portières et ferait broder M. K. en rouge sur ses mouchoirs et sa lingerie. Elle serait peut-être un grand inventeur [12]. Elle inventerait de minuscules radios de la taille d'un petit pois que les gens pourraient mettre dans leurs oreilles. Des machines volantes qu'on attacherait dans le dos comme des havresacs et qui permettraient de parcourir le monde entier à la vitesse de l'éclair. Ensuite, elle serait la première à construire un immense tunnel jusqu'en Chine, où les gens descendraient dans de gros ballons. Ce seraient ses premières inventions. Elles étaient déjà programmées.

Quand Mick eut fumé la moitié de la cigarette, elle l'écrasa et, d'une chiquenaude, lança le mégot sur la pente du toit. Puis elle se pencha, la tête appuyée sur les bras, et se mit à fredonner.

C'était curieux – mais presque tout le temps il lui trottait dans la tête un morceau de piano ou une musique quelconque. Quoi qu'elle fasse ou qu'elle pense, c'était presque toujours là. Miss Brown, qui logeait chez eux, avait une radio dans sa chambre et, l'hiver précédent, elle passait ses dimanches après-midi dans l'escalier, à écouter les émissions. Sûrement des pièces classiques, mais c'était ce qu'elle retenait le mieux. La musique d'un type en particulier, qui lui poignait le cœur [13] chaque fois qu'elle l'entendait. La musique de ce type-là pouvait ressembler à des petits morceaux de sucre d'orge multicolores, ou être d'une douceur et d'une tristesse inimaginables.

Soudain, un bruit de pleurs se fit entendre. Mick se redressa et écouta. Le vent ébouriffait sa frange et le soleil éclatant rendait son visage pâle et moite. Le geignement continuait ; Mick avança lentement sur les mains et sur les genoux le long du toit pointu. Quand elle atteignit l'extrémité, elle se pencha et se mit à plat ventre, la tête dans le vide, pour voir le sol à ses pieds.

Les gamins étaient là où elle les avait laissés. Bubber était accroupi et une petite ombre noire, naine, se profilait à ses côtés. Ralph était toujours attaché dans le chariot. Il était juste en âge de se tenir assis, et se cramponnait aux bords du chariot, avec son bonnet de travers, en pleurant.

« Bubber ! cria Mick. Cherche ce qu'il veut, ce Ralph, et donne-le-lui. »

Bubber se releva et scruta le visage du bébé. « Y veut rien.
– Alors, berce-le un bon coup. »

Mick regrimpa à l'endroit où elle se trouvait auparavant. Elle voulait penser longuement à deux ou trois personnes, chanter et faire des projets. Mais Ralph n'arrêtait pas de brailler et il n'y avait pas moyen d'être tranquille.

Hardiment, elle descendit vers l'échelle appuyée contre le bord du toit. La pente était très raide et il n'y avait que quelques billots de bois cloués, très éloignés les uns des autres, que les ouvriers utilisaient comme prises. Elle avait le vertige, et son cœur battait si fort qu'elle en tremblait. Elle se donnait des ordres d'une voix péremptoire : « Accroche bien tes mains ici et puis glisse jusqu'à ce que ton orteil droit prenne appui là, ensuite colle-toi bien au mur et faufile-toi vers la gauche. Du sang-froid, Mick, tu dois garder ton sang-froid. »

La descente était toujours la partie la plus difficile d'une escalade. Il lui fallut beaucoup de temps pour atteindre l'échelle et se sentir à nouveau en sécurité. Quand elle se retrouva enfin à terre, elle paraissait beaucoup plus petite et plus menue, et pendant une minute, elle crut que ses jambes allaient se dérober sous elle. Elle remonta son short et serra brusquement sa ceinture d'un cran. Ralph continuait à pleurer, mais elle pénétra dans la maison neuve et vide, sans prêter attention au bruit.

Le mois précédent, ils avaient placé un écriteau interdisant aux enfants d'entrer dans le lotissement. Une bande de gosses s'étaient bagarrés dans la maison un soir, et une fille qui ne voyait rien dans le noir s'était précipitée dans une pièce sans plancher. Elle était tombée et s'était cassé la jambe. Elle était toujours dans le plâtre, à l'hôpital. Une autre fois, des durs avaient fait pipi sur tout un mur et écrit des gros mots. Mais on aurait beau mettre des quantités de panneaux « Défense d'entrer », on ne pouvait pas chasser les enfants avant que la maison soit peinte et terminée, et que les gens emménagent.

Les pièces sentaient le bois neuf, et quand elle marchait les semelles de ses tennis faisaient un bruit de caoutchouc qui résonnait dans la maison entière. L'air était chaud et calme. Elle resta un moment sans bouger au milieu de la pièce principale, puis une idée lui traversa brusquement l'esprit. Elle plongea la main dans sa poche et en sortit deux morceaux de craie – un vert et un rouge.

Mick traça les grosses majuscules très lentement. En haut, elle inscrivit EDISON [14], et en dessous elle marqua DICK TRACY [15] et MUSSOLINI [16]. Puis à chaque coin, en lettres encore plus grandes, à la craie verte soulignée de rouge, elle écrivit ses initiales – M.K. Elle se dirigea ensuite vers le mur opposé et traça un mot très grossier – CHATTE –, sous lequel elle mit aussi ses initiales.

Debout au milieu de la pièce vide, elle contemplait son œuvre, la craie à la main, et n'était pas entièrement satisfaite. Elle essayait de se rappeler le nom du type qui avait composé la musique qu'elle entendait à la radio l'hiver dernier. Elle avait demandé à une fille de l'école, qui possédait un piano et prenait des leçons de musique, et la fille avait demandé à son professeur. Apparemment ce n'était qu'un gosse ayant vécu dans un pays d'Europe il y a un bon bout de temps. Tout gamin qu'il était il avait composé ces magnifiques morceaux pour piano et pour violon, et aussi pour un ensemble ou un orchestre. Elle se rappelait environ six airs différents des pièces qu'elle avait entendues. Quelques-uns rapides et métalliques, et un autre qui ressemblait à l'odeur du printemps après la pluie. Ils la rendaient à la fois triste et exaltée.

Elle fredonna l'un des airs et, au bout d'un certain temps, dans cette maison chaude et vide, sentit les larmes lui venir. Sa gorge se serra et s'enroua, elle fut hors d'état de chanter. Vivement, elle écrivit le nom du type en haut de la liste – MOTSART [17].

Ralph était attaché dans le chariot, comme elle l'avait laissé. Silencieux et immobile, il agrippait les rebords de ses petites mains potelées. Ralph ressemblait à un bébé chinois avec sa frange carrée noire et ses yeux noirs. Il avait le visage en plein soleil, et c'était pour ça qu'il braillait. Bubber avait disparu. En voyant Mick arriver, Ralph régla ses cordes vocales en vue d'une nouvelle explosion de pleurs. Elle tira le chariot dans l'ombre, à côté de la maison neuve, et sortit de sa poche de chemise un bonbon bleu et gélatineux qu'elle fourra dans la bouche tiède et molle du bébé.

« Et si ça te plaît pas, c'est le même prix », commenta-t-elle. En un sens, c'était du gaspillage, parce que Ralph était trop petit pour savourer un bonbon. Un caillou propre lui ferait à peu près le même effet, seulement ce petit imbécile l'avalerait. Il était aussi insensible au goût qu'à la parole. Quand on lui disait qu'on en avait tellement marre de le trimbaler qu'on avait bien envie de le jeter dans la rivière, ça lui faisait le même effet qu'une déclaration d'amour. Tout lui était plus ou moins égal. C'est ce qui rendait les balades avec lui si rasantes.

Mick joignit les mains en forme de coupe, les serra fort, et souffla à travers l'interstice entre ses pouces. Ses joues se gonflèrent et on n'entendit d'abord que le bruit de l'air s'engouffrant dans ses poings. Puis un sifflement aigu, perçant, retentit, et au bout de quelques secondes Bubber surgit du coin de la maison.

Elle secoua la sciure des cheveux de Bubber et redressa le bonnet de Ralph. Ralph ne possédait rien de plus beau que ce bonnet. Il était en dentelle et entièrement brodé. Le ruban du menton était bleu d'un côté et blanc de l'autre, et de larges rosettes surmontaient les oreilles. Sa tête était devenue trop grosse pour le bonnet et la broderie s'effilochait ; pourtant, Mick le lui mettait toujours quand elle l'emmenait en promenade. Ralph n'avait pas de véritable landau comme la plupart des bébés, ni de chaussons d'été. Il fallait le trimbaler dans un vieux chariot ringard qu'elle avait reçu pour Noël trois ans auparavant. Mais le beau bonnet lui donnait fière allure.

La rue était déserte : c'était un dimanche, en fin de matinée, et il faisait très chaud. Le chariot grinçait et bringuebalait. Bubber ne portait pas de chaussures, et le trottoir lui brûlait les pieds. Les ombres trop courtes des chênes verts donnaient une fausse impression de fraîcheur.

« Monte dans le chariot, dit-elle à Bubber. Et prends Ralph sur tes genoux.

– Je peux très bien marcher. »

Le long été donnait toujours la colique à Bubber. Il était sans chemise, et on voyait ses côtes blêmes et saillantes. Le soleil, au lieu de le bronzer, le rendait pâle, et ses petits tétons se détachaient sur son torse comme des raisins secs bleutés.

« Ça me dérange pas de te tirer, insista Mick. Monte.

– D'accord. »

Mick, nullement pressée de rentrer, traînait lentement le chariot. Elle se mit à parler aux gosses. En fait, c'était à elle-même plutôt qu'aux enfants qu'elle s'adressait.

« C'est curieux – les rêves que j'ai faits ces temps-ci. On dirait que je nage. Mais c'est pas dans l'eau que je nage, je pousse les bras, à travers des grandes foules de gens. La foule est cent fois plus nombreuse que chez Kresses le samedi après-midi. C'est la plus énorme du monde. Et quelquefois je hurle et je nage au travers, en bousculant les gens sur mon passage – et d'autres fois je suis par terre et on me piétine et mes intestins se répandent sur le trottoir. Ça ressemble davantage à un cauchemar qu'à un rêve ordinaire... »

Le dimanche, la maison était pleine de monde parce que les pensionnaires avaient des visites. On froissait des journaux, et il y avait de la fumée de cigare, et des bruits de pas dans l'escalier.

« Certains trucs, on veut simplement les garder pour soi. Pas parce qu'ils sont pas bien, seulement parce qu'on veut que ça reste secret. Il y a deux ou trois choses que je ne voudrais pas que vous sachiez, même vous. »

Bubber sortit quand ils arrivèrent au coin pour l'aider à descendre le chariot sur la chaussée et à le hisser sur le trottoir suivant.

« Il y a une chose pour laquelle je donnerais n'importe quoi. Un piano. Si on avait un piano, je m'exercerais chaque soir et j'apprendrais tous les morceaux du monde. Y a rien que je désire plus. »

Ils étaient arrivés à leur groupe d'immeubles. Leur maison n'était qu'à quelques portes de là. C'était l'une des plus grandes maisons du nord de la ville – trois étages. Il faut dire qu'ils étaient quatorze dans la famille. La vraie famille Kelly par le sang n'en comptait pas tant – mais les autres mangeaient et dormaient là pour cinq dollars par personne, alors autant les inclure. Mr. Singer n'en faisait pas partie parce qu'il se bornait à louer une pièce qu'il rangeait lui-même.

La maison était étroite et n'avait pas été peinte depuis de nombreuses années. Elle n'avait pas l'air assez solidement bâtie pour ses trois étages de hauteur. Elle fléchissait d'un côté.

Mick détacha Ralph et le hissa hors du chariot. Elle traversa vivement l'entrée, et du coin de l'œil vit que le salon était rempli de pensionnaires. Son père y était, lui aussi. Sa mère devait être dans la cuisine. Ils traînaient en attendant l'heure du déjeuner.

Elle pénétra dans la première des trois pièces réservées à la famille. Elle posa Ralph sur le lit de ses parents, et lui donna un collier en guise de jouet. À travers la porte close de la pièce voisine, elle entendait des bruits de voix, et elle décida d'y aller.

Hazel et Etta cessèrent de parler en l'apercevant. Etta, assise sur la chaise près de la fenêtre, se mettait du vernis rouge sur les ongles du pied. Elle avait des rouleaux d'acier dans les cheveux et une petite couche de crème blanche sous le menton, à l'endroit où pointait un bouton. Hazel était paresseusement affalée sur le lit comme d'habitude.

« De quoi vous causez?

– T'occupe, fouineuse, riposta Etta. Tais-toi et laisse-nous tranquilles.

– C'est ma chambre autant que la vôtre. J'ai autant le droit d'y être que vous. » Mick arpenta ostensiblement la pièce d'un bout à l'autre, jusqu'à ce qu'elle en ait couvert la surface en totalité. « J'ai aucune envie de me bagarrer. Tout ce que je veux, c'est mes droits. »

Mick rejeta sa frange hirsute de la paume de la main. À force de répéter ce geste, une petite rangée de mèches rebelles lui pendait sur le front. Elle fronça le nez et se fit des grimaces dans la glace. Puis elle se remit à arpenter la chambre.

Pour des sœurs, Hazel et Etta étaient pas trop mal. Mais Etta, on l'aurait crue rongée par quelque chose. Elle ne pensait qu'aux stars de cinéma et à jouer dans les films. Une fois, elle avait écrit à Jeanette MacDonald [18], et elle avait reçu une lettre tapée à la machine disant que si jamais elle venait à Hollywood, elle pouvait lui rendre visite et nager dans sa piscine. Et depuis, cette piscine hantait Etta. Elle ne pensait qu'à aller à Hollywood dès qu'elle arriverait à amasser le prix du billet de car, à trouver un boulot de secrétaire, et à devenir copine avec Jeanette MacDonald pour faire du cinéma. Elle se pomponnait toute la journée. Et c'était là où ça clochait. Etta n'était pas naturellement jolie comme Hazel. Elle n'avait pas de menton. Elle tirait sur sa mâchoire et se livrait à des quantités d'exercices qu'elle avait lus dans un livre de cinéma. Elle n'arrêtait pas de regarder son profil dans le miroir en essayant de garder la bouche d'une certaine manière. Mais ça n'arrangeait rien. Parfois, Etta se tenait le visage à deux mains et pleurait toute la nuit.

Hazel était une vraie flemmarde. Elle était belle, mais pas très maligne. Elle avait dix-huit ans, et venait juste après Bill. C'était peut-être ça le problème. Elle était systématiquement servie la première, et raflait les plus grosses parts – de vêtements neufs, et de bons morceaux. Hazel n'avait jamais eu besoin de se battre et elle était molle.

« Tu vas marcher comme ça longtemps? Ça me rend malade de te voir dans ces vêtements ridicules de garçon. Quelqu'un devrait te serrer la vis, Mick Kelly, et t'apprendre les bonnes manières, observa Etta.

– Tais-toi, répliqua Mick. Je porte des shorts parce que je ne veux pas hériter de vos vieilles nippes. Je ne veux pas devenir comme vous et je ne veux pas vous ressembler. Et ça n'arrivera pas. C'est pour ça que je mets des shorts. J'aimerais bien mieux être un garçon, et je préférerais partager la chambre de Bill. »

Mick se glissa sous le lit et sortit un grand carton à chapeaux. Tandis qu'elle le trimbalait jusqu'à la porte, les deux sœurs lancèrent : « Bon débarras! »

Bill avait la chambre la plus agréable de toute la famille. Un vrai nid – et à lui seul – excepté Bubber. Sa chambre était tapissée de photos découpées dans des magazines, des visages de belles dames pour la plupart, avec, dans un autre coin, des peintures de Mick qu'elle avait faites l'année précédente au cours de dessin gratuit. La pièce ne comportait qu'un bureau et qu'un lit.

Bill, courbé sur son bureau, lisait *La Mécanique populaire*. Mick se posta derrière lui et lui passa les bras autour du cou. « Salut, vieille fripouille. »

Il ne commença pas à se bagarrer avec elle comme à son habitude. « Salut, répondit-il, en secouant légèrement les épaules.

– Ça t'ennuie si je reste un peu ici ?

– D'ac, ça me gêne pas que tu restes. »

Mick s'agenouilla et dénoua la ficelle du grand carton à chapeaux. Ses mains s'agitaient au-dessus du couvercle mais, pour une raison obscure, elle n'arrivait pas à se décider à l'ouvrir.

« J'ai pensé à ce que j'ai bricolé, dit-elle. Peut-être que ça marchera, et peut-être que non. »

Bill poursuivait sa lecture. Mick resta penchée sur le carton, sans l'ouvrir. Ses yeux se posèrent sur Bill, qui lui tournait le dos et qui ne cessait de taper ses grands pieds l'un contre l'autre, tout en lisant. Ses chaussures étaient éraflées. Une fois, leur père avait dit que les déjeuners de Bill allaient directement dans ses pieds, son petit-déjeuner dans une oreille et son dîner dans l'autre. C'était une remarque assez méchante qui avait contrarié Bill pendant un mois, mais c'était drôle. Il avait les oreilles décollées et très rouges, et bien qu'il eût à peine quitté le lycée, il chaussait du cinquante-deux. Debout, il essayait de cacher ses pieds en les frottant l'un derrière l'autre, mais ça n'arrangeait rien, au contraire.

Mick ouvrit le carton de quelques centimètres, puis le referma. Elle se sentait trop énervée pour regarder à l'intérieur maintenant. Elle se leva et arpenta la pièce pour se calmer un peu puis, au bout de quelques minutes, s'arrêta devant le paysage qu'elle avait peint l'hiver précédent, au cours de dessin pour enfants. Il représentait une tempête sur l'océan et une mouette projetée dans les airs par le vent. Ça s'appelait « Mouette au dos brisé dans l'orage ». Le professeur avait décrit l'océan pendant les deux ou trois premières leçons, et ils étaient presque tous partis de là. La plupart des gosses étaient comme elle, ils n'avaient jamais vu l'océan de leurs propres yeux.

C'était son premier tableau et Bill l'avait accroché sur son mur. Les suivants étaient remplis de gens. Elle avait d'abord peint d'autres tempêtes sur l'océan – une avec un avion qui s'écrasait et les passagers qui sautaient pour sauver leur vie, et une avec un paquebot transatlantique en train de couler, et les gens qui se bousculaient pour s'entasser dans un petit canot de sauvetage.

Mick alla prendre dans le débarras d'autres dessins faits au cours – quelques crayons, des aquarelles et une huile. Ils étaient bourrés de gens. Elle avait imaginé un grand incendie à Broad Street et l'avait peint tel qu'elle se le représentait. Les flammes étaient vert et orange vifs, et, avec la First National Bank, le restaurant de Mr. Brannon était à peu près le seul bâtiment encore debout. On voyait des morts étendus dans les rues, et des gens qui fuyaient à toutes jambes. Un homme en chemise de nuit et une dame qui essayait de porter un régime de bananes. Dans un autre dessin qui s'appelait « Chaudière explosant dans une usine », des hommes sautaient par les fenêtres et couraient pendant qu'une poignée de gamins en salopette se pressaient les uns contre les autres, avec, à la main, les gamelles du déjeuner qu'ils apportaient à leurs pères. La peinture à l'huile représentait toute la ville en train de se battre à Broad Street. Elle ne savait pas pourquoi elle avait peint ce tableau et ne parvenait pas à lui donner de titre. Il n'y apparaissait ni feu ni tempête, rien n'expliquait cette bagarre. Mais il y avait dans ce tableau plus de gens et plus de mouvement que dans tous les autres. C'était le meilleur, dommage qu'elle n'arrive pas à lui trouver le nom qui convenait. Dans un coin de sa tête, elle devait le savoir.

Mick remit le tableau sur l'étagère du débarras. Ses œuvres ne valaient pas grand-chose. Les gens n'avaient pas de doigts, et avaient quelquefois des bras plus longs que les jambes. Elle s'était bien amusée au cours. Mais elle dessinait juste ce qui lui traversait la tête sans raison – et dans le fond elle était loin d'en tirer le même plaisir que la musique. Rien n'égalait la musique.

Mick s'agenouilla par terre et souleva rapidement le haut du grand carton à chapeaux. Il contenait un ukulélé fendu pourvu de deux cordes de violon, d'une corde de guitare et d'une corde de banjo. La fente au dos de l'ukulélé avait été soigneusement colmatée avec du sparadrap, et le trou rond au milieu recouvert d'un morceau de bois. Un chevalet de violon soutenait les cordes à l'extrémité, et quelques trous avaient été pratiqués de chaque côté en guise d'ouïes. Mick se confectionnait un violon. Elle tenait le violon sur ses genoux. Elle avait l'impression de ne l'avoir jamais vraiment regardé jusque-là. Quelque temps auparavant, elle avait fabriqué à Bubber une petite imitation de mandoline, avec une boîte à cigares et des élastiques, et l'idée était venue de là. Depuis, elle cherchait partout les différents éléments et complétait chaque jour son ouvrage. Elle n'avait rien oublié, sauf d'utiliser son cerveau.

« Bill, ça ressemble à aucun violon que j'aie vu. »

Il lisait toujours.

« Mmoui...?

– C'est juste que ça cloche. C'est pas... »

Elle projetait d'accorder l'instrument ce jour-là en serrant les chevilles. Mais depuis qu'elle avait brutalement pris conscience du résultat de son travail, elle ne voulait plus le regarder. Lentement, elle pinça les cordes l'une après l'autre. Elles produisaient toutes le même son métallique et creux.

« De toute manière, comment je pourrais avoir un archet? T'es sûr que ça doit être en crin de cheval?

– Ouais, répliqua Bill avec impatience.

– Du fil de fer mince ou des cheveux humains montés sur un bâton flexible, ça n'irait pas? »

Bill frotta ses pieds l'un contre l'autre sans répondre.

La colère faisait perler la sueur à son front. Sa voix était rauque. « C'est même pas un mauvais violon. C'est qu'un croisement entre une mandoline et un ukulélé. Et je les déteste. Je les déteste... »

Bill se retourna.

« C'est complètement raté. Ça n'ira pas. C'est nul.

– Hé, baisse d'un cran, rétorqua Bill. Tu fais un cirque à cause de ce vieil ukulélé cassé que tu n'arrêtes pas de trafiquer depuis quelque temps? J'aurais pu te dire dès le départ que c'était de la folie de croire que tu allais fabriquer un violon. C'est pas un truc qu'on bricole chez soi – il faut l'acheter. Je pensais que ça allait de soi. Mais je me suis dit que ça te ferait pas de mal de le découvrir par toi-même. »

Quelquefois, elle haïssait Bill de toutes ses forces. Il avait complètement changé. Elle jeta le violon par terre pour le piétiner, mais finalement elle le remit sans ménagement dans le carton à chapeaux. Les larmes lui brûlaient les yeux comme du feu. Elle donna un coup de pied dans le carton et sortit de la chambre en courant sans regarder Bill.

En se faufilant dans l'entrée pour regagner le jardin, elle tomba sur sa mère.

« Qu'est-ce qui se passe? Qu'est-ce qui t'arrive encore? »

Mick tenta de se dégager, mais sa mère lui agrippa le bras. La mine renfrognée, elle essuya ses larmes du revers de la main. Sa mère sortait de la cuisine et portait son tablier et ses pantoufles. Comme d'habitude, elle paraissait préoccupée et trop pressée pour poser d'autres questions.

« Mr. Jackson a amené ses deux sœurs à déjeuner et il y aura juste assez de chaises, alors aujourd'hui tu vas manger à la cuisine avec Bubber.

– C'est au poil pour moi », répondit Mick.

Sa mère la relâcha et alla ôter son tablier. De la salle à manger parvinrent le bruit de la sonnette et une joyeuse explosion de paroles. Elle entendait son père raconter combien d'argent il avait perdu en suspendant son assurance accidents avant de se casser la hanche. C'était une idée qui obsédait son père – les occasions de gagner de l'argent qu'il avait laissées échapper. Un cliquetis de vaisselle s'ensuivit, et quelques minutes plus tard la conversation s'interrompit.

Mick s'appuya contre la rampe d'escalier. La crise de larmes lui avait donné le hoquet. Il lui sembla, en repensant au mois écoulé, qu'elle n'avait jamais vraiment cru que l'histoire du violon marcherait. Mais elle s'était persuadée que c'était possible. Et encore maintenant, elle avait du mal à ne pas y croire un peu. Elle était épuisée. Inutile désormais de chercher de l'aide auprès de Bill. Avant, elle était persuadée que Bill était un type formidable. Elle le suivait partout où il allait – dans les bois où il pêchait, dans les cabanes qu'il construisait avec d'autres garçons, à la machine à sous à l'arrière du restaurant de Mr. Brannon – partout. Peut-être qu'il n'avait pas voulu la décevoir comme ça. En tout cas, il ne serait plus jamais son copain.

Dans l'entrée régnait une odeur de cigarettes et de déjeuner du dimanche. Mick respira profondément avant de retourner dans la cuisine. Le déjeuner commençait à sentir bon et elle avait faim. Elle entendait la voix de Portia qui parlait à Bubber, et qui semblait chantonner ou raconter une histoire.

« Et voilà pourquoi j'ai beaucoup plus de chance que la plupart des filles de couleur, affirmait Portia quand elle ouvrit la porte.

– Pourquoi? » interrogea Mick.

Portia et Bubber, assis à la table de la cuisine, étaient en train de déjeuner. La robe imprimée verte de Portia paraissait fraîche sur sa peau brun foncé. Elle portait des boucles d'oreille vertes et ses cheveux soigneusement peignés étaient tirés en arrière.

« Tu sautes sur le dernier mot de la conversation et après tu veux tout savoir », lui reprocha Portia. Elle se leva et se pencha sur la cuisinière chaude, pour remplir l'assiette de Mick. « Bubber et moi on parlait de la maison de Bon Papa sur Old Sardis Road. J' disais à Bubber qu'elle appartenait à mes oncles et à lui. Sept hectares et demi. Ils en plantent deux de coton, en revenant aux pois certaines années pour que la terre reste riche, et y a un demi-hectare réservé aux pêches sur la colline. Ils ont un mulet et une truie d'élevage, et, toute l'année, vingt à vingt-cinq poules pondeuses et des poussins. Ils ont un carré de légumes, deux pacaniers et plein de figues, de prunes et de baies. C'est la pure vérité. Y a pas beaucoup de fermes blanches qui ont aussi bien réussi que Bon Papa. »

Mick posa les coudes sur la table et se pencha sur son assiette. La ferme avait toujours été le thème favori de Portia, en dehors de son mari et de son frère. À l'entendre, cette ferme, c'était carrément la Maison-Blanche.

« La maison a commencé avec juste une petite pièce. Et au cours des années ils ont continué à bâtir, jusqu'à tant qu'il y ait de quoi loger Bon Papa, ses quatre fils avec leurs femmes et leurs enfants, et mon frère Hamilton. Ils ont un vrai orgue et un gramophone dans le salon. Et au mur une grande photo de Bon Papa dans son uniforme de confrérie. Ils mettent en conserve tous les fruits et les légumes, et ils ont pas à se soucier des hivers froids et pluvieux, ils ont presque toujours largement de quoi manger.

– Alors pourquoi tu vas pas vivre avec eux ? » demanda Mick.

Portia arrêta d'éplucher ses pommes de terre et ses longs doigts bruns tapotèrent la table en rythmant ses paroles. « C'est comme ça. Tu comprends – chacun a construit sa pièce pour sa famille. Ils ont travaillé dur pendant ces années. Et bien sûr les temps sont difficiles pour tout le monde à présent. Tu vois... j'ai vécu avec Bon Papa quand j'étais petite. J'ai rien fait là-bas depuis. Mais si on a des gros pépins, Willie, Highboy et moi, on peut y retourner quand on veut.

– Ton père n'a pas ajouté une pièce ? »

Portia cessa de mâcher. « Quel père ? Tu veux dire *mon* père ?

– Ben oui, répliqua Mick.

– Tu sais parfaitement que mon père est docteur en ville. »

Mick l'avait déjà entendu dire à Portia, mais elle croyait que c'était une histoire inventée. Comment un homme de couleur pouvait-il être docteur ?

« C'est comme ça. Avant que Maman se marie avec mon père, elle n'avait connu que la bonté. Bon Papa, c'est Mr. Bon Cœur en personne. Mais mon père est aussi différent de lui que la nuit du jour.

– Méchant? demanda Mick.

– Non, c'est pas un méchant homme, répondit lentement Portia. Y a juste un truc qui va pas. Mon père est pas comme les autres hommes de couleur. C'est difficile à expliquer. Mon père, il étudie seul tout le temps. Et il a depuis longtemps des idées bien arrêtées sur la famille. Il commandait tout dans les plus petits détails à la maison, et le soir il essayait de nous donner des leçons.

– Je trouve pas ça si mal, observa Mick.

– Écoute-moi bien. La plupart du temps il était très calme. Mais certains soirs, il piquait des espèces de crises. J'ai jamais vu d'homme aussi furieux. Les gens qui connaissaient mon père disaient qu'il était complètement fou. Il a fait des trucs dingues, délirants, et Maman l'a quitté. J'avais dix ans à l'époque. Maman a emmené les enfants à la ferme de Bon Papa et on a été élevés là-bas. Même quand Maman est morte nous autres on est jamais retournés vivre à la maison. Et maintenant mon père il est tout seul. »

Mick alla à la cuisinière et remplit son assiette une seconde fois. La voix de Portia montait et descendait comme un chant, et rien ne pouvait l'arrêter à présent.

« Je vois pas beaucoup mon père – peut-être une fois par semaine – mais je me suis pas mal creusé la cervelle à son sujet. Des gens que je connais, c'est lui que j'plains le plus. J'crois qu'il a lu plus de livres que n'importe quel Blanc de la ville. Il a lu plus de livres et il s'est plus rongé les sangs. Il est plein de livres et de soucis. Il a perdu Dieu et tourné le dos à la religion. Tous ses embêtements se ramènent à ça. »

Portia était surexcitée. Chaque fois qu'elle parlait de Dieu – ou de Willie, son frère, ou de Highboy, son mari – elle s'enflammait.

« Bon, je suis pas une grande gueule. J'appartiens à l'Église presbytérienne et nous on est pas du genre à se rouler par terre et à dégoiser des grands mots inspirés. On se fait pas sanctifier chaque semaine et on se roule pas par terre ensemble. Dans notre église on chante et on laisse les sermons au prédicateur. Et pour être franche, je crois qu'un peu de chant et de sermon te ferait pas de mal, Mick. Tu devrais emmener ton petit frère au catéchisme et toi, t'es bien assez grande pour aller à l'église. Vu les grands airs que tu te donnes depuis quelque temps, j'ai l'impression que t'es déjà sur la mauvaise pente.

– Des clous, riposta Mick.

– Highboy, il était de la Sainteté avant qu'on se marie. Il aimait recevoir l'esprit tous les dimanches, crier et se sanctifier. Mais après notre mariage je l'ai convaincu de venir avec moi, et malgré que c'est plutôt dur de le faire rester tranquille, je crois qu'il s'en tire bien.

– Je crois pas plus en Dieu qu'au Père Noël, dit Mick.

– Attends voir! C'est pour ça que j'ai quelquefois l'impression que tu ressembles plus à mon père que n'importe qui d'autre.

– *Moi*? Tu dis que *je* lui ressemble?

– Pas de visage ou d'apparence physique. Je parlais de la forme et de la couleur de vos âmes. »

Bubber les regardait tour à tour. Sa serviette était nouée autour de son cou et il tenait toujours à la main sa cuillère vide.

« Qu'est-ce qu'y mange, Dieu? » questionna-t-il.

Mick se leva de table et se plaça dans l'encadrement de la porte, prête à partir. C'était marrant de taquiner Portia, quelquefois. Elle entamait son refrain et elle répétait la même chose encore et encore – comme si elle ne connaissait rien d'autre.

« Les gens comme toi et mon père qui vont pas à l'église peuvent jamais trouver le repos. Alors que moi par exemple – je crois et je suis en paix. Et Bubber, il est en paix lui aussi. Et mon Highboy et mon Willie pareil. Et il me semble rien qu'à le regarder que notre Mr. Singer est en paix lui aussi. Je l'ai senti la première fois que je l'ai vu.

– Ça te regarde, repartit Mick. T'es mille fois plus dingue que ton père.

– Mais t'as jamais aimé Dieu ni personne. T'es dure et coriace comme de la peau de vache. Mais quand même je te connais. Cet après-midi tu vas rôder dans la maison comme une âme en peine. Tu vas traîner partout comme si t'avais perdu quelque chose. Tu vas te mettre dans des états pas possibles. Ton cœur va battre assez fort pour te tuer parce que tu n'aimes pas et que t'es pas en paix. Et un jour tu vas éclater et tu seras fichue. Y sera trop tard à ce moment-là.

– Dis, Portia, demanda Bubber, quel genre de choses Il mange? »

Mick rit et quitta la pièce, furieuse.

L'après-midi, incapable de tenir en place, elle erra dans la maison. Il y avait des jours comme ça. D'abord le violon la tracassait.

Elle ne serait jamais arrivée à en fabriquer un vrai – et après toutes ces semaines de préparation, elle était malade rien que d'y penser. Comment avait-elle pu être aussi sûre du succès? Aussi bête? Peut-être qu'à force de désirer très fort quelque chose, on s'accroche à n'importe quel espoir.

Mick ne voulait pas retourner dans les pièces occupées par la famille. Et elle ne voulait pas être obligée de parler aux pensionnaires. Il ne restait que la rue – et le soleil y était trop brûlant. Elle faisait les cent pas dans l'entrée, et ne cessait de rejeter ses cheveux ébouriffés avec sa paume. « Bon sang! s'exclama-t-elle. À part un vrai piano, c'est un endroit à moi que j'aimerais le plus avoir en ce moment. »

Cette Portia avait un grain de folie nègre, mais on ne pouvait rien lui reprocher. Elle n'avait jamais fait de méchancetés en douce à Bubber ou à Ralph comme d'autres filles de couleur. Pourtant Portia avait affirmé qu'elle n'aimait personne. Mick cessa de marcher et demeura immobile, frottant son poing sur le sommet de son crâne. Que penserait Portia si elle savait? Qu'est-ce qu'elle en penserait, sérieusement?

Mick ne confiait pas ses secrets. Ça, c'était vrai.

Mick monta lentement l'escalier. Elle dépassa le premier palier et grimpa jusqu'au second. À travers les portes ouvertes pour créer un courant d'air, on entendait beaucoup de bruits dans la maison. Mick s'arrêta sur la dernière volée de l'escalier et s'assit. Si Miss Brown allumait sa radio, elle pourrait écouter la musique. Peut-être qu'on passerait un bon programme.

Elle posa la tête sur ses genoux et fit des nœuds aux lacets de ses tennis. Que dirait Portia si elle savait que c'était une personne après l'autre? Et, chaque fois, il semblait qu'une part d'elle-même allait se briser en mille morceaux.

Mais elle l'avait toujours gardé pour elle et personne n'en avait rien su.

Mick resta longtemps sur les marches. Miss Brown n'alluma pas sa radio et on n'entendait que les bruits des gens. Elle réfléchit longuement, sans cesser de tambouriner ses cuisses de ses poings. Elle avait la tête en miettes, elle ne pouvait pas la tenir droite. C'était une sensation bien pire que d'avoir faim pour le déjeuner, et pourtant c'était pareil. Je veux – je veux – je veux – elle était incapable de penser à autre chose – mais qu'est-ce qu'elle voulait au juste?

Environ une heure plus tard, elle perçut le bruit d'un bouton de porte qu'on tournait sur le palier. Mick leva vivement les yeux; c'était Mr. Singer. Il resta quelques minutes dans le couloir, le visage triste et calme. Puis il se dirigea vers la salle de bains. Son hôte ne sortit pas avec lui. De là où elle se trouvait, elle apercevait une partie de la chambre, et le visiteur était endormi sur le lit avec un drap rabattu sur lui. Elle attendit que Mr. Singer ressorte de la salle de bains. Ses joues étaient très chaudes et elle y porta les mains. C'était peut-être vrai qu'elle venait se percher sur ces marches pour voir Mr. Singer pendant qu'elle écoutait la radio de Miss Brown à l'étage en dessous. Elle se demandait quelle musique il entendait dans sa tête, que ses oreilles ne pouvaient entendre. Personne ne le savait. Et ce qu'il dirait s'il pouvait parler. Personne ne le savait non plus.

Mick attendit; au bout d'un moment Mr. Singer ressortit dans le couloir. Elle espérait qu'il regarderait en bas et lui sourirait. Et lorsqu'il atteignit sa porte il jeta en effet un coup d'œil vers le bas et hocha la tête. Mick affichait un large sourire tremblant. Il entra dans sa chambre et ferma la porte. Cela pouvait indiquer qu'il l'invitait à venir le voir. Mick eut soudain envie d'entrer dans sa chambre. Bientôt, un de ces jours, quand il n'aurait pas de visites, elle entrerait pour de bon. Elle le ferait.

Le chaud après-midi passait lentement et Mick restait assise sur les marches, seule. La musique de ce Motsart lui revenait à l'esprit. C'était drôle, mais Mr. Singer lui rappelait cette musique. Elle aurait aimé avoir un endroit où la fredonner tout haut. Certaines musiques étaient trop intimes pour être chantées dans une maison bourrée de gens. C'était drôle, aussi, à quel point on pouvait être seul dans une maison pleine à craquer. Mick se creusa la tête pour trouver un endroit bien secret où elle étudierait tranquillement cette musique. Mais elle avait beau réfléchir longuement, elle savait depuis le début que l'endroit idéal n'existait pas.

4

En fin d'après-midi, Jake Blount s'éveilla avec le sentiment d'avoir assez dormi. Il se trouvait dans une pièce petite et ordonnée, meublée d'un bureau, d'une table, d'un lit, et de quelques chaises. Sur le bureau, un ventilateur électrique tournait lentement sa face d'un mur à l'autre, et lorsque son souffle effleurait le visage de Jake, ça lui faisait penser à de l'eau fraîche. Près de la fenêtre, un homme assis devant une table contemplait la partie d'échecs étalée sous ses yeux. À la lumière du jour, la pièce n'était pas familière à Jake, mais il reconnut sur-le-champ le visage de l'homme, qu'il avait l'impression de connaître depuis très longtemps.

Bien des choses demeuraient confuses dans la mémoire de Jake. Allongé sans bouger, il gardait les yeux ouverts et les paumes tournées vers le plafond. Ses mains étaient énormes et très brunes sur le drap blanc. En les portant à son visage, il s'aperçut qu'elles étaient égratignées et contusionnées – et les veines étaient gonflées comme après un effort prolongé. Il avait l'air fatigué et sale. Ses cheveux châtains lui tombaient sur le front et il avait la moustache en bataille. Même ses sourcils en forme d'ailes étaient hirsutes. Ses lèvres remuèrent une ou deux fois et sa moustache fut secouée d'un frémissement nerveux.

Il se redressa au bout d'un moment et s'assena un gros coup de poing sur le côté du crâne, pour se remettre les idées en place. L'homme qui jouait aux échecs leva rapidement les yeux et lui sourit.

« Bon Dieu, j'ai soif, déclara Jake. On dirait que l'armée russe au grand complet a défilé en chaussettes dans ma bouche. »

L'homme le regardait, souriant toujours, puis tendit brusquement le bras sous la table et remonta une cruche d'eau glacée et un verre.

Debout à moitié nu au milieu de la chambre, la tête rejetée en arrière, le poing crispé, Jake but à grandes gorgées haletantes. Il avala quatre verres avant de prendre une inspiration profonde et de se détendre un peu.

Aussitôt certains souvenirs lui revinrent. Il ne se rappelait pas être rentré avec cet homme, mais la suite était plus claire. Il s'était réveillé dans un bain d'eau froide, puis ils avaient bu du café et parlé. Jake avait déballé pas mal de choses qu'il avait sur le cœur, et l'homme avait écouté. Il avait parlé à en être enroué, et cependant il se souvenait mieux des mimiques de l'homme que de la conversation. Ils s'étaient couchés le matin, avec le store baissé si bas qu'aucune lumière ne pouvait pénétrer. Au début, perpétuellement tiré de son sommeil par des cauchemars, il avait dû allumer pour reprendre ses esprits. La lumière avait dû aussi réveiller l'homme, qui pourtant ne s'était jamais plaint.

« Comment se fait-il que vous ne m'ayez pas fichu dehors hier soir? »

L'homme se contenta à nouveau de sourire. Jake se demanda pourquoi il était aussi silencieux. Il regarda autour de lui, cherchant ses vêtements, et vit sa valise par terre près du lit. Il ne se rappelait pas l'avoir rapportée du restaurant où il avait laissé une ardoise. Elle contenait, intacts, ses livres, un costume blanc et quelques chemises. Rapidement, Jake se mit à s'habiller.

Le temps qu'il enfile ses vêtements, une cafetière électrique était en marche. L'homme plongea la main dans la poche du gilet pendu au dos d'une chaise et sortit une carte que Jake prit d'un air intrigué. Le nom de l'homme – John Singer – était gravé au centre, et au-dessous, écrit à l'encre avec la même précision minutieuse, se trouvait un bref message.

Je suis sourd-muet, mais je lis sur les lèvres et je comprends ce qu'on me dit. Abstenez-vous de crier s'il vous plaît.

Sous le choc, Jake se sentit comme étourdi. Les deux hommes se regardèrent.

« Je me demande combien de temps ça m'aurait pris pour m'en rendre compte », dit Jake.

Il avait déjà remarqué que Singer observait très attentivement ses lèvres quand il parlait – de là à penser qu'il était sourd-muet!

Ils s'assirent à la table et burent du café chaud dans des tasses bleues. La chambre était fraîche et les stores à demi baissés adoucissaient la dureté de la lumière. Singer sortit de son placard une boîte en fer-blanc contenant une miche de pain, quelques oranges et du fromage. Il mangea peu, et se cala sur son siège, une main dans la poche. Jake mangea voracement. Il fallait qu'il parte immédiatement pour réfléchir. Du moment qu'il était coincé sans ressources dans cette ville, il devait se dépêcher d'y chercher un travail quelconque. La chambre silencieuse était trop paisible et trop confortable pour s'y faire du mouron – il sortirait, irait se promener seul un moment.

« Y a-t-il d'autres sourds-muets ici? demanda-t-il. Vous avez beaucoup d'amis? »

Singer continuait à sourire. Au début, il ne saisit pas les mots; Jake dut les répéter. Singer, levant ses sourcils noirs et pointus, secoua la tête.

« Vous vous sentez seul? »

L'homme hocha la tête d'une manière qui pouvait signifier oui ou non. Ils restèrent assis en silence pendant un court moment, puis Jake se leva afin de prendre congé. Il remercia plusieurs fois Singer de l'avoir hébergé, en remuant soigneusement les lèvres pour être sûr d'être compris. Le muet se contenta de sourire à nouveau et haussa les épaules. Quand Jake demanda s'il pouvait laisser sa valise sous le lit pour quelques jours, le muet acquiesça.

Singer ôta les mains de ses poches, puis il écrivit méticuleusement sur un bloc de papier avec un porte-mine en argent. Il poussa le bloc vers Jake.

Je peux mettre un matelas par terre si vous voulez rester ici jusqu'à ce que vous trouviez à vous loger. Je suis absent presque toute la journée. Ça ne me gênera pas du tout.

Jake sentit ses lèvres trembler d'une gratitude soudaine. Mais il lui était impossible d'accepter. « Merci, dit-il. J'ai déjà un logement. »

Au moment de son départ, le muet lui tendit un bleu de travail, roulé en un ballot serré, et soixante-quinze *cents*. Le bleu était crasseux et, au moment où Jake le reconnut, un tourbillon de souvenirs jaillit dans sa mémoire. L'argent, lui fit comprendre Singer, se trouvait dans ses poches.

« *Adios*, dit Jake. Je reviendrai bientôt. »

Il laissa le muet debout sur le seuil de la porte, toujours les mains dans les poches, son demi-sourire sur le visage. Après avoir descendu plusieurs marches, il se retourna et agita la main. Le muet répondit à son signe, puis ferma sa porte.

Au-dehors, la lumière frappa les yeux de Jake d'un éclat brutal et perçant. Trop ébloui pour voir distinctement, il s'arrêta sur le trottoir. Une gamine était assise sur la balustrade de la maison. Il l'avait déjà vue quelque part. Il se souvenait de son short de garçon et de sa manie de plisser les yeux.

Il lui tendit le bleu sale roulé en boule. « Je voudrais le jeter. Tu sais où je peux trouver une poubelle? »

L'enfant sauta de la balustrade. « Dans le jardin. Je vais vous montrer. »

Il la suivit sur l'allée étroite, un peu humide, en bordure de la maison. Dans le jardin, Jake vit deux nègres assis sur les marches de la cuisine. Ils portaient des costumes blancs et des chaussures blanches. L'un des nègres était très grand, avec une cravate et des chaussettes d'un vert étincelant. L'autre était un mulâtre de taille moyenne au teint clair. Il frottait un harmonica en fer-blanc contre son genou. Contrastant avec la tenue de son grand compagnon, ses chaussettes et sa cravate étaient rouge vif.

La gamine désigna la poubelle à côté de la palissade avant de se tourner vers la fenêtre de la cuisine. « Portia ! cria-t-elle. Highboy et Willie t'attendent. »

Une voix douce répondit de la cuisine. « C'est pas la peine de hurler. Je sais. J' mets mon chapeau à l'instant. »

Jake déroula le bleu avant de le jeter. Il était raide de boue. Une des jambes était déchirée et quelques gouttes de sang maculaient le devant. Il le laissa tomber dans la poubelle. Une jeune négresse sortit de la maison et rejoignit les garçons en costumes blancs sur les marches. Jake s'aperçut que la gosse en short l'observait très attentivement. Elle se balançait d'un pied sur l'autre et paraissait surexcitée.

« Vous êtes parent avec Mr. Singer ? demanda-t-elle.

– Pas du tout.

– Un bon copain ?

– Assez bon pour passer la nuit chez lui.

– Je me demandais seulement...

– La rue principale, c'est dans quelle direction ? »

Elle indiqua la droite. « À deux rues par là-bas. »

Jake se lissa la moustache avec les doigts et se mit en route. Il fit tinter les soixante-quinze *cents* dans sa poche, en se mordant la lèvre inférieure si fort qu'elle devint écarlate et marbrée. Les trois nègres avançaient lentement devant lui en parlant. Parce qu'il se sentait seul dans cette ville inconnue, il resta sur leurs talons à écouter. La fille tenait les deux hommes par le bras. Elle portait une robe verte avec un chapeau et des chaussures rouges. Les garçons marchaient très près d'elle.

« Qu'est-ce qui est prévu pour ce soir ? demanda-t-elle.

– Ça dépend entièrement de toi, chérie, répondit le grand. Willie et moi, on a pas de projet particulier. »

La fille les regarda tour à tour. « À vous de décider.

– Eh bien..., reprit le plus petit en chaussettes rouges, Highboy et moi, on pensait p-peut-être aller à l'église. »

La fille chanta sa réponse sur trois tons différents. « D'ac-cord. Et après l'église j'ai dans l'idée de passer chez Papa un moment – juste un petit moment. »

Ils tournèrent au premier coin de rue, et Jake s'arrêta pour les suivre des yeux quelques instants avant de poursuivre son chemin.

La rue principale était paisible et chaude, presque déserte. Jake ne s'était pas encore rendu compte que c'était dimanche – et cette pensée le déprima. Les stores des magasins étaient relevés et les bâtiments paraissaient nus sous la lumière vive du soleil. Il passa devant le *Café de New York*. La porte était ouverte, mais la salle semblait vide et sombre. Le matin, Jake n'avait pas trouvé de chaussettes à mettre, il sentait le pavé brûlant à travers les minces semelles de ses chaussures. Le soleil lui tapait sur la tête comme un morceau d'acier incandescent. Il n'avait jamais vu une ville aussi désolée. Le silence de la rue le troublait. Dans son accès d'ivresse, il avait trouvé la ville violente et tapageuse. Et à présent tout semblait brusquement figé sur place.

Il entra dans un magasin de fruits et de friandises pour acheter un journal. La colonne des offres d'emploi était très courte. Plusieurs annonces recherchaient des hommes jeunes de vingt-cinq à quarante ans, disposant d'automobiles, pour vendre divers produits à la commission. Il les parcourut rapidement. Une demande pour un chauffeur de camion retint son attention quelques minutes. Mais l'avis en fin de liste l'intéressait davantage. Il disait :

Cherche mécanicien expérimenté. Attractions foraines Sunny Dixie. Se présenter coin Weavers Lane et 15ᵉ Rue.

Sans le savoir, il était revenu jusqu'à la porte du restaurant où il avait passé les deux dernières semaines. C'était le seul commerce de la rue, à part le magasin de fruits, à ne pas être fermé. Jake décida soudain d'entrer voir Biff Brannon.

Le café était très sombre après l'éclatante lumière du dehors. Tout avait l'air plus minable et plus tranquille que dans son souvenir. Brannon se tenait derrière la caisse comme d'habitude, les bras croisés. Sa belle femme rebondie se limait les ongles à l'autre bout du comptoir. Jake remarqua qu'ils échangeaient un coup d'œil à son arrivée.

« Bonjour », dit Brannon.

Jake perçut une sorte de malaise dans l'air. Peut-être que le type riait parce qu'il se rappelait sa cuite de l'autre soir. Plein de rancœur, Jake se tenait raide comme un piquet. « Paquet de Target, s'il vous plaît. » Tandis que Brannon prenait le tabac sous le comptoir, Jake conclut qu'il ne riait pas. Pendant la journée, le visage du type n'était pas aussi dur que le soir. Il était pâle, comme s'il n'avait pas dormi, et il avait des yeux de busard fatigué.

« Lâchez le morceau, lança Jake. Qu'est-ce que je vous dois ? »

Brannon ouvrit un tiroir et posa sur le comptoir un cahier d'écolier. Lentement, il tourna les pages pendant que Jake le regardait. Le cahier ressemblait plus à un carnet intime qu'à un vrai livre de comptes. Il contenait de longues rangées de chiffres, ajoutés, divisés et soustraits, et de petits dessins. Brannon s'arrêta à une page et Jake aperçut son nom de famille écrit au coin. La page ne comportait pas de chiffres – seulement des carreaux et des croix. Au hasard étaient tracés sur la page de petits chats ronds, assis, avec de longues courbes en guise de queue. Jake écarquilla les yeux. Les petits chats avaient des visages humains et féminins. Ils avaient le visage de Mrs. Brannon.

« Les carreaux représentent les bières, expliqua Brannon. Les croix représentent les repas, et les lignes droites le whisky. Voyons... » Brannon se frotta le nez et ses paupières s'abaissèrent. Puis il referma le cahier. « Approximativement vingt dollars.

– Ça me prendra du temps, répliqua Jake. Mais vous les aurez peut-être.

– Ça ne presse pas. »

Jake s'appuya au comptoir. « Dites, c'est quel genre de ville ici ?

– Quelconque, répondit Brannon. Comme n'importe quelle ville de cette importance.

– Quelle population ?

– Environ trente mille. »

Jake ouvrit le paquet de tabac et se roula une cigarette. Ses mains tremblaient. « Essentiellement des usines ?

– Oui. Quatre grandes filatures de coton – ce sont les principales. Une fabrique de tricots. Quelques usines d'égrenage et des scieries.

– Quel genre de salaires ?

– Je dirais autour de dix ou onze par semaine en moyenne – mais bien sûr on débauche de temps en temps. Pourquoi demandez-vous tout ça? Vous avez l'intention d'essayer de trouver du travail dans une usine? »

L'air endormi, Jake se frotta l'œil avec le poing. « Sais pas. Peut-être que oui et peut-être que non. » Il posa le journal sur le comptoir en montrant l'annonce qu'il venait de lire. « Je crois que je vais aller voir ce que c'est. »

Brannon lut et réfléchit. « Ouais, finit-il par dire. Je sais de quoi il s'agit. C'est pas grand-chose – juste deux machins, un manège et des balançoires. Ça attire les gens de couleur, les ouvriers et les gosses. Ils se déplacent d'un terrain vague à l'autre.

– Montrez-moi comment on y va. »

Brannon l'accompagna jusqu'à la porte et lui indiqua la direction. « Vous êtes allé chez Singer ce matin? »

Jake hocha la tête.

« Qu'est-ce que vous pensez de lui? »

Jake se mordit les lèvres. Le visage du muet était très clairement inscrit dans sa mémoire. Comme le visage d'un ami déjà ancien. Il pensait constamment à lui depuis qu'il avait quitté sa chambre. « Je ne savais même pas qu'il était sourd-muet », répondit-il enfin.

Il se remit en route dans la rue chaude et déserte. Il ne marchait pas comme un étranger dans une ville inconnue. Il semblait chercher quelqu'un. Il parvint rapidement dans un des quartiers ouvriers en bordure du fleuve. Les rues étroites, non pavées, n'étaient plus désertes. Des bandes d'enfants misérables, à l'air affamé, s'interpellaient et jouaient. Les baraques de deux pièces, toutes semblables, exhibaient des murs pourris et sans peinture. La puanteur de la cuisine et des vidanges se mêlait à la poussière de l'air. Des chutes en amont du fleuve provenait un grondement étouffé. Les habitants se tenaient en silence sur le seuil des portes ou se prélassaient sur les marches. Ils regardaient Jake avec des visages jaunes, inexpressifs. Il leur renvoyait un regard brun, écarquillé. Il marchait d'un pas saccadé, essuyant de temps à autre sa bouche du revers velu de sa main.

Au bout de Weavers Lane se trouvait un terrain vague autrefois utilisé comme décharge pour les vieilles automobiles. Des pièces rouillées et des chambres à air trouées jonchaient encore le sol. Une caravane était garée dans un coin, à proximité d'un manège recouvert de toile.

Jake s'approcha doucement. Il y avait deux petits gamins en salopette devant le manège. Près d'eux, assis sur une caisse, un nègre somnolait au soleil déclinant, les genoux affaissés l'un contre l'autre. D'une main il tenait un sac de chocolat fondu. Jake l'observait tandis qu'il plongeait les doigts dans la confiserie bourbeuse, avant de les lécher lentement.

« Qui est le directeur de ce fourbi? »

Le nègre fourra ses deux doigts poisseux entre ses lèvres et passa sa langue dessus. « C'est un type aux cheveux roux, répondit-il quand il eut terminé. C'est tout ce que je sais, patron.

– Où est-il?

– Par là-bas, derrière le plus gros camion. »

Jake ôta sa cravate en marchant sur l'herbe et la mit dans sa poche. À l'ouest, le soleil commençait à se coucher. Au-dessus de la ligne noire des toits, le ciel était d'une chaude teinte cramoisie. Le propriétaire de l'attraction fumait une cigarette, seul. Ses cheveux roux se dressaient comme une éponge sur sa tête et il fixait sur Jake des yeux gris et indolents.

« Vous êtes le directeur?

– Moui. Je m'appelle Patterson.

– Je viens pour le boulot du journal de ce matin.

– Ouais. Je veux pas de blanc-bec. J'ai besoin d'un mécanicien expérimenté.

– De l'expérience, j'en ai plein, répliqua Jake.

– Qu'est-ce que vous avez fait?

– J'ai travaillé comme tisserand et comme réparateur de métiers. J'ai travaillé dans des garages et dans un atelier de montage d'automobiles. Toutes sortes de trucs différents. »

Patterson le guida vers le manège partiellement recouvert. Dans la lumière de l'après-midi finissant, les chevaux de bois immobiles offraient une vision fantastique. Ils caracolaient sur place, percés de leurs barres aux dorures ternies. Le cheval le plus proche de Jake avait la croupe fendue et hérissée d'échardes, et des yeux aveugles, frénétiques, avec des lambeaux de peinture écaillée autour des orbites. Le manège inerte semblait sortir d'un rêve d'alcoolique.

« Je veux un type expérimenté pour faire marcher ça et entretenir la mécanique, ajouta Patterson.

– J'en suis capable.

– C'est un boulot à deux facettes, expliqua Patterson. T'es responsable de toute l'attraction. En plus de t'occuper de la machinerie, tu dois maintenir l'ordre dans la foule. Vérifier que ceux qui montent ont un ticket. Vérifier que les tickets sont bons, et pas des vieux billets de dancing. Ils veulent tous grimper sur les chevaux, tu peux pas savoir ce que les nègres essaient de vous faire gober quand ils ont pas d'argent. Y faut sans arrêt avoir un œil derrière la tête. »

Patterson le conduisit à la machinerie au centre du cercle de chevaux et en montra les divers éléments. Il ajusta un levier et le cliquetis fluet de la musique mécanique retentit. La cavalcade de bois qui les entourait paraissait les couper du reste du monde. Le manège s'arrêta, Jake posa quelques questions et fit fonctionner le mécanisme lui-même.

« Le gars que j'avais m'a lâché, reprit Patterson quand ils furent ressortis sur le terrain. Je déteste apprendre le métier à un nouveau.

– Je commence quand?

– Demain après-midi. On travaille six jours et six nuits par semaine – on ouvre à quatre heures et on ferme à minuit. Faut être là vers trois heures pour aider à la mise en train. Et il faut à peu près une heure pour ranger le matériel après la fermeture.

– Et la paie?

– Douze dollars. »

Jake hocha la tête, et Patterson tendit une main flasque, aux ongles sales, d'une blancheur cadavérique.

Il était tard lorsqu'il quitta le lotissement vide. Le ciel bleu, dur, avait blanchi, et à l'est apparaissait une lune pâle. Le crépuscule adoucissait le contour des maisons. Jake ne revint pas immédiatement par Weavers Lane, mais flâna dans les quartiers avoisinants. Certaines odeurs, certaines voix entendues au loin l'arrêtaient net au bord de la rue poussiéreuse. Il suivait un chemin capricieux, changeant brusquement de direction sans raison. Sa tête semblait très légère, comme si elle était en verre fin. Une transformation chimique se produisait en lui. Les bières et le whisky qu'il avait emmagasinés sans discontinuer déclenchaient une réaction. L'ivresse le faisait tanguer. Les rues qui paraissaient si vides auparavant débordaient de vie. Il y avait une bande de gazon clairsemé le long de la rue et, en marchant, Jake eut l'impression que le sol se soulevait. Il s'assit sur l'herbe et s'appuya contre un poteau télégraphique. Il s'installa confortablement, les jambes en tailleur, lissant les extrémités de sa moustache. Des mots lui venaient et il se parlait rêveusement à voix haute.

« Le ressentiment est la fleur la plus précieuse de la pauvreté. Ouais. »

C'était bon de parler. Le son de sa voix lui faisait plaisir. Les intonations semblaient résonner et flotter dans l'air, de sorte que chaque parole retentissait deux fois. Il déglutit et s'humecta la bouche pour recommencer. Il eut soudain envie de revenir dans la paisible chambre du muet pour lui confier les pensées qui l'occupaient. C'était bizarre d'avoir envie de parler à un sourd-muet. Mais il se sentait seul.

La rue devant lui perdait sa netteté avec la venue du soir. De temps à autre, des hommes passaient très près de lui dans la rue étroite, échangeant des propos d'un ton monocorde, soulevant à chaque pas un nuage de poussière autour de leurs pieds. Ou des filles ensemble, ou une mère avec un enfant sur l'épaule. Jake resta un moment plongé dans sa torpeur, puis il se leva enfin et reprit sa marche.

Weavers Lane était sombre. Les lampes à pétrole formaient aux encadrements de porte et aux fenêtres des taches de lumière jaunes, tremblantes. Quelques maisons baignaient dans une obscurité complète et les familles se rassemblaient sur la véranda, avec pour seul éclairage les reflets d'une maison voisine. Une femme se pencha par la fenêtre et vida un seau d'eau sale dans la rue. Quelques gouttes éclaboussèrent Jake au visage. On entendait, du fond de certaines maisons, des voix aiguës et furieuses. D'autres maisons s'échappait un bruit paisible de fauteuil doucement balancé.

Jake s'arrêta devant un perron sur lequel trois hommes étaient assis. Une lumière jaune pâle, venant de l'intérieur, les éclairait. Deux des hommes portaient des bleus mais pas de chemises ; ils étaient pieds nus. L'un d'eux était grand et dégingandé. L'autre était petit et il avait un furoncle au coin de la bouche. Le troisième était vêtu d'une chemise et d'un pantalon. Il tenait un chapeau de paille sur son genou.

« Salut », lança Jake.

Les trois hommes le regardèrent fixement, avec des faces mornes, jaunies par l'air de l'usine. Ils murmurèrent mais sans changer de place. Jake tira de sa poche le paquet de Target et le fit circuler. Il s'assit sur la dernière marche et enleva ses chaussures. Le sol frais, humide, soulagea ses pieds.

« Travaillez en ce moment ?

– Ouais, répondit l'homme au chapeau de paille. Presque tout le temps. »

Jake se gratta entre les orteils. « Je possède l'Évangile, reprit-il. Il faut que je le révèle. »

Les hommes sourirent. De l'autre côté de la rue étroite, s'élevait un chant de femme. La fumée de leurs cigarettes flottait autour d'eux dans l'air immobile. Un petit gamin qui passait s'arrêta et ouvrit sa braguette pour uriner.

« Il y a une tente au coin de la rue et c'est dimanche, répliqua enfin le petit homme. Vous pouvez aller y raconter tout l'Évangile que vous voudrez.

– C'est pas de ce genre-là. C'est mieux. C'est la vérité.

– Quel genre? »

Jake suçota sa moustache sans répondre. Au bout d'un moment, il demanda : « Vous avez déjà fait des grèves par ici?

– Une fois, dit le grand. Ils ont fait une grève il y a six ans.

– Qu'est-ce qui s'est passé? »

L'homme au furoncle frotta ses pieds par terre et laissa tomber son mégot. « Eh bien – ils ont arrêté le travail parce qu'ils voulaient vingt *cents* de l'heure. Y en a eu à peu près trois cents qui l'ont fait. Ils traînaient dans les rues toute la journée. Alors l'usine a expédié des camions, et une semaine plus tard la ville grouillait de gens qui venaient chercher du travail. »

Jake se tourna de façon à se trouver en face d'eux. Les hommes étaient assis deux marches plus haut que lui, ce qui l'obligeait à lever la tête pour les regarder dans les yeux. « Ça ne vous rend pas dingues? questionna-t-il.

– Comment ça – dingues? »

La veine sur le front de Jake était gonflée et écarlate. « Bon Dieu de bon Dieu! Mais dingues – d-i-n-g-u-e-s – *dingues.* » Il regarda avec colère leurs visages perplexes, cireux. Derrière eux, à travers la porte ouverte, il apercevait l'intérieur de la maison. La pièce sur rue contenait trois lits et un lavabo. Dans la pièce du fond, une femme nu-pieds dormait sur une chaise. D'une des vérandas obscures leur parvenait le son d'une guitare.

« Je f'sais partie de ceux qui sont venus dans les camions, observa le grand.

– Peu importe. Ce que j'essaie de vous expliquer est simple et clair. Les salauds qui possèdent ces usines sont millionnaires. Pendant que les bobineurs, les cardeurs, et les gars aux machines à filer et à tisser gagnent à peine de quoi faire taire leur estomac. D'accord? Alors quand vous marchez dans les rues en y pensant, et que vous voyez des gens affamés, éreintés, et des jeunes avec des membres rachitiques, ça ne vous rend pas dingues? Non? »

Le visage de Jake était empourpré et sombre, et ses lèvres tremblaient. Les trois hommes l'observaient avec circonspection. Puis l'homme au chapeau de paille éclata de rire.

« Allez-y, ricanez. Faites-vous péter les flancs. »

Les hommes riaient de la façon lente et douce dont trois hommes se moquent de quelqu'un. Jake épousseta la plante de ses pieds et remit ses chaussures. Il avait les poings serrés et la bouche tordue par un rictus courroucé. « Riez – vous n'êtes bons à rien d'autre. Je vous souhaite de rester là à ricaner jusqu'à ce que vous creviez. » Tandis qu'il descendait la rue d'un pas raide, le bruit de leur rire et de leurs sifflets le poursuivait encore.

La rue principale était brillamment éclairée. Jake s'attarda à un tournant, en tripotant sa monnaie dans sa poche. Il avait des élancements dans la tête et, malgré la chaleur de la nuit, un frisson lui parcourut le corps. Il pensa au muet et ressentit le besoin impérieux de retourner le voir. Dans le magasin de fruits et de friandises où il avait acheté le journal l'après-midi, il choisit un panier de fruits enveloppé de cellophane. Le Grec derrière le comptoir lui demanda soixante *cents*; quand il eut payé, il ne lui resta qu'une pièce de cinq *cents*. Dès qu'il fut sorti du magasin, le cadeau sembla incongru pour un homme en bonne santé. Quelques raisins pendaient sous la cellophane; il les grappilla voracement.

Singer était chez lui lorsque Jake arriva. Il se trouvait près de la fenêtre, le jeu d'échecs étalé devant lui sur la table. La pièce était telle que Jake l'avait quittée, avec le ventilateur en marche et la cruche d'eau glacée à côté de la table. Sur le lit, un panama et un colis indiquaient que le muet venait de rentrer. Il inclina brusquement la tête vers la chaise en face de lui, écarta l'échiquier puis, les mains dans les poches, il se renfonça sur son siège et son visage parut interroger Jake sur ce qui s'était passé depuis son départ.

Jake posa les fruits sur la table. « La devise de l'après-midi ça aurait pu être : " Va chercher un poulpe et enfile-lui des chaussettes ". »

Le muet sourit, mais sans que Jake sache s'il avait compris ses paroles. Le muet regarda les fruits avec étonnement, puis défit l'emballage de cellophane. Lorsqu'il manipula les fruits, une expression très particulière apparut sur sa figure. Jake s'efforça de la comprendre, sans y parvenir. Puis Singer sourit joyeusement.

« J'ai décroché un boulot cet après-midi dans une espèce de fête foraine, dit Jake. Je vais m'occuper du manège. »

Le muet ne manifesta pas la moindre surprise. Il ouvrit son placard et sortit une bouteille de vin avec deux verres. Ils burent en silence. Jake avait le sentiment de ne s'être jamais trouvé dans une pièce aussi calme auparavant. La lumière au-dessus de sa tête projetait un étrange reflet de sa personne sur le verre à vin rutilant qu'il tenait devant lui – sa caricature qu'il avait souvent remarquée sur les surfaces courbes des cruches ou des gobelets d'étain – avec une figure courtaude en forme d'œuf et une moustache qui s'étirait presque jusqu'aux oreilles. En face de lui, le muet tenait son verre à deux mains. Le vin commençait à bourdonner dans les veines de Jake, et il se sentit de nouveau entraîné dans le kaléidoscope de l'ivresse. L'excitation faisait trembler sa moustache par à-coups. Il se pencha en avant, les coudes sur les genoux, et fixa de grands yeux scrutateurs sur Singer.

« Je parie que je suis le seul homme dans cette ville à être dans une colère folle – folle à cogner – depuis dix années entières. J'ai bien failli me battre il y a quelques minutes. Quelquefois je crois même que je suis toqué. J'en sais rien. »

Singer poussa le vin vers son hôte. Jake but à la bouteille et se frotta le sommet du crâne.

« Tu vois, on dirait que j'ai deux personnes en moi. L'une est un homme instruit. J' suis allé dans quelques-unes des plus grandes bibliothèques du pays. Je lis. Je lis sans arrêt. Je lis des livres qui disent la vérité pure et simple. Là, dans ma valise, j'ai des livres de Karl Marx et de Thorstein Veblen et des écrivains comme ça. Je les lis et les relis, et plus j'étudie, plus je me mets en colère. Je connais les mots imprimés sur chaque page un par un. D'abord j'aime les mots. Matérialisme dialectique – faux-fuyants jésuitiques » – Jake roula les syllabes dans sa bouche avec une amoureuse solennité – « propension téléologique. »

Le muet s'essuya le front avec un mouchoir soigneusement plié.

« Mais voilà où je veux en venir. Quand quelqu'un *sait* et n'arrive pas à l'expliquer aux autres, que fait-il? »

Singer saisit un verre à vin, le remplit à ras bord, et le mit fermement dans la main contusionnée de Jake. « Se soûler, hein? » poursuivit Jake avec une secousse du bras qui répandit des gouttes de vin sur son pantalon blanc. « Écoute! Partout, il y a de la dureté et de la corruption. Cette chambre, cette bouteille de vin, ces fruits dans le panier sont tous le produit de profits et de pertes. Un gars ne peut pas vivre sans donner son consentement passif à la dureté. Quelqu'un se crève le cul pour chaque bouchée que nous mangeons et chaque parcelle de tissu que nous portons – et personne n'a l'air de savoir. Tout le monde est aveugle, muet, et obtus – stupide et mauvais. »

Jake pressa ses poings contre ses tempes. Ses pensées tanguaient dans plusieurs directions et il ne parvenait pas à les contrôler. Il avait envie de se mettre dans une rage folle, de se battre férocement contre un quidam dans une rue pleine de monde.

Le muet, qui continuait à le regarder avec un intérêt patient, sortit son porte-mine en argent. Il écrivit très soigneusement sur un bout de papier : *Êtes-vous démocrate ou républicain?*, puis glissa le message de l'autre côté de la table. Jake le froissa dans sa main. La pièce tournait déjà autour de lui et il était hors d'état de lire. Il ne quittait pas des yeux le visage du muet afin de garder l'équilibre. Les yeux de Singer semblaient être le seul élément stable de la pièce. Ils étaient d'une couleur changeante, tachetés d'ambre, gris, brun pastel. Il les contempla si longuement qu'il s'hypnotisa presque. Son désir de bagarre l'abandonna et il retrouva le calme. Les yeux paraissaient le comprendre et contenir un message pour lui. La chambre cessa de tourner.

« Tu piges, dit-il d'une voix altérée. Tu sais de quoi je parle. »

Dans le lointain résonna le tintement argentin des clochers. Le clair de lune sur le toit voisin était blanc, et le ciel d'un doux bleu d'été. Il fut convenu tacitement que Jake resterait chez Singer quelques jours, jusqu'à ce qu'il trouve une chambre. Quand le vin fut terminé, le muet posa un matelas par terre à côté du lit. Sans ôter un seul de ses vêtements, Jake s'allongea et s'endormit instantanément.

5

Loin de la rue principale, dans un quartier noir de la ville, le docteur Benedict Mady Copeland était seul dans sa cuisine obscure. Il était plus de neuf heures; les cloches dominicales se taisaient à présent. Malgré la chaleur de la nuit, un petit feu brûlait dans le poêle à bois ventru, près duquel se tenait le docteur Copeland. Il était assis sur une chaise de cuisine à dossier droit, penché en avant, la tête entre ses longues mains fines. Le rougeoiement de la fente du poêle éclairait son visage – dans cette lumière, ses lèvres épaisses paraissaient presque pourpres sur sa peau noire, et ses cheveux gris, ajustés sur son crâne comme un bonnet de laine d'agneau, prenaient eux aussi une teinte bleuâtre. Il resta un long moment immobile dans cette posture. Même ses yeux, qui regardaient fixement derrière la monture argentée de ses lunettes, conservaient leur expression sombre, figée. Puis il se racla la gorge et ramassa un livre posé à côté de la chaise. Autour de lui, la pièce était plongée dans l'obscurité, et il devait approcher le livre du poêle pour distinguer les caractères. Ce soir-là, il lisait Spinoza [19]. Sans saisir entièrement le jeu complexe des idées et les formulations abstruses, il sentait derrière les mots une intention forte, authentique, et il avait presque l'impression de comprendre.

Souvent, le soir, le cliquetis aigu de la sonnette l'arrachait au silence, et il trouvait dans la salle de séjour un patient avec une jambe cassée ou une blessure de rasoir. Mais ce soir-là il ne fut pas dérangé. Et après des heures de solitude dans cette cuisine obscure, il lui arrivait de se balancer doucement dans son fauteuil, tandis que de sa gorge montait une sorte de gémissement mélodieux. C'est ainsi que Portia le trouva.

Le docteur Copeland fut averti de son arrivée. De la rue, il entendit un harmonica jouant du blues, et sut que c'était Willie, son fils, qui jouait. Sans allumer, il traversa le couloir et ouvrit la porte. Il ne sortit pas sur la véranda, mais resta dans le noir derrière le grillage. Sous le brillant clair de lune, les ombres de Portia, William et Highboy se détachaient, noires et massives, sur la chaussée poussiéreuse. Les maisons du voisinage avaient un aspect misérable. Celle du docteur Copeland ne ressemblait à aucun autre bâtiment des environs. C'était une solide construction de brique et de stuc. Le bout de jardin sur rue était entouré d'une palissade. Portia abandonna son mari et son frère au portail et frappa à la contre-porte grillagée.

« Comment se fait-il que tu restes dans le noir comme ça? » Ils traversèrent ensemble l'entrée obscure pour se rendre dans la cuisine.

« T'as des lumières électriques sensationnelles. C'est pas naturel que tu restes tout le temps dans le noir comme ça. »

Le docteur Copeland tourna l'ampoule suspendue au-dessus de la table et la cuisine fut soudain inondée de lumière. « Le noir me convient », dit-il.

La pièce était propre et nue. Sur un côté de la table de cuisine étaient posés des livres et un encrier – de l'autre une fourchette, une cuillère et une assiette. Le docteur Copeland se tenait droit comme un piquet, ses longues jambes croisées, et, au début, Portia resta elle aussi clouée sur sa chaise. Le père et la fille se ressemblaient beaucoup – le même nez large et plat, la même bouche et le même front. Toutefois, la peau de Portia était beaucoup plus claire que celle de son père.

« C'est une vraie fournaise là-dedans, déclara-t-elle. À mon avis tu devrais juste laisser quelques braises sauf quand tu fais la cuisine.

– Si tu préfères, on peut aller dans mon bureau, répondit le docteur Copeland.

– Non, c'est pas la peine. Je préfère pas. »

Le docteur Copeland ajusta ses lunettes cerclées d'acier avant de recroiser les mains sur ses genoux. « Comment vas-tu depuis la dernière fois? Toi et ton mari – et ton frère? »

Portia se détendit et ôta discrètement ses souliers. « Highboy, Willie et moi, on se débrouille très bien.

– William vit toujours chez vous?

– Ouais, bien sûr, répliqua Portia. Tu sais... On a notre façon de vivre et notre projet à nous. Highboy – y paie le loyer. J'achète à manger avec mon argent. Et Willie – il s'occupe des dépenses pour l'église, des cotisations d'assurance, des contributions pour le patronage et du samedi soir. On a notre plan tous les trois et chacun fait sa part. »

Le docteur Copeland, la tête penchée, tirait sur ses longs doigts dont il faisait craquer les jointures. Les manchettes propres de sa chemise couvraient ses poignets – au-dessous, ses mains fines semblaient plus claires que le reste de son corps, et les paumes étaient d'un jaune tendre. Ses mains paraissaient toujours impeccables mais fripées, comme si elles avaient été récurées à la brosse et longuement trempées dans une cuvette d'eau.

« Tiens, j'ai failli oublier ce que j'ai apporté, s'exclama Portia. T'as déjà dîné? »

Le docteur Copeland articulait avec tant de soin que chaque syllabe semblait filtrer à travers ses lèvres épaisses et maussades. « Non, je n'ai pas mangé. »

Portia ouvrit un sac de papier qu'elle avait posé sur la table de cuisine. « J'ai amené un bon plat de choux et j'ai pensé que p't' être on pouvait dîner ensemble. J'ai pris un morceau de poitrine fumée, aussi. Ces légumes ont besoin d'être assaisonnés avec. Ça t'est égal si les choux sont cuits dans la viande, hein?

– Aucune importance.

– Tu manges toujours pas de viande?

– Non. Pour des raisons strictement personnelles, je suis végétarien, mais cela ne me gêne pas que tu cuises les choux avec un morceau de viande. »

Toujours pieds nus, Portia, debout, se mit à trier les légumes avec application. « Ce plancher me fait du bien aux pieds. Ça te dérange si je marche comme ça, sans mes escarpins qui me serrent trop?

– Non, répondit le docteur Copeland. Je n'ai rien contre.

– Après... on prendra ces beaux choux et un peu de gâteau de maïs. Et je vais me couper quelques tranches de porc que je me ferai frire. »

Le docteur Copeland suivait Portia des yeux. Elle se déplaçait lentement, décrochant du mur les casseroles récurées, attisant le feu, rinçant les choux. Il ouvrit la bouche une fois pour parler, puis resserra ses lèvres.

« Ainsi toi, ton mari et ton frère, vous avez votre projet de coopérative, dit-il enfin.

– Oui. »

Le docteur Copeland recommença à tirer sur ses jointures. « Vous avez l'intention de planifier les enfants? »

Portia ne regarda pas son père. Elle déversa avec colère l'eau de la casserole des choux. « Il me semble que certaines choses, déclara-t-elle, dépendent uniquement de Dieu. »

Ils n'échangèrent pas d'autres paroles. Assise en silence, ses longues mains molles entre les genoux, Portia laissait le dîner cuire sur le fourneau. La tête du docteur Copeland reposait sur sa poitrine, comme s'il dormait. Mais il ne dormait pas ; de temps à autre, un tremblement nerveux lui parcourait le visage. Il respirait ensuite profondément et recomposait ses traits. Dans la quiétude de la pièce, la pendule au-dessus du placard paraissait très bruyante et, à cause de ce qu'ils venaient de dire, le tic-tac monotone semblait scander inlassablement le mot « en-fant, en-fant ».

Il en rencontrait toujours un – à quatre pattes, nu par terre, ou en pleine partie de billes, ou même dans une rue sombre, au bras d'une fille. Tous baptisés Benedict Copeland. Pour les filles, c'étaient des noms comme Benny, Mae, Madyben ou Benedine Madine. Il avait compté un jour, il y en avait plus d'une douzaine prénommés en son honneur.

Il avait passé sa vie à prévenir, à expliquer et à exhorter. Vous ne pouvez pas faire ça, disait-il. Pour de multiples raisons, ce sixième ou cinquième ou neuvième enfant ne peut pas venir au monde, leur affirmait-il. Ce n'est pas de plus d'enfants que nous avons besoin, mais de plus de chances pour ceux qui sont déjà sur terre. Une fécondité eugénique pour la race nègre, voilà à quoi il les exhortait. Il leur en parlait en termes simples, toujours de la même façon, et avec les années c'était devenu une sorte de poème courroucé qu'il récitait sempiternellement.

Il étudiait et il se tenait au courant du développement de toutes les nouvelles théories. Et, de sa poche, il distribuait lui-même les contraceptifs à ses patients. Il était le premier médecin de la ville à y songer. Et il donnait, expliquait, donnait, avertissait. Pour finir par accoucher peut-être quarante femmes dans la semaine. Madyben et Benny Mae.

Ce n'était qu'un premier point. Un seul.

Il avait toujours su que son travail avait une raison d'être. Il se savait chargé d'éduquer son peuple. Toute la journée, il allait avec sa sacoche de maison en maison, et il parlait.

Après les longues journées, une lourde fatigue l'envahissait. Mais le soir, quand il ouvrait la porte d'entrée, la fatigue s'évanouissait. Il y avait Hamilton, Karl Marx, Portia et le petit William. Il y avait aussi Daisy.

Portia souleva le couvercle de la casserole, et remua les choux avec une fourchette. « Père... », commença-t-elle un instant après.

Le docteur Copeland s'éclaircit la gorge et cracha dans un mouchoir. Sa voix était rauque et âpre. « Oui?

– Arrêtons de nous disputer.

– Nous ne nous disputions pas, répliqua le docteur Copeland.

– On a pas besoin de mots pour créer une dispute, repartit Portia. J'ai l'impression qu'on se chamaille tout le temps, même quand on reste parfaitement calmes comme ce soir. C'est mon sentiment. Je vais te parler franchement... chaque fois que je viens te voir, ça me tue. Alors essayons de ne plus nous disputer.

– Pour ma part, je n'ai aucune envie de me disputer avec toi. Je suis désolé si tu as cette impression, ma fille. »

Portia versa le café et tendit à son père une tasse sans sucre. Elle mit plusieurs cuillerées de sucre dans la sienne. « Je commence à avoir faim, ça va être bon, tu verras. Bois ton café pendant que je te raconte un truc qui nous est arrivé y a un petit bout de temps. Maintenant que c'est fini ça a l'air plutôt marrant, mais on a des tas de raisons de pas trop rigoler.

– Je t'écoute, répondit le docteur Copeland.

– Eh bien... il y a quelque temps un homme de couleur très bien de sa personne, très élégant, est arrivé en ville. Il prétendait s'appeler Mr. B. F. Mason et venir de Washington, D.C. Chaque jour, il montait et redescendait la rue avec une canne et une belle chemise. Le soir, il allait au Café du Club. Il se payait ce qu'il y a de mieux. Chaque soir il se commandait une bouteille de gin et deux côtes de porc à dîner. Il avait toujours un sourire pour tout le monde, saluait les filles et vous tenait la porte. Pendant une semaine, il s'est montré très agréable partout où il est allé. Les gens commençaient à se poser des questions sur ce riche Mr. B. F. Mason. Et puis assez vite, après s'être familiarisé avec le quartier, il s'est mis au travail. »

Portia écarta les lèvres et souffla sur le café dans sa soucoupe. « Je suppose que t'as lu dans les journaux cette histoire de rotret [20] du gouvernement pour les vieux? »

Le docteur Copeland hocha la tête. « Retraite, rectifia-t-il.

– Eh bien – il était en relations avec ça. Il faisait partie du gouvernement. Il venait inscrire les gens de la part du Président à Washington, D. C., pour les rotretés du gouvernement. Il allait d'une porte à l'autre, en expliquant qu'on payait un acompte d'un dollar pour la cotisation, et ensuite vingt-cinq *cents* par semaine – et qu'à quarante-cinq ans on touchait cinquante dollars par mois jusqu'à la fin de ses jours. Tous les gens que je connais étaient emballés. Il donnait chaque fois une photo gratuite du Président avec sa signature en dessous. Il disait que dans six mois il y aurait des uniformes gratuits pour les membres. Le club s'appelait la Grande Ligue des rotrets pour les gens de couleur – et dans deux mois on allait recevoir un ruban orange marqué GLRGC, l'abréviation du nom. Tu sais, comme les autres trucs à initiales du gouvernement. Il allait de maison en maison avec son petit livre et tout le monde adhérait. Il notait les noms et il prenait l'argent. Chaque samedi il collectait. En trois semaines, ce Mr. B. F. Mason a inscrit tant de gens qu'il arrivait pas à faire sa tournée le samedi. Il devait payer des gens pour ramasser l'argent dans trois, quatre rues. J'ai fait la collecte tôt le samedi près de chez nous et il m'a donné vingt-cinq *cents*. Bien sûr Willie nous a inscrits dès le début.

– J'ai trouvé beaucoup de photos du Président dans plusieurs maisons près de chez toi, et je me souviens d'avoir entendu le nom de Mason, observa le docteur Copeland. C'était un voleur?

– Oui, reprit Portia. Quelqu'un s'est renseigné sur ce Mr. B. F. Mason et on l'a arrêté. On a découvert qu'il était tout bonnement d'Atlanta et que de Washington, D.C., ou du Président, il en avait jamais vu l'ombre. L'argent était caché ou dépensé. Willie a perdu sept dollars et cinquante *cents*. »

Le docteur Copeland s'échauffa. « C'est ce que je veux dire quand...

– Dans l'au-delà, continua Portia, cet homme va se réveiller avec une fourche brûlante dans les tripes. Mais maintenant que c'est fini, c'est sûr que c'est un peu rigolo, bien qu'on a plein de raison de pas rire trop fort.

– La race nègre monte sur la croix de son plein gré chaque vendredi », déclara le docteur Copeland.

Les mains de Portia tremblaient et des gouttes de café coulaient de la tasse qu'elle tenait. Elle les lécha sur son bras. « Qu'est-ce tu veux dire?

– Je veux dire que je cherche toujours. Je veux dire que si je pouvais trouver ne serait-ce que dix nègres – dix des miens – avec du caractère, de l'intelligence et du courage, prêts à donner tout ce qu'ils ont... »

Portia posa le café. « On parlait absolument pas de ça.

– Rien que quatre nègres, poursuivit le docteur Copeland. Rien que la somme de Hamilton, Karl Marx, William et toi. Rien que quatre nègres dotés de ces authentiques qualités et d'énergie...

– Willie, Highboy et moi on a de l'énergie, riposta Portia avec colère. On vit dans un monde dur et il me semble que tous les trois on se débrouille plutôt bien. »

Ils restèrent quelques instants silencieux. Le docteur Copeland posa ses lunettes sur la table et pressa ses doigts ratatinés sur ses yeux.

« Tu emploies tout le temps ce mot... nègre [21], reprocha Portia. Et c'est un mot blessant. Même " moricaud " vaut mieux que ce mot-là. Les gens bien élevés – quelle que soit la teinte de leur peau – ils disent " de couleur ". »

Le docteur Copeland s'abstint de répondre.

« Prends Willie et moi. On est pas entièrement de couleur. Maman était vraiment claire et tous les deux on a pas mal de sang blanc dans les veines. Et Highboy – lui c'est de l'indien. Il a une bonne dose de sang indien. Aucun de nous n'est purement de couleur, et le mot que tu utilises blesse les gens.

– Les subterfuges ne m'intéressent pas, rétorqua le docteur Copeland. Seules les vérités m'intéressent.

– Eh bien, tu vas en entendre une, de vérité. Tout le monde a peur de toi. Il faudrait beaucoup de gin pour convaincre Hamilton ou Buddy ou Willie ou mon Highboy d'entrer dans cette maison te parler comme je fais. Willie dit qu'il se souvient de toi quand il était petit, et qu'il craignait son propre père. »

Le docteur Copeland, après une toux âpre, s'éclaircit la gorge.

« Chacun a sa fierté – quel qu'il soit – et personne ne va aller dans une maison où il est sûr d'être humilié. Toi pareil. Je t'ai vu trop souvent offensé par des Blancs pour ne pas le savoir.

– Non, intervint le docteur Copeland. Tu ne m'as jamais vu offensé.

– Bien sûr que je me rends compte que Willie ou mon Highboy ou moi – aucun de nous n'est instruit. Mais Highboy et Willie sont bons comme l'or. Il y a une différence entre eux et toi.

– Oui, acquiesça le docteur Copeland.

– Hamilton ou Buddy ou Willie ou moi – on se soucie pas de parler comme toi. Nous on parle comme Maman et les siens, et leurs parents avant. Tu étudies tout dans ta tête. Tandis que nous on préfère parler du fond de nos cœurs, d'un fond qui est là depuis longtemps. C'est une des différences.

– Oui, dit le docteur Copeland.

– On peut pas prendre des enfants et les tordre dans le sens qu'on veut. Que ça leur convienne ou non. Que ce soit bien ou mal. Tu as essayé autant qu'il est possible. Et maintenant je suis la seule à venir ici te parler. »

L'éclairage était aveuglant pour le docteur Copeland, et la voix de Portia dure et bruyante. Il toussa et son visage entier trembla. Il tenta de saisir la tasse de café froid, mais sa main n'arrivait pas à la tenir. Les larmes lui venaient, et il attrapa ses lunettes pour les cacher.

Portia le vit et vint aussitôt à lui. Elle passa les bras autour de sa tête et pressa sa joue contre son front. « J'ai blessé mon père », murmura-t-elle doucement.

La voix de celui-ci était dure. « Non. C'est ridicule et primitif de radoter là-dessus.

Les larmes coulaient lentement sur sa joue et le feu les colorait en bleu, en vert et en rouge. « Je suis vraiment et sincèrement désolée », dit Portia.

Le docteur Copeland s'essuya la figure avec son mouchoir de coton. « Ça va.

– Faut plus jamais se disputer. Je peux pas supporter ces bagarres entre nous. J'ai l'impression qu'un mauvais instinct nous prend chaque fois qu'on est ensemble. Faut plus jamais se disputer comme ça.

– Non, repartit le docteur Copeland. Ne nous disputons pas. »

Portia renifla et s'essuya le nez du revers de la main. Elle tint quelques minutes la tête de son père entre ses bras. Puis elle s'essuya une dernière fois le visage et se dirigea vers la casserole de légumes sur la cuisinière.

« Il serait temps qu'ils soient tendres, dit-elle joyeusement. Je vais faire de bonnes petites galettes de maïs pour les accompagner. »

Portia se déplaçait doucement dans la cuisine, nu-pieds, et son père la suivait des yeux. Ils demeurèrent à nouveau silencieux. À travers son regard humide, qui brouillait les contours, Portia était le portrait de sa mère. Des années auparavant, Daisy marchait ainsi dans la cuisine, silencieuse et absorbée. Daisy n'était pas noire comme lui – sa peau avait une belle couleur de miel foncé. Elle était toujours calme et douce. Pourtant, cette tendre douceur cachait une certaine opiniâtreté, et malgré ses consciencieuses méditations, il n'avait jamais réussi à comprendre la douce obstination de sa femme.

Il la pressait d'exhortations, il l'accablait de reproches, et elle ne se départait pas de sa douceur. Et cependant elle ne l'écoutait pas et n'en faisait qu'à sa tête.

Puis, plus tard, vinrent Hamilton, Karl Marx, William et Portia. Et l'idée du grand projet auquel ils étaient destinés était si nette dans son esprit qu'il savait exactement quel avenir les attendait. Hamilton serait un scientifique renommé, Karl Marx un professeur de la race nègre, William un avocat qui combattrait l'injustice, et Portia un médecin pour femmes et pour enfants.

Et déjà quand ils étaient bébés, il leur parlait du joug qu'ils devraient rejeter de leurs épaules – le joug de la soumission et de la fainéantise. Et quand ils furent un peu plus vieux, il leur expliqua qu'il n'y avait pas de Dieu, mais que leurs vies étaient sacrées et qu'à chacun était assigné ce grand projet. Il leur parlait inlassablement, et ils se regroupaient loin de lui en regardant leur mère de leurs grands yeux d'enfants nègres. Et Daisy, douce et têtue, n'écoutait pas.

À cause de ce grand projet pour Hamilton, Karl Marx, William et Portia, il veillait aux moindres détails. Chaque automne, il les emmenait en ville et leur achetait de bonnes chaussures noires et des bas noirs. À Portia il offrait du lainage noir pour les robes, et du lin blanc pour les cols et les poignets. Les garçons avaient droit à de la laine noire pour les pantalons, et de la fine toile de lin blanc pour les chemises. Il ne voulait pas qu'ils portent des vêtements légers, de couleurs vives. Mais lorsqu'ils allaient à l'école, c'était précisément ce qu'ils avaient envie de mettre, et Daisy parlait de leur gêne, et lui reprochait d'être un père dur. Il savait comment il fallait meubler la maison. Aucune fantaisie n'était permise – pas de calendriers voyants, de coussins de dentelle ni de bibelots – tout devait être simple et foncé, évoquer le travail et le grand projet.

Puis un soir, le docteur Copeland découvrit que Daisy avait percé les petites oreilles de Portia. Et une autre fois, à son retour, une poupée avec des jupes en plumes trônait sur la cheminée, et Daisy se montra douce et inflexible, refusant de l'enlever. Il savait aussi que Daisy inculquait aux enfants le culte de l'humilité. Elle leur parlait d'enfer et de paradis, les persuadait de l'existence des fantômes et des lieux hantés. Daisy allait à l'église tous les dimanches et faisait au pasteur des confidences affligées sur son propre mari. Et toujours obstinée, elle emmenait les enfants à l'église, et ils écoutaient.

La race nègre entière était malade, et le docteur Copeland travaillait toute la journée, parfois la moitié de la nuit. Après sa longue journée, une grande lassitude l'envahissait, mais, lorsqu'il ouvrait la porte de sa maison, la lassitude s'évanouissait. Pourtant, quand il entrait, William faisait de la musique sur un peigne enveloppé de papier hygiénique, Hamilton et Karl Marx jouaient l'argent de leur déjeuner aux dés, et Portia riait avec sa mère.

Le docteur Copeland renouvela ses tentatives en usant d'une méthode différente. Il sortait les livres de leçons et en parlait avec les enfants mais ceux-ci restaient collés les uns contre les autres en regardant leur mère. Il parlait sans fin, mais aucun ne voulait comprendre.

Une impulsion de violence nègre et ténébreuse le submergeait. Il essayait de lire dans son bureau, de méditer afin de retrouver son calme, et de pouvoir recommencer sa tâche. Il baissait les stores de la pièce pour s'isoler avec ses livres, dans la lumière éclatante et une atmosphère de méditation. Mais parfois ce calme ne venait pas. Il était jeune, et l'effrayante impulsion ne se dissipait pas avec l'étude.

Hamilton, Karl Marx, William et Portia le craignaient et se réfugiaient près de leur mère – et quelquefois, quand il s'en rendait compte, la violence ténébreuse le dominait, l'empêchant de savoir ce qu'il faisait, le laissant ensuite incapable de comprendre.

« Ce dîner sent bien bon, déclara Portia. Je crois qu'on ferait mieux de manger, parce que Highboy et Willie vont débarquer d'une minute à l'autre. »

Le docteur Copeland rajusta ses lunettes et approcha sa chaise de la table. « Où ton mari et William ont-ils passé la soirée?

– Ils ont joué aux fers à cheval. Ce Raymond Jones a aménagé un endroit pour jouer dans son jardin. Raymond et sa sœur, Love Jones, ils jouent tous les soirs. Love est si laide que ça me dérange pas que Highboy ou Willie aillent chez eux quand ça leur chante. Mais ils ont dit qu'ils reviendraient me chercher à dix heures moins le quart et je les attends d'un moment à l'autre.

– Avant que j'oublie, dit le docteur Copeland. Je suppose que tu as souvent des nouvelles de Hamilton et de Karl Marx.

– De Hamilton, oui. Il a quasiment repris la ferme de Bon Papa. Mais Buddy, il est à Mobile – et tu sais qu'il a jamais été très doué pour écrire des lettres. Pourtant, Buddy s'y prend tellement bien avec les gens que je m'en fais pas pour lui. Il est du genre débrouillard. »

Ils restèrent assis en silence devant le repas. Portia gardait les yeux fixés sur la pendule au-dessus du placard parce que c'était l'heure où devaient arriver Highboy et Willie. Le docteur Copeland penchait la tête sur son assiette. Il tenait sa fourchette comme si elle était lourde, et ses doigts tremblaient. Il se bornait à goûter la nourriture et déglutissait péniblement à chaque bouchée. L'atmosphère était tendue, et il semblait que chacun d'eux s'efforçait d'alimenter la conversation.

Le docteur Copeland ne savait par où commencer. Quelquefois, il pensait qu'il avait tant parlé à ses enfants au cours des années passées en étant si peu compris qu'il ne restait plus rien à dire. Au bout d'un moment, il s'essuya la bouche avec son mouchoir et prononça d'une voix hésitante :

« Tu n'as pratiquement rien dit sur toi. Parle-moi de ton travail et de ce que tu as fait ces derniers temps.

– Je suis toujours chez les Kelly évidemment, répondit Portia. Mais tu vois, Père, je ne sais pas combien de temps je vais pouvoir y rester. Le travail est dur et ça me prend beaucoup de temps de finir. Mais c'est pas ce qui m'ennuie. C'est la paie qui m'inquiète. En principe, je devrais toucher trois dollars par semaine – seulement quelquefois ça arrange Mrs. Kelly de me donner un dollar ou cinquante *cents* de moins. Bien sûr, elle rattrape le retard dès qu'elle peut. Mais ça me laisse dans le besoin.

– Ce n'est pas bien, intervint le docteur Copeland. Pourquoi ne réagis-tu pas?

– C'est pas sa faute. Elle peut pas faire autrement, expliqua Portia. La moitié des gens dans cette maison paient pas leur loyer, et c'est une grosse dépense d'entretenir tout ça. Je vais te dire – les Kelly sont à deux doigts de la saisie. Ils traversent une très sale période.

– Tu devrais pouvoir trouver un autre travail.

– Je sais. Mais les Kelly sont des patrons blancs sensationnels. Je les aime vraiment beaucoup. Leurs trois petits enfants, c'est comme s'ils faisaient partie de ma famille. J'ai l'impression d'avoir élevé Bubber et le bébé. Et, bien que Mick et moi, on arrête pas de se chamailler, j'ai une très grande affection pour elle aussi.

– Mais tu dois penser à toi, rétorqua le docteur Copeland.

– Mick..., reprit Portia. C'est un cas. Personne qui sache tenir cette enfant. Crâneuse et têtue comme c'est pas possible. Elle a tout le temps quelque chose dans la tête. J'ai un drôle de pressentiment avec cette gamine. Il me semble qu'un de ces jours elle va vraiment nous étonner. Mais si ce sera dans le bon sens ou dans le mauvais, j'en ai aucune idée. Quelquefois, elle me sidère. Mais quand même, je l'aime beaucoup.

– Tu dois veiller à ta propre subsistance d'abord.

– Comme je dis, c'est pas la faute à Mrs. Kelly. Ça coûte très cher de tenir cette grande baraque, et le loyer qu'est pas payé. Y a pas une personne là-dedans qui paie une somme convenable pour sa chambre, et qui paie sans faute au jour dit. Et cet homme qui habite là depuis pas longtemps. C'est un sourd-muet. Le premier que j'aie jamais vu de près – mais un Blanc rudement bien.

– Grand, mince, avec des yeux gris et verts? demanda brusquement le docteur Copeland. Poli avec tout le monde, et très bien habillé? Qui n'a pas l'air d'être ici – plutôt un type du Nord ou peut-être un Juif?

– C'est lui », confirma Portia.

Le visage du docteur Copeland s'anima. Il émietta sa galette dans la sauce des légumes et se mit à manger avec un appétit nouveau. « J'ai un patient sourd-muet, annonça-t-il.

– Comment se fait-il que tu connaisses Mr. Singer? » s'enquit Portia.

Le docteur Copeland toussa et se couvrit la bouche de son mouchoir. « Je l'ai simplement vu plusieurs fois.

– Faut que je débarrasse maintenant, dit Portia. C'est l'heure de Willie et de mon Highboy. Mais avec le superbe évier et l'eau courante d'ici, j'aurai lavé ces petits plats en un clin d'œil. »

La calme insolence de la race blanche, il s'était efforcé de l'oublier pendant des années. Quand le ressentiment l'envahissait, il réfléchissait et se plongeait dans ses livres. Dans le rue et parmi les Blancs, il gardait une expression digne et se taisait. Lorsqu'il était jeune, on l'appelait « mon garçon » – à présent c'était « petit père ». « Petit père, cours à cette station-service au coin, qu'ils m'envoient un mécanicien. » C'était ce que lui avait lancé un Blanc en voiture encore récemment. « Mon garçon, donne-moi un coup de main pour ci. » – « Petit père, fais ça ». Il n'écoutait pas, et continuait son chemin avec dignité, en silence.

Quelques soirs auparavant, un Blanc ivre était venu s'accrocher à lui en le tirant par le bras. Il portait sa sacoche et crut qu'il y avait un blessé. Mais l'ivrogne l'avait traîné dans le restaurant d'un Blanc [22], et les Blancs au comptoir s'étaient mis à brailler avec leur insolence habituelle. Il avait compris que l'ivrogne se moquait de lui. Même alors, il avait gardé sa dignité.

Mais avec ce grand Blanc mince aux yeux gris-vert, il s'était produit quelque chose de tout à fait inouï.

Ça s'était passé par une nuit sombre, pluvieuse, quelques semaines plus tôt. Le docteur Copeland, qui venait de terminer un accouchement, tentait, à un coin de rue, d'allumer une cigarette sous la pluie. Il épuisa les allumettes une à une. Il était immobile, la cigarette non allumée à la bouche, lorsque le Blanc s'approcha et lui donna du feu. Dans l'obscurité, avec la flamme entre eux, ils avaient pu se dévisager. Le Blanc lui avait souri et lui avait allumé sa cigarette. Le docteur Copeland n'avait su que dire, car rien de tel ne lui était arrivé auparavant.

Ils étaient restés quelques minutes ensemble au coin de la rue, puis le Blanc lui avait donné sa carte. Le docteur Copeland avait eu envie de lui parler et de lui poser des questions, mais il n'était pas sûr d'être compris par le muet. L'insolence de la race blanche lui faisait craindre de perdre sa dignité s'il se montrait aimable.

Pourtant, le Blanc avait allumé sa cigarette, avait souri et paru disposé à rester avec lui. Depuis, il avait souvent médité cette aventure.

« J'ai un patient sourd-muet, confia le docteur Copeland à Portia. C'est un garçon de cinq ans. Et je ne parviens pas à m'ôter de la tête que je suis responsable de son handicap. C'est moi qui ait fait l'accouchement, et après deux visites postnatales, je ne m'en suis plus occupé, naturellement. Il a eu des problèmes d'oreille, mais sa mère n'a pas prêté attention à ses écoulements, et ne me l'a pas amené. Quand j'ai enfin été consulté, il était trop tard. Évidemment, ce garçon n'entend rien, et par conséquent ne parle pas. Mais je l'ai observé attentivement, et il me semble que, s'il était normal, ce serait un enfant très intelligent.

– Tu t'es toujours beaucoup intéressé aux petits enfants, remarqua Portia. Tu les aimes rudement plus que les adultes, hein?

– Un jeune enfant promet davantage, répondit le docteur Copeland. Mais ce garçon sourd – je voulais me renseigner pour voir si un établissement pourrait le prendre.

– Mr. Singer te le dirait. C'est un Blanc vraiment bon et pas prétentieux pour deux sous.

– Je ne sais pas..., reprit le docteur Copeland. J'ai pensé à lui envoyer un mot une fois ou deux, au cas où il aurait des informations là-dessus.

– À ta place, c'est ce que je ferais. T'écris des lettres formidables, je la donnerai à Mr. Singer de ta part, insista Portia. Il est descendu dans la cuisine y a deux, trois semaines avec des chemises qu'il voulait que je nettoie pour lui. Les chemises étaient pas plus sales que si elles avaient été portées par saint Jean Baptiste. J'ai eu qu'à les tremper dans l'eau tiède, à frotter légèrement les cols et à les repasser. Mais le soir quand je lui ai monté ses cinq chemises propres dans sa chambre, tu sais combien il m'a donné?

– Non.

– En souriant comme d'habitude, il m'a tendu un dollar. Un dollar entier rien que pour ces petites chemises. C'est un Blanc vraiment gentil et sympathique, et j'aurais pas peur de lui demander quoi que ce soit. Ça me gênerait pas d'écrire une lettre à ce monsieur qui est si aimable. Vas-y, fais-le, Père, si tu en as envie.

– Peut-être », répondit le docteur Copeland.

Portia se redressa brusquement et lissa sa chevelure compacte et huileuse. Un faible bruit d'harmonica leur parvint, puis la musique devint graduellement plus sonore. « Voilà Willie et Highboy, annonça Portia. Je dois aller à leur rencontre maintenant. Fais attention à toi, et envoie-moi un mot si tu as besoin de quelque chose. Je suis très contente d'avoir dîné avec toi, et de la conversation. »

La musique de l'harmonica était parfaitement distincte à présent, et ils devinaient que Willie jouait devant la porte en attendant. « Un instant, lança le docteur Copeland. Je n'ai vu ton mari avec toi qu'une fois ou deux, et je crois que nous n'avons jamais réellement fait connaissance. Et trois ans ont passé depuis la dernière visite de William à son père. Pourquoi ne pas leur dire d'entrer un petit moment? »

Portia, sur le seuil de la porte, palpait ses cheveux et ses boucles d'oreilles.

« La dernière fois que Willie est venu ici tu l'as vexé. Tu vois, tu comprends pas comment...

– Très bien, répliqua le docteur Copeland. Ce n'était qu'une suggestion.

– Attends, s'écria Portia. Je vais les appeler. Je vais les inviter à entrer tout de suite. »

Le docteur Copeland alluma une cigarette et arpenta la pièce. Il n'arrivait pas à remettre ses lunettes d'aplomb et ses doigts tremblaient continuellement. De la cour s'élevèrent des bruits de chuchotements. Puis de lourds pas résonnèrent dans l'entrée et Portia, William et Highboy pénétrèrent dans la cuisine.

« Nous voilà, annonça Portia. Highboy, je crois pas que vous ayez été vraiment présentés, Père et toi. Mais vous savez qui vous êtes, l'un et l'autre. »

Le docteur Copeland serra la main des deux hommes. Willie restait timidement en retrait contre le mur, mais Highboy s'avança et s'inclina cérémonieusement. « J'ai tellement entendu parler de vous, déclara-t-il. Je suis enchanté de vous recontrer. »

Portia et le docteur Copeland apportèrent des chaises de l'entrée et ils prirent place autour du poêle. Ils étaient silencieux et mal à l'aise. Willie parcourait nerveusement la pièce du regard – les livres sur la table de cuisine, l'évier, le lit de camp contre le mur, et son père. Highboy souriait et tripotait sa cravate. Le docteur Copeland parut sur le point de parler, puis s'humecta les lèvres et resta muet.

« Willie, tu y allais fort avec ton harmonica, dit enfin Portia. J'ai comme l'impression que Highboy et toi, vous avez dû rentrer dans la bouteille de gin d'un copain.

– Non, madame, repartit très poliment Highboy. On a rien pris depuis samedi. On s'est simplement bien amusés en jouant aux fers à cheval. »

Le docteur Copeland ne parlait toujours pas, et les autres ne cessaient de lui lancer des regards d'attente. On manquait d'air dans la pièce et le silence rendait ses occupants nerveux.

« Les vêtements des garçons me donnent un mal de chien, reprit Portia. Je lave les deux costumes blancs tous les samedis et je les repasse deux fois par semaine. Et regarde-les maintenant. Bien sûr ils les portent que quand ils rentrent à la maison après le travail. Mais au bout de deux jours ils ont l'air noirs comme de l'encre. J'ai repassé les pantalons hier soir et à présent y a plus un pli. »

Le docteur Copeland restait muet. Il gardait les yeux fixés sur le visage de son fils, mais lorsque Willie s'en aperçut, il mordit ses doigts carrés, rugueux, et contempla ses pieds. Le docteur Copeland sentait battre son pouls aux poignets et aux tempes. Il toussa et porta son poing contre sa poitrine. Il voulait parler à son fils, mais ne trouvait rien à dire. La vieille amertume le gagnait et il n'avait pas le temps de réfléchir et de la repousser. Son cœur cognait au-dedans de lui, et il avait l'esprit confus. Mais ils le regardaient, et le silence était si intense qu'il devait parler.

Sa voix haut perchée ne semblait pas sortir de lui. « William, je me demande quelle part de ce que je t'ai dit quand tu étais enfant est restée dans ta mémoire.

– Je comprends pas ce que tu v-v-veux dire », repartit Willie.

Les mots jaillirent avant même que le docteur Copeland sache ce qu'il allait répondre. « Je veux dire qu'à toi, Hamilton et Karl Marx, j'ai donné tout ce que j'avais en moi. Et j'ai mis ma confiance et mon espoir entiers en vous. Et je n'ai reçu en échange qu'incompréhension, paresse et indifférence. De tout ce que j'ai semé rien n'est resté. Tout m'a été enlevé. Tout ce que j'ai essayé de faire...

– Chut, interrompit Portia. Père, tu m'as promis qu'on se disputerait pas. C'est de la folie. On peut pas se permettre de se disputer. »

Portia se leva et se dirigea vers la porte d'entrée. Willie et Highboy la suivirent rapidement. Le docteur Copeland les rejoignit le dernier.

Ils se tenaient devant la porte, dans l'obscurité. Le docteur Copeland tenta de parler, mais sa voix semblait perdue quelque part, profondément enfouie en lui. Willie, Portia et Highboy formaient un groupe compact.

D'un bras, Portia s'accrocha à son mari et à son frère, et elle tendit l'autre au docteur Copeland. « Faisons la paix avant de partir. Je supporte pas ces bagarres entre nous. Qu'on se dispute plus jamais. »

En silence, le docteur Copeland serra la main à chacun d'entre eux. « Je suis désolé, dit-il.

– Pour moi, y a pas de problème, répondit poliment Highboy.

– Pour moi non plus », marmonna Willie.

Portia tint toutes leurs mains ensemble. « On peut vraiment pas se permettre de se disputer. »

Ils se quittèrent, et le docteur Copeland les observa du porche sombre tandis qu'ils montaient la rue. Leurs pas prenaient en s'éloignant une résonance solitaire, et il se sentait faible et fatigué. Quand ils furent à quelques maisons de là, Willie se remit à jouer de l'harmonica. La musique était triste et vide. Il resta sous le porche jusqu'au moment où il cessa de les voir ou de les entendre.

Le docteur Copeland éteignit les lumières chez lui et s'assit dans le noir devant le poêle. Mais il ne trouvait pas le repos. Il voulait s'ôter de l'esprit Hamilton, Karl Marx et William. Chaque parole que lui avait adressée Portia lui revenait bruyamment, durement en mémoire. Il se leva brusquement et alluma la lumière. Il s'installa à la table, avec ses livres de Spinoza, de William Shakespeare et de Karl Marx. Quand il lisait Spinoza à voix haute, les mots avaient une sonorité riche et sombre.

Il pensa au Blanc dont ils avaient parlé. Ce serait bien si le Blanc pouvait l'aider au sujet d'Augustus Mady Lewis, le patient sourd. Ce serait bien d'écrire au Blanc même sans cette raison et sans ces questions à poser. Le docteur Copeland se tenait la tête entre les mains et sa gorge émit un son étrange, une sorte de gémissement mélodieux. Il se rappela le visage du Blanc qui souriait derrière la flamme jaune de l'allumette, par cette soirée pluvieuse – et il se sentit apaisé.

6

Au milieu de l'été, Singer recevait plus de visiteurs que tout autre habitant de la maison. Presque chaque soir, on entendait un bruit de voix dans sa chambre. Après le dîner au *Café de New York*, il prenait un bain, enfilait un de ses légers costumes lavables et, en règle générale, ne ressortait plus. La pièce était fraîche et agréable. Il avait une glacière dans le placard, où il gardait des bouteilles de bière et des boissons aux fruits. Il n'était jamais occupé ni pressé. Et il accueillait toujours ses hôtes à la porte avec un sourire de bienvenue.

Mick aimait aller dans la chambre de Mr. Singer. Il avait beau être sourd-muet, il comprenait mot pour mot ce qu'elle lui disait. Lui parler ressemblait à un jeu. Sauf que c'était beaucoup plus intéressant que n'importe quel jeu. C'était comme faire de nouvelles découvertes sur la musique. Elle lui racontait certains de ses projets, qu'elle n'aurait confiés à personne d'autre. Il lui permettait de toucher son joli échiquier. Une fois où, dans son excitation, son pan de chemise s'était pris dans le ventilateur électrique, il avait réagi avec une telle gentillesse qu'elle n'en avait éprouvé aucune gêne. À part son père, Mr. Singer était l'homme le plus sympa qu'elle connaisse.

Après avoir écrit à John Singer au sujet d'Augustus Benedict Mady Lewis, le docteur Copeland en reçut une réponse polie et une invitation à venir le voir dès qu'il en aurait l'occasion. Le docteur Copeland passa par la porte de service et tint compagnie à Portia un moment dans la cuisine. Puis il grimpa l'escalier jusqu'à la chambre du Blanc. Il n'y avait vraiment aucune trace de tranquille insolence chez cet homme. Ils burent une limonade et le muet répondit à ses questions par écrit. Cet homme était différent des membres de la race blanche auquel le docteur Copeland avait eu affaire. Il médita ensuite longuement sur ce Blanc. Puis, quelque temps après, cordialement invité à revenir, il fit une seconde visite.

Jake Blount venait chaque semaine. Lorsqu'il montait chez Singer, tout l'escalier tremblait. D'ordinaire, il apportait un sac en papier rempli de boîtes de bière. Souvent, on entendait du dehors sa voix coléreuse et puissante. Mais son ton s'apaisait peu à peu. Lorsqu'il redescendait l'escalier, il ne portait plus de sac de bières, et s'en allait, pensif, sans paraître remarquer où le menaient ses pas.

Biff Brannon lui-même vint un soir dans la chambre du muet. Mais il ne pouvait pas s'absenter longtemps de son restaurant, et partit au bout d'une demi-heure.

Le comportement de Singer vis-à-vis de ses visiteurs ne variait guère. Il restait assis sur une chaise près de la fenêtre, les mains bien enfoncées dans ses poches, hochant la tête ou souriant pour signifier à ses hôtes qu'il comprenait.

S'il n'avait pas de visites le soir, Singer allait à une séance de cinéma tardive. Il aimait à regarder, confortablement assis, les acteurs parler et se déplacer sur l'écran. Il ne prêtait aucune attention au titre du film avant d'entrer dans la salle et, quel que fût le programme, observait chaque scène avec un intérêt égal.

Puis un jour de juillet, Singer sortit brusquement sans prévenir. Il laissa la porte de sa chambre ouverte et, sur la table, une enveloppe au nom de Mrs. Kelly contenant les quatre dollars de loyer de la semaine passée. Ses modestes possessions avaient disparu, et la pièce, très propre, était nue. En trouvant cette chambre vide, ses visiteurs repartirent, en proie à un étonnement blessé. Personne n'arrivait à concevoir pourquoi le muet était parti ainsi.

Singer passa les vacances d'été dans la ville où Antonapoulos était interné. Pendant des mois, il avait préparé ce voyage et imaginé tous les moments qu'ils passeraient ensemble. Depuis deux semaines, sa réservation d'hôtel était faite, son billet de train rangé à l'intérieur d'une enveloppe dans sa poche.

Antonapoulos n'était nullement changé. À l'entrée de Singer, le Grec s'avança placidement à sa rencontre. Il était encore plus gros qu'avant, mais son sourire rêveur était exactement le même. Il s'intéressa d'abord aux paquets que Singer tenait dans ses bras. Les cadeaux consistaient en une robe de chambre écarlate, de moelleuses pantoufles, et deux chemises de nuit brodées d'un monogramme. Antonapoulos inspecta avec soin les papiers de soie dans les boîtes. Quand il s'aperçut que rien de bon à manger ne s'y trouvait, il jeta dédaigneusement les présents sur son lit et ne s'en occupa plus.

La salle était vaste et ensoleillée, avec plusieurs lits alignés. Trois vieillards jouaient à la bataille sans prêter la moindre attention à Singer ni à Antonapoulos. Les deux hommes s'installèrent seuls à l'autre bout de la pièce.

Il semblait à Singer que des années s'étaient écoulées depuis leur dernière rencontre. Il avait tant à raconter que ses mains n'arrivaient pas à former les mots assez rapidement. Ses yeux verts étincelaient et la sueur luisait sur son front. L'ancienne sensation de gaieté et de bonheur lui revenait si vite qu'il était incapable de se dominer.

Antonapoulos, immobile, gardait ses yeux noirs et veloutés fixés sur son ami. Ses mains tripotaient languissamment l'entrejambe de son pantalon. Singer lui parla, entre autres, des visites qu'il recevait. Il lui expliqua qu'elles l'aidaient à oublier sa solitude, qu'il s'agissait de gens étranges qui ne cessaient de parler – mais dont la compagnie lui plaisait. Il traça de rapides croquis de Jake Blount, de Mick et du docteur Copeland. Dès qu'il s'aperçut que Antonapoulos ne s'y intéressait pas, il en fit une boule de papier sans s'en soucier davantage. Lorsque le garçon de salle vint leur annoncer que c'était l'heure, Singer n'en était pas arrivé à la moitié de ce qu'il voulait dire. Mais il quitta la salle fatigué et heureux.

Les patients n'étaient autorisés à recevoir leurs amis que le jeudi et le dimanche. Les jours où il ne pouvait pas voir Antonapoulos, Singer faisait les cent pas dans sa chambre d'hôtel.

Sa deuxième visite à son ami ressembla à la première, à ceci près que les vieillards de la salle les regardèrent avec indifférence et ne jouèrent pas à la bataille.

Après beaucoup de difficultés, Singer obtint la permission de faire sortir Antonapoulos pour quelques heures. Il prépara chaque détail de l'excursion. Ils allèrent à la campagne en taxi, puis à quatre heures et demie se rendirent au restaurant de l'hôtel. Antonapoulos apprécia beaucoup son repas supplémentaire. Il commanda la moitié des plats de la carte et mangea gloutonnement. Mais, à la fin du dîner, il refusa de partir et se cramponna à la table. Singer le cajola et le chauffeur de taxi voulut employer la force. Antonapoulos résista comme un roc, se livrant à des gestes obscènes quand on l'approchait de trop près. Finalement, Singer acheta au gérant de l'hôtel une bouteille de whisky, grâce à laquelle il attira le Grec dans le taxi. Quand Singer jeta par la fenêtre la bouteille intacte, Antonapoulos sanglota de déception et d'humiliation. La fin de leur petite excursion rendit Singer très triste.

Sa visite suivante fut la dernière, les deux semaines de vacances étant presque terminées. Antonapoulos avait oublié les incidents précédents. Ils restèrent dans leur coin de la salle. Les minutes passaient rapidement. Les mains de Singer parlaient désespérément et son visage étroit était très pâle. Enfin, le moment du départ arriva. Singer prit son ami par le bras et scruta son visage comme il le faisait autrefois, avant qu'ils se séparent pour la journée de travail. Antonapoulos le regardait, l'air endormi, sans bouger. Singer quitta la salle, les mains crispées au fond de ses poches.

Peu après, Singer reprit sa chambre dans la pension; Mick, Jake Blount et le docteur Copeland recommencèrent leurs visites. Tous voulaient savoir où il était allé et pourquoi il ne les avait pas avertis de ses projets. Mais Singer feignait de ne pas comprendre leurs questions, et son sourire restait impénétrable.

À tour de rôle, ils venaient dans la chambre de Singer passer la soirée. Le muet était toujours pensif et calme. De ses doux yeux aux teintes multiples émanait une gravité de sorcier. Mick Kelly, Jake Blount et le docteur Copeland venaient dans la chambre silencieuse, et ils parlaient – car ils croyaient le muet à même de comprendre tout ce qu'ils voulaient lui dire. Et peut-être plus encore [23].

Deuxième Partie

1

Cet été fut une expérience sans précédent dans l'existence de Mick. Il ne s'était rien produit qui puisse se décrire par des pensées ou par des mots – mais la sensation de changement n'en était pas moins réelle. Mick était perpétuellement surexcitée. Le matin, elle attendait avec impatience le moment de se lever et d'entamer la journée. Et le soir, elle ne supportait pas de devoir se recoucher.

Aussitôt après le petit-déjeuner, Mick emmenait les gosses dehors, et ils ne rentraient pratiquement pas de la journée, sauf pour les repas. Ils passaient une bonne partie du temps à traîner dans les rues – elle tirait le chariot de Ralph et Bubber suivait. Mick était constamment plongée dans ses pensées et ses projets. Quelquefois, elle levait brusquement les yeux et découvrait qu'ils avaient atterri dans un quartier qu'elle ne connaissait même pas. Et une ou deux fois où ils tombèrent sur Bill, elle était si absorbée qu'il dut lui prendre le bras pour lui signaler sa présence.

Tôt le matin, il y avait un peu de fraîcheur, et leurs ombres s'étiraient sur le trottoir devant eux. Mais au milieu du jour, le ciel devenait éclatant de chaleur. La lumière étincelait tant que ça faisait mal de garder les yeux ouverts. Bien souvent, les projets d'avenir de Mick se mêlaient de glace et de neige. Parfois, elle était en Suisse, entourée de montagnes couvertes de neige, patinant sur la froide glace verdâtre. Mr. Singer patinait à ses côtés [24]. Et peut-être Carole Lombard [25], et Arturo Toscanini [26] qui jouait à la radio. Ils patineraient ensemble, Mr. Singer tomberait à travers la glace et Mick, plongeant sans souci du danger, nagerait sous la glace et lui sauverait la vie. C'était un des scénarios préférés.

Habituellement, après un bout de promenade, Mick laissait Bubber et Ralph à l'ombre. Bubber était un gosse formidable et elle l'avait bien dressé. Il suffisait de lui dire de rester à portée des braillements de Ralph, et il n'allait même pas jouer aux billes avec d'autres gamins deux ou trois rues plus loin. Il jouait seul près du chariot, et on pouvait le quitter sans inquiétude. Elle allait à la bibliothèque regarder le *National Geographic*, ou bien se baladait dans les rues en continuant à réfléchir. Si elle avait un peu d'argent, elle s'achetait un Coca ou un Milky Way chez Mr. Brannon. Il faisait des réductions aux enfants et vendait trois *cents* les trucs qui en valaient cinq.

Mais sans arrêt – quoi qu'elle fasse – la musique était là [27]. Il lui arrivait de fredonner en marchant ou d'écouter sans bruit les chansons qu'elle portait en elle. Toutes sortes de musiques lui trottaient dans la tête. Certaines entendues à la radio, et d'autres qu'elle connaissait déjà sans les avoir entendues nulle part.

La nuit, une fois les enfants couchés, Mick était libre. C'était le moment le plus important. Il se passait beaucoup de choses quand elle était seule et dans l'obscurité. Après le dîner, elle filait de nouveau. Impossible de parler à quiconque de ses activités nocturnes, et lorsque sa mère l'interrogeait, elle répondait par une petite histoire qui paraissait acceptable. Mais la plupart du temps, quand on l'appelait, elle s'enfuyait comme si elle n'avait pas entendu. Cela s'appliquait à tout le monde, sauf à son père. La voix de son père, Mick était incapable de la fuir. C'était l'un des hommes les plus grands et les plus forts de la ville, avec pourtant une voix si calme et si bienveillante que les gens en demeuraient étonnés. Même lorsqu'elle était très pressée, Mick s'arrêtait à l'appel de son père.

Cet été-là, Mick apprit sur son père quelque chose qu'elle n'avait jamais soupçonné. Jusque-là, elle ne le considérait pas comme une personne distincte. Il l'appelait souvent. Elle allait dans la salle de séjour où il travaillait et restait à côté de lui quelques minutes – mais en l'écoutant, elle n'avait pas vraiment l'esprit à ce qu'il lui disait. Puis un soir, soudain, elle comprit quelque chose à propos de son père. Rien de particulier n'arriva ce soir-là. Et sans savoir ce qui le lui avait fait comprendre, elle se sentit ensuite plus vieille, et certaine de le connaître aussi bien qu'il lui était possible de connaître un être humain.

C'était un soir de la fin août, et Mick était très pressée. Il lui fallait se trouver près de cette maison à neuf heures, et sans faute. Son père l'ayant appelée, elle entra dans la salle de séjour. Il était courbé sur son établi. Sa présence dans cette pièce n'avait jamais paru naturelle. Jusqu'à son accident l'année dernière, il était peintre et charpentier. Chaque matin avant le lever du soleil, il quittait la maison en bleu de travail, et ne rentrait pas de la journée. Puis le soir, quelquefois, il bricolait des pendules pour arrondir les fins de mois. Il avait souvent essayé de trouver un emploi dans une bijouterie où il pourrait passer la journée seul, assis à un bureau, en chemise blanche et en cravate. À présent qu'il lui était impossible de faire de la menuiserie, il avait mis un panneau devant la maison annonçant « Réparation de montres et pendules à prix réduit ». Mais il ne ressemblait pas à la plupart des bijoutiers – ceux du centre ville étaient de petits Juifs bruns et agiles. Son papa était trop grand pour son établi, et ses gros os semblaient mal joints.

Son père se borna à la regarder. Elle devina qu'il n'avait aucune raison de l'appeler mais simplement une terrible envie de lui parler. Il essaya de trouver un moyen d'engager la conversation. Ses yeux marron étaient trop grands pour son long visage mince, et, depuis qu'il avait perdu jusqu'au dernier de ses cheveux, son crâne pâle et chauve lui donnait un air nu et sans défense. Il continuait à la regarder sans parler et elle était pressée. Elle devait être à cette maison à neuf heures précises, et il n'y avait pas de temps à perdre. Son père devina son impatience et s'éclaircit la gorge.

« J'ai quelque chose pour toi, dit-il. C'est pas beaucoup, mais tu dois pouvoir t'offrir quelque chose avec. »

Il n'avait pas besoin de lui donner cinq ou dix *cents* rien que parce qu'il se sentait seul et qu'il avait envie de parler. De ses gains, il ne gardait que de quoi se payer de la bière deux fois par semaine. Deux bouteilles se trouvaient déjà par terre à côté de sa chaise, une vide et une à peine entamée. Et quand il buvait de la bière il aimait faire la conversation. Son père tripota sa ceinture et elle détourna les yeux. Cet été, il s'était mis à se conduire comme un gosse et à cacher ces pièces de cinq et dix *cents* qu'il gardait pour lui, les dissimulant dans ses chaussures, ou bien dans une fente pratiquée dans sa ceinture. Mick n'était qu'à moitié décidée à accepter les dix *cents*, mais quand il les lui tendit, sa main s'ouvrit spontanément.

« J'ai tant de travail que je ne sais pas par où commencer », reprit-il.

C'était exactement le contraire de la vérité, et il le savait aussi bien qu'elle. On ne lui apportait guère de montres à réparer et, une fois le travail terminé, il bricolait par-ci par-là dans la maison, avant de se remettre le soir à son établi, nettoyant de vieux ressorts et des engrenages, s'efforçant de faire durer le travail jusqu'à l'heure du coucher. Depuis sa fracture de la hanche, n'ayant plus d'activité régulière, il avait besoin de s'occuper à chaque instant.

« J'ai beaucoup réfléchi ce soir », poursuivit son père. Il versa sa bière et saupoudra le revers de sa main de quelques grains de sel qu'il lécha avant de boire une gorgée.

Mick était si pressée qu'elle avait du mal à tenir en place. Son père le remarqua. Il essaya de dire quelque chose – mais il ne l'avait pas appelée pour une raison particulière. Il avait simplement envie de lui parler un peu. Il ouvrit la bouche et avala sa salive. Ils se regardèrent. Le silence se prolongea sans qu'aucun d'eux ne prenne la parole.

C'est alors que l'évidence s'imposa. Ce n'était pourtant pas une découverte – Mick l'avait toujours su, mais pas avec sa tête. Elle eut brutalement la *certitude* de connaître son père. Il se sentait seul et c'était un vieil homme. Parce qu'aucun de ses enfants ne venait le trouver, et parce qu'il ne gagnait pas beaucoup d'argent, il se croyait coupé de sa famille. Et dans son isolement il aurait voulu être proche d'un de ses gosses – bien trop occupés pour s'en rendre compte. Il avait l'impression d'être inutile.

Mick le comprit pendant qu'ils se regardaient. Cela lui fit un drôle d'effet. Son papa saisit un ressort de montre et le nettoya avec une brosse trempée dans de l'essence.

« Je sais que tu es pressée. J'ai juste appelé pour dire bonjour.
– Non, j'ai tout mon temps, répondit-elle. Franchement. »

Ce soir-là, elle s'assit près de l'établi et ils discutèrent. Son père parla de comptes et de dépenses, de la manière dont les choses auraient tourné s'il s'était débrouillé autrement. Il buvait de la bière, et, à un moment, les larmes lui vinrent aux yeux et il s'essuya le nez contre sa manche de chemise. Elle resta avec lui un bon moment ce soir-là, malgré sa hâte de partir. Pourtant, elle ne pouvait pas lui parler de ce qui la préoccupait – des chaudes, des sombres nuits.

Ces nuits étaient secrètes, et c'était le moment le plus important de l'été. Mick marchait seule dans le noir, avec l'impression de traverser une ville déserte. Chaque rue ou presque lui était devenue aussi familière durant la nuit que son propre quartier. Certains enfants avaient peur de se promener le soir dans des endroits inconnus, mais pas elle. Les filles craignaient qu'un homme surgi de nulle part vienne mettre son robinet en elles comme s'ils étaient mariés. Les filles étaient cinglées. Si quelqu'un de la taille de Joe Louis [28] ou de Mountain Man Dean [29] sautait sur Mick pour se battre, elle s'enfuirait. Mais s'il ne faisait pas plus de dix kilos qu'elle, elle lui flanquerait une bonne beigne et continuerait son chemin.

Les nuits étaient merveilleuses, et Mick n'avait pas le temps de songer à avoir peur. Seule dans le noir, elle pensait à la musique. En se promenant dans les rues, elle chantait et s'imaginait que la ville entière l'écoutait, sans savoir qu'il s'agissait de Mick Kelly.

Elle apprit beaucoup sur la musique pendant ces nuits d'été sans contraintes. Dans les beaux quartiers de la ville, chaque maison possédait une radio. Les fenêtres grandes ouvertes lui permettaient d'entendre la musique à merveille. Au bout de quelque temps, Mick sut quelles maisons captaient les émissions qu'elle voulait entendre. Une maison, notamment, recevait tous les bons orchestres. Le soir, elle y venait, et se glissait dans le jardin obscur pour écouter. Cette maison était entourée de superbes massifs, et Mick s'asseyait sous un buisson près de la fenêtre. Et quand c'était terminé, elle restait dans la cour, les mains dans les poches, à réfléchir longuement. C'était la part la plus réelle de l'été – écouter cette musique à la radio et l'étudier.

« *Cierra la puerta, señor* », lança Mick.

Bubber était vif comme l'éclair. « *Hagame usted el favor, señorita* », répliqua-t-il.

C'était épatant de faire de l'espagnol au lycée professionnel. Parler dans une langue étrangère lui donnait l'impression d'avoir bourlingué. Chaque après-midi, depuis que l'école avait commencé, Mick s'amusait avec les mots nouveaux et les phrases espagnoles. Au début, Bubber était resté sans voix, et Mick s'amusait beaucoup de la tête qu'il avait quand elle parlait la langue étrangère. Après, il se dépêcha d'attraper le truc, et il fut bientôt capable de copier tout ce qu'elle disait. Et il se rappelait les mots qu'il apprenait. Bien sûr, il ne comprenait pas toutes les phrases, mais de toute manière, elle ne les disait pas pour leur sens. Le gamin apprit si vite qu'elle tomba en panne de vocabulaire, se contentant de baragouiner des sons inventés. Mais il ne lui fallut pas longtemps pour s'en apercevoir – Bubber Kelly ne s'en laissait pas conter...

« Je vais faire comme si j'entrais dans cette maison pour la première fois, déclara Mick. Ça me permettra de dire si les décorations ont l'air bien ou pas. »

Elle sortit sous le porche puis revint se planter dans l'entrée. Toute la journée, Bubber, Portia, son papa et elle avaient arrangé l'entrée et la salle à manger pour la fête. La décoration consistait en feuilles d'automne, en guirlandes de vigne vierge et en rubans de papier crépon rouge. Sur la cheminée de la salle à manger, et derrière le porte-chapeaux, étaient disposées des feuilles jaune vif. Ils avaient accroché des guirlandes de vigne vierge le long des murs et sur la table où l'on mettrait le bol de punch. Le papier crêpon rouge pendait en longues franges de la tablette de la cheminée, et entourait de festons les dossiers des chaises. Les décorations ne manquaient pas. C'était bien.

Elle frotta sa main contre son front et plissa les yeux. Bubber, à côté d'elle, copiait chacun de ses gestes. « Je veux que cette fête se passe bien. J'y tiens. »

C'était sa première fête. Elle n'avait assisté qu'à quatre ou cinq. Cet été-là, elle était allée à un bal. Mais aucun garçon ne l'avait invitée à danser ou à faire une promenade; après être restée à côté du bol de punch jusqu'à épuisement des rafraîchissements, elle était rentrée à la maison. Sa fête ne ressemblerait en rien à celle-là. Dans quelques heures, ses premiers invités allaient arriver, et ça commencerait à chauffer.

Elle avait du mal à se rappeler comment l'idée de la fête lui était venue. Elle y avait pensé peu de temps après avoir commencé au lycée professionnel. Le lycée, c'était chouette. Complètement différent du cours moyen. Elle ne l'aurait pas autant apprécié s'il lui avait fallu suivre un cours de sténographie comme Hazel et Etta – mais grâce à une autorisation spéciale, elle faisait atelier de mécanique, comme un garçon. L'atelier, l'algèbre et l'espagnol, c'était extra. L'anglais, rudement difficile. Elle avait Miss Minner comme professeur d'anglais. Tout le monde racontait que Miss Minner avait vendu son cerveau à un docteur célèbre pour dix mille dollars, afin qu'il puisse le découper après sa mort, et découvrir pourquoi elle était si intelligente. Aux contrôles écrits, elle filait des questions du genre « Nommez huit contemporains célèbres du Dr Johnson », ou « Citez dix lignes du *Vicar of Wakefield* ». Elle interrogeait les gens par ordre alphabétique et gardait son carnet de notes ouvert pendant les leçons. Et elle était peut-être douée, mais c'était une vieille grincheuse. Le professeur d'espagnol avait fait un voyage en Europe. Elle disait qu'en France, les gens rapportaient chez eux des pains sans emballage. Ils discutaient dans les rues en cognant le pain contre un réverbère. Et il n'y avait pas d'eau en France, rien que du vin [30].

À tous points de vue ou presque, le lycée professionnel était formidable. On se promenait dans les couloirs entre les cours et, à l'heure du déjeuner, les élèves traînaient dans le gymnase. C'était ce qui la tracassait. Dans les couloirs, les gens allaient et venaient par groupes, et chacun semblait faire partie d'une bande. Au bout d'une ou deux semaines, elle connaissait suffisamment d'élèves dans les couloirs et en classe pour leur adresser la parole – mais pas davantage. Elle n'était membre d'aucune bande [31]. À l'école, elle serait simplement allée trouver le groupe auquel elle voulait s'intégrer, et la question aurait été réglée. Là, c'était une autre affaire.

Pendant la première semaine, Mick arpenta les couloirs en réfléchissant au problème. Elle songeait à la façon de s'introduire dans une bande presque autant qu'à la musique. Ces deux préoccupations l'absorbaient entièrement. Finalement, elle eut l'idée de la fête.

Mick se montra très stricte sur les invitations. Pas de gosses du cours moyen et personne de moins de douze ans. Exclusivement des gens entre treize et quinze ans. Elle connaissait assez bien les futurs invités pour les aborder dans les couloirs – et quand elle ignorait leurs noms, elle s'en informa. Elle appela tous ceux qui avaient le téléphone, et invita les autres au lycée.

Au téléphone, elle débitait toujours les mêmes phrases, autorisant Bubber à coller son oreille à l'écouteur. « Ici Mick Kelly », disait-elle. S'ils ne comprenaient pas le nom, elle continuait jusqu'à ce qu'ils aient bien enregistré. « Je donne un bal à huit heures samedi soir et je t'invite. J'habite au 103, Fourth Street, appartement A. » C'était sensass au téléphone, cet appartement A. Presque tous répondaient qu'ils seraient ravis de venir. Deux durs à cuire essayèrent de la snober, en lui redemandant son nom sans arrêt. L'un des deux voulut faire le malin et rétorqua : « Je ne vous connais pas. » Mick lui cloua le bec à toute allure : « Va te faire voir ! » En dehors de ces deux frimeurs, il y avait dix garçons et dix filles qu'elle connaissait, et elle était sûre qu'ils viendraient. Ce serait une vraie réception, qui ne ressemblerait à aucune de celles auxquelles elle avait assisté ou dont elle avait entendu parler, et qui les surpasserait toutes.

Mick jeta un dernier coup d'œil à l'entrée et à la salle à manger. Elle s'arrêta près du porte-chapeaux, devant le portrait du Vieux Face-Cradingue. C'était une photo du grand-père de sa maman. Il était commandant à l'époque de la guerre civile, et avait été tué dans une bataille. Un gamin avait dessiné des lunettes et une barbe sur la photo et, une fois les traces de crayon effacées, sa figure était restée toute sale. C'était pour ça qu'elle l'appelait le Vieux Face-Cradingue. La photo trônait au milieu d'un cadre en trois volets avec celle de ses fils de chaque côté. Ils avaient l'air à peu près du même âge que Bubber. Ils portaient des uniformes et leurs visages exprimaient la surprise. Eux aussi avaient été tués dans une bataille. Autrefois.

« Je vais le décrocher pour la fête. Je trouve que ça fait vulgaire. Pas toi ?

– Je ne sais pas, répondit Bubber. Est-ce qu'on est vulgaires, Mick ?

– Pas *moi*. »

Elle plaça la photo sous le porte-chapeaux. La décoration était bien. Mr. Singer serait content quand il rentrerait. Les pièces paraissaient très vides et très calmes. La table était mise pour le dîner. Et après le dîner viendrait l'heure de la fête. Elle se rendit dans la cuisine pour vérifier les rafraîchissements.

« Tu crois que tout ira bien ? » demanda-t-elle à Portia.

Portia confectionnait des galettes. Les rafraîchissements étaient posés au-dessus de la cuisinière. Il y avait du beurre de cacahuète, des sandwiches fourrés de gelée, des gâteaux au chocolat et du punch. Les sandwiches étaient recouverts d'un torchon humide. Elle y jeta un coup d'œil mais s'abstint d'en prendre.

« J' t'ai dit cinquante fois que tout irait bien, répondit Portia. Dès que j'aurai fini de préparer le dîner à la maison, je mettrai ce tablier blanc et je passerai les plateaux bien comme y faut. Après je me sauverai d'ici vers neuf heures et demie. C'est samedi soir aujourd'hui, et Highboy, Willie et moi, on a nos projets aussi.

– Bien sûr, acquiesça Mick. Je voulais juste donner un coup de main pour le démarrage, tu sais. »

Incapable de résister, elle prit un sandwich. Puis elle obligea Bubber à rester avec Portia et se rendit dans la chambre du milieu. La robe qu'elle devait porter était étalée sur le lit. Hazel et Etta avaient été sympas de lui prêter leurs plus beaux vêtements – étant donné qu'elles n'étaient pas censées assister à la fête. Il y avait la longue robe du soir en crêpe de Chine bleu d'Etta, des escarpins blancs et un diadème en strass pour ses cheveux. C'étaient des parures somptueuses. Mick avait du mal à s'imaginer avec.

La fin de l'après-midi arrivait et le soleil lançait à travers la fenêtre de longues lignes obliques jaunes. S'il lui fallait deux heures pour s'habiller, il était temps de commencer. À la perspective de mettre ces beaux vêtements, elle était incapable d'attendre tranquillement. Très lentement, dans la salle de bains, elle se débarrassa de son vieux short et de sa chemise, et ouvrit le robinet. Elle s'attarda longuement dans le bain, frottant les parties rugueuses de ses talons, de ses genoux et surtout de ses coudes.

Mick s'élança nue dans la chambre, et commença à s'habiller. Elle enfila une culotte de soie, des bas de soie, et passa même un soutien-gorge d'Etta, pour faire encore plus chic. Puis, avec beaucoup de précaution, elle mit la robe et chaussa les escarpins. Sa première robe du soir. Mick resta longtemps debout devant le miroir. Elle était si grande [32] que la robe lui arrivait à six ou sept centimètres au-dessus des chevilles – et les chaussures trop petites lui faisaient mal. Après une longue station devant le miroir, elle finit par se trouver soit complètement cruche, soit superbement belle. L'un ou l'autre.

Elle essaya six coiffures différentes. Les mèches posaient un problème ; Mick humecta sa frange, se fit trois accroche-cœurs et enfonça le diadème dans ses cheveux, puis se couvrit abondamment de maquillage et de rouge à lèvres. Le menton levé et les paupières mi-closes, comme une star de cinéma, elle tourna lentement son visage d'un côté à l'autre : superbe – tout simplement superbe.

Elle ne se reconnaissait pas. Quelle différence avec Mick Kelly ! Il restait encore deux heures avant le début de la fête ; pas question de se montrer habillée si tôt à la famille. Elle revint dans la salle de bains et s'enferma à l'intérieur. Pour éviter de froisser sa robe en s'asseyant, elle resta debout au centre de la pièce. Les murs qui la cernaient semblaient comprimer toute son exaltation. De se sentir si différente de l'ancienne Mick Kelly lui donnait la certitude que ce serait la plus grande réussite de sa vie – cette fête.

« Hourra! Le punch! »

« La robe la plus chouette. »

« Dis donc! Trouve la solution de celui sur le triangle quarante-six par v... »

« Laisse-moi passer! Bouge-toi de mon chemin! »

La porte d'entrée claquait à chaque seconde, au fur et à mesure que les gens s'engouffraient dans la maison. Des voix aiguës et des voix douces se mêlaient et finissaient par se fondre en un grondement indistinct. Les filles formaient des groupes dans leurs belles robes du soir, et les garçons erraient en pantalons de coutil propres, en uniformes de préparation militaire, ou en sombres costumes d'automne neufs. Le tumulte était tel que Mick ne parvenait pas à distinguer un visage ni une personne. Elle restait à côté du porte-chapeaux et contemplait la fête dans son ensemble.

« Tout le monde prend un carnet de bal et commence à s'inscrire. »

Au début, la salle était trop bruyante pour que l'annonce attire l'attention. Les garçons entouraient le bol de punch d'une foule si dense qu'on n'apercevait plus la table ni les guirlandes de vigne vierge. Seul le visage de son père, qui souriait en servant le punch dans de petits gobelets en papier, s'élevait au-dessus des têtes des garçons. À côté d'elle, sur l'étagère du porte-chapeaux, se trouvaient un bocal de bonbons et deux mouchoirs. Des filles croyaient que c'était son anniversaire, et elle les avait remerciées en ouvrant ses cadeaux, sans leur dire qu'elle n'aurait quatorze ans que dans huit mois. Chaque invité était aussi propre et frais, et aussi habillé qu'elle. Ils sentaient bon. Les garçons avaient lissé leurs cheveux humides et brillants. Les filles restaient ensemble, dans leurs longues robes diversement colorées, et elles ressemblaient à un éclatant massif de fleurs. C'était un merveilleux début. La fête commençait bien.

« Je suis moitié irlandais d'Écosse et français et... »

« J'ai du sang allemand... »

Elle lança un nouvel appel pour les carnets de bal avant d'entrer dans la salle à manger. Les invités quittèrent bientôt le vestibule pour s'y entasser. Chacun prit un carnet et s'aligna le long du mur. La fête commençait pour de bon.

Cela arriva brusquement d'une façon très étrange – ce silence. Les garçons étaient rassemblés d'un côté de la pièce et les filles en face d'eux. Tout le monde cessa de faire du bruit en même temps. Les garçons tenaient leurs carnets en regardant les filles et un grand calme régnait dans la pièce. Aucun des garçons ne venait inviter de cavalière, comme ils auraient dû. L'horrible silence s'amplifia et Mick n'avait pas assez d'expérience de ces situations pour savoir comment réagir. Puis les garçons commencèrent à se pousser mutuellement et à parler. Les filles gloussaient – mais même quand elles ne regardaient pas les garçons, on voyait qu'elles ne songeaient qu'au succès qu'elles pourraient avoir. L'horrible silence s'était désormais dissipé, mais une atmosphère de tension subsistait dans la pièce.

Au bout d'un moment, un garçon se dirigea vers une fille du nom de Delores Brown. Dès qu'elle eut inscrit son nom, les autres garçons se précipitèrent tous ensemble sur Delores. Lorsque son carnet fut rempli, ils recommencèrent avec une autre, Mary. Puis il ne se passa plus rien. Une ou deux filles furent encore sollicitées – et, comme c'était elle qui recevait, trois garçons vinrent vers Mick. Ce fut tout.

Les invités traînaient dans la salle à manger et dans l'entrée. Les garçons s'attroupaient autour du bol de punch en essayant de frimer entre eux. Les filles restaient ensemble et riaient beaucoup pour faire croire qu'elles s'amusaient. Les garçons pensaient aux filles et les filles pensaient aux garçons, sans autre résultat qu'un malaise persistant dans la pièce.

C'est alors qu'elle remarqua Harry Minowitz [33]. Il habitait dans la maison voisine et elle le connaissait depuis toujours. Harry était de deux ans son aîné, mais elle avait grandi plus vite et pendant l'été ils se bagarraient au corps à corps sur le bout de la pelouse près de la rue. Harry était juif, mais ça ne sautait pas aux yeux. Ses cheveux étaient brun clair et raides. Ce soir-là, sa mise était très soignée, et en entrant il avait accroché au porte-chapeaux un panama d'homme avec une plume.

Ce n'étaient pas ses vêtements qui attirèrent l'attention de Mick. Il y avait quelque chose de changé dans son visage parce qu'il ne portait pas les lunettes à monture d'écaille dont il ne se séparait jamais d'habitude. Un orgelet rouge lui gonflait le coin de l'œil, et il était obligé de rejeter la tête de côté comme un oiseau pour voir.

Ses longues mains fines ne cessaient d'effleurer le bord de sa paupière, comme si l'orgelet lui faisait mal. En venant demander du punch, il planta carrément le gobelet sous le nez de son père. Mick comprit qu'il avait terriblement besoin de ses lunettes. Il était nerveux et se cognait sans arrêt aux autres. Il ne demanda de promenade [34] à aucune fille, sauf à elle – parce qu'elle donnait la fête.

Il ne restait plus de punch. Son père, craignant qu'elle soit gênée, était retourné dans la cuisine avec sa mère pour préparer de la limonade. Quelques invités étaient allés sous le porche ou sur le trottoir. Mick fut ravie de sortir dans l'air frais de la nuit. Après la maison chaude, lumineuse, elle humait le jeune automne dans l'obscurité.

Puis elle vit un spectacle inattendu. Un groupe de gosses du voisinage s'était rassemblé sur le bord du trottoir et dans la rue sans lumière. Pete, Sucker [35] Wells, Baby et Spareribs [36] – la bande au complet, des petits, plus jeunes que Bubber, jusqu'aux plus de douze ans. Il y avait même des gamins qu'elle ne connaissait pas et qui, flairant une fête, étaient venus traîner par ici. Et des gosses de son âge ou plus qu'elle n'avait pas invités parce qu'ils lui avaient fait une crasse ou l'inverse. Ils étaient sales, en simples shorts, en culottes loqueteuses ou en vieilles robes de tous les jours. Ils rôdaient dans le noir pour observer la fête. Deux sentiments lui vinrent à la vue de ces gamins – l'un de tristesse et l'autre de menace.

« Tu m'as réservé cette promenade. » Harry Minowitz articula comme s'il lisait sur son carnet, mais elle voyait que rien n'était marqué dessus. Son père, sous le porche, donna d'un coup de sifflet le signal du départ de la première promenade.

« Ouais, répondit-elle. Allons-y. »

Ils entamèrent leur tour du pâté de maisons. Dans sa robe longue, elle se sentait très chic. « Regardez là-bas Mick Kelly! hurla un gosse dans le noir. Regardez-la! » Mick fit mine de ne pas avoir entendu, mais c'était Spareribs, et un de ces jours elle lui ferait son affaire. Harry et elle longèrent rapidement le trottoir, et en arrivant au bout de la rue, ils entamèrent le tour d'un autre pâté de maisons.

« Quel âge as-tu maintenant, Mick... treize ans?

– Je vais sur mes quatorze ans. »

Elle savait ce qu'il pensait. Avant, elle n'arrêtait pas de s'inquiéter à cause de ça. Un mètre soixante-huit, quarante-sept kilos, et elle n'avait que treize ans. Tous les gosses de la fête étaient des nabots à côté d'elle, sauf Harry, qui n'avait que cinq centimètres de moins. Aucun garçon ne voulait se promener avec une fille tellement plus grande que lui. Mais peut-être que les cigarettes aideraient à stopper sa croissance.

« J'ai pris huit centimètres en un an, ajouta-t-elle.

– Une fois j'ai vu une dame à la foire qui mesurait deux mètres cinquante. Mais tu n'arriveras sûrement pas jusque-là. »

Harry s'arrêta à côté d'un sombre buisson de lilas. Personne n'était en vue. Il sortit quelque chose de sa poche et commença à tripoter l'objet en question. Elle se pencha pour voir – c'était sa paire de lunettes qu'il essuyait avec son mouchoir.

« Excuse-moi », dit-il. Puis il chaussa ses lunettes et elle l'entendit respirer profondément.

« Tu devrais porter tes lunettes tout le temps.

– Ouais.

– Comment se fait-il que tu te promènes sans?

– Oh, je sais pas... »

La nuit était calme et sombre. Harry la prit par le coude pour traverser la rue.

« Il y a une certaine jeune fille à la fête qui pense que c'est efféminé de porter des lunettes. Cette personne... eh bien, peut-être que je suis un... »

Il n'acheva pas. Soudain, il tendit ses muscles, courut et sauta pour attraper une feuille à plus d'un mètre au-dessus de sa tête. Elle distinguait à peine la haute feuille dans le noir. Grâce à une bonne détente, Harry l'eut du premier coup. Puis il mit la feuille dans sa bouche et fit mine de boxer dans l'obscurité. Elle le rattrapa.

Comme d'habitude, une chanson lui trottait dans la tête. Elle fredonnait.

« Qu'est-ce que tu chantes?

– Un morceau d'un type qui s'appelle Motsart. »

Harry se sentait en forme. Il sautillait rapidement sur place, comme un boxeur. « On dirait un nom allemand.

– Je crois, oui.

– Fasciste? questionna-t-il.

– Quoi?

– Est-ce que ce Motsart est un fasciste ou un nazi [37]? »

Mick réfléchit un instant. « Non. Ceux-là sont de maintenant, alors que ce type est mort depuis un certain temps.

– Tant mieux. » Il se remit à boxer dans l'obscurité. Il voulait qu'elle lui demande pourquoi.

« Je dis que c'est tant mieux, répéta-t-il.

– Pourquoi ?

– Parce que je hais les fascistes. Si j'en rencontrais un dans la rue, je le tuerais. »

Mick regarda Harry. Dans l'éclairage de la rue, les feuilles projetaient de brusques ombres tachetées sur son visage. Il était surexcité.

« Comment ça ?

– Nom d'un chien ! Tu ne lis jamais le journal ? Tu sais, voilà... »

Ils étaient revenus à leur point de départ. La maison était en effervescence. On criait et on courait sur le trottoir. Une lourde sensation de nausée lui noua l'estomac.

« Je n'ai pas le temps d'expliquer si on ne refait pas le tour du quartier. Ça ne me dérange pas de te dire pourquoi je hais les fascistes. J'aimerais bien. »

C'était sans doute la première occasion qui s'offrait à lui de débiter ces idées. Mais Mick n'avait pas le temps d'écouter. Elle était occupée à observer ce qui se passait devant la maison. « D'accord. On en parlera plus tard. » La promenade était terminée à présent, elle pouvait se concentrer sur la pagaille qu'elle avait sous les yeux.

Qu'était-il arrivé pendant son absence ? Au moment de son départ, les invités flânaient dans leurs beaux habits, et ça ressemblait à une vraie réception. Maintenant – cinq minutes après – ça tenait plutôt de l'asile de fous. Pendant son absence, les gosses, surgissant de l'obscurité, s'étaient carrément introduits dans la fête. Le culot qu'ils avaient ! Pete Wells était là, déboulant de la porte d'entrée avec un gobelet de punch à la main. Ils beuglaient, couraient et se mêlaient aux invités – dans leurs vieilles culottes trop larges et leurs vêtements de tous les jours.

Baby Wilson faisait l'idiote sous le porche – et Baby n'avait pas plus de quatre ans. Elle aurait dû être au lit à cette heure-là, comme Bubber, ça tombait sous le sens. Elle descendait les marches une à une, en tenant le punch bien haut au-dessus de sa tête. Elle n'avait strictement aucune raison d'être là. Mr. Brannon était son oncle, et lui donnait autant de bonbons et de boissons gratuits qu'elle voulait. Dès qu'elle fut sur le trottoir, Mick l'attrapa par le bras. « Tu rentres tout droit chez toi, Baby Wilson. Allez, file. » Mick regarda autour d'elle, cherchant d'autres moyens de rétablir l'ordre. Elle se dirigea vers Sucker Wells. Il se trouvait plus bas sur le trottoir, un gobelet à la main, dévisageant tout le monde d'un air rêveur. Sucker avait sept ans; il portait un short. Il avait le torse et les pieds nus. Il était entièrement étranger à cette foire d'empoigne, mais Mick était dans une rage folle.

Elle prit Sucker par les épaules et le secoua. Sucker commença par serrer les mâchoires, puis au bout de quelques instants il se mit à claquer des dents. « Tu rentres chez toi, Sucker Wells. Tu arrêtes de traîner là où tu n'es pas invité. » Elle le relâcha, et Sucker, la queue basse, descendit lentement la rue. Mais il n'alla pas jusque chez lui. Lorsqu'il arriva au coin, Mick le vit s'asseoir sur le bord du trottoir, pour contempler la fête d'un endroit où il croyait échapper à ses regards.

L'espace d'une minute, elle se félicita d'avoir houspillé Sucker mais juste après, en proie à une vive inquiétude, elle alla le rechercher. C'étaient les grands qui mettaient la pagaille. Des sales gosses, et les plus gonflés qu'elle ait jamais vus. Raflant tous les rafraîchissements et bousillant la fête, transformée en tohu-bohu. Ils claquaient la porte d'entrée en braillant, et se cognaient les uns aux autres. Elle se dirigea vers Pete Wells parce que c'était le pire de tous. Avec son casque de football, il donnait des coups de tête aux gens. Malgré ses quatorze ans bien sonnés, Pete se traînait encore au cours moyen. Elle s'approcha de lui, mais il était trop grand pour qu'elle le secoue comme Sucker. Quand elle lui ordonna de rentrer chez lui, il se tortilla et lui fonça dessus.

« J'ai été dans six États différents. La Floride, l'Alabama... »

« En lamé argent, avec une ceinture à nœud... »

La fête était complètement gâchée. Tout le monde parlait en même temps. Les invités du lycée se mêlaient à la bande du voisinage. Les garçons et les filles restaient cependant à part – et personne ne faisait de promenades. À l'intérieur, la limonade était presque finie. Il n'y avait plus qu'une petite flaque d'eau et des écorces de citron flottant au fond du bol. Son père était toujours trop gentil avec les gosses. Il avait versé du punch à chaque enfant qui lui tendait un gobelet. Portia servait les sandwiches lorsqu'elle entra dans la salle à manger. Ils disparurent en cinq minutes. Elle n'en eut qu'un – à la gelée, avec des miettes roses et mouillées qui débordaient.

Portia restait dans la salle à manger pour assister à la fête.

« J'm'amuse trop pour partir, expliqua-t-elle. J'ai fait dire à Highboy et à Willie de continuer leur samedi soir sans moi. Tout le monde est si excité que je vais attendre la fin de la fête. »

Excitation – le mot était parfaitement approprié. Mick la sentait à travers la pièce, sous le porche et sur le trottoir. Elle était excitée, elle aussi. Pas seulement à cause de sa robe et de la beauté de son reflet lorsqu'elle s'apercevait dans le miroir du porte-chapeaux, avec son fard aux joues et son diadème en strass. C'était peut-être la décoration, et toute cette cohue d'élèves et de gosses.

« Regarde-la courir! »

« Aïe! Ça suffit... »

« À ton âge! »

Les filles couraient le long de la rue, leurs robes relevées, les cheveux au vent. Quelques garçons avaient coupé les longues pointes acérées d'un buisson de yucca et poursuivaient les filles avec. Des premières années de lycée professionnel, habillés pour un vrai bal, qui se comportaient comme des gamins. C'était à moitié du jeu, et à moitié sérieux. Un garçon vint vers elle avec un bâton et Mick se mit à courir elle aussi.

Il n'était plus question de réception. La soirée s'était transformée en défoulement de gosses. Mais c'était la nuit la plus folle de sa vie. Les enfants avaient tout déclenché. Comme une maladie contagieuse, leur arrivée faisait oublier aux autres le lycée et leur âge. C'était le même truc qu'au moment de prendre un bain, l'après-midi, quand on se vautre partout dans le jardin et qu'on se salit énormément pour en profiter avant d'entrer dans la baignoire. Ils étaient devenus des gosses déchaînés qui jouaient dehors le samedi soir – et Mick se sentait la plus déchaînée de tous.

Elle hurlait, elle bousculait, toujours la première à tenter n'importe quoi. Elle faisait tant de bruit et se déplaçait si vite qu'elle ne voyait pas les autres et n'arrivait pas à reprendre suffisamment son souffle pour se livrer à toutes les extravagances qu'elle imaginait.

« Le fossé en bas de la rue! Le fossé! Le fossé! »

Mick fut la première à s'y précipiter. Dans une rue en contrebas, pour installer de nouveaux tuyaux sous la chaussée, on avait creusé un fossé très profond. Les signaux tout autour brillaient dans l'obscurité. Mick, impatiente de descendre, courut jusqu'aux flammèches rougeoyantes puis sauta.

Avec ses chaussures de tennis, elle serait retombée comme un chat – mais les hauts escarpins la firent glisser et son ventre heurta le tuyau. Le souffle coupé, elle resta allongée en silence, les yeux clos.

La fête... Mick se rappela longuement comment elle se l'était figurée, comment elle imaginait ses nouveaux camarades du lycée professionnel. Et la bande où elle voulait s'intégrer. Désormais, dans les couloirs, elle réagirait différemment, sachant qu'ils n'avaient rien de particulier, que c'étaient des gosses comme les autres. Elle ne se tracassait pas pour la fête gâchée. Mais c'était terminé. C'était la fin.

Mick ressortit du fossé. Quelques gamins jouaient autour des petits bidons de flammes. Le feu produisait une lueur rougeoyante et des ombres longues et vives. Un garçon était allé chercher chez lui un masque en pâte à pain acheté en prévision de Halloween. Il n'y avait rien de changé dans la fête, sauf elle.

Mick rentra lentement à la maison. En passant devant les enfants, elle s'abstint de leur parler ou de les regarder. La décoration de l'entrée était arrachée et la maison semblait très vide parce que tout le monde était dehors. Dans la salle de bains, elle ôta la robe du soir bleue. L'ourlet étant déchiré, elle le replia de façon à dissimuler l'accroc. Le diadème en strass avait disparu, son vieux short et sa chemise gisaient sur le sol, là où elle les avait laissés. Mick les enfila. Elle était trop grande pour continuer à porter un short après ça [38]. Pas après cette nuit. Plus jamais.

Mick gagna le porche. Son visage était très pâle sans le fard. Elle entoura sa bouche de ses mains et prit une inspiration profonde. « Rentrez tous! On ferme! La fête est finie! »

Dans la nuit silencieuse et secrète, elle était à nouveau seule. Il n'était pas tard – on voyait des carrés de lumière jaunes aux fenêtres le long des rues. Mick marchait doucement, les mains dans les poches et la tête inclinée. Longtemps, elle marcha sans prendre garde à la direction qu'elle prenait.

Les maisons s'espacèrent, et des jardins avec de grands arbres et des massifs sombres apparurent. Mick se rendit soudain compte qu'elle se trouvait à proximité de la maison où elle était venue si souvent durant l'été. Ses pieds l'y avaient menée à son insu. Arrivée devant la maison, elle attendit pour être sûre de ne pas être vue, avant de traverser l'allée.

La radio était en marche comme d'habitude. Mick resta un instant près de la fenêtre à observer les gens à l'intérieur. L'homme chauve et la dame aux cheveux gris jouaient aux cartes à une table. Mick s'assit par terre. C'était un endroit très beau et très secret. D'épais cèdres l'encerclaient, la dissimulant entièrement. La radio n'avait aucun intérêt ce soir – quelqu'un chantait des chants populaires qui se terminaient tous de la même façon. Avec un sentiment de vide, Mick farfouilla dans ses poches, et découvrit des raisins secs, un marron et un collier – une cigarette et des allumettes. Elle alluma la cigarette, et passa les bras autour de ses genoux. Elle se sentait si vide qu'il ne lui venait ni sensation ni pensée.

Les émissions se succédaient, toutes nulles. Mick s'en fichait. Elle fuma et ramassa une petite poignée de brins d'herbe. Au bout d'un moment, un nouveau présentateur se mit à parler. Il mentionna Beethoven. Mick avait lu quelque chose sur ce musicien à la bibliothèque – son nom se prononçait avec un *a* et s'écrivait avec deux *e*. C'était un Allemand comme Mozart. De son vivant, il parlait dans une langue étrangère et vivait dans un pays étranger – comme elle en rêvait. Le présentateur annonça qu'on allait passer sa troisième symphonie [39]. Mick n'écouta qu'à moitié parce qu'elle voulait encore marcher un peu et ne se souciait pas beaucoup du programme. Puis la musique commença. Mick leva la tête et son poing se pressa contre sa gorge.

Comment cela arriva-t-il? Un instant, l'ouverture oscilla. Comme une marche ou un défilé. Comme Dieu se pavanant dans la nuit. Mick sentit son corps se refroidir brusquement, avec pour seule source de chaleur cette ouverture ramassée dans son cœur. Elle n'entendit même pas la suite, mais demeura en attente, frigorifiée, les poings serrés. Un moment après, la musique revint, plus dure et forte. Ça n'avait rien à voir avec Dieu. C'était elle, Mick Kelly, se promenant le jour et seule la nuit. Dans le chaud soleil et dans l'obscurité, avec ses projets et ses émotions. Cette musique c'était elle – c'était tout simplement la vraie Mick.

Elle n'arrivait pas à écouter assez bien pour tout entendre. La musique bouillait en elle. Que faire? S'accrocher à quelques passages merveilleux, s'y absorber pour ne pas les oublier – ou laisser filer en écoutant ce qui venait sans réfléchir et sans essayer de se souvenir? Bon sang! Cette musique qui contenait le monde entier, elle ne pouvait pas s'en remplir assez les oreilles. Enfin, le motif de l'ouverture resurgit, avec tous les instruments regroupés pour chaque note comme un poing durci, serré, qui lui cognait le cœur. Et la première partie s'acheva.

La musique ne fut ni de longue ni de courte durée, mais entièrement étrangère au temps. Mick, les bras autour de ses jambes, mordait très fort son genou salé. Cinq minutes ou la moitié de la nuit avaient pu s'écouler. La deuxième partie était colorée en noir – une marche lente. Pas triste, mais comme si le monde entier était mort et noir et qu'il fût vain de songer à son état passé. Une sorte de cor jouait un air mélancolique aux sonorités argentines. Puis la musique monta, furieuse, porteuse d'une excitation sous-jacente. Et de nouveau la marche noire.

Mais ce fut peut-être la dernière partie de la symphonie qu'elle aima le mieux – joyeuse, et comme si les plus grands hommes du monde couraient et rebondissaient librement. Rien ne pouvait être plus douloureux que cette musique splendide. Cette symphonie contenait le monde entier et Mick n'arrivait pas à l'absorber toute.

C'était fini, et elle resta crispée, les bras autour des genoux. Un autre programme commença, et elle se boucha les oreilles. La musique ne laissait en elle que cette pénible blessure, et une absence. Impossible de se rappeler quoi que ce fût de la symphonie, pas même les dernières notes. Malgré ses efforts aucun son ne lui revenait en mémoire. Maintenant que c'était fini, il ne lui restait que les battements de son cœur affolé et cette immense blessure.

La radio et les lumières s'éteignirent. La nuit était très sombre. Soudain, Mick se frappa les cuisses de ses poings et martela le même muscle de toutes ses forces jusqu'à ce que les larmes ruissellent sur son visage. Mais la sensation n'était pas assez aiguë. Les cailloux sous le buisson étaient pointus. Elle en attrapa une poignée et se mit à les frotter de bas en haut contre sa cuisse jusqu'au sang. Puis elle se rallongea par terre, sur le dos, et elle contempla la nuit. La violente douleur à sa jambe l'apaisait. Elle gisait mollement sur l'herbe humide et, au bout d'un moment, sa respiration redevint lente et facile.

Pourquoi les explorateurs n'avaient-ils pas compris en regardant le ciel que la terre était ronde? Le ciel était courbe, comme l'intérieur d'une immense boule de verre, d'un bleu très sombre émaillé d'étoiles brillantes. La nuit était calme. Une odeur de cèdre chaud imprégnait l'air. Mick ne faisait aucun effort pour se souvenir de la musique lorsque les notes lui revinrent. La première partie surgit dans sa tête telle qu'elle l'avait entendu jouer. Elle écouta calmement, lentement, en étudiant les notes comme un problème de géométrie afin de les garder en mémoire. Elle voyait clairement la forme des sons et ne les oublierait pas.

Elle était heureuse. Elle murmura quelques mots : « Pardonne-moi, Seigneur, car je ne sais pas ce que je fais [40]. » Pourquoi pensait-elle à ça? Tout le monde savait depuis quelques années qu'il n'y avait pas de vrai Dieu. Quand elle songeait à la manière dont elle se représentait Dieu, il ne lui venait que l'image de Mr. Singer enveloppé d'un long drap blanc. Dieu était silencieux – c'était peut-être ça qui lui avait donné l'idée. Elle répéta les mots, exactement comme elle les articulerait à l'intention de Mr. Singer : « Pardonne-moi, Seigneur, car je ne sais pas ce que je fais. »

Ce passage était beau et limpide. Elle pouvait désormais le chanter quand elle voulait. Peut-être que plus tard, un matin, au réveil, d'autres passages lui reviendraient. Si jamais elle réentendait la symphonie, d'autres parties s'ajouteraient à ce qu'elle avait déjà en tête. Et peut-être, si elle l'entendait quatre fois de plus, rien que quatre fois, elle la connaîtrait en entier. Peut-être.

Une fois encore, elle écouta l'ouverture. Puis les notes s'espacèrent, s'adoucirent, et elle coula lentement dans la terre sombre.

Mick s'éveilla en sursaut. L'air avait fraîchi, et à l'instant où elle émergea du sommeil, elle rêvait qu'Etta Kelly prenait tout le dessus-de-lit. « Donne-moi un peu de couverture... », essayait-elle de dire. Elle ouvrit les yeux. Le ciel était très noir et les étoiles avaient disparu. L'herbe était mouillée. Elle se leva précipitamment : son père devait être inquiet. Puis elle se souvint de la musique. Ne sachant pas s'il était minuit ou trois heures du matin, elle fila à toute allure en direction de la maison. L'air dégageait une senteur d'automne. La musique retentissait dans sa tête, rapide et forte, et Mick courait de plus en plus vite sur les trottoirs qui menaient à son quartier.

2

À l'approche d'octobre, les journées devinrent bleues et fraîches. Biff Brannon troqua son pantalon léger en crépon contre un autre de serge bleu foncé. Derrière le comptoir du café, il installa une machine à faire du chocolat chaud. Mick avait un faible pour le chocolat chaud, et elle venait trois ou quatre fois par semaine en boire une tasse. Biff le lui servait pour cinq *cents* au lieu de dix, et il aurait aimé le lui offrir. Quand elle était debout derrière le comptoir, il la regardait, et se sentait troublé et triste. Il avait envie de tendre la main et de toucher la chevelure ébouriffée, brûlée de soleil – mais pas pour la caresser comme des cheveux de femme. Une gêne le gagnait, et lorsqu'il lui parlait, sa voix prenait une sonorité étrange et rude.

Il avait beaucoup de soucis. D'abord, Alice n'allait pas bien. Elle travaillait en bas comme d'habitude de sept heures du matin à dix heures du soir, mais elle se déplaçait avec lenteur et ses yeux étaient marqués de cernes bruns. C'était surtout au restaurant qu'elle donnait des signes de faiblesse. Un dimanche, alors qu'elle tapait la carte du jour à la machine, elle copia le menu spécial avec poulet à la royale à vingt *cents* au lieu de cinquante, et ne découvrit l'erreur qu'au moment où plusieurs clients s'apprêtaient à payer leur commande. Une autre fois, elle rendit la monnaie sur dix dollars avec deux billets de cinq et trois d'un dollar. Biff la regardait longuement, se frottant le nez d'un air pensif, les yeux mi-clos.

Ils n'en parlaient pas. La nuit, il travaillait en bas pendant qu'elle dormait, et le matin, elle avait seule la charge du restaurant. Quand ils travaillaient ensemble, Biff restait derrière la caisse et s'occupait de la cuisine et des tables, comme de coutume. Leurs échanges se limitaient à la marche de l'établissement, mais Biff observait sa femme avec perplexité.

Puis, dans l'après-midi du 8 octobre, un cri de douleur lui parvint soudain de la chambre à coucher. Biff se précipita à l'étage. En une heure, Alice était transportée à l'hôpital, et le docteur lui enleva une tumeur de la grosseur d'un nouveau-né. Moins d'une heure après, Alice était morte [41].

À l'hôpital, Biff demeura abasourdi à son chevet. Il avait assisté à sa mort. Les yeux d'Alice, hébétés et embrumés à cause de l'éther, s'étaient durcis comme du verre. L'infirmière et le médecin se retirèrent de la pièce. Biff continua à scruter le visage de la morte. Excepté la pâleur bleuâtre, le changement n'était guère perceptible. Il observa la morte dans les moindres détails, comme s'il n'avait pas vu Alice tous les jours pendant vingt et un ans. Puis, peu à peu, lui revint une image qu'il conservait en lui depuis longtemps.

L'océan vert et froid et une bande dorée de sable brûlant. Les petits enfants jouant au bord de la ligne soyeuse de l'écume. La robuste fillette brune, les frêles petits garçons nus, les jeunes adolescents courant et s'appelant de leurs voix mélodieuses, aiguës. Des enfants qu'il connaissait, Mick et sa nièce, Baby, et aussi de jeunes visages étranges que personne n'avait jamais vus. Biff pencha la tête.

Au bout d'un long moment, il se leva de son fauteuil et se planta au milieu de la pièce. Il entendait sa belle-sœur, Lucile, arpenter le couloir. Une grosse abeille rampait sur la commode et, adroitement, Biff l'attrapa dans sa main et la rejeta par la fenêtre ouverte. Il lança un dernier regard au visage de la morte et, avec une résignation de veuf, il ouvrit la porte qui donnait dans le couloir de l'hôpital.

Le lendemain, en fin de matinée, il cousait dans la chambre à l'étage. Pourquoi? Pourquoi, dans les cas d'amour vrai, celui qui reste ne se suicide-t-il pas plus souvent? Uniquement parce que les vivants doivent enterrer les morts? À cause des rites à accomplir après la mort? Parce que celui qui reste doit pour un temps jouer son rôle, alors que chaque seconde donne l'impression de s'étirer sans limite, et que d'innombrables yeux le regardent? Parce qu'il a une fonction à remplir? Ou peut-être, quand il y a de l'amour, faut-il que le veuf demeure pour la résurrection de l'aimé – afin que le disparu ne soit pas véritablement mort, mais soit recréé une seconde fois et croisse dans l'âme du vivant? Pourquoi?

Biff, penché sur sa couture, s'abîmait dans de vastes réflexions. Il cousait habilement, et les callosités du bout de ses doigts étaient si dures qu'il n'avait pas besoin de dé. Les crêpes étaient déjà cousus aux manches de deux costumes gris, et il en était au dernier.

Le jour était lumineux et chaud, et les premières feuilles mortes du jeune automne râpaient les trottoirs. Biff était sorti tôt. Chaque minute était très longue. Devant lui s'étalait une éternité de loisir. Il avait fermé la porte du restaurant et accroché à l'extérieur une couronne de lis blancs. Il se rendit d'abord à l'entreprise de pompes funèbres et examina avec soin le choix de cercueils. Il palpa les tissus des garnitures et testa la résistance des armatures.

« Comment s'appelle le *crêpe* de celui-ci – georgette? »

L'entrepreneur répondait à ses questions d'une voix huileuse, onctueuse.

« Et quel est le pourcentage de crémations dans votre affaire? »

Dans la rue, Biff marchait d'un pas cérémonieux. Un vent chaud soufflait de l'ouest et le soleil brillait d'un vif éclat. Sa montre s'étant arrêtée, il prit la direction de la rue où Wilbur Kelly avait récemment installé son enseigne d'horloger. Kelly, en peignoir de bains rapiécé, était à son établi. Son atelier servait également de chambre, et le bébé que Mick promenait dans un chariot était sagement assis sur une paillasse par terre. Chaque minute était si longue que Biff avait largement le temps de réfléchir et de s'informer. Il demanda à Kelly de lui expliquer le rôle exact des rubis dans une montre. Il remarqua comment l'œil droit de Kelly se déformait à travers sa loupe d'horloger. Ils parlèrent un moment de Chamberlain [42] et de Munich [43]. Puis, comme il était encore tôt, il décida de monter dans la chambre du muet.

Singer s'habillait pour le travail. La veille, Biff avait reçu de lui une lettre de condoléances. Singer devait tenir un des cordons du poêle. Biff s'assit sur le lit et ils fumèrent une cigarette ensemble. Singer le regardait de temps à autre de ses yeux verts perspicaces. Il lui offrit un café. Biff ne disait rien, et le muet s'arrêta pour lui tapoter l'épaule et scruter brièvement son visage. Quand Singer fut habillé, ils sortirent ensemble.

Biff acheta le ruban noir au bazar et alla voir le pasteur de la paroisse d'Alice. Une fois ces dispositions prises, il revint chez lui. Pour mettre de l'ordre – c'était dans son intention. Il empaqueta les vêtements et les affaires d'Alice pour les donner à Lucile. Il nettoya de fond en comble et rangea les tiroirs de la commode. Il réorganisa même les étagères de la cuisine au rez-de-chaussée et ôta les serpentins de *crêpe* aux couleurs vives des ventilateurs électriques. Cette tâche achevée, il se mit dans la baignoire et se lava entièrement. La matinée était passée.

Biff cassa le fil avec ses dents et lissa la bande noire sur la manche de sa veste. Lucile devait l'attendre. Lui, elle et Baby monteraient ensemble dans le fourgon mortuaire. Il mit de côté le panier à ouvrage et posa soigneusement la veste munie du brassard sur ses épaules. Il parcourut rapidement la pièce du regard pour vérifier qu'il n'avait rien oublié.

Une heure après, il se trouvait dans la kitchenette de Lucile. Il était assis, les jambes croisées, une serviette sur la cuisse, buvant une tasse de thé. Lucile et Alice se ressemblaient si peu qu'il était difficile de savoir qu'elles étaient sœurs. Mince et brune, Lucile était ce jour-là entièrement vêtue de noir. Elle coiffait Baby sur la table de cuisine. La petite fille attendait patiemment, les mains croisées sur les genoux, que sa mère ait terminé. Le soleil baignait la pièce d'une lumière douce et veloutée.

« Bartholomew – commença Lucile.

– Quoi?

– Tu ne penses jamais au passé?

– Non, répondit Biff.

– Tu sais, je dois porter des œillères en permanence pour ne pas regarder de côté ou en arrière. Tout ce à quoi je peux penser, c'est le travail, la préparation des repas et l'avenir de Baby.

– C'est la meilleure attitude possible.

– J'ai fait des bouclettes à Baby au magasin. Mais elles s'aplatissent si vite qu'il vaudrait mieux une permanente. Je ne veux pas la lui faire moi-même – je crois que je vais l'emmener à Atlanta quand j'irai à la convention des esthéticiennes, et on la lui fera là-bas.

– Bonté divine! Elle n'a que quatre ans. Ça risque de l'effrayer. Et en plus, les permanentes rendent les cheveux plus rugueux. »

Lucile trempait le peigne dans un verre d'eau et plaquait les boucles sur les oreilles de Baby. « Non, ce n'est pas vrai. Et elle en veut une. Si jeune qu'elle soit, Baby a déjà autant d'ambition que moi. Et ça veut dire beaucoup. »

Biff se frotta les ongles contre la paume et hocha la tête.

« Chaque fois que Baby et moi on va au cinéma et qu'on voit ces gosses dans les bons rôles, elle réagit comme moi. Je te jure que oui, Bartholomew. Je n'arrive même pas à lui faire avaler son dîner après.

– Bonté divine! répéta Biff.

– Elle se débrouille si bien aux leçons de danse et d'expression. L'année prochaine, je veux qu'elle commence le piano parce que je crois que ça l'aidera de savoir en jouer un peu. Son professeur de danse va la faire danser en solo au cours de la prochaine soirée. Je crois que je dois pousser Baby autant que je peux. Parce que plus elle démarrera tôt dans sa carrière et mieux ce sera pour nous deux.

– Jésus-Marie!

– Tu ne comprends pas. Un enfant qui a du talent ne peut pas être traité comme une gamine quelconque. C'est une des raisons pour lesquelles je veux sortir Baby de ce milieu commun. Je ne veux pas qu'elle se mette à parler vulgairement comme les moutards du coin, ou à faire les quatre cents coups comme eux.

– Je connais les gosses du quartier, répliqua Biff. Ils sont bien. Les enfants Kelly en face... le fils Crane...

– Tu sais parfaitement que pas un n'arrive à la cheville de Baby. »

Lucile termina les dernières bouclettes de Baby, pinça les joues de l'enfant pour leur donner plus de couleur, puis la descendit de la table. Baby portait pour l'enterrement une petite robe blanche avec des chaussures et des socquettes blanches, et même de petits gants blancs. Baby avait une façon particulière de tenir la tête quand on la regardait, et elle la tenait ainsi à présent.

Ils restèrent un moment dans la petite cuisine chaude sans rien dire. Puis Lucile se mit à pleurer. « C'est pas qu'on était très proches comme sœurs. On avait nos différences et on se voyait pas beaucoup. Peut-être parce que j'étais tellement plus jeune. Mais les liens du sang, ça compte, et quand il arrive une chose pareille... »

Biff émit un claquement de langue consolateur.

« Je sais comment vous étiez, reprit-elle. Ça n'était pas tout rose entre elle et toi. Mais peut-être que ça rend justement la situation encore plus pénible. »

Biff attrapa Baby sous les bras et la hissa sur son épaule. La gamine devenait plus lourde. Il la maintint avec soin pour entrer dans le salon. Il sentait la tiédeur de Baby sur son épaule, et la blancheur de la petite jupe de soie se détachait sur l'étoffe sombre de sa veste. De sa petite main elle lui empoigna fermement une oreille.

« Tonton Biff! Regarde-moi faire le grand écart. »

Il la reposa doucement à terre. Elle incurva les bras au-dessus de sa tête et ses deux pieds glissèrent doucement en sens inverse sur le sol jaune encaustiqué. En un instant, elle fut assise, une jambe tendue droit devant elle et l'autre derrière. Elle prit une pose, les bras formant un angle recherché, les yeux tournés vers le mur d'un air triste.

Elle se redressa d'un bond. « Regarde-moi faire la roue. Regarde-moi faire la...

– Ma chérie, calme-toi un peu », intervint Lucile, assise à côté de Biff sur le canapé en panne de velours. « Tu trouves pas qu'elle a un peu son physique – les yeux et le visage?

– Bon sang, non. Je ne vois pas la moindre ressemblance entre Baby et Leroy Wilson. »

Lucile paraissait trop maigre et trop usée pour son âge. C'était peut-être à cause de la robe noire et parce qu'elle avait pleuré. « Après tout, il faut admettre que c'est le père de Baby, poursuivit-elle.

– Tu ne peux pas oublier cet homme?

– Je ne sais pas. Il y a deux choses qui m'ont toujours rendue idiote. Leroy et Baby. »

La barbe naissante de Biff dessinait une ombre bleue sur la peau blanche de son visage et sa voix était fatiguée. « Il ne t'arrive jamais d'examiner un fait, d'analyser ce qui s'est passé et d'en déduire les conséquences? De te servir de ta logique – si les données sont telles au départ, voici ce qui devrait en résulter?

– Pas quand il s'agit de lui, je suppose. »

Biff parlait d'un ton las, les yeux presque clos. « Tu as épousé cet individu à l'âge de dix-sept ans, et ensuite ça n'a été qu'une suite de bagarres entre vous. Tu as divorcé. Deux ans plus tard tu t'es remariée avec lui [44]. Et maintenant il est reparti et tu ne sais pas où il est. Cela devrait te démontrer une chose – que vous n'êtes pas faits l'un pour l'autre. Sans compter l'aspect plus personnel de la question – le genre d'homme que cet individu sera toujours.

– Dieu m'est témoin que je sais depuis le début que c'est un salaud. J'espère simplement qu'il ne refrappera jamais à cette porte.

– Écoute, Baby », se hâta de lancer Biff. Les doigts entrelacés, il leva les mains.

« Voilà l'église et voilà le clocher.
Ouvre la porte, tu verras l'assemblée. »

Lucile hocha la tête. « Tu n'as pas besoin de te tracasser pour Baby. Je lui dis tout. Elle connaît la chanson de A à Z.

– Alors s'il revient, tu le laisseras vivre à tes crochets aussi longtemps qu'il lui plaira... comme avant?

– Oui. Je suppose. Chaque fois que j'entends la sonnette de la porte ou le téléphone, chaque fois que quelqu'un pose le pied sous le porche, il y a quelque chose dans un coin de ma tête qui pense à cet homme. »

Biff tendit ses paumes ouvertes. « Et voilà! »

La pendule sonna deux coups. La pièce sans air était étouffante. Baby exécuta encore une roue et refit le grand écart sur le sol encaustiqué. Puis Biff la prit sur ses genoux et sentit les petites jambes se balancer contre son tibia. Baby déboutonna la veste de Biff et se blottit contre lui.

« Écoute, demanda Lucile. Si je te pose une question, tu me promets de dire la vérité?

– Bien sûr.

– Quelle qu'elle soit? »

Biff caressa la douce chevelure dorée de Baby et posa doucement la main sur le côté de la petite tête.

« Naturellement.

– C'était il y a environ sept ans. Peu après notre premier mariage. Il est rentré un soir de chez toi la tête couverte de grosses bosses, et il m'a dit que tu l'avais attrapé par le cou et que tu lui avais cogné la tête contre le mur. Il a inventé une histoire pour expliquer ta conduite, mais je veux savoir la vraie raison. »

Biff fit tourner l'alliance à son doigt. « Je n'ai jamais aimé Leroy, et nous nous sommes battus. J'étais différent à cette époque.

– Non. Tu avais un motif précis. On se connaît depuis un sacré bout de temps, et je sais à présent qu'il y a une bonne raison derrière chacun de tes actes. C'est des raisons qui te poussent, et pas simplement des désirs. Tu m'as promis de me le dire, et je veux en avoir le cœur net.

– Ça n'aurait plus aucun sens aujourd'hui.

– Je dois savoir.

– D'accord, admit Biff. Il est venu ce soir-là et s'est mis à boire, et une fois ivre, il a raconté des salades sur toi. Il a dit qu'une fois par mois il rentrait à la maison et te rouait de coups, et que tu te laissais faire. Mais qu'après tu sortais dans le couloir rire bien fort, pour que les occupants des chambres voisines croient que vous vous amusiez et que c'était une blague. Voilà ce qui s'est passé, alors n'y pense plus. »

Lucile se redressa sur son siège, une tache rouge sur chaque joue. « Tu vois, Bartholomew, voilà pourquoi je dois garder des œillères en permanence pour ne pas regarder en arrière ou de côté. Tout ce que je peux m'accorder comme sujet de réflexion, c'est le travail quotidien, la préparation de trois repas à la maison, et la carrière de Baby.

– Oui.

– J'espère que tu en feras autant, et que tu ne regarderas pas en arrière. »

Biff baissa la tête et ferma les yeux. Pendant cette longue journée, il avait été incapable de penser à Alice. Quand il essayait de se rappeler son visage, un curieux vide l'envahissait. Le seul élément clair dans son esprit, c'étaient ses pieds – courtauds, très doux, blancs, avec de petits orteils bouffis. Les plantes étaient roses, et près du talon gauche se trouvait un minuscule grain de beauté brun. La nuit de leur mariage, il avait enlevé ses chaussures et ses bas et embrassé ses pieds. Et, ma foi, ça méritait réflexion, étant donné que selon les Japonais, c'est ce qu'il y a de meilleur chez la femme...

Biff remua et jeta un coup d'œil à sa montre. Dans quelques minutes ils partiraient pour l'église où aurait lieu le service. Il parcourut mentalement les étapes de la cérémonie. L'église – suivre le corbillard à une allure de marche funèbre avec Lucile et Baby –, le groupe des gens debout, la tête inclinée, dans le soleil de septembre. Le soleil sur les sépultures blanches, sur les fleurs qui se fanent et la tente de toile couvrant la tombe fraîchement creusée. Puis le retour à la maison... et quoi?

« Même si on se dispute beaucoup, sa sœur par le sang, ça compte », répéta Lucile.

Biff leva la tête. « Pourquoi tu ne te remaries pas? Avec un gentil jeune homme qui n'a jamais eu de femme, qui s'occuperait de Baby et de toi? Si tu oubliais Leroy, tu ferais une excellente épouse pour un homme bien. »

Lucile fut lente à répondre. Puis elle déclara enfin : « Tu sais comment on s'est toujours entendus – on se comprend bien la plupart du temps sans flaflas de part ou d'autre. Eh bien, je ne souhaite pas de relation plus intime avec un homme.

– C'est pareil pour moi », conclut Biff.

Une demi-heure après, on frappa à la porte. Le corbillard était garé devant la maison. Biff et Lucile se levèrent lentement. Tous trois, Baby en tête, dans sa robe de soie blanche, sortirent dans un silence solennel.

Biff garda le restaurant fermé le lendemain. Puis en début de soirée, il ôta de la porte la couronne de lis fanée et rouvrit son commerce. Des vieux clients vinrent, le visage triste, lui parler quelques minutes près de la caisse avant de commander. La foule habituelle était là – Singer, Blount, des hommes qui travaillaient dans les magasins du quartier et dans les filatures sur le fleuve. Après le dîner, Mick apparut en compagnie de son petit frère, et introduisit une pièce de cinq *cents* dans la machine à sous. Quand elle perdit sa première mise, elle donna des coups de poing dans la machine et ne cessa d'ouvrir la languette pour vérifier que rien n'était tombé. Elle introduisit une autre pièce et gagna presque le jackpot. Les pièces descendaient en cliquetant et roulaient par terre. La gamine et son petit frère les ramassaient en veillant d'un œil vif à ce qu'aucun client ne mette le pied sur une pièce avant qu'ils puissent l'atteindre. Le muet était assis à la table du milieu de la salle, devant son repas. En face de lui, Jake Blount, en habits du dimanche, buvait de la bière et parlait. Tout était exactement comme avant. Au bout d'un moment, l'air devint gris de fumée de cigarette et le bruit augmenta. Biff était sur le qui-vive, pas un son et pas un mouvement ne lui échappaient.

« Je circule », dit Blount. Il se pencha avec conviction sur la table en gardant les yeux fixés sur le visage du muet. « Je vais partout et j'essaie de leur expliquer. Et ils rient. Je ne peux rien leur faire comprendre. Quoi que je dise, je n'arrive pas à les convaincre. »

Singer hocha la tête et s'essuya la bouche avec sa serviette. Son dîner avait refroidi parce qu'il ne pouvait pas baisser les yeux pour manger, mais il était si poli qu'il laissait Blount continuer à parler.

Les paroles des deux enfants devant la machine à sous, hautes et claires, contrastaient avec les voix plus rudes des hommes. Mick remettait ses pièces de cinq *cents* dans la fente. Elle dirigeait souvent ses regards vers la table du milieu, mais le muet lui tournait le dos et ne la voyait pas.

« Mr. Singer a du poulet frit ce soir et il en a pas encore pris une bouchée », observa le petit garçon.

Mick abaissa très lentement le levier de la machine. « Mêle-toi de tes oignons.

– Tu vas toujours dans sa chambre ou là où tu sais qu'il sera.

– Je t'ai dit de te taire, Bubber Kelly.

– Tais-toi toi-même. »

Mick le secoua tant que ses dents s'entrechoquèrent, puis elle le retourna vers la porte. « Tu vas te coucher. Je t'ai déjà dit que j'en ai plein le dos de Ralph et toi pendant la journée, et je ne veux pas que tu me colles le soir quand je devrais être libre. »

Bubber tendit sa petite main crasseuse. « Alors donne-moi cinq *cents*. » Il mit l'argent dans la poche de sa chemise et partit.

Biff défroissa sa veste et lissa ses cheveux. Sa cravate était d'un noir d'encre, et la manche de sa veste grise portait le crêpe qu'il y avait cousu. Il avait envie d'aller parler à Mick à la machine à sous, mais quelque chose l'en empêchait. Il aspira l'air brusquement et but un verre d'eau. Un orchestre de danse se faisait entendre à la radio, mais il ne voulait pas écouter. Les airs des dix dernières années se ressemblaient tant qu'il était incapable de les distinguer. Depuis 1928, aucune musique ne lui plaisait. Pourtant, quand il était jeune, il jouait de la mandoline, et connaissait les paroles et la mélodie de toutes les chansons en vogue.

Il posa le doigt sur l'aile de son nez et inclina la tête de côté. Mick avait tellement grandi cette année-là qu'elle allait bientôt le dépasser. Elle portait le pull rouge et la jupe plissée bleue qu'elle ne quittait plus depuis la rentrée des classes. Les plis s'étaient défaits et l'ourlet pendait sur ses genoux saillants. Elle était à un âge où elle ressemblait autant à un garçon qui a poussé trop vite qu'à une fille [45]. Et, à ce propos, pourquoi les gens les plus intelligents passaient-ils à côté de ce point essentiel? Par nature, tout le monde appartient aux deux sexes. Résultat, le mariage et le lit sont loin d'être tout. La preuve? L'extrême jeunesse et la vieillesse. La voix des vieillards devient souvent aiguë et flûtée, et ils prennent une démarche affectée. Et il arrive que les vieilles femmes engraissent, que leur voix se fasse rauque et grave, et qu'il leur pousse de petites moustaches noires. Et il le prouvait lui-même – puisqu'une part de lui désirait parfois être une mère, et avoir Mick et Baby pour enfants. Brusquement, Biff se détourna de la caisse.

Les journaux étaient en désordre. Depuis deux semaines, il n'en avait pas classé un seul. Il en souleva une pile de dessous le comptoir. D'un œil exercé, il parcourut la feuille de la manchette au bas de page. Demain, il examinerait les piles de l'arrière-salle et verrait à changer le système de classement. Construirait des étagères et utiliserait les caisses solides dans lesquelles on expédiait les marchandises en guise de tiroirs. Par ordre chronologique, du 27 octobre 1918 jusqu'à la date d'aujourd'hui. Avec des chemises et un sommaire des événements historiques inscrit dessus. Trois séries de sommaires – un international, de l'Armistice jusqu'aux conséquences de Munich, un deuxième national, et un troisième avec les informations locales, depuis l'époque où le maire Lester tua sa femme au club de loisirs jusqu'à l'incendie de Hudson Mill. Chaque événement survenu dans les vingt dernières années, consigné, résumé et complet. Biff souriait silencieusement derrière sa main en se frottant la mâchoire. Et pourtant Alice voulait qu'il jette les journaux afin de transformer la pièce en toilettes pour dames. Elle le harcelait, mais pour une fois il lui avait tenu tête. Cette unique fois.

Avec une concentration paisible, Biff s'attela aux détails du journal étalé devant lui. Il lisait sans s'interrompre, avec application, mais, par habitude, une partie de lui-même demeurait attentive à ce qui se passait autour de lui. Jake Blount continuait à parler et frappait souvent la table de son poing. Le muet buvait de la bière à petites gorgées. Mick marchait nerveusement autour de la radio et fixait les clients du regard. Biff lut chaque mot du premier journal et écrivit quelques notes dans les marges.

Soudain, il leva des yeux surpris. Il ferma brusquement sa bouche ouverte dans un bâillement. La radio se mettait à diffuser une vieille chanson qui datait de l'époque où Alice et lui étaient fiancés. « Just a Baby's Prayer at Twilight ». Ils avaient pris le tramway un dimanche pour Old Sardis Lake et il avait loué un canot. Au coucher du soleil, tandis qu'elle chantait, il l'accompagna à la mandoline. Elle portait un chapeau de marin, et lorsqu'il passa le bras autour de sa taille, elle... Alice...

Une nasse capturant les sensations perdues. Biff plia les journaux et les reposa sous le comptoir. Il se tenait tantôt sur un pied, tantôt sur l'autre. Finalement, il interpella Mick à travers la salle. « Tu n'écoutes pas ce soir, n'est-ce pas? »

Mick éteignit la radio. « Non. Il n'y a rien ce soir. »

Il chasserait tous ces souvenirs de ses pensées, et se concentrerait sur autre chose. Il se pencha par-dessus le comptoir, examina les clients un à un, puis s'arrêta sur le muet assis à la table au centre du café. Il vit Mick s'approcher de lui, et s'asseoir à son invitation. Singer désigna quelque chose sur la carte et la serveuse apporta un Coca-Cola. Personne à part un paumé comme un sourd-muet, coupé d'autrui, ne demanderait à une jeune fille normale de s'asseoir à la table où il buvait en compagnie d'un homme. Blount et Mick ne quittaient pas Singer des yeux. Ils parlaient, et l'expression du muet changeait tandis qu'il les observait. C'était un curieux phénomène. La raison – était-elle en eux ou en lui? Singer était parfaitement immobile, les mains dans les poches, et parce qu'il ne disait mot, il paraissait supérieur. Que pensait ce type et que comprenait-il? Que savait-il?

Deux fois au cours de la soirée, Biff avança vers la table au centre, mais chaque fois il s'arrêta. Après leur départ, il se demandait encore ce qu'il y avait chez ce muet – et au point du jour, dans son lit, il retournait des questions et des solutions dans sa tête, en vain. L'énigme s'était enracinée en lui. Elle le tracassait insidieusement et le laissait troublé. Quelque chose clochait.

3

Le docteur Copeland parlait souvent à Mr. Singer. Il était vraiment différent des autres Blancs. C'était un sage, il comprenait le grand projet mieux qu'aucun Blanc. Il écoutait, et de son visage émanait une sorte de douceur juive, le savoir de celui qui appartient à une race opprimée. Un jour, il effectua ses visites en compagnie de Mr. Singer. Il le conduisit à travers d'étroites ruelles qui sentaient la saleté, la maladie et le lard frit. Il lui montra une greffe de peau réussie pratiquée sur le visage d'une patiente grièvement brûlée. Il traita un enfant syphilitique et signala à Mr. Singer l'éruption squameuse des paumes de la main, la surface terne, opaque, des yeux, l'avancée des incisives supérieures. Ils visitèrent deux cabanes de deux pièces où logeaient douze ou quatorze personnes. Dans la pièce où la cheminée abritait un faible feu orangé, ils assistèrent, impuissants, aux étouffements d'un vieillard souffrant d'une pneumonie. Mr. Singer le suivait, observait et comprenait. Il donnait des pièces de cinq *cents* aux enfants, et grâce à son silence et à sa politesse, ne dérangeait pas les patients comme l'aurait fait un autre visiteur.

Les journées étaient froides et perfides. La ville connut un commencement de grippe, et le docteur Copeland fut occupé pendant la plupart des heures du jour et de la nuit. Il sillonnait les quartiers noirs dans la Dodge haute sur pattes qui lui servait depuis neuf ans. Il gardait les écrans de mica plaqués contre les vitres pour se protéger des courants d'air, et serrait son châle de laine grise autour de son cou. Au cours de cette période, il ne vit ni Portia, ni William, ni Highboy, mais il pensait souvent à eux. Portia vint une fois le voir alors qu'il était sorti, laissa un mot et emprunta un demi-sac de farine.

Un soir arriva où sa fatigue était telle que, malgré les visites qu'il lui restait à faire, il but du lait chaud et se mit au lit. Au début, le froid et la fièvre l'empêchèrent de se reposer. Puis il lui sembla qu'il venait juste de s'endormir quand une voix l'appela. Il se leva avec lassitude et, vêtu de sa longue chemise de nuit de flanelle, ouvrit la porte. C'était Portia.

« Le Seigneur Jésus nous vienne en aide, Père », dit-elle.

Le docteur Copeland frissonnait dans sa chemise de nuit serrée autour de la taille. La main contre la gorge, il regarda Portia sans répondre.

« C'est notre Willie. Il a fait des bêtises et s'est mis dans un sacré pétrin. Y faut faire quelque chose. »

Le docteur Copeland s'éloigna de l'entrée d'un pas raide. Il s'arrêta dans sa chambre pour prendre son peignoir, son châle et ses pantoufles, et retourna dans la cuisine. Portia l'y attendait. La cuisine était froide et sans vie.

« Bien. Qu'a-t-il fait? De quoi s'agit-il?

– Attends un peu. Laisse-moi trouver de la place dans ma tête pour que je puisse réfléchir et t'expliquer clairement. »

Il froissa quelques feuilles de journaux posées sur le foyer et ramassa des brindilles.

« Laisse-moi m'occuper du feu, intervint Portia. Assieds-toi, et dès que ce poêle sera chaud on prendra une tasse de café. Et peut-être qu'après, ça ne paraîtra pas si terrible.

– Il n'y a pas de café. Je l'ai fini hier. »

Là-dessus, Portia éclata en sanglots. Elle enfourna violemment le papier et le bois dans le poêle et l'alluma d'une main tremblante. « Voilà ce qui s'est passé, commença-t-elle. Willie et Highboy traînaient ce soir dans un endroit où ils n'avaient rien à faire. Tu me connais, hein, je suis persuadée que je dois toujours garder mon Willie et mon Highboy près de moi. Eh bien, si j'avais été là, rien ne serait arrivé. Mais j'étais à la réunion des femmes à l'église et les gars ne tenaient plus en place. Ils sont allés au Palais du doux plaisir de Mrs. Reba. Et, Père, c'est un mauvais, un vilain endroit. Il y a un type qui vend des billets en douce – mais y a aussi ces négresses qui se pavanent, ces filles de rien qui secouent leur postérieur, et des rideaux de satin rouge et...

– Ma fille », interrompit le docteur Copeland avec irritation. Il pressa ses mains contre ses tempes. « Je connais cet endroit. Viens-en au fait.

– Love Jones y était – et c'est une mauvaise fille de couleur.

Willie, il a bu de l'alcool et dansé avec elle et le v'là embarqué dans une bagarre. Il s'est battu avec un garçon du nom de Junebug – à cause de Love. Pour commencer ils se battent avec les poings et puis ce Junebug sort son couteau. Notre Willie n'avait pas de couteau, alors il commence à gueuler et à courir dans le salon. Finalement Highboy trouve un rasoir à Willie, qui se retourne et tranche presque la tête à ce Junebug. »

Le docteur Copeland ramena son châle sur lui. « Est-il mort?

– Ce gars-là est trop mauvais pour mourir. Il est à l'hôpital, mais il va sortir et faire du ramdam dans pas longtemps.

– Et William?

– La police est venue et l'a embarqué dans le panier à salade. Il est toujours sous les verrous.

– Il n'a pas été blessé?

– Oh, il a un œil poché et un petit bout de fesse arraché. Mais ça ne le gênera pas. Ce que je comprends pas, c'est qu'il en soit venu à traîner avec cette Love. Elle est au moins dix fois plus noire que moi, et c'est la négresse la plus laide que j'aie jamais vue. Elle marche comme si elle avait un œuf entre les jambes et craignait de le casser. Elle est même pas propre. Et Willie se fait découper le postérieur comme ça pour elle. »

Le docteur Copeland se pencha sur le poêle en grommelant. Il toussa et son visage se crispa. Il tint contre sa bouche son mouchoir en papier, qui se tacha de sang. La peau sombre de son visage prit une pâleur verdâtre.

« Bien sûr Highboy est venu me raconter dès que ça a commencé. Tu comprends, mon Highboy ne s'occupait pas de ces mauvaises filles. Il tenait seulement compagnie à Willie. Il a tellement de peine pour Willie qu'il n'a pas bougé du trottoir en face de la prison depuis. » Les larmes colorées par le feu ruisselaient sur la figure de Portia. « Tu sais comment on a toujours vécu tous les trois. On a notre projet et tout a bien marché jusque-là. Même l'argent ne nous a pas tracassés. Highboy paie le loyer et j'achète les provisions – et Willie se charge du samedi soir. On a toujours été comme trois jumeaux. »

C'était enfin le matin. Les sifflets de la filature retentirent pour le changement d'équipe. Le soleil apparut et fit briller les casseroles propres accrochées au mur au-dessus du poêle. Ils restèrent là longtemps. Portia tirait tant sur ses boucles d'oreilles que ses lobes irrités prirent une teinte violacée. Le docteur Copeland se tenait toujours la tête entre les mains.

« À mon avis, dit enfin Portia, si on arrive à faire écrire par beaucoup de Blancs des lettres sur Willie, ça pourrait nous aider. J'ai déjà été voir Mr. Brannon. Il a écrit exactement ce que je lui ai dit. Il était dans son café après que c'est arrivé, comme toutes les nuits. Alors j'y suis allée et je lui ai expliqué de quoi il retournait. J'ai rapporté la lettre à la maison. Je l'ai mis dans la Bible pour pas qu'elle se perde ou se salisse.

– Que disait la lettre?

– Mr. Brannon il a écrit comme je lui ai demandé. La lettre dit que Willie travaille pour Mr. Brannon depuis à peu près trois ans. Elle dit que Willie est un garçon de couleur honnête et qu'il n'a jamais eu d'ennuis avant. Elle dit qu'il a des tas d'occasions de voler des choses dans le café et que s'il était comme d'autres gars de couleur et que...

– Pss't! coupa le docteur Copeland. Tout ça ne sert à rien.

– On peut pas rester là à se tourner les pouces. Avec Willie en prison. Mon Willie, qui est si gentil même s'il a mal agi ce soir. On peut pas rester là à se tourner les pouces.

– Nous y serons obligés. Nous ne pouvons rien faire d'autre.

– Eh bien, moi non. »

Portia se leva de la chaise. Ses yeux égarés fouillaient la pièce. Brusquement, elle marcha vers la porte d'entrée.

– Attends un instant, cria le docteur Copeland. Où as-tu l'intention d'aller à présent?

– Je dois travailler. Y faut que je garde mon boulot. Y faut que je reste chez Mrs. Kelly et que j'aie ma paie chaque semaine.

– Je veux aller à la prison, déclara le docteur Copeland. Peut-être que je verrai William.

– Je vais passer par la prison sur mon chemin. Y faut aussi que j'envoie Highboy à son travail – sinon il est capable de rester là à se désoler pour Willie le restant de la matinée. »

Le docteur Copeland s'habilla à la hâte et rejoignit Portia dans l'entrée. Ils sortirent dans le frais matin bleu. Les hommes de la prison furent grossiers avec eux et ne leur apprirent pas grand-chose. Le docteur Copeland alla consulter un avocat de sa connaissance. Les jours suivants furent longs et remplis d'inquiétude. Au bout de trois semaines, le procès de William eut lieu et il fut reconnu coupable d'agression à main armée. Il fut condamné à neuf mois de travaux forcés et immédiatement transféré dans une prison du nord de l'État.

Le grand projet continuait à vivre dans son esprit, mais il n'avait pas le temps d'y penser. Il allait de maison en maison accomplir un travail sans fin. Le matin très tôt, il partait en automobile, puis à onze heures les patients arrivaient au cabinet. Au vif air automnal du dehors succédait l'odeur chaude et renfermée de la maison qui le faisait tousser. Les bancs de l'entrée étaient remplis de nègres malades qui l'attendaient patiemment. Parfois même le porche et la chambre à coucher étaient bondés. Il travaillait toute la journée et souvent la moitié de la nuit. À cause de la fatigue, il lui arrivait d'avoir envie de s'étendre par terre, de battre des poings et de pleurer. S'il parvenait à se reposer la nuit, il se rétablirait peut-être. Il avait une tuberculose pulmonaire [46], prenait sa température quatre fois par jour et faisait une radio une fois par mois. Mais il lui était impossible de se reposer. Car il y avait quelque chose de plus fort que la fatigue – c'était le grand projet.

Il pensait perpétuellement à ce projet, et souvent, après une longue journée et une longue nuit de travail, il avait l'esprit vidé au point d'en oublier le contenu. Puis il se le rappelait et il était impatient d'entreprendre une nouvelle tâche. Mais les mots se bloquaient souvent dans dans sa bouche, et sa voix enrouée avait perdu sa force. Il martelait ses paroles à la figure des nègres malades et patients qui étaient son peuple.

Il parlait souvent à Mr. Singer. Il discutait avec lui de chimie et de l'énigme de l'univers. Du sperme infinitésimal et de la scission de l'œuf à maturité. De la division exponentielle des cellules. Du mystère de la matière vivante et de la simplicité de la mort. Et il parlait aussi de race.

« Mon peuple a été enlevé des grandes plaines, et des sombres jungles vertes, dit-il un jour à Mr. Singer. Au cours de ces longs voyages jusqu'à la côte, ils ont péri par milliers. Seuls les forts ont survécu. Les fers aux pieds dans les navires immondes qui les emmenaient ici, ils ont continué à périr. Seuls les nègres coriaces qui en avaient la volonté ont pu survivre. Battus, enchaînés et vendus en place publique, les plus faibles d'entre les forts ont encore succombé. Et finalement, après ces dures années, les plus forts ont survécu. Leurs fils et leurs filles, leurs petits-fils et arrière-petits-fils. »

« Je suis venue pour un emprunt et te demander un service », annonça Portia.

Le docteur Copeland était seul dans la cuisine. Deux semaines avaient passé depuis le transfert de William. Portia avait changé. Ses cheveux n'étaient pas pommadés et peignés comme d'habitude, ses yeux étaient injectés de sang comme si elle venait de boire de l'alcool. Avec ses joues creuses, et son visage attristé couleur de miel, elle ressemblait vraiment à sa mère à présent.

« Tu sais, ces jolis plats blancs et ces tasses que tu as?

– Tu peux les prendre et les garder.

– Non, je veux seulement les emprunter. Et je viens aussi te demander un service.

– Tout ce que tu voudras. »

Portia s'assit en face de son père. « D'abord il vaut mieux que j'explique. Hier j'ai eu un message de Bon Papa disant qu'ils venaient tous demain passer la soirée et une partie du dimanche avec nous. Bien sûr, ils se font beaucoup de souci pour Willie, et Bon Papa pense qu'on devrait habiter de nouveau tous ensemble. Et il a raison. J'ai très envie de revoir la famille. J'ai sacrément le mal du pays depuis que Willie est parti.

– Tu peux prendre les plats et tout ce que tu trouveras d'autre ici, reprit le docteur Copeland. Mais redresse les épaules, ma fille. Tu te tiens mal.

– Ça va être de vraies retrouvailles. Tu sais, ça sera la première fois que Bon Papa passe la nuit en ville depuis vingt ans. Il a jamais dormi hors de chez lui sauf deux fois dans sa vie. Et puis il est plutôt nerveux la nuit. Faut toujours qu'y se lève dans le noir pour aller boire de l'eau et vérifier que les enfants sont couverts et qu'ils vont bien. Je me demande si ça conviendra à Bon Papa ici, je me fais de la bile.

– Tout ce qui m'appartient et que tu juges utile...

– Bien sûr, c'est Lee Jackson qui les amène, continua Portia. Et avec Lee Jackson ça va leur prendre toute la journée. Je les attends pas avant l'heure du dîner. Bon Papa est si patient avec Lee Jackson, il l'obligerait pas à se presser.

– Grand Dieu! Est-ce que ce vieux mulet est encore en vie? Il doit avoir au moins dix-huit ans.

– Encore plus que ça. Bon Papa s'en sert depuis vingt ans. Il a ce mulet depuis si longtemps qu'il dit que c'est comme si Lee Jackson faisait partie de sa famille. Il comprend et il aime Lee Jackson autant que ses petits-enfants. J'ai jamais vu un humain qui connaisse aussi bien les pensées d'un animal que Bon Papa. Il sympathise avec tout ce qui marche et mange.

– Vingt ans, c'est une longue vie de travail pour un mulet.

– Ça oui. Lee Jackson est faible maintenant. Mais Bon Papa prend soin de loin. Quand ils labourent en plein soleil, Lee Jackson porte un grand chapeau de paille sur la tête, exactement comme Bon Papa – avec des trous pour les oreilles. Ce chapeau de paille de mulet est une vraie rigolade, et Lee Jackson refuse de bouger d'un pas sans son chapeau sur la tête. »

Le docteur Copeland descendit les plats de porcelaine blanche de l'étagère et les enveloppa dans du papier. « As-tu assez de marmites et de casseroles pour préparer toute la nourriture qu'il va falloir?

– Plein, répliqua Portia. Je vais rien faire de spécial. Bon Papa, c'est Mr. Je pense à tout en personne – et il apporte toujours quelque chose pour dépanner quand la famille vient dîner. Je vais simplement préparer plein de chou et de bouillie, et un kilo de beau mulet.

– Ça me paraît bien. »

Portia entrelaça ses doigts jaunes et nerveux. « Il y a une chose que je ne t'ai pas encore racontée. Une surprise. Buddy sera là avec Hamilton. Buddy vient de quitter Mobile. Il aide à la ferme à présent.

– Je n'ai pas vu Karl Marx depuis cinq ans.

– Et c'est justement ce que je suis venue te demander, poursuivit Portia. Tu te rappelles quand je suis arrivée, je t'ai dit que je venais pour un emprunt et pour te demander une faveur. »

Le docteur Copeland fit craquer les jointures de ses doigts. « Oui.

– Eh bien, je viens voir si je pourrais pas obtenir que tu assistes à notre réunion de famille. Tous les enfants y seront sauf Willie. Il me semble que tu devrais te joindre à nous. Moi, ça me ferait drôlement plaisir. »

Hamilton, Karl Marx et Portia – et William. Le docteur Copeland ôta ses lunettes et pressa ses doigts contre ses paupières.

L'espace d'un instant, il les vit tous quatre très clairement, tels qu'ils étaient autrefois. Puis il leva les yeux et rajusta ses lunettes sur son nez. « Merci, dit-il. Je viendrai. »

Cette nuit-là, il resta seul près du poêle dans la pièce obscure et se souvint. Il se remémora son enfance. Sa mère, née esclave, devenue laveuse de linge après son affranchissement. Son père pasteur, qui avait connu John Brown [47]. Ses parents s'étaient chargés de son instruction, et sur les deux ou trois dollars qu'ils gagnaient par semaine, ils avaient économisé pour l'envoyer à l'âge de dix-sept ans dans le Nord, avec quatre-vingts dollars cachés dans sa chaussure. Il avait travaillé dans un atelier de forgeron, puis comme groom et serveur dans un hôtel. Et durant tout ce temps, il étudiait, lisait et allait à l'école. Son père mourut et sa mère ne lui survécut pas longtemps. Au bout de dix années de lutte, devenu médecin et conscient de sa mission, il revint dans le Sud.

Il se maria et s'installa. Il allait infatigablement de maison en maison parler de sa mission et prêcher la vérité. La souffrance désespérée de son peuple le rendait fou, éveillant en lui un sauvage et malfaisant sentiment de destruction. Parfois, il buvait de l'alcool et se cognait la tête contre le sol. Son cœur renfermait une violence farouche ; un jour, il empoigna le tisonnier dans l'âtre et frappa sa femme. Celle-ci emmena Hamilton, Karl Marx, William et Portia avec elle chez son poère. Il lutta dans son âme et vainquit les ténèbres malignes. Mais Daisy ne revint pas. Et huit ans plus tard, quand elle mourut, ses fils qui n'étaient plus des enfants ne lui revinrent pas non plus. Il resta vieux et seul dans une maison vide.

Le lendemain après-midi, à cinq heures précises, il arriva chez Portia et Highboy, dans la partie de la ville qu'on appelait Sugar Hill ; la maison était un étroit pavillon de deux pièces avec une véranda. De l'intérieur montait un brouhaha de voix. Le docteur Copeland s'approcha d'un pas raide et s'arrêta sur le seuil, son chapeau de feutre élimé à la main.

La pièce était bondée et, tout d'abord, on ne le remarqua pas. Il chercha les visages de Karl Marx et de Hamilton. À côté d'eux, par terre, se trouvaient le grand-père et deux enfants. Le docteur Copeland continuait à scruter les visages de ses fils lorsque Portia l'aperçut.

« Voilà Père », dit-elle.

Les voix se turent. Le grand-père se tourna dans son fauteuil. Il était maigre, courbé et très ridé. Il portait le même costume d'un noir verdâtre que trente ans auparavant, au mariage de sa fille. À son gilet pendait une chaîne de montre en cuivre terni. Karl Marx et Hamilton se regardèrent, puis baissèrent les yeux, et les posèrent enfin sur leur père.

« Benedict Mady, commença le vieil homme, ça fait longtemps. Vraiment longtemps.

– Eh oui, n'est-ce pas! s'exclama Portia. C'est la première fois qu'on est réunis depuis des années. Highboy, va chercher une chaise à la cuisine. Père, voilà Buddy et Hamilton. »

Le docteur Copeland serra la main de ses fils. Ils étaient grands, forts et gauches. Contre leurs chemises et leurs combinaisons bleues, leur peau était du même brun chaud que celle de Portia. Ils ne le regardaient pas dans les yeux, et leurs visages n'exprimaient ni amour ni haine.

« C'est dommage que tout le monde n'ait pas pu venir, Tante Sara, Jim et les autres, dit Highboy. Mais c'est vraiment un plaisir pour nous.

– Charrette trop pleine, expliqua un des enfants. On a dû faire un gros morceau à pied pasque la charrette était déjà trop pleine. »

Bon Papa se gratta l'oreille avec une allumette. « Y fallait que quelqu'un reste à la maison. »

Portia lécha nerveusement ses minces lèvres noires. « C'est à notre Willie que je pense. Il a toujours adoré les fêtes et les réceptions. J'arrête pas de penser à Willie. »

Un murmure d'acquiescement traversa la pièce. Le vieil homme se carra dans son fauteuil en secouant la tête. « Portia, mon chou, si tu nous lisais quelque chose? La parole de Dieu est riche de significations dans les moments difficiles. »

Portia prit la Bible posée sur la table au centre de la pièce. « Quel passage veux-tu entendre, Bon Papa?

– C'est le livre du Seigneur. N'importe quel endroit où tu tomberas par hasard fera l'affaire. »

Portia lut un extrait de l'Évangile selon saint Luc. Elle lisait lentement, en suivant les mots d'un long doigt alangui. La pièce était silencieuse. Le docteur Copeland se tenait à la périphérie du groupe, faisant craquer ses articulations, les yeux errant d'un point à un autre. La pièce était très petite, l'air rare et confiné. Les quatre murs étaient encombrés de calendriers et de réclames de magazines grossièrement peintes. Sur la cheminée trônait un vase de roses en papier rouge. Le feu dans l'âtre brûlait doucement et la lumière vacillante de la lampe à huile projetait des ombres sur le mur. Portia lisait à un rythme si lent que, bercé par les mots, le docteur Copeland somnolait. Karl Marx était affalé par terre à côté des enfants. Hamilton et Highboy s'endormaient. Seul le vieillard semblait s'attacher au sens des phrases.

Portia termina le chapitre et ferma le livre.

« J'ai réfléchi là-dessus bien souvent », déclara le grand-père.

L'auditoire émergea de sa somnolence. « Sur quoi? demanda Portia.

– Voilà. Vous vous rappelez les passages sur Jésus ressuscitant les morts et guérissant les malades?

– Bien sûr, répondit Highboy d'un ton déférent.

– Plus d'une fois, en labourant ou en travaillant, dit lentement le grand-père, j'ai songé au jour où Jésus redescendrait sur terre. Parce que je l'ai toujours désiré si fort qu'y me semble que ce sera de mon vivant. J'y ai réfléchi plus d'une fois. Et voilà comment je l'imagine. Je me présenterai devant Jésus avec mes enfants et mes petits-enfants, mes arrière-petits-enfants, mes parents et mes amis et je Lui dirai : " Jésus-Christ, on est tous des gens de couleur bien tristes. " Alors Il placera Sa sainte main sur nos têtes et nous deviendrons sur-le-champ aussi blancs que du coton. Voilà ce que j'ai prévu et imaginé bien des fois. »

Le silence se fit dans la pièce. Le docteur Copeland tira brusquement ses manchettes de chemise et s'éclaircit la gorge. Son pouls battait trop vite et il avait la gorge serrée. Assis dans le coin de la pièce, il se sentait à l'écart, en colère et seul.

« L'un d'entre vous a-t-il eu un signe du ciel? demanda Bon Papa.

– Moi, monsieur, répondit Highboy. Une fois quand j'ai eu ma pneumonie, j'ai vu la face de Dieu qui me regardait de la cheminée. C'était un grand visage d'homme blanc avec une barbe blanche et des yeux bleus.

– J'ai vu un fantôme, dit un des enfants, la petite fille.

– Une fois j'ai vu... », commença le petit garçon.

Le vieillard leva la main. « Chut, les enfants. Toi, Celia... et toi, Whitman... Pour l'heure c'est à vous d'écouter, pas d'être entendus, ajouta-t-il. Je n'ai eu de véritable signe qu'une fois dans ma vie. Et voici comment c'est arrivé. C'était l'été de l'année dernière, il faisait chaud. J'essayais d'arracher les racines de la souche du vieux chêne près de la porcherie et quand je me suis baissé, une espèce de pointe, une douleur, m'a pris tout d'un coup au creux des reins. Je me suis redressé et tout est devenu noir autour de moi. Je me tenais les reins, les yeux vers le ciel, quand j'ai soudain aperçu un petit ange. C'était une petite fille blanche – de la taille d'un pois des champs – aux cheveux blonds et en robe blanche. Qui volait autour du soleil. Ensuite, je suis rentré dans la maison et j'ai prié. J'ai étudié la Bible pendant trois jours avant de revenir au champ. »

Le docteur Copeland sentait monter la vieille colère. Des mots naissaient dans sa gorge, qu'il ne pouvait articuler. Ces gens écoutaient le vieil homme et refusaient d'entendre la voix de la raison. Ce sont les miens, se répétait le docteur Copeland – mais comme il était réduit au silence, cette pensée ne l'aidait pas. Il demeurait maussade et crispé.

« C'est bizarre, lança brusquement Bon Papa. Benedict Mady, tu es un bon médecin. Comment ça se fait que j'aie ces douleurs au creux des reins après avoir bêché et planté un bon moment? Pourquoi je suis gêné par cette douleur?

– Quel âge avez-vous?

– Entre soixante-dix et quatre-vingts. »

Le vieil homme aimait les médicaments et les traitements. Chaque fois qu'il venait avec sa famille voir Daisy, il se faisait examiner et rapportait chez lui des médicaments et des baumes pour tout le monde. Mais après le départ de Daisy, le vieil homme avait cessé de venir, et avait dû se contenter de purges et des pilules pour les reins vantées dans les journaux. À présent, il le regardait, plein d'une timide impatience.

« Buvez beaucoup d'eau, conseilla le docteur Copeland. Et reposez-vous autant que vous pourrez. »

Portia alla dans la cuisine préparer le dîner. De chaudes odeurs envahirent la pièce. Au milieu des conversations paisibles et futiles qu'il n'écoutait pas, le docteur Copeland gardait le silence. De temps à autre, il jetait un coup d'œil à Karl Marx ou à Hamilton. Karl Marx parlait de Joe Louis [48]. Hamilton parlait essentiellement de la grêle qui avait gâté une partie des récoltes. Quand ils croisaient le regard de leur père, ils souriaient et se tortillaient sur leur chaise. Il ne cessait de les contempler avec une tristesse irritée.

Le docteur Copeland serra les dents. Il avait tant pensé à Hamilton, à Karl Marx, à William et à Portia, au grand projet qu'il nourrissait pour eux, que la vue de leurs visages l'emplissait d'une sombre angoisse. Il aurait voulu tout leur raconter, depuis le lointain début jusqu'à cette soirée, et atténuer ainsi la souffrance aiguë de son cœur. Mais ils n'écouteraient ni ne comprendraient.

Il s'endurcissait tant que chaque muscle de son corps devenait rigide. Il n'écoutait pas, ne regardait pas autour de lui. Il était assis dans un coin, comme un homme aveugle et sourd. Ils se mirent bientôt à table et le vieil homme récita le bénédicité. Le docteur Copeland ne mangea pas. Lorsque Highboy sortit un demi-litre de gin, et le fit passer de bouche en bouche au milieu des rires, il refusa également de boire. Il resta figé dans son silence, reprit enfin son chapeau et quitta la maison sans un adieu. À défaut de pouvoir dire toute la longue vérité, il ne prononcerait aucune autre parole.

Il demeura éveillé et tendu d'un bout à l'autre de la nuit. Le lendemain était un dimanche. Il fit une demi-douzaine de visites et, au milieu de la matinée, alla voir Mr. Singer. Cette entrevue émoussa son sentiment de solitude; en partant, il était de nouveau en paix avec lui-même.

Cependant, il n'était pas sorti de la maison que son calme l'avait quitté. Un incident se produisit. Alors qu'il commençait à descendre l'escalier, il aperçut un Blanc portant un gros sac en papier, et il se rapprocha de la rampe pour qu'ils puissent se croiser. Mais le Blanc grimpait les marches deux à deux, sans regarder, et ils se heurtèrent avec une telle force que le docteur Copeland en resta pantelant.

« Bon sang! Je ne vous avais pas vu. »

Le docteur Copeland le scruta sans répondre. Il avait déjà rencontré cet homme. Il se souvenait du corps difforme, monstrueux et des énormes mains maladroites. Puis, mû par un soudain intérêt clinique, il observa le visage du Blanc, car il voyait dans ses yeux un regard étrange, fixe, fermé, le regard de la folie.

« Pardon », dit le Blanc.

Le docteur Copeland posa la main sur la rampe et passa son chemin.

4

« Qui était-ce? demanda Jake Blount. Qui était le grand homme de couleur, très maigre, qui vient de sortir d'ici? »

La petite pièce était parfaitement rangée. Le soleil éclairait un bol de raisins pourpres sur la table. Singer, sur sa chaise inclinée en arrière, les mains dans les poches, regardait par la fenêtre.

« Je me suis cogné à lui dans l'escalier et il m'a jeté un regard... jamais personne ne m'a regardé d'un aussi sale œil que ça. »

Jake posa le sac de bières sur la table. Il se rendit compte avec saisissement que Singer ignorait sa présence dans la pièce. Il alla jusqu'à la fenêtre, et lui toucha l'épaule.

« Je n'ai pas fait exprès de lui rentrer dedans. Il n'avait aucune raison de se comporter comme ça. »

Jake frissonna. Malgré le soleil radieux, la chambre était un peu froide. Singer leva l'index, alla dans le couloir et rapporta un seau de charbon et du petit bois. Jake le regarda s'agenouiller devant le foyer, rompre adroitement les bûchettes sur son genou, les disposer sur un lit de papier et allumer méthodiquement le charbon. Au début, le feu refusa de prendre. Les flammes vacillaient à peine, avant d'être étouffées par un ruban de fumée noire. Singer couvrit le foyer d'une double feuille de journal. Le tirage redonna vie au feu. Un grondement emplit la pièce. Le papier s'embrasa et fut aspiré. Un rideau de flamme orange crépita dans le foyer.

La première bière du matin avait un bon goût velouté. Jake avala sa ration d'un seul coup et s'essuya la bouche du revers de la main.

« Cette dame que j'ai connue il y a longtemps, dit-il. Tu me fais penser à elle. Miss Clara. Elle possédait une petite ferme au Texas. Et confectionnait des pralines qu'elle vendait dans les villes. C'était une grande et belle femme qui portait des longs tricots flottants, des godillots et un chapeau d'homme. Son mari était mort quand je l'ai rencontrée. Voilà où je veux en venir : sans elle, j'aurais peut-être jamais compris. J'aurais continué comme des millions d'autres qui savent pas. Je n'aurais été qu'un pasteur, un ouvrier, ou un vendeur. Ma vie entière aurait pu être gâchée. »

Jake hocha pensivement la tête.

« Pour comprendre, il faut que tu sois au courant de ce qui s'est passé avant. Tu vois, j'habitais à Gastonia quand j'étais gosse. J'étais un avorton aux genoux cagneux, trop petit pour être mis à l'usine. Je travaillais comme ramasseur de quilles dans un bowling et j'étais payé en repas. Puis j'ai entendu dire que pas loin d'ici, un garçon malin et rapide pouvait gagner trente *cents* par jour en étendant les feuilles de tabac. Alors j'y suis allé et j'ai gagné trente *cents* par jour. C'était quand j'avais dix ans. J'ai quitté mes parents. Je n'ai pas écrit. Ils étaient contents que je sois parti, tu comprends ce genre de situation. Et d'ailleurs, personne n'était capable de déchiffrer une lettre sauf ma sœur. »

Il balaya l'air de sa main, comme s'il écartait quelque chose de son visage. « Mais je parle sérieusement. Ma première croyance, ç'a été Jésus. Le type qui travaillait dans la même baraque que moi, il trimbalait un autel portatif et il prêchait tous les soirs. Je suis allé l'écouter et ça m'a donné la foi. Je pensais à Jésus sans arrêt. Dans mes moments de liberté, j'étudiais la Bible et je priais. Puis un soir, j'ai pris un marteau et j'ai posé ma main sur la table. J'étais en colère, j'ai enfoncé le clou complètement. Ma main était clouée à la table, je l'ai regardée; les doigts palpitaient et bleuissaient. »

Jake tendit sa paume et désigna la cicatrice déchiquetée, blafarde, en son centre.

« Je voulais être un évangéliste. Je projetais de voyager dans le pays en prêchant et en organisant des rassemblements pour le renouveau de la foi. Entre-temps, je suis allé d'un endroit à l'autre et, à presque vingt ans, je suis arrivé au Texas. J'ai travaillé dans une plantation de pacaniers, près de chez Miss Clara. J'ai fait sa connaissance et certains soirs, j'allais la voir. Elle me parlait. Tu comprends, je n'ai pas tout appris d'un coup. Ça ne se passe jamais comme ça. Ç'a été progressif. J'ai commencé à lire. Je travaillais de manière à mettre de côté assez d'argent pour m'arrêter un peu et pour étudier. C'était comme une seconde naissance. Y a que nous, qui savons, pour comprendre ce que ça veut dire. Nous avons ouvert les yeux et nous avons vu. On est à des années-lumière des autres. »

Singer acquiesçait. La chambre était confortable et accueillante. Singer sortit de la remise la boîte en fer-blanc dans laquelle il gardait des biscuits, des fruits et du fromage. Il choisit une orange qu'il pela lentement. Il retira des lambeaux de peau blanche, jusqu'à ce que le fruit devienne translucide au soleil. Il sectionna l'orange et partagea les quartiers entre eux deux. Jake mangeait deux quartiers à la fois et crachait bruyamment les pépins dans le feu. Singer mangeait sa part lentement, en déposant avec soin les pépins dans sa paume. Ils ouvrirent deux autres bières.

« Et combien sommes-nous dans ce pays? Peut-être dix mille. Peut-être vingt mille. Peut-être beaucoup plus. J'ai été dans beaucoup d'endroits mais je n'ai rencontré que peu d'entre nous. Mais imagine un homme qui *sait*. Il voit le monde comme il est et il se reporte à des milliers d'années en arrière pour comprendre comment c'est arrivé. Il observe la lente accumulation du capital et du pouvoir et la voit aujourd'hui à son apogée. L'Amérique lui apparaît comme une maison de fous. Il voit des hommes obligés de voler leurs frères pour vivre. Il voit les enfants crever de faim et les femmes travailler soixante heures par semaine pour gagner de quoi manger. Il voit une armée entière de chômeurs et des milliards de dollars gaspillés, des milliers de kilomètres de terres à l'abandon. Il voit venir la guerre. Il voit comment, à force de souffrir, les gens deviennent méchants et laids, et quelque chose meurt en eux. Mais surtout il voit que le système entier est bâti sur un mensonge. Et bien que ça soit clair comme le jour – les ignorants vivent avec ce mensonge depuis si longtemps qu'ils ne peuvent pas s'en apercevoir. »

La veine rouge et noueuse au front de Jake se gonflait de colère. Il saisit le seau sur l'âtre et déversa une avalanche de charbon dans le feu. Son pied s'était engourdi, et il le secoua si violemment que le sol trembla.

« J'ai été partout ici. Je me balade. Je parle. J'essaie de leur expliquer. Mais à quoi ça sert? bon dieu! »

Il plongea son regard dans le feu, et une rougeur provoquée par la bière et par la chaleur fonça son hâle. Le picotement qui lui engourdissait le pied gagnait sa jambe. À moitié endormi, il percevait les couleurs du feu, les nuances de vert, de bleu et de jaune incandescent. « Tu es le seul, prononça-t-il rêveusement. Le seul. »

Ce n'était plus un étranger. À présent, il connaissait chaque rue, chaque passage, chaque palissade des interminables quartiers pauvres de la ville. Il travaillait toujours au Sunny Dixie. Au cours de l'automne, l'attraction se déplaçait d'un terrain vague à l'autre, sans jamais sortir des limites de l'agglomération, jusqu'à ce qu'elle ait fait le tour de la ville. Les emplacements changeaient mais les décors demeuraient identiques – une parcelle de terre à l'abandon, bordée de rangées de cabanes délabrées, située près d'une filature, d'une usine d'égreneuses de coton, ou d'une conserverie. La foule était la même, essentiellement des ouvriers et des nègres. L'attraction brillait de l'éclat tapageur de ses lumières multicolores dans la nuit. Les chevaux de bois du manège décrivaient des cercles au son de la musique mécanique. Les balançoires tourbillonnaient, la balustrade autour du lancer de pièces de monnaie était toujours pleine de monde. Dans les deux baraques on vendait des boissons, des hamburgers bruns saignants et de la barbe à papa.

Il avait été embauché comme machiniste, mais peu à peu, l'éventail de ses tâches s'élargit. Sa voix rude, braillarde, hurlait au milieu du tapage, et il errait continuellement d'un endroit à l'autre dans le parc d'attractions. La sueur perlait sur son front, et sa moustache était souvent imbibée de bière. Le samedi, son travail consistait à maintenir l'ordre. Son corps musclé, courtaud, se frayait un chemin à travers la foule avec une énergie sauvage. Mais ses yeux ne partageaient pas la violence du reste de son être. Fixes et grands ouverts sous son front maussade, ils avaient une expression absente, égarée.

Il rentrait chez lui entre minuit et une heure du matin. La maison où il habitait était divisée en quatre pièces et le loyer s'élevait à un dollar cinquante par personne. Il y avait des cabinets derrière et une prise d'eau sur le perron. Dans sa chambre, les murs et le sol dégageaient une odeur humide, aigre. De méchants rideaux de dentelle, noirs de suie, pendaient à la fenêtre. Il gardait son beau costume dans son sac et accrochait son bleu de travail à un clou. La chambre n'avait ni chauffage ni électricité. Cependant, dehors, un réverbère projetait par la fenêtre un pâle reflet verdâtre à l'intérieur. Il n'allumait jamais la lampe à pétrole à son chevet, sauf pour lire. L'odeur âcre du pétrole brûlé dans la pièce froide l'écœurait.

Quand il ne sortait pas, il arpentait nerveusement la chambre. Il s'asseyait au bord du lit défait et rongeait sauvagement les extrémités sales, cassées, de ses ongles. Le goût âpre de la crasse lui restait dans la bouche. L'intensité de sa solitude le remplissait d'effroi. D'ordinaire, il avait un demi-litre de gin de contrebande. Il buvait l'alcool pur et au lever du jour, il avait chaud et se sentait détendu. À cinq heures, les sifflets des usines annonçaient la première équipe. Les sifflets rendaient de sinistres échos d'âme en peine, et il ne pouvait s'endormir qu'après les avoir entendus.

Mais, la plupart du temps, il ne restait pas chez lui. Il sortait dans les rues étroites et désertes. Aux petites heures du matin, le ciel était noir et les étoiles nettes et brillantes. Parfois, les filatures fonctionnaient. Des bâtiments baignant dans une lumière jaune parvenait le vacarme des machines. Il attendait aux portes l'équipe de nuit. Des jeunes filles en pulls et en robes imprimées affluaient dans les rues obscures. Les hommes sortaient avec leurs gamelles. Certains allaient prendre un Coca-Cola ou un café à la buvette avant de rentrer chez eux, et Jake les accompagnait. À l'intérieur de la bruyante filature, les hommes entendaient distinctement chaque mot prononcé, mais pendant la première heure au-dehors, ils étaient sourds.

Au café, Jake buvait du Coca-Cola additionné de whisky. Il parlait. L'aube hivernale était blanche, brouillée et froide. Il examinait avec une insistance d'ivrogne les visages jaunes et tirés. Souvent, on se moquait de lui ; il redressait alors de toute sa hauteur son corps difforme et débitait d'un ton dédaigneux des mots interminables. Il écartait son petit doigt de son verre et tordait sa moustache d'un geste hautain. Et si les moqueries continuaient, il lui arrivait de se battre. Il balançait ses gros poings bruns avec une violence frénétique et sanglotait tout haut.

Après de telles matinées, le retour à la fête foraine était un soulagement. Il se calmait en se frayant un chemin à travers les foules. Le bruit, les relents fétides, le contact étroit avec la chair humaine apaisaient ses nerfs en pelote.

À cause des réglementations municipales, l'attraction restait fermée le jour du Seigneur. Le dimanche, il se levait de bonne heure et sortait de la valise son costume de serge. Il se rendait dans la rue principale. Il passait d'abord au *Café de New York* où il achetait des bières. Puis il allait chez Mr. Singer. Malgré le nombre de gens qu'il connaissait de nom ou de visage dans la ville, le muet était son seul ami. Ils paressaient dans la chambre silencieuse en buvant les bières. Jake parlait, déversant les mots engendrés par les sombres matins passés dans les rues ou la solitude de sa chambre. Des mots qui soulageaient.

Le feu brûlait à peine. Singer faisait une réussite. Jake s'était endormi. Il s'éveilla avec un tremblement nerveux. Il leva la tête et se tourna vers Singer. « Ouais », lança-t-il comme s'il répondait à une question soudaine. « Certains d'entre nous sont communistes. Mais pas tous – moi-même, je ne suis pas membre du Parti communiste. Parce que primo, je n'en ai rencontré qu'un. Tu peux être à la rue pendant des années sans rencontrer de communistes. Par ici, il n'y a pas de bureau où tu peux aller pour adhérer – et s'il y en a, j'en ai jamais entendu parler. Et on va pas à New York pour adhérer. Comme je disais, j'en ai rencontré qu'un – un type minable qui buvait pas mais qui puait du bec. On s'est battus. Non que j'en veuille aux communistes à cause de ça. C'est surtout que j'ai pas très haute opinion de Staline et de la Russie. Je déteste tous les pays et leurs satanés gouvernements. Pourtant, j'aurais peut-être dû me mettre avec les communistes dès le début. Je suis pas sûr, ni d'un côté ni de l'autre. Qu'est-ce que t'en penses? »

Singer plissa le front et réfléchit. Il saisit son porte-mine et écrivit sur son bloc de papier qu'il ne savait pas.

« Seulement voilà. On peut pas rester les bras croisés une fois qu'on a compris, il faut agir. Et parmi nous, y en a qui deviennent cinglés. Il y a trop à faire et on se demande par où commencer. Ça rend dingue. Même moi – j'ai fait des trucs, quand j'y repense, qui ont pas l'air rationnel. Une fois, j'ai fondé une organisation tout seul. J'ai choisi vingt gars des filatures et je leur ai parlé jusqu'au moment où j'ai cru qu'ils *savaient*. Notre devise, c'était le mot : Action. Ah! On voulait déclencher des émeutes – provoquer autant d'agitation que possible. La liberté était notre but ultime – une véritable liberté, une grande liberté qui n'existerait que grâce au sens de la justice de l'âme humaine. Notre devise, "Action", signifiait l'anéantissement du capitalisme. Dans la constitution (rédigée par moi) certaines dispositions concernaient la transformation de notre devise "Action" en "Liberté" dès que notre travail serait terminé. »

Jake tailla la pointe d'une allumette et se cura une cavité dentaire qui le gênait. Au bout d'un moment, il reprit :

« Puis une fois la constitution consignée par écrit, et les premiers partisans bien organisés – je suis parti en stop créer les cellules de base du mouvement. Moins de trois mois plus tard, quand je suis revenu, qu'est-ce que tu crois que j'ai trouvé? Quelle était leur première action héroïque? Leur juste fureur l'avait-elle emporté de sorte qu'ils ne m'avaient pas attendu pour agir? Était-ce la destruction, le meurtre, la révolution? »

Jake se pencha en avant. Après une pause, il déclara sombrement :

« Mon vieux, ils avaient volé les cinquante-sept dollars trente *cents* de la trésorerie pour se payer des casquettes et leurs dîners du samedi soir. Je les ai surpris autour de la table de conférence, en train de jouer aux dés, leurs casquettes sur la tête, un jambon et un gallon de gin à portée de main. »

Un sourire timide de Singer suivit l'éclat de rire de Jake. Après quelques instants le sourire de Singer se figea et s'évanouit. Jake riait encore. La veine de son front gonflait, sa figure devint rouge foncé. Il rit trop longtemps.

Singer leva les yeux vers la pendule et montra l'heure – midi et demi. Il prit sa montre, son porte-mine et son bloc-notes, ses cigarettes et ses allumettes sur la cheminée et les répartit dans ses poches. C'était l'heure du déjeuner.

Mais Jake riait toujours. Il y avait dans la sonorité de son rire quelque chose de fou. Il arpentait la chambre, en faisant sonner sa monnaie dans ses poches. Ses longs bras puissants se balançaient, raides et gauches. Il se mit à énumérer les plats de son prochain repas. Quand il parlait de nourriture, un ardent enthousiasme lui illuminait le visage. À chaque mot, il soulevait sa lèvre supérieure comme un animal vorace.

« Du rosbif avec de la sauce. Du riz. Et du chou et du pain blanc. Et un gros morceau de tourte aux pommes. Je suis affamé. *Oh, Johnny, j'entends arriver les Yankees*. Et à propos de repas, est-ce que je t'ai déjà parlé de Mr. Clark Patterson, le monsieur qui est propriétaire de la foire Sunny Dixie? Il est si gros qu'il ne voit plus ses parties depuis vingt ans, et il reste toute la journée dans sa caravane à faire des patiences et à fumer des joints. Il commande ses repas à un bistrot du coin, et chaque matin, au petit-déjeuner... »

Jake s'écarta pour que Singer puisse sortir de la chambre. Il attendait toujours près du seuil avant de lui emboîter le pas. Tout en descendant l'escalier, il continuait à parler avec une volubilité fébrile, ses grands yeux bruns fixés sur Singer.

L'après-midi fut doux et tiède. Ils restèrent à la maison. Jake avait rapporté un litre de whisky. Il ruminait silencieusement sur le bord du lit, se penchant de temps à autre pour remplir son verre à la bouteille posée par terre. Singer, à sa table près de la fenêtre, jouait aux échecs. Jake s'était un peu détendu. Il observait la partie de son ami et sentait le tiède et paisible après-midi se fondre dans le crépuscule. La lueur du feu projetait des ondes noires, silencieuses, sur les murs de la chambre.

Mais le soir, la tension le regagna. Singer avait rangé son jeu d'échecs et ils se trouvaient face à face. Les lèvres de Jake tremblaient de nervosité et il buvait pour se calmer. Un tourbillon d'excitation et de désir déferla en lui. Il but le whisky d'un trait et se remit à parler à Singer. Les mots gonflaient dans sa tête et jaillissaient de sa bouche. Il ne cessait d'aller et venir du lit à la fenêtre. Enfin, le déluge de mots boursouflés prit forme et il les livra au muet avec une emphase d'ivrogne :

« Tout ce qu'ils nous ont fait ! Les vérités qu'ils ont muées en mensonges. Les idéaux qu'ils ont salis et avilis. Jésus, par exemple. Il était des nôtres. Il savait. Quand il a dit qu'il était plus difficile à un chameau de passer par le chas d'une aiguille qu'à un riche d'entrer dans le royaume de Dieu [49] – il savait fichtrement bien ce qu'il disait. Mais regarde comment l'Église a traité Jésus depuis deux mille ans. Ce qu'elle a fait de lui. Sa manière d'utiliser chaque mot qu'il a prononcé à leurs ignobles fins. Jésus serait jeté en prison de nos jours. Jésus ferait partie de ceux qui savent vraiment. Moi et Jésus, on serait assis l'un en face de l'autre à table, je Le regarderais et Il me regarderait et chacun saurait que l'autre sait. Moi, Jésus et Karl Marx on s'assoirait à une table et...

« Et regarde ce qui est arrivé à notre liberté. Les hommes qui se sont battus pour la révolution américaine ne ressemblaient pas plus à ces bonnes femmes des DAR [50] que moi à un pékinois ventru et parfumé. Quand ils parlaient de liberté, c'était pas du baratin. Ils se sont battus pour une vraie révolution. Ils se sont battus pour que dans ce pays on soit tous libres et égaux. Ah ! Et ça signifiait que tous les hommes étaient égaux devant la nature – avec des chances égales. Ça ne signifiait pas que vingt pour cent des gens étaient libres de dépouiller les quatre-vingts autres de leurs moyens d'existence. Ça ne signifiait pas qu'un riche ait le droit d'exploiter dix mille pauvres jusqu'au trognon pour s'enrichir. Ça ne signifiait pas que les tyrans étaient libres de fourrer ce pays dans un tel pétrin que des millions de gens sont prêts à escroquer, mentir ou se couper le bras droit – rien que pour gagner de quoi croûter trois fois par jour et coincer la bulle. Ils ont fait du mot liberté un blasphème. Tu m'entends ? Ils ont rendu le mot liberté aussi puant qu'un putois pour ceux qui savent. »

La veine, sur le front de Jake, palpitait violemment. Sa bouche se crispait. Singer se redressa, alarmé. Jake voulut recommencer à parler mais les mots s'étranglèrent dans sa gorge. Un frisson lui parcourut le corps. Il s'assit dans le fauteuil et pressa ses doigts contre ses lèvres tremblantes. Puis il dit d'une voix rauque :

« Et voilà, Singer. C'est pas la peine de s'énerver. On n'a aucun moyen d'action. Voilà comment je vois la situation. Tout ce qu'on peut faire, c'est expliquer la vérité. Et dès qu'un nombre suffisant d'ignorants sauront la vérité, ça servira plus à rien de se battre. La seule chose à faire, c'est de les mettre au courant. C'est tout. Mais comment? Hein? »

Les ombres du feu léchaient les murs en vagues sombres, fantomatiques, qui faisaient tanguer la pièce. La chambre monta, tomba, et tout équilibre fut rompu. Jake se sentait chavirer, doucement, en mouvements cadencés, happé par un océan ténébreux. Désemparé et terrifié, il plissait les yeux, mais il ne voyait rien, sauf les vagues écarlates qui rugissaient avidement à ses oreilles. Enfin, il distingua ce qu'il cherchait. Le visage du muet était flou et lointain. Jake ferma les yeux.

Le lendemain, il se réveilla très tard. Singer était parti depuis des heures, laissant du pain, du fromage, une orange et une cafetière pleine sur la table. Le petit-déjeuner terminé, vint l'heure de se rendre au travail. Sombre, courbant la tête, il traversa la ville pour gagner d'abord sa chambre. Arrivé dans son quartier, il emprunta une rue étroite que bordait d'un côté un entrepôt en brique noirci par la fumée. Sur le mur du bâtiment, quelque chose attira vaguement son attention. Il poursuivit son chemin, puis s'immobilisa brusquement. Un message était écrit sur le mur à la craie rouge clair, en lettres tracées à la hâte et bizarrement formées :

Vous mangerez la chair des puissants, et boirez le sang des princes de la terre.

Jake lut le message deux fois et scruta la rue : personne. Après quelques minutes de réflexion perplexe, il tira de sa poche un épais crayon rouge et écrivit avec soin sous l'inscription :

L'auteur du message ci-dessus me trouvera ici demain à midi. Mercredi 29 novembre. Ou après-demain.

Le lendemain à midi, il attendait devant le mur. De temps à autre, il marchait impatiemment jusqu'au coin pour guetter les passants dans les rues. Personne ne vint. Au bout d'une heure, il dut partir pour la fête foraine.

Le jour suivant, il attendit encore.

Le vendredi, une longue et lente pluie d'hiver tomba. Le mur était trempé et les messages maculés devinrent illisibles. La pluie continua, grise, âpre et froide.

5

« Mick, lança Bubber, je crois qu'on finira tous noyés. »

C'était vrai que la pluie semblait devoir durer éternellement. Mrs. Wells les accompagnait et venait les chercher à l'école en voiture ; l'après-midi, ils restaient sur la véranda ou à l'intérieur de la maison. Avec Bubber, ils faisaient des parties de tric-trac et de nain jaune, ou jouaient aux billes sur le tapis du salon. Noël approchait et Bubber commençait à parler du Petit Seigneur Jésus et de la bicyclette rouge qu'il voulait que le père Noël lui apportât. La pluie argentait les vitres et le ciel était humide, froid et gris. Le fleuve monta si haut que des ouvriers durent quitter leurs maisons. Puis, alors que la pluie paraissait définitivement installée, elle cessa d'un seul coup. Ils s'éveillèrent un matin par un beau soleil. En début d'après-midi, il faisait presque aussi tiède qu'en été. Mick rentra tard de l'école et trouva Bubber, Ralph et Spareribs sur le trottoir. Les gosses paraissaient accablés par la chaleur moite, et leurs vêtements d'hiver dégageaient une odeur aigre. Bubber était armé de son lance-pierres, et d'une pleine poche de cailloux. Ralph pleurnichait, assis dans son chariot, le bonnet de travers. Spareribs avait son nouveau fusil. Le ciel était d'un bleu splendide.

« On t'a attendue longtemps, Mick, dit Bubber. Où étais-tu ? »

Elle grimpa les marches du perron trois par trois et lança son pull vers le porte-chapeaux. « Je faisais du piano dans le gymnase. »

Chaque après-midi, elle y passait une heure après les cours pour jouer. Le gymnase était bondé et bruyant à cause des parties de basket de l'équipe des filles. Ce jour-là, elle avait reçu deux fois la balle sur la tête. Mais pour s'asseoir à un piano, elle était prête à encaisser une bonne dose de coups et d'embêtements. Elle arrangeait des grappes de notes jusqu'au moment où elle obtenait le résultat recherché. C'était plus facile qu'elle ne l'avait cru. Après les deux ou trois premières heures, elle trouva des séries d'accords de basse en harmonie avec la mélodie principale que jouait sa main droite. Elle pouvait reproduire à peu près n'importe quel morceau à présent. Elle inventait aussi de la musique. C'était mieux que de copier des airs. Quand ses mains découvraient ces beaux sons nouveaux, elle éprouvait la sensation la plus délicieuse de sa vie [51].

Elle voulait apprendre à lire la musique. Delores Brown avait pris des leçons de musique pendant cinq ans. Mick donnait à Delores les cinquante *cents* qu'elle recevait par semaine pour son déjeuner en échange de leçons, et passait la journée affamée. Delores jouait pas mal de morceaux rapides, coulants – mais Delores ne savait pas répondre à toutes les questions qu'elle se posait. Delores ne lui enseignait que les différentes gammes, les accords mineurs et les majeurs, la valeur des notes, et autres rudiments.

Mick rabattit la porte du fourneau. « C'est tout ce qu'y a à manger ?

– Mon chou, c'est tout ce que je peux faire pour toi », répliqua Portia.

Du pain de maïs et de la margarine. Mick but un verre d'eau en mangeant pour faire descendre les bouchées.

« Pas la peine d'être si gloutonne. Personne ne va te l'ôter de la bouche. »

Les enfants traînaient toujours devant la maison. Bubber avait rangé son lance-pierres dans sa poche et jouait à présent avec le fusil. Spareribs avait dix ans ; le fusil appartenait à son père, mort le mois précédent. Les petits gamins adoraient manier ce fusil. Toutes les cinq minutes, Bubber hissait l'arme sur son épaule. Il visait, en s'accompagnant d'un *pan* sonore.

« Ne tripote pas la détente, l'avertit Spareribs. J'ai chargé le fusil. »

Mick finit le pain de maïs et regarda autour d'elle, cherchant à s'occuper. Harry Minowitz, assis sur la rampe de son perron, lisait le journal. Mick fut contente de le voir. Par plaisanterie, elle lança le bras en l'air en hurlant : « Heil ! »

Mais, au lieu de le prendre à la rigolade, Harry rentra chez lui et ferma la porte. Il se vexait facilement. Mick en fut désolée, car ces derniers temps Harry et elle étaient devenus bons amis. Enfants ils avaient joué dans la même bande, mais depuis trois ans, alors que

Mick était encore au cours moyen, Harry fréquentait le lycée professionnel. Et il travaillait par-ci, par-là. Il avait grandi tout d'un coup et cessé de traîner avec les gosses. Parfois, Mick le voyait dans sa chambre lire le journal ou se déshabiller tard le soir. En mathématiques et en histoire, c'était le garçon le plus doué du lycée professionnel. Souvent, maintenant qu'elle était, elle aussi, au lycée, ils se rencontraient sur le chemin du retour et faisaient route ensemble. Ils participaient au même atelier et, une fois, le professeur les avait désignés pour le montage d'un moteur. Harry lisait des livres et suivait la presse quotidienne. La politique mondiale le passionnait. Il parlait lentement, et la sueur lui perlait au front lorsqu'un sujet lui tenait à cœur. Et voilà qu'elle venait de le fâcher.

« Je me demande si Harry a toujours sa pièce d'or, dit Spareribs.

– Quelle pièce d'or?

– Quand un garçon juif naît, on met une pièce d'or à la banque pour lui. Les Juifs font ça.

– Peuh! Tu confonds, répliqua Mick. C'est aux catholiques que tu penses. Les catholiques achètent un pistolet aux bébés à leur naissance. Un de ces jours, les catholiques entreront en guerre et ils tueront tous les autres.

– Les bonnes sœurs me font un drôle d'effet, observa Spareribs. J'ai peur quand j'en vois une dans la rue. »

Mick s'assit sur les marches, la tête sur les genoux, et rentra dans l'espace du dedans. Pour elle, il y avait deux espaces – l'espace du dedans et l'espace du dehors [52]. L'école, la famille, les événements du quotidien s'inscrivaient dans l'espace du dehors. Mr. Singer était dans les deux espaces. Les pays étrangers, les projets et la musique occupaient l'espace du dedans. Les chansons qu'elle imaginait. Et la symphonie. Quand elle était seule dans l'espace du dedans, la musique qu'elle avait entendue le soir de la fête lui revenait. Cette symphonie poussait lentement comme une grande fleur dans son esprit. Quelquefois, pendant la journée, ou le matin à l'instant de son réveil, une nouvelle partie de la symphonie lui apparaissait brusquement. Il lui fallait alors s'isoler dans l'espace du dedans, l'écouter plusieurs fois et tenter de la fondre dans les passages qu'elle se rappelait. L'espace du dedans était un endroit très secret. Au milieu d'une maison pleine de monde, Mick pouvait y rester enfermée à double tour.

Spareribs plaça sa main sale devant les yeux de Mick, perdus dans le vide. Elle lui donna une tape.

« C'est quoi, une bonne sœur? demanda Bubber.

– Une dame catholique, répondit Spareribs. Une dame catholique avec une grande robe noire qui lui recouvre la tête. »

Mick en avait assez de rester avec les enfants. Elle irait à la bibliothèque regarder les images du *National Geographic*. Des photos de tous les pays du monde. Paris, la France. Et d'énormes glaciers. Et les jungles sauvages d'Afrique.

« Les gosses, surveillez Ralph, qu'il n'aille pas dans la rue », recommanda-t-elle.

Bubber posa le grand fusil sur son épaule. « Rapporte-moi une histoire. »

Ce gamin avait l'air d'être né lecteur. Il n'était qu'au cours élémentaire, mais il aimait lire des histoires seul – et il ne demandait jamais qu'on lui fasse la lecture. « Quel genre d'histoire veux-tu?

– Prends des histoires avec des trucs à manger dedans. J'aime drôlement celle sur les enfants allemands qui vont dans la forêt et qui arrivent à la maison en sucre et en bonbons, où y a la sorcière. Ça me plaît quand y a quelque chose à manger dans les histoires.

– Je chercherai, promit Mick.

– J'en ai un peu marre des bonbons, reprit Bubber. Regarde si tu vois une histoire avec un sandwich à la viande rôtie. Si t'en trouves pas, j'aimerais bien une histoire de cow-boy. »

Elle s'apprêtait à partir lorsqu'elle s'arrêta brusquement, les yeux écarquillés. Les gosses écarquillaient les yeux, eux aussi. Immobiles, ils regardaient Baby Wilson qui descendait les marches de sa maison, de l'autre côté de la rue.

« Qu'est-ce qu'elle est mignonne! » murmura Bubber.

Peut-être était-ce la soudaine chaleur du jour, après des semaines de pluie. Peut-être étaient-ce leurs sombres vêtements d'hiver, qui leur paraissaient laids en un après-midi comme celui-là. Baby ressemblait à une fée ou à un personnage de cinéma. Elle portait son costume de soirée de l'année dernière – une jupe de gaze rose évasée, courte et empesée, un corsage rose, des chaussons de danse roses, et même un petit carnet rose. Avec ses cheveux blonds, elle était toute rose, blanche et dorée – et si petite et si propre qu'elle en était presque déchirante à regarder. Elle traversa la rue d'un pas coquet et menu, mais sans tourner la tête vers eux.

« Viens ici, dit Bubber. Montre-moi ton petit carnet rose... »

Baby passa devant eux sur le bord de la chaussée, sans leur accorder un regard. Elle avait décidé de ne pas leur adresser la parole.

Une bande de gazon séparait le trottoir de la rue, et en l'atteignant, Baby s'arrêta un instant et fit la roue.

« Fais pas attention à elle », dit Spareribs. « Elle essaie toujours de frimer. Elle va au café de Mr. Brannon pour avoir des bonbons. C'est son oncle, elle les a gratis. »

Bubber posa l'extrémité du fusil par terre. L'arme était trop lourde pour lui. En regardant Baby s'éloigner, il tirait continuellement sur sa frange de cheveux en désordre. « C'est vraiment un chouette petit carnet rose, insista-t-il.

– Sa mère parle tout le temps de son talent, dit Spareribs. Elle croit qu'elle va faire entrer Baby dans le cinéma. »

Il était trop tard pour feuilleter le *National Geographic*. Le dîner était presque prêt. Ralph réglait ses cordes vocales, se préparant à pleurer; Mick le sortit du chariot et le posa à terre. On était au mois de décembre et, pour un gamin de l'âge de Bubber, l'été semblait très loin. Tout l'été précédent, Baby avait dansé au milieu de la rue dans ce costume de soirée rose. Au début, les enfants s'attroupaient pour la contempler, mais ils se lassèrent vite. Bubber était le seul à guetter son arrivée. Il s'asseyait sur le trottoir et l'avertissait d'un cri quand il voyait une voiture approcher. Il avait regardé Baby danser une centaine de fois – mais l'été était fini depuis trois mois et le spectacle lui parut nouveau.

« J'aimerais avoir un costume, dit Bubber.

– Quel genre?

– Un super-costume. Un vraiment beau, de toutes les couleurs. Comme un papillon. Voilà ce que je veux pour Noël. Ça et une bicyclette!

– Fillette », lança Spareribs.

Bubber hissa à nouveau le gros fusil sur son épaule et visa une maison d'en face. « Je danserais dans mon costume si j'en avais un. Je le porterais tous les jours à l'école. »

Mick, assise sur les marches du perron, surveillait Ralph. Bubber n'était pas une fillette comme avait dit Spareribs. Ça ne l'empêchait pas d'aimer les jolies choses. Elle allait lui remettre les idées en place, à ce Spareribs.

« On doit se battre pour tout, commença-t-elle lentement. Et j'ai souvent remarqué que plus un enfant arrive tard dans la famille, mieux il est, en fait. Les plus jeunes sont toujours les plus résistants. Je suis assez forte parce que j'en ai pas mal au-dessus de moi. Bubber – il a l'air malade, il aime les jolies choses, mais en dessous, il a du cran. Si je ne me trompe pas, Ralph devrait être un vrai dur quand il aura l'âge de se débrouiller seul. Il a beau n'avoir que dix-sept mois, je lis déjà dans son visage quelque chose de fort et de solide. »

Ralph promena son regard autour de lui parce qu'il devinait qu'on parlait de lui. Spareribs s'assit par terre et saisit le chapeau de Ralph, qu'il agita devant son nez pour le taquiner.

« Très bien ! riposta Mick. Tu sais ce qui va t'arriver s'il se met à pleurer à cause de toi. T'as intérêt à faire gaffe. »

Tout était calme. Le soleil descendait derrière les toits et, à l'ouest, le ciel était pourpre et rose. Du pâté de maisons voisin, on entendait les cris d'enfants en train de patiner à roulettes. Bubber s'adossa à un arbre, l'air perdu dans des rêveries. L'odeur du dîner se répandait au-dehors, et l'heure du repas approchait.

« Regarde, cria soudain Bubber. Rev'là Baby. Elle est drôlement jolie dans son costume rose. »

Baby marchait lentement dans leur direction. Elle avait reçu une pochette-surprise de popcorn où elle plongeait la main, à la recherche du cadeau. Elle allait de son pas coquet et menu. On voyait qu'elle était consciente de leurs regards.

« S'il te plaît, Baby..., commença Bubber quand elle parvint à leur hauteur. Montre-moi ton petit carnet rose et laisse-moi toucher ton costume rose. »

Baby se mit à fredonner et ne lui prêta aucune attention. Elle passa sans jouer avec Bubber. Elle inclina seulement la tête d'un mouvement vif et lui décocha un léger sourire.

Bubber tenait toujours le gros fusil sur son épaule. Il émit un *pan* sonore et feignit d'avoir tiré. Puis il appela encore Baby – d'une voix douce, triste, comme s'il appelait un minou. « S'il te plaît, Baby... Viens, Baby... »

Il fut trop rapide pour que Mick intervienne. Elle venait d'apercevoir sa main sur la détente quand le terrible *ping* retentit. Baby s'effondra sur le trottoir. Elle semblait clouée aux marches, incapable de bouger ou de crier. Spareribs avait le bras en l'air.

Bubber était le seul à ne pas comprendre. « Lève-toi, Baby, brailla-t-il. J' suis pas fâché. »

Il suffit de quelques secondes. Ils arrivèrent auprès de Baby tous trois en même temps. Elle gisait sur le trottoir sale. Sa jupe, relevée au-dessus de sa tête, découvrait son slip rose et ses petites jambes blanches. Ses mains étaient ouvertes – la surprise de la pochette dans l'une, le carnet dans l'autre. Le ruban de ses cheveux et le bout de ses boucles blondes étaient tachés de sang. Elle avait reçu la balle dans la tête, et son visage était tourné vers le sol.

Ces quelques secondes furent incroyablement remplies. Bubber hurla, laissa tomber le fusil et partit en courant. Les mains sur le visage, Mick hurlait aussi. Puis une foule de gens surgit. Le père de Mick arriva le premier. Il transporta Baby dans la maison.

« Elle est morte, déclara Spareribs. Elle a reçu la balle dans les yeux. J'ai vu sa figure. »

Mick arpentait le trottoir, la langue collée au palais chaque fois qu'elle essayait de demander si Baby avait été tuée. Mrs. Wilson déboula du salon de beauté où elle travaillait. Elle entra dans la maison et ressortit. Elle faisait les cent pas dans la rue, pleurant, et ne cessait de tripoter une bague à son doigt. Puis l'ambulance arriva et le médecin entra pour examiner Baby. Mick le suivit. Baby était étendue sur le lit dans la salle de séjour. La maison était silencieuse comme une église.

Sur le lit, Baby ressemblait à une jolie poupée. À part le sang, elle n'avait pas l'air blessée. Quand le médecin eut terminé, on emporta Baby sur une civière. Mrs. Wilson et son père entrèrent dans l'ambulance avec elle.

Le silence régnait toujours dans la maison. Tout le monde avait oublié Bubber. Il avait disparu. Une heure s'écoula. Sa mère, Hazel, Etta et les pensionnaires attendaient dans le séjour. Mr. Singer se tenait sur le seuil. Après un long moment, son père revint. Il annonça que Baby ne mourrait pas, mais qu'elle avait une fracture du crâne. Il demanda Bubber. Personne ne savait où il était. Il faisait noir au-dehors. Ils appelèrent Bubber dans le jardin et dans la rue. Ils envoyèrent Spareribs et quelques autres à sa recherche. Apparemment, Bubber avait fichu le camp. Harry se rendit dans une maison où ils pensaient pouvoir le trouver.

Son père arpentait la véranda de long en large. « Je n'ai encore jamais fouetté un seul de mes enfants, répétait-il. Je n'y ai jamais cru. Mais je vais filer une raclée à ce gosse dès que je l'attraperai. »

Mick, assise sur la rampe, surveillait la rue obscure. « Je sais m'y prendre avec Bubber. Je me charge de lui à son retour.

– Vas-y, pars à sa recherche. C'est toi qui le trouveras le plus facilement. »

Son père n'avait pas fini sa phrase que Mick sut où était Bubber. Dans le jardin poussait un grand chêne, et ils y avaient construit une cabane pendant l'été, en hissant une grande caisse où Bubber adorait se nicher tout seul. Mick laissa sa famille et les pensionnaires sur la véranda, et s'engagea dans l'allée menant au jardin plongé dans l'obscurité.

Elle attendit quelques minutes au pied de l'arbre. « Bubber..., chuchota-t-elle. C'est Mick. »

Il ne répondit pas, mais elle savait qu'il était là. Elle le flairait. Elle sauta sur la branche la plus basse et grimpa lentement. Elle était vraiment folle de rage contre lui, et s'apprêtait à lui donner une bonne leçon. En atteignant la cabane, elle l'appela de nouveau – sans obtenir de réponse. Elle pénétra dans la caisse et en tâta les parois. Enfin elle le toucha. Il était tassé dans un coin, les jambes tremblantes, retenant sa respiration, et lorsqu'elle lui mit la main dessus, il laissa échapper d'une traite ses sanglots et son souffle.

« Je... je ne voulais pas que Baby tombe. Elle était si petite et si mignonne... y me semblait que je devais lui tirer un coup de feu. »

Mick s'assit sur le plancher de la cabane. « Baby est morte, dit-elle. Il y a plein de gens qui te cherchent. »

Bubber cessa de pleurer et ne fit plus aucun bruit.

« Tu sais ce que Papa est en train de faire à la maison ? »

Elle croyait entendre Bubber l'écouter.

« Tu connais Warden Lawes – tu l'as entendu à la radio. Et tu connais Sing-Sing. Eh bien, Papa écrit une lettre à Warden Lawes pour qu'il soit pas trop méchant avec toi quand on t'attrapera et qu'on t'enverra à Sing-Sing. »

Les paroles avaient une résonance si terrible dans le noir qu'un frisson la parcourut. Elle sentit Bubber trembler.

« Ils ont des petites chaises électriques là-bas – juste à ta taille [53]. Et quand ils branchent le jus, on frit comme une tranche de bacon brûlé. Après on va en enfer. »

De Bubber, recroquevillé dans un coin, pas un son ne sortait. Mick enjamba le bord de la caisse pour redescendre. « Tu ferais mieux de rester ici, parce qu'il y a des policiers qui gardent la cour. Je t'apporterai peut-être quelque chose à manger dans quelques jours. »

Mick s'appuya au tronc du chêne. Ça lui apprendrait, à Bubber. Elle s'était toujours occupée de lui et connaissait ce gamin mieux que quiconque. À une époque, un an ou deux auparavant, il voulait tout le temps s'arrêter derrière les buissons pour faire pipi et se tripoter. Elle avait vite pigé et lui donnait une bonne gifle chaque fois que ça se produisait ; en trois jours, il était guéri. Par la suite, il n'avait même plus fait pipi normalement comme les autres gosses – il tenait ses mains derrière lui. Elle s'était toujours chargée de l'éducation de Bubber et savait comment le prendre. D'ici quelques minutes, elle retournerait à la cabane et le ramènerait. Il ne se risquerait plus jamais à prendre un fusil de sa vie.

L'impression de mort planait toujours sur la maison. Les pensionnaires étaient tous assis sur la véranda sans parler, ni se balancer dans leurs fauteuils. Son papa et sa maman étaient dans la salle de séjour. Son papa buvait de la bière à la bouteille en marchant de long en large. Baby allait se remettre parfaitement, ce n'était donc pas à son sujet qu'il se tracassait. Et personne ne semblait s'inquiéter pour Bubber.

« Ce Bubber ! s'exclama Etta.

– J'ai honte de sortir après ça », ajouta Hazel.

Etta et Hazel allèrent s'enfermer dans la pièce du milieu. Bill était dans sa chambre, au fond. Mick, sans aucune envie de leur parler, resta dans l'entrée, à réfléchir.

Les pas de son père s'arrêtèrent. « C'était intentionnel, déclara-t-il. C'est pas comme si le gamin jouait avec le fusil et que le coup soit parti par accident. Tous ceux qui l'ont vu ont dit qu'il avait visé délibérément.

– Je me demande si on aura des nouvelles de Mrs. Wilson, dit sa mère.

– Pour en avoir, on en aura !

– Oui, j'imagine. »

Maintenant que le soleil était couché, la nuit était froide comme en novembre. Les gens abandonnèrent la véranda pour aller s'asseoir dans le salon – mais personne n'alluma le feu. Le pull de Mick était accroché au porte-chapeaux ; elle l'enfila, rentrant les épaules pour avoir chaud. Elle pensait à Bubber, dans la cabane froide et noire de l'arbre. Il avait cru chacune de ses paroles. Mais il méritait de se faire un peu de bile. Il avait failli tuer cette Baby.

« Mick, tu ne vois pas où Bubber peut être ? demanda son père.

– Il n'est pas loin, à mon avis. »

Son père allait et venait avec la bouteille de bière vide à la main.

Il marchait comme un aveugle, le visage en sueur. « Le pauvre gosse a peur de revenir à la maison. Si on le trouvait, je me sentirais mieux. Je n'ai jamais levé la main sur Bubber. Il ne devrait pas me craindre. »

Elle attendait qu'une heure et demie soit passée. À ce moment-là, il serait bourrelé de regrets. Elle avait toujours su le prendre, Bubber, et lui donner des leçons.

Il y eut ensuite beaucoup d'agitation dans la maison. Son père retéléphona à l'hôpital pour avoir des nouvelles de Baby, et quelques instants plus tard, Mrs. Wilson rappela. Elle voulait lui parler, elle allait venir.

Son père marchait toujours de long en large comme un aveugle. Il but trois autres bouteilles de bière. « Vu la manière dont c'est arrivé, elle peut me poursuivre jusqu'au dernier bouton de culotte. Tout ce qu'elle obtiendrait, c'est la maison, moins l'hypothèque. Mais vu comment ça s'est passé, on n'a aucune riposte possible. »

Soudain, une idée traversa l'esprit de Mick. Peut-être allait-on vraiment juger Bubber et le mettre dans une prison d'enfants. Peut-être que Mrs. Wilson l'enverrait dans une maison de redressement. La punition de Bubber pouvait réellement être terrible. Elle voulut aller tout de suite à la cabane lui dire de ne pas s'inquiéter. Bubber était si frêle, si petit et si malin. Elle le tuerait, celui qui essaierait d'enlever ce gosse à sa famille. Elle avait envie de l'embrasser et de le mordre, tant elle l'aimait.

Mais il ne fallait pas perdre une bribe d'information. Mrs. Wilson serait là dans quelques minutes, et Mick devait savoir de quoi il retournait. Ensuite, elle courrait avouer à Bubber qu'elle lui avait raconté des mensonges. Et il aurait compris la leçon qu'il avait cherchée.

Un minitaxi s'arrêta au bord du trottoir. Ils attendaient tous sur la véranda, muets et effrayés. Mrs. Wilson sortit du taxi avec Mr. Brannon. Mick entendit son père grincer des dents nerveusement en gravissant les marches. Ils entrèrent dans la salle de séjour ; elle les suivit et se planta sur le seuil de la porte. Etta, Hazel, Bill et les pensionnaires restèrent à l'écart.

« Je suis venue discuter de cette affaire avec vous », annonça Mrs. Wilson.

La pièce paraissait sale et miteuse, et Mick s'aperçut que rien n'échappait au regard de Mr. Brannon. La poupée en celluloïd écrasée, les perles et la camelote avec lesquelles jouait Ralph étaient éparpillées sur le sol. Il y avait de la bière sur l'établi de son père, et les oreillers du lit de ses parents étaient carrément gris.

Mrs. Wilson ne cessait de tripoter son alliance. À ses côtés, Mr. Brannon était très calme, les jambes croisées. Ses mâchoires étaient bleu-noir, et il ressemblait à un gangster de cinéma. Il avait toujours eu une dent contre Mick. Il lui parlait d'une voix rude, différente de son ton habituel. Était-ce parce qu'il savait que Bubber et elle avaient chipé un paquet de chewing-gum sur son comptoir? Mick le détestait.

« La situation se résume à ceci, commença Mrs. Wilson. Votre fils a volontairement tiré une balle dans la tête de ma Baby. »

Mick s'avança au milieu de la pièce. « Non, affirma-t-elle. J'étais là. Bubber braquait le fusil sur moi, sur Ralph, sur n'importe quoi autour de lui. Par hasard il a visé Baby et son doigt a glissé. J'y étais. »

Mr. Brannon se frotta le nez et la regarda tristement. Mick le haïssait.

« Je sais ce que vous éprouvez... je voudrais aller droit au but. »

La mère de Mick secouait un trousseau de clefs; son père demeurait immobile, ses grosses mains sur les genoux.

« Bubber n'avait pas cette idée en tête, reprit Mick. Il a juste... »

Mrs. Wilson ôtait et remettait l'alliance à son doigt. « Un instant. Je sais exactement comment ça s'est passé. Je pourrais porter l'affaire devant la justice et vous poursuivre jusqu'à votre dernier sou. »

Le visage de son père était totalement dénué d'expression. « Laissez-moi vous dire, dit-il, qu'il n'y a pas grand-chose à nous prendre. Tout ce qu'on a...

– Écoutez-moi, coupa Mrs. Wilson. Je ne suis pas venue ici avec un avocat pour entamer un procès contre vous. Bartholomew – Mr. Brannon – et moi, nous en avons discuté en venant, et nous sommes tombés d'accord sur l'essentiel. D'abord, je veux que ce soit équitable, honnête – et ensuite, je ne veux pas que le nom de Baby soit mêlé à un vulgaire procès à son âge. »

Un silence complet tomba; chacun restait figé sur son siège. Seul Mr. Brannon adressa à Mick une ébauche de sourire, qu'elle repoussa en fronçant hargneusement les sourcils.

Mrs. Wilson était très nerveuse et sa main trembla quand elle alluma une cigarette. « Je ne veux pas entamer une poursuite ou quoi que ce soit de ce genre contre vous. Tout ce que je veux, c'est que vous soyez justes. Je ne vous demande pas de payer les souffrances et les pleurs que Baby a endurés jusqu'à ce qu'on lui donne quelque chose pour dormir. Aucune somme ne compenserait ça. Et je ne vous demande pas de payer le préjudice à sa carrière, à nos projets. Elle devra porter un bandage pendant plusieurs mois. Elle ne dansera pas à la soirée – elle aura peut-être même une petite calvitie sur le crâne. »

Mrs. Wilson et le père de Mick se fixaient d'un regard hypnotique. Mrs. Wilson chercha son portefeuille et en sortit un morceau de papier.

« Vous devrez juste payer l'argent que ça va nous coûter. Il y a la chambre particulière de Baby à l'hôpital, et son infirmière particulière jusqu'à ce qu'elle puisse rentrer à la maison. Il y a la salle d'opération et les honoraires du médecin – et pour une fois je voudrais que le médecin soit payé immédiatement. Ils ont aussi rasé entièrement les cheveux de Baby, et vous devez payer la permanente [54] que je lui ai fait faire à Atlanta – comme ça, quand ses cheveux auront repoussé, on pourra recommencer. Et il y a le prix de son costume et d'autres petits frais supplémentaires de ce genre. Je mettrai le détail des dépenses par écrit dès que j'en connaîtrai le montant. J'essaie d'être aussi équitable et honnête que possible, et vous aurez à payer le total quand je vous l'apporterai. »

Sa mère lissa sa robe sur ses genoux et prit rapidement sa respiration. « À mon avis la salle des enfants serait beaucoup mieux qu'une chambre particulière. Quand Mick a eu sa pneumonie...

– J'ai dit une chambre particulière. »

Mr. Brannon tendit ses mains blanches et courtaudes, et les tint en équilibre, comme sur une balance. « Peut-être que dans un jour ou deux Baby pourra s'installer dans une chambre double, avec un autre enfant. »

Mrs. Wilson répliqua durement : « Vous avez entendu ce que j'ai dit. Puisque votre gamin a tiré sur ma Baby, elle ne doit être privée d'aucun avantage jusqu'à sa guérison.

– Vous êtes dans votre bon droit, répondit son père. Dieu sait qu'on n'a rien en ce moment – mais j'y arriverai peut-être en économisant par-ci, par-là. Je me rends compte que vous n'essayez pas d'en profiter et je vous en suis reconnaissant. Nous ferons ce que nous pourrons. »

Mick aurait voulu rester pour tout entendre, mais Bubber la tracassait. En l'imaginant dans la cabane froide et noire de l'arbre, en train de penser à Sing-Sing, elle n'avait pas la conscience tranquille. Elle quitta la pièce, franchit l'entrée et se dirigea vers la porte du jardin. Le vent soufflait et le jardin était très sombre, à part le carré jaune de la lumière de la cuisine. En se retournant, elle aperçut Portia assise à la table, ses longues mains fines plaquées sur le visage, immobile. Le jardin était désert, le vent agitait des ombres rapides, effrayantes, et rendait un son funèbre.

Elle se posta sous le chêne. Puis, alors qu'elle s'apprêtait à monter sur la première branche, une idée atroce s'empara d'elle. Elle comprit tout d'un coup que Bubber était parti. Elle l'appela, sans recevoir de réponse. Elle grimpa prestement et sans bruit comme un chat.

« Eh! Bubber! »

Sans toucher la cabane, elle sut qu'il n'était pas là. Pour s'en assurer, elle se hissa dans la caisse et en tâta les parois. Le gamin avait disparu. Il avait dû descendre dès son départ. Il fuyait pour de bon à présent, et avec un gosse astucieux comme Bubber, impossible de deviner où on le retrouverait.

Mick redescendit précipitamment de l'arbre et courut vers la véranda. Mrs. Wilson s'en allait, et ils l'accompagnaient tous au bas des marches du perron.

« Papa! cria-t-elle. Il faut faire quelque chose pour Bubber. Il s'est sauvé. Je suis sûre qu'il a quitté le quartier. Il faut partir à sa recherche. »

Personne ne savait où aller ni par où commencer. Son père arpentait la rue, en inspectant toutes les allées. Mr. Brannon appela un minitaxi pour Mrs. Wilson; il restait, afin de participer à la recherche. Mr. Singer, assis sur la rampe du perron, était le seul à garder son calme. Ils attendaient que Mick leur indique les cachettes les plus vraisemblables. Mais la ville était si grande, et le petit gamin si malin qu'elle ne savait que faire.

Il était peut-être allé chez Portia à Sugar Hill. Mick revint dans la cuisine où Portia était assise devant la table, les mains sur le visage.

« J'ai soudain l'idée qu'il est allé chez toi. Viens nous aider à le trouver.

– Comment ça se fait que j'y ai pas pensé! Je parie cinq *cents* que mon petit Bubber s'est réfugié tout affolé dans ma maison. »

Mr. Brannon avait emprunté une automobile. Mr. Singer, Mick, son père et Portia y montèrent. Personne ne savait ce que Bubber ressentait, sauf Mick. Personne ne savait qu'il s'était enfui comme s'il y allait de sa vie.

La maison de Portia n'était éclairée que par le reflet en damier de la lune sur le sol. Dès leur entrée, ils eurent la certitude qu'il n'y avait personne dans les deux pièces. Portia alluma la lampe du salon. Les pièces dégageaient une odeur de gens de couleur, et elles étaient tapissées de photos découpées aux murs, encombrées de nappes de dentelle et d'oreillers de dentelle sur le lit. Bubber n'était pas là.

« Il est venu, déclara soudain Portia. Je suis sûre que quelqu'un est venu. »

Mr. Singer trouva le crayon et le morceau de papier sur la table de cuisine. Il le lut rapidement, puis les autres l'imitèrent. L'écriture était ronde et irrégulière; l'intelligent petit gamin n'avait mal orthographié qu'un seul mot. Le billet disait :

Chère Portia,
Je pars en Florède[55]*. Dis-le aux autres.*
Avec mes sentiments respectueux.
Bubber Kelly.

Ils demeurèrent stupéfaits, sans voix. Son père contemplait la porte en se curant le nez avec le pouce d'un air soucieux. Ils étaient prêts à s'entasser dans la voiture et à filer vers la route du sud.

« Une minute, intervint Mick. Bubber n'a que sept ans, mais il est assez malin pour ne pas nous dire où il va s'il veut se sauver. Cette histoire de Floride est une ruse.

– Une ruse? répéta son père.

– Ouais. Y a que deux endroits sur lesquels Bubber soit renseigné. La Floride et Atlanta. Bubber, Ralph et moi, on se promène souvent sur la route d'Atlanta. Il connaît le chemin et c'est là qu'il est allé. Il parle toujours de ce qu'il fera quand il pourra aller à Atlanta. »

Ils repartirent vers l'automobile. Mick s'apprêtait à grimper sur la banquette arrière lorsque Portia l'attrapa par le coude. « Tu sais ce que Bubber a fait? dit-elle d'une voix douce. Le dis à personne, mais mon Bubber a aussi pris mes boucles d'oreilles en or dans ma table de toilette. J'aurais jamais cru que mon Bubber me ferait ça. »

Mr. Brannon démarra. Ils roulèrent lentement, en inspectant les rues, vers la route d'Atlanta.

C'était vrai que Bubber avait un côté dur, méchant. Jamais encore il ne s'était comporté comme aujourd'hui. Jusque-là, c'était un gamin tranquille qui n'avait jamais rien fait de mal. Quand on se moquait de quelqu'un devant lui, il se sentait gêné et honteux. Comment en était-il arrivé là aujourd'hui?

Tout en roulant très doucement sur la route d'Atlanta, ils dépassèrent la dernière rangée de maisons, atteignirent les champs et les bois obscurs. Ils n'avaient cessé de s'arrêter en chemin pour demander si on avait vu Bubber. « Est-ce qu'un petit garçon pieds nus, en culotte de velours, est passé par ici? » Mais sur quinze kilomètres, personne ne l'avait aperçu ni remarqué. Le vent s'engouffrait à travers les vitres ouvertes, froid et violent, et la nuit était bien avancée.

Ils poursuivirent un peu plus loin avant de rebrousser chemin. Le père de Mick et Mr. Brannon voulaient aller voir tous les enfants de sa classe, mais Mick les obligea à faire demi-tour et à repartir sur la route d'Atlanta. Elle pensait continuellement à ce qu'elle avait dit à Bubber. Sur la mort de Baby, sur Sing-Sing et sur Warden Lawes. Sur les petites chaises électriques qui étaient juste à sa taille, et l'enfer. Dans le noir, les mots prenaient une résonance épouvantable.

Ils roulèrent au pas pendant huit cents mètres hors de la ville, puis soudain Mick aperçut Bubber éclairé en plein par les phares de la voiture. C'était drôle. Il marchait sur le bord de la route, le pouce en l'air pour se faire prendre en stop. Le couteau de boucher de Portia était fourré dans sa ceinture, et sur la grande route noire il paraissait si petit qu'on lui aurait donné cinq ans plutôt que sept.

Ils arrêtèrent l'automobile vers laquelle Bubber se précipita. Il ne pouvait pas les reconnaître, et il plissait les yeux comme lorsqu'il se préparait à lancer une bille. Son père l'empoigna par le col. Bubber se débattit des poings et des pieds avant de brandir soudain le couteau de boucher que son père lui arracha juste à temps. Il lutta comme un jeune tigre pris au piège, mais ils finirent par l'embarquer dans la voiture. Leur père le tint sur ses genoux jusqu'à la maison; Bubber, raidi, ne s'appuyait à rien.

On dut le traîner dans la maison, devant tous les voisins et les pensionnaires sortis assister à la scène. On le traîna dans la salle de séjour; il se réfugia dans un coin, les poings serrés, regardant de ses yeux plissés chaque personne, tour à tour, comme prêt à les affronter toutes.

Alors qu'il n'avait pas prononcé un mot depuis qu'ils étaient entrés dans la maison, il se mit soudain à crier :

« C'est Mick! C'est pas moi. C'est Mick qui l'a fait! »

Rien ne pouvait se comparer aux hurlements de Bubber. Les veines de son cou saillaient et ses poings étaient aussi durs que des petits rocs.

« Vous ne m'attraperez pas! Personne ne peut m'attraper! » ne cessait-il de hurler.

Mick lui secoua l'épaule et lui expliqua qu'elle lui avait raconté des histoires. Il finit par l'entendre, mais refusa de se taire. Rien ne semblait pouvoir arrêter ses cris.

« Je hais le monde entier! Je hais le monde entier! »

Personne ne réagissait. Mr. Brannon se frotta le nez et regarda par terre. Puis il sortit discrètement. Mr. Singer était le seul qui parût comprendre ce qui se passait. Peut-être parce qu'il n'entendait pas ce vacarme épouvantable. Son visage restait calme et, lorsque Bubber le regardait, il semblait s'apaiser. Mr. Singer n'était pas un homme comme les autres, et à des moments pareils, mieux valait s'en remettre à lui. Il avait plus de jugeote, et savait des choses que les gens ordinaires ignorent [56]. Il se contenta de regarder Bubber, et au bout d'un moment l'enfant se calma suffisamment pour que son père puisse l'emmener se coucher.

Il s'allongea la face contre le matelas et pleura. Il pleurait en longs sanglots violents qui le secouaient tout entier. Il pleura pendant une heure et personne dans les trois chambres ne put dormir. Bill alla s'installer sur le divan du salon et Mick vint se coucher dans le lit de Bubber. Il ne se laissa ni toucher ni approcher. Puis, après une autre heure de pleurs et de hoquets, il s'endormit.

Mick resta éveillée longtemps. Dans l'obscurité, elle prit Bubber dans ses bras et le serra très fort. Elle le caressa et l'embrassa partout. Il était si doux, si frêle, avec cette odeur salée des petits garçons. Elle l'aimait tant qu'elle ne put s'empêcher de le presser contre elle jusqu'à s'en fatiguer les bras. Dans sa tête Bubber et la musique se confondaient en une même pensée. Rien ne serait jamais trop beau pour lui. Jamais plus elle ne le frapperait ni même ne le taquinerait. Elle dormit toute la nuit avec la tête de Bubber dans ses bras. Au matin, quand elle s'éveilla, il était parti.

Et après cette nuit, ni Mick ni quiconque n'eut plus guère l'occasion de taquiner Bubber. Après avoir tiré sur Baby, le gamin ne ressembla plus jamais au petit Bubber d'autrefois. Il n'ouvrait pas la bouche, ne jouait avec personne et passait le plus clair de son temps seul dans le jardin ou dans la remise à charbon. Noël approchait à grands pas. Mick voulait un piano, mais bien entendu n'en souffla mot. Elle prétendit qu'elle voulait une montre Mickey. Quand on demandait à Bubber ce qu'il aimerait recevoir du père Noël, il répondait qu'il ne voulait rien. Il cachait ses billes et son couteau de poche et ne permettait à personne de toucher à ses livres d'histoires.

Après cette nuit-là, on cessa de l'appeler Bubber. Les gamins plus âgés du quartier le baptisèrent « Tueur de Bébé Kelly ». Mais il parlait peu aux autres et rien ne paraissait l'atteindre. Sa famille l'appelait par son vrai nom – George [57]. Au début, Mick n'arrivait pas à l'appeler autrement que Bubber, et se refusait à essayer. Mais curieusement, au bout d'une semaine, elle l'appela George sans se forcer. C'était un enfant différent – George – qui s'occupait seul, comme s'il était beaucoup plus vieux, et sans que personne, pas même Mick, sache ce qu'il avait dans la tête.

Le soir de Noël, elle vint le rejoindre dans son lit. Il restait allongé dans le noir, sans mot dire. « Arrête de te conduire comme ça, dit-elle. Tiens, viens, on va parler des rois mages et des enfants de Hollande, qui mettent leurs sabots sous l'arbre au lieu de suspendre leurs bas. »

George refusa de répondre. Il s'endormit.

Mick se leva à quatre heures du matin et réveilla toute la famille. Leur père alluma un feu dans la salle de séjour avant de les laisser entrer voir l'arbre de Noël et les cadeaux. George reçut un déguisement d'Indien et Ralph une poupée en caoutchouc. Les autres membres de la famille n'eurent que des vêtements. Elle chercha en vain la montre Mickey dans son bas et trouva, en guise de cadeaux, une paire de souliers marron et une boîte de bonbons à la cerise. Tandis qu'il faisait encore nuit, George et elle sortirent sur le trottoir craquer des diablotins, lancèrent des pétards, engloutirent les deux couches de bonbons de la boîte et se retrouvèrent à l'aube écœurés et exténués. Mick s'étendit sur le canapé, ferma les yeux et gagna l'espace du dedans.

6

À huit heures, le docteur Copeland, installé à son bureau, étudiait une liasse de papier à la morne clarté du petit jour. À côté de lui l'arbre, un cèdre sombre et vert aux branches épaisses, s'élevait jusqu'au plafond. Depuis sa première année d'exercice, le docteur Copeland donnait chaque année une fête le matin de Noël; tout était prêt. Des rangées de bancs et de chaises s'alignaient autour de la salle de séjour. La maison fleurait bon le gâteau chaud et les épices, et le café fumant. Assise sur un banc contre le mur, le menton posé sur les mains, le corps presque plié en deux, Portia était avec son père dans le bureau.

« Père, tu es penché sur ce bureau depuis cinq heures. T'as aucune raison d'être debout. Tu aurais dû rester au lit jusqu'à la réception. »

Le docteur Copeland humecta ses lèvres épaisses avec sa langue. Il était si préoccupé qu'il n'avait pas d'attention à accorder à Portia dont la présence l'agaçait.

Irrité, il finit par se tourner vers elle. « Qu'as-tu à geindre de la sorte?

– Je me fais du souci. Pour commencer, je me fais du souci pour notre Willie.

– William?

– Vois-tu, il m'écrit sans faute tous les dimanches. La lettre arrive le lundi ou le mardi. Mais la semaine dernière il n'a pas écrit. Je suis pas vraiment inquiète, bien sûr. Willie – il est si gentil et si facile à vivre que je sais que tout ira bien. Il a été transféré de la prison à la chaîne de forçats et ils vont aller travailler dans le nord d'Atlanta. Voilà quinze jours il m'a écrit cette lettre pour dire qu'ils devaient assister à un office religieux aujourd'hui, et il m'a demandé de lui envoyer son costume et sa cravate rouge.

– C'est tout ce qu'a dit William?

– Il a écrit que ce Mr. B.F. Mason est dans la prison, lui aussi. Et qu'il a rencontré Buster Johnson – une ancienne connaissance de Willie. Et il m'a aussi demandé de lui envoyer son harmonica parce qu'il est malheureux sans son harmonica. J'ai tout envoyé. Et aussi un jeu de dames et un gâteau nappé de sucre glace. Mais j'espère bien avoir de ses nouvelles dans les jours qui viennent. »

Les yeux du docteur Copeland brillaient de fièvre et ses mains ne restaient pas en place. « Ma fille, nous en discuterons plus tard. L'heure avance et je dois terminer ceci. Retourne à la cuisine et vérifie que tout est prêt. »

Portia se leva et s'efforça de montrer un visage épanoui. « Qu'est-ce que tu as décidé pour le prix de cinq dollars?

– Pour l'instant, je n'ai pas encore été capable de décider quel était le parti le plus sage », répondit prudemment le docteur Copeland.

Un ami à lui, un pharmacien noir, offrait chaque année une récompense de cinq dollars au lycéen qui écrivait la meilleure dissertation sur un sujet donné. Le pharmacien confiait toujours au seul docteur Copeland la responsabilité de juger les copies et le résultat était proclamé à la réception de Noël. Le sujet de cette année était : « Mon ambition : comment puis-je améliorer la condition de la race nègre dans la société. » Il n'y avait qu'une composition réellement digne d'intérêt. Pourtant, la copie était si puérile et si inconsidérée qu'il semblait peu judicieux de lui décerner le prix. Le docteur Copeland chaussa ses lunettes et relut la dissertation avec une profonde concentration.

« Voici mon ambition. D'abord, je voudrais suivre les cours de Tuskegee College [58], mais je ne souhaite pas devenir comme Booker Washington [59] ou le docteur Carver [60]. Puis quand j'estimerai mon éducation achevée, je veux entamer une belle carrière d'avocat, comme celui qui a défendu les Scottsboro Boys [61]. Je n'accepterais que les procès de gens de couleur contre des Blancs. Chaque jour, on fait sentir à notre peuple de toutes les façons et par tous les moyens qu'il est inférieur. Ce n'est pas le cas. Nous sommes une Race en Ascension. Et nous ne pouvons pas continuer à suer sous les fardeaux de l'homme blanc [62]. Nous ne pouvons pas éternellement semer pour que d'autres récoltent.

« Je veux être comme Moïse, qui conduisit les fils d'Israël hors de la terre des oppresseurs. Je veux monter une Organisation Secrète de Dirigeants et de Savants de Couleur. Tous les gens de couleur s'organiseront sous la direction de ces élites et se prépareront à la révolte. Les nations du monde qui s'intéressent à la piètre condition de notre race et qui se réjouiraient de voir les États-Unis divisés nous viendront en aide. Tous les gens de couleur s'organiseront et il y aura une révolution, et à la fin les gens de couleur prendront le territoire à l'est du Mississippi et au sud du Potomac [63]. Je fonderai un pays puissant sous le contrôle de l'Organisation des Dirigeants et des Savants de Couleur. On ne délivrera de passeport à aucun Blanc – et s'ils entrent dans le pays ils ne bénéficieront d'aucun droit.

« Je hais la race blanche entière et je travaillerai toujours à la vengeance des gens de couleur pour leurs souffrances. Voilà mon ambition. »

Le docteur Copeland sentait la fièvre dans ses veines. Le bruyant tic-tac de la pendule sur son bureau lui mettait les nerfs en boule. Comment accorder le prix à un garçon qui avait des idées aussi fantasques ? Que décider ?

Les autres compositions n'offraient aucun contenu solide. Les jeunes gens ne réfléchissaient pas. Ils ne parlaient que de leurs ambitions, en omettant entièrement la dernière partie du sujet. Un seul point semblait significatif. Neuf sur vingt-cinq commençaient par la phrase « Je ne veux pas être domestique ». Ensuite, ils voulaient piloter des avions, devenir boxeurs professionnels, prêtres ou danseurs. La seule ambition d'une fille était de se montrer bonne envers les pauvres.

L'auteur de la composition qui le préoccupait s'appelait Lancy Davis. Il avait identifié le candidat avant de tourner la dernière page et de voir la signature. Il avait déjà eu des problèmes avec Lancy dont la sœur aînée, partie travailler à l'âge de onze ans, avait été violée par son patron, un Blanc d'âge mûr. Un an après environ, le docteur Copeland avait été appelé d'urgence pour soigner Lancy.

Il alla dans sa chambre consulter le classeur dans lequel il gardait les dossiers de ses patients, sortit la fiche marquée « Mrs. Dan Davis et Famille », et parcourut ses notes jusqu'à ce qu'il tombe sur le nom de Lancy. La date remontait à quatre ans. Les remarques concernant Lancy étaient écrites avec plus de soin que les autres et à l'encre : « Treize ans – pubère. Tentative ratée d'auto-émasculation. Obsédé par le sexe, hyperthyroïdique. À pleuré à chaudes larmes au cours des deux visites, malgré douleur légère. Volubile – très content de parler bien que paranoïaque. Environnement favorable, à une exception près. Voir Lucy Davis – mère laveuse de linge. Intelligent, mérite d'être suivi et aidé. Garder le contact. Honoraires : $ 1 (?). »

« La décision est difficile cette année », confia-t-il à Portia. Mais je devrais sans doute décerner le prix à Lancy Davis.

– Si t'as décidé, alors... viens me parler des cadeaux. »

Les présents à distribuer à la réception se trouvaient dans la cuisine. Il y avait des sacs de provisions et de vêtements, tous munis d'une carte de Noël rouge. Quiconque souhaitait venir était invité, mais ceux qui avaient l'intention d'assister à la réception avaient écrit leurs noms (ou demandé à un ami de le faire) dans un livre placé sur la table de l'entrée à cet effet. Les sacs étaient empilés par terre. On en dénombrait environ quarante, dont la taille variait en fonction des besoins du destinataire. Certains cadeaux consistaient seulement en paquets de noisettes ou de raisins secs, et d'autres en boîtes presque trop lourdes à soulever pour un seul homme. La cuisine était remplie de bonnes choses. Le docteur Copeland s'arrêta à l'entrée de la pièce, les narines frémissantes de fierté.

« Je crois que c'est une réussite cette année. Les gens ont été très généreux, remarqua Portia.

– Peuh! dit-il. Ce n'est pas le centième de ce qu'il faudrait.

– Allons, Père! Je sais bien que tu es aux anges. Mais tu ne veux pas le montrer. T'as besoin de trouver un prétexte pour rouspéter. On a là environ un boisseau de haricots, vingt sacs de farine, à peu près huit kilos de poitrine fumée, du rouget, six douzaines d'œufs, plein de gruau de maïs, des bocaux de tomates et de pêches. Des pommes et deux douzaines d'oranges. Aussi des habits. Et deux matelas et quatre couvertures. C'est pas rien!

– Une goutte dans l'océan. »

Portia désigna une caisse dans le coin. « Ces trucs-là – qu'est-ce que tu comptes en faire? »

La caisse ne contenait que des vieilleries – une poupée sans tête, de la dentelle sale, une peau de lapin. Le docteur Copeland examina chaque article. « Ne les jette pas. Tout peut servir. Ce sont les cadeaux des invités qui n'ont rien de mieux à offrir. Je leur trouverai une destination plus tard.

– Bon, alors regarde un peu ces boîtes et ces sacs, que je puisse commencer à les ficeler. Y aura pas de place dans la cuisine. Ils vont débarquer pour les rafraîchissements. Je vais mettre les cadeaux sur les marches de la cuisine et dans le jardin. »

Le soleil s'était levé. La journée serait claire et froide. De riches et douces odeurs embaumaient la cuisine. Une bassine de café chauffait sur le poêle et des gâteaux recouverts de glaçage remplissaient une étagère du placard.

« Et rien de tout cela ne vient des Blancs. Uniquement des gens de couleur.

– Non, rectifia le docteur Copeland. Ce n'est pas entièrement exact. Mr. Singer a donné un chèque de douze dollars à utiliser pour du charbon. Et je l'ai invité à se joindre à nous.

– Doux Jésus! s'exclama Portia. Douze dollars!

– J'ai estimé convenable de l'inviter. Il n'est pas comme les autres membres de la race blanche.

– Tu as raison, reprit Portia. Mais j' pense sans cesse à mon Willie. J'aurais rudement aimé qu'il soit de la fête aujourd'hui. Et je voudrais bien avoir une lettre de lui. Mais bon! Il faut arrêter de bavarder et se préparer. C'est presque l'heure de la réception. »

Il restait suffisamment de temps. Le docteur Copeland se lava et s'habilla avec soin. Il essaya de répéter le discours qu'il prononcerait devant l'ensemble des invités. Mais l'impatience et la fébrilité l'empêchaient de se concentrer. À dix heures, les premiers hôtes arrivèrent et, en moins d'une heure, ils étaient tous rassemblés.

« Joyeux Noël! » lança John Roberts, le postier. Il se déplaçait avec entrain à travers la pièce bondée, une épaule plus haute que l'autre, s'essuyant la figure avec un mouchoir de soie blanc.

« Tous nos vœux de bonheur! »

Une foule se pressait devant la maison. Les invités, bloqués à la porte, formaient des groupes sous la véranda et dans le jardin. Il n'y avait ni bousculade ni grossièreté; l'effervescence restait ordonnée. Les amis s'interpellaient, les étrangers se présentaient et se serraient la main. Les enfants et les jeunes s'agglutinaient et refluaient vers la cuisine.

« Les cadeaux de Noël! »

Le docteur Copeland se tenait au milieu de la pièce, près de l'arbre. La tête lui tournait. Il serrait les mains et répondait aux saluts dans la confusion. On lui fourrait sur les bras des cadeaux personnels, les uns délicatement enrubannés, les autres enveloppés dans du papier journal, qu'il ne savait où mettre. L'atmosphère devint plus dense et les voix plus fortes. Les visages tourbillonnaient autour de lui, méconnaissables. Il recouvra progressivement son sang-froid et parvint à déposer ses paquets. La sensation de vertige diminua, la pièce se dégagea. Il ajusta ses lunettes et regarda autour de lui.

« Bon et joyeux Noël! Bon et joyeux Noël! »

Marshall Nicolls, le pharmacien, en queue de pie, conversait avec son gendre qui était éboueur. Le prêtre de l'église de la Très Sainte

Ascension était venu. Ainsi que deux diacres d'autres paroisses. Highboy, vêtu d'un costume à carreaux tapageur, évoluait avec aisance à travers la foule. De jeunes élégants vigoureux s'inclinaient devant les jeunes femmes en longues robes aux couleurs vives. Il y avait des mères avec leurs enfants et des vieillards placides qui crachaient dans des mouchoirs criards. La pièce était chaude et bruyante.

Mr. Singer apparut sur le seuil. Beaucoup de gens le fixèrent du regard. Le docteur Copeland ne parvenait pas à se rappeler s'il lui avait souhaité la bienvenue. Le muet était seul. Son visage ressemblait un peu à un portrait de Spinoza. Un visage juif. Ça faisait du bien de le voir.

Les portes et les fenêtres étaient ouvertes. Des courants d'air balayaient la pièce, le feu grondait. Le tohu-bohu s'atténua un peu. Les sièges étaient tous occupés et les jeunes gens s'assirent en rang par terre. L'entrée, la véranda, même le jardin débordaient d'invités silencieux. Pour le docteur Copeland, le moment de prendre la parole était arrivé – et qu'allait-il dire? La panique lui nouait la gorge. L'auditoire attendait. Sur un signe de John Roberts, le silence se fit.

« Mon peuple », commença le docteur Copeland d'une voix atone. Il se tut un instant. Et soudain, les mots lui vinrent.

« Voici la dix-neuvième année que nous nous rassemblons dans cette pièce pour célébrer le jour de Noël. Lorsque notre peuple entendit parler pour la première fois de la naissance de Jésus-Christ, il traversait des temps durs. Les nôtres étaient vendus comme esclaves dans cette ville sur la place du Tribunal. Depuis lors, nous avons entendu et raconté le récit de Sa vie un nombre de fois incalculable. C'est pourquoi, aujourd'hui, notre récit sera différent.

« Il y a cent vingt ans, un autre homme naquit, en Allemagne – un pays lointain, par-delà l'océan Atlantique. Cet homme comprenait le monde, comme Jésus. Mais il ne se préoccupait pas du Ciel ni de la vie après la mort. Sa mission concernait les vivants. Les grandes masses d'êtres humains qui travaillent et souffrent, et travaillent encore jusqu'à leur mort. Les gens qui prennent du linge à laver chez eux, qui sont cuisiniers, qui ramassent le coton et qui travaillent aux cuves de teinture bouillantes des usines. Sa mission nous était consacrée et cet homme se nomme Karl Marx.

« Karl Marx était un sage. Il étudiait, et il comprenait le monde qui l'entourait. Il disait que le monde était divisé en deux classes, les pauvres et les riches, avec, pour chaque riche, mille pauvres qui travaillaient à l'enrichir. Il ne partageait pas le monde en nègres et Blancs ou Chinois – aux yeux de Karl Marx, faire partie des millions de pauvres ou de quelques riches importait davantage que la couleur de la peau. Karl Marx s'assigna la mission de rendre tous les êtres humains égaux et de répartir la richesse du monde de telle sorte qu'il n'y aurait ni pauvres ni riches, et que chacun ait sa part. Voici l'un des commandements que Karl Marx nous a laissés : " Que chacun produise selon ses moyens, à chacun selon ses besoins. " »

Une paume ridée, jaune, se leva timidement dans l'entrée. « Il était dans la Bible, ce Marx? »

Le docteur Copeland expliqua. Il épela les deux noms et cita des dates. « D'autres questions? Je souhaite que chacun se sente libre d'entamer la discussion ou d'y participer.

– Je suppose que Mr. Marx était un chrétien? demanda le prêtre.

– Il croyait en la sainteté de l'esprit humain.

– C'était un Blanc?

– Oui. Mais il ne se considérait pas comme un Blanc. Il disait : " J'estime que rien d'humain ne m'est étranger [64]. " Il considérait les autres comme ses frères. »

Le docteur Copeland s'interrompit encore. Les visages attendaient autour de lui.

« Quelle est la valeur d'un bien, d'une marchandise qu'on achète dans un magasin? La valeur dépend d'une seule chose – le travail qu'il a fallu pour fabriquer ou cultiver cet article. Pourquoi une maison en brique coûte-t-elle plus cher qu'un chou? Parce que la construction d'une maison représente le travail de beaucoup de monde. Il y a ceux qui confectionnent les briques et le mortier, et ceux qui abattent les arbres pour fabriquer le plancher. Il y a les hommes qui transportent les matériaux jusqu'à l'emplacement de la future maison. Il y a les hommes qui fabriquent les brouettes et les camions transportant les matériaux. Et enfin les ouvriers qui bâtissent la maison. Une maison de brique implique le travail de beaucoup, beaucoup de gens – alors que n'importe qui peut faire pousser un chou dans sa cour. Une maison de brique coûte plus cher qu'un chou parce qu'elle nécessite plus de travail. Ainsi, quand un homme paie sa maison de brique, il paie le travail qu'il a fallu y mettre. Mais qui touche l'argent – le profit? Pas les nombreux hommes qui ont fait le travail – mais les patrons qui les commandent. Et si on va plus loin, on découvre que ces patrons ont des patrons au-dessus d'eux et que ces patrons ont des patrons plus haut placés – de sorte que les gens qui contrôlent véritablement tout ce travail, qui rend chaque article monnayable, sont très peu nombreux. Est-ce clair jusqu'ici?

– On comprend! »

Était-ce vrai? Il recommença ses explications et répéta ce qu'il venait de dire. Cette fois, des questions surgirent.

« Mais l'argile pour les briques coûte de l'argent, non? Est-ce qu'il ne faut pas de l'argent pour louer la terre et faire pousser les cultures?

– C'est une remarque intéressante, répondit le docteur Copeland. La terre, l'argile, le bois – c'est ce qu'on appelle les ressources naturelles. L'homme ne fabrique pas ces ressources naturelles – l'homme ne fait que les développer, les utiliser pour le travail. Par conséquent, une seule personne, ou un seul groupe de personnes devrait-il les posséder? Comment un homme peut-il posséder le sol, l'espace, le soleil et la pluie nécessaires aux cultures? Comment un homme peut-il affirmer à leur sujet " ceci est à moi " et refuser que d'autres partagent avec lui? C'est pourquoi Marx dit que les ressources naturelles devraient appartenir à tout le monde, non pas divisées en petits morceaux, mais utilisées par chacun selon ses capacités de travail. Mettons qu'un homme meure et laisse son mulet à ses quatre fils. Les fils ne voudraient pas couper le mulet en quatre pour que chacun prenne sa part. Ils posséderaient et emploieraient le mulet ensemble. Voilà ce que Marx dit de la propriété des ressources naturelles – elles devraient non pas appartenir à un seul groupe de riches, mais à la communauté de tous les travailleurs du monde.

« Nous qui sommes réunis dans cette pièce, nous n'avons pas de biens privés. Quelques-uns d'entre nous peuvent être propriétaires de leur maison, ou avoir deux ou trois dollars de côté – mais nous ne possédons rien qui ne contribue pas directement à nous maintenir en vie. Nous ne possédons que nos corps. Et nous vendons nos corps chaque jour de notre existence. Nous les vendons quand nous partons travailler le matin et que nous peinons toute la journée. Nous sommes obligés de nous vendre à n'importe quel prix, n'importe quand, dans n'importe quel but. Nous sommes obligés de vendre nos corps pour manger et pour vivre. Et le prix qu'on nous paie est juste suffisant pour que nous ayons la force de continuer à peiner et à accroître les profits d'autrui. Aujourd'hui, nous ne sommes plus exposés sur les estrades et vendus sur la place publique. Mais nous sommes obligés de vendre notre force, notre temps, notre âme, durant presque chaque heure de notre vie. Nous n'avons été libérés d'un genre d'esclavage que pour être livrés à un autre. Est-ce cela la liberté? Sommes-nous des hommes libres à présent? »

Une voix grave s'éleva de la cour devant la maison. « Ça, c'est la vérité pure!

– C'est comme ça que ça se passe!

– Et nous ne sommes pas seuls dans cet esclavage. Il y en a des millions d'autres à travers le monde, de toutes couleurs, races et croyances. Il ne faut pas l'oublier. Beaucoup parmi nous haïssent les pauvres de la race blanche, et ils nous haïssent. Les habitants de cette ville qui vivent au bord du fleuve et qui travaillent dans les usines. Des gens qui sont presque aussi démunis que nous-mêmes. Cette haine est un grand mal, dont aucun bien ne peut sortir. Nous devons nous rappeler les paroles de Karl Marx et voir la vérité selon ses enseignements. L'injustice du dénuement doit nous rassembler, pas nous séparer. Nous ne devons pas oublier que nous donnons tous de la valeur aux choses de cette terre grâce à notre travail. Ces vérités essentielles de Karl Marx, nous devons les garder dans nos cœurs à jamais.

« Cependant, mon peuple! Nous ici – nous les nègres – avons une autre mission, pour nous seuls. Nous sommes les dépositaires d'un grand projet, et si nous échouons, nous serons à jamais perdus. Voyons quelle est la nature de cette mission particulière. »

Le docteur Copeland, pris d'une sensation d'étouffement, desserra le col de sa chemise. Le douloureux amour qu'il portait en lui était intolérable. Il contempla l'assemblée silencieuse et dans l'attente. Les gens regroupés dans le jardin et la véranda montraient la même attention que ceux à l'intérieur. Un vieux sourd se penchait en avant, la main contre l'oreille. Une femme calmait un bébé pleurnicheur à l'aide d'une tétine. Mr. Singer se tenait sur le seuil de la porte, dans une posture attentive. La plupart des jeunes étaient assis par terre. Lancy Davis se trouvait parmi eux, les lèvres pâles et frémissantes. Il étreignait ses genoux, un air maussade peint sur son jeune visage. Tous les regards se portaient sur le docteur Copeland et ils exprimaient une soif de vérité.

« Nous devons décerner aujourd'hui le prix de cinq dollars au lycéen qui a écrit la meilleure composition sur le sujet “ Mon ambition : comment puis-je améliorer la condition de la race nègre dans la société ”. Cette année, le prix est attribué à Lancy Davis. » Le docteur Copeland sortit une enveloppe de sa poche. « Je n'ai pas besoin de te dire que la valeur de ce prix ne réside pas entièrement dans la somme d'argent qu'il représente – mais dans la vérité et la foi sacrées qui l'accompagnent. »

Lancy se dressa avec gaucherie. Ses lèvres maussades tremblaient. Il s'inclina en recevant le prix. « Voulez-vous que je lise ma composition?

– Non, répondit le docteur Copeland. Mais j'aimerais que tu passes me voir cette semaine.

– Oui, monsieur. » Le silence retomba.

« “ Je ne veux pas être un serviteur! ” Voilà le souhait que j'ai trouvé maintes fois dans ces compositions. Serviteur? Il n'est accordé qu'à un seul d'entre nous sur mille d'en être un. Nous ne travaillons pas! Nous ne servons pas! »

Les rires avaient un écho gêné.

« Écoutez! Parmi nous, un homme sur cinq travaille à la construction des routes, ou à l'entretien de l'hygiène publique, ou bien comme employé dans une scierie ou dans une ferme. Le deuxième des cinq est dans l'incapacité de trouver du travail. Mais les trois autres – la majorité de notre peuple? Beaucoup d'entre nous cuisinent pour ceux qui ne savent pas préparer la nourriture qu'ils mangent. Beaucoup travaillent toute leur vie à cultiver des jardins pour l'agrément de deux ou trois personnes. Beaucoup d'entre nous astiquent les parquets cirés des belles maisons. Ou nous servons de chauffeurs aux riches qui sont trop paresseux pour conduire eux-mêmes leurs automobiles. Nous passons notre vie à des milliers de corvées qui ne sont d'aucune utilité à personne. Nous peinons à la tâche et notre labeur est gaspillé. Est-ce du service? Non, c'est de l'esclavage.

« Nous travaillons, mais en pure perte. Nous n'avons pas le droit de servir. Étudiants ici présents, vous représentez les rares élus de notre race. La plupart des nôtres n'ont même pas la possibilité d'aller à l'école. Pour chacun de vous, il y a des dizaines de jeunes qui savent à peine écrire leur nom. On nous prive de la dignité de l'étude et du savoir.

« " Que chacun produise selon ses moyens, à chacun selon ses besoins. " Nous savons tous ici ce que signifie le vrai besoin. C'est une grande injustice. Mais il existe une injustice encore plus cruelle – être privé du droit de travailler selon ses moyens. Trimer inutilement toute sa vie. Être privé de la chance de servir. Il vaut mieux, et de loin, voir nos porte-monnaie vidés de profits, que nos esprits et nos âmes dépouillés de leurs richesses.

« Certains parmi les jeunes ici présents ce matin pourront ressentir le besoin d'être professeurs, infirmières ou guides de leur race. Mais, à la plupart, ce sera refusé. Vous devrez vous vendre à des fins inutiles pour rester en vie. Vous serez repoussés et vaincus. Le jeune chimiste ramasse le coton. Le jeune écrivain n'a pas la possibilité d'apprendre à lire. Le professeur est absurdement asservi à une planche à repasser. Nous n'avons pas de représentants au gouvernement. Nous ne votons pas. Nous sommes les plus opprimés de ce vaste pays. Nous ne pouvons pas élever la voix. Nos langues dépérissent dans nos bouches faute de servir. Nos cœurs se vident et perdent l'énergie nécessaire à notre projet.

« Hommes de la race noire! Nous renfermons toutes les richesses de l'âme et de l'esprit humains. Nous offrons les plus précieux des dons. Et nos offres sont dédaignées et méprisées. Nos dons sont traînés dans la boue et gaspillés. On nous attelle à des tâches plus inutiles que celles des bêtes de somme. Ô Noirs! Nous devons nous dresser et retrouver notre intégrité! Nous devons être libres! »

Un murmure parcourut la pièce. L'hystérie montait. Le docteur Copeland s'étrangla et serra les poings. Il se sentait les dimensions d'un géant. L'amour qui l'emplissait transformait son torse en dynamo, et il avait envie de hurler pour faire entendre sa voix de la ville entière. Il aurait voulu se jeter par terre et crier d'une voix de titan. La pièce retentissait de clameurs et de gémissements.

« Sauve-nous! »

« Dieu tout-puissant! Mène-nous hors de ce désert de mort! »

« Alléluia! Sauve-nous, Seigneur! »

Il lutta pour retrouver le contrôle de lui-même. Il lutta et la discipline revint. Il refoula le hurlement et chercha la vraie voix, forte et déterminée.

« Attention! s'exclama-t-il. Nous nous sauverons. Mais pas par des prières et l'affliction. Pas par l'indolence ou l'alcool. Pas par les plaisirs physiques ou par l'ignorance. Pas par la soumission et l'humilité. Mais par la fierté. Par la dignité. En devenant durs et forts. Nous devons nous cuirasser pour notre grand dessein. »

Il s'interrompit brusquement et se tint très droit. « Chaque année à cette époque, nous illustrons à notre petite échelle le premier commandement de Karl Marx. Chaque membre de cette assemblée a au préalable apporté un cadeau. Un grand nombre d'entre vous se sont privés de confort afin de réduire les besoins de certains autres. Chacun a donné selon le maximum de ses moyens, sans penser à la valeur du cadeau qu'il recevrait en échange. Il nous paraît naturel de partager. Nous avons compris depuis longtemps qu'il est plus délectable de donner que de recevoir. Les paroles de Karl Marx ont toujours été inscrites dans nos cœurs : " Que chacun produise selon ses moyens, à chacun selon ses besoins. " »

Le docteur Copeland garda longuement le silence, comme si son discours était achevé. Puis il reprit :

« Notre mission consiste à traverser avec courage et dignité les jours d'humiliation. Notre fierté doit être inébranlable, car nous connaissons la valeur de l'âme et de l'esprit humains. Nous devons instruire nos enfants. Nous devons nous sacrifier pour qu'ils puissent conquérir la dignité de l'étude et du savoir. Car l'heure viendra. L'heure viendra où les richesses que nous possédons en nous ne seront plus dédaignées et méprisées. L'heure viendra où nous aurons le droit de servir. Où nous travaillerons sans que notre labeur soit vain. Et notre mission est d'attendre cette heure, avec force et confiance. »

C'était terminé. Des mains applaudirent, des pieds battirent le plancher et la terre durcie par l'hiver. Une odeur de café chaud et fort se répandait de la cuisine. John Roberts se chargea des cadeaux, appelant les noms inscrits sur les cartes. Portia versait le café de la bassine posée sur le fourneau tandis que Marshall Nicolls passait des tranches de gâteau. Très entouré, le docteur Copeland circulait parmi les invités.

Quelqu'un l'attrapa par le coude : « C'est son nom que vous avez donné à votre Buddy? » Il répondit que oui. Lancy Davis le suivait en le questionnant; il répondait oui à tout. La joie l'enivrait. Instruire, exhorter, expliquer à son peuple – et se faire comprendre. C'était cela le plus beau. Dire la vérité et être entendu.

« On a passé un moment formidable. »

Il saluait ses hôtes dans le vestibule. Il n'arrêtait pas de serrer des mains. Il s'adossait pesamment au mur, et seuls ses yeux bougeaient, car il était fatigué.

« J'en suis très heureux. »

Mr. Singer fut le dernier à partir. C'était un homme vraiment bon. Un Blanc d'une grande intelligence et d'une réelle culture. L'arrogance et la méchanceté lui étaient étrangères. Il fut le dernier à partir. Il semblait attendre un mot de conclusion.

Le docteur Copeland porta la main à sa gorge parce qu'il avait le larynx irrité. « Des professeurs, dit-il d'une voix rauque. Voilà ce qui nous manque le plus. Des chefs. Quelqu'un qui nous rassemble et nous guide. »

Après les réjouissances, les pièces paraissaient nues, dévastées. La maison était froide. Portia lavait les tasses à la cuisine. La neige argentée de l'arbre de Noël avait été éparpillée sur le sol et deux des ornements étaient cassés.

Il était fatigué, mais la joie et la fièvre l'empêchaient de se reposer. Il se mit à ranger la maison, en commençant par la chambre. Au-dessus du classeur se trouvait une fiche isolée – la note sur Lancy Davis. Les propos qu'il lui tiendrait commençaient à s'organiser dans sa tête, et il s'impatientait parce qu'il ne pouvait pas les prononcer sur-le-champ. Le visage maussade du garçon était empreint de courage, et il ne parvenait pas à le chasser de ses pensées. Il ouvrit le premier tiroir du classeur pour remettre la fiche. A, B, C – il parcourait nerveusement les lettres. Puis son œil se fixa sur son propre nom : Copeland, Benedict Mady.

La chemise contenait plusieurs radios des poumons et une brève histoire clinique. Il leva une radio à la lumière. Sur le sommet du poumon gauche, on apercevait un espace brillant, semblable à une étoile calcifiée. Et plus bas, une large tache voilée qui se retrouvait sur le poumon droit, plus haut. Le docteur Copeland replaça rapidement les radios dans la chemise. Seules les notes succinctes qu'il avait écrites sur lui-même restaient dans sa main. Les mots s'étalaient, griffonnés à grands traits ; il pouvait à peine les déchiffrer. « 1920 – calcif. des ganglions lymphatiques – sclérose prononcée du hile. Lésions stoppées – fonctions rétablies. 1937 – lésion rouverte – radio montre – » Il n'arrivait pas à lire ses notes. Il fut d'abord incapable de déchiffrer les mots, puis, lorsqu'il les lut intégralement, ils n'avaient aucun sens. À la fin étaient marqués ces trois mots : « Pronostic : Sais pas. »

La noire violence d'autrefois le reprit. Il se pencha et ouvrit brutalement un tiroir en bas du classeur. Un fatras de lettres. Des mots de l'Association pour le progrès des gens de couleur. Une lettre jaunie de Daisy. Un mot de Hamilton demandant un dollar et demi. Que cherchait-il? Ses mains fouillèrent le tiroir, puis il se redressa enfin avec raideur.

Du temps perdu. Cette heure écoulée en vain.

Portia épluchait des pommes de terre à la table de cuisine. Elle était voûtée, le visage douloureux.

Il la réprimanda. « Tiens-toi droite. Et arrête de te morfondre. Tu deviens insupportable à force de te morfondre et de radoter.

– J'pensais à Willie, répondit-elle. Bien sûr la lettre n'a que trois jours de retard. Mais il a pas de raison de m'inquiéter comme ça. C'est pas son genre. Et j'ai ce drôle de pressentiment.

– Un peu de patience, ma fille.

– Oui, il faut bien.

– Je dois faire quelques visites, mais je serai bientôt de retour.

– D'accord.

– Tout ira bien », assura-t-il.

Sa joie était presque entièrement dissipée au frais et brillant soleil de midi. Les maladies de ses patients émaillaient sa mémoire. Un abcès au rein. Une méningite spinale. Mal de Pott. Il prit la manivelle de l'automobile sous le siège arrière. D'habitude, il hélait un nègre dans la rue pour qu'il lui fasse démarrer la voiture. Les siens étaient toujours heureux de rendre service. Mais ce jour-là, il ajusta la manivelle et la tourna vigoureusement lui-même. De la manche de son pardessus, il essuya la sueur sur son visage, se dépêcha de se mettre au volant et partit.

Dans quelle mesure son discours avait-il été compris? De quelle utilité cela serait-il? Il se rappela les termes qu'il avait employés, et ils semblaient s'affadir et perdre leur force. Le non-dit pesait plus lourd dans son cœur, refluait vers ses lèvres et les faisait trembler. Les visages souffrants de ses congénères se dressaient en une masse croissante devant ses yeux. Et, tout en conduisant lentement, il sentait son cœur se soulever d'un amour furieux, inapaisable.

7

La ville n'avait pas connu un hiver aussi froid que celui-là depuis des années. Du givre se formait sur les vitres et blanchissait les toits des maisons. Les après-midi brillaient d'une brumeuse lumière citron et les ombres étaient d'un bleu délicat. Une fine couche de glace recouvrait les flaques d'eau dans la rue, et l'on raconta le lendemain de Noël qu'à seulement quinze kilomètres au nord, il était tombé un peu de neige.

Un changement s'opéra chez Singer. Il refaisait souvent ces longues promenades qui l'occupaient durant les premiers mois de l'absence d'Antonapoulos. Ces promenades s'étendaient sur des kilomètres dans toutes les directions et couvraient l'ensemble de la ville. Il traversait les quartiers populeux en bordure du fleuve, plus sordides que jamais à cause du ralentissement d'activité des filatures cet hiver-là. Dans quantité de regards se lisait une morne solitude. À présent que les gens étaient contraints à l'oisiveté, une certaine agitation était perceptible. Une fébrile poussée de croyances nouvelles s'empara des esprits. Un jeune homme qui avait travaillé aux cuves de teinture dans une filature se déclara soudain investi d'un grand pouvoir sacré. Il prétendait être chargé de transmettre une nouvelle série de commandements du Seigneur. Le jeune homme dressa un autel et des centaines de gens venaient chaque soir se rouler par terre et se secouer les uns les autres, car ils se croyaient en présence d'un phénomène surnaturel. Un meurtre fut commis. Une femme qui n'avait pu gagner de quoi manger crut qu'un contremaître avait triché sur son salaire, et lui planta un couteau dans la gorge. Une famille de nègres s'installa dans la dernière maison d'une des rues les plus lugubres ; l'événement causa tant d'indignation que la maison fut brûlée et le Noir battu par ses voisins. Mais ce n'étaient que des incidents. Au fond, rien ne changeait. La grève dont il était question n'eut jamais lieu parce que les ouvriers ne parvenaient pas à se rassembler. Tout était comme avant. Même par les nuits les plus froides, la foire *Sunny Dixie* était ouverte. Les gens rêvaient, se bagarraient et dormaient comme d'habitude. Et comme d'habitude, ils bridaient leurs pensées pour qu'elles n'aillent pas s'aventurer dans les ténèbres au-delà du lendemain.

Singer se promenait dans les différents quartiers odorants de la ville où les Noirs s'entassaient. Il y avait là plus de gaieté et de violence. Souvent la bonne senteur âpre du gin flottait dans les ruelles. La chaude et somnolente lueur du feu colorait les fenêtres. Dans les églises se tenaient presque chaque soir des réunions. Des petites maisons confortables serties de gazon brun... Singer se promenait aussi dans ces coins-là. Là, les enfants étaient plus costauds et plus accueillants envers les étrangers. Il parcourait les quartiers riches. Il s'y trouvait de magnifiques maisons anciennes, à colonnes blanches, entourées de clôtures tarabiscotées en fer forgé. Singer longeait les grandes maisons de brique où des automobiles klaxonnaient dans les allées et où les panaches de fumée se déroulaient à profusion hors des cheminées. Et marchait jusqu'au bord des routes qui conduisaient de la ville aux bazars où les fermiers venaient le samedi soir se rassembler autour d'un poêle. Il flânait souvent du côté des quatre principales rues commerçantes, vivement éclairées, avant de s'engager dans les ruelles noires, désertes, par-derrière. Singer connaissait la ville dans ses moindres recoins. Il regardait les carrés de lumière jaune se refléter de milliers de fenêtres. Les nuits d'hiver étaient belles. Le ciel avait une teinte d'azur froid et les étoiles brillaient avec éclat.

Souvent, il arrivait qu'on lui parle et qu'on l'arrête au cours de ces promenades. Il fit la connaissance de toutes sortes de gens. Si la personne qui lui parlait le rencontrait pour la première fois, Singer présentait sa carte pour expliquer son mutisme. Il en vint à être connu de la ville entière. Il tenait ses épaules très droites en marchant, et gardait ses mains enfoncées dans les poches. Ses yeux gris semblaient saisir chaque détail, et son visage affichait la sérénité qu'on voit d'ordinaire aux êtres très tristes ou très sages. Singer s'arrêtait toujours volontiers avec ceux qui cherchaient de la compagnie. Après tout, ce n'était que des promenades, il n'allait nulle part.

Des rumeurs diverses se mirent à circuler au sujet du muet. Pendant les années passées avec Antonapoulos, ils se rendaient à pied à leur travail, mais en dehors de cela, ils restaient seuls dans leurs chambres. Personne ne se souciait d'eux à l'époque – et lorsqu'on les observait, c'était le gros Grec qui attirait l'attention. Le Singer de ces années-là était oublié.

Les rumeurs sur le muet étaient prolixes et variées. Les Juifs disaient qu'il était juif. Les négociants de la grand-rue prétendaient qu'il avait reçu un héritage et qu'il était très riche. On murmurait dans un syndicat affaibli du textile que le muet était un organisateur du CIO [65]. Un Turc solitaire qui avait échoué dans la ville des années auparavant, et qui languissait avec sa famille derrière la petite boutique où ils vendaient du linge, assurait passionnément à sa femme que le muet était turc, prétendant que, lorsqu'il parlait dans sa langue, le muet comprenait [66]. Et en affirmant cela, la voix du Turc devenait chaleureuse, il oubliait de se chamailler avec ses enfants et débordait de projets et d'activité. Un vieil homme de la campagne disait que le muet venait de sa région et que son père avait la plus belle récolte de tabac du comté. Voilà les bruits qui couraient sur son compte.

Antonapoulos! Son souvenir ne quittait jamais Singer. La nuit, quand il fermait les yeux, le visage du Grec était là – rond et huileux, avec un sourire doux et avisé. Dans ces rêves, ils ne se séparaient jamais.

Plus d'un an s'était écoulé depuis le départ de son ami. Cette année ne lui semblait ni longue ni courte. Elle était plutôt abstraite du temps ordinaire – comme dans l'ivresse ou le demi-sommeil. Derrière chaque heure, son ami était présent. Et cette vie souterraine se modifiait et se développait au rythme des événements extérieurs. Au cours des premiers mois, Singer pensait surtout aux semaines terribles qui avaient précédé l'internement d'Antonapoulos – la maladie, les citations à comparaître, et sa détresse quand il tentait de modérer les caprices de son ami. Il songea aux moments où Antonapoulos et lui avaient été malheureux. Un souvenir, très lointain, lui revint à plusieurs reprises.

Ils n'avaient pas d'amis. Parfois, ils voyaient d'autres muets – en dix ans, ils s'étaient liés d'amitié avec trois d'entre eux. Mais cela ne durait jamais. L'un partit s'installer dans un autre État une semaine après leur rencontre. Un autre était marié, père de six enfants, et ne parlait pas avec les mains. Ce fut la rencontre avec le troisième qui revint à la mémoire de Singer après le départ de son ami.

Ce muet se nommait Carl : un jeune homme au teint cireux qui travaillait dans une filature. Ses yeux étaient jaune pâle et ses dents si transparentes et si fragiles qu'elles semblaient jaune pâle elles aussi. Dans sa salopette bleue qui flottait sur son petit corps maigre, il ressemblait à une poupée de chiffon jaune et bleue.

Ils l'invitèrent à dîner, et convinrent de le retrouver d'abord au magasin où travaillait Antonapoulos. Le Grec n'avait pas encore fini lorsqu'ils arrivèrent. Il terminait un lot de fondant au caramel dans la cuisine à l'arrière de la boutique. Le fondant s'étalait, doré et luisant, sur la longue table de marbre. L'air chaud était saturé d'odeurs douceâtres. Antonapoulos semblait content que Carl le regarde glisser le couteau dans le sucre chaud et le découper en carrés. Après avoir offert à leur nouvel ami un bout de fondant sur le tranchant de son couteau gras, il lui montra le tour qu'il exécutait quand il voulait gagner la sympathie de quelqu'un. Il désigna un bac de sirop qui bouillait sur le fourneau, en s'éventant et en louchant pour souligner combien c'était chaud, puis trempa sa main dans un pot d'eau froide, la plongea dans le sirop brûlant, et prestement la remit dans l'eau. Ses yeux saillirent et sa langue lui sortit de la bouche comme s'il était au supplice. Il alla jusqu'à empoigner sa main et à sautiller sur un pied au point d'ébranler le bâtiment. Puis il sourit brusquement, tendit sa main pour signifier que c'était une blague, et tapa sur l'épaule de Carl.

C'était une pâle soirée d'hiver, et leur haleine embuait l'air froid tandis qu'ils descendaient la rue, bras dessus bras dessous. Singer, qui marchait au milieu, les quitta deux fois pour faire des achats. Carl et Antonapoulos portaient les sacs de provisions ; Singer, tout sourire, leur tenait fermement le bras. Dans leur chambre douillette, il s'activa gaiement, en conversant avec Carl. Après le repas, ils continuèrent à discuter sous le regard d'Antonapoulos, flegmatique et souriant. Le gros Grec se traînait souvent jusqu'au placard et leur servait des gins. Carl, assis près de la fenêtre, ne buvait à petites gorgées cérémonieuses que lorsque Antonapoulos lui poussait son verre sous le nez. Singer ne se rappelait pas avoir vu son ami manifester tant de cordialité à l'égard d'un étranger auparavant, et se réjouissait à l'avance à l'idée que Carl viendrait souvent leur rendre visite.

Minuit était passé lorsque se produisit l'incident qui gâcha la fête. Antonapoulos revint d'une de ses incursions dans le placard, l'œil mauvais. Il s'assit sur le lit et se mit à fixer leur nouvel ami avec insistance, d'un air outragé et rempli de dégoût. Singer tenta de se lancer dans une ardente conversation afin de masquer cet étrange comportement, mais le Grec s'obstinait. Carl se blottit dans un fauteuil, berçant ses genoux osseux, fasciné et dérouté par les grimaces du gros Grec. Le visage empourpré, il avalait timidement sa salive. Singer ne pouvait plus feindre de ne rien remarquer ; il finit par demander à Antonapoulos s'il avait mal au ventre ou s'il se sentait fatigué et souhaitait se coucher. Antonapoulos secoua la tête. Il montra Carl du doigt et se livra à toutes les pantomimes obscènes qu'il connaissait. Son expression de dégoût était effrayante. Carl se ratatinait de peur. En fin de compte, le gros Grec grinça des dents et se leva de son fauteuil. Carl ramassa précipitamment sa casquette et quitta la pièce. Singer le suivit dans l'escalier. Il ne savait comment expliquer son ami à cet étranger. Carl attendait sur le seuil, au bas des marches, le dos voûté, inerte, la visière de sa casquette rabattue sur le visage. Ils se serrèrent enfin la main et Carl partit.

Antonapoulos lui fit comprendre qu'à leur insu, leur hôte avait sifflé tout le gin du placard. Rien ne put convaincre Antonapoulos qu'il avait lui-même fini la bouteille. Le Grec restait assis dans le lit, l'air maussade, sa figure ronde pleine de reproche. De grosses larmes coulaient lentement dans le col de son tricot de corps, et rien ne le réconfortait. Il s'endormit enfin, mais Singer demeura longtemps éveillé dans le noir. Ils ne revirent plus jamais Carl.

Puis, des années après, Antonapoulos s'empara de l'argent du loyer dans le vase sur la cheminée et le dépensa entièrement dans les machines à sous. Et un après-midi d'été, Antonapoulos descendit nu pour chercher le journal. Il souffrait tant de la canicule. Ils achetèrent un réfrigérateur à crédit. Antonapoulos suçait continuellement les cubes de glace qu'il laissait souvent fondre dans le lit pendant qu'il dormait. Et, un jour, Antonapoulos se soûla et lui jeta à la figure un bol de macaroni.

Pendant les premiers mois, ces vilains souvenirs se mêlaient aux pensées de Singer comme des mauvais fils dans un tapis. Puis ils disparurent. Tous les moments malheureux furent oubliés. Car à mesure que l'année avançait, les images de son ami se lovaient plus profondément en Singer jusqu'à ce que ne reste plus que l'Antonapoulos qu'il était seul à connaître.

C'était l'ami auquel il se confiait sans réserve. C'était l'Antonapoulos dont nul ne connaissait la sagesse, excepté lui. Au fil des jours, son ami semblait grandir dans son esprit, et son visage veillait, grave et subtil, dans l'obscurité de la nuit. Ses souvenirs se transformèrent tant qu'il ne garda en mémoire aucun tort, aucune absurdité – seulement la sagesse et la bonté.

Il voyait Antonapoulos assis dans un grand fauteuil en face de lui, paisible et immobile, son visage rond indéchiffrable. Sa bouche souriante et sagace. Son regard profond, attentif à ce qu'on lui disait. Et si compréhensif, dans sa sagesse.

Tel était l'Antonapoulos qui ne quittait plus les pensées de Singer. L'ami auquel il voulait raconter sa vie. Car son existence s'était transformée cette année-là. Singer s'était retrouvé dans un pays étranger. Seul. Il avait ouvert les yeux et il avait du mal à déchiffrer le monde qui l'entourait. Il était éberlué.

Il regardait les mots se former sur leurs lèvres.

Nous les Noirs voulons une chance d'être enfin libres. Et la liberté n'est que le droit de participer. Nous voulons servir et partager, travailler et consommer à notre tour ce qui nous est dû. Mais vous êtes le seul Blanc de ma connaissance à comprendre ce terrible besoin de mon peuple.

Vous voyez, Mr. Singer? J'ai tout le temps cette musique dans ma tête. Il faut que je devienne une vraie musicienne. Je ne sais peut-être rien, maintenant, mais quand j'aurai vingt ans, ce sera différent. Vous comprenez, Mr. Singer? Et puis je voudrais voyager à l'étranger, dans un pays où il y a de la neige.

Finissons la bouteille. J'ai envie d'un petit coup. Car nous parlions de liberté. Ce mot-là, c'est comme un ver dans mon cerveau. Oui? Non? Une grosse part? Une petite? Ce mot est un signal de piraterie, de vol et de fourberie. Nous serons libres et les plus malins pourront alors asservir les autres. Mais! Mais le mot possède une autre signification. C'est le plus dangereux de tous les mots. Nous qui savons devons être vigilants. Ce mot nous fait du bien – en réalité, c'est un bel idéal. C'est pourtant avec cet idéal que les araignées tissent leurs toiles les plus pernicieuses.

Le dernier se frottait le nez. Il se montrait rarement et parlait peu. Il posait des questions.

Ces quatre personnes venaient chez lui depuis plus de sept mois. Elles ne venaient jamais ensemble – mais seules. Et il les accueillait invariablement à la porte avec un sourire cordial. Le besoin d'Antonapoulos – aussi vif que dans les premiers mois d'absence – ne le quittait pas un instant, et la compagnie valait mieux qu'une trop longue solitude. Un peu comme lorsqu'il avait promis à Antonapoulos, des années auparavant (et même écrit sur une feuille, épinglée au-dessus de son lit) – promis qu'il arrêterait les cigarettes, la bière et la viande pendant un mois. Les premiers jours avaient été très durs. Il était incapable de se reposer ou de rester tranquille. Il allait si souvent voir Antonapoulos au magasin de fruits que Charles Parker s'était montré désagréable envers lui. Une fois son travail de gravure achevé, il traînait près de la devanture de la boutique avec l'horloger et la vendeuse, ou partait à la recherche d'une buvette pour prendre un Coca-Cola. Ces jours-là, la compagnie de n'importe quel étranger était préférable à une solitude hantée par les cigarettes, la bière ou la viande.

Au début, Singer ne comprenait absolument pas les quatre visiteurs. Ils parlaient, parlaient – et plus les mois passaient et plus ils parlaient. Il s'était tellement habitué à leurs lèvres qu'il comprenait chacune de leurs paroles. Puis au bout d'un moment, il sut ce que chacun d'eux allait dire avant qu'ils ouvrent la bouche, parce que le sens ne changeait jamais.

Ses mains le mettaient au supplice. Elles ne tenaient pas en place. Elles se convulsaient dans son sommeil, et parfois, au réveil, il les trouvait modelant les mots de ses rêves devant son visage. Singer n'aimait pas regarder ses mains ou y penser. Fines et brunes, et très puissantes, il les entretenait avec soin autrefois. En hiver, il mettait de l'huile contre les gerçures, repoussait les petites peaux des ongles, les limant toujours selon la courbe du bout de ses doigts. Il aimait laver et soigner ses mains. Mais se bornait à présent à les brosser sommairement deux fois par jour, avant de les réenfoncer dans ses poches.

Singer arpentait sa chambre en faisant craquer ses jointures, tirant dessus jusqu'à la douleur. Ou bien il frappait la paume d'une main avec le poing de l'autre. Et quelquefois, seul, absorbé par la pensée de son ami, il voyait ses mains commencer à former les mots à son insu. En s'en rendant compte, il se sentait aussi gêné qu'un homme surpris en train de monologuer à voix haute. À ses yeux, c'était presque une faute morale. La honte se mêlait au chagrin, il repliait ses mains, les cachait derrière lui. Mais elles ne lui laissaient aucun répit.

Singer se tenait devant la maison qu'il avait habitée avec Antonapoulos. L'après-midi finissant était gris et brouillé. À l'ouest s'effilochaient des traînées de jaune froid et de rose. Un moineau d'hiver loqueteux qui exécutait des figures dans le ciel brouillé finit par atterrir sur le pignon d'une maison. La rue était déserte.

Singer fixait du regard la fenêtre du deuxième étage, côté droit. Celle de leur salon; derrière se trouvait la grande cuisine où Antonapoulos préparait leurs repas. Par la fenêtre éclairée, Singer regardait une femme aller et venir dans la pièce. Elle était massive et floue sur le fond lumineux, et portait un tablier. Un homme, assis, tenait un journal du soir à la main. Un enfant vint à la fenêtre avec une tranche de pain, et appuya le nez contre la vitre. Singer voyait la pièce telle qu'il l'avait laissée – avec le grand lit d'Antonapoulos et son lit de camp à lui, le large canapé rembourré et la chaise pliante. Le sucrier cassé qui servait de cendrier, la tache d'humidité au plafond à l'endroit où le toit fuyait, le coffre à linge dans le coin. Par des fins d'après-midi comme celle-ci, il n'y avait pas d'autre lumière dans la cuisine que le rougeoiement des brûleurs de la grande cuisinière. Antonapoulos tournait les mèches de telle sorte que seule une frange déchiquetée de bleu et d'or restait visible à l'intérieur de chaque brûleur. La pièce était chaude et remplie des bonnes odeurs du dîner. Antonapoulos goûtait les plats avec sa cuillère en bois et ils buvaient des verres de vin rouge. Sur le tapis de linoléum au pied de la cuisinière, les flammes des brûleurs projetaient des reflets lumineux – cinq petites lanternes dorées. Au fur et à mesure que le crépuscule laiteux s'assombrissait, ces petites lanternes devenaient plus vives, et lorsque la nuit tombait enfin, elles brûlaient avec une éclatante pureté. Le dîner était prêt à ce moment-là, ils allumaient la lumière et approchaient leurs chaises de la table.

Singer reporta son regard sur la porte d'entrée obscure. Il se rappelait quand ils sortaient ensemble le matin et rentraient chez eux le soir. Il y avait le trou dans le trottoir où Antonapoulos avait trébuché et s'était cogné le coude. Et la boîte aux lettres où la facture de la compagnie d'électricité arrivait chaque mois. Il sentait le contact tiède du bras de son ami contre ses doigts.

La rue était sombre à présent. Singer regarda à nouveau la fenêtre, et aperçut la femme, l'homme et l'enfant réunis. Un sentiment de vide l'envahit. Tout était fini. Antonapoulos était parti ; il n'était pas là pour se rappeler. Les pensées de son ami étaient ailleurs. Singer ferma les yeux, essayant d'imaginer l'asile et la salle où se trouvait Antonapoulos ce soir-là. Il se souvenait des étroits lits blancs et des vieillards jouant à la bataille dans le coin. Il gardait les yeux bien fermés, mais la pièce n'en devenait pas plus distincte. Son vide intérieur était très profond ; il jeta encore un coup d'œil à la fenêtre, avant de repartir le long du trottoir obscur où ils avaient si souvent marché ensemble.

C'était un samedi soir. La rue principale était noire de monde.

Des nègres frissonnants en bleu de travail musardaient devant les vitrines du Prisunic. Des familles faisaient la queue devant la caisse du cinéma, les jeunes garçons et les filles contemplaient les affiches à l'extérieur. La circulation était si dangereuse que Singer dut attendre longtemps avant de traverser la rue.

Il passa devant le magasin de fruits. Les fruits étaient beaux dans la vitrine – des bananes, des oranges, des avocats, des petits kumquats luisants, et même quelques ananas. Mais Charles Parker servait un client. Le visage de Charles Parker lui paraissait répugnant. Plusieurs fois, en l'absence du propriétaire, Singer était entré dans le magasin, et y avait passé un long moment. Il s'était même rendu dans la cuisine, au fond, où Antonapoulos confectionnait les bonbons. Mais Singer n'allait jamais dans la boutique quand Charles Parker s'y trouvait. Ils s'évitaient soigneusement depuis le départ d'Antonapoulos et, dans la rue, ils détournaient la tête sans se saluer. Au moment d'envoyer à son ami un bocal de son miel de tupélo favori, Singer l'avait commandé à Charles Parker par lettre, pour ne pas être obligé de le voir.

Singer, devant la vitrine, regardait le cousin de son ami servir un groupe de clients. Les affaires marchaient toujours bien le samedi soir. Parfois, Antonapoulos avait dû travailler jusqu'à dix heures. La grande machine à popcorn était près de la porte. Un employé y versait une mesure de grains et le maïs tourbillonnait à l'intérieur de la boîte comme de gigantesques flocons de neige. L'odeur du magasin était chaude et familière. Des coques de cacahuètes piétinées jonchaient le sol.

Singer poursuivit son chemin. Il dut se faufiler avec précaution à travers la foule pour ne pas être bousculé. Les rues étaient ornées de lumières rouges et vertes en l'honneur des fêtes. Les gens, rassemblés par groupes, riaient en se tenant par la taille. De jeunes pères berçaient sur leurs genoux des bébés qui avaient froid et qui pleuraient. Une fille de l'Armée du Salut avec son bonnet rouge et bleu agitait une cloche au coin de la rue et sous son regard Singer se sentit obligé de mettre une pièce dans la sébile. Des mendiants, des Noirs et des Blancs, tendaient des casquettes ou des mains couvertes de croûtes. Les réclames au néon jetaient une lueur orange sur les visages de la foule.

Il atteignit le coin où Antonapoulos et lui avaient vu un chien enragé, un après-midi d'août. Puis il passa devant le local au-dessus du magasin « Army and Navy » où Antonapoulos se faisait prendre en photo le jour de la paie. À présent, Singer gardait une grande partie des photos dans sa poche. Il se dirigea vers le fleuve à l'ouest. Un jour, ils avaient emporté un pique-nique et traversé le pont pour déjeuner dans un champ de l'autre côté.

Singer arpenta la rue principale pendant une heure. Dans cette foule, lui seul paraissait solitaire. Il sortit enfin sa montre et reprit le chemin de sa demeure. Peut-être un des visiteurs viendrait-il dans sa chambre ce soir-là. Il l'espérait.

Pour Noël, il expédia à Antonapoulos un grand colis de cadeaux et offrit également des présents à ses quatre visiteurs et à Mrs. Kelly. Il acheta à leur intention une radio, qu'il posa sur la table près de la fenêtre. Le docteur Copeland ne remarqua pas la radio. Biff Brannon la repéra immédiatement et haussa les sourcils. Jake Blount la gardait perpétuellement en marche, sur la même station, et tout en discourant, semblait crier pour couvrir la musique, à en juger par les veines gonflées de son front. Mick Kelly ne comprit pas en voyant la radio. Le visage très rouge, elle ne cessa de demander à Singer si la radio lui appartenait vraiment et si elle pouvait l'écouter. Elle manipula un bouton pendant quelques minutes avant de trouver la station qui lui convenait, puis resta penchée en avant sur sa chaise, les mains sur les genoux, la bouche ouverte, la tempe palpitante, l'air entièrement absorbé. Elle ne bougea pas de l'après-midi et, à un moment où elle lui sourit, ses yeux étaient humides et elle les frotta avec ses poings. Elle lui demanda la permission de venir écouter la radio pendant ses heures de travail, et il acquiesça. Les jours qui suivirent, à chacun de ses retours chez lui, Singer trouva Mick près de la radio. Sa main fouillait dans ses cheveux courts et ébouriffés, et son visage avait une expression qu'il n'avait jamais vue auparavant.

Un soir, peu après Noël, les quatre visiteurs vinrent par hasard en même temps. Cela ne s'était jamais produit. Singer distribua sourires et rafraîchissements, et déploya toute sa politesse pour mettre ses hôtes à l'aise. Mais quelque chose clochait.

Le docteur Copeland refusa de s'asseoir. Sur le seuil, le chapeau à la main, il se borna à saluer froidement les autres qui le regardaient avec l'air de trouver sa présence incongrue. Jake Blount ouvrit les bières qu'il avait apportées et fit gicler de la mousse sur son plastron. Mick Kelly écoutait la radio. Biff Brannon s'installa sur le lit, les jambes croisées, examinant le groupe en face de lui d'un regard qui finit par se figer.

Singer était stupéfait. Eux si loquaces d'habitude, voilà que, réunis, ils gardaient le silence. À leur entrée, il s'était attendu à un éclat, pensant confusément que ce serait la fin de quelque chose, mais on ne sentait qu'une atmosphère tendue dans la pièce. Les mains de Singer s'activaient nerveusement comme si elles extrayaient de l'air des éléments invisibles pour les relier ensemble.

Jake Blount se trouvait à côté du docteur Copeland. « Je connais votre visage. Nous nous sommes déjà rencontrés – dans l'escalier. »

Le docteur Copeland remua la langue avec précision, comme s'il découpait ses paroles aux ciseaux. « J'ignorais que nous nous connaissions », répondit-il. Son corps raide parut rétrécir. Il recula par-delà le seuil de la chambre.

Biff Brannon fumait posément sa cigarette. La fumée planait dans la chambre en épaisses couches bleues. Biff se tourna vers Mick et rougit en la regardant. Il ferma les yeux à demi, et en un instant le sang reflua de son visage. « Comment ça marche pour toi maintenant?

– Quoi donc? demanda Mick avec méfiance.

– La vie, simplement, répondit-il. L'école, etc.

– Ça va », dit-elle.

Chacun regardait Singer, dans l'expectative. Perplexe, il offrait des rafraîchissements et souriait.

Jake se frotta les lèvres contre la paume de sa main. Il renonça à lier conversation avec le docteur Copeland et s'assit sur le lit à côté de Biff. « Tu connais le type qui marque ces foutues inscriptions à la craie rouge sur les palissades et sur les murs près des filatures?

– Non, répliqua Biff. Quelles foutues inscriptions?

– Tirées de l'Ancien Testament pour la plupart. Je me pose la question depuis un bout de temps. »

Chaque personne s'adressait principalement au muet. Leurs pensées semblaient converger vers lui, comme les rayons d'une roue vers le moyeu [67].

« Il fait un froid exceptionnel, dit enfin Biff. L'autre jour, en parcourant des archives, j'ai découvert que pendant l'année 1919, le thermomètre était descendu à moins douze. Il ne faisait que moins neuf ce matin, et c'est la température la plus basse depuis le grand gel de cette année-là.

– Il y avait des glaçons sur le toit de la remise à charbon ce matin, ajouta Mick.

– La semaine dernière, on n'a pas encaissé assez d'argent pour payer le personnel », observa Jake.

Ils parlèrent encore un peu de temps. Chacun semblait attendre le départ des autres. Puis, tout à coup, ils se levèrent ensemble pour prendre congé. Le docteur Copeland s'en alla le premier et les autres le suivirent sur-le-champ. Après leur départ, Singer resta seul, debout dans la chambre; la situation lui échappait, il voulut l'oublier. Il décida d'écrire à Antonapoulos ce soir-là.

Qu'Antonapoulos ne sache pas lire n'empêchait pas Singer de lui écrire. Bien que conscient de l'incapacité de son ami à percevoir le sens des mots écrits, Singer, les mois passant, commença à s'imaginer qu'il s'était trompé, qu'Antonapoulos dissimulait peut-être sa connaissance de l'alphabet. D'ailleurs, à l'asile, un sourd-muet pouvait savoir lire ses lettres et les expliquer à son ami. Singer se trouva plusieurs justifications, car il éprouvait un vif besoin d'écrire quand il se sentait désorienté ou triste. Cependant, une fois écrites, ces lettres n'étaient jamais postées. Singer découpait les bandes dessinées dans les journaux du matin et du soir, et les expédiait à son ami chaque dimanche. Et tous les mois, il envoyait un mandat. Mais les longues missives destinées à Antonapoulos s'accumulaient dans ses poches jusqu'à ce qu'il se décide à les détruire.

Une fois les quatre visiteurs partis, Singer enfila son chaud pardessus gris, coiffa son feutre gris, et sortit de sa chambre. Il écrivait toujours ses lettres au magasin. Il avait d'ailleurs promis d'achever un travail le lendemain matin, et tenait à le terminer dès maintenant pour plus de sûreté. La nuit était âpre et glaciale. Une lumière dorée cerclait la pleine lune. Les toits noirs des maisons se détachaient sur le ciel étoilé. En marchant, il pensait à la manière dont il commencerait sa lettre, mais il atteignit le magasin avant d'avoir agencé la première phrase. Il entra dans le magasin avec sa clef et alluma.

Il travaillait toujours au fond du magasin. Un rideau de tissu le séparait du reste de la boutique, lui constituant une sorte d'atelier privé. En plus de son établi et de sa chaise, il s'y trouvait un lourd coffre-fort, un lavabo surmonté d'une glace verdâtre, et des étagères surchargées de boîtes et de montres hors d'usage. Singer releva le haut de son établi et prit dans son écrin de feutre le plat d'argent qu'il avait promis de finir. Malgré le froid qui régnait dans le magasin, il enleva son manteau et retroussa les manchettes à rayures bleues de sa chemise pour ne pas être gêné dans ses mouvements.

Il s'attarda longtemps sur le monogramme au centre du plat. Avec des gestes délicats, appliqués, il guidait le pointeau sur l'argent. Il avait dans les yeux un regard avide étrangement pénétrant. Il pensait à sa lettre à Antonapoulos. Quand, à minuit passé, son travail achevé, il rangea le plat, il transpirait d'excitation. Il débarrassa l'établi et se mit à écrire. Il aimait façonner les mots avec un stylo sur du papier, et il formait les lettres avec autant de soin que si la feuille avait été une lame d'argent.

Mon unique ami,

J'ai lu dans notre magazine que l'Association se réunira cette année en congrès à Macon. Il y aura des conférenciers et un banquet à quatre services. Je me représente l'assemblée. Rappelle-toi que nous avions toujours eu l'intention d'aller à un congrès, mais que nous ne l'avons pas fait. Je le regrette à présent. J'aimerais que nous allions à celui-ci et j'ai imaginé comment ce serait. Mais bien sûr, je n'irai jamais sans toi. Ils viendront de beaucoup d'États, remplis de mots et de longs rêves surgis du cœur. Il doit aussi y avoir un office spécial dans une des églises et un concours dont le gagnant recevra une médaille d'or. J'écris que j'imagine comment ce sera. C'est vrai et c'est faux en même temps. Mes mains sont restées si longtemps muettes que je ne me souviens pas bien. Et quand je pense au congrès, je me figure tous les invités comme toi, mon ami.

Je suis allé devant notre maison. D'autres gens y habitent maintenant. Tu te souviens du grand chêne en face? Ils l'ont élagué pour ne pas gêner les fils téléphoniques et l'arbre est mort. Les grosses branches sont pourries et il y a un creux dans le tronc. Le chat du magasin (celui que tu caressais) a mangé du poison et il est mort. C'était très triste.

Singer s'interrompit, le stylo en l'air au-dessus de la feuille. Il resta longtemps droit et crispé, sans écrire. Puis il se leva et alluma une cigarette. La pièce était froide et l'air avait une odeur aigre de renfermé – les odeurs mêlées du pétrole, de la pâte à polir et du tabac. Il mit son pardessus et son cache-col et poursuivit sa lettre avec une patiente résolution.

Tu te rappelles les quatre personnes dont je t'ai parlé quand je suis venu. J'ai dessiné leur portrait pour toi, le Noir, la fillette, l'homme à la moustache, et le propriétaire du *Café de New York*. J'aimerais te les décrire plus précisément, mais je ne suis pas sûr d'y arriver avec des mots.

Ce sont des gens très occupés, à un point difficile à imaginer. Ce n'est pas qu'ils travaillent jour et nuit, mais ils ont toujours beaucoup à faire dans leur tête, et ça ne leur laisse aucun répit. Ils montent dans ma chambre et me parlent tellement que je me demande comment on peut ouvrir et fermer sa bouche à ce rythme sans se fatiguer. (Le propriétaire du *Café de New York* est différent – il n'est pas tout à fait comme les autres. Il a la barbe si noire que ça l'oblige à se raser deux fois par jour, avec son rasoir électrique. Il observe. Les autres détestent tous quelque chose en particulier. Et ils ont aussi une passion qui les intéresse plus que manger, dormir, boire du vin ou voir des amis. C'est pour ça qu'ils sont si occupés.)

L'homme à la moustache, je crois qu'il est fou. Il lui arrive d'articuler très clairement, comme mon instituteur autrefois à l'école, et à d'autres moments, il parle un langage que je suis incapable de suivre. Un jour, il porte un costume, et le lendemain, il est en salopette, noire de saleté, et il sent mauvais. Il brandit le poing en disant de vilains mots d'ivrogne que je préfère ne pas te répéter. Il pense que nous partageons un secret, lui et moi, mais je ne sais pas de quoi il s'agit. Et tiens-toi bien : il est capable de boire un litre et demi de whisky Happy Days, et de continuer à parler, à marcher droit, sans avoir envie de dormir. Tu ne le croiras pas, mais c'est la vérité.

Je loue ma chambre à la mère de la gamine pour seize dollars par mois. Avant, la petite s'habillait en culottes courtes comme un garçon ; à présent, elle porte une jupe bleue et un corsage. Ce n'est pas encore une demoiselle. Ses visites me font plaisir. Elle vient sans arrêt maintenant que j'ai une radio pour eux. Elle aime la musique. Dommage que j'ignore ce qu'elle entend. Tout en me sachant sourd, elle croit que je comprends la musique.

Le Noir est atteint de tuberculose, mais il ne peut pas aller dans un bon hôpital parce qu'il est noir. C'est un médecin ; je ne connais personne qui travaille autant. Il ne parle pas du tout comme un Noir. Les autres nègres, j'ai du mal à les comprendre parce que leur langue ne bouge pas assez. Ce Noir m'effraie quelquefois. Ses yeux sont ardents et brillants. Il m'a invité à une fête où je suis allé. Il possède beaucoup de livres et pourtant pas un seul roman policier. Il ne boit pas, ne mange pas de viande et ne va pas au cinéma.

La Liberté et les pirates, beuh. Le Capital et les Démocrates, beuh, dit le vilain moustachu. Puis il se contredit et affirme que la Liberté est le plus grand des idéaux. Il faut qu'on me donne une chance d'écrire la musique dans ma tête et de devenir une musicienne. Il faut me laisser une chance, dit la gamine. Nous n'avons pas le droit de Servir, dit le docteur noir. C'est la divine aspiration de mon peuple. « Ah, ah! », dit le propriétaire du *Café de New York*. C'est un méditatif.

Voilà ce qu'ils racontent quand ils viennent dans ma chambre. Ces mots inscrits dans leur cœur ne leur laissent pas de répit et c'est ce qui les occupe tant. On pourrait croire qu'une fois réunis, ils se conduiraient comme les membres de l'Association qui vont se rencontrer au congrès de Macon cette semaine. Mais ce n'est pas le cas. Ils sont venus dans ma chambre en même temps aujourd'hui et se sont comportés comme des gens originaires de villes différentes. Ils se sont même montrés grossiers, et tu sais que je trouve la grossièreté et le mépris des sentiments d'autrui injustifiables. Voilà ce qui s'est passé. Je ne comprends pas, et je t'écris parce que je crois que tu comprendras. J'éprouve des sentiments bizarres. Mais assez parlé de ce sujet, je sais que tu en es las. Moi aussi.

Cela fait maintenant cinq mois et vingt et un jours. Tout ce temps j'ai été seul sans toi. Je ne peux rien imaginer d'autre que le moment où nous nous reverrons. Si je n'arrive pas à venir bientôt, je ne réponds de rien.

Singer appuya la tête sur l'établi pour se reposer. L'odeur et le contact du bois lisse contre sa joue lui rappelaient ses années d'école. Ses yeux se fermèrent et la nausée l'envahit. Il ne voyait que le visage d'Antonapoulos, et la nostalgie de son ami devint si aiguë qu'il retint son souffle. Au bout de quelques instants, il se redressa et reprit son stylo.

Le cadeau que je t'ai commandé n'arrivera pas à temps pour le colis de Noël. Je l'attends sous peu. Je crois qu'il te plaira et t'amusera. Je pense constamment à nous et je n'oublie rien. La nourriture que tu préparais me manque énormément. Au *Café New York*, c'est bien pire qu'avant. J'ai trouvé une mouche cuite dans ma soupe récemment. Elle était mélangée aux légumes et aux nouilles comme des monogrammes. Mais ce n'est rien. J'ai tellement besoin de toi, je ne supporte pas cette solitude. Je reviendrai bientôt. Je n'aurai pas de vacances avant six mois, mais je pense pouvoir arranger un voyage d'ici-là. Je crois qu'il le faudra. Je ne suis pas fait pour rester seul et sans toi qui comprends.

Bien à toi,
John Singer.

Il ne rentra chez lui qu'après deux heures du matin. La grande maison surpeuplée était plongée dans l'obscurité ; il monta prudemment à tâtons les trois étages, sans trébucher. Il sortit de ses poches les cartes, sa montre et son stylo. Puis il plia soigneusement ses vêtements sur le dossier de sa chaise. Son pyjama de flanelle grise était tiède et doux. Il remonta les couvertures jusqu'à son menton et s'endormit presque aussitôt.

Des ténèbres du sommeil naquit un rêve. Trois faibles lanternes jaunes éclairaient un sombre escalier de pierre. Antonapoulos était agenouillé en haut des marches. Il était nu et tripotait un objet qu'il tenait au-dessus de sa tête, en le regardant avec l'air de prier. Singer, lui-même nu et glacé, agenouillé à mi-hauteur de l'escalier, ne pouvait détacher les yeux d'Antonapoulos et de l'objet. Derrière lui, il devinait le moustachu, la fille, le Noir et le quatrième type, à genoux, nus, et il sentait leurs regards. Et derrière eux se trouvaient des foules innombrables de gens agenouillés dans les ténèbres. Ses mains étaient de gigantesques moulins à vent et il contemplait, fasciné, l'objet étrange que tenait Antonapoulos. Les lanternes jaunes se balançaient dans le noir et tout le reste était immobile. Puis, soudain, se produisait un bouleversement. Dans le branle-bas, l'escalier s'effondrait et Singer tombait à la renverse. Il s'éveilla dans un soubresaut. La lumière matinale blanchissait la fenêtre. Il eut peur.

Pendant une séparation si longue, il avait pu arriver quelque chose à son ami. Puisque Antonapoulos ne lui écrivait pas, il ne le saurait pas. Son ami s'était peut-être blessé en tombant. Singer éprouvait un besoin si urgent de le revoir qu'il allait s'arranger coûte que coûte – et sur-le-champ.

Ce matin-là à la poste, Singer trouva dans sa boîte un avis l'informant de l'arrivée d'un colis. Il s'agissait du cadeau commandé pour Noël et qui ne lui était pas parvenu à temps. Un très beau cadeau.

Il l'avait acheté à crédit, remboursable sur deux ans : un projecteur de huit millimètres, avec une demi-douzaine de dessins animés de Mickey et de Popeye, qu'Antonapoulos aimait beaucoup.

Singer arriva le dernier au magasin ce matin-là. Il tendit au joaillier qui l'employait une demande de congé en bonne et due forme pour le vendredi et le samedi. Et malgré les quatre mariages prévus dans la semaine, le joaillier acquiesça d'un signe de tête.

Singer n'avertit personne de son voyage, mais laissa un mot sur sa porte, annonçant son absence durant plusieurs jours pour affaires. Il voyagea de nuit, et le train atteignit sa destination au moment où l'aube rouge de l'hiver se levait.

L'après-midi, un peu avant l'heure des visites, il se rendit à l'asile. Entre les pièces du projecteur et le panier de fruits destiné à son ami, il avait les bras surchargés. Il se dirigea immédiatement vers la salle où se trouvait Antonapoulos lors de sa dernière visite.

Le couloir, la porte, les rangées de lits correspondaient parfaitement à son souvenir. Sur le seuil, Singer scruta avidement la pièce et s'aperçut immédiatement que toutes les chaises étaient occupées mais que son ami n'était pas là.

Singer posa ses paquets, et écrivit au dos d'une de ses cartes : « Où est Spiros Antonapoulos? » Une infirmière entra dans la salle; il lui tendit la carte. Elle ne comprit pas, secoua la tête et haussa les épaules. Singer ressortit dans le couloir et tendit la carte à chaque personne rencontrée. Aucune ne savait. Son état de panique était tel qu'il se mit à parler avec ses mains. Croisant enfin un interne en blouse blanche, le muet le tira par le coude et lui donna la carte. L'interne la lut attentivement puis, à travers plusieurs corridors, le mena dans une petite pièce où une jeune femme était assise à un bureau, devant des papiers. Elle lut la carte et consulta quelques dossiers dans un tiroir.

Des larmes d'énervement et de peur noyaient les yeux de Singer. La jeune femme écrivit posément quelque chose sur un bloc de papier, et il ne put s'empêcher de se démancher le cou pour voir sans attendre ce qu'on écrivait au sujet de son ami.

Mr. Antonapoulos a été transféré à l'infirmerie. Il souffre d'une néphrite. Je vais demander à quelqu'un de vous montrer le chemin.

Au passage, Singer s'arrêta pour ramasser ses paquets abandonnés à la porte de la salle. Le panier de fruits avait disparu, mais les autres boîtes étaient intactes. Singer suivit l'interne hors du bâtiment, traversa une pelouse avant d'atteindre l'infirmerie.

Antonapoulos ! Arrivé dans la bonne salle, Singer l'aperçut du premier coup d'œil. Son lit se trouvait au milieu de la pièce, et le Grec était assis, soutenu par des oreillers. Il portait une robe de chambre écarlate, un pyjama de soie verte et un anneau de turquoise. Sa peau était d'une teinte jaune pâle, ses yeux embrumés et très noirs. Ses cheveux bruns s'argentaient aux tempes. Il tricotait. Ses doigts gras manipulaient les longues aiguilles d'ivoire avec une grande lenteur. Pour commencer, il ne vit pas son ami. Puis lorsque Singer fut devant lui, il sourit avec sérénité, sans surprise, et tendit sa main ornée.

Singer se sentit envahi d'une timidité inconnue. Il s'assit près du lit et croisa les mains sur le bord du couvre-pieds. Ses yeux ne quittaient pas le visage de son ami. Il demeurait stupéfait devant la splendeur de cet accoutrement dont il avait envoyé chaque élément mais sans imaginer l'effet produit par l'ensemble. Antonapoulos était encore plus énorme que dans son souvenir. Les larges replis charnus de son ventre se profilaient sous son pyjama de soie. Sa tête paraissait immense sur l'oreiller blanc. Il était d'une impassibilité telle qu'on l'aurait cru à peine conscient de la présence de Singer.

Celui-ci leva timidement les mains et se mit à parler. Ses doigts forts et experts traçaient les signes avec une tendre précision. Il parla du froid et des longs mois de solitude, évoqua de vieux souvenirs, le chat mort, le magasin, la maison où il habitait. À chaque pause, Antonapoulos hochait gracieusement la tête. Singer parla des quatre personnes et de leurs longues visites dans sa chambre. Dans les yeux humides et sombres de son ami, Singer distinguait son propre reflet en petites images rectangulaires, observées des milliers de fois. Le sang chaud reflua à son visage et ses mains accélérèrent leur mouvement pour parler longuement du Noir, de l'homme à la moustache trépidante et de la gamine. Les dessins de ses mains se formaient de plus en plus vite. Antonapoulos acquiesçait avec une indolente gravité. Avidemment, Singer se penchait davantage, en prenant de longues et profondes inspirations, les yeux brillants de larmes.

Brusquement, Antonapoulos traça dans l'air un lent cercle avec son index dodu. Son doigt tourna en direction de Singer et, finalement, s'enfonça dans le ventre de son ami. Le sourire du gros Grec devint très large et il tira sa langue rose et grasse. Singer rit et ses mains formèrent les mots à une allure folle. Ses épaules étaient secouées de rire et sa tête se renversait en arrière. Il ne savait pas pourquoi il riait. Antonapoulos roulait les yeux. Singer continua à rire bruyamment, au point de perdre le souffle et d'avoir les doigts tremblants. Il saisit le bras de son ami et s'efforça de se calmer. Ses rires jaillissaient lentement et douloureusement comme des hoquets.

Antonapoulos fut le premier à retrouver son sang-froid. Ses petits pieds gras avaient défait la couverture au bas du lit. Son sourire s'évanouit et il donna un coup de pied dédaigneux au dessus-de-lit. Singer se hâta de le remettre en ordre, mais Antonapoulos fronça les sourcils et leva royalement l'index à l'intention d'une infirmière qui traversait la salle. Une fois le lit arrangé à sa convenance, le gros Grec inclina la tête si posément que son geste parut relever davantage de la bénédiction que du simple remerciement. Solennellement, il se tourna de nouveau vers son ami.

En parlant, Singer ne se rendait pas compte du temps qui passait. Il ne s'aperçut de l'heure tardive qu'au moment où une infirmière apporta à Antonapoulos son dîner sur un plateau. Les lumières étaient allumées dans la salle ; la nuit tombait. Les autres patients avaient eux aussi des plateaux devant eux. Ils avaient posé leur ouvrage (de la vannerie, du tricot ou de la maroquinerie), et mangeaient sans entrain. À côté d'Antonapoulos, ils paraissaient très malades et incolores, avec leurs cheveux trop longs, leurs chemises de nuit grises et élimées, fendues dans le dos. Ils contemplaient les deux muets avec étonnement.

Antonapoulos souleva le couvercle de son plat et inspecta attentivement la nourriture. C'était du poisson avec quelques légumes. Il s'empara du poisson, le tint à la lumière afin de procéder à un examen complet avant de le manger de bon appétit. Pendant le dîner, Antonapoulos se mit à montrer du doigt les divers occupants de la salle. Il désigna un homme dans le coin, en faisant des grimaces de dégoût. L'homme émit un grognement à son adresse. Puis le Grec montra un jeune garçon et sourit en hochant la tête et en agitant sa main dodue. Singer, trop heureux pour se sentir gêné, ramassa ses paquets et les plaça sur le lit pour distraire son ami. Antonapoulos ôta les emballages, mais ne s'intéressa guère à l'appareil, préférant revenir à son dîner.

Singer tendit à l'infirmière un mot d'explication au sujet du projecteur. Elle appela un interne, puis ils amenèrent un médecin. En se consultant, ils dévisagèrent Singer avec curiosité. La nouvelle parvint aux patients, qui se dressèrent vivement sur leurs coudes. Seul Antonapoulos ne se troublait pas.

Singer s'était déjà exercé au maniement de l'appareil. Il installa l'écran de manière à ce que tous les patients puissent le regarder. Puis il s'occupa du projecteur et du film. L'infirmière enleva les plateaux et on éteignit les lumières. Un dessin animé de Mickey apparut sur l'écran.

Singer observait son ami. Au début, Antonapoulos parut abasourdi. Il se redressa pour être en meilleure posture et se serait levé si l'infirmière ne l'en avait empêché. Il regarda le film avec un sourire radieux. Singer voyait les autres patients s'interpeller et rire. Les infirmières et les aides surgissaient du couloir, et la salle entière était en émoi. Le Mickey terminé, Singer passa un film de Popeye. À la fin de celui-ci, il pensa que le spectacle avait assez duré pour une première fois et ralluma la lumière. La salle s'apaisa. Lorsque l'interne rangea l'appareil sous le lit de son ami, Singer surprit le coup d'œil sournois qu'Antonapoulos jeta dans la salle pour s'assurer que chacun avait compris que l'appareil lui appartenait.

Singer se remit à parler avec ses mains. Il savait qu'on allait bientôt lui demander de partir, mais les pensées qu'il avait emmagasinées étaient trop vastes pour être exprimées rapidement. Il parlait avec une hâte frénétique. Dans la salle se trouvait un vieillard parkinsonien dont la tête tremblait, et qui tripotait vaguement ses sourcils. Il enviait ce vieillard qui vivait avec Antonapoulos jour après jour. Singer aurait troqué sa place contre la sienne avec joie.

Son ami cherchait sur sa poitrine la petite croix de cuivre qu'il portait depuis toujours. Le cordon sale avait été remplacé par un ruban rouge. Singer se rappela son rêve, et le raconta aussi à son ami. Dans sa hâte, les signes se brouillaient parfois, et il devait secouer les mains et tout recommencer. Antonapoulos le contemplait de ses yeux noirs, somnolents. Immobile dans sa riche et éclatante parure, il ressemblait à un roi de légende plein de sagesse.

L'interne responsable de la salle laissa Singer rester une heure après la fin des visites. Puis il tendit son poignet fin et velu et lui montra l'heure. Les patients étaient installés pour la nuit. La main de Singer vacilla. Il saisit son ami par le bras et scruta ses yeux avec insistance, comme autrefois lorsqu'ils se séparaient pour aller travailler. Singer quitta la pièce à reculons. Sur le seuil, ses mains exécutèrent un adieu entrecoupé, et ses poings se serrèrent.

Pendant les nuits de lune de janvier, Singer continua à se promener dans les rues de la ville les soirs où il était libre. Les rumeurs sur son compte se firent plus hardies. Une vieille négresse racontait à des centaines de gens qu'il savait communiquer avec les esprits revenus d'entre les morts. Un ouvrier payé à la pièce affirmait qu'il avait travaillé avec le muet dans une autre filature de l'État – et ses récits étaient prodigieux. Les riches le croyaient riche et les pauvres le supposaient aussi pauvre qu'eux. Et comme il n'y avait aucun moyen de réfuter ces rumeurs, elles devinrent mirifiques et très réelles. Chacun décrivait le muet à l'image de ses désirs.

8

Pourquoi ?

La question circulait sans trêve dans la tête de Biff, à son insu, comme le sang dans ses veines. Pendant qu'il pensait à des êtres, à des objets ou à des idées, la question le tenaillait. Minuit, le petit matin, midi. Hitler et les rumeurs de guerre. Le prix du filet de porc et la taxe sur la bière. L'énigme du muet l'absorbait particulièrement. Pourquoi, par exemple, Singer partait-il en train et, quand on lui demandait où il était allé, pourquoi feignait-il de ne pas comprendre la question ? Et pourquoi chacun s'obstinait-il à croire le muet conforme à l'image qu'il s'en faisait – alors que c'était vraisemblablement une étrange méprise [68] ? Singer venait s'asseoir à la table du milieu trois fois par jour. Il mangeait ce qu'on mettait devant lui – sauf le chou et les huîtres. Dans le tumulte acharné des voix, c'était le seul silencieux. Il avait une prédilection pour les tendres petits haricots beurre, qu'il empilait méticuleusement sur les dents de sa fourchette. Et qu'il sauçait avec ses galettes.

Biff pensait aussi à la mort. Un curieux incident s'était produit. Un jour, alors qu'il fouillait dans l'armoire de la salle de bains, il trouva une bouteille d'Agua Florida qu'il avait oubliée en apportant à Lucile les produits de beauté d'Alice. Il garda rêveusement la bouteille de parfum dans les mains. Quatre mois s'étaient écoulés depuis la disparition d'Alice – et chaque mois semblait aussi long et inoccupé qu'une année entière. Il pensait rarement à elle.

Biff déboucha la bouteille. Torse nu devant la glace, il appliqua un peu de parfum sous ses aisselles noires et poilues. En aspirant l'odeur, il se raidit. Il échangea un regard lourd de secrets avec son reflet dans le miroir et demeura pétrifié. Les souvenirs évoqués par le parfum l'ébahissaient, non par leur clarté, mais parce qu'ils rassemblaient le long défilé des années sans la moindre lacune. Biff se frotta le nez et se jeta un regard oblique. La frontière de la mort. Il vivait chaque instant passé avec elle. Et désormais leur vie commune formait un tout, comme seul le passé peut en former. Biff se détourna brusquement.

La chambre avait été refaite. Entièrement sienne. Avant, elle était défraîchie, terne, de mauvais goût, encombrée de bas et de slips de rayonne rose troués, mis à sécher sur une corde en travers de la pièce. Le lit de fer était écaillé et rouillé, couvert d'oreillers sales en dentelle. Un chat souricier décharné venu du rez-de chaussée faisait le gros dos et se frottait mélancoliquement contre le pot de chambre.

Biff avait tout changé. Le lit de fer, il l'avait troqué contre un divan. Une épaisse carpette rouge tapissait le plancher, et il avait acheté un beau tissu bleu de Chine pour en couvrir le côté du mur où les fissures étaient le plus visibles. Il avait dégagé la cheminée, désormais garnie de bûches de pin. Sur la tablette trônaient une petite photographie de Baby et une reproduction en couleurs d'un garçonnet en costume de velours tenant un ballon à la main. Dans le coin, une vitrine abritait les curiosités qu'il collectionnait – des spécimens de papillons, une pointe de flèche rare, un caillou bizarre qui avait la forme d'un profil humain. Des coussins de soie bleue ornaient le divan, et il avait emprunté la machine à coudre de Lucile afin de confectionner d'épais rideaux rouges pour les fenêtres. Biff aimait cette pièce. Elle était à la fois luxueuse et reposante. La table était surmontée d'une petite pagode japonaise avec des pendeloques de verre qui produisaient d'étranges sonorités musicales dans les courants d'air.

Dans cette pièce, rien ne lui rappelait sa femme. Mais souvent, il ouvrait la bouteille d'Agua Florida, et il approchait le bouchon du lobe de ses oreilles ou de ses poignets. L'odeur se mêlait à ses lentes ruminations. Le passé remontait à la surface. Sa mémoire s'édifiait dans un ordre quasi architectural. Dans une boîte où il gardait des souvenirs, il trouva de vieilles photos prises avant leur mariage. Alice assise dans un champ de marguerites. Alice et lui dans un canoë sur la rivière. Parmi les souvenirs se trouvait aussi une grande épingle à cheveux en os ayant appartenu à sa mère. Enfant, il aimait la regarder peigner et attacher ses longs cheveux noirs. Il croyait que les épingles à cheveux étaient incurvées pour imiter la silhouette des dames, et jouait avec comme à la poupée. À l'époque, Biff avait une boîte à cigares pleine d'échantillons de tissu. Il aimait le contact et les couleurs des belles étoffes et restait pendant des heures avec ses échantillons sous la table de cuisine. Mais lorsqu'il atteignit l'âge de six ans, sa mère les lui confisqua. C'était une femme grande, forte, guidée par un sens viril du devoir, qui lui vouait un amour sans égal. Maintenant encore, Biff rêvait parfois d'elle. Et son alliance en or usée ne quittait jamais son doigt.

En même temps que l'Agua Florida, il découvrit dans l'armoire une bouteille de rinçage au citron qu'Alice utilisait pour ses cheveux. Un jour, il l'essaya sur lui. Le citron donna du volume à ses cheveux noirs, sillonnés de blanc. L'effet lui plut. Il se débarrassa de l'huile qu'il employait pour prévenir la calvitie et se rinça régulièrement avec la préparation au citron. Certains caprices qu'il tournait en ridicule chez Alice étaient devenus siens. Pourquoi?

Chaque matin, Louis, le garçon de couleur, lui apportait une tasse de café à boire au lit. Biff restait souvent assis pendant une heure, calé sur les oreillers, avant de se lever et de s'habiller. Il fumait un cigare et contemplait les motifs que dessinait le soleil sur le mur. Plongé dans ses réflexions, il passait l'index entre ses longs orteils crochus. Il se souvenait.

De midi à cinq heures du matin, il travaillait en bas. Et toute la journée le dimanche. L'établissement perdait de l'argent. Il y avait beaucoup d'heures creuses. Cependant, au moment des repas, le café était généralement plein et il voyait des centaines de connaissances chaque jour, en montant la garde derrière la caisse.

« À quoi tu penses tout le temps? lui demanda Jake Blount. On dirait un Juif en Allemagne.

– J'ai un huitième de sang juif, repartit Biff. Le grand-père de ma mère était un Juif d'Amsterdam. Mais à ma connaissance, le restant de ma famille est d'origine irlando-écossaise. »

C'était dimanche matin. Les clients se prélassaient aux tables, dans une odeur de tabac et le froissement des journaux. Quelques hommes à un banc en encoignure jouaient aux dés, mais sans bruit.

« Où est Singer? demanda Biff. Tu ne vas pas chez lui ce matin? »

Le visage de Blount devint sombre et maussade. Il avança brusquement la tête. S'étaient-ils chamaillés – mais comment se chamailler avec un sourd-muet? Non, il avait déjà assisté à ce genre de scène : Blount traînait et se comportait comme s'il était en guerre avec lui-même. Il ne tarderait néanmoins pas à sortir – cela se terminait toujours ainsi – et les deux hommes reviendraient ensemble, Blount en parlant.

« Tu te la coules douce. Rien qu'à rester derrière une caisse. Rien qu'à tendre la main. »

Biff ne s'offusqua pas. Il prit appui sur ses coudes, plissant les yeux. « Parlons sérieusement toi et moi. Qu'est-ce que tu veux au juste? »

Blount rabattit ses mains sur le comptoir. Elles étaient chaudes, charnues et rugueuses. « De la bière. Et un petit paquet de crackers au fromage avec du beurre de cacahuète à l'intérieur.

– Ce n'est pas ce que je te demandais, répliqua Biff. Mais nous y viendrons plus tard. »

Cet homme était une énigme. Il changeait sans cesse. Il continuait à boire comme une éponge, mais l'alcool ne l'affaiblissait pas comme d'autres. Le bord de ses yeux était souvent rouge, et il avait le tic de regarder par-dessus son épaule, l'air ahuri. Sa tête lourde, énorme, écrasait son cou mince. C'était le genre de type dont les gosses se moquaient et que les chiens essayaient de mordre. Pourtant, quand on se moquait de lui, il était piqué au vif – il devenait bruyant et fruste comme une espèce de clown. Et il soupçonnait toujours quelqu'un de rire dans son dos.

Biff hocha la tête pensivement. « Dis donc, reprit-il. Pourquoi tu gardes ce boulot à la fête foraine? Tu peux trouver mieux. Je pourrais même te donner du travail ici.

– Bon sang de bon Dieu! Je ne me caserais pas derrière cette caisse même si tu me promettais la maison entière, de la cave au grenier. »

Il recommençait. C'était agaçant. Il était incapable de se faire des amis ou de s'entendre avec quelqu'un.

« Ne dis pas de bêtises, insista Biff. Sois sérieux. »

Un client était arrivé avec son addition, et Biff rendit la monnaie. Le café était toujours tranquille. Blount ne tenait pas en place. Biff le sentait s'éloigner. Il voulait le retenir. Il prit deux cigares de première qualité sur l'étagère derrière le comptoir et en offrit un à Blount. Il écarta mentalement une question après l'autre, et finit par demander :

« Si on te donnait le choix, à quelle époque historique aurais-tu aimé vivre? »

Blount se lécha la moustache avec sa grosse langue mouillée. « Si on te demandait de choisir entre casser ta pipe et ne plus jamais poser de question, qu'est-ce que tu déciderais?

– D'accord. Réfléchis-y », persista Biff.

Il inclina la tête de côté et regarda par-dessus son long nez. C'était un sujet sur lequel il aimait lancer ses interlocuteurs. Il penchait pour la Grèce antique. Marcher en sandales au bord de l'Égée bleue. Les robes amples ceinturées à la taille. Les enfants. Les thermes de marbre et les méditations dans les temples.

« Peut-être chez les Incas. Au Pérou. »

Biff l'examina de la tête aux pieds, le dépouillant de ses vêtements. Il voyait un Blount brûlé de soleil, au chaud teint de brique, le visage lisse et glabre, avec un bracelet d'or incrusté de pierres précieuses sur l'avant-bras. Quand il ferma les yeux, l'homme était un bon Inca. Mais lorsqu'il reposa les yeux sur lui, l'image s'évanouit. C'était la moustache nerveuse qui n'allait pas avec son visage, sa façon de secouer l'épaule, la pomme d'Adam sur son cou mince, le pantalon trop grand. Et c'était plus encore.

« Ou peut-être aux alentours de 1775.

– C'était une belle époque », convint Biff.

Blount traîna gauchement les pieds. Son visage était revêche et malheureux. Il s'apprêtait à partir. Biff s'efforça de le retenir. « Dis-moi – pourquoi es-tu venu dans cette ville? » Il comprit immédiatement que sa question était peu diplomatique et sa maladresse le dépita. Pourtant, il était étrange que cet homme ait échoué là.

« Je jure que je n'en sais rien. »

Ils restèrent un moment silencieux, accoudés au comptoir. La partie de dés dans le coin était terminée. La première commande de repas, un canard à la Long Island, venait d'être servie au gérant du magasin « Army and Navy »[69]. La radio était branchée moitié sur un sermon d'église, moitié sur un orchestre de swing.

Blount se pencha brusquement et flaira le visage de Biff.

« Parfum ?

– Lotion d'après rasage », répondit posément Biff.

Impossible de garder Blount plus longtemps. Le gars était prêt à partir. Il reviendrait avec Singer. Cela se passait toujours ainsi. Biff aurait voulu faire sortir Blount de sa coquille, pour élucider certaines questions qui l'intriguaient. Mais Blount ne parlait jamais vraiment – sauf au muet. C'était un phénomène très curieux.

« Merci pour le cigare, dit Blount. À bientôt.

– Au revoir. »

Biff regarda Blount gagner la porte de son pas déhanché de marin. Puis il se remit à l'ouvrage. Il jeta un coup d'œil à la vitrine. À côté du menu du jour était exposé un repas du chef entouré de garnitures. L'ensemble n'avait pas bon aspect. Carrément répugnant. Le jus du canard avait coulé dans la sauce aux canneberges, et une mouche était engluée dans le dessert.

« Eh, Louis ! cria-t-il. Enlève ce machin de la vitrine. Apporte-moi aussi la jatte en terre rouge et quelques fruits. »

Il disposa les fruits avec art, attentif à la couleur et aux formes. Enfin la décoration lui plut. Il inspecta la cuisine et discuta avec le cuisinier. Il souleva les couvercles des casseroles et renifla la nourriture, mais sans enthousiasme. Alice s'était toujours chargée de ce travail, qu'il n'aimait pas. Son nez se pinça quand il aperçut l'évier gras avec son écume de bribes d'aliments au fond. Il écrivit les menus et les commandes du jour suivant, puis s'empressa de quitter la cuisine, heureux de reprendre son poste près de la caisse.

Lucile et Baby venaient déjeuner le dimanche. La gamine était devenue plus difficile. Elle portait encore son bandage sur la tête et le docteur disait qu'on ne pourrait pas l'enlever avant le mois suivant. Avec le pansement de gaze au lieu des boucles blondes, son crâne avait l'air nu.

« Dis bonjour à Oncle Biff, mon chou », l'exhorta Lucile.

Baby regimba, impatientée. « Bonjour à Onc' Biff mon chou », répondit-elle avec insolence.

Elle se débattit quand Lucile essaya de lui ôter son manteau du dimanche. « Sois sage, répétait Lucile. Tu dois l'enlever sinon tu attraperas une pneumonie quand nous ressortirons. Tiens-toi correctement. »

Biff prit la situation en main. Il calma Baby à l'aide d'une boule de gomme et fit doucement glisser le manteau de ses épaules. Dans sa lutte avec Lucile, Baby avait dérangé sa robe. Biff rajusta l'empiècement, renoua la ceinture et disposa la boucle exactement comme il fallait. Puis il donna une tape sur le petit derrière de Baby. « Il y a de la glace à la fraise aujourd'hui, annonça-t-il.

– Bartholomew, tu ferais une excellente mère.

– Merci, répondit Biff. C'est un compliment.

– On vient d'aller au catéchisme et à l'église. Baby, récite le verset de la Bible que tu as appris pour ton Oncle Biff. »

La gamine, réticente, fit la moue. « Jésus pleura », articula-t-elle enfin. Le dédain qu'elle mit dans ces deux mots les rendait atroces.

« Tu veux voir Louis? demanda Biff. Il est dans la cuisine.

– J' veux voir Willie. J' veux entendre Willie jouer de l'harmonica.

– Écoute, Baby, tu te fatigues pour rien, rétorqua Lucile avec impatience. Tu sais parfaitement que Willie n'est pas là. Willie a été envoyé au pénitencier.

– Mais Louis, reprit Biff, il joue de l'harmonica lui aussi. Va lui dire de préparer la glace et de te jouer un air. »

Baby se dirigea vers la cuisine en traînant la patte. Lucile posa son chapeau sur le comptoir. Elle avait les larmes aux yeux. « J'ai toujours pensé que si on tenait un enfant propre, qu'on s'en occupait bien, en soignant son apparence, l'enfant serait gentil et intelligent. Mais si l'enfant est sale et laid, on ne peut pas s'attendre à de bons résultats. Ce que je veux dire, c'est que Baby a tellement honte de perdre ses cheveux et de porter un bandage, qu'elle n'arrête pas de se cabrer. Elle refuse de travailler sa diction – elle refuse tout. Elle est si mal dans sa peau que je n'arrive pas à obtenir quoi que ce soit d'elle.

– Si tu l'asticotais moins, ça irait très bien. »

Il les installa enfin à un banc près de la fenêtre. Lucile prit un plat du chef et on servit à Baby un blanc de poulet haché, de la bouillie de céréales et des carottes. Elle pignocha et renversa du lait sur sa robe. Biff leur tint compagnie jusqu'à l'heure de presse. Après, il devait rester debout pour veiller à la bonne marche du service.

Des gens qui mangeaient. Les bouches grandes ouvertes qui enfournaient de la nourriture. Comment était-ce? La phrase qu'il avait lue récemment? La vie n'était qu'une question de consommation, d'alimentation et de reproduction. Le café était bondé. La radio passait un orchestre de swing.

Les deux hommes qu'il attendait entrèrent. Singer franchit la porte le premier, très droit et très élégant dans son beau costume du dimanche. Suivi de Blount, juste derrière. Biff fut frappé par leur manière de marcher. Ils s'assirent à leur table, et Blount parla et mangea avec entrain tandis que Singer le regardait poliment. À la fin du repas, ils s'arrêtèrent quelques instants près de la caisse avant de sortir. Biff nota à nouveau dans leur façon de marcher une singularité qui l'obligea à réfléchir. Qu'est-ce que ça pouvait être? La soudaineté avec laquelle le souvenir surgit du tréfonds de sa mémoire lui causa un choc. Le gros sourd-muet demeuré que Singer accompagnait parfois en allant à son travail. Le Grec débraillé qui confectionnait des bonbons pour Charles Parker. Le Grec marchait toujours en tête, et Singer suivait. Biff ne leur prêtait pas grande attention parce qu'ils n'entraient jamais dans le café. Pourquoi ne s'en était-il pas souvenu? Lui qui s'était posé tant de questions sur le muet, oublier pareil détail! Regarder le paysage à la loupe, sans voir les trois éléphants qui dansent sous votre nez. Mais quelle importance après tout?

Biff plissa les yeux. Personne ne se souciait du passé de Singer. Ce qui comptait, c'était la façon dont Blount et Mick faisaient de lui une sorte de Dieu sur mesure. Grâce à son infirmité, ils pouvaient lui attribuer toutes les qualités qu'ils voulaient. Oui. Cependant, comment un phénomène aussi étrange était-il possible? Et pourquoi?

Un manchot entra, et Biff lui offrit un whisky aux frais de la maison. Mais il n'avait pas envie de parler. Le déjeuner du dimanche était un repas de famille. Les hommes qui buvaient de la bière seuls en semaine amenaient leurs femmes et leurs enfants le dimanche. La chaise de bébé qu'on gardait dans le fond servait souvent. Il était deux heures et demie, et même si un grand nombre de tables restaient occupées, le repas s'achevait. Biff avait passé les quatre dernières heures debout, et il était fatigué. Autrefois, il restait quatorze ou seize heures sans s'asseoir, et n'en ressentait aucune lassitude. Mais il avait vieilli. Considérablement. Cela ne faisait aucun doute. Ou peut-être mûri était-il le mot juste. Pas vieilli – certainement pas encore. Les vagues de bruit enflaient et décroissaient dans la salle. Mûri. Les yeux lui piquaient, et tout lui paraissait trop net et trop éclatant, comme s'il avait la fièvre.

Il appela une serveuse : « Remplacez-moi, s'il vous plaît. Je sors. »

La rue était déserte comme tous les dimanches. Un clair soleil brillait, sans chaleur. Biff serra le col de son manteau contre son cou. Seul dans la rue, il se sentait perdu. Un vent froid soufflait de la rivière. Mieux vaudrait retourner au restaurant. Il n'avait rien à faire dans cette direction. Depuis les quatre derniers dimanches, il avait cédé au même caprice. Il s'était promené dans le quartier où il avait une chance de voir Mick. Et ce n'était pas... pas bien. Non. Pas bien.

Il longea lentement le trottoir en face de chez elle. Le dimanche précédent, elle lisait des illustrés sur le perron. Cette fois, en jetant un bref coup d'œil sur la maison, il s'aperçut qu'elle n'était pas là. Biff rabattit le bord de son feutre sur ses yeux. Elle viendrait peut-être au café plus tard. Le dimanche après le dîner, elle venait souvent prendre un chocolat chaud et s'arrêtait un moment à la table de Singer. Elle ne portait pas la jupe et le pull bleus des autres jours. Sa robe du dimanche était en soie lie-de-vin, avec un col en dentelle miteux. Il l'avait vue une fois avec des bas – filés. Il aurait voulu lui payer quelque chose, lui faire un cadeau. Et pas seulement une coupe de glace ou des sucreries – mais quelque chose de sérieux. Il ne désirait rien d'autre. La bouche de Biff se durcit. Il n'avait rien fait de mal mais il ressentait une étrange culpabilité. Pourquoi? La ténébreuse culpabilité de tous les hommes, inavouée et sans nom.

Sur le chemin du retour, Biff trouva une pièce d'un *cent* à moitié dissimulée par les détritus dans un caniveau. Par réflexe d'économie, il le ramassa, nettoya la pièce avec son mouchoir, et la mit dans son porte-monnaie noir. Il arriva au restaurant à quatre heures. Rien ne s'y passait. Il n'y avait pas un seul client.

Le café se ranima aux alentours de cinq heures. Le garçon qu'il avait récemment embauché à temps partiel arriva tôt. Il s'appelait Harry Minowitz. Il habitait dans le même quartier que Mick et Baby. Onze candidats avaient répondu à l'annonce du journal, mais Harry semblait le plus prometteur. Il était grand pour son âge, et soigné. Biff avait remarqué les dents du garçon pendant l'entretien. Les dents constituaient toujours une bonne indication. Celles de Harry étaient grandes, très propres et très blanches. Harry portait des lunettes, mais cela ne le gênerait pas dans son travail. Sa mère gagnait dix dollars par semaine en faisant des travaux de couture pour un tailleur dans la rue, et Harry était fils unique.

« Eh bien, dit Biff. Tu es ici depuis une semaine, Harry. Tu crois que ça te plaira?

– Oh oui, monsieur. Ça me plaît. »

Biff fit tourner l'alliance à son doigt. « Voyons. À quelle heure sors-tu de l'école?

– Trois heures, monsieur.

– Bon, ça te donne deux heures pour étudier et te détendre. Puis ici de six à dix heures. Est-ce que ça te laisse un temps de sommeil suffisant?

– Largement. Je n'ai pas besoin d'autant, loin de là.

– À ton âge, il faut environ neuf heures et demie, fiston. Du bon sommeil réparateur. »

Il se sentit soudain gêné. Harry penserait peut-être que ça ne le regardait pas. Ce qui était vrai d'ailleurs. Il commença à se détourner, puis une idée lui vint.

« Tu vas au lycée professionnel? »

Harry acquiesça et essuya ses lunettes sur sa manche de chemise.

« Voyons. Je connais beaucoup de garçons et de filles là-bas. Alva Richards – je connais son père. Et Maggie Henry. Et une gamine qui s'appelle Mick Kelly... » Biff sentit ses oreilles s'embraser. Il savait qu'il se conduisait comme un imbécile. Il voulait se retourner et partir; pourtant il restait là, souriant et s'écrasant le nez avec le pouce. « Tu la connais? demanda-t-il d'une voix éteinte.

– Bien sûr, j'habite juste à côté de chez elle. Mais à l'école je suis en dernière année, alors qu'elle vient de commencer. »

Biff enregistra soigneusement cette maigre information, pour la méditer plus tard, quand il serait seul. « Ça va rester calme encore un moment, ajouta-t-il précipitamment. Je te confie le café. À présent, tu sais comment t'y prendre. Surveille le nombre de bières que boivent les clients pour ne pas avoir à le leur demander. Rends la monnaie sans te presser et ne perds pas de vue ce qui se passe. »

Biff s'enferma dans sa chambre du rez-de-chaussée. C'était là qu'il gardait ses fiches. La pièce ne comportait qu'une petite fenêtre donnant sur la ruelle transversale, et l'air froid sentait le renfermé. D'énormes piles de journaux s'élevaient jusqu'au plafond. Un classeur bricolé par ses soins couvrait un mur. Près de la porte se trouvaient un vieux fauteuil à bascule et une petite table avec une paire de grands ciseaux, un dictionnaire et une mandoline. À cause des piles de journaux, il était impossible de faire plus de deux pas dans la pièce. Biff se balança dans le fauteuil et pinça langoureusement les cordes de la mandoline. Il ferma les yeux et se mit à chanter d'une voix plaintive :

Je suis allé à la foire aux animaux
Où j'ai vu bêtes à plume et bêtes à poil,
Et le vieux babouin au clair de lune
Peignant sa chevelure auburn.

Il finit par un accord, et les derniers sons frémirent et se turent dans l'air froid.

Adopter deux petits enfants. Un garçon et une fille. De trois ou quatre ans pour qu'ils le considèrent comme leur propre père. Leur papa. Notre Père. La petite fille ressemblerait à Mick (ou à Baby?) à cet âge. Des joues rondes, des yeux gris et des cheveux filasse. Et il lui confectionnerait ses vêtements – des robes de *crêpe de Chine* rose délicatement ornées de smocks à l'empiècement et aux manches. Des socquettes de soie et des chaussures en daim blanc. Et un petit manteau de velours rouge avec un bonnet et un manchon pour l'hiver. Le garçon avait la peau brune et des cheveux noirs. Le petit marchait sur ses talons en copiant ses gestes. En été, ils iraient dans une villa au bord du Golfe; il mettrait aux enfants leurs costumes de bain et les guiderait dans les vagues vertes, près du bord. Et ils s'épanouiraient pendant qu'il veillerait. Notre Père. Ils viendraient lui poser des questions et il y répondrait.

Biff reprit sa mandoline. « *Tam*-ti *tim*-ti, ti-*tii*, the *wedd*-ing of the painted *doll.* » La mandoline parodiait le refrain. Il chanta tous les couplets en battant la mesure avec le pied. Puis il joua « K-K-K-Katie », et « Love's Old Sweet Song ». Ces morceaux, comme l'Agua Florida, le replongeaient dans le passé. Tout le passé. La première année où il était heureux, et où elle semblait heureuse elle aussi. Et quand ils ne firent plus l'amour que deux fois tous les trois mois. Et il ne savait pas qu'elle songeait perpétuellement à économiser cinq *cents* ou à en soutirer dix de plus. Puis lui avec Rio et les filles de sa boîte. Gyp, Madeline et Lou. Et plus tard, quand il perdit brusquement sa virilité. Quand il cessa de pouvoir s'étendre aux côtés d'une femme. Doux Jésus! D'abord, il eut l'impression d'avoir tout perdu.

Lucile comprenait parfaitement la situation. Elle savait quel genre de femme était Alice. Peut-être était-elle aussi au courant pour lui. Lucile les poussait à divorcer. Elle fit tout son possible pour les en sortir.

Biff tressaillit. Il retira brutalement ses mains des cordes de la mandoline, coupant net la phrase de musique. Il était crispé sur son fauteuil. Puis il se mit à rire silencieusement. Qu'est-ce qui avait évoqué ça? Ah, nom d'un petit bonhomme! C'était le jour de son vingt-neuvième anniversaire, et Lucile lui avait demandé de passer chez elle après son rendez-vous chez le dentiste. Il s'attendait à une petite marque d'affection – des tartelettes aux cerises ou une belle chemise. Elle l'accueillit à la porte et lui banda les yeux avant qu'il entre. Puis elle annonça qu'elle revenait dans un instant. Dans la pièce silencieuse, il écoutait ses pas et, lorsqu'elle atteignit la cuisine, il lâcha un vent. Debout, les yeux bandés, il chantonna. Et tout à coup, il comprit avec horreur qu'il n'était pas seul. Il entendit un gloussement, rapidement suivi de hurlements de rire assourdissants. À cet instant, Lucile revint et lui débanda les yeux. Elle tenait un gâteau au caramel sur un plateau. La pièce était remplie de monde. Leroy et sa bande, et Alice, évidemment. Il aurait voulu grimper au mur. Il était là, le visage découvert, la tête et le corps brûlants. On le taquina et l'heure suivante fut presque aussi pénible que la mort de sa mère – la manière dont il le prit. Ce soir-là, il but un litre de whisky. Et pendant des semaines après... Sainte Mère!

Biff gloussa froidement. Il pinça quelques cordes sur sa mandoline et entama une joyeuse chanson de cow-boy. Il avait une voix de ténor veloutée, et fermait les yeux en chantant. La pièce était presque obscure. La fraîcheur humide pénétrait ses os, lui donnant des rhumatismes aux jambes.

Il rangea enfin sa mandoline et se balança doucement dans l'obscurité. La mort. Parfois, il sentait presque sa présence dans la pièce. Il se balançait d'arrière en avant dans le fauteuil. Que comprenait-il? Rien. Où allait-il? Nulle part. Que voulait-il? Savoir. Quoi? Un sens. Pourquoi? Une énigme.

Des images disparates dansaient dans sa tête, comme un puzzle éparpillé. Alice se savonnant dans la baignoire. La bouille de Mussolini. Mick tirant le bébé dans un chariot. Une dinde rôtie en vitrine. La bouche de Blount. Le visage de Singer. Il attendait. La pièce était entièrement dans le noir. Dans la cuisine, Louis chantait.

Biff se leva et toucha le bras du fauteuil pour arrêter son balancement. Quand il ouvrit la porte, le couloir lui parut chaud et clair. Il se rappela que Mick viendrait peut-être. Il rajusta ses vêtements et lissa ses cheveux, retrouvant chaleur et entrain. Le restaurant était plongé dans le brouhaha. Les tournées de bière et le dîner du dimanche avaient commencé. Biff adressa un sourire cordial au jeune Harry et s'installa derrière la caisse. Il jaugea la salle d'un coup d'œil lancé comme un lasso. Le café était bondé et bourdonnant de bruit. La jatte de fruits en vitrine offrait un élégant tableau. Il surveillait la porte en continuant à examiner la salle d'un œil expert. Il était en éveil, concentré sur son attente. Singer arriva enfin, et écrivit avec son porte-mine en argent qu'il désirait seulement de la soupe et du whisky à cause de son rhume. Mais Mick ne se montra pas.

9

Elle n'avait même plus cinq *cents* à elle. Ils en étaient à ce point de pauvreté. L'argent était leur préoccupation première. On ne parlait plus que d'argent, d'argent, d'argent. La chambre et l'infirmière particulières de Baby Wilson leur coûtaient les yeux de la tête. Et ça ne représentait qu'une seule des factures. Une dette à peine réglée, une autre surgissait. Ils devaient environ deux cents dollars qu'il fallait payer immédiatement. Ils perdirent la maison. Leur père en tira cent dollars en laissant la banque reprendre l'hypothèque. Il emprunta encore cinquante dollars et Mr. Singer s'engagea avec lui. Ensuite, ils durent s'inquiéter chaque mois pour le loyer au lieu des taxes. Ils étaient presque aussi pauvres que des ouvriers. Seulement personne ne pouvait les mépriser.

Bill travaillait dans une conserverie où il gagnait dix dollars par semaine. Hazel était assistante dans un salon de beauté pour huit dollars. Etta vendait des billets dans un cinéma pour cinq dollars. Chacun d'eux versait la moitié de son salaire pour payer les frais de nourriture et de logement. La maison comptait six pensionnaires à cinq dollars par personne. Et Mr. Singer, qui payait son loyer rubis sur l'ongle. Avec ce que son père touchait, on arrivait à deux cents dollars par mois – et là-dessus ils devaient nourrir six pensionnaires convenablement, nourrir la famille, payer le loyer de toute la maison et continuer à rembourser les meubles.

George et elle ne recevaient plus d'argent pour le déjeuner. Elle avait été obligée d'arrêter les leçons de musique. Portia gardait les restes du déjeuner pour George et elle à leur retour de l'école. Ils prenaient tout le temps leurs repas dans la cuisine. Bill, Hazel et Etta mangeaient avec les pensionnaires ou à la cuisine, selon la quantité de nourriture disponible. On leur donnait du gruau de maïs, du lard, de la poitrine fumée et du café au petit-déjeuner. Le soir, c'était pareil, avec ce qui pouvait être récupéré de la salle à manger. Les grands rouspétaient. Et quelquefois, elle et George avaient carrément faim pendant deux ou trois jours.

Mais cela concernait l'espace du dehors. Ça n'avait rien à voir avec la musique, les pays étrangers et ses projets. L'hiver était froid, les vitres couvertes de givre. Le soir, le feu du salon crépitait avec ardeur. Toute la famille restait autour du feu avec les pensionnaires ; Mick disposait de la pièce du milieu à sa guise. Elle mettait deux pulls et des pantalons en velours trop grands de Bill. L'excitation lui donnait chaud. Elle sortait son carton caché sous le lit, et s'asseyait par terre pour travailler.

Le grand carton contenait ses œuvres exécutées au cours de dessin. Elle l'avait repris dans la chambre de Bill. Elle gardait aussi dans la boîte trois romans policiers que son père lui avait donnés, un poudrier, des pièces de montre, un collier en strass, un marteau, et quelques carnets. Un carnet noué avec une ficelle portait une inscription au crayon rouge – PERSONNEL, DÉFENSE DE LIRE, PERSONNEL.

Mick avait travaillé la musique dans ce carnet tout l'hiver, négligeant ses leçons le soir afin de pouvoir s'y consacrer davantage. Elle avait essentiellement écrit de petites mélodies – des chansons sans paroles, et sans basses. C'étaient des mélodies très courtes. Elle leur donnait des titres, même à celles d'une demi-page, et traçait ses initiales en dessous. Rien dans ce carnet ne constituait un véritable morceau ou une composition. Il s'agissait simplement de chansons dans sa tête que Mick ne voulait pas oublier, baptisées selon ce qu'elles évoquaient « Afrique », « Grand Combat », et « Tempête de neige ».

Faute de réussir à écrire la musique qu'elle entendait, Mick devait la réduire à quelques notes seulement ; sinon, elle s'embrouillait trop pour continuer. Son ignorance des choses de la musique était si grande. Mais, après avoir appris à écrire ces airs simples, elle pourrait peut-être commencer à noter toute la musique qui remplissait son imagination.

En janvier, Mick commença un morceau merveilleux, « Ce que je veux, je ne sais quoi ». C'était une chanson magnifique – très lente et très douce. Au début, elle s'était mise à composer un poème avec, mais sans parvenir à trouver d'idées correspondant à la musique. Et c'était difficile de dénicher un mot qui rimerait avec *quoi* au troisième vers. Cette nouvelle chanson la rendit à la fois triste, exaltée et heureuse. C'était dur de travailler sur une musique aussi belle. Toutes les chansons étaient difficiles à écrire. Ce qu'elle fredonnait en deux minutes demandait une semaine entière de travail avant d'être inscrit sur le carnet – après avoir établi l'échelle, la mesure et chaque note.

Mick devait se concentrer beaucoup et chanter l'air un tas de fois. Sa voix était toujours enrouée. Son père disait que c'était d'avoir tant braillé quand elle était bébé et qu'il devait se lever et la promener chaque soir. Une seule chose la calmait, racontait-il : qu'il batte le seau à charbon avec un tisonnier en chantant « Dixie ».

À plat ventre sur le sol froid, Mick réfléchissait. Plus tard – à vingt ans – elle serait un grand compositeur connu dans le monde entier, à la tête de tout un orchestre symphonique, et dirigerait sa propre musique. Dressée sur l'estrade, face à une grande foule, elle porterait soit un vrai smoking d'homme, soit une robe rouge pailletée de strass. Les rideaux de scène seraient en velours rouge, avec M. K. imprimé en or dessus. Mr. Singer serait là, et après ils iraient manger du poulet frit. Il l'admirerait et la considérerait comme sa meilleure amie. George apporterait sur la scène de grandes couronnes de fleurs. Ça se passerait à New York ou dans un pays étranger. Des gens célèbres la montreraient du doigt – Carole Lombard, Arturo Toscanini [70] et l'amiral Byrd [71].

Et elle pourrait jouer la symphonie de Beethoven quand elle en aurait envie. C'était bizarre, ce qui se passait avec cette musique qu'elle avait entendue l'automne dernier. La symphonie ne la quittait jamais et croissait petit à petit. L'explication était simple : la symphonie entière était dans sa tête. C'était forcément ça. Elle avait entendu chaque note, et dans les tréfonds de sa mémoire, la totalité de la musique vivait encore, telle qu'elle avait été jouée. Mais elle ne pouvait rien faire pour l'extraire de là tout entière. Sauf attendre et se tenir prête pour le moment où, brusquement, il lui revenait une nouvelle partie. Attendre qu'elle éclose comme les feuilles, lentement, sur les branches d'un chêne au printemps.

Dans l'espace du dedans, à côté de la musique, il y avait Mr. Singer. Chaque après-midi, dès qu'elle finissait de jouer du piano dans le gymnase, elle descendait la rue principale, longeant le magasin où il travaillait. De la vitrine, elle ne voyait pas Mr. Singer. Il travaillait dans le fond, derrière un rideau. Mais elle regardait la boutique où il passait la journée et voyait les gens qu'il connaissait. Ensuite, chaque soir, elle attendait sa venue sous le porche et, quelquefois, le suivait dans sa chambre. Elle s'asseyait sur le lit et le contemplait pendant qu'il ôtait son chapeau, déboutonnait son col et se brossait les cheveux. Ils semblaient partager un secret. Ou attendre de se confier des choses jamais dites.

C'était le seul être humain de l'espace du dedans. Autrefois, il y en avait d'autres. Elle se rappelait une fille du cours moyen, du nom de Celeste. Cette fille avait des cheveux blonds et raides, un nez en trompette et des taches de rousseur. Elle portait un pull-over de laine rouge, un corsage blanc et marchait les pieds tournés en dedans. Tous les jours, elle apportait une orange pour la petite récréation et une boîte en fer bleue qui contenait son déjeuner de la grande récréation. Les autres enfants engloutissaient leurs provisions dès la petite récréation et se retrouvaient affamés ensuite – mais pas Celeste. Elle enlevait les croûtes de ses sandwiches et ne mangeait que la mie. Elle tenait toujours un œuf dur farci à la main, et en écrasait le jaune avec son pouce, dont elle laissait l'empreinte.

Celeste n'adressa jamais la parole à Mick, pas plus que Mick à Celeste. Mick le désirait pourtant plus que tout au monde. Le soir, elle restait éveillée et pensait à Celeste, imaginant qu'elles étaient amies intimes, et que Celeste venait dîner et passer la nuit à la maison. Mais cela n'arriva jamais. Ses sentiments à l'égard de Celeste l'empêchèrent toujours de se lier avec elle comme avec n'importe qui d'autre. Au bout d'un an, Celeste déménagea et fréquenta une autre école de la ville.

Vint alors un garçon du nom de Buck. Il était grand et boutonneux. Quand elle était en rang à côté de lui pour entrer dans la salle à huit heures et demie, il sentait mauvais – ses culottes avaient sûrement besoin d'être aérées. Buck fit un pied de nez au directeur, et fut temporairement renvoyé. Lorsqu'il riait, sa lèvre supérieure se soulevait et tout son corps se secouait. Mick pensait à lui comme elle avait pensé à Celeste. Après, ce fut la dame qui vendait des billets pour une loterie. Et Miss Anglin, qui était la maîtresse de sixième. Et Carole Lombard dans les films. Tous ceux-là.

Mais, avec Mr. Singer, il y avait une différence. Ce que Mick ressentait pour lui était venu lentement, la laissant incapable de se rappeler comment c'était arrivé. Les autres étaient des gens ordinaires, pas Mr. Singer. Le jour où il avait sonné à la porte pour demander une chambre, elle l'avait longuement dévisagé avant d'ouvrir la porte et de lire la carte qu'il lui tendait. Puis elle avait appelé sa mère et s'en était retournée à la cuisine pour parler de lui à Portia et à Bubber. Elle les suivit dans l'escalier, sa mère et lui, et le regarda palper le matelas et relever les stores pour vérifier s'ils fonctionnaient. Le jour de son installation, postée sur la rampe du perron, elle l'observa tandis qu'il sortait du minitaxi avec sa valise et son échiquier. Plus tard, elle l'écouta arpenter sa chambre, et imagina sa vie. Le reste vint progressivement. Et maintenant, il y avait ce secret entre eux. Mick n'avait encore jamais autant parlé à quelqu'un. Et si Mr. Singer avait pu parler, il lui aurait raconté beaucoup de choses. C'était comme un professeur génial, mais muet, qui n'enseignerait pas à cause de ça. Le soir dans son lit elle s'imaginait, orpheline, vivant avec Mr. Singer – rien qu'eux deux dans une maison à l'étranger où il neigerait en hiver. Peut-être une petite ville suisse entourée de glaciers élevés et de montagnes. Avec le haut des maisons couvert de pierres, et les toits pointus tombant à pic. Ou bien en France, où les gens rapportaient chez eux du pain sans emballage. Ou en Norvège au bord du gris océan hivernal.

Le matin, dès son réveil, elle pensait à lui. Et à la musique. En enfilant sa robe, elle se demandait si elle le verrait ce jour-là, et mettait un peu de parfum d'Etta ou une goutte de vanille pour sentir bon au cas où elle le rencontrerait dans l'entrée. Elle partait tard à l'école, pour l'apercevoir dans l'escalier quand il s'en allait travailler. L'après-midi et le soir, elle ne quittait pas la maison s'il y était.

Chaque nouvelle bribe d'information sur lui comptait. Il mettait sa brosse à dents et son dentifrice dans un verre sur sa table. Désormais, au lieu de laisser sa brosse à dents sur l'étagère de la salle de bains, elle la gardait aussi dans un verre. Il n'aimait pas le chou. Harry, qui travaillait chez Mr. Brannon, le lui avait dit, et Mick ne supportait plus le chou. Quand elle apprenait des éléments nouveaux sur lui, ou quand il écrivait une brève réponse à ses questions avec son porte-mine en argent, elle allait s'isoler longuement pour y réfléchir. Avec lui, elle était absorbée par l'idée de tout enregistrer dans sa tête afin de le revivre plus tard et de ne rien oublier.

Mais l'espace du dedans avec la musique et Mr. Singer n'était pas tout. L'espace du dehors était bien rempli. Mick tomba de l'escalier et se cassa une dent de devant. Miss Minner lui donna deux mauvaises notes en anglais. Elle perdit vingt-cinq *cents* dans un terrain vague, et George et elle eurent beau les chercher pendant trois jours, ils ne les retrouvèrent pas.

Il arriva ceci :

Un après-midi, elle préparait une interrogation écrite d'anglais sur les marches de la cour. Harry commença à couper du bois de son côté de la palissade, et elle l'appela à l'aide. Il vint et lui expliqua quelques phrases. Il avait les yeux vifs derrière ses lunettes à grosse monture. Après ses explications, il se leva, plongeant et ressortant brusquement ses mains des poches de son blouson. Harry débordait toujours d'énergie, d'excitation, et il lui fallait parler ou s'occuper à chaque instant.

« Vois-tu, de nos jours, il n'y a que deux possibilités », déclara-t-il.

Il aimait surprendre les gens et Mick restait parfois interloquée.

« C'est la vérité, il n'y a que deux possibilités d'avenir.

– Quoi ?

– La démocratie militante ou le fascisme.

– Tu n'aimes pas les républicains ?

– Zut, répliqua Harry. Ce n'est pas ce que je veux dire. »

Il lui avait expliqué un après-midi ce qu'étaient les fascistes. Comment les nazis obligeaient les petits enfants juifs à se mettre à quatre pattes et à brouter l'herbe. Il lui raconta son projet d'assassiner Hitler. Ses préparatifs minutieux. Il lui expliqua qu'il n'y avait ni justice ni liberté dans le fascisme. Que les journaux écrivaient délibérément des mensonges et que les gens ne savaient pas ce qui se passait dans le monde. Les nazis étaient abominables – personne n'ignorait ça. Mick se joignit à son projet d'assassiner Hitler. Mieux valait être à quatre ou cinq dans le complot, comme ça, si un conjuré le ratait, les autres arriveraient à le liquider quand même. Et s'ils mouraient, ce serait en héros. Un héros, ça valait presque un grand musicien.

« L'un ou l'autre. Et bien que je ne croie pas à la guerre, je suis prêt à me battre pour ce que je sais juste.

– Moi aussi, répondit-elle. J'aimerais combattre les fascistes. Je m'habillerais en garçon et personne ne devinerait. Je couperais mes cheveux et tout. »

C'était un bel après-midi d'hiver avec un ciel bleu-vert et les branches des chênes du jardin noires et nues dans cette lumière. Le soleil chauffait, Mick se sentait pleine d'énergie. Sa tête bourdonnait de musique. Juste pour s'occuper, elle prit un clou de sept centimètres et l'enfonça dans les marches de quelques coups bien appliqués. Leur père entendit le bruit du marteau et vint en peignoir de bain leur tenir compagnie. Il y avait deux chevalets sous les arbres, et Ralph s'activait à poser un caillou sur l'un puis à le transporter jusqu'à l'autre. Et inversement. Il marchait les mains écartées pour garder l'équilibre. Il avait les jambes arquées et ses couches lui tombaient sur les genoux. George jouait aux billes. Son visage paraissait maigre à cause de ses cheveux trop longs. Quelques-unes de ses dents définitives avaient déjà poussé – mais elles étaient petites et bleues comme s'il avait mangé des mûres. Il traça une ligne de démarcation et s'allongea sur le ventre pour viser le premier trou. En retournant à son établi, leur père emmena Ralph. Et au bout d'un moment, George partit seul dans la ruelle. Depuis qu'il avait tiré sur Baby, il ne se liait avec personne.

« Je dois y aller, annonça Harry. Je dois être au travail avant six heures.

– Ça te plaît au café? Tu as de bonnes choses à manger gratis?

– Bien sûr. Et on voit des tas de gens différents. C'est le meilleur boulot que j'aie eu. Ça paie plus.

– Je déteste Mr. Brannon », déclara Mick. De fait, bien qu'il ne lui ait jamais rien dit de méchant, il lui parlait d'une façon brusque, bizarre. Il devait savoir que George et elle avaient chipé le paquet de chewing-gum. Pourquoi alors lui demandait-il comment ça marchait pour elle – comme dans la chambre de Mr. Singer? Il croyait peut-être qu'ils volaient régulièrement. Et ce n'était pas vrai. Sûrement pas. Juste une fois une petite boîte d'aquarelle au Prisunic. Et un taille-crayon en nickel.

« Je ne peux pas sentir Mr. Brannon.

– Il est sympa, dit Harry. Quelquefois il a l'air bizarre, mais il n'est pas méchant. Quand on le connaît.

– J'ai pensé à un truc, reprit Mick. Les garçons sont plus avantagés que les filles. Je veux dire qu'un garçon peut trouver un boulot à temps partiel qui ne l'oblige pas à quitter l'école et lui laisse du temps libre. Mais il n'y a pas de boulots de ce genre pour les filles. Quand une fille veut travailler, elle doit arrêter l'école et le faire à plein temps. J'aimerais bien gagner deux dollars par semaine comme toi, mais il n'y a pas moyen. »

Harry s'assit sur les marches et dénoua ses lacets. Il tira dessus si fort qu'il en cassa un. « Un homme qui s'appelle Mr. Blount vient au café. J'aime l'écouter. J'apprends beaucoup en l'écoutant parler quand il boit de la bière. Il m'a donné de nouvelles idées.

– Je le connais bien. Il vient ici tous les dimanches. »

Harry délaça sa chaussure, tira le lacet cassé, et égalisa les bouts pour refaire le nœud. « Écoute » – il frottait avec fébrilité ses lunettes contre son blouson – « tu n'as pas besoin de lui raconter ce que je t'ai dit. Y se souviendrait pas de moi. Y me parle pas. Il ne parle qu'à Mr. Singer. Il pourrait trouver ça drôle si tu... tu vois ce que je veux dire. – D'accord. » Elle lisait entre les mots que Harry s'était entiché de Mr. Blount et elle comprenait. « Je n'en parlerai pas. »

La nuit arriva. La lune, d'une blancheur de lait, se détachait dans le ciel bleu, et l'air était froid. Mick entendait Ralph, George et Portia dans la cuisine. Le feu du poêle donnait à la fenêtre de la cuisine une chaude coloration orange. L'odeur de la fumée et du dîner se mêlaient.

« Tu sais, il y a quelque chose que je n'ai encore confié à personne, dit-il. Ça me fait horreur à moi-même.

– Quoi?

– Tu te souviens quand tu as commencé à lire les journaux et à réfléchir à ce que tu lisais?

– Bien sûr.

– J'étais un fasciste. Je croyais en être un. C'était comme ça. Tu as vu les photos de jeunes de notre âge en Europe, qui défilent, chantent des chansons et qui marchent au pas. Je trouvais ça formidable. Ils se juraient fidélité entre eux et obéissance à un chef. Tous avec le même idéal et marchant au pas. Je ne m'inquiétais pas beaucoup du sort des minorités juives parce que j'avais pas envie d'y penser. Et parce qu'à ce moment-là, je voulais pas me considérer comme juif. Tu vois, je ne savais pas. Je regardais les photos et je lisais ce qui était marqué en dessous, sans comprendre. Je ne savais pas que c'était monstrueux. Je croyais que j'étais fasciste. Bien sûr, par la suite, j'ai changé d'avis. »

Sa voix remplie d'amertume ne cessait de passer d'un registre d'homme à celui d'un jeune garçon.

« Eh bien, tu te rendais pas compte à l'époque... reprit-elle.
– C'était une transgression terrible. Une faute morale. »

Du Harry tout craché. Tout était ou très bien ou très mal – sans moyen terme. Mal de prendre de la bière ou du vin ou de fumer avant vingt ans. Péché impardonnable de tricher à une interrogation écrite, mais pas un péché de copier les devoirs à la maison. Faute morale pour les filles de mettre du rouge à lèvres ou de porter des robes décolletées. Péché impardonnable d'acheter un produit avec une étiquette allemande ou japonaise, même s'il ne coûtait que cinq *cents*.

Elle se rappela Harry du temps où ils étaient gosses. Un beau jour, ses pupilles s'étaient rapprochées, et il avait louché pendant un an. Assis sur les marches de son perron, les mains entre les genoux, il observait tout. Très calme, en louchant. Il avait sauté deux classes à l'école, et à onze ans, il était prêt à entrer au lycée professionnel. Mais au lycée, le jour où on avait lu le passage sur le Juif dans *Ivanhoé*, les autres enfants s'étaient tournés vers Harry, qui était rentré chez lui en pleurant. Sa mère l'avait retiré de l'école où il n'avait pas remis les pieds pendant une année entière. Il grandit et devint très gros. Chaque fois que Mick escaladait la palissade, elle voyait Harry se préparait quelque chose à manger dans la cuisine. Ils jouaient ensemble dans la rue, et parfois, luttaient corps à corps. Petite, elle aimait se battre avec les garçons – pas pour de vrai, par jeu. Elle utilisait un mélange de jiu-jitsu et de boxe. Parfois, c'était Harry qui la mettait à terre, parfois le contraire. Harry n'était jamais très méchant avec quiconque. Les gamins venaient le trouver avec leurs jouets cassés et Harry prenait toujours le temps de les réparer. Il était capable de rafistoler n'importe quoi. Les dames du quartier lui demandaient d'arranger leurs lampes électriques et leurs machines à coudre tombées en panne. À treize ans, il était retourné au lycée et s'était mis à étudier d'arrache-pied. Il distribuait des journaux, travaillait le samedi et lisait. Pendant longtemps, Mick le vit peu – jusqu'à la réception. Il avait beaucoup changé.

« Voilà, déclara Harry. Avant, j'avais de hautes ambitions. Être un grand ingénieur ou un grand avocat ou médecin. Mais maintenant, je ne vois plus les choses comme ça. Je n'arrête pas de penser à ce qui se passe dans le monde. Au fascisme et aux événements terrifiants en Europe – et par ailleurs à la démocratie. Je suis incapable de réfléchir et de travailler à mon avenir parce que je pense trop au reste. Je rêve de tuer Hitler tous les soirs. Et je me réveille dans le noir en ayant très soif et peur – je ne sais pas de quoi. »

En proie à une émotion grave et triste, Mick contempla le visage de Harry. Les cheveux du garçon lui pendaient sur le front. Sa lèvre supérieure était mince et serrée, au contraire de celle du bas, épaisse et tremblante. Harry ne faisait pas ses quinze ans. Soudain, avec la nuit, arriva un vent froid. Le vent chantait dans les chênes autour d'eux et faisait claquer les stores contre les murs de la maison. Au bout de la rue, Mrs. Wells ordonnait à Sucker de rentrer. La sombre fin d'après-midi renforçait la tristesse de Mick. Je veux un piano – je veux prendre des leçons de musique, se dit-elle. Elle regarda Harry, qui ne cessait de croiser et décroiser ses doigts fins. Il émanait de lui une chaude odeur de garçon.

Qu'est-ce qui la poussa à agir ainsi? Peut-être les souvenirs de leur enfance. Peut-être la tristesse qui la troublait. En tout cas, brusquement, elle donna à Harry un coup qui faillit lui faire dégringoler les marches. « Merde à ta grand-mère », hurla Mick avant de s'enfuir. C'était ce que les gosses du quartier disaient quand ils voulaient se bagarrer. Harry se redressa, l'air surpris. Il ajusta ses lunettes sur son nez et la regarda un instant. Puis il fonça dans la ruelle.

L'air froid donnait à Mick une force de Samson, et son rire se doublait d'un bref écho. Elle buta de l'épaule dans Harry qui l'attrapa. Ils luttèrent avec acharnement en riant aux éclats. Mick était plus grande, mais Harry avait de la force dans les mains. Pourtant, il ne se battit pas assez énergiquement et Mick le flanqua à terre. Soudain, il cessa de bouger et Mick aussi. L'haleine chaude de Harry lui caressait le cou; Harry demeurait parfaitement immobile. Assise sur lui, Mick sentait ses côtes contre ses genoux et sa respiration haletante. Ils se relevèrent en même temps. Ils ne riaient plus et la ruelle était silencieuse. En traversant le jardin obscur, Mick se sentit toute drôle, bien que sans raison aucune d'être troublée. Mais c'était arrivé tout d'un coup. Elle donna une petite bourrade à Harry qui la lui rendit. Mick se remit à rire et retrouva sa bonne humeur.

« À bientôt », dit Harry. Trop vieux pour grimper par-dessus la palissade, il s'élança dans la ruelle vers l'entrée principale de sa maison.

« Ouh, ce qu'il fait chaud! J'étoufferais là-dedans! »

Portia chauffait son dîner sur le poêle. Ralph cognait sa cuillère contre le plateau de sa chaise haute. La petite main sale de George ramassait son gruau de maïs sur un morceau de pain et ses yeux plissés étaient perdus dans le vague. Mick se servit de viande blanche, de sauce, et de gruau, avec quelques raisins secs, mélangea le tout dans son assiette et l'avala en trois bouchées. Elle mangea jusqu'à la dernière miette de gruau, mais sans arriver à remplir son estomac.

Elle avait pensé à Mr. Singer toute la journée, et monta chez lui dès la fin du dîner. Mais en atteignant le troisième étage, elle vit que sa porte était ouverte et la pièce sans lumière. Un vide l'envahit.

En bas, elle fut incapable de tenir en place et de préparer son interrogation d'anglais. Son énergie l'empêchait de rester assise sur une chaise dans une pièce comme les autres. Elle aurait pu abattre les murs de la maison, et défiler dans les rues à pas de géant. Mick finit par sortir son carton caché sous le lit et, à plat ventre, parcourut son calepin. Il contenait environ vingt chansons, mais qui ne la satisfaisaient pas. Ah, pouvoir écrire une symphonie! Pour un orchestre entier – comment s'y prenait-on pour écrire ça?

Parfois, plusieurs instruments jouaient une seule note, ce qui exigeait un grand nombre de musiciens. Mick traça cinq lignes sur une grande feuille de copie – avec un intervalle de trois centimètres entre les lignes. S'il s'agissait d'une note pour violon, violoncelle ou pour flûte, elle écrivait le nom de l'instrument concerné, et quand tous les instruments devaient jouer la même note, elle les entourait d'un cercle. En haut de la page, elle marqua SYMPHONIE en grosses lettres. En dessous MICK KELLY. Puis il lui fut impossible d'aller plus loin.

Ah, pouvoir seulement prendre des leçons de musique!

Ah, pouvoir posséder un vrai piano!

Il lui fallut beaucoup de temps pour se mettre au travail. Les mélodies s'agençaient clairement dans sa tête, mais impossible de trouver le moyen de les écrire. C'était le jeu le plus difficile du monde. Mais Mick continua à réfléchir jusqu'à ce qu'Etta et Hazel viennent se coucher et lui ordonnent d'éteindre la lumière parce qu'il était onze heures.

10

Six semaines durant, Portia attendit des nouvelles de William. Chaque soir, elle passait à la maison et posait au docteur Copeland la même question : « T'as vu quelqu'un qui a reçu une lettre de Willie? » Et chaque soir son père se voyait obligé de lui dire qu'il n'avait eu aucune nouvelle.

Portia cessa enfin de poser la question. Elle entrait et le regardait sans une parole. Elle buvait. Son corsage était souvent à moitié déboutonné et ses lacets défaits.

Février arriva. Le temps devint plus doux, puis chaud. Le soleil brillait d'un éclat dur. Les oiseaux chantaient dans les arbres dépouillés et les enfants jouaient dehors pieds nus et sans chemise. Les nuits étaient aussi torrides qu'en plein été. Puis, après quelques jours, l'hiver reprit possession de la ville. Les ciels cléments s'assombrirent. Une pluie glacée tomba, l'air devint humide et d'un froid sibérien. En ville, les Noirs souffraient durement des privations. Les réserves de combustible étaient épuisées et partout on luttait pour trouver un peu de chaleur. Une épidémie de pneumonie ravageait les rues étroites et humides, et pendant une semaine, le docteur Copeland dormit tout habillé. William ne donnait toujours pas signe de vie. Portia avait écrit quatre fois et le docteur Copeland deux.

La majeure partie du jour et de la nuit, le docteur Copeland n'avait pas le temps de penser. Mais il lui arrivait de trouver quelques instants de repos. Il buvait une pleine cafetière à côté du poêle de la cuisine et un profond malaise s'emparait de lui. Cinq de ses patients étaient morts. Dont Augustus Benedict Mady Lewis, le petit sourd-muet. On lui avait demandé de prendre la parole au service funèbre, mais, ayant pour règle de ne pas assister aux enterrements, il ne put accepter l'invitation. Les cinq patients n'avaient pas succombé à cause d'une négligence de sa part. La faute en revenait aux longues années de misère qu'ils avaient derrière eux. Les régimes de pain de maïs, de lard salé et de sirop, l'entassement à quatre ou cinq dans une seule pièce. La mort pour cause de pauvreté. Il ressassait des idées noires et buvait du café pour rester éveillé. Il portait souvent la main au menton, car depuis peu, dans les moments de fatigue, un léger tremblement nerveux agitait sa tête.

Au cours de la quatrième semaine de février, Portia vint trouver son père. Il n'était que six heures du matin et le docteur Copeland, près du feu dans la cuisine, faisait chauffer une casserole de lait pour le petit-déjeuner. Portia était complètement ivre. Son père sentit l'odeur pénétrante, douceâtre du gin et ses narines se dilatèrent de dégoût. S'abstenant de la regarder, il continua à s'occuper de son petit-déjeuner. Il émietta du pain dans un bol, versa par-dessus du lait chaud, prépara du café et mit la table.

Une fois assis devant son repas, il lança un regard sévère à Portia. « As-tu pris ton petit-déjeuner?

– Je ne veux pas manger, répondit-elle.

– Tu en auras besoin. Si tu as l'intention d'aller travailler aujourd'hui.

– Je n'irai pas travailler. »

L'appréhension envahit le docteur Copeland. Il ne souhaitait pas l'interroger davantage. Il gardait les yeux sur son bol de lait et buvait d'une cuillère qui branlait dans sa main. Puis il contempla le mur au-dessus de la tête de Portia. « Tu as avalé ta langue?

– Je vais te le dire. Tu vas savoir. Dès que j'en serai capable, je te raconterai. »

Immobile sur sa chaise, les bras inertes, les jambes mollement croisées, Portia balayait lentement le mur du regard. Le docteur Copeland lui tourna le dos avec une fugitive et dangereuse sensation de bien-être et de liberté, d'autant plus aiguë qu'il savait qu'elle allait bientôt voler en éclats. Il ranima le feu et se chauffa les mains. Puis il roula une cigarette. La cuisine était impeccablement rangée et d'une propreté parfaite. Les casseroles au mur brillaient à la lueur du poêle, et derrière chacune d'elles se profilait une ombre noire et ronde.

« C'est à propos de Willie.

– Je sais. » Il roula délicatement la cigarette entre ses paumes. Ses yeux lançaient des regards paniqués autour de lui, avides de derniers petits plaisirs.

« Je t'ai raconté une fois que ce Buster Johnson était en prison avec Willie. On l'connaît. Il a été renvoyé chez lui hier.

– Et alors?

– Buster est estropié à vie. »

Le docteur Copeland sentit sa tête trembler. Il appuya sa main contre son menton pour la stabiliser, mais le tremblement obstiné était difficile à contrôler.

« Hier soir, des amis sont passés chez moi m'avertir que Buster était rentré et qu'il avait quelque chose à me dire au sujet de Willie. J'ai couru sans m'arrêter et voilà ce qu'il a raconté.

– Oui.

– Ils étaient trois. Willie, Buster et l'autre garçon. Ils étaient amis. Et y a eu cette histoire. » Portia s'interrompit. Elle se mouilla le doigt avec la langue, puis humecta du doigt ses lèvres sèches. « C'était à cause du garde blanc qui leur rouspétait tout le temps après. Ils réparaient la route, et Buster a répondu insolemment, pis l'autre garçon a essayé de s'enfuir dans les bois. Ils les ont pris tous les trois. Ils les ont emmenés au camp et les ont mis dans un endroit glacial.

– Oui », répéta le docteur Copeland. Mais sa tête branlait et le mot fit un bruit de crécelle dans sa gorge.

« C'était il y a six semaines à peu près, poursuivit Portia. Tu te souviens de la période de froid. Ils ont mis Willie et les autres dans c'te pièce glacée. »

Portia parlait à voix basse, sans s'arrêter entre les phrases, et sans le moindre signe d'apaisement sur son visage douloureux. Une longue mélopée que le docteur Copeland ne comprenait pas. Les sons parvenaient à son oreille, mais sans forme ni sens. Sa tête ressemblait à la proue d'un navire, les sons déferlaient sur elle, puis continuaient à rouler. Il avait l'impression qu'il aurait dû se retourner pour retrouver les mots déjà prononcés.

« ... et leurs pieds ont enflé et ils étaient là à se débattre par terre et à hurler. Et personne ne venait. Ils ont braillé pendant trois jours et trois nuits et personne n'est venu.

– Je suis sourd, dit le docteur Copeland. Je ne comprends rien.

– Ils ont mis notre Willie et les gars dans une pièce glacée. Il y avait une corde accrochée au plafond. Ils leur ont enlevé leurs chaussures et attaché les pieds nus à cette corde. Willie et ses copains sont restés là, le dos à terre et les pieds en l'air. Et leurs pieds ont enflé, les gars se sont débattus et ils ont hurlé. Il faisait un froid glacial dans la pièce et leurs pieds ont gelé. Leurs pieds ont enflé et ils ont braillé pendant trois nuits et trois jours. Et personne n'est venu. »

Le docteur Copeland pressa sa tête dans ses mains, mais le tremblement ne cessait pas. « Je n'entends pas ce que tu dis.

– Puis, enfin, on est venu les chercher. Ils ont vite emmené Willie et les autres à l'infirmerie, leurs jambes étaient enflées et gelées. La gangrène. Ils ont coupé les deux pieds à notre Willie. Buster Johnson a perdu un pied et l'autre gars s'est rétabli. Mais notre Willie... il est estropié à vie maintenant. Les deux pieds coupés. »

Son discours tari, Portia se pencha et se frappa la tête contre la table. Elle ne pleurait ni ne gémissait, mais se frappait la tête sans répit contre la surface parfaitement astiquée de la table. Le bol et la cuillère cliquetaient, et le docteur Copeland les remporta dans l'évier. Les mots étaient disséminés dans sa mémoire, mais il ne tenta pas de les assembler. Il ébouillanta le bol et la cuillère, lava le torchon, ramassa un objet par terre et le rangea.

« Estropié? demanda-t-il. William? »

Portia se cognait la tête contre la table; les coups se succédaient au rythme lent d'un tambour, et le cœur de son père se mit à battre au même rythme. Doucement, les mots s'animèrent, prirent un sens, et il comprit.

« Quand le renverront-ils à la maison? »

Portia appuya sa tête affaissée sur son bras. « Buster ne sait pas. Ils les ont vite séparés. Ils ont envoyé Buster dans un autre camp. Vu que Willie n'a plus que quelques mois, il pense qu'il va arriver bientôt. »

Ils burent du café et demeurèrent longtemps face à face, les yeux dans les yeux. La tasse du docteur Copeland claquait contre ses dents. Portia versa son café dans une soucoupe et en laissa tomber un peu sur ses genoux.

« William... », murmura le docteur Copeland. Lorsqu'il prononça le nom, ses dents s'enfoncèrent profondément dans sa langue, et sa mâchoire se crispa de douleur. Ils restèrent longuement ainsi. Portia lui tenait la main. La morne lumière du matin teintait les vitres de gris. Dehors, il pleuvait toujours.

« Si j' veux aller travailler, j' ferais mieux de partir maintenant », dit Portia.

Il la suivit dans l'entrée et s'arrêta devant le porte-chapeaux pour mettre son manteau et son châle. La porte ouverte laissa pénétrer une bouffée d'air froid et humide. Highboy était assis sur le trottoir, avec un journal mouillé sur la tête pour se protéger. Le trottoir était bordé d'une palissade. Portia s'y appuyait en marchant. Le docteur Copeland, derrière à quelques pas, touchait lui aussi les planches pour garder l'équilibre. Highboy, à la traîne, fermait la marche.

Il attendait la colère sombre, terrible, comme il aurait attendu une bête surgissant de la nuit. Mais elle ne vint pas. Ses entrailles semblaient lestées de plomb, et il avançait lentement, s'attardant contre les palissades et les murs froids, mouillés, des bâtiments sur son chemin. Descente dans les profondeurs jusqu'à ce qu'enfin ne s'ouvre plus aucun abîme. Il toucha le fond massif du désespoir et respira.

Il y trouva une forme de joie forte et sainte. Les persécutés rient, et l'esclave noir chante son âme outragée sous le fouet. Une chanson montait en lui – pas une musique, seulement l'idée d'une chanson. Et la lourde torpeur de la paix engourdissait ses membres, mus par la seule force du grand projet. Pourquoi allait-il plus loin? Pourquoi ne restait-il pas un moment sur ce comble d'humiliation, pour en boire la substance?

Mais il continua son chemin.

« Petit Père, dit Mick. Vous croyez que du café chaud vous ferait du bien? »

Le docteur Copeland la dévisagea, mais rien n'indiquait qu'il avait entendu. Ils avaient traversé la ville et enfin atteint la ruelle derrière la maison des Kelly. Portia était entrée la première et il l'avait suivie. Highboy resta sur les marches à l'extérieur. Mick et ses deux petits frères étaient déjà dans la cuisine. Portia expliqua ce qui était arrivé à William. Le docteur Copeland n'écouta pas les paroles, mais la voix de Portia avait un rythme – un début, un milieu, une fin. Lorsqu'elle eut terminé, elle recommença son récit pour les nouveaux arrivants.

Le docteur Copeland était assis sur un tabouret dans le coin. Son manteau et son châle fumaient sur le dossier d'une chaise près du poêle. Il tenait son chapeau sur ses genoux et ses longues mains noires en tripotaient nerveusement le bord usé, des mains aux paumes si moites qu'il les essuyait de temps à autre avec son mouchoir. Sa tête tremblait, et tous ses muscles se tendaient pour l'immobiliser.

Mr. Singer entra et le docteur Copeland leva son visage vers lui. « Êtes-vous au courant? » demanda-t-il. Mr. Singer hocha la tête. Ses yeux n'exprimaient ni horreur, ni pitié, ni haine. De tous ceux que le docteur Copeland connaissait, il était le seul dont le regard n'exprimait rien de semblable. Car il était seul à comprendre.

Mick murmura à Portia : « Comment s'appelle ton père?

– Benedict Mady Copeland. »

Mick se pencha vers le docteur Copeland et lui cria en plein visage comme s'il était sourd. « Benedict, vous ne croyez pas que du café chaud vous ferait du bien? »

Le docteur Copeland sursauta.

« Arrête de brailler, intervint Portia. Il entend aussi bien que toi.

– Oh », s'exclama Mick. Elle jeta le marc et remit la cafetière à bouillir sur le poêle.

Le muet s'attardait sur le pas de la porte. Le docteur Copeland continuait à scruter son visage. « Vous êtes au courant?

– Qu'est-ce qu'on va faire à ces gardiens de prison? questionna Mick.

– Mon chou, je n'en sais rien, répondit Portia. Je n'en sais vraiment rien.

– Je ferai quelque chose. Sûr que je ferai quelque chose.

– Rien de ce qu'on pourrait faire n'y changerait quoi que ce soit. Le mieux, c'est de la boucler.

– On devrait les traiter comme ils ont traité Willie et les autres. Pire. Si je pouvais rassembler des gens et aller tuer ces hommes moi-même.

– C'est pas chrétien de parler comme ça, protesta Portia. On n'a qu'à se tenir tranquilles en sachant qu'ils seront coupés en morceaux à la fourche et grillés éternellement par Satan.

– En tout cas, Willie peut toujours jouer de l'harmonica.

– Avec les deux pieds amputés, c'est à peu près tout ce qu'y peut faire. »

La maison était pleine de bruit et d'agitation. Dans la pièce au-dessus de la cuisine, quelqu'un remuait des meubles. Dans la salle à manger bondée de pensionnaires, Mrs. Kelly se hâtait, passant de la table du petit-déjeuner à la cuisine. Mr. Kelly flânait en pantalon large et peignoir de bain. Les jeunes enfants Kelly mangeaient goulûment dans la cuisine. Des portes claquaient et des voix retentissaient de partout.

Mick tendit au docteur Copeland une tasse de café mélangé de lait dilué. Le lait donnait au liquide un éclat gris-bleu. Un peu de café s'était renversé dans la soucoupe; il commença par l'essuyer, ainsi que le bord de la tasse, avec son mouchoir. Il n'avait aucune envie de boire du café.

« Je voudrais les tuer », répéta Mick.

La maison se calma. Les convives de la salle à manger sortirent travailler. Mick et George partirent pour l'école et on enferma le bébé dans une grande pièce. Mrs. Kelly s'enveloppa les cheveux dans une serviette et monta avec un balai.

Le muet était toujours sur le seuil. Le docteur Copeland leva les yeux vers lui. « Vous êtes au courant? » voulut-il redemander. Les mots ne sortirent pas – ils s'étranglaient dans sa gorge – mais ses yeux posaient la question quand même. Puis le muet disparut. Le docteur Copeland et Portia étaient seuls. Le docteur Copeland resta quelque temps sur le tabouret dans le coin, puis se leva enfin pour s'en aller.

« Rassieds-toi, Père. On va rester ensemble ce matin. Je vais faire frire du poisson, et préparer des œufs sur le plat et des pommes de terre pour le déjeuner. Reste ici, je te servirai un vrai repas chaud.

– Tu sais que j'ai des visites.

– Rien qu'aujourd'hui. S'il te plaît, Père. J'ai l'impression que je vais éclater. En plus, je veux pas que tu patauges dans les rues tout seul. »

Il hésita et tâta le col de son manteau. Il était très humide. « Ma fille, je suis désolé. Tu sais que j'ai des visites à faire. »

Portia tint son châle au-dessus du poêle jusqu'à ce que la laine soit chaude. Elle lui boutonna son manteau et en releva le col. Le docteur Copeland s'éclaircit la gorge, cracha dans un des carrés de papier qu'il gardait dans sa poche, puis brûla le papier dans le poêle. En sortant, il s'arrêta pour parler à Highboy sur les marches et lui suggéra de rester avec Portia s'il pouvait se libérer ce jour-là.

L'air était froid et pénétrant. Des ciels bas et sombres, la bruine tombait sans discontinuer. La pluie s'était infiltrée dans les poubelles et la ruelle dégageait l'odeur fétide des ordures mouillées. En marchant, le docteur Copeland prenait appui sur les palissades, et ne quittait pas le sol des yeux.

Il fit les visites strictement indispensables, puis s'occupa des patients de la consultation de midi à deux heures. Ensuite, il s'assit à son bureau, les poings serrés. Mais à quoi bon essayer de réfléchir là-dessus?

Il aurait voulu ne plus jamais voir un visage humain. En même temps, il était incapable de rester seul dans la pièce vide. Il enfila son pardessus et ressortit dans la rue froide et humide. Dans sa poche se trouvaient plusieurs ordonnances à laisser à la pharmacie. Mais il n'avait pas envie de parler à Marshall Nicolls. Il entra dans la boutique et posa les ordonnances sur le comptoir. Le pharmacien abandonna ses poudres et ses dosages, et se retourna pour lui tendre ses deux mains. Ses lèvres épaisses remuèrent sans bruit avant qu'il trouve une contenance.

« Docteur, déclara-t-il cérémonieusement. Vous devez savoir que tous nos collègues, les membres de ma confrérie et de ma paroisse, et moi-même... nous sommes terriblement touchés par le chagrin qui vous frappe et souhaitons vous présenter nos plus sincères condoléances. »

Le docteur Copeland tourna brusquement les talons et sortit sans un mot. C'était trop peu. Il fallait quelque chose de plus. Le grand projet, la volonté de justice. Il se dirigea d'un pas raide, les bras au corps, vers la rue principale. Il réfléchissait en vain. Il ne voyait dans la ville aucun Blanc influent qui fût à la fois courageux et juste. Il pensa à chaque avocat, chaque juge, chaque fonctionnaire dont le nom lui était familier – mais à l'idée de chacun de ces Blancs, son cœur se remplissait d'amertume. Il se décida enfin pour le juge du tribunal de première instance. Quand il parvint au tribunal, il entra rapidement, sans hésiter, résolu à voir le juge dans l'après-midi.

Le grand hall était vide, à l'exception de quelques oisifs qui flânaient devant les portes menant aux bureaux de part et d'autre. Ne sachant où trouver le bureau du juge, le docteur Copeland erra à travers le bâtiment, indécis, consultant les écriteaux sur les portes avant d'arriver enfin dans un étroit couloir. À mi-chemin, trois Blancs parlaient et bouchaient le passage. Le docteur Copeland se colla contre le mur pour passer, mais l'un des Blancs l'intercepta.

« Qu'est-ce que vous voulez?

– S'il vous plaît, pouvez-vous m'indiquer le bureau du juge? »

Le Blanc secoua le pouce vers le bout du couloir. Le docteur Copeland le reconnut; c'était un shérif adjoint. Ils s'étaient vus des dizaines de fois mais l'adjoint ne se souvenait pas de lui. Tous les Blancs paraissaient identiques aux Noirs, mais les Noirs prenaient soin de les distinguer. Inversement, tous les Noirs semblaient identiques aux Blancs, mais ces derniers jugeaient rarement utile de fixer le visage d'un Noir dans leur mémoire. Le Blanc demanda : « Qu'est-ce qui vous amène, révérend? »

Le titre familier donné par plaisanterie le piqua. « Je ne suis pas pasteur, rétorqua-t-il. Je suis médecin, docteur en médecine. Je m'appelle Benedict Mady Copeland et je désirerais rencontrer le juge immédiatement pour affaire urgente. »

L'adjoint présentait une caractéristique commune aux autres Blancs : un discours clairement énoncé l'exaspérait. « Ah oui? » railla-t-il. Il cligna de l'œil à l'intention de ses amis. « Alors je suis le shérif adjoint, je m'appelle Mr. Wilson et je vous dis que le juge est occupé. Revenez un autre jour.

– Je dois impérativement voir le juge, insista le docteur Copeland. J'attendrai. »

Il y avait un banc à l'entrée du couloir et il s'assit. Les trois Blancs poursuivaient leur conversation, mais le docteur Copeland savait que le shérif le surveillait. Il était résolu à ne pas s'en aller. Plus d'une demi-heure passa. Plusieurs Blancs parcouraient librement le corridor. Sachant que l'adjoint le surveillait, il se tenait raide, les mains serrées entre les genoux. La prudence lui disait de partir et de revenir plus tard dans l'après-midi, quand le shérif ne serait plus là. Toute sa vie, il s'était montré circonspect dans ses rapports avec les individus de ce genre. Mais ce jour-là, quelque chose en lui se refusait à céder.

« Viens ici, toi! » lança l'adjoint.

Sa tête tremblait, et quand il se leva, il ne tenait pas sur ses pieds.

« Oui?

– À quel sujet as-tu dit que tu voulais voir le juge?

– Je ne l'ai pas précisé, répondit le docteur Copeland. J'ai simplement dit que c'était pour affaire urgente.

– T'es pas capable de rester debout. T'as bu de l'alcool, hein? Je le sens à ton haleine.

– Vous mentez, protesta le docteur Copeland. Je n'ai pas... »

Le shérif le frappa au visage. Il tomba contre le mur. Deux Blancs l'empoignèrent par les bras et le traînèrent dans l'escalier jusqu'au rez-de-chaussée. Il n'opposa aucune résistance.

« Voilà ce qui ne va pas dans ce pays, commenta le shérif. Les foutus moricauds impudents comme lui. »

Le docteur Copeland ne prononça pas un mot et se laissa faire, attendant l'irruption de la terrible colère qu'il sentait monter en lui. La fureur lui ôtait ses forces, le faisant trébucher. On l'embarqua dans le fourgon avec deux gardiens. On l'emmena au poste, puis en prison et là, sa rage se déchaîna. Il s'arracha brusquement à l'étreinte de ses gardiens qui réussirent à le cerner dans un coin. Ils le frappèrent à la tête et aux épaules avec leurs matraques. Doté d'une force magnifique, il s'entendit rire dans la mêlée, sangloter et rire en même temps, lançant des coups de pied furieux, se battant avec ses poings et avec sa tête. Enfin, les gardiens le saisirent et le maîtrisèrent. Ils le traînèrent à travers le hall de la prison. La porte d'une cellule s'ouvrit. Il reçut un coup de pied dans l'aine, et tomba à genoux sur le sol.

Dans l'étroit réduit se trouvaient quatre autres prisonniers – trois Noirs et deux Blancs. L'un des Blancs était très vieux et ivre. Il était assis par terre et se grattait. L'autre prisonnier blanc était un garçon d'à peine quinze ans. Les trois Noirs étaient jeunes. En levant les yeux vers eux, le docteur Copeland, affalé sur la couchette, en reconnut un.

« Comment ça se fait que vous soyez ici? demanda le jeune homme. Vous êtes pas le docteur Copeland? »

Il dit que si.

« Je m'appelle Dary White. Vous avez enlevé les amygdales à ma sœur l'année dernière. »

La cellule glaciale était imprégnée d'une odeur de pourri. Un seau rempli d'urine à ras bord était posé dans un coin. Des cafards rampaient sur les murs. Le docteur Copeland ferma les yeux et dut s'endormir sur-le-champ, car lorsqu'il rouvrit les paupières, la petite fenêtre grillagée était noire, et une vive lumière éclairait le hall. Il y avait quatre assiettes en fer-blanc vides par terre. Son dîner de chou et de pain de maïs était à côté de lui.

Il s'assit sur la couchette et éternua violemment à plusieurs reprises. Quand il respirait, le flegme crépitait dans sa poitrine. Au bout d'un moment, le jeune garçon blanc se mit aussi à éternuer. Le docteur Copeland épuisa sa réserve de carrés de papier et dut employer les feuilles d'un carnet dans sa poche. Le garçon blanc se penchait au-dessus du seau dans le coin, ou laissait simplement l'eau couler de son nez sur sa chemise. Ses yeux étaient dilatés, ses joues claires s'embrasaient. Il se blottit sur le bord de la couchette en gémissant.

On les mena peu après aux toilettes, et à leur retour, ils s'installèrent pour la nuit. Ils étaient six hommes pour quatre couchettes. Le vieillard ronflait, allongé par terre. Dary et un autre se tassèrent ensemble sur une couchette.

Les heures étaient longues. La lumière du hall lui brûlait les yeux et l'odeur de la cellule rendait chaque respiration pénible. Il n'arrivait pas à garder un peu de chaleur. Il claquait des dents, parcouru d'un frisson glacé. Il se redressa, enveloppé dans la couverture sale, et se balança d'arrière en avant. Par deux fois, il tendit le bras pour couvrir le garçon blanc, qui marmonnait et écartait les bras dans son sommeil. Il se balançait, la tête dans les mains, et de sa gorge sortait une mélodieuse plainte. Il était incapable de penser à William. Il ne pouvait pas davantage penser au grand projet ni en tirer de la force. Il ne pouvait que sentir sa propre détresse.

Puis la marée de la fièvre remonta. Une chaleur l'envahit. Il se rallongea, et eut l'impression de sombrer dans un espace chaud, rouge et moelleux.

Le lendemain matin, le soleil apparut. L'étrange hiver du Sud touchait à sa fin. Le docteur Copeland fut relâché. Un petit groupe l'attendait devant la prison. Mr. Singer était là, ainsi que Portia, Highboy et Marshall Nicolls. Leurs visages étaient flous et il les distinguait mal sous le soleil très éclatant.

« Père, tu sais pas que c'est pas une façon d'aider notre Willie? Aller faire des esclandres dans un tribunal de Blancs? Le mieux, c'est de se taire et d'attendre. »

La voix sonore de Portia résonnait péniblement à ses oreilles. On le fit monter dans un minitaxi, puis il se retrouva chez lui, le visage enfoui dans le frais oreiller blanc.

11

Mick ne put fermer l'œil de la nuit. Comme Etta était malade, elle dut coucher dans le salon. Le canapé était trop étroit et trop court. L'histoire de Willie lui donnait des cauchemars. Il y avait près d'un mois que Portia lui avait raconté comment on avait torturé Willie – mais elle n'arrivait toujours pas à oublier. Par deux fois dans la nuit, elle fit des mauvais rêves et se réveilla sur le plancher, avec une bosse au front. À six heures, elle entendit Bill aller dans la cuisine préparer son petit-déjeuner. Le jour s'était levé, mais les stores baissés laissaient la pièce dans la pénombre. Se réveiller dans le salon la mit mal à l'aise. Elle n'aimait pas ça. Le drap était entortillé autour d'elle, à moitié sur le canapé et à moitié par terre. L'oreiller gisait au milieu de la pièce. Mick se leva et ouvrit la porte donnant sur l'entrée : personne dans l'escalier. Elle courut en chemise de nuit vers la chambre du fond.

« Écarte-toi, George. »

Le gamin était en travers du lit. La nuit avait été chaude, il était nu comme un ver, les poings serrés et, même dans son sommeil, ses yeux se plissaient comme s'il réfléchissait à un problème très compliqué. Il avait la bouche ouverte, et une petite tache humide apparaissait sur l'oreiller. Mick le poussa.

« Attends..., murmura-t-il en dormant.

– Pousse-toi de ton côté.

– Attends... Laisse-moi finir mon rêve... mon... »

Elle le tira vers sa place et s'allongea près de lui. Quand elle rouvrit les yeux, il était tard : le soleil brillait à travers la fenêtre du fond. George était parti. Du jardin, montaient des voix d'enfants et le bruit de l'eau qui coulait. Etta et Hazel parlaient dans la chambre du milieu. Tandis qu'elle s'habillait, une idée subite lui vint. Elle écouta à la porte mais sans parvenir à les entendre et ouvrit d'un coup brusque pour les surprendre.

Elles lisaient un magazine de cinéma. Etta était encore au lit. Sa main couvrait à moitié la photo d'un acteur. « À partir de là, tu trouves pas qu'il ressemble au garçon qui sortait avec...

– Comment te sens-tu ce matin, Etta? » demanda Mick. Elle regarda sous le lit; son carton secret était toujours à l'endroit précis où elle l'avait laissé.

« Pour ce que ça t'intéresse! rétorqua Etta.

– Pas la peine de chercher la bagarre. »

Etta avait les traits tirés. Une douleur terrible lui fouillait le ventre; l'ovaire était atteint. C'était une espèce de maladie. Le docteur disait qu'il faudrait l'opérer tout de suite. Mais leur père avait répondu qu'on serait obligé d'attendre. Pas d'argent.

« Et d'ailleurs qu'est-ce que tu veux que je fasse? reprit Mick. Je te pose poliment une question, et tu m'asticotes. Je devrais te plaindre parce que tu es malade, mais tu m'empêches d'être gentille. Alors forcément, je m'énerve. » Elle repoussa sa frange et se regarda de près dans le miroir. « Eh bien! Tu vois la bosse que j'ai! Je parie que je me suis cassé le crâne. Je suis tombée deux fois cette nuit et j'ai cru cogner contre la table près du canapé. Je peux pas dormir dans le salon. Je suis tellement à l'étroit dans ce canapé que je peux pas rester dedans.

– Arrête de parler si fort », coupa Hazel.

Mick s'agenouilla et sortit la grande boîte. Elle inspecta soigneusement la ficelle qui l'attachait. « Dites donc, est-ce qu'une de vous a touché à ça?

– Zut! s'exclama Etta. Pourquoi on voudrait tripoter ta camelote?

– Vous avez pas intérêt. Si quelqu'un essaye de fouiller dans mes affaires, je le tue.

– Écoute-moi ça, riposta Hazel. Mick Kelly, tu es la personne la plus égoïste que je connaisse. Tu te fiches éperdument de tout sauf...

– Oh, flûte! » Elle claqua la porte. Elle les détestait. C'était horrible de penser une chose pareille, mais c'était la vérité.

Son père, en peignoir de bain, était dans la cuisine avec Portia et buvait du café. Le blanc de ses yeux était rouge et sa tasse cliquetait contre sa soucoupe. Il n'arrêtait pas de tourner autour de la table. « Quelle heure est-il? Est-ce que Mr. Singer est déjà parti?

– Il est parti, mon chou, répondit Portia. Il est presque dix heures.

– Dix heures! Ça alors! J'ai jamais dormi aussi tard.

– Qu'est-ce que tu gardes dans ce grand carton à chapeaux que tu trimbales tout le temps? »

Mick sortit de la cuisinière une demi-douzaine de galettes. « Ne me pose pas de questions et je ne te raconterai pas de mensonges. L'indiscrétion est toujours punie.

– S'il reste un peu de lait, je vais le verser sur du pain émietté, déclara son père. Soupe de moribond. Ça me remettra peut-être l'estomac en place. »

Mick fendit les galettes, les fourra de tranches de porc frit et alla s'asseoir sur les marches de la cour pour déguster son petit-déjeuner. La matinée était chaude et claire. Spareribs et Sucker jouaient avec George dans le jardin. Sucker était en maillot de bain et les deux autres gosses avaient enlevé leurs vêtements, sauf leurs shorts. Ils se poursuivaient avec le tuyau. Le filet d'eau étincelait au soleil. Le vent projetait un nuage de gouttelettes où apparaissaient les couleurs de l'arc-en-ciel. Une lessive battait sur une corde à linge – des draps blancs, la robe bleue de Ralph, un corsage rouge et des chemises de nuit, humides et propres, gonflés de formes changeantes. C'était presque une journée d'été. Des petites guêpes duveteuses bourdonnaient autour du chèvrefeuille sur la palissade de la ruelle.

« Regardez, je le tiens au-dessus de ma tête! hurla George. Regardez comment l'eau coule. »

Mick débordait trop d'énergie pour rester assise. George avait suspendu un sac à farine rempli de terre à une branche de l'arbre pour servir de punching-ball. Elle se mit à taper dedans. Pam! Poum! Elle frappait au rythme de la chanson qui lui trottait dans la tête à son réveil. George avait mêlé à la terre un caillou pointu qui lui meurtrissait les jointures.

« Ouille! Tu m'as envoyé l'eau en plein dans l'oreille. Ça m'a crevé le tympan. J'entends plus rien.

– Donne-le-moi. Laisse-moi faire un peu. »

Des gouttelettes d'eau lui explosèrent au visage, les gamins dirigèrent le tuyau sur ses jambes. Craignant de mouiller le carton, Mick l'emporta sur la véranda en passant par l'allée. Harry lisait le journal sur son perron. Elle ouvrit le carton, sortit le carnet, mais eut du mal à fixer son attention sur la chanson qu'elle voulait écrire. Harry regardait dans sa direction et elle était incapable de réfléchir.

Elle discutait beaucoup avec Harry ces derniers temps. Presque tous les jours, ils rentraient de l'école ensemble. Ils parlaient de Dieu. Il lui arrivait de se réveiller la nuit en frissonnant au souvenir de leurs paroles. Harry était panthéiste. C'était une religion, comme baptiste, catholique ou juif. Harry croyait qu'une fois mort et enterré, on se transformait en plantes, en feu, en terre, en nuages et en eau. Cela prenait des milliers d'années, et on finissait par se dissoudre dans le monde entier. Il disait que c'était mieux que d'être seulement un ange. En tout cas c'était mieux que rien.

Harry jeta le journal dans son entrée avant de la rejoindre. « On se croirait en plein été, observa-t-il. Et on n'est qu'en mars.

– Ouais. Si seulement on pouvait se baigner.

– On irait s'il y avait un endroit.

– Il n'y en a pas. Sauf la piscine du club.

– J'aimerais bien faire quelque chose – partir quelque part.

– Moi aussi, répondit-elle. Attends! Je connais un endroit. C'est dans la campagne à une vingtaine de kilomètres. Un cours d'eau large et profond dans les bois. Les girl-scouts campent là-bas en été. Mrs. Wells nous y a emmenés nager une fois l'année dernière, George, Pete, Sucker et moi.

– Si tu veux, je peux trouver des bicyclettes pour demain. J'ai un dimanche de congé par mois.

– On y va et on emporte un pique-nique, proposa Mick.

– D'accord. J'emprunte des bicyclettes. »

C'était l'heure où il devait aller au *Café de New York*. Elle le regarda descendre la rue. Il marchait en balançant les bras. À mi-hauteur du pâté de maisons se dressait un laurier avec des branches basses. Harry prit son élan, sauta, attrapa un rameau et se hissa d'une flexion des bras. Un joyeux contentement envahit Mick, parce qu'ils étaient vraiment bons amis. Et puis il était beau. Demain, elle emprunterait le collier bleu de Hazel et mettrait la robe en soie. Et pour le déjeuner, ils prendraient des sandwiches fourrés à la gelée et du Nehi. Harry emporterait peut-être un plat bizarre, vu qu'on mangeait juif orthodoxe chez lui. Elle le suivit du regard jusqu'à ce qu'il tourne au coin. C'était vrai qu'il était devenu très joli garçon.

Harry à la campagne ne ressemblait pas au Harry qui lisait les journaux sur les marches de la cour en pensant à Hitler. Ils partirent tôt le matin. Harry avait emprunté des vélos de garçon – avec une barre entre les jambes. Ils attachèrent leur pique-nique et leurs maillots de bain aux garde-boue, et avant neuf heures, ils étaient en route. La matinée était chaude et ensoleillée. Moins d'une heure après, ils se trouvaient loin de la ville, sur un chemin d'argile rouge. Les champs étaient vert clair et l'odeur âpre des pins imprégnait l'air. Harry parlait avec une grande excitation. Le vent tiède leur soufflait au visage. Mick avait la bouche très sèche et se sentait affamée.

« Tu vois cette maison là-haut sur la colline? Arrêtons-nous pour prendre de l'eau.

– Non, il vaut mieux attendre. L'eau de puits donne la typhoïde.

– J'ai déjà eu la typhoïde. J'ai eu une pneumonie, une jambe cassée et un pied infecté.

– Je me rappelle.

– Ouais, continua Mick. Bill et moi on était installés dans la salle de séjour quand on a eu la fièvre typhoïde, et Pete Wells passait en courant sur le trottoir, il se bouchait le nez et il regardait vers la fenêtre. Bill était très gêné. Tous mes cheveux sont tombés, j'étais chauve.

– Je parie qu'on est au moins à quinze kilomètres de la ville. Ça fait une heure et demie qu'on roule – et vite, en plus.

– J'ai soif, dit Mick. Et faim. Qu'est-ce t'as dans ton sac pour déjeuner ?

– Du pâté de foie, des sandwiches au poulet, et de la tarte.

– C'est un bon pique-nique. » Elle avait honte de ses provisions. « J'ai deux œufs durs – farcis – et des petits sachets séparés de sel et de poivre. Et des sandwiches – à la gelée de mûre avec du beurre. Tout ça enveloppé de papier huilé. Et des serviettes.

– Je ne pensais pas que tu apporterais quelque chose, répondit Harry. Ma mère a préparé à déjeuner pour nous deux. C'est moi qui t'ai proposé de sortir et tout. On va bientôt arriver à un magasin, on prendra des boissons fraîches. »

Ils roulèrent encore une demi-heure avant d'atteindre la boutique de la station-service. Harry cala les bicyclettes et Mick entra la première. Après la clarté éblouissante, le magasin paraissait sombre. Sur les étagères s'entassaient des morceaux de viande, des bidons d'huile et des sacs de farine. Des mouches bourdonnaient au-dessus d'un gros bocal poisseux de bonbons sur le comptoir.

« Qu'est-ce que vous avez comme boissons ? » demanda Harry.

Le vendeur se mit à les énumérer. Mick ouvrit la glacière et regarda à l'intérieur. C'était bon de mettre les mains dans l'eau froide. « Je veux un Nehi au chocolat. Vous en avez ?

– Itou, ajouta Harry. Ça fera deux.

– Non, attends une seconde. Voilà de la bière glacée. Je veux une bouteille de bière si tu peux te fendre de ça. »

Harry en commanda une pour lui aussi. Il pensait que c'était un péché de boire de la bière avant l'âge de vingt ans, mais il avait peut-être envie d'être sympa. Après la première gorgée, il fit la grimace. Ils s'assirent sur les marches devant le magasin. Les jambes de Mick étaient si fatiguées que ses muscles tressautaient. Elle essuya le goulot de la bouteille avec la main et prit une longue et fraîche lampée. De l'autre côté de la route s'étendait un grand champ d'herbe vide, au-delà duquel on apercevait la lisière d'un bois de pins. Les arbres offraient chaque nuance de vert – du jaune vert clair à une teinte sombre presque noire. Le ciel était d'un bleu ardent.

« J'aime la bière, dit-elle. Avant, je trempais mon pain dans les gouttes que papa laissait. J'aime bien lécher du sel dans ma main en buvant. C'est la deuxième bouteille que j'ai à moi toute seule.

– La première gorgée était acide. Mais le reste a bon goût. »

Le vendeur déclara que la ville était à dix-huit kilomètres. Il leur restait deux kilomètres à parcourir. Harry paya et ils ressortirent dans le soleil brûlant. Harry parlait fort et n'arrêtait pas de rire sans raison.

« Nom d'un chien, la bière plus le soleil me donne le tournis. Mais je me sens bien, soupira-t-il.

– Je crève d'impatience de nager. »

La route devenait sablonneuse et ils durent appuyer de tout leur poids sur les pédales pour ne pas s'enliser. La chemise trempée de sueur de Harry collait à son dos. Il continuait à parler. Le sable fit place à un chemin d'argile rouge. Une lente chanson noire trottait dans la tête de Mick – une chanson que le frère de Portia jouait sur son harmonica. Elle pédalait au rythme de la mélodie.

Ils arrivèrent enfin à l'endroit qu'elle cherchait. « C'est ici! Tu vois le panneau marqué PRIVÉ? Il faut passer par-dessus les barbelés et prendre le sentier là-bas! »

Le calme régnait dans les bois. Des aiguilles de pin luisantes couvraient le sol. En quelques minutes, ils atteignirent le ruisseau. L'eau était brune et rapide. On n'entendait pas un bruit, sauf celui de l'eau et d'une brise qui chantait au sommet des pins. Les bois profonds et silencieux les rendaient timides, et ils avançaient doucement sur le talus en bordure du cours d'eau.

« C'est joli, hein! »

Harry éclata de rire. « Pourquoi tu chuchotes? Écoute! » Il rabattit sa main sur sa bouche et poussa un long cri d'Indien qui leur revint en écho. « Viens. Sautons dans l'eau pour nous rafraîchir.

– T'as pas faim?

– D'accord. Mangeons d'abord. On prend la moitié du déjeuner maintenant, et l'autre moitié quand on ressortira. »

Mick déballa les sandwiches fourrés de gelée. Après les avoir mangés, Harry roula soigneusement les emballages en boule et les enfonça dans une souche d'arbre creuse. Puis il prit son short et descendit le sentier. Mick se déshabilla en hâte derrière un buisson et enfila à grand-peine le maillot de bain de Hazel. Le maillot était trop petit et lui tailladait l'entrejambe.

« Prête? » brailla Harry.

Elle entendit un plouf et, lorsqu'elle atteignit la rive, Harry nageait déjà. « Ne plonge pas avant que j'aie vérifié s'il y a des souches ou des endroits pas assez profonds », recommanda-t-il. Elle regardait sa tête disparaître dans l'eau et rebondir à la surface. Elle n'avait nullement l'intention de plonger. Elle ne savait même pas nager et n'avait d'ailleurs eu que rarement l'occasion de le faire – et toujours avec une bouée ou en évitant les endroits où elle perdait pied. Mais ça ferait poule mouillée de le dire à Harry. Gênée, elle décida tout à coup d'inventer une histoire :

« Je ne plonge plus. Avant je plongeais tout le temps, des plongeons de haut vol. Mais une fois je me suis ouvert le crâne et depuis je ne plonge plus. » Elle réfléchit un instant. « C'était un double saut de carpe. Et quand je suis remontée, l'eau était pleine de sang. Mais je me rendais pas compte et je me suis mise à faire des acrobaties aquatiques. Les gens criaient pour m'avertir. Alors j'ai découvert d'où venait le sang. Je n'ai plus jamais bien nagé depuis. »

Harry escalada la rive. « Eh ben! Je savais pas. »

Mick se préparait à étoffer l'histoire pour la rendre plus plausible, mais elle se contenta de regarder Harry. Sa peau mouillée était brun clair et luisante. Il avait des poils sur le torse et sur les jambes. Dans son maillot serré, il paraissait très nu. Sans les lunettes, son visage était plus large et plus beau. Ses yeux étaient bleus et humides. Il la regardait, et ils se sentirent soudain embarrassés.

« Il y a environ trois mètres de fond, sauf du côté de la rive en face, où l'eau n'est pas profonde.

– Allons-y. Ça doit être bon, cette eau froide. »

Elle n'avait pas peur. C'était comme si elle était prisonnière au sommet d'un arbre très élevé et qu'il ne lui restait plus qu'à redescendre le mieux possible. Avec un calme imperturbable, elle se laissa glisser de la rive et se retrouva dans l'eau glacée. Elle se cramponna à une racine qui finit par se casser dans ses mains, puis se mit à nager. Elle s'étrangla, but la tasse, mais continua sans perdre la face. Elle nagea jusqu'à l'autre rive où elle avait pied. Elle se sentait bien. Ravie, elle frappa l'eau à coups de poing en hurlant des mots idiots pour l'écho.

« Regarde! »

Harry se hissait au sommet d'un grand arbre élancé. Le tronc flexible oscilla sous son poids lorsqu'il arriva au sommet. Il se laissa tomber dans l'eau.

« Moi aussi! Regarde-moi!

– C'est un jeune arbre. »

Elle était aussi bonne grimpeuse que n'importe quel enfant du quartier. Copiant fidèlement chacun des gestes de Harry, elle heurta l'eau avec un bruit sec. Maintenant, elle savait nager, sans problème.

Ils jouaient à s'imiter à tour de rôle, montaient et descendaient la rive en courant, sautaient dans la froide eau brune. Ils braillaient, bondissaient et grimpaient. Ils jouèrent peut-être pendant deux heures avant de se retrouver debout sur la rive, face à face, et ne sachant qu'inventer de nouveau. Brusquement, elle demanda :

« Tu as déjà nagé tout nu? »

Les bois étaient silencieux, et Harry resta un moment sans répondre. Il avait froid. Ses tétons étaient devenus durs et violets, comme ses lèvres. Il claquait des dents. « Je... je ne crois pas. »

Surexcitée, elle ne peut s'empêcher de lancer : « Je le ferai si tu le fais. Chiche. »

Harry rejeta en arrière sa frange sombre et humide. « D'accord. »

Ils ôtèrent leurs maillots de bain. Harry lui tournait le dos. Il titubait, les oreilles rouges. Puis ils firent volte-face. Une demi-heure s'écoula peut-être ainsi – peut-être pas plus d'une minute.

Harry arracha une feuille à un arbre et la déchiqueta. « On ferait mieux de s'habiller. »

Pendant le pique-nique, ils gardèrent le silence. Ils étalèrent leurs provisions sur le sol. Harry partagea tout en deux. Il régnait une atmosphère chaude et somnolente d'après-midi d'été. Dans la profondeur des bois, ils ne percevaient que le lent écoulement de l'eau et les chants d'oiseaux. Harry tenait son œuf farci, dont il écrasait le jaune avec son pouce. Qu'est-ce que cela lui rappelait? Il s'entendait respirer.

Puis il leva les yeux, regardant par-dessus l'épaule de Mick. « Écoute. Je te trouve très jolie, Mick. Je ne l'avais jamais pensé avant. C'est pas que je te trouvais laide – je veux juste dire que... »

Elle lança une pomme de pin dans l'eau. « On devrait peut-être repartir si on veut rentrer avant la nuit.

– Non, dit-il. Étendons-nous. Juste quelques minutes. »

Il rapporta des poignées d'aiguilles de pin, de feuilles, de mousse grise. Elle suçait son genou en l'observant. Elle avait les poings serrés et son corps entier était tendu.

« Maintenant, on peut dormir, comme ça on sera reposés pour le chemin du retour. »

Ils s'allongèrent sur le lit moelleux en regardant les bouquets vert foncé des pins dans le ciel. Un oiseau chanta une chanson triste et claire qu'elle n'avait jamais entendue. Une note haute comme celle d'un hautbois – puis il descendit de cinq tons et lança un nouveau cri. Le chant était triste comme une question sans paroles.

« J'aime cet oiseau, dit Harry. Je crois que c'est un viréo.

– J'aimerais qu'on soit au bord de l'océan. Sur la plage, à contempler les bateaux au loin. Tu es allé à la plage un été – c'est comment au juste? »

Sa voix était rauque et basse. « Eh bien... il y a les vagues. Quelquefois bleues, quelquefois vertes, et dans le grand soleil, on dirait du verre. Et on trouve des petits coquillages sur le sable. Du genre de ceux qu'on a rapportés dans une boîte à cigares. Et on voit des mouettes blanches sur l'eau. On était au bord du golfe du Mexique – des brises côtières fraîches soufflaient sans arrêt, et il ne fait jamais une chaleur à cuire comme ici. Tout le temps...

– La neige, interrompit Mick. Voilà ce que j'ai envie de voir. Des bourrasques de neige froide, blanche. Des blizzards. De la neige blanche et froide, qui tombe doucement, sans fin, pendant tout l'hiver. De la neige comme en Alaska[72]. »

Ils se retournèrent au même instant. Ils étaient l'un contre l'autre. Elle le sentit trembler et serra les poings frénétiquement. « Oh, mon Dieu », ne cessait-il de répéter. Elle eut l'impression que sa tête se détachait de son corps et se projetait au loin. Ses yeux fixèrent le soleil aveuglant, tandis qu'elle comptait mentalement. Et puis voilà.

Voilà comment c'était[73].

Ils poussaient les vélos le long de la route. Harry avait la tête baissée et les épaules courbées. Leurs ombres étaient longues et noires sur la route poussiéreuse, car l'après-midi touchait à sa fin.

« Écoute, commença-t-il.

– Ouais.

– Il faut qu'on comprenne. Il le faut. Est-ce que tu...?

– Je ne sais pas. Je ne crois pas.

– Écoute. Il faut faire quelque chose. Asseyons-nous. »

Ils laissèrent les bicyclettes et s'assirent près d'un fossé au bord de la route. Ils restèrent à distance l'un de l'autre. Le soleil dardait ses derniers rayons sur leur tête, et ils étaient entourés de fourmilières brunes et friables.

« Il faut qu'on comprenne », reprit Harry.

Il pleurait. Il se tenait parfaitement immobile, et des larmes coulaient sur son visage pâle. Elle était incapable de penser à ce qui le faisait pleurer. Une fourmi la piqua à la cheville; elle la ramassa entre ses doigts et l'examina de près.

« Voilà, poursuivit-il. Je n'avais même pas embrassé une fille avant.

– Moi non plus. Je n'avais jamais embrassé de garçon. En dehors de la famille.

– Je ne pensais à rien d'autre avant – qu'à embrasser cette fille. Je réfléchissais à ça pendant l'école et j'en rêvais la nuit. Elle m'a donné un rendez-vous. Et je savais qu'elle voulait que je l'embrasse. Je l'ai simplement regardée dans le noir et j'ai pas pu. Je n'avais pensé qu'à ça – à l'embrasser – et le moment venu, je n'ai pas pu. »

Elle creusa un trou dans le sol avec son doigt et enterra la fourmi morte.

« C'était entièrement ma faute. L'adultère est un péché terrible, de n'importe quel point de vue. Et tu avais deux ans de moins que moi, t'étais une gamine.

– Non. J'étais pas une gamine. Malheureusement.

– Écoute. Si tu crois qu'on devrait se marier, on peut... secrètement ou autrement. »

Mick secoua la tête. « Ça ne m'a pas plu. Je ne me marierai jamais.

– Moi non plus. J'en suis sûr. Et c'est pas des paroles en l'air – c'est la vérité. »

Le visage de Harry l'effrayait. Son nez frémissait et, en se mordant la lèvre inférieure, il y avait laissé une trace marbrée et ensanglantée. Ses yeux humides étaient brillants et menaçants. Elle n'avait jamais vu un visage aussi pâle. Elle se détourna de lui. Si seulement il arrêtait de parler. Elle promena lentement son regard autour d'elle – sur l'argile veinée de rouge et de blanc du fossé, sur une bouteille de whisky brisée, sur le pin en face d'eux qui portait une affiche électorale pour un candidat au poste de shérif du comté. Elle avait envie de tranquillité, de ne pas réfléchir et de se taire.

« Je quitte la ville. Je suis un bon mécanicien et je peux trouver du travail ailleurs. Si je restais à la maison, Mère lirait dans mes yeux.

– Dis-moi. Est-ce que tu peux voir la différence sur moi? »

Harry observa longuement son visage et fit signe que oui. Puis il ajouta :

« Encore une chose. D'ici un mois ou deux, je t'enverrai mon adresse et tu m'écriras pour me dire si tu n'as pas d'ennuis.

– Qu'est-ce que tu veux dire? » questionna-t-elle lentement.

Il lui expliqua. « Tu n'as qu'à écrire " OK " et je comprendrai. »

Ils rentrèrent à pied en poussant les vélos. Leurs ombres s'étiraient sur la chaussée, gigantesques. Harry était courbé comme un vieux mendiant et ne cessait de s'essuyer le nez sur sa manche. Pendant un instant, tout baigna dans une vive lueur dorée, avant que le soleil ne s'enfonce derrière les arbres et que leurs ombres ne disparaissent de la route. Elle se sentait très vieille, lestée d'un poids à l'intérieur. Elle était une grande personne à présent, qu'elle le veuille ou non.

Ils avaient parcouru les vingt kilomètres et se trouvaient dans la ruelle sombre, près de chez eux. Elle apercevait la lumière jaune de leur cuisine. La maison de Harry était dans le noir – sa mère n'était pas rentrée. Elle travaillait pour un tailleur, dans une boutique d'une petite rue. Parfois même le dimanche. En regardant par la fenêtre, on la voyait penchée sur la machine dans le fond, ou poussant une longue aiguille à travers de lourdes étoffes. Elle ne levait jamais les yeux quand on l'observait. Et le soir, elle cuisinait des plats orthodoxes pour eux deux.

« Écoute... », dit-il.

Elle attendit dans l'obscurité, mais il n'acheva pas. Ils se serrèrent la main et Harry s'engagea dans le passage obscur qui séparait les deux maisons. Quand il atteignit le trottoir, il se retourna et regarda par-dessus son épaule. Une lumière éclaira son visage pâle et dur. Puis Harry disparut.

« C'est une devinette, commença George.

– J'écoute.

– Deux Indiens marchent en file. Le premier est le fils du deuxième, mais le deuxième n'est pas son père. Quel est leur lien de parenté?

– Voyons. Son beau-père. »

George sourit à Portia de ses petites dents carrées et bleues. « Son oncle alors.

– Tu peux pas deviner. C'est sa mère. L'astuce, c'est qu'on pense pas que l'Indien peut être une dame. »

Elle se tenait à l'entrée de la pièce et les regardait. L'embrasure de la porte encadrait la cuisine comme un tableau. C'était propre et accueillant. Seule la lampe près de l'évier était allumée, et il y avait des ombres dans la pièce. Bill et Hazel jouaient au vingt et un à la table, avec des allumettes en guise d'argent. Hazel touchait ses tresses de ses doigts roses et dodus, tandis que Bill se creusait les joues et distribuait les cartes avec un grand sérieux. À l'évier, Portia essuyait les plats avec un torchon à carreaux propre. Elle paraissait frêle; sa peau avait une teinte mordorée et ses cheveux noirs huilés étaient lissés avec soin. Ralph était tranquillement assis par terre, et Georges lui attachait un petit harnais confectionné avec de vieilles guirlandes de Noël.

« Encore une devinette, Portia. Si l'aiguille d'une pendule indique deux heures et demie... »

Elle entra dans la pièce. Elle s'était figuré qu'ils reculeraient en la voyant pour faire cercle autour d'elle. Mais ils se bornèrent à lui jeter un coup d'œil. Elle s'assit à table et attendit.

« Tu te pointes quand tout le monde a fini de dîner. J'arriverai jamais à me libérer. »

Personne ne lui prêtait attention. Elle mangea une grande assiettée de chou et de saumon et termina son repas avec du lait caillé. C'était à sa mère qu'elle pensait. La porte s'ouvrit et sa mère entra dire à Portia que Miss Brown se plaignait d'avoir trouvé une punaise dans sa chambre. Qu'il lui fallait de l'essence.

« Arrête de froncer les sourcils, Mick. Tu arrives à un âge où tu devrais t'arranger et te mettre à ton avantage. Et attends – ne file pas comme ça quand je te parle –, je veux que tu laves bien Ralph à l'éponge avant de le coucher. Que tu le mouches et que tu lui nettoies les oreilles. »

Les cheveux soyeux de Ralph étaient poissés de flocons d'avoine. Mick les essuya avec un chiffon et lui rinça le visage et les mains à l'évier. Bill et Hazel finirent leur partie. Les longs ongles de Bill raclèrent la table lorsqu'il ramassa les allumettes. George emporta Ralph au lit. Portia et elle étaient seules dans la cuisine.

« Écoute! Regarde-moi. Tu remarques quelque chose de différent?

– Bien sûr, mon chou. »

Portia mit son chapeau rouge et changea de chaussures.

« Eh bien...

– Tu n'as qu'à prendre un peu de graisse et t'en frotter le visage. Ton nez a déjà beaucoup pelé. On dit que rien ne vaut la graisse pour les gros coups de soleil. »

Elle resta seule dans le jardin obscur, arrachant des morceaux d'écorce aux chênes avec ses ongles. C'était presque pire. Elle serait peut-être soulagée s'ils pouvaient comprendre en la regardant. S'ils savaient.

Son père l'appela des marches de la cour. « Mick! Oh, Mick!

– Oui, monsieur.

– Téléphone. »

George vint se serrer contre elle en essayant d'écouter, mais elle le repoussa. Mrs. Minowitz parlait très fort, d'une voix surexcitée. « Mon Harry devrait être à la maison à cette heure-ci. Tu sais où il est?

– Non, madame.

– Il a dit que vous iriez faire un tour à vélo. Où peut-il être maintenant? Tu sais où il est?

– Non, madame », répéta Mick.

12

Avec le retour de la chaleur, la foire *Sunny Dixie* était perpétuellement bondée. Le vent de mars se calma. Les arbres étaient couverts d'un épais feuillage ocre vert. Le ciel arborait un bleu sans nuage et les rayons du soleil devenaient plus ardents. L'air était suffocant. Jake Blount détestait ce temps. La pensée des longs mois d'été brûlants qui l'attendaient lui donnait le vertige. Il ne se sentait pas bien et, depuis peu, souffrait constamment de maux de tête. Il avait grossi, et la petite poche saillante de son ventre l'obligeait à laisser le dernier bouton de son pantalon ouvert. Jake savait que c'était de la graisse due à l'alcool, mais il continuait à boire. L'alcool soulageait sa douleur à la tête. Un seul petit verre le calmait. À présent, un verre lui faisait le même effet qu'un litre. Ce n'était pas la dose du moment qui le stimulait – mais la réaction de la première gorgée avec tout l'alcool qui lui saturait le sang depuis plusieurs mois. Une cuillerée de bière atténuait l'élancement dans sa tête, alors qu'un litre de whisky ne l'enivrait pas.

Il supprima complètement l'alcool et, pendant quelques jours, ne but que de l'eau et du jus d'orange. La douleur lui rongeait le crâne comme un ver. Il arrivait péniblement à bout de son travail durant les après-midi et les soirées interminables. Et c'était un supplice que d'essayer de lire pendant ses nuits sans sommeil. L'odeur humide, aigre, de sa chambre le rendait fou. Il s'agitait dans son lit et, quand enfin le sommeil venait, le jour se levait.

Depuis quatre mois, un rêve le hantait. Il s'éveillait dans la terreur – étrangement incapable de s'en rappeler le contenu. Quand ses yeux s'ouvraient, seule lui en restait une sensation. Ses peurs au réveil se ressemblaient tant que ce devait être le même rêve. Jake était habitué aux cauchemars grotesques de l'ivresse qui le plongeaient dans une zone de confusion mentale, mais la lumière du matin dissipait les effets de ces délires nocturnes et il les oubliait.

Ce rêve vierge, furtif, était de nature différente. Jake se réveillait sans le moindre souvenir. Le sentiment de menace persistait néanmoins longtemps après. Un matin, il s'éveilla avec la même crainte mais avec un léger vestige des ténèbres qu'il quittait. Il marchait au milieu d'une foule et portait quelque chose dans ses bras. C'était le seul élément de certitude. Avait-il volé? Essayait-il de sauver une possession? Le pourchassait-on? Non, selon lui. Plus il étudiait ce rêve simple et moins il le comprenait. Puis le rêve ne revint pas pendant quelque temps.

Jake rencontra l'auteur de graffitis dont il avait vu le message à la craie au mois de novembre précédent. Dès le premier jour de leur rencontre, le vieillard, qui s'appelait Simms et prêchait sur les trottoirs, se cramponna à lui comme un mauvais génie. Simms ne sortait pas pendant le froid de l'hiver, mais passait ses journées dans les rues au printemps. Ses cheveux blancs étaient soyeux et ébouriffés dans le cou, et il se promenait avec un grand sac de femme en soie, rempli de craies et de réclames pour Jésus. Des éclairs de folie luisaient dans ses yeux. Simms tenta de convertir Jake.

« Enfant de l'adversité, je sens l'odeur coupable de la bière dans ton haleine. Et tu fumes. Si le Seigneur avait voulu que les hommes fument, il l'aurait dit dans Son Livre. Ton front porte la marque de Satan. Je la vois. Repens-toi. Laisse-moi te montrer le chemin de la lumière. »

Jake roula les yeux et traça lentement dans l'air un signe pieux. Puis il ouvrit sa main maculée d'huile. « Je ne révèle ceci qu'à toi », proféra-t-il d'une théâtrale voix de basse. Simms se baissa pour regarder la cicatrice dans sa paume. Jake se pencha près de lui et murmura : « Et voilà l'autre signe. Celui que tu connais. Car je suis né avec. »

Simms recula contre la palissade. D'un geste féminin, il souleva de son front une boucle de cheveux argentés et la lissa sur son crâne. Sa langue léchait nerveusement les coins de sa bouche. Jake éclata de rire.

« Blasphémateur! cria Simms. Dieu te punira. Toi et ta bande. Dieu se souvient des railleurs. Il veille sur moi. Dieu veille sur tous, mais c'est moi qu'Il protège le plus. Comme autrefois Moïse. Dieu me parle la nuit. Dieu te punira. »

Jake emmena Simms dans un magasin du coin acheter des Coca-Cola et des crackers au beurre de cacahuète. Simms recommença à le harceler. Quand il partit pour l'attraction, Simms le suivit en courant.

« Viens ici ce soir à sept heures. Jésus a un message pour toi. »

Les premiers jours d'avril furent tièdes et le vent souffla. Des traînées de nuages blancs traversaient le ciel bleu. Le vent apportait l'odeur de la rivière et celle, plus fraîche, des champs à l'extérieur de la ville. La fête foraine regorgeait de monde chaque jour, de quatre heures de l'après-midi jusqu'à minuit. La foule était difficile à contrôler. Avec la nouvelle saison, Jake sentait monter une effervescence sourde.

Un soir, alors qu'il travaillait sur la machinerie des balançoires, il fut brusquement tiré de sa réflexion par des bruits de voix furieuses. Il se fraya rapidement un chemin à travers la foule, et aperçut une Blanche en train de se battre avec une Noire à côté du guichet du manège. Il les sépara d'une secousse, mais elles cherchaient toujours à s'empoigner. La foule prenait parti et il y avait un ramdam de tous les diables. La fille blanche était bossue. Elle serrait quelque chose dans sa main.

« J' t'ai vue, hurla la fille de couleur. J' vais t'arracher ta bosse du dos.

– Ferme-la, sale négresse!

– Minable avorton d'usine. J'ai payé et j' vais monter. Blanc, obligez-la à me rendre mon billet.

– Salope de négresse! »

Jake regardait tantôt l'une, tantôt l'autre. La foule se pressait autour d'eux, marmonnant des avis contradictoires.

« J'ai vu Lurie laisser tomber son billet et la femme blanche le ramasser. C'est la vérité », soutenait un garçon de couleur.

« Aucune négresse ne mettra la main sur une Blanche pendant... »

« Arrêtez de me pousser. J' suis prêt à rendre les coups même si vous avez la peau blanche. »

Jake s'enfonça sans ménagement au cœur de la foule.

« Ça va! hurla-t-il. Circulez – dégagez. Tous, bon sang. » La taille de ses poings parut inciter les gens à s'éloigner de mauvaise grâce. Jake se tourna à nouveau vers les deux filles.

« Voilà ce qui s'est passé, dit la fille de couleur. Je parie que je suis une des rares ici à avoir économisé plus de cinquante *cents* jusqu'au vendredi soir. J'ai fait le double de repassage cette semaine. J'ai payé une bonne pièce de cinq *cents* pour ce billet qu'elle a à la main. Et maintenant, j'ai l'intention de monter. »

Jake régla rapidement le problème. Il laissa la bossue garder le billet litigieux et en émit un autre pour la fille de couleur. Il n'y eut pas d'autre querelle pendant le restant de la soirée. Mais Jake, sur le qui-vive, se promenait dans la foule. Il était inquiet et mal à l'aise.

Outre lui-même, il y avait cinq employés à la fête foraine – deux hommes pour actionner les balançoires et collecter les billets, trois filles pour s'occuper des caisses. Sans compter Patterson. Le propriétaire de l'attraction passait le plus clair de son temps à jouer aux cartes dans sa remorque. Il avait des yeux ternes, aux pupilles rétrécies, et la peau de son cou pendait en replis jaunes et charnus. Ces derniers mois, Jake avait eu deux augmentations. À minuit, il était chargé de faire un rapport à Patterson et de lui remettre les recettes de la soirée. Parfois, Patterson ne remarquait sa présence qu'après plusieurs minutes; il contemplait les cartes d'un regard fixe et hébété. Les odeurs nauséabondes de la nourriture et des joints chargeaient l'atmosphère de la remorque. Patterson posait sa main sur son ventre, comme pour le protéger d'un danger. Il vérifiait toujours minutieusement les comptes.

Jake était en bisbille avec les deux opérateurs. Ces hommes étaient d'anciens bobineurs de filature. Il avait d'abord essayé de leur parler et de les aider à voir la vérité. Une fois, il les avait invités à prendre un verre dans une salle de billard. Mais ils étaient si stupides qu'il ne pouvait pas les aider. Peu après, il surprit la conversation qui déclencha les hostilités. C'était un dimanche matin, très tôt, vers deux heures, il venait de vérifier les comptes avec Patterson. Quand il sortit de la remorque, le terrain semblait vide. La lune brillait. Il pensait à Singer et à la journée de liberté qui l'attendait. Puis, en passant près des balançoires, il entendit prononcer son nom. Les deux opérateurs avaient terminé leur travail et ils fumaient. Jake écouta.

« S'il y a quelque chose que je hais plus qu'un nègre, c'est un rouge.

– Il me fait marrer. Je m'occupe pas de lui. Sa façon de se pavaner. J'ai jamais vu un nabot rase-mottes comme ça. Il mesure combien, à ton avis?

– À peu près un mètre cinquante. Mais il se croit tellement supérieur. Il devrait être en prison. Voilà où il devrait être. Le bolchevique rouge.

– Y me fait juste rigoler. J' peux pas le voir sans rire.

– Il a pas besoin de prendre des grands airs avec moi. »

Jake les regarda longer le chemin menant à Weavers Lane. Sa première impulsion fut de se précipiter vers eux et de les affronter, mais une hésitation le retint. Pendant plusieurs jours, il fulmina en silence. Puis, un soir après le travail, il suivit les deux hommes pendant une centaine de mètres et, lorsqu'ils tournèrent à un coin de rue, il prit un raccourci et surgit devant eux.

« Je vous ai entendus, lança-t-il, hors d'haleine. Il se trouve que j'ai entendu, mot pour mot, votre conversation de samedi soir. Oui, je suis un rouge. Du moins je me considère comme tel. Et vous, qu'est-ce que vous êtes? » Ils étaient sous un réverbère. Les deux hommes reculèrent. Le quartier était désert. « Faces de papier mâché, jaunes rampants, demi-portions minables! Je pourrais étrangler vos cous de poulet – un dans chaque main. Nabot ou pas, je pourrais vous étendre sur ce trottoir et il faudrait vous ramasser à la petite cuillère. »

Les deux hommes se regardèrent, effrayés, et tentèrent de poursuivre leur chemin. Mais Jake ne les laissait pas passer. Il restait à leur hauteur, marchant à reculons, un rictus furieux aux lèvres.

« Voici ce que j'ai à vous dire : à l'avenir, je suggère que vous veniez me trouver quand vous éprouverez le besoin de faire des remarques sur ma taille, mon poids, mon accent, ma conduite ou mon idéologie. Quant à ce dernier point, je m'en tamponne pas vraiment – au cas où vous auriez pas pigé. On en reparlera plus tard. »

Par la suite, Jake traita les deux hommes avec un mépris exaspéré. Ils le raillaient dans son dos. Un après-midi, il découvrit que le moteur des balançoires avait été délibérément endommagé, et il dut faire trois heures supplémentaires pour le réparer. Il avait perpétuellement l'impression qu'on se moquait de lui. Chaque fois qu'il entendait les filles parler ensemble, il se redressait et riait avec désinvolture, comme s'il pensait à une plaisanterie personnelle.

Les tièdes vents de sud-ouest du golfe du Mexique étaient chargés d'odeurs printanières. Les jours rallongeaient et le soleil brillait. La chaleur nonchalante le déprimait. Il se remit à boire. Dès la fin de son travail, il rentrait chez lui et s'étendait sur son lit. Il y restait quelquefois douze ou treize heures, tout habillé, inerte. L'agitation qui, il y a quelques mois seulement, le faisait sangloter et se ronger les ongles, semblait dissipée. Pourtant, sous cette apathie, Jake sentait l'ancienne tension. De tous les endroits qu'il avait connus, cette ville était le plus solitaire. Ou le serait sans Singer. Singer et lui étaient les seuls à comprendre la vérité. Il savait, et il ne pouvait pas expliquer à ceux qui ne savaient pas. C'était aussi vain que de se battre contre l'obscurité, la chaleur ou la puanteur de l'air. Il regardait par la fenêtre d'un œil morne. Au coin, un arbre rabrougri, noirci par la fumée, s'était couvert de nouvelles feuilles d'un vert bilieux. Le ciel était toujours d'un bleu dur, profond. Les moustiques d'un ruisseau fétide qui coulait dans cette partie de la ville bourdonnaient dans la pièce.

Il attrapa la gale. Il mélangea du soufre à de la graisse de porc et s'en enduisit le corps chaque matin. Il se griffait jusqu'au sang et la démangeaison semblait ne jamais devoir se calmer. Une nuit, il lâcha la bonde. Seul depuis des heures, il avait bu du gin avec du whisky, et il était complètement soûl. Le matin approchait. Jake se pencha par la fenêtre et regarda la rue sombre et silencieuse, pensant à ses voisins qui dormaient sans savoir. Soudain, il beugla : « Voici la vérité ! Vous savez rien, connards. Vous savez pas. Vous savez pas ! »

La rue s'éveilla, furieuse. Des lampes s'allumèrent et des voix ensommeillées lancèrent des jurons. Les hommes qui habitaient la maison cognèrent rageusement à sa porte. Les filles du bordel d'en face passèrent la tête par la fenêtre.

« Crétins crétins crétins crétins de connards. Crétins crétins crétins crétins...

– Ta gueule! Ta gueule! »

Les types dans le couloir poussaient contre la porte : « Brute d'ivrogne! Tu vas voir ton portrait quand on t'aura réglé ton compte.

– Vous êtes combien là dehors? » rugit Jake. Il fracassa une bouteille vide sur le rebord de la fenêtre. « Venez, tous. Venez, venez-y donc. J'en castagnerai trois à la fois.

– Bravo, mon chou », cria une putain.

La porte cédait. Jake sauta de la fenêtre et courut dans une petite rue. « Han! Han! » hurlait-il d'une voix pâteuse. Il était pieds nus et sans chemise. Une heure après, il entra en titubant dans la chambre de Singer. Il s'étala par terre et rit jusqu'au moment où il sombra dans le sommeil.

Un matin d'avril, il découvrit le corps d'un homme assassiné. Un jeune nègre. Jake le trouva dans un fossé à une trentaine de mètres du champ de foire. La gorge du nègre avait été tranchée de telle façon que la tête, rejetée en arrière, se trouvait à un angle surprenant. Le soleil brûlait ses yeux ouverts, vitreux, et des mouches voletaient autour du sang séché qui lui couvrait le torse. Le mort tenait un bâton rouge et jaune à pompon, du genre de ceux qu'on vendait au stand de hamburgers. Jake contempla le cadavre d'un œil sombre pendant quelque temps. Puis il appela la police. Aucun indice ne fut découvert. Deux jours après, la famille du mort vint chercher son corps à la morgue.

À la foire *Sunny Dixie*, il y avait fréquemment des bagarres et des disputes. Deux amis arrivaient bras dessus bras dessous, riant et buvant – et, une heure après, s'empoignaient, suffocants de rage. Jake ne relâchait jamais sa vigilance. Sous la gaieté tapageuse de la fête foraine, les lumières vives et les rires nonchalants, il percevait une maussaderie pleine de danger.

Durant ces semaines hébétées, décousues, Simms ne cessa de le poursuivre. Le vieillard arrivait avec une estrade improvisée et une Bible, et se plaçait au milieu de la foule pour prêcher. Il parlait du second avènement du Christ. Il disait que le Jour du Jugement serait le 2 octobre 1951. Il désignait des ivrognes et vociférait contre eux de sa voix aigre et usée. Il salivait abondamment sous l'effet de l'excitation, ce qui donnait à ses paroles une sonorité liquide et gargouillante. Une fois dans la place, son estrade installée, aucun argument ne pouvait le décider à bouger. Il offrit à Jake une Bible de

Gédéon, lui recommandant de prier chaque soir à genoux pendant une heure et de jeter les verres de bière ou les cigarettes qu'on lui proposerait.

Ils se disputaient les murs et les palissades. Jake s'était mis à transporter de la craie dans ses poches, lui aussi. Il écrivait des phrases brèves. Il essayait d'inventer des formules frappantes, capables d'arrêter un passant et de l'obliger à s'interroger. À réfléchir. Il rédigeait aussi de courts pamphlets et les distribuait dans les rues.

N'eût été Singer, Jake savait qu'il aurait quitté la ville. Il ne trouvait le calme que le dimanche, en compagnie de son ami. Parfois, ils allaient se promener ou ils jouaient aux échecs – mais le plus souvent ils passaient la journée tranquillement dans la chambre de Singer. S'il désirait parler, Singer se montrait toujours attentif. S'il passait la journée à broyer du noir, le muet comprenait et ne manifestait aucune surprise. Il semblait à Jack que seul Singer pouvait l'aider désormais.

Puis un dimanche, en grimpant l'escalier, il vit que la porte de Singer était ouverte. La pièce était vide. Jake attendit plus de deux heures. Enfin, il entendit les pas de Singer sur les marches.

« Je me demandais ce que tu devenais. Où étais-tu? »

Singer sourit. Il épousseta son chapeau avec un mouchoir et le rangea. Puis, posément, il sortit son porte-mine en argent de sa poche et se pencha sur la tablette de la cheminée pour écrire un mot.

« Qu'est-ce que tu racontes? » demanda Jake après avoir lu le billet du muet. « À qui on a coupé les jambes? »

Singer reprit le billet et y ajouta quelques phrases.

« Oh! s'exclama Jake. Ça m'étonne pas. »

Le morceau de papier le plongea dans de sombres ruminations, puis il le froissa dans sa main. L'apathie du mois précédent avait disparu, et il était tendu et mal à l'aise. « Oh! » s'exclama-t-il à nouveau.

Singer mit du café à chauffer et sortit son échiquier. Jake déchira le billet en morceaux qu'il roula entre ses paumes moites.

« Mais il y a quelque chose à faire, dit-il au bout d'un moment. Tu le sais? »

Singer hocha la tête avec hésitation.

« Je veux voir le garçon, qu'il me raconte toute l'histoire. Quand peux-tu m'emmener là-bas? »

Singer réfléchit. Puis il écrivit sur un bloc de papier : « Ce soir. »

Jake, la main sur la bouche, arpentait nerveusement la chambre. « On peut faire quelque chose. »

13

Jake et Singer attendaient sur la véranda. Ils avaient appuyé sur la sonnette sans qu'aucun son ne traversât la maison plongée dans la pénombre. Jake frappa avec impatience, le nez contre la porte treillagée. Singer se tenait à ses côtés, raide et souriant, avec deux taches de couleur sur les joues, car ils avaient bu une bouteille de gin à eux deux. La soirée était sombre et silencieuse. Jake regarda un faisceau de lumière jaune traverser doucement le vestibule. Portia leur ouvrit la porte.

« J'espère que vous n'avez pas attendu longtemps. Y a tellement de gens qui viennent qu'on a préféré détacher la sonnette. Messieurs, donnez-moi vos chapeaux – Père a été rudement malade. »

Jake marchait lourdement sur la pointe des pieds, à la suite de Singer, dans le couloir étroit et nu. Au seuil de la cuisine, il s'arrêta net. La pièce était bondée et étouffante. Un feu brûlait dans le petit poêle à bois et les fenêtres étaient hermétiquement fermées. La fumée se mêlait à une odeur de nègre. La lueur du poêle éclairait seule la pièce. Les voix noires qu'ils avaient entendues dans le couloir étaient silencieuses.

« Ces deux messieurs blancs viennent prendre des nouvelles de Père, annonça Portia. Je crois qu'il pourra vous voir, mais je ferais mieux d'entrer d'abord pour le préparer. »

Jake tripota son épaisse lèvre inférieure. Le bout de son nez portait l'empreinte en treillis de la porte d'entrée. « Ce n'est pas cela, rectifia-t-il. Je viens parler avec votre frère. »

Les Noirs étaient debout dans la pièce. Singer leur fit signe de se rasseoir. Deux vieillards grisonnants se tenaient sur un banc près du poêle. Un mulâtre souple se prélassait à la fenêtre. Sur un lit de camp, dans un coin, se trouvait un garçon sans jambes dont les pantalons étaient repliés et attachés sous ses cuisses courtaudes.

« Bonsoir, dit Jake d'un air embarrassé. Vous vous appelez Copeland ? »

Le garçon posa ses mains sur ses moignons et se colla au mur. « Je m'appelle Willie.

– T'inquiète pas, mon chou, intervint Portia. C'est Mr. Singer dont Père parle souvent. Et cet autre monsieur blanc est Mr. Blount qui est un très bon ami de Mr. Singer. Ils viennent juste gentiment prendre de nos nouvelles dans nos malheurs. » Elle se tourna vers Jake et désigna trois autres personnes dans la pièce. « Ce garçon à la fenêtre est mon frère aussi. Y s'appelle Buddy. Et ceux-là, près du poêle, c'est deux amis proches de mon père. Mr. Marshall Nicolls et Mr. John Roberts. Je crois que c'est bien de savoir avec qui on se trouve dans une pièce.

– Merci », dit Jake. Il se tourna de nouveau vers Willie. « Je voudrais simplement que vous me racontiez tout pour que je m'en fasse une idée claire.

– Voilà, déclara Willie. Mes pieds me font toujours mal. J'ai une souffrance terrible dans les orteils. Et la douleur à mes pieds est là où devraient être mes pieds s'ils étaient sur mes j-j-jambes. Mais pas où sont mes pieds maintenant. C'est difficile à comprendre. Mes pieds me font énormément souffrir tout le temps et je sais pas où y sont. On me les a jamais rendus. Y sont à plus de cent kilomètres d'ici.

– Je veux dire : comment c'est arrivé », reprit Jake.

Willie jeta à sa sœur un regard troublé. « Je ne me souviens pas... très bien.

– Bien sûr que tu te souviens, mon chou. Tu nous as déjà raconté mille fois.

– Eh bien... » La voix du garçon était timide et maussade. « On était dehors sur la route et Buster, il a dit quelque chose au gardien. Le B-blanc a pris un bâton pour le frapper. Pis l'autre garçon essaye de s'enfuir. Et je le suis. C'est arrivé si vite que je me souviens pas exactement. Ensuite y nous ont ramenés au camp et...

– Je connais la suite, interrompit Jake. Mais donnez-moi les noms et adresses des deux autres garçons. Et dites-moi les noms des gardiens.

– Écoutez, Blanc. Y me semble que vous voulez me mettre dans le pétrin.

– Dans le pétrin ! s'exclama grossièrement Jake. Au nom du Christ, vous vous croyez dans quoi en ce moment ?

– Calmons-nous, coupa nerveusement Portia. Voilà la situation,

Mr. Blount. Ils ont relâché Willie au camp avant la fin de sa peine. Mais on lui a aussi fait comprendre de ne pas... vous voyez ce que je veux dire. Évidemment, Willie, il a peur. Et on préfère rester prudents – parce que c'est ce qu'on a d' mieux à faire. On a déjà eu assez d'ennuis comme ça.

– Qu'est-ce qui est arrivé aux gardiens?

– Les B-blancs ont été renvoyés. C'est ce qu'y m'ont dit.

– Et où sont tes amis à présent?

– Quels amis?

– Eh bien, les deux autres.

– C'est pas mes amis, protesta Willie. On s'est tous brouillés.

– Comment ça? »

Portia tira sur ses boucles d'oreilles, distendant ses lobes comme du caoutchouc. « J' vais vous expliquer. Pendant les trois jours où ils ont eu si mal, ils ont commencé à se chamailler. Willie ne veut plus jamais les revoir. Là-dessus, Père et Willie se sont déjà disputés. Buster...

– Buster a une jambe de bois, dit le garçon près de la fenêtre. J' l'ai vu dans la rue aujourd'hui.

– Buster n'a pas de famille et Père avait l'idée de l'installer chez nous. Père veut réunir les trois gars. Comment y s'imagine qu'on va les nourrir, j'en sais rien.

– C'est pas une bonne idée. Et en plus, on n'a jamais été très amis. » Willie palpa ses moignons de ses mains brunes et puissantes. « Si seulement je savais où sont mes p-p-pieds. C'est ce qui me tracasse le plus. Le docteur me les a jamais rendus. Je voudrais bien savoir où ils sont. »

Jake promena autour de lui un regard hébété, embrumé par le gin. Tout paraissait confus et bizarre. La chaleur de la cuisine l'étourdissait tellement que les voix résonnaient dans ses oreilles. La fumée l'étouffait. La lampe suspendue au plafond était allumée, mais, comme l'ampoule était enveloppée dans du papier journal pour tamiser l'éclairage, l'essentiel de la lumière venait d'entre les fentes du poêle brûlant. Une lueur rouge se projetait sur les visages sombres qui l'entouraient. Il se sentait mal à l'aise et seul. Singer avait quitté la pièce pour aller voir le père de Portia. Jake souhaitait que Singer revienne pour qu'ils puissent partir. Il traversa gauchement la pièce et s'assit sur le banc, entre Marshall Nicolls et John Roberts.

« Où est le père de Portia? demanda-t-il.

– Le docteur Copeland est dans le séjour, monsieur, répondit Roberts.

– C'est un docteur?

– Oui, monsieur. Un médecin. »

On entendit des bruits de pieds qui traînaient sur les marches du perron et la porte de derrière s'ouvrit. Une brise tiède, fraîche, allégea l'air lourd. Un grand garçon vêtu d'un costume de lin et de chaussures dorées entra le premier, avec un sac dans les bras. Un jeune garçon d'environ dix-sept ans le suivait.

« Salut, Highboy. Salut, Lancy, dit Willie. Qu'est-ce que vous m'avez apporté? »

Highboy s'inclina avec affectation devant Jake et posa sur la table deux bocaux à fruits remplis de vin. Lancy plaça à côté d'eux une assiette recouverte d'une serviette blanche toute propre.

« Le vin est un cadeau de l'Association, expliqua Highboy. Et la mère de Lancy nous envoie des feuilletés aux pêches.

– Comment va le docteur, Miss Portia? questionna Lancy.

– Il a été rudement malade ces jours-ci, mon chéri. Ce qui m'inquiète, c'est qu'il soit si fort. C'est mauvais signe quand un homme malade comme il est devient tout d'un coup si fort. » Portia se tourna vers Jake. « Vous ne croyez pas que c'est mauvais signe, Mr. Blount? »

Jake la fixa d'un regard hébété. « Je ne sais pas. »

Lancy lança un coup d'œil maussade à Jake et tira les manchettes de sa chemise trop petite. « Transmettez les amitiés de ma famille au docteur.

– Nous sommes très touchés, répondit Portia. Père me parlait justement de toi l'autre jour. Il a un livre à te donner. Attends une minute que j'aille le chercher et que je rince l'assiette pour la rendre à ta mère. C'est vraiment très gentil à elle. »

Marshall Nicolls se pencha vers Jake et parut sur le point de lui parler. Le vieil homme portait un pantalon à fines rayures et une jaquette avec une fleur à la boutonnière. Il s'éclaircit la gorge et prit la parole : « Excusez-moi, monsieur, mais indépendamment de notre volonté, nous avons entendu une partie de votre conversation avec William au sujet des ennuis qui sont actuellement les siens. *Inévitablement*, nous avons examiné quelle était la meilleure conduite à tenir.

– Vous êtes un parent ou le pasteur de sa paroisse?

– Non, je suis pharmacien. Et John Roberts à votre gauche est employé à la poste.

– Postier, confirma John Roberts.

– Avec votre permission... » Marshall Nicolls sortit un mouchoir de soie jaune de sa poche et se moucha délicatement. « Naturellement, nous avons discuté la question *à fond*. Et sans aucun doute, en tant que membres de la race de couleur dans cette libre Amérique, nous sommes désireux de développer des relations *amicales*.

– Nous voulons rester justes, intervint John Roberts.

– Il est de notre devoir d'agir avec prudence, et sans mettre en péril cette relation amicale déjà établie. Alors, progressivement, une meilleure *condition* verra le jour. »

Jake se tournait alternativement de l'un vers l'autre. « Je ne vous suis pas. » La chaleur l'étouffait. Il avait envie de sortir. Un voile semblait s'être posé sur ses globes oculaires, rendant tous les visages flous.

À l'autre bout de la pièce, Willie jouait de l'harmonica. Buddy et Highboy écoutaient. La musique était sombre et triste. À la fin de la chanson, Willie essuya son harmonica sur sa chemise. « J'ai drôlement faim et soif, je joue faux à force de saliver. Je serai ravi de goûter un peu de ce boogie-woogie. Boire quelque chose de bon, y a que ça qui me fasse oublier la douleur. Si je savais où sont mes pieds et si j'avais un verre de gin tous les soirs, ça m'ennuierait pas autant.

– Te tracasses pas, mon chou. On va te donner quelque chose, dit Portia. Mr. Blount, voulez-vous un feuilleté aux pêches et un verre de vin?

– Merci, répondit Jake. C'est une très bonne idée. »

Prestement, Portia mit une nappe sur la table et y posa une assiette et une fourchette. Elle versa un grand verre de vin. « Installez-vous bien. Et avec votre permission, je vais servir les autres. »

Les bocaux passaient de bouche en bouche. Avant d'en tendre un à Willie, Highboy emprunta le rouge à lèvres de Portia et marqua d'un trait rouge la limite du vin. Il y eut des glouglous et des rires. Jake termina son feuilleté et retourna s'asseoir avec son verre entre les deux vieillards. Le vin de fabrication artisanale était généreux et fort comme de l'eau-de-vie. Willie entama un air lent et déchirant sur son harmonica. Portia faisait claquer ses doigts et déambulait dans la pièce d'un pas traînant.

Jake se tourna vers Marshall Nicolls. « Vous disiez que le père de Portia est médecin?

– Oui, monsieur. Tout à fait. Un médecin chevronné.

– Qu'est-ce qui lui arrive? »

Les deux Noirs échangèrent un regard circonspect.

« Il a eu un accident, expliqua John Roberts.

– Quel genre d'accident?

– Grave. Déplorable. »

Marshall Nicolls pliait et dépliait son mouchoir de soie. « Ainsi que nous le remarquions il y a quelques minutes, il importe de ne pas *détériorer* ces relations amicales, et de les favoriser de toutes les façons sérieusement envisageables. Nous, membres de la race de couleur, devons lutter pour élever nos citoyens. Le docteur de cette maison a lutté par tous les moyens. Mais il m'a quelquefois paru qu'il n'avait pas assez pleinement reconnu certains *éléments* de la situation, notamment au sujet des différentes races. »

Impatienté, Jake avala d'un trait ses dernières gorgées de vin. « Pour l'amour du Christ, parlez clairement, parce que je n'arrive pas à comprendre un mot de ce que vous racontez. »

Marshall Nicolls et John Roberts se lancèrent un regard offusqué. À l'autre bout de la pièce, Willie continuait à jouer. Ses lèvres rampaient sur les orifices carrés de l'harmonica comme de grosses chenilles plissées. Ses épaules étaient larges et fortes. Ses moignons s'agitaient au rythme de la musique. Highboy dansait pendant que Buddy et Portia battaient des mains en mesure.

Jake se leva et, une fois debout, il se rendit compte qu'il était ivre. Il chancela, puis jeta des regards vindicatifs autour de lui, mais personne ne semblait s'en être aperçu. « Où est Singer? » demanda-t-il à Portia d'une voix pâteuse.

La musique s'arrêta. « Eh bien, Mr. Blount, je croyais que vous saviez qu'il était parti. Pendant que vous étiez à table avec votre feuilleté aux pêches, il est venu à la porte et il a tendu sa montre pour indiquer qu'il devait s'en aller. Vous l'avez regardé droit dans les yeux et vous avez secoué la tête. Je croyais que vous le saviez.

– Je pensais sans doute à autre chose. » Il se tourna vers Willie et lui lança avec emportement : « Je n'ai même pas pu vous dire pourquoi j'étais venu. Je ne suis pas venu pour vous demander de *faire* quoi que ce soit. Tout ce que je voulais... tout ce que je voulais c'était ceci. Vous et vos compagnons, vous auriez témoigné, et moi, j'aurais expliqué pourquoi c'est arrivé. *Pourquoi*, c'est la seule chose qui compte... pas *ce qui* a eu lieu. Je vous aurais promené partout dans un chariot, vous auriez raconté votre histoire, et ensuite j'aurais *expliqué*. Et ça aurait peut-être servi à quelque chose. Peut-être que... »

Il sentit qu'ils se moquaient de lui. Dans sa confusion, il oublia ce qu'il voulait dire. La pièce était pleine de visages sombres, étrangers, et il n'y avait pas assez d'air pour respirer. Il vit une porte et s'y dirigea en titubant. Il était dans un cabinet noir qui sentait le médicament. Puis sa main tourna un autre bouton de porte.

Il se trouvait sur le seuil d'une petite pièce blanche simplement meublée d'un lit de camp, d'un classeur et de deux chaises. Sur le lit était allongé le redoutable nègre qu'il avait croisé dans l'escalier en allant chez Singer. Son visage était très noir sur les oreillers blancs et raides. Les yeux sombres brûlaient de haine, mais les épaisses lèvres bleuâtres étaient calmes. Le visage était immobile comme un masque, à l'exception des battements lents, amples, des narines à chaque respiration.

« Sortez, ordonna le nègre.

– Attendez..., balbutia désespérément Jake. Pourquoi dites-vous ça?

– C'est ma maison. »

Jake ne parvenait à détacher ses yeux du visage inquiétant du nègre. « Mais pourquoi?

– Vous êtes un Blanc et un étranger. »

Jake ne partit pas. Il s'approcha avec une pesante circonspection d'une des chaises blanches et droites et s'y assit. Le nègre remua les mains sur la courtepointe. Ses yeux noirs étincelaient de fièvre. Jake l'observait. Ils attendaient. Il régnait dans la pièce comme une atmosphère de conspiration, ou le calme mortel qui précède une explosion.

Minuit était passé depuis longtemps. L'air tiède et sombre de l'aube printanière agitait les couches de fumée bleue dans la pièce. Des boules de papier froissées et une bouteille de gin à moitié vide traînaient par terre. Des cendres éparpillées laissaient des traces grises sur la courtepointe. Le docteur Copeland, crispé, enfonçait sa tête dans l'oreiller. Il avait ôté sa robe de chambre et les manches de sa chemise de nuit en coton blanc étaient retroussées jusqu'au coude. Jake se tenait penché en avant sur sa chaise. Sa cravate était desserrée et la sueur avait défraîchi son col de chemise. Au cours des heures s'était développé entre eux un long dialogue épuisant. Ils venaient de marquer un temps d'arrêt.

« L'époque est maintenant mûre pour... », commença Jake.

Mais le docteur Copeland l'interrompit. « Il est peut-être nécessaire à présent que nous... », murmura-t-il d'une voix rauque. Ils s'arrêtèrent. Chacun regardait l'autre dans les yeux et attendait. « Je vous demande pardon, dit le docteur Copeland.

– Désolé, répondit Jake. Allez-y.

– Non, continuez, vous.

– Eh bien..., reprit Jake. Je ne finirai pas la phrase que j'ai commencée. À la place, nous allons reparler une dernière fois du Sud. Le Sud étranglé. Le Sud ravagé. Le Sud servile.

– Et le peuple nègre. »

Pour se calmer, Jake avala une longue gorgée brûlante de la bouteille posée par terre à côté de lui. Puis, à pas concentrés, il se dirigea vers le classeur et prit un petit globe terrestre sans valeur qui servait de presse-papiers. Il fit lentement tourner la sphère entre ses mains. « Tout ce que je puis dire, c'est ceci : le monde est plein de cruauté et de mal. Ah! Les trois quarts du globe sont en état de guerre ou d'oppression. Les menteurs et les monstres sont unis, mais les hommes qui *savent* sont isolés et sans défense. Pourtant! Pourtant si vous me demandiez de montrer la zone la moins civilisée sur la face du globe, j'indiquerais ceci...

– Regardez bien, avertit le docteur Copeland. Vous êtes en plein océan. »

Jake tourna de nouveau le globe et appuya son pouce carré et crasseux sur un emplacement soigneusement sélectionné. « Ceci. Ces treize États. Je sais de quoi je parle. J'ai lu des livres et j'ai bourlingué. Je suis allé dans chacun de ces treize foutus États. J'ai travaillé dans chacun d'eux. Et voilà pourquoi je suis de cet avis. Nous vivons dans le pays le plus riche du monde. Il y a suffisamment, et bien au-delà, pour qu'aucun homme, aucune femme, aucun enfant ne soit dans le besoin. Et par-dessus le marché, notre pays a été fondé sur ce qui aurait dû être un grand, un vrai principe – la liberté, l'égalité, et les droits de l'individu. Oh! Et qu'en est-il sorti? Il y a des sociétés qui valent des milliards de dollars – et des centaines de milliers de gens qui ne gagnent pas de quoi manger. Et ici, dans ces treize États, l'exploitation des êtres humains est telle que... qu'il faut le voir pour le croire. Dans ma vie, j'ai eu sous les yeux des spectacles à rendre fou. Un tiers au moins des habitants du Sud vit et meurt aussi pauvre que le paysan le plus démuni d'un état fasciste européen. Le salaire moyen d'un fermier dans une métairie ne dépasse pas soixante-treize dollars par an. Et encore, c'est une moyenne ! Les salaires des métayers varient de trente-cinq à quatre-vingt-dix dollars par personne. Et trente-cinq dollars par an, ça signifie environ dix *cents* pour une pleine journée de travail. Il y a partout de la pellagre, de l'ankylostomiase et de l'anémie. Et de la famine, purement et simplement. Mais ! » Jake se frotta les lèvres contre les jointures sales de ses poings. La sueur perlait sur son front. « Mais ! répéta-t-il. Ce ne sont que les maux visibles et palpables. Le reste est pire. Je parle de la façon dont on cache la vérité aux gens. Ce qu'on leur raconte pour qu'ils ne voient pas la vérité. Les mensonges pernicieux. Pour les empêcher de savoir.

– Et les nègres, insista le docteur Copeland. Pour comprendre ce qui nous arrive il faut... »

Jake le coupa brutalement. « À qui appartient le Sud ? Les sociétés du Nord possèdent les trois quarts du Sud. On dit que la vieille vache broute aux quatre coins – au sud, à l'ouest, au nord et à l'est. Et pourtant il n'y a qu'un endroit où on tire le lait. Elle broute partout mais c'est à New York qu'on la trait. Ses vieilles tétines se balancent au-dessus d'un seul seau. Prenez nos filatures de coton, nos usines de pâte à papier, nos fabriques de harnais, nos fabriques de matelas. Elles appartiennent au Nord. Et que se passe-t-il ? » La moustache de Jake frissonna. « Exemple, un village ouvrier conforme au grand système paternaliste de l'industrie américaine. Propriétaires absentéistes. Le village est une énorme briqueterie avec peut-être quatre ou cinq cents bicoques. Ce ne sont pas des maisons décentes pour des êtres humains. Elles ont été construites comme des taudis dès le départ. Les bicoques se réduisent à deux, peut-être trois pièces, et des cabinets – les granges à bestiaux sont mieux conçues. On se préoccupe davantage des besoins quand on bâtit des porcheries. Car dans ce système les porcs sont précieux, et pas les hommes. On ne peut pas confectionner des côtelettes de porc et des saucisses avec les gamins squelettiques des usines. On ne peut vendre que la moitié des gens de nos jours. Tandis qu'un cochon...

– Attendez ! s'exclama le docteur Copeland. Vous partez dans une digression. Et en outre, vous n'accordez aucune attention à la question bien distincte des nègres. Je n'arrive pas à placer un mot. Nous avons déjà évoqué tout cela, mais il est impossible de saisir pleinement la situation sans nous inclure, nous les nègres.

– Revenons à notre village ouvrier, poursuivit Jake. Un jeune commence à travailler au mirifique salaire de huit ou dix dollars par semaine quand il peut se faire embaucher. Il se marie. Après le premier enfant, la femme doit travailler à l'usine elle aussi. Leurs salaires combinés s'élèvent à mettons dix-huit dollars par semaine quand ils trouvent du travail tous les deux. Peuh! Ils en versent un quart pour la cabane que leur procure l'usine. Ils achètent la nourriture et les vêtements à un magasin possédé ou contrôlé par la société. Le magasin gonfle les prix de chaque article. Avec trois ou quatre enfants, ils sont aussi prisonniers que s'ils portaient des chaînes. C'est exactement le principe du servage. Pourtant, ici, en Amérique, nous nous proclamons libres. Et le plus drôle, c'est qu'on a tellement enfoncé cette idée dans le crâne des métayers, des ouvriers des filatures et de tous les autres, qu'ils y croient vraiment. Mais il a fallu une sacrée couche de mensonges pour les empêcher de comprendre.

– Il n'y a qu'une issue..., commença le docteur Copeland.

– Deux. Et seulement deux. Il y eut un temps où ce pays était en expansion. Chacun pensait avoir une chance. Bah! Mais cette période est finie – finie pour de bon. Moins de cent sociétés ont tout avalé, sauf quelques miettes. Ces industries nous ont déjà sucé le sang et rongé la moelle des os. L'époque de l'expansion c'est terminé. Le système de la démocratie capitaliste est tout entier pourri et corrompu. Il ne reste que deux voies. Premièrement : le fascisme. Deuxièmement : une réforme permanente, radicalement révolutionnaire.

– Et les nègres. N'oubliez pas les nègres. En ce qui nous concerne, mon peuple et moi, le Sud est fasciste et l'a toujours été.

– Ouais.

– Les nazis dépouillent les Juifs de leur réalité légale, économique et culturelle. Ici, les nègres en ont toujours été privés. Et si nous n'avons pas connu ici un pillage d'argent et de biens aussi massif et aussi spectaculaire qu'en Allemagne, c'est uniquement parce que les nègres n'ont pas eu la possibilité d'accumuler des richesses.

– C'est le fonctionnement du système, intervint Jake.

– Les nègres et les Juifs, dit amèrement le docteur Copeland.

L'histoire de mon peuple sera comparable à celle des Juifs – seulement plus sanglante et plus violente... Il existe une certaine espèce de mouette ; quand on en capture une et qu'on lui attache un bout de ficelle rouge à la patte, le restant de la volée la tue à coups de bec. »

Le docteur Copeland ôta ses lunettes et renoua un fil de fer autour d'une charnière cassée. Puis il essuya les verres sur sa chemise de nuit. Sa main tremblait d'agitation. « Mr. Singer est juif.

– Non, vous vous trompez.

– Mais j'en suis certain. Le nom, Singer. J'ai reconnu sa race au premier regard. À ses yeux. D'ailleurs, il me l'a dit.

– Mais c'est impossible, insista Jake. C'est un pur Anglo-Saxon. Irlandais et Anglo-Saxon.

– Mais...

– J'en suis sûr. Absolument.

– Très bien, concéda le docteur Copeland. Ne nous disputons pas. »

Au-dehors, l'air sombre s'était rafraîchi, et il faisait un peu froid dans la chambre. C'était presque l'aube. Le ciel du petit matin était d'un bleu profond, soyeux, et la lune était passée de l'argenté au blanc. Rien ne troublait le calme. On n'entendait pas d'autre bruit que le chant clair et solitaire d'un oiseau printanier dans l'obscurité du dehors. Malgré une légère brise qui soufflait par la fenêtre, l'atmosphère était aigre et renfermée dans la chambre. On y sentait un climat de nervosité et d'épuisement. Le docteur Copeland s'écartait de l'oreiller, penché en avant. Ses yeux étaient injectés de sang et ses mains agrippaient la courtepointe. L'encolure de sa chemise de nuit avait glissé sur son épaule osseuse. Les talons de Jake étaient en équilibre sur les barreaux de sa chaise, et ses mains gigantesques repliées entre ses genoux, dans une attitude d'attente enfantine. Il avait sous les yeux de profonds cernes noirs, et la chevelure en désordre. Ils se regardaient sans mot dire. Plus le silence se prolongeait, et plus la tension croissait.

Le docteur Copeland s'éclaircit enfin la gorge et dit : « Je suis sûr que vous n'êtes pas venu ici pour rien. Je suis certain que nous n'avons pas discuté de ces sujets toute la nuit en vain. Nous avons parlé de tout à présent, sauf de la question essentielle – comment en sortir. Ce qu'il faut faire. »

Ils continuaient à s'observer et à attendre. Leurs visages exprimaient l'expectative. Le docteur Copeland s'assit contre les oreillers, droit comme un *i*. Jake était penché en avant, le menton dans la main. Puis, d'une voix hésitante, ils se mirent à parler en même temps.

« Excusez-moi, dit Jake. Allez-y.

– Non, vous. Vous avez commencé d'abord.

– Je vous écoute.

– Peuh ! s'exclama docteur Copeland. Continuez. »

Jake fixa sur lui des yeux voilés, mystiques. « Voici. Ma conception est la suivante. La seule solution, c'est que les gens *sachent*. Dès qu'ils connaîtront la vérité, ils ne pourront plus être opprimés. À partir du moment où la moitié d'entre eux seulement saura, le combat sera gagné.

– Oui, une fois qu'ils comprendront les rouages de la société. Mais comment suggérez-vous de les leur expliquer ?

– Écoutez, dit Jake. Pensez aux chaînes de lettres. Si une personne envoie une lettre à dix autres, et qu'ensuite chacune en envoie à dix de plus... vous saisissez ? » Il chercha ses mots. « Non que j'écrive des lettres, mais l'idée est la même. Je me promène et j'explique. Et si, dans une ville, j'arrive à révéler la vérité rien qu'à dix ignorants, j'ai l'impression qu'un peu de progrès a été fait. Vous voyez ? »

Le docteur Copeland considéra Jake avec stupeur. Puis il grogna. « Ne soyez pas infantile. On ne peut pas se contenter de parlottes. Des chaînes de lettres ! Les gens qui savent et les ignorants ! »

Les lèvres de Jake tremblèrent et son sourcil s'abaissa avec une prompte colère. « D'accord. Qu'avez-vous à proposer ?

– Je dois vous avouer que je pensais un peu comme vous autrefois. Mais j'ai appris à quel point cette attitude était erronée. Pendant un demi-siècle, j'ai cru sage d'être patient.

– Je n'ai pas prôné la patience.

– Face à la brutalité, j'étais prudent. Devant l'injustice, je gardais mon calme. Je sacrifiais le présent pour le bien d'un tout hypothétique. Je croyais au discours plutôt qu'au poing. Comme une armure contre l'oppression, j'enseignais la patience et la foi en l'âme humaine. Je sais à présent combien je me trompais. J'ai été traître à moi-même et à mon peuple. Ce sont des balivernes. Il est maintenant temps d'agir, et d'agir vite. De combattre la ruse par la ruse et la force par la force.

– Mais comment? demanda Jake. Comment?

– Eh bien, en sortant et en prenant des initiatives. En rassemblant des foules de gens et en les appelant à manifester.

– Peuh! Cette dernière phrase vous trahit – " en les appelant à manifester ". À quoi ça servirait de les faire manifester s'ils ne savent pas? Vous essayez d'engraisser le porc par le cul.

– Je n'apprécie pas les expressions vulgaires, repartit le docteur Copeland d'un ton pudibond.

– Pour l'amour du Christ! Je me fiche que vous les appréciiez ou non. »

Le docteur Copeland leva la main. « Ne nous échauffons pas. Efforçons-nous de considérer le problème sous le même angle.

– Parfait. Je ne veux pas me bagarrer avec vous. »

Ils gardèrent le silence. Le docteur Copeland promenait son regard d'un coin du plafond à l'autre. Il s'humecta plusieurs fois les lèvres pour parler, et chaque fois le mot resta à demi formé et muet dans sa bouche. Il déclara enfin : « Voici ce que je vous conseille. N'essayez pas de lutter seul.

– Je vois où vous voulez en venir. »

Le docteur Copeland ramena l'encolure de sa chemise de nuit sur son épaule décharnée, et la serra autour de sa gorge. « Vous croyez en la lutte de mon peuple pour le respect de ses droits? »

Devant l'agitation du docteur Copeland et sa question douce et voilée, les yeux de Jake se remplirent soudain de larmes. Un vif élan gonflé d'amour lui fit saisir la main noire, maigre, sur la courtepointe, et il la pressa ardemment. « Bien sûr, répondit-il.

– Vous reconnaissez l'urgence de nos besoins?

– Oui.

– L'absence de justice? La scandaleuse inégalité? »

Le docteur Copeland toussa et cracha dans un des carrés de papier qu'il gardait sous son oreiller. « J'ai un programme. C'est un plan simple et concis. Je me fixe un seul objectif. Cette année, en août, j'ai l'intention de conduire une marche de plus de mille nègres de ce comté. Une marche à Washington. Tous rassemblés en un bloc. Si vous regardez dans le classeur là-bas, vous verrez une pile de lettres que j'ai écrites cette semaine et que je remettrai personnellement. » De ses mains fiévreuses, le docteur Copeland lissait les côtés du lit étroit. « Vous vous rappelez ce que je vous ai dit il y a quelques instants? Vous vous souviendrez de mon unique conseil : n'essayez pas de lutter seul.

– Je comprends, dit Jake.

– Mais à partir du moment où vous vous y engagez, ce doit être totalement. Cela passe avant tout. C'est votre travail, présent et à venir. Vous devez vous y consacrer entièrement, sans compter, sans espoir de récompense personnelle, sans repos et sans espoir de repos.

– Pour les droits des nègres du Sud.

– Du Sud et ici même, dans ce comté. Et ce doit être tout ou rien. Oui ou non. »

Le docteur Copeland se radossa à son oreiller. Seuls ses yeux paraissaient vivants. Ils brûlaient dans son visage comme des charbons ardents. La fièvre colorait ses pommettes d'un violet spectral. Jake se renfrogna et appuya ses jointures sur ses lèvres molles, larges et tremblantes. Son visage s'enflamma. Au-dehors, la pâle lueur du petit matin était apparue. L'ampoule électrique suspendue au plafond brillait d'un vilain éclat dans la lumière de l'aube.

Jake se leva et vint se placer au pied du lit, le corps raidi. Il affirma d'un ton sans réplique : « Non. Ce n'est pas ainsi qu'il faut s'y prendre. Je suis absolument sûr que non. En premier lieu, vous ne sortiriez même pas de la ville. Ils vous disperseraient en vous accusant de menacer la santé publique – ou sous un autre prétexte. Ils vous arrêteraient et ça ne donnerait rien. Mais en admettant que par miracle vous arriviez à Washington, ça ne servirait à rien. C'est une idée absurde. »

Le raclement aigu du flegme retentit dans la gorge du docteur Copeland. Sa voix était dure. « Puisque vous êtes si prompt au sarcasme et à l'anathème, qu'avez-vous à offrir à la place?

– Je n'ai pas été sarcastique, protesta Jake. J'ai simplement observé que votre plan était absurde. Je suis venu ici ce soir avec une bien meilleure idée. Je voulais que votre fils, Willie, et les deux autres garçons, m'autorisent à les promener dans un chariot. Ils devaient raconter leur histoire, et ensuite j'aurais expliqué les causes. En d'autres termes, je projetais de faire un exposé sur la dialectique du capitalisme – et de dénoncer tous ses mensonges. Je démontrerais clairement *pourquoi* ces garçons ont été amputés. Et les gens, après les avoir vus, *sauraient*.

– Pfft! Deux fois pfft! s'exclama le docteur Copeland, hors de lui. Je crois que vous n'avez aucune jugeote. Si j'étais homme à m'amuser, j'éclaterais de rire. Jamais je n'ai eu l'occasion d'entendre de mes oreilles des inepties pareilles. »

Ils se regardaient, amèrement déçus et furieux. Le fracas d'un chariot résonna dans la rue. Jake avala sa salive et se mordit les lèvres. « Peuh ! lança-t-il enfin. C'est vous qui êtes cinglé. Vous prenez le problème à l'envers. La seule façon de résoudre la question nègre, c'est de châtrer les quinze millions de Noirs de ces États.

– Alors voilà le genre d'idée que vous dissimulez derrière vos rodomontades sur la justice.

– Je n'ai pas dit qu'il fallait le faire. J'ai simplement dit que l'arbre vous cachait la forêt. » Jake choisissait ses mots avec soin. « Le travail doit commencer à la base. Pulvériser les vieilles traditions et en créer de nouvelles. Forger un modèle entièrement neuf pour le monde. Faire de l'homme un être social pour la première fois, intégré dans une société ordonnée et contrôlée où il n'est pas obligé d'être injuste pour survivre. Une tradition sociale dans laquelle... »

Le docteur Copeland applaudit ironiquement. « Très bon, commenta-t-il. Mais le coton doit être ramassé avant qu'on fabrique le tissu. Vous et vos théories tordues de l'inaction pouvez...

– Taisez-vous ! Qui se soucie que vous et votre millier de nègres, vous vous traîniez jusqu'à ce cloaque puant nommé Washington ? Quelle différence cela fait-il ? Quelle importance ont une poignée de gens – quelques milliers, Noirs, Blancs, bons ou mauvais, quand toute la société repose sur d'odieux mensonges ?

– Ça change tout ! haleta le docteur Copeland. Tout ! Tout !

– Rien !

– L'âme du plus vil d'entre nous sur cette terre vaut plus au regard de la justice que...

– Oh, allez au diable ! cria Jake. Quelles conneries !

– Blasphémateur ! hurla le docteur Copeland. Scélérat ! »

Jake secoua les barreaux de fer du lit. La veine de son front était gonflée à éclater et il avait le visage rouge de colère. « Fanatique aveugle !

– Blanc... » La voix manqua au docteur Copeland. Il luttait, et aucun son ne sortait. Enfin, il put émettre un murmure étranglé : « Monstre. »

La vive lumière jaune du matin apparut à la fenêtre. La tête du docteur Copeland retomba sur l'oreiller. Le cou tordu, une petite tache d'écume sanguinolente aux lèvres. Jake le regarda avant de se précipiter tête première hors de la pièce, avec de violents sanglots.

14

Elle ne pouvait plus rester dans l'espace du dedans. Il lui fallait une compagnie en permanence. S'occuper à chaque instant. Et quand elle était seule, elle comptait ou elle manipulait des chiffres. Elle comptait les roses du papier peint dans le salon, calculait le volume de la maison, dénombrait chaque brin d'herbe du jardin et chaque feuille sur tel buisson. Parce que, si elle ne s'absorbait pas dans des chiffres, une immense frayeur l'envahissait. En rentrant de l'école par ces après-midi de mai, vite, il lui fallait penser à quelque chose. À quelque chose de bon – de très bon. Elle pensait à une phrase de jazz endiablée. Ou au bol de gelée qu'elle trouverait dans le réfrigérateur en arrivant. Ou à la cigarette qu'elle fumerait derrière la remise à charbon. Elle essayait de se projeter dans un avenir lointain, quand elle irait dans le Nord voir la neige, ou voyagerait dans un pays étranger. Mais ces pensées bienfaisantes s'évanouissaient vite. La gelée était avalée en cinq minutes et la cigarette fumée. Qu'y avait-il ensuite? Et les chiffres se mélangeaient dans sa tête. La neige et le pays étranger étaient loin, très loin du présent. Alors que restait-il?

Rien que Mr. Singer. Mick avait envie de le suivre partout. Le matin, elle le regardait descendre le perron quand il partait travailler, puis elle lui emboîtait le pas. Chaque après-midi, dès la fin des cours, elle flânait à proximité du magasin où Singer travaillait. À quatre heures, il sortait boire un Coca-Cola. Elle le regardait traverser la rue, entrer dans le drugstore, et attendait qu'il ressorte. Elle le suivait de la boutique jusque chez eux et parfois même quand il allait se promener. Elle le suivait toujours de loin. Et il ne le savait pas.

Elle montait le voir dans sa chambre. Avant, elle se lavait la figure et les mains, et mettait un peu de vanille sur le devant de sa robe. Elle n'allait dans sa chambre que deux fois par semaine à présent, pour qu'il ne se lasse pas de ses visites. Presque toujours, elle le trouvait penché sur le joli échiquier mystérieux.

« Mr. Singer, avez-vous déjà habité quelque part où il neige en hiver? »

Il ramena sa chaise contre le mur et acquiesça.

« Dans un pays différent – dans un pays étranger? »

Il acquiesça de nouveau, et il écrivit sur son bloc de papier avec son porte-mine en argent. Il avait voyagé en Ontario, au Canada – en face de Detroit, de l'autre côté du fleuve. Le Canada était situé si loin au nord que la neige blanche s'amoncelait jusqu'aux toits des maisons. C'est là que se trouvaient la baie de Quinte et le Saint-Laurent. Les gens couraient dans les rues en se parlant français. Et tout à fait au nord, il y avait des forêts profondes et des igloos de glace blancs. L'Arctique aux belles lumières septentrionales.

« Quand vous étiez au Canada, vous sortiez pendre de la neige fraîche pour la manger avec de la crème et du sucre ? J'ai lu quelque part que c'était drôlement bon. »

Il tendit le cou parce qu'il ne comprenait pas. Elle ne reposa pas la question qui lui parut soudain stupide. Elle le regarda et attendit. La tête de Singer projetait une grande ombre noire sur le mur derrière lui. Le ventilateur électrique rafraîchissait l'air chaud et lourd. Le calme était parfait. Ils semblaient sur le point de se confier des choses jamais exprimées. Ce que Mick avait à dire était effroyable. Mais Mr. Singer saurait lui donner une réponse juste qui réglerait tout. C'était peut-être impossible à communiquer par des paroles ou par l'écriture. Il devrait le lui laisser entendre par un autre moyen. Avec lui, elle avait cette impression.

« Je vous posais juste des questions sur le Canada... mais c'était sans importance, Mr. Singer. »

En bas, chez elle, les ennuis s'accumulaient. Etta était toujours trop malade pour dormir à trois dans un lit. Les stores restaient baissés et la pièce obscure sentait mauvais, d'une odeur malsaine. Le travail d'Etta était fichu, ce qui impliquait une perte de huit dollars par semaine, sans compter la note du médecin. En plus, un jour, en se promenant dans la cuisine, Ralph s'était brûlé sur le poêle. Les pansements lui donnaient des démangeaisons aux mains, et il fallait le surveiller en permanence pour qu'il ne crève pas les cloques. Le jour de son anniversaire, ils avaient acheté à George une petite bicyclette rouge, avec un grelot et un panier sur le guidon. Tout le monde avait contribué au cadeau. Mais lorsque Etta avait perdu son emploi, ils s'étaient trouvés dans l'impossibilité de payer, et après deux traites non versées, le magasin avait envoyé un homme récupérer le vélo. George regarda l'homme pousser la bicyclette sur la véranda et, au passage, donna un coup de pied dans le garde-boue arrière, avant d'aller s'enfermer dans la remise à charbon.

C'était sans arrêt l'argent, l'argent, l'argent. Ils avaient des dettes à l'épicerie, une dernière traite à payer pour les meubles. Et depuis qu'ils avaient perdu la maison, ils devaient de l'argent pour ça aussi. Les six chambres de la maison étaient occupées, mais personne ne versait le loyer à temps.

Pendant quelque temps, leur père sortit chaque jour chercher un nouveau travail. Il ne pouvait plus être charpentier parce qu'il tremblait dès qu'il se trouvait à plus de trois mètres du sol. Il se proposa pour beaucoup d'emplois, mais personne ne l'embauchait. Il lui vint finalement cette idée.

« C'est de la réclame, Mick, dit-il. J'en suis arrivé à la conclusion que je suis maintenant parfaitement au point pour arranger des montres. Il faut que je me vende. Il faut que j'aille informer les gens que je sais réparer les montres, et que je les répare bien et pour pas cher. Note bien ceci. Je vais monter cette affaire, et j'assurerai une bonne existence à la famille pour le restant de mes jours. Grâce à la réclame. »

Il rapporta une douzaine de plaques de fer-blanc et de la peinture rouge. Durant la semaine qui suivit, il s'activa beaucoup. Il lui semblait que c'était une idée du tonnerre. Les panneaux jonchaient le sol de la salle de séjour. Il se mit à quatre pattes, traçant chaque lettre avec le plus grand soin. Quand il travaillait, il sifflait en dodelinant de la tête. Il n'avait pas été d'aussi joyeuse humeur depuis des mois. De temps à autre, il revêtait son beau costume et allait au coin de la rue prendre un verre de bière pour se calmer. Au début, les panneaux portaient l'inscription :

Wilbur Kelly
Réparateur de Montres
Spécialiste, Prix Très Intéressants

« Mick, je veux qu'ils frappent l'œil. Qu'ils ressortent partout où ils seront. »

Elle l'aida et il lui donna quinze *cents*. Au commencement, les panneaux étaient bien. Puis il y travailla tant qu'il gâcha l'ouvrage. Il voulait ajouter de plus en plus de slogans – dans les coins, en haut et en bas. Les panneaux n'étaient pas terminés, qu'ils étaient déjà couverts de « Très bon marché », « Venez tout de suite », « Donnez-moi n'importe quelle montre, j'en fais mon affaire ».

« Tu essaies d'en mettre tellement sur les panneaux que personne ne lira rien », lui dit-elle.

Il rapporta encore du fer-blanc et laissa à Mick le soin de la typographie. Elle peignit les panneaux très simplement, avec de grandes capitales et un dessin de montre. Il en eut bientôt toute une pile. Un type qu'il connaissait le conduisit dans la campagne, où il pouvait les clouer à des arbres ou des poteaux de palissade. Aux deux extrémités de la rue, il plaça une pancarte avec une main noire pointée vers la maison. Plus une autre sur la porte d'entrée.

Le lendemain du jour où la réclame fut terminée, il attendit dans la salle de séjour, en chemise propre et en cravate. Rien n'arriva. Le joaillier qui lui donnait ses surplus de réparations, payées à moitié prix, lui envoya deux montres. Ce fut tout. Ce fut un rude coup pour lui. Il ne sortit plus chercher du travail, mais il fallait qu'il s'occupe à chaque instant dans la maison. Il enlevait les portes et graissait les charnières – que ce soit nécessaire ou non. Il malaxait la margarine pour Portia et frottait les parquets dans les étages. Il bricola un engin permettant de vider l'eau de la glacière à travers la fenêtre de la cuisine. Il sculpta de beaux blocs en forme de lettres pour Ralph et inventa un petit enfileur d'aiguille. Il se donnait un mal infini pour les rares montres qu'il avait en réparation.

Mick continuait à suivre Mr. Singer. Mais malgré elle. Ça ne paraissait pas bien de le suivre à son insu. Durant deux ou trois jours, elle fit l'école buissonnière, lui emboîtant le pas quand il se rendait à son travail, et traînant toute la journée au coin de la rue à proximité de son magasin. Quand il déjeunait au café de Mr. Brannon, elle y entrait et dépensait cinq *cents* pour un sachet de cacahuètes. Et le soir, elle le suivait dans ses longues promenades obscures, en restant sur le trottoir d'en face, à une centaine de mètres d'intervalle. Quand il s'arrêtait, elle s'arrêtait également – et lorsqu'il marchait vite, elle essayait de ne pas le perdre de vue. Du moment qu'elle le voyait et qu'elle était près de lui, elle était heureuse. Parfois cependant, saisie d'un sentiment de culpabilité, elle s'efforçait de s'occuper à la maison.

Son père et elle avaient à présent un point commun : ils devaient meubler chaque instant de leur vie. Mick se tenait au courant de ce qui se passait à la maison et dans le voisinage. La grande sœur de Spareribs avait gagné cinquante dollars à la loterie-gala au cinéma. Baby Wilson n'avait plus son bandage sur la tête, mais ses cheveux étaient coupés court comme ceux d'un garçon. Elle ne danserait pas à la soirée cette année, et quand sa mère l'y avait emmenée, Baby s'était mise à hurler et à chahuter pendant un des numéros. On avait dû la traîner hors de l'Opéra. Et sur le trottoir, Mrs. Wilson fut obligée de la fouetter pour qu'elle se tienne tranquille. Mrs. Wilson pleurait. George détestait Baby. Il se bouchait le nez et les oreilles quand elle passait devant la maison. Pete Wells s'enfuit de chez lui et ne reparut pas pendant trois semaines. Il revint pieds nus et affamé, se vantant d'être allé jusqu'à La Nouvelle Orléans.

À cause d'Etta, Mick dormait toujours dans le salon. Le petit canapé la gênait tellement qu'elle devait rattraper son sommeil en retard dans la salle d'études à l'école. Toutes les deux nuits, Bill échangeait avec elle et elle dormait avec George. Puis il leur arriva un coup de chance inespéré. Un type qui occupait une chambre en haut déménagea. Au bout d'une semaine sans réponse à l'annonce dans le journal, leur mère autorisa Bill à s'installer dans la chambre vide. Bill fut ravi d'avoir un espace entièrement à lui, loin de la famille. Elle partageait désormais la chambre de George. Il dormait comme un petit chat tiède et respirait sans bruit.

Elle connut à nouveau la nuit. Mais pas la même que l'été dernier, lorsqu'elle marchait seule dans le noir, écoutait de la musique et échafaudait des projets. Elle vivait la nuit différemment à présent. Elle restait éveillée dans le lit. Une peur bizarre l'envahissait. Comme si le plafond descendait lentement sur son visage. Que se passerait-il si la maison s'écroulait? Son père avait déclaré une fois que le bâtiment entier devrait être condamné. Voulait-il dire qu'une nuit, pendant leur sommeil, les murs allaient se lézarder et la maison s'effondrer? Les enterrer tous sous le plâtre, le verre brisé et les meubles écrasés? Qu'ils ne pourraient plus bouger ni respirer? Elle était allongée, les yeux ouverts, les muscles tendus. Pendant la nuit, elle entendait un craquement. Est-ce que quelqu'un marchait – quelqu'un d'autre qui ne dormait pas – Mr. Singer?

Elle ne pensait jamais à Harry. Elle avait décidé de l'oublier, et elle l'oublia. Il lui écrivit qu'il travaillait dans un garage à Birmingham. Elle répondit par une carte disant « OK », comme prévu. Il envoyait à sa mère trois dollars chaque semaine. Un laps de temps très long semblait s'être écoulé depuis leur promenade dans les bois.

Le jour, elle s'affairait dans l'espace du dehors. Mais la nuit, elle était seule dans le noir, et calculer ne suffisait pas. Elle avait besoin d'une présence. Elle essayait de garder George éveillé. « C'est amusant de ne pas dormir et de parler dans le noir. Parlons un peu. »

Il répondait d'un murmure ensommeillé.

« Regarde les étoiles par la fenêtre. C'est difficile d'imaginer que chacune de ces petites étoiles est une planète aussi grande que la terre.

– Comment on le sait?

– On le sait. Ils ont des moyens de mesurer. C'est ça, la science.

– J'y crois pas. »

Elle essaya de le pousser à une dispute pour qu'il s'énerve et qu'il ne s'endorme pas. Il la laissa parler sans paraître l'écouter. Au bout d'un moment, il s'exclama :

« Regarde, Mick! Tu vois cette branche de l'arbre? Tu trouves pas qu'elle ressemble à un ancêtre pèlerin allongé avec un fusil à la main?

– Oui. C'est exactement ça. Et regarde là-bas sur le bureau. Cette bouteille, on dirait pas un comique avec un chapeau?

– Nan, répondit George. Pour moi pas du tout. »

Elle prit une gorgée au verre d'eau posé par terre. « On va jouer à un jeu – le jeu du nom. Tu peux choisir le nom si tu veux. Comme tu préfères. Tu décides. »

Il mit ses deux petits poings contre son visage et respira doucement, régulièrement, parce qu'il s'endormait.

« Attends, George! dit-elle. Ce sera marrant. Je suis quelqu'un qui commence par un M. Devine qui. »

George soupira, et sa voix était lasse. « Es-tu Harpo Marx?

– Non. Je ne suis même pas dans les films.

– Je sais pas.

– Mais si. Mon nom commence par la lettre M et je vis en Italie. Tu devrais deviner. »

George se tourna de son côté et se roula en boule. Il ne répondit pas.

« Mon nom commence par un M mais quelquefois on me donne un nom qui commence avec un D. En Italie. Tu peux deviner. »

La pièce était silencieuse et sombre, et George dormait. Elle le pinça et lui tordit l'oreille. Il grogna mais ne s'éveilla pas. Elle se colla contre lui et appuya son visage sur sa chaude petite épaule. Il dormirait toute la nuit d'une traite, pendant qu'elle ferait des calculs à décimales.

Est-ce que Mr. Singer était éveillé dans sa chambre? Est-ce que le plafond craquait parce qu'il allait et venait discrètement, en buvant du jus d'orange froid et en étudiant les pièces d'échecs disposées sur la table? Avait-il jamais ressenti une peur affreuse comme celle-ci? Non. Il n'avait jamais rien fait de mal. Il n'avait rien à se reprocher et son cœur était paisible dans la nuit. Pourtant, en même temps, il comprendrait.

Si seulement elle pouvait le lui raconter, ça irait mieux. Comment s'y prendrait-elle? Mr. Singer... je connais une fille pas plus vieille que moi... Mr. Singer, je ne sais pas si vous comprenez ce genre de choses... Mr. Singer. Mr. Singer. Elle répétait son nom sans fin. Elle l'aimait plus que n'importe quel membre de sa famille, plus même que George ou son papa. C'était un amour différent. Ça ne ressemblait à rien de ce qu'elle avait éprouvé auparavant.

Le matin, George et elle s'habillaient ensemble en discutant. Parfois, elle avait très envie de se rapprocher de George. Il avait grandi et il était pâle et anguleux. Ses cheveux soyeux, tirant sur le roux, retombaient en désordre sur ses petites oreilles. Ses yeux perçants constamment plissés donnaient à son visage une expression tendue. Ses dents définitives poussaient, mais elles étaient bleues, et très écartées comme ses dents de bébé. Il avait souvent le menton de travers, parce qu'il se passait la langue sur ses nouvelles dents, qui étaient sensibles.

« Dis donc, George, est-ce que tu m'aimes? demanda-t-elle.

– Ouais. Je t'aime bien. »

C'était une matinée chaude et ensoleillée, de la dernière semaine d'école. George était habillé et faisait ses devoirs de calcul, allongé par terre. Ses petits doigts sales pressaient le crayon, dont il ne cessait de casser la mine de plomb. Quand il eut terminé, elle le prit par les épaules et scruta intensément son visage. « Je veux dire beaucoup. Beaucoup beaucoup.

– Lâche-moi. Bien sûr que je t'aime. T'es ma sœur, non?

– Je sais. Mais si j'étais pas ta sœur, tu m'aimerais? »

George recula. Faute de chemise, il portait un pull-over sale. Ses fins poignets étaient veinés de bleu. Les manches du pull, distendues, pendaient sur ses mains et les faisaient paraître très petites. « Si t'étais pas ma sœur, je te connaîtrais peut-être pas. Donc je pourrais pas t'aimer.

– Mais si tu me connaissais et que j'étais pas ta sœur?

– Mais comment sais-tu que je te connaîtrais? Tu peux pas le prouver.

– Eh bien, suppose que oui et fais comme si.

– Je pense que je t'aimerais bien. Mais je continue à dire que tu peux pas prouver...

– *Prouver!* T'as que ce mot à la bouche. *Preuve* et *combine*. Tout est une combine ou ça doit être prouvé. Tu es insupportable, George Kelly. Je te déteste.

– OK. Alors je t'aime pas du tout non plus. »

Il rampa sous le lit pour chercher quelque chose.

« Qu'est-ce que tu fabriques là-dessous? T'as intérêt à laisser mes affaires tranquilles. Si jamais je t'attrape en train de fouiller dans ma boîte secrète, je t'éclate la tête contre le mur. Je le ferais. Je te piétinerais la cervelle. »

George sortit de dessous le lit avec son manuel de lecture. Sa petite patte sale s'avança dans un trou du matelas où il cachait des billes. Ce gosse ne se démontait jamais. Sans se presser, il choisit les trois agates brunes qu'il allait emporter. « Oh, zut, Mick », lui répondit-il. George était trop petit et trop dur. C'était ridicule de l'aimer. Il était encore plus ignorant qu'elle.

L'école était finie et elle avait réussi chaque matière – certaines avec un « À plus », et d'autres de justesse. Les journées étaient longues et chaudes. Elle put enfin se remettre à travailler sérieusement la musique. Elle écrivait des morceaux pour piano et violon, des chansons. Elle avait de la musique plein la tête. Elle écoutait la radio de Mr. Singer, puis errait dans la maison en pensant aux programmes qu'elle avait entendus.

« Quelle mouche a piqué Mick? demandait Portia. Elle a perdu sa langue? Elle va et vient sans dire un mot. Elle n'est même plus vorace comme avant. Elle devient une vraie jeune fille à présent. »

Obscurément, elle attendait – sans savoir quoi. Le soleil dardait ses rayons incandescents sur la ville. Le jour, elle travaillait la musique ou traînait avec des gosses. Et attendait. Quelquefois, elle regardait autour d'elle et la panique la prenait. Puis, à la fin de juin, il se produisit un événement capital qui changea brusquement sa vie.

Ce soir-là, ils étaient réunis sur la véranda. Le crépuscule était doux et voilé. Le dîner était presque prêt et l'odeur du chou flottait jusqu'à eux depuis l'entrée ouverte. Ils étaient tous rassemblés, sauf

Hazel, qui n'était pas revenue du travail, et Etta, toujours au lit et malade. Leur père était calé dans un fauteuil, les pieds sur la rampe. Bill se tenait sur les marches avec les enfants. Leur mère, assise sur la balançoire, s'éventait avec le journal. De l'autre côté de la rue, une fille nouvelle dans le quartier arpentait le trottoir sur un seul patin à roulettes. Les lumières commençaient juste à s'allumer autour d'eux et, au loin, un homme appelait quelqu'un.

Puis Hazel arriva. Ses hauts talons claquèrent sur les marches, et elle s'adossa nonchalamment à la rampe. Dans la pénombre, ses mains grasses, douces, parurent très blanches lorsqu'elle tripota le bout de ses tresses. « J'aimerais bien qu'Etta puisse travailler, dit-elle. Je me suis renseignée sur ce boulot aujourd'hui.

– Quel genre de boulot? demanda leur père. Quelque chose que je pourrais faire, ou pour filles uniquement?

– Pour filles seulement. Une employée du Prisunic va se marier la semaine prochaine.

– Le magasin à prix unique..., dit Mick.

– Ça t'intéresse? »

La question la prit au dépourvu. Elle pensait juste au sac de bonbons au wintergreen qu'elle y avait acheté la veille. Elle avait chaud et elle était tendue. Elle repoussa sa frange de son front et compta les premières étoiles.

Leur père jeta d'une chiquenaude sa cigarette sur le trottoir. « Non, dit-il. Nous ne voulons pas que Mick prenne trop de responsabilités à son âge. Il faut d'abord la laisser grandir. Qu'elle termine sa croissance, après on verra.

– Je suis d'accord avec toi, reprit Hazel. Je crois que ce serait une erreur que Mick travaille. Je pense que ce ne serait pas bien. »

Bill reposa Ralph par terre et se frotta nerveusement les pieds sur les marches. « Personne ne devrait travailler avant seize ans. Il faudrait laisser à Mick deux ans de plus, qu'elle finisse le lycée professionnel – si on peut en trouver les moyens.

– Même si on doit renoncer à la maison et aller habiter dans le quartier ouvrier, ajouta leur mère. Je préfère garder Mick à la maison quelque temps. »

L'espace d'un instant, elle avait craint d'être acculée à travailler. Elle aurait menacé de quitter la maison. Mais leur façon de réagir la toucha. Elle se sentait surexcitée. Tout le monde parlait d'elle – et avec gentillesse. Elle avait honte de son premier mouvement de panique. Tout d'un coup, elle aimait sa famille et sa gorge se serra.

« Ça rapporte combien? demanda-t-elle.

– Dix dollars.

– Dix dollars par semaine.

– Bien sûr, répondit Hazel. Tu croyais que ce serait seulement dix dollars par mois?

– Portia gagne pas plus.

– Oh, les gens de couleur... », repartit Hazel.

Mick se frotta le haut du crâne avec le poing. « C'est beaucoup d'argent. Un bon paquet.

– Ce n'est pas négligeable, acquiesça Bill. C'est ce que je touche.

Mick avait la langue sèche. Elle chercha un peu de salive pour pouvoir parler. « Dix dollars par semaine, ça permettrait d'acheter à peu près quinze poulets frits. Ou cinq paires de chaussettes ou cinq robes. Ou une radio à crédit. » Elle songeait à un piano, mais s'abstint d'en parler.

« Ça nous dépannerait, dit leur mère. Mais quand même, je préfère garder Mick à la maison encore un peu. Voyons, quand Etta...

– Attendez! » Elle se sentait brûlante, pleine d'audace. « Je veux prendre ce boulot. Je suis capable de le faire. Je le sais.

– Écoutez la petite Mick », s'exclama Bill.

Leur père se cura les dents avec une allumette et ôta ses pieds de la rampe. « Bon, pas de précipitation. J'aimerais mieux que Mick se donne le temps de réfléchir. On peut se débrouiller sans qu'elle travaille. Je vais augmenter mes travaux d'horlogerie de soixante pour cent dès que...

– J'ai oublié, l'interrompit Hazel. Je crois qu'il y a une prime à Noël chaque année. »

Mick fronça les sourcils. « Mais je travaillerai pas à ce moment-là. Je serai à l'école. Je veux juste travailler pendant les vacances et retourner en classe après.

– Bien sûr, répondit hâtivement Hazel.

– Mais demain, je vais y aller avec toi et décrocher le boulot si je peux. »

La famille semblait libérée d'un gros souci. Dans le noir, tout le monde se mit à rire et à parler. Le père exécuta un tour pour George, avec une allumette et un mouchoir. Puis il donna au gosse cinquante *cents* pour aller acheter au magasin du coin des Coca-Cola à boire après le dîner. L'odeur du chou était plus forte dans l'entrée, et les côtelettes de porc cuisaient. Portia les appela. Les pensionnaires étaient déjà à table. Mick dîna dans la salle à manger. Devant les feuilles de chou jaunes et flasques étalées sur son assiette, elle ne put rien avaler. En tendant le bras pour prendre du pain, elle renversa une cruche de thé glacé sur la table.

Plus tard, elle attendit seule sur la véranda la venue de Mr. Singer. Elle avait désespérément besoin de le voir. Son excitation était retombée, et elle avait mal au cœur. Elle allait travailler au Prisunic contre son gré. Elle se sentait piégée. Ce ne serait pas simplement un boulot pour l'été... mais pour une longue période, si longue qu'elle n'en voyait pas la fin. Une fois habituée à la rentrée d'argent, la famille trouverait impossible de s'en passer. C'était la réalité. Mick s'agrippa à la rampe dans le noir. Un long moment s'écoula, Mr. Singer ne rentrait toujours pas. À onze heures, elle partit à sa recherche. Mais soudain saisie de peur dans l'obscurité, elle revint chez elle en courant.

Le lendemain matin, Mick prit un bain et s'habilla très soigneusement. Hazel et Etta lui prêtèrent des vêtements et la pomponnèrent. Elle mit la robe de soie verte de Hazel, un chapeau vert, des escarpins à talons hauts et des bas de soie. Les sœurs la maquillèrent avec du fard à joues et du rouge à lèvres, et lui épilèrent les sourcils. Quand elles eurent terminé, Mick paraissait au moins seize ans.

Il était trop tard pour reculer. Elle était vraiment grande et prête à gagner son gîte et son couvert. Pourtant, si elle allait se confier à son père, il lui dirait d'attendre un an. Et Hazel, Etta, Bill et sa mère, même maintenant, ils lui diraient qu'elle n'était pas obligée d'y aller. Impossible. Elle ne pouvait pas perdre la face comme ça. Elle monta voir Mr. Singer. Les mots jaillirent.

« Écoutez... Je crois que j'ai un boulot. Qu'est-ce que vous en pensez? Vous trouvez que c'est une bonne idée? Vous croyez que j'ai raison de laisser tomber l'école et de travailler maintenant? Vous pensez que c'est bien? »

Au début, il ne comprit pas. Ses yeux gris se fermèrent à demi, et il garda les mains enfoncées dans ses poches.

La certitude familière qu'ils étaient sur le point de se confier des choses jamais exprimées la confortait. Ce qu'elle avait à dire cette fois-ci était un peu dérisoire. Mais il saurait la conseiller – et s'il n'avait pas d'objection à ce qu'elle travaille, elle se sentirait soulagée. Elle répéta les mots lentement et attendit.

« Vous croyez que c'est bien? »

Mr. Singer réfléchit. Puis il acquiesça.

Elle eut la place. Le directeur les emmena, Hazel et elle, discuter dans un petit bureau. Elle fut ensuite incapable de se rappeler la tête du directeur, ou la moindre bribe de la conversation. Mais elle était embauchée, et en sortant du magasin elle acheta dix *cents* de chocolat et un petit jeu de pâte à modeler pour George. Son travail commençait le 5 juin. Elle resta longuement devant la vitrine de la joaillerie de Mr. Singer. Puis traîna dans le coin.

15

Pour Singer, le moment de retrouver Antonapoulos était arrivé. Le trajet à parcourir était long. Car, si trois cents kilomètres à peine les séparaient, le train décrivait des méandres, desservant des points très éloignés, et s'arrêtant de longues heures à certaines stations pendant la nuit. Singer quitterait la ville l'après-midi, et voyagerait toute la nuit, jusqu'au lendemain matin. Comme d'habitude, il était prêt bien avant son départ. Il prévoyait de consacrer une semaine entière à son ami. Ses vêtements avaient été envoyés chez le teinturier, son chapeau mis en forme, et ses valises étaient faites. Les cadeaux étaient enveloppés dans du papier de soie de couleur – il y avait de surcroît un panier de fruits *de luxe* sous cellophane et une caisse de fraises du dernier arrivage. Le matin de son départ, Singer nettoya sa chambre. Il trouva dans sa glacière un reste de foie d'oie, qu'il alla déposer dans le passage pour le chat du quartier. Il épingla sur sa porte la pancarte qu'il avait déjà utilisée, disant qu'il serait absent plusieurs jours pour affaires. Durant ces préparatifs, il marchait d'un pas tranquille, avec deux taches de couleur éclatantes aux pommettes. Son visage était d'une grande solennité.

Enfin, l'heure du départ vint. Sur le quai, Singer, chargé de valises et de cadeaux, regardait le train s'avancer. Il se trouva une place dans la voiture de jour, et hissa ses paquets sur le porte-bagages au-dessus de sa tête. Le wagon était bondé, des mères avec leurs enfants pour la plupart. Les sièges de peluche verte avaient une odeur crasseuse. Les fenêtres étaient sales, et le sol était jonché de grains de riz dont on avait aspergé un couple de jeunes mariés.

Singer sourit cordialement à ses compagnons de voyage et se cala contre la banquette. Il ferma les yeux. Les cils formaient une frange sombre, courbe, au-dessus des creux de ses joues. Sa main droite remuait nerveusement dans sa poche.

Pendant quelques instants, ses pensées s'attardèrent sur la ville qu'il quittait. Il voyait Mick, le docteur Copeland, Jake Blount et Biff Brannon. Surgis de l'obscurité, les visages se pressaient dans sa mémoire. Il pensa à la dispute entre Blount et le nègre. La nature de leur querelle restait désespérément confuse dans son esprit – mais chacun d'eux s'était à plusieurs reprises lancé dans une amère diatribe contre l'autre, l'absent. Singer les avait approuvés à tour de rôle, sans savoir vraiment de quoi il retournait. Et Mick – son visage était insistant, et une bonne part de ce qu'elle avait dit lui avait entièrement échappé. Et puis Biff Brannon au *Café de New York*. Brannon, avec sa sombre mâchoire d'acier, et ses yeux vigilants. Et les inconnus qui le suivaient dans les rues et l'abordaient pour des raisons inexplicables. Le Turc du magasin de linge qui lui agitait ses mains au visage et malaxait avec sa langue des mots dont Singer n'aurait jamais imaginé la forme. Un contremaître d'usine et une vieille Noire. Un homme d'affaires de la rue principale et un garnement qui racolait des soldats pour un bordel près de la rivière. Singer, troublé, secoua les épaules. Le train se balançait en un mouvement égal et doux. Sa tête s'inclina et il s'endormit quelques minutes.

Lorsqu'il rouvrit les yeux, la ville était loin derrière lui, oubliée. Par la fenêtre sale, on apercevait la végétation éclatante de l'été. Le soleil dardait des rayons obliques, couleur de bronze, sur les champs verts du jeune coton. Des hectares de tabac s'étendaient, aux plantes denses et vertes comme une monstrueuse jungle de mauvaises herbes. Des vergers de pêches aux arbres ployant sous les fruits opulents. Des kilomètres de pâturages et des dizaines de kilomètres de terre désolée, exténuée, abandonnée aux espèces sauvages plus résistantes. Le train traversait des pinèdes d'un vert intense au sol recouvert d'aiguilles brunes et luisantes, où les cimes des arbres s'étiraient vers le ciel, vierges et élancées. Et, beaucoup plus loin au sud de la ville, les marécages de cyprès – où les racines noueuses des arbres se tordaient dans les eaux saumâtres, où la mousse grise, loqueteuse, pendait aux branches, où les fleurs d'eau tropicales s'épanouissaient dans l'humidité et les ténèbres.

Puis, de nouveau, les champs à découvert sous le soleil et le ciel indigo.

Singer se tenait, solennel et timide, le visage face à la fenêtre. Les grands espaces et la lumière dure, élémentaire, l'aveuglaient presque. Ce kaléidoscope de décors, cette abondance de croissance et de couleur, paraissaient obscurément liés à son ami. Ses pensées étaient avec Antonapoulos. Le bonheur des retrouvailles le suffoquait presque. Le nez pincé, il respirait par petits coups saccadés, la bouche entrouverte.

Antonapoulos serait content de le voir. Il apprécierait les fruits frais et les cadeaux. Il aurait quitté l'infirmerie et pourrait sortir, aller au cinéma, puis à l'hôtel où ils avaient déjeuné lors de sa première visite. Singer avait écrit de nombreuses lettres à Antonapoulos, mais sans jamais les poster. Il s'abandonnait entièrement à l'évocation de son ami.

Les six mois écoulés depuis leur dernière rencontre n'avaient semblé ni longs ni brefs. Derrière chaque instant de sa vie éveillée, son ami était présent. Et cette communion souterraine avec Antonapoulos s'était développée et transformée comme s'ils n'étaient pas séparés physiquement. Parfois, il songeait à Antonapoulos avec une vénération mortifiée, parfois avec orgueil – toujours avec un amour échappant à l'emprise de la critique et de la volonté. Lorsqu'il rêvait la nuit, le visage de son ami restait devant lui, massif, sage et doux. Et dans ses pensées diurnes, ils étaient unis pour l'éternité.

Le soir d'été tomba lentement. Le soleil s'enfonça derrière une rangée d'arbres échevelés dans le lointain, et le ciel pâlit. Le crépuscule était langoureux et tendre. Une pleine lune blanche luisait, et des nuages bas et pourpres masquaient l'horizon. La terre, les arbres, les habitations campagnardes sans peinture s'obscurcissaient peu à peu. Par intervalles, de légers éclairs d'été frémissaient dans l'air. Singer contempla intensément tout cela jusqu'à ce que la nuit tombe enfin, et que le reflet de son visage apparaisse dans la vitre.

Des enfants traversaient le couloir du wagon en titubant, avec des gobelets d'eau dégoulinants. Un vieil homme en bleu de travail, assis en face de Singer, buvait de temps à autre du whisky dans une bouteille de Coca-Cola. Entre les gorgées, il bouchait soigneusement la bouteille avec un tampon de papier. Une petite fille à sa droite peignait ses cheveux avec une sucette rouge gluante. On ouvrait des boîtes à chaussures et des plateaux arrivaient du wagon-restaurant. Singer ne mangea pas. Il se cala sur la banquette, prêtant une attention distraite à ce qui se passait autour de lui. Le calme revint enfin dans le wagon. Les enfants allongés sur les larges sièges de peluche dormaient, tandis que les hommes et les femmes courbés sur leurs oreillers se reposaient du mieux qu'ils pouvaient.

Singer ne dormit pas. Il appuya son visage contre la vitre et s'efforça de voir dans la nuit. Les ténèbres étaient épaisses et veloutées. On apercevait parfois un bout de clair de lune ou le vacillement d'une lanterne à une fenêtre le long de la voie. D'après la lune, il vit que le train s'était détourné de son parcours vers le sud et se dirigeait vers l'est. L'impatience lui pinçait les narines, l'empêchant de respirer par le nez, et ses joues étaient écarlates. Il resta ainsi, le visage pressé contre la vitre froide, noire de suie, pendant la plupart du long trajet nocturne.

Le train avait plus d'une heure de retard, et la fraîche et éclatante matinée d'été était bien avancée lorsqu'ils arrivèrent. Singer se rendit immédiatement à l'hôtel, un très bon hôtel où il avait réservé. Il défit ses bagages et disposa sur le lit les cadeaux qu'il apporterait à Antonapoulos. Il choisit sur la carte que le chasseur lui remit un somptueux petit-déjeuner – lieu grillé, semoule de maïs, œufs sur le plat, et café noir. Après le petit-déjeuner, il se reposa devant le ventilateur électrique, en sous-vêtements. À midi, il commença à s'habiller. Il prit un bain, se rasa, sortit du linge propre et son plus beau costume en crépon. À trois heures, l'hôpital était ouvert pour les visites. C'était un mardi, le 18 juillet.

À l'asile, il chercha d'abord Antonapoulos à l'infirmerie, où on l'avait transféré auparavant. Mais à l'entrée de la salle, il remarqua immédiatement que son ami n'y était pas. Il parvint ensuite en traversant des couloirs à retrouver le bureau où on l'avait amené la fois précédente. Il avait déjà écrit ses questions sur une de ses cartes. L'employé derrière le bureau n'était pas le même. C'était un jeune homme, presque un enfant, au visage à moitié formé, immature, surmonté d'une tignasse raide. Singer lui tendit la carte et attendit tranquillement, les bras encombrés de paquets, s'appuyant sur les talons.

Le jeune homme secoua la tête, se pencha sur le bureau et griffonna sur un bloc de papier. Singer lut ce que l'employé venait d'écrire et les taches de couleur disparurent aussitôt de ses pommettes. Il regarda le mot longuement, à l'oblique, la tête penchée. Car on avait écrit là qu'Antonapoulos était mort.

En rentrant à l'hôtel, Singer prit garde de ne pas écraser les fruits. Il monta les paquets dans sa chambre, puis redescendit tranquillement dans le hall. Derrière un palmier en pot se trouvait une machine à sous. Singer y introduisit une pièce de cinq *cents* mais en essayant de tirer le levier, il s'aperçut que la machine était bloquée. À la suite de cet incident, il fit un esclandre, s'en prit au réceptionniste et décrivit avec fureur ce qui s'était produit. Singer, le visage d'une pâleur mortelle, était tellement hors de lui que des larmes coulaient sur les ailes de son nez. Il battit l'air de ses mains, frappa même le luxueux tapis de son long pied étroit, élégamment chaussé. Ne se montrant guère plus satisfait quand on lui remboursa sa pièce, il insista pour qu'on lui donne sa note sur-le-champ. Il fit sa valise et fut obligé de déployer beaucoup d'énergie pour arriver à la refermer. Car en plus des articles déjà en sa possession, il emportait trois serviettes, deux pains de savon, un stylo et une bouteille d'encre, un rouleau de papier hygiénique, et une Bible. Après avoir réglé sa note, il se rendit à la gare et mit ses affaires en sûreté à la consigne. Le train ne partait pas avant neuf heures du soir, laissant à Singer la perspective d'un après-midi vide à tuer.

La ville était plus petite que celle où il vivait. Les rues commerçantes se coupaient en forme de croix. Les magasins avaient un aspect rustique ; la moitié des étalages exhibaient des harnais et des sacs de fourrage. Singer longeait les trottoirs avec indifférence. Sa gorge enflée l'empêchait de déglutir. Pour se libérer de cette sensation d'étranglement, il prit un verre dans un drugstore, puis traîna chez un coiffeur et acheta quelques bagatelles au Prisunic. Il ne regardait personne dans les yeux et sa tête penchait d'un côté, comme celle d'un animal malade.

L'après-midi s'achevait presque lorsque Singer fit une étrange rencontre. Il marchait d'un pas lent et irrégulier le long du trottoir. Le ciel était couvert et l'air humide. Singer ne levait pas le nez, mais en passant devant la salle de billard de la ville, il entrevit un spectacle qui le troubla. Il dépassa le billard, puis s'arrêta au milieu de la rue avant de revenir mollement sur ses pas et de se poster devant la porte ouverte de la salle. À l'intérieur, trois muets parlaient ensemble avec leurs mains. Tous trois, sans manteau, portaient des chapeaux melons et des cravates de couleur vive. Chacun tenait un verre de bière à la main gauche. On discernait entre eux une certaine ressemblance fraternelle.

Singer entra. Pendant un instant, il eut du mal à sortir la main de sa poche. Puis il esquissa maladroitement un mot de salutation. On lui tapa sur l'épaule. Une boisson fraîche fut commandée. Les trois hommes l'entouraient et leurs doigts jaillissaient comme des pistons au rythme de leurs questions.

Singer indiqua son nom et celui de sa ville. Ensuite, incapable de leur fournir d'autres informations à son sujet, il leur demanda s'ils connaissaient Spiros Antonapoulos. Aucun d'eux ne le connaissait. Singer, les mains pendantes, la tête toujours inclinée sur le côté et le regard ailleurs, paraissait si apathique et si froid que les trois muets en chapeau melon le dévisagèrent d'un air bizarre avant de l'exclure de leur conversation. Les tournées de bière payées et le moment de partir venu, ils ne lui suggérèrent pas de se joindre à eux.

Malgré son errance d'une demi-journée dans les rues, Singer faillit manquer son train. Il ne comprit pas comment cela arriva, ni comment avaient passé les heures qui précédaient. Il parvint à la gare deux minutes avant le départ du train, et eut à peine le temps de hisser ses bagages dans la voiture et de trouver une place. Le wagon qu'il choisit était presque vide. Une fois installé, il ouvrit la caisse de fraises et les examina avec un soin méticuleux. C'étaient des baies énormes, grosses comme des noix, à l'apogée de leur maturité. Les feuilles vertes au-dessus des fruits formaient de minuscules bouquets. Singer introduisit une fraise dans sa bouche, et malgré la douceur sauvage et voluptueuse du suc, un subtil parfum de décomposition s'y mêlait déjà. Il mangea jusqu'à ce que le goût émousse son palais, remballa la caisse et la plaça sur le porte-bagages au-dessus de lui. À minuit, Singer tira le store et s'allongea sur la banquette, roulé en boule, le manteau ramené sur la tête. Il resta dans la même position, à moitié endormi, hébété, durant une douzaine d'heures. Le contrôleur dut le secouer à l'arrivée.

Singer laissa ses bagages au beau milieu de la gare et se rendit au magasin. Il salua le joaillier qui l'employait d'un signe de main apathique et ressortit avec un objet lourd dans sa poche. Pendant un moment, il se promena dans les rues, la tête courbée. Mais l'éclat rectiligne du soleil, la chaleur humide l'oppressaient. Il revint à sa chambre, les yeux gonflés et la tête dans un étau. Il se reposa, but un verre de café glacé et fuma une cigarette. Puis, après avoir lavé le verre et le cendrier, il sortit un pistolet de sa poche et se tira une balle dans la poitrine[74].

Troisième Partie

1

21 août 1939
matin

« Je ne veux pas qu'on me bouscule, dit le docteur Copeland. Laissez-moi tranquille. Ayez l'obligeance de me laisser en paix un moment.

– Père, on essaie pas de te presser. Mais il est temps de partir. »

Le docteur Copeland se balançait avec obstination, son châle gris serré sur ses épaules. Malgré l'agréable tiédeur de la matinée, un feu de bois brûlait dans le poêle. La cuisine était vide de meubles, à l'exception de la chaise où il était assis. Les autres pièces étaient vides, elles aussi. La plupart des meubles avaient été transportés chez Portia, et le restant était attaché à l'automobile devant la maison. Tout était prêt, sauf son esprit à lui. Comment pouvait-il partir alors qu'il n'y avait ni commencement ni fin, ni vérité ni but dans ses pensées ? Il leva la main pour immobiliser sa tête tremblante et continua à se balancer doucement dans la chaise grinçante.

Derrière la porte close, il entendait leurs voix :

« J'ai fait c' que j'ai pu. Il est décidé à rester là jusqu'au moment où il sera prêt à partir pour de bon.

– Buddy et moi on a emballé la porcelaine et...

– On aurait dû se mettre en route avant que la rosée s'évapore, dit le vieillard. À présent, la nuit risque de nous rattraper en chemin. »

Leurs voix s'atténuèrent. Des pas résonnèrent dans le couloir vide, et il cessa de les entendre. Par terre, à ses côtés, se trouvait une tasse avec une soucoupe. Il la remplit de café à la cafetière posée sur le poêle. En se balançant, il but le café et se réchauffa les doigts à la vapeur. Cela ne pouvait pas être vraiment la fin. D'autres voix lançaient des appels sans paroles dans son cœur. La voix de Jésus et de John Brown. La voix du grand Spinoza et de Karl Marx. Les voix de tous ceux qui avaient lutté et auxquels il avait été accordé d'achever leur mission. Et aussi la voix des morts. Du muet Singer, qui était un Blanc juste et intelligent. Les voix des faibles et des puissants. Les voix houleuses de son peuple, toujours plus fort et plus aguerri. La voix du grand projet. Et en réponse, les mots tremblaient sur ses lèvres – les mots qui sont sûrement la source du malheur humain –, de sorte qu'il articula presque tout haut : « Hôte tout-puissant! Pouvoir suprême de l'univers! J'ai accompli des actes dont j'aurais dû m'abstenir, et j'ai laissé inachevé ce que j'aurais dû accomplir. Ceci ne peut donc pas être la fin. »

Il était entré dans cette maison avec sa bien-aimée. Daisy était vêtue de sa robe de mariée et portait un voile de dentelle blanc. Sa peau était d'un beau miel sombre, et son rire était doux. Le soir, il s'enfermait dans la pièce éclairée pour étudier seul, essayer de méditer et de se discipliner. Mais avec Daisy près de lui, un fort désir le prenait, qui ne se dissipait pas dans l'étude. Alors parfois il y cédait, puis à nouveau se mordait les lèvres et réfléchissait toute la nuit sur les livres. Vinrent Hamilton, Karl Marx, William et Portia. Tous perdus. Il n'en restait pas un seul.

Madyben et Benny Mae. Et Benedine Madine et Mady Copeland. Ceux qui portaient son nom. Et ceux qu'il avait exhortés. Mais parmi les milliers d'entre eux, où était-il, celui auquel il pouvait confier la mission avant de se reposer?

Sa vie durant, il l'avait su avec force. Il avait su la raison de son travail et il possédait une conviction intérieure, parce que la tâche qui l'attendait chaque jour lui était connue. Il allait avec sa sacoche de maison en maison, parler et expliquer patiemment. Et le soir, la certitude que la journée avait eu un sens le rendait heureux. Même sans Daisy, Hamilton, Karl Marx, William et Portia, seul près du poêle, il puisait de la joie dans cette certitude, buvant un grand bol de bouillon de poireaux et mangeant un pain de maïs, avec un profond sentiment de satisfaction, parce que c'était une bonne journée.

Et ces satisfactions qui avaient existé par milliers, à quoi avaient-elles abouti? De toutes ces années, ne subsistait aucun travail de valeur durable. Au bout de quelques minutes, la porte du couloir s'ouvrit et Portia entra. « Je crois que je vais être obligée de t'habiller comme un bébé, dit-elle. Voilà tes chaussures et tes chaussettes. Soulève tes pieds que je t'ôte tes pantoufles. Il faut qu'on s'en aille bientôt.

– Pourquoi m'as-tu fait ça? demanda-t-il avec amertume.

– Qu'est-ce que je t'ai fait?

– Tu sais très bien que je ne veux pas partir. Tu m'as forcé à dire oui, alors que je n'étais pas en état de prendre une décision. Je désire rester là où j'ai toujours vécu, et tu le sais.

– Une scène maintenant! rétorqua Portia, furieuse. T'as tellement rouspété que je suis crevée. T'as tellement pesté et fait d'histoires que j'en ai honte pour toi.

– Peuh! Je me moque de ce que tu racontes. Tu ne me gênes pas plus qu'un moucheron. Je sais ce que je veux, et on ne m'obligera pas à faire une sottise. »

Portia lui ôta ses pantoufles et déroula une paire de chaussettes propres en coton noir. « Père, cessons de nous disputer. On a tous fait de notre mieux. C'est la meilleure solution que tu partes avec Bon Papa, Hamilton et Buddy. Ils vont bien s'occuper de toi et tu te remettras.

– Non, riposta le docteur Copeland. Mais je me serais rétabli ici. Je le sais.

– Qui va payer le loyer de cette maison, à ton avis? Comment tu crois qu'on va te nourrir? Qui va s'occuper de toi ici?

– Je me suis toujours débrouillé, et je peux continuer.

– Tu fais ta mauvaise tête, voilà tout.

– Peuh! Tu n'es qu'un moucheron. Tu n'existes pas pour moi.

– C'est gentil de me parler comme ça pendant que j'essaie de te mettre tes chaussures et tes chaussettes.

– Je suis désolé. Pardonne-moi, ma fille.

– Bien sûr que tu es désolé. On est tous les deux désolés. On n'a pas les moyens de se chamailler. Et en plus, une fois que tu seras installé à la ferme, ça te plaira. Ils ont le plus joli potager que j'aie jamais vu. J'en salive rien que d'y penser. Et des poulets, deux truies d'élevage et dix-huit pêchers. Tu vas adorer. J'aimerais drôlement être à ta place.

– Je ne demanderais pas mieux.

– Pourquoi t'es si décidé à te chagriner?

– Parce que j'ai l'impression d'avoir échoué.

– Comment ça, échoué?

– Je ne sais pas. Laisse-moi, ma fille. Laisse-moi en paix un moment.

– D'accord. Mais y faut qu'on parte bientôt. »

Il resterait silencieux. Il se balancerait tranquillement dans son fauteuil jusqu'à ce que l'ordre revienne en lui-même. Sa tête tremblait et sa colonne vertébrale lui faisait mal.

« Je l'espère de tout mon cœur, déclara Portia. J'espère être aussi regrettée que Mr. Singer. J'aimerais être sûre d'avoir un enterrement aussi triste que lui, et autant de monde...

– Tais-toi! coupa le docteur Copeland d'un ton brusque. Tu parles trop. »

Mais en vérité, avec la mort de cet homme blanc, une sombre tristesse s'était abattue sur son cœur. Il lui avait parlé comme à aucun autre Blanc, et il lui avait accordé sa confiance. Et le mystère de son suicide l'avait laissé désorienté et sans appui. Avec une tristesse sans début ni fin. Sans compréhension possible. Il retournerait inexorablement en pensée à ce Blanc qui n'était ni insolent ni méprisant, mais juste. Et comment les morts peuvent-ils être vraiment morts quand ils continuent à vivre dans l'âme de ceux qui restent? Mais il ne fallait pas y penser. Il devait extirper ces idées de sa tête.

Car c'était de discipline qu'il avait besoin. Pendant ce dernier mois, les impulsions ténébreuses s'étaient déchaînées, luttant avec son esprit. La haine, qui le précipitait des jours durant dans les régions de la mort. Depuis la querelle avec Mr. Blount, le visiteur de minuit, de meurtrières ténèbres l'habitaient. Maintenant encore, il ne parvenait pas à se rappeler les points précis qui avaient déclenché la dispute. Et une colère de nature différente s'emparait de lui lorsqu'il regardait les moignons de Willie. La guerre de l'amour et la haine – l'amour des siens et la haine de leurs oppresseurs – qui l'exténuait et lui ravageait l'âme.

« Ma fille, prononça-t-il. Donne-moi ma montre et mon manteau. J'arrive. »

Il se leva en prenant appui sur les bras du fauteuil. Le sol paraissait très loin de son visage, et après son séjour prolongé au lit, ses jambes étaient très faibles. Il crut qu'il allait tomber. Il traversa la pièce nue dans un vertige, et s'adossa à l'embrasure de la porte. Il toussa et tira de sa poche un carré de papier qu'il tint contre sa bouche.

« Voilà ton manteau, dit Portia. Mais il fait si chaud dehors que tu n'en auras pas besoin. »

Il parcourut pour la dernière fois la maison vide. Les stores étaient baissés et une odeur de poussière imprégnait les pièces plongées dans l'obscurité. Il se reposa à nouveau contre le mur du vestibule avant de sortir. La matinée était claire et tiède. Beaucoup d'amis étaient venus lui dire au revoir la veille au soir et à l'aube – mais à présent seule la famille se trouvait rassemblée sur la véranda. La carriole et l'automobile étaient garées dans la rue.

« Eh bien, Benedict Mady, l'apostropha le vieillard. Tu vas regretter un peu ton chez toi les premiers jours. Mais ça durera pas.

– Je n'ai pas de chez moi. Comment pourrais-je le regretter? »

Portia humecta ses lèvres nerveusement et ajouta : « Y reviendra dès qu'y sera d'aplomb. Buddy sera ravi de le conduire en ville en voiture. Buddy adore conduire. »

L'automobile était chargée. Des caisses de livres étaient attachées au marchepied. La banquette arrière était occupée par le classeur et deux chaises. Son bureau, les pieds en l'air, avait été fixé sur le toit. Mais, si la voiture pliait sous le poids, la carriole était presque vide. Le mulet attendait patiemment, ses guides bloquées par une brique.

« Karl Marx, demanda le docteur Copeland, regarde bien. Va vérifier qu'on n'a rien oublié dans la maison. Apporte la tasse que j'ai laissée par terre, et mon fauteuil à bascule.

– Mettons-nous en route. Je tiens à être rentré vers l'heure du dîner », observa Hamilton.

Ils furent enfin prêts. Highboy actionna la manivelle. Karl Marx était au volant, et Portia, Highboy et William entassés sur la banquette arrière.

« Père, si tu t'asseyais sur les genoux de Highboy? Je crois que tu serais mieux que coincé ici entre les meubles et nous.

– Non, c'est trop serré. Je préférerais monter dans la carriole.

– Mais t'as pas l'habitude de la carriole, remarqua Karl Marx. Ça va secouer beaucoup, et le voyage risque de prendre la journée.

– Cela ne me gêne pas. Je suis déjà monté dans pas mal de carrioles.

– Dis à Hamilton de venir avec nous. Je suis sûr qu'il préfère l'automobile. »

Bon Papa avait amené la carriole en ville la veille. Ils apportaient une cargaison de produits, des pêches, des choux et des navets, que Hamilton devait vendre en ville. Tout, sauf un sac de pêches, avait été écoulé.

« Eh bien, Benedict Mady, je vois que tu fais le chemin avec moi », dit le vieillard.

Le docteur Copeland grimpa à l'arrière de la carriole. Il se sentait aussi las que si ses os avaient été de plomb. Sa tête tremblait et un brusque spasme de nausée le jeta à plat sur les planches rugueuses.

« J' suis bien content que tu viennes, déclara Bon Papa. J'ai toujours eu un profond respect pour les hommes instruits. Un profond respect. Je suis capable de passer sur bien des choses quand j'ai affaire à quelqu'un d'instruit. J' suis très content d'avoir à nouveau un savant comme toi dans la famille. »

Les roues de la carriole grincèrent. Ils étaient en route. « Je reviendrai bientôt, répondit le docteur Copeland. D'ici un mois ou deux je reviendrai.

– Hamilton, il a de l'instruction. Je crois qu'il te ressemble un peu. Il fait tous mes comptes par écrit pour moi, et il lit les journaux. Et Whitman, je crois qu'il sera instruit. Il est déjà capable de me lire la Bible. Et de calculer. Un petit gars comme ça. J'ai toujours eu un profond respect pour les gens qui ont de l'éducation. »

Le mouvement de la carriole lui secouait les vertèbres. Il regarda les branches dans le ciel, puis, lorsque toute ombre eut disparu, se couvrit le visage d'un mouchoir pour protéger ses yeux du soleil. Cela ne pouvait pas être la fin. Il avait toujours été animé par le grand projet. Depuis quarante ans, sa mission était sa vie et sa vie se confondait avec sa mission. Et pourtant, tout restait à faire et rien n'était achevé.

« Oui, Benedict Mady, j' suis bien content de t'avoir avec nous. J' voulais te demander pour la sensation bizarre que j'ai au pied droit. Une drôle de sensation, comme si mon pied s'endormait. J'ai pris du 606 et je l'ai frotté de liniment. J'espère que tu me trouveras un bon traitement.

– Je ferai ce que je pourrai.

– Oui, je suis content de t'avoir. Je crois que les gens de la même famille doivent rester ensemble – qu'ils soient unis par le sang ou par le mariage. Je crois que c'est bien de se serrer les coudes, et qu'on sera récompensé un jour dans l'au-delà.

– Peuh ! s'exclama amèrement le docteur Copeland. Je crois en la justice sur terre.

– En quoi que tu dis ? T'as la voix tellement enrouée que je t'entends pas.

– En la justice pour nous. La justice pour nous, les nègres.

– Oui, c'est ça. »

Du feu coulait dans ses veines, et il était incapable de rester calme. Il voulait se dresser et parler d'une voix puissante – cependant, lorsqu'il essaya de se lever, il n'en trouva pas la force. Les mots grandissaient dans son cœur et ne se laissaient pas imposer silence. Mais le vieillard cessa d'écouter, et il n'y avait personne pour l'entendre.

« Allez, Lee Jackson. Allez, petit. Bouge-toi le train et arrête de boulotter. On a une longue route à faire. »

2

Après-midi

Jake courait à une allure frénétique, maladroitement. Il traversa Weavers Lane, puis coupa par une rue transversale, grimpa sur une palissade et continua précipitamment sur sa lancée. La nausée lui soulevait l'estomac, il en avait un goût de vomi dans la gorge. Un chien le poursuivit en aboyant à ses côtés, jusqu'au moment où Jake s'arrêta pour le menacer avec une pierre. Les yeux dilatés d'horreur, il gardait sa main plaquée contre sa bouche ouverte.

Bon Dieu ! C'était donc ça la fin. Une bagarre. Une émeute. Un combat avec chacun pour soi. Des têtes ensanglantées, des yeux tailladés à coups de bouteilles brisées. Bon Dieu ! Et la musique poussive du manège par-dessus le tapage. Les hamburgers et la barbe à papa par terre, les gamins hurlants. Et lui en plein milieu. Qui se battait, aveuglé par le soleil et la poussière. L'entaille des dents contre ses jointures. Et son rire. Bon Dieu ! Et le sentiment d'avoir lâché la bonde à un rythme sauvage et dur qui ne s'arrêterait pas. Puis scrutant le visage noir mort, sans savoir. Sans même savoir s'il l'avait tué ou non. Un instant. Bon Dieu! Personne n'aurait pu arrêter ça.

Jake ralentit et tourna fébrilement la tête derrière lui. La rue était vide. Il vomit et s'essuya la bouche et le front du revers de sa manche. Après, il se reposa quelques minutes et se sentit mieux. Il avait traversé une huitaine de rues en courant et, en prenant des raccourcis, il lui restait un peu moins d'un kilomètre. Son trouble se dissipait, et il parvenait à dégager les faits noyés dans un tourbillon d'émotions. Il repartit, cette fois posément, au petit trot.

Personne n'aurait pu arrêter ça. Pendant tout l'été, il les avait étouffées comme des foyers d'incendie. Mais pas celle-ci. Et cette bagarre, personne n'aurait pu l'arrêter. Elle semblait surgie de rien. Il travaillait à la machinerie des balançoires, et s'était interrompu pour boire un verre d'eau. En traversant le terrain, il aperçut un Blanc et un nègre qui se promenaient ensemble. Ils étaient soûls. La moitié des gens étaient ivres cet après-midi-là, car c'était un samedi et les usines avaient tourné à plein régime pendant la semaine. Le soleil et la chaleur donnaient la nausée, et une puanteur lourde imprégnait l'air.

Il vit les deux combattants foncer l'un sur l'autre. Mais il savait que ce n'était pas le commencement. Il sentait venir depuis longtemps une grande bagarre. Et curieusement, il trouva le temps de réfléchir. Il resta spectateur quelques secondes, avant de se précipiter dans la foule. Pendant ce bref instant, un grand nombre de pensées l'assaillirent. Il se rappela Singer. Il se rappela les mornes après-midi d'été, et les nuits noires, chaudes, les rixes qu'il avait jugulées, et les disputes qu'il avait calmées.

Puis Jake aperçut l'éclair d'un canif au soleil. Il bouscula un groupe de gens et sauta sur le dos du nègre qui tenait le couteau. L'homme tomba avec lui et tous deux se retrouvèrent à terre. L'odeur du Noir se mêlait à la poussière lourde dans ses poumons. On lui piétina les jambes, on lui donna un coup de pied sur la tête. Lorsqu'il se redressa, la bagarre était devenue générale. Les Noirs se battaient contre les Blancs et les Blancs contre les Noirs. Le déroulement lui apparaissait clairement, seconde par seconde. Le garçon blanc qui avait déclenché la bagarre semblait être une sorte de meneur. C'était le chef d'une bande qui venait souvent à la fête foraine. Des garçons d'environ seize ans vêtus de pantalons de coutil blanc et de polos fantaisie en rayonne. Les Noirs, dont certains armés de rasoirs, ripostaient de leur mieux.

Jake se mit à hurler : Du calme ! Au secours ! Police ! Mais autant hurler devant un barrage qui cède. Il entendit un bruit abominable – abominable parce qu'il était à la fois humain et inarticulé. Le bruit s'amplifia en un rugissement assourdissant. Jake reçut un coup sur la tête et ne put plus rien distinguer de ce qui se passait autour de lui. Il ne voyait que des yeux, des bouches et des poings – des yeux farouches et des yeux mi-clos, des bouches béantes et des bouches crispées, des poings noirs et des poings blancs. Il arracha un couteau à une main et arrêta un poing levé. Puis la poussière et le soleil l'aveuglèrent et son unique pensée fut de chercher un téléphone pour appeler à l'aide.

Mais il fut pris au piège. Et sans s'en rendre compte, il se rua dans la bagarre, les poings en avant, sous le choc amorti de bouches humides. Il se battit les yeux fermés, tête baissée. Des sons déments sortaient de sa gorge. Jake frappait de toute sa force et chargeait, la tête la première, comme un taureau. Des mots dépourvus de sens lui trottaient dans la tête et le faisaient rire. Il ne voyait ni ses victimes ni ses agresseurs. Mais il savait que la bagarre avait changé de nature et que c'était désormais chacun pour soi.

Puis, subitement, la mêlée s'arrêta. Il trébucha et tomba à la renverse. La chute l'étourdit, et une minute s'écoula, ou peut-être beaucoup plus, avant qu'il ouvre les yeux. Quelques ivrognes se battaient encore mais deux flics rétablissaient rapidement l'ordre. Jake vit sur quoi il avait trébuché. Il était étendu, moitié sur, moitié à côté du corps d'un jeune nègre. Il comprit d'un seul regard que l'adolescent était mort. Malgré l'estafilade qui lui déchirait le cou sur le côté, on se demandait comment il avait pu mourir si vite. Jake connaissait ce visage, tout en étant incapable de l'identifier. La bouche du garçon était ouverte, et ses yeux écarquillés de surprise. Le sol était jonché de papiers, de bouteilles brisées et de hamburgers écrasés. La tête d'un cheval de manège était tombée et une baraque était détruite. Jake se redressa. En apercevant les flics, pris de panique, il se mit à courir. À présent, on devait avoir perdu sa trace.

Plus que quatre rues à franchir et, après, il serait en sûreté. La peur lui coupait le souffle. Jake serra les poings et baissa la tête. Soudain, il ralentit et s'immobilisa. Dans un passage désert proche de la rue principale, il s'écroula contre le mur d'un bâtiment en bordure de la ruelle, haletant, la veine de son front dilatée. Dans son trouble, il avait traversé la ville à toutes jambes pour atteindre la chambre de son ami. Et Singer était mort. Jake se mit à sangloter bruyamment, et l'eau dégoulinait de son nez, mouillant ses moustaches.

Un mur, un escalier, une route. Le soleil brûlant l'accablait. Il rebroussa chemin, lentement cette fois, et en s'essuyant le visage avec la manche graisseuse de sa chemise. Incapable de maîtriser le tremblement de ses lèvres, il les mordit jusqu'au sang.

Au coin de la rue suivante, Jake tomba sur Simms. Le vieux farfelu était assis sur une caisse avec la Bible sur les genoux. Une grande palissade se dressait devant lui, sur laquelle un message était écrit à la craie violette.

> *Il Mourut pour Votre Salut*
> Écoutez l'Histoire de Son Amour et de Sa Grâce
> Chaque Soir 7 heures 15.

La rue était déserte. Jake tenta de gagner le trottoir d'en face, mais Simms le saisit par le bras.

« Venez, tous les inconsolables et les affligés. Déposez vos péchés et vos soucis aux pieds de Celui qui est mort pour votre salut. Où portes-tu tes pas, frère Blount?

– Chez moi pour chier, répondit Jake. Il faut que je chie. Le Sauveur s'y oppose-t-Il?

– Pécheur! Le Seigneur se souvient de chacune de tes fautes. Le Seigneur a un message pour toi cette nuit.

– Est-ce que le Seigneur se souvient du dollar que je t'ai donné la semaine dernière?

– Jésus a un message pour toi à sept heures quinze ce soir. Tu seras là à temps pour entendre Sa Parole. »

Jake se lissa les moustaches. « Tu attires une telle foule chaque soir que je n'arrive pas à m'approcher assez pour entendre.

– Il y a place pour les railleurs. De plus, le Sauveur m'a signifié qu'Il voulait que je Lui bâtisse une maison. Sur le terrain au coin de la Dix-huitième Avenue et de la Sixième Rue. Un temple assez grand pour contenir cinq cents personnes. Vous verrez, alors, vous les railleurs. Le Seigneur me prépare un autel en présence de mes ennemis; Il m'oint la tête d'huile. Ma coupe passe...

– Je peux te rassembler une foule ce soir, dit Jake.

– Comment?

– Donne-moi ta jolie craie de couleur. Je te promets une grande foule.

– Je connais tes inscriptions, répliqua Simms. " Travailleurs! L'Amérique Est le Plus Riche Pays du Monde. Pourtant, un Tiers d'entre Nous Souffrent de la Faim. Quand Nous Unirons-Nous pour Réclamer Notre Part? " – tout ça. Tes inscriptions sont extrémistes. Je ne te laisserai pas utiliser ma craie.

– Mais je n'ai pas l'intention d'écrire avec. »

Simms feuilleta les pages de sa Bible et attendit, l'air soupçonneux.

« Je t'amènerai une sacrée foule. Sur le trottoir, à chaque bout de la rue, je te dessinerai des belles poules à poil. En couleur avec des flèches pour indiquer le chemin. Mignonnes, dodues, les fesses à l'air...

– Babylonien! cria le vieillard. Fils de Sodome! Dieu s'en souviendra. »

Jake gagna le trottoir d'en face et se dirigea vers sa maison. « À bientôt, frère.

– Pécheur, lança le vieil homme. Reviens ici à sept heures quinze précises. Et tu entendras le message de Jésus qui te donnera la foi. Le Seigneur soit avec toi. »

Singer était mort. Et ce n'était pas de la tristesse que Jake avait ressenti en l'apprenant – c'était de la colère. Face à un mur, il se rappelait les pensées intimes confiées à Singer, et qui semblaient perdues avec sa mort. Et pourquoi Singer avait-il voulu mettre fin à ses jours? Il était peut-être devenu fou. Mais, de toute façon, Singer était mort, mort, mort. On ne pouvait ni le voir ni le toucher ni lui parler, et la chambre où Jake avait passé tant d'heures était louée à une dactylo. Impossible d'aller là-bas désormais. Il était seul. Un mur, un escalier, une grande route.

Jake verrouilla la porte de sa chambre. Il avait faim, et rien à manger [75]. Et rien pour étancher sa soif – quelques gouttes d'eau dans la cruche près de la table. Le lit était défait et des flocons de poussière s'étaient accumulés par terre. Des papiers étaient éparpillés à travers la pièce, car depuis peu, il écrivait et distribuait un grand nombre de tracts dans la ville. Jake jeta un coup d'œil morne sur une feuille marquée « TW̃OC Est Votre Meilleur Ami ». Certains tracts se réduisaient à une phrase, d'autres étaient plus développés. Un manifeste d'une page entière s'intitulait « Les Affinités Entre Notre Démocratie et le Fascisme ».

Pendant un mois, Jake avait travaillé à ces papiers, les griffonnant durant ses heures de travail, les tapant au carbone sur la machine à écrire du *Café de New York*, les distribuant à la main. Il travaillait nuit et jour. Mais qui les lisait? À quoi avaient-ils servi? Une ville de cette taille était trop grande pour un seul homme. Et il allait partir.

Mais où, cette fois-ci? Les noms des grandes villes l'attiraient – Memphis, Wilmington, Gastonia, La Nouvelle-Orléans. Quelque part. Mais sans quitter le Sud. La vieille impatience fébrile le reprenait. C'était différent cependant. Jake n'aspirait pas aux espaces illimités ni à la liberté – exactement l'inverse. Il se souvenait de ce que le nègre, Copeland, lui avait dit : « N'essayez pas de lutter seul. » À certains moments, on n'avait pas le choix.

Jake déplaça le lit de l'autre côté de la pièce. Sur la portion de plancher cachée par le lit se trouvaient une valise, une pile de livres et des vêtements sales. Hâtivement, il commença à faire ses bagages en pensant au vieux Noir. Une partie des paroles qu'ils avaient échangées lui revenait en mémoire. Copeland était cinglé. C'était un fanatique, avec qui il était exaspérant d'essayer de raisonner. Cependant, la terrible colère qu'il avait éprouvée ce soir-là était devenue difficile à comprendre par la suite. Copeland *savait*. Et ceux qui savaient étaient semblables à une poignée de soldats nus face à un bataillon armé. Et qu'avaient-ils fait? Ils s'étaient mis à se disputer. Copeland avait tort – oui – il était fou. Mais sur certains points, ils auraient pu travailler ensemble quand même. En évitant de parler trop. Il irait le voir. Il fut pris d'une hâte soudaine. Peut-être était-ce la meilleure solution. Peut-être était-ce le signe, l'aide attendus si longtemps.

Sans s'arrêter pour ôter la crasse de son visage et de ses mains, il ferma sa valise avec une sangle et quitta la pièce. Au-dehors, la température était suffocante et la rue dégageait une odeur fétide. Des nuages s'étaient formés dans le ciel. L'air était si immobile que la fumée d'une usine du quartier s'élevait en ligne droite, ininterrompue. La valise de Jake lui cognait les genoux pendant sa marche, et souvent, d'un mouvement brusque, il tournait la tête derrière lui. Copeland habitait à l'autre bout de la ville, il fallait se dépêcher. Les nuages devenaient de plus en plus denses dans le ciel, annonçant une forte pluie d'été avant la tombée de la nuit.

En atteignant la maison de Copeland, Jake s'aperçut que les

volets étaient fermés. Il en fit le tour, puis examina la cuisine abandonnée par la fenêtre. Une déception atroce, qui lui creusait les entrailles, rendit ses mains moites et affola son cœur. Il entra dans la maison de gauche, mais personne n'était là. Il ne restait plus qu'à aller chez les Kelly interroger Portia.

L'idée d'approcher cette maison lui faisait horreur. Il ne supporterait pas de voir le porte-chapeaux dans l'entrée et la longue volée d'escalier si souvent grimpée. Il retraversa lentement la ville et entra par la porte du jardin. Portia était dans la cuisine, avec le petit garçon.

« Non, Mr. Blount, dit Portia. Je sais que vous étiez un très bon ami de Mr. Singer et vous savez ce que Père pensait de lui. Mais on a emmené Père à la campagne ce matin et je suis convaincue que j'ai pas à vous dire où il est exactement. Si ça ne vous ennuie pas, je préfère être franche et ne pas mâcher mes mots.

– Personne ne vous demande de mâcher quoi que ce soit, répliqua Jake. Mais pourquoi?

– Après votre visite, Père a été si malade qu'on a cru qu'il allait mourir. Ça nous a pris du temps de le remettre sur pied. Il va bien maintenant. Mais que vous le compreniez ou non, il en veut beaucoup aux Blancs et un rien le bouleverse. D'ailleurs, si ça vous gêne pas de parler franchement, vous le cherchez pour quoi, Père?

– Rien, répondit Jake. Rien que vous puissiez comprendre.

– Nous les gens de couleur, on a notre fierté comme tout le monde. Et je m'en tiens à ce que j'ai dit, Mr. Blount. Père n'est qu'un vieil homme de couleur malade, et il a eu assez de soucis comme ça. Il faut qu'on veille sur lui. Et il a pas spécialement envie de vous voir – je le sais. »

Quand Jake ressortit dans la rue, les nuages avaient pris une teinte pourpre intense et rageuse. Dans l'air stagnant planait une odeur d'orage. Le vert éclatant des arbres le long du trottoir paraissait s'envoler dans l'atmosphère, baignant la rue dans une lueur verdâtre. Tout était si calme et si inerte que Jake s'arrêta un instant pour humer l'air et regarder autour de lui. Puis il saisit sa valise sous le bras et courut vers les stores de la rue principale. Mais il ne fut pas assez rapide. Il y eut un fracas de tonnerre métallique et l'air se rafraîchit brusquement. De larges gouttes argentées sifflèrent sur la chaussée. Une avalanche d'eau l'aveugla. Quand il parvint au *Café de New York*, ses vêtements trempés s'étaient ratatinés sur son corps et ses chaussures inondées crissaient.

Brannon posa son journal et appuya ses coudes sur le comptoir. « Tiens, voilà un phénomène curieux. J'ai eu l'intuition que tu allais venir ici juste après le début de la pluie. J'aurais juré que tu venais, et que tu arriverais un poil trop tard. » Il s'écrasa le nez avec son pouce, jusqu'à ce qu'il s'aplatisse et perde sa couleur. « Une valise?

– Ça a l'aspect d'une valise, répliqua Jake. Et ça en a la consistance. Alors si tu crois en la réalité des valises, je suppose que c'en est une.

– Tu ne devrais pas traîner comme ça. Monte, et jette-moi tes vêtements. Louis leur donnera un coup de fer. »

Jake s'assit à une table du fond et posa sa tête dans ses mains. « Non, merci. Je veux simplement me reposer un peu pour retrouver mon souffle.

– Mais tu as les lèvres bleues. Tu as l'air sonné.

– Ça va. Je voudrais manger quelque chose.

– Le dîner ne sera pas prêt avant une demi-heure, répondit patiemment Brannon.

– N'importe quels restes feront l'affaire. T'as qu'à les mettre sur une assiette. T'as même pas besoin de les réchauffer. »

Jake ressentait un vide douloureux. Il ne voulait regarder ni en arrière ni en avant. Il promena deux de ses doigts courts et trapus sur la table. Plus d'un an s'était écoulé depuis la première fois où il s'était assis à cette table. Était-il plus avancé aujourd'hui? Nullement. Rien ne s'était produit, sinon qu'après s'être fait un ami, il l'avait perdu. Il avait tout donné à Singer et cet homme s'était tué. À présent seul, dans le pétrin, il devait s'en sortir par lui-même, repartir de zéro. À cette idée, la panique l'envahit. Fatigué, il appuya la tête contre le mur et mit ses pieds sur le siège à côté.

« Tiens, annonça Brannon. Ça devrait te remonter. »

Biff posa devant lui un verre rempli d'une boisson chaude et une assiette de croustade au poulet. La boisson avait une odeur sucrée, lourde. Jake aspira la vapeur et ferma les yeux. « Qu'est-ce que tu as mis dedans?

– Du zeste de citron frotté sur un morceau de sucre et de l'eau bouillante avec du rhum. C'est un bon remède.

– Combien je te dois?

– De tête, je sais pas, mais je ferai le calcul avant que tu t'en ailles. »

Jake prit une longue gorgée du grog, et roula le liquide dans sa bouche avant d'avaler. « Tu ne toucheras jamais l'argent, observa-t-il. J'en ai pas pour te payer – et si j'en avais, je paierais sans doute pas, de toute façon.

– Eh bien, est-ce que je t'ai harcelé ? Est-ce que je t'ai jamais présenté une facture en te demandant de régler ?

– Non, répondit Jake. T'as été très raisonnable. Et pendant que j'y pense, t'es un type très bien – sur le plan personnel, je veux dire. »

Brannon s'assit en face de lui. Il avait une idée derrière la tête. Il faisait glisser la salière sur la table et se lissait continuellement les cheveux. Il sentait le parfum et portait une nouvelle chemise bleue à rayures très propre. Ses manches étaient retroussées et maintenues par des bandes d'élastique bleues à l'ancienne mode.

Après s'être éclairci la gorge avec hésitation, il déclara :

« Je parcourais le journal de cet après-midi avant que tu arrives. Apparemment, il y a eu pas mal de problèmes à ton travail aujourd'hui.

– C'est vrai. Qu'est-ce qu'ils disent ?

– Attends. Je vais le chercher. » Brannon prit le journal sur le comptoir et s'appuya sur le dossier du banc. « Ils disent à la une que la foire *Sunny Dixie*, située à tel endroit, a été le théâtre d'une émeute. Deux Noirs ont reçu des blessures mortelles au couteau. Trois blessés légers ont été transportés à l'hôpital de la ville. Sont décédés Jimmy Macy et Lancy Davis ; sont blessés John Hamlin, blanc, de Central Mill City, Various Wilson, nègre, etc. Je cite : " Un certain nombre d'arrestations ont été effectuées. On présume que l'émeute est le fait d'agitateurs ouvriers, car des papiers de nature subversive ont été découverts sur et à proximité du lieu de l'émeute. D'autres arrestations sont à prévoir prochainement. " » Brannon fit claquer ses dents. « La composition se détériore chaque jour dans ce journal. Subversive écrit avec un *u* à la seconde syllabe et arrestations avec un seul *r*.

– Ils sont malins, ça oui, ricana Jake. " Le fait d'agitateurs ouvriers. " Très fort.

– Quoi qu'il en soit, c'est une affaire désolante. »

Jake, la main sur la bouche, baissa les yeux sur son assiette vide.

« Qu'est-ce que tu as l'intention de faire maintenant ?

– Je pars. Je quitte la ville cet après-midi. »

Brannon se lustra les ongles sur la paume de sa main. « Eh bien, ce n'est pas indispensable naturellement – mais c'est peut-être une bonne idée. Pourquoi aussi précipitamment ? C'est absurde de partir à ce moment de la journée.

– Je préfère.

– Sincèrement, je crois que c'est dans ton intérêt de commencer une nouvelle vie. En même temps, pourquoi ne pas suivre mon conseil ? Moi-même... Je suis conservateur et je trouve tes opinions extrémistes. Pourtant j'aime bien connaître tous les aspects d'une question. Enfin, je voudrais que tu te stabilises. Alors, pourquoi ne vas-tu pas quelque part où tu pourrais rencontrer des gens plus ou moins comme toi ? Où tu te fixerais ? »

Jake repoussa son assiette avec humeur. « Je ne sais pas où je vais. Laisse-moi tranquille. Je suis fatigué. »

Brannon haussa les épaules et retourna au comptoir.

Jake était très fatigué. Le rhum brûlant et le lourd bruit de la pluie l'engourdissaient. C'était bon d'être à l'abri au fond du café et d'avoir le ventre plein. S'il en avait envie, il pouvait piquer un somme – de quelques minutes. Il se sentait déjà la tête lourde et gonflée, et ça lui faisait du bien de fermer les yeux. Mais ce serait un sommeil bref parce qu'il devait rapidement partir d'ici.

« Combien de temps ça va durer, cette pluie ? »

La voix de Brannon avait des intonations endormies. « On peut pas savoir... un déluge tropical. Ça peut s'éclaircir d'un coup... ou... diminuer un peu et s'installer pour la nuit. »

Jake posa la tête sur ses bras. Le bruit de la pluie ressemblait au roulement des vagues qui s'enflent. Il entendait le tic-tac d'une pendule et le fracas lointain de la vaisselle. Peu à peu, ses mains se détendirent. Elles s'offraient, paumes ouvertes, sur la table.

Brannon lui secouait les épaules et scrutait son visage. Il était dans un rêve affreux. « Réveille-toi, disait Brannon. Tu as fait un cauchemar. Je suis venu jeter un coup d'œil et je t'ai trouvé la bouche ouverte, gémissant et te tortillant sur ta chaise. Je n'ai jamais vu ça. »

Le rêve pesait toujours dans son esprit en proie à la vieille terreur qui accompagnait immanquablement son réveil. Il repoussa Brannon et se leva. « Tu n'as pas besoin de me dire que je faisais un cauchemar. Je m'en souviens parfaitement. Et j'ai déjà fait ce rêve une quinzaine de fois. »

Il s'en rappelait pour de bon à présent. Les autres fois, il était incapable de ressaisir clairement le rêve en s'éveillant. Il marchait au milieu d'une grande foule – comme à la fête foraine. Mais les gens qui l'entouraient avaient quelque chose d'oriental. Un soleil éclatant brillait et les gens étaient à moitié nus. Ils étaient silencieux et lents, et leurs visages étaient marqués par la faim. On ne percevait aucun bruit, rien que le soleil et la foule muette qu'il fendait en portant un énorme panier couvert, cherchant en vain l'endroit où le déposer. Et dans son rêve, Jake éprouvait une horreur singulière à errer dans la foule sans savoir où se décharger du fardeau qu'il transportait depuis si longtemps.

« Qu'est-ce que c'était? demanda Brannon. Le diable te poursuivait? »

Jake se dirigea vers la glace derrière le comptoir. Son visage sale était couvert de sueur et marqué de cernes noirs sous les yeux. Jake humecta son mouchoir au robinet d'eau fraîche et s'essuya la figure. Puis il sortit un peigne de poche et se peigna méticuleusement la moustache.

« Le rêve n'est rien. Il faut être endormi pour comprendre que c'était un cauchemar. »

La pendule indiquait cinq heures et demie. La pluie avait presque cessé. Jake prit sa valise et se dirigea vers la porte. « Au revoir. Je t'enverrai peut-être une carte postale.

– Attends, intervint Brannon. Tu ne peux pas partir maintenant. Il pleut encore un peu.

– Juste quelques gouttes qui tombent du store. Je préférerais quitter la ville avant la nuit.

– Une minute. Tu as de l'argent? Assez pour tenir une semaine?

– J'ai pas besoin d'argent. J'ai déjà été fauché. »

Brannon avait une enveloppe prête; elle contenait deux billets de vingt dollars. Jake les examina des deux côtés et les mit dans sa poche. « Dieu sait pourquoi tu fais ça. T'en reverras jamais la couleur. Mais merci. J'oublierai pas.

– Bonne chance. Et donne-moi de tes nouvelles.

– *Adios*.

– Au revoir. »

La porte se ferma derrière lui. Il se retourna au bout de la rue et vit Brannon qui le regardait. Il marcha jusqu'à la voie du chemin de fer bordée, de part et d'autre, de maisons de deux pièces délabrées.

Dans les jardins étriqués, on apercevait des cabinets pourris et des guenilles déchirées et tachées par la fumée séchant sur une corde. Sur trois kilomètres, aucune trace de confort, d'espace ou de propreté. La terre elle-même semblait crasseuse et à l'abandon. Ici et là, on discernait des tentatives de cultures de légumes, dont il ne subsistait que quelques choux rabougris. Et quelques figuiers stériles et noircis. Les gosses grouillaient dans cette crasse, les plus jeunes entièrement nus. Le spectacle de la pauvreté était si cruel et si désespéré que Jake gronda en serrant les poings.

Il atteignit l'extrémité de la ville et s'engagea sur une grande route. Des voitures passaient devant lui sans s'arrêter. Ses épaules étaient trop larges et ses bras trop longs. Il était si fort et si laid que personne ne voulait le prendre. Mais peut-être un camion s'arrêterait-il bientôt. Le soleil de fin d'après-midi était à nouveau dégagé. La chaleur faisait monter la buée de la chaussée humide. Jake marchait d'un pas ferme. Dès que la ville se trouva derrière lui, un nouveau sursaut d'énergie lui vint. Mais était-ce une fuite ou une offensive? N'importe, il partait. Tout allait recommencer. La route menait vers le nord et légèrement à l'ouest. Mais il n'irait pas trop loin. Il ne quitterait pas le Sud. C'était décidé. Il était plein d'espoir et, bientôt peut-être, se dessinerait le tracé de son voyage.

3

Soir

À quoi bon? Voilà la question qui la préoccupait. Nom d'un chien à quoi bon? Tous ses projets, et la musique. Avec pour seul résultat ce piège – le magasin, le retour à la maison pour dormir, et encore le magasin. L'horloge en face de la boutique où travaillait Mr. Singer indiquait sept heures. Et elle s'en allait juste maintenant. Chaque fois qu'il y avait des heures supplémentaires à faire, le directeur lui disait de rester. Parce qu'elle tenait debout plus longtemps, en travaillant plus dur que les autres filles avant de s'écrouler.

La pluie diluvienne avait laissé le ciel d'un bleu pâle et doux. La nuit venait. Déjà, les lumières étaient allumées. Des klaxons cornaient dans la rue et les vendeurs de journaux claironnaient les gros titres. Elle ne voulait pas rentrer. Si elle rentrait maintenant, elle s'allongerait sur le lit et se mettrait à hurler. Tellement elle était crevée. Mais en allant au *Café de New York* manger une glace, elle récupérerait peut-être. Et fumer une cigarette, être seule un petit moment.

L'avant du café étant bondé, elle se dirigea vers la dernière stalle du fond. C'étaient le creux de ses reins et son visage qui se fatiguaient le plus. La consigne était : « Toujours alertes et souriantes ». Lorsqu'elle sortait du magasin, elle était forcée de se renfrogner longuement avant de retrouver une expression naturelle. Même ses oreilles étaient fatiguées. Elle ôta les pendeloques vertes qui lui pinçaient les lobes. Elle avait acheté les boucles d'oreilles la semaine précédente – et aussi un bracelet en argent. Au début, elle travaillait aux batteries de cuisine, puis on l'avait mise aux bijoux fantaisie.

« Bonsoir, Mick », dit Mr. Brannon. Il essuya le fond d'un verre d'eau avec une serviette avant de le placer sur la table.

« Je veux une glace au chocolat et une bière pression à cinq *cents*.

– Ensemble? » Il posa la carte et pointa son petit doigt qui portait une bague de femme en or. « Regarde... Il y a du bon poulet rôti et du ragoût de veau. Pourquoi tu ne prendrais pas un petit quelque chose avec moi?

– Non, merci. Je ne veux rien d'autre que la glace et la bière. Les deux bien frais. »

Mick se passa la main dans les cheveux pour dégager son front. Sa bouche grande ouverte lui creusait les joues. Il y avait deux choses qu'elle n'arrivait pas à croire. Que Mr. Singer s'était tué et qu'il était mort. Et qu'elle était grande et obligée de travailler au Prisunic.

C'est elle qui l'avait trouvé. Persuadés que le bruit provenait d'un raté de moteur, ils ne s'étaient aperçus de rien avant le lendemain. Elle était entrée pour écouter la radio. Le cou de Mr. Singer baignait dans le sang et, en arrivant, le père de Mick l'avait poussée hors de la pièce. Elle s'était enfuie de la maison en courant. Sous l'effet du choc, elle avait couru dans le noir en se frappant à coups de poing. Et, le lendemain soir, il était dans un cercueil dans le salon. L'employé des pompes funèbres lui avait mis du fard et du rouge à lèvres pour lui donner l'air naturel. Mais il n'avait pas l'air naturel. Il était très mort. Et, mêlée à l'odeur des fleurs, se dégageait cette autre odeur qui l'obligea à quitter la pièce. Mais tout ce temps-là, elle n'avait pourtant pas lâché sa place. Elle emballait des paquets, les tendait par-dessus le comptoir et rendait la monnaie. Elle marchait quand elle devait marcher et mangeait quand elle s'asseyait à table. Au début, quand elle allait se coucher, elle n'arrivait pas à dormir. Mais maintenant, elle dormait comme elle était censée le faire.

Mick se tourna de côté sur son siège pour croiser les jambes. Son bas avait filé. Ça avait commencé sur le trajet du magasin et elle avait craché dessus. Après quoi la maille avait filé un peu plus, et Mick avait collé un petit morceau de chewing-gum en haut. Mais ça n'avait servi à rien non plus. Elle n'avait plus qu'à rentrer à la maison pour les raccommoder. Elle ne savait comment s'en tirer avec les bas. Elle les usait si vite. À moins d'accepter de faire partie des filles vulgaires qui se contentent de bas de coton.

Elle n'aurait pas dû venir ici. Les semelles de ses chaussures étaient fichues. Elle aurait dû économiser les vingt *cents* pour un ressemelage. Parce que, si elle continuait à mettre une chaussure trouée, qu'est-ce qui se passerait? Elle attraperait une ampoule au pied. Et il faudrait la crever avec une aiguille brûlée. Elle serait obligée de rester à la maison et on la renverrait du magasin. Et alors, qu'arriverait-il?

« Voilà, annonça Mr. Brannon. Mais c'est la première fois que je vois un mélange pareil. »

Il posa la glace et la bière sur la table. Mick feignit de se curer les ongles, parce que, si elle lui prêtait attention, Brannon se mettrait à parler. Il ne lui en voulait plus, et avait sans doute oublié l'histoire du paquet de chewing-gum. Maintenant, il essayait tout le temps de lui parler. Mais elle avait envie d'être tranquille. La glace était bonne, entièrement recouverte de chocolat, d'amandes et de cerises. Et la bière la détendait. La bière avait une amertume agréable après la glace, et l'enivrait. Après la musique, rien ne valait la bière.

Elle n'entendait plus de musique dans sa tête. C'était bizarre. Elle n'avait plus accès à l'espace du dedans. Quelquefois, une brève mélodie venait et repartait – mais elle ne s'enfermait plus dans l'espace du dedans avec la musique comme autrefois. Elle était trop tendue. Ou peut-être à cause du magasin qui absorbait tout son temps et toute son énergie. Prisunic, ce n'était pas comme l'école. En rentrant de l'école, elle se sentait en forme, prête à travailler la musique. Maintenant, elle était trop fatiguée. À la maison, elle ne faisait que dîner, dormir et prendre son petit-déjeuner, puis elle repartait au magasin. Une chanson qu'elle avait commencée dans son carnet intime deux mois auparavant restait inachevée. Elle voulait pénétrer dans l'espace du dedans mais elle ne savait pas comment. L'espace du dedans était verrouillé et séparé d'elle. C'était très difficile à comprendre.

Mick poussa sa dent de devant cassée avec son pouce. Mais elle avait la radio de Mr. Singer. Les traites n'étaient pas entièrement réglées, et elle en avait pris la responsabilité. C'était bon de posséder quelque chose qui lui avait appartenu. Et un de ces jours peut-être, elle parviendrait à mettre de côté de quoi payer un piano d'occasion. Disons deux dollars par semaine. Et personne d'autre qu'elle n'aurait le droit de toucher à son piano – à moins qu'elle apprenne des petits morceaux à George. Elle l'installerait dans la chambre du fond et jouerait chaque soir. Et le dimanche toute la journée. Oui mais si, une semaine, elle était obligée de sauter un versement? Est-ce qu'ils viendraient le récupérer, comme la petite bicyclette rouge? Et si elle les empêchait? En cachant par exemple le piano sous la maison. Ou en les attendant à la porte pour se battre avec eux. Elle flanquerait par terre les deux hommes, qui se retrouveraient avec l'œil poché et le nez cassé, et elle les laisserait sur le carreau dans l'entrée.

Mick fronça les sourcils et se frotta énergiquement le front avec le poing. Voilà où elle en était. Elle était constamment en colère. Pas comme un enfant qui se calme aussi vite qu'il s'est fâché – d'une manière différente. Seulement il n'y avait aucune raison de se mettre en colère. Sauf contre le magasin. Mais le magasin ne l'avait pas forcée à accepter de travailler. C'était comme si elle avait été trahie. Sauf que personne ne l'avait trahie. Il n'y avait donc aucune raison de râler. Elle n'en avait pas moins cette impression. Trahie.

Mais peut-être que ça se réaliserait, avec le piano, et que ça finirait bien. Elle aurait une chance bientôt. Sinon à quoi bon – ce qu'elle ressentait pour la musique, ses projets échafaudés dans l'espace du dedans? Il fallait que ça serve, si tout n'était pas dénué de sens. Et oui et oui et oui. Ça servait à quelque chose.

D'accord!

Cool!

Ça servait à quelque chose.

4

Nuit

Tout était serein. Tandis que Biff s'essuyait le visage et les mains, une brise agita les pendeloques de verre de la petite pagode japonaise sur la table. Il venait de s'éveiller d'un petit somme, et il avait fumé son cigare du soir. Il pensait à Blount et se demandait s'il était déjà loin. Une bouteille d'Agua Florida était posée sur l'étagère de la salle de bains, et il passa le bouchon sur ses tempes. Il sifflait une vieille chanson qui, pendant qu'il descendait l'étroit escalier, laissait derrière lui un écho brisé.

Louis était censé le remplacer au comptoir. Mais il avait tiré au flanc, et le café était désert. La porte restait ouverte sur la rue vide. L'horloge indiquait minuit moins dix-sept. La radio était en marche, et on parlait de la crise que Hitler avait manigancée au sujet de Dantzig. Il retourna dans la cuisine où il trouva Louis endormi sur une chaise. Le garçon avait enlevé ses chaussures et déboutonné son pantalon. Une longue tache humide sur sa chemise révélait qu'il dormait depuis longtemps. Ses bras pendaient à la verticale le long de ses flancs, et c'était miracle s'il n'était pas tombé en avant, la tête la première. Il dormait profondément et il était inutile de le réveiller. La nuit s'annonçait tranquille.

Biff traversa la cuisine sur la pointe des pieds, jusqu'à l'étagère contenant un panier de fougères et deux cruches à eau remplies de zinnias. Il porta les fleurs sur le devant du restaurant et enleva de la vitrine les plats enveloppés de cellophane exhibant la dernière spécialité du jour. La nourriture le dégoûtait. Une vitrine de fleurs d'été à peine écloses – voilà ce qui serait bien. Il ferma les yeux en imaginant la disposition. Un fond de fougères éparpillées sur le socle, fraîches et vertes. Le pot de terre rouge rempli de zinnias éclatants. Rien de plus. Il arrangea la vitrine avec soin. Parmi les fleurs se trouvait une plante bizarre, un zinnia avec six pétales bronze et deux rouges. Il examina cette curiosité et la mit de côté pour la garder. La vitrine achevée, il sortit dans la rue contempler son ouvrage. Les tiges raides des fleurs s'inclinaient en une pose nonchalante et paisible, selon un angle parfait. Les lumières électriques amoindrissaient l'effet, mais lorsque le soleil se lèverait, l'ensemble se présenterait sous l'aspect le plus flatteur. Très artistique.

Le ciel noir, étoilé, paraissait proche de la terre. Il flâna sur le trottoir, s'arrêtant pour envoyer une écorce d'orange dans le caniveau du bout de son pied. Au bout de la rue, deux hommes, petits vus de loin, immobiles, se tenaient bras dessus, bras dessous. Il n'y avait personne d'autre. Son café était le seul commerce ouvert et allumé dans la rue.

Et pourquoi? Quelle raison le poussait à rester ouvert toute la nuit alors que les autres établissements de la ville fermaient? On lui posait souvent la question et il était incapable de formuler une réponse claire. Pas pour l'argent. Parfois, il venait un groupe qui commandait de la bière et des œufs brouillés, et qui dépensait cinq à dix dollars. Mais c'était rare. La plupart du temps, ils arrivaient un par un, consommaient peu et restaient longtemps. Et certaines nuits, entre minuit et cinq heures du matin, pas un client ne se montrait. Il n'en tirait aucun profit – à l'évidence.

Mais il ne fermerait jamais la nuit – tant qu'il garderait l'affaire. La nuit, c'était son heure. Apparaissaient ceux qu'il n'aurait jamais vus autrement. Quelques-uns venaient régulièrement plusieurs fois par semaine. Certains étaient entrés une seule fois, avaient bu un Coca-Cola, et n'étaient jamais revenus.

Biff croisa les bras et ralentit le pas. Dans l'arc lumineux du réverbère, son ombre se détachait, noire et anguleuse. Le paisible silence de la nuit le pénétrait. C'étaient les heures destinées au repos et à la méditation. Peut-être était-ce la raison pour laquelle il restait en bas sans dormir. D'un dernier et bref coup d'œil, il scruta la rue déserte avant de rentrer.

La voix de crise continuait à parler à la radio. Les ventilateurs au plafond émettaient un ronronnement apaisant. De la cuisine lui parvenait le ronflement de Louis. Il pensa subitement au pauvre Willie et décida de lui envoyer un litre de whisky. Il s'absorba dans les mots croisés du journal. Il y avait au centre une image de femme à identifier. Il la reconnut et écrivit son nom – Mona Lisa – dans les premières cases. Un, en verticale, il fallait un synonyme de mendiant, commençant par un *m,* de huit lettres. Mendigot. Deux, en horizontale, un mot signifiant éloigner. Un mot de neuf lettres commençant par un *e.* Expatrier? Il essaya plusieurs combinaisons de lettres à voix haute. Exorciser. Mais le jeu ne l'intéressait plus. Il y avait suffisamment d'énigmes en dehors de celles-là. Il plia le journal et l'écarta. Il y reviendrait plus tard.

Il examina le zinnia qu'il voulait garder. En fin de compte, à la lumière, la fleur qu'il tenait dans sa paume ne constituait pas un spécimen particulièrement original. Ne méritait pas d'être gardée. Il effeuilla les tendres pétales brillants un par un, et le dernier coïncida avec le mot amour. Mais qui? Qui aimerait-il à présent? Pas une personne spéciale. N'importe qui entrerait. Mais pas une personne spéciale. Il avait connu ses amours et elles étaient révolues. Alice. Madeline et Gyp. Terminées. Le laissant meilleur ou pire. Lequel des deux? Question de point de vue.

Et Mick. L'amour qui durant ces derniers mois s'était si étrangement logé dans son cœur. Cet amour était-il mort lui aussi? Oui. C'était fini. En début de soirée, Mick venait prendre quelque chose de frais ou une glace. Elle avait grandi. Ses manières brusques et enfantines avaient presque disparu. Et à la place, on sentait poindre confusément en elle une féminité délicate. Les boucles d'oreilles, le balancement de ses bracelets, sa nouvelle façon de croiser les jambes et de ramener le bord de sa jupe sous ses genoux. En la regardant, Biff n'éprouvait plus qu'une sorte de tendresse. L'ancien sentiment avait disparu. Pendant un an, cet amour s'était inexplicablement épanoui. Il s'était interrogé là-dessus des centaines de fois, et n'avait pas trouvé de réponse. Et maintenant, comme une fleur d'été qui se flétrit en septembre, c'était fini. Il n'y avait personne.

Biff se tapota le nez. Une voix étrangère parlait à la radio à présent. Il n'arrivait pas à déterminer si la voix était allemande, française ou espagnole. Elle avait un accent sinistre et lui flanquait la frousse. Il l'arrêta, et plus rien ne troubla le profond silence. Il sentait la nuit au-dehors. La solitude l'empoigna si fort que son souffle s'accéléra. Il était trop tard pour téléphoner à Lucile et parler à Baby. Il ne pouvait pas davantage espérer l'arrivée d'un client à cette heure-là. Il alla à la porte et inspecta la rue. Tout était obscur et vide.

« Louis! cria-t-il. Tu es réveillé, Louis? »

Pas de réponse. Il posa les coudes sur le comptoir et se tint la tête entre les mains, remua sa mâchoire sombre et barbue, et lentement plissa son front.

L'énigme. La question qui s'était enracinée en lui et ne lui laissait pas de répit. Le mystère de Singer et de ceux qui gravitaient autour. Plus d'une année s'était écoulée depuis le début de cette histoire. Plus d'un an depuis que Blount, dans sa première longue ivresse, avait aperçu le muet pour la première fois. Depuis que Mick s'était mise à le suivre partout. Singer était mort et enterré depuis un mois. Et l'énigme ne cessait de tourmenter Biff. Il y avait quelque chose de pas naturel dans tout cela – comme une vilaine plaisanterie. En y pensant, il éprouvait un malaise et une peur inconnus.

Biff s'était occupé de l'enterrement. Tous s'en étaient remis à lui. Les affaires de Singer étaient dans une sacrée pagaille. Il devait des traites sur tout et le bénéficiaire de son assurance-vie était décédé. Il restait à peine de quoi payer l'enterrement. La cérémonie eut lieu à midi. Le soleil dardait sur eux une chaleur féroce pendant qu'ils se tenaient autour de la tombe humide à ciel ouvert. Les fleurs se courbaient et brunissaient sous le soleil. Mick pleura si fort qu'elle s'étrangla, et son père dut lui taper dans le dos. Blount fixait la tombe d'un œil mauvais, le poing sur la bouche. En marge de la foule, le médecin de couleur de la ville, qui était apparenté au pauvre Willie, gémissait tout seul. Et il y avait des étrangers que personne n'avait rencontrés ni ne connaissait de nom. Dieu sait d'où ils venaient et pourquoi ils étaient là.

Le silence dans la salle était aussi profond que la nuit elle-même. Biff, cloué sur place, était perdu dans ses réflexions. Puis une accélération subite le bouleversa. Son cœur se souleva et il s'appuya sur le comptoir pour se soutenir. Car dans une brève illumination, il entrevit un éclair de lutte et de vaillance humaines. L'écoulement ininterrompu de l'humanité à travers l'infinité du temps. Ceux qui peinent et ceux qui – en un mot – aiment. Son âme se dilata. Mais un instant seulement. Car il perçut un avertissement, une fulguration de terreur. Entre les deux mondes, il était en suspens. Il se vit en train de regarder son propre visage dans le miroir du comptoir. Ses tempes luisaient de sueur et il avait le visage tordu. Un œil s'ouvrait plus grand que l'autre. L'œil gauche fouillait étroitement le passé tandis que le droit béait, rempli de frayeur, sur un avenir d'obscurité, d'erreur et de ruine. Et il était suspendu entre le rayonnement et les ténèbres. Entre l'amère ironie et la foi. Il se détourna brusquement.

« Louis? cria-t-il. Louis! Louis! »

L'appel demeura une fois de plus sans réponse. Mais, bon Dieu, était-il un homme sensé, oui ou non? Et comment une pareille terreur pouvait-elle le prendre à la gorge alors qu'il n'en connaissait même pas la cause? Est-ce qu'il allait rester là à trembler comme un nigaud, ou se ressaisir et revenir à la raison? Enfin, *était*-il un homme sensé, oui ou non? Biff humecta son mouchoir sous le robinet et tapota son visage tiré, tendu. Il se rappela que le store n'avait pas encore été levé. Pendant qu'il se dirigeait vers la porte, son pas se raffermit. Et quand il eut enfin regagné la salle, il se prépara posément à l'arrivée du matin.

Esquisse pour « Le Muet » [76]

Livre publié plus tard sous le titre :
Le cœur est un chasseur solitaire

Ce texte, ébauche du Cœur est un chasseur solitaire, *fut publié pour la première fois par Oliver Evans dans sa biographie critique* The Ballad of Carson McCullers, *New York : Coward-McCann, 1966.*

Remarques générales

Le thème principal du livre est donné dans les douze premières pages. C'est l'homme en révolte contre sa solitude intérieure et son impérieux besoin de s'exprimer aussi complètement que possible. Plusieurs thèmes secondaires se développent autour de ce thème principal. On peut les résumer ainsi : 1° Pour apaiser le profond désir de s'exprimer qui existe en lui, chaque homme s'invente un principe quelconque d'unification ou Dieu. Ce Dieu n'est qu'un reflet de l'homme qui le crée, et son essence est généralement inférieure à celle de son créateur. 2° Dans une société mal organisée, ces dieux personnels, ou ces principes, sont le plus souvent chimères ou fantasmes. 3° Chaque homme doit trouver sa forme d'expression personnelle – mais ce droit lui est souvent refusé par une société gaspilleuse et imprévoyante. 4° Les humains sont faits pour s'entraider, mais une tradition sociale contre nature les pousse dans les chemins où ils se trouvent en désaccord avec leur nature profonde. 5° Certains hommes ont une nature de héros, en ceci qu'ils donnent tout ce qui est en eux sans penser à l'effort que cela implique ou au prix dont ils seront payés en retour.

Ces thèmes n'apparaîtront évidemment pas dans le livre de façon aussi schématique. Leurs divers harmoniques seront perçus à travers les personnages et les événements. Cela dépendra beaucoup de la perspicacité du lecteur et du soin avec lequel il lira le livre. Les idées qui servent de trame à l'histoire resteront parfois à l'arrière-plan, presque invisibles. Elles seront soulignées avec insistance à d'autres moments. Les divers motifs qu'on aura introduits de page en page sont repris avec concision, pour aboutir à une conclusion parfaitement cohérente.

L'esquisse de l'ouvrage est assez facile à décrire. Il s'agit de cinq personnages solitaires, en marge, qui cherchent un moyen de s'exprimer et de s'unir en esprit avec quelque chose qui les dépasse. L'un de ces personnages, John Singer, est sourd-muet – c'est autour de lui que s'ordonne le livre. Poussés par leur propre solitude, les quatre autres personnages découvrent en lui une sorte de supériorité mystique, et ils en font leur idéal. Du fait de son infirmité, la personnalité de Singer garde quelque chose de flou, d'imprécis. Ses amis peuvent donc lui attribuer toutes les qualités qu'ils souhaitent lui voir. Chacun l'interprète à travers ses propres désirs. Singer lit sur les lèvres et comprend ce qu'on lui dit. Son silence inaltérable a une force d'attraction irrésistible. Chacun fait de lui le réceptacle de ses sentiments et de ses pensées les plus intimes.

On peut mettre en parallèle le lien qui unit les quatre personnages à Singer et celui qui unit Singer à son ami sourd-muet Antonapoulos. Seul Singer est capable de découvrir chez Antonapoulos un peu de sagesse et de dignité. L'amour qu'il lui porte imprègne le livre de la première à la dernière page. Singer est entièrement submergé par cet amour. Lorsqu'ils sont séparés, la vie n'a plus de sens pour lui, et il compte les jours qui le séparent de leur prochaine rencontre. Pourtant, les quatre amis de Singer ignorent tout d'Antonapoulos jusqu'aux dernières pages du livre. L'ironie de cette situation grandit lentement, et plus le livre progresse, plus elle devient évidente.

Antonapoulos est atteint de la maladie de Bright. Lorsqu'il meurt, Singer, écrasé de solitude et de désespoir, ouvre le gaz et se tue. Les quatre autres personnages commencent alors à comprendre qui était le véritable Singer.

Ce thème central possède la résonance et le ton d'une légende. Tout ce qui a trait à Singer est écrit dans le style dépouillé des paraboles.

Pour comprendre le pourquoi et le comment d'une telle situation, il faut connaître en détail chacun des personnages. Mais comment en donner une image précise sans raconter ce qui leur arrive? La plupart des événements sont en effet provoqués par les personnages eux-mêmes. On les voit agir l'un après l'autre, tout au long du livre, de la façon la plus évidente et la plus caractéristique.

Il est bien certain que leurs différents traits de caractère ne seront pas expliqués dans le livre sous une forme aussi didactique que celle employée ci-dessous. Ils se précisent d'une scène à l'autre – et c'est à la fin seulement, en additionnant leurs diverses implications, qu'on découvre chacun d'eux dans toute sa complexité.

Événements et personnages

JOHN SINGER

C'est le personnage le plus linéaire du livre. Son mutisme et sa surdité le tiennent à l'écart de toutes les émotions ressenties par les autres et font de lui un psychopathe. Il est très observateur et très intuitif. C'est à première vue un modèle de gentillesse et de compréhension – mais rien de ce qui se passe autour de lui n'affecte son univers intérieur. Sur le plan émotionnel, il dépend complètement du seul ami avec lequel il puisse s'exprimer, Antonapoulos. Dans le second chapitre, Biff Brannon dit du regard de Singer qu'il est « froid et doux comme celui d'un chat ». Ce regard lointain lui donne un air de sagesse et de supériorité.

Singer a deux raisons d'occuper la première place du livre : sa surdité symbolise à la fois la solitude et l'échec, et toute l'histoire s'ordonne autour de lui. Mais les quatre personnages satellites tiennent une place beaucoup plus importante que lui. Leur quadruple évolution constitue la matière du livre et lui donne sa force.

Les passages concernant Singer ne sont pas traités de façon subjective. Leur style est indirect. Le muet a reçu une éducation, mais il ne pense jamais en mots. Il a des impressions visuelles – ce qui est la résultante naturelle de sa surdité. Sauf dans les passages où il est vu par quelqu'un d'autre, le style qui le concerne reste simple et descriptif. On ne tente jamais de sonder son subconscient. C'est un personnage sans relief – du second chapitre à la fin du livre, sa personnalité reste immuable.

À sa mort, on découvre dans sa poche une étrange petite lettre écrite par le cousin d'Antonapoulos :

« Cher monsieur Singer,

« Aucune adresse au dos de vos lettres. On me les a toutes renvoyées. Spiros Antonapoulos est mort. Il a été enterré la semaine dernière avec ses reins malades. Désolé de vous l'apprendre, mais il est inutile d'écrire à un mort.

« Bien à vous,

« Charles PARKER. »

Si l'on réfléchit à la nature profonde de cet homme (due à son caractère particulier et à la situation dans laquelle il vit), en apprenant la mort d'Antonapoulos il ne peut que se suicider.

MICK KELLY

Mick est sans doute le personnage le plus marquant du livre. Étant donné son âge et son tempérament, elle entretient avec le muet des relations beaucoup plus approfondies que les autres. Au début de la seconde partie, elle prend carrément le devant de la scène, et jusqu'à la fin du livre elle tiendra plus de place et offrira plus d'intérêt que les autres. Son histoire est celle du combat que mène une enfant douée contre un milieu inflexible en vue d'obtenir ce qu'elle désire. Mick a treize ans au début du livre. À la fin, elle a quatorze mois de plus. Durant ce laps de temps il lui arrive beaucoup de choses importantes. Ce n'est d'abord qu'une fillette mal dégrossie, sur le point d'atteindre le seuil d'un éveil rapide et d'une profonde évolution. Sa volonté et ses possibilités d'avenir sont illimitées. Elle se jette hardiment au-devant de tous les obstacles qui se présentent et change du tout au tout pendant ces quelques mois. À la fin, comme sa famille n'a plus d'argent, elle est obligée de travailler dix heures par jour dans un Prisunic. Son échec ne vient absolument pas de son caractère – c'est la société cynique et gaspilleuse qui lui enlève toute liberté et toute volonté.

Pour Mick, la musique est symbole de beauté et de liberté. Elle n'a fait aucune étude musicale et ses chances de percer en ce domaine sont très minces. Sa famille n'a pas de radio. L'été, elle rôde à travers la ville en poussant un landau dans lequel ont pris place ses deux petits frères, et elle est à l'affût de toutes les bribes de musique qui s'échappent des fenêtres. Elle est inscrite à la bibliothèque municipale et elle a appris dans les livres un certain nombre de choses dont elle avait besoin. À l'automne, lorsqu'elle entre au collège technique, elle s'arrange pour qu'une fille de sa classe lui enseigne les premiers rudiments du piano. En échange elle lui fait ses devoirs d'algèbre, et lui donne quinze *cents* qu'elle prend chaque semaine sur l'argent de son déjeuner. L'après-midi, elle joue parfois du piano au gymnase, mais il y a toujours beaucoup de monde et beaucoup de bruit, et elle a peur de recevoir un ballon de basket sur la tête.

Mick aime la musique de façon instinctive, et son goût n'est évidemment pas d'une sûreté absolue. Elle commence par Mozart, puis elle travaille Beethoven. Elle dévore ensuite tous les compositeurs qu'elle a la chance de découvrir grâce aux radios des autres – Bach, Brahms, Wagner, Sibelius, etc. Ses sources d'information sont souvent erronées, mais l'émotion demeure. Son amour pour la musique est avant tout d'ordre créatif. Elle compose en secret de petites chansons, et elle envisage de composer des symphonies et des opéras. Son imagination ne laisse aucun détail dans l'ombre. Elle dirigera sa musique elle-même. Les rideaux de scène porteront ses initiales en grandes lettres rouges. Pour diriger l'orchestre, elle aura une robe du soir en satin rouge ou un habit d'homme. Mick est parfaitement égocentrique – et le côté enfantin et mal dégrossi de son caractère va de pair avec une certaine maturité.

Mick a continuellement besoin d'aimer et d'admirer quelqu'un. Son enfance a connu un flot d'admirations irréfléchies et passionnées pour toutes sortes de gens. Cette force d'amour désordonnée se cristallise sur Singer. Pour son anniversaire, il lui offre une biographie de Beethoven. La chambre de Singer est toujours calme et rassurante. Le muet devient pour elle le professeur imaginaire et l'ami dont elle a besoin. Il est le seul à lui manifester un peu d'intérêt. Elle se confie à lui – et lorsque, à la fin du livre, elle traverse une crise grave, c'est vers lui qu'elle se tourne pour demander de l'aide.

Cette crise, qui a l'air d'être l'événement le plus important de la vie de Mick, n'est en fait que secondaire par rapport aux sentiments qu'elle porte à Singer et au combat qu'elle livre contre les forces sociales qui lui sont hostiles. À l'automne, lorsqu'elle entre au collège technique, elle préfère suivre les cours de mécanique avec les garçons plutôt que les cours de sténographie. Elle fait la connaissance d'un garçon de quinze ans, Harry West. Peu à peu ils deviennent amis. Ils sont attirés l'un vers l'autre par une force de caractère identique et par le goût de la mécanique. Comme Mick, Harry déborde d'une vitalité dont il ne sait que faire. Au printemps, ils essaient de construire ensemble un planeur dans l'arrière-cour des Kelly. Ils n'arrivent pas à le faire voler parce qu'ils n'ont pas les matériaux voulus, mais ils travaillent avec passion. Pendant toute cette période, leur amitié reste enfantine et maladroite.

À la fin du printemps, ils prennent l'habitude de faire chaque samedi une petite randonnée dans la campagne. Harry a une bicyclette. Ils vont dans les bois, à dix miles de la ville, au bord d'un ruisseau. Des sentiments dont ils ne comprennent pas exactement la nature commencent à naître entre eux. La fin est extrêmement brutale. Ils partent un samedi après-midi, animés d'une grande vitalité animale et enfantine; lorsqu'ils reviennent le soir, ils ont, sans aucune préméditation, eu leur première expérience sexuelle. Ce passage doit absolument être écrit avec la plus extrême réserve. Un dialogue rapide et hésitant entre Mick et Harry permettra de comprendre ce qui est arrivé – dialogue au cours duquel tout sera sous-entendu, rien dit expressément.

Cette expérience prématurée les marque profondément l'un et l'autre, mais il paraît tout de suite évident que les conséquences en seront plus graves pour Harry que pour Mick. Ils réagissent avec plus de maturité qu'on ne pouvait s'y attendre. Ils décident de ne jamais se marier et de ne plus avoir d'expérience sexuelle. Ils sont paralysés par la notion de péché. Ils décident de ne plus se revoir. Cette nuit-là, Harry prend une boîte de potage sur l'étagère de la cuisine, casse sa tirelire et quitte la ville en auto-stop pour Atlanta où il espère trouver du travail.

On n'insistera jamais assez sur la discrétion avec laquelle cette scène entre Harry et Mick doit être évoquée.

Mick reste longtemps accablée par ce qui s'est passé. Elle se réfugie de plus en plus dans la musique. Elle a toujours regardé le sexe d'une façon lointaine et enfantine – elle a l'impression que cette étrange expérience n'est arrivée qu'à elle. Elle essaie à toute force d'oublier, mais ce secret l'obsède. Elle sent qu'elle irait mieux si elle en parlait à quelqu'un. Elle n'est pas assez intime avec ses sœurs ou sa mère pour leur faire une telle confidence, et elle n'a aucune amie de son âge. Elle pense alors à Singer, et cherche comment s'y prendre. L'idée qu'elle aurait pu lui en parler devient une consolation pour elle au moment où il se suicide.

Après la mort de Singer, elle se sent très seule et sans défense. Elle étudie la musique avec plus d'ardeur que jamais. Mais les problèmes financiers de sa famille se sont aggravés au cours des derniers mois. La situation est aussi mauvaise que possible. Les deux aînés subviennent à peine à leurs besoins. Ils sont incapables d'aider leurs parents. Il faut absolument que Mick travaille. Elle résiste avec violence, parce qu'elle veut rester encore un an au collège et tenter sa chance en musique. C'est malheureusement impossible. Au début de l'été elle trouve une place de vendeuse dans un Prisunic : de huit heures et demie du matin à six heures et demie du soir. C'est un travail épuisant, mais quand le directeur cherche une vendeuse pour faire des heures supplémentaires, c'est toujours Mick qu'il choisit, parce qu'elle peut rester debout plus longtemps que les autres et supporte mieux la fatigue.

Les principaux traits de caractère de Mick sont une grande énergie créatrice et un grand courage. Avant qu'elle ait pu entreprendre quoi que ce soit, elle est vaincue par la société – mais il y a quelque chose en elle (et en tous ceux qui lui ressemblent) qui ne pourra jamais être et ne sera jamais détruit.

JAKE BLOUNT

Le combat que mène Jake contre les injustices sociales est un combat lucide et franc. L'esprit révolutionnaire l'habite entièrement. Son plus profond désir est de tout faire pour modifier les conditions sociales destructrices et contre nature qui existent de nos jours. Son drame vient de ce que la force qui l'anime ne parvient pas à se canaliser. Il est le prisonnier d'abstractions et d'idées contradictoires – et dès qu'il tente de les mettre en application il se bat contre des moulins à vent. Il est persuadé que le carcan social actuel est sur le point de s'effondrer, mais lorsqu'il rêve d'une civilisation future, il le fait avec autant de méfiance que d'espoir.

Son attitude envers ses semblables oscille continuellement entre la haine et l'amour le plus généreux. Son attitude envers les principes du communisme est à peu près la même. C'est un communiste convaincu, mais il estime que toutes les sociétés communistes ont fini par dégénérer en bureaucraties. Il refuse le plus petit compromis et son attitude est celle du tout ou rien. Ses mobiles secrets ou déclarés sont tellement contradictoires qu'on peut sans exagérer dire qu'il est fou. Le fardeau qu'il s'est mis sur les épaules est trop lourd pour lui.

Jake est le produit de son propre milieu. Il a vingt-neuf ans. Il est né dans une ville de filatures de la Caroline du Sud, ville semblable à celle où se situe le livre. Son enfance s'est déroulée dans des conditions de pauvreté et d'avilissement absolues. À l'âge de neuf ans (c'était pendant la dernière guerre mondiale), il travaillait quatorze heures par jour dans une filature. Il a dû attraper au vol toutes les bribes de connaissances qui passaient à sa portée. À douze ans, il a décidé de s'enfuir de chez lui et de rouler sa bosse en s'instruisant lui-même. Il a vécu et travaillé un peu partout dans le pays.

L'instabilité intérieure de Jake influence évidemment son comportement extérieur. Physiquement, c'est un géant rabougri. Il est nerveux et irritable. Il n'a jamais réussi à empêcher ses lèvres de trembler lorsqu'il est ému ; il s'est donc laissé pousser une superbe moustache qui ne fait que souligner cette faiblesse et lui donne l'air bizarre. Ses lubies nerveuses l'empêchent de s'entendre avec ceux qui l'entourent, et les gens lui tournent le dos – ce qui le fait tomber dans une bouffonnerie lucide ou une dignité exagérée.

Quand Jake est incapable d'agir, il faut qu'il parle. Singer, le muet, est pour lui un excellent confident. Jake est attiré par son calme et son équilibre apparents. Il est étranger dans la ville et sa solitude le pousse vers le muet. Passer une soirée avec Singer et lui parler devient pour lui une habitude apaisante. À la mort de Singer, Jake sent qu'il vient de perdre une sorte de contrepoids intérieur. Il a également la vague impression d'avoir été floué. Tout ce qu'il a confié au muet, ses réflexions, ses visions d'avenir, sont à jamais perdues.

Jake est sous l'emprise étroite de l'alcool – il peut en boire des quantités phénoménales sans être malade. De temps en temps, il cherche à se libérer de cette emprise, mais il est incapable de s'imposer une discipline quelconque (comme dans d'autres domaines plus importants).

L'aventure de Jake se termine par un fiasco. Pendant des mois il a fait ce qu'il a pu pour lutter contre l'injustice sociale. À la fin du livre la haine qui grandit entre Noirs et ouvriers blancs s'exacerbe, à travers de petites querelles quotidiennes. Les choses s'enveniment jour après jour. Une rixe finit par éclater un samedi soir (c'est quelques jours après la mort de Singer). Les ouvriers blancs se dressent sauvagement contre les Noirs. Jake essaie d'abord de maintenir l'ordre. Mais il perd à son tour le contrôle de lui-même et devient tout à fait fou. La bagarre, qui n'est dirigée par personne, tourne à la confusion. Chacun se bat pour son propre compte. La police intervient. Plusieurs personnes sont arrêtées. Jake se sauve, mais cette bagarre lui apparaît comme le symbole de sa propre vie. Singer est mort. Il quitte la ville comme il y est arrivé – en étranger.

LE DOCTEUR BENEDICT MADY COPELAND

Le Dr Copeland offre l'amer spectacle d'un Noir du Sud qui a reçu une bonne éducation. Il s'est battu pendant de longues années pour modifier certaines conditions de vie de ses semblables. Comme Jake Blount, ses efforts ont altéré son caractère. Il a cinquante et un ans au début du livre, mais c'est déjà un vieillard.

Pendant vingt-cinq ans, il a soigné les Noirs de la ville. Mais il a toujours considéré son travail de médecin comme secondaire par rapport aux efforts qu'il déploie pour éduquer ses semblables. Ses convictions ont mûri lentement et elles sont inébranlables. Il est surtout intéressé par le contrôle des naissances, estimant que la faiblesse des Noirs tenait pour une grande part à des relations sexuelles impulsives et à une natalité désordonnée et prolifique. Il est opposé au métissage – mais cette opposition repose avant tout sur son orgueil personnel et ses ressentiments. Ses théories présentent une grave lacune : il n'admet pas la culture raciale du Noir. Il refuse, par principe, que le mode de vie des Noirs soit greffé sur celui des Blancs américains. Son idéal serait une race de Noirs ascètes.

On peut mettre en parallèle les ambitions que le Dr Copeland nourrit vis-à-vis de sa race et l'amour qu'il porte à sa famille. Mais il n'a aucun contact avec ses quatre enfants, à cause de sa trop grande rigueur morale – et, en partie, de son caractère. Le Dr Copeland a lutté toute sa vie contre ce qui constitue l'essence de sa propre nature raciale. Son ascétisme excessif et la fatigue due à son travail réagissent sur son comportement. Lorsqu'il sent ses enfants lui échapper, il entre dans de soudaines et violentes colères. Ce manque de contrôle de lui-même finit par provoquer une rupture avec sa femme et ses enfants.

Dans sa jeunesse, le Dr Copeland a souffert de tuberculose pulmonaire, maladie qui touche souvent les Noirs. Sa maladie a été enrayée – mais à plus de cinquante ans son poumon gauche est de nouveau atteint. S'il y avait un sanatorium convenable, il y entrerait pour se faire soigner – mais l'État ne possède pas d'hôpital convenable ouvert aux Noirs. Il décide d'ignorer sa maladie et de continuer son travail – qui est moins lourd qu'avant.

Pour le Dr Copeland, le muet incarne le contrôle de soi et l'ascétisme qui caractérisent un certain type de Blancs. Il a souffert toute sa vie des affronts et des humiliations de la race blanche. Devant la politesse et l'attention que lui manifeste Singer, il éprouve une reconnaissance dont il a honte. Il parvient toujours à garder sa « dignité » devant lui, mais cette amitié tient une grande place dans sa vie.

Comme le visage du muet présente une légère expression sémite, le Dr Copeland pense qu'il est juif. En tant que minorité raciale persécutée, les Juifs ont toujours intéressé le Dr Copeland. Deux des hommes qu'il admire le plus sont juifs – Benedict Spinoza et Karl Marx.

Le Dr Copeland est pleinement et tristement lucide à propos de sa carrière. Il sait que c'est un échec. La plupart des Noirs de la ville ont pour lui un respect qui touche à la frayeur, mais son enseignement est trop étranger à la nature profonde de sa race pour avoir un effet quelconque.

Au début de l'histoire, la situation financière du Dr Copeland est assez précaire. Sa maison et la plus grande partie de son matériel médical sont hypothéquées. Pendant quinze ans il a touché un salaire peu important, mais régulier, car il était employé à l'hôpital municipal – mais les idées qu'il développait par rapport à certaines injustices sociales ont motivé son renvoi. Comme prétexte à ce renvoi, on l'a accusé (non sans raison) de pratiquer l'avortement lorsqu'un enfant représentait une trop lourde charge financière. Depuis qu'il a perdu son poste, les revenus du Dr Copeland sont aléatoires. Ses patients sont généralement trop pauvres pour lui verser des honoraires. Sa maladie est une entrave sévère à son travail, et il perd pied de plus en plus. À la fin, on lui prend sa maison. Après s'être dévoué aux autres toute sa vie, il se retrouve sans rien. Des parents de sa femme lui offrent l'hospitalité dans leur ferme. Il y passera le restant de ses jours.

BIFF BRANNON

Des quatre personnages qui tournent autour du muet, Biff est le plus désintéressé. C'est avant tout quelqu'un qui observe. Il possède une grande austérité et une grande rigueur. Face à l'enthousiasme moteur de Mick, de Jake ou du Dr Copeland, c'est un être froid et réfléchi. Il apparaît dans le second chapitre, et ses méditations donnent aux dernières pages du livre une conclusion objective et raisonnable.

Biff a de l'humour. Ce trait est mis en évidence chaque fois qu'il est en scène. C'est un personnage parfaitement dessiné, dans la mesure où il est vu sous tous les angles possibles. Au début du livre, il a quarante-quatre ans. Il a passé le plus clair de son temps derrière la caisse enregistreuse de son restaurant à observer ses clients. Il a la passion du détail. C'est ainsi que dans une petite pièce, au fond du restaurant, il conserve la collection complète, sur dix-huit ans, du journal du soir de la ville, sans qu'il manque un seul exemplaire. Il cherche toujours à saisir les lignes générales d'une affaire à travers la multitude de détails qui lui encombrent l'esprit, et il le fait avec une patience à toute épreuve.

Biff est très marqué par ses expériences sexuelles. À quarante-quatre ans, il se trouve prématurément impuissant – pour des raisons qui sont autant psychiques que physiques. Il est marié avec Alice depuis vingt-trois ans. Leur mariage était une erreur dès le début, et il n'a duré que par routine et pour des raisons financières.

Biff a fini par se persuader (pour trouver sans doute une solution à son dilemme personnel) que l'instinct sexuel ne trouvait pas dans les rapports conjugaux sa raison d'être essentielle. Pour lui l'être humain est fondamentalement bisexuel – et il cherche confirmation de cette croyance du côté des enfants et des vieillards.

Deux êtres ont sur Biff une forte emprise émotionnelle : Mick Kelly et un vieillard nommé Mr. Alfred Simms. Pendant toute son enfance, Mick est venue au restaurant avec son frère pour acheter des bonbons et jouer à la machine à sous. Elle est toujours très gentille avec Biff, mais elle ignore tout des sentiments qu'il lui porte. Biff lui-même n'y voit pas très clair sur ce point. Mr. Simms est un homme très pauvre et très fragile dont les idées s'embrouillent un peu. Il était riche autrefois. Aujourd'hui il est seul et sans le sou. Il continue pourtant à jouer les hommes d'affaires très occupés. Chaque matin il sort de chez lui, vêtu de haillons très propres, et tenant un sac à main de vieille femme. Il va d'une banque à l'autre pour « régler ses comptes ». Il venait toujours un moment dans le restaurant de Biff, sagement assis à sa table et sans déranger personne. Avec ses vêtements bizarres et ce grand sac à main serré contre sa poitrine, il ressemblait à une vieille femme. Biff ne faisait jamais très attention à lui, et se contentait de lui verser aimablement un verre de bière.

Une nuit (quelques semaines avant le début du livre) le restaurant était bondé. On avait besoin de la table occupée par Mr. Simms. Alice exigea que Biff jette le vieil homme dehors. Biff s'approcha de lui et lui demanda s'il prenait cette table pour un banc public. Sur le moment, Mr. Simms ne comprit pas. Il sourit joyeusement à Biff, et Biff était plutôt décontenancé. Il répéta alors sa phrase avec plus de brutalité qu'il ne l'aurait voulu. Des larmes vinrent aux yeux du vieil homme. Il essaya de garder sa dignité, à cause des gens qui l'entouraient. Il fouilla sans raison dans son sac à main et finit par sortir, désespéré.

Si ce petit incident est rapporté ici en détail, c'est qu'il a eu sur Biff une grande influence. Le second chapitre l'explique clairement. Pendant toute la durée du livre, Biff est obsédé par le vieil homme. La façon dont il l'a traité devient le symbole de tout le mal qu'il a pu faire dans sa vie. Et le vieillard symbolise également cette période du déclin de l'âge dont Biff n'est plus très éloigné.

Mick, de son côté, éveille chez Biff des sentiments nostalgiques par rapport à la jeunesse et à l'héroïsme. Elle est à l'âge où l'on possède à la fois les qualités d'une fille et celles d'un garçon. Biff a toujours souhaité avoir une fille, et Mick le lui rappelle sans cesse. À la fin du livre, quand Mick atteint l'âge adulte, les sentiments que Biff lui porte commencent à diminuer.

Vis-à-vis de sa femme, Biff est de glace. Quand Alice meurt, dans la seconde partie du livre, il ne ressent ni regret ni pitié. Il regrette seulement de ne pas l'avoir comprise en tant qu'être humain. Il est vexé d'avoir vécu si longtemps aux côtés d'une femme en la comprenant si mal. Après la mort d'Alice, il enlève les guirlandes de papier crépon accrochées au ventilateur et se coud sur la manche un brassard de deuil. Il ne le fait pas tant pour Alice que pour lui-même – comme s'il sentait approcher son déclin et sa mort prochaine. La mort de sa femme met au jour certains éléments féminins du caractère de Biff. Il se rince les cheveux avec du jus de citron et prend un soin excessif de sa peau. Alice avait un sens des affaires plus aiguisé que le sien. Après sa mort le restaurant commence à péricliter.

Malgré quelques traits ambigus, Biff est sans doute le personnage le plus équilibré du livre. Il est capable de regarder objectivement ce qui se passe autour de lui – sans essayer de tout rattacher à lui-même. Il voit tout, entend tout, se souvient de tout. Sa curiosité est si forte qu'elle en devient comique. Malgré la multitude de détails qui lui encombrent l'esprit, il réussit presque toujours à atteindre le fond des problèmes, à les envisager dans toute leur complexité.

Biff est beaucoup trop prudent pour s'abandonner à une mystique adoration de Singer. Il a de l'affection pour le muet. De la curiosité aussi. Il pense beaucoup à lui. Il apprécie sa réserve et son bon sens. Des quatre personnages principaux, il est le seul à voir lucidement la situation. Dans les dernières pages du livre, il fait abstraction des détails de l'histoire pour en arriver aux points essentiels. En réfléchissant à ce qui s'est passé, il emploie lui-même le mot « parabole » – c'est évidemment le seul moment où ce mot apparaîtra. Ses réflexions permettent au livre de se refermer objectivement sur lui-même, comme une boucle.

PERSONNAGES SECONDAIRES

Plusieurs personnages secondaires tiennent une place importante dans l'histoire. Aucun d'eux n'est décrit de façon subjective – et sur le plan romanesque, ce qui leur arrive provoque de plus grandes réactions chez les principaux personnages que chez eux-mêmes.

Spiros Antonapoulos

Antonapoulos est décrit de façon détaillée dans le premier chapitre. Son niveau mental, sexuel et spirituel est celui d'un enfant de sept ans.

Portia Copeland Jones, Highboy Jones, Willie Copeland

Ces trois personnages ont une grande importance. Portia domine le trio. Elle occupe autant de place que les personnages principaux (Mick exceptée) – mais elle reste toujours en position subalterne. Portia symbolise l'instinct maternel. Elle est inséparable de Highboy, son mari, et de Willie, son frère. Ils sont tous les trois à l'opposé du Dr Copeland et des autres personnages principaux : ils ne cherchent jamais à lutter contre les événements.

Le drame qui frappe ce trio joue un grand rôle. Au début de la seconde partie, Willie est arrêté pour cambriolage. Il longeait une ruelle, à minuit passé. Deux jeunes Blancs lui ont dit qu'ils attendaient quelqu'un, lui ont donné un dollar et lui ont demandé de siffler dès qu'il apercevrait la personne qu'ils attendaient. Willie n'a compris de quoi il s'agissait qu'en apercevant deux agents de police. Les jeunes Blancs cambriolaient un drugstore. À l'automne, Willie est condamné à un an de travaux forcés en même temps qu'eux. Tout cela est raconté par Portia aux enfants Kelly : « Willie, il était si occupé à regarder le billet d'un dollar, qu'il a pas eu le temps de réfléchir. On lui a demandé pourquoi il s'était enfui en apercevant la police. C'est comme si on demandait pourquoi quelqu'un qui pose la main sur un fourneau brûlant, il l'enlève aussitôt. »

Ce n'est que le début de leurs ennuis. L'ordre habituel de la maison étant troublé, Highboy commence à sortir avec une autre fille. Portia le raconte également aux enfants Kelly et au Dr Copeland : « Si c'était une fille au teint plus clair que moi, plus jolie que moi, je comprendrais plus facilement. Mais elle est dix fois plus foncée. C'est la fille la plus laide que j'aie jamais vue. Elle marche comme si elle avait un œuf entre les jambes et qu'elle ait peur de le casser. Elle est même pas propre. »

C'est à ce trio qu'arrive l'événement le plus dramatique du livre. Pendant leurs travaux forcés, Willie et quatre autres Noirs sont accusés de mauvaise conduite. C'est en février et le bagne est situé à deux cents miles environ au nord de la ville. Comme punition, on les enferme dans un cachot, on leur enlève leurs chaussures et on les suspend par les pieds. Ils restent ainsi pendant trois jours. Il fait froid. Leur sang ne circule plus. Leurs pieds gèlent et ils attrapent la gangrène. Un des cinq meurt d'une pneumonie. On est obligé d'amputer les autres d'un ou deux pieds. Ce sont tous des travailleurs, ce qui leur enlève tout moyen de survivre. C'est évidemment Portia qui raconte ce drame en quelques paragraphes, sans insister.

Les personnages principaux sont très influencés par cette histoire. Quand le Dr Copeland l'apprend, il est bouleversé et il a une crise de delirium tremens pendant plusieurs semaines. Mick est horrifiée. Biff, qui avait employé Willie dans son restaurant, réfléchit aux multiples aspects de l'affaire.

Jake veut faire toute la lumière sur ce drame et le donner en exemple au pays entier. Mais c'est impossible pour plusieurs raisons. Willie a peur – on a fait pression sur lui pour qu'il ne parle pas des traitements infligés au bagne. L'État a pris soin de séparer les quatre garçons tout de suite après le drame, et ils se sont perdus de vue. Willie et ses camarades se conduisent comme des enfants – ils ne comprennent absolument pas l'importance que pourrait avoir leur coopération. La douleur leur a mis les nerfs à vif et, après trois jours et trois nuits passés dans ce cachot, ils se battent, ils n'ont plus aucun désir de se retrouver. En regardant les choses d'un peu haut, on s'aperçoit que leur manque de coopération et leurs querelles enfantines sont ce qu'il y a de plus grave dans ce drame.

Quand Willie revient, Highboy se rapproche de Portia. L'infirmité de Willie est un sérieux handicap, et l'ordre se rétablit dans la maison.

Ce drame sert de thème au livre entier. Il est raconté dans le langage imaginé et rythmé de Portia, au fur et à mesure que se produisent les événements.

Harry West

Harry a été rapidement décrit dans le paragraphe concernant Mick. Avant de faire la connaissance de Mick, il était amoureux d'une petite allumeuse du collège. Comme il n'a pas une bonne vue, il est obligé de porter des lunettes à verres épais. Cette fille trouvait que ça lui donnait l'air efféminé. Il avait donc décidé de ne plus les porter, ce qui lui donnait une démarche hésitante et ne faisait qu'aggraver son mal. Son amitié pour Mick n'a rien à voir avec son engouement pour l'autre fille.

Harry possède à un degré excessif la notion du bien et du mal, ce qui arrive souvent chez les adolescents. Il a également une nature rêveuse. La brutale expérience qu'il a eue avec Mick le marquera longtemps.

Lily Mae Jenkins

C'est un homosexuel noir, dépravé, qui hante le *Sunny Dixie Show*, où travaille Jake. Il passe son temps à danser. Il pense et réagit comme un enfant. Il est incapable de gagner sa vie. Willie a de l'amitié pour lui parce qu'il aime la musique et la danse. Il a toujours faim. Il rôde sans cesse autour de la cuisine de Portia dans l'espoir d'obtenir quelque chose à manger. Quand Highboy et Willie s'éloignent d'elle, c'est vers Lily Mae Jenkins que Portia cherche un peu de réconfort.

Le livre trace de Lily Mae le portrait naïf que ses amis ont de lui. Portia en parle ainsi au Dr Copeland : « Lily Mae, il commence vraiment à me faire pitié. Je sais pas si vous avez connu des garçons comme lui, qui s'intéressent aux hommes plutôt qu'aux femmes. Quand il était jeune, il était très beau. Tout le temps il portait des vêtements de fille, et il riait tout le temps. Tout le monde pensait qu'il était vraiment très beau. Mais maintenant il devient vieux, alors c'est plus pareil. Tout le temps il a faim. Il me fait vraiment pitié. Il aime bien venir me voir et bavarder avec moi dans ma cuisine. Il danse pour moi. Alors je lui prépare un petit dîner. »

Les enfants Kelly : Billy, Hazel, Etta, Bubber et Ralph

Aucun d'eux n'occupe une place particulière. Ils sont montrés tous les cinq du point de vue de Mick. Les trois aînés essaient, avec plus ou moins de difficulté, de faire leur trou dans une société qui n'est pas prête à les accueillir. Chacun d'eux est décrit avec précision – mais sans profondeur véritable.

Quand Mick n'est pas au collège, elle a la charge de Bubber et de Ralph. C'est une corvée pour elle, car elle aime par-dessus tout rôder au hasard – mais elle a une affection sincère et profonde pour ses deux jeunes frères. À un certain moment elle fait quelques réflexions décousues à propos de ses frères et sœurs : « On est tous obligés de se battre pour une série de petites choses qu'on n'obtient jamais. J'ai souvent remarqué que plus un gosse vient tard dans une famille, plus il en tire avantage. Les plus jeunes sont toujours les plus résistants. Je suis assez résistante, parce que j'ai plusieurs frères et sœurs au-dessus de moi. Bubber – il est chétif, en apparence, mais il a des nerfs solides. Si ma théorie est vraie, Ralph deviendra quelqu'un de très fort. Il n'a que treize mois, mais je déchiffre déjà quelque chose de fort, de résistant sur son visage. »

RAPPORT DES DIFFÉRENTS PERSONNAGES ENTRE EUX

Sur le plan spirituel, il est facile de comprendre que le Dr Copeland, Mick Kelly et Jake Blount se ressemblent. Ils ont lutté tous les trois pour atteindre un certain niveau de connaissance, en dépit de tous les obstacles rencontrés. Ils sont comme des plantes obligées de pousser sur un rocher. Chacun d'eux a fourni un énorme effort pour donner aux autres ce qu'il possédait, sans en attendre de réciprocité.

La ressemblance entre le Dr Copeland et Jake Blount est si grande qu'on pourrait les baptiser « frères spirituels ». Leur seule vraie différence tient à l'âge et à la race. Le Dr Copeland a connu une jeunesse plus facile. Dès le début il s'est fixé un but précis. Les injustices dont souffrent les Noirs sont plus évidentes que les erreurs bureaucratiques du capitalisme. Le Dr Copeland a donc pu se mettre tout de suite au travail, dans un domaine étroit et bien délimité. Jake, en revanche, voulait se battre contre des conditions d'existence tellement imprécises qu'il n'a jamais réussi à les affronter. Le Dr Copeland a la simplicité et la dignité de quelqu'un qui a vécu toute sa vie à la même place et qui a donné le meilleur de lui-même dans son travail. Jake a la nervosité maladive de quelqu'un dont la vie intérieure et extérieure a toujours ressemblé à un ouragan.

Leur conscience à tous deux est stimulée artificiellement. Le Dr Copeland a tous les jours un peu de fièvre. Jake boit tous les jours. Ces deux stimulants peuvent avoir chez certaines personnes un effet équivalent.

Jake et le Dr Copeland n'ont qu'une seule véritable rencontre. Ils se rencontrent plusieurs fois, par hasard, mais sans se comprendre. Au cours du second chapitre, Jake veut obliger le Dr Copeland à entrer avec lui dans le restaurant de Biff pour boire un verre. Ils se croisent ensuite dans les escaliers de la pension Kelly. Ils se trouvent ensemble deux fois dans la chambre de Singer. Mais leur seule véritable rencontre a lieu chez le Dr Copeland dans des circonstances dramatiques.

C'est pendant la nuit où Willie vient de sortir de prison. Le Dr Copeland est couché. Il a une inflammation de la plèvre. Il délire. On pense qu'il est mourant. Willie, l'infirme, est allongé dans la cuisine. Une nuée d'amis et de voisins cherche à pénétrer par la porte de l'arrière-cour pour savoir ce qui lui est arrivé. Jake a été mis au courant de l'affaire par Portia. Quand Singer décide d'aller veiller le Dr Copeland, il lui demande la permission de l'accompagner.

Jake a l'intention d'interroger Willie aussi précisément que possible. Mais il se trouve en présence du Dr Copeland, et c'est lui qui passera la nuit à le veiller. Dans la cuisine, Willie, pour la première fois en un an, reçoit ses amis. Il y règne d'abord un climat lugubre de souffrance et de désespoir. L'histoire de Willie est répétée inlassablement, comme une mélopée monotone. Au bout d'un moment, l'atmosphère change. Willie commence à jouer de la guitare. Lily Mae danse. La soirée s'achève dans une explosion factice de joie débridée.

C'est sur cet arrière-plan que se déroule la rencontre de Jake et du Dr Copeland. Ils sont dans la chambre. À travers la porte, ils entendent les bruits qui viennent de la cuisine. Jake est ivre. La fièvre fait délirer le Dr Copeland. Les phrases qu'ils échangent sortent pourtant du plus profond d'eux-mêmes. Ils retrouvent le langage rythmé et imagé de leur enfance. Chacun d'eux prend pleinement conscience du dessein secret que poursuit l'autre. En l'espace de quelques heures, ces deux hommes, qui ont été solitaires toute leur vie, se retrouvent aussi proches qu'il est possible de l'être. Au petit jour, quand Singer s'arrête chez le Dr Copeland avant d'aller travailler, il trouve les deux hommes endormis, Jake roulé en boule au pied du lit du docteur avec un parfait naturel.

Il est inutile de décrire avec autant de précision les rapports qui s'établissent entre les autres personnages. Mick, Jake et Biff se voient souvent. Chacun d'eux occupe dans la ville une sorte de position clé. Mick est presque toujours dans les rues. À l'intérieur de son restaurant, Biff est perpétuellement en contact avec les autres personnages, le Dr Copeland excepté. Jake travaille dans un manège. Il voit presque toute la ville défiler à la foire. Il devient ensuite chauffeur de taxi, et rencontre tous les personnages. Mick entretient avec les autres des relations enfantines et pratiques. En dehors de son sentiment pour Mick, Biff regarde tout avec lucidité. Une multitude de petites scènes ont lieu qui provoquent toute une série de développements et d'échanges.

On peut dire que les relations qui existent entre les personnages sont comme les rayons d'une roue – dont Singer serait le moyeu. Cette place qu'il occupe, avec toute la force d'ironie qui en découle, symbolise le thème essentiel de l'ouvrage.

Structure générale et esquisse

TEMPS

Le premier chapitre sert de prélude à l'histoire. Le temps n'est précisé qu'au deuxième chapitre. Le livre couvre une période de quatorze mois – d'un mois de mai au mois de juillet de l'année suivante.

Il comprend trois parties. L'essentiel est contenu dans la deuxième. C'est actuellement la plus longue en nombre de pages. Elle couvre la presque totalité du temps à parcourir.

Première partie

Cette première partie est déjà écrite entièrement. Il est inutile d'insister. Elle s'étend de la mi-mai à la mi-juillet. Chacun des principaux personnages est présenté en détail. Les traits saillants de son caractère sont mis en lumière, ainsi que la direction dans laquelle il s'est engagé. L'histoire de Singer et d'Antonapoulos est longuement développée. La façon dont les personnages se rencontrent est expliquée – la trame du livre est donc tissée.

Deuxième partie

Le mouvement s'accélère brusquement au début de la deuxième partie. Elle comprendra plus de douze chapitres, mais le traitement de ces chapitres sera plus varié que dans la première partie. Beaucoup seront très courts, s'enchaînant les uns aux autres plus étroitement que les six premiers. La moitié de cette partie est consacrée à Mick, à son évolution, à l'intensité croissante de son admiration pour Singer. Son histoire et les divers événements découverts à travers elle sont comme un fil qui va et vient à travers les chapitres consacrés aux autres personnages.

Cette deuxième partie s'ouvre sur une randonnée nocturne de

Mick. Pendant l'été, elle parvient à écouter de la musique dans des circonstances assez particulières. Elle a découvert que dans le quartier résidentiel plusieurs familles écoutaient de bons programmes à la radio. Notamment, dans une certaine villa, on écoute chaque vendredi un concert symphonique. À cette époque de l'année, les fenêtres sont grandes ouvertes, et on entend parfaitement la musique de l'extérieur. À la nuit tombée, Mick se faufile dans le jardin de cette villa, au moment où le concert va commencer. Elle se dissimule dans l'ombre d'un bosquet sous la fenêtre du living-room. Le concert fini, elle s'attarde un moment, regarde les gens à l'intérieur de la villa. Elle est un peu amoureuse de ces gens qui lui permettent d'écouter de la belle musique grâce à leur poste de radio.

Il faudrait plusieurs douzaines de pages pour résumer avec précision cette partie. Un compte rendu complet et explicatif serait plus long que le livre même – car un bon livre contient plus de choses que n'en laissent entendre les mots. Il est préférable d'en donner une esquisse qui permettra de saisir la ligne générale. Ces notes succinctes n'ont pas grand sens en elles-mêmes. Elles ne peuvent être comprises que si on a lu attentivement les remarques groupées sous le titre : « Événements et personnages. » Il s'agit d'une simple esquisse destinée à rendre plus claire la composition de cette partie centrale.

Fin de l'été

Promenade nocturne de Mick et concert. Résumé de l'évolution qui se produit chez Mick cet été-là. Le lendemain matin, Portia raconte à Mick et aux enfants Kelly l'arrestation de Willie. Promenade matinale de Mick.

Jake Blount travaille au *Sunny Dixie Show.*

Automne

Première journée de Mick au collège technique.

Le Dr Copeland fait la tournée de ses malades. Nouvelle visite de Portia qui lui apprend que Highboy l'a quittée.

Mick fait la connaissance de Harry West.

Alice, la femme de Biff, meurt. Biff médite sur cette mort.

De nouveau Mick et la musique. La sœur de Mick, Etta, s'enfuit de chez elle pour essayer d'aller jusqu'à Hollywood. Elle revient au bout de quelques jours. Mick accompagne la jeune fille qui lui enseigne la musique à une « vraie » leçon de piano. Elle est très embarrassée quand elle déclare audacieusement qu'elle est musicienne et que le professeur lui demande de s'asseoir devant le « vrai » piano pour jouer. (Cette scène a lieu dans la villa où Mick a écouté un concert au début de la deuxième partie. Mick connaît très bien le professeur et sa famille, car pendant l'été elle les a observés par la fenêtre ouverte.)

Hiver

Comme chaque année, le Dr Copeland donne deux réceptions le jour de Noël – une, le matin, pour les enfants ; une autre, tard dans l'après-midi, pour les adultes. Il donne ces réceptions depuis vingt ans. Il offre à ses invités des rafraîchissements et leur adresse un petit discours. Les rapports qui existent entre le Dr Copeland et le matériau humain sur lequel il travaille sont clairement mis en évidence.

Singer rend visite à Antonapoulos.

Jake Blount travaille comme chauffeur de taxi.

Mick et Singer. Mick commence à construire un planeur avec Harry West.

Dans la cuisine des Kelly, Portia raconte à Mick, Jake Blount et Singer le drame de Willie et des quatre autres bagnards.

Printemps

Nouvelles méditations de Biff Brannon – scène entre Mick et Biff au restaurant.

Encore Mick et la musique – Mick et Harry travaillent au planeur.

Retour de Willie. Rencontre du Dr Copeland et de Jake.

Brutale expérience de Mick et Harry. Départ de Harry. Oppressant secret de Mick. Situation financière des Kelly. Projets de Mick et sa musique.

Mort de Singer.

Cette esquisse ne laisse pas apparaître la trame essentielle de l'histoire – c'est-à-dire les rapports de chacun des personnages avec le muet. Ces rapports sont tellement progressifs et font tellement partie des personnages eux-mêmes qu'il est impossible de les résumer en quelques mots. On peut cependant tirer de ces notes une idée générale de ce qui se passe.

Troisième partie

La mort de Singer projette son ombre sur toute la troisième partie. Sur le plan du nombre de pages, elle est égale à la première. Sur le plan technique, elle lui ressemble beaucoup. Cette partie se déroule pendant les mois de juin et juillet. Elle comprend quatre chapitres. Chacun des personnages y est présenté une dernière fois. On peut donner de cette troisième partie l'esquisse suivante.

Dr Copeland : fin de son travail et de son enseignement. Il part pour la campagne. Portia, Willie et Highboy se retrouvent.

Jake Blount : il rédige d'étranges tracts à portée sociale et les distribue à travers la ville. Bagarre au *Sunny Dixie Show*. Jake se prépare à quitter la ville.

Mick : elle commence à travailler dans un Prisunic.

Biff Brannon : scène finale avec Mick et Jake au restaurant. Fin des méditations de Biff.

LE LIEU – LA VILLE

Cette histoire pourrait se passer n'importe où et à n'importe quelle époque. Tel que le livre est écrit, cependant, il évoque par de nombreux aspects l'Amérique de ces dix dernières années – plus particulièrement le Sud des États-Unis. Le nom de la ville n'est jamais précisé. Elle est située dans la partie occidentale de la Georgie, le long de la rivière Chattahoochee, près de la frontière de l'Alabama. Sa population est de quarante mille habitants environ – dont un tiers de Noirs. C'est le type même de la communauté ouvrière. Presque tout le travail a lieu dans les filatures et autour des petits magasins de vente au détail.

Le régime industriel n'a fait faire aucun progrès à la classe ouvrière. Elle vit dans une extrême pauvreté. On ne peut pas comparer un ouvrier de filature avec un mineur ou un ouvrier d'usine automobile. Au sud de Gastonia (Caroline du Sud), un ouvrier de filature vit dans de telles conditions qu'il en devient apathique et indifférent. Il ne cherche pas d'où viennent la pauvreté et le chômage. Il dirige d'instinct sa colère contre la seule classe sociale qui lui soit inférieure : la classe noire. Quand les filatures ne tournent pas, cette ville est un véritable ramassis de gens désœuvrés et affamés.

TECHNIQUE ET RÉSUMÉ

Le livre suit un plan très précis et très équilibré. Il obéit à une écriture en contrepoint. Chacun des personnages représente un tout en lui-même – comme chacune des voix d'une fugue – mais sa personnalité s'enrichit chaque fois qu'il s'accorde ou s'oppose aux autres personnages.

Cette analogie avec l'écriture contrapuntique sera rendue sensible grâce aux différents styles employés. Il y en a cinq – un pour chacun des quatre principaux personnages décrits subjectivement, et un cinquième, objectif celui-là, et proche du style des légendes, pour le muet. Ces différents styles d'écriture permettent de suivre avec une extrême précision le rythme psychique de chaque personnage. La première partie met clairement en évidence cette correspondance entre l'écriture et les personnages – mais au fur et à mesure qu'on avance dans l'histoire, cette correspondance devient si étroite que le style finit par éclairer aussi profondément que possible la conscience de chacun d'eux, sans toutefois atteindre le mystère de l'inconscient.

Chaque partie du livre forme un tout en elle-même. Il n'y en aura pas d'inachevée. La fin laissera une impression d'équilibre et de cohésion. Le thème fondamental du livre est essentiellement ironique – mais le lecteur n'a pas le sentiment d'avoir été joué. Le livre est un reflet du passé, mais il présage aussi l'avenir. Certains personnages parviennent presque à être des héros, et beaucoup d'êtres humains leur ressemblent. Dans leur essence même, ces personnages laissent entendre que, malgré la vanité de leurs efforts, malgré la confusion qui entache leur idéal personnel, ils finiront un jour ou l'autre par s'unir et obtenir leur dû.

[Extrait de *La Ballade de Carson McCullers*,
par Oliver Evans,
publié par Coward-McCann en 1966.]

REFLETS
DANS UN ŒIL D'OR

Pour Annemarie Clarac-Schwarzenbach

Les premières lignes du roman décrivent la stagnation habituelle à une ville de garnison dont la monotonie va être interrompue par un fait divers : « Une garnison en temps de paix est un lieu monotone... Il y a dans le Sud un fort où, voici quelques années, un meurtre fut commis. Les acteurs de ce drame furent deux officiers, un soldat, deux femmes, un Philippin et un cheval. »

Après avoir ainsi laconiquement mis en place les éléments de cette tragédie, la voix narrative procède rétrospectivement jusqu'au dénouement annoncé.

Ce qui fait la force de ce livre c'est le contraste entre la facture classique du récit menant au crime passionnel dans un enchaînement inexorable, et les efflorescences chatoyantes qui laissent deviner le monde enfoui des fonds inconscients. Le titre lui-même est donné par la rêverie du jeune Philippin Anacleto, contemplant le feu dans la cheminée : l'image énigmatique qu'il produit ne livre pas plus son secret que l'ombre sur le mur. Lorsque Alison complète sa phrase, elle souligne un aspect de tout le roman : le grotesque, conçu comme le grossissement d'aspects habituellement masqués de la psyché humaine et que Carson McCullers a choisi ici de magnifier :

> *– Un paon d'un vert sinistre, avec un immense œil d'or. Et dans cet œil les reflets d'une chose minuscule...*
>
> *Dans son effort pour trouver le mot juste, il élevait la main et serrait son pouce contre son index. Sa main projetait une grande ombre au mur derrière lui.*
>
> *– Minuscule et...*
>
> *– Grotesque, souffla Alison.*

À la publication de Reflets dans un œil d'or *en 1941, la critique reproche presque unanimement à la jeune prodige de s'être aventurée dans les territoires troubles de la libido freudienne. Le succès de scandale de* Sanctuaire *de Faulkner paru en 1934 n'avait pas pour autant banalisé le voyeurisme, et l'influence possible des nouvelles de D.H. Lawrence sur Carson McCullers entoure d'une aura sulfureuse les productions imaginaires de la jeune femme soupçonnée de s'intéresser de trop près à l'anormalité.*

À ces critiques, Carson McCullers répond environ vingt ans plus tard dans un essai intitulé : « The Flowering Dream : Notes on Writing » (« L'éclosion du rêve : notes sur l'écriture »), publié dans le magazine Esquire *en 1959. Elle met les points sur les « i » en précisant que son thème principal est l'isolement spirituel et que le handicap ou l'impuissance physiques doivent s'interpréter comme une incapacité à aimer et à être aimé. Ainsi, l'homosexualité du capitaine Penderton, au même titre que la mutité de John Singer dans* Le cœur est un chasseur solitaire, *est un symbole, une représentation de son invalidité spirituelle et affective, et non pas un commentaire direct sur ses mœurs sexuelles. Carson McCullers conclut ce passage explicatif par une citation du poète latin Térence : « Rien de ce qui est humain ne m'est étranger. »*

C'est précisément l'aptitude de Carson McCullers à s'identifier aux aspects les moins nobles de la condition humaine qui a choqué bon nombre de ses contemporains, sans doute désireux de se dissocier de tout ce qui en l'humain se rapproche de l'animal. Le rôle joué par le cheval, peut-être inspiré par la nouvelle « Saint-Mawr » (écrite en 1924 par D.H. Lawrence, pendant son séjour dans un ranch de Taos au Nouveau-Mexique), ne fait qu'accentuer l'absence de frontière entre la sensualité humaine et l'animalité pure.

Dans les années soixante, le critique Charles Eisinger, dans son ouvrage consacré à la fiction américaine des années quarante, a fort habilement rapproché des personnages en apparence dissemblables : d'un côté il place Leonora Penderton, le Major Morris Langdon et le simple soldat Ellgee Williams, tous trois immergés dans la sensualité et la vie dans ce qu'elle a de plus charnel, sans aucun recul intellectuel. Charles Eisinger regroupe d'autre part le capitaine Weldon Penderton, Alison Langdon et son domestique philippin Anacleto, représentant le versant féminin de la culture, avec leur goût pour la musique et la danse. Pour Eisinger, Carson McCullers démontre l'incomplétude inhérente à l'être humain qui penche plutôt d'un côté ou de l'autre. Les deux groupes constituent les deux faces de l'âme humaine mais au lieu de se réunir et d'échanger leurs qualités ils s'automutilent ou se détruisent les uns les autres. Les deux groupes ont cependant en commun un même aveuglement devant les forces qui dirigent leur conduite : tous sont mus par des pulsions qu'ils ignorent et leurs perversions incarnent la forme moderne du destin antique.

C'est sans doute Tennessee Williams qui a rendu le meilleur hommage à Reflets dans un œil d'or, *dans sa préface à une édition de 1950. Il commence par récuser les accusations de morbidité souvent attachées au deuxième roman de Carson McCullers pour souligner la maîtrise de sa composition et la rigueur grecque qui marque son dessin d'ensemble.*

Ce roman, très connu par l'adaptation au cinéma réalisée par John Houston en 1966 (avec Marlon Brando et Elizabeth Taylor), a certes perdu de son pouvoir de choquer (l'imagerie freudienne est même ce qui le date un peu) mais n'a rien perdu de son pouvoir de séduction. Il reste un livre étrange et attachant, parfois illuminé par des traits d'humour loufoques et rafraîchissants.

1

Une garnison en temps de paix est un lieu monotone. Les mêmes événements s'y répètent inlassablement. Le dessin d'ensemble d'un fort ne fait qu'ajouter à la monotonie : la gigantesque caserne de béton, les rangées bien alignées des maisons d'officiers, toutes bâties exactement sur le même modèle, gymnase, chapelle, terrain de golf et piscines, tout y est conforme à un plan rigoureux. Mais la monotonie d'une garnison procède sans doute surtout de son isolement, ainsi que d'une oisiveté et d'une sécurité excessives, car une fois incorporé, on attend seulement d'un soldat qu'il emboîte le pas de celui qui le précède. Il se produit tout de même parfois des choses qui ont peu de chance de se répéter. Il y a dans le Sud un fort où, voici quelques années, un meurtre fut commis. Les acteurs de ce drame furent deux officiers, un soldat, deux femmes, un Philippin et un cheval.

Le soldat s'appelait Ellgee Williams. Souvent, à la fin de l'après-midi, on pouvait le voir assis tout seul sur l'un des bancs qui bordaient l'allée devant la caserne. L'endroit était agréable, avec sa longue rangée double de jeunes érables qui dessinaient sur le gazon et sur l'allée des ombres fraîches et délicates, agitées par la brise. Au printemps, les feuilles étaient d'un vert tendre qui, les mois chauds venus, prenaient une teinte plus foncée et apaisante. Vers la fin de l'automne, elles étaient d'un or étincelant. C'est l'endroit où s'asseyait le soldat Williams en attendant la sonnerie du souper. C'était un jeune homme taciturne et qui, à la caserne, ne comptait ni amis ni ennemis. Son visage rond et bronzé exprimait une certaine naïveté attentive. Il avait les lèvres pleines et rouges, et son front s'ombrageait d'une épaisse frange de cheveux bruns. Ses yeux étaient d'un ton inhabituel, un mélange d'ambre et de brun, et leur expression placide évoquait celle d'un animal. De prime abord, le soldat Williams donnait une impression spécieuse : il y avait dans ses mouvements l'agilité silencieuse d'une bête sauvage ou d'un voleur. Il arrivait souvent que, se croyant seuls, des soldats sursautaient en le voyant inopinément surgir à leurs côtés. Il possédait des mains petites, minces et très vigoureuses.

Le soldat Williams ne s'adonnait ni au tabac, ni à la boisson, ni au péché de chair, ni au jeu. À la caserne il se tenait à l'écart et constituait une sorte d'énigme pour les autres. Il occupait presque tout son temps libre dans les bois qui entouraient la garnison. La zone réservée, d'une superficie de quinze miles carrés était inexploitée. On y trouvait des pins gigantesques, de nombreuses espèces de fleurs et même des animaux sauvages : cerfs, sangliers et renards. En dehors de l'équitation, le soldat Williams dédaignait les autres sports auxquels pouvaient s'adonner les recrues. On ne l'avait jamais vu au gymnase ou à la piscine. On ne l'avait non plus jamais vu rire, se fâcher ou paraître souffrir de son sort. Il prenait trois copieux repas par jour et, contrairement aux autres soldats, il ne se plaignait jamais de la nourriture. Il dormait dans une chambrée où environ trois douzaines de couchettes étaient disposées sur deux rangées. La tranquillité n'y régnait pas. Après l'extinction des lumières, la nuit était ponctuée par les ronflements, les jurons et les gémissements étouffés des dormeurs en proie à leurs cauchemars. Mais le soldat Williams reposait tranquillement. On entendait seulement parfois provenir de sa couchette le discret froissement du papier enveloppant un sucre d'orge.

Il y avait deux ans que le soldat Williams était à l'armée, lorsqu'un jour on l'envoya trouver un certain capitaine Penderton. Voici comment cela se produisit. Il y avait six mois que Williams était affecté en permanence aux écuries, car il savait bien s'y prendre avec les chevaux. Le capitaine Penderton avait téléphoné au maréchal des logis chef et il se trouvait que, de nombreux chevaux étant partis en manœuvre et, en conséquence, l'activité dans l'écurie réduite, Williams fut désigné pour cette tâche particulière. La nature de sa mission était simple. Le capitaine souhaitait supprimer une partie des broussailles à l'arrière de sa maison pour y installer un barbecue destiné à des repas en plein air. Cette tâche représentait une bonne journée de travail.

Le soldat Williams se mit en route vers sept heures et demie du matin. C'était un jour d'octobre doux et ensoleillé. Il savait déjà où demeurait le capitaine, car il passait souvent devant chez lui quand il allait se promener dans le bois. Il connaissait le capitaine de vue. En fait, il lui était même arrivé une fois de le contrarier par mégarde. En effet, un an et demi plus tôt, Williams avait été pour quelques semaines l'ordonnance du lieutenant commandant la compagnie à laquelle il était alors affecté. Un après-midi, le capitaine Penderton avait reçu la visite du lieutenant et, leur servant des boissons, Williams avait renversé une tasse de café sur le pantalon du capitaine. De plus, il apercevait fréquemment le capitaine à l'écurie et s'occupait personnellement de la monture de son épouse, un étalon bai, indiscutablement la plus belle monture de la garnison.

La maison où logeait le capitaine se trouvait à la limite de la garnison. Elle avait huit pièces, un étage, elle était crépie de blanc et, à ceci près qu'elle se trouvait en bout de rangée, identique à toutes les autres maisons de cette rue. La pelouse était bordée par la forêt sur deux côtés. À droite, le capitaine avait un seul voisin immédiat, le commandant Morris Langdon. Les maisons de cette rue donnaient sur un vaste terrain planté de gazon jauni et qui, récemment encore, avait servi pour jouer au polo.

À l'arrivée du soldat Williams, le capitaine sortit afin de lui expliquer en détail ce qu'il voulait. Il fallait se débarrasser des rejets de chênes et des touffes d'églantiers, élaguer les branches basses des grands arbres jusqu'à une hauteur de six pieds. Pour marquer la limite de l'espace à défricher, le capitaine montra du doigt un vieux chêne, situé à environ vingt mètres de la pelouse. À l'un de ses doigts blancs et dodus le capitaine portait une alliance en or. Ce matin-là, il portait un long short kaki, des chaussettes de laine et une veste de daim. Ses cheveux étaient noirs et ses yeux d'un bleu transparent. Il n'eut pas l'air de reconnaître Williams, et d'un ton agacé il lui indiqua méticuleusement ce qu'il fallait faire. Il voulait que le travail soit fini dans la journée et ajouta qu'il repasserait vers la fin de l'après-midi.

Le soldat travailla toute la matinée sans discontinuer. Il s'interrompit pour déjeuner à la cantine. Vers quatre heures, le travail était terminé. Il en avait même fait plus que le capitaine ne lui en avait spécifiquement demandé. Le grand chêne qui indiquait la limite du défrichement avait une forme singulière : les branches du côté de la pelouse étaient assez hautes pour permettre de passer dessous, mais de l'autre côté elles balayaient gracieusement le sol. Le soldat s'était donné beaucoup de mal pour tailler les branches basses. Quand tout fut terminé, il s'adossa au tronc d'un pin et il attendit. Il semblait satisfait et tout disposé à attendre là indéfiniment. Soudain une voix l'interpella :

– Eh bien! Qu'est-ce que vous faites ici?

Le soldat avait vu la femme du capitaine sortir par la porte de derrière la maison voisine et traverser la pelouse dans sa direction. Il l'avait bien vue, mais elle n'avait pas touché les replis de sa conscience avant de lui adresser la parole.

– Je viens de l'écurie, dit Mrs. Penderton. On a donné un coup de sabot à mon Firebird.

– Oui, m'dame, répondit nonchalamment le soldat. Comment ça?

Il lui fallut un instant avant de bien saisir ce qu'on lui disait.

– Je n'en sais rien. Peut-être un de ces fichus mulets, ou on l'aura mis avec les juments. J'étais furieuse et je vous ai demandé.

La femme du capitaine s'étendit dans un hamac tendu entre deux arbres au bord de la pelouse. Même vêtue comme elle l'était, avec ses bottes, sa culotte de cheval sale et très usée aux genoux et son jersey gris, elle était belle. Son visage respirait la placidité rêveuse d'une madone et ses cheveux souples, couleur de bronze, étaient noués en chignon sur la nuque. Tandis qu'elle se reposait, une jeune servante noire apporta sur un plateau une demi-bouteille de whisky, un doseur et de l'eau. Mrs. Penderton n'était pas regardante en matière de whisky. Elle avala d'un seul coup deux mesures qu'elle fit descendre avec une gorgée d'eau froide. Elle n'adressa plus la parole au soldat et abandonna ses questions au sujet du cheval. Chacun semblait ignorer totalement la présence de l'autre. Le soldat restait adossé à son pin et son regard fixe se perdait dans l'espace.

Le soleil de cette fin d'automne étendait une brume lumineuse sur l'humide gazon hivernal; dans le bois il s'infiltrait même aux endroits où le feuillage était plus clairsemé, et traçait sur le sol des dessins d'un or éclatant. Puis il disparut brusquement. L'air fraîchit et une brise s'éleva, légère et pure. C'était l'heure de regagner la caserne. On entendit au loin une sonnerie de clairon, dont l'écho atténué se répercuta dans le bois en notes profondes. La nuit était toute proche.

C'est alors que revint le capitaine Penderton. Après avoir garé sa voiture devant la maison, il s'empressa de traverser la cour pour voir comment on avait exécuté le travail. Il dit bonjour à sa femme et rendit un bref salut au soldat qui s'était mis au garde-à-vous avec une certaine mollesse. Le capitaine contempla l'espace maintenant dégagé. Brusquement, il fit claquer ses doigts et ses lèvres s'étirèrent en un rictus sarcastique. Ses yeux bleus fixèrent le soldat. Puis, très calmement, il déclara :

– Soldat, il s'agissait uniquement de mettre le grand chêne en valeur.

Williams accueillit le commentaire sans mot dire. Sa figure ronde ne changea pas d'expression.

– Mes ordres étaient de dégager le terrain seulement jusqu'au chêne, reprit l'officier en élevant la voix.

D'un pas raide il marcha jusqu'à l'arbre et désigna les branches mutilées.

– Il s'agissait de laisser toutes ces branches s'étaler jusqu'à terre, pour servir d'arrière-plan et dissimuler le reste du bois. Maintenant tout est gâché.

L'agitation du capitaine semblait hors de proportion avec cette mésaventure. Debout, seul dans le bois, il paraissait petit.

– Quels sont les ordres de mon capitaine? demanda Williams après une longue pause.

Tout à coup Mrs. Penderton se mit à rire et sortit une jambe bottée pour balancer le hamac.

– Le capitaine vous demande de ramasser les branches et de les recoudre sur l'arbre.

Son mari ne goûta pas la plaisanterie.

– Allez! fit-il au soldat. Ramassez-moi des feuilles et étalez-les pour recouvrir les endroits d'où vous avez enlevé les broussailles. Ensuite, vous pouvez partir. Il donna un pourboire au soldat et rentra dans la maison.

Williams regagna lentement l'obscurité du bois pour ramasser des feuilles tombées. La femme du capitaine se balançait et semblait sur le point de s'endormir. Une pâle et froide lumière jaune avait envahi le ciel et tout était silencieux.

Le capitaine Penderton n'avait pas l'esprit tranquille ce soir-là. En entrant dans la maison, il gagna directement son bureau. C'était une pièce aménagée dans ce qui était à l'origine une petite véranda, attenante à la salle à manger. Le capitaine s'assit au bureau et ouvrit un épais calepin. Il étala un plan devant lui et prit une règle à calcul dans son tiroir. Malgré ces préparatifs il n'avait pas l'esprit à son travail. Il resta penché au-dessus du bureau, la tête dans les mains et les yeux clos.

Son inquiétude était partiellement due à la contrariété que lui avait causée le soldat Williams. Il avait été irrité de voir qu'on lui avait envoyé cet homme en particulier. Dans toute la garnison il n'y avait guère que cinq ou six recrues dont il se rappelait le visage. Les soldats ne lui inspiraient qu'une indifférence méprisante. Officiers et simples soldats avaient beau appartenir au même genre biologique, ils constituaient pour lui deux espèces totalement différentes. Le capitaine se rappelait nettement l'affaire de la tasse de café, qui lui avait gâché un coûteux costume neuf. C'était un épais tissu de soie et la tache ne s'était pas entièrement effacée. (Le capitaine était toujours en uniforme en dehors de la garnison, mais dans toutes les réceptions parmi d'autres officiers, il se mettait ostensiblement en civil avec beaucoup de chic.) En plus de ce grief, il associait mentalement Williams à l'écurie et à Firebird, le cheval de sa femme, association désagréable. Et maintenant, cette erreur idiote à propos du chêne faisait déborder la coupe. Assis à son bureau, le capitaine s'abandonna à une rêverie maussade, imaginant une situation où, Williams ayant commis une grave infraction, il le faisait traduire en conseil de guerre. Ce songe le consola quelque peu. Il prit le Thermos de thé et s'en versa une tasse avant de se plonger dans d'autres tâches plus réelles.

L'agitation du capitaine avait ce soir de nombreuses causes. Il possédait à certains égards une personnalité peu banale. Il entretenait une étrange relation avec les trois aspects fondamentaux de l'existence que sont respectivement la vie elle-même, le sexe et la mort. Sexuellement, il présentait une subtile ambivalence entre les deux sexes, mais sans manifester l'activité de l'un ou de l'autre. Pour un être enclin à se tenir un peu à l'écart de l'existence et à relativiser ses impulsions affectives pour se livrer à une activité impersonnelle, de nature artistique ou simplement excentrique, la recherche de la quadrature du cercle par exemple, c'est une condition tout à fait supportable. Le capitaine avait son travail et il ne se ménageait pas ; on lui prédisait une brillante carrière. Peut-être sans sa femme n'eût-il pas souffert d'un manque ou d'un excès de vitalité. Mais il souffrait en sa compagnie. Il avait une funeste tendance à s'éprendre des amants de celle-ci.

Concernant les deux autres aspects fondamentaux de l'existence, les choses étaient fort simples. Entre les deux grands instincts, celui de vivre et celui de mourir, la balance penchait lourdement d'un seul côté, celui de la mort. C'est pourquoi le capitaine était lâche.

Il avait aussi un côté savant. Au cours des années où, jeune lieutenant, il était encore célibataire, il avait eu bien du temps pour lire, car au quartier des célibataires ses collègues officiers avaient tendance à éviter sa chambre, ou bien n'allaient le voir qu'à deux ou à plusieurs. Il avait la tête bourrée de statistiques et de connaissances d'une précision scientifique. Ainsi, il pouvait évoquer en détail l'étrange appareil digestif d'un homard ou la biographie d'un trilobite. Il savait parler et écrire avec élégance en trois langues étrangères. Il avait des connaissances en astronomie et il avait lu beaucoup de poésie. Mais malgré cette gamme de connaissances, le capitaine n'avait jamais conçu une seule idée. Car l'élaboration d'une idée implique la capacité d'unifier deux ou plusieurs connaissances distinctes. Et pour faire cela, le capitaine manquait de courage.

Seul ce soir-là, assis à son bureau, incapable de travailler, il ne s'interrogeait pas sur ses propres sentiments. Il revoyait le visage du soldat Williams. Puis il se rappela que leurs voisins, les Langdon, devaient dîner avec eux. Le commandant Morris Langdon était l'amant de sa femme, mais le capitaine ne s'arrêta pas à cela. Un souvenir ancien lui revint brusquement. C'était un soir, peu de temps après son mariage. Il avait éprouvé cette même inquiétude déplaisante et il avait cherché à la dissiper de curieuse façon. Il avait pris sa voiture et s'était rendu à une ville voisine de sa garnison, puis il avait longtemps marché dans les rues. C'était une nuit, à la fin de l'hiver. Le capitaine avait découvert un chaton errant sous une porte cochère. Le chaton s'était réfugié là pour être au chaud. Le capitaine s'était penché vers lui et le chaton ronronnait. Il l'avait ramassé et l'avait senti frémir au creux de sa main. Il était resté longtemps à contempler son doux petit minois et à caresser sa fourrure tiède. Le chaton était juste d'âge à ouvrir tout grands ses limpides yeux verts. Le capitaine avait fini par l'emmener jusqu'au bout de la rue. Au carrefour, se trouvait une boîte aux lettres et, après avoir jeté autour de lui un coup d'œil furtif, ayant ouvert la boîte aux lettres glaciale, il y avait précipité le chaton. Puis il avait poursuivi sa route.

Le capitaine entendit claquer la porte de derrière et se leva de son bureau. Dans la cuisine, sa femme était assise sur une table pendant que Susie, la servante noire, lui ôtait ses bottes. Mrs. Penderton n'était pas une femme du Sud pur sang. Née dans l'armée, elle y avait grandi et son père, qui avait accédé au grade de général de brigade un an avant de prendre sa retraite, était originaire de la côte Ouest. Mais sa mère venait de la Caroline du Sud. Et les façons de la femme du capitaine étaient plutôt celles d'une femme du Sud. Si le fourneau à gaz n'était pas encroûté au point où l'était celui de sa grand-mère, il n'était pas vraiment propre. Mrs. Penderton partageait également un certain nombre de vieilles idées du Sud, celle, par exemple, qui consistait à croire que la pâtisserie ou le pain sont immangeables si l'on n'a pas roulé la pâte sur un dessus de table en marbre. C'est pour cette raison que la table sur laquelle elle était assise à ce moment avait fait tout le voyage de Hawaii aller-retour, à l'époque où l'on y avait muté le capitaine. S'il arrivait à sa femme de trouver dans son assiette un cheveu noir bouclé, elle l'essuyait tranquillement sur sa serviette et continuait à savourer son repas sans sourciller.

– Susie, demanda Mrs. Penderton, est-ce que les gens ont des gésiers comme les poulets?

Le capitaine se tenait sur le seuil, et ni sa femme ni la servante ne prenaient garde à sa présence. Une fois qu'on lui eut ôté ses bottes, Mrs. Penderton se mit à circuler pieds nus dans la cuisine. Elle sortit un jambon du fourneau et le saupoudra de cassonade et de chapelure. Elle se versa un autre verre, cette fois-ci une demi-mesure et, dans un soudain débordement d'énergie, elle esquissa un petit pas de danse. Le capitaine était terriblement agacé par sa femme, et elle le savait.

– Je t'en supplie, Leonora, monte donc te chausser.

Pour toute réponse, Mrs. Penderton fredonna pour elle-même un petit refrain et entra dans le salon en passant devant son mari. Ce dernier l'y suivit :

– Tu as l'air d'une souillon à te balader dans cette tenue.

On avait préparé un feu dans la cheminée et Mrs. Penderton se baissa pour l'allumer. Son aimable visage lisse était tout rose et des gouttelettes de transpiration perlaient sur sa lèvre supérieure.

– Les Langdon vont arriver d'un instant à l'autre et tu ne vas pas les recevoir dans cette tenue, j'imagine?

– Mais naturellement, vieux pisse-froid. Et pourquoi pas?

– Tu me dégoûtes, rétorqua le capitaine d'un ton d'irritation contenue.

Pour toute réponse Mrs. Penderton éclata de rire, un rire à la fois feutré et mordant, comme si elle venait d'entendre une histoire choquante depuis longtemps attendue, ou comme si elle avait songé à quelque grivoiserie. Elle ôta son jersey, le roula en boule et le jeta dans un coin de la pièce. Puis, calmement, elle déboutonna sa culotte et en dégagea ses jambes. L'instant d'après elle était nue, debout près du feu. À la lumière jaune et orangée des flammes, son corps était superbe. Ses épaules droites mettaient en valeur la ligne nette et pure des clavicules. De fines veines bleues sillonnaient ses seins bien ronds. Encore quelques années et son corps aurait l'ampleur d'une rose aux pétales épanouis, mais le sport en contenait et restreignait encore la douceur des contours. Malgré sa pose immobile et calme, ce corps paraissait animé d'une vibration subtile, comme si, au seul contact de sa chair blonde, il était possible de sentir l'ardeur du sang qui coulait dans ses veines. Alors que le capitaine portait sur elle le regard indigné d'un homme que l'on vient de gifler, Mrs. Penderton gagna d'un pas tranquille le vestibule et l'escalier. La porte d'entrée était ouverte et, venant de l'obscurité nocturne, la brise agita une mèche folle de sa chevelure blonde.

Elle avait gravi la moitié de l'escalier avant que le capitaine ne se remît de son émotion. Tout tremblant, il courut alors après elle et lui lança d'une voix étranglée :

– Je te tuerai! Tu vas voir, oui, tu vas voir!

Il était accroupi, une main sur la rampe, un pied sur la deuxième marche, comme s'il s'apprêtait à se jeter sur elle.

Mrs. Penderton se retourna lentement et le considéra tranquillement pendant un moment avant de répondre :

– Dis donc, mon petit, une femme nue t'a-t-elle jamais traîné dans la rue pour te flanquer une raclée?

Le capitaine demeura sur place. Puis, posant la tête sur son bras, il resta appuyé à la rampe. De sa gorge monta un son rauque pareil à un sanglot, mais il n'y avait pas de larmes sur son visage. Un instant plus tard, il se remit debout et s'essuya le cou avec son mouchoir. Alors, seulement, il s'aperçut que la porte d'entrée était ouverte, la maison illuminée et tous les stores levés. Une nausée le saisit. Dans la rue obscure, n'importe qui aurait pu passer devant la maison. Il pensa au soldat qu'il venait de laisser à la lisière du bois. Même cet homme aurait pu être témoin de la scène. Le capitaine jeta autour de lui des regards effarés. Puis il entra dans son bureau où l'attendait une carafe de vieux cognac très fort.

Leonora Penderton ne craignait ni homme, ni bête, ni diable : Dieu, elle ne l'avait jamais connu. La mention du nom du Seigneur lui rappelait seulement son vieux père qui leur lisait parfois la Bible le dimanche après-midi. Elle se souvenait clairement de deux choses : Jésus avait été crucifié à un endroit qu'on appelait le Calvaire, et une fois il était allé quelque part monté sur un baudet; or qui aurait l'idée d'aller sur un baudet?

En cinq minutes Leonora avait oublié l'esclandre avec son mari. Elle se fit couler un bain et apprêta ses vêtements pour la soirée. Chez les dames de la garnison, les commérages allaient bon train au sujet de Leonora. Selon elles, sa vie passée et présente était un copieux amalgame d'exploits amoureux. Mais ces dames se fondaient principalement sur des rumeurs et sur des suppositions, car Leonora était une personne qui gardait son quant-à-soi et qui évitait les embarras. Elle était vierge lorsqu'elle avait épousé le capitaine. Elle l'était encore quatre nuits plus tard, et à la cinquième son état n'avait changé que pour la laisser un peu déconcertée. Il était difficile d'en savoir plus. Elle eût sans doute comptabilisé sa vie intime selon un mode très personnel : une demi-unité de compte au vieux colonel à Leavenworth et plusieurs unités au jeune lieutenant à Hawaii. Mais depuis deux ans il n'y avait personne d'autre que le commandant Morris Langdon. Il lui suffisait.

La garnison considérait Leonora comme une bonne hôtesse, une sportive accomplie et même une grande dame. Elle avait pourtant quelque chose de déconcertant pour ses amis et connaissances. C'était une chose qu'ils ne parvenaient pas à définir très nettement. En réalité, elle était un peu demeurée.

On ne remarquait pas cette triste réalité aux réceptions, à l'écurie ou à sa table. Trois personnes seulement en avaient conscience : son vieux père, le général, pour qui, tant qu'elle n'avait pas été mariée et établie, ce n'avait pas été une mince préoccupation ; son mari, qui considérait cela comme l'état naturel de toutes les femmes de moins de quarante ans ; et le commandant Morris Langdon, qui ne l'en aimait que davantage. Même sous la menace de la torture elle aurait été incapable de multiplier douze par treize. Si une impérieuse nécessité la contraignait à écrire une lettre, soit à son oncle, le remerciant du chèque qu'il lui avait envoyé pour son anniversaire, soit pour commander une bride neuve, c'était toute une affaire. Susie et elle se cloîtraient dans la cuisine. Elles s'asseyaient devant une table chargée d'un stock de papier et d'une provision de crayons soigneusement taillés. Quand elles avaient recopié la version définitive, toutes deux étaient épuisées et dans le plus urgent besoin de prendre un verre de whisky.

Ce soir-là, Leonora savoura particulièrement la tiédeur de son bain. Sans se hâter, elle passa les affaires qu'elle avait déjà disposées sur le lit : une simple jupe grise, un sweater d'angora bleu et des boucles d'oreilles de perle. À sept heures, elle était descendue rejoindre les invités qui l'attendaient.

Elle et le commandant trouvèrent le repas excellent. Pour commencer il y avait un consommé. Puis le jambon, accompagné de fanes de navets bien juteuses, de patates douces délicatement caramélisées dans une sauce légère et savoureuse, des petits pains et du soufflet de maïs. Susie présenta les légumes une seule fois, puis elle posa les plats sur la table, entre le commandant et Leonora, à l'intention des gros mangeurs. Le commandant avait un coude sur la table et semblait tout à fait chez lui. Son visage au teint de cuivre avait une expression franche, joviale et amicale ; il était très populaire, aussi bien chez les hommes de troupe que chez les officiers. La conversation ne roula guère que sur l'accident survenu à Firebird. C'est à peine si Mrs. Langdon goûta à son dîner. C'était une petite brune frêle au teint pâle, avec un grand nez et une bouche sensible.

Elle était très malade et cela se remarquait. Sa maladie n'était pas seulement physique, mais le chagrin et l'angoisse l'avaient rongée jusqu'aux moelles et elle était maintenant au bord de la folie. Le capitaine Penderton se tenait très droit, les coudes au corps. À un moment il prononça une brève phrase de félicitations à l'intention du commandant, que l'on venait de décorer. À plusieurs reprises il lui arriva d'appliquer une pichenette au rebord de son verre pour en entendre la vibration cristalline. Le repas s'acheva avec une tourte chaude aux fruits. Après quoi, les quatre convives se rendirent au salon pour y terminer la soirée à jouer aux cartes et à converser.

– Chère amie, déclara le commandant d'un air épanoui, vous avez un sacré talent de cuisinière.

Les quatre dîneurs n'avaient pas été seuls. Derrière la vitre, dans les ténèbres automnales, se tenait un observateur silencieux. La nuit était froide et l'atmosphère aiguisée par une saine odeur de pins. Le vent vibrait dans la forêt toute proche. Le ciel était constellé d'étoiles glacées. L'observateur était si près de la vitre que son souffle l'embuait.

Le soldat Williams avait bel et bien vu Mrs. Penderton quand, s'éloignant de la cheminée, elle était montée prendre son bain. Or le jeune soldat n'avait jamais vu une femme nue de sa vie. Il avait grandi dans un milieu entièrement masculin. De son père, qui n'avait en tout et pour tout qu'un seul mulet dans sa ferme, et prêchait le dimanche dans une petite chapelle, il tenait que les femmes portent en elles une maladie contagieuse et mortelle, qui rend les hommes aveugles, infirmes, et les voue à l'enfer. Dans l'armée il avait aussi entendu beaucoup parler de cette maladie et même, une fois par mois, le docteur l'examinait pour voir s'il avait eu un contact avec une femme. Williams n'avait jamais intentionnellement touché, regardé ni adressé la parole à une femme depuis l'âge de huit ans.

Ramasser dans les bois des brassées de feuilles d'automne âcres et mouillées l'avait retardé. Après avoir enfin terminé son travail, il avait traversé la pelouse pour se rendre à la soupe. Par hasard il avait jeté un coup d'œil dans le vestibule illuminé et il s'était alors trouvé incapable de poursuivre son chemin. Il restait là dans la nuit silencieuse, les bras ballants. À la vue du jambon que l'on découpait au dîner, il avait péniblement avalé sa salive. Mais son regard grave et intense était rivé sur la femme du capitaine. L'expression de son visage taciturne n'en avait pas été changée, mais de temps à autre ses yeux d'or bruni se plissaient comme si, dans son for intérieur, il élaborait quelque projet subtil. Une fois que la femme du capitaine eut quitté la salle à manger, il demeura encore sur place un moment. Puis, très lentement, il s'en alla. Derrière lui, la lumière projetait sur l'herbe lisse de la pelouse une ombre longue et vague. Le soldat marchait comme un homme accablé par quelque sombre rêverie et ses pas étaient silencieux.

2

Très tôt le lendemain matin le soldat Williams se rendit à l'écurie. Le soleil n'était pas encore levé, l'air était froid et incolore. De laiteux rubans de brume s'accrochaient à la terre humide, et le ciel était gris argent. Sur le chemin de l'écurie il y avait un tertre d'où l'on pouvait voir une grande étendue de la zone militaire. Le bois avait revêtu toutes ses couleurs d'automne, et la sombre verdure des pins était parsemée de flaques écarlates et jaunes. Williams marchait lentement sur le sentier couvert de feuilles. De temps en temps, il s'arrêtait et demeurait parfaitement immobile, dans l'attitude d'une personne qui tente de capter un appel lointain. L'air matinal rosissait sa peau bronzée, et il portait encore aux lèvres les traces blanches du lait de son petit-déjeuner. Tout en s'attardant et en s'arrêtant ainsi, il arriva à l'écurie juste au moment où le soleil se levait.

Dans l'écurie, l'obscurité était encore presque totale et il n'y avait personne. Dans l'atmosphère tiède et renfermée flottait une odeur aigre-douce. Passant entre les stalles, le soldat entendait la respiration tranquille des chevaux, un renaclement ensommeillé, un hennissement. De muets regards lumineux se tournaient vers lui. Le jeune soldat tira de sa poche une enveloppe pleine de sucre et il eut bientôt les mains toutes chaudes et gluantes de bave. Il entra dans la stalle d'une petite jument sur le point de mettre bas. Il lui caressa son ventre gonflé et resta un moment près d'elle, les bras au-dessus de l'encolure. Ensuite, il fit sortir les mulets dans leur enclos. Le soldat ne resta pas longtemps seul avec les bêtes, car bientôt les autres hommes vinrent prendre leur service. C'était samedi, jour où il y avait beaucoup à faire dans l'écurie, car le matin les femmes et les enfants prenaient leurs leçons d'équitation. Très vite l'écurie retentit de conversations et d'un bruit de pas lourds ; dans leurs stalles les chevaux commençaient à s'agiter.

Ce matin-là, Mrs. Penderton fut l'une des premières à se présenter. Le commandant Langdon l'accompagnait, comme c'était souvent le cas, et aussi, ce qui l'était rarement, le capitaine Penderton, lequel montait généralement seul, et en fin d'après-midi. Tous trois s'assirent sur la palissade du paddock pendant qu'on scellait leurs montures. Williams fit sortir Firebird en premier. La blessure à propos de laquelle la femme du capitaine s'était plainte la veille avait été grandement exagérée. Sur la jambe gauche de devant, une petite éraflure avait été badigeonnée de teinture d'iode. Quand on le conduisit en plein soleil, le cheval dilata nerveusement ses naseaux et tourna son long cou pour regarder autour de lui. Son poil bien étrillé avait une douceur de satin et le soleil faisait luire son épaisse crinière.

Au premier abord il paraissait trop grand et trop fortement membré pour un pur-sang. Son arrière-train était ample et charnu, ses jambes un peu épaisses. Mais il y avait dans son allure une grâce admirable, pleine de feu, et une fois à Camden il l'avait emporté sur son géniteur, qui était champion. Quand Mrs. Penderton fut en selle, il lança deux ruades et fit mine de s'élancer vers la piste cavalière. Puis, luttant contre le mors, le cou arqué et la queue dressée, il se mit à sautiller l'amblée et ses naseaux se couvrirent d'une légère écume. Durant ce combat entre monture et cavalière, Mrs. Penderton riait aux éclats et lançait à Firebird d'une voix vibrante d'enthousiasme et d'excitation :

– À nous deux, mon petit salaud !

La lutte prit fin aussi brusquement qu'elle avait commencé. En réalité, comme cette esbroufe se renouvelait chaque matin, ce n'était plus guère d'une lutte qu'il s'agissait. Quand, poulain de deux ans mal dressé, le cheval était arrivé à l'écurie, il avait fallu prendre l'affaire au sérieux. À deux reprises Mrs. Penderton avait été désarçonnée, et un jour qu'elle revenait de sa chevauchée, les soldats notèrent qu'elle s'était mordu la lèvre inférieure jusqu'au sang, maculant son sweater et sa chemise.

Mais à présent, cette brève lutte quotidienne était un rituel théâtral, une joyeuse pantomime pour le plaisir, et pour amuser la galerie. Même quand il écumait, le cheval gardait dans son allure une grâce mutine, comme s'il se savait observé. Et quand c'était fini, il restait bien tranquille et poussait un soupir, un peu à la façon d'un jeune époux qui, ayant cédé à l'humeur capricieuse d'une femme adorée, hausse les épaules et soupire d'un air amusé. À l'exception de ces révoltes pour rire, le cheval était maintenant parfaitement dressé.

À tous les cavaliers qui montaient régulièrement, les soldats de service à l'écurie avaient attribué des surnoms. Le commandant Langdon, on l'appelait « le buffle », parce que, en selle, il penchait ses larges et lourdes épaules et baissait la tête. Le commandant était bon cavalier, et, lorsqu'il était jeune lieutenant, il avait acquis une grande réputation au polo. À l'inverse, le capitaine Penderton était un piètre cavalier, bien qu'il ne s'en rendît pas compte. Il était raide comme un piquet, gardant rigoureusement la position que lui avait enseignée le maître d'équitation. Peut-être n'eût-il jamais monté s'il avait pu se voir de dos. Ses fesses s'étalaient sur la selle et tressautaient mollement. Pour cette raison les hommes l'avaient surnommé « le capitaine Cul-croulant ». Mrs. Penderton, on l'appelait simplement « la Dame », si grande était l'estime qu'on lui témoignait à l'écurie.

Ce matin-là, les trois cavaliers s'en furent d'un pas tranquille, Mrs. Penderton en tête. Le soldat Williams les suivit du regard jusqu'à ce qu'il les perdît de vue. À la cadence des sabots martelant le ferme sol de l'allée, il sut qu'ils avaient pris le petit trot. Le soleil était plus brillant et le ciel d'un bleu plus soutenu, chaud et lumineux. Dans l'air frais flottait une odeur de crottin et de feuilles brûlées. Le soldat s'attarda si longtemps sur place que le maréchal des logis s'approcha et lui cria d'un ton débonnaire :

– Alors, Simplet, on va glander encore longtemps ici?

On ne pouvait plus entendre le bruit des sabots. Le jeune soldat releva les mèches de cheveux qui lui couvraient le front et se mit lentement à son travail. Il ne dit pas un mot de toute la journée.

Puis, tard dans la soirée, Williams enfila un uniforme propre et partit dans le bois. Il longea la lisière de la zone réservée jusqu'à la parcelle qu'il avait déblayée pour le capitaine Penderton. La maison n'était pas brillamment éclairée comme la veille. Il n'y avait de lumière que dans une pièce à droite, à l'étage, et dans la petite véranda qui donnait sur la salle à manger. En approchant de la maison, Williams vit que le capitaine était seul dans son bureau ; la femme du capitaine était donc dans la chambre éclairée à l'étage, dont les stores étaient baissés. Comme toutes celles de la rangée, la maison était de construction récente, si bien que des arbustes n'avaient pas eu le temps de pousser dans la cour. Mais le capitaine avait fait transplanter tout près du mur un alignement de douze troènes de Californie pour que l'endroit n'ait pas un aspect trop rébarbatif. Abrité par cet épais feuillage, le soldat ne pouvait être vu ni de la rue, ni de la maison voisine. Il se tenait si près du capitaine que, si la fenêtre avait été ouverte, il lui eût été possible d'étendre la main et de le toucher.

Assis à son bureau, le capitaine tournait le dos à Williams. Il s'agitait continuellement en travaillant. Sur son bureau, outre les livres et les papiers, il y avait un carafon de verre rouge foncé, un Thermos de thé et une boîte de cigarettes. Il buvait alternativement du thé chaud et du vin. Environ toutes les dix minutes il mettait une nouvelle cigarette dans son fume-cigarette d'ambre. Il travailla jusqu'à deux heures du matin, sous le regard du soldat.

Cette nuit marqua le début d'une période singulière. Le soldat revenait chaque soir par le chemin de la forêt et il observait tout ce qui se passait chez le capitaine. Il y avait aux fenêtres du salon et de la salle à manger des rideaux de guipure au travers desquels il pouvait voir sans être vu. Il restait au coin de la fenêtre et regardait obliquement, de sorte que la lumière n'éclairait pas son visage. À l'intérieur de la maison il ne se passait rien d'important. Souvent, les Penderton s'absentaient pour la soirée et ils ne rentraient qu'après minuit. Un soir, ils avaient eu six invités à dîner. Cependant, ils passaient la plupart de leurs soirées en compagnie du commandant Langdon, seul ou avec sa femme. On buvait, on jouait aux cartes et l'on bavardait au salon. Le soldat ne quittait pas des yeux la femme du capitaine.

Cette période marqua un changement chez le soldat Williams. Il garda son habitude récente de s'arrêter brusquement pour fixer longuement son regard dans l'espace. En train de nettoyer une stalle ou de seller un mulet, voilà que, tout à coup, il semblait se plonger en contemplation. Il restait figé, et parfois même sourd à l'appel de son nom. Le maréchal des logis s'en aperçut et s'en inquiéta. Il lui était arrivé d'observer ce comportement bizarre chez de jeunes recrues qui, languissant de leur ferme ou de leurs compagnes, envisageaient de « se faire la belle ». Mais quand il questionna Willams, ce dernier répondit qu'il ne pensait à rien du tout.

Le jeune soldat disait la vérité. Malgré son air concentré il n'était pas conscient d'avoir un projet ou une quelconque idée en tête. Le spectacle dont il avait été témoin le soir où il était passé devant le vestibule illuminé du capitaine se reflétait tout au fond de lui-même. Mais il ne songeait pas clairement à la Dame ou à autre chose. Il éprouvait cependant le besoin de s'arrêter et d'attendre dans une sorte de contemplation, car un obscur processus de germination s'amorçait lentement au plus profond de son esprit.

Au cours de ses vingt années d'existence il avait en quatre circonstances agi de son propre mouvement, sans pression extérieure. Et chaque fois, ses initiatives avaient eu pour prélude ces singulières phases d'abstraction. La première avait été l'achat soudain et inexplicable d'une vache. Il avait dix-sept ans à l'époque, mais il avait économisé cent dollars au labour ou à la cueillette du coton. Avec cet argent il acheta une vache qu'il appela Rubis. Avec son unique mulet, la ferme de son père n'avait que faire d'une vache. D'une part, ils n'avaient pas le droit de vendre le lait car leur misérable écurie n'avait pas reçu l'autorisation réglementaire, et, de l'autre, la vache donnait bien trop de lait pour leur consommation domestique. Les matins d'hiver l'adolescent se levait à l'aube et, une lanterne à la main, il allait voir sa vache. Il la trayait, le front pressé sur le tiède flanc de la bête, tout en lui adressant des paroles entrecoupées de soupirs étouffés. Puis, ses deux mains serrées en coupe, il buvait le lait mousseux à lentes gorgées, à même le seau.

Sa deuxième action fut une soudaine et violente proclamation de sa foi en Dieu. Il était toujours resté assis tranquille, au fond de la chapelle où son père prêchait le dimanche. Mais un soir, lors d'une réunion pour le renouveau de la foi, il se précipita brusquement sur l'estrade. Il invoqua Dieu par des exclamations étranges, puis il se roula à terre, en proie à des convulsions. Sur quoi il resta prostré pendant une semaine, et ne retrouva jamais cette ardeur mystique.

Son troisième acte fut un crime qu'il s'arrangea pour ne pas laisser découvrir. Et le quatrième, son engagement dans l'armée.

Ces quatre événements s'étaient produits inopinément et sans qu'il les eût consciemment envisagés. Il les avait néanmoins d'une certaine façon prémédités. Ainsi, juste avant l'achat de la vache, il était resté longtemps à regarder dans le vide, puis il s'était mis à nettoyer un appentis adossé à la grange, dont on se servait comme débarras : le jour où il amena la vache, il y avait un endroit où l'installer. De la même manière, avant de s'engager, il avait mis de l'ordre dans ses petites affaires. Mais il ignorait vraiment qu'il allait acheter une vache jusqu'au moment où il avait compté son argent et mis la main sur le licou. Et c'est seulement une fois franchi le seuil du bureau de recrutement que, ses impressions diffuses se cristallisant, il prit conscience qu'il allait s'engager dans l'armée.

Pendant près de quinze jours le soldat Williams fit secrètement des incursions de reconnaissance autour de la maison du capitaine. Il apprit à connaître les habitudes du ménage. D'habitude, la servante se couchait à dix heures. Quand elle restait chez elle, Mrs. Penderton montait vers onze heures et elle éteignait la lumière. En principe, le capitaine travaillait de dix heures et demie à deux heures du matin.

Le douzième soir, le soldat arpenta le bois plus lentement que d'habitude. De loin, il voyait la maison illuminée. La lune blanche étincelait, c'était une nuit froide et argentée. Le soldat était parfaitement visible quand il sortit du bois et traversa la pelouse. Il tenait un canif à la main, et il avait changé ses gros godillots pour des tennis. Des voix parvenaient du salon. Le soldat s'approcha de la fenêtre.

– Vas-y, Morris, disait Leonora Penderton. Cette fois-ci donne-moi un grand jeu.

Le commandant Langdon et la femme du capitaine jouaient au vingt-et-un. Les enjeux n'étaient pas négligeables, et faciles à calculer. Si le commandant raflait tous les jetons sur la table, il avait l'usage de Firebird pour une semaine. Si c'était Leonora, elle gagnait une bouteille de son whisky préféré. Depuis une heure, le commandant ne cessait de ramasser les jetons. Les flammes du foyer rougissaient son beau visage, et le talon de sa botte scandait une marche militaire sur le sol.

Ses cheveux noirs grisonnaient aux tempes; sa moustache taillée ras était déjà poivre et sel. Ce soir-là, il était en uniforme. Il laissait fléchir ses robustes épaules et respirait la satisfaction, sauf lorsqu'il regardait sa femme; alors son regard devenait trouble et suppliant. Lui faisant face, Leonora avait une expression sérieuse et concentrée, car elle essayait d'additionner quatorze et sept en comptant sur ses doigts sous la table.

– Est-ce que je suis fichue?

– Non, ma chère, dit le commandant. Tout juste vingt et un. Mistigri!

Le capitaine Penderton et Mrs. Langdon étaient assis auprès du foyer. Ils paraissaient tous les deux mal à l'aise. Ils s'étaient sentis nerveux toute la soirée, s'efforçant d'entretenir leur conversation sur le jardinage. Cette nervosité était fort compréhensible. Ces temps-ci, le commandant n'était plus tout à fait le joyeux compère que tous connaissaient. Même Leonora était vaguement sensible à cette ambiance de dépression. Il y avait d'abord le fait que, quelques mois auparavant, tous quatre avaient vécu un épisode dramatique. Ils étaient réunis un soir comme celui-là, quand Mrs. Langdon, qui avait une forte fièvre, s'était subitement sauvée chez elle en courant. Plongé dans les plaisantes vapeurs du whisky, le commandant ne l'avait pas rejointe immédiatement. Un moment plus tard, Anacleto, le domestique philippin des Langdon, avait fait irruption dans le salon, le visage si hagard que tous l'avaient suivi sans explication. Ils trouvèrent Mrs. Langdon évanouie, elle s'était coupé les deux bouts de seins avec des cisailles de jardin.

– Quelqu'un veut-il boire? demanda le capitaine.

Tout le monde avait soif et le capitaine alla chercher une bouteille d'eau gazeuse à la cuisine. Il était profondément inquiet, car il savait que les choses ne pouvaient pas continuer ainsi bien longtemps. Et, bien qu'il ait été énormément éprouvé par la liaison de sa femme avec le commandant, il redoutait la perspective d'un changement. Son tourment avait ceci de particulier qu'il était aussi jaloux de sa femme que de celui qu'elle aimait. Depuis un an, il éprouvait pour le commandant un sentiment qui ressemblait à s'y tromper à de l'amour. Son plus cher désir était de se faire apprécier de cet homme. Il portait son cocuage avec une élégante indifférence qui lui valait le respect de toute la garnison. En cet instant, tandis qu'il emplissait le verre du commandant, sa main tremblait.

– Tu travailles trop, Weldon, lui dit ce dernier. Et permets-moi de te dire, cela n'en vaut pas la peine. Ta santé passe avant tout. Où en serais-tu sans elle? Leonora, tu veux tirer une autre carte?

Le capitaine versa à boire à Mrs. Langdon en évitant son regard. Il la haïssait à tel point qu'il supportait à peine de poser les yeux sur elle. Elle restait assise devant le feu, tranquille et raide, occupée à son tricot. Elle était mortellement pâle, avait les lèvres gonflées et gercées. Ses yeux noirs au regard doux étaient tout enfiévrés. Elle avait vingt-neuf ans, deux ans de moins que Leonora. On disait qu'elle avait eu une très belle voix, mais dans la garnison personne ne l'avait jamais entendue chanter. En regardant ses mains, le capitaine eut une vague nausée. Elles étaient minces, presque émaciées, avec de longs doigts fragiles et, des phalanges au poignet, courait un délicat réseau de veines verdâtres. Sur le sweater de laine écarlate qu'elle tricotait, elles semblaient d'une pâleur maladive. Fréquemment, et sous des formes subtiles ou mesquines, le capitaine cherchait à lui faire du mal. Il détestait surtout la totale indifférence qu'elle lui manifestait. Le capitaine la méprisait aussi parce qu'elle lui avait naguère rendu un service dont elle avait gardé le secret, au sujet d'une affaire qui, si elle s'était répandue, eût été pour lui des plus embarrassantes.

– Un nouveau sweater pour votre mari?

– Non, répondit doucement Alison Langdon, je ne sais pas au juste ce que je veux en faire.

Elle avait une terrible envie de pleurer et pensait à sa petite Catherine, morte depuis trois ans. Elle savait qu'elle ferait mieux de rentrer et de demander à Anacleto, le domestique, de l'aider à se mettre au lit. Elle souffrait physiquement et nerveusement. Le seul fait d'ignorer à qui elle destinait son tricot l'exaspérait. Alison s'était mise au tricot à dater du moment où elle avait été au courant pour son mari. D'abord, elle lui avait fait plusieurs sweaters. Ensuite, elle avait tricoté un ensemble pour Leonora. Durant les premiers mois, Alison ne parvenait pas à croire qu'il pouvait la trahir à ce point. Puis, quand elle en était venue à s'éloigner de lui avec mépris, elle s'était tournée vers Leonora par désespoir. C'est alors qu'avait débuté une de ces étranges amitiés entre la femme trahie et celle dont son mari s'est épris. Ce lien affectif morbide, issu de la révolte et de la jalousie, était, elle le savait bien, indigne d'elle. Il avait rapidement disparu de lui-même. Alison sentait maintenant les larmes lui monter aux yeux, et elle prit un peu de whisky pour se donner du courage, bien qu'on lui eût interdit de boire de l'alcool à cause de son cœur. Personnellement, elle n'en appréciait pas la saveur. Elle préférait de loin une goutte de liqueur sucrée, un petit sherry, ou à la rigueur une tasse de café. Mais elle but ce whisky parce qu'il se trouvait là, que les autres en prenaient, et qu'il n'y avait rien d'autre à faire.

– Weldon! s'écria tout à coup le commandant, ta femme est une tricheuse! Elle a soulevé la carte pour voir si elle lui convenait.

– Ce n'est pas vrai! Tu as seulement cru que j'allais le faire. Et toi, fais voir un peu ce que tu as là?

– Tu m'étonnes, Morris, observa Penderton. Tu devrais savoir qu'aux cartes il ne faut jamais faire confiance à une femme.

Mrs. Langdon suivait cet échange amical en ayant cet air d'être sur la défensive, que l'on voit chez ceux qu'une longue maladie a rendus dépendants de la sollicitude ou de la négligence d'autrui. Depuis le soir où elle s'était enfuie pour se mutiler, elle éprouvait en permanence une honte semblable à une nausée. Elle était persuadée que tous ceux qui la regardaient pensaient à son acte. Mais il se trouvait que le secret avait été gardé; à part ceux qui étaient dans cette pièce, seuls le docteur et l'infirmière savaient, ainsi que le jeune domestique philippin, lequel était entré au service de Mrs. Langdon à l'âge de dix-sept ans et la vénérait. Alison s'arrêta de tricoter et toucha ses pommettes du bout des doigts. Elle savait qu'il fallait se lever, partir et rompre définitivement avec son mari. Mais, depuis quelque temps, elle se sentait accablée par une terrible impuissance. Et où donc irait-elle? Quand Alison tentait de penser à l'avenir, toutes sortes de fantasmes se présentaient à elle, et elle était en proie à d'incontrôlables pulsions. Alison en était au point d'avoir peur d'elle-même autant qu'elle avait peur des autres. Et, vouée à l'incapacité de rompre, elle se sentait menacée par un immense désastre.

– Qu'est-ce que tu as, Alison? demanda Langdon. As-tu faim? Il y a des tranches de poulet dans la glacière.

Depuis quelques mois, Leonora avait souvent une curieuse façon de parler à Mrs. Langdon. Elle articulait exagérément et s'exprimait avec l'affectation dérisoire que l'on prendrait pour s'adresser à un débile profond.

– Du blanc ou du foncé. Très, très bon. Miam-miam.

– Non, merci.

– Es-tu sûre que tu ne veux rien, chérie? demanda le commandant.

– Tout va très bien. Mais, si cela ne te fait rien... cesse de marteler le plancher avec ton talon. Cela me dérange.

– Excuse-moi.

Le commandant dégagea les jambes et les croisa, en se tournant de côté sur sa chaise. Il essayait naïvement de se faire croire que sa femme ignorait tout de sa liaison. Mais, à la longue, il lui était devenu de plus en plus difficile de se raccrocher à cette conviction rassurante; l'inquiétude de ne pas savoir exactement à quoi s'en tenir lui avait causé des hémorroïdes et des troubles digestifs. Il avait réussi à se persuader que la détresse si manifeste de sa femme était un phénomène morbide et spécifiquement féminin, auquel il ne pouvait rien. Il se souvint d'un incident qui s'était produit peu de temps après leur mariage. Il avait emmené Alison à la chasse aux cailles et, bien qu'elle se fût entraînée dans un stand, elle n'était jamais allée à la chasse. Ils avaient levé une couvée, et il se rappelait encore le dessin que formaient les oiseaux sur le ciel d'hiver au soleil couchant. Comme il surveillait Alison, il n'avait abattu qu'une seule caille, et il avait galamment prétendu que c'était elle qui l'avait touchée. Mais quand elle prit l'oiseau de la gueule du chien, son visage s'était métamorphosé. L'oiseau vivait encore, et Langdon lui écrasa négligemment la tête avant de le remettre à Alison. Elle prit le petit corps tiède tout ébouriffé et abîmé par la chute, et contempla les petits yeux noirs vitreux de l'oiseau mort. Puis elle fondit en larmes. C'était le genre de réaction que le commandant appelait « féminine » et « morbide »; ce n'était pas la peine qu'un homme cherche à la comprendre. À présent, quand le commandant s'inquiétait à propos de sa femme, un réflexe d'autodéfense le faisait penser aussi à un certain lieutenant Weincheck, qui commandait une compagnie dans son bataillon, et qui était très ami avec Alison. Aussi, comme le visage de celle-ci lui donnait mauvaise conscience, il demanda pour se rassurer :

– Tu disais que tu as passé l'après-midi avec Weincheck?

– Oui, je suis allée le voir.

– C'est bien. Et comment va-t-il?

– Assez bien.

Sur-le-champ, elle résolut d'offrir le sweater au lieutenant Weincheck, se disant qu'il lui serait utile, pourvu qu'il ne soit pas trop large des épaules.

– Ce type! fit Leonora, je ne comprends pas ce que tu lui trouves, Alison. Naturellement, je sais que vous vous entendez bien et que vous causez de trucs intellectuels. Il m'appelle Madame. Il ne peut pas me souffrir et c'est du « Oui, Madame », du « Non, Madame ». Tu parles!

Mrs. Langdon eut un petit sourire pincé, mais ne fit aucun commentaire.

Il convient ici de dire un mot à propos de ce lieutenant Weincheck, bien que, à l'exception de Mrs. Langdon, personne ne prêtât attention à lui. Dans l'armée, il faisait piètre figure : il avait près de cinquante ans et attendait toujours son troisième galon. Ses yeux lui causaient tellement d'ennuis qu'il ne tarderait pas à être mis à la retraite. Il logeait dans l'une des maisons aménagées en appartements, à l'usage des lieutenants célibataires qui, pour la plupart, sortaient tout juste de West Point. Dans ses deux petites chambres s'entassaient des objets accumulés pendant toute sa vie, y compris un piano à queue, une étagère pleine de disques, des centaines de livres, un gros chat angora et une douzaine de plantes en pot. Il avait fait pousser une plante grimpante verte aux murs du salon, et l'on risquait souvent de buter contre une bouteille de bière vide ou une tasse à café qui traînaient sur le plancher. Enfin, ce vieux lieutenant jouait du violon. De son appartement parvenait souvent le son isolé d'une partition de trio ou de quatuor à cordes, et les jeunes officiers qui passaient dans le couloir se grattaient la tête ou échangeaient des clins d'œil complices. C'est là que Mrs. Langdon lui rendait volontiers visite en fin d'après-midi. Ils jouaient des sonates de Mozart ou, assis au coin du feu, ils prenaient un café accompagné de bonbons au gingembre. En plus de ses autres handicaps, le lieutenant était très pauvre, car il voulait payer les frais de scolarité de deux neveux. Pour s'en tirer, il en était réduit à toutes sortes de petites économies, et son unique uniforme de grande tenue était en si piteux état qu'il ne se rendait aux réceptions qu'à condition d'y être strictement obligé. Quand Mrs. Langdon sut qu'il reprisait lui-même ses vêtements, elle prit l'habitude de venir avec son ouvrage, pour repriser les chemises et les sous-vêtements du lieutenant en même temps que ceux de son mari. Il leur arrivait de sortir ensemble dans la voiture du commandant, d'aller au concert dans une ville distante de cent cinquante miles. En ces occasions ils emmenaient Anacleto.

– Je mets tous mes jetons sur ce coup, et si je gagne, je ramasse tout, dit Mrs. Penderton. Il est temps de terminer la partie.

En distribuant les cartes, Mrs. Penderton s'arrangea pour prendre un as et un roi qu'elle avait fait tomber dans le creux de sa jupe, et pour se donner le mistigri. Tout le monde l'avait vue, et le commandant riait sous cape. On le vit également tapoter la cuisse de Leonora sous la table avant de reculer sa chaise. À ce moment, Mrs. Langdon se leva et remit son tricot dans son sac.

– Il faut que je rentre, dit-elle. Mais toi, Morris, reste donc et n'interromps pas la soirée. Bonne nuit, tout le monde.

Mrs. Langdon sortit lentement, d'un pas raide et, quand elle fut sortie, Leonora déclara :

– Je me demande de quoi elle souffre maintenant.

– Impossible de le savoir, répondit piteusement le commandant. Mais je crois qu'il faut que je m'en aille aussi. Allons, une dernière donne.

Il déplorait de s'arracher à la gaieté ambiante et, après avoir pris congé des Penderton, il s'attarda un moment dans l'allée devant la maison. Il regardait les étoiles et se disait que la vie est parfois une triste affaire. Il se souvint brusquement de la mort du bébé. Une épreuve à en devenir fou! Au cours du travail, Alison se cramponnait à Anacleto (car lui, le commandant, ne pouvait pas supporter cela) et pendant trente-trois heures d'affilée elle n'avait pas cessé de hurler. Quand l'accoucheur disait : « Vous n'essayez pas assez fort, poussez encore », eh bien! le petit Philippin poussait, lui aussi, les genoux pliés et le visage ruisselant de sueur, faisant écho ponctuellement aux gémissements d'Alison. Puis, quand ce fut terminé, ils s'aperçurent que le bébé avait deux doigts palmés, et le commandant se disait que, s'il lui fallait toucher le bébé, il en aurait des frissons dans tout le corps.

Cela avait traîné onze mois durant. Ils avaient été mutés dans le Middle West et, quand il rentrait après avoir marché dans la neige, tout ce qu'il trouvait, c'était une assiette froide de salade au thon dans la glacière et la maison pleine de docteurs et d'infirmières. À l'étage, Anacleto déployait un lange à la lumière pour juger la couleur des selles, ou il tenait le bébé pendant qu'Alison, les mâchoires toutes crispées, faisait les cent pas dans la chambre. Quand tout fut fini, le commandant n'éprouva rien d'autre qu'un sentiment de soulagement. Mais pas Alison! Quelle amertume, quelle froideur cette épreuve lui avait laissées! Et avec ça, si difficile à vivre! Oui, la vie est parfois bien triste.

Le commandant ouvrit la porte d'entrée et vit Anacleto descendre l'escalier. La démarche du petit Philippin était calme et gracieuse. Il portait des sandales, un pantalon gris, léger, et une blouse de lin bleu vert. Il avait un mince visage camus au teint laiteux et des yeux noirs étincelants. Il semblait ne pas avoir vu le commandant mais, arrivé au bas de l'escalier, il éleva lentement la jambe droite, les orteils repliés comme un danseur de ballet, et il esquissa une petite cabriole.

– Idiot! s'écria le commandant. Comment va-t-elle?

Anacleto haussa les sourcils et ferma très lentement ses délicates paupières blanches!

– *Très fatiguée* [77].

– Ah! fit le commandant d'un ton furieux, car il ne comprenait pas un traître mot de français, vooley voo rooney mooney moo! Allons! Comment va-t-elle?

– *C'est les...* Mais Anacleto n'étudiait le français que depuis peu et il ignorait le mot pour « sinus ». Il n'en compléta pas moins sa réponse avec une dignité impressionnante :

– *Maître Corbeau sur un arbre perché*, commandant.

Il se tut, claqua des doigts, puis il ajouta d'un air pensif, comme s'il se parlait à lui-même :

– Un bouillon chaud, présenté de façon très attractive.

– Tu peux aller me préparer un remontant.

– Oui, soudain, dit Anacleto. Il savait très bien que l'on ne pouvait pas dire « soudain » pour « tout de suite », car il s'exprimait dans un anglais choisi et méticuleux, en calquant son intonation sur celle de Mrs. Langdon. Il avait fait cette faute exprès, pour exaspérer le commandant.

– Je n'y manquerai pas, dès que j'aurai préparé le plateau de Madame Alison et que j'aurai fini de m'occuper d'elle.

La montre du commandant lui indiqua que les préparatifs de ce plateau prenaient trente-huit minutes. Le petit Philippin se déplaçait allègrement dans la cuisine et alla prendre un vase de fleurs dans la salle à manger. Le commandant le regardait, ses poings velus sur les hanches. Pendant tout ce temps, Anacleto entretenait à mi-voix avec lui-même un bavardage animé. Le commandant saisit quelque chose à propos de Mr. Rudolph Serkin et d'un chat qui rôdait dans une confiserie avec des épluchures de cacahuètes collées dans son pelage. En attendant, le commandant prépara son remontant et se fit frire deux œufs. Quand le plateau de trente-huit minutes fut prêt, Anacleto resta debout, un pied croisé sur l'autre, les mains à la nuque et se balançant doucement.

– Nom de Dieu! Quel sacré numéro, dit le commandant. Tu verrais un peu, si je pouvais te fourrer dans mon bataillon!

Le petit Philippin haussa les épaules. Tous savaient que, selon lui, le Seigneur avait complètement raté l'humanité, à l'exception de représentants tels que lui, Madame Alison, ou les enfants de la balle, les nains, les grands artistes et autres fabuleux personnages. Il considérait le plateau d'un air satisfait. Il l'avait garni d'un napperon de linon jaune sur lequel étaient posés une cruche brune remplie d'eau bouillante, la tasse à bouillon et deux cubes pour potage. Dans le coin de droite il y avait un bouquet d'asters d'automne dans un petit bol à riz en porcelaine bleue. D'un geste calculé, Anacleto arracha trois pétales bleus et les disposa sur le napperon jaune. En réalité, il était ce soir-là moins guilleret qu'il ne souhaitait le paraître. Il avait des regards inquiets et jetait parfois sur le commandant un coup d'œil bref, subtil et accusateur.

– Je vais monter le plateau, dit ce dernier car, bien qu'il n'y eût rien à manger, c'était le genre d'attention qui plairait à sa femme, et peut-être est-ce à lui qu'elle en saurait gré.

Alison était assise dans son lit avec un livre. Ses lunettes de lecture, son nez et ses yeux semblaient lui manger toute la figure, et des ombres bleues maladives lui cernaient la commissure des lèvres. Elle portait une chemise de nuit de linon blanc et une liseuse de velours rose foncé. La pièce était fort silencieuse et un feu brûlait dans l'âtre. Elle était très sobrement meublée et, avec sa moquette grise et ses rideaux cerise, avait un aspect très simple et dépouillé. Pendant qu'Alison buvait son bouillon, le commandant était assis à son chevet, l'esprit vide et cherchant un sujet de conversation. Anacleto retapait discrètement le lit. Il sifflotait un air entraînant, triste et clair.

– Dites, Madame Alison! fit-il soudain. Êtes-vous en état de discuter avec moi d'une certaine question?

Elle posa sa tasse et ôta ses lunettes.

– De quoi s'agit-il?

– Voici!

Anacleto approcha un tabouret du lit, et d'un geste empressé, il retira de sa poche quelques bouts de tissu.

– J'ai commandé ces échantillons pour que nous les examinions.

Rappelez-vous quand à New York, il y a deux ans, nous sommes passés devant la vitrine de Peck and Peck, et que je vous ai montré un petit costume qui vous irait.

Il choisit l'un des échantillons et le tendit à Alison.

– C'est exactement l'étoffe en question.

– Mais je n'ai pas besoin d'un costume, Anacleto.

– Oh si ! il y a plus d'un an que vous ne vous êtes pas acheté de vêtement. Et la robe verte est *bien usée* aux coudes, bonne pour l'Armée du Salut.

Au moment où il avait prononcé son expression en français, Anacleto avait lancé au commandant un regard incroyablement malicieux. Celui-ci se sentait toujours hors de son élément quand il écoutait leur conversation dans l'intimité de cette pièce. Leurs voix et leurs intonations se ressemblaient à tel point qu'on eût dit qu'elles se faisaient discrètement écho. La seule différence était qu'Anacleto parlait à une cadence rapide et haletante, alors qu'Alison s'exprimait d'une manière posée et mesurée.

– Combien coûte-t-il ? demanda-t-elle.

– Cher. Mais on ne peut pas trouver moins cher dans cette qualité. Et songez aux années qu'il vous fera.

Alison reprit son livre.

– Nous verrons, dit-elle.

– Bon sang, dit le commandant, vas-y, achète-le. Il était agacé d'entendre Alison discutailler.

– Et en même temps, nous pourrions commander un mètre de plus pour me faire une veste, dit Anacleto.

– C'est entendu. Si je me décide, répondit Alison.

Anacleto lui versa son médicament et lui adressa une grimace de sympathie pendant qu'elle le buvait. Puis il lui mit une chaufferette électrique derrière le dos et lui brossa les cheveux. Mais juste avant de partir, il s'arrêta devant le grand miroir à la porte du cabinet de toilette. Il se regarda, tendit la pointe du pied et inclina la tête de côté.

Puis il se retourna vers Alison et recommença à siffloter.

– C'est quoi, cet air ? Vous l'avez joué jeudi après-midi avec le lieutenant Weincheck.

– C'est la première mesure de la sonate en *la* majeur de Franck [78].

– Regardez ! dit Anacleto tout excité, cela vient de me donner l'idée d'un ballet. Rideaux de velours noir et lumière de crépuscule d'hiver. Ensemble très lent. Un projecteur sur la danseuse étoile, comme une flamme; très flamboyant, puis la valse que jouait Mr. Serge Rachmaninoff [79]. Retour à Franck au final, mais... – il regarda Alison avec une étrange flamme dans les yeux – cette fois-ci, dans l'ivresse!

Sur quoi, il se mit à danser. On l'avait emmené aux Ballets russes [80] l'année précédente et il en était resté profondément impressionné. Pas un détail, pas un mouvement ne lui avaient échappé. Sur la moquette grise il exécuta une pantomime alanguie, de plus en plus lentement, puis il se figea les pieds croisés et les mains jointes, dans une pose méditative. Sans prévenir, il esquissa un petit pas de côté et se mit à tourbillonner à un rythme échevelé. On voyait sur sa figure tout illuminée qu'il se croyait sur une scène immense où il était l'étoile d'un spectacle éblouissant. Alison s'amusait visiblement. Le commandant les regardait alternativement avec une expression incrédule et méprisante. Le ballet s'acheva sur un pastiche délirant de ce qui avait précédé. Anacleto conclut sur une petite pose bizarre, le coude dans la main et le poing au menton, avec un air étonné et sceptique.

Alison éclata de rire.

– Bravo, Anacleto, bravo!

Ils riaient tous les deux et le petit Philippin s'appuya contre la porte, heureux et un peu étourdi. Une fois qu'il eut repris son souffle il s'écria comme s'il venait de faire une découverte :

– Avez-vous remarqué comme « Bravo » rime bien avec « Anacleto »?

Alison reprit son sérieux et hocha la tête d'un air songeur.

– Oui, Anacleto, je l'ai très souvent remarqué.

Sur le seuil, le petit Philippin marqua un temps d'hésitation. Il vérifia autour de lui que rien ne manquait avant de poser sur Alison un regard tout à coup subtil et triste.

– Appelez, si vous avez besoin de moi, dit-il brièvement.

On l'entendit commencer à descendre l'escalier lentement, puis plus rapidement. Aux dernières marches il essaya probablement d'exécuter quelque chose de vraiment trop ambitieux, car on entendit tout à coup un bruit sourd. Le capitaine alla sur le palier et vit du haut de l'escalier Anacleto qui se relevait avec courage et dignité.

– Il s'est fait mal? demanda Alison d'une voix étranglée.

Anacleto leva vers le commandant des yeux pleins de larmes de rage, et cria :

– Tout va bien, Madame Alison.

Le commandant se pencha et murmura doucement, lentement, pour qu'Anacleto puisse lire ses paroles sur ses lèvres :

– J'aurais – voulu – que – tu – te – casses – le – cou.

Anacleto sourit, haussa les épaules et gagna la salle à manger en clopinant. Quand le commandant revint auprès de sa femme, elle était en train de lire. Elle ne leva pas les yeux sur lui, il traversa le vestibule et regagna sa chambre en faisant claquer la porte. La pièce était petite, plutôt en désordre, et n'avait pour tout ornement que les coupes remportées à des concours hippiques. Sur la table de chevet il y avait un livre ouvert, littéraire et d'accès difficile. Une allumette marquait la page. Le commandant feuilleta une bonne quarantaine de pages, ce qui représentait une copieuse lecture pour la soirée, puis il glissa l'allumette à l'endroit où il s'était arrêté. Sous une pile de chemises, il tira du tiroir de son bureau un magazine à sensation intitulé *Science fiction* et, après s'être installé confortablement dans son lit, il entama le récit d'une furieuse guerre interplanétaire.

De l'autre côté du vestibule, sa femme s'était étendue après avoir posé son livre. Son visage était contracté de douleur et ses brillants yeux noirs ne cessaient d'errer autour de la chambre. Elle s'efforçait d'établir des projets. Elle allait divorcer, cela était certain. Mais comment s'y prendre? Et surtout, de quoi vivraient-ils, elle et Anacleto? Elle avait toujours méprisé les femmes sans enfants qui acceptaient une pension alimentaire, et son ultime reste de dignité consistait pour elle à se dire qu'elle refuserait absolument de dépendre de son mari financièrement après l'avoir quitté. Mais que feraient-ils, elle et Anacleto?

L'année d'avant son mariage, Alison avait enseigné le latin dans une école de filles, mais dans son état de santé, il n'en était pas question à présent. Travailler quelque part dans une librairie? Il faudrait que ce soit quelque chose dont Anacleto puisse s'occuper quand elle tombait malade. Une barque pour pêcher des crevettes? Il lui était arrivé de bavarder avec des pêcheurs, sur la côte. C'était à la plage, par une journée bleu et or, et ils lui avaient dit des tas de choses. Elle et Anacleto resteraient toute la journée en mer, après avoir tendu leurs filets, et il n'y aurait que l'air salin, l'océan et le soleil... Alison tournait et retournait la tête sur l'oreiller. Vaines pensées que tout cela!

Quel choc elle avait subi huit mois plus tôt en apprenant que son mari la trompait! Le lieutenant Weincheck, Anacleto et elle étaient partis pour la ville, dans l'intention d'y passer deux jours et deux nuits afin d'assister à un concert et à une représentation théâtrale. Mais, le second jour, Alison avait eu de la fièvre et on avait décidé de rentrer. En fin d'après-midi, Anacleto l'avait déposée devant la maison avant de remiser la voiture au garage. Elle s'était arrêtée dans l'allée pour examiner des bulbes de fleurs. Il faisait presque nuit et la chambre de son mari était éclairée. La porte d'entrée était fermée à clé, et depuis le seuil elle avait aperçu le manteau de Leonora sur le coffre du hall. Elle trouva curieux que la porte d'entrée fut fermée à clé si les Penderton étaient là. Elle se dit que peut-être ils étaient en train de préparer des boissons à la cuisine pendant que Morris prenait son bain. Elle fit le tour de la maison pour entrer par la porte de derrière. Elle n'en eut pas le temps. Anacleto s'était précipité au bas de l'escalier, avec une petite mine épouvantée. Il avait bredouillé qu'il leur fallait retourner à la ville, car ils avaient oublié quelque chose. Quand, plutôt abasourdie, elle s'était dirigée vers l'escalier, il l'avait prise par le bras et lui avait dit d'une voix effrayée, sans timbre : « N'entrez pas maintenant, Madame Alison. »

Quel choc cela avait été! Ils avaient repris la voiture et ils étaient repartis. Être ainsi insultée dans sa propre maison était une chose qu'elle ne parvenait pas à accepter. Et, pour couronner le tout, quand ils ralentirent devant le poste de garde, il y avait une nouvelle sentinelle qui, ne les connaissant pas, les avait obligés à s'arrêter. Le soldat avait passé la tête dans le petit coupé, comme si on y avait caché une mitrailleuse, et restait là, à regarder Anacleto, qui portait une veste fantaisie orange foncé, et était prêt à fondre en larmes. Il lui avait demandé son nom sur le ton de quelqu'un à qui on ne la fait pas.

Jamais elle n'oublierait la figure de ce soldat. Sur le moment, elle fut incapable de prononcer le nom de son mari. Le jeune soldat attendait, écarquillait les yeux et ne disait pas un mot. Plus tard, elle avait revu ce soldat à l'écurie, en allant chercher Morris en voiture. Son visage avait l'étrange expression absente d'un primitif de Gauguin. Ils s'étaient dévisagés pendant une bonne minute, jusqu'à l'arrivée d'un officier.

Anacleto et elle avaient roulé trois heures dans le froid, sans se parler. Les projets qu'elle avait échafaudés au cours de la nuit, alors qu'elle était malade et agitée, lui semblèrent stupides dès que le soleil se leva. Le soir elle s'était enfuie de chez les Penderton et elle avait commis cet acte effrayant. Elle avait vu les cisailles de jardin accrochées au mur et, folle de rage et de désespoir, elle avait tenté de se poignarder pour mettre fin à ses jours. Mais les cisailles étaient trop émoussées. Elle avait dû perdre complètement la tête pendant quelques instants, car elle était incapable de se rappeler exactement ce qui s'était passé. Alison frémit et s'enfouit la tête dans les mains. Elle entendit son mari sortir de sa chambre pour déposer ses bottes dans le vestibule. Elle éteignit vite la lumière.

Le commandant avait fini de lire son magazine et l'avait de nouveau caché dans le tiroir. Il prit un dernier verre et resta confortablement allongé dans l'obscurité, les yeux ouverts. Que lui rappelait sa première rencontre avec Leonora? C'était l'année qui avait suivi la mort du bébé; pendant au moins douze mois, ou bien Alison était à l'hôpital, ou bien elle rôdait dans la maison comme un fantôme. Il avait rencontré Leonora à l'écurie dans la semaine qui avait suivi son affectation à la garnison, et elle s'était proposée pour lui montrer les environs. Ils quittèrent l'allée cavalière et s'offrirent un bon galop. Puis après s'être arrêtés pour se reposer et attacher les chevaux, Leonora avisa des buissons de mûres et eut l'idée de cueillir de quoi faire une tourte pour le dîner. Et voilà que – nom d'un chien! –, ils s'affairaient à remplir de mûres le képi du commandant quand cela était arrivé : à neuf heures du matin, et deux heures après avoir fait connaissance! Même maintenant il n'arrivait pas à y croire. Qu'avait-il ressenti sur le moment? Oui, c'était comme au cours d'une manœuvre où l'on a passé une nuit de froid et de pluie à grelotter sous une tente qui prend l'eau; et se lever à l'aube pour voir qu'il ne pleut plus et qu'il fait de nouveau soleil. Puis regarder ses beaux soldats faire chauffer le café sur leurs feux de camp, et voir le jaillissement des étincelles sur la blancheur du ciel. Une merveilleuse sensation, sans pareille au monde!

Le commandant eut un petit rire coupable, fourra la tête sous le drap et se mit tout de suite à ronfler.

À minuit et demi, tout seul dans son bureau, le capitaine Penderton s'escrimait sur une monographie qui n'avait pas beaucoup avancé ce soir-là. Il avait bu pas mal de vin et de thé, et fumé des douzaines de cigarettes. Il venait d'abandonner sa rédaction et il arpentait fébrilement la pièce. Il y a des instants où un homme n'a pas de plus grand besoin que de pouvoir aimer une personne et de canaliser sur elle ses émotions diffuses. Il y a aussi des instants où les agacements, les déceptions, les craintes devant l'existence, tels de mobiles spermatozoïdes, doivent trouver leur issue dans la haine. Le pauvre capitaine n'avait personne à haïr, et depuis des mois il était malheureux.

Alison Langdon, ce Job en jupon au grand nez, elle et son répugnant Philippin, ces deux-là il en avait horreur. Mais il ne pouvait pas haïr Alison, elle ne lui en offrait pas de prétexte. Il enrageait d'être son obligé. Elle seule était au courant du triste penchant dont il était affligé : le capitaine Penderton était kleptomane. Il devait toujours lutter contre son impulsion à prendre des objets qu'il voyait chez les autres. Mais c'est seulement à deux reprises qu'il avait été incapable de résister. À l'âge de sept ans, il s'était épris du costaud de la classe qui l'avait une fois rossé, et il avait volé sur la coiffeuse de sa tante une coupe ancienne pour la donner à ce garçon en témoignage d'affection. Vingt-sept ans plus tard, dans cette garnison, le capitaine avait de nouveau succombé à la tentation.

À un dîner offert par un couple de jeunes mariés, une pièce d'argenterie lui avait tellement plu qu'il l'avait glissée dans sa poche. C'était une ravissante petite cuiller, d'une forme originale, très ancienne et joliment ciselée. Le capitaine en avait éprouvé un cruel ravissement (sa propre argenterie était des plus banales) et il n'avait pas pu résister. Quand, après s'être livré à d'adroites manœuvres, il eut enfin son butin en poche, il réalisa qu'Alison, assise à ses côtés, s'était aperçue du larcin. Elle le regarda droit dans les yeux, d'un air sidéré. Même maintenant il ne pouvait y penser sans frissonner. Après l'avoir longuement dévisagé, d'une manière insupportable, Alison avait – oui –, avait éclaté de rire. Elle riait si fort qu'elle faillit s'étouffer et quelqu'un lui donna des tapes dans le dos. Elle finit par se lever de table en s'excusant. Et tout au long de cette atroce soirée, il ne pouvait pas la regarder sans qu'elle lui adressât un sourire moqueur. Depuis lors, elle le surveillait étroitement quand il venait dîner chez elle. La cuiller était maintenant bien en sûreté dans son cabinet de toilette, soigneusement enveloppée d'un mouchoir de soie, cachée dans une boîte qui avait contenu des bandages.

Mais, malgré cette circonstance, il ne pouvait pas haïr Alison, pas plus qu'il ne pouvait haïr sa femme. Leonora le rendait parfois fou de jalousie mais, même au plus fort de ses accès, la haine qu'il éprouvait envers elle n'était pas plus violente qu'il n'en eût éprouvé pour un chat, un cheval ou un jeune tigre. Il tournait en rond dans son bureau et se borna à donner un petit coup de pied d'énervement contre la porte fermée. Si cette Alison se décidait finalement à divorcer, qu'adviendrait-il? Il ne pouvait se résoudre à envisager une telle éventualité, tant il redoutait la perspective de rester seul.

Le capitaine eut l'impression d'avoir entendu un bruit, et il s'immobilisa. La maison était silencieuse. Nous avons déjà dit que le capitaine était un poltron. Tout seul, il lui arrivait parfois sans raison d'être saisi d'un accès de panique. Et, seul dans cette pièce silencieuse, il lui semblait en cet instant que sa nervosité et sa détresse procédaient non de forces émanant de lui-même ou des autres, et sur lesquelles le capitaine pouvait agir jusqu'à un certain point, mais d'une menace extérieure, dont il n'avait qu'un vague pressentiment. Il jeta un regard craintif autour de lui, rangea son bureau et ouvrit la porte.

Leonora s'était endormie devant le feu, sur la carpette du salon. Le capitaine la regarda et rit tout bas. Elle était étendue sur le côté, et il lui donna un petit coup de pied sec dans les fesses. Elle marmonna quelque chose à propos d'une dinde farcie, mais sans s'éveiller. Le capitaine se baissa, la secoua, lui parla tout près du visage et finit par la remettre debout. Mais comme une enfant qu'il faut réveiller dans son premier sommeil pour aller aux toilettes, Leonora avait la faculté de rester endormie, même debout. Pendant que le capitaine s'évertuait à lui faire monter l'escalier, elle fermait les yeux et continuait de marmonner à propos de la dinde.

– Va te faire fiche si je te déshabille! dit le capitaine.

Mais Leonora restait assise sur le lit comme il l'avait laissée et, après l'avoir observée pendant plusieurs minutes, il rit de nouveau et la déshabilla. Il ne lui mit pas de chemise de nuit, car les tiroirs de la commode étaient dans une telle pagaille qu'il ne put en trouver une. D'ailleurs Leonora aimait toujours dormir « à poil », comme elle disait. Quand elle fut couchée, le capitaine alla regarder une photo accrochée au mur, et qui l'amusait toujours depuis des années. C'était la photo d'une jeune fille d'environ dix-sept ans, au bas de laquelle on pouvait lire cette inscription touchante : « À Leonora, et un tas de baisers de Bootsie ». Il y avait plus de dix ans que ce chef-d'œuvre servait à décorer les chambres à coucher de Leonora, et il avait fait la moitié du tour du monde. Mais quand son mari lui avait demandé ce qu'était devenue Bootsie, son ancienne compagne de chambre en pension, Leonora avait répondu vaguement qu'elle croyait avoir entendu dire que Bootsie s'était noyée quelques années auparavant. Ayant un peu insisté, il constata que Leonora ne se rappelait même pas le vrai nom de Bootsie. Mais, par simple habitude, il y avait onze ans qu'elle accrochait la photo au mur. Le capitaine regarda sa femme endormie. Elle avait toujours chaud et elle avait déjà repoussé la couverture en dessous de ses seins nus. Elle souriait dans son sommeil et le capitaine se dit qu'elle devait maintenant manger cette dinde préparée en rêve.

Le capitaine prenait un somnifère, et il en utilisait depuis si longtemps qu'une seule capsule était inefficace. Il considérait que son dur travail à l'École d'infanterie ne lui permettait pas d'avoir des insomnies et, le matin venu, de se lever fatigué. Sans une dose suffisante, il n'avait qu'un sommeil léger et agité de rêves. Il décida ce soir-là de prendre une triple dose, sachant qu'il sombrerait aussitôt dans un sommeil massif pendant six ou sept heures. Il avala ses capsules et s'abandonna dans l'obscurité à une attente agréable. Cette quantité de drogue lui procurait une volupté incomparable : c'était comme si un immense oiseau noir s'abattait sur sa poitrine, plongeait ses farouches yeux dorés et l'enlaçait furtivement de ses ailes ténébreuses.

Le soldat Williams resta à l'extérieur de la maison presque deux heures après l'extinction des lumières. Les étoiles brillaient moins fort et le noir de la nuit avait viré au violet foncé. Mais Orion brillait et la Grande Ourse avait un merveilleux éclat. Le soldat fit le tour de la maison et tenta de forcer le rideau métallique contre la porte de derrière. Comme il s'en doutait, le rideau se trouvait fixé de l'intérieur, mais il y avait un faible entrebâillement à travers lequel, y ayant glissé la lame de son couteau, le soldat réussit à soulever le loquet. La porte elle-même n'était pas fermée à clé.

Une fois entré, le soldat attendit un moment. Tout était sombre et silencieux. Il regarda autour de lui de ses grands yeux vagues, jusqu'à ce qu'il fût accoutumé à l'obscurité. Le plan de la maison lui était déjà familier. La longueur du hall d'entrée et l'escalier divisaient la maison en deux parties, d'un côté le vaste salon et, plus loin, la chambre de la domestique. De l'autre, la salle à manger, le bureau du capitaine et la cuisine. À l'étage, sur la droite, une grande chambre à coucher et un cagibi. À gauche, deux chambres de dimensions moyennes. Le capitaine dormait dans la grande chambre et sa femme de l'autre côté du vestibule. Le soldat gravit silencieusement l'escalier, qui était recouvert d'un tapis. Il avançait prudemment, avec calme. La porte de la Dame était ouverte, et le soldat s'y rendit sans hésitation. Il s'y glissa, souple, silencieux, félin.

Un clair de lune vert et ombreux emplissait la chambre. La femme du capitaine dormait dans la position où son mari l'avait laissée. Sa chevelure souple était éparse sur l'oreiller et sa poitrine à demi nue se soulevait doucement au rythme de sa respiration. Un dessus-de-lit de soie jaune était étendu sur la couverture et un flacon de parfum débouché emplissait l'air de son arôme capiteux. Sur la pointe des pieds, le soldat avança doucement jusqu'au chevet du lit et se pencha au-dessus de la femme. La lune éclairait légèrement leurs visages, et Williams était si près qu'il pouvait sentir le souffle tiède et régulier. Il y eut d'abord dans le regard grave du soldat une expression de vive curiosité, mais, peu à peu, la félicité se peignit sur ses traits lourds. Le jeune soldat se sentait envahi par une douceur étrange et vive, que, de sa vie, jamais il n'avait éprouvée.

Il resta ainsi un long moment, penché sur la femme du capitaine. Puis il posa la main sur le rebord de la fenêtre pour se maintenir en équilibre, et s'accroupit doucement près du lit. Fermement appuyé sur la plante des pieds, le dos bien droit, il gardait ses mains fortes et délicates posées sur ses genoux. Ses yeux ronds étaient des boutons d'ambre, et ses épaisses mèches de cheveux lui balayaient le front.

Auparavant, en de rares occasions, Williams avait eu cette expression de bonheur soudain, mais personne à la garnison n'en avait jamais été témoin. S'il avait été surpris en un pareil moment, il eût été traduit en conseil de guerre. À dire vrai, au cours de ses longues randonnées dans la forêt, il lui arrivait de ne pas être seul. Lorsqu'il avait le droit de s'absenter l'après-midi, il emmenait un certain cheval. Il le montait jusqu'à un endroit isolé, à environ cinq miles, loin des sentiers et peu accessible. Là, au milieu du bois, s'ouvrait une clairière bien plate tapissée d'un herbage aux teintes bronze rougeâtre. En ce lieu solitaire le soldat dessellait le cheval et se mettait à l'aise. Il se déshabillait et s'étendait sur une dalle bien plate au milieu de la clairière. Car, s'il était une chose au monde dont le soldat ne pouvait se passer, c'était le soleil. Même par le froid le plus rigoureux, il restait là, nu, immobile, laissant sa chair s'imprégner de soleil. Il lui arrivait de se mettre debout sur le rocher et, tout nu, de monter le cheval à cru. C'était un canasson auquel personne d'autre n'avait su faire prendre que deux allures : un trot maladroit et un galop de cheval à bascule. Mais, avec Williams, la bête se métamorphosait; il prenait le petit trot ou un pas délié, avec une élégance roide et fière. Le corps du soldat avait une matité dorée, et il se tenait très droit. Sans ses vêtements, sa sveltesse faisait ressortir les courbes pures de son torse. Tandis qu'il trottait dans le soleil, ses lèvres se plissaient en un sourire sauvage et sensuel, qui eût bien déconcerté ses camarades de caserne. Après de telles équipées il revenait fatigué à l'écurie et ne parlait à personne.

Le soldat Williams demeura accroupi au chevet de la Dame presque jusqu'à l'aube. Absolument immobile et silencieux, il ne quittait pas des yeux le corps de la femme. Quand l'aube pointa, il se redressa en prenant appui sur le rebord de la fenêtre. Il redescendit et referma soigneusement la porte derrière lui. Le ciel était déjà bleu pâle et Vénus s'estompait.

3.

Alison Langdon avait passé une nuit épouvantable. Elle ne s'endormit qu'au lever du soleil et alors que le clairon sonnait le réveil. Au cours de ces longues heures, maintes pensées sinistres l'avaient agitée. À l'aube, elle avait un instant cru apercevoir – elle en était presque sûre – quelqu'un sortir de chez les Penderton et entrer dans le bois. À peine s'était-elle enfin endormie qu'un énorme vacarme la réveilla. En toute hâte elle enfila son peignoir de bain et descendit, pour assister à un spectacle choquant et grotesque. Une botte à la main, son mari pourchassait Anacleto autour de la table de la salle à manger. Il était en chaussettes, mais revêtu de son uniforme complet, en vue de l'inspection réglementaire du samedi matin. En courant, il faisait claquer son sabre contre sa cuisse. À la vue d'Alison, tous deux s'arrêtèrent. Anacleto se réfugia précipitamment derrière son dos.

– Il l'a fait exprès ! s'écria rageusement le commandant. Je suis déjà en retard. Six cents hommes m'attendent. et regarde un peu ce qu'il m'apporte !

Les bottes étaient vraiment dans un triste état. On aurait dit qu'on les avait enduites de farine mouillée. Alison réprimanda Anacleto et resta penchée au-dessus de lui pendant qu'il nettoyait les bottes. Il pleurait lamentablement, mais elle eut la force de ne pas le consoler. Quand il eut fini, Anacleto murmura qu'il s'en irait pour ouvrir une boutique de blanc à Québec. Alison apporta les bottes cirées à son mari et les lui remit sans mot dire, mais avec un regard qui en disait long. Comme son cœur la faisait souffrir, elle se remit au lit avec un livre.

Anacleto lui monta son café, puis ils se rendirent en voiture au marché de la garnison, acheter des provisions pour le dimanche. Plus tard dans la matinée, comme Alison avait terminé son livre et contemplait par la fenêtre cette journée d'automne ensoleillée, il vint la rejoindre. Il était radieux et avait complètement oublié la réprimande au sujet des bottes. Il fit partir un beau feu de bûches et ouvrit discrètement le premier tiroir de la commode, histoire d'y farfouiller un peu. Il prit un petit briquet de cristal qu'Alison avait fait exécuter à partir d'un ancien flacon de vinaigre. Anacleto s'était tellement entiché de cet objet qu'Alison lui en avait fait cadeau plusieurs années auparavant. Mas il le conservait dans ce tiroir, ce qui lui donnait une bonne excuse pour farfouiller quand l'envie l'en prenait. Il demanda à Alison la permission de prendre ses lunettes, et il s'attarda longuement à examiner l'écharpe de linon posée sur la commode. Ensuite, Anacleto saisit entre le pouce et l'index un objet invisible, qu'il alla porter avec beaucoup de précautions jusqu'à la corbeille à papiers. Il se parlait à lui-même, mais Alison ne prêtait pas attention à ce qu'il marmonnait.

Que deviendrait Anacleto quand elle mourrait ? Cette question obsédait Alison. Certes, Morris avait promis de ne jamais l'abandonner – mais que vaudrait cette promesse le jour où, comme il ne manquerait pas de le faire, il se remarierait ? Elle se souvint de l'époque où, aux Philippines, Anacleto était entré à son service. Quel triste et bizarre petit bonhomme c'était! Les autres boys de la maison le brimaient tant qu'il la suivait toute la journée comme un toutou. Un regard suffisait pour qu'il se mette à pleurer et à se tordre les mains. Il avait dix-sept ans, mais sa figure maladive, intelligente et craintive lui donnait l'air innocent d'un garçon de dix ans. Quand ils firent leurs préparatifs de retour pour les États-Unis, il avait supplié sa maîtresse de l'emmener, et elle l'avait fait. À eux deux, Anacleto et elle pourraient peut-être trouver un moyen de s'en sortir, mais lui, que ferait-il quand elle ne serait plus là?

– Anacleto, lui demanda-t-elle brusquement, est-ce que tu es heureux?

Le petit Philippin n'était pas de ceux que dérange une question personnelle et inattendue.

– Naturellement, répondit-il sans hésiter, pourvu que vous alliez bien.

Le soleil et la flamme du foyer illuminaient la chambre, dessinant sur l'un des murs une mouvante ombre chinoise qu'Alison suivait des yeux en écoutant distraitement les petits propos d'Anacleto.

– Ce que j'éprouve tant de difficulté à réaliser, disait-il, c'est qu'ils soient au courant.

Il lui arrivait souvent de commencer une conversation par ce genre de réflexion vague et obscure.

– Il m'a fallu être à votre service depuis longtemps avant de me convaincre que vous étiez au courant. Maintenant je puis le croire de tout le monde, excepté de Mr. Serge Rachmaninoff.

Alison se tourna vers lui.

– De quoi me parles-tu?

– Madame Alison, croyez-vous vraiment que Mr. Serge Rachmaninoff sait qu'une chaise est un objet fait pour s'asseoir, et qu'une pendule marque l'heure? Et si j'ôtais mon soulier, le lui mettais sous le nez et lui demandais : « Monsieur Serge Rachmaninoff, qu'est-ce que c'est? », croyez-vous qu'il répondrait comme tout le monde : « Mais, voyons, Anacleto, c'est un soulier »? Cela m'étonnerait beaucoup.

Le récital Rachmaninoff était le dernier concert qu'ils avaient écouté, aussi était-ce celui qu'Anacleto trouvait le meilleur. Pour sa part, Alison n'aimait pas les salles de concert bondées et elle eût préféré dépenser son argent à acheter des disques – mais, à l'occasion, il était bon de s'éloigner de la garnison, et ces sorties étaient la joie d'Anacleto. D'abord, on passait la nuit à l'hôtel, et il en était ravi.

– Est-ce que vous seriez plus à l'aise si je battais un peu vos oreillers? lui demandait Anacleto.

Et puis ce dîner, au soir du dernier concert! Anacleto la suivit dans la salle à manger de l'hôtel, se pavanant dans sa veste de velours orange. Quand vint son tour de passer sa commande, il leva le menu devant son visage et ferma complètement les yeux. À la stupéfaction du serveur noir, il passa sa commande en français. Et, bien qu'elle fût sur le point d'éclater de rire, Alison se retint et traduisit avec toute la gravité dont elle était capable, comme si elle lui servait de duègne ou de dame de compagnie. Étant donné les limites de son français, Anacleto eut un dîner plutôt singulier. Il en avait été inspiré par le chapitre de son manuel, intitulé *Le Jardin potager*, et son choix consistait en choux, en haricots verts et en carottes. Quand Alison prit l'initiative d'y ajouter une portion de poulet, Anacleto souleva les paupières, le temps de lui décocher un petit regard de profonde gratitude. Les garçons en veste blanche se pressèrent comme des mouches autour de ce phénomène, et Anacleto en était si flatté qu'il n'avala pas une bouchée.

– Et, dit Alison, si nous écoutions un peu de musique? Le quatuor en *sol* mineur de Brahms, par exemple.

– *Fameux*, dit Anacleto.

Il plaça le premier disque et s'installa sur le tabouret au coin du feu pour écouter. Mais le premier mouvement, cet admirable dialogue entre le piano et les cordes, n'était pas achevé que l'on frappa à la porte. Anacleto parla avec quelqu'un dans le vestibule, referma la porte et arrêta le phono. Il haussa les sourcils.

– Mrs Penderton, murmura-t-il.

Leonora entra.

– Je savais que je pourrais frapper à la porte d'en bas jusqu'à perpète et qu'on ne m'entendrait jamais, avec cette musique.

Elle s'assit au pied du lit si brutalement qu'on put croire qu'elle avait cassé un ressort. Se rappelant alors qu'Alison était souffrante, Leonora s'efforça à son tour de prendre un air souffreteux, conformément à l'idée qu'elle se faisait de l'attitude qu'on doit avoir auprès d'une malade.

– Tu pourras tenir le coup, ce soir?

– Tenir le coup?

– Mais, enfin, Alison! Ma réception! Cela fait trois jours que je me donne un mal de chien à tout préparer. Je ne donne ce genre de réceptions que deux fois par an.

– Bien sûr; cela m'était sorti de l'esprit.

Le frais visage rose de Leonora s'empourpra soudain de plaisir.

– Écoute! reprit-elle. Tu devrais venir voir ma cuisine. Voilà ce que je vais faire. Je mets toutes les rallonges à la table de la salle à manger et chacun ira se servir. Je vais servir deux jambons de Virginie, une énorme dinde, du poulet frit, des tranches de rôti de porc froid, des travers de porc grillés et toutes sortes de bricoles, des oignons au vinaigre, des olives et des radis. Et puis des petits pains chauds et des petits biscuits salés qu'on fera circuler. Je mettrai le bol de punch dans un coin, et pour ceux qui préfèrent l'alcool pur, sur la desserte, huit bouteilles de bourbon du Kentucky, cinq de whisky de seigle et cinq de malt. Un professionnel de la ville doit venir jouer de l'accordéon.

– Ciel! Mais qui va consommer tout cela? demanda Alison, un peu écœurée.

– Toute l'équipe! s'écria Leonora avec enthousiasme. J'ai téléphoné à tous les autres, de la femme de « Vieux Doudou » aux petits lieutenants.

Leonora avait surnommé le général commandant la garnison « Vieux Doudou », et c'est ainsi qu'elle s'adressait à lui. Elle traitait tous les hommes, y compris le général, sur un ton affectueusement désinvolte, et elle les menait pratiquement par le bout du nez. La femme du général était très grosse, lente, artificiellement complimenteuse et complètement dépassée.

– Il y a une chose pour laquelle je suis venue ce matin, poursuivit Leonora, j'aimerais savoir si Anacleto pourra m'aider à servir le punch.

Alison répondit pour lui :

– Il sera content de t'aider.

Debout sur le seuil, Anacleto n'avait pas l'air aussi content que cela. Il regardait Alison d'un air réprobateur et descendit s'occuper du déjeuner.

– Les deux frères de Susie aident à la cuisine et, ma parole, c'est incroyable ce qu'ils peuvent dévorer! Je n'ai jamais rien vu de pareil. Nous...

– À propos, interrompit Alison, est-ce que Susie est mariée?
– Grands dieux, non! Elle ne veut pas entendre parler des hommes. Elle s'est laissé prendre quand elle avait quatorze ans, et elle ne l'a jamais oublié. Pourquoi me demandes-tu cela?
– Je me le demandais seulement parce que je suis presque sûre d'avoir vu tard cette nuit quelqu'un entrer chez toi par la porte de derrière, et en ressortir avant l'aube.

Leonora tenait Alison pour une détraquée, et elle ne prenait au sérieux aucune de ses remarques, même les plus anodines.

– Tu l'auras sans doute rêvé, répondit-elle d'un ton apaisant.
– C'est possible.

Leonora trouvait le temps long et il lui tardait de rentrer chez elle. Mais, comme elle pensait qu'une visite de bon voisinage devait durer au moins une heure, elle s'y tint scrupuleusement. Elle soupirait et s'efforçait d'avoir l'air malade. Quand elle ne se laissait pas entraîner à parler de nourriture ou de sport, elle pensait que dans une chambre de malade, il est convenable de parler de maladies. À l'instar de tous les imbéciles, elle avait un faible pour les détails macabres qu'elle pouvait recueillir ou répandre autour d'elle. Son répertoire tragique se limitait la plupart du temps aux violents accidents sportifs.

– Je t'ai raconté, au sujet de cette gamine de treize ans qui nous a accompagnés comme piqueur à la chasse au renard, et qui s'est cassé la figure?
– Oui, Leonora, répondit Alison en s'efforçant de maîtriser son exaspération, tu m'as donné tous les horribles détails à cinq reprises.
– Cela t'énerve?
– Oui, énormément.
– Humm..., fit Leonora.

Cette rebuffade ne la déconcerta nullement. Calmement, elle alluma une cigarette.

– Que personne n'aille te raconter que c'est la manière de chasser le renard. Je sais. J'ai pratiqué les deux méthodes. Écoute-moi, Alison!

Elle arrondit exagérément la bouche et, du ton emprunté qu'elle eût utilisé pour encourager une toute petite fille, elle demanda :

– Sais-tu comment on chasse l'opossum?

Alison hocha la tête et défripa le dessus du lit.

– On les force à grimper à un arbre, répondit-elle.

– À pied : c'est comme cela qu'il faut chasser le renard. J'ai un oncle qui a un pavillon de chasse en montagne, et mes frères et moi allions souvent l'y rejoindre. On partait tous les six avec nos chiens après le coucher du soleil, quand il faisait froid. Un boy noir nous suivait, avec sur le dos une outre pleine de bon sirop de maïs. Il nous arrivait de courir un renard toute la nuit dans la montagne. Tu ne peux pas savoir ce que c'était! C'était...

Leonora sentait bien ce qu'elle voulait dire, mais les mots ne lui venaient pas.

– Et boire un dernier coup à six heures avant le petit-déjeuner. Ils disaient tous que mon oncle était un peu bizarre, mais, bon sang, pour ce qui est de se mettre à table, il était un peu là. Après une chasse, on trouvait la table chargée de laitance de poisson, de jambon grillé, de poulet frit, de biscuits larges comme la main...

Quand Leonora fut enfin partie, Alison ne savait pas si elle devait rire ou pleurer; elle fit un peu des deux, nerveusement. Anacleto vint la rejoindre et il effaça soigneusement le creux au bout du lit, à l'endroit où Leonora s'était assise.

– Anacleto, déclara Alison après avoir brusquement cessé de rire, je vais divorcer. J'en parlerai ce soir au commandant.

À voir l'expression d'Anacleto, il lui était impossible de deviner s'il était surpris de cette nouvelle. Il attendit un moment avant de demander :

– Et alors, Madame Alison, où irons-nous après?

Alison se remémora le long catalogue de projets qu'elle avait échafaudés au cours de ses nuits d'insomnie : donner des leçons de latin dans un quelconque collège en ville, pêcher des crevettes, faire faire à Anacleto des journées au-dehors pendant qu'elle-même, dans une pension de famille, ferait de la couture. Mais elle se borna à déclarer :

– Je n'ai pas encore décidé.

– Je me demande comment les Penderton vont prendre cela, dit Anacleto d'un ton rêveur.

– Inutile de te poser la question, car cela ne nous regarde pas.

Le petit visage d'Anacleto était sombre et pensif. Il resta debout sur place, la main sur le bois du lit. Alison eut l'impression qu'il avait encore une question à lui poser, elle le regarda et attendit. Une ombre d'espérance le poussa enfin à demander :

– Croyez-vous que nous pourrions habiter dans un hôtel?

Dans l'après-midi, le capitaine Penderton se rendit à l'écurie pour sa promenade habituelle. Le soldat Williams était encore là, bien que son service dût se terminer à quatre heures. Le capitaine adressa la parole au jeune soldat sans le regarder, sur un ton aigu et arrogant.

– Sellez Firebird, le cheval de Mrs. Penderton.

Williams resta immobile, les yeux fixés sur le visage pâle et tendu du capitaine.

– Vous dites, mon capitaine?

– Firebird, le cheval de Mrs. Penderton.

C'était un ordre inaccoutumé. Le capitaine Penderton n'avait monté Firebird que trois fois, et chaque fois sa femme était avec lui. Le capitaine n'avait pas de cheval à lui, et il montait les chevaux qui appartenaient à l'écurie. En attendant dehors dans la cour, il faisait claquer nerveusement le bout de ses gants. Quand on lui amena Firebird, il était mécontent : le soldat Williams avait mis la selle de Mrs. Penderton, une selle plate, d'un modèle anglais, alors que le capitaine préférait une selle d'ordonnance du modèle McClellan. Pendant qu'on effectuait le changement, le capitaine examina les yeux rouges tout ronds de l'animal, et il y vit le reflet mouillé de son propre visage apeuré. Williams lui tint la bride tandis qu'il montait. Le capitaine se tenait raide, mâchoires serrées, les genoux convulsivement collés à la selle. Le soldat restait impassible, la main sur la bride.

Au bout d'un moment le capitaine dit :

– Eh bien, soldat, vous voyez bien que je suis en selle. Lâchez la bride!

Williams s'écarta de quelques pas. Le capitaine serra les rênes et durcit les cuisses. Rien ne se passa. Le cheval ne plongea pas, il ne tira pas sur le mors, ainsi qu'il faisait chaque matin avec Mrs. Penderton, mais attendit tranquillement le signal du départ. Quand le capitaine s'en aperçut, il fut envahi d'une joie malsaine. « Ah, songeait-il, je savais bien qu'elle finirait par le dresser! » Le capitaine enfonça les talons, donna au cheval un petit coup de sa courte cravache tressée, et piqua des deux sur l'allée cavalière.

C'était un bel après-midi ensoleillé. L'air était revigorant, chargé de l'odeur âcre et douce des pins et des feuilles tombées. Pas un nuage en vue dans l'espace bleu du ciel. N'étant pas sorti de la journée, le cheval semblait se laisser un peu emporter par le plaisir de pouvoir galoper librement. Comme la plupart des chevaux, Firebird avait tendance à prendre le mors aux dents si on lui lâchait les rênes dès le départ. Le capitaine le savait; c'est pourquoi son initiative suivante eut quelque chose de fort surprenant. Ils avaient galopé à un bon rythme sur environ trois quarts de mile quand, tout à coup, sans avoir un peu serré les rênes pour avertir, le capitaine donna un brutal coup d'arrêt. Le mouvement fut si rapide et inopiné que Firebird en fut déséquilibré, se piéta gauchement de côté et rua. Puis il s'immobilisa, surpris mais docile. Le capitaine était extrêmement satisfait.

La manœuvre se renouvela à deux reprises. Le capitaine laissait Firebird se lancer, juste le temps d'éveiller en lui la joie de se sentir libre, puis il l'arrêtait brutalement. Ce comportement du capitaine n'était pas sans antécédents. Souvent, au cours de son existence, il s'était infligé de bizarres petites punitions, à propos desquelles il eût été bien en peine de s'expliquer.

À la troisième reprise, le cheval s'arrêta comme précédemment, mais il se produisit alors une chose qui inquiéta le capitaine au point de le priver dans l'instant de toute sa satisfaction. Comme ils étaient ainsi, seuls et immobiles sur l'allée, le cheval tourna lentement la tête et regarda le capitaine bien en face. Puis il baissa la tête jusqu'au sol, les oreilles complètement dressées en arrière.

Le capitaine sentit brusquement qu'il allait être, non seulement vidé de sa selle, mais tué. Il avait toujours eu peur des chevaux; il montait parce que cela se faisait, et parce que c'était encore une façon de se tourmenter lui-même. Il avait fait changer la confortable selle de sa femme pour l'encombrant modèle McClellan, parce que le pommeau relevé lui offrait une prise en cas de nécessité. Il était maintenant rigide, essayant de se tenir en même temps à la selle et aux rênes. Puis, si grande fut sa brusque appréhension que, résigné d'avance, il glissa les pieds hors des étriers, porta les mains à son visage et regarda autour de lui pour voir l'endroit où il allait tomber. Pourtant, ce moment de faiblesse fut de courte durée. Quand il se rendit compte qu'après tout, il n'allait pas être jeté à terre, une immense sensation de triomphe le saisit. Une fois de plus ils partirent au galop.

La piste allait en montant, bordée par la forêt de chaque côté. On approchait du terre-plein d'où l'on pouvait voir le terrain militaire sur plusieurs miles. Au lointain, la forêt de pins traçait une ligne vert sombre sur le brillant ciel d'automne. Frappé par la beauté du spectacle, le capitaine envisageait de s'arrêter quelques instants, et il tira sur les rênes. C'est alors que se produisit un incident tout à fait imprévisible, et qui eût pu lui coûter la vie. Ils étaient parvenus au grand galop jusqu'au sommet de la crête. À cet endroit, sans avertissement et à un train d'enfer, le cheval obliqua vers la gauche et se précipita dans la pente.

Complètement pris au dépourvu, le capitaine se retrouva projeté en avant sur l'encolure du cheval, les pieds hors des étriers. Il parvint quand même à se cramponner. Une main étreignant la crinière et l'autre serrant mollement les rênes, il réussit à se glisser sur la selle. Mais il ne put en faire plus. Ils galopaient à une allure telle, que la tête lui tournait s'il ouvrait les yeux. Il ne pouvait pas retrouver assez d'assiette pour maîtriser les rênes. Il comprit d'ailleurs en un éclair que ce serait inutile; il n'était plus en son pouvoir de freiner ce cheval. Une seule résolution animait ses muscles et ses nerfs – tenir bon. À une vitesse qui était celle de son illustre géniteur, Firebird traversa la clairière qui séparait le tertre et le bois. Le soleil projetait des éclats bronze et rouges sur les herbes. Puis, soudain, le capitaine sentit qu'une pénombre verte les enveloppait, et il comprit qu'ils étaient entrés dans la forêt par un étroit sentier. Même après avoir quitté la clairière, c'est à peine si le cheval sembla ralentir. Le capitaine tout étourdi se maintenait à demi recroquevillé. Au passage, une branche lui ouvrit la joue gauche. Il ne sentait pas la douleur, mais il voyait nettement le sang chaud, écarlate, lui couler sur le bras. Il collait sa joue droite contre le poil court et dur de l'encolure de Firebird. Farouchement cramponné à la crinière, aux rênes et au pommeau de la selle, il n'osait lever la tête, de crainte de se la fracasser contre une branche d'arbre.

Le capitaine avait trois mots au cœur. N'ayant plus même assez de souffle pour les articuler, il les formait sur ses lèvres tremblantes : « Me voilà perdu. »

Or, ayant renoncé à survivre, voici que le capitaine revint soudain à la vie. Il sentit sourdre en lui un immense élan de joie. Cette émotion, aussi inattendue que le plongeon du cheval dans cette folle échappée, le capitaine ne l'avait jamais éprouvée auparavant. Comme dans un délire, ses yeux vitreux étaient à demi clos, mais il voyait soudain plus clairement que jamais. Le monde était un kaléidoscope, et les multiples visions qui se présentaient à lui s'imprimaient dans son esprit avec une brûlante netteté. À terre, à moitié ensevelie sous les feuilles, une fleur minuscule, toute blanche et délicatement ciselée ; une pomme de pin rugueuse, un oiseau dans la brise, sur le bleu du ciel ; une lumineuse traînée de soleil dans l'ombre verte : c'était comme si le capitaine voyait tout cela pour la première fois. Il sentait la vive pureté de l'air et la merveille de son corps tout contracté, les battements de son cœur, et le miracle du sang, des muscles, des nerfs et des os. Il n'éprouvait plus aucune terreur ; il avait accédé à ce niveau de conscience où le mystique éprouve qu'il est la terre et que la terre est lui-même. Accroché comme un crabe au cheval emballé, ses lèvres sanguinolentes avaient un rictus de félicité.

Combien de temps dura cette folle chevauchée, le capitaine ne le sut jamais. À la fin, il se rendit compte que l'on était sorti du bois, et que l'on galopait à ciel ouvert. Du coin de l'œil il crut saisir un homme étendu au soleil sur un rocher, près d'un cheval en train de brouter. Il n'en fut pas surpris et oublia instantanément cette vision. Seul retenait son attention le fait qu'ayant pénétré de nouveau en forêt, le cheval commençait à se fatiguer. Saisi d'un accès de terreur, il se dit : « Quand cela se terminera, je n'en aurai plus pour longtemps. »

Le cheval ralentit pour prendre un trot épuisé, et il finit par s'arrêter. Le capitaine se redressa sur la selle et regarda autour de lui. Un coup de rênes sur les naseaux ne fit avancer le cheval que de quelques pas. Impossible de le mener plus loin. Tout tremblant, le capitaine mit pied à terre. Lentement, méthodiquement, il attacha l'animal à un arbre. Il rompit une longue badine et, rassemblant ce qui lui restait de forces, il se mit à fouetter le cheval furieusement. Soufflant à grand bruit, sa robe sombre ruisselant de sueur, celui-ci fit d'abord quelques écarts autour de l'arbre. Le capitaine continuait à le frapper. Le cheval finit par s'immobiliser et il poussa un soupir d'épuisement. Sous lui, une flaque de sueur tachait les aiguilles de pin, et il baissait la tête. Le capitaine jeta sa badine. Il était tout ensanglanté et une éruption lui enflammait le visage et le cou, causée par le frottement contre le poil dru du cheval. Sa colère n'était pas apaisée, et son épuisement était si grand qu'il tenait à peine debout. Il s'affaissa sur le sol et resta là, gisant dans une curieuse posture, s'entourant la tête de ses bras. Dans cette forêt, le capitaine avait l'air d'une poupée jetée au rancart. On pouvait l'entendre sangloter.

Pendant un bref instant, le capitaine perdit connaissance. Quand il se reprit, il eut une vision du passé. Il revit ses anciennes années comme on contemple une image instable au fond d'un puits. Il se rappela son enfance. Il avait été élevé chez cinq tantes non mariées. Elles étaient dépourvues d'aigreur, sauf quand elles se trouvaient seules ; elles riaient volontiers et ne cessaient d'organiser des pique-niques, des excursions soigneusement mises au point, et des dîners dominicaux auxquels elles conviaient d'autres vieilles demoiselles. Toutefois, elles se servaient de l'enfant pour alléger le poids de leurs croix respectives. Le capitaine n'avait jamais reçu de véritable amour. Ses tantes déversaient sur lui de mièvres cajoleries et, à défaut de témoignages d'un meilleur aloi, il les payait de la même monnaie de singe. En outre, le capitaine était un homme du Sud et ses tantes ne le lui avaient jamais laissé l'oublier. Par sa mère, il descendait des huguenots qui, ayant quitté la France au XVIIe siècle, avaient vécu à Haïti jusqu'au grand soulèvement, puis étaient devenus planteurs en Georgie avant la guerre de Sécession. Derrière lui il y avait une histoire de splendeur barbare, de décadence financière et de morgue héréditaire [81]. Mais la génération dont il faisait partie n'était pas arrivée à grand-chose ; l'unique cousin du capitaine était agent de police à Nashville. Très snob, mais dépourvu de vraie dignité, le capitaine attachait une importance disproportionnée au passé disparu.

Il tapa du pied sur les aiguilles de pin et sanglota sur un timbre aigu, dont le faible écho se répercutait dans le bois. Puis, abruptement, il se tint tranquille et coi. Une étrange impression qui cheminait en lui depuis un certain temps se précisa soudain. Il était sûr que quelqu'un se tenait là, tout près. Il se retourna péniblement sur le dos.

D'abord, le capitaine n'en crut pas ses yeux. À deux mètres, adossé à un chêne, le jeune soldat dont il détestait tellement la figure le regardait. Il était complètement nu. Son corps svelte luisait au soleil du soir. Il contemplait le capitaine avec une expression rêveuse et impersonnelle, comme s'il s'agissait d'un insecte d'une espèce nouvelle pour lui. Le capitaine en fut paralysé de stupéfaction. Il essaya de parler, mais sa gorge n'émit qu'une sorte de râle.

Le soldat tourna son regard vers le cheval. Firebird était toujours inondé de sueur et sa croupe était sillonnée de marques. Le temps d'un après-midi, le pur-sang semblait s'être transformé en canasson bon pour la charrue.

Le capitaine était étendu entre le soldat et le cheval. L'homme nu ne prit pas la peine de contourner le corps de l'officier. S'éloignant de son arbre, il enjamba le corps. Le capitaine aperçut brièvement le pied nu du soldat, un pied mince et délicat, à la haute cambrure marbrée de veines bleues. Le soldat détacha le cheval et lui caressa les naseaux. Puis, sans jeter un seul regard au capitaine, il mena le cheval vers le cœur de la forêt.

Tout s'était passé si vite que le capitaine n'avait eu le temps ni de se relever, ni de prononcer une parole. Sa première réaction fut l'ébahissement. Il revoyait le corps du jeune homme, aux lignes harmonieuses. Il lança un appel inarticulé et ne reçut aucune réponse. La rage le saisit. Il sentit monter en lui envers ce soldat une haine aussi démesurée que la joie qu'il avait éprouvée sur Firebird pendant la folle chevauchée. Cette immense fureur polarisait toutes les humiliations, toutes les convoitises et toutes les peurs de son existence. Le capitaine se mit debout en titubant et avança aveuglément dans le bois gagné par les ténèbres.

Il ignorait où il se trouvait, et à quelle distance de la garnison. Son esprit grouillait de toutes sortes de ruses destinées à nuire à ce soldat. Le capitaine savait au fond du cœur que cette haine, aussi forte que l'amour, ne le quitterait plus tout au long de sa vie.

Après avoir marché longtemps et alors que la nuit était presque tombée, il se retrouva sur un chemin qu'il connaissait.

La soirée des Penderton commençait à sept heures, et une demi-heure plus tard il y avait foule dans les pièces de réception. Majestueuse, vêtue d'une robe de velours crème, Leonora était seule à recevoir ses invités. Quand on lui demandait où se trouvait son mari, elle répondait qu'elle n'en savait fichtrement rien, qu'il avait peut-être fait une fugue. Cela faisait rire, le propos circulait, et l'on se représentait le capitaine cheminant péniblement, avec un bâton sur l'épaule, et ses cahiers de notes enveloppés dans un grand mouchoir rouge. Après sa promenade à cheval, il avait dû se rendre en voiture jusqu'à la ville, et peut-être était-il tombé en panne.

La longue table de la salle à manger était somptueusement décorée et abondamment fournie. Il flottait dans l'air une odeur si onctueuse de jambon, de travers de porc et de whisky, qu'on avait presque envie de la déguster à la cuiller. Du salon s'échappait le son de l'accordéon, agrémenté de temps en temps par un petit supplément de chant. Le buffet était peut-être l'endroit le plus gai. Avec un air de circonstance, Anacleto servait parcimonieusement des demi-tasses de punch, et il prenait tout son temps. Lorsqu'il aperçut le lieutenant Weincheck, seul près de la porte d'entrée, il se mit à sélectionner toutes les cerises et tous les morceaux d'ananas, puis, négligeant une douzaine d'officiers qui attendaient leur tour, il alla offrir cette coupe de choix au vieux lieutenant. Il régnait une telle animation qu'il était impossible d'avoir une conversation suivie. Il était question des nouveaux crédits militaires et l'on jasait à propos d'un récent suicide. Sous le brouhaha général, et quand on s'était assuré que le commandant Langdon n'était pas dans les parages, on chuchotait pour plaisanter que le petit Philippin était si attentionné qu'il parfumait les échantillons de pipi d'Alison avant de les porter à l'hôpital pour les analyses.

L'encombrement tournait à la catastrophe. Déjà, une tarte avait glissé d'une assiette et, par mégarde, des pieds en avaient répandu des débris jusqu'à mi-hauteur de l'escalier.

Leonora était d'excellente humeur. Elle avait une amabilité de circonstance pour chaque invité et elle tapota gentiment le crâne chauve du colonel, lequel était depuis longtemps un de ses préférés. Elle paya une fois de sa personne pour apporter un rafraîchissement au jeune accordéoniste qui était venu de la ville.

– Ciel, dit-elle, quel talent il a, ce garçon! Il peut vous jouer n'importe quoi, il suffit de lui fredonner l'air : *Oh! Pretty Red Wing* ou n'importe quoi d'autre!

Le commandant Langdon approuva :

– Oui, vraiment épatant!

Puis il se tourna vers le groupe qui entourait le musicien :

– Ma femme, elle, son genre c'est le classique. Vous savez : Bach et compagnie. Mais pour moi, c'est comme si j'avalais une poignée d'asticots. La valse de *La Veuve joyeuse*, par exemple, voilà le genre de musique que j'aime. De la musique avec des airs!

La valse langoureuse qui signalait l'arrivée du général apaisa quelque peu le brouhaha. Leonora prenait tant de plaisir à sa soirée qu'à huit heures seulement elle commença à s'inquiéter au sujet de son mari. La plupart des invités étaient déjà déconcertés par l'absence prolongée de leur hôte. On commençait même à se dire avec une certaine fébrilité qu'il avait peut-être eu un accident, ou qu'un scandale quelconque allait éclater. C'est pourquoi ceux qui étaient arrivés de bonne heure s'attardaient plus qu'il n'est d'usage pour une réception debout ; la maison était si bondée qu'il fallait posséder un sens aigu de la stratégie pour circuler d'une pièce à l'autre.

Pendant ce temps, le capitaine Penderton attendait à l'entrée de l'allée cavalière avec une lampe tempête, en compagnie du maréchal des logis chargé de l'écurie. Il était arrivé à la garnison bien après la tombée de la nuit, et sa version de l'histoire était que le cheval l'avait désarçonné et s'était enfui. On espérait que Firebird retrouverait son chemin. Le capitaine avait lavé son visage blessé et couvert de plaques rouges, puis il était allé en voiture jusqu'à l'hôpital, où on lui avait fait trois points de suture à la joue. Mais il ne pouvait pas rentrer chez lui. Ce n'était pas seulement sa crainte d'être en présence de Leonora tant que le cheval n'aurait pas réintégré sa stalle, mais il guettait l'homme qu'il détestait. C'était une nuit tiède, brillante, et la lune était dans son troisième quartier.

À neuf heures, on entendit un bruit de sabots qui se rapprochait très lentement. Bientôt on discerna vaguement les silhouettes du soldat Williams et des deux chevaux. Le soldat les conduisait tous les deux par la bride. Un peu ébloui, il s'approcha de la lampe tempête. Il dévisagea longuement le capitaine d'un air si étrange que le maréchal des logis en reçut un choc. Il ne comprenait pas ce qui se passait, et préféra laisser le capitaine régler la question. Le capitaine se taisait, mais ses paupières frémissaient et ses lèvres étaient toutes tremblantes.

Le capitaine entra dans l'écurie derrière le soldat Williams. Celui-ci porta leur picotin aux chevaux et entreprit de les brosser. Il se taisait, et le capitaine était là, derrière la stalle, le regardant faire. Il observa la finesse et l'adresse des mains du jeune soldat, la tendre rondeur de son cou. Il était subjugué par un mélange de répulsion et d'attirance, comme si, complètement nus, le jeune soldat et lui s'étreignaient corps à corps dans une lutte mortelle. Le capitaine avait les reins dans un tel état de faiblesse qu'il pouvait à peine rester debout. Sous leurs paupières frémissantes, ses yeux luisaient comme des flammes bleues. Le soldat termina tranquillement sa tâche et quitta l'écurie. Le capitaine le suivit et s'arrêta pour le regarder s'enfoncer dans la nuit. Ils n'avaient pas échangé une parole.

C'est seulement en prenant sa voiture que le capitaine se rappela qu'il y avait une soirée chez lui.

Anacleto ne rentra qu'à une heure tardive. Il resta sur le seuil de la chambre d'Alison, la mine défaite, car la foule le fatiguait.

– Ah! fit-il d'un ton philosophique, il y a trop de gens sur la terre.

Il eut un bref battement des paupières qui indiqua à Alison qu'il s'était passé quelque chose. Il entra dans la salle de bains et retroussa les manches de sa chemise de linon jaune pour se laver les mains.

– Le lieutenant Weincheck est venu vous tenir compagnie? demanda-t-il.

– Oui, nous sommes restés un bon moment ensemble.

Le lieutenant avait semblé déprimé. Elle l'envoya au rez-de-chaussée chercher une bouteille de sherry. Après avoir pris un verre, ils avaient fait une partie de banque russe au chevet d'Alison, sur l'échiquier qu'il avait posé sur ses genoux. Elle comprit trop tard qu'elle avait manqué de tact en lui proposant cette partie, car le lieutenant savait à peine distinguer les cartes les unes des autres et il s'efforçait de dissimuler son ignorance.

– Il vient d'apprendre que la commission médicale le réformait, dit Alison. Il va bientôt recevoir son avis de mise à la retraite.

– Tch! Quel dommage! Mais, tout de même, à sa place j'en serais plutôt content.

Le docteur avait ordonné un nouveau médicament pour Alison, et dans le miroir de la salle de bains elle vit Anacleto examiner attentivement le flacon, puis y goûter avant de lui verser la dose prescrite. Sa mine indiquait que le goût ne lui plaisait guère. Mais il arborait un radieux sourire en retournant dans la chambre.

– On n'a jamais vu une soirée pareille, dit-il. Quelle constellation!

– Con*ster*nation, Anacleto.

– Désastre, en tout cas. Le capitaine Penderton est arrivé avec deux heures de retard à sa soirée. Et quand il est entré il avait l'air d'avoir été à moitié dévoré par un lion. Son cheval l'avait projeté dans un fourré de ronces et s'était sauvé. Vous ne pouvez pas imaginer la tête qu'il avait.

– Rien de cassé?

– On aurait dit qu'il s'était cassé les reins, dit Anacleto avec un certain plaisir. Mais il a fait bonne contenance : il est monté mettre son costume de soirée, et a fait comme si de rien n'était. Ils sont tous partis, maintenant, sauf le commandant et le colonel, et sa femme rousse qui a l'air d'une butte.

– Anacleto, fit Alison d'un ton de reproche indulgent.

Anacleton avait plusieurs fois employé ce terme de « butte » avant qu'elle comprenne ce qu'il voulait dire. Elle avait cru qu'il s'agissait d'un mot philippin, puis elle avait enfin réalisé qu'il voulait dire « pute ».

Anacleto haussa les épaules et se tourna brusquement vers Alison, le visage enflammé.

– Je déteste les gens! s'écria-t-il d'un ton passionné. À la réception quelqu'un a sorti une plaisanterie sans s'apercevoir que j'étais tout près. C'était vulgaire, insultant et faux.

– Qu'est-ce que tu veux dire?

– Je n'oserais pas vous la répéter.

– Alors, oublie-la. Va te coucher et dors bien.

Alison était perturbée par l'explosion d'Anacleto. Elle avait l'impression, elle aussi, de détester les gens. Depuis cinq ans tous ceux qu'elle fréquentait avaient quelque chose de déplaisant, à l'exception de Weincheck et, naturellement, d'Anacleto et de la petite Catherine. Morris Langdon était tout d'une pièce, mais aussi stupide et dépourvu de cœur qu'un homme peut l'être. Leonora n'était qu'une sorte d'animal. Quant à ce voleur de Weldon Penderton, il était corrompu jusqu'à la moëlle. Quelle équipe! Elle-même, elle se détestait. Si elle ne s'arrêtait pas à des considérations sordides, et s'il lui restait une miette de dignité, Anacleto et elle n'auraient pas été là ce soir.

Elle se tourna vers la fenêtre et regarda la nuit. Le vent s'était levé et, au rez-de-chaussée, un volet décroché battait contre le mur de la maison. Elle éteignit pour pouvoir regarder par la fenêtre. Orion était admirablement visible et lumineux. Dans la forêt, la cime des arbres ondulait au vent comme de sombres vagues. C'est alors que, se penchant du côté de chez les Penderton, elle vit un homme debout à la lisière du bois. Il était caché par les arbres, mais son ombre se profilait nettement sur la pelouse. Bien qu'elle ne pût distinguer ses traits, elle était sûre qu'un homme était là, aux aguets. Elle l'observa pendant dix, vingt, trente minutes. Il ne bougeait pas. Cela lui faisait une impression si étrange qu'elle se demanda si, vraiment, elle ne perdait pas la raison. Elle ferma les yeux et compta mentalement de sept en sept jusqu'à deux cent quatre-vingts. Quand elle rouvrit les yeux, l'ombre avait disparu.

Son mari frappa à la porte. Ne recevant pas de réponse, il tourna doucement la poignée et regarda à l'intérieur de la pièce.

– Tu dors, ma chérie? demanda-t-il d'une voix à réveiller un mort.

– Oui, répondit-elle sèchement. À poings fermés.

Déconcerté, le commandant ne savait pas s'il devait refermer la porte ou entrer. À distance, Alison pouvait deviner qu'il avait fait honneur au buffet de Leonora.

– Demain, dit-elle, j'aurai à te parler de quelque chose. Tu dois te douter de quoi il s'agit. Alors, prépare-toi.

– Je n'en ai pas la moindre idée, dit le commandant piteusement. J'ai fait quelque chose de mal?

Il. réfléchit un instant.

– Mais si c'est de l'argent pour quelque chose de spécial, Alison, c'est impossible. J'ai perdu mon pari au football et je viens de régler la facture d'entretien de mon cheval...

La porte se referma avec précaution.

Il était passé minuit, et de nouveau Alison était seule. Elle redoutait toujours ces longues heures jusqu'à l'aube. Si elle disait à Morris qu'elle n'avait pas du tout dormi, lui, naturellement, n'en croyait rien. Il ne croyait pas non plus qu'elle était malade. La première fois, quatre ans auparavant, il avait été très inquiet. Mais au fur et à mesure que les calamités se succédaient – pleurésie, néphrite, et maintenant maladie de cœur [82] –, il finit par s'exaspérer et par ne plus la croire malade. Il mettait tout sur le compte de l'hypocondrie, d'un simulacre commode pour se dérober à ses obligations, c'est-à-dire aux activités sportives et aux réceptions auxquelles il tenait. Et puis mieux vaut donner à une hôtesse trop insistante une excuse unique mais valable, car si l'on refuse en invoquant plusieurs raisons, si légitimes soient-elles, l'hôtesse ne vous croit pas. Alison entendit son mari traverser le vestibule pour regagner sa chambre, et se tenir à lui-même un long discours. Elle alluma et se mit à lire.

À deux heures du matin, elle eut la brusque intuition qu'elle allait mourir pendant la nuit. Elle s'assit dans son lit, adossée aux oreillers, femme jeune aux traits déjà accusés et vieillis, dont les regards allaient sans cesse d'un coin du mur à l'autre. Elle avait un bizarre petit mouvement de tête, le cou tendu, levant le menton de côté, comme si quelque chose l'étouffait. Le silence de la pièce lui paraissait brisé par mille sons discordants. L'eau tombait goutte à goutte dans la cuvette des toilettes de la salle de bains. La pendule de la cheminée, une vieille pendule à balancier décorée de cygnes blancs et dorés sur le globe, battait les secondes d'un son rouillé. Mais le troisième son, plus bruyant et plus inquiétant, c'était le battement de son cœur [83]. Il y régnait un grand tumulte. Son cœur semblait s'emballer, avec de rapides battements pareils aux pas d'un coureur, puis bondir, pour retomber lourdement avec une violence qui l'agitait de la tête aux pieds. Avec une infinie lenteur, elle ouvrit le tiroir de la table de chevet pour prendre son tricot. « Il faut que je pense à des choses agréables », se dit-elle avec bon sens.

Elle se rappela la période la plus heureuse de sa vie. Elle avait vingt et un ans, et, neuf mois durant, elle avait essayé de faire pénétrer dans le crâne de jeunes pensionnaires des bribes de Cicéron et de Virgile. À l'époque des vacances, elle se trouvait à New York avec deux cents dollars en poche. Elle était montée dans un bus en partance pour le Nord, sans avoir la moindre idée de l'endroit où elle allait. Quelque part dans le Vermont, elle arriva dans un village qui lui plaisait, et quelques jours plus tard, elle avait loué un petit chalet dans les bois. Elle avait emmené sa chatte, Petronius, dont, après la naissance imprévue d'une portée de chatons vers la fin de l'été, il lui fallut féminiser le nom [84]. Plusieurs chiens errants prirent goût à sa demeure et, une fois par semaine, elle allait à l'épicerie du village acheter de quoi nourrir chiens, chats et elle-même. Matin et soir, durant ce bel été, elle préparait son plat préféré, du *chili con carne*, avec des biscottes et du thé. L'après-midi elle cassait du bois, et le soir elle restait assise à la cuisine, les pieds contre le poêle, elle lisait à haute voix ou chantait pour elle-même.

De ses lèvres pâles et gercées, Alison formait des paroles muettes et concentrait son regard sur le bout du lit. Tout à coup, elle laissa tomber son tricot et retint son souffle. Son cœur avait cessé de battre. La chambre était aussi silencieuse qu'un sépulcre et Alison attendait, la bouche ouverte, la tête tordue de côté sur l'oreiller. Elle était terrorisée, mais quand elle essaya d'appeler et de rompre ce silence, aucun son ne franchit ses lèvres.

On frappa un léger coup à la porte, mais elle ne l'entendit pas. Il lui fallut un certain temps pour s'apercevoir qu'Anacleto était entré dans la pièce et lui tenait la main. Après ce silence terriblement long (il avait duré sûrement plus d'une minute), Alison sentit de nouveau son cœur battre ; les plis de sa chemise de nuit frémissaient doucement sur sa poitrine.

– Un mauvais moment ? demanda Anacleto d'un petit air encourageant et joyeux.

Mais, tandis qu'il la regardait, son visage avait le même rictus douloureux que celui de sa maîtresse, la lèvre supérieure contractée découvrant sa denture.

– J'ai eu une telle frayeur. Il s'est passé quelque chose ?

– Non, il ne s'est rien passé. Mais ne faites pas cette mine-là.

Il tira son mouchoir de la poche de sa blouse et le trempa dans un verre d'eau pour baigner le front d'Alison.

– Je vais descendre chercher mes affaires et rester près de vous jusqu'à ce que vous vous endormiez.

En même temps que sa boîte d'aquarelle, il apporta deux tasses d'Ovomaltine sur un plateau. Il fit du feu et installa une table à jeu devant la cheminée. Sa présence était si réconfortante pour Alison qu'elle en avait envie de pleurer de soulagement. Après lui avoir donné le plateau, Anacleto s'installa confortablement devant la table et dégusta son Ovomaltine à petites gorgées, pour mieux le savourer. C'était l'un des traits qu'Alison trouvait le plus attachant chez Anacleto : son art de faire une fête de l'acte le plus simple. Il ne se comportait pas comme s'il s'était tiré de son lit en pleine nuit par dévouement, pour tenir compagnie à une malade, mais comme si tous deux avaient délibérément choisi ce moment pour s'offrir une petite fête. Chaque fois qu'ils devaient affronter quelque désagrément, Anacleto s'arrangeait pour en faire le prétexte d'un divertissement. Une serviette blanche étendue sur les genoux, il dégustait son Ovomaltine avec un cérémonial digne du meilleur vin, et ce, bien qu'il détestât autant qu'Alison le goût de ce breuvage, l'ayant acheté uniquement sur la foi des promesses alléchantes inscrites sur l'étiquette de la boîte.

– Tu as sommeil ? demanda-t-elle.

– Non, pas du tout.

Il était pourtant si fatigué qu'au simple mot de « sommeil » il ne put s'empêcher de bâiller. Par loyauté, il se détourna et fit semblant d'avoir ouvert la bouche pour tâter du doigt sa nouvelle dent de sagesse.

– J'ai fait la sieste cet après-midi, ajouta-t-il, et j'ai dormi un peu cette nuit. J'ai rêvé de Catherine.

Alison ne pouvait jamais penser à son bébé sans éprouver un mélange d'amour et de chagrin qui était comme un insupportable poids sur sa poitrine. Non, le temps n'était pas capable d'atténuer la cruauté de cette perte. Tout au plus Alison pouvait-elle maintenant mieux se dominer. Pendant quelque temps, après ces onze mois de joie, d'anxiété et de souffrance, elle ne paraissait pas différente. On avait enterré Catherine au cimetière de la garnison où ils étaient alors affectés. Très longtemps Alison avait été obsédée par la vision aiguë, morbide, du petit corps dans la tombe. À force d'attacher ses pensées à la putréfaction des chairs et à ce petit squelette solitaire, elle s'était mise dans un tel état qu'elle finit, après maintes démarches, par obtenir l'exhumation du cercueil. Elle emmena la dépouille au crématoire de Chicago et dispersa les cendres dans la neige. Maintenant, les seuls souvenirs de Catherine étaient ceux qu'elle partageait avec Anacleto.

Elle attendit de sentir sa voix se raffermir pour demander :

– Qu'est-ce que tu as rêvé?

– C'était troublant, répondit-il doucement. C'était un peu comme si je tenais un papillon au creux de ma main. Je tenais Catherine contre moi, puis subitement elle avait des convulsions, et vous vouliez ouvrir le robinet d'eau chaude.

Anacleto ouvrit sa boîte d'aquarelle et disposa son papier, ses pinceaux et ses couleurs devant lui. Les flammes éclairaient son visage pâle et faisaient briller ses yeux sombres.

– Ensuite le rêve a changé et, au lieu de Catherine, j'avais sur les genoux une des bottes du commandant, que j'ai dû cirer deux fois aujourd'hui. La botte grouillait de petites souris nouveau-nées qui s'échappaient partout, et j'essayais de les empêcher de grimper sur moi. Pouah! C'était comme...

– Chut, Anacleto! dit Alison, frissonnante. Je t'en prie!

Il se mit à peindre et elle l'observa. Il trempait son pinceau dans le verre, et un nuage couleur lavande se formait dans l'eau. Penché au-dessus du papier, il paraissait réfléchir et, à un moment, il prit une règle pour effectuer de rapides mesures. Anacleto avait de grandes dispositions pour la peinture, Alison en était certaine. Pour le reste, il n'était pas maladroit, mais au fond il ne faisait qu'imiter, presque comme un petit singe, disait Morris. Ses aquarelles et ses dessins étaient pourtant vraiment personnels. À l'époque où ils étaient en garnison près de New York, Anacleto avait suivi des cours du soir à l'École des beaux-arts, et Alison avait constaté avec fierté mais sans étonnement qu'à l'exposition de l'École, de nombreux visiteurs revenaient sur leurs pas pour regarder ses tableaux.

Ses œuvres étaient à la fois primitives et très compliquées, elles possédaient un étrange pouvoir de fascination. Mais Alison ne réussissait pas à lui faire prendre son talent suffisamment au sérieux pour travailler avec assiduité.

– La nature des rêves..., dit-il à mi-voix. C'est étrange quand on y pense. Aux Philippines, l'après-midi, quand votre oreiller est humide et que le soleil brille dans la chambre, vous avez un type de rêve. Et dans le Nord, la nuit, quand il neige...

Mais Alison s'était déjà replongée dans ses soucis et elle ne l'écoutait pas. Elle l'interrompit brusquement.

– Dis-moi, ce matin, quand tu étais fâché et que tu parlais d'ouvrir une boutique de blanc à Québec, avais-tu une idée précise?

– Certainement. Vous savez, j'ai toujours voulu voir la ville de Québec. Et je trouve qu'il n'y a rien de plus agréable que de toucher du beau linge.

– Et... c'est tout ce que tu avais en tête?

La question avait été posée sans intonation, et Anacleto ne répondit pas.

– Quelle somme as-tu à la banque? reprit-elle.

Il réfléchit, tenant son pinceau en équilibre au-dessus du verre.

– Quatre cents dollars et six cents. Voulez-vous que je les retire?

– Pas maintenant. Mais nous pourrions en avoir besoin plus tard.

– Je vous en prie, ne vous inquiétez pas. Cela ne vous avance absolument à rien.

La chambre était baignée de la rose lueur du feu, et agitée d'ombres grises. La pendule émit un petit ronronnement mécanique et sonna trois heures.

– Tenez! dit soudain Anacleto.

Il chiffonna la feuille qu'il était en train de peindre et la jeta de côté. Puis, assis d'un air méditatif, le menton dans la main, et regardant fixement les tisons du feu, il énonça :

– Un paon d'un vert sinistre, avec un immense œil d'or. Et dans cet œil les reflets d'une chose minuscule...

Dans son effort pour trouver le mot juste, il élevait la main et serrait son pouce contre son index. Sa main projetait une grande ombre au mur derrière lui.

– Minuscule et...

– Grotesque [85], souffla Alison.

Il hocha la tête.

– Exactement.

Mais une fois qu'il eut repris son travail, quelque bruit dans la chambre silencieuse, ou peut-être le souvenir de la résonance des dernières paroles d'Alison, le fit soudain se retourner.

– Non, ne faites pas cela! dit-il.

Et en se levant précipitamment il renversa le verre d'eau, qui se brisa contre la cheminée.

Cette nuit-là, le soldat Williams se trouvait dans la chambre de Leonora endormie depuis une heure seulement. Pendant la réception, il avait attendu à la lisière du bois. Une fois la plupart des invités partis, il se tint à la fenêtre du salon jusqu'à ce que la femme du capitaine monte se coucher. Un peu plus tard, il entra dans la maison comme il l'avait fait déjà. Un beau rayon de lune argenté éclairait de nouveau la pièce. La Dame reposait sur le côté, entourant son visage ovale de ses mains pas très nettes. Elle portait une chemise de nuit de satin, et la couverture était rabattue jusqu'à sa taille. Le jeune soldat se glissa silencieusement près du lit. Prudemment, il s'aventura une fois à tâter entre le pouce et l'index l'étoffe soyeuse de la chemise de nuit. En pénétrant dans la chambre, il avait regardé autour de lui. Il était resté quelques instants devant la coiffeuse, à examiner les flacons, les houppettes et les objets de toilette. Un vaporisateur avait retenu son attention, il l'avait approché de la fenêtre et considéré d'un air déconcerté. Sur la table il y avait un reste de cuisse de poulet dans une soucoupe. Le soldat le prit, le huma et en croqua une bouchée.

Il était maintenant accroupi au clair de lune, les yeux mi-clos et un sourire humide aux lèvres. À un moment donné, la femme bougea dans son sommeil, soupira et s'étira. Les doigts du soldat se risquèrent à toucher une mèche de cheveux bruns, éparse sur l'oreiller.

Il était trois heures passées quand brusquement le soldat Williams se raidit. Il regarda autour de lui et sembla tendre l'oreille. Il ne comprit pas tout de suite ce qui avait changé, ni pourquoi il se sentait mal à l'aise. Il aperçut de la lumière dans la maison voisine. Dans le silence nocturne il put entendre une femme qui pleurait. Puis ce fut le bruit d'une automobile qui s'arrêtait devant la maison éclairée. Williams gagna le vestibule silencieusement. La porte de la chambre du capitaine était close. Quelques instants plus tard, il longeait lentement la lisière du bois.

Au cours des deux journées et des deux nuits précédentes, le soldat avait très peu dormi et il avait les paupières lourdes de fatigue. Il fit un détour pour prendre un raccourci qui lui évitait de se trouver face à face avec la sentinelle. À l'aube, et pour la première fois depuis des années, il eut un rêve et parla tout haut dans son sommeil. De l'autre côté de la chambrée, un soldat s'éveilla et lui expédia un soulier.

Comme le soldat Williams n'avait pas d'amis à la caserne, nul ne s'intéressait à ses absences nocturnes. On se disait qu'il avait fait la connaissance d'une femme. De nombreux engagés étaient mariés secrètement, et il leur arrivait de passer la nuit en ville avec leur femme. À dix heures on éteignait dans le long dortoir, mais à cette heure-là tous les hommes n'étaient pas au lit. Parfois, et le plus souvent le premier jour du mois, il y avait dans les latrines des parties de poker qui duraient toute la nuit. Une fois, en rentrant à la caserne à trois heures du matin, le soldat Williams avait rencontré la sentinelle, mais comme il y avait deux ans qu'il était à l'armée et qu'on le connaissait, on ne lui demanda rien.

Les nuits suivantes, Williams se reposa et dormit normalement. En fin d'après-midi, il restait assis sur un banc devant la caserne, et le soir il fréquentait les lieux de distraction de la garnison. Il allait au cinéma et au gymnase. Le soir, le gymnase était aménagé en piste de patins à roulettes. Il y avait de la musique et un coin réservé, où l'on pouvait s'attabler pour prendre une bière bien fraîche et mousseuse. Le soldat Williams commanda un verre et pour la première fois de sa vie il goûta une boisson alcoolisée. Dans un grand tintamarre les soldats faisaient des tours de piste et une aigre odeur de sueur et de cire flottait dans l'air. Trois soldats, tous des anciens, furent surpris de voir Williams quitter sa table pour venir les rejoindre. Le jeune soldat les dévisagea et paraissait sur le point de leur poser une question. Mais il ne se résolut pas à parler, et il les quitta au bout d'un moment.

Il s'était toujours montré d'une humeur si peu sociable que c'est tout juste si la moitié des hommes de sa chambrée savait comment il s'appelait. En réalité, le nom qu'il portait dans l'armée n'était pas son vrai nom. Quand il s'était engagé, un vieux dur à cuir de juteux avait froncé les sourcils en voyant sa signature.

– L.G. Williams [86] –, et lui avait lancé :

– Écris ton nom, espèce de morveux, ton nom en entier!

Le soldat avait attendu un bon moment avant d'expliquer que ces initiales étaient son nom, et qu'il n'en possédait pas d'autre.

– Eh bien, on n'entre pas dans l'armée des États-Unis avec un nom pareil! avait dit le juteux. Tu t'appelleras E-l-g-é; d'accord?

Williams avait acquiescé passivement, et devant cette hébétude, le juteux avait éclaté d'un rire brutal.

– Les crétins qu'on nous envoie maintenant! avait-il ajouté en retournant à sa paperasse.

On était maintenant en novembre, et depuis deux jours le vent soufflait en rafales. L'espace d'une nuit, les jeunes érables le long des allées avaient perdu leurs feuilles. Elles s'étalaient comme un tapis d'or sous les arbres, et le ciel charriait des nuages blancs. Le lendemain, une pluie froide se mit à tomber. Dans les rues, on piétinait les feuilles brunâtres et détrempées, jusqu'à ce qu'elles soient ratissées et enlevées. Puis le temps s'éclaircit, les branches nues dessinaient un filigrane sur le ciel d'hiver. Au petit matin, l'herbe morte était couverte de gelée blanche.

Après quatre nuits de repos, le soldat Williams retourna chez le capitaine. Cette fois, connaissant les habitudes de la maison, il n'attendit pas que le capitaine soit couché. À minuit, tandis que l'officier travaillait à son bureau, il monta à la chambre de la Dame et y resta une heure. Puis il se posta à la fenêtre du bureau, observant avec curiosité jusqu'à deux heures du matin, heure à laquelle le capitaine gagna sa chambre. Dans cette période, il se passait quelque chose que le soldat ne comprit pas.

Au cours de ces opérations de reconnaissances et de ses veillées nocturnes dans la chambre de la Dame, le soldat n'éprouvait aucune peur. Il sentait, mais ne pensait pas ; il vivait le moment qui passe, sans récapituler mentalement ses actions présentes ou passées. Cinq ans plus tôt, L.G. Williams avait tué un homme. Au cours d'une dispute à propos d'une brouettée de fumier, il avait poignardé un nègre, et caché le corps dans une carrière abandonnée. Il avait agi dans un accès de colère, et il se rappelait la couleur violente du sang, et le poids du corps mou qu'il avait traîné à travers le bois. Il pouvait se rappeler le soleil torride de cet après-midi de juillet, l'odeur de poussière et de mort. Il avait ressenti un vague étonnement, un sourd désarroi, mais pas la moindre peur, et depuis ce jour-là il ne s'était jamais vraiment envisagé sous l'aspect d'un assassin. La conscience ressemble à une tapisserie dont les multiples colorations procèdent du vécu de nos sens, et dont la forme se dessine dans nos circonvolutions cérébrales. La conscience du soldat Williams était teintée d'étranges coloris, mais elle n'avait ni contour ni forme précise.

Lors de ces premières journées d'hiver, le soldat Williams prit conscience d'un seul fait, à savoir que le capitaine le suivait. Deux fois par jour, le visage bandé et encore tout endolori, le capitaine faisait de courtes promenades à cheval. Une fois qu'il avait ramené son cheval à l'écurie, il s'attardait un certain temps. Trois fois en se rendant à la cantine, Williams s'était retourné, et il avait vu le capitaine à une dizaine de mètres. Plus souvent que ne l'eût voulu un simple hasard, l'officier le croisait sur le trottoir. Une fois, lors d'une de ces rencontres, le soldat s'était arrêté et avait regardé derrière lui. Un moment après, le capitaine s'était arrêté, lui aussi, et s'était à moitié détourné. C'était en fin d'après-midi et le crépuscule d'hiver avait une pâleur violette. Les yeux du capitaine brillaient, son regard était fixe et cruel. Près d'une minute s'écoula avant que, s'étant comme donné le mot, chacun reprît son chemin.

4

Dans une garnison un officier ne parvient pas facilement à établir un contact personnel avec une recrue. Le capitaine Penderton en faisait l'expérience. S'il avait servi comme officier de troupe, à la tête d'une compagnie, d'un bataillon ou d'un régiment, il lui eût été possible de connaître personnellement certains soldats. C'est ainsi que le commandant Langdon connaissait le nom et le visage de presque tous les hommes qui servaient sous ses ordres. Mais le capitaine Penderton, qui enseignait à l'École, n'était pas dans ce cas. Excepté ses sorties à cheval (et depuis quelque temps le capitaine y faisait preuve d'une exceptionnelle témérité), il n'avait aucune possibilité d'établir des relations avec ce soldat qu'il en était venu à détester.

Malgré tout, le désir d'établir un contact avec lui le tenaillait. L'image de ce soldat l'obsédait. Il se rendait à l'écurie aussi souvent qu'il pouvait raisonnablement le faire. Le soldat Williams sellait le cheval et tenait la bride pour aider le capitaine à monter. Quand le capitaine savait qu'il allait rencontrer Williams, il sentait la tête lui tourner. Au cours de ces entrevues impersonnelles, ses facultés sensorielles s'affaiblissaient curieusement ; en présence du soldat, il était incapable de voir ou d'entendre correctement, et c'est seulement quand il était seul et à une certaine distance qu'il était de nouveau capable de percevoir distinctement ce qui l'entourait. Ce visage, ces yeux stupides, ces lèvres sensuelles souvent humides, ces franges de cheveux pareilles à celles d'un gamin : l'image lui en était insupportable. Il entendait rarement le soldat s'exprimer, mais la mélodie de son accent du Sud se faufilait au tréfonds de son esprit comme une rengaine lancinante.

En fin d'après-midi le capitaine circulait à proximité de l'écurie et de la caserne, dans l'espoir de rencontrer le soldat Williams. Quand il l'apercevait à une certaine distance, marchant de son pas souple et nonchalant, il sentait sa gorge se contracter, et pouvait à peine avaler sa salive. Lorsqu'ils se croisaient, Williams regardait toujours vaguement par-dessus l'épaule du capitaine et saluait très lentement, d'une main toute molle. Un jour, comme ils approchaient l'un de l'autre, le capitaine le vit déplier l'enveloppe d'un sucre d'orge et la jeter négligemment sur la bordure de gazon bien taillé qui longeait le trottoir. Cela l'avait rendu furieux. Il était revenu sur ses pas pour ramasser le papier et l'avait fourré dans sa poche.

Le capitaine Penderton, qui jusque-là n'avait pour ainsi dire pas connu d'émotions, n'analysait pas l'étrange haine qu'il ressentait. À une ou deux reprises, s'étant éveillé tardivement après avoir pris trop de somnifère, il s'était fait du mauvais sang en songeant à sa conduite récente. Mais il ne s'appliquait pas vraiment à comprendre la raison profonde de son aversion.

Un après-midi qu'il passait en voiture devant la caserne, il aperçut le soldat assis tout seul sur l'un des bancs. Le capitaine s'arrêta un peu plus loin pour l'observer. Williams avait la pose abandonnée d'un homme sur le point de faire un petit somme. Le ciel était vert pâle et le soleil d'hiver déclinant projetait de longues ombres nettes. Le capitaine resta à observer le soldat jusqu'à la sonnerie du souper. Après que le soldat eut regagné la caserne, le capitaine demeura dans son auto, à contempler le bâtiment.

La nuit était tombée et la caserne était brillamment illuminée. Dans une salle de récréation du rez-de-chaussée il pouvait voir des soldats jouer au billard ou feuilleter des illustrés. Le capitaine imaginait le réfectoire avec ses longues tables, la nourriture bien chaude, et les joyeux soldats mangeant de bon appétit dans une franche camaraderie. Le capitaine savait peu de chose de la vie quotidienne des hommes, et il se la représentait à grand renfort d'imagination. Il s'intéressait au Moyen Age, et il avait étudié à fond l'histoire de l'Europe aux temps féodaux. Ces souvenirs coloraient l'image qu'il se faisait de la caserne. À la pensée des deux mille hommes menant la même existence dans des bâtiments autour de la grande cour carrée, il se sentit soudain bien seul. Assis dans l'obscurité de sa voiture, contemplant ces pièces éclairées remplies de soldats, entendant les éclats de voix et les appels bruyants, les larmes lui vinrent aux yeux. La solitude l'étreignit. Il se hâta de rentrer.

Quand son mari arriva, Leonora Penderton se reposait dans son hamac près de la lisière du bois. Elle entra dans la maison pour aider Susie à finir la cuisine, car ce soir-là ils dînaient chez eux avant d'aller à une réception. Un ami leur avait fait porter une demi-douzaine de cailles, et elle voulait en préparer un plateau pour Alison, qui avait eu une crise cardiaque lors de leur soirée et gardait le lit depuis plus de quinze jours. Leonora et Susie disposèrent tout sur un grand plateau d'argent. Sur une grande assiette elles placèrent deux cailles et de copieuses portions de légumes variés, dont les jus se mélangeaient au centre de l'assiette. Il y avait aussi de nombreuses friandises et, quand Leonora partit, embarrassée par la taille du grand plateau, Susie dut la suivre avec un petit plateau chargé du trop-plein. Quand elle revint, le capitaine lui demanda :

– Pourquoi n'as-tu pas ramené Morris dîner chez nous?

– Le pauvre, il était déjà parti. Prendre ses repas au cercle des officiers, tu imagines!

Ils s'étaient habillés pour la soirée et se tenaient au salon, debout devant le feu; une bouteille de whisky et leurs verres étaient posés sur la cheminée. Leonora portait sa robe de crêpe de Chine rouge et le capitaine son smoking. Il était nerveux et faisait continuellement tinter un glaçon dans son verre.

– Écoute, donc! dit-il tout à coup. On m'en a raconté une bien bonne, aujourd'hui.

Il plaça son index le long de son nez et un rictus lui découvrit les dents. Le capitaine allait raconter une histoire, et d'avance il en dessinait les grandes lignes. Il avait de l'esprit et une langue acérée.

– Il n'y a pas longtemps on téléphone au général et, reconnaissant la voix d'Alison, on passe tout de suite la communication. « Général, dit une voix très posée et très cultivée, je veux que vous me rendiez le grand service de veiller à ce que ce soldat ne se lève pas pour jouer du clairon à six heures du matin. Cela trouble le repos de Mrs Langdon ». Après un long silence le général dit : « Excusez-moi, mais je ne suis pas sûr de comprendre. » On répète la requête, et un silence encore plus long. « Mais dites-moi, finit par demander le général, à qui ai-je l'honneur de parler? » Et la voix lui répond : « Je suis Anecleto, le *garçon de maison* de Mrs Langdon, et je vous remercie. »

Le capitaine attendit sans sourciller, car il n'était pas de ceux qui rient de leurs propres plaisanteries. Leonora ne rit pas non plus, elle avait l'air intriguée.

– Qu'est-ce qu'il a dit qu'il était? demanda-t-elle.

– Il essayait de dire *« houseboy »* en français.

– Et tu dis qu'Anacleto a téléphoné comme ça pour le réveil à la caserne? C'est vraiment la meilleure que j'ai jamais entendue. J'ai du mal à le croire.

– Zozote! Ce n'est pas arrivé pour de bon. C'est juste une blague.

Leonora ne saisissait pas. Les cancans ne l'intéressaient pas. D'abord, elle avait toujours du mal à se représenter une scène qui se déroulait hors de sa présence. De plus, elle était tout à fait dénuée de malice.

– Que c'est vilain! s'écria-t-elle. Si ce n'est pas vrai, pourquoi se donner la peine de l'inventer? Cela fait passer Anacleto pour un imbécile. Qui a bien pu inventer cette histoire?

Le capitaine haussa les épaules et vida son verre. Il avait inventé toutes sortes d'anecdotes ridicules sur Alison et Anacleto, et on en avait bien ri dans la garnison. Le capitaine s'amusait beaucoup à faire circuler ces petites histoires et à les perfectionner. Il les lançait discrètement, laissant entendre qu'il n'en était pas l'auteur, mais qu'il les tenait d'une autre source. Ce n'était pas de la modestie, mais la crainte qu'elles ne finissent par venir aux oreilles de Morris Langdon.

Ce soir, il n'était pas satisfait de sa nouvelle histoire. Seul avec sa femme, la mélancolie qui l'avait saisi dans la voiture devant la caserne illuminée le reprit. Il revoyait les habiles mains brunies du soldat et il frissonnait intérieurement.

– À quoi diable penses-tu? demanda Leonora.

– À rien.

– Tu m'as pourtant l'air vraiment bizarre.

Il était convenu qu'ils prendraient Morris Langdon au passage mais, au moment de partir, ce dernier vint leur demander de venir prendre un verre. Comme Alison se reposait, ils ne montèrent pas à l'étage. Étant déjà en retard, ils restèrent debout devant la table de la salle à manger et se dépêchèrent de vider leurs verres. Anacleto apporta sa cape militaire au commandant, qui portait l'uniforme. Le petit Philippin les suivit jusqu'à la porte et leur dit très gentiment :

– J'espère que vous passerez une agréable soirée.

– Merci, répondit Leonora, vous de même.

Toutefois, le commandant n'était pas si crédule. Il regarda Anacleto d'un air soupçonneux.

Quand celui-ci eut refermé la porte, il se précipita dans le salon et écarta très légèrement le rideau pour observer l'extérieur de la maison. Les trois personnes qu'Anacleto détestait s'étaient arrêtées sur le perron pour allumer des cigarettes. Impatient, Anacleto les suivit des yeux. Tandis qu'ils étaient à la cuisine, il lui était venu une idée lumineuse. Il était allé prendre trois briques en bordure du massif de roses pour les mettre au bout de l'allée principale, dans le noir. Il s'imaginait les trois personnages dégringolant comme des quilles. Quand ils traversèrent la pelouse pour gagner la voiture garée devant chez les Penderton, Anacleto se mordit les doigts de dépit. Il se dépêcha d'aller enlever l'obstacle, car il ne voulait pas que d'autres soient victimes de son piège.

Cette soirée se passa comme tant d'autres. Les Penderton et le commandant Langdon étaient allés danser au club de polo et s'y amusèrent bien. Comme d'habitude, Leonora fut prise d'assaut par les jeunes lieutenants et, sirotant un cocktail, Penderton eut le loisir de confier sa nouvelle histoire à un officier d'artillerie qui passait pour être un bel esprit. Le commandant resta dans le fumoir avec un groupe de copains, à parler pêche, politique et poneys. Il y avait une chasse à courre le lendemain matin, et les Penderton quittèrent le commandant vers les onze heures. À cette heure-là, Anacleto, qui était resté auprès de sa maîtresse et lui avait fait sa piqûre, était couché. Comme Madame Alison, il avait toujours plusieurs oreillers sous la tête, mais disposés de façon si inconfortable qu'il ne dormait jamais bien. Alison somnolait. À minuit, le commandant et Leonora se trouvaient dans leurs chambres respectives. Dans son bureau, le capitaine s'était mis tranquillement au travail. Par cette tiède nuit de novembre, on respirait la saine odeur des pins. Il n'y avait pas de vent et sur la pelouse les ombres étaient immobiles et sombres.

Vers cette heure-là, Alison sortit de son demi-sommeil. Elle avait eu plusieurs rêves impressionnants, qui l'avaient ramenée à l'époque de son enfance, et elle luttait pour ne pas recouvrer sa lucidité. Mais ce fut peine perdue, et bientôt elle fut complètement éveillée, les yeux grands ouverts, regardant dans le noir. Elle se mit à pleurer, et le bruit étouffé de ses sanglots nerveux lui semblait surgir non d'elle-même, mais d'une mystérieuse âme en peine, quelque part dans la nuit. Elle avait souvent pleuré au cours des deux dernières semaines. Elle était censée garder le lit, car le médecin lui avait dit qu'une nouvelle crise lui serait fatale. Toutefois, elle n'avait pas une haute opinion de son docteur, qu'elle considérait comme un vieux toubib militaire, et par-dessus le marché comme un parfait crétin. Bien qu'il fît des opérations, il buvait, et un jour, au cours d'une discussion, il avait soutenu dur comme fer que le Mozambique se trouvait sur la côte ouest de l'Afrique et non sur la côte est. Il avait refusé d'admettre qu'il se trompait jusqu'au moment où Alison avait cherché un atlas; elle faisait peu de cas de ses idées et de ses conseils. Elle était nerveuse, et deux jours plus tôt elle avait tellement eu envie de jouer du piano qu'elle s'était levée, habillée, et qu'elle était descendue pendant qu'Anacleto et son mari étaient sortis. Elle avait été contente de jouer pendant un moment. Elle était remontée très doucement à sa chambre et, malgré sa fatigue, cela n'avait pas eu de fâcheuses conséquences.

L'impression d'être prise au piège – car il lui faudrait sûrement attendre d'être mieux pour mettre ses plans à exécution – la rendait difficile à soigner. Au début on avait pris une infirmière, mais celle-ci et Anacleto ne s'entendaient pas, et elle était partie au bout d'une semaine. Alison ne cessait d'imaginer des choses. Cet après-midi-là, elle avait entendu un enfant du voisinage pousser un cri, comme le font les enfants en jouant, et elle s'était mis en tête qu'il avait été renversé par une voiture. Elle avait immédiatement envoyé Anacleto dans la rue, et même après que celui-ci lui eut affirmé que les enfants jouaient seulement à cache-cache, son angoisse ne s'était pas dissipée. La veille, elle avait senti une odeur de fumée, et elle était persuadée qu'il y avait le feu. Anacleto avait eu beau fouiller tous les recoins de la maison, elle n'avait pas été tranquillisée. Elle pleurait au moindre bruit soudain, au moindre incident. Anacleto s'en rongeait les ongles juqu'au vif, et le commandant évitait le plus possible de rester à la maison.

Or, à minuit, pendant qu'elle pleurait dans le noir, une autre illusion se présenta à son esprit. Regardant à la fenêtre, elle vit de nouveau l'ombre d'un homme sur la pelouse des Penderton. Adossé contre un pin, l'homme était parfaitement immobile. Et, tandis qu'elle le regardait, voici qu'il traversa la pelouse et pénétra par la porte de derrière. Elle se demanda, horrifiée, si cet homme, ce rôdeur, n'était pas son mari. Il s'introduisait clandestinement dans la chambre de Leonora, alors que Weldon était dans la maison, travaillant à son bureau. L'indignation d'Alison fit taire toute considération. Malade de colère, elle se leva pour aller vomir dans la salle de bains. Puis elle jeta un manteau sur sa chemise de nuit et enfila une paire de chaussures.

Elle se rendit sans hésiter chez les Penderton. Elle, qui détestait les scènes par-dessus tout, ne se demanda pas une seconde ce qu'il lui adviendrait dans la situation qu'elle était sur le point de précipiter. Elle franchit la porte d'entrée et la referma bruyamment. Le vestibule, seulement éclairé par une lampe du salon, était dans la pénombre. Respirant difficilement, elle monta l'escalier. La chambre de Leonora était ouverte, et Alison aperçut la silhouette d'un homme accroupi au chevet du lit. Elle avança et alluma la lampe située près de l'entrée.

Surpris par la lumière, le soldat cligna les yeux. Posant la main sur le rebord de la fenêtre, il se releva. Leonora bougea dans son sommeil, marmonna, et se retourna du côté du mur. Alison restait debout dans l'embrasure de la porte, la figure pâle et pétrifiée de stupéfaction. Sans prononcer une parole, elle sortit à reculons.

Pendant ce temps, le capitaine avait entendu la porte d'entrée s'ouvrir et se refermer. Il pressentit quelque chose d'anormal, mais un instinct le retint à son bureau. Il se mit à grignoter la gomme de son crayon, et il attendit nerveusement. Le capitaine ne savait à quoi s'en tenir, mais il fut surpris d'entendre frapper à sa porte et, avant d'avoir eu le temps de répondre, Alison était entrée dans le bureau.

– Qu'est-ce donc qui vous amène ici à une heure pareille? demanda-t-il avec un rire qui sonnait faux.

Alison ne répondit pas sur-le-champ. Elle remonta le col de son manteau autour de son cou. Quand elle parla enfin, ce fut d'une voix éteinte, comme si le choc en avait ôté toute vibration.

– Je crois que vous feriez bien d'aller voir dans la chambre de votre femme, dit-elle.

Le capitaine fut abasourdi par cette déclaration et par l'étrange apparence d'Alison. Mais plus forte que cette tempête intérieure était sa volonté de n'en rien laisser paraître. En un éclair il envisagea toutes sortes de suppositions contradictoires. Les paroles d'Alison ne pouvaient avoir qu'un sens : Morris Langdon était dans la chambre de Leonora. Mais non! Ils n'étaient pas à ce point écervelés! Et s'ils l'étaient, dans quelle position serait-il, lui, placé! Le capitaine ébaucha un sourire doucereux. Il ne laissa rien paraître de la fureur, du soupçon et de l'intense contrariété qu'il éprouvait.

– Allons, chère amie, dit-il d'un ton paternel, vous ne devriez pas vous promener dans cet état. Je vais vous reconduire chez vous.

Alison lança au capitaine un long regard perçant, comme si elle tentait de mettre de l'ordre dans ses pensées. Puis elle demanda avec une lenteur insistante :

– Vous n'allez pas me laisser croire que vous êtes au courant et que vous ne faites rien?

Le capitaine refusait obstinément de perdre son sang-froid.

– Je vais vous ramener, répéta-t-il. Vous n'êtes pas vous-même, et vous ne mesurez pas la portée de vos paroles.

Il se leva précipitamment et prit Alison par le bras. Il eut un mouvement de recul au contact du coude frêle et décharné sous l'étoffe du manteau. Il l'entraîna au bas du perron et lui fit traverser la pelouse. La porte de la maison était ouverte, mais le capitaine sonna longuement. Quelques instants plus tard Anacleto arriva dans le vestibule et, avant de s'en aller, le capitaine vit Morris sortir de sa chambre sur le palier de l'étage. Tout à la fois confus et soulagé, il rentra chez lui, laissant à Alison le soin de s'expliquer.

Le lendemain matin, le capitaine Penderton ne fut guère surpris d'apprendre qu'Alison Langdon avait complètement perdu l'esprit. À midi, toute la garnison était au courant. On parla de « dépression nerveuse », mais personne n'était dupe. Quand le capitaine et Leonora vinrent proposer leurs services au commandant, ils le trouvèrent debout devant la porte close de la chambre de sa femme, une serviette de toilette sur le bras. Il avait attendu là, patiemment, presque toute la journée. Ses yeux clairs étaient tout ronds d'étonnement et il ne cessait de se tirer et de se tripoter l'oreille. Quand il descendit accueillir les Penderton, il leur serra la main d'une façon étrangement cérémonieuse et rougit d'un air très embarrassé.

À l'exception du docteur, le commandant Langdon garda pour lui les détails de cette tragédie qui l'avait bouleversée. Alison ne déchirait pas ses draps, elle n'avait pas d'écume à la bouche, comme il imaginait les fous. Revenant en chemise de nuit à une heure du matin, elle s'était bornée à lui dire que Leonora trompait non seulement son mari, mais lui aussi, et avec un simple soldat. Alison avait ajouté qu'elle-même allait demander le divorce, ajoutant que, n'ayant pas d'argent, elle sollicitait du commandant un prêt de cinq cents dollars à un taux d'intérêt de quatre pour cent, avec la caution d'Anacleto et du lieutenant Weincheck. En réponse aux questions ébahies du commandant, elle avait annoncé qu'elle et Anacleto allaient ouvrir un magasin ou acheter un bateau pour pêcher la crevette. Anacleto avait hissé la malle d'Alison dans sa chambre, et il avait passé la nuit à empaqueter les affaires de sa maîtresse sous sa direction. Ils s'interrompaient de temps en temps pour boire du thé chaud et choisir sur une carte l'endroit où ils iraient. Un peu avant l'aube, ils avaient opté pour Moultrieville en Caroline du sud.

Le commandant Langdon était dans tous ses états. Debout dans un coin de la chambre d'Alison, il était demeuré un long moment à les regarder faire la malle. Il n'osait pas ouvrir la bouche. En fin de compte, lorsque tout ce qu'elle lui avait dit eut pénétré dans sa tête, et qu'il fut bien obligé d'admettre qu'elle était folle, il avait enlevé de la chambre la pince à ongles d'Alison et les pinces à feu. Puis il descendit et s'assit à la table de la cuisine avec une bouteille de whisky. Il pleurait et suçait les larmes salées sur les poils de sa moustache. Non seulement il déplorait l'état d'Alison, mais il en avait honte, comme si sa respectabilité en souffrait. Plus il buvait, et plus son malheur lui paraissait incompréhensible. À un moment il leva les yeux au plafond et dans la cuisine silencieuse il lança d'une voix retentissante cette supplication :

– Dieu? Ô Dieu...?

Il se frappa le front sur la table au point de se faire une bosse. Vers six heures et demie du matin il avait bu plus d'un litre de whisky. Il prit une douche, s'habilla et téléphona au docteur d'Alison, qui était médecin-colonel et avec lequel il était ami. Plus tard, on fit venir un autre médecin, on alluma des allumettes sous le nez d'Alison et on lui posa différentes questions. C'est au cours de cet examen que le commandant avait pris cette serviette de toilette dans la salle de bains d'Alison et se l'était posée sur le bras. Ainsi, il avait l'air de se tenir prêt en cas d'urgence, et il en tirait un certain réconfort. Avant de s'en aller, le médecin-colonel avait tenu un long discours, dans lequel le mot « psychologie » revenait fréquemment, et le commandant opinait docilement du chef à la fin de chaque phrase. Le docteur termina en conseillant d'envoyer Alison dans une maison de santé le plus rapidement possible.

– Mais, déclara le commandant désemparé, pas de camisole de force ni ce genre de trucs. Vous comprenez : un endroit où elle pourra faire marcher le gramophone, un endroit confortable. Vous voyez ce que je veux dire.

Deux jours plus tard, on avait trouvé un endroit en Virginie. Étant donné l'urgence, on avait choisi cet établissement plus en raison de ses tarifs (ils étaient extraordinairement élevés) que pour sa réputation médicale. Alison écouta avec amertume les décisions que l'on avait prises pour elle. Bien sûr, Anacleto l'accompagnerait. Ils partirent tous trois par le train quelques jours plus tard.

Cet établissement de Virginie recevait des patients souffrant d'affections à la fois physiques et mentales. Les maladies qui touchent simultanément le corps et le cerveau sont une catégorie particulière. Il y avait un certain nombre de vieux messieurs qui se traînaient dans un état de confusion totale en surveillant minutieusement les mouvements désordonnés de leurs jambes. Il y avait quelques dames morphinomanes et de nombreux riches alcooliques. Mais l'après-midi, le thé était servi sur une jolie terrasse, les jardins étaient bien entretenus et les chambres luxueusement meublées ; le commandant fut satisfait, et assez fier d'avoir les moyens pour tout cela.

Tout d'abord, Alison n'avait fait aucun commentaire. D'ailleurs, elle ne parla pas du tout à son mari jusqu'au moment où ils vinrent s'asseoir à table pour dîner. On avait fait une exception le soir de son arrivée en l'autorisant à dîner à la salle à manger, mais dès le lendemain matin elle devait rester couchée jusqu'à ce que son état cardiaque se soit amélioré. La table était garnie de bougies et de roses de serre. Le service et le linge de table étaient de première qualité.

Alison ne semblait pas remarquer ces belles choses. En prenant place à table, elle embrassa la pièce d'un long regard circulaire. Ses yeux noirs posèrent un regard demeuré perspicace sur les autres convives. Puis, calmement, elle déclara avec un amer soulagement :

– Mon Dieu, me voici en belle compagnie.

Le commandant Langdon ne devait jamais oublier ce dîner, car ce fut la dernière fois qu'il se trouva en compagnie de sa femme. Il partit très tôt le lendemain matin et s'arrêta en route pour passer une nuit à Pinehurst, où demeurait un ancien ami avec lequel il jouait au polo. À son retour à la garnison, un télégramme l'attendait. La seconde nuit suivant son arrivée, Alison était morte d'une crise cardiaque.

Le capitaine Penderton avait eu trente-cinq ans cet automne-là. Malgré sa jeunesse relative, il allait bientôt recevoir ses feuilles d'érables, insignes du grade de commandant ; et dans l'armée, où l'avancement est presque toujours lié à l'ancienneté, cette promotion prématurée constituait un incontestable tribut à ses capacités. Le capitaine était un travailleur acharné et il possédait une brillante intelligence des choses militaires, de telle sorte que bien des officiers, y compris lui-même, pensaient qu'il serait un jour général de haut rang. Cependant, le capitaine Penderton montrait des traces de surmenage. Cet automne, et plus spécialement au cours des dernières semaines, il paraissait très vieilli. Il avait de grandes poches sous les yeux, le teint jaune et brouillé. Ses dents commençaient à lui donner beaucoup de souci. Son dentiste avait dit qu'il devrait lui extraire deux molaires inférieures et poser un bridge, mais le capitaine remettait ce traitement à plus tard, car il n'avait pas le temps de se faire soigner. Il avait généralement une expression tendue, et sa paupière gauche était agitée d'un tic. Ce clignement spasmodique donnait à son visage crispé une curieuse expression de paralysie.

Il s'efforçait constamment de dominer son agitation. Le soldat était devenu pour lui une obsession maladive. Comme dans un cancer où, proliférant sans raison, les cellules finissent par détruire le corps, l'image du soldat prenait dans son esprit des proportions tout à fait exagérées. Il était parfois effrayé de récapituler les étapes qui l'avaient mis dans cet état, d'abord la tasse de café maladroitement versée sur le pantalon neuf, puis le défrichement de la pelouse, la rencontre après sa chevauchée sur Firebird, enfin les brèves rencontres dans les rues de la garnison. Comment il était passé de l'agacement à la haine, puis de la haine à cette obsession maladive, voilà ce qui défiait la logique du capitaine.

Un curieux songe le hantait. Ayant toujours été très ambitieux, il s'était souvent laissé aller à rêver à ses futures promotions. Encore frais émoulu de West Point, le nom et le titre de « Colonel Weldon Penderton » résonnaient plaisamment à son imagination. Au cours du dernier été il s'était vu comme un puissant et très brillant commandant de corps d'armée. Il lui était même arrivé de se murmurer à haute voix « Penderton, général en chef », et le titre sonnait si bien avec son nom qu'il lui paraissait destiné par droit de naissance. Or, au cours des dernières semaines, ce vain songe s'était bizarrement renversé. Un soir – ou plus exactement à une heure et demie du matin –, il était assis à son bureau, recru de fatigue. Tout à coup, dans la pièce silencieuse, sa langue avait articulé ces trois mots : « soldat Weldon Penderton ». Et avec les associations d'idées qu'ils suscitaient, ces mots avaient procuré au capitaine un sentiment délicieux de soulagement et de satisfaction. Au lieu d'ambitionner honneurs et promotions, voici qu'il se livrait au subtil plaisir de s'imaginer en simple soldat. Il se voyait jeune, presque frère jumeau de ce soldat qu'il détestait, avec un corps souple, allègre, que même l'uniforme sans élégance d'une vulgaire recrue ne pouvait rendre disgracieux, avec une chevelure abondante et brillante, des yeux bien ouverts, que l'étude et la tension n'avaient pas encore ternis. L'image du soldat Williams était mêlée à tous ces songes. Et la caserne y était toujours en arrière-plan ; le brouhaha de jeunes voix masculines, la bonne flânerie au soleil, les insouciants chahuts entre camarades.

Le capitaine avait pris l'habitude d'aller flâner tous les après-midi devant le quartier où était cantonné Williams. Il voyait le soldat assis seul toujours sur le même banc. Marchant sur le trottoir, le capitaine passait à deux mètres du soldat qui, voyant l'officier approcher, se levait à contrecœur et saluait nonchalamment. Les jours diminuaient et, à cette heure de fin d'après-midi, il y avait déjà du crépuscule dans l'air. Un certain temps après le coucher du soleil une brume aux tons lavande imprégnait l'atmosphère.

Au passage, le capitaine ralentissait et regardait le soldat bien en face. Le soldat, il le savait, devait avoir compris qu'il était le but de ces promenades de l'après-midi. Il se demandait même pourquoi le soldat n'allait pas dans un autre endroit afin de l'éviter. Le fait que ce dernier persistait dans ses habitudes donnait à leurs contacts quotidiens une saveur de rendez-vous qui piquait l'imagination du capitaine. Une fois qu'il avait dépassé le soldat, il dominait son envie de revenir sur ses pas et, lorsqu'il s'éloignait, il sentait son cœur se gonfler d'une cruelle nostalgie, contre laquelle il était impuissant.

De petits changements avaient eu lieu dans la maison du capitaine. Le commandant Langdon s'était attaché aux Penderton comme un troisième membre du ménage, ce qui convenait aussi bien au capitaine qu'à Leonora. La mort de sa femme l'avait laissé complètement abasourdi et désemparé. Il avait changé, même physiquement. Il avait perdu sa belle jovialité et, quand tous trois étaient assis le soir devant le feu, il semblait vouloir s'installer dans les positions les plus empruntées et les plus inconfortables possible. Il s'enroulait les jambes l'une sur l'autre comme un contorsionniste ou, l'une de ses lourdes épaules relevée, il se pétrissait l'oreille. Ses pensées et ses paroles n'étaient que pour Alison, et pour la partie de son existence qui venait de s'achever si brutalement. Il se laissait aller à de consternantes platitudes à propos de Dieu, de l'âme, de la souffrance et de la mort : sujets qui, auparavant, le rendaient muet d'embarras. Leonora s'occupait de lui, lui préparait d'excellents repas et prêtait une oreille patiente à toutes ses remarques lugubres.

– Si seulement Anacleto revenait, disait-il souvent.

Car Anacleto avait quitté la maison de santé au lendemain de la mort d'Alison, et personne n'avait de ses nouvelles. Il avait remis en ordre les bagages de sa maîtresse, puis il avait disparu. Pour le remplacer auprès du commandant, Leonora avait engagé l'un des frères de Susie, capable de cuisiner. Il y avait des années que le commandant désirait un domestique de couleur, normal, qui, peut-être, lui chiperait du whisky et laisserait de la poussière sous le tapis, mais qui, nom d'un chien, ne tripoterait pas le piano et ne baragouinerait pas en français. Le frère de Susie était un brave garçon ; il faisait de la musique sur un peigne garni de papier hygiénique, il se soûlait et il faisait bien le pain de maïs. Toutefois, le commandant n'éprouva pas la satisfaction qu'il attendait. À bien des égards Anacleto lui manquait, et il était plein de remords envers lui.

– Vous savez, je poussais Anacleto à bout en lui disant ce que je lui ferais si j'arrivais à le faire entrer dans l'armée. Mais vous ne pensez pas que ce petit brigand me croyait vraiment, n'est-ce pas? C'était pour le faire marcher... mais pourtant, je trouvais que l'armée lui aurait fait le plus grand bien.

Le capitaine se lassait d'entendre parler d'Alison et d'Anacleto. Dommage que ce petit animal de Philippin n'ait pas eu, lui aussi, une bonne crise cardiaque. Le capitaine trouvait à redire à tout ce qui se passait dans la maison. Il trouvait particulièrement détestable la lourde nourriture du Sud, que Leonora et Morris appréciaient. La cuisine était sale, et Susie la dernière des souillons. Le capitaine était un gourmet et, pour un amateur, il savait préparer de bons plats. Il appréciait la subtile cuisine de La Nouvelle-Orléans et l'équilibre harmonieux et délicat des mets français. À une lointaine époque, quand il était seul chez lui, il allait souvent à la cuisine se préparer un bon petit plat, juste pour le plaisir. Il aimait beaucoup le filet de bœuf à la béarnaise. Mais le capitaine était difficile et maniaque ; si le tournedos était trop cuit, ou si la sauce avait un coup de feu et n'était pas parfaitement onctueuse, il emportait le tout dans le jardin, creusait un trou et enterrait le corps du délit. Mais il avait maintenant perdu le goût de la nourriture. Cet après-midi même, Leonora était allée au cinéma, et il avait donné congé à Susie. Il s'était dit qu'il aimerait faire un peu de cuisine. Mais alors qu'il était en train de préparer une rissole, il s'en était brusquement désintéressé, il avait laissé tout en plan, et il était sorti se promener.

– Je vois d'ici Anacleto en corvée de cuisine, dit Leonora.

– Alison croyait que j'abordais ce sujet par simple cruauté, reprit le commandant, mais ce n'était pas le cas. Anacleto n'aurait pas été heureux dans l'armée, non; mais elle en aurait fait un homme, elle l'aurait débarrassé de tous ses enfantillages. J'ai toujours trouvé lamentable qu'un adulte de vingt-trois ans s'amuse à se trémousser en musique et à barbouiller avec de la peinture à l'eau. Dans l'armée, il aurait sans doute souffert d'être éreinté, mais cela eût mieux valu pour lui.

– Estimes-tu, lui demanda Penderton, qu'il est condamnable de se réaliser en dépit de la normale, et qu'il faut interdire aux gens de se rendre heureux dans ces conditions? Ou, en d'autres termes, que, pour des raisons morales, mieux vaut-il s'astreindre à entrer dans le moule uniforme que de courir le monde pour trouver chaussure à son pied?

– C'est exactement cela. Tu n'es pas d'accord avec moi?

– Non, répondit le capitaine après une brève pause.

Avec une terrifiante lucidité, le capitaine voyait soudain apparaître le tréfonds de son âme. Pour la première fois, il ne se percevait pas avec le regard des autres; il se vit semblable à un pantin contorsionné, minable d'aspect, et de forme grotesque. Il s'attarda sans indulgence sur cette présentation. Il l'acceptait sans tenter de la modifier ni se chercher d'excuses.

– Non, répéta-t-il distraitement, je ne suis pas d'accord.

Le commandant Langdon rumina cette réponse inattendue, mais il abandonna le sujet. Il avait toujours du mal à poursuivre une idée quelconque, une fois qu'il en avait exprimé l'essentiel. Hochant la tête, il revint à ses propres préoccupations.

– Un jour, dit-il, je m'étais éveillé avant l'aube, j'ai vu de la lumière dans sa chambre et je suis entré. J'ai trouvé Anacleto assis sur le bord du lit, et ils étaient tous les deux, les yeux baissés, en train de s'amuser de quelque chose. Et que faisaient-ils?

Ici, le commandant pressa ses doigts obtus contre le globe de ses yeux et hocha de nouveau la tête.

– Ah oui... Ils laissaient tomber de petits trucs dans un bol plein d'eau. Une cochonnerie japonaise qu'Anacleto avait achetée dans une boutique à deux sous : ces petits fragments qui s'ouvrent comme des fleurs, une fois dans l'eau. Et voilà à quoi ils passaient leur temps, assis là à quatre heures du matin. Sur le coup ça m'a énervé, et quand j'ai trébuché sur les pantoufles d'Alison auprès du lit, je me suis emporté et j'ai donné un coup de pied qui a tout fichu en l'air à l'autre bout de la pièce. Alison m'en a voulu, et elle m'a battu froid pendant plusieurs jours. Anacleto a versé du sel dans le sucrier avant de me monter mon café. C'était triste, toutes ces nuits où elle a dû souffrir.

– Ce qu'ils nous donnent, ils nous le reprennent, fit Leonora, dont les intentions valaient mieux que sa connaissance des Écritures.

Leonora avait un peu changé au cours des semaines précédentes. Elle touchait à la plénitude de sa maturité. En peu de temps, son corps semblait avoir perdu de sa souplesse juvénile. Sa figure s'était élargie et, détendue, son expression reflétait une paresseuse tendresse. On eût dit une femme qui aurait eu plusieurs bébés bien portants et en attendait un autre à huit mois de là. Son teint conservait son grain délicat et son aspect de santé, et, bien qu'elle eût pris du poids, sa silhouette n'avait rien de flasque. La mort de l'épouse de son amant l'avait atterrée. Elle avait été si émue à la vue du corps dans son cercueil que, pendant plusieurs jours après l'enterrement, elle parlait à voix basse, même pour commander des provisions au magasin de la garnison. Elle traitait le commandant avec une douceur nonchalante et lui répétait toutes les heureuses anecdotes dont elle pouvait se souvenir à propos d'Alison.

– Au fait, dit brusquement le capitaine, je ne puis m'empêcher de songer à cette fameuse nuit, quand elle est venue ici. Dans ta chambre, Leonora, que t'a-t-elle raconté?

– Je t'ai dit que j'ignorais même qu'elle était venue. Elle ne m'a pas réveillée.

Mais le capitaine Penderton restait inquiet sur ce chapitre. Plus il se remémorait la scène dans son bureau, plus il la trouvait bizarre et troublante : il ne mettait pas en doute les paroles de Leonora car, lorsqu'elle mentait, tout le monde s'en apercevait immédiatement. Mais qu'est-ce qu'Alison avait voulu dire, et lui, en rentrant, pourquoi n'était-il pas monté voir? Il croyait en connaître obscurément la raison, dans les replis de sa conscience. Mais plus il y réfléchissait, plus son malaise augmentait.

Leonora présenta devant le feu ses mains d'écolière, toutes roses.

– Un jour, dit-elle, je me rappelle que j'ai vraiment été surprise. C'était quand nous avions pris la voiture pour aller tous ensemble en Caroline du Nord, cet après-midi, après avoir mangé ces bonnes perdrix chez ton ami, Morris. Alison, Anacleto et moi marchions sur la route et un petit garçon est passé, menant son cheval de labour, en réalité une sorte de mulet. Mais la tête de ce vieux canasson avait plu à Alison et elle a voulu le monter sur-le-champ. Elle a fait du charme au petit bouseux et, après être grimpée sur une palissade elle a enfourché l'animal, sans selle, et avec sa robe. Tu imagines! Je crois que le cheval n'avait pas été monté depuis des années, et Alison n'était pas plus tôt sur lui qu'il s'est couché et a commencé à rouler sur elle. J'ai cru que c'était la fin d'Alison Langdon, et j'ai fermé les yeux. Mais le croirais-tu? Une minute après, voilà qu'elle avait relevé le cheval et trottait autour du champ comme si de rien n'était. Toi, Weldon, jamais tu n'aurais pu faire ça. Et Anacleto courait dans tous les sens comme un fou. Ciel! qu'on s'est amusés... C'était la surprise de ma vie.

Le capitaine Penderton bâilla, non parce qu'il avait sommeil, mais parce que l'allusion de Leonora à ses talents de cavalier l'avait vexé, et qu'il voulait se montrer impoli. Leonora et lui avaient eu des scènes à propos de Firebird. Depuis l'affolante chevauchée, le cheval n'était plus tout à fait le même, et Leonora s'en était violemment prise à son mari. Mais les événements des deux dernières semaines avaient contribué à réduire la vivacité de leur antagonisme, et le capitaine était sûr que Leonora finirait par ne plus y penser.

Le commandant Langdon conclut la conversation de la soirée par l'un de ses aphorismes préférés :

– Maintenant, il n'y a plus pour moi que deux choses importantes : être un bon animal et servir mon pays. Santé et patriotisme.

En cette période, la maison du capitaine Penderton n'était pas le lieu idéal pour un homme en proie à une vive crise mentale. Auparavant, le capitaine aurait trouvé ridicules les plaintes de Morris Langdon. Mais, maintenant, l'atmosphère de la mort était dans la maison. Il avait l'impression que, en plus de la mort d'Alison, leurs existences à tous trois étaient de façon mystérieuse parvenues à leur terme. Son ancienne crainte de voir Leonora divorcer pour partir avec Morris avait cessé de le tourmenter. Et l'attirance qu'il éprouvait naguère pour le commandant n'était plus qu'une velléité, comparée à ses sentiments pour le soldat.

La maison elle-même était devenue une source d'irritation pour le capitaine. L'ameublement était hétéroclite. Il y avait au salon le canapé conventionnel, recouvert de chintz à fleurs, deux fauteuils, une carpette d'un rouge criard et un secrétaire ancien. Tout cela était d'une vulgarité que le capitaine trouvait détestable. Les rideaux de guipure étaient laids et défraîchis, et la cheminée décorée d'un fouillis de bibelots : une procession d'éléphants imitation ivoire, une belle paire de bougeoirs en fer forgé, une statuette peinte figurant un négrillon mordant dans une tranche de pastèque, et un vase mexicain en verre teinté bleu, dans lequel Leonora avait mis de vieille cartes de visite. À force de bouger, tout ce mobilier était devenu un peu branlant, et l'impression d'accumulation et de mièvrerie féminine exaspérait tellement le capitaine qu'il évitait le plus possible de pénétrer dans la pièce. Il éprouvait une profonde et secrète nostalgie pour la caserne, revoyant en imagination les lits de camp nettement alignés, le parquet nu et les sévères fenêtres sans rideaux. Contre le mur de cette pièce imaginaire, ascétique et austère, il y avait pour une raison inexplicable un bahut ancien sculpté avec des baguettes de cuivre.

Au cours de ses longues promenades en fin d'après-midi, le capitaine Penderton se trouvait dans une très vive excitation, proche du délire. Il avait l'impression de dériver, d'être retranché de toute influence humaine, et il portait, nichée en lui, l'image du jeune soldat, comme une sorcière qui serrerait une amulette contre son sein. Il se sentait particulièrement vulnérable. En dépit de son sentiment d'isolement, ce qui attirait son attention lors de ses promenades prenait pour lui une importance démesurée. Tout ce qu'il pouvait voir, même les choses les plus banales, lui semblait avoir quelque mystérieux rapport avec son destin. Ainsi, lui suffisait-il d'apercevoir un moineau dans le caniveau pour rester pendant plusieurs minutes à contempler ce spectacle banal. Il avait depuis quelque temps perdu la capacité élémentaire de hiérarchiser instinctivement ses impressions sensorielles en fonction de leur intérêt relatif. Un après-midi, il vit un camion entrer en collision avec une voiture. Mais cet accident sanglant ne l'impressionna pas davantage que la vue, quelques minutes plus tard, d'un morceau de journal emporté par le vent.

Il avait depuis longtemps cessé de mettre ses sentiments pour le soldat Williams sur le compte de la haine. Et il n'essayait plus de justifier l'émotion qui le possédait. Il ne s'agissait plus pour lui d'amour ou de haine; il éprouvait seulement le besoin irrésistible de briser la barrière qui les éloignait l'un de l'autre. Quand il apercevait de loin le soldat sur son banc devant la caserne, il avait envie de lui crier quelque chose, ou de le frapper du poing, pour que la violence l'oblige à réagir. Cela faisait bientôt deux ans qu'il avait vu le soldat pour la première fois. Plus d'un mois s'était écoulé depuis que celui-ci avait été chargé de corvée pour éclaircir le bois. Et pendant tout ce temps, c'est à peine s'ils avaient échangé plus d'une douzaine de paroles.

L'après-midi du 12 novembre, le capitaine Penderton sortit comme d'habitude. Sa journée avait été fatigante. Dans la salle de cours pendant la matinée, alors qu'il expliquait au tableau un problème de tactique, il avait eu un inexplicable accès d'amnésie. Il s'était interrompu au milieu d'une phrase, l'esprit vide. Il avait non seulement complètement oublié comment il devait terminer sa conférence, mais il avait l'impression de n'avoir jamais vu les élèves officiers assis devant lui. Il voyait clairement le visage du soldat Williams, et rien d'autre. Il resta quelques instants figé sur place, craie en main. Il recouvra finalement assez de lucidité pour congédier l'auditoire. Heureusement, ce trou de mémoire s'était produit alors que la conférence était presque finie.

Le capitaine avança d'un pas rapide sur l'un des trottoirs qui menaient au quadrilatère de la caserne. L'état de l'atmosphère était exceptionnel. Il y avait dans le ciel des nuages d'orage menaçants, mais l'horizon était clair, baigné des derniers rayons de soleil. Le capitaine balançait les bras, comme s'ils ne voulaient pas se plier aux coudes, il gardait les yeux fixés sur son pantalon d'ordonnance et ses étroites chaussures parfaitement cirées. Il leva les yeux juste au moment où il arriva au banc où était assis le soldat Williams et, après l'avoir regardé fixement pendant quelques secondes, il s'avança vers lui. Paresseusement, le soldat se mit au garde-à-vous.

– Soldat Williams, dit le capitaine.

Le soldat attendait, mais Penderton ne continua pas. Il avait eu l'intention de réprimander Williams pour violation des règlements concernant l'uniforme. En se rapprochant, il lui avait semblé que la tunique du soldat n'était pas boutonnée convenablement. Au premier abord, le soldat donnait toujours l'impression qu'il manquait quelque chose à son uniforme, ou qu'il en avait négligé un détail important. Mais quand l'officier put l'examiner de près, il constata qu'il n'y avait rien à redire. Cette impression de relâchement tenait à la conformation physique du soldat, et non à une infraction caractérisée au code militaire. Une fois de plus, le capitaine demeura sans voix et haletant en face du jeune homme. Dans son cœur bouillonnait une tirade incohérente d'imprécations, de mots d'amour, de supplications et d'insultes. Mais, à la fin, il tourna les talons sans avoir prononcé un seul mot.

La pluie, qui menaçait, tarda jusqu'à ce que le capitaine fût presque de retour chez lui. Ce n'était pas une maigre petite pluie d'hiver, mais la trombe rugissante d'un orage d'été. Le capitaine se trouvait à vingt mètres de sa porte quand il reçut les premières gouttes. Un petit sprint l'aurait facilement mis à l'abri. Mais il ne hâta pas son allure nonchalante, même lorsque l'averse glaciale le transperça. Quand il ouvrit la porte, il avait les yeux tout brillants et il grelottait.

Dès qu'il sentit que le temps tournait à la pluie, le soldat Williams rentra à la caserne. Il alla s'asseoir dans la salle de repos jusqu'à l'heure du souper et, dans la tapageuse exubérance du réfectoire, il fit alors, sans se presser, un copieux repas. Ensuite il prit dans son casier un sac de bonbons assortis. Tout en mâchonnant un *marshmallow*, il se rendit aux latrines, où il entama une bagarre. Au moment où il était entré, toutes les cabines étaient occupées, sauf une, et il y avait devant lui un soldat en train de déboutonner son pantalon. Mais à l'instant où le soldat allait s'asseoir, Williams l'écarta brutalement pour lui prendre la place. Un petit attroupement se forma autour des combattants. Dès le début, sa rapidité et sa force avaient donné le dessus à Williams. Son expression ne reflétait ni l'effort ni la colère; ses traits demeuraient impassibles, seules la sueur qui perlait à son front et la fixité de son regard trahissaient les efforts qu'il s'imposait dans cette lutte. Il tenait son adversaire à sa merci et l'issue était proche, quand il lâcha brusquement prise. Le combat eut l'air de ne plus l'intéresser le moins du monde, et il ne prit même pas la peine de se défendre. Il reçut une bonne correction, et on lui frappa méchamment la tête contre le sol de ciment. Au bout du compte, il se releva en titubant et quitta les latrines sans même les avoir utilisées.

Ce n'était pas la première bagarre que Williams avait provoquée.

Au cours des deux semaines précédentes, il était resté tous les soirs à la caserne et y avait causé beaucoup de désordre. C'était pour ses camarades de caserne une facette de sa personnalité qu'ils n'avaient pas soupçonnée. Il restait assis pendant des heures, assis et silencieux, puis, brusquement, voici qu'il se livrait à quelque geste inexcusable. Il ne se promenait plus dans la forêt pendant ses heures de loisir et, la nuit, il dormait mal, dérangeant ses camarades par des grognements dans ses cauchemars. Toutefois, personne ne se préoccupait de ses singularités. Il y avait des hommes dont le comportement était bien plus bizarre que le sien. Un vieux caporal écrivait chaque soir une lettre à Shirley Temple [87] pour lui narrer sous forme de journal tout ce qu'il avait fait au cours de la journée, puis postait sa lettre le lendemain matin avant le petit-déjeuner. Un autre soldat, qui avait dix ans de service, avait sauté d'une fenêtre du troisième étage parce qu'un copain avait refusé de lui prêter cinquante *cents* pour acheter une bière. Un cuisinier de la même section était hanté par l'idée qu'il avait un cancer de la langue, en dépit des dénégations les plus catégoriques du docteur. Il restait pendant des heures devant une glace, à tirer la langue jusqu'à la racine, et il était complètement décharné à force de se priver de nourriture.

Après la bagarre, le soldat Williams gagna le dortoir et s'allongea sur son lit. Il mit le sac de bonbons sous son oreiller et regarda fixement le plafond. Dehors, la pluie s'était apaisée et il faisait nuit. De vagues rêveries traversaient l'esprit du soldat. Il pensait au capitaine, mais dans une suite d'images mentales dépourvues de signification. Ce jeune soldat originaire du Sud rangeait les officiers dans cette catégorie indéterminée dont les nègres faisaient partie : ils avaient une place dans sa vie, mais il ne les envisageait pas comme des humains. Il acceptait le capitaine avec le même fatalisme que le temps qu'il fait ou qu'un quelconque phénomène naturel. Si l'on pouvait trouver inattendu le comportement du capitaine, ce comportement n'avait aucune incidence sur la conscience du soldat. Il ne s'en demandait pas la raison, pas plus qu'il ne s'interrogeait sur la raison d'un orage ou du déclin d'une fleur.

Il ne s'était pas approché de la demeure du capitaine Penderton depuis la nuit où l'on avait allumé la lampe, et où la femme brune, debout à la porte de la chambre, l'avait regardé. Sur le coup, il avait eu très peur, mais cela avait été une peur plus physique que mentale, inconsciente plus que réfléchie. Quand il avait entendu que l'on refermait la porte d'entrée, il avait jeté dehors un coup d'œil prudent et constaté que la voie était libre. Une fois en sûreté dans le bois, il avait couru comme un fou, silencieusement, sans pourtant savoir précisément ce dont il avait peur.

Mais le souvenir de la femme du capitaine n'était pas sorti de son esprit. Toutes les nuits, il rêvait de la Dame. Un jour, peu de temps après s'être engagé, il avait eu une intoxication alimentaire et on l'avait hospitalisé. À la pensée de cette mauvaise maladie que les femmes communiquent, il frissonnait sous ses couvertures chaque fois que les infirmières s'approchaient de lui. Il avait souffert en silence des heures durant, plutôt que de leur demander un service. Mais il avait touché la Dame, et cette maladie ne lui faisait plus peur. Tous les jours il étrillait et sellait Firebird, il regardait la Dame s'éloigner sur le cheval. Le matin de bonne heure, l'air était vif et la femme du capitaine était toute rose et pleine d'entrain. Elle avait toujours une petite plaisanterie ou une parole amicale pour Williams, mais jamais il ne la regardait directement, jamais il ne répondait à ses plaisanteries.

Lorsqu'il pensait à elle, ce n'était jamais dans le cadre de l'écurie ou du grand air. Il la voyait toujours dans cette chambre où, la nuit, il s'absorbait à la contempler. Son souvenir de cette période était purement sensuel. Il y avait l'épaisse carpette sous ses pieds, le couvre-lit de soie, la subtile odeur du parfum. Il y avait la douce et capiteuse tiédeur de cette chair féminine, les ténèbres silencieuses, et aussi, dans son cœur, cette nouvelle volupté et la tension de tout son corps tandis qu'il se tenait là, accroupi à son chevet. Maintenant qu'il avait connu cela, il ne pouvait plus s'en priver ; en lui s'était insinué un désir sombre et aveugle, dont l'assouvissement était aussi inéluctable que la mort.

À minuit, la pluie cessa. Il y avait longtemps que l'on avait éteint les lumières dans la caserne. Le soldat Williams ne s'était pas déshabillé et, après la fin de l'averse, il enfila ses tennis et sortit. Pour se rendre à la maison du capitaine il suivit son itinéraire habituel, longeant le bois qui entourait la garnison. Mais c'était une nuit sans lune, et le soldat marchait plus rapidement que d'habitude. À un endroit il s'égara et, lorsqu'il finit par arriver à la maison du capitaine, il eut un accident. Dans l'obscurité il fit une chute dans ce qu'il prit d'abord pour un puits profond. Afin de s'orienter, il craqua quelques allumettes et vit qu'il était tombé dans un trou creusé récemment. La maison était obscure, et le soldat, maintenant couvert d'égratignures, de boue, et hors d'haleine, attendit quelques instants avant d'entrer. Il était déjà venu six fois, cette fois-ci était la septième et ce devait être la dernière.

Le capitaine était debout, près de la fenêtre du fond de sa chambre à coucher. Il avait pris trois cachets, mais il ne trouvait toujours pas le sommeil. Le cognac qu'il avait bu l'avait un peu enivré, il était légèrement drogué, mais rien de plus. Lui, qui aimait tant le luxe et prenait tant de soin au choix de ses vêtements, choisissait les vêtements de nuit les plus grossiers. Il portait un surtout de laine noire rugueuse digne d'une gardienne de prison devenue veuve. Son pyjama était de tissu non décati, raide comme une toile de tente. Et il était pieds nus sur le plancher devenu froid.

Le capitaine prêtait l'oreille au murmure du vent dans les pins, quand il aperçut le jaillissement d'une toute petite flamme dans la nuit. Le vent l'éteignit l'instant d'après, mais le capitaine avait eu le temps de reconnaître un visage. Et ce visage, éclairé par la flamme sur un fond de ténèbres, lui coupa le souffle. Il continua d'observer, et distingua vaguement la silhouette qui traversait la pelouse. Le capitaine agrippa le devant de son surtout et pressa la main contre sa poitrine. Fermant les yeux, il attendit.

Tout d'abord aucun bruit ne parvint jusqu'à lui. Puis il entendit, ou plutôt devina, les pas feutrés qui montaient prudemment l'escalier. Par l'entrebâillement de sa porte il put apercevoir une sombre silhouette. Il murmura quelque chose, mais sa voix était si basse et sifflante qu'elle se confondait avec le bruit du vent au-dehors.

Le capitaine Penderton attendit. Les yeux clos, il resta sur place, anxieux. Puis il avança dans le vestibule et vit, se dessinant sur la pâleur grise de la chambre de sa femme, celui qu'il désirait tant trouver. Le capitaine devait ensuite se dire qu'en cet instant il avait tout compris. Il est vrai que [88] dans les moments où nous attendons de subir quelque grand choc dont nous ignorons la nature, notre esprit s'y prépare instinctivement en abandonnant provisoirement la capacité d'être surpris. Dans cet instant vulnérable, un kaléidoscope de possibilités juste entrevues se présente à nous et, une fois que la catastrophe a pris une forme précise, nous avons l'impression d'avoir tout compris d'avance de façon surnaturelle. Le capitaine saisit son pistolet dans le tiroir de sa table de chevet, traversa le vestibule et alluma dans la chambre de sa femme. En accomplissant ce geste, il se remémora quelques vagues fragments d'images à demi oubliées : une ombre à la fenêtre, un certain bruit nocturne. Il se dit qu'il savait tout. Mais ce tout, il ne pouvait pas le décrire. Il n'avait qu'une seule certitude : c'était la fin.

Le soldat n'eut pas le temps de se tirer de sa posture accroupie. La lumière lui fit cligner les yeux et ses traits ne reflétaient aucune peur ; il paraissait ahuri et indigné, comme si on s'était permis de le déranger sans raison. Le capitaine était bon tireur, et ses deux coups ne laissèrent qu'un seul trou sanglant au milieu de la poitrine du soldat.

Au bruit des détonations, Leonora s'éveilla en sursaut. Encore à demi endormie, elle regardait autour d'elle, comme si elle contemplait une scène de théâtre, une tragédie macabre, mais à laquelle on pouvait ne pas croire. Presque aussitôt, le commandant Langdon vint frapper à la porte de derrière et, en pantoufles et en robe de chambre, il grimpa rapidement l'escalier. Le capitaine s'était affalé contre le mur. Vêtu de son drôle de surtout d'étoffe grossière, il faisait songer à quelque moine paillard, épuisé. Même dans la mort, une impression de tiède confort animal se dégageait du corps du soldat. Son visage grave n'avait pas changé, et ses mains brunies par le soleil reposaient sur le tapis, paumes ouvertes, comme dans le sommeil.

FRANKIE ADDAMS

Le titre original The Member of the Wedding, *est plus riche car il maintient l'effet d'étrangeté que procure cette association de mots inusitée. Comme dans le cas du* Cœur est un chasseur solitaire, *Carson McCullers aurait trouvé la nervure centrale de son roman dans une seule expression : « she wants to be a member of the wedding ». Symptomatiquement, le mariage lui-même est « exécuté » en une phrase comme cet autre mariage sudiste célèbre,* Delta Wedding, *de Eudora Welty, publié également en* 1946.

La structure du roman suit le changement de nom de l'héroïne : les trois parties correspondent aux trois prénoms, Frankie, F. Jasmine et Frances, qui suivent l'initiation de Frankie et son accession progressive à une réalité moins fantasmée. La jeune fille se cherche un prénom comme elle se cherche une famille et le mariage de son frère Jarvis lui paraît l'occasion rêvée de devenir « membre de quelque chose ». La domestique noire Bérénice est l'âme de ce foyer orphelin : c'est elle qui offre la chaleur maternelle de son giron à Frankie, et qui énonce des vérités telles que l'importance du prénom lorsque la jeune adolescente lui annonce son intention d'en changer :

> *– Ça serait quand même du désordre, insista Bérénice. Suppose que brusquement tout le monde change de prénom. Personne ne saura plus à qui il parle. Et le monde entier deviendra fou.*
>
> *– Je ne vois pas...*
>
> *– Parce que autour de ton nom, il y a des choses qui sont entassées, dit Bérénice.*

Le chiffre trois correspond aussi au déroulement de l'action en trois jours ; la section du milieu est à son tour divisée en trois moments correspondant aux trois parties de la journée : le matin, l'après-midi et le soir.

Le trio formé par Frankie, la servante noire Bérénice et le petit cousin, John Henry, âgé de six ans, parle d'amour et réinvente la création divine : Bérénice effacerait la guerre, la famine et ferait revivre son premier mari qui fut aussi son premier amour. Frankie, quant à elle, souhaiterait changer les saisons, c'est-à-dire supprimer l'été et ajouter beaucoup de neige. Le petit John Henry, lui, résoudrait la différence des sexes en imaginant un monde où tout le monde serait mi-fille mi-garçon.

Le récit oscille entre des dialogues pleins de réalisme, car écrits dans une langue proche de la langue parlée, et des descriptions fouillées comme dans les récits tchekhoviens. On remarquera en particulier le soin avec lequel Carson McCullers évoque la nourriture et la précision du paysage sonore. Bérénice a de la gouaille et la voix chaude comme une rivière brune, et renvoie Frankie à ses ruminations moroses.

Dans La Ballade du café triste, *écrite parallèlement à* Frankie Addams, *se trouve aussi la prison comme métaphore de l'enfermement de chacun entre les murs rigides de sa conscience. Sœur de Mick Kelly (héroïne du* Cœur est un chasseur solitaire*), Frankie Addams se heurte aux limites de sa cellule, et comme le capitaine Penderton, dans* Reflets dans un œil d'or, *en cherchant à s'identifier à quelque chose qui lui est extérieur, elle tente de briser les murs de son isolement. Bérénice est la seule à avoir connu, grâce à son mariage avec Ludie, cette envolée hors de soi permise par l'amour –* leitmotiv *de la plupart des romans de Carson McCullers.*

Comme Mick Kelly, Frances a raté son accès au monde des adultes, mais si elle abandonne ses projets d'appartenance au monde entier, elle ne renonce pas à toutes ses ambitions. Avec sa nouvelle amie Mary Littlejohn, elle s'invente un avenir peu crédible mais riche de possibilités :

> *Mary deviendrait un jour un grand peintre et Frances un grand poète – à moins qu'elle ne s'affirme comme une autorité incontestable dans le domaine des radars.*

Avec cette figure adolescente enfantine et grave Carson McCullers poursuit son exploration de l'ambivalence qui règne « du côté des petites filles ».

Plus près de nous, Kaye Gibbons a recréé dans Ellen Foster *(1987) une atmosphère comparable, empreinte de la perversité et de la crudité des perceptions de l'enfance.*

Les critiques contemporains ont été touchés par la magie qui se dégage de ce huis-clos aux accents de blues *mélancoliques. Certains y voient le chef-d'œuvre de Carson McCullers, ou, du moins, son œuvre la plus sensible.*

Première Partie

C'est arrivé au cours de cet été vert et fou. Frankie avait douze ans. Elle ne faisait partie d'aucun club, ni de quoi que ce soit au monde. Elle était devenue un être sans attache, qui traînait autour des portes, et elle avait peur. En juin, les arbres avaient été d'un vert étourdissant, mais les feuillages s'étaient mis à foncer peu à peu, et la ville était devenue noire et comme desséchée par le feu du soleil. Dans les premiers temps, Frankie avait l'habitude de se promener, sans avoir rien à faire de précis. Au petit matin et au crépuscule, les trottoirs de la ville étaient gris, mais le soleil de midi les transformait en miroirs, et le ciment brûlait en scintillant comme du verre. Frankie avait fini par trouver que les trottoirs étaient trop chauds pour la plante de ses pieds et, d'un autre côté, elle commençait à avoir des ennuis. Des ennuis si graves et si personnels, qu'elle avait jugé préférable de rester calfeutrée chez elle – et chez elle il n'y avait que Bérénice Sadie Brown et John Henry West. Ils restaient assis tous les trois autour de la table de la cuisine, parlant de choses toujours les mêmes, les répétant à l'infini, si bien que pendant ce mois d'août les mots s'étaient mis à rimer les uns avec les autres, en produisant une étrange musique. Chaque après-midi, le monde avait l'air de mourir, et tout devenait immobile. Cet été-là avait fini par ressembler à un cauchemar de fièvre verte ou à une jungle obscure et silencieuse derrière une vitre. Et puis le dernier vendredi du mois d'août, tout avait changé brusquement. Si brusquement que, dans le désert de cet après-midi, Frankie ne savait plus où elle en était, et qu'elle n'arrivait toujours pas à comprendre.

– C'est vraiment trop bizarre, dit-elle. La façon dont c'est arrivé.

– Arrivé? Arrivé? dit Bérénice.

John Henry les observait et les écoutait calmement.

– Je ne sais plus où j'en suis. À ce point-là, c'est la première fois.

– Où tu en es à cause de quoi?

– De tout ça.

– Le soleil, dit Bérénice, je crois qu'il t'a fait bouillir la cervelle.

– Moi aussi, murmura John Henry.

Frankie elle-même n'était pas loin de le croire. Il était quatre heures de l'après-midi. La cuisine était calme, grise et carrée. Frankie était assise près de la table, les yeux à moitié fermés, et elle songeait à un mariage. Elle voyait une église silencieuse, et de la neige qui s'écrasait bizarrement contre les vitraux de couleur. Le marié était son frère, et il y avait une lumière à la place de son visage. La mariée était là, elle aussi, en robe blanche à longue traîne, et la mariée n'avait pas de visage elle non plus. Quelque chose dans ce mariage faisait éprouver à Frankie une sensation dont elle ne savait pas le nom.

– Regarde-moi, dit Bérénice. Tu es jalouse?

– Jalouse?

– Jalouse, parce que ton frère va se marier?

– Pas du tout, dit Frankie. Mais je n'ai jamais vu un couple pareil. Voilà tout. C'était si étrange de les voir entrer dans la maison aujourd'hui.

– Tu es jalouse, dit Bérénice. Va te regarder dans la glace. La couleur de la jalousie, je la vois dans tes yeux.

Il y avait un petit miroir couvert de buée au-dessus de l'évier. Frankie alla s'y regarder, mais ses yeux étaient du même gris que les autres jours. Elle avait tellement grandi cet été-là qu'elle avait presque l'air d'un phénomène de foire, avec ses jambes trop longues, ses épaules trop étroites. Elle portait un short bleu, une chemise de polo, et elle était pieds nus. Ses cheveux étaient courts comme ceux d'un garçon, mais on ne les avait pas coupés depuis longtemps, et il n'y avait plus de raie. Son image était floue et déformée dans le miroir, mais elle savait parfaitement à quoi elle ressemblait. Elle haussa l'épaule gauche et détourna la tête.

– Oh! dit-elle. Je n'ai jamais vu des gens aussi beaux que ces deux-là. Je n'arrive pas à comprendre comment c'est arrivé.

– Arrivé quoi, petite idiote? dit Bérénice. Ton frère, il est venu à la maison avec la fille qu'il veut épouser et il a déjeuné avec ton père et avec toi. Le mariage, il aura lieu dimanche prochain, à la maison de la fille, à Winter Hill. Et tu vas au mariage avec ton père. Voilà toute l'histoire. Alors, qu'est-ce qui te dérange?

– Je ne sais pas, dit Frankie. Ma main à couper qu'à chaque minute de la journée ils s'amusent.

– Et si nous, on s'amusait? proposa John Henry.

– Nous? demanda Frankie. S'amuser, nous?

Ils s'assirent autour de la table, et Bérénice distribua les cartes pour un bridge à trois. Bérénice avait toujours été la cuisinière de la maison, aussi loin que Frankie cherche dans sa mémoire. Elle était très noire, très petite, avec de larges épaules. Elle disait toujours qu'elle avait trente-cinq ans, mais elle le répétait depuis trois ans au moins. Ses cheveux gras, plaqués à son crâne, étaient tressés, divisés en petites nattes, et elle avait un visage aplati sans relief et paisible. Une seule chose étonnait chez elle – son œil gauche, en verre, bleu et brillant. Il restait fixe et grand ouvert, comme égaré, dans ce visage sombre et paisible, et personne jamais ne saurait pourquoi elle avait voulu un œil bleu. Son œil droit était noir et triste. Elle distribua les cartes lentement et, chaque fois qu'il y en avait deux collées ensemble, elle mouillait son pouce. John Henry regardait chacune des cartes qu'elle lui donnait. Il était torse nu, blanc et moite, avec autour du cou un petit âne en plomb [89] attaché à une ficelle. C'était un cousin germain de Frankie, et pendant tout cet été-là il venait déjeuner et passer la journée avec elle, ou dîner et passer la nuit. Elle n'arrivait pas à le renvoyer chez lui. Il était petit pour ses six ans, mais il avait des genoux énormes, les plus gros que Frankie ait jamais vus, avec toujours une écorchure ou un pansement, parce qu'il était tombé ou qu'il s'était arraché les croûtes lui-même. Il avait une figure pâle et crispée, et de minuscules lunettes à monture dorée. S'il regardait chaque carte avec une telle attention, c'est qu'il avait des dettes envers Bérénice. Il lui devait plus de cinq millions de dollars.

– Un cœur, dit Bérénice.

– Un pique, dit Frankie.

– C'est moi qui demande un pique, dit John Henry. C'est juste la couleur que je voulais annoncer.

– Tant pis pour toi. Je l'ai annoncée la première.

– Tu triches. Tu es une idiote. Tu n'as pas le droit!

– Assez! dit Bérénice. Pourquoi vous vous disputez? La vérité, c'est qu'aucun de vous il a assez de jeu pour soutenir son annonce. Et moi je dis deux cœurs.

– Je m'en fiche, dit Frankie. De toute façon, ça m'est complètement égal.

C'était assez vrai. Cet après-midi-là, elle joua au bridge comme John Henry, sans réfléchir, en abattant la première carte venue. Ils étaient assis dans la cuisine, et elle trouvait cette cuisine laide et sale. John Henry avait crayonné sur les murs des dessins enfantins et bizarres, jusqu'à la hauteur que pouvait atteindre sa main. Ces dessins donnaient à la pièce un aspect un peu fou, quelque chose comme une chambre dans un asile d'aliénés. Et brusquement Frankie en avait la nausée. Le nom de ce qui lui arrivait, elle ne le savait pas. Mais elle avait le cœur serré, et elle l'entendait battre contre le bois de la table.

– L'univers est vraiment quelque chose de petit.

– Pourquoi tu dis ça?

– Je veux dire : de brusque. L'univers est vraiment quelque chose de brusque.

– Peut-être, oui, je sais pas, dit Bérénice. Parfois il est brusque, parfois il est doux.

Frankie avait les yeux à moitié fermés, et sa voix lui semblait venir de très loin, comme par fragments.

– Pour moi, il est brusque.

Jamais encore, jusqu'à la veille de ce jour-là, elle n'avait sérieusement réfléchi à ce que pouvait être un mariage. Elle savait que Jarvis, son seul frère, allait se marier. Avant de partir pour l'Alaska il s'était fiancé avec une jeune fille de Winter Hill. Il était caporal dans l'armée, et il était resté deux ans en Alaska. Frankie avait donc été séparée très longtemps de son frère, et son visage était devenu pour elle comme un masque mouvant, comme un visage au fond des eaux. Quant à cet Alaska!... Elle n'avait pas cessé de le voir en rêve, et cet été-là particulièrement il était devenu pour elle une réalité. Elle voyait vraiment la neige, la mer de glace, les banquises. Les igloos des Esquimaux, les ours polaires, l'admirable éclat des aurores boréales. Très peu de temps après le départ de Jarvis, elle lui avait envoyé une boîte de caramels faits à la maison, qu'elle avait soigneusement enveloppés l'un après l'autre dans de la cellophane. Elle tremblait d'excitation à l'idée que ces caramels allaient être mangés en Alaska, et elle imaginait son frère en train d'en offrir à des Esquimaux couverts de fourrure. Trois mois plus tard, Jarvis lui avait écrit pour la remercier, et il avait glissé dans sa lettre un billet de cinq dollars. Elle avait pris l'habitude de lui expédier des caramels presque chaque semaine, et de temps en temps du nougat au lieu de caramels, mais Jarvis ne lui avait plus jamais envoyé de billet, sauf pour Noël. Elle était parfois troublée par les courtes lettres qu'il écrivait à leur père. Par exemple, il avait raconté, cet été-là, qu'il s'était baigné et que les moustiques étaient féroces. Cette lettre avait porté un coup violent à ses rêves, mais après quelques jours de désarroi elle avait retrouvé sa neige et sa mer de glace. En revenant de l'Alaska, Jarvis s'était rendu directement à Winter Hill. Sa fiancée s'appelait Janice Evans, et le programme du mariage avait été établi de la façon suivante : Jarvis avait télégraphié pour annoncer qu'il viendrait passer la journée de vendredi avec sa fiancée, et que le mariage aurait lieu le dimanche suivant à Winter Hill. Frankie et son père assisteraient au mariage. Il y avait une centaine de miles à parcourir pour se rendre à Winter Hill. Frankie avait tout de suite préparé sa valise. Elle n'arrêtait pas de penser à la minute où elle verrait les fiancés, mais elle était incapable de s'en faire une image précise. Quant au mariage lui-même, elle n'y pensait même pas. Aussi, la veille de leur visite, elle s'était contentée de dire à Bérénice :

– Je trouve ça curieux qu'on ait envoyé Jarvis en Alaska, et qu'il ait trouvé sa fiancée dans un endroit qui s'appelle Winter Hill.

Elle avait fermé les yeux en répétant lentement :

– Winter Hill...

Ce nom rejoignait ses rêves d'Alaska et le froid de la neige.

– Je voudrais que demain ne soit pas vendredi mais dimanche. Je voudrais déjà être partie d'ici.

– Il viendra, ce dimanche, avait dit Bérénice.

– J'en doute. Il y a si longtemps que je veux quitter cette ville. Après le mariage, je voudrais ne pas revenir ici. Je voudrais aller quelque part, et que ce soit pour de bon. Je voudrais avoir cent dollars et pouvoir m'en aller vraiment et ne plus jamais revoir cette ville.

– Les choses que tu voudrais, ça fait beaucoup, à mon avis.

– Je voudrais être n'importe qui excepté moi.

Et l'après-midi qui avait précédé l'événement s'était déroulé comme les autres après-midi du mois d'août. Frankie avait traîné dans la cuisine. À la nuit tombante, elle était sortie dans la cour. Derrière la maison, la treille de vigne était pourpre et noire dans le crépuscule. Frankie s'était avancée à pas lents. John Henry était assis sous la treille, dans un fauteuil en osier, jambes croisées, mains dans les poches.

– Qu'est-ce que tu fais? avait-elle demandé.

– Je réfléchis.

– À quoi?

John Henry n'avait pas répondu.

Frankie était devenue trop grande, cet été-là, pour aller sous la treille, comme elle le faisait avant. Les autres enfants de douze ans pouvaient le faire, y jouer la comédie et s'amuser. Même certaines femmes de petite taille pouvaient aller sous la treille. Mais Frankie était déjà trop grande. Cet été-là, elle devait se contenter de tourner autour, comme les grandes personnes, et de grappiller ce qu'elle pouvait, de l'intérieur. Elle regardait attentivement les vrilles noires de la vigne, et il y avait une odeur de poussière et de raisins écrasés. Debout près de la treille, dans le soir qui tombait, elle avait eu peur brusquement. Elle ne savait pas d'où venait cette peur, mais elle était effrayée.

– Écoute, avait-elle dit. Tu serais d'accord pour dîner ici et passer la nuit avec moi?

John Henry avait sorti de sa poche sa montre d'un dollar et l'avait regardée comme si sa décision de rester ou de partir dépendait de l'heure, mais il faisait trop sombre sous la treille pour lire les chiffres.

– Va prévenir tante Pet. Je te retrouve à la cuisine.

– D'accord.

Elle avait peur. Dans le soir, le ciel était blême et vide et la fenêtre de la cuisine découpait dans la pénombre de la cour le reflet d'un carré jaune. Elle se souvenait du temps où elle était petite fille, où trois fantômes vivaient dans la cave à charbon, et l'un de ces fantômes portait une bague en argent. Elle regrimpa quatre à quatre les marches menant à la cuisine.

– J'ai invité John Henry à dîner et à passer la nuit avec moi.

Bérénice pétrissait de la pâte à biscuit. Elle l'avait reposée sur la table saupoudrée de farine.

– Je croyais que tu en avais marre de John Henry.

– Je ne peux pas le supporter, c'est vrai, et il me rend malade, mais il avait l'air terrifié.

– Terrifié par quoi?

Frankie avait baissé la tête avant de répondre :

– Je voulais peut-être dire : abandonné.

– Alors je lui garde un morceau de pâte.

Après la pénombre de la cour, la cuisine paraissait chaude, lumineuse et bizarre. Frankie s'y sentait mal à l'aise à cause des murs – de tous ces dessins bizarres d'arbres de Noël, d'avions, de soldats estropiés, de fleurs. John Henry avait griffonné ses premières images au cours d'un interminable après-midi de juin et, comme il avait définitivement abîmé les murs ce jour-là, il avait continué en laissant libre cours à son imagination. Frankie parfois dessinait avec lui. Au début, son père avait été furieux, mais il avait fini par leur dire de dessiner tout ce qui leur passerait par la tête, car il ferait repeindre la cuisine, à l'automne. Mais l'été s'étirait, jusqu'à ne pas vouloir finir, et Frankie commençait à ne plus supporter ces murs. Ce soir-là, la cuisine lui paraissait étrange et elle était effrayée.

Elle était debout sur le seuil de la porte.

– J'ai pensé qu'il valait mieux l'inviter.

À la nuit tombée, John Henry était donc arrivé avec une petite valise de week-end. Il avait son costume blanc de cérémonie, des chaussures et des chaussettes. Un poignard était accroché à sa ceinture. John Henry avait vu la neige. Il n'avait pourtant que six ans, mais il avait été à Birmingham, l'hiver dernier, et il avait vu la neige. Frankie n'avait jamais vu la neige.

– Je te prends ta valise, dit-elle. Reste ici et fais-toi un bonhomme en biscuit.

– OK.

Pour John Henry, ce n'était pas un jeu. Il avait fait son bonhomme en biscuit comme si c'était un travail important. De temps en temps, il s'arrêtait, vérifiait de la main que ses lunettes étaient à leur place, et regardait ce qu'il avait fait. Il ressemblait à un horloger miniature. Il avait fini par approcher une chaise, et par s'y agenouiller pour mieux dominer son travail. Bérénice lui avait donné quelques raisins secs. Il ne les avait pas plantés n'importe où dans la pâte comme le font les autres enfants. Il en avait choisi deux pour les yeux, mais s'était vite aperçu qu'ils étaient trop gros. Alors il en avait soigneusement découpé un, avait mis deux morceaux à la place des yeux, deux autres à la place du nez, et un petit, tout grimaçant, à la place de la bouche. À la fin, il s'était essuyé les mains contre le fond de sa culotte et sur la table il y avait un bonhomme en biscuit avec des doigts bien séparés, un chapeau et même une canne. John Henry avait tellement travaillé que la pâte était devenue grise et humide. Mais c'était un bonhomme en biscuit absolument parfait, et Frankie s'était dit que d'une certaine façon il ressemblait à John Henry.

– Maintenant, avait-elle dit, je ferais mieux de m'occuper de toi.

Ils avaient dîné sur la table de la cuisine avec Bérénice, car leur père avait téléphoné qu'il était obligé de travailler très tard dans sa boutique de bijoutier. Quand Bérénice avait sorti du four le bonhomme en biscuit, ils s'étaient aperçus qu'il ressemblait à ceux que faisaient tous les autres enfants – il avait tellement gonflé que le travail de John Henry avait été anéanti, les doigts s'étaient collés les uns aux autres, et la canne avait l'air d'une espèce de queue. Mais John Henry s'était contenté de le regarder à travers ses lunettes, de l'essuyer avec sa serviette et de mettre un peu de beurre sur le pied gauche.

C'était une nuit noire et chaude du mois d'août. Dans la salle à manger, la radio semblait branchée sur plusieurs stations à la fois : les nouvelles de la guerre étaient entrecoupées de baratin publicitaire et dans le fond on entendait un vague orchestre de musique douce. La radio était restée allumée si longtemps, cet été-là, qu'elle était devenue comme un bruit auquel personne ne faisait plus attention. Parfois, quand ce bruit devenait trop fort et leur cassait les oreilles, Frankie le baissait légèrement. Le reste du temps, la musique et les voix allaient et venaient, se croisaient, se chevauchaient, et pendant ce mois d'août ils avaient fini par ne plus rien écouter.

– Qu'est-ce que tu veux faire, maintenant? demanda Frankie. Tu veux que je te lise un passage de Hans Brinker, ou tu préfères autre chose?

– Je préfère autre chose.

– Quoi?

– Jouer dehors.

– Je refuse.

– Ce soir, ils sont beaucoup à jouer dehors.

– Tu as des oreilles, oui ou non? Tu as entendu ce que j'ai dit?

John Henry s'était levé, les genoux serrés l'un contre l'autre.

– Je crois que je vais rentrer chez moi, avait-il fini par dire.

– Mais pourquoi ? La soirée n'est pas finie. Tu n'as pas le droit de filer comme ça, ton dîner à peine avalé.

– Je sais, avait répondu calmement John Henry.

Derrière le bruit de la radio, ils entendaient les voix des enfants qui jouaient dans la nuit.

– Allons les rejoindre, Frankie. Ils ont l'air de bien s'amuser.

– Ils ne s'amusent pas du tout. Ce sont des gosses horribles et stupides. Courir et hurler, courir et hurler, c'est tout ce qu'ils savent faire. Viens là-haut défaire ta valise.

La chambre de Frankie était une sorte de véranda surélevée qui avait été ajoutée à la maison. On y accédait par un escalier qui partait de la cuisine. Il y avait un lit de fer, un bureau et une commode. Il y avait aussi un moteur qu'on pouvait mettre en marche et arrêter. Frankie s'en servait pour aiguiser ses couteaux, et même pour se limer les ongles, quand ils avaient la longueur suffisante. Contre le mur, il y avait la valise préparée pour le voyage à Winter Hill. Sur le bureau une vieille machine à écrire. Frankie s'était assise devant la machine et avait cherché à qui écrire une lettre. Mais elle ne voyait personne à qui écrire, et elle avait déjà répondu (plusieurs fois, même) à toutes les lettres qu'elle avait reçues. Aussi elle jeta sur la machine un vieil imper, et la poussa dans un coin.

– Sérieusement, avait dit John Henry, tu ne crois pas que je ferais mieux de rentrer chez moi ?

– Non, avait-elle répondu sans le regarder. Assieds-toi dans ce coin et joue avec le moteur.

Frankie avait deux objets en face d'elle : un coquillage bleu lavande et une boule de verre remplie de neige. En la secouant on provoquait une tempête de neige. Quand elle approchait le coquillage de son oreille, elle entendait les vagues chaudes du golfe du Mexique, et elle imaginait une île lointaine avec des palmiers verts. Quand elle tenait la boule de verre devant ses yeux à moitié fermés, elle pouvait voir danser les flocons. Ils étaient si blancs qu'ils finissaient par l'aveugler. Et elle rêvait de l'Alaska. Elle se voyait en train de gravir une colline blanche et glacée, et de là-haut elle découvrait un grand désert de neige. Elle voyait la glace changer de couleur au soleil, et elle entendait des voix de rêve, et elle regardait des choses de rêve. Et partout, il y avait cette neige, si blanche et si froide et si douce [90].

– Regarde, avait dit John Henry.

Il était debout devant la fenêtre.

– Je crois que les grandes ont une petite réception à leur club.

– Tais-toi! avait brusquement crié Frankie. Ne me parle pas de ces crapules.

Il y avait un club dans le quartier, et Frankie n'était pas membre de ce club. Les filles qui en étaient membres avaient treize, quatorze, et même quinze ans. Le samedi soir elles recevaient des garçons. Frankie connaissait toutes les filles du club et, jusqu'à cet été-là, elle faisait partie de leur bande, et elle était la plus jeune. Mais elles avaient fondé un club, et elles avaient refusé que Frankie soit membre de ce club. Parce qu'elle était trop jeune et trop peu intéressante. Le samedi soir celle-ci pouvait entendre leur affreuse musique. Elle pouvait voir de loin leurs lumières. Parfois elle s'enfonçait dans la ruelle qui contournait le club, et elle restait cachée près d'un chèvrefeuille. Elles duraient très, très longtemps, ces réunions.

– Peut-être qu'elles vont changer d'avis, avait dit John Henry, et qu'elles t'inviteront.

– Les salopes...

Frankie avait reniflé et s'était essuyé le nez dans le creux de son bras. Assise sur le bord du lit, elle avait le dos courbé, les coudes aux genoux.

– Elles ont dû raconter à toute la ville que je sentais mauvais. Quand j'ai eu ma crise de furoncles, et qu'on me mettait cette horrible pommade, j'ai entendu cette vieille Hélène Fletcher me demander d'où venait cette drôle d'odeur. Oh! je pourrais les tuer l'une après l'autre avec un revolver.

Elle avait entendu John Henry venir vers le lit. Elle avait senti une petite main qui se posait sur sa nuque et la caressait doucement.

– Moi, je ne trouve pas que tu sentes mauvais. Tu sens très bon.

– Salopes... Il y a autre chose. Elles racontent des mensonges dégoûtants à propos des gens mariés. Quand je pense à Tante Pet et à Oncle Eustache. Et à mon propre père. Des mensonges dégoûtants! Je me demande pour quelle espèce d'idiote elles me prennent.

– Quand tu entres dans la maison, je sens tout de suite que c'est ton odeur. On dirait des centaines de fleurs.

– Je m'en fous. Je m'en fous complètement!

– Des centaines de fleurs, répétait John Henry.

Et il y avait toujours cette petite main poisseuse qui lui caressait doucement la nuque.

Elle se redressa, lécha les larmes autour de sa bouche et s'essuya avec sa chemise. Assise, narines écartées, elle cherchait à sentir sa propre odeur. Puis elle ouvrit sa valise, y prit un flacon de *Sweet Serenade*, se frictionna le haut de la tête et fit couler quelques gouttes dans le col de sa chemise.

– Tu en veux sur toi?

John Henry était accroupi devant la valise ouverte. Il eut un léger frisson quand elle versa sur lui un peu de parfum. Il voulait fouiller dans la valise pour savoir exactement tout ce qu'elle contenait. Mais Frankie préférait qu'il n'ait qu'une idée d'ensemble, sans entrer dans le détail de ce qu'elle avait et de ce qu'elle n'avait pas. Elle referma donc la valise et la posa contre le mur.

– Ma parole, dit-elle, je parie que, dans cette ville, personne ne se parfume autant que moi!

La maison était calme. On n'entendait que le bourdonnement de la radio dans la salle à manger du rez-de-chaussée. Son père était rentré depuis longtemps, et Bérénice avait refermé la porte derrière elle en partant. Les voix des enfants ne traversaient plus cette nuit d'été.

– On devrait rigoler un peu, dit Frankie.

Mais il n'y avait rien à faire. John Henry était debout au milieu de la chambre, genoux serrés, mains croisées dans le dos. Des phalènes dansaient devant la fenêtre – certains jaune vif, d'autres d'un vert très pâle, qui voltigeaient et s'accrochaient au store.

– Ils sont beaux, dit John Henry. Ils essaient d'entrer.

Frankie regardait ces phalènes fragiles, qui tremblaient en se pressant contre le store. Ils apparaissaient chaque soir, dès que la lampe du bureau était allumée. Ils arrivaient du fond des nuits du mois d'août pour se coller au store.

– Pour moi, dit-elle, cette façon qu'ils ont de venir ici, c'est toute l'ironie du destin. Ils pourraient voler n'importe où. Mais non. Ils viennent toujours rôder autour des fenêtres de cette maison.

John Henry toucha du doigt la monture dorée de ses lunettes, pour les remettre en place. Frankie observa ce petit visage sans relief, couvert de taches de rousseur.

– Enlève ces lunettes, dit-elle brusquement.

Il les ôta et souffla dessus. Frankie regardait à travers les verres, et la chambre était floue et déformée. Alors Frankie se redressa sur sa chaise en regardant fixement John Henry. Il avait deux cercles blancs et humides autour des yeux.

– Je parie que tu n'as pas besoin de lunettes.

Elle posa la main sur la machine à écrire.

– Qu'est-ce que c'est?

– La machine à écrire.

Elle prit le coquillage.

– Et ça?

– Le coquillage de la Baie.

– Et cette petite chose sur le sol?

– Où ça? demanda-t-il en regardant autour de lui.

– Cette petite chose qui rampe contre tes pieds.

Il s'était accroupi.

– Mais c'est une fourmi. Je me demande bien comment elle est arrivée jusqu'ici.

Frankie se renversa dans sa chaise en posant ses pieds nus sur le bureau.

– Si j'étais toi, j'enverrais promener ces lunettes. Tu y vois aussi bien que n'importe qui.

John Henry ne répondit pas.

– Elles te vont mal.

Elle lui rendit ses lunettes. Il les essuya avec un petit chiffon de flanelle rose, et les remit sans un mot.

– OK. Fais comme tu veux. Ce que j'en dis, c'est pour ton bien.

Ils allèrent se coucher. Ils se déshabillèrent en se tournant le dos. Frankie avait éteint le moteur et la lampe. John Henry s'était agenouillé pour dire ses prières. Il avait prié longtemps, mais sans prononcer les mots à voix haute. Puis il s'était allongé à côté d'elle.

– Bonne nuit, dit-elle.

– Bonne nuit.

Frankie gardait les yeux ouverts dans le noir.

– Tu sais, dit-elle, c'est difficile pour moi d'admettre que le monde tourne sur lui-même à une vitesse de mille miles à l'heure.

– Je sais.

– Et de comprendre pourquoi, quand tu sautes en l'air, tu ne retombes pas à Fairview, ou à Selma, ou quelque part à cinquante miles d'ici.

John Henry se retourna en poussant un petit grognement ensommeillé.

– Ou à Winter Hill. Si seulement je pouvais partir pour Winter Hill à l'instant même.

John Henry dormait déjà. Elle l'entendait respirer dans l'ombre, et c'était ce qu'elle avait si souvent désiré pendant les nuits de cet été-là : que quelqu'un soit endormi dans le même lit qu'elle. Elle écouta respirer longtemps, allongée dans le noir, puis elle se souleva sur un coude. Il était tout petit dans le clair de lune, avec ses taches de rousseur, son torse nu si blanc, un pied qui pendait hors du lit. Elle lui posa doucement la main sur la poitrine et se rapprocha. C'était comme une petite pendule qui battait en lui, et il avait une odeur de transpiration et de *Sweet Serenade*. Il avait une odeur de petite rose fanée. Elle s'était penchée et l'avait léché derrière l'oreille. Puis elle avait pris une longue inspiration, et avait appuyé son menton sur la petite épaule moite et pointue, en fermant les yeux. Car, maintenant que quelqu'un dormait près d'elle dans le noir, elle avait un peu moins peur.

Le soleil les réveilla très tôt, le lendemain matin. Un soleil blanc du mois d'août. Frankie n'avait pas pu décider John Henry à rentrer chez lui. Il vit que Bérénice cuisait un jambon et préparait un bon déjeuner pour ses invités de marque. Après avoir lu son journal dans le salon, le père de Frankie était allé remonter ses montres dans sa boutique.

– Si mon frère ne me rapporte pas un cadeau d'Alaska, je serai vraiment furieuse, avait-elle dit.

– Moi aussi, approuva John Henry.

Et qu'étaient-ils en train de faire, ce matin du mois d'août, au moment précis où son frère était entré dans la maison avec sa fiancée? Assis à l'ombre de la treille, ils parlaient de Noël. Le feu du soleil était aveuglant et les mésanges, ivres de lumière, s'égosillaient en se battant les unes contre les autres. Ils parlaient, et leurs voix devenaient de plus en plus sourdes, et les mots qu'ils prononçaient étaient toujours les mêmes. Ils étaient simplement à l'ombre de la treille, presque assoupis, et Frankie était quelqu'un qui n'avait jamais réfléchi sérieusement à ce que pouvait être un mariage. Voilà exactement l'état dans lequel ils étaient, ce matin du mois d'août, au moment précis où son frère avait pénétré dans la maison avec sa fiancée.

– Oh! soupira Frankie.

Sur la table, les cartes étaient toutes graisseuses, et le soleil couchant traversait la cour de biais.

– L'univers est vraiment quelque chose de brusque.

– Arrête de dire ça, dit Bérénice. Pense à ton jeu. Frankie n'était pas totalement absente. Elle joua la dame de pique, qui était l'atout, et John Henry se débarrassa d'un deux de carreau. Il avait les yeux fixés sur le dos de la main de Frankie, comme s'il ne rêvait, comme s'il n'avait besoin que d'une chose au monde : un regard oblique qui lui permettrait de soulever le coin de chaque carte pour en connaître le chiffre.

Frankie tourna la tête vers lui.

– Tu as du pique.

John Henri suçota la ficelle qu'il portait autour du cou et détourna les yeux.

– Tricheur!

– Si tu as du pique, dit Bérénice, alors tu joues du pique.

Il essaya de se justifier.

– Il était caché par une autre carte.

– Tricheur!

Il n'avait plus envie de jouer. Il restait assis, l'air triste, et le jeu était arrêté.

– Dépêche-toi, dit Bérénice.

– Je ne peux pas. C'est un valet. Mon seul pique est un valet. Je ne veux pas que la dame de Frankie prenne mon valet. Je ne le jouerai pas.

Frankie jeta ses cartes sur la table.

– Il ne respecte même pas la règle du jeu. C'est un gosse. C'est à désespérer! À désespérer! À désespérer!

– Peut-être, dit Bérénice.

– Oh! soupira Frankie. Je suis triste à mourir [91].

Elle était assise, les pieds nus sur les barreaux de sa chaise, la poitrine contre le bord de la table. Les cartes graisseuses, avec leur dos rouge, étaient éparpillées sur la table, et Frankie avait mal au cœur en les regardant. Ils jouaient aux cartes tous les jours après le déjeuner. Si quelqu'un mangeait ces cartes, il y trouverait le goût de tous leurs déjeuners du mois d'août, et le goût de leur sueur et de leurs mains sales. Elle balaya les cartes d'un revers de main. Un mariage, c'était lumineux, c'était beau comme la neige, et son cœur était déchiré. Elle se leva de la table.

– Tout le monde, dit Bérénice, sait bien que ceux qui ont des yeux gris sont jaloux.

– Je t'ai déjà dit que je n'étais pas jalouse.

Frankie marchait rapidement à travers la cuisine.

– Je ne peux pas être jalouse d'un des deux sans être jalouse des deux. Pour moi, ils n'existent qu'ensemble.

– J'ai été jalouse moi aussi, figure-toi, dit Bérénice. Quand mon demi-frère il s'est marié. J'ai eu envie d'arracher les oreilles à Clorina, quand John l'a épousée. Mais je l'ai pas fait, tu vois. Clorina a toujours des oreilles comme toi et moi. Et je l'aime beaucoup maintenant.

– J.A., dit Frankie. Janice et Jarvis. Tu ne trouves pas que c'est étrange?

– Quoi?

– J.A. Leurs deux prénoms commencent par J.A.

– Et alors?

Frankie tournait toujours autour de la table.

– Si je pouvais m'appeler Jane. Jane ou Jasmine.

– Je comprends pas ce qui est dans ta tête.

– Jarvis et Janice et Jasmine. Tu comprends?

– Non. À propos, ce matin, à la radio, ils ont dit que les Français, ils avaient chassé les Allemands de Paris [92].

– Paris, répéta Frankie à voix basse. Je me demande si c'est interdit par la loi de changer de nom. Ou de lui ajouter quelque chose.

– Bien sûr que c'est interdit par la loi.

– Ça m'est égal. F. Jasmine Addams.

Il y avait une poupée sur l'escalier qui conduisait à sa chambre. John Henry alla la chercher et la prit dans ses bras pour la bercer.

– C'est vraiment vrai que tu me l'as donnée?

Il souleva la robe et caressa du doigt la culotte et la combinaison.

– Je l'appellerai Belle.

Pendant une longue minute, Frankie regarda la poupée.

– Je me demande vraiment à quoi pensait Jarvis quand il m'a acheté cette poupée. M'acheter une poupée à moi! Et Janice qui essayait de m'expliquer qu'elle avait cru que j'étais une petite fille. J'espérais tellement que Jarvis me rapporterait quelque chose qui viendrait vraiment d'Alaska.

– Fallait voir ta mine quand tu as ouvert le paquet.

C'était une grande poupée, avec des cheveux rouges et des yeux de porcelaine, bordés de longs cils jaunes, qui pouvaient s'ouvrir et se fermer. Comme John Henry la tenait horizontalement, les yeux étaient fermés, et il essayait de les ouvrir en tirant sur les cils.

– Arrête de faire ça! Tu m'énerves! Emmène cette poupée où tu voudras, mais que je ne la voie plus!

John Henry alla la poser sur le perron de la cuisine. Il penserait ainsi à la prendre en rentrant chez lui.

– Elle s'appelle Lily Belle.

La pendule battait doucement sur une étagère au-dessus du fourneau, et il était à peine six heures et quart. Derrière les vitres, le feu du soleil était toujours aussi jaune, dur et aveuglant. Sous la treille l'ombre était noire, presque solide. Pas un mouvement. Quelque part, très loin, quelqu'un sifflait, et c'était une chanson très triste du mois d'août, qui ne finissait pas. Les minutes passaient lentement.

Frankie alla se regarder de nouveau dans le petit miroir.

– Quelle erreur j'ai faite, en demandant qu'on me coupe les cheveux si courts! Pour le mariage, il aurait fallu que j'aie une longue chevelure d'un blond soyeux. Tu n'es pas de mon avis?

Elle était debout devant le miroir, et elle se sentait effrayée. Cet été-là était pour elle l'été de la peur – et, parmi toutes ses peurs, il y en avait une qu'on pouvait calculer mathématiquement, en posant sur une table un papier et un crayon. Cet été-là, elle avait douze ans et dix mois. Elle mesurait un mètre soixante-six et chaussait du quarante [93]. Depuis l'an dernier, selon sa propre estimation, elle avait grandi de dix centimètres. Déjà les horribles petites gosses qui jouaient dans la rue cet été-là lui criaient à tue-tête : « *Est-ce qu'il fait froid, là-haut ?* » Et les réflexions des grandes personnes lui donnaient des secousses dans les talons. Si elle devait grandir jusqu'à dix-huit ans, cela durerait encore cinq ans et deux mois. Donc, d'après ses calculs mathématiques, si elle ne trouvait d'ici là aucun moyen de s'arrêter, elle finirait par mesurer deux mètres soixante-quatorze. Et qu'est-ce que c'était qu'une femme qui mesurait deux mètres soixante-quatorze? C'était un phénomène de foire.

Chaque année, au début de l'automne, l'Exposition Chattahoochee s'installait en ville. Et pendant toute une semaine d'octobre, les manèges tournaient sur le champ de foire. Il y avait la Grande Roue, les Balançoires Volantes, le Palais des Miroirs – il y avait aussi l'Antre des Phénomènes. C'était une longue baraque, dont l'intérieur était divisé en petites cages rangées les unes contre les autres. Il fallait donner un *quarter* pour y entrer et on pouvait regarder chaque phénomène dans sa cage. Dans le fond de la baraque avaient lieu des expositions tout à fait spéciales, et il fallait donner un *dime* pour y avoir accès. En octobre de l'année précédente, Frankie avait vu tous les membres de l'Antre des Phénomènes :

Le Géant
La Femme Obèse
Le Nain
Le Nègre Féroce
La Tête d'Épingle
L'Enfant Alligator
L'Humain Moitié-Homme Moitié-Femme.

Le Géant mesurait plus de deux mètres cinquante, avec des mains énormes et une mâchoire qui pendait. La Femme Obèse était assise dans un fauteuil, et sa graisse ressemblait à une sorte de pâte mouvante et poudrée qu'elle frappait et pétrissait avec ses mains – à côté d'elle le Nain, complètement étouffé, se pavanait dans un petit pyjama ridicule. Le Nègre Féroce venait d'une île sauvage. Il était accroupi dans sa cage au milieu d'ossements poussiéreux et de feuilles de palmiers, et il mangeait des rats vivants. Tous ceux qui lui apportaient des rats d'une dimension convenable avaient le droit d'entrer gratuitement pour le voir, et les enfants en remplissaient des sacs et des cartons à chaussures. Le Nègre Féroce cassait la tête du rat contre son genou, lui arrachait sa fourrure, et l'avalait en roulant ses gros yeux gourmands de Nègre Féroce. Certains prétendaient qu'il ne s'agissait pas d'un Nègre Féroce authentique, mais d'un homme de couleur de Selma qui était devenu fou. De toute façon, Frankie n'aimait pas le regarder longtemps. Elle traversait la foule pour atteindre la cage de la Tête d'Épingle, que John Henry ne quittait pas de tout l'après-midi. La minuscule Tête d'Épingle ricanait, sautillait et plaisantait. Elle avait une tête toute ratatinée pas plus grosse qu'une orange, entièrement rasée, à l'exception d'une mèche nouée d'un ruban rose au milieu du crâne. Il y avait toujours beaucoup de monde devant la dernière cage, car c'était celle de l'Humain Moitié-Homme Moitié-Femme, hermaphrodite et miracle de la science. Ce phénomène était complètement divisé en deux – la moitié gauche était d'un homme et la moitié droite d'une femme. À gauche, il était vêtu d'une peau de léopard, à droite, d'un soutien-gorge et d'une jupe à paillettes. La moitié de son visage était noire de barbe, l'autre moitié comme un satin brillant sous le maquillage. Les deux yeux étaient inquiétants. Frankie avait fait le tour de la baraque et regardé toutes les cages. Elle était effrayée par tous ces phénomènes, car elle avait l'impression qu'ils la regardaient d'un air complice, et qu'ils essayaient de croiser son regard, comme pour lui dire : on te connaît. Elle était effrayée par tous ces regards de phénomènes. Et pendant toute l'année, jusqu'à ce jour-là, elle les avait gardés en mémoire.

– Je me demande s'ils se marieront jamais ou s'ils seront invités à un mariage. Tous ces phénomènes.

– De quels phénomènes tu parles? demanda Bérénice.

– Ceux de la foire. Ceux que nous avons vus en octobre dernier.

– Ah! ceux-là.

– Je me demande s'ils gagnent beaucoup d'argent.

– Comment tu veux que je sache?

John Henry pinça entre deux doigts une jupe imaginaire, posa un doigt sur le sommet de sa tête et se mit à sautiller en dansant autour de la table, comme Tête d'Épingle. Puis il dit :

– C'est la petite fille la plus merveilleuse que j'aie jamais vue. Depuis que je suis né je n'ai jamais vu quelque chose d'aussi merveilleux. Et toi, Frankie?

– Non, je ne l'ai pas trouvée merveilleuse.

– Je vais vous dire qui est merveilleuse, dit Bérénice. C'est moi et c'est vous deux.

– Pardon.

John Henry tenait à son opinion.

– Elle aussi.

– Je vais vous dire ce que je pense, si vous voulez savoir, dit Bérénice. Tous ces phénomènes qu'ils montrent à la foire, ils me donnent la chair de poule. Du premier jusqu'au dernier.

Frankie regarda Bérénice dans le petit miroir et demanda à voix basse :

– Et *moi*? Est-ce que je te donne la chair de poule?

– Toi?

– Est-ce que je deviendrai un phénomène de foire en grandissant? murmura Frankie.

– Toi? Mais bien sûr que non. Mais qu'est-ce que tu racontes? Que Jésus soit mon témoin.

Frankie se sentit soulagée. Elle se regarda de biais dans le petit miroir. La pendule sonna six coups lentement. Elle demanda :

– Est-ce que je deviendrai jolie?

– Peut-être. Si tu te rognes un peu les cornes.

Frankie fit porter tout le poids de son corps sur sa jambe gauche, et frotta doucement le plancher avec la plante de son pied droit. Elle sentit une écharde lui entrer dans la peau.

– Réponds-moi sérieusement.

– Si tu t'arrondis par ici et par là, et si tu fais attention, alors tu seras très bien.

– Mais dimanche? Il faut que je fasse quelque chose pour m'arranger avant le mariage.

– Commence par te prendre un bon bain. Et par te brosser les coudes. Et par t'habiller comme il faut. Et alors tu seras très bien, figure-toi.

Frankie se regarda une dernière fois dans le petit miroir. Elle pensait à son frère et à sa fiancée, et elle avait comme un poids sur la poitrine, qu'elle ne parvenait pas à soulever.

– Je ne sais pas ce qu'il faut faire. Je n'ai qu'une envie. Mourir.

– Alors meurs, dit Bérénice.

– Meurs, répéta John Henry dans un souffle.

La terre s'arrêta de tourner.

– Rentre chez toi, dit Frankie.

John Henry était debout, les genoux serrés, sa petite main sale accrochée au rebord de la table, et il ne bougeait pas.

– Tu as compris?

Elle lui fit une horrible grimace, s'empara de la poêle à frire qui était suspendue au-dessus du fourneau, et fit trois fois le tour de la table en lui courant après. Elle le pourchassa dans le vestibule, et jusqu'à la porte d'entrée. Elle verrouilla la porte, et cria encore une fois :

– Rentre chez toi.

– Qu'est-ce qui te prend d'agir comme ça? demanda Bérénice. Tu es trop méchante pour avoir le droit de vivre.

Frankie ouvrit la porte de l'escalier qui conduisait à sa chambre et s'assit sur la première marche. La cuisine était silencieuse, triste et un peu bizarre.

– Je sais, dit-elle. Il faut que je reste seule avec moi-même et que je réfléchisse à un certain nombre de choses.

C'est cet été-là que Frankie en avait eu assez d'être Frankie. C'était comme une maladie. Elle se haïssait. Elle était devenue quelqu'un qui rôde, qui traîne, qui passe ses journées d'été dans la cuisine, à ne rien faire de bon : toujours sale, toujours en train de manger, toujours triste et misérable. Trop méchante, c'est vrai, pour avoir le droit d'exister, mais criminelle aussi. Le jour où la police apprendrait ce qu'elle avait fait, elle serait traînée devant un tribunal et emprisonnée. Jusque-là cependant Frankie n'était pas une criminelle, ni une bonne à rien. Jusqu'au mois d'avril de cette année-là, et pendant toutes les années de sa vie, elle était comme tout le monde. Elle était inscrite à un club, elle avait de bonnes notes en classe. Le samedi matin elle allait travailler avec son père, le samedi après-midi elle allait au cinéma. Elle n'était pas de ces gens qui passent leur temps à se dire qu'ils sont effrayés. Si elle dormait la nuit dans le lit de son père, ce n'était pas qu'elle avait peur du noir.

Et puis, le printemps de cette année-là avait été une saison bizarre et interminable. C'est alors que les choses avaient commencé à changer, mais Frankie ne comprenait pas ce changement. Après un hiver gris et monotone, les vents du mois de mars secouaient les fenêtres, et les nuages étaient comme des lambeaux d'étoffe blanche sur le bleu du ciel. Avril survint brusquement et silencieusement, et le feuillage des arbres était d'un vert éclatant et sauvage. Les glycines très pâles fleurissaient dans toute la ville, et les fleurs se fanaient sans bruit. Il y avait quelque chose dans ces fleurs d'avril et dans ces arbres verts qui remplissait Frankie de tristesse. Elle ne savait pas pourquoi elle était triste, mais, à cause de cette tristesse inconnue, elle se mit à penser qu'il fallait quitter la ville. Elle lisait dans le journal les nouvelles de la guerre, elle réfléchissait à ce qu'était le monde, et elle avait déjà préparé sa valise pour s'en aller; mais elle ne savait pas où aller.

C'est cette année-là que Frankie avait réfléchi à ce qu'était le monde. Elle ne le voyait pas comme la mappemonde de l'école, avec ses pays bien séparés et ses couleurs différentes. Elle le voyait comme quelque chose d'immense, de fissuré et de mal ajusté, qui tournait à la vitesse de mille miles à l'heure. Son livre de géographie n'était plus à la page. Les pays du monde avaient changé. Frankie lisait dans le journal les nouvelles de la guerre, mais il y avait des quantités de pays étrangers, et la guerre se déroulait si rapidement que parfois elle n'y comprenait plus rien. Cet été-là, Patton [94] poursuivait les Allemands en France. On se battait en Russie et au Japon. Elle essayait de se représenter les soldats, les batailles. Mais il y avait trop de batailles différentes, et elle était incapable d'imaginer ensemble tous ces millions et ces millions de soldats. Elle pouvait imaginer un soldat russe, tout noir et gelé, avec un fusil gelé, dans la neige de Russie. Ou des Japonais, avec leurs yeux bridés, rampant entre des lianes vertes dans une île envahie par la jungle. Ou l'Europe et les gens pendus aux arbres, et les navires de guerre sur les océans bleus. Les quadrimoteurs, et les villes en flammes, et un soldat, avec un casque d'acier, qui riait tout seul. Parfois toutes ces images de la guerre et du monde tournoyaient dans sa tête, et elle était prise de vertige. Elle avait prédit, longtemps auparavant, qu'il suffirait de deux mois pour gagner la guerre. Maintenant elle ne savait plus. Elle aurait voulu être un garçon, et faire la guerre dans les marines. Ou piloter un avion et gagner des médailles d'or en récompense de son courage. Mais elle n'avait aucun moyen de participer à cette guerre, et c'est ce qui la rendait triste parfois et angoissée. Elle avait décidé de donner son sang pour la Croix-Rouge [95]. Elle se sentait capable d'en donner un litre par semaine, et son sang coulerait dans les veines des Australiens, des Combattants de la France libre et des Chinois, coulerait partout dans le monde, et ce serait comme si elle était de la même famille que tous ces gens-là. Elle entendait les médecins militaires affirmer qu'ils n'avaient jamais vu un sang aussi rouge et aussi puissant que celui de Frankie Addams. Elle se voyait déjà, des années après la guerre, rencontrant les soldats à qui on avait donné son sang, et ils lui disaient que c'était grâce à elle qu'ils étaient en vie, et on ne l'appellerait pas Frankie – on l'appellerait Addams. Mais ce projet de donner son sang n'avait pas pu se réaliser. La Croix-Rouge avait refusé. Frankie était trop jeune. Elle en avait voulu à mort à la Croix-Rouge, et s'était sentie complètement abandonnée. La guerre, le monde, tout était trop rapide, et trop immense et trop étrange. Si elle pensait au monde un peu trop longtemps, elle se sentait effrayée. Non pas effrayée à cause des Allemands, ou des bombes ou des Japonais. Effrayée parce qu'on avait refusé de la faire participer à cette guerre, et que le monde lui paraissait sans aucun rapport avec elle-même.

Aussi s'était-elle dit qu'il fallait quitter la ville et s'en aller très loin. Car le printemps, cette année-là, était trop doux et trop paresseux. Les après-midi n'en finissaient pas de fleurir et de s'éteindre, et cette douceur trop verte la mettait mal à l'aise. La ville commençait à la faire souffrir. Aucun événement, si triste soit-il ou si affreux, n'avait réussi jusque-là à faire pleurer Frankie, mais pendant cette saison-là, il y avait sans arrêt des choses qui lui donnaient envie de pleurer. Il lui arrivait parfois de descendre au jardin très tôt le matin, et de regarder le ciel d'aurore. Elle avait alors l'impression qu'une question jaillissait de son cœur, mais que le ciel refusait d'y répondre. Des choses auxquelles elle n'avait jamais fait attention commençaient à la faire souffrir : les lumières des maisons, qu'elle observait du trottoir à la nuit tombée, une voix inconnue dans une allée. Elle regardait fixement les lumières, elle écoutait la voix, et quelque chose se raidissait en elle et elle attendait. Mais les lumières finissaient par s'éteindre, la voix par se taire, et elle avait beau continuer d'attendre, il ne se passait rien. Elle était effrayée par ces choses qui l'obligeaient brusquement à se demander qui elle était, quelle serait sa place dans le monde, et pourquoi, à cette minute précise, elle se tenait ainsi, à regarder les lumières, à écouter, à interroger le ciel étoilé : seule. Elle était effrayée, et elle sentait sur sa poitrine un poids terrible qui l'étouffait.

Un soir de ce mois d'avril, au moment où elle allait se coucher avec son père, il l'avait regardée et avait dit brusquement :

– Qu'est-ce que c'est que cette grande godiche de douze ans, avec ses jambes de sauterelle, qui veut encore dormir avec son vieux papa ?

Elle était donc devenue trop grande pour dormir avec son père. Elle était allée dormir dans sa chambre du premier étage. Seule. Elle en avait gardé une sorte de rancune vis-à-vis de son père, et ils n'échangeaient que des regards obliques. Et elle n'avait plus supporté de rester à la maison.

Elle avait alors commencé de se promener en ville, mais tout ce qu'elle voyait ou entendait avait quelque chose d'inachevé et elle sentait toujours ce poids terrible sur sa poitrine. Elle s'obligeait en toute hâte à faire quelque chose, mais ce n'était jamais ce qu'il fallait. Elle téléphonait à sa meilleure amie, Evelyn Owen, qui possédait une tenue de football et un châle espagnol. Pendant que l'une mettait la tenue de football, l'autre se drapait dans le châle espagnol, et elles allaient ensemble dans un Uniprix. Mais ce n'était jamais ce que désirait Frankie. D'autres fois, lorsque s'éteignaient les doux crépuscules de ce printemps-là, que montait un parfum aigre et doux de poussière et de fleurs mélangées, que les fenêtres des maisons s'allumaient dans le soir, et que des voix appelaient longuement parce que le dîner était prêt, au moment précis où les hirondelles, après s'être rassemblées, tournoyaient au-dessus de la ville et s'éloignaient vers leurs demeures, laissant un ciel immense et vide – oui, lorsque mouraient les lents crépuscules de ce printemps-là, et que Frankie avait arpenté tous les trottoirs de la ville, une tristesse violente lui déchirait les nerfs, et son cœur se serrait si brusquement qu'il était sur le point de s'arrêter.

Incapable de se délivrer de ce poids qui l'étouffait, elle s'obligeait en toute hâte à faire quelque chose. Elle rentrait chez elle, se renversait le seau à charbon sur la tête, comme un chapeau de vieille folle, et marchait autour de la table de la cuisine. Elle suivait la première idée venue – mais, quoi qu'elle fasse, elle se trompait toujours et ce n'était jamais ce qu'il fallait. Alors, après avoir fait toutes ces choses absurdes et inutiles, elle se plantait sur le seuil de la porte et disait :

– Je voudrais pouvoir faire sauter toute la ville.

– Fais sauter, fais sauter, c'est très bien. Et tourne plus dans ma cuisine cette figure d'enterrement. Fais quelque chose.

C'est alors que les ennuis avaient commencé.

Elle s'était attiré des ennuis. Elle avait enfreint la loi. Et une fois devenue criminelle, elle l'avait enfreinte de nouveau, à plusieurs reprises. Elle avait pris le revolver que son père cachait dans le tiroir de son bureau, l'avait transporté sur elle à travers la ville, et avait tiré toutes les balles dans un terrain vague. Elle s'était transformée en voleuse, et avait volé un couteau à trois lames à l'étalage de Sears et Roebuck [96]. Un samedi après-midi du mois de mai, elle avait commis un péché inconnu et secret. Dans le garage des MacKean, avec Barney MacKean ils avaient commis un péché bizarre, et elle ignorait à quel point c'était grave. Ce péché lui avait donné des crampes d'estomac, et elle tremblait chaque fois que quelqu'un la regardait. Elle avait haï Barney. Elle aurait voulu le tuer. Parfois la nuit, seule dans son lit, elle envisageait de lui tirer dessus avec le revolver, ou de lui planter un couteau entre les deux yeux.

Sa meilleure amie, Evelyn Owen, était partie pour la Floride, et Frankie n'avait plus personne avec qui s'amuser. Le printemps trop fleuri, qui n'en finissait pas, s'était enfin achevé et depuis, un été affreux, étouffant et désert pesait sur la ville. Son désir de s'en aller augmentait chaque jour : filer en Amérique du Sud, à Hollywood ou à New York. Elle avait plusieurs fois préparé sa valise, mais elle était incapable de choisir entre ces trois destinations, ni de savoir comment elle pourrait se débrouiller pour les atteindre.

Aussi, elle restait chez elle, à rôder dans la cuisine, et l'été lui semblait immobile. Au moment de la canicule, elle mesurait un mètre soixante-dix et elle était devenue une cossarde, qui n'arrête pas de manger, et qui n'a pas le droit d'exister. Elle était toujours effrayée, mais un peu moins qu'avant. Elle était seulement effrayée par Barney, par son père et par la police. Ces frayeurs elles-mêmes s'apaisèrent peu à peu. Au bout d'un temps assez long, le péché dans le garage était devenu pour elle quelque chose de très vague et elle n'y repensait que dans ses rêves. Elle ne pensait plus ni à son père ni à la police. Elle restait calfeutrée dans la cuisine avec John Henry et Bérénice. Elle ne pensait plus à la guerre ni au monde. Plus rien ne la faisait souffrir. Elle se moquait de tout. Elle ne restait plus toute seule dans la cour à interroger le ciel. Elle ne faisait plus attention aux voix ni aux bruits de l'été. Elle ne marchait plus le soir dans les rues de la ville. Elle ne permettait plus aux choses de la rendre triste. Elle s'en moquait complètement. Elle mangeait. Elle écrivait des pièces de théâtre. Elle s'exerçait à planter des couteaux dans le mur du garage et elle jouait au bridge sur la table de la cuisine. Chaque jour ressemblait au précédent et plus rien ne la faisait souffrir.

Aussi, ce vendredi-là, quand arriva l'événement, quand son frère et sa fiancée pénétrèrent dans la maison, elle comprit que tout venait de changer. Mais elle ignorait pourquoi, et ce qui allait lui arriver. Elle aurait voulu en parler à Bérénice, mais Bérénice l'ignorait, elle aussi.

– Quand je pense à eux, dit-elle, c'est comme si j'avais mal.

– Alors, pourquoi tu penses à eux? Tout l'après-midi, voilà que tu penses à eux. Pourquoi tu t'arrêtes pas?

Frankie était assise sur la première marche de l'escalier qui conduisait à sa chambre, et elle regardait la cuisine. Quand elle pensait au mariage, c'était avec une sorte de douleur, mais il fallait qu'elle y pense. Elle se souvenait de l'impression qu'elle avait eue, ce matin-là, à onze heures, quand elle était entrée dans le salon et qu'elle avait vu son frère et sa fiancée. La maison était silencieuse, car en arrivant Jarvis avait fermé la radio. Après cet été immobile où la radio n'avait pas cessé de marcher jour et nuit, à tel point qu'ils avaient fini par ne plus l'écouter, ce brusque silence avait inquiété Frankie. Elle était debout sur le seuil du salon, venant du vestibule, et, en apercevant son frère et sa fiancée, elle avait eu un coup au cœur. De les voir ensemble avait fait naître en elle une sensation qu'elle était incapable de nommer. Comme celle qui était née du printemps, mais en plus soudain et en plus aigu. La même sensation d'étouffer, et le même effroi. Et depuis, elle y pensait tellement qu'elle finissait par en avoir le vertige et des crampes dans les jambes.

Alors elle demanda à Bérénice :

– Tu avais quel âge quand tu as épousé ton premier mari?

Pendant que Frankie était en train de réfléchir, Bérénice avait mis sa robe du dimanche, et elle lisait un magazine. Elle attendait Honey et T.T. Williams qui devaient venir la chercher à six heures. Il était entendu qu'ils dîneraient tous les trois au salon de thé du New Metropolitan, puis qu'ils iraient faire un tour en ville. Bérénice articulait avec les lèvres chaque mot qu'elle lisait. Son œil noir se posa sur Frankie, mais, comme elle n'avait pas bougé la tête, son œil de verre bleu avait l'air de continuer à lire. Ce double regard mettait Frankie mal à l'aise.

– Treize ans.

– Pourquoi tu t'es mariée si jeune?

– Parce que je voulais. J'avais treize ans, et la taille que j'ai aujourd'hui, je l'avais déjà, figure-toi.

Comme Bérénice était toute petite, Frankie la regarda attentivement et demanda :

– Quand on se marie, est-ce qu'on s'arrête de grandir?

– C'est sûr.

– Je ne savais pas.

Bérénice avait été mariée quatre fois. Son premier mari s'appelait Ludie Freeman, un maçon, son préféré, le meilleur des quatre. Il avait offert à Bérénice un renard argenté, et l'avait emmenée à Cincinnati, où ils avaient vu la neige. Bérénice et Ludie Freeman avaient vu la neige du Nord pendant un hiver entier. Ils s'aimaient l'un l'autre et ils étaient restés mariés neuf ans, jusqu'à ce mois de novembre où il était tombé malade et où il était mort. Les trois autres maris ne valaient rien, chacun plus mauvais que le précédent, et Frankie se sentait malheureuse quand elle en entendait parler. Il y avait d'abord eu un horrible vieil ivrogne. Puis un fou, pas seulement fou de Bérénice, un vrai fou qui faisait des choses folles : il rêvait qu'il dévorait tout et une nuit il avait dévoré le coin du drap. Au bout du compte, Bérénice était tellement affolée qu'elle avait fini par s'en séparer. Le dernier était épouvantable. C'est lui qui avait crevé l'œil de Bérénice, et il lui avait volé tous ses meubles. Elle avait été obligée de faire appel à la police.

– Tu avais un voile chaque fois que tu t'es mariée?

– Deux fois.

Frankie était incapable de rester en place. Elle se mit à marcher de long en large dans la cuisine et, comme elle avait une écharde dans le pied droit, elle boitillait, les pouces dans la ceinture de son short, sa chemise humide collée au corps.

Elle finit par ouvrir le tiroir de la table, et par choisir un grand couteau de boucher. Puis elle s'assit et posa la cheville de son pied blessé sur son genou gauche. La plante de ce pied était étroite et longue, avec toutes sortes de cicatrices blanchâtres, car chaque été elle marchait sur un grand nombre de clous. Elle avait les pieds les plus durs de la ville. Elle pouvait s'enlever de larges morceaux de peau morte, sans avoir vraiment mal, alors que ça fait mal à tout le monde. Mais elle ne cisailla pas tout de suite l'écharde – elle restait assise, la cheville sur son genou, le couteau dans sa main droite, et elle regardait Bérénice par-dessus la table.

– Dis-moi. Dis-moi exactement comment c'était.

– Mais tu sais comment c'était. Tu les as vus.

– Dis-moi quand même.

– Je veux bien te dire. Mais alors c'est la dernière fois. Ton frère, il est arrivé avec sa fiancée à la fin de la matinée. Bon. Toi, tu étais dans la cour avec John Henry, et tu as couru pour venir les voir. Bon. Après, je sais pas pourquoi, tu as traversé la cuisine, et tu es montée dans ta chambre. Quand tu es descendue, tu avais ta robe en organdi, et sur la figure du rouge à lèvres qui allait d'une oreille à l'autre oreille. Bon. Tu es restée assise dans le salon. Il faisait chaud. Jarvis, il avait apporté à Mr. Addams une bouteille de whisky, et ils ont bu le whisky, et toi tu as bu de la limonade avec John Henry. Bon. Après le déjeuner, ton frère a pris le train de trois heures pour Winter Hill avec sa fiancée. Le mariage, il aura lieu dimanche prochain. Et voilà toute l'histoire. Tu es contente?

– Je regrette qu'ils ne soient pas restés plus longtemps – au moins pour la nuit. Ça fait si longtemps que Jarvis n'était pas venu ici. Mais je crois qu'ils ont envie de rester seuls le plus souvent possible. Jarvis a dit qu'il avait des papiers militaires à remplir à Winter Hill.

Elle retint sa respiration quelques secondes :

– Je me demande où ils vont aller après le mariage.

– En voyage de noces.

– Je me demande où ils vont le faire ce voyage de noces.

– Ça alors, j'en sais rien du tout.

– Dis-moi, répéta Frankie. Dis-moi exactement de quoi ils avaient l'air.

– De quoi ils avaient l'air? Mais ils avaient l'air de ce qu'ils sont. Ton frère est un beau blond au teint clair. Et la fille est une jolie petite brune. Ils forment un gentil couple de Blancs. Mais tu les a vus, petite idiote!

Frankie ferma les yeux. Elle ne parvenait pas à retrouver leur image, mais elle sentait qu'ils se séparaient d'elle. Elle sentait qu'ils étaient dans le train, tous les deux, et qu'ils s'éloignaient, qu'ils s'éloignaient de plus en plus. Ils étaient ensemble, et ils se séparaient d'elle, et elle restait seule, assise, abandonnée, seule avec elle-même, près de la table de la cuisine. Et, cependant, une part d'elle-même était avec eux, et elle sentait cette part d'elle-même qui s'éloignait, qui s'éloignait de plus en plus. Et de plus en plus loin. Si loin qu'elle éprouvait une fatigue à n'en plus finir de s'éloigner ainsi. Et la Frankie de la cuisine n'était plus qu'une vieille coque vide près de la table.

– C'est tellement bizarre.

Elle se pencha vers la plante de son pied, et il y avait quelque chose d'humide sur son visage, comme des larmes ou des gouttes de transpiration. Elle renifla et commença à charcuter autour de l'écharde.

– Ça te fait pas mal? demanda Bérénice.

Frankie secoua la tête sans répondre. Au bout d'un moment, elle dit :

– Ça t'est déjà arrivé de voir quelqu'un et après, quand tu veux t'en souvenir, tu ne retrouves pas une image mais une sensation?

– Qu'est-ce que tu veux dire?

– Je veux dire...

Elle parlait très lentement.

– Je veux dire que je les ai vus. Parfaitement vus. Janice portait une robe verte et des chaussures vertes très fines avec de hauts talons. Elle était coiffée avec un chignon. Des cheveux très bruns, et une petite mèche qui s'échappait. Jarvis était assis sur le divan à côté d'elle. Il portait son uniforme kaki. Il était très bronzé et très propre. C'était les deux êtres les plus beaux que j'aie jamais vus. Et pourtant c'était comme si je n'arrivais pas à voir d'eux tout ce que je voulais voir. Comme si mon cerveau était trop lent pour les voir tous les deux ensemble, et tout comprendre d'eux. Et puis, ils sont partis. Tu comprends ce que je veux dire?

– Tu vas te faire mal, dit Bérénice. Pourquoi tu prends pas une épingle?

– Je m'en fous complètement de mes horribles pieds.

Il n'était que six heures et demie, et chaque minute de cet après-midi-là ressemblait à un miroir étincelant. On n'entendait plus siffler au-dehors, et rien ne bougeait dans la cuisine. Frankie était assise face à la porte qui ouvrait sur la cour. Une chatière carrée avait été découpée dans le bas de cette porte, et il y avait à côté une soucoupe avec un peu de lait tourné et bleuâtre. Dans les premiers jours de la canicule, le chat de Frankie avait disparu. C'est toujours ainsi à l'époque de la canicule : c'est la fin de l'été et, en règle générale, rien n'arrive jamais – mais, si un changement se produit, il dure jusqu'à la fin de la canicule. Ce qui est fait ne peut pas se défaire, et les erreurs ne se corrigent pas.

Au cours de ce mois d'août, Bérénice avait gratté une piqûre de moustique sous son bras droit, et la piqûre s'était enflammée : l'inflammation durerait jusqu'à la fin de la canicule. Deux petites familles d'aoûtats avaient choisi de s'installer dans le coin des yeux de John Henry, et il avait beau se frotter et cligner les paupières, les aoûtats refusaient de déloger. Au même moment Charles avait disparu. Frankie ne l'avait pas vu quitter la maison et disparaître, mais, le 14 août, quand elle l'avait appelé pour qu'il vienne dîner, il n'était pas venu. C'est donc qu'il était parti. Elle l'avait cherché partout. Elle avait envoyé John Henry miauler doucement son nom dans toutes les rues de la ville. Mais c'était l'époque de la canicule, et Charles n'était pas revenu. Chaque après-midi, Frankie disait exactement les mêmes phrases à Bérénice, et Bérénice faisait exactement les mêmes réponses. Et ces phrases étaient devenues comme une absurde petite chanson qu'elles chantonnaient par cœur.

– Si seulement je savais où il est allé.

– Tu as bientôt fini de te tourner les sangs pour cet horrible chat de gouttière? Il reviendra pas, je t'ai déjà dit.

– Charles n'est pas un chat de gouttière. C'est un persan de pure race.

– Persan comme moi. Jamais plus tu le reverras ce vieux coureur. Ce qu'il chasse, tu veux que je te dise? C'est une petite amie.

– Il chasse une petite amie?

– Bien sûr. Tu entendais pas comment il miaulait? Il s'appelait une jolie dame.

– Tu crois ça, vraiment?

– Vraiment.

– Pourquoi ne rentre-t-il pas à la maison avec sa petite amie? Je serais ravie d'avoir toute une famille de chats. Il devrait le savoir.

– Jamais plus tu le reverras, ton vieux chat de gouttière.

– Si seulement je savais où il est allé.

Et c'était ainsi chaque après-midi. Dans le silence immobile, leurs voix s'aiguisaient l'une contre l'autre, disant toujours les mêmes phrases, et c'était pour Frankie comme des fragments d'un poème récités par deux folles. Elle finissait toujours par dire :

– J'ai l'impression que tout a disparu, et qu'on m'a laissée seule au monde.

Et elle cachait son visage contre la table et elle était effrayée.

Mais cet après-midi-là, Frankie rompit brusquement avec ses habitudes. Une idée lui était venue. Elle posa le couteau sur la table et se leva.

– Je sais ce qu'il faut faire. Tu m'écoutes?

– Je suis pas encore sourde.

– Il faut prévenir la police. Elle retrouvera Charles.

– À ta place, je le ferais pas.

Frankie alla décrocher le téléphone dans le vestibule, et expliqua à la police comment était son chat :

– C'est un persan presque pur. Mais avec le poil ras. D'un très joli gris, avec une petite tache blanche sur la gorge. Il répond au nom de *Charles*, mais s'il ne veut pas répondre, appelez-le *Charlina*[97], et il viendra. Mon nom est F. Jasmine Addams, et mon adresse : 124 Grove Street.

Quand elle revint dans la cuisine, Bérénice était en train de rire. Un petit rire très doux et très aigu.

– Qu'est-ce que tu crois qu'ils vont faire, maintenant? Ils vont venir par ici, ils vont te ligoter, ils vont te traîner jusqu'à Milledgeville [98]. Tous ces gros policiers avec leur uniforme bleu, qui vont chasser ton vieux coureur de chat, à travers les allées, en hurlant à tue-tête : Oh! Charles, Oh! viens, mon Charles, Oh! viens ici, mon Charlina! Doux Jésus!

– Tu vas te taire?

Bérénice était assise près de la table. Elle cessa de rire mais son œil noir bougeait de façon ironique pendant qu'elle versait du café dans une soucoupe de porcelaine blanche pour qu'il refroidisse.

– Je peux te dire, en même temps, que plaisanter avec la police, c'est pas une très bonne idée. Peu importe pour quelle raison.

– Je ne plaisante pas avec la police.

– Tu es assise ici, bien tranquille, et tu leur as dit comment tu t'appelles, et le numéro où est ta maison. Et peut-être qu'ils vont venir, et qu'ils vont t'arrêter, si ça leur met l'idée dans la tête.

– Parfait! Qu'ils viennent! cria Frankie furieuse. Je m'en fous. Je m'en fous!

Elle se moquait brusquement qu'on sache ou non qu'elle avait commis des crimes.

– Qu'ils viennent m'arrêter, je m'en fous!

– Tu vois pas que je plaisante? Ce qui est terrible avec toi, c'est que le sens de l'humour, tu l'as pas du tout.

– Ce serait peut-être mieux pour moi si j'étais en prison.

Elle se mit à marcher autour de la table et elle sentait toujours qu'ils s'éloignaient d'elle. Le train roulait vers le Nord. Mile après mile, ils s'éloignaient. Ils étaient de plus en plus loin de la ville, et ils roulaient vers le Nord, et ils devinaient peu à peu une fraîcheur dans l'air, et l'obscurité tombait comme dans les sombres soirées d'hiver. Le train serpentait entre les collines, et la plainte de son sifflet avait la couleur de l'hiver, et mile après mile ils s'éloignaient. Ils faisaient circuler dans le compartiment une boîte de bonbons, avec des chocolats enveloppés d'un joli papier plissé, et ils regardaient les miles de l'hiver défiler derrière les vitres. Ils devaient avoir fait un très, très long chemin depuis qu'ils avaient quitté la ville, et bientôt ils allaient atteindre Winter Hill.

– Tu vas t'asseoir! dit Bérénice. Tu vois pas que tu me fatigues?

Frankie éclata de rire brusquement. Elle s'essuya le visage avec le dos de la main et revint s'asseoir.

– Tu as entendu ce qu'a dit Jarvis?

– Quoi?

Frankie riait de plus en plus.

– Ils parlaient de C.P. MacDonald et de qui allait voter pour lui, et Jarvis a dit : *Je ne voterai pas pour cette fripouille, même s'il était capable de rattraper un chien à la course.* Je n'ai jamais rien entendu de si drôle.

Bérénice ne rit pas. Son œil noir fixa un angle de la pièce, saisit rapidement la plaisanterie, et revint vers Frankie. Bérénice portait sa robe de crêpe rose, et son chapeau orné d'une plume rose était sur la table. Son visage sombre était couvert de sueur, où son œil de verre bleu allumait des reflets bleuâtres. Elle caressa d'un doigt la plume de son chapeau.

– Et tu sais ce qu'a dit Janice? poursuivit Frankie. Quand papa a dit que j'avais trop grandi, elle a répondu qu'elle ne me trouvait pas si grande que ça. Elle a ajouté qu'à treize ans, elle était déjà presque aussi grande que maintenant. Je te jure qu'elle l'a dit.

– Bien. Bien. C'est très bien.

– Elle a dit qu'elle trouvait que ma taille était parfaite, et que j'avais sûrement fini de grandir. Elle a dit que tous les mannequins et toutes les actrices de cinéma...

– C'est pas vrai. Elle a pas dit tout ça. Elle a dit seulement que peut-être tu avais fini de grandir. Mais elle a pas été plus loin. Si on t'écoute parler, on finit par croire que le seul sujet de la conversation c'était toi.

– Elle a dit...

– Ton défaut le plus grave, il est là, Frankie. Voilà quelqu'un qui dit quelque chose en passant, et toi tu rumines tout ça dans ta tête, et tu le transformes, et plus personne n'y reconnaît rien. Ta tante Pet, un jour, elle a dit à Clorina que tu étais une petite fille bien élevée, alors Clorina te l'a répété. Juste comme ta tante l'avait dit. Et toi, voilà qu'après tu as été partout, et tu racontais que ta tante Pet avait dit que tu étais la petite fille la mieux élevée de la ville et que tu devrais faire le voyage pour Hollywood et est-ce que je sais quoi encore? On te fait un petit compliment, et toi, voilà que tu en fais un gratte-ciel. Pareil, si le compliment est mauvais. Tu rumines tout dans ta tête, et tu changes tout. Et ce défaut-là, je te dis qu'il est grave.

– Tu as fini de me faire des sermons?

– Je fais pas des sermons. C'est la stricte vérité.

– Tu as raison en partie, finit par reconnaître Frankie. Elle avait fermé les yeux. La cuisine était d'un calme absolu. Elle pouvait entendre les battements de son cœur, et quand elle recommença à parler, ce n'était plus que dans un murmure.

– Tu crois que j'ai fait bonne impression? C'est tout ce que je veux savoir.

– Impression? impression?

– Oui.

Elle avait toujours les yeux fermés.

– Comment tu veux que je sache?

– Je veux dire : est-ce que j'ai fait ce qu'il fallait? Qu'est-ce que j'ai fait?

– Rien du tout.

– Rien?

– Rien du tout. Tu as seulement regardé ces deux-là comme si tu regardais des fantômes. Et puis ils ont parlé du mariage. Alors tes oreilles, elles sont devenues aussi larges que les feuilles d'un chou, et...

Frankie leva la main vers son oreille gauche.

– C'est faux, cria-t-elle sèchement.

Elle ajouta, après quelques secondes :

– Un jour, tu baisseras les yeux, et tu apercevras sur la table ton énorme langue toute molle, qu'on t'aura arrachée jusqu'à ses racines. Et tu te sentiras comment, à ton avis?

– Tu as fini d'être aussi impolie?

Frankie regarda l'écharde de son pied, avec une grimace. Elle acheva de l'enlever avec le couteau en disant :

– N'importe qui aurait eu mal, sauf moi.

Puis elle recommença à tourner en rond dans la pièce.

– J'ai tellement peur d'avoir fait mauvaise impression.

– Et puis après? Ah! je voudrais bien que Honey et T.T. Williams, ils arrivent. Parce que tu finis par me ronger les nerfs, figure-toi.

Frankie haussa l'épaule gauche, mordit sa lèvre inférieure. Et, brusquement, elle s'assit et se frappa le front contre la table.

– Arrête. Pourquoi tu fais ça?

Frankie ne bougeait pas. Elle avait le visage dans le creux de son bras, et elle serrait les poings. Sa voix était rauque, étouffée.

– Ils étaient si beaux. Ils avaient l'air si heureux. Et ils sont partis, et ils m'ont laissée.

– Tu veux te relever? Tu veux te tenir bien?

– Ils sont venus. Ils sont repartis. Ils sont repartis et ils m'ont laissée, avec cette sensation.

– Ooooh! dit soudain Bérénice. Je crois que je comprends quelque chose!

La cuisine était silencieuse. Elle frappa quatre fois le sol avec son talon – un, deux, trois... *bang!* Une lueur d'ironie brillait dans son œil noir, celui qui était vivant, et elle frappait le sol avec son talon, puis d'une voix profonde elle reprit le battement, et ce fut comme si elle chantait.

L'amour de Frankie
L'amour de Frankie
L'amour de Frankie
C'est le mariage.

– Assez! dit Frankie.

L'amour de Frankie
L'amour de Frankie...

Bérénice chantait toujours, et sa voix résonnait comme le cœur qui vous bat dans la tête quand vous avez la fièvre. Frankie était prise de vertige. Elle saisit le couteau sur la table de la cuisine.

– J'ai dit : assez!

Bérénice s'arrêta net. La cuisine était brusquement redevenue silencieuse et paisible.

– Pose le couteau.

– Viens le prendre.

Elle posa le bout du manche contre sa paume et plia lentement la lame. Le couteau était très long, très souple, très pointu.

– Pose-le, DÉMON!

Mais Frankie se tenait très droite et elle visait avec soin. Elle avait plissé les yeux. Ses mains s'étaient arrêtées de trembler dès qu'elles avaient senti le couteau.

– Essaie de le lancer. Essaie pour voir.

La maison tout entière était d'un calme absolu. Complètement vide, et on avait l'impression qu'elle était aux aguets. Puis il y eut le sifflement du couteau à travers la pièce, et le bruit de la lame au moment où elle se plantait. Le couteau avait frappé le centre de la porte qui donnait sur l'escalier, et il vibrait. Frankie regarda le couteau, jusqu'à ce qu'il ait fini de vibrer.

– Je suis le meilleur lanceur de couteaux de la ville.

Debout derrière elle, Bérénice ne disait rien.

– S'ils organisaient un concours, c'est moi qui gagnerais.

Elle arracha le couteau de la porte et le reposa sur la table de la cuisine. Puis elle cracha dans ses mains et les frotta l'une contre l'autre.

Bérénice finit par dire :

– Frances Addams, un jour, ça finira mal.

– Je le plante presque toujours au milieu de la cible.

– Frances Addams, tu sais ce que ton père il pense des planteurs de couteaux dans cette maison.

– Je t'avais prévenue de ne pas me pousser à bout.

– Ta place n'est pas dans une maison.

– Je ne vivrai plus longtemps dans celle-ci. Bientôt je me sauverai de chez moi.

– Ce sera un bon débarras.

– Attends un peu. Je vais quitter la ville.

– Et où tu vas aller, tu le sais?

Frankie regarda les coins de la pièce.

– Je ne sais pas.

– Moi, je sais. Chez les fous. C'est là que tu vas aller.

Frankie était immobile. Elle regardait les dessins bizarres sur les murs. Elle ferma les yeux.

– Je vais à Winter Hill. Je vais au mariage. Et que je perde les deux yeux si jamais je reviens ici. Je le jure devant Dieu qui m'écoute.

Jusqu'au moment où il s'était enfoncé dans la porte en vibrant, elle n'avait pas été sûre de lancer le couteau. Et jusqu'à ce que ces derniers mots aient été prononcés, elle ne savait pas qu'elle les prononcerait. Ce serment avait jailli avec autant de violence que le couteau. Elle l'avait senti se planter en elle et vibrer. Elle attendit que les mots se soient éteints, puis elle dit :

– Après le mariage, je ne reviendrai pas ici.

Bérénice écarta doucement la frange de cheveux moites qui couvraient le front de Frankie, et elle demanda :

– Ma poule? Tu parles sérieusement?

– Tu crois que je suis capable d'être là et de faire un serment comme ce serment-là, et que ce soit une blague? Par moments, Bérénice, je me dis que personne n'est aussi lent que toi à comprendre.

– Pourtant tu dis que tu savais pas où aller. Tu pars, mais tu sais pas où tu vas. Pour moi, ça veut dire rien du tout.

Frankie regardait l'un après l'autre les quatre murs de la cuisine. Elle pensait au monde, et il était rapide et fissuré, et il tournait, plus rapide, plus fissuré, plus immense que jamais. Les images de la guerre surgissaient et se confondaient dans son esprit. Elle voyait des îles claires avec beaucoup de fleurs, et un pays baigné par la mer du Nord avec des vagues grises sur la plage. Des yeux gonflés d'épuisement et le piétinement sourd des soldats. Des tanks, et un avion en feu, les ailes arrachées, qui s'écraserait en tombant dans le ciel vide. Le monde était fissuré par le fracas de la guerre, et tournait à mille miles à la minute. Les noms des pays étaient comme une toupie dans sa tête : Chine, Peachville, Nouvelle-Zélande, Paris, Cincinnati, Rome. Elle pensait à ce monde énorme, qui tournait sur lui-même, et peu à peu ses jambes tremblaient et la paume de ses mains devenait moite. Mais elle ne savait toujours pas où il fallait qu'elle aille. Finalement, elle cessa de regarder les quatre murs de la cuisine, et dit à Bérénice :

– Je suis exactement comme si quelqu'un m'avait arraché toute la peau. J'ai envie d'une bonne glace au chocolat bien froide.

Bérénice avait posé les mains sur les épaules de Frankie, et elle hochait la tête, et elle plissait son œil resté vivant pour mieux examiner le visage de Frankie.

– Mais tous les mots que j'ai prononcés étaient la vérité du bon Dieu. Après le mariage, je ne reviendrai pas ici.

Il y eut un bruit du côté de la porte et, en tournant la tête, elles aperçurent Honey et T.T. Williams debout sur le seuil. Honey était le demi-frère de Bérénice, mais il ne lui ressemblait pas – il avait plutôt l'air de venir d'un pays étranger, comme Cuba ou Mexico. Il était clair de peau, d'une couleur presque lavande, avec de petits yeux étroits et tranquilles comme une goutte d'huile, et un corps très souple. Derrière lui se tenait T.T. Williams. Il était très grand et très sombre. Avec ses cheveux gris, il paraissait plus vieux que Bérénice. Il portait son costume des dimanches, et un insigne rouge à la boutonnière. C'était un Noir, très riche, qui tenait un restaurant pour les Noirs, et faisait la cour à Bérénice. Honey était un garçon faible et malade. L'armée n'avait pas voulu de lui, et il avait manié la pelle dans une carrière de cailloux jusqu'à ce qu'il se casse quelque chose à l'intérieur du corps, et depuis il ne pouvait plus faire aucun travail de force. Bérénice les avait rejoints, et ils étaient tous les trois sur le seuil de la porte, comme un groupe d'ombres.

– Pourquoi vous arrivez tout doucement comme ça? demanda Bérénice. Je vous ai même pas entendus.

– Vous étiez trop occupée à parler avec Frankie, répondit T.T.

– Je suis prête. Depuis longtemps, je suis prête. Mais peut-être qu'avant de partir, vous voulez prendre un petit quelque chose, très vite?

T.T. Williams regarda Frankie et remua doucement les pieds. Il avait le sens de ce qui se fait, et il avait envie de plaire à tout le monde, et d'agir toujours exactement comme il fallait.

– Frankie, elle ira pas le raconter partout, dit Bérénice. Hein, Frankie?

Une telle question ne méritait même pas de réponse. Frankie se tourna vers Honey, qui portait un costume en rayonne grenat.

– Ce costume vous va très bien, Honey. Où l'avez-vous acheté?

Honey était capable de parler comme un maître d'école blanc : ses lèvres couleur lavande étaient capables de bouger aussi vite et aussi légèrement que des papillons. Mais il se contenta de répondre par un mot de couleur, un bruit profond, sorti de sa poitrine et qui signifiait tout ce qu'on voulait :

– Ahhhhh!

Il y avait des verres sur la table et une bouteille de gin, mais ils ne buvaient pas. Bérénice dit quelque chose à propos de Paris, et Frankie comprit soudain qu'ils attendaient qu'elle s'en aille. Elle était debout près de la porte et les regardait. Elle n'avait pas envie de s'en aller.

– T.T. Je mets de l'eau dans le vôtre? demanda Bérénice.

Ils étaient tous les trois autour de la table, et Frankie à l'écart près de la porte, seule.

– Bonsoir à tous.

– Bonsoir, ma poule, dit Bérénice. Toutes les bêtises qu'on a dites, il faut que tu les oublies. Si Mr. Addams il est pas revenu quand il fera noir, pourquoi tu vas pas chez les West? Pour jouer avec John Henry.

– Depuis quand est-ce que j'ai peur du noir? À bientôt.

– À bientôt, répondirent-ils.

Elle ferma la porte, mais elle continuait d'entendre leurs voix. Elle avait appuyé la tête contre la porte de la cuisine, et elle entendait le murmure de leurs voix sombres qui montait et retombait doucement. *Ayee... Ayee...* Puis par-dessus cette rivière paresseuse de voix, elle entendit Honey demander :

– Il se passait quoi, entre Frankie et toi, quand on est arrivés?

Elle attendit, l'oreille collée contre la porte, pour entendre ce qu'allait répondre Bérénice. Finalement, elle entendit ces mots :

– Des bêtises. Frankie, elle n'arrête pas avec ses bêtises.

Elle écouta jusqu'à ce qu'elle les entende s'en aller.

La maison vide devenait très sombre. Elle serait seule avec son père ce soir-là, car Bérénice rentrerait directement chez elle après dîner. Autrefois, ils avaient loué la chambre qui donnait sur la rue. C'était après la mort de sa grand-mère et Frankie avait neuf ans. Ils avaient loué la chambre qui donnait sur la rue à Mr. et Mrs. Marlowe. Frankie ne gardait d'eux aucun autre souvenir, que la dernière réflexion faite à leur sujet : c'étaient des gens vulgaires. Pendant tout le temps où ils avaient habité avec eux, Frankie avait été fascinée par Mr. et Mrs. Marlowe et par la chambre qui donnait sur la rue. Elle adorait y entrer quand ils n'étaient pas là et doucement, légèrement, se glisser au milieu de leurs affaires – le vaporisateur de Mrs. Marlowe qui envoyait du parfum partout, sa houppette à poudre gris-rose, les embauchoirs en bois de Mr. Marlowe. Ils avaient mystérieusement quitté la maison au cours d'un après-midi qui était resté incompréhensible pour Frankie. C'était un dimanche du mois d'août, et la porte de la chambre qu'occupaient les Marlowe était ouverte. Du vestibule elle n'apercevait qu'une partie de la chambre, une partie de la commode et seulement le pied du lit où était posé le corset de Mrs. Marlowe. La chambre était très calme, mais elle entendait un bruit, et elle ne parvenait pas à comprendre d'où venait ce bruit, alors elle s'était avancée, jusqu'au seuil, et elle avait été tellement épouvantée par ce qu'elle avait vu qu'après un simple coup d'œil elle s'était précipitée dans la cuisine en criant :

– Mr. Marlowe a une attaque!

Bérénice avait traversé le vestibule, mais quand elle avait regardé dans la chambre, elle s'était contentée de pincer les lèvres et de claquer la porte. Évidemment elle était allée tout raconter à son père, car le soir même son père lui avait annoncé que les Marlowe étaient partis. Frankie avait essayé d'interroger Bérénice pour savoir ce qui s'était passé. Mais Bérénice avait simplement répondu que c'était des gens vulgaires, en ajoutant qu'ils auraient pu au moins fermer leur porte puisqu'ils savaient qu'il y avait une *certaine personne* dans la maison. Frankie comprenait bien qu'elle était la *certaine personne* en question, mais elle ne voyait toujours pas de quoi il s'agissait. Elle avait demandé : « *C'était quel genre d'attaque ?* » Bérénice avait répondu : « *Une attaque tout à fait vulgaire, ma chérie.* » Mais Frankie sentait bien, au son de sa voix, qu'il y avait là-dessous beaucoup plus de choses qu'elle ne lui en disait. Depuis elle avait tout oublié des Marlowe, sauf une chose : c'étaient des gens vulgaires. Du moment qu'ils étaient vulgaires, ils ne pouvaient posséder que des objets vulgaires – aussi, bien qu'elle ait cessé de penser aux Marlowe depuis longtemps, lorsqu'elle se rappelait leur nom et le fait qu'ils avaient occupé quelque temps la chambre qui donnait sur la rue, elle faisait toujours un rapprochement entre les gens vulgaires, les houppettes de poudre gris-rose et les vaporisateurs de parfum. Jamais plus on n'avait loué la chambre qui donnait sur la rue.

Frankie alla dans le vestibule, décrocha du portemanteau un des chapeaux de son père et le posa sur sa tête. Elle regarda dans le miroir le sombre reflet de son affreuse petite figure. Il y avait quelque chose qui sonnait faux dans toutes ces conversations à propos du mariage. Toutes les questions qu'elle avait posées, cet après-midi-là, sonnaient faux, et Bérénice n'avait répondu que par des plaisanteries. Elle était incapable de dire le nom de ce qu'elle éprouvait, et elle resta là sans bouger, jusqu'à ce que les ombres noires lui parlent de fantômes.

Frankie sortit devant sa maison et regarda le ciel. Elle était debout, poings sur les hanches, bouche ouverte. Le ciel, d'un bleu très doux, s'assombrissait lentement. Elle entendait les voix du soir tourner dans le voisinage, et sentait l'odeur fraîche et légère du gazon qu'on venait d'arroser. C'était juste le début de la soirée, le moment où la cuisine devenait trop étouffante et où elle aimait faire un petit tour dehors. D'habitude elle s'exerçait à lancer le couteau, ou elle s'asseyait devant sa maison, face au marchand de boissons glacées. Ou elle s'installait dans la cour, et sous la treille il faisait sombre et frais. Elle était trop âgée maintenant pour mettre ses anciens déguisements, et trop grande pour pouvoir jouer la comédie sous la treille, mais elle écrivait quand même des pièces de théâtre [99]. Cet été-là, elle avait écrit des pièces où il faisait froid – des pièces avec des Esquimaux et des explorateurs frigorifiés. Et quand la nuit était complètement tombée elle rentrait chez elle.

Mais ce soir-là, Frankie ne pensait pas à son couteau, ni à ses pièces de théâtre, ni aux boissons glacées. Et elle n'avait pas envie de rester ainsi à regarder le ciel. Car son cœur lui posait des questions très anciennes, et de nouveau, comme dans les jours anciens de ce printemps-là, elle se sentait effrayée.

Elle éprouva le besoin de penser à quelque chose de médiocre et de laid. Alors elle détourna le regard du ciel nocturne et contempla sa maison. C'était la plus affreuse maison de la ville, mais elle savait maintenant qu'elle n'y habiterait plus longtemps. La maison était noire et vide. Frankie lui tourna le dos et descendit vers le bas de la rue. Arrivée à l'angle, elle prit l'allée qui conduisait chez les West. John Henry était debout sur la balustrade du porche. Il y avait une fenêtre allumée derrière lui, et il avait l'air d'une petite poupée découpée dans du papier noir et collée sur un morceau de papier jaune.

– Salut ! dit-elle. Je me demande bien à quelle heure mon père va rentrer de la ville.

John Henry ne répondit pas.

– Je refuse de rester seule dans cette affreuse vieille maison toute noire.

Elle était debout au milieu de l'allée, et elle regardait John Henry, et la brillante plaisanterie qui touchait à la politique lui revint en mémoire. Elle enfonça ses pouces dans les poches de son short et demanda :

– Si tu devais participer à une élection, tu voterais pour qui ?

La voix de John Henry s'éleva, claire et haute, dans la nuit d'été.

– Je ne sais pas.

– Par exemple, si C.P. MacDonald se présentait dans cette ville comme maire, tu voterais pour lui ?

John Henry ne répondit pas.

– Tu voterais pour lui ?

Elle n'arrivait pas à le faire parler. Parfois on pouvait poser n'importe quelle question à John Henry, il refusait de répondre.

Elle était donc obligée de continuer toute seule, sans être aidée par un début de discussion, et la plaisanterie lui parut beaucoup moins drôle :

– Eh bien, moi, je ne voterais pas pour lui, même s'il était capable de rattraper un chien à la course.

La ville qui s'assombrissait était très calme. Depuis longtemps déjà, son frère et sa fiancée avaient atteint Winter Hill. Après avoir abandonné cette ville à cent miles derrière eux, ils étaient arrivés dans une autre ville lointaine. Tous deux étaient à Winter Hill, et elle restait seule, abandonnée à elle-même, dans cette ville sinistre. Et ce qui la rendait triste, ce qui lui donnait cette terrible sensation d'isolement, ce n'était pas tellement cette longue distance de cent miles, mais la certitude qu'ils étaient ensemble, et qu'ils étaient eux-mêmes, alors qu'elle était séparée, seule, abandonnée à elle-même. Et cette sensation était si insupportable, qu'une pensée lui vint brusquement, qui était aussi une explication, elle venait enfin de tout comprendre et dit presque tout haut :

– Ils sont tous deux mon *nous* à moi [100].

La veille encore, et pendant les douze années de sa vie, elle n'avait été que Frankie. Rien de plus. Seulement quelqu'un qui disait : *je*, et qui allait seule, et faisait les choses elle-même. Tout le monde pouvait se rattacher à un *nous*, tout le monde sauf elle. Quand Bérénice disait : *nous*, elle voulait parler de Honey, de sa vieille Grand-Maman, de sa maison, de son église. Pour son père, le *nous*, c'était sa boutique. Tous ceux qui étaient inscrits à un club appartenaient à un *nous* et pouvaient en parler. Les soldats d'un régiment pouvaient dire : *nous*, et même les bagnards enchaînés les uns aux autres [101]. Mais l'ancienne Frankie n'avait aucun *nous* auquel se rattacher – sinon celui qu'elle avait formé avec Bérénice et John Henry, tout au long de ce terrible été-là, et c'était le dernier des *nous* qu'elle désirait au monde. Mais brusquement tout était fini. Tout avait changé. Il y avait son frère et la fiancée de son frère, et à la seconde même où elle les avait vus, quelque chose s'était éveillé en elle, une soudaine révélation : *ils sont tous deux mon nous à moi*. Et voilà pourquoi elle se sentait si bizarre : ils étaient partis tous les deux pour Winter Hill, et elle était restée seule. C'était la coque vide de l'ancienne Frankie qui demeurait dans cette ville, abandonnée.

– Pourquoi tu te plies en deux comme ça ? cria John Henry.

– Je crois que j'ai un peu mal. Quelque chose que j'ai dû manger.

John Henry était toujours debout sur la balustrade, un bras passé autour du pilier.

– Écoute, finit-elle par dire. Tu serais d'accord pour m'accompagner, dîner avec moi et passer la nuit?

– Je ne peux pas.

– Pourquoi?

John Henry se mit à marcher sur la balustrade, les deux bras écartés en guise de balancier, et il avait l'air d'un petit merle noir contre le carré jaune de la fenêtre allumée. Il attendit d'avoir atteint l'autre pilier sain et sauf pour répondre :

– Parce que.

– Parce que quoi?

Il ne dit rien d'autre. Elle reprit :

– J'avais pensé qu'on aurait pu dresser ma tente de Peau-Rouge dans la cour et dormir dessous tous les deux. On se serait bien amusés.

John Henry ne disait toujours rien.

– Tu es mon cousin germain. Je passe mon temps à m'occuper de toi. Je te fais tout le temps des cadeaux.

Calmement, doucement, John Henry retraversa la balustrade, passa son bras autour du premier pilier et regarda Frankie.

– C'est bien vrai; alors, pourquoi tu ne viens pas?

Il finit par dire :

– Parce que je n'en ai pas envie.

– Pauvre idiot! Je te propose ça uniquement parce que tu as l'air sinistre et complètement abandonné.

John Henry sauta délicatement de la balustrade. Il répondit, d'une voix très pure et très enfantine :

– Je ne suis pas du tout abandonné.

Frankie frotta ses mains moites contre le fond de son short et pensa : « *Maintenant, tu vas tourner les talons et rentrer chez toi.* » Mais, malgré cet ordre qu'elle se donnait, quelque chose l'empêchait de tourner les talons et de s'en aller. Il ne faisait pas encore tout à fait nuit. Le long de la rue, les maisons étaient noires, les lampes s'allumaient derrière les fenêtres. L'obscurité paraissait s'être rassemblée dans l'épaisseur des feuillages, et l'ombre des arbres, au loin, était grise et confuse. Pourtant la nuit n'avait pas tout à fait envahi le ciel.

– Pour moi, il se passe quelque chose d'anormal. Il fait trop calme. J'ai dans les os une sensation tout à fait bizarre. Je parie cent dollars qu'un orage approche.

John Henry l'observait de l'autre côté de la balustrade.

– Un terrible orage de canicule. Peut-être même un cyclone.

Immobile, elle attendait la nuit. Alors, à cet instant précis, une trompette se mit à jouer un blues. Quelque part dans la ville, à une courte distance, une trompette fit entendre une mélodie désolée très lente, et très mélancolique. C'était un jeune Noir qui jouait de cette trompette, mais Frankie ne savait pas qui. Elle se tenait très droite, la tête penchée, les yeux fermés, et elle écoutait. Il y avait dans cette mélodie quelque chose qui lui rappelait le printemps de cette année-là : des fleurs, des regards d'inconnus, la pluie.

C'était une mélodie lente, triste et sombre. Frankie écoutait toujours et, tout à coup, la trompette se mit à sautiller sur un rythme de jazz brutal et un peu fou, qui zigzaguait avec la preste désinvolture des Noirs. Puis la musique s'immobilisa sur une note longtemps tenue, qui allait en s'effilant de plus en plus et en s'éloignant. Et la première mélodie réapparut, et c'était comme si elle parlait de cette longue saison pleine d'ennuis. Frankie était immobile dans l'ombre, au milieu de l'allée, et son cœur était tellement angoissé qu'elle serrait les genoux et sentait sa gorge se contracter. Puis il se produisit soudain une chose déconcertante pour Frankie : juste au moment où la mélodie allait se conclure, la voix de la trompette se brisa net et la musique s'arrêta. La trompette cessa brusquement de jouer. Pendant un moment Frankie refusa d'y croire. Elle se sentait si abandonnée.

Elle finit par dire à John Henry dans un murmure :

– C'est simplement parce qu'il secoue la salive qui est dans sa trompette. Il va reprendre et conclure.

Mais la musique ne reprit pas. La mélodie resta brisée, inachevée. Et l'angoisse était si forte au fond de son cœur qu'elle ne pouvait plus la supporter. Elle devait faire quelque chose. Quelque chose d'horrible et d'inattendu. Que personne n'avait jamais fait. Elle se donna de grands coups de poing sur le crâne, mais ça n'arrangea rien. Alors elle se mit à parler à haute voix, sans même faire attention à ce qu'elle disait, et elle ne savait pas d'avance ce qu'elle allait dire :

– J'ai dit à Bérénice que j'allais quitter la ville pour de bon, et elle n'a pas voulu me croire. Je me dis parfois que c'est la plus grande imbécile qui soit au monde.

Elle parlait à haute voix, comme si elle se plaignait, et sa voix était coupante et grinçante comme le bord d'une scie. Elle parlait, et chaque fois qu'elle avait prononcé un mot elle ignorait le mot qui allait suivre. Elle écoutait sa propre voix, mais les mots qu'elle entendait n'avaient aucun sens pour elle.

– Tu essaies d'enfoncer quelque chose dans la tête d'une grande imbécile comme ça, autant parler à une brique. Je lui ai tout dit, et tout dit, et tout dit. Je lui ai dit que j'allais quitter la ville pour de bon, parce que c'est inévitable.

Ce n'est pas à John Henry qu'elle parlait. Elle ne savait plus qu'il était là. Il s'était écarté de la fenêtre allumée, mais il était toujours sur le perron, il écoutait, et après un petit moment il demanda :

– Où?

Frankie ne répondit pas. Elle était soudain très calme, très tranquille. Elle éprouvait une sensation nouvelle. La sensation qu'au plus profond d'elle-même elle savait où aller. Elle le savait. Il suffisait d'attendre une minute encore pour connaître le nom de l'endroit. Elle se mordit le poing et attendit : elle n'essayait pas de forcer le nom de cet endroit à apparaître, et elle ne pensait pas au monde qui basculait. Elle pensait à son frère et à la fiancée de son frère, et son cœur [102] étouffait tellement dans sa poitrine qu'elle le sentait presque se briser.

John Henry demanda de sa voix aiguë et enfantine :

– Tu veux que je dîne avec toi et que je dorme avec toi sous la tente de Peau-Rouge?

– Non, répondit-elle.

– Tu viens pourtant de m'inviter.

Elle n'avait pas envie de discuter avec John Henry West, ni de lui répondre. Car, à ce moment précis, Frankie comprit. Elle comprit qui elle était et comment elle trouverait sa place dans le monde. Son cœur était tellement serré qu'il s'ouvrit tout à coup en deux. Son cœur s'ouvrit en deux comme deux ailes. Et quand elle parla sa voix était affermie.

– Je sais où je vais aller.

– Où?

– Je vais aller à Winter Hill. Je vais aller au mariage.

Elle attendit de l'entendre dire : « *Il y a longtemps que je le sais.* » Et elle finit par énoncer à haute voix toute la vérité.

– Je vais partir avec eux. Après le mariage à Winter Hill je vais partir avec eux deux, et je les accompagnerai partout où ils iront. Je vais partir avec eux.

Il ne répondit pas.

– Je les aime tellement tous les deux. Nous serons toujours ensemble, partout où ils iront. C'est comme si depuis ma naissance je savais que ma place était avec eux deux. Je les aime tellement tous les deux.

Maintenant que les mots étaient prononcés, elle n'avait plus besoin de s'interroger ou d'hésiter. Elle ouvrit les yeux et la nuit était là. Le bleu du ciel était enfin devenu noir, et les étoiles s'inclinaient en scintillant dans l'ombre. Son cœur s'était ouvert en deux, comme deux ailes, et jamais encore elle n'avait contemplé une aussi belle nuit.

Frankie était immobile et regardait le ciel. Et lorsque l'ancienne question se présentait à elle – la question de savoir qui elle était, et quelle serait sa place dans le monde, et pourquoi, à cette minute précise, elle se tenait ainsi – quand l'ancienne question se présentait à elle, elle ne se sentait pas déchirée et sans réponse. Car elle savait enfin qui elle était, et elle avait compris où elle devait aller. Elle avait de l'amour pour son frère et pour la fiancée de son frère, et elle faisait partie de leur union. Ils s'en iraient tous les trois à travers le monde, et ils seraient toujours ensemble. Et voilà qu'après ce printemps effrayant et cet été insensé, toute peur l'avait abandonnée.

Deuxième Partie

1

La journée qui précéda le mariage fut différente de toutes les journées que F. Jasmine avait vécues jusque-là. Ce fut la journée du samedi où elle se rendit en ville, et soudain, après le vide de cet été refermé sur lui-même, la ville s'ouvrit devant elle, et elle sentit que, désormais, elle en faisait partie. Grâce au mariage, elle était en contact avec tout ce qu'elle voyait, et c'est comme un membre subitement inscrit à un club qu'elle parcourut la ville ce samedi-là. Elle marcha à travers les rues avec des privilèges dignes d'une reine et elle se rendit partout. Dès le début de cette journée, elle découvrit que le monde n'était plus séparé d'elle et que d'un seul coup elle se trouvait à l'intérieur. Beaucoup de choses commencèrent alors à lui arriver – mais aucune n'étonna F. Jasmine, et jusqu'à la fin tout alla magiquement de soi.

Dans les champs qui entouraient la maison de l'Oncle Charles, un des oncles de John Henry, elle avait vu de vieilles mules aveugles décrire un cercle, toujours le même, pour broyer les cannes à sucre et en faire jaillir le jus. Cet été-là, en faisant toujours les mêmes promenades, l'ancienne Frankie avait plus ou moins ressemblé à ces mules – en flânant autour des comptoirs de l'Uniprix, en allant s'asseoir aux premiers rangs du cinéma Palace, en rôdant autour de la boutique de son père, ou en s'arrêtant au coin des rues pour regarder les soldats. Mais ce matin-là, tout était différent. Elle entra dans des endroits où jamais encore elle n'avait cru qu'elle pénétrerait. Par exemple, F. Jasmine entra dans un hôtel – pas le meilleur de la ville, ni l'un des meilleurs, mais c'était pourtant un hôtel, et F. Jasmine s'y rendit. Elle y entra même avec un soldat, et c'est là surtout le plus surprenant car jamais jusqu'à ce jour-là elle n'avait rencontré ce soldat. Si l'ancienne Frankie avait pu voir cette scène à l'avance, dans la lunette d'un magicien par exemple, elle aurait sûrement pincé les lèvres en refusant d'y croire. Mais c'était un matin où beaucoup de choses lui arrivèrent, et le plus curieux de cette journée-là fut son incapacité à s'étonner : l'inattendu ne lui posait aucun problème; le familier en revanche, ce qui lui était connu depuis toujours, la surprenait étrangement et la bouleversait.

Cette journée commença dès l'aube, quand elle s'éveilla. Et c'était comme si son frère et la fiancée de son frère avaient dormi toute la nuit au fond de son cœur, car à la première seconde elle retrouva l'idée du mariage. Et, immédiatement après, elle pensa à la ville. Au moment où elle allait enfin partir de chez elle, elle éprouvait une impression curieuse, comme si la ville l'appelait et l'attendait pour cette dernière journée. Derrière les vitres de sa chambre, l'aube était d'un bleu froid. Le vieux coq des MacKean chantait. Elle se leva rapidement, alluma sa lampe de chevet et le moteur.

C'est l'ancienne Frankie, la Frankie de la veille, qui se posait toutes sortes de questions. F. Jasmine ne s'en posait aucune. Comme si l'idée du mariage lui était familière depuis très longtemps. C'était dû en grande partie à la longue nuit qui les avait séparées l'une de l'autre. Pendant les douze années précédentes, chaque fois qu'un changement inattendu survenait dans sa vie, elle le regardait s'accomplir avec une sorte de méfiance. Mais il suffisait qu'elle dorme une nuit entière et, le lendemain matin, le changement lui paraissait beaucoup moins surprenant. Ainsi, deux étés plus tôt, quand elle était allée sur la Baie avec les West, à Port-Saint-Peter, et qu'elle avait aperçu pour la première fois la mer dans le soir, les hautes vagues grises de l'Océan et la plage déserte, elle s'était sentie comme à l'étranger et elle marchait les yeux baissés, sans oser poser les mains nulle part. Mais après la première nuit, dès son réveil le lendemain, elle avait eu l'impression de connaître Port-Saint-Peter depuis toujours. Pour le mariage, c'était exactement pareil. Sans plus se poser de questions, elle fit donc face à d'autres problèmes.

Elle s'assit devant son bureau, n'ayant sur elle qu'un pantalon de pyjama bleu à raies blanches, retroussé au-dessus du genou. Elle frottait son pied droit contre la pointe de son autre pied nu, et réfléchissait à tout ce qu'elle avait à faire au cours de cette dernière journée. Elle connaissait certaines choses avec précision, mais il y en avait d'autres qu'elle était incapable de compter sur ses doigts ou d'inscrire sur une liste. Pour commencer, elle décida de se fabriquer des cartes de visite portant : *Miss F. Jasmine Addams, Esq.* [103] gravé en italique sur un carton très mince. Elle coiffa donc sa visière verte, découpa une feuille de bristol, et planta un stylo derrière ses deux oreilles. Mais son esprit vagabondait sans cesse, et elle pensait à toutes sortes d'autres choses. Elle commença donc très vite à se préparer pour aller en ville. Elle s'habilla avec le plus grand soin ce matin-là, choisit sa robe la plus élégante, celle en organdi rose qui la faisait paraître plus âgée, se mit du rouge à lèvres et du *Sweet Serenade*. Quand elle descendit l'escalier, son père, qui était toujours levé de bonne heure, s'affairait dans la cuisine.

– Bonjour, papa.

Son père s'appelait Royal Quincy Addams. Il possédait une bijouterie dans la Grand-Rue de la ville. Il lui répondit par un vague grognement, car c'était une grande personne qui aimait boire trois tasses de café le matin avant d'engager la moindre conversation. Il désirait un peu de calme et de tranquillité avant de se mettre au travail. F. Jasmine l'avait entendu s'agiter dans sa chambre pendant la nuit, à un moment où elle s'était levée pour boire un verre d'eau. Et ce matin-là, il avait le visage blanc comme du fromage, des yeux rouges et le regard perdu. C'était un matin où il avait décidé de ne pas prendre de soucoupe, parce qu'elle n'était pas de la bonne dimension, et il préférait poser sa tasse sur la table ou sur le fourneau, dessinant partout de grands cercles bruns que les mouches entouraient aussitôt. Il avait laissé tomber du sucre par terre, quand cela grinçait chaque fois qu'il marchait dessus, il grimaçait. Il portait un pantalon gris déformé aux genoux et une chemise bleue au col déboutonné et une cravate défaite. Depuis le mois de juin, et sans vouloir se l'avouer, elle lui en voulait terriblement – depuis le soir où il avait demandé quelle était cette grande godiche qui voulait encore dormir avec son papa – mais cette rancune s'était apaisée peu à peu. Brusquement, F. Jasmine eut l'impression de voir son père pour la première fois, non seulement tel qu'il était à cet instant précis, mais sur des images d'autrefois qui dansaient dans sa tête en se chevauchant. Souvenirs si changeants, si rapides, qu'elle restait immobile, la tête penchée sur le côté, l'observant à la fois dans cette cuisine et dans un coin secret d'elle-même. Il fallait pourtant que certaines choses soient dites et, lorsqu'elle se décida à parler, elle avait une voix presque normale.

– Il vaut mieux que je te prévienne maintenant, papa. Après le mariage je ne reviendrai pas ici.

Il avait des oreilles pour entendre, de larges oreilles bien découpées, avec des bords bleu pâle, mais il n'avait pas entendu. Il était veuf, car la mère de Frankie était morte en la mettant au monde – et, comme beaucoup de veufs, il avait ses petites habitudes. Il lui arrivait, surtout de très bonne heure le matin, de ne pas écouter ce qu'elle disait ou les suggestions qu'elle lui faisait. Elle éleva donc la voix pour lui faire entrer les mots dans la tête.

– Il faut que j'aille m'acheter une robe pour le mariage, et des chaussures pour le mariage, et des bas de soie rose très fins.

Cette fois, il avait entendu et, après un petit temps de réflexion, il hocha la tête pour indiquer qu'il était d'accord. Les boulettes de maïs étaient en train de frire doucement, avec de larges bulles bleues, et, tout en mettant le couvert, elle observait son père, elle se souvenait. Il y avait eu des matins d'hiver, avec des fleurs de givre sur la vitre et le ronflement du fourneau, et l'image d'une main brune et sèche qu'il lui posait sur l'épaule pour l'aider à résoudre un problème de mathématiques qu'elle essayait de terminer au dernier moment, assise devant la table, et le son d'une voix qui lui donnait les explications nécessaires. Il y avait eu de longues soirées de printemps bleutées, elle s'en souvenait également, et son père était assis dans l'ombre du porche, les pieds nus sur la balustrade, et il buvait une bouteille de bière glacée qu'elle était allée lui acheter chez Finny. Elle le voyait aussi dans sa boutique, penché sur son établi, plongeant dans l'essence un ressort minuscule, ou examinant à la loupe les rouages d'une montre, en sifflotant. Souvenirs qui arrivaient brusquement et disparaissaient aussi vite, et chacun avait la couleur de sa propre saison, et pour la première fois, en évoquant les douze années de sa vie passée, elle les voyait à une certaine distance d'elle, comme un tout.

– Je t'écrirai, papa.

Il allait d'un coin de la cuisine à l'autre, comme quelqu'un qui a perdu quelque chose, mais il ne savait plus ce qu'il avait perdu. Elle l'observait, et l'ancienne rancune avait complètement disparu, et elle se sentait désolée. Quand elle serait partie elle lui manquerait beaucoup. Il allait se trouver très seul. Elle cherchait comment en quelques mots lui dire qu'elle l'aimait, et qu'elle était désolée, mais, au moment où elle allait parler, il s'éclaircit la gorge comme chaque fois qu'il était sur le point d'affirmer son autorité.

– Pourrais-tu m'expliquer, je te prie, où sont passés le tournevis et la clef anglaise qui étaient dans ma boîte à outils, sous le porche?

– Le tournevis et la clef anglaise...

F. Jasmine s'immobilisa, les épaules voûtées, le pied gauche sur son mollet droit.

– Je les ai pris.

– Et maintenant, où sont-ils?

– Chez les West.

– Alors, écoute bien ce que je vais te dire.

Il leva la cuiller avec laquelle il remuait les boulettes de maïs, et l'agita pour ponctuer ses paroles.

– Si tu n'as pas assez d'intelligence et de bon sens pour laisser les choses à leur place...

Il lui jeta un regard menaçant.

– ... je me charge de t'en donner. À partir d'aujourd'hui, ou tu t'arranges pour marcher droit, ou je me charge de t'apprendre.

Il renifla brusquement.

– Ce n'est pas le toast qui brûle?

Il était encore très tôt, ce matin-là, quand F. Jasmine sortit de chez elle. Le gris tendre de l'aube s'était éclairé peu à peu, et le ciel était d'un bleu humide et pâle comme un ciel d'aquarelle qu'on vient juste de peindre et qui n'a pas encore séché. L'air était vif et frais. Une rosée apaisante couvrait l'herbe brûlée. D'une cour, au bas de la rue, montaient des voix d'enfants. C'étaient les enfants du quartier qui s'appelaient entre eux parce qu'ils voulaient creuser une piscine. Ils avaient tous les âges, toutes les tailles, et ils n'étaient membres de rien, et au cours des étés précédents, l'ancienne Frankie avait été plus ou moins le président ou le chef d'équipe de ceux qui voulaient creuser une piscine dans ce quartier de la ville – mais maintenant qu'elle avait douze ans, elle savait d'avance qu'ils auraient beau travailler et creuser dans toutes les cours des environs avec l'espoir d'obtenir un jour une belle piscine d'eau claire et fraîche, ils n'aboutiraient jamais qu'à d'immenses fossés pleins de boue.

En traversant la cour de sa maison, F. Jasmine pensait à cette bande d'enfants, dont les cris joyeux traversaient la rue – et, pour la première fois de sa vie ce matin-là, elle découvrit que ces bruits de voix avaient une sorte de douceur, et elle en fut touchée. Et, plus étrange encore, la propre cour de sa maison, qu'elle haïssait jusque-là, la toucha de la même façon. Elle s'aperçut qu'elle ne l'avait pas regardée depuis très longtemps. Il y avait, sous l'orme, son vieux débit de boissons glacées, une valise légère qu'elle pouvait facilement déplacer pour qu'elle soit toujours à l'ombre, avec un petit écriteau : *Auberge de la goutte de rosée*. À cette heure de la matinée, quand elle avait plongé la limonade dans un seau à l'intérieur du débit de boissons, elle avait l'habitude de s'asseoir, les pieds nus sur le comptoir, son chapeau mexicain rabattu sur la figure – et elle fermait les yeux pour mieux sentir la bonne odeur de la paille chauffée par le soleil, et elle attendait. Il venait parfois des clients, et elle envoyait John Henry acheter des bonbons au supermarché. Mais le plus souvent Satan-le-Tentateur triomphait de ce qu'il y avait de meilleur en elle, et elle buvait tout son stock. Ce matin-là, son débit de boissons lui parut très petit et tout délabré, et elle compris qu'elle ne s'assiérait jamais plus au comptoir. L'idée elle-même lui parut quelque chose de complètement dépassé, se rattachant à de très anciens événements. Elle prit une brusque décision : le lendemain du mariage, lorsqu'elle serait avec Janice et Jarvis, et qu'ils auraient atteint une ville lointaine, elle repenserait à ces jours d'autrefois et... Mais elle en resta là de sa décision, car depuis que ces deux prénoms lui avaient traversé l'esprit, elle était envahie de nouveau par l'allégresse du mariage, et c'était pourtant une journée du mois d'août, mais elle se mit à frissonner.

La Grand-Rue elle aussi fit à F. Jasmine l'effet d'une rue dans laquelle elle revenait après de nombreuses années, bien qu'elle s'y fût longuement promenée le mercredi précédent. Les magasins de briques n'avaient pas changé, pas plus que l'énorme bâtiment blanc de la banque, à quatre rues de là et, plus encore, la filature avec ses innombrables fenêtres. Une étroite bande de gazon divisait la rue en deux, et les voitures roulaient lentement de chaque côté comme si elles avaient envie de brouter. Le gris métallique des trottoirs, les gens qui passaient, les stores rayés des magasins, tout était pareil – et pourtant, pendant qu'elle marchait dans la Grand-Rue ce matin-là, elle se sentait aussi libre qu'un voyageur qui découvre cette ville pour la première fois.

Et ce n'était pas tout. Elle venait à peine de descendre le côté gauche de la Grand-Rue et s'apprêtait à remonter sur le trottoir de droite, quand elle sentit qu'il se passait quelque chose de nouveau. Quelque chose qui avait un rapport avec tous les gens qu'elle croisait dans la rue – et elle en connaissait certains, mais les autres lui étaient étrangers. Un vieux Noir, raide et fier sur le siège d'un chariot qui faisait beaucoup de bruit, conduisait une vieille mule triste et aveugle vers le marché du samedi. F. Jasmine le regarda, il regarda F. Jasmine, et en apparence il ne se passa rien de plus – mais elle avait senti naître, entre le regard de cet homme et son propre regard, un contact jamais ressenti jusque-là et dont elle ignorait le nom, comme s'ils se reconnaissaient l'un l'autre – et, au moment précis où le chariot la dépassait en résonnant sur les pavés de la Grand-Rue, elle eut même la vision du champ où vivait cet homme, et des routes pour l'atteindre, et des sombres forêts de pins silencieuses. Et elle aurait voulu qu'il la connaisse vraiment, et qu'il sache aussi – pour le mariage.

La même chose se produisit plusieurs fois pendant qu'elle traversait les quatre rues l'une après l'autre : avec une femme qui pénétrait chez Mac Dougal, avec un petit homme qui attendait l'autobus devant l'énorme bâtiment de la *First National Bank*, avec un ami de son père qui s'appelait Tut Ryan. C'était une impression impossible à formuler avec des mots – et plus tard, quand elle rentra chez elle et qu'elle essaya d'en parler, Bérénice haussa les sourcils, en répétant ironiquement : *Un contact ? Un contact ?* Mais peu importait. L'impression était là – un contact aussi étroit qu'entre quelqu'un qui appelle et quelqu'un qui répond. Il faut ajouter que sur le trottoir, juste devant la *First National Bank*, elle trouva une pièce de monnaie. Si ç'avait été un jour ordinaire, elle aurait éprouvé une immense surprise. Mais ce jour-là, elle se contenta de s'arrêter, de frotter la pièce contre son corsage pour la faire briller, et de la glisser dans son porte-monnaie rose. Et, tout en marchant sous le ciel si bleu et si frais du matin, elle avait le sentiment inconnu de devenir à chaque pas plus assurée et plus légère, et d'être dans ses droits.

C'est dans un endroit nommé *La Lune bleue* qu'elle parla du mariage pour la première fois, et elle y entra tout à fait par hasard, car *La Lune bleue* n'est pas située dans la Grand-Rue, mais le long de la rivière, dans Front Avenue. Elle se trouvait là, parce qu'elle avait entendu l'orgue de Barbarie du singe et de l'homme-au-singe, et qu'elle était immédiatement partie à leur recherche. Elle n'avait pas vu le singe et l'homme-au-singe de tout l'été, et ça lui parut comme un signe de se lancer à leur poursuite au cours de la dernière journée qu'elle passait en ville. Elle ne les avait pas vus depuis si longtemps qu'elle se disait parfois qu'ils devaient être morts l'un et l'autre. Ils ne se promenaient jamais dans les rues en hiver, car le froid les rendait malades; dès le mois d'octobre, ils quittaient le Sud pour la Floride, et ne revenaient en ville qu'à la fin du printemps quand il commençait à faire chaud.

Le singe et l'homme-au-singe erraient donc d'une ville à l'autre, eux aussi – mais l'ancienne Frankie les avait rencontrés chaque été, dans les rues où il faisait de l'ombre, aussi loin qu'elle pouvait s'en souvenir – chaque été, sauf celui-ci. Le singe était petit et charmant, et l'homme-au-singe était également très gentil. L'ancienne Frankie les aimait depuis toujours et elle mourait d'envie de leur expliquer ses projets et de leur parler du mariage. Aussi, dès qu'elle entendit la musique sautillante et voilée de l'orgue de Barbarie, elle partit à leur recherche, et la musique semblait venir de la rivière, du côté de Front Avenue. Elle quitta donc la Grand-Rue et se précipita dans la rue voisine, mais au moment où elle allait atteindre Front Avenue, la musique s'arrêta brusquement, et elle regarda à droite et à gauche, mais le singe et l'homme-au-singe n'étaient pas dans l'Avenue et elle ne les apercevait nulle part. Peut-être s'étaient-ils installés sous une porte cochère ou étaient-ils entrés dans un magasin, et F. Jasmine se mit à marcher lentement, en regardant partout.

Elle s'était toujours senti attirée par Front Avenue, où se trouvaient pourtant les boutiques les plus petites et les plus tristes de la ville. Sur le côté gauche de l'Avenue, il y avait des entrepôts, entre lesquels on apercevait par fragments la rivière sombre et le vert des arbres. Sur le côté droit, il y avait un bâtiment portant un écriteau : *Prophylaxie militaire*, et elle s'était toujours demandé ce qu'on y faisait – et différents autres bâtiments : une poissonnerie qui sentait très fort, avec dans la devanture les yeux glauques d'un seul poisson qui la regardait fixement au milieu des cubes de glace, le bureau d'un prêteur sur gages, un magasin de vêtements d'occasion, avec de vieilles robes démodées accrochées autour de la porte étroite, et des chaussures en mauvais état alignées sur le trottoir. Il y avait enfin un endroit appelé *La Lune bleue*. L'avenue était pavée de briques, ce qui lui donnait sous le feu du soleil comme un air de colère, et dans les ruisseaux il y avait des coquilles d'œuf et de vieilles écorces de citron. Ce n'était pas une rue élégante, mais l'ancienne Frankie de temps en temps aimait y faire un tour.

En semaine, la rue était très calme le matin et l'après-midi, mais le soir, et les jours de permission, elle se remplissait de soldats qui venaient d'un camp militaire à neuf miles de là. Ils semblaient préférer Front Avenue à toutes les autres rues de la ville et la chaussée ressemblait parfois à un fleuve sombre et mouvant de soldats. Ils venaient en ville les soirs de permission et se promenaient en bandes joyeuses et bruyantes, ou arpentaient les trottoirs avec des filles plus âgées. Et l'ancienne Frankie les avait toujours observés d'un cœur jaloux, car ils arrivaient de tous les coins du pays et bientôt ils seraient envoyés aux quatre coins du monde. Ils se promenaient en bandes joyeuses dans le crépuscule immobile de l'été – et l'ancienne Frankie avec son short kaki et son chapeau mexicain les observait toute seule, à distance. Les bruits et les saisons des villes lointaines dont ils arrivaient semblaient planer au-dessus d'eux. Elle pensait aux soldats, à toutes ces villes dont ils arrivaient, à tous ces pays où on allait les envoyer – tandis qu'elle était enracinée dans cette ville pour toujours. Et une sourde jalousie lui déchirait le cœur. Mais, ce matin-là, son cœur n'était plein que d'un seul désir : parler du mariage et de ses projets. Aussi, après avoir marché sur la chaussée brûlante à la recherche du singe et de l'homme-au-singe, elle poussa la porte de *La Lune bleue*, car l'idée lui était venue qu'ils étaient peut-être là.

La Lune bleue était au bout de Front Avenue, et plusieurs fois l'ancienne Frankie, arrêtée sur le trottoir, avait collé ses deux mains et son nez contre la porte vitrée pour regarder à l'intérieur. Les clients, presque tous des soldats, étaient attablés dans les stalles, ou debout au comptoir, ou groupés autour du juke-box. Des bagarres violentes éclataient parfois. Un soir, en passant devant *La Lune bleue*, elle avait entendu un tumulte de voix furieuses, puis un bruit comme une bouteille qu'on casse, elle s'était arrêtée, et elle avait vu sortir de l'établissement un agent de police qui poussait devant lui, en le secouant par les épaules, un homme aux vêtements déchirés, dont les jambes tremblaient. L'homme pleurait et poussait des cris. Il y avait du sang sur sa chemise, et des larmes grises lui coulaient sur la figure. C'était un soir d'avril, avec de brusques averses et des arcs-en-ciel, et la sirène du fourgon de police, qu'on surnomme *Black Maria*, s'était mise à hurler dans la rue, et on avait jeté le pauvre criminel dans la cage des prisonniers, et on l'avait conduit jusqu'à la prison. L'ancienne Frankie n'était jamais entrée à *La Lune bleue*, mais elle connaissait bien l'endroit. Aucune loi écrite ne l'empêchait d'y entrer. Il n'y avait ni verrou ni chaîne sur la porte. Mais, sans que personne lui en ait parlé, elle savait que c'était un endroit interdit aux enfants. *La Lune bleue* était un endroit réservé aux soldats en permission, aux grandes personnes et aux gens libres. L'ancienne Frankie avait toujours su qu'elle n'avait pas le droit d'y entrer et elle s'était contentée de tourner autour sans jamais pousser la porte. Mais, ce matin-là, c'était la veille du mariage et tout était changé. Les anciennes lois qu'elle avait connues ne représentaient plus rien pour F. Jasmine, et sans une seconde d'hésitation, elle quitta la rue et pénétra à l'intérieur.

Et là, à l'intérieur de *La Lune bleue*, se trouvait le soldat aux cheveux roux qui, d'une façon inattendue, allait intervenir tout au long de cette journée qui précéda le mariage. Et pourtant, F. Jasmine ne fit pas tout de suite attention à lui ; elle cherchait l'homme-au-singe, mais il n'était pas là. En dehors du soldat, il n'y avait qu'une personne dans la salle, le propriétaire de *La Lune bleue*, un Portugais, qui se tenait debout derrière le comptoir. F. Jasmine décida aussitôt qu'il serait le premier à entendre parler du mariage, et si elle le choisit c'est qu'il avait l'air de pouvoir comprendre et qu'il était tout près.

Après la lumière et la fraîcheur de la rue, *La Lune bleue* paraissait très sombre. Des ampoules de néon bleu pâle brûlaient derrière le comptoir au-dessus d'une glace ternie, donnant aux visages une couleur légèrement verte, et le ventilateur électrique qui tournait doucement découpait de petites vagues dans l'air chaud et stagnant de la salle. À cette heure de la matinée l'endroit était très calme. Toutes les stalles étaient vides. Au fond, un escalier de bois éclairé conduisait au premier étage. Il y avait une odeur de bière froide et de café du matin. F. Jasmine demanda un café au propriétaire debout derrière son comptoir. Il la servit, puis s'assit en face d'elle sur un tabouret. C'était un homme triste et pâle avec un visage très plat. Il portait un long tablier blanc et, les pieds posés sur les barreaux du tabouret, légèrement penché en avant, il se mit à lire un magazine sentimental. Le besoin qu'elle avait de parler du mariage devenait de plus en plus vif, et lorsqu'elle se sentit incapable d'y résister plus longtemps, elle se mit à chercher dans sa tête une phrase qui pourrait lui servir d'introduction – une de ces phrases sans importance, comme savent en dire les adultes, pour amorcer la conversation. Elle finit par dire, d'une voix qui tremblait un peu :

– Vous ne trouvez pas cet été difficile à supporter?

Le Portugais n'eut pas l'air d'avoir entendu, et continua la lecture de son magazine sentimental. Elle répéta sa phrase et, quand elle vit qu'il levait les yeux vers elle et qu'elle avait réussi à attirer son attention, elle s'empressa d'ajouter d'une voix plus haute :

– Demain, à Winter Hill, mon frère va épouser sa fiancée.

Elle se jeta alors dans son récit, comme un chien de cirque se jette dans un cerceau de papier, et au fur et à mesure qu'elle parlait, sa voix devenait de plus en plus claire, assurée et précise. Elle parla de ses projets comme s'ils étaient définitifs et qu'aucun problème ne se posât plus. Le Portugais écoutait, la tête penchée sur le côté. De grands cercles gris cendre entouraient ses yeux noirs, et de temps en temps il frottait contre son tablier couvert de taches ses mains humides, qui avaient de grosses veines et une peau blanche comme de la peau morte. Elle lui raconta tout du mariage et de ses projets, et il ne discuta pas. Il n'émit pas le moindre doute.

Elle se souvint alors de Bérénice, et s'aperçut qu'un étranger à qui vous racontez que vos plus chers espoirs sont sur le point de se réaliser, se laisse plus facilement convaincre que vos intimes. Le fait de prononcer certains mots – Jarvis, Janice, mariage, Winter Hill – lui donnait de tels frissons de plaisir qu'arrivée la fin elle eut envie de tout recommencer. Le Portugais prit une cigarette derrière son oreille, et il en frappa le bout sur le comptoir, mais sans l'allumer. Dans la lumière artificielle du néon, son visage semblait effrayé et, lorsqu'elle eut terminé, il ne prononça pas un mot. Alors, tandis que le récit du mariage continuait de vibrer en elle comme un dernier accord de guitare chante longtemps après qu'on a pincé les cordes, elle tourna la tête et regarda le fragment de rue en feu qui s'encadrait dans la porte d'entrée : des silhouettes sombres passaient sur le trottoir, et l'écho de leurs pas s'entendait à l'intérieur de *La Lune bleue*.

– Ça me fait une drôle d'impression, dit-elle. Quand je pense que j'ai vécu toute ma vie dans cette ville, et demain je pars, et je ne reviendrai plus jamais.

C'est à ce moment-là qu'elle remarqua pour la première fois le soldat qui allait être mêlé, de façon si étrange, à cette longue et dernière journée. En y réfléchissant plus tard, elle essaya de retrouver un signe quelconque laissant présager sa future folie – mais à ce moment-là, ce n'était qu'un soldat debout près du comptoir et buvant de la bière. Il n'était ni grand ni petit, ni gras ni maigre – aucun signe particulier en lui à part ses cheveux roux. Ce n'était qu'un soldat venu du camp militaire voisin avec des milliers d'autres. Mais, à la seconde où elle croisa son regard, dans la lumière incertaine de *La Lune bleue*, elle s'aperçut qu'il la regardait d'une façon nouvelle.

Pour la première fois, ce matin-là, F. Jasmine n'était pas jalouse. Il pouvait venir de New York ou de Californie – elle ne l'enviait pas. On pouvait l'envoyer en Angleterre ou aux Indes – elle n'était pas jalouse de lui. Au cours de ce printemps fiévreux ou de cet été à devenir fou, elle avait regardé les soldats d'un cœur déchiré, car ils faisaient partie de ceux qui vont et viennent, alors qu'elle était enracinée dans cette ville pour toujours. Mais c'était maintenant la veille du mariage et tout cela était changé. Le regard qu'elle posa sur le soldat était dénué de toute jalousie et de toute envie. Non seulement parce qu'elle avait ce jour-là une impression de contact inexplicable avec des gens qui lui étaient étrangers, mais parce qu'elle avait aussi l'impression de le reconnaître : le regard qu'ils échangèrent était celui de l'amitié, celui de deux voyageurs parfaitement libres qui se rencontrent par hasard à une étape de leur route. Ce fut un regard insistant. Et comme elle était délivrée du fardeau de la jalousie, F. Jasmine se sentit apaisée. Tout était calme à l'intérieur de *La Lune bleue*, et le récit du mariage chantait encore entre les murs de la salle. Après ce long regard complice, le soldat détourna la tête le premier.

– C'est vrai, dit F. Jasmine au bout d'un moment et sans s'adresser à quelqu'un en particulier, c'est une drôle d'impression. Un peu comme s'il fallait que je fasse tout ce que j'aurais fait si j'étais restée dans cette ville. Tout, mais en une seule journée. Je crois que je n'ai plus de temps à perdre. Adios.

Elle prononça ce dernier mot en direction du Portugais, et machinalement elle leva la main pour remettre en place le chapeau mexicain qu'elle avait porté tout l'été jusqu'à ce jour-là. Mais sa main ne rencontra que le vide, son geste tourna court et elle se sentit ridicule. Elle se gratta rapidement la tête et, après un dernier coup d'œil vers le soldat, elle quitta *La Lune bleue.*

Il y avait plusieurs raisons pour que ce matin soit différent de tous ceux qu'elle avait connus. D'abord, bien évidemment, le récit du mariage. De longues années auparavant elle avait eu envie, un jour, de parcourir la ville en jouant la comédie. Elle était allée partout – et jusque dans les quartiers du Nord où il y a de grandes pelouses devant les villas, dans le triste quartier des filatures, et même dans le quartier noir de Sugarville – coiffée de son chapeau mexicain, chaussée de sandales lacées très haut, la taille serrée dans un lasso de cow-boy – et elle avait raconté partout qu'elle était mexicaine. *Moi pas parler américain – Adios Buenos Noches – abla pokie peekie poo*, baragouinait-elle dans un mexicain parodique. Parfois une petite troupe d'enfants l'entourait, et l'ancienne Frankie se rengorgeait, très fière de sa supercherie. Mais le jeu fini, quand elle était rentrée chez elle, elle s'était sentie mécontente, comme quelqu'un qui s'est fait voler. Ce matin-là, elle se souvint de ces jours d'autrefois et de son jeu du Mexicain. Elle retourna aux mêmes endroits, et les gens, presque tous des inconnus, étaient les mêmes. Mais ce matin-là elle n'était pas venue pour faire semblant et pour tricher ; bien au contraire, elle était là pour être reconnue telle qu'elle était. C'était un besoin si violent, ce besoin d'être connue et reconnue, qu'elle oublia le feu brûlant du soleil, et la poussière étouffante, et les nombreux miles (elle dut en parcourir au moins cinq) de sa longue promenade à travers la ville.

Une seconde chose à noter à propos de cette journée : la musique, qu'elle avait oubliée et qui lui revint brusquement en mémoire – fragments de menuets, rythmes de marches, de valses, trompette de jazz de Honey Brown – et elle sentit que ses pieds chaussés de cuir verni s'accordaient à ce rythme. Dernière raison pour que ce matin soit différent des autres : son univers semblait fait de trois couches superposées, les douze années vécues par l'ancienne Frankie, cette journée en elle-même, et l'avenir qu'elle imaginait quand les trois J. A. vivraient, tous les trois ensemble, dans un grand nombre de villes lointaines.

Tout en marchant, elle avait l'impression que le fantôme de l'ancienne Frankie, poussiéreux et le regard avide, se traînait lentement derrière elle, et la pensée de l'avenir qui les attendait après le mariage était lisse comme le ciel. La couche que constituait cette journée avait à elle seule autant d'importance que les douze années passées et l'avenir étincelant – l'importance d'un gond quand s'ouvre une porte. Et, comme cette journée permettait au passé de rejoindre l'avenir, F. Jasmine trouvait normal qu'elle fût si longue et si étrange. Telles étaient les principales raisons qui donnaient inconsciemment à F. Jasmine le sentiment que ce matin était différent de tous ceux qu'elle avait vécus. Mais la plus forte de toutes était le désir d'être connue et reconnue.

Elle longea les trottoirs à l'ombre, en direction du quartier nord de la ville, près de la Grand-Rue, dépassa une rangée de pensions de famille aux rideaux de dentelle, avec des chaises vides derrière des balustrades, et finit par s'arrêter devant une femme qui balayait son perron. Après la remarque sur le temps, qui lui servait d'introduction, elle expliqua à cette femme tous ses projets et, comme pour le Portugais de *La Lune bleue* et pour tous les gens qu'elle rencontra ce jour-là, elle donna au récit du mariage une fin et un commencement, et il ressemblait à une chanson.

Au moment précis où elle allait commencer, un calme subit lui envahit le cœur. Puis, au fur et à mesure que les mots étaient prononcés, les projets dévoilés, une allégresse de plus en plus vive la soulevait et, à la fin, elle se sentit apaisée. La femme l'écoutait, appuyée sur son balai. Derrière elle, il y avait un porche sombre, avec un escalier nu, une table à gauche pour le courrier, et de ce porche sombre venait une odeur chaude et violente de navets en train de cuire. L'image de ce porche et l'odeur entêtante qui arrivait par vagues se mêlaient peu à peu à l'allégresse de F. Jasmine et, quand elle regarda la femme dans les yeux, sans même savoir son nom, elle sentit qu'elle l'aimait.

La femme ne discuta pas, ne fit aucune objection. Elle ne dit pas un seul mot. Elle attendit que le récit soit complètement terminé et, au moment où F. Jasmine tournait le dos pour s'en aller, elle s'exclama :

– Eh bien, par exemple!

Mais F. Jasmine, qui rythmait sa marche sur un orchestre rapide et joyeux, continua son chemin.

Au-delà des pelouses d'été ombragées, elle tourna dans une rue transversale, et rencontra des hommes qui réparaient la route. L'odeur âcre du goudron et du gravier surchauffés, le ronflement du rouleau compresseur remplissaient l'atmosphère de surexcitation et de vacarme. C'est au conducteur du rouleau compresseur qu'elle décida de raconter ses projets – elle se mit à courir à côté de lui, la tête renversée pour mieux voir son visage brûlé de soleil, les mains en porte-voix pour qu'il puisse l'entendre. Mais rien ne prouve qu'il l'eût vraiment entendue, car, à la fin, il éclata de rire et cria quelque chose qu'elle ne comprit pas tout à fait. C'est là, dans ce bruit et dans cette fièvre, que le fantôme de l'ancienne Frankie apparut le plus distinctement à F. Jasmine – s'approchant le plus près possible du vacarme, mâchonnant un gros morceau de goudron, attendant à midi qu'on ouvre les paniers de repas. Une énorme motocyclette était arrêtée en bordure du chantier. Avant de s'éloigner, F. Jasmine l'examina avec admiration, cracha sur le cuir de la selle, et le fit longuement briller avec son poing. Elle était dans un quartier très élégant, un peu à l'écart de la ville, un quartier avec des maisons de brique toutes neuves, des trottoirs bordés de fleurs et des voitures garées dans des allées privées soigneusement dallées. Mais plus un quartier est élégant, moins on y rencontre de monde, et F. Jasmine préféra retourner vers le centre de la ville. Le soleil lui brûlait le crâne comme un casque de métal en fusion, sa combinaison trempée collait à sa poitrine, et sa robe d'organdi elle-même était humide et collait par endroits. Le rythme de marche joyeuse s'était transformé en une rêverie paresseuse jouée par un violon, et son pas devenait plus hésitant. Pour ce genre de musique, il était préférable de traverser la ville, de dépasser la Grand-Rue et la filature, et de s'enfoncer dans les ruelles grises et tortueuses du quartier ouvrier car, dans la poussière étouffante, parmi les vieilles cabanes branlantes, elle rencontrerait beaucoup plus de gens à qui parler du mariage.

(Tout en marchant, une petite conversation bourdonnait de temps en temps au fond de sa tête. C'était la voix de Bérénice, quand elle apprendrait quelques heures plus tard comment s'était passé sa matinée. Et, disait la voix, tu as juste traîné partout en parlant avec des étrangers? Une chose pareille, je l'avais jamais entendue de toute ma vie, figure-toi! Ainsi chantait la voix de Bérénice, mais elle l'entendait sans y prêter attention, comme une mouche qui bourdonne.)

Elle quitta les ruelles grises et tortueuses du quartier ouvrier, et franchit l'invisible frontière qui sépare Sugarville de la ville des Blancs. On y trouvait les mêmes baraques de deux pièces, les mêmes cabinets délabrés que dans le quartier ouvrier, mais de grands lilas des Indes y donnaient une ombre épaisse et sous de nombreux porches on voyait pousser des fougères délicates. C'était un quartier qu'elle connaissait parfaitement et, tout en marchant, elle retrouvait les ruelles familières qu'elle avait parcourues en d'autres temps et en d'autres saisons – les maisons d'hiver blafardes sous le givre, les flammes orange sous les cuves des blanchisseuses qui semblaient elles-mêmes trembler de froid, et le grand vent des nuits d'automne.

Mais ce jour-là, le feu du soleil était aveuglant, elle rencontra beaucoup de gens, elle leur parla, et elle en connaissait certains de vue ou de nom, mais d'autres étaient des étrangers pour elle. Les projets concernant le mariage se précisaient et se renforçaient d'un récit à l'autre, et elle finit par ne plus rien y changer. À onze heures et demie, elle était morte de fatigue, et dans sa tête les musiques n'obéissaient plus qu'à des cadences exténuées. Le besoin de voir sa propre vérité connue et reconnue était enfin satisfait. Elle retourna donc à l'endroit d'où elle était partie – la Grand-Rue avec ses trottoirs étincelants et presque vides, qui flambaient sous le soleil blanc.

Chaque fois qu'elle allait en ville, elle s'arrêtait à la boutique de son père. Cette boutique était dans le même pâté de maisons que *La Lune bleue*, mais à deux pas de la Grand-rue et beaucoup mieux située. C'était une boutique étroite avec en devanture des bijoux précieux dans des écrins de velours. Son père avait installé son établi contre la devanture, et quand on passait sur le trottoir, on pouvait le voir travailler, le front penché sur des montres minuscules, ses larges mains brunes s'agitant avec des légèretés de papillon. On pouvait dire que son père était un homme public dans cette ville, et tout le monde le connaissait de nom et de vue. Mais son père n'en tirait aucun orgueil, et il ne jetait jamais un coup d'œil à ceux qui s'arrêtaient pour le regarder. Ce matin-là, pourtant, il n'était pas assis devant son établi, mais debout derrière le comptoir, et il déroulait ses manches de chemise, comme s'il s'apprêtait à enfiler sa veste pour s'en aller.

La longue devanture était illuminée de bijoux, de montres et de pièces d'argenterie, et la boutique sentait l'essence dont se servent les horlogers. Son père essuya avec son index les gouttes de sueur qui couvraient sa lèvre supérieure et se frotta le nez d'un air perplexe.

– Où diable as-tu passé la matinée? Bérénice a téléphoné deux fois pour essayer de savoir où tu étais.

– J'ai fait le tour de la ville.

Il n'avait pas l'air d'écouter.

– Il faut que j'aille voir Tante Pet, dit-il. Elle a reçu d'assez tristes nouvelles ce matin.

– Quelles tristes nouvelles?

– L'oncle Charles est mort.

L'oncle Charles était le grand-oncle de John Henry West, mais, bien que John Henry fût un cousin germain, Frankie n'avait aucun lien de parenté avec l'Oncle Charles. Il habitait à vingt et un miles de la ville, du côté de Renfroe Road, dans une maison de bois, à l'ombre des arbres, cernée par la terre rouge des champs de coton. Un très, très vieil homme malade depuis longtemps; on disait qu'il avait déjà un pied dans la tombe – et il était toujours chaussé de pantoufles. Et maintenant il était mort. Mais ça ne concernait en rien le mariage, et F. Jasmine se contenta de dire :

– Pauvre Oncle Charles. C'est bien triste.

Son père disparut derrière le rideau de velours gris usé qui coupait la boutique en deux parties, la plus large sur le devant, réservée à la clientèle, et l'autre qui formait un petit coin privé et poussiéreux. Il y avait là un distributeur d'eau fraîche, quelques rangées de boîtes en carton, et le grand coffre où les bagues de diamant étaient enfermées chaque nuit à cause des voleurs. F. Jasmine entendit son père aller et venir derrière le rideau, et elle s'assit doucement devant l'établi, contre la devanture. Une montre, déjà en pièces détachées, reposait sur le buvard vert.

Une forte dose de sang d'horloger coulait dans ses veines, et l'ancienne Frankie, qui s'asseyait toujours avec plaisir devant l'établi de son père, aurait tout de suite mis les lunettes auxquelles était fixée une loupe de bijoutier et, fronçant les sourcils d'un air affairé, aurait plongé les pièces dans l'essence. Elle aimait aussi travailler sur la meule. Un petit attroupement se formait parfois sur le trottoir pour la regarder travailler, et elle imaginait facilement ce que disaient les gens : « *Frankie Addams travaille pour son père et elle gagne quinze dollars par semaine. Elle est capable de réparer les montres les plus compliquées de la boutique, et elle appartient comme son père au World Club. Regardez-la. Elle fait honneur à sa famille, et plus honneur encore à la ville entière.* » C'est le genre de propos qu'elle imaginait, tout en fronçant les sourcils et en examinant une montre d'un air affairé. Mais ce jour-là, elle se contenta de regarder les pièces détachées qui reposaient sur le buvard, sans même prendre la loupe de bijoutier. Elle avait quelque chose à dire encore, à propos de la mort de l'oncle Charles.

Quand son père revint sur le devant de la boutique elle dit :

– Oncle Charles comptait parmi les premiers citoyens de ce pays. C'est une perte pour tout le monde.

Cette phrase n'eut pas l'air d'impressionner son père.

– Tu ferais mieux de rentrer à la maison. Bérénice a téléphoné pour savoir où tu étais.

– Souviens-toi. Tu m'as permis de m'acheter une robe pour le mariage. Des bas aussi, et des chaussures.

– Prends tout ça à crédit chez Mac Dougal.

– Je ne vois pas pourquoi on achète toujours tout chez Mac Dougal, marmonna-t-elle en sortant. Simplement parce qu'il est du pays. Là où j'irai, il y aura des boutiques cent fois plus grandes que celle de Mac Dougal.

La tour de l'église anabaptiste sonna douze coups, et la sirène de la filature gémit. La rue était comme assoupie, et les voitures elles-mêmes, garées de biais, le capot contre la bande de gazon, paraissaient endormies, épuisées de chaleur. Les rares personnes qui étaient dehors en ce milieu de journée ne quittaient pas l'ombre carrée des stores de magasins. Le ciel paraissait blanc dans le soleil, et la lumière était si aveuglante que les façades de brique avaient l'air noires et ratatinées. Un immeuble avait sur le toit une corniche en saillie, et de loin, on pouvait croire qu'il était en train de fondre. Dans ce silence de midi elle entendit de nouveau l'orgue de l'homme-au-singe, cette musique qui aimantait toujours ses pas, et d'instinct elle se dirigea de ce côté-là. Elle était décidée à les rejoindre et à leur dire au revoir.

Tout en descendant rapidement la rue, elle chercha leur image dans sa mémoire – et elle se demanda s'ils allaient la reconnaître. L'ancienne Frankie avait toujours aimé le singe et l'homme-au-singe. Ils se ressemblaient l'un l'autre – ils avaient le même regard anxieux, interrogateur, comme s'ils craignaient à chaque instant de commettre une erreur. Le singe, en fait, commettait presque toujours la même. Après avoir dansé au son de l'orgue de Barbarie, il devait en principe prendre son ravissant petit chapeau et faire le tour de l'assistance – mais, volontairement ou non, il confondait tout et c'est devant l'homme-au-singe qu'il venait s'incliner en tendant son chapeau et non pas devant l'assistance. Alors l'homme-au-singe discutait avec lui, et finissait par crier en faisant de grands gestes. Quand il levait la main, comme pour frapper le singe, celui-ci s'aplatissait en criant à son tour – et ils se regardaient l'un l'autre avec la même exaspération épouvantée, et leurs visages grimaçaient douloureusement. Après les avoir longtemps regardés, l'ancienne Frankie, fascinée, commençait à imiter leurs expressions de physionomie, et elle les suivait partout. Et maintenant F. Jasmine était impatiente de les voir.

Elle entendait distinctement la musique sautillante de l'orgue, mais ils n'étaient pas dans la Grand-Rue. Sans doute un peu plus loin, à l'angle de la rue suivante. Elle se précipita de ce côté-là. Elle était presque à l'angle quand elle entendit d'autres bruits qui augmentèrent sa curiosité. Elle s'arrêta pour écouter. Par-dessus la musique il y avait comme un grondement d'homme en colère auquel répondaient les discours suraigus de l'homme-au-singe. Elle entendait le singe crier lui aussi. Brusquement la musique de l'orgue s'arrêta, et les deux voix éclatèrent avec force comme des voix de fous. F. Jasmine avait atteint l'angle de la rue, où est installé le magasin de Sears et Roebuck. Elle longea lentement le magasin, tourna l'angle et découvrit un étrange spectacle.

C'était une rue étroite qui descendait en pente douce vers Front Avenue, et qui étincelait sous le feu brûlant du soleil. Sur le trottoir, il y avait l'homme-au-singe et un soldat qui agitait une pleine poignée de dollars – à première vue une centaine. Le soldat était très en colère, et l'homme-au-singe pâle et surexcité. Ils se disputaient avec violence. F. Jasmine pensa que le soldat voulait acheter le singe. Le singe lui-même était accroupi contre le mur de brique de Sears et Roebuck et il tremblait. Malgré la chaleur, il avait son petit manteau rouge à boutons d'argent, et son petit visage, terrifié et désespéré, faisait penser à quelqu'un qui est sur le point d'éternuer. Tremblant et pitoyable, il tendait son chapeau vers le ciel et saluait une assistance absente. Il comprenait que ces deux voix hurlaient à cause de lui et il se sentait coupable.

F. Jasmine écoutait, immobile, essayant d'y voir clair dans tout ce vacarme. Brusquement, le soldat tira sur la chaîne du singe, mais le singe se mit à crier et, avant qu'elle comprenne ce qui se passait, il lui avait agrippé la jambe et grimpait le long de son corps jusqu'à son épaule, où il se blottit, ses petites mains de singe lui entourant la tête. Ce fut rapide comme un éclair, et elle était trop étonnée pour bouger. Les voix se turent en même temps, et le silence de la rue ne fut plus troublé que par les gémissements essoufflés du singe. Le soldat bouche bée, stupéfait, agitait toujours sa poignée de dollars.

L'homme-au-singe fut le premier à reprendre ses esprits. Il prononça quelques mots d'une voix très douce et, en une seconde, le singe quitta d'un bond l'épaule de F. Jasmine pour atterrir sur l'orgue de Barbarie que l'homme-au-singe portait sur son dos. Et ils s'éloignèrent ensemble. Ils gagnèrent rapidement le coin de la rue. À la dernière seconde, au moment de disparaître, ils tournèrent le visage tous les deux en même temps, et ils avaient la même expression – de ruse et de reproche. F. Jasmine s'adossa au mur de brique. Elle avait l'impression que le singe était encore sur son épaule. Elle sentait son odeur de poussière acide. Elle frissonna. Le soldat grondait sourdement en les regardant partir. F. Jasmine s'aperçut alors qu'il avait des cheveux roux et que c'était le soldat de *La Lune bleue*. Il enfonça les billets dans sa poche.

– C'est sûrement un adorable petit singe, dit F. Jasmine. Mais ça m'a fait une drôle d'impression de sentir qu'il me grimpait dessus.

Pour la première fois, le soldat parut se rendre compte de sa présence. Son expression changea lentement, et sa colère s'apaisa. Il regarda attentivement le visage de F. Jasmine, sa belle robe d'organdi, ses chaussures noires.

– J'imagine que vous vouliez ce singe à n'importe quel prix, dit-elle. Moi aussi, j'ai toujours eu envie d'avoir un singe.

– Pardon?

Et d'une voix confuse, comme si sa langue était un morceau de feutre ou du papier buvard très épais, il ajouta :

– Vous allez de quel côté? Vous du mien ou moi du vôtre?

F. Jasmine ne s'y attendait absolument pas. Voilà que ce soldat lui proposait de l'accompagner, comme un voyageur qui en rencontre un autre dans une ville qu'ils sont venus visiter. Pendant une seconde l'idée lui vint qu'elle avait déjà entendu cette phrase quelque part, peut-être dans un film – et que c'était une question précise qui exigeait une réponse précise. Mais comme elle n'en avait pas de toute prête elle répondit prudemment :

– De quel côté allez-vous?

– Marchons, dit le soldat.

Ils descendirent la rue, et le soleil de midi leur faisait des ombres très courtes. Depuis le début de cette journée le soldat était la première personne qui ait adressé la parole à F. Jasmine et lui ait proposé de l'accompagner. Mais quand elle commença le récit du mariage, elle eut le sentiment de quelque chose qui sonnait faux. Peut-être parce qu'elle avait exposé ses projets à tellement de gens à travers la ville qu'elle était tout à fait satisfaite. Peut-être aussi parce qu'elle voyait que le soldat ne l'écoutait pas vraiment. Il regardait du coin de l'œil sa robe d'organdi rose, et il avait un demi-sourire. Malgré ses efforts, elle avait du mal à marcher au même pas que lui, car ses jambes n'avaient pas l'air d'être attachées très solidement à son corps et il avait une démarche saccadée.

– De quel État êtes-vous, si je peux me permettre cette question? demandait-elle d'une voix cérémonieuse.

Pendant la brève seconde qui précéda sa réponse, elle eut le temps de survoler en esprit des images de Hollywood, de New York, du Maine.

– Arkansas, répondit-il.

Il faut avouer que parmi les quarante-huit États de l'Union, l'Arkansas était l'un des rares qui n'avaient jamais éveillé chez elle la moindre curiosité – mais son imagination brusquement freinée se jeta aussitôt dans une autre direction, et elle demanda :

– Avez-vous une vague idée de l'endroit où vous irez?

– Je vais rester dans les environs. Je n'ai qu'une permission de trois jours.

Il n'avait pas compris le sens de la question, car elle l'avait interrogé comme un soldat qui est sur le point d'être envoyé dans un pays étranger, quelque part dans le monde, mais elle n'eut pas le temps de lui expliquer ce qu'elle avait voulu dire.

– Il y a une sorte d'hôtel où je loge, dit-il. Juste au coin.

Puis, avec un regard sur le col plissé de sa robe, il ajouta :

– J'ai l'impression que je vous ai déjà vue quelque part. Vous allez danser à L'*Heure paresseuse* de temps en temps?

Ils avaient atteint Front Avenue, et tout commençait à prendre un aspect de samedi après-midi. À l'une des fenêtres du second étage, au-dessus de la poissonnerie, une femme séchait ses cheveux jaunes et elle appela deux soldats qui passaient sur le trottoir. Dans un coin, un pasteur itinérant, personnage bien connu de la ville, prononçait un sermon devant un groupe de jeunes Noirs qui travaillaient aux entrepôts et d'enfants décharnés. Mais F. Jasmine ne voyait rien de ce qui se passait autour d'elle. En entendant le soldat parler de danse et de L'*Heure paresseuse*, son esprit s'était enfiévré comme sous l'effet d'une baguette magique. Pour la première fois, elle réalisait qu'elle marchait à côté d'un soldat, d'un de ces soldats qui avaient l'habitude de se promener en bandes joyeuses et bruyantes, ou d'arpenter les trottoirs avec des filles plus âgées. Et ces soldats allaient danser à L'*Heure paresseuse*, et ils s'amusaient, pendant que l'ancienne Frankie était endormie. Et jamais encore elle n'avait dansé avec quelqu'un, sauf avec Evelyn Owen, et jamais elle n'était entrée à L'*Heure paresseuse*.

Et voilà que F. Jasmine marchait maintenant à côté d'un soldat qui avait envie de lui faire partager des plaisirs inconnus. Mais elle n'était pas complètement fière d'elle-même. Elle sentait comme un doute, qui la mettait mal à l'aise, et qu'elle ne savait ni situer ni définir. L'atmosphère de midi était visqueuse et pâteuse comme un sirop bouillant, et de la filature venait l'odeur suffocante des cuves de teinture. Du côté de la Grand-Rue, elle entendit soupirer faiblement l'orgue de Barbarie.

Le soldat s'arrêta :

– C'est l'hôtel.

Ils étaient devant *La Lune bleue*. F. Jasmine fut tout étonnée d'apprendre que c'était un hôtel. Elle croyait que c'était simplement un café. Le soldat tint la porte ouverte pour la laisser entrer. Elle s'aperçut qu'il vacillait un peu. Après le feu du soleil, elle ne vit d'abord qu'un rouge aveuglant, puis du noir, et il lui fallut une longue minute pour que ses yeux s'habituent à la lumière bleuâtre. Elle suivit le soldat vers une stalle de droite.

– On prend une bière, dit-il.

Ce n'était pas une question qu'il posait. Il avait l'air de savoir d'avance qu'elle serait d'accord.

F. Jasmine n'aimait pas beaucoup le goût de la bière; une ou deux fois, elle en avait aspiré de petites gorgées dans le verre de son père, et c'était acide. Mais le soldat ne lui laissait pas le choix.

– Je serais enchantée, merci.

Elle avait souvent imaginé un hôtel, elle en avait même parlé dans ses pièces de théâtre, mais jamais encore elle n'y était entrée. Son père avait logé plusieurs fois dans un hôtel. Il lui avait rapporté un jour, de Montgomery, deux savonnettes qui venaient d'un hôtel, et elle les avaient gardées. Elle regardait *La Lune bleue* avec une curiosité toute neuve. Elle se sentit brusquement très « comme-il-faut ». En s'asseyant à l'intérieur de la stalle, elle aplatit soigneusement sa robe, comme elle le faisait lorsqu'elle était à l'église ou dans une party, pour éviter de froisser sa jupe. Elle se tint très droite avec une expression très comme-il-faut sur le visage. *La Lune bleue* pourtant ressemblait beaucoup plus à une sorte de café qu'à un hôtel véritable. Elle n'apercevait nulle part le Portugais pâle et triste. Au comptoir, une grosse femme qui riait tout le temps et qui avait une dent en or servait de la bière aux soldats. L'escalier qu'on voyait dans le fond conduisait sans doute aux chambres des étages. Les marches étaient éclairées par une ampoule de néon bleutée et couvertes d'une étroite bande de linoléum. À la radio un chœur burlesque chantait un slogan publicitaire : *Denteen Chewing-Gum! Denteen Chewing-Gum! Denteen!* La salle sentait la bière, et c'était comme une chambre avec un rat mort derrière la cloison. Le soldat revint vers la stalle en portant deux verres de bière. Il lécha un peu de mousse qui avait coulé sur sa main, et s'essuya la main contre le fond de son pantalon. Puis il s'assit à l'intérieur de la stalle. F. Jasmine dit alors, d'une voix qui n'avait jamais été la sienne – une voix très haute, venant du nez, précieuse et solennelle :

– Vous ne trouvez pas ça terriblement excitant? Nous sommes assis tous les deux à la même table et, dans un mois, qui peut dire aujourd'hui dans quel coin du monde nous serons? Demain peut-être, l'armée vous enverra en Alaska, comme elle vient d'y envoyer mon frère. Ou en France, ou en Afrique, ou en Birmanie. Et moi je n'ai pas la moindre idée de l'endroit où je serai. J'aimerais beaucoup que nous allions en Alaska, tous les trois, pour quelque temps. Après nous irons ailleurs. On dit que Paris vient d'être libéré. À mon avis la guerre sera terminée le mois prochain.

Le soldat leva son verre, renversa la tête en arrière et but sa bière d'un trait. F. Jasmine, de son côté, avala quelques gorgées, mais le goût lui était désagréable. Ce jour-là, elle ne voyait plus le monde comme quelque chose de fissuré et de mal ajusté, tournant à la vitesse de mille miles à l'heure, avec toutes ces images déformées de la guerre et des pays lointains qui finissaient par lui donner le vertige. Jamais, comme ce jour-là, le monde n'avait été aussi proche d'elle. Assise dans cette stalle de *La Lune bleue*, en face du soldat, elle se vit soudain avec son frère et la fiancée de son frère, et ils marchaient, ensemble tous les trois, sous le ciel glacé d'Alaska, le long d'une mer gelée où des vagues de glace verte s'écrasaient contre le rivage. Ils escaladaient sous un grand soleil un glacier aux reflets froids et pâles, et une même corde les tenait attachés tous les trois ensemble, et du haut d'un autre glacier des amis criaient, dans la langue de l'Alaska, leurs trois noms commençant par J. A. Elle se vit en Afrique avec eux, galopant sur des chameaux, dans une tempête de sable, entourés d'Arabes enturbannés. La Birmanie était comme une jungle obscure dont elle avait vu des photographies dans *Life*. Grâce au mariage, ces contrées lointaines et le monde lui-même semblaient tout proches et possibles à atteindre : aussi proches de Winter Hill que Winter Hill l'était de ce lieu. Seul le moment présent lui paraissait, en fait, légèrement irréel.

– Oui, c'est terriblement excitant, répéta-t-elle.

Le soldat avait fini sa bière. Il s'essuya les lèvres avec le dos de sa main, couvert de taches de rousseur. Il n'avait pas un visage épais, mais la lumière du néon le faisait paraître boursouflé et couvert de vernis. Il avait un millier de taches de rousseur, et elle n'aimait qu'une chose en lui : ses cheveux flamboyants et bouclés. Il avait des yeux bleus, assez rapprochés, injectés de sang. Il la regardait fixement, avec une expression bizarre, non pas comme un voyageur qui regarde un autre voyageur, mais comme quelqu'un qui fait secrètement partie d'un complot. Il garda le silence plusieurs minutes. Quand il se décida à parler, les mots qu'il prononça n'avaient aucun sens pour elle, et elle ne les comprit pas. Il lui sembla que le soldat disait :

– Qui est un joli petit morceau?

Comme il n'y avait pas de plat sur la table, elle eut le sentiment désagréable qu'il commençait à utiliser un langage à double sens. Elle essaya de détourner la conversation.

– Je vous ai dit que mon frère était membre des Forces armées américaines?

Le soldat ne semblait pas avoir entendu.

– Je parierais n'importe quoi que je vous ai déjà rencontrée quelque part.

Le doute s'approfondissait en F. Jasmine. Elle comprit que le soldat la croyait plus âgée qu'elle n'était, mais elle n'en tirait qu'un plaisir incertain. Elle dit pour continuer la conversation :

– Il y a des gens qui n'apprécient pas les cheveux roux. Pour moi, c'est ma couleur préférée.

Mais elle se souvint de son frère et de la fiancée de son frère et elle ajouta :

– Le châtain foncé et le blond aussi. J'ai toujours pensé que le Seigneur perdait son temps lorsqu'il donnait aux garçons des cheveux bouclés. Il y a tant de filles qui ont des cheveux raides comme des bâtons.

Le soldat se pencha sur la table et, tout en la regardant fixement, il commença à faire ramper ses deux doigts, le second et le troisième de chaque main, dans sa direction. Il avait des doigts très sales, avec des ongles noirs. F. Jasmine sentait que quelque chose d'étrange allait arriver, mais à cet instant précis, il y eut un brusque vacarme et trois ou quatre soldats pénétrèrent dans l'hôtel en se bousculant. Un brouhaha de voix, la porte d'entrée claquée avec force. Les doigts du soldat s'immobilisèrent au milieu de la table et, quand il jeta un coup d'œil vers les autres, il n'y avait plus du tout d'expression bizarre dans son regard.

– C'était vraiment un adorable petit singe, dit-elle.

– Quel singe?

Ce n'était plus un doute, mais une certitude : quelque chose n'allait pas.

– Mais le singe que vous vouliez acheter tout à l'heure. Qu'est-ce qui vous arrive?

Quelque chose n'allait pas du tout. Le soldat porta ses deux poings à son front. Son corps s'affaissa, et il se laissa tomber à la renverse contre la banquette de la stalle, comme s'il perdait connaissance.

– Ah! ce singe..., dit-il d'une voix confuse. C'est d'avoir marché en plein soleil après toutes ces bières. Et j'avais traîné toute la nuit.

Il soupira et reposa sur la table ses deux mains ouvertes.

– Je crois que je suis lessivé.

Pour la première fois, F. Jasmine se demanda ce qu'elle faisait là et si elle ne ferait pas mieux de rentrer chez elle. Les autres soldats s'étaient installés à une table près de l'escalier, et la femme à la dent en or s'affairait derrière le comptoir. F. Jasmine avait fini sa bière et la mousse dessinait comme une dentelle de crème le long des parois du verre vide. L'odeur étouffante et surchauffée de l'hôtel la mit soudain mal à l'aise.

– Je rentre chez moi, maintenant. Merci de m'avoir invitée.

Elle sortit de la stalle, mais le soldat se pencha vers elle et l'attrapa par un coin de sa robe.

– Ne filez pas comme ça. Mettons-nous d'accord pour ce soir. Un rendez-vous à neuf heures, ça vous irait?

– Un rendez-vous?

F. Jasmine sentait que sa tête était devenue énorme et qu'elle tremblait. Elle sentait quelque chose de bizarre aussi dans ses jambes, à cause de la bière, comme si elle en avait quatre à faire bouger au lieu de deux. Jamais jusqu'à ce jour-là elle n'avait cru possible que quelqu'un – à plus forte raison un soldat – lui propose un rendez-vous. Le mot lui-même, *rendez-vous*, était un mot d'adulte, dont se servaient les filles plus âgées qu'elle. Là encore, elle n'était pas certaine que ça lui fasse vraiment plaisir. S'il avait su qu'elle n'avait pas encore treize ans, il ne l'aurait sûrement pas invitée, il ne serait même pas entré en contact avec elle. Quelque chose la troublait, une sorte de malaise.

– Je ne sais pas si...

– Mais si.

Il insistait.

– Disons qu'on se retrouve ici à neuf heures. On ira à L'*Heure paresseuse*, ou quelque chose comme ça. Neuf heures ici? D'accord?

– OK, finit-elle par répondre. Je serai enchantée.

Et de nouveau, elle retrouva le trottoir brûlant. Sous le feu du soleil, les passants semblaient ratatinés et noircis. Elle eut un peu de mal à retrouver l'atmosphère du mariage, dans laquelle elle vivait depuis le début de la matinée, car la demi-heure qu'elle venait de passer dans cet hôtel avait mis un grand désordre dans ses pensées. Mais ce ne fut pas très long et, au moment où elle atteignait la Grand-Rue, elle avait tout à fait retrouvé l'atmosphère du mariage. Elle rencontra une petite fille, qui était à l'école avec elle, mais deux classes en dessous, et elle l'arrêta pour lui faire part de ses projets. Elle lui raconta également qu'un soldat venait de lui donner rendez-vous et cette fois sur un ton de vantardise. La petite fille proposa de l'accompagner pour acheter la robe du mariage, ce qui prit plus d'une heure, car elle en essaya une bonne douzaine, qui étaient toutes très élégantes.

Mais un incident qui se produisit sur le chemin du retour restaura définitivement l'atmosphère du mariage. Ce fut comme un tour que lui jouaient mystérieusement son regard et son imagination.

Elle rentrait chez elle et, brusquement, elle eut l'impression de recevoir un coup en pleine poitrine, comme un couteau qui se serait planté et qui vibrait. Elle s'arrêta net, le pied levé, sans comprendre ce qui lui arrivait. Il y avait quelque chose derrière elle, un peu sur le côté, quelque chose qui avait explosé juste au coin de son œil gauche; quelque chose qu'elle avait entr'aperçu, une ombre double et noire, dans une allée latérale, au moment où elle passait. Et cette chose entr'aperçue, cette explosion au coin de son œil, avait soudain fait jaillir l'image de son frère et de sa fiancée. Une image lumineuse, fragmentée comme un éclair : debout devant la cheminée, l'un près de l'autre, tels qu'elle les avait regardés longtemps, et son frère avait passé son bras autour des épaules de sa fiancée. L'image était si éclatante que F. Jasmine s'imagina vraiment que Jarvis et Janice étaient là, dans la ruelle, derrière elle, et qu'elle venait de les apercevoir – et pourtant elle savait qu'ils étaient à Winter Hill, à plus de cent miles de là.

Elle reposa son pied sur le trottoir, et se retourna lentement. La ruelle s'enfonçait entre deux épiceries. Une ruelle étroite et sombre, sous le feu du soleil. Elle n'osa pas regarder franchement, car elle se sentait vaguement effrayée. Ses yeux se posèrent à la dérobée sur le mur de brique, et glissèrent doucement vers l'ombre noire et double. Et que vit-elle? Elle en resta stupéfaite. Elle vit dans la ruelle deux jeunes garçons noirs, et l'un, qui était plus grand, appuyait simplement son bras sur l'épaule du plus petit. C'était tout. Mais quelque chose dans leur mouvement, ou dans leur façon de se tenir, ou dans le dessin de leur ombre, avait fait jaillir l'image inattendue de son frère et de sa fiancée, si violemment qu'elle en avait été bouleversée. La matinée s'acheva sur cette image où ils étaient ensemble, tous les deux, si précisément, si distinctement, et il était deux heures lorsqu'elle arriva chez elle.

2

L'après-midi fut comme l'intérieur de ce gâteau que Bérénice avait cuit le dimanche précédent, et qu'elle avait raté. L'ancienne Frankie avait été ravie que le gâteau soit raté, non par méchanceté, mais parce qu'elle trouvait les gâteaux ratés meilleurs que les autres. Elle raffolait de la pâte molle, un peu caoutchouteuse, qu'on trouvait au centre, et elle ne comprenait pas pourquoi les grandes personnes disaient que ce genre de gâteaux étaient ratés. Il s'agissait, le dimanche précédent, d'un gâteau carré, parfaitement levé et doré sur les bords, mais affaissé et spongieux vers le centre – et après cette matinée lumineuse et exaltante, l'après-midi fut aussi épais et compact que le centre du gâteau. Et comme c'était le dernier d'une longue série d'après-midi, tout ce que vit F. Jasmine, tout ce qu'elle entendit, dans cette vieille cuisine qu'elle connaissait si bien, lui parut d'une douceur inhabituelle. Quand elle y entra, à deux heures, Bérénice était en train de repasser. Assis devant la table, John Henry faisait des bulles de savon, et il posa longuement sur elle un mystérieux regard vert.

– Pour l'amour de Dieu, où tu as été? demanda Bérénice.

– On sait quelque chose que tu ne sais pas, dit John Henry. Tu veux le savoir?

– Quoi?

– Bérénice et moi on va au mariage.

F. Jasmine était en train d'enlever sa robe d'organdi. Elle sursauta.

– Oncle Charles est mort.

– Je sais, mais...

– Oui, interrompit Bérénice. Le pauvre, il s'est éteint ce matin. Le corps, ils vont le transporter à Opelika, dans le caveau de la famille. Alors, John Henry il reste avec nous pour quelques jours.

Maintenant qu'elle savait que la mort de l'oncle Charles affecterait le mariage, elle lui fit une petite place dans ses pensées. Bérénice finissait son repassage. F. Jasmine, en combinaison, s'assit sur l'escalier qui conduisait à sa chambre, et ferma les yeux. Oncle Charles habitait une maison de bois, à l'ombre des arbres, au milieu des champs, et il était trop âgé pour manger le maïs en épi. En juin de cette année-là il était tombé malade, et depuis il n'arrêtait pas de tout critiquer. Il était allongé dans son lit, très vieux, très diminué, très tanné. Il avait commencé par se plaindre des tableaux qui étaient accrochés de travers sur les murs. Alors on avait décroché les cadres – mais ça n'avait rien arrangé. Il s'était plaint ensuite parce que son lit était dans un mauvais coin de la chambre. Alors on avait déplacé le lit – mais ça n'avait rien arrangé. Il était devenu aphone, et quand il essayait de parler, c'était comme s'il avait de la glu dans la gorge, et on ne comprenait pas un mot de ce qu'il disait. Un dimanche, les West étaient allés le voir et ils avaient emmené Frankie avec eux; elle s'était approchée de la porte de la chambre sur la pointe des pieds. Il ressemblait à un vieillard sculpté dans un morceau de bois marron et recouvert d'un drap. Ses yeux seuls remuaient. Ils étaient comme de la gelée bleue, et elle avait eu l'impression qu'ils allaient jaillir de leurs orbites et couler le long de son visage immobile, comme une gelée bleue devenue liquide. Elle l'avait regardé longtemps du seuil de la porte – puis elle était repartie effrayée, sur la pointe des pieds. Ils avaient fini par comprendre qu'il se plaignait parce que le soleil brillait avec trop d'éclat derrière la fenêtre, mais ce n'était pas ça qui le faisait souffrir. C'était la mort.

F. Jasmine ouvrit les yeux et s'étira.

– C'est une chose terrible d'être mort, dit-elle.

– Le pauvre vieux, il avait beaucoup souffert, dit Bérénice. Il avait eu son temps de vie. Alors le Seigneur il a dit que c'était l'heure pour lui.

– Je sais. Mais c'est quand même bizarre qu'il meure juste la veille du mariage. Et je ne comprends absolument pas pourquoi tu vas te trimbaler au mariage avec John Henry. Si vous restiez à la maison, ce serait aussi bien.

– Écoute-moi, Frankie Addams...

Bérénice mit brusquement ses deux poings sur ses hanches.

– La personne la plus égoïste qui respire en ce moment sur la terre, c'est vraiment toi. Tous les trois, on est enfermés ensemble dans cette cuisine et...

– Je t'interdis de m'appeler Frankie. C'est la dernière fois que je te le dis.

C'était le tout début de l'après-midi et, dans les jours anciens, on pouvait entendre à cette heure-là un orchestre de musique douce. Mais maintenant que la radio était fermée, le silence de la cuisine avait quelque chose de solennel et on entendait des bruits qui venaient de très loin. Du trottoir s'élevait la voix d'un Noir, et elle récitait des noms de légumes, d'un ton sourd et monotone, comme une litanie sans fin où tous les mots se confondaient. Plus près, on entendait un marteau, et chacun de ses coups résonnait dans tout le quartier.

– Vous seriez bien étonnés, tous les deux, d'apprendre où j'ai été ce matin. J'ai fait le tour de la ville. J'ai vu le singe et l'homme-au-singe. J'ai vu un soldat qui voulait acheter le singe, et il avait au moins cent dollars dans la main. Tu as déjà vu quelqu'un qui cherche à acheter un singe dans la rue?

– Non. Il avait bu?

– Bu?

– Oh! soupira John Henry, le singe et l'homme-au-singe...

La question de Bérénice embarrassait F. Jasmine. Il lui fallut un peu de temps pour réfléchir.

– Je ne crois pas qu'il avait bu. Les gens ne boivent pas dans la journée.

Elle avait l'intention de parler du soldat à Bérénice, mais maintenant elle hésitait.

– Il y a pourtant quelque chose...

Sa voix traîna sur le dernier mot, et elle regarda une bulle de savon irisée qui volait sans bruit à travers la pièce. Tout à coup, dans cette cuisine, en combinaison et pieds nus, c'était difficile de se rendre compte et de porter un jugement sur le soldat. Quant à la promesse qu'elle avait faite pour le soir, elle se sentait partagée. Et comme cette indécision l'agaçait, elle préféra changer de sujet.

– J'espère que tu m'as lavé et repassé ce que j'ai de mieux. J'emporte tout à Winter Hill.

– Pour quoi faire? demanda Bérénice. C'est un jour seulement que tu restes là-bas.

– Je t'ai déjà dit qu'après le mariage, je ne revenais pas ici. Et tu m'as entendue.

– Du bon sens, tu en as encore moins que je croyais. Qu'est-ce que tu crois, folle? Tu crois qu'ils vont être d'accord pour t'emmener avec eux? Deux c'est une compagnie, mais trois c'est une foule. Voilà la vérité vraie pour un mariage. Deux c'est une compagnie, mais trois c'est une foule.

F. Jasmine avait toujours beaucoup de mal à discuter un proverbe [104]. Elle adorait s'en servir dans ses pièces de théâtre, et dans sa propre conversation, mais elle trouvait que c'était très difficile de les placer. Elle se contenta de répondre :

– Attends et tu verras.

– Tu te rappelles le temps du Déluge? Tu te rappelles Noé et son arche?

– Qu'est-ce que ça vient faire ici?

– Tu te rappelles comment il a fait entrer les créatures dans son arche?

– Tu uses vraiment ta pauvre salive pour rien.

– Deux par deux. Voilà comment il a fait entrer les créatures. Deux par deux.

Du commencement à la fin de cet après-midi, la discussion roula sur le mariage. Bérénice n'était pas du tout dans les mêmes dispositions d'esprit que F. Jasmine. Tout se passait comme si Bérénice, dès les premiers mots, avait cherché à saisir F. Jasmine au collet, comme le fait la police avec les délinquants qu'elle prend sur le fait, pour la tirer en arrière, vers son point de départ – vers cet été sinistre à devenir fou qui, pour F. Jasmine, appartenait désormais à un passé lointain dont elle se souvenait à peine. Mais F. Jasmine était entêtée, et elle ne se laissa pas attraper. Bérénice cherchait à découvrir des points faibles dans des projets, et, avec un acharnement terrible, elle s'efforçait de réduire le mariage à néant. Mais F. Jasmine refusait qu'il soit réduit à néant.

– Regarde, dit-elle.

Elle prit la robe d'organdi rose qu'elle venait d'enlever.

– Quand je l'ai achetée, tu te rappelles que le col avait de petits plis? En le repassant, tu lui as simplement fait des fronces. Maintenant, on va essayer de refaire les petits plis comme ils étaient.

– Et qui donc va essayer de faire ça? demanda Bérénice.

Elle prit la robe pour examiner le col.

– Du temps, j'en ai pas assez pour tout faire, figure-toi.

– Il faut pourtant que ce soit fait, insista F. Jasmine. C'est comme ça que doit être le col, avec des petits plis. Et je la mettrai peut-être ce soir pour sortir.

– Et où tu vas, si tu peux me le dire? Tu as toujours pas répondu à ce que j'ai demandé quand tu es revenue. Pour l'amour de Dieu, où tu as été ce matin?

Exactement comme Frankie l'avait prévu – cette façon qu'avait Bérénice de refuser de comprendre. Et comme c'était beaucoup plus une question de sensations que de faits ou de mots, elle eut beaucoup de mal à s'expliquer. Quand elle parla de *contacts*, Bérénice lui jeta un long regard d'incompréhension – et quand elle en arriva à *La Lune bleue*, et à tous les gens qu'elle avait rencontrés, le nez épanoui et aplati de Bérénice s'élargit encore, et elle secoua la tête. F. Jasmine ne parla pas du soldat. Elle avait été plusieurs fois sur le point d'en parler, mais quelque chose l'avertissait qu'il ne fallait pas.

Quand elle eut fini, Bérénice dit :

– Frankie Addams, tu es devenue tout à fait folle, je crois sérieusement. Marcher comme ça dans la ville, et raconter tout ça à tous ces gens que tu connais pas! Au fond, tu sais très bien que c'est une manie complètement idiote.

– Attends et tu verras. Ils m'emmèneront avec eux.

– Et s'ils ne t'emmènent pas?

F. Jasmine prit la boîte qui contenait ses chaussures en argent, et le carton qui contenait sa robe pour le mariage.

– Ce sont mes affaires pour le mariage. Je vous les montrerai tout à l'heure.

– Et s'ils ne t'emmènent pas?

F. Jasmine était déjà dans l'escalier. Elle s'arrêta, se retourna vers la cuisine. La pièce était silencieuse.

– S'ils ne m'emmènent pas, je me tuerai. Mais ils m'emmèneront.

– Tu te tueras toute seule?

– Je me tirerai une balle de revolver dans la tempe.

– Avec quel revolver?

– Le revolver que papa cache sous ses mouchoirs avec la photographie de maman, dans le tiroir de droite de son bureau.

Bérénice resta silencieuse une longue minute. Son visage était perplexe.

– Tu sais ce que Mr. Addams a dit, si tu joues avec le revolver. Maintenant, va dans ta chambre. Le déjeuner sera prêt dans un petit moment.

Ce fut un déjeuner tardif, ce dernier déjeuner qu'ils prirent tous les trois ensemble à la table de la cuisine. Le samedi, il n'y avait jamais d'heure fixe pour les repas, et ils commencèrent à déjeuner à quatre heures, quand le soleil du mois d'août déclinait et traversait la cour en longs rayons obliques. À cette heure de l'après-midi ces rayons dessinaient à travers la cour des barreaux d'une étrange prison de lumière. Le feuillage vert des deux figuiers perdait tout son éclat, la vigne vierge traversée de soleil projetait sur le sol une ombre compacte. Et comme le soleil n'atteignait pas les fenêtres à l'arrière de la maison, la cuisine restait dans la pénombre. Ils commencèrent tous les trois à déjeuner à quatre heures, et le déjeuner se prolongea jusqu'au crépuscule. Il y avait un jambonneau à l'os, cuit avec des pois, du riz et du poivre rouge. Et pendant qu'ils mangeaient ils parlèrent de l'amour. Jamais encore F. Jasmine n'avait abordé ce sujet. Elle n'avait même jamais cru à l'amour, et elle n'en avait jamais mis dans aucune de ses pièces de théâtre. Mais, cet après-midi-là, quand Bérénice aborda ce sujet de conversation, elle ne l'interrompit pas en se bouchant les deux oreilles, mais elle écouta au contraire, en mangeant tranquillement ses pois, son riz et son bouillon.

– Des choses bizarres, on m'en a raconté beaucoup, commença Bérénice. Des hommes, j'en ai connu, qui devenaient amoureux de filles tellement laides que leurs yeux, tu te demandais s'ils y voyaient clair. Et des mariages, j'en ai vu des tellement bizarres que personne il pouvait les imaginer. Une fois, j'ai connu un garçon, sa figure elle était tellement brûlée que...

– Qui? demanda John Henry.

Bérénice avala un morceau de pain de seigle, et s'essuya la bouche avec le dos de sa main.

– Des femmes aussi j'en ai connu. C'est de vrais Satans qu'elles devenaient amoureuses, et quand ils posaient leurs pieds fourchus sur le seuil de leur maison, c'est le Seigneur Jésus qu'elles remerciaient. Des garçons, j'en ai même connu qui s'étaient mis dans la tête de devenir amoureux d'un autre garçon. Lily Mae Jenkins, tu le connais?

F. Jasmine réfléchit un moment avant de répondre.

– Je n'en suis pas sûre.

– Écoute, ou tu le connais ou tu ne le connais pas. C'est ce garçon avec la blouse de satin rose et la main toujours sur la hanche quand il marche. Eh bien, ce Lily Mae Jenkins, il est devenu amoureux d'un homme qui s'appelle Juney Jones. Un homme, tu peux imaginer ça? Et Lily Mae il s'est changé en fille. Sa nature, son sexe, il a tout transformé et il s'est changé en fille.

– Sérieusement? demanda F. Jasmine. Il l'a vraiment fait?

– Il l'a fait. De toutes les façons.

F. Jasmine se gratta derrière l'oreille et dit :

– C'est drôle, je ne vois pas de qui tu parles. Pourtant, je connais beaucoup de monde.

– Connaître Lily Mae Jenkins, tu as pas tellement besoin. Si tu le connais pas, tu vis très bien quand même.

– De toute façon, je ne te crois pas.

– Alors, je vais pas discuter avec toi. De quoi on parlait? Je sais plus.

– Des choses bizarres.

– Ah oui!

Ils s'interrompirent un moment, pour continuer leur déjeuner. F. Jasmine mangeait avec son coude sur la table, ses pieds nus accrochés au barreau de sa chaise. Elle était assise en face de Bérénice et John Henry face à la fenêtre. Le jambonneau aux pois était le plat préféré de F. Jasmine. Elle avait toujours dit que le jour où elle serait couchée dans son cercueil, il faudrait lui agiter sous le nez une assiette de jambonneau aux pois pour être sûr qu'il n'y ait pas d'erreur possible; car s'il lui restait un souffle de vie, elle se redresserait aussitôt pour le manger. Mais si l'odeur du jambonneau aux pois ne la faisait pas bouger, alors on pourrait clouer tranquillement le cercueil en étant sûr qu'elle était bien morte. De son côté, Bérénice avait choisi la truite de rivière grillée pour ce test de la vraie mort, John Henry le nougat fondant. Mais si F. Jasmine était celle des trois qui préférait à tout le jambonneau aux pois, les deux autres l'aimaient aussi beaucoup, et cet après-midi ils savourèrent lentement le déjeuner : le jambonneau à l'os, le riz et les pois, le pain de seigle, les patates douces au sucre chaud, et le lait battu. Et, tout en mangeant, ils continuèrent leur conversation.

– Oui, comme je te disais, des choses bizarres j'en ai vu beaucoup tout le long de ma vie, dit Bérénice. Une seule chose pourtant. Il y a une seule chose que j'ai jamais vue, et que j'ai jamais entendu parler. Ça vous pouvez me croire. Jamais.

Elle s'interrompit et se redressa en hochant la tête, attendant qu'ils demandent ce que c'était. Mais F. Jasmine ne dit rien. C'est John Henry qui leva un visage intrigué au-dessus de son assiette pour demander :

– C'est quoi, Bérénice?

– Jamais, tout le long de ma vie, j'ai entendu parler que quelqu'un il était devenu amoureux d'un mariage. Des choses vraiment bizarres, j'en ai connu beaucoup, mais cette chose-là, jamais.

– Comment il a fait? demanda brusquement John Henry. Ce garçon qui s'est changé en fille, comment il a fait?

Bérénice se pencha et lui attacha solidement sa serviette autour du cou.

– Ça, mon agneau en sucre, je sais pas du tout. Ça fait encore partie des choses bizarres.

– Ne l'écoute pas, dit F. Jasmine.

– Je l'ai beaucoup retourné, tout ça, dans ma tête, et la conclusion, j'ai fini par la trouver. Ce qu'il faut que tu commences à chercher maintenant, c'est un petit ami.

– Un quoi?

– Tu as très bien entendu. Un petit ami. Un joli petit garçon blanc qui sera ton petit ami.

F. Jasmine posa sa fourchette et tourna la tête sur le côté.

– Je n'ai pas besoin d'un petit ami. Qu'est-ce que tu voudrais que j'en fasse?

– Que tu en fasses, grosse bête? Le cinéma, par exemple, il pourrait t'y emmener. C'est déjà une chose.

F. Jasmine aplatit sur son front sa frange de cheveux et détacha les pieds du barreau de sa chaise.

– Il faut que tu commences à changer maintenant, dit Bérénice. C'est fini que tu sois si désagréable, et si gourmande, et si insolente. Il faut que tu mettes des jolies robes, maintenant, et que tu parles doucement et que tu sois comme il faut.

F. Jasmine dit à mi-voix :

– Je ne suis ni désagréable ni gourmande. Sur ce plan-là, j'ai beaucoup changé.

– Alors, c'est parfait. Maintenant tu te cherches un petit ami.

F. Jasmine avait envie de parler du soldat à Bérénice, et de l'hôtel, et du rendez-vous pour la soirée. Mais quelque chose l'en empêchait et elle préféra tourner autour du sujet.

– Quel genre de petit ami? Tu veux dire quelqu'un comme...

Elle prit un temps, car ici, dans cette usine, au cours de ce dernier après-midi, le soldat devenait irréel.

– Un avis pour ça, je peux pas te le donner, dit Bérénice. C'est toi qui décides toute seule.

– Quelqu'un comme un soldat qui m'inviterait à danser à *L'Heure paresseuse?*

Elle avait parlé sans regarder Bérénice.

– Qui est-ce qui parle de soldat et de danser? J'ai parlé d'un joli petit garçon blanc qui serait ton petit ami et qui aurait ton âge. Pourquoi pas le gentil petit Barney?

– Barney MacKean?

– Pourquoi pas? Commencer avec lui, ce serait tout à fait bien. Pourquoi tu sortirais pas avec lui en attendant que quelqu'un d'autre il arrive? Ce serait tout à fait bien.

– Cet horrible Barney?

Le garage était dans la pénombre, avec de petites flèches de lumière comme des aiguilles plantées dans la porte fermée, et une odeur de poussière. Mais elle s'interdisait à elle-même de se rappeler ce péché inconnu qu'il lui avait fait découvrir, et qui l'avait poussée plus tard à souhaiter lui enfoncer un couteau entre les deux yeux. Il valait mieux secouer la tête, et commencer à mélanger dans son assiette le riz et les pois.

– Tu es la plus grande dingue de cette ville.

– C'est les dingues qui disent toujours que les gens normaux sont fous.

Ils recommencèrent à manger, sauf John Henry. F. Jasmine coupait rapidement des tranches de pain de seigle qu'elle beurrait, tout en mélangeant le riz et les pois et en buvant son lait. Bérénice mangeait plus lentement, en détachant délicatement de petits morceaux de jambonneau qui restaient sur l'os. John Henry les regardait l'une après l'autre. Après les avoir écoutées parler, il s'était arrêté de manger pour réfléchir un moment. Il demanda au bout d'une longue minute :

– Combien tu t'en es trouvé de petits amis?

– Combien? Oh! mon agneau, regarde mes nattes. Combien de cheveux il y a dedans? Tu parles à Bérénice Sadie Brown, figure-toi.

Bérénice s'était redressée et sa voix ne s'arrêtait plus. Quand elle était lancée ainsi, sur des sujets importants et inépuisables, les mots s'enchaînaient les uns aux autres, et sa voix commençait à chanter. Dans la pénombre de la cuisine, pendant les longs après-midi d'été, le son de sa voix était limpide et chaud comme de l'or, et on pouvait n'en écouter que la couleur et la musique, sans comprendre les mots prononcés. Les longues notes s'enfonçaient et résonnaient longtemps dans les oreilles de F. Jasmine, mais la voix n'atteignait jamais son esprit pour y imprimer des phrases qui avaient un sens. Elle était assise à la table de la cuisine, elle écoutait, et de temps en temps, elle s'étonnait d'une chose qui lui avait toujours paru bizarre : quand Bérénice parlait d'elle-même, c'était toujours comme d'une personne extrêmement jolie. Sur ce sujet-là au moins, elle devait avoir l'esprit un peu dérangé. F. Jasmine écoutait chanter la voix et elle regardait fixement Bérénice, de l'autre côté de la table : ce visage sombre, avec cet œil bleu égaré, les onze nattes huileuses qui entouraient le crâne comme une calotte, l'énorme nez aplati qui frémissait quand elle parlait. Bérénice était tout ce qu'on voulait, sauf jolie. F. Jasmine pensa qu'il était temps de lui donner de bons conseils. Elle dit donc, après un silence :

– À mon avis, tu ne devrais plus te tracasser pour tes petits amis, et te contenter de T.T. Ma main à couper que tu as au moins quarante ans. Il est temps de faire une fin!

Bérénice fronça les lèvres et posa sur F. Jasmine son regard sombre :

– Écoutez la Sagesse qui parle! Et comment tu sais tout ça, toi? Prendre du bon temps, j'ai autant le droit que n'importe qui, tant que je peux en prendre. Et c'est pas près de finir, parce que les gens, ils peuvent dire ce qu'ils veulent, je suis pas si âgée que ça. Je peux encore me défendre. Et des années, il en passera beaucoup sur ma tête avant que je décide que je vais rester dans mon coin.

– Je n'ai pas parlé de rester dans ton coin.

– J'ai très bien entendu de quoi tu as parlé.

John Henry les écoutait et les regardait l'une après l'autre. Il avait autour de la bouche une trace de bouillon qui avait séché. Une grosse mouche bleue rôdait paresseusement autour de lui, et de temps en temps, elle essayait de se poser sur la tache de sauce, alors il levait la main pour la chasser.

– Ils t'ont tous emmenée au cinéma? demanda-t-il. Tous tes petits amis?

– Au cinéma et un peu partout.

– Tu veux dire que jamais tu paies ta place?

– C'est ce que je veux dire. Quand je suis avec mon petit ami, jamais je paie ma place. Si j'étais avec des autres femmes, alors, bien sûr, je serais obligée de payer. Mais je suis pas quelqu'un qui sort avec des autres femmes.

F. Jasmine intervint :

– Quand vous avez fait ce voyage à Fairview – car un dimanche de ce printemps-là, un pilote noir avait emmené d'autres Noirs faire une promenade dans son avion –, qui a payé?

– Attends que je réfléchisse. Honey et Clorina, ils ont payé pour eux, mais Honey il m'avait emprunté un dollar et quarante cents. Cape Clyde, il a payé pour lui. Et T.T., il a payé pour lui et pour moi.

– Alors, c'est T.T. qui t'a offert ce voyage en avion?

– T.T., oui. C'est comme je te dis. Il a payé pour l'autocar jusqu'à Fairview et retour, il a payé pour l'avion, il a payé pour les rafraîchissements. Pour le voyage tout entier. Et heureusement qu'il a payé, figure-toi. Tu crois pas que je peux m'offrir un voyage en avion? Pour ma semaine, je gagne six dollars.

– Je n'avais pas réfléchi à ça, avoua F. Jasmine. Je me demande où T.T. prend tout son argent.

– Il le gagne. Essuie ta bouche, John Henry.

Et de nouveau ils se reposèrent, car, cet été-là, ils avaient l'habitude de prendre leurs repas par petites étapes : ils mangeaient pendant un moment, puis ils laissaient le temps à la nourriture de bien s'enfoncer et de s'étaler dans leurs estomacs, et un peu plus tard ils recommençaient à manger. F. Jasmine croisa sa fourchette et son couteau sur son assiette vide, et commença à interroger Bérénice sur un sujet qui la préoccupait.

– Dis-moi, ce plat qu'on vient de manger, on l'appelle du *hopping-john* [105]. Mais est-ce qu'on l'appelle comme ça dans tout le pays ou seulement chez nous? Je trouve que c'est un drôle de nom.

– D'autres noms, j'en ai entendu plusieurs.

– Lesquels?

– Par exemple, j'ai entendu riz aux pois, ou pois au riz avec du bouillon, ou hopping-john. Tu choisis le mot qui te convient.

– Je ne parle pas seulement de cette ville, dit F. Jasmine. Je parle des autres villes. Je parle du monde entier. En France, par exemple, je me demande comment ils l'appellent?

– Une question comme ça, dit Bérénice, je peux pas répondre.

– *Merci a la parlez* *, dit F. Jasmine.

Ils étaient assis autour de la table, et ils ne parlaient plus. Appuyée au dossier de sa chaise, F. Jasmine regardait vers la fenêtre et vers la cour vide que traversaient les rayons obliques du soleil. Il y avait le silence de la ville, et le silence de la cuisine que troublait seul le battement de la pendule. F. Jasmine ne sentait plus tourner le monde et tout lui semblait immobile.

– Il m'est arrivé une chose assez drôle, dit-elle. Je ne sais pas très bien comment expliquer ce que je veux dire. C'est une de ces choses étranges qu'on a toujours beaucoup de mal à expliquer.

– Qu'est-ce que c'est, Frankie? demanda John Henry.

F. Jasmine se détourna de la fenêtre mais, au moment précis où elle allait parler, le son se fit entendre. Il s'ouvrit tranquillement un

* En français dans le texte.

chemin à travers le silence de la cuisine, et de nouveau se répéta. C'était une gamme au piano, qui traversait cet après-midi du mois d'août. Une note frappée, puis une autre et, comme dans un rêve, une suite de notes qui prenaient lentement leur vol, comme s'envole l'escalier d'un château; mais tout à fait à la fin, au moment où le huitième accord aurait dû résonner à son tour pour que la gamme s'achève, tout s'arrêta. Le son de l'avant-dernier accord se répéta plusieurs fois, et toute la gamme inachevée semblait se répéter, et l'accord fut repris plusieurs fois jusqu'à un brusque silence. F. Jasmine, John Henry et Bérénice se regardèrent tous les trois. Quelque part dans le voisinage on accordait un piano du mois d'août.

– Seigneur Dieu, soupira Bérénice, il ne manquait vraiment plus que ça.

John Henry frissonna.

– C'est bien vrai, dit-il.

F. Jasmine était parfaitement immobile devant la table où s'entassaient les assiettes et les plats du déjeuner. La pénombre de la cuisine était grise et terne, et la pièce paraissait trop tassée, trop carrée. Dans le silence, une autre note résonna, et fut reprise une octave plus haut. Chaque fois qu'elle résonnait, F. Jasmine levait les yeux comme si elle la voyait s'élever d'un coin à l'autre de la cuisine, et, à l'octave la plus haute, ses yeux avaient atteint l'angle du plafond, puis, pendant que la gamme redescendait lentement elle baissa doucement la tête, et ses yeux descendirent de l'angle du plafond à l'angle du mur opposé. La note la plus basse fut frappée six fois, et F. Jasmine regardait fixement une vieille paire de pantoufles et une bouteille de bière vide qui étaient posées dans l'angle du mur. Finalement elle ferma les yeux, secoua la tête et se leva.

– Ça me rend triste, dit-elle. Et nerveuse.

Elle commença à marcher dans la pièce.

– On m'a raconté qu'à Milledgeville, quand ils veulent les punir, ils les ligotent et ils les obligent à écouter un piano qu'on accorde.

Elle fit trois fois le tour de la table.

– Il y a une question que je veux te poser. Imagine que tu rencontres quelqu'un qui te paraît bizarre et tu ne sais pas exactement pourquoi.

– Bizarre comment?

F. Jasmine pensait au soldat mais elle ne pouvait pas s'expliquer plus précisément.

– Disons que tu rencontres quelqu'un, et tu penses qu'il a peut-être *bu*, et tu n'en es pas sûre du tout. Et il veut que tu l'accompagnes à une *party* ou que tu ailles danser avec lui. Qu'est-ce que tu fais?

– À première vue, j'avoue que je sais pas, répondit Bérénice. Ça dépendrait de mon humeur. Peut-être que j'irais à la *party* avec lui, et qu'à la *party* je rencontrerais quelqu'un avec qui je me sentirais mieux.

Son œil noir encore vivant se rétrécit brusquement et elle regarda fixement F. Jasmine :

– Pourquoi tu me demandes ça?

La pièce était d'un calme si absolu que Frankie pouvait entendre goutter le robinet de l'évier. Elle essayait de trouver un chemin détourné pour parler du soldat à Bérénice. Tout à coup la sonnerie du téléphone retentit. Elle bondit et se précipita dans le vestibule, en renversant son verre de lait vide – mais John Henry qui était plus près avait décroché le premier. Il s'agenouilla sur la chaise qui était à côté du téléphone et adressa un large sourire à l'appareil avant de dire *allô*. Et il continua de dire *allô* jusqu'à ce que F. Jasmine lui arrache l'appareil des mains, et elle répéta *allô* à son tour au moins deux douzaines de fois avant de raccrocher.

– Ce genre de choses, ça me rend folle, dit-elle en revenant dans la cuisine. C'est comme un camion de livraison qui s'arrête devant la porte, et le livreur regarde notre numéro et il va porter son colis à quelqu'un d'autre. Ce genre de choses, pour moi, c'est comme un signe.

Elle enfonça la main dans ses cheveux blonds coupés très courts.

– Tu sais que j'ai décidé de me faire dire la bonne aventure avant de quitter la maison. C'est une chose que j'ai envie de faire depuis longtemps.

– Pour parler d'autre chose, dit Bérénice, ta nouvelle robe pourquoi tu nous la montres pas? J'ai très envie de voir ce que tu as choisi.

F. Jasmine monta s'habiller dans sa chambre. Cette chambre était une véritable étuve. Toute la chaleur emmagasinée par la maison montait jusque-là et y restait. Pendant l'après-midi l'atmosphère semblait émettre une sorte de bourdonnement. C'était donc une bonne idée de mettre le moteur en route. Elle l'alluma et ouvrit la porte de son placard. Jusqu'à cette journée qui précéda le mariage, elle suspendait toujours ses six robes bien alignées sur des cintres, et jetait le reste de ses vêtements sur une étagère, ou les repoussait du pied dans un coin du placard. Mais, cet après-midi-là, quand elle était revenue chez elle, elle avait changé ses habitudes : les six robes étaient roulées en boule sur l'étagère et la robe pour le mariage était suspendue, toute seule, à un cintre, au milieu du placard. Les chaussures en argent étaient soigneusement posées par terre, juste sous la robe, les pointes tournées vers le nord, vers Winter Hill. F. Jasmine commença de s'habiller tout en marchant dans la chambre sur la pointe des pieds.

– Fermez les yeux, cria-t-elle. Ne me regardez pas pendant que je descends l'escalier. N'ouvrez pas les yeux avant que je vous le dise.

C'était comme si les quatre murs de la cuisine la regardaient, et la casserole accrochée au mur était un grand œil noir et rond posé sur elle. L'accordeur de piano s'était tu pour une minute. Bérénice était assise, la tête baissée comme à l'église. John Henry avait la tête baissée lui aussi, mais il jetait vers l'escalier de petits coups d'œil furtifs. F. Jasmine s'arrêta sur la dernière marche et posa la main sur sa hanche gauche.

– Oh! que c'est joli! dit John Henry.

Bérénice releva la tête, et quand elle aperçut F. Jasmine son visage devint songeur. Son œil noir examina tout en détail, depuis le ruban d'argent noué dans les cheveux jusqu'aux semelles d'argent des chaussures. Et elle ne dit pas un mot.

– Dis-moi franchement ce que tu penses, lança F. Jasmine.

Mais Bérénice examinait toujours la robe longue en satin orange, hochait la tête et ne disait rien. Au début elle se contenta de hocher la tête à petits coups, mais plus elle regardait plus les coups prenaient de l'ampleur, à tel point que F. Jasmine finit par entendre un craquement du côté de la nuque.

– Qu'est-ce que tu as? demanda-t-elle.

– La robe que tu devais acheter, je croyais qu'elle était rose.

– J'ai changé d'avis en entrant dans le magasin. Qu'est-ce qui ne va pas avec cette robe? Tu ne l'aimes pas?

– Non. Elle va pas.

– Qu'est-ce que ça veut dire : elle va pas?

– Exactement ça : elle va pas.

F. Jasmine se tourna vers le miroir pour se regarder, et pensa une fois de plus que c'était une très belle robe. Mais le visage de Bérénice avait une expression revêche et entêtée, une expression comme on en voit aux vieilles mules à longues oreilles, et F. Jasmine ne comprenait pas ce qui se passait. Elle dit d'une voix suppliante :

– Qu'est-ce qui ne va pas? Je ne vois pas ce que tu veux dire.

Bérénice croisa les bras sur sa poitrine.

– Si tu le vois pas, je peux pas t'expliquer. Pour commencer, regarde ta tête.

F. Jasmine regarda sa tête dans le miroir.

– Tes cheveux, ils sont rasés comme ceux d'un bagnard, et toi, tu t'attaches un ruban en argent autour de la tête, et cette tête elle a pas des cheveux. C'est tout à fait bizarre.

– Mais ce soir, je vais me laver les cheveux et j'essaierai de les faire boucler.

– Et après, regarde tes coudes, continua Bérénice. Cette robe du soir, elle est pour une grande personne. En satin orange. Et sur tes coudes, il y a cette croûte marron. Les deux choses, ça peut pas aller ensemble.

F. Jasmine arrondit les épaules, et cacha ses coudes avec ses mains.

Bérénice donna encore un violent coup de tête, et pinça les lèvres avant d'exprimer son jugement définitif.

– Rapporte-la au magasin.

– Mais je ne peux pas. Je l'ai achetée au rayon des soldes. Ils ne me la reprendront pas.

Bérénice obéissait toujours à deux principes. D'abord au proverbe qui dit qu'on ne peut pas faire une bourse en soie avec une oreille de truie. Ensuite à la devise selon laquelle il faut tailler sa robe dans l'étoffe qu'on possède, et faire de son mieux avec ce qu'on a. F. Jasmine ne sut jamais si Bérénice changea d'avis en vertu de ce second principe, où si elle commençait peu à peu à être de son avis. Quoi qu'il en soit, après avoir penché la tête de côté pendant quelques secondes, elle finit par dire :

– Viens ici. La taille, on va l'arranger pour qu'elle aille mieux, et on va voir ce qu'on peut faire après.

– Pour moi, c'est parce que tu n'as pas l'habitude de voir des gens aussi bien habillés.

– J'ai pas l'habitude de voir, en plein mois d'août, des gens habillés comme des arbres de Noël.

Après avoir détaché la ceinture, Bérénice tripota et tapota la robe en divers endroits. Raide comme un portemanteau, F. Jasmine la laissait faire. John Henry était descendu de sa chaise pour mieux voir. Il avait toujours sa serviette autour du cou.

– La robe de Frankie est comme un arbre de Noël, dit-il.

– Espèce de faux jeton! Tu viens de dire qu'elle était très jolie. Tu es un affreux faux jeton!

Ils entendirent de nouveau le piano. À qui appartenait-il? F. Jasmine n'en savait rien. Mais il avait une sonorité grave et insistante, qui résonnait dans la cuisine, et il devait être dans les environs immédiats. De temps en temps, l'accordeur essayait de pianoter un petit air, puis il s'arrêtait sur une note. Il la répétait. Il frappait dessus d'une façon absurde et solennelle. Répétait. Et frappait. L'accordeur de piano de la ville s'appelait Mr. Schwarzenbaum. Et le son qu'il faisait naître ainsi était capable de serrer la gorge des musiciens et de donner à ceux qui l'entendaient l'impression qu'ils devenaient fous.

– Je finis par me demander s'il ne fait pas ça uniquement pour nous torturer, dit F. Jasmine.

Mais Bérénice répondit que non.

– Tous les accordeurs de piano, ils font pareil, à Cincinnati et dans le monde entier. C'est comme ça qu'ils font, voilà tout. Si tu veux plus entendre, allume la radio dans la salle à manger.

F. Jasmine secoua la tête.

– Je ne peux pas expliquer pourquoi, mais je ne veux plus allumer cette radio. Elle me rappelle trop cet été.

– Maintenant, un pas en arrière, dit Bérénice.

Elle avait épinglé la taille un peu plus haut, et arrangé deux ou trois détails de la robe. F. Jasmine se regarda dans le miroir qui était au-dessus de l'évier. Comme elle se voyait seulement jusqu'à la poitrine, après avoir admiré le corsage elle monta sur une chaise pour regarder la taille, puis elle commença à débarrasser un coin de la table pour pouvoir grimper dessus et apercevoir ses souliers en argent, mais Bérénice l'en empêcha.

– Honnêtement? Tu ne trouves pas qu'elle est jolie? demanda F. Jasmine. Moi je trouve. Donne-moi ton avis sérieusement, Bérénice. Sans te moquer de moi.

Mais Bérénice était mécontente et elle répondit d'une voix sévère :

– Jamais j'ai vu quelqu'un qui a aussi peu de bon sens que toi. Mon avis sérieusement, tu me l'as déjà demandé, et je te l'ai déjà donné. Ce que tu veux, c'est pas mon avis sérieusement. C'est que je dise que je trouve bien quelque chose que je trouve pas bien. Qu'est-ce que c'est, à la fin, cette façon d'agir?

– Calme-toi, dit F. Jasmine. Ce que je veux seulement, c'est faire bon effet.

– Pour faire bon effet, tu feras très bon effet, dit Bérénice. Quand on veut être jolie, alors on est jolie. Assez bon effet pour le mariage de quelqu'un d'autre. Pour le tien, c'est autre chose. Quand ce sera le tien, je prie le Seigneur Jésus qu'on arrive à faire un peu mieux. Bon. Maintenant, je m'occupe d'un costume propre pour John Henry, et je réfléchis à ce que, moi, je vais me mettre.

– Oncle Charles est mort, dit John Henry. Et on va tous au mariage.

– Oui, mon agneau, dit Bérénice.

Et comme elle s'enfermait brusquement dans un silence rêveur, F. Jasmine comprit qu'elle se tournait vers les morts qu'elle avait connus. Que les morts s'étaient mis en marche au fond de son cœur, et qu'elle se souvenait de Ludie Freeman, et des longs mois passés à Cincinnati, et de la neige.

F. Jasmine, elle aussi, pensa aux sept morts qu'elle avait connus. Comme sa mère était morte le jour de sa naissance[106], elle ne la comptait pas parmi les sept. Dans le tiroir de droite de son bureau, son père cachait une photographie de sa mère, et son visage, sous le bâillon glacé des mouchoirs bien pliés, avait un air timide et désolé. Il y avait d'abord sa grand-mère qui était morte quand Frankie avait neuf ans, et F. Jasmine se souvenait parfaitement d'elle – mais à travers de petits fragments d'images noyés au fond de sa mémoire. Et puis, un soldat de la ville, appelé William Boyd, qui avait été tué cette année-là en Italie, et elle le connaissait de nom et de vue. Mrs. Selway aussi était morte. Elle habitait deux immeubles plus loin et F. Jasmine était sortie sur le trottoir pour regarder passer son enterrement, mais elle n'avait pas été invitée. De grandes personnes très solennelles entouraient le perron, et il pleuvait, et il y avait un ruban de soie grise sur la porte. Elle avait connu Lou Baker, et il était mort également. Lou Baker était un jeune Noir, et il avait été tué dans une allée, juste derrière la boutique de Mr. Addams. C'était un après-midi du mois d'avril. Il avait eu la gorge tranchée par une lame de rasoir, et tous les gens qui habitaient dans l'allée avaient disparu derrière leurs portes, et plus tard on avait raconté que sa gorge tranchée remuait comme la bouche ouverte d'un fou et que sous le soleil du mois d'avril, elle prononçait des phrases de fantômes. Lou Baker était mort et elle le connaissait. Elle connaissait aussi, mais de façon plus vague, Mr. Pitkin, qui travaillait à la cordonnerie Brawer, Miss Birdie Grimes, et un employé de la compagnie des téléphones qui grimpait le long des poteaux : tous morts.

– Tu penses souvent à Ludie Freeman? demanda-t-elle.

– Tu sais très bien que j'y pense, répondit Bérénice. Je pense aux années où mon Ludie et moi on était ensemble, et à toutes les années si mauvaises que j'ai connues après lui. Si mon Ludie il m'avait pas laissée toute seule, jamais j'aurais été avec des hommes aussi mauvais. Mon Ludie et moi. Moi et mon Ludie.

F. Jasmine s'était assise. Elle remuait une jambe, et elle pensait à Ludie et à Cincinnati. De tous les morts qui avaient quitté la terre, Ludie Freeman était celui qu'elle connaissait le mieux, et pourtant elle n'avait jamais posé les yeux sur lui, car elle n'était pas encore née quand il était mort. Mais elle connaissait Ludie, et la ville de Cincinnati, et cet hiver où Bérénice et Ludie étaient montés ensemble vers le nord et avaient vu la neige. Elle avait parlé de ces choses un millier de fois, et c'était une conversation que Bérénice poursuivait doucement, et chacune de ses phrases était comme une chanson. Et l'ancienne Frankie avait l'habitude de l'interroger, de poser des questions sur Cincinnati. Qu'avaient-ils mangé à Cincinnati? Quelle était la largeur des rues de Cincinnati? Et avec cette voix qui était comme une chanson, elle parlait des poissons de Cincinnati, et du salon de la maison qu'ils habitaient dans Myrtle Street à Cincinnati, et des cinémas de Cincinnati. Et Ludie Freeman était un maçon, il gagnait un salaire régulier et important, et de tous ses maris, c'était le seul homme que Bérénice ait aimé.

– Mon Ludie, je souhaite parfois que je l'aie pas connu. Il me gâtait trop. Et après il m'a laissée toute seule. Le soir, quand le travail il est fini et que tu rentres à la maison, il y a la petite ombre de la solitude qui t'accompagne. Alors tu vas avec des hommes, même s'ils sont mauvais, parce que cette ombre il faut que tu l'écartes.

– Je comprends, dit F. Jasmine. Mais T.T. n'est pas un homme mauvais.

– C'est pas de T.T. que je parle. T.T. et moi, on est seulement de bons amis.

– Tu ne crois pas que tu vas l'épouser?

– C'est vrai que T.T., il est un vrai gentleman de couleur, et que son honnêteté elle est parfaite, et que jamais tu entends dire que T.T. il court à droite et à gauche comme les autres hommes. Si j'épousais T.T., alors je pourrais dire adieu à cette cuisine, et m'asseoir derrière le tiroir-caisse de son restaurant et reposer enfin mes pieds. Et puis, j'ai beaucoup de respect pour T.T. Un respect sincère. Pendant toute sa vie, il a marché dans l'état de la grâce.

– Alors qu'est-ce que tu attends pour te marier? Il est fou de toi.

Bérénice répondit :

– Je vais pas me marier avec lui.

– Mais tu viens de dire...

– J'ai dit que du respect j'avais pour T.T., du respect sincère et de l'estime aussi, de l'estime sincère.

– Et alors?

– J'estime T.T. Je respecte T.T. Profondément, dit Bérénice. Son œil noir était calme et serein, et son nez frémissait pendant qu'elle parlait.

– Mais T.T., il me donne pas le frisson.

Au bout d'un moment, F. Jasmine dit :

– Moi, quand je pense au mariage, ça me donne le frisson.

– C'est bien triste! dit Bérénice.

– Ça me donne le frisson aussi de penser à tous les morts que j'ai connus. Sept en tout. Et maintenant, l'oncle Charles.

F. Jasmine s'enfonça les doigts dans les oreilles et ferma les yeux, mais ce n'était pas la mort. Elle continuait de sentir la chaleur du fourneau et l'odeur du déjeuner. Elle continuait d'entendre les bruits de son estomac et les battements de son cœur [107]. Et les morts ne sentaient rien, n'entendaient rien, ne voyaient rien : seulement le noir.

– Ça doit être terrible d'être mort, dit-elle.

Et elle commença à marcher dans la cuisine avec sa robe du mariage.

Il y avait une balle en caoutchouc sur l'étagère. Elle la lança contre la porte du vestibule et la rattrapa au vol.

– Pose ça, dit Bérénice. Enlève ta robe avant de la salir. Occupe-toi. Fais quelque chose. Allume la radio.

– Je t'ai déjà dit que je ne voulais plus allumer la radio.

Elle faisait le tour de la cuisine, et Bérénice lui avait dit de s'occuper à quelque chose, mais elle ne savait pas à quoi. Elle marchait, avec sa robe du mariage, la main sur la hanche. Ses chaussures en argent lui serraient tellement les pieds que ses orteils étaient écrasés et gonflés comme dix gros choux-fleurs endoloris.

– Mais je te conseille de l'ouvrir quand tu reviendras, la radio, dit soudain F. Jasmine. Car un jour ou l'autre tu nous entendras sûrement parler à la radio.

– De quoi tu parles?

– Je te dis qu'un jour ou l'autre, on nous demandera sûrement de parler à la radio.

– Parler de quoi, si tu peux me le dire?

– Je ne sais pas exactement de quoi. Sans doute de quelque chose dont nous aurons été témoins et qu'on nous demandera de raconter.

– J'arrive pas à te suivre, dit Bérénice. De quoi on pourrait être témoins? Et qui, il nous demandera de le raconter?

F. Jasmine fit demi-tour, mit ses deux poings sur ses hanches, et resta immobile, les yeux écarquillés.

– Tu t'imagines que je parle de toi, de moi et de John Henry? Je n'ai jamais entendu quelque chose d'aussi drôle.

La voix de John Henry s'éleva, suraiguë et surexcitée.

– Qu'est-ce que tu dis, Frankie? Qui est-ce qui parle à la radio?

– Quand j'ai dit *nous*, tu as cru que je parlais de toi, de moi et de John Henry? Et qu'on allait nous interviewer dans les radios du monde entier? Je n'ai jamais entendu quelque chose d'aussi drôle de toute ma vie.

John Henry avait escaladé sa chaise, s'était agenouillé sur le siège, et de petites veines bleues battaient contre ses tempes et son cou était tendu comme une corde.

– Qui? hurla-t-il. Qui?

– Ha, ha, ha! dit-elle, et elle se mit à rire aux éclats.

Elle tournait dans la pièce, et elle frappait du poing contre les murs.

– Ho, ho, ho!

Et John Henry criait, et F. Jasmine tournait dans la cuisine avec sa robe du mariage, et Bérénice était debout et elle levait la main droite pour qu'ils se calment. Et brusquement ils s'arrêtèrent en même temps. F. Jasmine était absolument immobile devant la fenêtre, et John Henry la rejoignit à toute vitesse, et se dressa sur la pointe des pieds, les mains accrochées au rebord. Bérénice tourna la tête pour voir ce qui se passait. À ce moment-là le piano ne jouait plus.

– Oh! murmura F. Jasmine.

Quatre filles traversaient la cour. C'étaient des filles de quatorze et quinze ans, et c'étaient les membres du club. La première était Helen Fletcher, et les autres la suivaient en file indienne. Elles avaient coupé à travers la cour des O'Neil, et elles passaient lentement le long de la treille. Le soleil d'or les éclairait de ses longs rayons obliques, et leurs visages avaient l'air d'être en or, eux aussi, et elles portaient des robes toutes neuves et toutes propres. Elles dépassèrent la treille, et il n'y eut plus que leurs ombres confondues qui s'étiraient en travers de la cour. Elles étaient sur le point de disparaître. F. Jasmine n'avait pas bougé. Dans les jours anciens de cet été-là, elle aurait attendu avec l'espoir qu'elles l'appelleraient et lui annonceraient qu'elle venait d'être choisie pour faire partie du club – et au dernier moment, au moment où il devenait évident qu'elles n'avaient fait que passer, elle aurait hurlé d'une voix furieuse qu'il était interdit de traverser sa cour. Mais maintenant, elle les regardait calmement, sans aucune jalousie. Au dernier moment, elle eut envie de les appeler pour leur annoncer le mariage, mais avant qu'elle ait eu le temps de trouver les mots et de les prononcer, le club des filles avait disparu. Il ne restait plus que la treille et les rayons du soleil.

– Je me demande maintenant..., commença F. Jasmine.

Mais Bérénice l'interrompit aussitôt :

– C'est rien. C'est la curiosité, dit-elle. C'est la curiosité, c'est rien.

Lorsqu'ils abordèrent la seconde étape de ce dernier déjeuner, il était cinq heures passées, et le crépuscule était proche. Dans les jours anciens, c'était le moment de l'après-midi où ils s'asseyaient autour de la table pour jouer avec les cartes rouges, et ils commençaient parfois à critiquer le Créateur. Ils portaient un jugement sur le travail de Dieu, et ils énuméraient les différents moyens d'améliorer l'univers. Et la voix de John-Henry-Seigneur-Dieu-Tout-Puissant s'élevait, joyeuse, étrange, suraiguë, et l'Univers qu'il inventait était un mélange de délices et de monstres, et il était incapable de penser en termes généraux : il y avait un bras immense qui pouvait brusquement atteindre la Californie, des boues de chocolat, des pluies de limonade, un œil supplémentaire qui pouvait voir à plus de mille miles, une queue pivotante qu'on pouvait abattre comme une sorte de béquille et sur laquelle on s'asseyait quand on avait envie de se reposer, et des fleurs en sucre.

L'Univers de Bérénice-Sadie-Brown-Seigneur-Tout-Puissant était très différent. C'était un Univers rond, et juste et raisonnable. Un Univers où, pour commencer, les gens de couleur ne seraient plus séparés des autres. Car tous les êtres humains auraient la peau légèrement brune, des yeux bleus, et des cheveux noirs. Il n'y aurait plus de gens de couleur, et plus de Blancs devant lesquels les gens de couleur se sentiraient honteux et inférieurs tout le long de leur vie. Plus de gens de couleur, mais des hommes, des femmes et des enfants composant une seule famille vivant sur la terre. Et quand Bérénice développait ce premier principe, sa voix était comme un chant violent qui montait du plus profond d'elle-même, et les notes qu'elle chantait étaient graves et belles et l'écho qu'elles éveillaient dans les angles de la cuisine vibrait un long moment avant que le silence ne retombe.

Pas de guerre, disait Bérénice. Pas de cadavres raidis pendus aux arbres d'Europe. Aucun Juif assassiné nulle part. Pas de jeunes gens en uniforme arrachés à leur maison, pas d'Allemands sauvages et pas de Japonais cruels. Pas de guerre dans le monde entier, mais la paix partout, dans tous les pays. Pas de famine, non plus. Au commencement de tout, le Seigneur Dieu a créé l'air libre et la pluie libre et la boue libre pour que tout le monde en profite. Et libre serait la nourriture pour toutes les bouches humaines, libres les repas, et deux livres de graisse par semaine, et chaque personne en état physique de travailler pourrait le faire pour obtenir ce qu'elle avait envie de manger en plus. Pas de Juifs assassinés, pas de gens de couleur honteux. Pas de guerre et pas de faim dans le monde. Et pour couronner le tout, Ludie Freeman serait encore vivant.

L'Univers de Bérénice était un Univers parfaitement rond, et l'ancienne Frankie écoutait sa voix sombre et chantante et elle lui donnait raison. Mais l'Univers de l'ancienne Frankie était cependant le meilleur des trois. Elle était d'accord avec Bérénice sur les lois essentielles de sa Création, mais elle y ajoutait un certain nombre de choses : un avion et une motocyclette par personne, un club mondial avec carte et insigne, et une amélioration de la loi de la pesanteur. En ce qui concernait la guerre, elle n'était pas complètement d'accord avec Bérénice : elle prétendait de temps en temps qu'il devrait y avoir dans l'Univers une Ile de la Guerre, où tous ceux qui le désiraient pourraient se rendre, soit pour combattre, soit pour donner leur sang et elle y séjournerait un moment elle-même comme WAC [108] des Forces de l'air. Elle souhaitait également changer les saisons, supprimer complètement l'été, et ajouter beaucoup de neige. Elle prévoyait enfin que les gens pourraient instantanément devenir homme ou femme selon leur humeur et selon leurs désirs. Bérénice discutait ce point-là avec force, insistait sur le fait que la loi qui régissait le sexe humain était exactement ce qu'elle devait être, et qu'il était inutile de chercher à l'améliorer. John Henry essayait alors d'intervenir dans le débat en donnant un avis qui n'avait aucune valeur, car il affirmait que tout le monde devait être moitié garçon, moitié fille. Et quand l'ancienne Frankie le menaçait de le traîner jusqu'à la foire et de le vendre à l'Antre des Phénomènes, il se contentait de fermer les yeux et de sourire.

Et ainsi, ils étaient assis tous les trois autour de la table de la cuisine, et ils critiquaient le Créateur et le travail de Dieu. Parfois leurs voix se heurtaient l'une l'autre, et leurs trois Univers se mélangeaient. John-Henry-Seigneur-Dieu-Tout-Puissant. Bérénice-Sadie-Brown-Seigneur-Dieu-Tout-Puissant. Frankie-Addams-Seigneur-Dieu-Tout-Puissant. Trois Univers à la fin de ces longs après-midi immobiles.

Mais cette journée-là était différente. Ils n'étaient pas en train de traînailler, ni de jouer aux cartes. Ils étaient encore en train de déjeuner. F. Jasmine avait enlevé sa robe du mariage, et elle était de nouveau pieds nus et à l'aise dans sa combinaison. La sauce brune s'était figée autour des pois, la nourriture n'était ni chaude ni froide, le beurre avait fondu. Ils prirent de nouvelles assiettes, se passèrent les plats l'un à l'autre et renoncèrent à aborder les sujets de conversation qui leur étaient coutumiers à cette heure de l'après-midi. Ils commencèrent au contraire une étrange conversation, qui débuta de la façon suivante :

– Frankie, dit Bérénice, tu devais raconter une chose tout à l'heure. Et puis on a changé de sujet. C'était une chose assez drôle, je crois.

– Ah! oui, dit F. Jasmine. Je voulais vous raconter quelque chose de très bizarre qui m'est arrivé ce matin, et que j'ai du mal à comprendre. Je ne sais pas si je pourrai vous l'expliquer exactement.

Elle ouvrit en deux une patate douce et s'appuya au dossier de sa chaise. Elle essaya de faire comprendre à Bérénice ce qui lui était arrivé au moment où elle revenait à la maison, et brusquement elle avait vu quelque chose exploser à la pointe de son œil, et quand elle s'était retournée pour voir ce que c'était, elle avait aperçu deux garçons noirs au bout d'une allée. Elle s'arrêtait parfois de parler, avançait la lèvre inférieure, cherchait les mots qui pouvaient exprimer le mieux cette sensation dont jamais encore elle n'avait entendu prononcer le nom. Elle regardait de temps en temps Bérénice, pour savoir si elle écoutait bien, et elle vit naître sur son visage une expression surprenante : l'œil de verre bleu de Bérénice était étonné comme toujours et lumineux, et au début son œil noir paraissait étonné lui aussi. Mais une lueur d'étrange complicité s'y glissait peu à peu, et elle tournait la tête, avec de petites secousses, comme pour entendre de plusieurs côtés, et être sûre que ce qu'elle entendait était vrai.

Avant même que F. Jasmine ait fini, Bérénice avait repoussé son assiette et pris ses cigarettes dans son corsage. Elle fumait des cigarettes qu'elle roulait elle-même, mais elle les mettait dans un paquet de Chesterfield, ce qui laissait croire qu'elle fumait vraiment des Chesterfield. Elle enleva un petit morceau de tabac qui dépassait et rejeta la tête en arrière avant de gratter son allumette pour que la flamme ne lui saute pas dans le nez. Un long ruban de fumée bleue se déplia au-dessus de leurs trois têtes.Bérénice tenait sa cigarette entre le pouce et l'index. Sa main avait été attaquée et paralysée par un rhumatisme pendant l'hiver, et elle ne pouvait plus allonger les deux derniers doigts. Elle était assise, elle écoutait en fumant et, quand F. Jasmine eut terminé, elle laissa passer un très long silence, puis se pencha en avant, et demanda brusquement :

– Est-ce que tu peux lire à travers les os de mon crâne? Réponds-moi, Frankie Addams. Est-ce que tu peux lire dans ma tête?

F. Jasmine ne savait que répondre.

– Cette chose que je viens d'entendre, c'est une des choses les plus bizarres que j'aie jamais entendues. Là, vraiment j'en reviens pas.

– Ce que je voulais dire..., reprit F. Jasmine.

– Je sais ce que tu veux dire. Juste là. Juste au coin de l'œil.

Elle pointa le doigt vers le coin extérieur de son œil noir, qui était rouge et ridé.

– Brusquement, tu as quelque chose qui explose là. Et tu as froid. Et tu trembles. Tout ton corps, il tremble. Alors tu te retournes. En face de toi, il y a Dieu sait quoi. Mais jamais Ludie. Jamais ce que tu espères. Et pendant une minute c'est comme si tu venais de tomber dans un puits.

– Oui, dit F. Jasmine. C'est tout à fait ça.

– Et ça, c'est tout à fait extraordinaire. Parce que cette chose-là, c'est toute ma vie qu'elle m'est arrivée. Et c'est la première fois que j'entends quelqu'un qui peut me l'expliquer avec des mots.

F. Jasmine cacha sa bouche et son nez avec sa main, parce qu'elle ne voulait pas qu'on sache qu'elle était très fière d'être quelqu'un d'extraordinaire et elle ferma modestement les yeux.

– Oui, reprit Bérénice. C'est exactement ça quand tu rencontres l'amour. Exactement ça. Quelque chose que tu sais et tu peux pas l'expliquer avec des mots.

Et c'est ainsi que débuta cette étrange conversation, à six heures moins le quart de ce dernier après-midi. C'était la première fois qu'ils parlaient de l'amour et que F. Jasmine y participait comme quelqu'un capable de suivre cette conversation, et de la comprendre, et dont l'opinion avait de l'importance. L'ancienne Frankie avait toujours tourné l'amour en plaisanterie, assurant que c'était une énorme farce et qu'elle n'y croyait pas. Elle n'en avait jamais parlé dans ses pièces de théâtre, et n'avait vu aucun film d'amour au cinéma Palace. L'ancienne Frankie allait toujours au cinéma le samedi en matinée, pour voir des films de gangsters, des films de guerre ou des films de cow-boys. Et qui avait provoqué un scandale, au cinéma Palace, un samedi du mois de mai dernier, parce qu'on avait projeté en matinée un vieux film appelé *Camille* [109]? L'ancienne Frankie. Elle était assise au deuxième rang, et elle avait enfoncé deux doigts dans sa bouche, et elle s'était mise à siffler en tapant du pied. Et tous les spectateurs des trois premiers rangs qui payaient demi-tarif avaient commencé à siffler comme elle et à taper du pied, et plus le film d'amour se prolongeait, plus le vacarme augmentait. Le directeur était finalement arrivé avec une lampe électrique, et ils les avaient tous arrachés de leurs sièges, les avait jetés sur le trottoir : dégoûtés, et sans même qu'on leur ait remboursé le prix de leur place.

L'ancienne Frankie n'avait jamais accepté l'amour. Mais c'était F. Jasmine qui était assise à cette table, les genoux croisés, et de temps en temps elle frottait son pied contre le sol comme elle en avait l'habitude, et elle approuvait de la tête ce que disait Bérénice. Et même, lorsqu'elle allongea tranquillement la main vers le paquet de Chesterfield, qui était posé contre la saucière de beurre fondu, Bérénice ne lui donna pas un petit coup sur les doigts, et F. Jasmine prit elle-même une cigarette. Elle était devenue une grande personne, comme Bérénice, et elles fumaient toutes les deux après le déjeuner. John Henry inclinait sa grosse tête d'enfant sur son épaule. Il écoutait tout et il regardait tout.

– Maintenant, dit Bérénice, je vais vous raconter une histoire à tous les deux. Elle vous servira d'avertissement. Tu m'écoutes, John Henry? Tu m'écoutes, Frankie Addams?

– Oui, murmura John Henry.

Il tendit son petit index sale :

– Frankie, elle fume.

Bérénice se tenait très droite, les épaules carrées, ses deux mains déformées croisées devant elle. Elle leva le menton, et prit une longue inspiration comme un chanteur qui va commencer à chanter. Le piano résonnait toujours avec insistance, mais quand Bérénice commença à parler, sa voix d'or sombre emplit la cuisine, et ils n'entendirent plus les notes du piano. Mais en prélude à cet avertissement, Bérénice leur raconta une histoire déjà très ancienne qu'ils avaient entendue de nombreuses fois. Son histoire avec Ludie Freeman. De longues années auparavant.

– Ce que je peux dire maintenant, c'est que j'étais heureuse. Aucune femme, dans le monde entier, n'a été aussi heureuse que moi dans ces années-là. Et je parle de toutes les femmes. Tu m'entends bien, John Henry? Je parle de toutes les reines, et de toutes les millionnaires, et de toutes les grandes dames de la terre. Et je parle aussi de toutes les femmes de couleur. Tu m'entends bien, Frankie? Aucune femme, dans le monde entier, n'a été aussi heureuse que Bérénice Sadie Brown.

Elle leur raconta donc la très ancienne histoire de Ludie. Une histoire qui avait débuté un après-midi de la fin octobre, plus de vingt ans auparavant. Et le début de cette histoire se confondait avec l'endroit où ils s'étaient rencontrés pour la première fois, devant la station-service du camp Campbell, un peu en dehors de la ville.

C'était le moment de l'année où les feuilles tombent, la campagne est pleine de brouillard, et l'automne gris et or. L'histoire se poursuivait depuis cette première rencontre jusqu'au jour du mariage, à Sugarville, à l'église de l'Ascension. Et elle traversait toutes ces années où ils avaient vécu ensemble. Avec la maison qui avait un perron de brique et de larges fenêtres, au coin de Barrow Street. Et le jour de Noël avec le renard argenté, et le jour de juin avec le poisson frit offert à vingt-huit invités, parents et amis. Toutes ces années où Bérénice avait préparé les repas de Ludie, piqué à la machine les costumes et les chemises de Ludie, et ils étaient heureux tous les deux ensemble. Et les neuf mois qu'ils avaient passés dans le Nord, à Cincinnati, où ils avaient vu la neige. Et de nouveau à Sugarville, et les jours s'enchaînaient les uns aux autres, et c'étaient des semaines, des mois, des années à vivre ensemble. Et ils étaient si heureux l'un avec l'autre. Mais ce qui permettait à F. Jasmine de comprendre, ce n'était pas les événements qu'elle racontait : c'était la façon dont elle les racontait.

Bérénice parlait comme si elle n'avait jamais besoin de reprendre souffle, et elle avait dit qu'elle avait été plus heureuse qu'une reine. Et pendant qu'elle racontait son histoire, F. Jasmine se disait que pour une reine elle était bien étrange, si tant est qu'il existe des reines de couleur assises devant des tables de cuisine. Elle déroulait son histoire et celle de Ludie, comme une reine de couleur déroule une longue pièce d'étoffe en or. Et, à la fin, quand l'histoire était achevée, il y avait toujours la même expression sur son visage : l'œil noir regardait fixement devant lui, le nez tremblait et s'élargissait, la bouche se refermait, tranquille et désolée. C'était comme une loi : quand l'histoire était achevée, ils restaient assis tous les trois un long moment, puis brusquement ils se mettaient à faire n'importe quoi, très vite. Ils sortaient le jeu de cartes, ou préparaient du lait de poule, ou tournaient dans la cuisine sans rien faire de précis. Mais, cet après-midi-là, ils restèrent longtemps sans bouger, sans parler, bien longtemps après que Bérénice eut achevé son histoire, et finalement F. Jasmine demanda :

– Ludie, de quoi est-il mort exactement ?

– De quelque chose qui ressemble à une pneumonie, dit Bérénice. En novembre de l'année 1931.

– Exactement le mois et l'année où je suis née, dit F. Jasmine.

– Un mois de novembre plus froid, jamais j'en ai vu. Tous les matins, c'était du givre, avec la croûte de glace sur les flaques d'eau. Le soleil était pâle et jaune comme en hiver. Les bruits s'en allaient très loin, et il y avait un chien de chasse, je me rappelle, qui avait l'habitude de hurler au coucher du soleil. Il fallait que je garde le feu dans la cheminée le jour et la nuit, et le soir quand je tournais dans ma chambre, il y avait une ombre sur le mur qui me suivait en tremblant. Et toutes les choses que je voyais, elles étaient toutes comme un signe.

– Être née le mois et l'année où Ludie est mort, c'est vraiment un signe. Seuls les jours sont différents.

– C'était un jeudi, vers six heures du soir. La même heure qu'aujourd'hui. Mais c'était en novembre. Je me rappelle, j'ai été dans le couloir, et j'ai ouvert la porte d'entrée. On habitait Prince Street, cette année-là, au 233. La nuit tombait. Le chien de chasse hurlait au loin. Alors, je suis revenue dans la chambre. Je me suis allongée sur le lit de Ludie. De tout mon long, je me suis couchée sur Ludie, et j'ai serré mes bras autour de lui, et j'ai mis ma figure contre sa figure. Et j'ai prié pour que le Seigneur, il donne ma force à Ludie. Et j'ai dit au Seigneur de prendre quelqu'un d'autre, mais pas Ludie. Et je suis restée allongée très longtemps. Et j'ai prié. Jusqu'à la nuit.

– Comment? demanda John Henry.

C'était une question qui n'avait pas de sens, mais il la répéta d'une voix haute et plaintive.

– Comment, Bérénice?

– À la nuit, il est mort.

Elle parlait brusquement d'une voix furieuse, comme s'ils étaient en train de mettre en doute ce qu'elle disait.

– Je vous dis qu'il est mort. Ludie. Ludie Freeman. Ludie Maxwell Freeman est mort.

Elle avait terminé son récit, et ils étaient assis autour de la table. Personne ne bougeait. John Henry regardait fixement Bérénice, et la mouche qui avait tourné si longtemps au-dessus de lui se posa sur la branche gauche de ses lunettes. Elle traversa lentement le verre gauche, puis la monture au-dessus du nez, puis le verre droit. Et c'est seulement quand la mouche se fut envolée que John Henry cligna les paupières et agita la main.

– C'est curieux, dit enfin F. Jasmine. L'oncle Charles est là maintenant, couché bien droit, mort. Et je n'arrive pas à pleurer. Je sais que je devrais me sentir triste. Mais je suis beaucoup plus triste à cause de Ludie qu'à cause de l'oncle Charles. Et pourtant je n'ai jamais vu Ludie, et j'ai toujours connu l'oncle Charles, qui est un parent de parents à moi. C'est peut-être parce que je suis née presque au moment où Ludie est mort.

– Peut-être, dit Bérénice.

F. Jasmine avait l'impression qu'ils pouvaient très bien rester là, jusqu'à la fin de l'après-midi, autour de la table, sans parler ni bouger. Mais brusquement elle se souvint de quelque chose.

– Tu devais nous raconter une autre histoire. Une histoire qui serait comme un avertissement.

Bérénice eut l'air très étonnée pendant un moment, puis elle dit en secouant la tête :

– Ah! oui, j'allais vous raconter comment cette chose dont on parlait, elle s'applique à moi. Et ce qui m'est arrivé avec mes autres maris. Alors tenez vos oreilles bien droites.

Mais l'histoire des trois autres maris était également une histoire très ancienne. Au moment où Bérénice commença son récit, F. Jasmine alla prendre dans le réfrigérateur un peu de lait condensé qu'elle posa sur la table pour le verser sur des biscuits en guise de dessert. Et au début elle n'écoutait pas très attentivement.

– C'était l'année suivante, au mois d'avril, et un dimanche je suis allée à l'église des Forks Falls. Vous voulez savoir pourquoi j'ai été dans cette église? Je vais vous dire pourquoi. J'avais été voir les Jackson, qui sont des cousins de cousins, et qui habitent Forks Falls, et le dimanche on a été à leur église. Et j'étais en train de prier dans cette église, et les membres de la congrégation ils étaient tous des étrangers pour moi. Mon front était appuyé contre le bord du banc qui était devant moi, et mes yeux étaient ouverts – c'est pas que je regardais autour de moi sans en avoir l'air, attention, c'est simplement qu'ils étaient ouverts. Et brusquement un frisson m'est arrivé dessus et m'a traversé le corps. Juste à la pointe de mon œil, l'image de quelque chose a explosé. Alors lentement je me suis tournée vers la gauche. Et devinez ce que j'ai vu? Là, sur le banc, tout près de mon œil, j'ai vu *ce pouce*.

– Quel pouce? demanda F. Jasmine.

– Il faut que je dise quelque chose avant, sinon vous comprendrez pas. Chez Ludie Freeman il y avait juste un petit morceau qui était pas joli. Tous les autres morceaux de Ludie, ils étaient très jolis et très bien faits, et tout le monde aurait voulu avoir les mêmes. Tous. Sauf le pouce de la main droite, parce qu'il avait été écrasé par une charnière. Et ce pouce était la seule chose pas jolie, parce qu'il était tout écrasé et tout mâchonné. Vous comprenez?

– Tu veux dire que tu étais en train de prier et brusquement tu as vu le pouce de Ludie?

– Je veux dire que j'ai vu *ce* pouce-là. J'étais à genoux, et il y avait un frisson qui me traversait depuis la tête jusqu'aux talons. J'étais à genoux, je regardais le pouce, et avant même que je regarde un peu plus haut pour savoir à qui ce pouce appartenait, j'ai commencé à prier de toutes mes forces. À haute voix, j'ai dit : Montre-moi, Seigneur! Seigneur, montre-moi!

– Et il l'a fait? demanda F. Jasmine. Il s'est montré?

– Montré? Mon œil. Ce pouce, tu sais à qui il appartenait?

– À qui?

– À Jamie Beale. À ce grand vaurien de Jamie Beale. La première fois que j'ai posé les yeux sur lui, c'est ce jour-là.

– Et c'est pour ça que tu l'as épousé? demanda F. Jasmine.

Car Jamie Beale était le nom de l'horrible vieil ivrogne qui avait été le second mari de Bérénice.

– Parce qu'il avait un pouce écrasé, comme Ludie?

– C'est Jésus qui sait. Moi je sais pas, répondit Bérénice. J'ai senti que j'étais tirée vers lui à cause de ce pouce. Et une chose conduit à une autre. Moi, je sais seulement que je l'ai épousé.

– Je trouve que c'est vraiment stupide, dit F. Jasmine. Épouser un homme uniquement à cause de son pouce.

– Je trouve, moi aussi. Et je ne cherche pas à discuter avec toi. Je raconte seulement ce qui s'est passé. C'était exactement pareil dans le cas de Henry Johnson.

Henry Johnson était le troisième mari, celui qui était devenu fou de Bérénice. Pendant les trois semaines qui avaient suivi le mariage, il était tout à fait normal, et puis il était devenu tellement fou que Bérénice avait été obligée de s'en séparer.

– Qu'est-ce que tu racontes? Tu es assise là, et tu voudrais me faire croire que Henry Johnson avait un pouce cassé lui aussi?

– Non, dit Bérénice. Cette fois-là, c'était pas le pouce. C'était la veste.

F. Jasmine et John Henry se regardèrent, car ce qu'elle venait de dire semblait n'avoir aucun sens. Mais l'œil noir de Bérénice était calme et sûr de lui, et elle hocha la tête en les regardant d'une façon affirmative.

– Il faut que je raconte ce qui s'est passé après la mort de Ludie, sinon vous ne comprendrez pas. Ludie avait une police d'assurance-vie, et elle devait payer deux cent cinquante dollars.

Je ne vais pas vous dire tout ce qui s'est passé, mais les gens de l'assurance m'ont volé cinquante dollars. Alors en deux jours, pour que je paye l'enterrement, il a fallu que je vende tout ce que je pouvais et que je trouve cinquante dollars. Parce que je ne voulais pas que Ludie soit enterré comme un pauvre. Alors, tout ce qui m'est tombé sous la main, je l'ai porté chez le prêteur. Et j'ai vendu mon manteau et la veste de Ludie au magasin de vêtements d'occasion qui est dans Front Avenue.

– Ah! dit F. Jasmine. Tu veux dire qu'Henry Johnson a acheté la veste de Ludie et que tu l'as épousé pour ça?

– Pas exactement, dit Bérénice. Un soir, je marchais dans cette rue en direction de City Hall, et brusquement, devant moi, j'ai vu une carrure. Et la carrure de ce garçon qui marchait devant moi ressemblait tellement à Ludie, à cause des épaules et de la nuque, que j'ai cru que j'allais tomber morte sur le trottoir. Je l'ai suivi. J'ai couru derrière lui. C'était Henry Johnson, et c'était la première fois que je le voyais, parce qu'il habitait la campagne, et c'est pas souvent qu'il venait en ville. Mais par hasard, il avait acheté la veste de Ludie, et il avait la même carrure que Ludie. Et quand on le regardait de dos, il était tout à fait comme le fantôme de Ludie, ou son frère jumeau. Mais je ne sais pas exactement comment je l'ai épousé, parce que dès le début c'était bien évident qu'il avait pas tout son bon sens. Tu permets qu'un garçon te tourne autour, et peu à peu tu t'attaches à lui. De toute façon, c'est comme ça que j'ai épousé Henry Johnson.

– Les gens font vraiment des choses curieuses.

– Tu peux le dire.

Bérénice jeta un coup d'œil vers F. Jasmine qui était en train de se fabriquer un dessert pour finir son déjeuner, en faisant couler sur un biscuit un ruban de lait condensé.

– Frankie, c'est à jurer que tu as le ver solitaire. Je suis pas en train de plaisanter. Ton père, il examine les notes de l'épicerie, et il trouve qu'elles sont importantes, et naturellement il croit que je mets des choses de côté.

– Ça t'arrive, dit F. Jasmine. De temps en temps.

– Il examine les notes de l'épicerie, et il me fait des reproches, Bérénice, au nom du Dieu Tout-Puissant, qu'est-ce qu'on a pu faire avec six boîtes de lait condensé et quarante-sept douzaines d'œufs et huit boîtes de pâte de guimauve pendant une semaine? Et moi je suis obligée d'avouer : c'est Frankie qui les a mangés. Je suis obligée de dire : Mr. Addams, ce qui est là, dans votre cuisine, et qu'il faut nourrir, vous croyez peut-être que c'est un être humain? C'est sûrement ça que vous croyez. Je suis obligée de dire : oui, vous croyez sûrement que c'est un être humain normal.

– Je ne serai plus jamais gourmande, dit F. Jasmine. C'est la dernière fois aujourd'hui. Mais je n'ai pas bien compris ce que tu as raconté. Je ne vois pas comment cette histoire de Jamie Beale et de Henry Johnson s'applique à moi.

– Elle s'applique à tout le monde, et c'est un avertissement.

– De quelle façon?

– Tu vois pas ce que j'ai fait? J'avais aimé Ludie et c'est le premier homme que j'avais aimé. Alors, après Ludie, je pouvais que m'imiter moi-même. Et qu'est-ce que j'ai fait? J'ai seulement épousé des petits morceaux de Ludie, chaque fois que j'en ai rencontré un. Et mon malheur, c'est que tous ces morceaux, ils étaient mauvais. Ce que j'ai voulu, c'est toujours recommencer Ludie et moi. Tu vois maintenant?

– Je vois ce que tu veux dire. Mais je ne vois pas comment cet avertissement peut s'appliquer à moi.

– Alors, tu veux vraiment que je t'explique?

F. Jasmine ne répondit pas, et ne fit aucun signe de tête, car elle sentait que Bérénice lui tendait un piège et se préparait à lui faire un certain nombre de réflexions qu'elle ne voulait pas entendre. Bérénice prit le temps d'allumer une seconde cigarette, et deux lentes volutes de fumée bleuâtre s'échappèrent de ses narines et s'étirèrent paresseusement sur la table entre les assiettes sales. Mr. Schwarzenbaum était en train de faire des arpèges. F. Jasmine attendait, et elle eut l'impression que c'était très long.

– Toi et ce mariage à Winter Hill, dit enfin Bérénice. C'est là-dessus que je veux te donner un avertissement. Tes yeux gris, je peux lire à l'intérieur comme si c'était des yeux en verre. Et ce que je lis, c'est un morceau de la plus triste folie que j'ai connue.

– Les yeux gris, c'est du verre, murmura John Henry.

Mais F. Jasmine ne voulait pas que Bérénice lise trop profondément et l'oblige à baisser les yeux. Elle se raidit, le regard tendu, regardant Bérénice bien en face.

– Ce que tu as dans l'esprit, je le sais. Tu crois que je le sais pas, mais je le sais. Demain, à Winter Hill, tu imagines que quelque chose d'extravagant va arriver, et que c'est toi qui seras le centre de tout. Tu imagines que tu vas marcher au milieu de l'église, entre ton frère et sa fiancée. Tu imagines que tu vas être à l'intérieur du mariage, et ce qui se passera après, il y a que Jésus qui le sait.

– C'est faux, dit F. Jasmine. Je n'imagine pas que je vais marcher entre eux au milieu de l'église.

– Pourquoi tu discutes avec moi? Je le lis dans tes yeux.

John Henry répéta plus bas :

– Les yeux gris, c'est du verre.

– Mais l'avertissement que je veux te donner, le voilà, dit Bérénice. Si tu deviens amoureuse de quelque chose d'extravagant comme ça, qu'est-ce que tu veux qui t'arrive après? Si tu te laisses prendre à une folie comme ça, tu peux être sûre que ce sera pas la dernière fois. Alors qu'est-ce que tu veux qui t'arrive? Jusqu'à la fin de ta vie, tu essayeras d'être à l'intérieur des autres mariages? Et ta vie alors, ça sera quoi?

– Quand j'entends des gens dire n'importe quoi, ça me rend malade, dit F. Jasmine.

Elle mit deux doigts dans ses oreilles, mais elle ne les enfonça pas complètement pour continuer à entendre Bérénice.

– C'est un piège que tu te construis avec ce caprice, et tu vas t'y prendre toi-même, et tu seras bien ennuyée. Et tu le sais. Tu es en cinquième dans la section B et tu as déjà douze ans.

F. Jasmine ne voulait pas parler directement du mariage, mais sa réponse y faisait allusion.

– Ils m'emmèneront avec eux. Attends et tu verras.

– Et suppose qu'ils t'emmènent pas?

– Je te l'ai dit. Je me tuerai avec le revolver de papa. Mais ils m'emmèneront avec eux. Et nous ne reviendrons jamais dans ce pays.

– Bon, dit Bérénice. J'ai essayé de raisonner avec toi sérieusement. Mais je vois que c'est pas la peine. Ce que tu veux, c'est souffrir.

– Qui te dit que je souffrirai?

– Je te connais. Tu souffriras.

– Tu es jalouse, dit F. Jasmine. Tu essaies seulement de m'arracher tout le plaisir que j'ai à quitter cette ville. Tu veux tuer mon bonheur.

– J'essaie seulement de t'enlever tout ça de la tête. Mais je vois que c'est pas la peine.

John Henry murmura pour la troisième fois :

– Les yeux gris, c'est du verre.

Il était six heures passées, et ce long après-midi paresseux commençait paresseusement à mourir. F. Jasmine enleva ses doigts de ses oreilles et poussa un profond soupir de fatigue. John Henry soupira à son tour, et Bérénice, pour conclure, poussa un soupir plus profond encore que les deux autres. Mr. Schwarzenbaum jouait une petite valse sautillante, mais le piano n'était pas aussi bien accordé qu'il le souhaitait, et il s'arrêta sur une note nouvelle et commença à la répéter. Il monta ensuite une gamme jusqu'à la septième note, et une fois encore s'interrompit sans achever la gamme. F. Jasmine ne cherchait plus à suivre des yeux la musique. Mais John Henry la suivait, et quand le piano s'immobilisa sur la septième note, elle le vit qui tendait ses petites fesses, et s'asseyait sur la chaise, immobile, les yeux fixes, pour attendre.

– Toujours cette dernière note, dit F. Jasmine. Si tu commences sur un *la* et si tu montes jusqu'au *sol*, il se passe quelque chose de curieux. Comme si l'intervalle qui sépare ce *sol* du *la* suivant était aussi vaste que le monde entier. Un intervalle deux fois plus grand que celui qui existe entre deux autres notes de la gamme, n'importe lesquelles. Et pourtant elles sont l'une à côté de l'autre sur le clavier du piano, elles se touchent exactement comme les autres notes. *La, si, do, ré, mi, fa, sol, sol, sol...* C'est à devenir fou.

John Henry fit une grimace en avançant les dents et se mit à rire doucement d'un petit rire nerveux.

– *Sol, sol...*

Il tira sur la manche de Bérénice :

– Tu as entendu comment elle a fait Frankie? *Sol, sol...*

– La ferme! dit F. Jasmine. Arrête de toujours te moquer de moi!

Elle se leva de table, sans très bien savoir où aller.

– Tu n'as pas parlé de Willis Rhodes. Il avait un pouce écrasé lui aussi, ou une veste, ou quelque chose d'autre?

– Seigneur Jésus, dit Bérénice.

D'une voix si brusque et si scandalisée, que F. Jasmine se retourna et revint vers la table.

– Ça c'est l'histoire qui te fait dresser les cheveux sur la tête. Tu prétends que jamais je t'ai parlé de ce qui est arrivé à Willis Rhodes?

– Jamais, répondit F. Jasmine.

Willis Rhodes était le dernier des quatre maris, et le pire. Si effrayant que Bérénice avait dû faire appel à la police.

– Alors?

– Alors imagine ça, dit Bérénice. Imagine une nuit de janvier, où le froid était très coupant. Et moi j'étais couchée toute seule dans le grand lit du salon. Toute seule dans la maison vide. Parce que tout le monde était parti pour le samedi à Forks Falls. Et moi, je déteste quand je suis toute seule dans un grand lit vide, et j'ai peur quand je suis toute seule dans une maison. C'est minuit passé, dans cette nuit de janvier où le froid est si coupant. Tu es capable de te rappeler l'hiver, John Henry?

John Henry fit signe que oui.

– Alors, maintenant, imagine ça! répéta Bérénice.

Elle avait commencé à débarrasser la table et trois assiettes étaient empilées sur la table devant elle. Son œil noir fit le tour de la pièce, comme si elle jetait un lasso pour attirer vers elle l'attention de F. Jasmine et de John Henry. F. Jasmine se pencha en avant, la bouche entrouverte, les mains accrochées au rebord de la table. John Henry frissonna sur sa chaise, et les yeux fixes à travers ses lunettes, les paupières immobiles, il regardait Bérénice. Bérénice avait commencé à parler d'une voix sourde et profonde. Mais elle s'arrêta brusquement et resta assise à les regarder l'un après l'autre.

– Et alors? insista F. Jasmine en s'allongeant presque sur la table. Qu'est-ce qui s'est passé?

Mais Bérénice gardait le silence. Elle les regardait l'un après l'autre en secouant doucement la tête. Quand elle parla de nouveau, sa voix était complètement différente.

– Si vous pouviez voir d'ici. Si vous pouviez voir...

F. Jasmine jeta un rapide coup d'œil derrière elle, mais il n'y avait que le fourneau, le mur et l'escalier vide.

– Et alors? demanda-t-elle. Qu'est-ce qui s'est passé?

– Si vous pouviez voir ces deux petits enfants avec leurs quatre grandes oreilles.

Elle se leva brusquement.

– Allez on va laver les assiettes. Et après, on fera des gâteaux ronds pour emporter demain en voyage.

C'était impossible pour F. Jasmine d'expliquer à Bérénice ce qu'elle ressentait. Au bout d'un long moment, quand la table fut complètement débarrassée et que Bérénice, debout devant l'évier, commençait à faire la vaisselle, elle dit simplement :

– Il y a une chose que je méprise plus que tout au monde, c'est quelqu'un qui commence à raconter une histoire, qui éveille l'intérêt des gens, et qui s'arrête.

– Tu as raison, dit Bérénice. Je suis désolée. Mais des choses comme ça, brusquement je me dis que je peux pas les raconter à John Henry et à toi.

John Henry gambadait et courait d'un bout à l'autre de la cuisine, de l'escalier au perron, en chantant :

– Gâteaux ronds! Gâteaux ronds! Gâteaux ronds!

– Tu pouvais l'envoyer dans la chambre et me raconter tout à moi, dit F. Jasmine. Mais ne crois pas que ça m'intéresse. Ce qui est arrivé ne m'intéresse absolument pas. J'espérais seulement que Willis Rhodes allait entrer et te trancher la gorge.

– C'est pas beau cette façon de parler, dit Bérénice. Surtout quand j'ai une surprise pour toi. Va sous le porche, et regarde dans le panier d'osier qui a le journal par-dessus.

F. Jasmine se leva, mais à contrecœur, et se dirigea vers le porche en traînant les pieds. Elle s'arrêta sur le seuil, et découvrit la robe d'organdi rose. Contrairement à ce qu'avait prétendu Bérénice, le col était plissé avec de petits plis étroits, exactement comme il devait l'être. Bérénice avait dû le faire avant le déjeuner, au moment où F. Jasmine était montée dans sa chambre.

– C'est vraiment très gentil à toi, dit-elle. Je suis très touchée.

Elle aurait aimé pouvoir donner à son visage une double expression, et fixer sur Bérénice un œil accusateur tandis que l'autre l'aurait remerciée d'un regard reconnaissant. Mais un visage humain ne se divise pas aussi facilement, et les deux regards s'annulaient l'un l'autre.

– Retrouve ton sourire, dit Bérénice. Ce qui arrivera, qui peut le savoir d'avance? Demain, tu vas t'habiller avec cette robe rose toute propre, et peut-être qu'à Winter Hill tu rencontreras le plus joli garçon blanc que tu as jamais vu. Souvent, c'est pendant un voyage comme ça qu'un petit ami vous arrive dessus.

– Ce n'est pas de ça que je parle, dit F. Jasmine. Pas du tout.

Au bout d'un moment, elle ajouta, toujours debout sur le seuil du perron :

– Le vrai sujet de conversation, on passe toujours plus ou moins à côté.

C'était un crépuscule blanc, et il mettait un temps infini à s'éteindre. Au mois d'août on pouvait diviser le temps en quatre parties : le matin, l'après-midi, le crépuscule et la nuit. Avec le crépuscule, le ciel devenait d'un bleu-vert très étrange, qui pâlissait peu à peu jusqu'au blanc. L'air était gris et tendre. La vigne vierge et le tronc des arbres s'assombrissaient doucement. C'était l'heure où les moineaux se rassemblent et tournoient au-dessus de la ville, l'heure où les ormes de la rue s'enfoncent dans l'ombre et où l'on entend, comme si c'était la voix du mois d'août, le chant des cigales. Dans le crépuscule, les bruits sont comme étouffés, et ils s'attardent : une double porte qui bat au fond de la rue, des voix d'enfants, le ronflement d'une tondeuse à gazon dans une cour voisine. F. Jasmine alla chercher le journal du soir, et l'ombre se glissait dans la cuisine. Elle commençait par envahir les coins de la pièce. Puis les dessins s'effaçaient sur le mur. Et tous les trois, en silence, ils regardaient venir la nuit.

– L'armée est entrée dans Paris maintenant.

– C'est très bien.

Ils restèrent longtemps immobiles. Puis, F. Jasmine dit :

– J'ai énormément de choses à faire. Il faut que je parte.

Mais elle restait debout sur le seuil, et elle ne partait pas. C'était le dernier soir, le dernier moment où ils se trouvaient tous les trois dans la cuisine, et elle sentait qu'avant de partir il fallait dire ou faire une chose qui serait la dernière. Depuis tant de mois elle s'était préparée à quitter cette cuisine et à n'y revenir jamais, et maintenant que le temps était venu, elle restait immobile, la tête et les épaules appuyées au montant de la porte, et elle n'était plus tout à fait prête. C'était l'heure la plus sombre, où chaque phrase qu'on prononce prend une sonorité si triste et si jolie, même si rien dans les mots qu'on prononce n'évoque la tristesse ou la beauté.

F. Jasmine dit tranquillement :

– J'ai l'intention de prendre deux bains, ce soir. D'abord un bain dans lequel je tremperai longtemps, et je me frotterai avec une brosse. J'essaierai de faire disparaître les croûtes brunes de mes coudes. Et puis je viderai l'eau sale, et je prendrai un second bain.

– C'est une bonne idée, dit Bérénice. Si je te vois propre, ça me fera plaisir.

– Je prendrai un autre bain, dit John Henry.

Il avait une petite voix triste. Elle ne le voyait pas, tant la pièce était sombre, car il était dans un coin près du fourneau. À sept heures, Bérénice lui avait fait prendre un bain et lui avait remis son short. Elle l'entendait traîner les pieds prudemment en faisant le tour de la pièce, car après son bain, il avait mis le chapeau de Bérénice et il essayait de marcher avec ses chaussures à talons hauts. Et de nouveau, il posa une question qui n'avait aucun sens en elle-même.

– Pourquoi? demanda-t-il.

– Pourquoi quoi, mon chou? dit Bérénice.

Il ne répondit pas, et c'est F. Jasmine qui finit par dire :

– Pourquoi c'est défendu par la loi de changer de nom?

Bérénice était assise sur une chaise dans la lumière bleu pâle qui venait de la fenêtre. Elle tenait le journal ouvert devant elle, et elle penchait la tête sur le côté, comme si elle avait du mal à lire ce qui était imprimé. Quand F. Jasmine parla, elle plia le journal et le posa sur la table.

– Tu peux facilement comprendre ça, dit-elle. Le pourquoi il est simple. Pense au désordre.

– Je ne vois pas pourquoi.

– Ce que tu as sur les épaules, c'est quoi? dit Bérénice. Je croyais que c'était une tête que tu avais sur les épaules. Il suffit que tu réfléchisses. Suppose que je décide brusquement que je suis une grande dame et que je m'appelle Mrs. Eleanor Roosevelt. Et toi, que tu commences à t'appeler Joe Louis [110]. Et que John Henry essaie de se faire passer pour Henry Ford. Quelle sorte de désordre ça ferait à ton avis?

– Ne me réponds pas comme si j'étais une petite fille, dit F. Jasmine. Je ne parle pas de ces changements-là. Je parle d'un prénom qu'on n'aime pas et d'un autre qu'on préfère. Par exemple changer Frankie pour F. Jasmine.

– Ça serait quand même du désordre, insista Bérénice. Suppose que brusquement tout le monde change de prénom. Personne ne saura plus à qui il parle. Et le monde entier deviendra fou.

– Je ne vois pas...

– Parce que, autour de ton nom, il y a des choses qui sont entassées, dit Bérénice. Tu as un nom, et les choses t'arrivent l'une après l'autre, et toi tu fais des choses et tu as tes façons d'agir, et peu à peu ton nom commence à avoir une signification. Et les choses s'entassent autour de ce nom-là. Si tu es quelqu'un de mauvais avec une réputation mauvaise, alors c'est pas possible de sauter hors de ton nom et de disparaître. Et si tu es bon avec une réputation bonne, alors tu peux être satisfait et heureux.

– Mais je ne vois pas ce qui s'est entassé autour de mon ancien prénom, dit F. Jasmine.

Et comme Bérénice ne disait rien, F. Jasmine finit par répondre elle-même à sa question :

– Rien, tu vois. Mon prénom n'a aucune signification.

– C'est pas tout à fait ça, dit Bérénice. Quand les gens pensent à Frankie Addams, il leur vient aussitôt dans l'esprit que Frankie Addams est en cinquième dans la section B. Et que Frankie a trouvé l'œuf d'or à la course aux œufs de l'église. Et que Frankie habite Grove Street, et...

– Mais ces choses-là ou rien c'est pareil. Tu comprends? Ces choses-là n'ont aucune valeur. Rien ne m'arrive jamais à moi.

– Ça t'arrivera, dit Bérénice. Les choses arriveront.

– Lesquelles?

Bérénice soupira et prit dans son corsage le paquet de Chesterfield.

– Tu es là à me harceler, et comment tu veux que je te réponde? Si je connaissais l'avenir, alors je serais un devin. Et je serais pas assise dans une cuisine, comme en ce moment, mais je me prélasserais à Wall Street, comme un devin. Tout ce que je peux dire c'est que les choses arriveront. Lesquelles exactement? Ça, je sais pas.

– Puisqu'on en parle, dit F. Jasmine après un petit silence, j'ai l'intention d'aller chez toi et d'interroger Big Mama. Je ne crois pas aux prédictions ni à toutes ces choses-là, mais je crois que j'irai quand même.

– Fais ce que tu veux. Mais je ne crois pas que c'est utile.

– Il est vraiment temps que je parte.

Mais elle restait debout dans l'ombre du porche, immobile, et elle attendait. Les bruits du crépuscule d'été traversaient le silence de la cuisine. Mr. Schwarzenbaum avait fini d'accorder le piano, et depuis un quart d'heure, il jouait de petites pièces faciles. Il jouait toujours par cœur, et c'était un homme âgé d'une extrême nervosité. F. Jasmine trouvait qu'il ressemblait à une araignée en argent. Son jeu était sec et nerveux lui aussi. Il jouait des valses démodées et sautillantes, ou des berceuses saccadées. Dans un immeuble voisin une radio annonçait d'un ton solennel quelque chose qu'ils ne pouvaient pas entendre. Dans la cour des O'Neil, juste à côté de la leur, des enfants criaient en jouant au base-ball. Les bruits du crépuscule se fondaient les uns dans les autres et finissaient par se perdre dans l'ombre du soir. La cuisine elle-même était d'un calme absolu.

– Écoute, dit F. Jasmine. Voilà exactement ce que j'essaie de dire. Le fait que je sois moi et que tu sois toi, ça ne t'impressionne pas? Que moi je sois Frankie Addams. Et que toi, tu sois Bérénice Sadie Brown. Et qu'on puisse se regarder toutes les deux, et se toucher toutes les deux, et vivre toutes les deux dans la même pièce depuis tant d'années? Et que je continue à être moi, et toi à être toi? Et que je ne puisse pas devenir quelqu'un d'autre que moi, et que tu ne puisses pas devenir quelqu'un d'autre que toi? Tu n'as jamais pensé à ça? Ça ne t'a jamais paru bizarre?

Bérénice se balançait doucement sur sa chaise. Ce n'était pas un rocking-chair, mais une chaise à pieds droits, où elle était assise à la renverse, et elle donnait de petits coups sur le sol avec les pieds de devant, en se retenant à la table de sa main brune et paralysée, pour ne pas perdre l'équilibre. Elle cessa de se balancer pour écouter F. Jasmine. Puis elle dit :

– Ça m'est arrivé d'y penser.

C'était l'heure où les contours de la cuisine se perdaient dans l'ombre, où les voix s'épanouissaient. Elles parlaient doucement et leurs voix ressemblaient à des fleurs ouvertes – si tant est que les sons soient comme des fleurs et que les voix s'épanouissent. Mains croisées derrière la tête, F. Jasmine faisait face à la pièce obscure. Elle avait l'impression que des mots inconnus se formaient dans sa gorge et qu'elle était sur le point de les prononcer. Des mots étranges, qui s'ouvraient dans sa gorge comme des fleurs et le temps était venu pour elle de les appeler par leur nom.

– Écoute, dit-elle. Je vois un arbre vert. Pour moi il est vert. Et toi aussi tu dis que cet arbre est vert. Et nous sommes d'accord toutes les deux. Mais cette couleur que tu vois verte, est-elle la même que mon vert à moi? Ou disons que nous avons toutes les deux une couleur que nous appelons noir. Mais comment savoir si le noir que tu vois est la même couleur que mon noir à moi?

Bérénice répondit au bout d'un moment :

– Cette chose-là, comment tu veux la vérifier? C'est pas possible.

F. Jasmine frotta sa tête contre la porte, et posa ses mains sur sa gorge. Sa voix se brisa et s'évanouit.

– De toute façon, ce n'est pas ce que je voulais dire.

La fumée de la cigarette de Bérénice était suspendue dans la pièce, immobile, tiède et amère. John Henry, chaussé de hauts talons, allait et venait du fourneau à la table en traînant les pieds. Un rat grattait derrière la cloison.

– Voilà ce que je voulais dire, reprit F. Jasmine. Tu marches dans la rue et tu rencontres quelqu'un. N'importe qui. Vous vous regardez tous les deux. Et tu es toi. Et ce quelqu'un est lui. Et quand vous vous regardez tous les deux, un contact s'établit entre son œil et le tien. Et puis tu continues ton chemin, lui le sien. Vous allez l'un et l'autre à des endroits opposés de la ville, et vous ne vous reverrez peut-être jamais. Plus jamais de toute votre vie. Tu comprends ce que je veux dire?

– Pas exactement.

– Je parle de cette ville.

F. Jasmine élevait la voix peu à peu.

– Il y a tous ces gens dont je ne connais pas le nom, que je n'ai même jamais vus. Et on se croise sur le trottoir, et aucun contact ne s'établit. Ils ne savent pas qui je suis, et je ne sais pas qui ils sont. Et je vais quitter cette ville maintenant, et il y a tous ces gens que je ne connaîtrai jamais.

– Mais qui tu veux connaître? demanda Bérénice.

– Tout le monde. Dans le monde entier. Je veux connaître tout le monde dans le monde entier.

– Bon. Alors écoute bien ma question. Tu veux connaître des gens comme Willis Rhodes? Ou comme les Allemands? Ou comme les Japonais?

F. Jasmine frotta de nouveau sa tête contre le montant de la porte et leva les yeux vers le plafond plein d'ombre. Sa voix se brisa, et une fois encore elle dit :

– Ce n'est pas ce que je voulais dire. Ce n'est pas de ça que je parle.

– Bon. Alors tu parles de *quoi*? demanda Bérénice.

F. Jasmine secoua la tête comme si elle n'en savait rien. Son cœur était sombre et silencieux, et les mots inconnus fleurissaient dans son cœur, et elle attendait de pouvoir les appeler par leur nom. De la maison voisine venaient des voix d'enfants qui jouaient au base-ball et criaient longuement : *Batteruup! Batteruup*[111] *!* Puis le choc sourd de la balle, le claquement de la batte qu'on jette, et quelqu'un qui se met à courir, et les hurlements qui l'accompagnent. La fenêtre était un rectangle de lumière clair et blême, et un enfant traversa la cour à toute vitesse puis disparut derrière la treille pour ramasser la balle. Il passa plus vite qu'une ombre et F. Jasmine n'eut pas le temps d'apercevoir son visage – les pans de sa chemise blanche flottaient derrière lui comme des ailes féeriques. Le crépuscule s'attardait derrière la fenêtre, immobile et pâle.

– Allons jouer dehors, Frankie, proposa John Henry. Ils ont l'air de bien s'amuser.

– Non, dit F. Jasmine. Vas-y, toi.

Bérénice bougea sa chaise.

– Je crois qu'on pourrait allumer la lampe.

Mais personne n'alluma la lampe. F. Jasmine sentait tous ces mots pas encore prononcés qui battaient dans sa gorge, et comme elle se sentait malade à étouffer, elle poussa une plainte sourde et cogna sa tête contre le montant de la porte. Une fois encore, elle parvint à dire d'une voix haute et tremblante :

– Écoute...

Bérénice attendit, et comme elle n'entendait rien, elle finit par demander :

– Dis-moi ce qui ne va pas.

F. Jasmine ne pouvait pas prononcer tous ces mots inconnus, aussi, au bout d'une minute, elle cogna une dernière fois la tête contre la porte et commença à faire le tour de la table de la cuisine. Elle marchait avec précaution, les jambes raides, parce qu'elle se sentait malade et ne voulait pas trop secouer les divers aliments qu'elle venait de manger et qui se mélangeaient dans son estomac. Elle commença à parler d'une voix haute et rapide, mais ce n'étaient pas les mots exacts, et ce n'était pas ce qu'elle voulait dire.

– Mes enfants! Mes enfants! Quand on quittera Winter Hill, on ira dans plus d'endroits que tu ne peux imaginer, des endroits dont tu n'as jamais entendu parler. Je ne sais pas exactement quel sera le premier, mais ça n'a pas d'importance. Parce que, à peine arrivés dans cet endroit, on ira tout de suite dans un autre. On passera son temps à voyager, tous les trois ensemble. Ici aujourd'hui, demain ailleurs. Alaska, Chine, Islande, Afrique du Sud. On prendra des trains. On me laissera filer à toute allure sur une motocyclette. On fera le tour du monde en avion. Ici aujourd'hui, demain ailleurs. Dans le monde entier. Ah! mes enfants! C'est la vérité vraie!

Elle ouvrit le tiroir de la table et prit le couteau à découper. Elle n'avait aucun besoin de ce couteau à découper. C'était simplement pour serrer quelque chose dans sa main et l'agiter en faisant le tour de la table.

– Et on parlera de tout ce qui arrivera. Les choses arriveront si vite qu'on aura à peine le temps de s'en apercevoir. Le capitaine Jarvis Addams a coulé douze navires de guerre japonais et il est décoré par le Président. Miss F. Jasmine Addams bat toutes sortes de records. Mrs. Janice Addams est élue Miss Nations Unies dans un concours de beauté. Une chose après l'autre. Si rapidement qu'on aura tout le temps d'y faire attention.

– Calme-toi, idiote! dit Bérénice. Et pose ce couteau.

– Et on les rencontrera. On rencontrera tout le monde. On ira directement chez les gens, et on fera tout de suite leur connaissance. On marchera le long d'une route obscure et on apercevra une lampe allumée, on frappera à la porte, des étrangers accoureront et diront : *« Entrez, entrez vite ! »* On rencontrera des aviateurs décorés, des gens de New York et des stars de cinéma. On aura des milliers d'amis, des milliers de milliers de milliers d'amis. On fera partie de tant de clubs qu'on ne pourra même pas les connaître tous. On sera membres du monde entier. Ah! mes enfants! mes enfants!

Le bras droit de Bérénice était extrêmement long et vigoureux. Elle attendit donc que F. Jasmine passe de nouveau près d'elle en faisant le tour de la table, allongea le bras et la saisit par sa combinaison, avec une telle rapidité qu'elle en sursauta presque et qu'on entendit craquer ses os et claquer ses dents.

– Tu deviens complètement folle, ou *quoi*? demanda-t-elle.

Le long bras serrait de plus en plus fort et se refermait sur la taille de F. Jasmine.

– Tu transpires comme une vieille mule. Penche-toi et laisse-moi que je touche ton front. Est-ce que tu as de la fièvre?

F. Jasmine tira sur une des nattes de Bérénice et affirma qu'elle allait la trancher avec son couteau.

– Tu trembles, dit Bérénice. Je crois que c'est vraiment la fièvre. Tu l'as attrapée ce matin en marchant dans le soleil. Réponds-moi, mon chou, tu es sûre que tu es pas malade?

– Malade? Qui? Moi?

– Assieds-toi sur mes genoux. Repose-toi un moment.

F. Jasmine posa le couteau sur la table et s'assit sur les genoux de Bérénice. Elle se pencha et appuya son visage contre le cou de Bérénice. Son visage était trempé de sueur et le cou de Bérénice était trempé lui aussi, et toutes deux avaient une odeur acide, amère et salée. Sa jambe droite était posée en travers des genoux de Bérénice et elle tremblait – mais quand elle appuya le bout de son pied sur le sol, sa jambe ne trembla plus. John Henry les rejoignit en traînant les pieds avec ses chaussures à hauts talons, et se serra jalousement contre Bérénice. Il passa un bras autour de la tête de Bérénice et s'accrocha à son oreille. Au bout d'un moment, il essaya de faire descendre F. Jasmine, en la pinçant d'un petit geste méchant et sournois.

– Frankie n'a rien fait, dit Bérénice. Alors laisse-la tranquille.

Il poussa un petit grognement.

– Je suis malade.

– Pas maintenant. C'est pas vrai. Reste tranquille. Et ne refuse pas un peu de tendresse à ta cousine.

Il protesta d'un ton aigu :

– Il n'y en a jamais que pour Frankie.

– Qu'est-ce qu'elle fait de mal en ce moment? Elle est juste assise là et elle se repose.

F. Jasmine fit rouler sa tête et appuya son visage contre l'épaule de Bérénice. Elle sentait dans son dos les seins énormes et doux de Bérénice, et son ventre large et tendre, et la chaleur de ses jambes robustes. Elle respirait très vite, mais au bout d'un moment son souffle devint plus régulier et elle finit par respirer au même rythme que Bérénice. Elles étaient tellement serrées l'une contre l'autre qu'elles ne faisaient plus qu'un seul corps, et les mains raides de Bérénice étaient croisées sur la poitrine de Frankie. Elles tournaient le dos à la fenêtre et la cuisine était un trou noir devant elles. Finalement, c'est Bérénice qui soupira et conclut l'étrange conversation qu'elles venaient d'avoir.

– Cette chose que tu voulais dire, j'en ai une vague idée, je crois. Tous on est comme des prisonniers. On vient au monde dans un endroit ou dans un autre, et on sait pas pourquoi. Mais on est quand même prisonniers. Moi, je suis née Bérénice. Toi, tu es née Frankie. John Henry, il est né John Henry. Et peut-être qu'on voudrait s'évader et être libre. Mais on a beau faire, toujours on reste prisonnier. Moi, je suis moi et toi, tu es toi, et lui il est lui. Chacun de nous est comme prisonnier de lui-même. C'est pas ça que tu voulais dire?

– Je ne sais pas, dit F. Jasmine. Mais je ne veux pas être prisonnière.

– Moi non plus je veux pas. Et personne. Et ma prison à moi, elle est pire que la tienne.

Comme F. Jasmine comprenait ce que voulait dire Bérénice, c'est John Henry qui demanda avec sa voix d'enfant :

– Pourquoi?

– Parce que moi, je suis noire. Parce que moi, je suis une femme de couleur. Tout le monde est prisonnier d'une façon ou d'une autre. Mais nous, les gens de couleur, c'est des frontières supplémentaires qu'on a tracées autour de nous. On nous a obligés à vivre parqués dans un coin, tous ensemble. Alors on est prisonniers une première fois, comme j'ai dit, parce que tous les êtres humains sont prisonniers. Et on est prisonniers une deuxième fois parce qu'on est des gens de couleur. Un garçon comme Honey, il a parfois l'impression qu'il étouffe. Il a l'impression qu'il doit détruire quelque chose ou lui-même. Parfois, se détruire c'est juste un peu plus qu'on peut supporter.

– Je sais, dit F. Jasmine. J'espère que Honey arrivera à quelque chose.

– Il se sent tout à fait désespéré.

– Moi aussi, parfois, j'ai envie de détruire. J'ai l'impression que je pourrais détruire la ville entière.

– Déjà je t'ai entendue dire ça. Mais ça servirait à rien, parce que tout le monde il est prisonnier. Et tout le monde cherche à s'évader d'une façon ou d'une autre, et à être libre. Moi et Ludie, par exemple. Quand j'étais avec Ludie, je me sentais pas vraiment prisonnière. Et puis Ludie est mort. Alors on essaie une chose ou une autre, mais on est quand même prisonniers.

Après cette conversation, F. Jasmine se sentit comme effrayée de nouveau. Elle se serrait contre Bérénice, et elle respirait lentement. Elle ne voyait pas John Henry, mais elle sentait qu'il était là. Il s'était hissé sur les barreaux de la chaise et il s'accrochait à la tête de Bérénice. Il devait lui tirer l'oreille avec force, car elle dit au bout d'un moment :

– C'est pas la peine de m'arracher les oreilles comme ça, mon agneau en sucre. Parce que Frankie et moi on va pas s'envoler au plafond et te laisser tout seul.

L'eau gouttait dans l'évier de la cuisine et le rat donnait de petits coups contre la cloison.

– Je crois que j'ai compris ce que tu viens de dire, dit F. Jasmine. Mais au lieu du mot : prisonnier, tu pourrais te servir du mot : déchaîné. Ça a l'air d'être deux mots contraires. Je veux dire par là que tu te promènes, tu vois tous ces gens et tu as l'impression qu'ils sont déchaînés.

– Tu veux dire : sauvages?

– Pas du tout. Je veux dire que tu ne vois pas ce qui les enchaîne l'un à l'autre. Tu ne sais pas où ils vont, ni d'où ils viennent. Par exemple, qu'est-ce qui a poussé tous ces gens à venir dans cette ville? D'où arrivaient-ils? Que sont-ils venus faire? Pense à tous ces soldats.

– Ils sont nés, dit Bérénice. Et ils vont vers la mort.

F. Jasmine parlait d'une voix aiguë et mal assurée.

– Je sais, dit-elle. Mais tout ça veut dire quoi? Des gens déchaînés et prisonniers en même temps. Prisonniers et déchaînés. Tous ces gens, tu ne sais pas ce qui les enchaîne l'un à l'autre. Il y a une raison quelconque, un contact quelconque qui les unit. Mais je n'arrive pas à trouver ce que c'est. Je ne peux pas lui donner de nom.

– Si tu pouvais, alors tu serais Dieu, dit Bérénice. Tu as réfléchi à ça?

– Peut-être.

– On sait un certain nombre de choses. Et puis, au-delà, on sait plus rien.

– Mais moi je voudrais savoir.

Elle avait une crampe dans le dos, et s'étira sur les genoux de Bérénice en allongeant les jambes sous la table de la cuisine.

– De toute façon, quand on aura quitté Winter Hill, je ne me poserai plus tous ces problèmes.

– Pourquoi tu te les poses maintenant? Personne ne te demande de résoudre les énigmes du monde.

Bérénice prit une longue inspiration, pleine de sous-entendus, et dit :

– Frankie, des os plus pointus que les tiens, je crois que j'en connais pas.

Devant une invitation aussi claire, Frankie aurait dû se lever, allumer la lampe, sortir du four un des moules à gâteaux et retourner en ville finir ce qu'elle avait à faire. Mais elle resta là encore un moment, le visage caché contre l'épaule de Bérénice. Les bruits s'étiraient dans la nuit d'été et finissaient par se confondre.

Au bout d'un moment, elle reprit :

– Je n'ai jamais réussi à dire exactement ce que je voulais dire. Mais il y a une chose. Je ne sais pas si tu y as déjà pensé. On est là – à cet instant précis. À cette minute précise. Maintenant. Et pendant qu'on parle, cette minute passe. Et elle ne reviendra jamais. Où que ce soit dans le monde. Quand elle est passée, elle est passée. Aucun pouvoir sur terre ne pourra l'obliger à revenir. Elle est définitivement passée. Tu as déjà pensé à ça?

Bérénice ne répondit pas. La cuisine était tout à fait noire, maintenant. Ils étaient assis en silence, serrés tous les trois, ensemble tous les trois, et chacun entendait respirer les deux autres. Et brusquement, cela les prit, et ils étaient incapables de savoir pourquoi, ni comment; brusquement, tous les trois ensemble, ils se mirent à pleurer. Ils commencèrent à la même seconde en chœur, exactement comme il leur arrivait de commencer à chanter, au cours des nuits d'été. Très souvent, pendant ce mois d'août, ils avaient commencé à chanter, dans l'obscurité, des cantiques de Noël ou des chansons comme *Slitbelly Blues*. Parfois, ils décidaient d'avance de chanter, et ils se mettaient d'accord sur un air.

D'autres fois, ils ne se mettaient pas d'accord, et chacun commençait un air différent, mais peu à peu les airs finissaient par se confondre, et ils inventaient tous les trois ensemble une musique qui leur était personnelle. John Henry chantait d'une voix haute et plaintive, et quel que soit l'air choisi, il chantait toujours la même chose : une note aiguë et tremblante comme un plafond suspendu au-dessus de la mélodie. Bérénice avait une voix grave, profonde, précise, et elle battait la mesure à contretemps avec son talon. L'ancienne Frankie montait et descendait dans l'espace compris entre John Henry et Bérénice, et leurs trois voix se rejoignaient et leurs trois chansons finissaient par s'entrelacer[112].

Ils chantaient donc ainsi très souvent, et, quand la nuit était tombée, leurs chansons sonnaient étrangement et doucement dans la cuisine du mois d'août. Mais jamais encore ils ne s'étaient mis brusquement à pleurer. Et chacun avait des raisons différentes de pleurer, mais ils commencèrent à la même seconde comme s'ils s'étaient mis d'accord tous les trois. John Henry pleurait parce qu'il était jaloux, mais il prétendit après qu'il avait pleuré à cause du rat derrière la cloison. Bérénice pleurait à cause de ce qu'elle avait dit des gens de couleur, ou à cause de Ludie, ou peut-être parce que les os de F. Jasmine étaient vraiment trop pointus. F. Jasmine ne savait pas pourquoi elle pleurait, mais elle expliqua plus tard que c'était à cause de ses cheveux trop courts et de ses coudes mal lavés. Ils pleurèrent ainsi dans le noir pendant une minute. Puis ils s'arrêtèrent aussi brusquement qu'ils avaient commencé. Ce bruit inhabituel avait fait taire le rat derrière la cloison.

– Il faut se lever maintenant, dit Bérénice.

Ils se tenaient debout autour de la table de la cuisine, et F. Jasmine alla allumer la lampe. Bérénice se gratta la tête et renifla doucement.

– On est vraiment sinistres, tous les trois. Je me demande ce qui s'est passé.

Après ce long moment dans le noir, la lumière leur parut violente et brutale. F. Jasmine courut jusqu'à l'évier, ouvrit le robinet et mit sa tête sous le jet d'eau. Bérénice s'essuya la figure avec un torchon et se pencha vers le miroir pour remettre de l'ordre dans ses nattes. John Henry était immobile, comme une vieille petite femme naine, avec son chapeau à plume et ses hauts talons. Les murs de la cuisine brillamment éclairés étaient couverts de dessins fous. Ils se regardaient tous les trois en clignant les yeux, comme trois étrangers ou trois fantômes. Puis la porte d'entrée s'ouvrit. F. Jasmine entendit son père traverser lentement le vestibule. Les papillons s'étaient déjà jetés contre la fenêtre, en collant leurs ailes à la vitre. Ce dernier des après-midi passés dans la cuisine s'achevait enfin.

3

Pour commencer cette soirée, F. Jasmine passa devant la prison ; elle allait se faire dire la bonne aventure à Sugarville, et bien que la prison ne fût pas exactement sur son chemin, elle tenait à passer devant et à la regarder une dernière fois avant de quitter la ville pour toujours. Car, durant tout ce printemps et cet été-là, elle s'était sentie obsédée et terrifiée par la prison. C'était une vieille prison de brique, haute de trois étages, entourée d'une palissade circulaire et d'une couronne de fils de fer barbelés. À l'intérieur, des escrocs, des voleurs et des assassins. Les criminels étaient enfermés dans des cellules en pierre, avec des barreaux de fer aux fenêtres, et ils avaient beau frapper contre les murs de pierre ou s'agripper aux barreaux de fer, ils ne pouvaient pas s'évader. Ils portaient l'uniforme à rayures des prisonniers, et mangeaient des pois froids cuits avec des cafards, et du pain de seigle rassis.

F. Jasmine connaissait plusieurs personnes qui avaient été enfermées dans cette prison, tous des Noirs – un garçon appelé Cape, et un ami de Bérénice qui travaillait chez une femme blanche et qui avait été accusé par elle d'avoir volé un chandail et une paire de chaussures. Quand on vous arrêtait, le panier à salade stoppait devant chez vous en faisant hurler sa sirène, une foule de policiers enfonçait votre porte et vous traînait jusqu'à la prison. Après avoir volé un couteau à trois lames chez Sears et Roebuck, l'ancienne Frankie s'était sentie fascinée par la prison – et certains après-midi de ce printemps-là, elle s'engageait dans une rue transversale, jusqu'à un endroit qu'on appelait la *Promenade des Veuves de Prisonniers*, et s'arrêtait longtemps pour regarder. Il y avait parfois des assassins cramponnés aux barreaux de fer; elle avait l'impression qu'ils la regardaient d'un air complice, comme les phénomènes de la foire, et qu'ils lui disaient : on te connaît. Parfois, le samedi soir, ils poussaient des cris féroces, chantaient et hurlaient dans la vaste cellule qu'on appelait la *Cage aux Fauves*. Mais ce soir-là, la prison était calme – à la fenêtre d'une cellule éclairée on apercevait un criminel, ou plutôt l'ombre de sa tête et de ses deux poings accrochés aux barreaux. La prison de brique était plongée dans les ténèbres. Seules la cour et quelques cellules étaient éclairées.

– Pourquoi on vous a enfermé? cria John Henry.

Il se tenait à quelques pas de F. Jasmine et portait un costume jonquille, car F. Jasmine lui avait donné tous ses déguisements. Elle aurait préféré ne pas l'emmener, mais il avait prié et supplié et finalement il la suivait à quelques pas. Comme le criminel ne répondait pas, il l'interpella de nouveau d'une voix haute et fragile :

– Est-ce qu'on va vous pendre?

– Tais-toi! dit F. Jasmine.

Ce soir-là, elle n'était plus terrifiée par la prison, car le lendemain, à la même heure, elle serait loin. Elle lui jeta donc un dernier regard et reprit son chemin.

– Si tu étais en prison, tu crois que ça te ferait plaisir d'entendre quelqu'un crier une phrase pareille?

Il était huit heures passées quand elle atteignit Sugarville. C'était un soir de poussière bleuâtre. Les maisons étaient pleines de monde, toutes portes ouvertes, et la flamme des lampes à huile qui tremblaient dans certains salons éclairait les lits des chambres donnant sur la rue, et les cheminées surchargées de bibelots. Les voix bourdonnaient confusément, et dans le lointain un piano et une trompette jouaient un air de jazz. Les enfants s'amusaient dans les ruelles et laissaient dans la poussière l'empreinte de leurs pas. Les gens avaient leurs vêtements du samedi soir. À un coin de rue elle croisa un groupe de jeunes Noirs, garçons et filles, qui plaisantaient. Ils portaient des costumes de soirée rutilants. Il y avait dans toutes les rues une atmosphère de fête, et elle se souvint que ce soir-là elle avait rendez-vous à *La Lune bleue*. Elle arrêta quelques personnes pour leur parler, et de nouveau il y eut ce contact inexplicable entre leur regard et le sien. Le parfum d'une clématite grimpante traversait l'air du soir, mêlé à l'odeur âcre de la poussière, des cabinets et des repas. La maison de Bérénice était située à l'angle de Chinaberry Street – une maison de deux pièces précédée d'une petite cour entourée de tessons de bouteilles. Sur le perron, un banc avec des pots de fougères, sombres et délicates. La porte n'était qu'entrouverte, et F. Jasmine apercevait à l'intérieur le tremblement d'or gris de la lampe.

– Toi, tu restes dehors, dit-elle à John Henry.

De l'autre côté de la porte, on entendait le murmure d'une voix éraillée et puissante, et quand F. Jasmine frappa, la voix se tut une seconde avant de demander :

– C'est quoi? C'est qui?

– C'est moi, répondit-elle. C'est Frankie. Car, si elle avait dit son vrai nom, Big Mama ne l'aurait pas reconnue.

C'était une pièce fermée, bien que les volets de bois aient été encore ouverts, dans laquelle flottait une odeur de maladie et de poisson. Un salon très propre, avec beaucoup de meubles. Un lit contre le mur de droite, et contre l'autre mur une machine à coudre et un harmonium. Au-dessus de la cheminée, une photographie de Ludie et, sur la cheminée elle-même, un alignement de calendriers en couleurs, de lots gagnés à la foire, et de souvenirs. Big Mama était couchée dans un lit tout près de la porte, ce qui lui permettait dans la journée de regarder par la fenêtre, et de surveiller le perron orné de fougères et la rue. C'était une vieille négresse toute ridée, avec des os maigres comme des manches à balai. Le côté gauche de son visage et la peau de son cou avaient la couleur du suif, ce qui lui donnait l'air d'être blanche d'un côté et cuivrée de l'autre. L'ancienne Frankie avait fini par s'imaginer que Big Mama devenait peu à peu une femme blanche, mais Bérénice lui avait expliqué que c'était une maladie de peau qui s'attaquait parfois aux gens de couleur. Big Mama avait fait toutes sortes de lessives et empesé toutes sortes de rideaux dans sa vie, jusqu'à ce que les fatigues de l'âge lui courbent le dos et l'obligent à garder le lit. Mais elle n'avait rien perdu de ses facultés. Au contraire. Elle avait brusquement gagné un don de double vue. L'ancienne Frankie avait toujours pensé que c'était une femme d'un autre monde et, lorsqu'elle était petite fille, elle la confondait dans son esprit avec les trois fantômes qui vivaient dans la cave à charbon. Bien qu'elle ait cessé d'être une enfant, elle continuait à penser que Big Mama avait quelque chose de surnaturel. Elle était adossée à trois oreillers de plume, avec des taies ornées de dentelle au crochet, et un édredon bariolé couvrait ses jambes osseuses. La table du salon, où était posée la lampe, avait été poussée contre son lit pour que Big Mama puisse atteindre les objets qui s'y trouvaient : une clef des songes, une soucoupe blanche, une boîte à ouvrage, un pot de confiture rempli d'eau, une bible et beaucoup d'autres choses. Avant l'arrivée de F. Jasmine, Big Mama parlait toute seule, car elle avait l'habitude de se répéter sans arrêt qui elle était, ce qu'elle avait fait et ce qu'elle avait l'intention de faire, maintenant qu'elle était couchée dans un lit. Il y avait trois miroirs accrochés aux murs, et la flamme tremblotante de la lampe s'y reflétait, colorant la pièce d'or gris, et y dessinant des ombres géantes. La mèche avait besoin d'être coupée. Quelqu'un marchait dans la pièce voisine.

– Je suis venue pour connaître mon avenir, dit F. Jasmine.

Big Mama parlait tout haut quand elle était seule, mais elle était capable de rester silencieuse longtemps. Elle regarda fixement F. Jasmine pendant plusieurs secondes avant de répondre.

– C'est parfait. Le tabouret à côté de l'harmonium, tu le prends pour toi.

F. Jasmine alla chercher le tabouret, le posa tout près du lit, s'y assit et se pencha en avant, paume ouverte. Mais Big Mama ne prit pas cette paume. Elle examina le visage de F. Jasmine, puis cracha sa chique de tabac dans un pot de chambre caché sous son lit, et finit par mettre ses lunettes. Elle attendit si longtemps que F. Jasmine avait l'impression qu'elle essayait de lire dans son cerveau, et elle se sentait mal à l'aise. On n'entendait plus marcher dans la pièce voisine, et il n'y avait aucun bruit dans la maison.

– Fais revenir ton esprit en arrière, dit enfin Big Mama, et interroge ta mémoire. Raconte-moi ce que ton dernier rêve t'a révélé.

F. Jasmine essaya de faire revenir son esprit en arrière, mais elle rêvait très rarement. Elle finit par se souvenir d'un rêve qu'elle avait fait cet été-là.

– J'ai rêvé qu'il y avait une porte, dit-elle. J'étais simplement en train de la regarder et, pendant que je la regardais, elle a commencé à s'ouvrir lentement. Et ça m'a fait un drôle d'effet, alors je me suis réveillée.

– Dans ton rêve, tu as vu une main?

– Je ne pense pas.

– Et sur la porte, tu as vu un cafard?

– Je... Non, je ne pense pas.

– Ce que ça signifie, je vais te le dire maintenant.

Big Mama ferma les yeux lentement, les rouvrit.

– Dans ta vie, il va y avoir un grand changement.

Elle prit alors la paume de F. Jasmine et l'examina longuement.

– Là, je vois que tu vas épouser un garçon qui a des yeux bleus et des cheveux blonds. Tu vas vivre trois fois vingt ans et dix ans encore, mais il faut que tu fasses attention à l'eau. Là, je vois un fossé d'argile rouge et une balle de coton.

F. Jasmine se disait que tout ça ne voulait rien dire, et que c'était vraiment de l'argent et du temps perdus.

– Ça signifie quoi?

Brusquement, la vieille femme releva la tête. Son cou se tendit comme un arc et elle cria :

– Attention à toi, Démon!

Elle fixait des yeux le mur entre le salon et la cuisine et F. Jasmine tourna la tête pour regarder, elle aussi, par-dessus son épaule.

– Ouimman, répondit, de la pièce voisine, une voix qui ressemblait à celle de Honey.

– Combien de fois je t'ai dit que tes grands pieds, il faut pas que tu les poses sur la table de la cuisine?

– Ouimman, répéta Honey.

Sa voix était soumise comme celle de Moïse répondant à Dieu, et F. Jasmine entendit qu'il posait ses pieds par terre.

– Ton nez, il va finir par prendre racine dans ton livre, Honey Brown. Pose-le et finis ton dîner.

F. Jasmine eut un léger frisson. Big Mama avait-elle vraiment aperçu à travers la cloison Honey en train de lire, les pieds sur la table? Ses yeux étaient-ils vraiment capables de traverser une cloison de planches parfaitement jointes? S'il en était ainsi, il y avait intérêt à écouter attentivement chacune de ses paroles.

– Là, je vois une somme d'argent. Une somme d'argent. Et là je vois un mariage.

La main grande ouverte de F. Jasmine trembla doucement.

– Ça, dit-elle. C'est de ça qu'il faut me parler.

– Le mariage ou l'argent?

– Le mariage.

La flamme de la lampe faisait danser, sur les planches nues de la cloison, leurs deux ombres gigantesques.

– C'est le mariage de quelqu'un qui te touche de très près. Je vois aussi un voyage.

– Un voyage? Quel genre de voyage? Un long voyage?

Les mains de Big Mama étaient toutes déformées, avec de petites taches blanches un peu partout, et ses paumes rappelaient la cire rose fondue des bougies d'anniversaire.

– Un voyage très court, dit-elle.

– Mais comment...?

– Je te vois qui pars et qui reviens. Un aller et un retour.

Ça ne voulait pas dire grand-chose, car Bérénice avait sûrement parlé du mariage et du voyage à Winter Hill. Mais puisqu'elle était capable de voir à travers les cloisons...

– Vous êtes sûre?

– Eh bien...

La vieille voix cassée semblait un peu hésitante.

– Je vois un aller et un retour. Mais peut-être que c'est pas pour maintenant. Je peux pas affirmer. Parce que, en même temps, je vois des routes, des trains et une somme d'argent.

– Oh! dit F. Jasmine.

Il y eut un bruit de pas. Honey Camden Brown se tenait sur le seuil de la porte, entre le salon et la cuisine. Il portait, ce soir-là, une chemise jaune vif avec un nœud papillon, car il s'habillait toujours avec beaucoup de coquetterie – mais il y avait une grande tristesse dans ses yeux noirs, et son visage maigre était immobile comme une pierre. F. Jasmine savait ce que Big Mama disait de Honey. Elle disait que c'était un garçon que le Créateur n'avait pas terminé. Dieu avait enlevé Sa main trop tôt. Dieu ne l'avait pas terminé, et le garçon était obligé d'aller d'une chose à l'autre pour s'achever lui-même. En entendant cette réflexion pour la première fois, F. Jasmine n'en avait pas compris le sens caché. Elle s'était donc imaginé à partir de cette réflexion une moitié de garçon – un seul bras, une seule jambe, un visage coupé en deux – une moitié de garçon sautillant sous le morne soleil d'été, dans tous les coins de la ville. Un peu plus tard, elle avait commencé à mieux comprendre. Honey jouait de la trompette, et s'était classé premier de sa classe au collège noir. Il avait fait venir d'Atlanta un livre de français, et il avait appris tout seul un peu de français. À la même époque, il lui arrivait de courir à travers Sugarville comme un dératé, et de disparaître pendant plusieurs jours, jusqu'à ce que ses amis le ramènent à la maison plus mort que vif. Ses lèvres étaient capables de bouger aussi légèrement que des papillons, et il pouvait parler aussi parfaitement que n'importe quel autre humain. Mais il lui arrivait souvent de répondre dans un jargon d'homme noir auquel sa famille elle-même ne comprenait rien. Big Mama prétendait que le Créateur avait enlevé Sa main trop tôt et qu'il était condamné à être un éternel insatisfait. Il était là, maintenant, appuyé au montant de la porte, mou et maigre, et, malgré la transpiration qui lui couvrait le visage, il avait presque l'air d'avoir froid.

– As-tu besoin de quelque chose avant que je parte? demanda-t-il.

Il y avait en lui, ce soir-là, quelque chose qui frappa F. Jasmine; elle regardait ses yeux tristes et fixes, et elle avait l'impression d'avoir quelque chose à lui dire. La flamme de la lampe donnait à sa peau la couleur sombre des glycines et ses lèvres étaient bleues et immobiles.

– Bérénice vous a parlé du mariage? demanda-t-elle.

Mais, ce n'était pas du mariage qu'il fallait qu'elle parle, cette fois-là, elle le sentait.

– Aaaannh! répondit-il.

– J'ai besoin de rien pour le moment, dit Big Mama. T.T. il va venir dans une minute pour me faire une visite et pour attendre Bérénice. Où tu vas, fils?

– À Folks Falls.

– Très bien, Mr. Tout à Coup. Et quand tu as décidé ça?

Honey était toujours appuyé au montant de la porte, tranquille et obstiné.

– Pourquoi tu peux pas agir comme tout le monde? demanda Big Mama.

– Je vais seulement passer le dimanche là-bas. Je reviendrai lundi matin.

F. Jasmine était toujours préoccupée par le sentiment d'avoir quelque chose à dire à Honey Brown. Elle se tourna vers Big Mama.

– Vous étiez en train de me parler du mariage.

– Oui.

Elle ne regardait plus la main de F. Jasmine, mais la robe d'organdi, les bas roses et les chaussures neuves en argent.

– Je t'ai dit tu vas épouser un garçon avec des cheveux blonds et des yeux bleus. Mais pas tout de suite.

– Je ne parlais pas de ce mariage-là. Je parlais de l'autre. Et du voyage. Et de ce que vous avez vu des trains et des routes.

– C'est vrai, dit Big Mama.

Elle regardait de nouveau la paume de F. Jasmine, mais celle-ci avait le sentiment qu'elle pensait à autre chose.

– Je vois là un voyage avec un aller et un retour et une somme d'argent, des routes et des trains. Ton chiffre de chance, c'est le six, mais le chiffre treize aussi c'est parfois un chiffre de chance pour toi.

F. Jasmine avait envie de protester et de discuter, mais comment discuter avec quelqu'un qui vous dit la bonne aventure? Elle aurait au moins voulu comprendre un peu mieux ce qu'on lui prédisait, car ce voyage et ce retour rapide ne coïncidaient pas avec la prédiction des routes et des trains.

Mais, au moment où elle allait poser des questions plus précises, il y eut un bruit de pas sur le perron, un léger coup contre la porte et T.T. entra dans le salon. Comme il avait le sens de ce qui se fait, il frotta ses pieds sur le plancher et offrit à Big Mama un carton de crèmes glacées. Bérénice avait dit qu'il ne lui donnait pas le frisson, et c'est vrai qu'il n'avait rien de séduisant; son estomac pointait sous sa veste comme un melon d'eau, et il avait des rouleaux de graisse autour de la nuque. Mais, avec lui, un brusque mouvement de chaleur et d'amitié venait de pénétrer dans la petite maison de deux pièces, mouvement que F. Jasmine avait toujours aimé, envié même. Chaque fois que l'ancienne Frankie venait y chercher Bérénice, elle avait l'impression que le salon était plein de monde – la famille, toutes sortes de cousins, des amis. En hiver, ils étaient assis autour de la cheminée, devant un feu qui tremblait dans le courant d'air, et ils parlaient tous ensemble. Pendant les claires nuits d'automne, ils étaient toujours les premiers à avoir de la canne à sucre. Bérénice fendait adroitement les nœuds des cannes pourpres, et ils crachaient par terre dans un journal les morceaux en bouillie qu'ils venaient de mâcher et qui portaient l'empreinte de leurs dents. La flamme de la lampe donnait un aspect particulier à la chambre, et une odeur particulière.

L'arrivée de T.T. avait donc fait renaître cet ancien mouvement de chaleur et d'amitié. Les prédictions étaient évidemment terminées, et F. Jasmine déposa une pièce de monnaie dans la soucoupe de porcelaine blanche, qui était sur la table du salon – car il n'y avait pas de barème pour les consultations, et ceux qui étaient impatients de connaître leur avenir et qui venaient voir Big Mama avaient l'habitude de fixer leur prix eux-mêmes.

– Jamais j'ai vu quelqu'un grandir aussi vite que toi, Frankie, dit Big Mama. Tu devrais t'attacher une brique sur la tête.

F. Jasmine se recroquevilla sur ses talons, plia légèrement les genoux et arrondit les épaules.

– Elle est très jolie cette robe que tu portes. Et ces chaussures en argent! Et ces bas de soie! Tu as l'air d'une vraie grande fille!

F. Jasmine quitta la maison en même temps que Honey et elle était toujours préoccupée par le sentiment d'avoir quelque chose à lui dire. John Henry, qui attendait dans la ruelle, se précipita vers eux, mais Honey ne l'attrapa pas pour le faire tourner en le balançant comme il le faisait parfois. Honey était enfermé ce soir-là dans une tristesse glacée. Le clair de lune était blanc.

– Qu'est-ce que vous allez faire à Forks Falls?

– Juste traîner un peu.

– Vous y croyez à ces prédictions d'avenir?

Comme Honey ne répondait pas, elle reprit :

– Vous vous souvenez quand elle vous a crié d'enlever vos pieds de la table? Ça m'a fait un coup. Comment savait-elle que vous aviez les pieds sur la table?

– Le miroir, répondit Honey. Elle a un miroir contre la porte et elle peut voir tout ce qui se passe dans la cuisine.

– Oh! dit-elle. Je n'ai jamais cru à ces prédictions d'avenir.

John Henry tenait la main de Honey, et il regardait son visage.

– Qu'est-ce que c'est, des chevaux vapeur?

F. Jasmine sentait en elle la force du mariage. C'était comme si, pendant cette soirée qui était la dernière, elle avait le devoir de donner des ordres et des conseils. Elle avait le devoir de dire quelque chose à Honey, un avertissement ou un conseil de sagesse. Et pendant qu'elle fouillait son esprit, une idée lui vint. Une idée si neuve, si inattendue qu'elle s'arrêta brusquement de marcher, et garda une immobilité absolue.

– Je sais ce que vous devez faire. Vous devez aller à Cuba ou à Mexico.

Honey, qui avait continué d'avancer, s'arrêta à son tour en l'entendant parler. John Henry était entre eux deux, il les regardait l'un et l'autre, et dans le clair de lune blanc, son visage avait une expression mystérieuse.

– J'en suis tout à fait sûre. Je parle sérieusement. Ça n'est pas bon pour vous de traîner ainsi entre cette ville et Forks Falls. J'ai vu beaucoup de photographies de Cubains et de Mexicains. Ils sont heureux.

Elle s'interrompit quelques secondes.

– Voilà ce que je voudrais vous faire comprendre. Je crois que vous ne serez jamais heureux dans cette ville. Je crois que vous devriez aller à Cuba. Vous avez la peau tellement claire. Vous avez même une sorte de ressemblance avec les Cubains. Si vous allez à Cuba tout changera pour vous. Vous pourrez apprendre à parler cette langue étrangère, et aucun Cubain ne saura jamais que vous êtes un homme de couleur. Vous ne voyez pas ce que je veux dire?

Honey était immobile dans l'ombre, comme une statue.

– Quoi? demanda de nouveau John Henry. Ils ressemblent à quoi, les chevaux vapeur?

Avec un brusque sursaut, Honey tourna le dos et descendit la ruelle.

– C'est fantastique!

– Absolument pas.

Elle était ravie que Honey se soit servi du mot fantastique en parlant d'elle, et elle le répéta doucement pour elle-même avant de reprendre d'une voix insistante :

– Il n'y a rien de fantastique là-dedans. Gravez ce que je viens de dire dans votre mémoire. C'est ce que vous avez de mieux à faire.

Mais Honey se contenta de rire avant de disparaître au coin de la ruelle.

– À bientôt.

En atteignant le centre ville, F. Jasmine eut l'impression que c'était le carnaval. Il y avait dans les rues cette même atmosphère de liberté et de vacances, et de nouveau, comme au début de la matinée, elle se sentait acceptée, intégrée à tout, et heureuse. Au coin de la Grand-Rue un homme vendait des souris mécaniques, et un mendiant, qui avait les deux bras coupés, était assis en tailleur sur le trottoir, une soucoupe d'étain sur les genoux, et il attendait. Jamais encore, elle n'avait parcouru Front Avenue la nuit, car à cette heure-là elle était censée jouer dans le voisinage immédiat de chez elle. Les entrepôts qui bordaient la rue étaient éteints, mais tout au bout, on apercevait le bâtiment carré de la filature avec ses innombrables fenêtres allumées, d'où venaient le bruit assourdi des métiers, et l'odeur suffocante des cuves de teinture. La plupart des boutiques étaient ouvertes, et les enseignes au néon mêlaient si complètement leurs lumières que la rue ressemblait à un fleuve. Il y avait des soldats arrêtés au coin des rues, d'autres qui se promenaient avec des jeunes filles en âge d'avoir des rendez-vous. Les bruits avaient la couleur indécise des bruits de fin d'été – allées et venues, rires, et, surmontant cette rumeur confuse, une voix tombant du dernier étage d'une maison dans la rue d'été. Une odeur de briques brûlées de soleil venait des immeubles, et, à travers la semelle de ses chaussures neuves en argent, F. Jasmine sentait la chaleur du trottoir. Elle s'arrêta à l'angle d'une rue, face à *La Lune bleue.* Elle avait l'impression qu'un temps très long s'était écoulé depuis qu'elle avait rencontré le soldat, ce matin-là. Ce long après-midi dans la cuisine l'en avait séparée, et le soldat s'était plus ou moins estompé. Cet après-midi-là, le rendez-vous lui paraissait très lointain. Mais il était près de neuf heures, maintenant, et elle hésitait. Elle avait le sentiment inexplicable que c'était une erreur.

– Où va-t-on? demanda John Henry.

Sa voix la fit sursauter, car elle l'avait pratiquement oublié. Il se tenait à côté d'elle, les genoux serrés, les yeux grands ouverts, avec son costume de tarlatane tout fripé.

– J'ai quelque chose à faire en ville. Toi, tu rentres.

Tout en la regardant fixement, il enleva de sa bouche le chewing-gum qu'il était en train de mâcher – il essaya de le coller derrière son oreille, mais la transpiration rendait son oreille trop glissante, et il finit par remettre le chewing-gum dans sa bouche.

– Tu connais le chemin de la maison aussi bien que moi. Alors, obéis.

Miraculeusement, John Henry obéit ; mais, en le regardant s'éloigner à travers la rue pleine de monde, elle fut envahie d'une sourde tristesse – il avait un air si pitoyable et si enfantin avec son déguisement.

De la rue à l'intérieur de *La Lune bleue* le changement ressemblait exactement à celui qu'on éprouve quand on quitte le champ de foire pour entrer dans une baraque. Lumières bleues, foule de visages, cris. Toutes les stalles, toutes les tables étaient occupées par des soldats, des hommes, ou des femmes très maquillées. Le soldat qu'elle avait promis de rejoindre était à l'autre bout de la salle. Il jouait avec un appareil à sous, glissait sans arrêt des pièces dans la fente, mais ne gagnait jamais.

– Ah! c'est vous, dit-il en l'apercevant, debout à côté de lui.

Pendant une seconde, il eut le regard vide de ceux qui fouillent dans leur mémoire pour se souvenir. Mais ça ne dura qu'une seconde.

– J'avais peur que vous m'ayez laissé tomber.

Il mit une dernière pièce dans la fente et donna un coup de poing à l'appareil.

– Essayons de trouver une place.

Ils finirent par s'asseoir à une table, entre le comptoir et l'appareil à sous. En mesurant le temps sur une horloge, on peut dire que tout se passa assez vite, mais F. Jasmine eut l'impression que c'était interminable. Non que le soldat ne fût pas gentil avec elle. Il était très gentil, mais leurs deux conversations ne parvenaient pas à se rejoindre, et tout semblait emporté par un étrange courant souterrain qu'elle ne savait ni situer ni comprendre. Le soldat s'était lavé. Son visage boursouflé, ses oreilles, ses mains étaient propres. Ses cheveux roux semblaient plus sombres parce qu'il les avait mouillés et ondulés avec un peigne. Il dit qu'il avait dormi cet après-midi-là.

Il était très gai et faisait des plaisanteries. Elle aimait beaucoup les gens gais et les plaisanteries, mais elle était incapable de lui répondre. Elle avait de nouveau l'impression qu'il se servait d'un langage à double sens, et elle avait beau essayer, elle ne parvenait pas à le suivre – en réalité, ce n'étaient pas les phrases en elles-mêmes qu'elle ne comprenait pas, mais cet étrange courant souterrain qui semblait les emporter.

Le soldat avait posé deux verres sur la table. Dès la première gorgée, F. Jasmine eut l'impression que c'était de l'alcool et, bien qu'elle eût cessé d'être une enfant, elle se sentit scandalisée. C'était un péché, et la loi interdisait à tous ceux qui n'avaient pas dix-huit ans de boire de l'alcool véritable. Elle repoussa donc son verre. Le soldat était toujours gentil et gai, mais, après qu'il eut vidé deux autres verres, elle se demanda s'il n'était pas ivre. Pour faire durer la conversation, elle lui raconta que son frère s'était baigné en Alaska, mais il n'eut pas l'air très intéressé. Il ne parlait jamais de la guerre, des pays étrangers, ou du monde. Malgré tous ses efforts, elle était incapable de trouver une réponse en accord avec les plaisanteries qu'il faisait. Comme un élève qui, dans un cauchemar, donne un récital et joue en duo un morceau qu'il ne connaît pas, elle faisait son possible pour saisir le ton et pour suivre. Mais, très vite, elle dut y renoncer et se contenta de sourire jusqu'à ce que sa bouche lui paraisse en bois. Elle se sentait perdue dans cette salle enfumée et pleine de monde, avec ces lumières bleues et ce vacarme effrayant.

– Vous êtes une drôle de fille, dit enfin le soldat.

– Patton, dit-elle. Ma main à couper que dans deux semaines il aura gagné la guerre.

Le soldat était devenu très calme, et son visage avait quelque chose de pesant. Il la regardait fixement, avec cette même expression qu'elle avait remarquée à midi, ce jour-là, une expression qu'elle n'avait vue sur aucun autre visage et qu'elle ne parvenait pas à déchiffrer. Il dit au bout d'un moment, et sa voix était trouble, étouffée :

– Votre nom, Beauté, c'est comment déjà?

Elle ne savait pas très bien si elle devait être flattée ou non de s'entendre appeler ainsi, et elle dit son nom d'un ton très « comme-il-faut ».

– Alors, Jasmine, si on grimpait là-haut?

C'était une question qu'il posait, mais en voyant qu'elle ne répondait pas tout de suite, il se leva :

– J'ai une chambre ici.

– Mais je croyais qu'on devait aller à *L'Heure paresseuse*. Pour danser ou quelque chose comme ça.

– Rien ne presse. L'orchestre n'attaque jamais avant onze heures.

F. Jasmine n'avait pas envie de monter, mais elle ne savait pas comment dire non. C'était comme quand on pénètre dans une baraque de foire ou quand on monte sur un manège : impossible de s'en aller avant la fin du spectacle ou l'arrêt du manège. Pour ce rendez-vous avec le soldat, c'était la même chose. Elle ne pouvait pas s'en aller avant que tout soit fini. Il l'attendait au pied de l'escalier, et ne sachant toujours pas comment dire non, elle le suivit. Ils montèrent deux étages, et longèrent un couloir qui sentait le pipi et le linoléum. À chaque pas qu'elle faisait, F. Jasmine sentait vaguement que quelque chose n'allait pas.

– C'est vraiment un hôtel bizarre, dit-elle.

Ce fut le silence de la chambre d'hôtel qui la mit sur ses gardes et lui fit peur – silence dont elle prit conscience aussitôt qu'il ferma la porte. Éclairée par une ampoule nue qui pendait du plafond, la chambre paraissait hostile et très laide. Le lit de fer, à la peinture écaillée, était défait et, au milieu du plancher il y avait une valise ouverte avec tous les vêtements du soldat en désordre. Sur le bureau en chêne clair, une carafe remplie d'eau et un paquet déjà à moitié entamé de biscuits à la cannelle couverts d'un sucre glace blanc bleuté qui attirait de grosses mouches. La fenêtre sans volets était ouverte, et les rideaux en voile transparent avaient été attachés ensemble par le haut pour laisser entrer l'air. Dans un angle, il y avait un lavabo, et le soldat, arrondissant les deux mains sous le robinet, plongea sa figure dans l'eau froide. Le savon n'était qu'une barre de savon ordinaire, déjà usée, et on pouvait lire une pancarte au-dessus du lavabo : *Uniquement pour la toilette*. Cependant, malgré les pas du soldat et le bruit de l'eau qui coulait, c'est l'impression de silence qui dominait.

Elle alla vers la fenêtre qui donnait sur une ruelle étroite et sur un mur de brique; une échelle d'incendie rouillée descendait jusqu'au sol, et les fenêtres des étages inférieurs étaient allumées. Dehors il y avait ce bruit de voix qu'on entend le soir pendant le mois d'août, et une radio, et dans la chambre aussi il y avait des bruits – comment alors expliquer ce silence? Le soldat s'était assis sur le lit, et pour elle il n'appartenait plus à ces bandes libres et joyeuses qui, pendant tout cet été-là, avaient sillonné les rues de la ville avant d'être envoyées dans tous les coins du monde. Elle le regardait comme un homme seul maintenant. Dans le silence de cette chambre, il était complètement détaché des autres et elle le trouvait très laid. Elle ne parvenait plus à l'imaginer en Birmanie, en Afrique, en Islande, ou même en Alaska. Elle le voyait seulement assis là, dans la chambre. Ses yeux bleu clair, très rapprochés, étaient fixés sur elle, et ils brillaient d'une lueur étrange – une sorte de douceur voilée, comme des yeux qui auraient été lavés avec du lait.

Le silence de la chambre ressemblait au silence qui s'installait parfois dans la cuisine, au cours de certains après-midi ensommeillés, quand la pendule s'arrêtait de battre – F. Jasmine était prise alors d'un mystérieux malaise, qui ne prenait fin qu'au moment où elle en découvrait la raison. Elle avait connu d'autres fois des silences analogues – chez Sears et Roebuck notamment, avant de se transformer brusquement en voleuse, et aussi dans le garage des MacKean pendant un certain après-midi d'avril. C'était un silence qui vous met en garde, au moment où se précise un danger inconnu, un silence qui n'est pas provoqué par une absence de sons, mais par le fait d'attendre, par un brusque arrêt du temps. Le soldat la fixait toujours de son regard étrange, et elle était épouvantée.

– Approche, Jasmine, dit-il d'une voix sourde et rauque, anormale, en tendant la main vers elle, paume ouverte. On a assez perdu de temps.

Pendant la minute suivante, elle se crut enfermée dans un Palais de Fous de fête foraine, ou dans le véritable asile d'aliénés de Milledgeville. Incapable de supporter plus longtemps ce silence, elle se dirigeait vers la porte, mais, au moment où elle passait devant le soldat, il la saisit par sa jupe et, trop effrayée pour résister, elle se laissa tomber à côté de lui sur le lit. Ce fut alors une minute de folie si complète qu'elle n'y comprit absolument rien. Elle sentait le bras du soldat autour d'elle. Elle sentait l'odeur de sa chemise trempée de sueur. Il n'était pas brutal, mais c'était plus fou encore que s'il avait été brutal – et pendant une seconde elle resta paralysée d'horreur. Comme elle n'était pas assez forte pour le repousser, elle mordit de toutes ses forces ce qui devait être la langue de ce soldat devenu fou – il se mit à hurler et elle réussit à se libérer. Mais comme il revenait vers elle avec une grimace de douleur et de stupéfaction, elle saisit d'une main la carafe en verre et lui en donna un coup sur la tête. Il vacilla une seconde, puis ses jambes commencèrent à plier doucement et il s'effondra lourdement sur le sol. Le coup avait sonné creux, comme un marteau sur une noix de coco, et le silence était enfin rompu. Il restait allongé, immobile, avec une expression de stupéfaction sur son visage couvert de taches de rousseur. Il était devenu très pâle. Un peu de sang moussait autour de ses lèvres. Mais il n'avait pas la tête cassée, ni même fendue, et elle ne savait pas s'il était mort ou non.

Le silence était enfin rompu, et elle pensa de nouveau à la cuisine, au moment où son malaise prenait fin parce qu'elle avait découvert que la pendule était arrêtée et que c'était la vraie raison de son angoisse – mais il ne suffisait plus maintenant de prendre la pendule, de la secouer, et de la coller une longue minute contre son oreille avant de la remonter. Des fragments de souvenirs lui traversaient la mémoire – image d'une attaque tout à fait vulgaire dans la chambre donnant sur la rue, réflexions à mi-voix, image de l'horrible Barney, mais elle ne voulait pas que ces divers fragments s'assemblent pour former un tout. Elle ne trouvait à répéter qu'un seul mot : *fou*. Il y avait de l'eau sur les murs, qui avait giclé de la carafe, et le soldat avait l'air d'être cassé en morceaux au milieu du désordre de la chambre. F. Jasmine se dit en elle-même : *filons !* Après un premier mouvement vers la porte, elle se retourna, enjamba l'échelle d'incendie et atteignit rapidement la ruelle.

Elle se mit à courir comme un pensionnaire de l'asile d'aliénés de Milledgeville qui s'est échappé et qui craint d'être poursuivi. Elle ne regardait ni à droite ni à gauche, et quand elle atteignit le coin de sa rue, elle fut soulagée d'apercevoir John Henry. Il observait les chauves-souris qui volaient entre les lampadaires de la rue et, à la vue de cette petite silhouette familière elle se sentit plus calme.

– Oncle Royal te cherche partout, dit-il. Qu'est-ce qui te fait trembler comme ça, Frankie?

– Je viens de briser le crâne d'un fou, répondit-elle après avoir repris sa respiration. Je lui ai brisé le crâne et je ne sais pas s'il est mort ou non. C'était vraiment un fou.

John Henry la regardait sans le moindre étonnement.

– Il faisait quoi?

Comme elle ne répondait pas, il reprit :

– Est-ce qu'il se roulait par terre en criant et en bavant?

C'est ce qu'avait fait un jour l'ancienne Frankie pour essayer d'affoler Bérénice et de créer un peu d'animation, mais Bérénice ne s'était pas affolée.

– C'est ça?

– Non, dit F. Jasmine. Il...

Mais, en croisant le regard tranquille de cet enfant, elle comprit qu'elle ne pouvait rien lui raconter. John Henry était incapable de comprendre, et ce regard vert lui causa une curieuse impression. Parfois, l'imagination de John Henry était aussi folle que les dessins qu'il traçait avec ses crayons sur des feuilles de papier. Quelques jours auparavant, il en avait fait un et le lui avait montré. Le dessin représentait un employé du téléphone sur un poteau de téléphone. L'employé du téléphone était attaché par sa ceinture de sécurité, et il ne manquait aucun détail, pas même les chaussures à crampons. C'était un dessin fait avec le plus grand soin, mais, après l'avoir regardé, elle avait senti un curieux malaise. Elle avait regardé le dessin encore une fois, et elle avait fini par comprendre ce qui n'allait pas. L'employé du téléphone était dessiné de profil, mais ce profil avait deux yeux – un œil juste au-dessus de l'arête du nez, et l'autre juste en dessous. Ce n'était pas que John Henry se soit trompé en allant trop vite; les deux yeux étaient dessinés avec le plus grand soin. Ils avaient des cils, des pupilles, des paupières. Et ces deux yeux sur un visage de profil avaient provoqué en elle un curieux malaise. Mais parler raison avec John Henry, discuter avec lui? Autant discuter avec un bloc de ciment. Pourquoi fait-il ça? Pourquoi? Mais parce que c'est un employé du téléphone. Quoi? Mais parce qu'il grimpe le long du poteau. Impossible pour elle de comprendre son point de vue. Impossible pour lui de comprendre le sien.

– Oublie ce que je t'ai raconté, dit-elle.

Mais en prononçant cette phrase, elle comprit que c'était d'une extrême maladresse, car il ne l'oublierait sûrement pas. Alors elle le prit par les épaules, et le secoua doucement.

– Jure-moi que tu n'en parleras à personne. Répète ce serment : si j'en parle, je demande à Dieu qu'il me couse les lèvres, qu'il me couse les yeux et qu'il me coupe les oreilles avec des ciseaux.

Mais John Henry ne voulait pas répéter ce serment. Il se contenta de pencher sa grosse tête sur son épaule et de répondre tranquillement :

– Poouuuhhhh!

Elle essaya encore une fois :

– Si tu en parles à quelqu'un, ils me jetteront en prison, et on ne pourra pas aller au mariage.

– Je n'en parlerai pas, dit-il.

Parfois on pouvait lui faire confiance, d'autres fois non.

– Je ne suis pas un rapporteur.

Une fois à l'intérieur de la maison, F. Jasmine ferma à clef la porte d'entrée et pénétra dans le salon. Son père, en chaussettes, assis sur le divan, lisait le journal du soir. F. Jasmine était heureuse que son père se tienne ainsi entre elle et la porte d'entrée. Elle avait peur du panier à salade, et elle écoutait avec anxiété les bruits du dehors.

– Je voudrais qu'on parte pour le mariage à l'instant même, dit-elle. Je crois que c'est la meilleure chose à faire.

Elle ouvrit le réfrigérateur, avala six cuillerées à soupe de lait condensé sucré, et le goût d'amertume qui lui emplissait la bouche commença à s'atténuer. L'attente l'empêchait de rester immobile. Elle rassembla les livres empruntés à la bibliothèque et les posa sur la table du salon. Elle écrivit au crayon, sur la page de garde de l'un d'eux (un livre réservé aux classes supérieures et qu'elle n'avait pas lu) : *Si vous voulez lire quelque chose qui va vous donner une secousse, ouvrez à la page* 66. À la page 66 elle écrivit : *Électricité, ah ! ah !* Peu à peu son angoisse se dissipait. Elle se sentait moins effrayée depuis qu'elle était à côté de son père.

– Il faut rapporter ces livres à la bibliothèque, dit-elle.

Son père, qui était âgé de quarante et un ans, regarda la pendule :

– Pour tous ceux qui n'ont pas encore quarante et un ans, c'est l'heure d'aller au lit. En avant, marche, et sans discuter. Demain matin, il faut être debout à cinq heures.

F. Jasmine était sur le seuil de la porte. Elle n'avait pas envie de s'en aller.

– Papa, dit-elle au bout d'une minute, si quelqu'un frappe quelqu'un avec une carafe et si ce quelqu'un tombe et ne bouge plus, tu crois qu'il est mort?

Elle dut répéter sa question, et elle lui en voulait terriblement parce qu'il ne la prenait pas au sérieux et qu'elle était obligée de poser deux fois la même question.

– En réfléchissant bien, dit-il, je n'ai jamais frappé personne avec une carafe. Et toi?

Elle comprit qu'il plaisantait en lui demandant ça. Elle se contenta de dire, avant de s'en aller :

– Le plaisir que j'aurai demain matin, en partant pour Winter Hill... Jamais, de toute ma vie, je n'ai été si heureuse de partir quelque part. Et ce sera un tel bonheur pour moi quand le mariage sera fini et qu'on s'en ira. Un tel bonheur...

Elle se déshabilla dans la chambre du premier étage, avec John Henry, puis elle éteignit la lampe et le moteur, et ils s'allongèrent ensemble sur le lit – tout en disant qu'elle ne dormirait sûrement pas, qu'elle ne pourrait même pas fermer les yeux. Elle les ferma cependant, et lorsqu'elle les rouvrit, une voix l'appelait, et dans le petit jour la chambre était grise.

Troisième Partie

À six heures moins le quart, en traversant le vestibule, sa valise à la main, habillée d'une robe à pois, elle dit : « Adieu, mon horrible et vieille maison. » La robe du mariage était dans la valise, et elle la mettrait en arrivant à Winter Hill. À cette heure immobile, le ciel était comme l'argent sourd d'un miroir, surplombant une ville grise qui n'avait pas l'air d'une ville réelle, mais de son exact reflet, et c'est à cette ville irréelle qu'elle dit également adieu. L'autocar quitta la station à six heures dix – et elle était allée s'asseoir fièrement à l'écart de son père, de John Henry et de Bérénice, comme quelqu'un qui a l'habitude de voyager. Mais, au bout d'un moment, une grande inquiétude s'empara d'elle, et les réponses du conducteur de l'autocar ne réussirent pas à la rassurer complètement. En principe, ils devaient faire route vers le nord, mais elle avait l'impression que l'autocar descendait plutôt vers le sud. Le ciel pâlit et prit feu, et le jour se leva. Ils roulaient entre des champs de maïs qu'aucun vent n'agitait et qui paraissaient bleus sous le soleil, des champs de coton labourés à la terre rouge, et d'immenses forêts de pins noirs. Et mile après mile, la campagne ressemblait de plus en plus à une campagne du Sud. Chaque ville qu'ils traversaient – New City, Leeville, Cheehaw – semblait plus petite que la précédente, et à neuf heures, ils atteignirent la plus laide de toutes, qui s'appelait Flowering Branch, où ils changèrent d'autocar. En dépit de son nom, il n'y avait ni fleurs ni branches – rien d'autre qu'une épicerie avec une vieille affiche de cirque, triste et déchirée, sur la façade, et un lilas indien sous lequel se trouvaient un camion vide et une mule endormie. Ils attendirent l'autocar pour Sweet Well, et bien que son inquiétude soit toujours aussi forte, Frances ne tourna pas le dos au panier de repas qui lui avait tellement fait honte au début, parce qu'il leur donnait l'air d'une famille qui n'a pas l'habitude de beaucoup voyager. L'autocar partit à dix heures, et ils arrivèrent à Sweet Well à onze heures. Les heures suivantes furent impossibles à expliquer. Le mariage avait l'air d'être un rêve, car tout s'y déroulait dans un univers sur lequel elle n'avait aucun pouvoir. Entre le moment où, un peu guindée et très « comme-il-faut », elle serra la main des grandes personnes, jusqu'à celui où, ce catastrophique mariage terminé, elle vit s'éloigner la voiture qui les emportait tous les deux loin d'elle, et se jeta dans la poussière brûlante en criant pour la dernière fois : « Emmenez-moi ! Emmenez-moi ! » – du commencement à la fin, ce mariage fut aussi irracontable qu'un cauchemar. Au milieu de l'après-midi tout était fini et l'autocar du retour quitta la station à quatre heures.

– Fini le spectacle et mort le petit singe, récita John Henry, en s'installant à côté de son oncle sur l'avant-dernière banquette de l'autocar. Maintenant on rentre et on se couche.

Frances aurait voulu que le monde entier meure. Elle était assise sur la banquette du fond, entre Bérénice et la fenêtre, et bien qu'elle eût cessé de sangloter, elle avait encore deux petits ruisseaux de larmes, et son nez lui-même coulait. Elle pliait les épaules sur son cœur gonflé de désespoir et jamais plus elle ne porterait sa robe du mariage. Elle était assise à côté de Bérénice, dans le fond, au milieu des gens de couleur, et en pensant à eux, elle se servit d'un mot méprisant, dont jamais encore elle ne s'était servie : négros. Car désormais elle haïssait le monde entier, et ne souhaitait que l'injurier et l'humilier. Pour John Henry West le mariage n'avait été qu'un énorme spectacle et, à la fin, il avait eu autant de plaisir à la voir malheureuse qu'à manger le gâteau de noce. Elle avait un mépris mortel pour lui, engoncé dans son beau costume blanc tout taché de glace à la fraise. Elle haïssait également Bérénice, car pour elle ça n'avait rien été d'autre qu'un voyage agréable à Winter Hill. Quant à son père, qui avait dit qu'elle aurait affaire à lui quand ils seraient à la maison, elle aurait voulu le tuer. Elle haïssait personnellement tous les êtres humains, même ces étrangers qui remplissaient l'autocar et qu'elle apercevait seulement à travers un brouillard de larmes – et elle souhaitait que l'autocar plonge dans une rivière ou s'écrase contre un train. Elle se haïssait elle-même avec plus de force que n'importe qui, et elle aurait voulu que le monde entier meure.

– Courage! dit Bérénice. Essuie-toi la figure, mouche-toi, et peu à peu tout s'arrangera.

Bérénice avait un mouchoir bleu très élégant, assorti à sa robe bleue et à ses chaussures de chevreau bleu – et elle tendit ce mouchoir à Frances, bien qu'il fût en crêpe georgette extrêmement fin et pas du tout destiné, de toute évidence, à ce qu'on se mouche dedans. Frances ne remarqua même pas son geste. Entre elles deux, sur la banquette, il y avait trois mouchoirs trempés, qui appartenaient à son père, et Bérénice prit l'un d'eux pour lui essuyer ses larmes, mais elle se laissa faire sans un geste.

– La pauvre Frankie! Ils l'ont mise à la porte du mariage!

John Henry faisait rouler sa tête contre le dossier de sa banquette et souriait sans desserrer les dents.

– Ça suffit, John Henry, lui dit son oncle après s'être éclairci la gorge. Laisse Frankie tranquille.

– Assieds-toi sur ton siège, et tiens-toi bien, ajouta Bérénice.

L'autocar roula longtemps, et peu importait maintenant la direction qu'il suivait; Frankie s'en moquait complètement. Dès le début, ce mariage lui avait paru aussi bizarre que ces parties de cartes qu'ils avaient disputées dans la cuisine pendant la première semaine de juin. Chaque jour ils jouaient au bridge, mais personne jamais n'avait un bon jeu, toutes les cartes étaient mauvaises, et personne ne pouvait faire d'annonce – et finalement Bérénice flaira quelque chose.

– Si on vérifiait ces vieilles cartes? dit-elle.

Ils s'étaient mis au travail, et ils avaient compté les cartes, et ils s'étaient aperçus que tous les valets et toutes les dames manquaient. John Henry avait fini par avouer qu'il avait découpé les valets, puis les dames pour leur tenir compagnie, et qu'après avoir jeté les morceaux de carton dans le fourneau, il avait secrètement emporté les images chez lui. C'est ainsi qu'ils avaient fini par découvrir ce qui n'allait pas. Mais comment expliquer le fiasco du mariage?

Ce mariage n'avait été qu'une suite d'erreurs, sans que Frankie puisse en signaler précisément une seule. La maison était une maison très propre, en brique, un peu en dehors de la petite ville surchauffée, et quand elle y entra pour la première fois, ce fut comme si elle y voyait légèrement trouble; elle reçut des impressions de roses roses, mêlées à des odeurs de cire à parquet, avec des bonbons à la menthe et des noisettes sur des plateaux en argent. Tout le monde avait été très gentil avec elle. Mrs. Williams portait une robe en dentelle, et deux fois de suite elle lui demanda dans quelle classe elle était. Elle lui demanda également si elle avait envie de faire de la balançoire en attendant le mariage, du ton que prennent les grandes personnes pour parler aux enfants. Mr. Williams fut très gentil, lui aussi. C'était un homme au teint jaune, avec des joues plissées, et sous les yeux une peau qui avait la couleur et la consistance d'un vieux trognon de pomme. Mr. Williams lui demanda, lui aussi, en quelle classe elle était ; ce fut, en fait, la principale question qu'on lui posa pendant le mariage.

Elle voulait parler à son frère et à la mariée. Elle guettait le moment où ils seraient seuls tous les trois pour leur dévoiler ses projets. Mais ils ne furent jamais seuls tous les trois. Jarvis s'occupait de la voiture qu'il avait louée pour leur voyage de noces ; Janice s'habillait dans la chambre du devant, entourée d'un essaim de jeunes filles ravissantes. Elle allait de l'un à l'autre, incapable de s'expliquer. À un moment, Janice la prit dans ses bras, et lui dit qu'elle était si heureuse d'avoir une petite sœur – et quand Janice l'embrassa, elle sentit une douleur dans la gorge et elle fut incapable de dire un seul mot. Elle alla trouver Jarvis dans la cour, et il la souleva de terre en chahutant et en disant :

– Frankie-la-perche ! Frankie-l'as-perge ! La piti-la grandie-la jolie-la fankie ! Jambes-menues, jambes-pointues, jambes-tordues !

Et il lui donna un dollar.

Elle était immobile dans un coin de la chambre de la mariée, et elle avait envie de dire : je vous aime tellement tous les deux, et vous êtes mon *nous* à moi. Je vous en prie, gardez-moi avec vous deux après le mariage et on sera toujours ensemble. Peut-être aurait-il suffi de dire : je ne voudrais pas vous déranger, mais si vous veniez dans la pièce voisine, j'ai quelque chose à vous apprendre, à Jarvis et à vous. Et, une fois tous les trois dans la pièce voisine, elle aurait essayé de se faire comprendre. Si seulement elle avait tout tapé d'avance à la machine... Elle leur aurait remis le papier et ils l'auraient lu. Mais elle n'y avait pas pensé, et sa langue était comme un poids de plomb dans sa bouche. Elle réussit cependant à parler, d'une voix qui tremblait un peu – simplement pour demander où était le voile.

– Il y a de l'orage dans l'air, dit Bérénice. Mes articulations me préviennent toujours.

Il n'y avait pas de voile. Juste une petite voilette qui pendait du chapeau de mariage, et personne ne portait de toilette neuve. La mariée avait une robe de tous les jours. La seule chance dans tout cela, c'est qu'elle n'avait pas mis sa robe du mariage dans l'autobus, comme elle en avait l'intention au début, et qu'elle s'en était rendu compte à temps. Elle était restée immobile dans un coin de la chambre de la mariée, jusqu'à ce que le piano attaque les premières notes de la marche nuptiale. Ils avaient tous été très gentils avec elle, à Winter Hill, mais ils l'avaient tous appelée Frankie et l'avaient tous traitée comme une enfant. C'était tellement différent de ce qu'elle avait imaginé, et du début à la fin, comme dans ces parties de cartes du mois de juin, elle avait l'impression qu'une terrible erreur se cachait quelque part.

– Tiens-toi droite, dit Bérénice. Je te prépare une grosse surprise. J'y réfléchis posément. Tu veux savoir quoi ?

Aucune réponse de Frances. Pas même un regard. Le mariage avait été comme un rêve sur lequel elle n'avait aucun pouvoir, ou comme un spectacle hors de son contrôle et dans lequel elle semblait n'avoir aucun rôle à jouer. Le salon était plein de gens qui habitaient Winter Hill, et son frère et la mariée étaient debout devant la cheminée, tout au fond de la salle. Et de les voir ensemble de nouveau, ce fut comme une chanson qui recommençait, et non pas comme une image, car une sorte de vertige l'empêchait d'y voir distinctement. Elle les regardait du fond de son cœur, et elle pensait : je ne leur ai rien dit, et ils ignorent tout. Et cette certitude pesait en elle comme une pierre qu'elle aurait avalée. Et ensuite, il y eut les félicitations à la mariée, les rafraîchissements servis dans la salle à manger, le bruit et le mouvement de la réception – et elle tournait sans cesse autour d'eux, mais les mots refusaient de lui obéir. Ils ne m'emmèneront pas, pensait-elle, et cette pensée était insupportable.

Quand Mr. Williams emporta leurs valises, elle se précipita derrière lui en portant la sienne. Ce qui arriva fut alors comme une scène de cauchemar, au cours de laquelle une cinglée aurait sauté de la salle sur la scène pour jouer un rôle qui n'était ni prévu, ni écrit, ni même imaginé. Vous êtes mon *nous* à moi, criait son cœur, mais elle ne savait rien dire d'autre que : « Emmenez-moi ! » Et on l'avait raisonnée, mais elle s'était installée dans la voiture. Elle avait fini par s'accrocher des deux mains au volant, et il avait fallu que son père, aidé de quelqu'un d'autre, la tire de force, la traîne hors de la voiture, et elle ne faisait que pleurer en criant : « Emmenez-moi! Emmenez-moi! » Mais seuls les invités du mariage pouvaient l'entendre car son frère et la mariée étaient déjà loin.

Bérénice dit :

– L'école va commencer dans moins de trois semaines. Et tu vas entrer dans la section A de la cinquième. Et il y aura beaucoup de nouveaux enfants avec toi, qui seront très gentils, et tu trouveras parmi eux une amie de cœur, comme cette Evelyn Owen dont tu étais folle.

Frances ne pouvait pas supporter ce ton de commisération.

– Jamais je n'ai voulu partir avec eux, dit-elle. C'était simplement pour plaisanter. Ils m'ont dit qu'ils m'inviteraient à aller les voir quand ils seraient installés, mais je n'irai pas. Même pour un million de dollars.

– Tout le monde avait très bien compris, dit Bérénice. La surprise que j'ai imaginée pour toi, je vais te la dire maintenant. Dès que tu seras retournée à l'école et que tu auras fait des connaissances, ce sera une bonne idée de donner une *party*. Une jolie *party*, dans le salon, avec un tournoi de bridge, et de la salade de pommes de terre, et les petits sandwiches aux olives que ta tante Pet avait faits pour une réunion du club et que tu aimais tellement. Le genre arrondi, tu vois, avec le petit trou dans le milieu pour l'olive. Un joli tournoi de bridge, avec des rafraîchissements agréables. Qu'est-ce que tu dis de ça?

Ces promesses pour petite fille lui mettaient les nerfs à vif. Son cœur humilié lui faisait mal, et elle le serrait contre elle en se balançant doucement. C'était un jeu truqué. On avait préparé les cartes. Tout était truqué.

– Cette *party* avec le tournoi de bridge, on pourra la donner dans le salon, et dans la cour on pourra donner une autre *party*. Une *party* de déguisements avec des hot-dogs. Une pour le sérieux, et une pour la plaisanterie. Avec des prix pour celui qui aura eu le plus de points au bridge, et celui qui aura le costume le plus drôle. Qu'est-ce que tu en dis?

Frances refusa de regarder Bérénice et de lui répondre.

– Tu pourras inviter le chroniqueur mondain de l'*Evening Jour-*

nal, et, dans le journal, il fera un article sur ta *party.* Et ce sera la quatrième fois que ton nom sera imprimé dans le journal.

Peut-être, mais une chose de cet ordre ne l'intéressait plus du tout. Un jour, lorsque sa bicyclette avait foncé dans une voiture, le journal l'avait appelée Fankie Addams. *Fankie!* Elle s'en moquait complètement désormais.

– Pourquoi tu es si triste? demanda Bérénice. Aujourd'hui c'est pas la fin du monde.

– Ne pleure pas, Frankie, dit John Henry. Quand on sera à la maison, on montera la tente de Peau-Rouge et on s'amusera bien.

Elle ne pouvait pas s'arrêter de pleurer et ses sanglots faisaient un bruit étouffé.

– Oh! la ferme!

– Maintenant, tu m'écoutes. Tu me dis ce que tu désires, et moi, si c'est dans mon pouvoir, alors j'essaie de te le donner.

– Tout ce que je désire, dit Frances au bout d'une longue minute, tout ce que je désire au monde c'est qu'aucun être humain ne m'adresse plus la parole jusqu'à ma mort.

Et Bérénice finit par répondre :

– Parfait. Pleure alors, pleure ton chagrin.

Elles restèrent silencieuses pendant le reste du voyage. Son père dormait, un mouchoir sur le nez et les yeux, et il ronflait doucement, John Henry West s'était couché sur les genoux de son oncle, et il dormait aussi. Les autres passagers étaient immobiles, plus ou moins assoupis, et l'autocar se balançait comme un berceau, avec un doux ronronnement. Derrière les vitres, l'après-midi flamboyait et de loin en loin un vautour planait paresseusement dans le ciel aveuglant. Ils croisaient des routes de traverses rouges et désertes, creusées de fondrières d'un rouge plus sombre, et de vieilles baraques délabrées perdues dans la solitude des champs de coton. Seules les noires forêts de pins semblaient respirables – et les douces collines bleues qu'on apercevait à quelques miles de là. Frances regardait par la fenêtre, le visage grave et douloureux, et pendant quatre heures elle ne dit pas un mot. Puis ils atteignirent la ville, et un changement se produisit. Le ciel s'abaissa et prit une couleur gris-mauve, et le vert des arbres semblait empoisonné. L'air était immobile et pesant. Le premier coup de tonnerre gronda sourdement. Le vent se leva de la cime des arbres, avec un bruit de chute d'eau, avant-coureur de l'orage.

– Je te l'avais dit, soupira Bérénice, et ce n'est plus du mariage qu'elle parlait. Le malheur était dans mes articulations. Après un bon orage, tout le monde ira beaucoup mieux.

La pluie ne tombait pas, et il y avait dans l'atmosphère une impression d'attente. Le vent était brûlant. La phrase de Bérénice fit légèrement sourire Frances, mais c'était un sourire dédaigneux et blessant.

– Tu crois que tout est fini? dit-elle. Ça prouve que tu n'y connais rien.

Ils s'imaginaient que c'était fini, mais elle allait leur montrer. Elle n'avait pas pu faire partie du mariage, mais elle allait quand même s'en aller à travers le monde. Où? Elle n'en savait rien encore. Mais, quoi qu'il arrive, elle quitterait la ville cette nuit même. Elle n'avait pas pu s'en aller en sécurité avec son frère et la mariée, mais peu importait, elle allait partir. Même au prix de tous les crimes. Pour la première fois depuis la nuit précédente, elle pensa au soldat – mais juste une petite pensée rapide, car son esprit était absorbé par des projets urgents. Un train traversait la ville à deux heures du matin, et elle allait le prendre. Ce train se dirigeait de toute façon vers le nord, probablement vers Chicago ou New York. S'il la conduisait à Chicago, elle irait jusqu'à Hollywood, et deviendrait scénariste, ou trouverait du travail comme starlette de cinéma – en mettant les choses au pire elle irait jusqu'à faire du théâtre. Si le train la conduisait à New York, elle s'habillerait en garçon, prendrait un faux nom, mentirait sur son âge et s'engagerait dans les marines. Il fallait attendre que son père soit endormi, et elle l'entendait encore remuer dans la cuisine. Elle s'assit devant sa machine à écrire, et écrivit une lettre :

Cher papa,

C'est une lettre d'adieu, en attendant que je t'écrive d'un autre endroit. Je t'avais prévenu que je quitterais cette ville parce que je ne pouvais pas faire autrement. Je ne peux pas supporter plus longtemps cette existence, parce que la vie est devenue pour moi un fardeau. J'ai pris le revolver parce qu'on ne sait jamais, mais je peux en avoir besoin, et je te renverrai l'argent à la première occasion. Dis à Bérénice qu'elle ne s'inquiète pas. Tout est venu de l'ironie du sort [113], et ça ne pouvait pas être autrement. Je t'écrirai plus tard. Papa, je t'en prie, n'essaie pas de me rattraper.

Bien à toi,

Frances Addams.

Les papillons vert et blanc tremblaient nerveusement contre le store, et la nuit était inquiétante. Le vent brûlant ne soufflait plus, l'air était tellement immobile qu'il semblait devenu solide, et en bougeant on avait l'impression de déplacer un poids. De temps en temps le tonnerre grondait sourdement. Frances était assise devant sa machine à écrire, immobile, avec sa robe à pois, et la valise fermée par une courroie était derrière la porte. Au bout d'un moment, la lumière s'éteignit dans la cuisine, et son père l'appela du bas de l'escalier :

– Bonne nuit, Miss Vinaigre. Bonne nuit, John Henry.

Frances attendit très longtemps. John Henry dormait au pied du lit, tout habillé, avec ses chaussures, la bouche ouverte, et une des branches de ses lunettes était de travers. Après avoir attendu aussi longtemps qu'elle pouvait le supporter, elle prit sa valise et descendit très doucement l'escalier, sur la pointe des pieds. En bas, il faisait noir. Noir dans la chambre de son père, noir dans toute la maison. Elle s'arrêta sur le seuil de la chambre de son père, et il ronflait légèrement. Le moment le plus difficile, ce fut d'attendre ainsi, quelques minutes, en prêtant l'oreille.

Le reste fut très simple. Son père était veuf, et il avait ses habitudes. La nuit il pliait son pantalon sur le dossier d'une chaise et il laissait son portefeuille, sa montre et ses lunettes sur le coin droit de son bureau. Elle avança lentement dans l'obscurité et posa presque tout de suite sa main sur le portefeuille. Elle ouvrit avec précaution le tiroir du bureau, s'arrêtant pour écouter, chaque fois qu'elle entendait le plus léger grincement. Le revolver était très lourd et très froid dans sa main brûlante. Tout était simple, à part le bruit terrible de son cœur qui battait, et un petit incident qui se produisit au moment où elle se glissait hors de la chambre. Elle heurta la corbeille à papier. Le ronflement s'arrêta. Son père remua, murmura sourdement. Elle retenait son souffle – finalement, au bout d'une minute, le ronflement reprit.

Elle posa sa lettre sur la table et gagna le perron sur la pointe des pieds. Elle avait tout prévu, sauf une chose. John Henry se mit à crier :

– Frankie!

Cette voix enfantine et suraiguë sembla traverser toutes les pièces de la maison endormie.

– Où es-tu, Frankie?

– Chuuuttt! murmura-t-elle. Va te coucher.

Elle avait laissé la lampe allumée dans sa chambre, et il était debout sur le seuil de la porte, en haut de l'escalier, scrutant l'ombre de la cuisine.

– Qu'est-ce que tu fais en bas dans le noir?

– Chuuuttt! répéta-t-elle avec un profond soupir. Je serai revenue le temps que tu t'endormes.

John Henry disparut. Elle attendit quelques minutes, puis tâtonna jusqu'à la porte du fond, tourna la clef, et sortit de la maison. Elle avait fait très attention, mais John Henry avait dû l'entendre.

– Attends-moi, Frankie! cria-t-il. Je viens!

Le cri de l'enfant avait réveillé Mr. Addams, et elle le comprit avant d'avoir atteint le coin de la maison. La nuit était sombre et pesante, et tout en courant elle entendait son père qui l'appelait. À l'abri derrière le coin de la maison, elle se retourna et vit de la lumière dans la cuisine. L'ampoule se balançait d'avant en arrière, projetant un reflet doré et mouvant sur la treille et sur la cour obscure. Il va lire ma lettre maintenant, pensa-t-elle, et il va me poursuivre pour essayer de me rattraper. Mais après avoir dépassé en courant plusieurs pâtés de maisons, avec sa valise qui lui battait les jambes et qui risquait parfois de la faire tomber, elle se dit que son père devait enfiler une chemise et un pantalon – car il ne pouvait pas se lancer à sa poursuite à travers les rues vêtu de son seul pyjama. Elle s'arrêta une seconde pour regarder derrière elle. Personne. Dès qu'elle atteignit une rue éclairée, elle posa sa valise, prit le portefeuille dans la poche de sa robe et l'ouvrit d'une main tremblante. Il contenait trois dollars et quinze cents. Elle serait donc obligée de sauter dans un wagon à bestiaux ou quelque chose comme ça.

Tout d'un coup, seule dans la nuit de cette rue déserte, elle comprit qu'elle ne savait pas comment faire. C'est facile de dire qu'on va sauter dans un train de marchandises, mais comment s'y prennent exactement les vagabonds et les autres? Elle n'était plus qu'à trois rues de la gare, et elle marchait lentement. La gare était fermée. Elle en fit le tour. Elle regarda le quai immense et vide sous les lumières blafardes, les distributeurs de chewing-gum contre le mur, et tous les emballages de chewing-gum et les papiers de bonbons sur le quai. Les rails étincelaient comme de l'argent, parfaitement rigides, et quelques wagons de marchandises étaient arrêtés plus loin, sur une voie secondaire, mais ils n'étaient pas accrochés à une locomotive. Le train ne passerait pas avant deux heures, et serait-elle capable de sauter dans un wagon, comme elle l'avait lu dans les livres, et de quitter la ville? Il y avait une lanterne rouge de l'autre côté des voies et, dans cette lumière colorée, elle aperçut un employé des chemins de fer qui avançait lentement. Elle ne pouvait pas rôder ainsi jusqu'à deux heures – alors elle s'éloigna de la gare, une de ses épaules courbée sous le poids de la valise, mais elle ne savait pas où aller.

Les rues étaient mortes et abandonnées, dans cette nuit dominicale. Le néon rouge et vert des enseignes, mêlé à la lumière glacée des réverbères, cernait la ville d'une sorte de brouillard blême, mais le ciel était noir, sans aucune étoile. Un homme, avec un chapeau de travers, ôta sa cigarette de ses lèvres et se retourna sur son passage. Elle ne pouvait pas errer à travers la ville, car son père était à sa recherche. Elle s'enfonça dans une allée, derrière la place Finny, et s'assit sur sa valise. C'est à ce moment-là seulement qu'elle s'aperçut qu'elle tenait toujours le revolver dans la main gauche. Elle venait de faire tout ce chemin en brandissant un revolver d'une main, et elle se dit qu'elle avait perdu la tête. Elle avait affirmé qu'elle se tuerait si son frère et la mariée ne l'emmenaient pas. Elle dirigea le revolver vers sa tempe, et le tint ainsi pendant une ou deux minutes. Si elle appuyait sur la détente, elle mourrait – et la mort c'est l'ombre, rien d'autre que l'ombre exacte et terrible qui s'épaissit peu à peu et ne se dissipe qu'à la fin du monde. Quand elle abaissa le revolver, elle se dit qu'elle avait changé d'avis à la dernière minute. Elle mit le revolver dans sa valise.

La ruelle était noire, avec des odeurs de poubelle. C'est dans cette ruelle que Lou Baker avait eu la gorge tranchée, un après-midi de ce printemps-là, et son cou ressemblait à une bouche sanglante bredouillant au soleil. C'est ici que Lou Baker avait été tué. Et le soldat? L'avait-elle tué en lui frappant la tête avec la carafe d'eau? Elle était terrifiée dans cette allée obscure, et son esprit volait en éclats. S'il y avait eu au moins quelqu'un avec elle! Si elle avait pu au moins rejoindre Honey Brown, ils seraient partis ensemble tous les deux! Mais Honey était à Forks Falls et ne reviendrait que le lendemain matin. Ou si elle avait pu retrouver le singe et l'homme-au-singe, et s'enfuir avec eux! Il y eut un bruit de course précipitée, et elle frissonna d'épouvante. Un chat avait sauté sur une poubelle, et dans l'obscurité elle devinait sa silhouette qui se découpait sur le fond clair de la ruelle. Elle murmura : *Charles!* Et puis : *Charlina!* Mais ce n'était pas son chat persan et, quand elle s'approcha de la poubelle, il s'enfuit.

Frankie ne pouvait pas supporter plus longtemps cette ruelle sombre et son odeur aigre. Transportant sa valise, elle suivit le trottoir vers la lumière du fond, en restant toujours dans l'ombre du mur. Si quelqu'un pouvait au moins lui dire ce qu'il fallait faire, et comment s'en sortir! Les prédictions de Big Mama se révélaient exactes – le voyage, avec cet aller et ce retour, et même les balles de coton, car, en revenant de Winter Hill l'autocar avait croisé un camion qui en transportait. Et il y avait une somme d'argent dans le portefeuille de son père, et peu à peu elle avait vécu tout ce qu'avait prédit Big Mama. Fallait-il retourner à Sugarville pour lui dire que tout s'était réalisé et lui demander ce qu'il fallait faire maintenant?

Au-delà de la ruelle obscure, la rue désolée ressemblait à une rue sur le qui-vive, avec l'enseigne clignotante de Coca-Cola à l'angle suivant, et une femme qui allait et venait près d'un réverbère, comme si elle attendait quelqu'un. Une voiture, une longue voiture fermée qui était peut-être une Packard, descendit lentement la rue, et elle avait une façon de rouler tout contre le trottoir qui lui rappela les voitures de gangsters, et elle se serra de toutes ses forces contre le mur. Sur le trottoir opposé, deux personnes passèrent alors, et elle eut l'impression qu'une flamme soudaine jaillissait en elle-même, et pendant l'espace d'une seconde elle crut que son frère et la mariée revenaient la chercher et qu'ils étaient vraiment *là*. Mais cette impression s'évanouit aussitôt, et elle comprit qu'elle voyait simplement passer deux personnes. Il y avait un vide dans sa poitrine, mais tout au fond de ce vide un poids très lourd appuyait sur son estomac et lui faisait mal et elle se sentait malade. Elle se dit qu'il fallait faire quelque chose, obliger ses jambes à bouger, et s'en aller. Mais elle restait immobile, au même endroit, les yeux fermés, la tête contre le mur de brique encore chaud.

Il était beaucoup plus de minuit quand elle quitta la ruelle et elle en était au point où chaque idée nouvelle lui paraissait une bonne idée. Elle se saisissait d'une idée et l'abandonnait aussitôt pour une autre. Faire de l'auto-stop jusqu'à Forks Falls, et tâcher de retrouver Honey, ou télégraphier à Evelyn Owen de venir la rejoindre à Atlanta, ou même retourner chez elle et repartir avec John Henry pour qu'il y ait au moins quelqu'un avec elle, et qu'elle ne se lance pas seule à la découverte du monde. Mais chacune de ses idées faisait naître en même temps plusieurs objections.

Et brusquement, au milieu de cette ronde d'impossibilités où elle s'embrouillait, elle pensa au soldat. Et cette fois ce n'était plus dans un éclair – c'était une pensée qui durait, qui s'enfonçait en elle, et qui ne la quittait plus. Elle se demanda s'il ne fallait pas aller jusqu'à *La Lune bleue* avant de quitter la ville pour toujours, pour savoir si elle avait tué le soldat. L'idée, une fois saisie au bond, lui sembla bonne, et elle se dirigea vers Front Avenue. Si elle n'avait pas tué le soldat, et si elle le rencontrait, que faudrait-il lui dire? Comment lui vint l'idée suivante, elle n'en savait rien, mais elle eut soudain le sentiment que le mieux était de demander au soldat de l'épouser, et ils partiraient tous les deux ensemble. Avant sa crise de folie, il avait été très gentil avec elle. Et comme c'était une idée nouvelle et inattendue, elle la trouva tout à fait raisonnable. Elle se souvint d'une partie des prédictions qu'elle avait oubliée, où il était question qu'elle épouse quelqu'un qui avait des cheveux clairs et des yeux bleus, et puisque le soldat avait des cheveux rouge clair et des yeux bleus, c'était la preuve évidente qu'il n'y avait pas de meilleure solution.

Elle marcha plus vite. La nuit précédente lui semblait appartenir à un passé si lointain qu'elle ne gardait du soldat qu'un souvenir très vague. Mais elle se rappelait parfaitement le silence de la chambre – et soudain ce silence, l'image d'une attaque vulgaire dans la chambre donnant sur la rue, la conversation écœurante dans le garage, tous ces souvenirs indépendants l'un de l'autre se rejoignirent dans la nuit de son esprit comme les rayons de différents projecteurs convergent dans le ciel nocturne vers un avion, et, en un éclair, elle découvrit la vérité. Ce fut comme une impression de stupeur glacée. Elle s'arrêta une minute, puis reprit son chemin vers *La Lune bleue*. Les magasins étaient fermés, remplis d'ombre, la boutique du prêteur sur gages avait une grille métallique quadrillée qui la protégeait des cambrioleurs nocturnes, et les seules lumières qu'on apercevait étaient celles des escaliers de bois à ciel ouvert qui montaient le long des immeubles, et la tache de lueur verdâtre qui venait de *La Lune bleue*. On entendait, au dernier étage, des voix furieuses qui se querellaient, et vers le bas de la rue le pas de deux hommes qui s'éloignaient. Elle ne pensait plus au soldat. La découverte qu'elle venait de faire un instant plus tôt l'avait chassé de son esprit. Elle savait seulement qu'elle voulait trouver quelqu'un, n'importe qui, et partir avec lui. Car elle finissait par admettre qu'elle était trop effrayée pour partir seule à la découverte du monde.

Elle ne quitta pas la ville cette nuit-là, car la police se saisit d'elle à l'intérieur de *La Lune bleue*. Le sergent Wylie y était quand elle entra, mais elle ne le vit pas en s'asseyant à une table, près de la vitre, sa valise à côté d'elle. Le juke-box jouait un blues nostalgique, et le Portugais, les yeux clos, pianotait sur le bois du comptoir en suivant le rythme du juke-box. Il n'y avait que quelques clients dans une salle d'angle et, sous cette lumière bleuâtre, on avait l'impression que la salle reposait au fond des eaux. Elle ne remarqua le représentant de la police qu'au moment où il vint se planter devant sa table et, lorsqu'elle leva les yeux vers lui, son cœur effrayé trembla quelques secondes avant de retrouver son calme.

– Vous êtes la fille de Royal Addams? demanda le représentant de la police, et elle fit oui de la tête. Je téléphone au commissariat pour dire que je vous ai retrouvée. Ne bougez pas d'ici.

Le représentant de la police se dirigea vers la cabine téléphonique. Il allait sûrement appeler le panier à salade pour qu'on l'emmène en prison, mais elle s'en moquait. De toute évidence elle avait tué le soldat, ils avaient découvert ses traces, et ils l'avaient poursuivie à travers la ville. À moins que ce soit l'histoire du couteau à trois lames qu'elle avait volé chez Sears et Roebuck. La vraie raison de son arrestation était encore confuse, et tous les crimes commis pendant ce printemps et cet été interminables se rassemblaient pour former une seule faute énorme qu'elle n'était plus capable de comprendre. Comme si ce qu'elle avait fait, les péchés qu'elle avait commis, étaient imputables à quelqu'un d'autre – une étrangère, et dans un temps très lointain. Elle était assise, très calme, les jambes serrées, les mains croisées sur les genoux. Le représentant de la police resta longtemps au téléphone – et pendant qu'elle regardait droit devant elle, elle vit deux personnes quitter l'une des stalles et commencer à danser, serrées l'une contre l'autre. Un soldat fit claquer la porte d'entrée et traversa le café, et l'étrangère lointaine qui vivait encore en elle fut la seule à le reconnaître ; quand il monta l'escalier, cette étrangère pensa seulement, avec une parfaite indifférence, qu'une chevelure aussi rouge et aussi bouclée que celle-là devait être en ciment. Puis son esprit retrouva les images de la prison, des pois froids, du pain de seigle rassis et des cellules fermées par des barreaux de fer. Le représentant de la police raccrocha le téléphone, vint s'asseoir en face d'elle et dit :

– Qu'est-ce qui vous a donné l'idée de venir ici ?

Le représentant de la police était très gros dans son uniforme bleu, et, puisqu'elle était arrêtée, c'était une mauvaise tactique de mentir ou de se moquer de lui. Il avait un visage lourd, un front fuyant et des oreilles dépareillées – l'une plus large que l'autre, et déchirée. En lui posant des questions, il ne regardait pas son visage, mais fixait un point au-dessus de sa tête.

– Pourquoi je suis venue ici ? répéta-t-elle.

Elle n'en savait plus rien, et quand elle répondit finalement : « *Je ne sais pas* », c'était vrai.

La voix du représentant de la police semblait venir de très loin comme s'il l'interrogeait du bout d'un couloir.

– Vous vouliez mettre le cap sur quelle ville ?

Le monde était si loin, maintenant, qu'elle ne parvenait plus à l'imaginer. Elle ne le voyait plus comme dans les jours d'autrefois, fissuré et mal ajusté, et tournant à la vitesse de mille miles à l'heure. La terre était devenue énorme, et plate, et immobile. Elle se sentait séparée de tous ces pays par un fossé profond, une sorte de gouffre énorme qu'aucun pont ne lui permettait de franchir. Les projets concernant les films ou les marines n'étaient que des projets d'enfant, qui ne pouvaient aboutir à rien, et il fallait être très prudente dans ses réponses. Elle chercha donc la ville la plus petite, et la plus sale qu'elle connaisse, car on ne jugerait pas que c'était grave d'avoir voulu y aller.

– Flowering Branch.

– Votre père a alerté le commissariat en disant que vous aviez laissé une lettre avant de vous enfuir. Nous venons de le joindre à la station d'autocar, et il sera là dans une minute pour vous ramener chez vous.

C'était donc son père qui avait lancé la police à sa recherche et elle n'allait pas être jetée en prison. D'une certaine façon, elle le regrettait. Mieux valait une prison où l'on pouvait donner des coups dans les murs qu'une prison invisible. Le monde était trop loin désormais, et il n'y avait plus pour elle aucun moyen d'y pénétrer. Elle retrouvait la frayeur de cet été-là, cette terrible impression que le monde était séparé d'elle – et le fiasco du mariage avait transformé cet effroi en terreur. Il y avait eu pourtant, la veille, un moment, un moment unique où elle avait senti qu'un contact s'établissait entre elle et chacun des êtres humains qu'elle rencontrait, et qu'ils se reconnaissaient immédiatement. Elle regardait le Portugais, qui pianotait toujours par jeu sur le comptoir au rythme du jukebox. Il se balançait en jouant, et ses doigts galopaient d'un bout à l'autre du comptoir avec tant de rapidité qu'un homme qui était assis tout au bout dut protéger son verre avec sa main. À la fin du disque, le Portugais croisa ses bras sur sa poitrine, et Frances plissa les paupières et le regarda avec une extrême attention pour qu'il tourne les yeux vers elle. C'était la première personne à laquelle elle avait parlé du mariage la veille, mais il fit le tour de la salle, avec un œil de propriétaire, et son regard croisa le sien tout à fait par hasard, sans que naisse la moindre sensation de contact. Elle se tourna vers les autres clients, mais ce fut la même chose pour eux tous. Dans cette lumière bleutée, elle avait l'étrange impression qu'elle s'était noyée. Elle revint alors vers le représentant de la police, et il finit par la regarder dans les yeux. Il la regarda avec des yeux comme ceux des poupées en porcelaine, et elle n'y découvrit que le reflet de son propre visage perdu.

Puis la porte d'entrée claqua, et le représentant de la police dit :

– Voilà votre père qui va vous ramener chez vous.

Jamais plus Frances ne parla du mariage. Les temps avaient changé et c'était une autre saison. Beaucoup de choses avaient changé et Frances venait d'avoir treize ans. Elle était dans la cuisine avec Bérénice, et c'était la veille du déménagement, le dernier après-midi qu'elle passait avec Bérénice ; car, quand il avait été décidé que Frances et son père partageraient une maison, dans le quartier neuf de la ville, avec Tante Pet et Oncle Eustache, Bérénice avait annoncé qu'elle s'en allait et qu'elle préférait épouser T.T. C'était un après-midi de la fin novembre, et le ciel rougeoyait vers l'est comme un géranium d'hiver.

Frances était dans la cuisine, parce que le camion avait emporté tous les meubles, et que les autres pièces étaient vides. Il ne restait que deux lits dans la chambre du rez-de-chaussée, et les meubles de la cuisine, qu'on ne devait emporter que le lendemain. C'était la première fois depuis bien longtemps que Frances passait l'après-midi dans la cuisine avec Bérénice. Une cuisine qui n'avait rien à voir avec la cuisine de cet été-là, si lointain désormais. Les dessins au crayon avaient disparu sous une couche de peinture à la chaux, et un linoléum neuf recouvrait le plancher abîmé. La table elle-même n'était plus à sa place; on l'avait poussée contre le mur, depuis que personne ne prenait plus de repas avec Bérénice. Cette cuisine remise à neuf, et presque moderne, ne faisait plus du tout penser à John Henry West. Il y avait pourtant des moments où Frances devinait sa présence solennelle, grise et ondoyante comme celle d'un fantôme. Et dans ces moments-là, s'installait un brusque silence – un silence traversé de phrases non prononcées. Un silence semblable s'installait chaque fois qu'on parlait de Honey ou qu'on pensait à lui. Honey avait été arrêté et condamné à huit ans de prison. Et ce silence s'installa brusquement au cours de cet après-midi de la fin novembre, pendant que Frances préparait des sandwiches, et se donnait un mal fou pour les découper de façon originale – car Mary Littlejohn devait venir à cinq heures. Frances regarda Bérénice, qui était assise sur une chaise, sans rien faire. Elle portait un vieux chandail tout raccommodé et ses bras pendaient mollement le long de son corps. Il y avait sur ses genoux la maigre petite étole de renard que lui avait offerte Ludie, de longues années auparavant. La fourrure était usée, et le museau étroit semblait triste et rusé. Le fourneau chauffé au rouge projetait dans la pièce des lueurs dansantes et des mouvements d'ombres.

– Je suis tout à fait folle de Michel-Ange, dit Frances.

Mary devait venir à cinq heures pour dîner, passer la nuit et accompagner le camion du déménagement le lendemain matin. Mary collectionnait des reproductions de tableaux de maîtres qu'elle collait dans un album d'art. Elles lisaient ensemble des poètes comme Tennyson [114]; et Mary deviendrait un jour un grand peintre, et Frances un grand poète – à moins qu'elle ne s'affirme comme une autorité incontestable dans le domaine des radars [115]. Mr. Littlejohn avait travaillé pour une compagnie de tracteurs et, jusqu'à la guerre, les Littlejohn avaient vécu à l'étranger. Lorsque Frances aurait seize ans, et Mary dix-huit, elles partiraient ensemble à la découverte du monde. Frances disposa les sandwiches dans une assiette, avec huit bouchées au chocolat, et quelques noisettes salées; ce serait leur festin de minuit, et elles le mangeraient dans leur lit, en écoutant sonner les douze coups.

– Je t'ai déjà parlé du tour du monde que nous allons faire?

– Mary Littlejohn, dit Bérénice d'une voix ironique. Mary Littlejohn!

Comment Bérénice pouvait-elle apprécier Michel-Ange, la poésie, et, à plus forte raison, Mary Littlejohn? Elles s'étaient tout de suite disputées à ce sujet. Bérénice avait dit de Mary qu'elle était grasse comme une motte de beurre et blanche comme une pâte de guimauve, et Frances l'avait défendue avec passion. Mary avait des nattes si longues qu'elle pouvait s'asseoir dessus, des nattes où se mélangeaient des vagues de cheveux jaune maïs et d'autres châtain foncé, et dont elle attachait le bout avec des élastiques, ou avec des rubans suivant les circonstances. Elle avait des yeux marron et des cils jaunes, et ses mains potelées portaient à l'extrémité de chaque doigt de petites boules de chair rose vif, car Mary se rongeait les ongles. Les Littlejohn étaient catholiques, et sur ce point même, Bérénice était intransigeante, prétendant que les catholiques adoraient des images de pierre et voulaient que le pape soit le maître de l'Univers. Mais Frances voyait, dans cette différence de religion, la dernière pointe de mystère et de terreur silencieuse qui parachevait le miracle de son amour.

– C'est inutile de nous fatiguer à discuter certains problèmes. Tu es absolument incapable de la comprendre. C'est quelque chose qui te manque.

Elle avait déjà dit cette phrase un jour à Bérénice et, en voyant son œil devenir brusquement fixe et désolé, elle avait compris qu'elle l'avait blessée. Elle la répéta pourtant, furieuse du ton ironique avec lequel Bérénice prononçait le nom de Mary Littlejohn, mais à peine avait-elle fini de parler qu'elle eut honte.

– Je considère, de toute façon, que c'est un grand honneur pour moi, le plus grand de ma vie, d'avoir été choisie par Mary comme son amie la plus intime. Moi! Parmi toutes les autres!

– Jamais j'ai dit quelque chose contre elle, répondit Bérénice. J'ai seulement dit que ça me rendait malade de la voir assise là en train de suçoter ses tresses.

– Ses nattes!

Un troupeau d'oies sauvages, aux ailes tendues comme des pointes de flèche, survola la cour, et Frances s'approcha de la fenêtre. Il y avait eu du givre ce matin-là, et l'on voyait des reflets d'argent sur l'herbe brûlée, sur le toit des maisons voisines, et même sur le feuillage racorni de la vigne vierge. Quand elle se retourna vers la cuisine, elle sentit que le silence était là de nouveau. Bérénice était courbée en avant, les coudes sur les genoux, le front dans les mains, et son œil injecté de sang regardait fixement le seau à charbon.

Tous les changements s'étaient produits en même temps vers le milieu du mois d'octobre. Deux semaines plus tôt, Frances avait fait la connaissance de Mary à une vente de charité. Une multitude de papillons vert et blanc dansaient à cette époque-là parmi les dernières fleurs de l'automne. C'était également l'époque de la foire. Tout avait commencé par Honey. Une nuit, en fumant une cigarette de marijuana, ou quelque chose qu'on appelait de la *neige* ou de l'*herbe*, il était devenu fou; il s'était précipité dans le drugstore du Blanc qui lui avait vendu la drogue, en le suppliant désespérément de lui en donner davantage. Il s'était retrouvé en prison, et Bérénice avait couru partout, récoltant de l'argent, consultant un avocat, et demandant le droit de pénétrer à l'intérieur de la prison. Elle était revenue trois jours plus tard, épuisée, avec cette tache rouge dans l'œil.

– C'est la migraine, avait-elle dit.

Et John Henry avait posé sa tête sur la table en disant qu'il avait la migraine, lui aussi. Mais personne n'avait fait attention à ce qu'il disait, parce qu'on croyait qu'il voulait imiter Bérénice.

– Va-t'en! lui avait-elle dit. Je ne suis pas d'humeur à rigoler avec toi.

Ce furent les derniers mots qu'il entendit dans cette cuisine, et Bérénice s'en souvint plus tard comme d'une malédiction de Dieu sur elle. John Henry avait une méningite et, au bout de trois jours, il mourut. Jusqu'à la fin, Frances refusa une seule seconde de croire qu'il pouvait mourir. C'était l'époque de la saison dorée, des chrysanthèmes et des papillons. L'air était doux. Jour après jour, le ciel se teintait de gris-bleu très clair, et semblait comme empli d'une lumière qui avait la couleur des vagues peu profondes.

Frances n'avait pas le droit de voir John Henry, mais chaque jour

Bérénice allait aider l'infirmière diplômée. Elle revenait à la nuit tombée et ce qu'elle racontait de sa voix cassée faisait de John Henry un être irréel.

– Je comprends pas pourquoi il a tellement à souffrir, disait-elle.

Et le mot *souffrir* était un mot qui n'avait rien à voir avec John Henry, un mot qui la faisait trembler, comme devant le vide ténébreux de son cœur.

C'était l'époque de la foire, et une grande banderole était accrochée en travers de la Grand-Rue, et pendant six jours et six nuits, ç'avait été la fête sur le champ de foire. Frances y alla deux fois avec Mary, et elles se promenèrent partout, sauf devant l'Antre des Phénomènes, car Mrs. Littlejohn prétendait que c'était morbide de regarder des phénomènes. Frances avait acheté une petite canne pour John Henry, et lui avait envoyé la couverture qu'elle avait gagnée au Loto. Mais Bérénice lui avait fait remarquer qu'il était au-delà de ces choses, et ces mots lui avaient semblé fantastiques et irréels. Et les jours lumineux se succédaient, et les mots prononcés par Bérénice devenaient si terribles qu'elle les écoutait avec une sorte d'attirance maléfique de l'horreur, mais quelque chose au fond d'elle-même refusait d'y croire. John Henry avait crié pendant trois jours et ses grands yeux étaient fixés dans un coin, aveugles et désespérés. Finalement il s'était allongé, la tête renversée en arrière, comme si elle était attachée par une courroie, et il n'avait plus la force de crier. Il mourut le mardi, et la foire venait de prendre fin, et c'était un matin jaune d'or avec plus de papillons que jamais, et dans le ciel une lumière plus belle que jamais [116].

Bérénice avait finalement trouvé un avocat, et avait pu voir Honey en prison. Elle ne cessait de répéter :

– Qu'est-ce que j'ai fait, je voudrais comprendre. Voilà Honey en prison, et voilà maintenant John Henry.

Il y avait encore quelque chose au fond de Frances qui refusait d'y croire. Mais le jour où on le transporta dans le caveau de famille d'Opelika, à l'endroit même où avait été enterré l'oncle Charles, elle vit le cercueil, et alors elle sut. Il revint la visiter deux ou trois fois dans ses rêves, avec l'apparence d'un mannequin de petit garçon échappé d'une devanture de grand magasin, et ses jambes de cire ne bougeaient avec raideur qu'aux jointures, et son visage de cire parcheminé était légèrement maquillé, et il avançait vers elle jusqu'à ce que la terreur l'empoigne aux épaules et la réveille. Mais ce rêve n'eut lieu que deux ou trois fois, et dans la journée elle ne pensait plus désormais qu'aux études sur les radars, à l'école et à Mary Littlejohn. Elle se souvenait de John Henry tel qu'il était, et c'était très rare qu'elle devine sa présence – solennelle, grise et ondoyante comme celle d'un fantôme. Uniquement à l'heure du crépuscule, ou lorsqu'un certain et brusque silence emplissait sa chambre.

– J'ai été voir papa à sa boutique en sortant de l'école. Il avait reçu une lettre de Jarvis. Il est au Luxembourg.

Elle répéta :

– Luxembourg. Tu ne trouves pas que c'est un nom merveilleux ?

Bérénice sortit de sa somnolence.

– Ce nom-là, mon chou – ça me fait penser à de l'eau avec du savon. Mais c'est un nom assez joli.

– Il y a une cave dans la maison neuve. Et une buanderie.

Elle ajouta, au bout d'une minute :

– On traversera sûrement le Luxembourg quand on fera le tour du monde toutes les deux.

Elle retourna à la fenêtre. Il était près de cinq heures et dans le ciel le rougeoiement couleur géranium s'était éteint. Quelques teintes très pâles s'étiraient vers l'horizon glacé. La nuit, au moment où elle tombait, tombait toujours très vite, comme en hiver.

– Je suis tout à fait folle de...

Mais elle laissa sa phrase inachevée, car le silence venait de voler en éclats, et c'est avec un soudain tremblement de bonheur qu'elle entendit le timbre de la sonnette.

L'HORLOGE SANS AIGUILLES

À Mary E. Mercer, M.D.

Le plus « engagé » et le dernier des romans de Carson McCullers, L'Horloge sans aiguilles, *publié en 1961, n'en est pas le moins universel.*

Situé dans le Sud, pendant les années cinquante, ce roman prend en compte la question des droits civiques et du statut des Noirs dans le Sud profond, mais il le fait sans didactisme. C'est plutôt la verve et l'humour qui caractérisent ce roman, pourtant sombre. La leucémie de J.T. Malone, pharmacien de quarante ans (dont le nom évoque l'homme seul de Samuel Beckett dans Malone meurt, *publié en version anglaise en 1956 à New York) sert de cadre au roman, qui retrace les quinze mois précédant sa mort.*

Face à Malone, le juge Fox Clane, diabétique, et paralysé de la main gauche à la suite d'une attaque, nie l'évolution du Sud dans lequel il vit. Malgré ses idées rétrogrades et ses conceptions passéistes le juge Clane est un personnage que Carson McCullers a su rendre attachant par ses petites manies et ses grandes tirades. Il lit le rapport Kinsey en le cachant sous une couverture érudite, il cherche à maigrir tout en aimant bien trinquer avec Malone. Autant le juge goûte la vie et la déguste, autant Malone découvre le vide d'une vie qu'il n'a pas eue.

Le vieux juge dialogue avec J.T. Malone, ainsi qu'avec son petit-fils Jester et son jeune homme à tout faire, un Noir de dix-sept ans aux yeux bleus, Sherman Pew.

Les deux jeunes gens sont tous deux orphelins, comme la plupart des adolescents dépeints par Carson McCullers, et tous deux à la recherche du secret de leurs origines, qui constitue le suspens narratif.

Jester fait de l'aviation pour se donner l'illusion d'être sorti de sa chrysalide. En découvrant que son père est mort pour avoir défendu une idée de la justice différente de celle de son propre père, le juge Clane, il trouve son ancrage dans la généalogie familiale. Le début du chapitre onze s'ouvre sur une série de questions : « Qui suis-je ? Que suis-je ? Où vais-je ? » Ces questions fantômes, qui hantent le cœur de l'adolescent, Jester finit par leur trouver une réponse. Elle est formulée quelques lignes plus loin :

> *Et, ayant trouvé son père, il avait fini par se trouver lui-même. Il était fils de son père et il serait avocat. Une fois délivré de l'effarement causé par toutes les possibilités offertes, Jester se sentit heureux et libre.*

Quant à Sherman, la vérité de son sang mêlé est plus difficile à admettre, et il tente de se révolter en franchissant les limites de la ségrégation raciale. Personne ne fait attention à lui, jusqu'au jour où il loue une maison dans le quartier blanc, signant par là son arrêt de mort. La conflagration finale est une sorte de suicide du jeune paria.

Malone, qui se demande comment il peut mourir puisqu'il n'a pas encore vécu, fixe l'horloge sans aiguilles, figurant le temps suspendu de sa vie immobile. La lecture de La Maladie à la mort *de Kierkegaard lui a fait comprendre qu'il est aisé de se perdre soi-même sans s'en apercevoir. Sa fin est apaisée par l'amour conjugal retrouvé et il meurt moins seul.*

En contrepoint à cette trame parsemée de morts lentes ou violentes, Carson McCullers a créé une atmosphère légère, grâce aux dialogues très vivants, émaillés de citations et de jeux de mots. Le comique devient parfois énorme lorsque, rendu fou furieux par l'arrêt de la Cour Suprême instaurant l'intégration scolaire, au lieu de haranguer les foules à la radio, en exigeant le retour à la ségrégation raciale, le juge Clane se met à réciter le célèbre discours d'Abraham Lincoln, prononcé à Gettysburg (« The Gettysburg Address ») le 19 novembre 1863 en hommage aux morts de la guerre de Sécession. Cette courte déclaration, l'une des plus inspirées de l'histoire américaine, réaffirme le principe d'égalité inscrit dans la Déclaration d'Indépendance, en le resituant dans le contexte de cette guerre tragique et en appelant à l'instauration d'un gouvernement démocratique. En reprenant cette déclaration légendaire, comme son fils l'avait fait avant lui lors du procès qui les avait divisés, le juge commet un lapsus monumental et Carson McCullers prend ainsi indirectement position dans les conflits de son époque.

Lorsque l'on sait que Carson a dicté tout son roman parce qu'elle était paralysée, on admire d'autant plus la vivacité des dialogues, le goût des expressions imagées qui réunit les deux jeunes gens, et la finesse avec laquelle elle analyse la préparation à la mort d'un homme condamné : « Mais la vie se retirait de lui et, dans l'acte de mourir, la vie prenait une simplicité, une rigueur que Malone ne lui avait jamais connues. »

Simplicité et rigueur sont aussi la marque du style de Carson McCullers dans ce roman dont on retiendra les premiers mots : « La mort est toujours la même, mais chacun meurt à sa façon. »

Dédié à Mary Mercer, le médecin psychiatre qui a rendu à Carson le goût de vivre et d'écrire, ce dernier roman est la preuve émouvante de la lucidité de son auteur et de son courage méthodique face à l'inéluctable.

1

La mort est toujours la même, mais chacun meurt à sa façon. Pour J. T. Malone, cela commença d'une manière si banale qu'un temps il confondit la fin de sa vie avec le début d'une nouvelle saison. L'hiver de ses quarante ans fut anormalement froid pour cette ville du Sud – avec des journées glaciales, diaphanes, et des nuits resplendissantes. En cette année de 1953, le printemps éclata soudain au milieu de mars, et Malone traîna une piètre mine durant ces jours de floraison précoce et de cieux balayés par le vent. Pharmacien de son état, ayant incriminé le printemps, il se prescrivit un fortifiant à base de fer et d'extrait de foie. Malgré la fatigue qui venait vite, il s'en tint à sa routine habituelle. Il se rendait à pied à son travail; il était l'un des premiers commerçants à ouvrir son magasin dans la rue principale, et il le fermait à six heures. Il déjeunait au restaurant en ville et rentrait dîner chez lui le soir, en famille. Mais il manquait d'appétit et perdait régulièrement du poids. Quand il eut changé son costume d'hiver pour un complet de demi-saison, le tissu léger du pantalon flotta sur ses hanches décharnées. Il avait les tempes creuses, le cou maigre, en sorte que lorsqu'il mastiquait ou avalait on voyait battre ses artères et s'agiter sa pomme d'Adam. Mais il ne songeait pas à s'alarmer. Les premières chaleurs l'éprouvaient plus sévèrement que de coutume, voilà tout. Au fortifiant, il adjoignit le mélange classique de soufre et de mélasse – car, tout compte fait, rien ne valait les remèdes d'autrefois... Cette idée dut le soulager, puisqu'il ne tarda pas à se sentir un peu mieux et à s'attaquer à son jardin potager, comme tous les ans. Mais, un jour, alors qu'il préparait une ordonnance, il chancela et s'évanouit. Il consulta donc le médecin et se soumit à divers examens à l'hôpital de la ville. Cependant il ne s'inquiétait guère : il était déprimé, affaibli par le printemps; un jour de chaleur, il avait perdu connaissance – rien de plus simple, de plus naturel, même. Malone n'avait jamais envisagé sa propre mort autrement que dans une sorte d'avenir crépusculaire, indéterminé, ou en fonction de son assurance sur la vie. Il se considérait comme un homme pareil aux autres et sa mort allait de soi.

Le docteur Kenneth Hayden, bon client et ami, avait son cabinet à l'étage au-dessus de la pharmacie. Le jour où devaient parvenir les résultats des examens, Malone monta le voir à deux heures. Une fois seul avec lui, il sentit une menace indéfinissable. Le médecin ne le regardait pas directement, en sorte que son visage pâle et familier semblait comme privé d'yeux. Sa voix, lorsqu'il accueillit Malone, était étrangement guindée. Il s'assit en silence à son bureau et se mit à tripoter un coupe-papier, qu'il fixait intensément tout en le faisant passer d'une main dans l'autre. Ce silence bizarre mit Malone en garde; quand il ne put le supporter plus longtemps, il laissa échapper :

« Vous avez les résultats? Ai-je quelque chose qui cloche? »

Le médecin évita le regard bleu de Malone où perçait l'inquiétude; puis, gêné, il tourna les yeux vers la fenêtre ouverte, qu'il fixa.

« Nous avons soigneusement vérifié. L'examen du sang semble bien montrer quelque chose d'anormal », dit-il enfin, d'une voix douce et traînante.

Une mouche bourdonnait dans la pièce aseptisée, lugubre, où traînaient des odeurs d'éther. Malone était à présent certain d'avoir quelque trouble grave, et, incapable de supporter le silence ou la voix empruntée du médecin, il se mit à bavarder pour écarter la vérité.

« J'avais bien pensé que vous me trouveriez un peu d'anémie. J'ai été étudiant en médecine, vous savez... et je me demandais si j'avais bien mon compte de globules rouges. »

Le docteur Hayden baissa les yeux sur le coupe-papier qu'il tripotait sur le bureau. Sa paupière droite eut un soubresaut nerveux.

« En ce cas, nous allons pouvoir aborder la question de façon médicale. (Sa voix s'assourdit et son débit se précipita.) Vous n'avez que deux millions cent cinquante mille globules rouges. C'est donc de l'anémie. Mais là n'est pas le point important. Le nombre de globules blancs est anormalement élevé. Vous en avez deux cent huit mille... (Le docteur se tut et toucha sa paupière frémissante.) Vous savez sans doute ce que cela signifie? »

Malone l'ignorait. Le choc l'avait désorienté et la pièce lui semblait soudain glaciale. Il savait simplement que quelque chose de terrible lui arrivait dans cette salle froide qui tanguait. Il était hypnotisé par le coupe-papier que le docteur faisait tourner entre ses doigts courts et très propres. D'un lieu longtemps assoupi de sa mémoire surgit une vague impression de honte, liée à quelque souvenir encore indéfinissable. Ainsi souffrait-il de deux angoisses parallèles – appréhendant les paroles du médecin et cette mystérieuse humiliation oubliée. Les mains du docteur étaient blanches et poilues. Malone ne pouvait supporter de les voir jouer avec le coupe-papier et pourtant son attention en était mystérieusement captivée.

« Je ne me rappelle pas bien, dit-il en désespoir de cause. Il y a longtemps de cela et je n'ai jamais terminé ma médecine. »

Le docteur posa le coupe-papier et tendit à Malone un thermomètre.

« Voudriez-vous le placer sous votre langue? »

Il jeta un coup d'œil sur sa montre, puis, s'approchant de la fenêtre, regarda au-dehors, les mains nouées derrière le dos, les pieds solidement écartés.

« La lame montre une augmentation pathologique du nombre des globules blancs et une anémie concomitante. Il y a une prépondérance des formes jeunes de leucocytes. En résumé... (le docteur se tut, noua plus fortement ses mains et se tint un instant sur la pointe des pieds)... en un mot comme en cent, nous avons là un cas de leucémie. »

Se tournant d'un mouvement brusque, il prit le thermomètre et lut rapidement l'indication.

Malone demeurait assis, raidi dans l'attente, ses jambes comme liées l'une à l'autre, sa pomme d'Adam bataillant dans son cou frêle. Il dit :

« Je me sentais bien un peu fiévreux, mais je croyais simplement qu'il s'agissait d'un effet du printemps.

– J'aimerais vous examiner. Voudriez-vous vous déshabiller et vous allonger un instant? »

Malone, exposant sa nudité maigre et blafarde, s'étendit sur la table d'examen ; il avait honte.

« La rate est très augmentée de volume. Avez-vous remarqué des ganglions et des grosseurs ?

– Non, dit Malone. J'essaie de me rappeler ce que je sais de la leucémie. Je me souviens d'une petite fille dont on a parlé dans les journaux et à qui ses parents ont fêté son petit Noël en septembre parce qu'elle allait bientôt mourir. »

Malone fixa d'un regard désespéré une fente dans le plâtre du plafond. Des cris d'enfants parvenaient d'un cabinet voisin et, à demi étranglée de terreur et de révolte, cette voix ne lui sembla pas étrangère, mais issue de sa propre angoisse quand il demanda :

« Et moi, cette leucémie, vais-je en mourir ? »

La réponse lui parut évidente, bien que le médecin n'eût rien dit. Dans la pièce voisine, l'enfant poussa un long cri déchirant qui dura près d'une minute. Quand l'examen fut terminé, Malone s'assit en tremblant au bord de la table, écœuré de sa propre faiblesse et de son désarroi. Ses pieds étroits, déformés par les durillons, le dégoûtaient particulièrement, si bien qu'il enfila d'abord ses chaussettes grises. Comme le docteur se lavait les mains au lavabo d'angle, Malone, sans qu'il eût su dire pourquoi, en fut offensé. Il s'habilla et regagna sa chaise, près du bureau. Assis là, caressant ses cheveux rares et ternes, serrant étroitement sa longue lèvre supérieure contre l'autre qui tremblait, les yeux fébriles et terrorisés, il avait déjà la mine humble et passive de l'incurable.

Le docteur s'était remis à manipuler le coupe-papier et, de nouveau, Malone en fut captivé et obscurément angoissé ; les mouvements de la main et du couteau d'ivoire étaient une part de la maladie et aussi d'une humiliation mystérieuse, subconsciente. Il avala sa salive et affermit sa voix.

« Bon, et combien de temps me donnez-vous, docteur ? »

Pour la première fois, le médecin chercha le regard de Malone et le soutint fermement un instant. Puis ses yeux glissèrent jusqu'à la photo de sa femme et de deux petits garçons qui lui faisait face sur le bureau.

« Vous et moi, nous sommes pères de famille. À votre place, je sais que j'aimerais connaître la vérité. Que je mettrais mes affaires en ordre. »

Malone était presque incapable de parler, mais ce fut d'une voix forte et rauque qu'il dit :

« Combien de temps? »

Le bourdonnement de la mouche et la rumeur de la circulation dans la rue semblaient renforcer le silence et la tension de la pièce lugubre.

« Je crois que nous pouvons compter sur un an ou quinze mois... C'est difficile de se prononcer avec certitude. »

Les mains du médecin étaient couvertes de longs poils noirs et elles jouaient sans arrêt avec le couteau d'ivoire et, bien que pour quelque obscure raison la vue en fût odieuse à Malone, son attention ne pouvait s'en détacher. Il se mit à parler d'une voix précipitée.

« C'est curieux, jusqu'à cet hiver, j'avais une assurance-vie classique. Mais je l'ai échangée contre une de ces polices qui vous donnent droit à une retraite... Vous avez dû voir les réclames dans les journaux. À partir de soixante-cinq ans, vous touchez deux cents dollars par mois jusqu'à la fin de vos jours. C'est drôle quand j'y pense, maintenant... (Après un rire brisé, il ajouta :) Il va falloir qu'on la reconvertisse en ce qu'elle était auparavant... une simple assurance-vie. *La Métropolitaine* est une excellente compagnie... Cela fait presque vingt ans que j'y cotise... diminuant un peu mes versements pendant la crise, mais me rattrapant ensuite quand je l'ai pu. Les réclames de la police-retraite dépeignent toujours un couple d'un certain âge dans un climat ensoleillé... la Floride ou la Californie... Mais, ma femme et moi, nous avions une autre idée. Nous songions à un petit coin à nous dans le Vermont ou dans le Maine. À force de vivre dans le Sud, on finit par se fatiguer du soleil et de la lumière... »

Soudain, l'écran de mots se déchira et, confronté sans défense à son sort, Malone se mit à pleurer. Il se couvrit le visage de ses grandes mains tachées par l'acide et s'efforça de maîtriser ses sanglots.

Le médecin regarda le portrait de sa femme comme pour lui demander conseil et tapota doucement le genou de Malone.

« À notre époque, il ne faut désespérer de rien. Chaque mois, la science découvre une arme nouvelle contre la maladie. Peut-être trouvera-t-on bientôt un moyen d'empêcher la prolifération des cellules atteintes. En attendant, nous ferons tout ce qui est humainement possible pour prolonger votre vie et vous soulager. L'avantage de cette maladie – pour autant qu'on puisse parler d'un avantage –, c'est qu'on ne souffre guère. Et nous essaierons tous les traitements. J'aimerais vous hospitaliser dès que possible et qu'on commence les transfusions et les rayons X. Vous vous sentiriez sans doute beaucoup mieux. »

Malone s'était ressaisi et s'épongeait le visage avec son mouchoir. Ensuite, il souffla sur ses lunettes, les essuya et les remit sur son nez.

« Excusez-moi, je crois que je suis affaibli et un peu tourneboulé. J'irai à l'hôpital quand vous voudrez. »

Malone entra à l'hôpital de bonne heure le lendemain matin pour y rester trois jours. La première nuit, on lui donna un calmant et il revit en rêve les mains du docteur Hayden, tripotant le coupe-papier sur le bureau.

Au réveil il retrouva la vague impression de honte qui l'avait tourmenté la veille, et il perçut l'origine de son obscur malaise dans le cabinet du docteur. Il réalisait pour la première fois que le docteur Hayden était juif. Il exhuma ce souvenir si pénible qu'il avait été contraint de l'enfouir dans l'oubli. Cela remontait à l'époque où il avait échoué à ses examens de deuxième année de médecine. Dans cette école du Nord, il avait eu pour camarades un tas de juifs, tous bûcheurs acharnés. Ils élevaient tellement le niveau des études qu'un étudiant moyen n'avait plus guère de chances. Les bûcheurs juifs avaient évincé J. T. Malone de l'école et mis fin à son ambition d'être médecin ; il avait dû se rabattre sur la pharmacie. Près de lui, de l'autre côté de la travée, un juif du nom de Lévy, qui jouait sans cesse avec un fin canif, l'empêchait de se concentrer sur les cours... Un bûcheur juif, qui avait toujours les meilleures notes et qui travaillait à la bibliothèque tous les soirs, jusqu'à l'heure de la fermeture. Et n'avait-il pas, lui aussi, un tic de paupière ? Malone croyait bien s'en souvenir... Découvrir que le docteur Hayden était juif lui parut d'une telle importance qu'il se demanda comment il avait pu rester si longtemps sans s'en apercevoir. Hayden était un bon client, un ami ; ils travaillaient tous deux dans le même immeuble depuis des années ; ils se voyaient chaque jour... Comment n'avait-il rien remarqué plus tôt ? Peut-être était-ce le prénom du médecin qui l'avait trompé. Kenneth Hale. On avait beau être sans préjugés, quand les juifs adoptaient de vieux noms sudistes comme ces deux-là, cela ne paraissait pas très honnête... En fait, les petits Hayden avaient tous des nez crochus... Et il se souvenait maintenant d'avoir vu une fois toute la famille sur les marches de la synagogue, un samedi... Quand le docteur Hayden faisait sa tournée, Malone l'observait avec effroi, malgré sa qualité de client et d'ami de longue date. Ce n'était pas tant que Kenneth Hale fût juif, mais plutôt le fait qu'il était vivant et continuerait à vivre – lui et ses pareils – alors que J. T. Malone avait une maladie incurable et mourrait dans un an ou quinze mois. Malone pleurait parfois, lorsqu'il était seul. Il dormit aussi beaucoup et il lut bon nombre de romans policiers. Quand il quitta l'hôpital, sa rate avait beaucoup diminué de volume, mais il n'y avait pas grand-chose de changé à ses globules blancs. Il était incapable de penser aux mois à venir ou d'imaginer la mort.

Ensuite il fut environné d'une zone de solitude, bien que sa vie quotidienne n'eût pratiquement pas changé. Il ne dit rien de mal à sa femme, à cause de l'intimité que la tragédie risquait de recréer; des passions du mariage, depuis longtemps éventées, il ne leur restait plus que des préoccupations de père et de mère de famille. Ellen venait d'entrer en seconde cette année-là et Tommy avait huit ans. Martha Malone était une femme énergique aux cheveux grisonnants – une excellente mère, mais qui contribuait aussi au budget familial. Pendant la crise, elle avait monté un commerce de gâteaux sur commande et à cette époque Malone n'avait rien trouvé à objecter. Même à présent que toutes les dettes de la pharmacie étaient payées, elle continuait son affaire de pâtisserie; en outre, elle fournissait un certain nombre de drugstores en sandwichs soigneusement empaquetés d'un papier portant une bande à son nom. Elle faisait de bonnes affaires et pouvait gâter les enfants – et elle avait même acheté des actions de Coca-Cola. Malone avait alors eu l'impression qu'elle allait trop loin. Il craignait de passer pour incapable de faire vivre sa famille et se sentait blessé dans son orgueil. Il s'était du moins refusé formellement à une chose : livrer la marchandise ou permettre à ses enfants et à sa femme de le faire. Mrs. Malone conduisait jusque chez les clients, afin que la bonne (les domestiques des Malone étaient toujours trop jeunes ou trop vieilles – pour cela même, sous-rétribuées) n'eût plus qu'à s'extirper tant bien que mal de la voiture avec les gâteaux et les sandwichs. Malone n'arrivait pas à comprendre le changement qui s'était produit chez sa femme. Il avait épousé une jeune fille en robe de crêpe de Chine, qui s'était évanouie un jour où une souris lui était passée sur le pied – et, mystérieusement, elle était devenue une ménagère aux cheveux gris, propriétaire d'un commerce à elle et même d'actions de Coca-Cola. Il vivait désormais dans un vide étrange, limité par les soucis de la vie de famille – réunions dansantes au collège, le récital de violon de Tommy, gâteaux de mariage à plusieurs étages – et les activités quotidiennes tournoyaient autour de lui comme les feuilles mortes cernent le centre d'un tourbillon, bizarrement, sans jamais le toucher.

Malgré l'affaiblissement dû à sa maladie, Malone était agité. Souvent, il marchait sans but dans la ville – à travers les ruelles sordides et bondées qui entouraient la filature, ou dans le quartier noir, ou sur les avenues bourgeoises aux maisons entourées de pelouses soigneusement entretenues. Durant ces promenades, il avait le regard effaré du distrait qui cherche quelque chose, mais a déjà oublié ce qu'il a perdu. Souvent, sans raison, il tendait le bras pour saisir un objet au hasard ; il faisait un crochet pour toucher un réverbère ou poser la main sur un mur de brique. Alors il s'immobilisait, transfiguré, absorbé. Il revenait examiner, encore une fois, avec une attention morbide, un orme aux feuilles vertes, auquel il arrachait une plaque d'écorce noire de suie. Le réverbère, le mur, l'arbre continueraient d'être, alors qu'il serait mort, et cette pensée lui était odieuse. Il souffrait aussi d'un désarroi plus profond. Son impuissance à admettre la réalité d'une mort prochaine le conduisait à un sentiment d'irréalité générale. Parfois, et obscurément, Malone avait l'impression de trébucher dans un univers extravagant d'où l'ordre était exclu et auquel on ne pouvait concevoir de but.

Il cherchait un réconfort dans la religion. Quand le tourmentait l'irréalité de la mort et de la vie, il se raccrochait à l'idée que la Première Église Baptiste était bien réelle. C'était la plus grande de la ville ; elle occupait à elle seule la moitié d'un pâté de maisons, en plein centre, et le bâtiment valait bien deux millions de dollars, au bas mot. D'une église comme celle-ci, impossible de douter. Et elle avait pour piliers des familles cossues, des citoyens marquants. Butch Henderson, l'agent immobilier, un des hommes d'affaires les plus avisés de la ville, était diacre ; de toute l'année, il ne manquait pas un office – et voyons, est-ce que Butch Henderson était homme à gaspiller son temps et sa peine à quelque chose qui ne serait pas bien réel ? Les autres diacres étaient de la même envergure... le président de la filature de nylon, un administrateur des chemins de fer, le propriétaire du grand bazar... tous hommes d'affaires dignes de confiance, avisés, au jugement sans faille. Et ils étaient croyants et pratiquants. Ils avaient foi en une vie après la mort. Même le milliardaire T. C. Wedwell, un des commanditaires de Coca-Cola, avait laissé à la paroisse 500 000 dollars pour la construction de l'aile droite. T. C. Wedwell avait eu le flair surnaturel de miser sur le Coca-Cola, et T. C. Wedwell avait fréquenté l'église et cru en l'au-delà jusqu'à concurrence d'un demi-million de dollars. Lui, qui n'avait jamais fait un mauvais placement, avait investi dans l'éternité. Fox Clane, enfin, était au nombre des fidèles. Le vieux juge et ancien membre du Congrès – orgueil de l'État et du Sud – assistait fréquemment aux offices lorsqu'il était en ville, et il se mouchait quand on chantait ses cantiques favoris. Fox Clane pratiquait et croyait, et Malone était disposé à le suivre en ce domaine, comme il l'avait suivi en politique. Il allait donc fidèlement à l'église.

Un dimanche, au début d'avril, le docteur Watkins fit un sermon qui impressionna profondément Malone. Le docteur Watkins était un pasteur sans façon qui empruntait souvent ses comparaisons aux sports ou aux affaires. Son sermon de ce dimanche-là traitait du salut qui couche en joue la mort. Sa voix résonnait sous les voûtes; les vitraux projetaient leurs couleurs éclatantes sur les fidèles. Malone restait assis, crispé, l'oreille tendue vers une révélation personnelle imminente. Mais, malgré la longueur du sermon, la mort demeura un mystère et, la première exaltation passée, il se sentit vaguement mystifié lorsqu'il quitta l'église. Comment coucher la mort en joue? Autant brandir une arme contre le Ciel. Malone examina l'azur sans nuages jusqu'à en avoir le cou douloureux. Puis il se hâta vers la pharmacie.

Ce jour-là, Malone fit une rencontre qui le bouleversa d'étrange façon, bien qu'en surface ce fût un incident banal. Les rues commerçantes étaient désertes, mais il entendit des pas derrière lui, qui ne cessèrent pas lorsqu'il eut tourné dans une rue transversale. Quand il eut pris au plus court, par une ruelle non pavée, il n'entendit plus rien, mais il gardait le sentiment pénible d'être suivi et il aperçut une ombre sur le mur. Il se retourna si brusquement qu'il entra en collision avec son poursuivant. C'était un jeune homme de couleur qu'il connaissait de vue et qu'il rencontrait à chacune de ses promenades, semblait-il. Ou peut-être le remarquait-il à chaque fois à cause de son aspect étrange. De taille moyenne, le jeune garçon avait un corps musclé et un visage à l'expression maussade. À part ses yeux, rien ne le différenciait des autres Noirs. Mais ses yeux étaient gris-bleu et, dans le visage sombre, ils avaient un regard froid et violent. Une fois qu'on les avait vus, le reste du corps paraissait également bizarre et mal proportionné. Les bras étaient trop longs, la poitrine trop large – et l'expression variait de la sensibilité émotive à l'entêtement maussade. Malone en était impressionné, au point que pour lui ce garçon n'était pas simplement un *jeune homme de couleur*, selon l'expression anodine. Son esprit usait automatiquement de l'expression péjorative *sale nègre*, quoiqu'il ne sût rien du personnage et que d'ordinaire il fût bienveillant sur ce sujet. Quand Malone se retourna et qu'ils se heurtèrent, le nègre reprit son aplomb, mais ne bougea pas ; ce fut Malone qui se recula un peu. Ils restèrent à se dévisager dans l'étroite ruelle. Ils avaient tous deux le même regard gris-bleu et, un instant, on aurait pu croire qu'ils jouaient à qui ferait baisser les paupières de l'autre. Les yeux que fixait Malone étaient glacés et flamboyants dans le visage sombre – puis Malone eut l'impression que la flamme de ce regard vacillait, se figeait en une mystérieuse compréhension. Ces yeux étranges savaient qu'il allait bientôt mourir. Son émotion fut si prompte et si brutale qu'il frissonna et se détourna. L'échange de regards n'avait pas duré plus d'une minute et n'avait en apparence abouti à rien, mais Malone sentit que quelque chose d'important et de terrible s'était accompli. D'un pas incertain, il poursuivit son chemin dans la ruelle, au bout de laquelle il fut soulagé d'apercevoir des visages amicaux, sans rien d'étrange ; soulagé de se retrouver dans sa pharmacie banale et familière.

Le vieux juge passait souvent prendre un verre, le dimanche, avant déjeuner ; Malone fut heureux de le voir, qui pérorait déjà devant un groupe d'amis, près du bar ; mais il salua machinalement ses clients, sans s'attarder. Au plafond, les ventilateurs électriques brassaient les diverses émanations de la salle – odeurs sirupeuses du bar, avec, en arrière-goût, les relents amers des produits pharmaceutiques de l'officine.

« Je suis à vous dans une minute, J. T. », lança le juge, qui, au passage de Malone, s'était arrêté de discourir.

Le juge était un homme monumental, au visage rubicond, auréolé de cheveux blanc-jaune. Il portait un complet de toile blanche tout froissé, une chemise lavande, et sa cravate, ornée d'une perle, était maculée de café. Il avait posé précautionneusement au bord du comptoir sa main gauche paralysée à la suite d'une attaque. Cette main-là était propre et boursouflée d'inaction, tandis que la droite, dont le juge se servait sans arrêt en parlant, avait des ongles en deuil et portait à l'annulaire un saphir étoilé. Le vieil homme se servait d'une canne d'ébène à la poignée d'argent recourbée. Il acheva sa diatribe contre le Gouvernement fédéral et s'en fut rejoindre Malone dans l'officine.

C'était une toute petite pièce, séparée du reste de la boutique par un mur aux étagères garnies de fioles de produits pharmaceutiques. Il y avait à peine la place d'un fauteuil à bascule et de la table de travail. Malone avait sorti une bouteille de whisky et déployé une chaise pliante, entreposée dans un coin. Le juge, qui, debout, emplissait la pièce, s'affala avec précaution dans le fauteuil. L'odeur de sueur qui montait de son corps énorme se mêlait à celle de l'huile de ricin et de désinfectant. Lorsque Malone servit le whisky, le liquide clapota légèrement au fond des verres.

« Il n'y a pas de musique plus harmonieuse que celle du whisky dans le premier verre du dimanche matin. Ni Bach, ni Schubert, ni aucun des grands maîtres que joue mon petit-fils... »

Le juge se mit à chanter :

« Oh! le whisky, c'est la vie de l'homme!... Oh! whisky... Oh! Johnny!... »

Il but lentement, prenant le temps, après chaque gorgée, de tourner sa langue dans sa bouche pour savourer l'arrière-goût du whisky. Malone but si vite que l'alcool sembla lui fleurir dans le ventre comme une rose.

« J. T., avez-vous jamais réfléchi que le Sud est pris dans le tourbillon d'une révolution presque aussi désastreuse que la Guerre civile?... »

Malone n'y avait pas réfléchi, mais il inclina la tête; et il la hochait avec gravité, tandis que le juge poursuivait :

« Un vent de révolution se lève pour détruire les fondations mêmes sur lesquelles repose le Sud. La capitation [117] va être abolie, en sorte que n'importe quel négro ignare pourra voter. Après quoi nous aurons l'égalité des droits au point de vue scolaire [118]... Imaginez qu'un jour viendra où de délicates petites filles blanches apprendront à lire et à écrire assises côte à côte avec des nègres noirs comme du charbon. Nous risquons de nous voir imposer un salaire minimum outrageusement élevé qui sonnera le glas du Sud agricole. Payer à l'heure un ramassis d'ouvriers incapables, vous imaginez ça, vous! Les immeubles de l'Administration fédérale du logement [119] sont déjà la ruine des propriétaires. On appelle cela suppression des taudis.... Mais les taudis, qui les fait, je vous le demande un peu?... Les gens qui vivent dans des taudis font les taudis par leur imprévoyance. Et notez bien ce que je vais vous dire, ces immeubles du Gouvernement fédéral, aussi modernes et nordistes qu'ils soient, je ne leur donne pas dix ans pour devenir des taudis. »

Malone écoutait avec la même attention qu'il avait accordée au sermon à l'église. Son amitié avec le juge était l'un de ses plus grands sujets d'orgueil. Il connaissait le juge Clane depuis son installation à Milan et il avait souvent chassé sur sa propriété durant la saison... Il avait même passé là-bas le samedi et le dimanche précédant la mort du fils unique du juge. Surtout, une particulière intimité s'était établie entre eux après la maladie du vieil homme, à l'époque où celui-ci avait semblé au bout de sa carrière politique. Malone allait voir le juge le dimanche, en lui apportant une brassée de légumes de son jardin, ou telle marque de porridge qu'il aimait bien. Parfois, ils jouaient au poker, mais, d'ordinaire, le juge discourait et Malone écoutait. À ces moments-là, Malone se sentait tout proche de la source du pouvoir – comme s'il avait été, lui aussi, membre du Congrès. Quand le juge fut guéri, ce fut lui qui vint à la pharmacie, le dimanche, et tous deux ne manquaient pas de prendre un verre ensemble dans l'officine. Si les idées du vieux juge inspiraient parfois quelques doutes à Malone, il les étouffait aussitôt. Qui donc était-il pour chicaner sur les convictions d'un membre du Congrès? Et à présent que le vieux juge parlait de poser à nouveau sa candidature, Malone avait le sentiment que la responsabilité allait être confiée à qui il convenait, et il n'en désirait pas davantage.

Au second verre, le juge sortit sa boîte de cigares et, en raison de l'infirmité de son vieil ami, Malone en prépara deux. La fumée s'élevait en raies droites jusqu'au plafond bas et s'y brisait. La porte sur la rue était ouverte et un rayon de soleil donnait à la fumée des reflets opalins.

« J'ai un grand service à vous demander, dit Malone. Je voudrais faire mon testament.

– Toujours heureux de vous aider, J. T. Prévoyez-vous une clause spéciale?

– Oh! non, un testament tout simple... Mais je voudrais que vous vous en occupiez le plus tôt possible. »

Il ajouta d'une voix sans timbre : « Les docteurs disent que je n'ai plus très longtemps à vivre. »

Le juge cessa de se balancer et posa son verre.

« Mais pourquoi diable? De quoi souffrez-vous, J. T.? »

C'était la première fois que Malone parlait de sa maladie; il y trouva un certain soulagement.

« Il paraît que j'ai une maladie du sang.

– Une maladie du sang! Mais, voyons, c'est ridicule! En fait de sang, on n'en trouverait guère de meilleur que le vôtre dans tout l'État. Je me souviens bien de votre père, qui avait sa pharmacie en gros à un grand carrefour de Macon. Et votre mère, je me la rappelle aussi... C'était une Wheelwright. Vous avez le meilleur sang de l'État dans les veines, J. T., ne l'oubliez pas! »

Malone ressentit un petit frisson d'orgueil et de plaisir qui passa presque aussitôt.

« Les médecins...

– Oh! les médecins... avec tout le respect dû à la profession médicale, je crois rarement un mot de ce qu'ils disent. Ne vous laissez pas impressionner par eux. Il y a quelques années, lorsque j'ai eu cette petite attaque, mon médecin, Doc Tatum, là-bas, à Flowering Branch, a commencé ses discours alarmistes : pas d'alcool, pas de cigares, pas même de cigarettes. Autant apprendre tout de suite à toucher de la harpe ou à pelleter du charbon... (Le juge gratta des cordes imaginaires et fit le geste de se servir d'une pelle.) Mais j'ai tenu tête au Doc et suivi mon instinct. L'instinct, c'est ce qu'il faut suivre... Et me voilà, vraiment frais et gaillard pour un homme de mon âge. Tandis que le pauvre Doc, quelle ironie!... J'ai tenu les cordons du poêle à ses funérailles. L'ironie, c'est que le Doc était un anti-alcoolique convaincu, qui ne fumait jamais, en plus... encore qu'il appréciât une chique de temps à autre. Un grand bonhomme qui faisait honneur à sa profession, mais, comme tous ses confrères, pessimiste dans ses jugements et enclin à l'erreur. Ne vous laissez pas intimider par eux, J. T. »

Malone se sentit réconforté et, comme il venait de se servir un autre verre, il commença d'envisager la possibilité d'une erreur de diagnostic.

« D'après la lame, c'est une leucémie. La numération globulaire indique une terrible augmentation des leucocytes.

– Des leucocytes? demanda le juge. Qu'est-ce donc?
– Des globules blancs.
– Je n'en ai jamais entendu parler.
– Nous en avons, pourtant. »

Le juge caressa de la paume la poignée d'argent de sa canne. « Si c'était votre foie, votre cœur ou vos reins, je comprendrais votre inquiétude. Mais une affection bénigne, comme d'avoir trop de leucocytes, ça me paraît un peu tiré par les cheveux. Voyons, j'ai vécu plus de quatre-vingts ans sans jamais me demander si j'en avais ou non, de ces leucocytes. »

Le juge replia les doigts, dans un geste qui indiquait la réflexion; puis il rouvrit la main en regardant Malone de ses yeux bleus, tout pensifs.

« Quand même, c'est un fait que vous n'avez pas bonne mine depuis quelque temps. Le foie est excellent pour le sang. Vous devriez manger du foie de veau sauté et du foie de bœuf nappé de sauce à l'oignon. C'est un plat délicieux en même temps qu'un remède naturel. Et le soleil purifie le sang. Je jurerais que vous n'avez rien dont ne viendra à bout une vie bien réglée et le bel été de Milan. (Le juge leva son verre.) Et voilà le meilleur des reconstituants. Il stimule l'appétit et calme les nerfs. Vous êtes nerveux et suggestionné, tout simplement, J. T.
– Juge Clane. »

Grown Boy venait d'entrer et restait planté dans la pièce. C'était le neveu de Verily, la domestique de couleur du juge, un grand et gros gamin de seize ans qui ne jouissait pas de toutes ses facultés. Il portait un complet bleu, trop étroit pour lui, et des chaussures pointues qui le faisaient boiter. Il était enrhumé et, au lieu d'utiliser le mouchoir qu'on lui voyait dans sa poche de poitrine, il s'essuyait le nez avec le dos de la main.

« C'est dimanche », dit-il.

Le juge fouilla sa poche et tendit une pièce au jeune garçon. Tout en boitant avec empressement vers le bar, Grown Boy lança derrière lui, d'une voix douce et traînante :

« Merci beaucoup, juge Clane. »

Le juge jetait sur Malone des coups d'œil rapides et tristes, mais, quand le pharmacien revint vers lui, il évita son regard et se remit à caresser sa canne.

« À chaque heure... chaque être vivant est plus près de la mort, mais y pensons-nous? Nous sommes assis là, à boire notre whisky et à fumer nos cigares, et chaque minute nous rapproche de notre fin. Grown Boy mange son cornet de glace sans s'interroger sur rien. Et me voilà ici, moi, vieillard décrépit à qui la mort s'est attaquée, et l'escarmouche a tourné court. Je suis un champ de bataille de l'éternel front de la mort. Depuis dix-sept ans que mon fils n'est plus, j'attends. *Ô mort, où est ta victoire* [120] ? La victoire a été remportée cet après-midi de Noël où mon fils a mis fin à ses jours.

– Je pense souvent à lui, dit Malone. Et je partage votre chagrin.

– Et pourquoi? Pourquoi a-t-il fait cela? Mon fils si beau, si plein de promesses. Vingt-cinq ans, même pas, reçu avec les félicitations du jury à ses examens d'université... Il avait déjà son diplôme de droit; une belle carrière s'ouvrait devant lui. Et il avait une ravissante jeune femme, et un bébé en route... Il était à l'aise, riche même... ma fortune se trouvait alors à son apogée... À l'occasion de son diplôme, je lui avais fait don de Sereno, qui m'avait coûté quarante mille dollars l'année précédente... près de mille arpents de la meilleure terre pour la culture des pêches... Fils d'un homme riche, enfant chéri de la Fortune, comblé dans tous les domaines, au seuil d'une belle carrière... Ce garçon aurait pu devenir président... tout ce qu'il aurait voulu... Pourquoi est-il mort? »

Malone suggéra doucement :

« Un accès de mélancolie, peut-être.

– La nuit de sa naissance, j'ai vu une extraordinaire étoile filante. C'était une belle nuit et l'étoile a tracé un arc dans le ciel de janvier. Miss Missy était depuis huit heures en travail, et moi, je me traînais au pied de son lit en priant et pleurant. Le Doc Tatum m'a pris par la peau du cou et m'a jeté dehors en disant : " Sortez de là, espèce d'empoté geignard!... Allez vous enivrer à l'office ou faire un tour au jardin. " Une fois dehors, quand j'ai regardé le ciel, j'ai vu la traînée lumineuse de cette étoile filante... et c'est à cet instant même que Johnny, mon fils, est né.

– À n'en pas douter, c'était prophétique, dit Malone.

– Plus tard, je suis allé à la cuisine... Il était quatre heures du matin... et j'ai préparé au Doc une paire de cailles et du gruau de maïs. Pour ce qui était de faire rôtir les cailles, j'avais toujours été de première force. (Le juge se tut, puis dit timidement :) Et savez-vous quelque chose d'étrange, J. T.? »

Malone regarda le visage bouleversé du juge et ne répondit pas.

« Ce Noël, nous avions mangé des cailles au déjeuner au lieu de la dinde traditionnelle. Johnny, mon fils, était allé à la chasse le dimanche précédent. Ah! les coïncidences de la vie... grandes et petites... »

Pour réconforter le juge, Malone dit :

« Peut-être n'était-ce qu'un accident. Peut-être que Johnny nettoyait son fusil.

– Ce n'était pas son fusil. C'était mon pistolet.

– Je chassais à Sereno ce dimanche avant Noël. Ce dut être une dépression momentanée.

– Quelquefois, je crois que... »

Le juge s'interrompit, car il n'aurait pu ajouter un mot sans fondre en larmes. Malone lui tapota le bras, et le vieil homme, se dominant, reprit :

« Quelquefois, je pense que c'était pour me contrarier.

– Oh! non, certainement pas. Une dépression, simplement... on ne pouvait pas s'en douter, ni rien faire pour la soulager.

– Peut-être, dit le juge, mais ce même jour nous nous étions querellés.

– À quel propos? On se chamaille toujours, en famille.

– Mon fils voulait passer outre à un axiome.

– Un axiome? De quel genre?

– Il s'agissait d'une affaire sans conséquence. D'un procès concernant un Noir qu'il était de mon devoir de condamner.

– Vous vous blâmez sans nécessité, dit Malone.

– Nous étions à table avec du café, des cigares et du vrai cognac... Les dames étaient au salon... et Johnny s'excitait de plus en plus. Pour finir, il m'a crié quelque chose et il s'est précipité dans l'escalier. Nous avons entendu le coup de feu quelques minutes plus tard.

– Il s'était toujours montré impulsif.

– De nos jours, les jeunes ne consultent plus leurs aînés, semble-t-il. Mon fils s'est marié au sortir d'un bal. Il nous a réveillés, sa mère et moi, pour nous annoncer qu'il avait épousé Mirabelle. Il l'avait enlevée... pour passer devant le juge de paix, remarquez. Ce fut un grand chagrin pour sa mère – encore qu'on dût s'apercevoir par la suite que c'était une bénédiction.

– Votre petit-fils est le portrait de son père, dit Malone.

– Son image vivante. Avez-vous vu deux jeunes gens plus brillants?

– Cela doit être un grand réconfort pour vous. »

Le juge porta son cigare à sa bouche avant de répondre.

« Réconfort... inquiétude... Il est tout ce qui me reste.

– Il va étudier le droit et se lancer dans la politique?

– Non! fit violemment le juge. Je ne veux pas qu'il fasse du droit ni de la politique.

– Jester réussirait dans n'importe quelle branche, dit Malone.

– La mort, dit le vieux juge, voilà la grande trahison. Vous vous figurez que les médecins vous ont trouvé une maladie incurable. Je n'en crois rien, moi... Avec tout le respect dû à leur profession, les médecins ne savent pas ce qu'est la mort... Qui peut le savoir? Le Doc Tatum lui-même l'ignorait. Moi qui suis un vieillard, il y a quinze ans que j'attends la mort. Mais la mort est trop rusée. Quand vous l'attendez, quand enfin vous l'affrontez, elle ne vient pas. Elle rôde dans les coins. Elle massacre ceux qui l'oublient de préférence à ceux qui la guettent. Oh! qu'est-il donc arrivé à mon fils, si rayonnant de vie?

– Fox, demanda Malone, croyez-vous en la vie éternelle?

– Oui, dans la mesure où je peux embrasser l'idée d'éternité. Je sais que mon fils vivra toujours en moi et mon petit-fils en lui et en moi. Mais qu'est-ce que l'éternité?

– À l'église, dit Malone, le docteur Watkins nous a fait un sermon sur le salut qui couche en joue la mort.

– Jolie formule... J'aimerais l'avoir trouvée moi-même. Mais ça ne veut rien dire du tout. Il ajouta catégoriquement : Non, je ne crois pas en l'éternité au sens religieux du mot. Je crois aux choses que je connais et en ma descendance à venir. Je crois en mes aïeux aussi. Est-ce cela que vous entendez par éternité? »

Malone demanda soudain :

« Avez-vous jamais vu un Noir aux yeux bleus?

– Un négro à yeux bleus, c'est ce que vous voulez dire? »

Malone fit :

« Oui, mais je ne parle pas d'un vieux bonhomme aux prunelles bleuâtres de vieillesse. Il s'agit d'un jeune Noir aux yeux gris-bleu que je vois rôder en ville. Il m'a fait sursauter aujourd'hui. »

Les yeux du juge étaient semblables à des bulles bleues. Il vida son verre avant de répondre.

« Je connais le nègre dont vous parlez.

– Qui est-ce?

– Rien qu'un nègre qui erre en ville et qui ne m'intéresse pas. Il fait des massages, se charge des courses... Il sait un peu tout faire. De surcroît, c'est un chanteur de talent. »

Malone dit :

« Je l'ai rencontré dans une ruelle derrière la pharmacie; il m'a flanqué une belle peur. »

Le juge, avec une énergie que, sur le moment, Malone trouva curieuse, déclara :

« Sherman Pew, c'est le nom de ce nègre, ne m'intéresse pas. Cependant, étant donné la pénurie de domestiques, je songe à le prendre chez moi.

– Je n'ai jamais vu des yeux aussi étranges, dit Malone.

– Un enfant trouvé, dit le juge... Quelque sale histoire... Il a été abandonné tout petit dans l'église de l'Ascension. »

Malone sentit que le juge ne lui disait pas tout, mais ce n'était pas lui qui irait fureter dans les affaires compliquées d'un homme aussi important.

« Jester... Quand on parle du loup... »

John Jester Clane se tenait dans la pièce avec, derrière lui, l'éclatante lumière de la rue ensoleillée. C'était un jeune homme de dix-sept ans, mince et souple, aux cheveux auburn et au teint si clair que les abondantes taches de rousseur de son nez retroussé faisaient penser à de la cannelle saupoudrant une crème. Dans la lumière qui l'auréolait, ses cheveux paraissaient rouges et, bien que son visage fût dans l'ombre, il abritait de la main ses yeux d'un brun rougeâtre. Il portait des blue-jeans et un tricot rayé dont il avait relevé les manches sur ses coudes délicats.

« Couché, Tigre! » dit Jester.

Le chien était un boxer bringé unique de son espèce en ville. Et il avait l'air si féroce que Malone, lorsqu'il le rencontrait seul dans la rue, en avait peur.

« J'ai volé seul, grand-père », dit Jester d'une voix surexcitée. Puis, découvrant Malone, il ajouta poliment :

« Bonjour, Mr. Malone. Comment allez-vous aujourd'hui? »

Des larmes, suscitées autant par l'alcool que par l'orgueil et les souvenirs, montèrent aux yeux affaiblis du juge.

« Volé seul, vraiment, chéri? Qu'as-tu ressenti? »

Jester réfléchit un moment :

« Pas tout à fait ce que j'avais prévu. Je pensais me sentir solitaire, et fier aussi, en quelque sorte. Mais je crois que j'étais absorbé par les commandes. Je crois que je me suis senti tout bonnement... sûr de moi.

– Imaginez-vous ça, J. T.? dit le juge. Il y a quelques mois, ce garnement est venu m'annoncer qu'il allait prendre des leçons de pilotage à l'aérodrome. Il avait mis de l'argent de côté et pris toutes ses dispositions. Sans se soucier de ma permission, notez. Il s'est contenté de venir m'annoncer : " Grand-père, je vais apprendre à piloter. " (Le juge caressa la cuisse de Jester.) N'est-ce pas, Biquet? »

Le jeune homme rapprocha ses deux longues jambes.

« Ce n'est rien. Tout le monde devrait savoir piloter.

– De nos jours, qu'est-ce qui peut bien pousser les jeunes à ces actes inouïs? Il n'en était pas ainsi de mon temps, ni du vôtre, J. T. Ne voyez-vous pas maintenant pourquoi j'ai si peur? »

Le juge parlait d'un ton lamentable, et Jester lui subtilisa adroitement son verre, qu'il cacha sur une étagère d'angle. Malone s'en aperçut et se sentit offensé pour le juge.

« C'est l'heure de déjeuner, grand-père. La voiture est un peu plus bas dans la rue. »

Le juge se leva lourdement, en prenant appui sur sa canne, tandis que le chien allait vers la porte.

« Je suis à ta disposition, Biquet. »

Sur le seuil, il se tourna vers Malone :

« Ne vous laissez pas impressionner par les médecins, J. T. La mort est une rouée qui a plus d'un tour dans son sac. Vous et moi, nous mourrons peut-être ensemble en suivant l'enterrement d'une fillette de douze ans. »

Malone gagna la façade pour fermer la porte principale et, de là, il surprit une conversation.

« Grand-père, ça m'ennuie de vous le dire, mais j'aimerais bien que vous ne m'appeliez pas *Biquet* ou *chéri* devant les étrangers. »

À cet instant, Malone détesta Jester. Il était blessé par le terme *étranger*, et la sensation réconfortante que lui avait laissée la présence du juge fut instantanément dissipée. Au temps jadis, l'hospitalité avait consisté à faire que chacun, fût-ce le convive le plus insignifiant à un dîner en plein air, se sentît à sa place. Mais le génie de l'hospitalité s'était perdu; on en était réduit à l'isolement. *L'étranger*, c'était Jester... Il n'avait jamais ressemblé aux jeunes gens de

Milan. Arrogant en même temps que trop poli, ce garçon avait quelque chose de dissimulé ; sa douceur, son brillant semblaient dangereux... il vous faisait penser à un poignard dans un fourreau de soie.

Le juge ne parut pas entendre les paroles de son petit-fils.

« Pauvre J. T., dit-il, tandis qu'on lui ouvrait la portière de la voiture, c'est vraiment affreux ! »

Malone se hâta de fermer la porte d'entrée et de regagner l'officine.

Il était seul. Il s'assit dans le fauteuil à bascule en prenant le pilon qui lui servait à la préparation des ordonnances. Le pilon était gris et poli par l'usage. Malone l'avait acheté avec tout le matériel de la pharmacie, vingt ans plus tôt. Il avait appartenu à Mr. Greenlove... – depuis quand n'avait-il pas pensé à Greenlove ? À sa mort, on avait vendu tous ses biens. Combien d'années Mr. Greenlove s'était-il servi de cet ustensile ? Et qui l'avait utilisé avant lui ?... Le pilon était vieux et indestructible. Peut-être même s'agissait-il d'une antiquité indienne. Aussi ancien fût-il, combien de temps ne pourrait-il encore durer ? La pierre narguait Malone.

Il frissonna. Il se sentait glacé comme par un courant d'air, et pourtant la fumée du cigare ne vacillait pas. Il se mit à penser au vieux juge, en sorte qu'une nostalgie poignante vint adoucir son angoisse. Il revit Johnny Clane, les jours d'autrefois à Sereno. Non, il n'était pas un étranger... Bien souvent, on l'avait invité à Sereno à la saison de la chasse... Et une fois il y avait passé la nuit. Il avait partagé un grand lit à baldaquin avec Johnny, et le matin, à cinq heures, ils étaient descendus ensemble à la cuisine. Il se rappelait encore l'odeur des œufs de hareng, des petits pains chauds, de chien mouillé, tandis qu'ils déjeunaient avant de se mettre en route. Oui, bien souvent, il avait chassé avec Johnny Clane, il avait été invité à Sereno. Il s'y trouvait le dimanche avant ce Noël où était mort Johnny. Et Miss Missy y venait aussi parfois, bien que ce fût surtout un rendez-vous de chasse pour les hommes et les jeunes gens. Et le juge, lorsqu'il tirait mal, c'est-à-dire presque à chaque fois, se plaignait qu'il y eût trop de ciel et pas assez d'oiseaux. Sereno avait toujours eu quelque chose de mystérieux, même à cette époque ; mais n'était-ce pas le mystère du luxe auquel ne manquent jamais d'être sensibles les jeunes gens nés dans la pauvreté ?... Tandis que Malone évoquait les jours passés et songeait au juge tel qu'il était à présent, plein de sagesse, célèbre et affligé d'une peine inconsolable, l'amour chantait dans son cœur une musique grave et mélancolique comme celle de l'orgue à l'église.

Les yeux brillants de fièvre et d'effroi, il regardait fixement le pilon, avec une concentration telle qu'il ne remarqua pas qu'un bruit de choses heurtées parvenait du sous-sol. Jusqu'à ce printemps, il avait toujours envisagé que la vie et la mort se succédaient simplement, à la cadence des soixante et dix années du rituel biblique. Mais, à présent, il s'appesantissait sur les morts inexplicables, il pensait aux jeunes enfants, nets et délicats comme des bijoux dans leur petit cercueil de satin blanc. Et ce joli professeur de chant, morte en l'espace d'une heure pour avoir avalé une arête de poisson à une partie de pêche. Et Johnny Clane, et les autres jeunes gens de Milan tombés au cours des deux guerres mondiales. Et combien d'autres encore? Comment? Pourquoi? Il perçut le bruit rythmé qui montait du sous-sol. C'était un rat – la semaine précédente, un rat avait renversé une bouteille d'*assa-fœtida*; pendant des jours, la puanteur avait été si atroce que le commis avait refusé de travailler en bas. Il n'y avait pas d'harmonie dans la mort – seulement la cadence du rat et la puanteur de corruption. Et le joli professeur de chant et la jeune chair blonde de Johnny Clane, et les enfants semblables à des bijoux... Tout cela se perdait en liquéfaction de cadavre et en puanteur de cercueil. Malone regarda le pilon avec l'étonnement horrifié que seule la pierre pût durer.

Un pas se fit entendre sur le seuil et Malone perdit si soudainement contenance qu'il lâcha le pilon. Le nègre aux yeux bleus se dressait devant lui, tenant à la main un objet qui brillait au soleil. Cette fois encore, Malone plongea son regard dans ces yeux flamboyants et y retrouva la même compréhension surnaturelle, la même connaissance de sa mort prochaine.

« J'ai ramassé ça devant la porte », dit le nègre.

Malone n'avait pas encore retrouvé tous ses esprits; il crut d'abord voir le coupe-papier du docteur Hayden, puis il comprit que c'était un trousseau de clefs sur un anneau d'argent.

« Ce n'est pas à moi, dit Malone.

– J'ai aperçu ici le juge Clane et son jeune homme. Peut-être que c'est à eux? »

Le Noir posa le trousseau sur la table, puis il ramassa le pilon et le tendit à Malone.

« Merci beaucoup, dit-il. Je vais m'informer pour les clefs. »
Il s'éloigna. Malone le regarda qui traversait la rue, le nez en l'air. Il était glacé de haine et d'horreur.

Tandis qu'il restait là, le pilon à la main, il était toutefois suffisamment maître de lui pour s'étonner de ces étranges sautes de sentiments dans son cœur jadis si tranquille. Il était partagé entre la haine et l'amour, mais ce qu'il aimait et ce qu'il haïssait demeurait imprécis. Cette fois, il *savait* que la mort le talonnait. Cependant, la terreur qui le suffoquait n'était pas causée par la conscience de la mort. La terreur avait trait à un drame mystérieux en cours d'exécution – mais quel en était le sujet, il n'aurait su le dire. La terreur était interrogation de ce qui se passerait dans le mois à venir – quand, au juste? – et qui jetait un éclat sinistre sur les jours qui lui restaient à vivre. Il était un homme condamné à guetter l'heure à une horloge sans aiguilles[121].

On entendait le bruit rythmé du rat. « Père, père, aidez-moi! » fit tout haut Malone. Mais son père était mort depuis de longues années. Quand le téléphone sonna, Malone dit pour la première fois à sa femme qu'il était malade et lui demanda de venir le prendre en voiture à la pharmacie pour le conduire à la maison. Puis il se remit à caresser le pilon de pierre en manière de réconfort, et il attendit.

2

Chez le juge, on avait conservé des heures de repas à l'ancienne mode et, le dimanche, le déjeuner était servi à deux heures. Peu avant de sonner la cloche, Verily, la cuisinière, ouvrit les persiennes de la salle à manger, qui avaient été gardées closes toute la matinée en raison de l'éclat du soleil. La chaleur et la lumière de la mi-été palpitaient aux fenêtres et, plus loin, il y avait la pelouse brûlée et le frémissement fiévreux des massifs de fleurs. Au bout de la pelouse, les ormes étaient sombres et figés sous l'éclat vernissé de l'après-midi. Le chien de Jester fut le premier à répondre à l'appel de la cloche. Il se faufila lentement sous la table, en laissant la nappe damassée lui effleurer l'échine. Puis Jester fit son apparition et vint se poster derrière la chaise de son grand-père. Quand le vieux juge entra, Jester l'installa soigneusement puis il prit place à table. Le déjeuner commença selon le cérémonial habituel et, comme toujours, on servit d'abord un potage aux légumes. Deux sortes de pain accompagnaient le potage : des brioches et des croquets de maïs. Le vieux juge mangeait gloutonnement, sirotant du babeurre entre les bouchées de pain. Jester ne put avaler que quelques cuillerées de potage ; il buvait du thé glacé et, de temps à autre, appuyait le verre froid contre sa joue ou son front. Suivant la coutume de la maison, ils ne parlaient pas au moment du potage, sauf que le juge faisait la même remarque chaque dimanche.

« Verily, Verily, je vous le dis [122], vous habiterez la maison du Seigneur à jamais ! » Il ajoutait sa petite plaisanterie dominicale : « Si votre potage est réussi. »

Verily ne répondait rien ; elle se contentait de serrer ses lèvres violettes et ridées.

« Malone a toujours été un de mes plus fidèles électeurs et supporters, dit le juge, quand le poulet fut sur la table et que Jester se fut levé pour le découper. Prends le foie, mon petit, tu devrais manger du foie au moins une fois par semaine.

– Oui, grand-père. »

Jusque-là, le repas s'était déroulé selon l'ordre et dans le ton de la maison. Mais ensuite une curieuse dissonance apparut, une fausse note dans l'harmonie habituelle, une impression de malentendu, de communication faussée et brouillée. Ni le vieux juge ni son petit-fils ne comprirent sur le moment ce qui se passait, mais à la fin du long repas, étouffant, rituel, ils sentirent tous deux que quelque chose s'était altéré au point que leurs rapports ne seraient plus jamais les mêmes.

« L'*Atlanta Constitution* d'aujourd'hui fait allusion à moi comme à un réactionnaire », dit le juge.

Jester fit doucement :

« Je suis désolé.

– Désolé ? dit le vieux juge. Il n'y a là rien de désolant. Cela m'a fait plaisir. »

Jester le fixa longuement de ses yeux bruns, interrogateurs.

« De nos jours, il faut prendre littéralement le mot *réactionnaire*. Un réactionnaire est un citoyen qui *réagit* lorsque les vieux principes séculaires du Sud sont menacés. Quand les droits des États sont foulés aux pieds par le Gouvernement fédéral, le patriote sudiste a le devoir de protester. Sinon, les nobles principes du Sud seront trahis.

– Quels nobles principes? demanda Jester.

– Voyons, mon petit, réfléchis un peu. Les nobles principes qui gouvernent notre vie, les institutions traditionnelles du Sud. »

Jester ne dit rien, mais il avait un regard sceptique, et le vieux juge, toujours sensible aux réactions de son petit-fils, le remarqua.

« Le Gouvernement fédéral essaie de contester la légalité des Élections primaires blanches, en sorte que l'équilibre de la civilisation sudiste risque d'être compromis. »

Jester demanda :

« Comment?

– Voyons, mon petit, il va de soi que je parle de la ségrégation.

– Pourquoi faut-il toujours que vous entonniez cette vieille rengaine?

– Voyons, Jester, tu plaisantes? »

Jester prit soudain l'air grave.

« Non, absolument pas. »

Le juge fut déconcerté.

« Un jour viendra, pour ceux de ta génération – j'espère que je ne serai plus de ce monde... –, où l'enseignement sera mixte... sans démarcation de couleur. Cette idée te plaît-elle? »

Jester ne répondit pas.

« Cela te plaira de voir un gros lourdaud de nègre partager le banc d'une délicate petite fille blanche? »

Le juge ne croyait pas réellement à cette possibilité; il cherchait à impressionner Jester pour bien lui faire comprendre la gravité de la situation. Du regard, il somma son petit-fils de réagir en gentilhomme sudiste.

« Et si c'est une grosse fille blanche qui partage le banc d'un délicat petit garçon noir?

– Quoi? »

Jester ne répéta pas ses paroles alarmantes, et d'ailleurs le juge n'avait aucune envie de les réentendre. Il semblait que son petit-fils eût commis un acte qui était le signe d'une folie naissante, et il est affreux de voir un être aimé menacé de démence. Affreux au point que le juge préférait ne pas se fier à ses oreilles, bien que la voix de Jester lui fît encore vibrer les tympans. Il essaya d'accommoder les paroles dans le sens de son raisonnement.

« Tu as raison, Biquet, chaque fois que je tombe sur des idées communistes de ce genre, je me rends compte qu'elles ne sont même pas concevables. Il y a des absurdités qui ne valent vraiment pas la peine qu'on s'y arrête. »

Jester répondit lentement.

« Ce n'est pas ce que je voulais dire. »

Il jeta un coup d'œil machinal autour de lui, pour s'assurer que Verily n'était pas dans la pièce.

« Je ne vois pas pourquoi les Noirs et les Blancs ne se mêleraient pas, en tant que citoyens d'un même pays.

– Oh ! mon petit ! »

C'était un cri de pitié, d'impuissance et d'horreur. Des années auparavant, Jester, tout enfant, avait été sujet à de soudains vomissements à table. Alors, chez le juge, la tendresse primait le dégoût et, ensuite, par pure sympathie, il se sentait nauséeux lui aussi. À cet instant, il réagit de la même manière. Il porta sa main valide à l'oreille, comme s'il en avait souffert, et il cessa de manger.

Jester s'aperçut du désarroi du vieux juge et se sentit frémir de sympathie.

« Chacun a ses convictions, grand-père.

– Certaines convictions sont insoutenables. Après tout, qu'est-ce qu'une conviction ? Ce que l'on pense, sans plus. Et tu es trop jeune, mon petit, pour avoir appris à penser juste. Tu fais simplement enrager ton grand-père avec des sornettes. »

La compassion de Jester s'évanouit. Le jeune homme regardait le tableau qui surmontait la cheminée. C'était un paysage du Sud, avec un verger de pêchers, une case nègre, un ciel nuageux.

« Grand-père, que voyez-vous dans ce tableau ? »

Le juge fut tellement soulagé de sentir la tension se relâcher qu'il laissa échapper un petit rire.

« Je devrais y voir ma propre folie, Dieu sait ! Ces jolis pêchers m'ont coûté une petite fortune. Ta grand-tante Sarah a peint ce tableau l'année de sa mort. Après quoi, il n'a pas fallu longtemps pour que le marché des pêches s'effondre.

– Je veux dire : que voyez-vous effectivement dans ce tableau ?

– Mais voyons, c'est un verger avec des nuages et une case nègre.

– Vous ne distinguez pas une mule rose entre la case et les arbres ?

– *Une mule rose ?* (Le juge écarquilla ses yeux bleus avec effroi.) Bien sûr que non.

– C'est un nuage, dit Jester. Mais, moi, je le vois comme une mule rose avec une bride grise. Et j'ai beau faire, maintenant, je ne peux plus rien voir d'autre dans ce tableau.

– Je ne la vois pas.

– Elle saute aux yeux, pourtant... Galopant vers le haut... un plein ciel de mules roses. »

Verily entra avec le pudding de maïs.

« Miséricorde ! Qu'est-ce qui vous arrive ? Vous n'avez pour ainsi dire pas touché à vot' dîner.

– J'avais toujours vu dans ce tableau ce que Tante Sarah a voulu représenter. Mais, depuis cet été, c'est fini. J'ai beau essayer, rien à faire. Je ne vois plus qu'une mule rose.

– Tu ne te sens pas la tête qui tourne, Biquet ?

– Mais non, voyons. J'essaie simplement de vous expliquer que ce tableau est une sorte de – de symbole. Toute ma vie, j'ai vu les choses comme vous et ma famille vous vouliez que je les voie. Et depuis cet été tout a changé et j'ai des sentiments différents, des idées différentes.

– C'est bien naturel, mon petit. »

Le juge parlait d'une voix rassurante, mais son regard demeurait inquiet.

« Un symbole », dit Jester.

Il répétait le mot [123] parce que c'était la première fois qu'il l'avait placé dans une conversation, bien que ce fût un des mots favoris de ses dissertations scolaires.

« Un symbole de cet été. Je me contentais d'avoir les idées de tout le monde. Et maintenant j'ai les miennes.

– Par exemple ? »

Jester ne répondit pas tout de suite. Et quand il parla, ce fut calmement, en adulte.

« Pour commencer, je mets en doute le bien-fondé de la suprématie des Blancs. »

Le défi apparaissait aussi clair que si l'on avait jeté un pistolet chargé sur la table. Mais le juge ne put le relever. La gorge sèche et douloureuse, il déglutit avec peine.

« Je sais que c'est un coup pour vous, grand-père. Mais il me fallait vous le dire. Sinon vous auriez cru que je n'avais pas évalué.

– Tu veux dire *évolué* [124], je pense, corrigea le juge. Quels radicaux fanatiques aurais-tu fréquentés ?

– Aucun. Cet été, je n'ai vu... »

Jester allait dire : « Je n'ai vu personne », mais il n'eut pas le courage d'avouer tout haut sa solitude.

« Alors, tout ce que je dirai, moi, c'est que ces histoires de mélange de races et de mules roses dans le tableau sont certainement... anormales. »

Le mot frappa Jester comme un coup dans l'aine et il rougit violemment. La douleur le fit frapper à son tour.

« Toute ma vie, je vous ai aimé, je vous ai même admiré, grand-père. Je vous considérais comme l'homme le plus sage, le meilleur de la terre. Tout ce que vous disiez était pour moi parole d'évangile. J'ai découpé et conservé le moindre article à votre sujet que je trouvais dans les journaux. Mon album sur vous, je l'ai commencé dès que j'ai su lire. Je me disais toujours que vous auriez dû être... président. »

Le juge ne remarqua pas l'emploi du passé; la chaleur de l'orgueil lui courut dans les veines. Il vit se dresser devant lui, comme reflétée dans un miroir, l'image de ses sentiments pour son petit-fils – le bel enfant qui s'ouvrait à la vie, l'enfant de son fils si beau, à jamais disparu. Amour et souvenirs s'épanchaient de son cœur ouvert et désarmé.

« À l'époque où j'ai entendu dire qu'un Noir de Cuba avait fait un discours à la Chambre, comme j'étais fier de vous! Quand les autres membres du Congrès se sont levés, vous vous êtes carré dans votre fauteuil, vous avez mis les pieds sur la table et allumé un cigare. Je trouvais ça merveilleux. J'étais très fier de vous. Mais à présent je vois ça différemment. C'était grossier et impoli. J'ai honte pour vous quand j'y repense. Quand je me rappelle à quel point je vous vénérais... »

Jester ne put achever, tant la détresse de son grand-père était évidente. Le bras infirme du vieux juge se crispa, sa main se recroquevilla convulsivement, tandis que son coude se pliait de lui-même. Les paroles de Jester secouèrent le vieillard au point que, la douleur morale aggravant la souffrance physique, ses yeux s'emplirent de larmes. Il souffla dans son mouchoir et dit après un instant de silence :

« *Plus cruelle que la dent du serpent est l'ingratitude d'un enfant* [125]. »

Mais Jester était furieux de voir son grand-père si vulnérable.

« Voyons, grand-père, vous avez toujours parlé autant que vous le vouliez. Et je vous ai écouté, je vous ai cru. Mais maintenant que j'ai quelques idées à moi, vous ne voulez pas que ce soit dit et vous vous mettez à citer la Bible. Ce n'est pas juste, parce que cela met automatiquement les autres dans leur tort.

– Ce n'est pas la Bible... C'est du Shakespeare.

– De toute façon, je ne suis pas votre enfant. Je suis votre petit-fils et l'enfant de mon père. »

Le ventilateur brassait la pesanteur de l'après-midi, et le soleil brillait sur la table, sur le poulet découpé et le beurre fondu dans le beurrier. Jester tenait son verre de thé glacé près de son visage et s'y caressa la joue avant de dire :

« Quelquefois, je me demande si je ne commence pas à comprendre pourquoi mon père a fait ce qu'il a fait. »

Les morts continuaient à vivre dans la demeure victorienne, trop décorée, au mobilier encombrant. Le cabinet de toilette de la femme du juge était resté tel que de son vivant, avec le nécessaire d'argent sur la commode et le placard plein de vêtements, auxquels on ne touchait que pour les aérer. Et Jester avait grandi parmi les photographies de son père, dont on voyait aussi, au mur de la bibliothèque, le certificat d'admission au barreau. Mais, bien que partout dans la maison il y eût des rappels des disparus, les circonstances réelles de leur mort n'étaient jamais mentionnées, même indirectement.

« Que veux-tu dire? demanda le vieux juge avec appréhension.

– Rien, fit Jester. Sauf qu'il est naturel en la circonstance, que je m'interroge sur la mort de mon père. »

Le juge agita la sonnette, et toute la tension de la pièce parut converger vers le tintement.

« Verily, apportez une bouteille de ce vin de sureau que Mr. Malone m'a offert pour mon anniversaire.

– Maintenant, Monsieur? Aujourd'hui? » demanda Verily, car on ne servait de ce vin qu'au déjeuner de Noël ou de Thanksgiving.

Elle prit les verres à pied dans le buffet et en essuya la poussière avec son tablier. Voyant qu'on n'avait pas touché au plat, elle se demanda si une mouche ou un cheveu n'était pas tombé dans les ignames au caramel ou dans la sauce.

« Le déjeuner n'est pas bon?

– Oh! il est délicieux. J'ai un peu d'embarras gastrique, sans doute », dit le juge.

C'était vrai que lorsque Jester avait parlé de mêler les races il avait eu l'impression que son estomac se soulevait, et tout son appétit s'en était allé. Il ouvrit la bouteille, versa le vin des grands jours, puis il but gravement, comme à une veillée mortuaire. Car, en vérité, la fin d'une bonne entente, d'une sympathie, est une forme de mort. Le juge était blessé et malheureux. Et quand la blessure a été causée par un être aimé, seul cet être aimé peut vous consoler.

Lentement, il posa sa main droite en travers de la table, paume en dessus, vers son petit-fils. Après un instant, Jester plaça sa main dans celle de son grand-père. Mais le juge ne s'estima pas satisfait; puisque c'étaient des paroles qui l'avaient blessé, il lui fallait des paroles pour se sentir consolé. Il étreignit désespérément les doigts de Jester.

« Tu n'aimes donc plus ton vieux grand-père? »

Jester retira sa main pour boire quelques gorgées de vin.

« Bien sûr que si, grand-père, mais... »

Et, bien que le juge attendît, Jester n'acheva pas sa phrase et l'émotion demeura en suspens dans la tension de la pièce. La main du juge restait offerte et ses doigts frémissaient un peu.

« Mon petit, t'est-il jamais venu à l'esprit que je ne suis plus un homme riche? J'ai subi bien des revers de fortune, comme nos ancêtres avant moi. Je me fais du souci pour ton éducation et ton avenir.

– Ne vous tracassez pas. Je me débrouillerai.

– Tu connais le vieux dicton selon lequel les meilleures choses dans la vie sont gratuites. C'est à la fois vrai et faux comme toutes les généralisations. Mais il demeure vrai que dans ce pays on peut recevoir la meilleure éducation sans bourse délier. West Point [126] est gratuit et je pourrais t'y obtenir une place.

– Mais je ne veux pas être officier.

– Que désires-tu faire? »

Jester se sentit perplexe, incertain.

« Je ne sais pas exactement. J'aime la musique et j'aime aussi l'aviation.

– Eh bien, fais West Point et tu entreras dans l'armée de l'air. Tout ce qu'on peut tirer du Gouvernement fédéral, il faut en profiter. Dieu sait si le Gouvernement fédéral a fait assez de mal au Sud [127].

– Rien ne m'oblige à me décider tout de suite. Je peux attendre d'avoir terminé mes études au collège, l'année prochaine.

– Ce que je voulais faire observer, mon petit, c'est que mes moyens ne sont plus ce qu'ils étaient. Mais, si mes plans réussissent, tu seras riche un jour. »

De temps à autre, le juge se reprenait à parler à mots couverts d'une fortune à venir. Jester n'avait jamais prêté beaucoup d'attention à ces allusions, mais, cette fois-ci, il demanda :

« Quels plans, grand-père?

– Je me demande si tu es en âge de bien comprendre l'entreprise. (Le juge s'éclaircit la gorge.) Tu es jeune et c'est un grand rêve.

– De quoi s'agit-il?

– C'est un plan pour réparer les dommages passés et rendre au Sud sa splendeur de jadis.

– Comment cela?

– C'est une vision d'homme d'État, non une vulgaire combine de politicien. Un plan pour effacer une immense injustice de l'Histoire. »

On avait servi la crème glacée. Jester dégustait sa part, mais le juge laissait la sienne fondre dans son assiette.

« Je ne vois toujours pas où vous voulez en venir, grand-père.

– Réfléchis un peu, mon petit. Chaque fois qu'il y a une guerre entre nations civilisées, qu'advient-il de la monnaie du pays vaincu? Prends les deux dernières guerres mondiales, par exemple. Qu'est-il arrivé au mark allemand après l'armistice? Est-ce que les Allemands ont brûlé leur argent? Et le yen japonais? Est-ce qu'après leur défaite les Japonais ont fait des feux de joie avec leurs billets? Réponds-moi, mon petit.

– Non, dit Jester, déconcerté par la véhémence qui perçait dans la voix du vieil homme.

– Que se passe-t-il dans un pays civilisé une fois que les canons se sont tus et que la paix règne sur les champs de bataille? Le vainqueur permet au vaincu de se reposer, de se refaire, dans leur intérêt commun. La monnaie d'une nation conquise est toujours renflouée... dévaluée, mais renflouée. Vois un peu ce qui se passe maintenant en Allemagne, au Japon. Le Gouvernement fédéral a renfloué la monnaie de l'ennemi et aidé le vaincu à retrouver sa prospérité. Depuis des temps immémoriaux, la monnaie d'une nation vaincue est laissée en circulation. Et la lire italienne – est-ce que le Gouvernement fédéral a supprimé la lire? La lire, le yen, le mark, tous ont été sauvés. »

Le juge se penchait en avant sur la table, et sa cravate effleura son assiette pleine de crème glacée fondue, mais il n'y prit pas garde.

« Maintenant, que s'est-il passé dans la Guerre entre les États? Non seulement le Gouvernement fédéral des États-Unis a libéré les esclaves qui étaient le *sine qua non* de toute une économie basée sur la culture du coton, en sorte que les ressources mêmes du pays s'en sont allées aux quatre vents. *Autant en emporte le vent* [128], on n'a jamais rien écrit de plus vrai que ce livre. Tu te rappelles comme nous avons pleuré en voyant le film? »

Jester dit :

« Je n'ai pas pleuré.

– Bien sûr que si, dit le juge. Voilà un livre que j'aimerais avoir écrit moi-même. »

Jester ne fit aucun commentaire.

« Mais revenons-en à la question. Non seulement l'économie du pays a été délibérément ruinée, mais encore le Gouvernement fédéral a refusé toute valeur à la monnaie confédérée. On n'en aurait pas sauvé un cent pour le bien de toute la Confédération [129] réunie. J'ai entendu dire qu'on se servait de billets pour allumer le feu.

– Il y en avait une pleine malle au grenier. Je me demande ce qu'ils sont devenus.

– Ils sont à la bibliothèque, dans mon coffre-fort.

– Pourquoi? Ils n'ont aucune valeur, n'est-ce pas? »

Le juge ne répondit pas; au lieu de cela, il tira de la poche de sa veste un billet confédéré de mille dollars. Jester l'examina avec un peu de son émerveillement de jadis, quand il jouait au grenier. Le billet était bien réel, bien vert; il semblait valable. Mais cet émerveillement ne fut qu'une flambée. Jester rendit le billet à son grand-père.

« Ça représenterait une belle somme, si c'était du vrai argent.

– Un jour, ce sera peut-être du *vrai argent*, comme tu dis. Ce sera du vrai argent si ma force, mon travail et ma clairvoyance y suffisent. »

Jester questionna son grand-père de tous ses yeux limpides et froids, puis il dit :

« Ces billets sont vieux de cent ans, ou presque.

– Et pense aux centaines de billions de dollars dilapidés par le Gouvernement fédéral pendant ces cent ans. Pense aux guerres financées, aux dépenses publiques. Pense aux autres monnaies renflouées, remises en circulation. Le mark, la lire, le yen... des monnaies étrangères, celles-là. Et le Sud était, après tout, de la même chair et du même sang que le Nord ; on aurait dû le traiter en frère. Sa monnaie aurait dû être sauvée et non pas privée de sa valeur. Comprends-tu, Biquet ?

– Ma foi, on n'en a rien fait et c'est trop tard maintenant. »

La conversation mettait Jester mal à l'aise ; il aurait voulu quitter la table et s'en aller. Mais son grand-père le retint d'un geste.

« Attends une minute. Il n'est jamais trop tard pour redresser un tort. J'entends contribuer à permettre au Gouvernement fédéral d'effacer un tort historique et monumental, pontifia le juge. J'entends introduire un projet de loi à la chambre des Représentants si je suis réélu aux prochaines élections, c'est-à-dire... en vue d'obtenir la revalorisation de toutes les pièces et billets confédérés, compte tenu de l'augmentation du coût de la vie. Ce sera pour le Sud ce que F. D. Roosevelt [130] croyait nous offrir avec son New Deal [131]. Cela révolutionnera l'économie du Sud. Et toi, Jester, tu seras un homme riche. Il y a dix millions de dollars dans ce coffre-fort. Qu'en dis-tu ?

– Comment tout cet argent confédéré s'est-il accumulé ?

– Nous avons eu des ancêtres clairvoyants, dans la famille, souviens-t'en, Jester. Ma grand-mère, ton arrière-arrière-grand-mère, était une grande dame qui voyait loin. Tout de suite après la guerre, elle a fait du commerce avec de l'argent confédéré, troquant quelques œufs ou quelques denrées par-ci par-là... Je me rappelle qu'elle m'a dit avoir échangé une fois une poule pondeuse contre trois millions de dollars. Tout le monde avait faim, à cette époque, et personne ne croyait plus à l'argent. Personne, sauf ton arrière-arrière-grand-mère. Je n'oublierai jamais qu'elle disait : “ Il retrouvera sa valeur, c'est ‘ forcé ’ ”.

– Mais ça ne s'est pas produit, dit Jester.

– Jusqu'à présent, non... mais attends un peu. Ce sera un New Deal pour l'économie du Sud, un bien pour la nation entière. Le Gouvernement fédéral lui-même en profitera.

– Comment ? » demanda Jester.

Le juge dit posément :

« Ce qui profite à un profite à tous. C'est facile à comprendre ; si j'avais quelques millions, je les investirais, je fournirais du travail à des quantités de personnes et stimulerais le commerce local. Et si on nous rembourse, je ne serais pas le seul à l'être.

– Autre chose, dit Jester. Près de cent ans ont passé. Et comment retrouve-t-on l'argent? »

La voix du juge se fit triomphante :

« C'est le moindre de nos soucis. Quand le Trésor annoncera que l'argent confédéré a retrouvé sa valeur, tu peux être sûr qu'on le verra réapparaître. Les billets confédérés surgiront des greniers et des granges, partout dans le Sud. Dans tout le pays et même au Canada.

– Quel bien cela fera-t-il que l'argent surgisse au Canada? »

Le juge dit avec dignité :

« Ce n'est qu'une façon de parler, une figure de rhétorique. (Il regarda son petit-fils d'un air encourageant.) Mais que penses-tu du projet dans son ensemble? »

Jester évita le regard de son grand-père et ne répondit pas. Et le juge, voulant à tout prix être approuvé, insista :

« Qu'en penses-tu, Biquet? C'est une inspiration de grand homme politique, tu sais, ajouta-t-il plus fermement. Le *Journal* a fait souvent allusion à moi comme à un *grand homme politique*, et le *Courier* parle toujours de moi comme du premier citoyen de Milan. On a écrit une fois que j'étais une *étoile fixe du glorieux firmament des grands hommes politiques du Sud*. Tu admets que je suis un grand homme politique, n'est-ce pas? »

La question n'était pas seulement un appel à confirmation, mais révélait aussi un besoin désespéré de compensation sentimentale. Jester ne put répondre. Pour la première fois, il se demandait si l'intelligence de son grand-père n'était pas affectée. Et en son cœur il hésitait entre la pitié et cet instinct naturel qui éloigne l'individu normal de l'infirme.

Signe d'agitation, les veines se gonflèrent lentement sur les tempes du vieux juge, dont le visage se congestionnait. Deux fois seulement dans sa vie, le juge avait enduré les affres de l'échec : d'abord lorsqu'il avait été battu aux élections pour le Congrès, et ensuite quand, ayant écrit une longue nouvelle pour le *Saturday Evening Post*, on la lui avait retournée avec une lettre impersonnelle. Le juge n'avait pu croire à ce refus. Il avait relu son œuvre et l'avait trouvée meilleure que tout ce que publiait le journal. Alors, se disant qu'il n'avait sans doute pas été lu, il avait fait des coupures à son manuscrit et, quand on le lui eut renvoyé une seconde fois, il avait cessé à jamais de lire le *Post* et d'écrire des nouvelles. À cet instant, il ne pouvait croire à la réalité d'une séparation entre son petit-fils et lui.

« Tu te rappelles que lorsque tu étais petit tu m'appelais Bon-Papa? »

Jester ne fut pas ému par le souvenir, et les larmes dans les yeux de son grand-père l'irritaient.

« Je n'ai rien oublié. »

Il se leva pour aller se poster derrière la chaise du juge, mais celui-ci ne voulut pas se lever ni le laisser partir. Il lui prit la main et la porta à sa joue. Jester, gêné, se raidit; ses doigts ne répondirent pas à la caresse.

« Je n'avais jamais pensé entendre un jour un de mes petits-fils parler comme tu l'as fait. Tu dis que tu ne vois pas pourquoi les races ne se mêleraient pas. Songe à la conséquence logique. Cela mène droit au mariage mixte. Et tu aimerais cela, vraiment? Si tu avais une sœur, tu la laisserais épouser un nègre?

– Il ne s'agit pas de ça. Je pensais à la justice raciale.

– Mais puisque ta prétendue justice raciale conduit au mariage mixte – comme c'est inévitable selon les lois de la logique – épouserais-tu une négresse? Sois sincère. »

Malgré lui, Jester pensait à Verily et aux autres cuisinières et femmes de lessive qui avaient travaillé à la maison, et à la tante Jemima [132] des réclames de petits gâteaux. Il devint cramoisi et ses taches de rousseur ressortirent davantage. Il ne put répondre tout de suite, tant cette idée l'horrifiait.

« Tu vois, dit le juge. Tu parlais pour ne rien dire, et au profit des Nordistes, en plus. »

Jester dit :

« N'empêche que je continue à penser que dans vos fonctions de juge vous jugez un crime de deux façons différentes selon qu'il est commis par un Blanc ou par un Noir.

– Bien sûr. Ce sont deux crimes différents. Le Blanc est le blanc et le Noir est le noir... et les deux jamais ne se confondront si je peux l'empêcher. »

Le juge se mit à rire et retint la main de Jester quand celui-ci essaya encore de se libérer.

« Toute ma vie, je me suis occupé de questions relatives à la justice. Et, après la mort de ton père, j'ai compris que la justice est une chimère, une illusion. La justice n'est pas un mètre étalon qui vous donne invariablement la même mesure d'une même situation. Après la mort de ton père, j'ai compris qu'il y a une qualité plus importante que la justice. »

L'attention de Jester était toujours en éveil à la moindre allusion à son père et à la mort de son père.

« Qu'est-ce qui est plus important, grand-père?

– Le tempérament, dit le juge. La faculté de s'enthousiasmer ou de s'indigner passionnément est plus importante que l'esprit de justice. »

Jester se figea d'embarras.

« Le tempérament? Mon père était-il passionné? »

Le juge éluda la question.

« Les jeunes de ta génération sont incapables de passion. Ils se sont coupés des idéaux de leurs pères et refusent l'héritage de leur sang. Une fois, lors d'un séjour à New York, j'ai vu un Noir attablé avec une jeune fille blanche et mon sang n'a fait qu'un tour. Mon indignation n'avait rien à voir avec la justice – mais lorsque j'ai vu ces deux jeunes gens rire ensemble et manger à la même table, mon sang... J'ai quitté New York le jour même et je ne suis plus jamais retourné dans cette Babel et tu me vois résolu à n'y jamais remettre les pieds.

– Cela m'aurait laissé indifférent, dit Jester. En fait, je compte me rendre bientôt à New York.

– C'est bien ce que je voulais dire. Tu es incapable de passion. »

La déclaration affecta violemment Jester; il se mit à trembler et à rougir.

« Je ne vois pas...

– Un jour, cette passion-là, tu l'auras peut-être. Et, lorsqu'elle te viendra, tes notions mal assimilées de pseudo-justice s'envoleront d'elles-mêmes. Tu seras un homme et mon petit-fils – ce dont je me féliciterai. »

Jester tint la chaise de son grand-père, tandis que celui-ci se levait péniblement en s'aidant de sa canne, puis restait debout un instant, face au tableau surmontant la cheminée.

« Attends une seconde, Biquet... »

Le juge chercha désespérément avec quels mots combler l'abîme qui s'était creusé durant ces deux dernières heures. Et enfin, il dit :

« Tu sais, je la vois, la mule rose dont tu parlais. Elle est là, dans le ciel, au-dessus du verger et de la case. »

Cette concession ne changeait rien, ils le savaient tous deux. Le juge se mit lentement en marche, cependant que Jester se tenait près de lui, attentif à l'aider au besoin. À la pitié du jeune homme se mêlait le remords – et il haïssait la pitié et le remords. Lorsque son grand-père fut installé sur le divan de la bibliothèque, il lui dit :

« Je suis bien content que vous sachiez où j'en suis, bien content de vous l'avoir dit. (Les yeux larmoyants du vieillard l'attendrirent ; il se vit forcé d'ajouter :) De toute façon, je vous aime... C'est vrai que je vous aime... Bon-Papa. »

Mais, quand le juge l'étreignit, l'odeur de sueur et toute cette sentimentalité le dégoûtèrent et, quand il se fut libéré, il éprouva un sentiment de défaite.

Il sortit de la pièce en courant et monta l'escalier quatre à quatre. Sur le palier, il y avait une fenêtre dont les vitres de couleur firent resplendir ses cheveux roux, mais baignèrent d'une teinte olivâtre son visage haletant. Il ferma la porte de sa chambre et se jeta sur son lit.

C'était exact qu'il était incapable de passion. La honte où l'avait plongé les paroles de son grand-père se mit à battre à grands coups en lui et il fut certain que le vieil homme le savait vierge. De ses dures mains de garçon, il se déboutonna et toucha son sexe pour y chercher consolation. D'autres garçons de sa connaissance se vantaient de leurs aventures et fréquentaient même la maison d'une certaine Reba. L'endroit fascinait Jester. Vue du dehors, c'était une villa toute simple, avec un porche garni d'un treillis et d'une plante grimpante, et dont la banalité le fascinait et l'horrifiait à la fois. Il en faisait le tour et son cœur se sentait provoqué et défait. Un jour, en fin d'après-midi, il avait vu une femme en sortir, et il l'avait observée. C'était une femme quelconque, en robe bleue, les lèvres enduites de rouge. Il aurait dû être transporté de passion. Mais, tandis que la femme le regardait négligemment, il était resté planté là, plein de la honte de sa secrète défaite, à se frotter un pied contre une jambe, et la femme avait fini par se détourner. Alors, il avait couru chez lui, six pâtés de maisons plus loin, et il s'était jeté sur ce même lit où il gisait à présent.

Oui, il était incapable de passion, mais il avait connu l'amour. Parfois pour un jour, parfois pour une semaine ou un mois ; et une fois pendant toute une année. Cet amour d'une année s'adressait à Ted Hopkins, le meilleur athlète complet de l'école. Jester cherchait à croiser le regard de Ted dans les couloirs et, bien qu'à chaque fois son pouls s'accélérât, ils ne s'étaient parlé que deux fois durant cette année.

La première fois, ce fut par un jour de pluie où ils étaient entrés ensemble dans le vestibule. Ted avait dit :

« Il fait un temps dégoûtant. »

Jester avait répliqué d'une voix faible :

« Dégoûtant. »

L'autre conversation fut plus longue et moins banale, mais d'un bout à l'autre humiliante. Jester, dans son amour pour Ted, désirait plus que tout lui offrir un cadeau et retenir son attention. Au début de la saison de football, il avait vu dans la vitrine d'un bijoutier un petit ballon doré. Il l'avait acheté, mais il dut attendre quatre jours pour le donner à Ted. Il voulait être seul avec lui pour l'occasion. Ils finirent par se rencontrer au vestiaire de la division de Ted. Jester tendit le ballon d'une main tremblante et l'autre demanda :

« Qu'est-ce que c'est que ça? »

Jester comprit alors qu'il avait dû se fourvoyer. En hâte, il expliqua :

« Je l'ai trouvé.

– Pourquoi veux-tu me le donner? »

Jester était paralysé par la honte.

« Simplement parce que je ne sais qu'en faire. Alors j'ai eu l'idée de te l'offrir. »

Sous le regard bleu de Ted, moqueur et soupçonneux, le visage de Jester s'empourpra de la fâcheuse rougeur des jeunes au teint très clair, et ses taches de rousseur s'assombrirent.

« Eh bien, merci », dit Ted, et il mit le ballon doré dans la poche de son pantalon.

Ted était le fils d'un officier en garnison dans une ville à vingt-cinq kilomètres de Milan, en sorte que la pensée que le père de son camarade serait muté vint assombrir l'amour de Jester. Et ses sentiments furtifs et secrets se trouvèrent renforcés par la menace de séparation et par la magie de la distance et de l'aventure.

Jester évita Ted après l'incident du ballon. Par la suite, il ne put jamais penser au football ni aux mots *temps dégoûtant* sans être écrasé de honte.

Il aimait aussi Miss Pafford, le professeur d'anglais, qui se coiffait avec des bandeaux et dédaignait le rouge à lèvres. Le rouge à lèvres répugnait à Jester et il ne comprenait pas comment on pouvait embrasser une femme qui s'en enduisait les lèvres. Mais, comme presque toutes les jeunes filles et les femmes s'en mettaient, Jester voyait ses occasions d'aimer sévèrement limitées.

Brûlant, vide et indécis, l'après-midi s'étendait devant lui. Et, puisque les après-midi dominicaux sont les plus longs de tous, Jester se rendit à l'aérodrome et ne rentra pas avant l'heure du dîner. Après le repas, il se sentit de nouveau vide et déprimé. Il monta dans sa chambre et se jeta sur son lit comme il l'avait fait après le déjeuner.

Alors qu'il gisait là, baigné de sueur et toujours inconsolé, un sursaut soudain le souleva. Au loin, quelqu'un jouait un air de piano et une voix sombre chantait, mais quel était cet air et d'où montait cette voix, Jester l'ignorait. Il se redressa sur le coude, écoutant et scrutant la nuit. C'était un blues voluptueux et désolé. La musique venait de cette ruelle habitée par des Noirs, derrière la propriété du juge. Tandis que Jester écoutait, la tristesse du jazz s'épanouissait, envahissait tout.

Jester se leva et descendit l'escalier. Son grand-père était dans la bibliothèque, en sorte qu'il put se glisser dans la nuit sans être vu. La musique venait de la troisième maison de la ruelle et, quand Jester eut frappé à plusieurs reprises, le silence se fit et la porte s'ouvrit.

Il n'avait pas songé à l'avance à ce qu'il dirait, si bien qu'il resta sans voix sur le seuil, sachant seulement que quelque chose de terrible allait lui arriver. Il se trouvait pour la première fois face à face avec le nègre aux yeux bleus et, le voyant là, il tremblait. La musique continuait à lanciner en lui; et Jester recula devant ces yeux bleus qui le défiaient. Ils étaient glacés et flamboyants dans le visage sombre et maussade. Ils éveillaient en lui un souvenir qui le fit frissonner de honte. Sans pouvoir formuler les questions, il interrogea le sentiment qui le submergeait. Était-ce la peur? Était-ce l'amour? Ou bien était-ce... enfin était-ce la passion? La tristesse du jazz était bouleversante.

Jester, ne sachant pas encore, pénétra dans la pièce et referma la porte.

3

Ce même soir d'été où flottait une odeur de chèvrefeuille, Malone fit une visite inattendue au vieux juge. Celui-ci se couchait tôt et se levait au petit jour; à neuf heures du soir, il s'ébrouait dans sa baignoire, pour recommencer l'opération à quatre heures du matin. Non qu'il aimât cela. Il aurait préféré reposer dans les bras de Morphée jusqu'à six ou sept heures, comme tout le monde. Mais il avait contracté l'habitude d'un lever matinal et il ne pouvait s'en défaire. Il professait qu'un homme de sa corpulence, transpirant abondamment, comme lui, avait besoin de deux bains par jour, ce qu'approuvaient les personnes de son entourage. Donc, en ces heures crépusculaires, le vieux juge barbotait, s'ébrouait et chantait... Ses chansons de bains favorites étaient : *On the trail of the lonesome pine* et *I'm a rambling wreck from Georgia Tech.* Ce soir-là, il ne chanta pas avec son entrain habituel, car la conversation qu'il avait eue avec son petit-fils le troublait encore, ne se mit pas non plus d'eau de lavande derrière chaque oreille. Avant de se baigner, il s'était rendu dans la chambre de Jester, mais il l'avait trouvée vide et il n'avait pas obtenu de réponse quand il avait appelé le jeune homme dans le jardin.

Le juge avait enfilé sa chemise de nuit de percale blanche et il empoignait sa robe de chambre, lorsqu'on sonna à la porte d'entrée. Croyant que c'était son petit-fils, il descendit l'escalier et traversa le hall pieds nus, sa robe de chambre jetée négligemment sur le bras. Les deux amis furent aussi surpris l'un que l'autre de se voir. Tandis que le juge enfilait non sans peine son vêtement d'intérieur, Malone s'efforça de détourner les yeux des pieds nus et trop petits pour le corps obèse.

« Qu'est-ce qui vous amène à cette heure de la nuit? » demanda le juge, d'un ton qui laissait croire que minuit avait sonné depuis longtemps.

Malone dit :

« Je me promenais et je me suis dit que j'entrerais en passant. »

Malone paraissait trop effrayé et désespéré pour que le juge se laissât prendre à l'explication.

« Vous le voyez, je sors tout juste de mon bain. Montez, nous prendrons un dernier petit remontant. Je me sens toujours mieux dans ma chambre, passé huit heures. Je vais me fourrer au lit et vous pourrez vous étendre sur la chaise longue... ou vice versa. Qu'est-ce qui vous tourmente J. T.? Vous avez l'air d'avoir été poursuivi par un fantôme.

– C'est bien l'impression que je ressens, en tout cas », dit Malone.

Incapable, ce soir, de supporter seul la vérité, il avait parlé de sa leucémie à Martha. Après quoi il s'était sauvé au comble de l'horreur et de l'effroi, s'était enfui à la recherche d'un réconfort ou d'une consolation quelconque. À l'avance, il avait craint l'intimité qu'une tragédie risquait de faire renaître de l'indifférence détachée de sa vie conjugale, mais la réalité de ce doux soir d'été avait dépassé toutes ses appréhensions. Martha avait pleuré, insisté pour lui bassiner le visage d'eau de Cologne et parlé de l'avenir des enfants. En fait, sa femme n'avait pas mis en doute les conclusions des médecins et elle s'était conduite comme si son mari avait effectivement une maladie incurable dont il se mourait lentement. Ce chagrin et cette acceptation exaspérèrent et horrifièrent Malone. Et, à mesure que passait la soirée, la scène n'avait fait qu'empirer. Martha parlait de leur lune de miel à Blowing Rock, en Caroline du Nord, et de la naissance des enfants et de leurs petits voyages à deux et des imprévus de la vie. À propos de l'éducation des enfants, elle avait même mentionné ses actions de Coca-Cola. Elle était une femme si pudique, pourtant, une vraie victorienne... presque asexuée, lui avait-il semblé parfois. Ce manque d'intérêt pour l'amour physique avait souvent donné à Malone l'impression d'être vulgaire, dénué de délicatesse, presque grossier. Et, pour mettre le comble à l'horreur de cette soirée, Martha, d'une façon inattendue, vraiment inattendue, avait fait allusion à l'amour.

Martha, qui enlaçait un Malone effondré, s'était écriée : « Que puis-je faire? » Et ensuite elle avait employé une phrase qui n'avait plus été prononcée entre eux depuis des années et des années. C'était la phrase dont ils se servaient pour parler de l'acte d'amour. Ils l'avaient empruntée à Ellen, alors que, toute petite fille encore, celle-ci regardait les enfants plus grands faire la roue sur la pelouse, en été. La petite Ellen, quand son père rentrait de son travail, l'interpellait au passage : « Tu ne veux pas que je te fasse une cabriole, papa? » Et cette phrase, qui évoquait les soirs d'été, les pelouses humides de l'enfance, ils s'en étaient servis dans leur jeunesse pour parler de l'acte sexuel. Maintenant, voilà que Martha, mariée depuis vingt ans, ses fausses dents déposées soigneusement dans un verre d'eau, venait de l'employer. Malone fut horrifié de découvrir que, non seulement il allait bientôt mourir, mais encore qu'une part de lui-même était déjà morte à son insu. Sans un mot, il s'était précipité dehors dans la nuit.

Le vieux juge ouvrit la marche, ses pieds nus se détachant, très roses, sur le tapis bleu sombre, et Malone le suivit. Chacun des deux se félicitait de la présence de l'autre.

« J'ai avoué la vérité à ma femme, dit Malone... au sujet de cette... leucémie. »

Ils entrèrent dans la chambre du juge, où trônait un immense lit à colonnes avec baldaquin et oreillers de plume. Les tentures étaient fastueuses et démodées; près de la fenêtre se trouvait une chaise longue que le juge indiqua à Malone avant de s'affairer avec le whisky et les verres.

« J. T., avez-vous jamais remarqué que lorsqu'un homme a un défaut c'est précisément celui-là qu'il voit chez les autres? Mettons qu'un type soit âpre au gain, la cupidité est la première chose dont il accusera son prochain. Ou bien prenez l'avarice... c'est le premier travers qu'un pingre saura percer à jour. (S'échauffant sur son sujet, le juge acheva en criant presque.) Et il faut un voleur pour prendre un voleur... un voleur pour prendre un voleur.

– Je sais, répondit Malone, quelque peu désorienté. Je ne vois pas...

– Je vais m'expliquer, dit le juge avec autorité. Il y a quelques mois, vous m'avez parlé du docteur Hayden et de ces petits machins que nous avons dans le sang.

– Oui, fit Malone, qui n'avait pas encore compris.

– Eh bien, ce matin, tandis que je revenais du drugstore avec Jester, j'ai aperçu le docteur Hayden et ça m'a donné un coup.

– Pourquoi donc? »

Le juge dit :

« Il est malade. Je n'ai jamais vu un homme décliner aussi rapidement. »

Malone essaya de suivre le raisonnement :

« Vous voulez dire que...? »

Le juge enchaîna d'une voix ferme et posée.

« Je veux dire que si le docteur Hayden a une étrange maladie du sang, il est vraisemblable que c'est chez vous plutôt que chez lui-même qu'il la diagnostiquera. »

Malone réfléchit à cette conclusion fantastique, se demandant s'il y avait là un soupçon d'espoir.

« Après tout, J. T., j'ai une certaine expérience médicale. J'ai passé près de trois mois à l'hôpital Johns Hopkins [133]. »

Malone revit les mains et les bras du médecin.

« C'est vrai que Hayden a des bras très maigres et très poilus. »

Le juge ne cacha guère son impatience :

« Ne soyez pas stupide, J. T. Les poils n'ont rien à voir à l'affaire. (Confus, Malone suivit plus volontiers le raisonnement du juge.) Le docteur ne vous a pas dit cela par méchanceté ou par dépit, poursuivit le vieil homme. C'est simplement dans la logique de la nature humaine de se débarrasser des choses désagréables en les passant à autrui. À l'instant même où je l'ai aperçu aujourd'hui, j'ai compris ce qui arrivait. J'ai reconnu cet air qu'ont les malades incurables... Ce regard de biais, ces yeux qui évitent les vôtres comme s'ils avaient honte. C'est un air que j'ai vu bien souvent au Johns Hopkins, où j'étais un malade bien portant, qui circulait partout et connaissait tout le monde. Tandis que vous avez le regard droit comme un *i*, vous, J. T..., ce qui n'empêche pas que vous soyez trop maigre et que vous ayez besoin de manger du foie. Des piqûres d'extrait de foie, dit-il en criant presque. Est-ce qu'il n'existe pas quelque chose comme des piqûres d'extrait de foie pour les désordres du sang? »

Malone regardait le juge avec des yeux qui reflétaient tour à tour l'ahurissement et l'espoir.

« J'ignorais que vous ayez fait un séjour au Johns Hopkins, dit-il doucement. Je suppose que vous n'avez pas voulu ébruiter la chose dans l'intérêt de votre carrière politique.

– Il y a dix ans, je pesais cent quarante kilos.

– Vous avez toujours fort bien porté votre poids. Je ne vous ai jamais trouvé obèse.

– Obèse, non, bien sûr. J'étais simplement fort et corpulent. Le seul ennui, c'étaient ces vertiges que j'avais. Ils inquiétaient Miss Missy, dit-il avec un coup d'œil vers le portrait de sa femme suspendu au mur en face de lui. Elle voulait même que je consulte un médecin... elle me harcelait à ce sujet, en fait. Je ne m'étais pas fait examiner depuis mon enfance, sachant d'instinct que médecin signifie soit table d'opération, soit, et ce n'est pas mieux, régime. J'étais très ami avec le Doc Tatum, qui m'accompagnait à la pêche ou à la chasse, mais avec lui c'était différent... Autrement, je laissais les docteurs tranquilles en espérant qu'ils me rendraient la pareille. Mis à part ces étourdissements, je me portais comme un charme. Quand le Doc Tatum est mort, j'ai eu une terrible rage de dents... J'ai pensé que c'était psychosomatique, aussi je suis allé trouver le frère du Doc, le meilleur vétérinaire du comté. Je me suis enivré.

– Un vétérinaire! »

À travers la foi qu'avait Malone dans le bon sens de son vieil ami se faisait jour un effarement écœuré. Le juge ne parut rien remarquer.

« Naturellement, ça m'a pris pendant la semaine des funérailles du Doc. Il y avait la veillée, la cérémonie et tout, et ma dent me lancinait comme une sonnette électrique... Alors Poke, le frère du Doc, me l'a tout bonnement arrachée... en m'administrant la novocaïne et les antibiotiques qu'il emploie pour les chevaux... Les chevaux ont les dents solidement plantées, ils se butent quand on veut leur tripoter la bouche et ils sont très douillets. »

Malone hocha la tête sans conviction et, comme son effarement ne s'était pas encore dissipé, il changea brusquement de sujet :

« Ce portrait est l'image vivante de Miss Missy.

– C'est ce que je me dis parfois », fit le juge avec suffisance, car il était de ces gens qui considèrent que tout ce qui leur appartient est très supérieur aux possessions des autres... même si elles sont identiques.

Il ajouta pensivement :

« Parfois aussi, quand je suis triste et déprimé, je me dis que Sara a complètement raté le pied gauche... Dans mes pires moments de découragement, je trouve qu'il ressemble à une queue.

– Je ne vois vraiment pas... dit Malone pour le rassurer. D'ailleurs, c'est le visage et l'expression qui comptent.

– N'empêche, dit avec passion le juge, que j'aimerais que ce soit Sir Josuah Reynolds [134] ou un autre grand peintre qui ait fait le portrait de ma femme.

– Ma foi, c'est une autre paire de manches, dit Malone en examinant le piètre portrait, œuvre de la sœur aînée du juge.

– J'ai appris à me montrer très exigeant, à ne pas me contenter d'amateurisme... en particulier en matière d'art. Mais, à cette époque, je n'aurais jamais songé que Miss Missy allait mourir et me quitter. »

Des larmes brillaient dans ses yeux délavés; il se tut. Car le vieux juge, si bavard, ne pouvait parler de la mort de sa femme. Malone se taisait, lui aussi, en réfléchissant au passé. La femme du juge était morte d'un cancer et c'était lui qui, durant sa longue maladie, avait exécuté les ordonnances médicales et souvent il lui avait rendu visite – apportant parfois des fleurs de son jardin ou une bouteille d'eau de Cologne, comme pour se faire pardonner de fournir aussi la morphine. Fréquemment, il trouvait le juge qui se traînait lugubrement dans la maison, car il restait près de sa femme le plus possible et même, de l'avis de Malone, au détriment de sa carrière politique. Miss Missy souffrait d'un cancer du sein ; on avait procédé à l'ablation de la partie malade. Le chagrin du juge fut sans bornes. À l'hôpital de la ville, il hantait les couloirs, harcelant des médecins qui n'avaient rien à voir avec le cas, pleurant, posant des questions. Il organisait des prières publiques à la Première Église Baptiste et, chaque dimanche, il déposait cent dollars au nom de sa femme sur le plateau de la quête. Quand Miss Missy, apparemment guérie, rentra à la maison, la joie et l'optimisme du juge furent également sans bornes. Il acheta même une Rolls-Royce et engagea un chauffeur noir, *de tout repos* [135], pour la promenade quotidienne de Miss Missy. Lorsque celle-ci comprit qu'elle retombait malade, elle chercha à lui épargner la vérité, en sorte qu'un certain temps il continua ses joyeuses extravagances. Quand il fut manifeste qu'elle déclinait, le juge n'en voulut rien savoir et essaya d'aveugler la malade en même temps que lui-même. Évitant médecins et questions, il affecta de trouver naturel d'avoir une infirmière à demeure. Il apprit le poker à sa femme ; et ils jouaient fréquemment les jours où elle se sentait assez bien. S'il voyait que Miss Missy souffrait, il s'éloignait sur la pointe des pieds, allait fouiller le réfrigérateur et mangeait sans souci de ce qu'il avalait, en se disant que, tout simplement, sa femme, après avoir été très malade, se remettait d'une grave opération. Il résistait ainsi au chagrin qui le minait secrètement et il se refusait à comprendre.

Miss Missy mourut en décembre, par un jour de gel au ciel bleu sans nuages et où le carillon des cantiques de Noël retentissait dans l'air glacé. Le juge, trop ahuri et trop fatigué pour pleurer convenablement, eut une terrible crise de hoquets qui cessa, Dieu merci, durant le service à l'église. Tard ce jour d'hiver, une fois les cérémonies terminées et les invités rentrés chez eux, il monta dans la Rolls-Royce et se fit conduire seul au cimetière (il devait vendre la voiture une semaine plus tard). Là, tandis que les premières étoiles givrées apparaissaient, il tâta du bout de sa canne le ciment tout neuf de la tombe, fit réflexion sur la qualité du travail et, à pas lents, s'en revint à la voiture que conduisait le chauffeur noir, *de tout repos,* et là, épuisé, il s'endormit.

Le juge examina une dernière fois le portrait avant d'en détourner ses yeux débordants de larmes. Jamais femme plus pure n'avait vécu.

Malone, et toute la ville avec lui, s'était attendu à voir le juge se remarier au terme d'une décente période de deuil ; et le juge lui-même, solitaire et malheureux, tandis qu'il errait sans but dans son énorme demeure, éprouvait un surprenant sentiment d'attente. Le dimanche, il s'habillait avec soin et se rendait à l'église pour s'y asseoir dignement au second rang, les yeux fixés sur la chorale. Miss Missy en avait fait partie ; il aimait observer la gorge et la poitrine des femmes quand elles chantaient. Il y avait quelques jolies dames dans la chorale de la Première Église Baptiste, en particulier une soprano que le juge ne quittait pas du regard. Mais il existait aussi d'autres églises dans la ville et d'autres chorales. Avec le sentiment de tomber dans l'hérésie, le juge se rendait à l'Église Presbytérienne, où il retrouvait une certaine choriste blonde – Miss Missy était blonde – dont la gorge et les seins le fascinaient, encore que, pour le reste, elle ne fût pas tout à fait de son goût. Donc, après s'être mis sur son trente et un, le juge se rendait à l'une ou l'autre des églises de la ville, s'installait à l'un des premiers bancs pour observer et juger les choristes, malgré son manque d'oreille, bien qu'il chantât faux et d'une voix trop claironnante. Personne ne l'interrogeait sur ce changement d'habitude, mais il n'en devait pas moins ressentir une certaine culpabilité, car il déclarait souvent avec force : « Je tiens à me tenir au courant de ce qui se passe dans les différentes confréries religieuses. Ma femme et moi, nous avons toujours eu l'esprit large. »

Le juge ne pensait jamais consciemment à se remarier ; en fait, il parlait souvent de sa femme comme si elle eût encore été vivante. Cependant, il continuait d'éprouver ce sentiment de vide qu'il essayait de combler grâce à la nourriture, à l'alcool, ou au spectacle des dames de la chorale. C'était ainsi qu'avait commencé une recherche déguisée, subconsciente, de son épouse défunte. Miss Missy était une femme pure et, par conséquent, il ne s'intéressait qu'aux femmes pures. Une choriste, les choristes seules l'attiraient. Ces deux exigences n'étaient pas difficiles à satisfaire. Mais Miss Missy avait été une excellente joueuse de poker, également. Or, une choriste célibataire et pure qui soit aussi une astucieuse joueuse de poker est une trouvaille plutôt rare. Un jour, environ deux ans après la mort de Miss Missy, le juge invita Miss Kate Spinner à venir dîner chez lui un samedi soir. Il convia également, en guise de chaperon, une vieille tante de la jeune fille et il combina son dîner avec le même soin que l'eût fait sa femme. Le repas commençait par des huîtres. Suivait une poule au riz avec une sauce au curry, dans laquelle avaient longuement mijoté tomates, raisins secs et amandes, plat que Miss Missy aimait tout particulièrement offrir à ses invités. Chaque service était accompagné d'un vin, la crème glacée suivie de xérès. Le juge se tracassa longtemps à l'avance des préparatifs et s'assura qu'on avait bien sorti la vaisselle et l'argenterie des grands jours. Le dîner lui-même fut une lourde erreur. Pour commencer, Miss Kate n'avait jamais mangé une huître de sa vie et fut mortellement effrayée à l'idée d'en passer par là lorsque le juge voulut l'y encourager. Le vin, auquel elle n'était pas habituée, la faisait se trémousser d'une manière que le juge trouva suggestive et qui l'offensa, sans qu'il sût pourquoi. D'autre part, la vieille tante déclara qu'elle n'avait jamais bu une goutte d'alcool de toute son existence et qu'elle s'étonnait de voir sa nièce se le permettre. À la fin de ce repas lugubre, le juge, ses espoirs ébranlés mais toujours vivaces, sortit un jeu de cartes pour proposer une partie à ces dames. En esprit, il revoyait les longs doigts minces de sa femme, chargés des diamants qu'il lui avait offerts. Mais il se trouva que Miss Kate n'avait encore jamais touché à une carte; et la vieille tante ajouta qu'à son avis les cartes menaient tout droit à l'enfer. La petite fête se termina de bonne heure, après quoi le juge acheva la bouteille de xérès, puis se mit au lit. Il réfléchit que ces dames Spinner étaient luthériennes. On ne pouvait s'attendre à ce qu'elles fussent de la même classe que les fidèles de la Première Église Baptiste. Ainsi se consola-t-il, et son optimisme naturel ne tarda pas à reprendre le dessus.

Cependant, sa largeur d'esprit en matière de sectes et croyances ne l'entraîna pas bien loin. Miss Missy avait été élevée dans le sein de l'Église épiscopalienne, pour passer à la Première Église Baptiste après son mariage. Miss Hettie Beaver faisait partie du chœur de l'Église épiscopalienne et, lorsqu'elle chantait, sa gorge vibrait et palpitait. À Noël, durant le service, les fidèles se levaient au moment de l'alléluia... Chaque année le juge se laissait surprendre et il restait assis comme un nigaud, sans s'apercevoir tout de suite que les autres étaient debout. Ensuite, il essayait de racheter son inattention en chantant plus fort que tout le monde. Mais, ce Noël-là, le juge, qui allongeait le cou pour dévorer des yeux Miss Hettie, laissa passer tout l'alléluia sans se rendre compte de rien. À la sortie de l'église, après un grand salut, il l'invita à dîner, ainsi que sa vieille mère, pour le samedi suivant. Cette fois encore, il s'acharna sur les préparatifs. Miss Hettie, d'excellente famille, petite et forte, n'était plus de la première jeunesse, le juge le savait ; mais lui non plus, qui approchait de ses soixante-dix ans. Et, de toute façon, on ne pouvait envisager un mariage puisque Miss Hettie était veuve. (Le juge, dans sa quête inconsciente de l'amour, avait automatiquement exclu les veuves, et aussi, bien entendu, les femmes séparées de leur mari, car il estimait qu'il était inconvenant pour une femme de se remarier.)

Ce second dîner fut fort différent du dîner luthérien. Il apparut que Miss Hettie adorait les huîtres et qu'elle se faisait fort d'en gober une toute ronde. La vieille mère se lança dans une histoire à propos d'un dîner entièrement à base d'huîtres – crues, en coquilles Saint-Jacques, etc. ; elle énuméra en détail chaque préparation – qu'elle avait donné en l'honneur de l'associé de Percy, son *époux bien-aimé* ; et comment il s'avéra que ledit associé ne pouvait supporter les huîtres sous aucune forme. À mesure que la vieille dame buvait son vin, ses histoires se faisaient plus longues et ennuyeuses, et sa fille essayait sans grand succès de détourner la conversation. Après dîner, quand le juge eut sorti un jeu de cartes, la vieille dame déclara qu'elle avait trop mauvaise vue pour reconnaître un roi d'un valet et qu'elle serait très heureuse de finir tranquillement son porto au coin du feu. Le juge apprit le vingt-et-un à Miss Hettie, qui se montra bonne élève. Mais les doigts déliés et les bagues de diamants de Miss Missy lui manquèrent énormément. De plus, Miss Hettie avait une trop forte poitrine à son goût. À ces formes lourdes, il ne pouvait s'empêcher de comparer le buste gracile de sa femme. Miss Missy avait eu des petits seins délicats et, en vérité, le juge n'oubliait pas qu'on avait dû procéder à l'ablation de l'un d'eux.

Le jour de la Saint-Valentin, tenaillé par une sensation de vide, il acheta, au grand intérêt de J. T. Malone qui la lui vendit, une boîte de bonbons en forme de cœur. En route vers la demeure de Miss

Hettie, il changea sagement d'avis et rentra chez lui sans se presser. Il mangea les bonbons lui-même. Cela lui prit deux mois. Enfin, après quelques petits épisodes de ce genre qui n'aboutirent à rien, le juge se consacra tout entier à son petit-fils, sans plus songer à un autre amour.

Le juge gâtait son petit-fils au-delà de toute raison. On racontait en ville qu'un jour, à un pique-nique organisé par la paroisse, le juge avait soigneusement enlevé les grains de poivre de la nourriture de l'enfant, qui n'aimait pas le poivre. Quand Jester eut quatre ans, il pouvait, grâces en soient rendues aux patients efforts de son grand-père, réciter par cœur le Notre Père et le vingt et unième psaume ; et le vieil homme exultait lorsque les gens de la ville se réunissaient pour écouter l'enfant prodige. Absorbé par son petit-fils, il vit diminuer cette sensation de vide qui le tenaillait douloureusement, de même que sa fascination pour les dames choristes. Malgré son grand âge que, du reste, il n'admettait pas, il se rendait à pied chaque matin de bonne heure à son bureau au tribunal. On venait l'y chercher en voiture pour la longue pause du déjeuner de midi, puis il s'y faisait reconduire pour les heures de travail de l'après-midi. On l'entendait discuter férocement sur la place du tribunal et dans le drugstore de Malone. Le samedi soir, il jouait au poker dans l'arrière-salle du *Café de New York*.

Durant toutes ces années, le juge avait eu pour devise : *Mens sana in corpore sano*[136]. Son attaque, contrairement à ce qu'on aurait pu penser, n'avait pas changé grand-chose à cette attitude. Après une convalescence hargneuse, il reprit ses habitudes, sauf qu'il ne se rendait plus à son cabinet que le matin et n'y faisait guère qu'ouvrir un courrier de plus en plus réduit et lire le *Milan Courier,* le *Flowering Branch Ledger* et, les dimanches, l'*Atlanta Constitution* qui le mettait en rage. Le juge était tombé dans la salle de bain, où il était resté étendu pendant des heures sans parvenir à se faire entendre de Jester, qui dormait de son profond sommeil d'enfant. Sa « petite attaque » l'avait frappé de façon foudroyante, en sorte qu'il avait d'abord espéré que sa guérison interviendrait avec la même rapidité. Il ne voulait pas reconnaître qu'il avait eu une véritable attaque d'apoplexie ; il en parlait comme d'une « légère atteinte de polio », d'un « petit malaise », etc. Quand il fut sur pied, il déclara qu'il se servait d'une canne pour le plaisir et que sa « petite attaque » lui avait très probablement profité, car son esprit s'était aiguisé dans la contemplation et dans la méditation de « nouveaux problèmes ».

Le vieil homme attendait avec impatience le bruit du verrou.

« Jester est dehors bien tard, fit-il plaintivement. En général, il pense toujours à me dire où il va quand il sort le soir. Avant de prendre mon bain, j'ai entendu de la musique pas très loin d'ici et je me suis demandé s'il n'était pas allé écouter au jardin. Mais, quand la musique a cessé et que j'ai appelé Jester dehors, rien ne m'a répondu. Il n'est pas encore rentré, bien que l'heure de son coucher soit passée. »

Malone, qui n'aimait pas Jester, étira sa longue lèvre supérieure contre ses dents, mais il se contenta de dire sans se compromettre :

« Il faut que jeunesse se passe.

– Je me suis souvent inquiété de le savoir élevé dans une maison où le malheur s'est si souvent abattu. Parfois, je me dis que ça explique sa prédilection pour la musique triste. Mais sa mère aussi appréciait fort la musique, dit le juge sans s'apercevoir qu'il sautait une génération. Je veux dire sa grand-mère, naturellement, se reprit-il. La mère de Jester n'a vécu parmi nous que durant cette affreuse période de chagrin et de confusion... au point qu'elle est passée presque inaperçue dans la famille... Je me rappelle à peine son visage... Des cheveux clairs, des yeux brunâtres, une voix distinguée... encore que son père fût un bootlegger bien connu. Malgré notre peu d'enthousiasme, ce mariage se révéla une bénédiction, s'il en fut jamais. Le malheur, c'est que Mirabelle s'est trouvée prise entre la mort de Johnny, la naissance de Jester et la rechute de Miss Missy. Il aurait fallu avoir une très forte personnalité pour ne pas être marqué par tout cela, et celle de Mirabelle n'était pas forte... »

En fait, un seul souvenir ressortait dans l'esprit du juge, celui d'un déjeuner dominical où la gentille étrangère, ayant déclaré : « J'adore l'omelette norvégienne », le juge s'était permis de la reprendre.

« Mirabelle, avait-il dit sévèrement, gardez donc votre vénération pour moi, pour la mémoire de votre mari, pour Miss Missy. Ne dites pas que vous adorez l'omelette norvégienne, voyons. »

Il montrait du doigt avec un regard des plus tendres la tranche qu'il se coupait :

« L'omelette norvégienne, vous l'appréciez; comprenez-vous la différence, mon enfant? »

Mirabelle avait compris, mais perdu tout appétit.

« Oui, monsieur », fit-elle en posant sa fourchette.

Le juge, se sentant coupable, dit avec colère :

« Mangez, mon enfant. Dans votre état, il faut manger. »

Mais lui rappeler son état ne servait qu'à la faire pleurer et elle quitta la table; Miss Missy, avec un regard de reproche à son mari, la suivit peu après, le laissant s'empiffrer solitairement. En guise de punition, il avait privé délibérément les deux femmes de sa présence durant presque tout l'après-midi, qu'il passa à faire des réussites dans la bibliothèque, les portes verrouillées. Chaque fois qu'on venait tourner le loquet, il avait la grande satisfaction de se refuser à bouger ou à répondre. Il alla même jusqu'à se rendre seul sur la tombe de Johnny, au lieu d'escorter sa femme et sa belle-fille à l'occasion de leur visite dominicale au cimetière. Cette escapade lui rendit sa belle humeur. Après une promenade dans le crépuscule d'avril, il passa chez Pizzalatti, qui ne fermait jamais son magasin, pour acheter des bonbons, des mandarines et même une noix de coco, dont toute la famille se régala après dîner.

« Si seulement Mirabelle était allée accoucher au Johns Hopkins... dit-il à Malone. Mais les Clane sont toujours nés chez eux et, d'ailleurs, qui aurait pu se douter...? On prévoit toujours mieux après qu'avant, acheva-t-il, fermant le chapitre de sa belle-fille, qui était morte en couches.

– C'est vraiment malheureux pour Mirabelle, fit Malone, pour dire quelque chose. Les femmes meurent rarement en couches, de nos jours, et, quand cela arrive, c'est d'autant plus triste. Elle venait tous les après-midi manger un cornet de glace au drugstore.

– Elle raffolait des sucreries », dit le juge avec une bizarre satisfaction, car il avait souvent profité de ce détail.

Il disait, par exemple, en prêtant son propre désir à sa belle-fille enceinte : « Mirabelle meurt d'envie de manger un sablé à la framboise... » Adroitement mais fermement, Miss Missy, tant qu'elle avait vécu, avait maintenu le juge au-dessous de ses cent trente kilos, sans jamais prononcer le mot régime. En secret, elle étudiait la teneur en calories des aliments et combinait des repas appropriés sans qu'il se doutât de rien.

« Vers la fin, nous avons consulté tous les médecins-accoucheurs de la ville, dit le juge, qui semblait sur la défensive, comme si on lui avait reproché de ne pas veiller sur sa famille. Mais il s'agissait d'une complication rare et imprévisible. Jusqu'au jour de ma mort, je regretterai que nous ne l'ayons pas fait entrer au Johns Hopkins, tout au début. On s'y spécialise dans les complications et les maladies peu courantes. Sans le Johns Hopkins, je serais sous terre à l'heure qu'il est. »

Malone, qui trouvait un certain réconfort à parler des maladies d'autrui, demanda discrètement :

« Vous aviez une affection compliquée et peu courante?

– Plutôt curieuse que compliquée et peu courante, dit le juge avec complaisance. À la mort de ma femme bien-aimée, j'étais si malheureux que je me suis mis à creuser ma tombe avec mes dents. »

Malone frissonna, car, l'espace d'un instant, il avait eu la vision saisissante de son ami mâchonnant le sable du cimetière en pleurant. Sa propre maladie le laissait sans défense contre ces images soudaines, quelque répulsives qu'elles fussent. Sa subjectivité suraiguë de malade était telle qu'il réagissait avec violence à tout ce qui touchait de près ou de loin à certains concepts pourtant inoffensifs et objectifs. Par exemple, à la simple mention du banal Coca-Cola, naissait en lui la honte, le souvenir de sa réputation infamante d'être incapable de faire vivre convenablement sa famille; et cela pour la seule raison que sa femme était propriétaire de quelques actions de Coca-Cola, qu'elle avait achetées sur sa propre bourse et mises en sécurité dans un coffre de la banque de Milan. Ces réactions enfouies et involontaires, Malone en avait à peine conscience, car elles avaient la propriété de se volatiliser, l'aptitude à se résorber de ce qui vient de l'inconscient.

« Puis un jour, en me pesant dans votre drugstore, j'ai vu que la balance marquait cent quarante-cinq kilos. Mais cela ne m'a pas particulièrement inquiété. À part ces brusques évanouissements, je ne souffrais de rien. J'avais encore besoin d'un avertissement spécial pour me donner à réfléchir. Et, cet avertissement spécial, j'ai fini par le recevoir.

– Comment cela? demanda Malone.

– À cette époque, Jester avait sept ans. (Le juge interrompit son histoire pour se plaindre de ces années.) Oh! quelle tâche ardue pour un homme que d'élever un enfant sans mère! et non seulement l'élever, mais aussi s'en occuper matériellement. Oh! les bouillies à préparer, les brusques maux d'oreille en pleine nuit! Je calmais l'enfant avec de l'élixir parégorique sur un morceau de sucre et de l'huile tiède dans son oreille malade... Naturellement, Cleopatra, sa nurse, se chargeait du plus gros de la tâche, mais moi, j'avais toute la responsabilité, pas de doute à ça! (Avant de poursuivre son histoire, il soupira.) Enfin, un jour, quand Jester n'était encore qu'un petit bonhomme, j'ai décidé de lui apprendre à jouer au golf et, par un beau samedi après-midi, nous nous sommes rendus au golf du Country Club. Là, je me suis contenté de lancer la balle, en montrant à Jester les différentes prises et attitudes. Nous avons fini par arriver à cette... cette petite mare, près des bois, que vous connaissez, J. T. »

Malone, qui n'avait jamais joué au golf et qui n'était pas membre du Country Club, acquiesça, non sans un certain orgueil.

« Enfin, j'étais en train de brandir mon club de golf quand j'ai été saisi d'un de mes brusques malaises. Je suis tombé, floc! en plein dans la mare. J'aurais dû me noyer, n'ayant pour me venir en aide qu'un gamin de sept ans et le petit nègre qui portait les clubs. Et comment les deux gosses ont réussi à me sortir de là, je l'ignore; en tout cas, j'étais bien trop mouillé et trop étourdi pour leur faciliter la tâche. Ce dut être un fameux travail, étant donné que je pesais plus de cent quarante kilos, mais ce petit nègre de caddy était vif et déluré; et, enfin, je me suis retrouvé sain et sauf. Cependant, ce malaise m'a fait réfléchir, assez sérieusement réfléchir pour que j'envisage de consulter un médecin. Comme je n'aimais pas les docteurs de Milan, ou qu'ils ne m'inspiraient pas confiance, l'hôpital Johns Hopkins m'est venu à l'esprit sous le coup d'une inspiration divine. Je savais qu'on y traitait des maladies rares et peu connues, du genre de la mienne. J'ai offert au caddy qui m'avait sauvé la vie une belle montre en or avec une inscription latine.

– Une inscription latine?

– *Mens sana in corpore sano,* fit posément le juge, dont le latin s'arrêtait là.

– On ne peut plus approprié, dit Malone, qui, lui aussi, ignorait le latin.

– À mon insu, j'avais un lien particulier, vous diriez un lien tragique, avec ce petit nègre », dit lentement le juge. Puis il ferma les yeux, semblant ainsi tirer un rideau sur le sujet et laissant insatisfaite la curiosité de Malone.

« Néanmoins, reprit-il, je vais l'engager comme valet. »

Malone fut frappé par l'emploi de ce terme désuet.

« Après cette chute dans la mare, j'étais assez alarmé pour me rendre au Johns Hopkins, sachant qu'on y étudiait des maladies rares et curieuses. J'ai emmené le petit Jester avec moi pour parfaire son éducation et en récompense d'avoir aidé le caddy à me sauver. »

Le juge ne voulait pas reconnaître qu'il n'aurait pu supporter l'effroyable épreuve de l'hôpital sans la présence de son petit-fils de sept ans.

« C'est ainsi qu'est arrivé le jour où j'ai affronté le docteur Hume. »

Malone pâlit devant la vision inconsciente d'un cabinet médical, avec son odeur d'éther, les cris d'un enfant, le poignard du docteur Hayden et une table d'examen.

« Quand le docteur Hume m'a demandé si je mangeais trop, je l'ai assuré que je me nourrissais normalement. Alors il s'est mis à me bombarder de questions serrées. Il m'a demandé, par exemple, combien de petits pains je mangeais à chaque repas, et je lui ai dit : " la quantité normale ". Continuant à me presser, il a insisté pour savoir ce que j'entendais par *quantité normale*. Quand je lui ai répondu : " une douzaine ou deux ", j'ai immédiatement compris que l'heure de mon Waterloo avait sonné. »

En un éclair, Malone entrevit des petits pains imbibés de liquide, une défaite, Napoléon.

« Le docteur m'a déclaré que j'avais le choix entre deux solutions : soit continuer à vivre comme auparavant, ce qui ne durerait pas longtemps, soit me mettre au régime. Ça m'a donné un coup, je le reconnais. Je lui ai dit que la question était trop grave pour que je puisse en décider sur-le-champ. J'ai demandé douze heures de réflexion avant ma réponse définitive. " Nous n'aurons pas un régime trop sévère, ' juge '. " N'est-ce pas détestable, cette façon qu'ont les médecins de dire *nous* quand c'est vous, et vous seul, qui êtes en cause? Dire qu'il pouvait rentrer chez lui bâfrer cinquante petits pains et dix omelettes norvégiennes, lui, tandis que moi, je mourrais déjà de faim à suivre un régime, voilà ce que je me disais avec rage au cours de mes réflexions.

– Oui, j'ai horreur de ce *nous* dont se servent les médecins », acquiesça Malone, le cœur soulevé.

Il venait de sentir ricocher en lui les émotions qu'il avait éprouvées dans le cabinet du docteur Hayden et les mots fatidiques : « Nous avons là un cas de leucémie. »

« De plus, ajouta le juge, j'ai horreur, le diable m'emporte, que les médecins m'imposent comme ça leur prétendue vérité. L'idée de ce régime me rendait si furieux que je risquais l'attaque d'apoplexie. (Il se reprit en hâte.) Un arrêt de cœur ou un petit malaise.

– Non, ce n'est pas juste de leur part », approuva Malone.

Il avait demandé la vérité, mais, ce faisant, il ne cherchait qu'à être rassuré. Comment aurait-il pu imaginer qu'une simple fatigue printanière se révélerait maladie incurable? Il avait quêté un peu de sympathie, des paroles de réconfort, et obtenu une sentence de mort.

« Les médecins, grands dieux!... Ils se lavent les mains, regardent le paysage à la fenêtre, jouent avec des objets horribles pendant que vous êtes étendu sur une table ou assis à moitié nu sur une chaise... (Il acheva d'une voix que la faiblesse et la colère rendaient grinçante :) Je me félicite de n'avoir pas terminé mes études de médecine. Je n'aurais pas voulu avoir cela sur la conscience.

– J'ai réfléchi pendant douze heures consécutives, comme j'avais promis de le faire. Une part de ma personne me conseillait de suivre le régime, tandis qu'une autre me disait : " On ne vit qu'une fois, que diable! " Je me suis rappelé Shakespeare : " *Être ou ne pas être* [137] " et j'ai cogité tristement. Puis, vers le soir, une infirmière est entrée dans ma chambre avec un plateau. Sur ce plateau, il y avait un steak épais deux fois comme ma main, des légumes verts, de la salade de laitue et de tomates. J'ai regardé l'infirmière. Elle avait une jolie poitrine, un cou adorable... pour une infirmière, s'entend. J'ai failli tomber à la renverse lorsqu'elle m'a dit : " Voilà votre régime, juge. " Après m'être assuré qu'il ne s'agissait pas d'une plaisanterie, j'ai fait prévenir le docteur Hume que j'optais pour le régime et je me suis attaqué à mon repas. J'avais oublié de mentionner l'alcool ou les petits remontants. Mais, pour ça, je me suis arrangé.

– Et comment? demanda Malone, qui connaissait la petite faiblesse du juge.

– Les desseins de Dieu sont impénétrables. Quand j'ai enlevé Jester du collège pour qu'il m'accompagne à l'hôpital, tout le monde a trouvé que c'était fort étrange. Et moi-même, parfois, je l'ai pensé aussi. En secret, je craignais simplement de mourir seul dans cet hôpital, là-haut, dans le Nord. Je n'y avais pas songé à l'avance, mais, un gamin de sept ans, quoi de plus facile que de l'envoyer au débit de boissons le plus proche acheter une bonne bouteille pour son grand-père malade? L'essentiel, dans la vie, c'est de savoir transformer une expérience désagréable en une expérience heureuse. Une fois habitué, je me suis trouvé très bien au Johns Hopkins et j'ai perdu vingt kilos en trois mois. »

Le juge, remarquant l'expression d'envie de Malone, se sentit brusquement coupable d'avoir parlé si longtemps de sa propre santé.

« Vous croyez peut-être que tout est rose en ce qui me concerne, J. T., mais ce n'est pas le cas et je vais vous confier un secret dont je n'ai jamais soufflé mot à personne, un grave et terrible secret.

– Mais pourquoi diable...?

– J'étais ravi d'avoir perdu mon embonpoint, mais le régime en soi a ébranlé ma constitution. Et douze mois plus tard, exactement, lors de ma visite annuelle au Johns Hopkins, on m'a dit que j'avais du sucre dans le sang, ce qu'il faut traduire par diabète. »

Malone, qui fournissait le juge en insuline depuis des années, ne fut pas surpris, mais se garda de rien dire.

« Il ne s'agit pas d'une maladie mortelle, seulement d'une maladie consécutive à un régime. J'ai maudit le docteur Hume, je l'ai menacé d'un procès, mais il m'a raisonné et le vieux renard de magistrat que je suis se rendit compte que ma thèse ne tiendrait pas devant un tribunal. Cela pose certains problèmes. Savez-vous, J. T., que lorsque vous avez du diabète, bien que ce ne soit pas une maladie mortelle, on doit vous faire une piqûre chaque jour? Cela n'est nullement contagieux, bien sûr, mais j'ai eu l'impression qu'au point de vue santé je prêtais déjà trop le flanc à la critique et je n'ai pas voulu que la chose s'ébruite. Je suis encore à l'apogée de ma carrière politique, qu'on veuille le reconnaître ou non. »

Malone dit :

« Je n'en parlerai à personne, mais je ne vois pas pourquoi vous en auriez honte.

– Mon embonpoint, ma petite attaque et puis, pour couronner le tout, du diabète... non, c'est trop pour un homme politique, encore que, treize ans durant, nous ayons eu un infirme à la Maison-Blanche.

– J'ai toute confiance en votre habileté politique, juge », fit Malone, bien que, ce soir-là, il eût étrangement perdu sa foi en le vieux juge; pourquoi, il l'ignorait... la foi en ses lumières médicales, en tout cas.

« Depuis des années, je m'arrange avec des infirmières; et maintenant voilà que le hasard m'offre une nouvelle solution. J'ai trouvé un jeune homme qui s'occupera de moi et me fera mes piqûres. C'est justement ce garçon sur lequel vous m'interrogiez, ce printemps. »

Malone, revoyant brusquement un visage, dit :

« Ce n'est pas le nègre aux yeux bleus?

– Si, dit le juge.

– Que savez-vous de lui ? » demanda Malone.

Le juge songeait que ce garçon était au centre même des événements tragiques de sa vie. Mais il se contenta de dire à Malone :

« C'est le petit caddy qui m'a sauvé la vie quand je suis tombé dans la mare. »

Alors s'éleva entre les deux amis ce rire que provoquent les catastrophes. Ils le croyaient motivé par l'image de ce vieil homme de cent quarante-cinq kilos, traîné hors de la mare d'un terrain de golf, mais ce rire incontrôlable reflétait en réalité la désolation de la soirée. Le rire du désespoir ne se réprime pas facilement [138], en sorte qu'ils s'y laissèrent aller longtemps, chacun riant de sa propre tragédie. Le juge cessa le premier.

« Sérieusement, je désirais trouver une personne de toute confiance, et en qui pourrais-je avoir plus confiance que dans le petit caddy qui m'a sauvé la vie? L'insuline est chose délicate, très mystérieuse, et, pour l'administrer, il faut quelqu'un d'extrêmement intelligent et consciencieux... avec ces aiguilles à faire bouillir, et tout. »

Malone se dit que le garçon ne manquait sans doute pas d'intelligence, mais ce jeune Noir n'en avait-il pas trop, justement? Revoyant ces yeux mornes, glacés et flamboyants, et les associant en pensée avec le pilon, les rats et la mort, il craignait pour le juge.

« Je n'aurais pas engagé ce Noir, pour ma part; mais vous êtes meilleur juge que moi, évidemment. »

Le juge revint à son souci immédiat.

« Jester ne danse pas, ne boit pas; il ne sort même pas avec des jeunes filles – à ma connaissance, tout au moins. Où peut-il être? Il se fait tard. Croyez-vous que je devrais prévenir la police? »

L'idée d'avertir la police et de toute l'agitation qui s'ensuivrait hérissa Malone.

« Mais voyons, il n'est pas tard à ce point. Pourtant, je pense que je ferais mieux de rentrer chez moi.

– Prenez donc un taxi à mes frais, J. T. Nous reparlerons demain du Johns Hopkins, car, sérieusement, j'estime que vous devriez vous y faire hospitaliser. »

Malone dit :

« Merci, je n'ai pas besoin de taxi. L'air frais me fera du bien. Ne vous tourmentez pas pour Jester. Il ne tardera pas à rentrer. »

Quoique Malone eût prétendu que la promenade lui ferait du bien et quoique la nuit fût tiède, il était glacé et sans force quand il arriva chez lui.

Sans bruit, il se glissa dans le lit qu'il partageait avec sa femme. Mais, quand les fesses brûlantes de Martha touchèrent les siennes, écœuré par les souvenirs vibrants que cette chaleur éveillait en lui, il s'écarta brusquement – car comment les vivants peuvent-ils vivre quand la mort existe?

4

Il était à peine neuf heures lorsque Jester et Sherman se trouvèrent face à face pour la première fois, ce soir d'été, et leur entrevue ne dura guère que deux heures. Mais, dans la prime jeunesse, deux heures peuvent suffire à fausser ou à illuminer toute une vie, et ce fut une expérience cruciale de ce genre que vécut Jester Clane ce soir-là. Quand l'émotion née de la musique et de cette rencontre se fut calmée, Jester prit conscience de la pièce, de la plante verte qui poussait dans un angle. Il retrouva suffisamment ses esprits pour se rendre compte que l'inconnu avait cessé de jouer. Les yeux bleus le sommaient de parler, mais il gardait le silence. Il rougit, ses taches de rousseur se firent plus brunes.

« Excusez-moi, dit-il d'une voix qui tremblait. Qui êtes-vous et quelle est cette chanson que vous chantiez? »

L'autre, qui était du même âge que Jester, dit d'une voix à dessein sinistre :

« Si vous voulez la vérité simple et sans fard [139], je ne sais pas qui je suis et j'ignore tout de mes antécédents.

– Vous voulez dire que vous êtes orphelin? fit Jester. Eh bien, moi aussi, ajouta-t-il avec enthousiasme. Ne croyez-vous pas que c'est une sorte de présage?

– Non, vous savez qui vous êtes, vous. Est-ce votre grand-père qui vous envoie? »

Jester secoua la tête.

À l'entrée de Jester, Sherman avait cru d'abord qu'on lui apportait un message, puis, à mesure que les minutes passaient, qu'il s'agissait d'une mauvaise plaisanterie.

« Alors pourquoi vous êtes-vous introduit de force ici? dit-il.

– Je ne me suis pas introduit de force. J'ai frappé et j'ai dit : " Excusez-moi ", puis nous sommes entrés en conversation. »

Sherman, toute sa méfiance en éveil, se demandait quelle plaisanterie se jouait à ses dépens et il se tenait sur ses gardes.

« Nous ne sommes pas entrés en conversation.

– Vous me disiez que vous ne saviez rien de vos parents. Les miens sont morts. Et les vôtres? »

Le jeune Noir aux yeux bleus dit :

« La vérité pure et simple et sans fard, c'est que je ne sais absolument rien d'eux. J'ai été abandonné sur un banc d'église et, à la façon un peu expéditive qu'ont gardée les descendants des Nigériens, on m'a appelé Pew [140]. Mon prénom est Sherman [141]. »

Même quelqu'un de beaucoup moins sensible que Jester eût compris que son interlocuteur se montrait délibérément insolent. Il savait qu'il aurait dû s'en aller, mais il était hypnotisé par ces yeux bleus dans ce visage sombre. Alors, sans ajouter un mot, Sherman se mit à jouer et à chanter. C'était la chanson même que Jester avait déjà entendue de sa chambre, et jamais, lui sembla-t-il, il n'avait été à ce point remué. Sherman avait des doigts robustes qui paraissaient très noirs sur les touches d'ivoire du clavier et, pour chanter, il rejetait en arrière son cou puissant. Après le premier couplet, il fit de la tête un signe brusque vers le divan, comme pour suggérer à Jester de s'asseoir. Jester obéit sans cesser d'écouter.

Une fois la chanson terminée, Sherman exécuta par jeu un long coulé sur le clavier, puis il passa dans la petite cuisine attenante et en revint avec deux verres pleins. Il en offrit un à Jester, qui demanda ce que c'était tout en l'acceptant.

« Du Lord Calvert, mis en bouteilles à l'entrepôt, quarante-cinq degrés garantis. »

Sherman n'en dit rien, mais, depuis un an qu'il s'était mis à l'alcool, il achetait du whisky de cette marque à cause de son slogan : *La boisson de l'homme distingué*. Il avait essayé de s'habiller avec la recherche négligée du personnage des réclames, mais cela n'avait servi qu'à lui donner l'air débraillé, à lui, l'un des garçons les plus élégants de la ville. Ces chemises hawaïennes et le carré noir sur l'œil le rendaient simplement pitoyable... pas distingué du tout, et d'ailleurs, avec ce bandeau, on se cognait partout.

« Le meilleur, le plus select, dit Sherman. Je ne sers pas du tord-boyaux à mes visiteurs. »

Cependant, il veillait à remplir les verres à la cuisine, de peur que quelque soûlaud ne lui engloutît tout son whisky. Du reste, il ne servait pas du Lord Calvert aux soûlauds notoires. Et son visiteur de ce soir n'en était pas un ; en fait, il n'avait encore jamais bu de whisky. Sherman commença de se dire que cette visite ne cachait pas un sombre complot du juge.

Jester sortit un paquet de cigarettes, qu'il tendit courtoisement.

« Je fume comme une cheminée, dit-il, et je bois du vin tous les jours ou presque.

– Moi, je ne bois que du Lord Calvert, dit résolument Sherman.

– Pourquoi t'es-tu montré si grossier et désagréable quand je suis entré ? demanda Jester.

– De nos jours, on doit se montrer très prudent à cause des schizos.

– À cause de quoi ? demanda Jester, qui se sentait quelque peu désorienté.

– Ça veut dire schizophrénique.

– Mais est-ce que ce n'est pas une maladie, la schizophrénie ?

– Une maladie mentale, affirma nettement Sherman. Un schizo, c'est un type toqué. J'en connais un, moi.

– Qui ?

– Personne que tu puisses connaître. C'était un Nigérien Bronzé.

– Un quoi bronzé ?

– Il s'agit d'un club dont je faisais partie. Au début, c'était un club pour lutter contre la discrimination raciale. Nous avions les visées les plus hautes.

– Quelles visées les plus hautes ? demanda Jester.

– D'abord, nous sommes allés nous faire inscrire tous en chœur pour voter, et si tu te figures que ça ne demande pas du nerf, dans ce pays, c'est que tu ne sais rien. Chaque membre a reçu un petit cercueil de carton avec son nom dessus et quelques mots imprimés : *N'oubliez pas de voter.* C'est vrai, ce que je te dis », fit Sherman en appuyant sur les mots.

Par la suite, quand il connut mieux Sherman et les données

réelles et fantaisistes de sa vie, Jester devait apprendre la signification de cette petite phrase.

« J'aurais aimé vous accompagner quand vous êtes allés vous faire inscrire tous en chœur », dit-il d'un ton pensif.

L'expression *tous en chœur* l'émouvait particulièrement et des larmes d'exaltation lui montèrent aux yeux.

Sherman répondit d'une voix rauque et glacée :

« Sûrement pas. Tu aurais été le premier à te défiler. D'ailleurs, tu n'as pas l'âge de voter... Le premier à te défiler.

– Tu m'offenses, dit Jester. Comment peux-tu savoir ?

– C'est mon petit doigt qui me l'a dit.

Quoique blessé, Jester admira la réponse et se promit de l'employer à la première occasion.

« Est-ce que beaucoup de membres se sont défilés ?

– Eh bien, dit Sherman en hésitant, étant donné les circonstances... avec ces cercueils de carton glissés sous nos portes... Nous avons continué à étudier la question électorale, appris par cœur les noms et les dates des présidents, potassé la Constitution et tout. Mais nous voulions voter, pas être des Jeanne d'Arc ; aussi, étant donné les circonstances... »

Sa voix flancha. Il ne parla pas des résolutions et contre-résolutions présentées à mesure qu'approchait le jour des élections ; il ne dit pas davantage qu'il était mineur et que, par conséquent, il n'aurait pu voter, de toute façon. Et ce jour d'automne, à vrai dire, avec une infinité de détails précis, Sherman avait voté... en imagination. Il avait également été lynché aux accents de *John Brown's Body* [142] qui lui tiraient toujours des larmes et qui lui en avaient tiré plus encore ce jour-là où il témoignait pour sa race... Aucun Nigérien Bronzé n'avait voté et on n'avait plus jamais abordé le sujet du vote.

« Nous étions reçus membres après des élections en bonne et due forme et nos activités englobaient un Club de Noël qui organisait des distributions de cadeaux aux enfants pauvres. C'est de cette façon que nous nous sommes aperçus que Happy Henderson était un schizo.

– Qui est Happy Henderson ? s'enquit Jester.

– Happy était le principal responsable de la distribution des cadeaux de Noël. Le soir de Noël, il a zigouillé une vieille dame. Simplement parce qu'il était schizo ; il ne savait pas ce qu'il faisait.

– Je me suis souvent demandé si les fous savent qu'ils sont fous ou non, dit doucement Jester.

– Happy ne le savait pas, ni aucun des Nigériens Bronzés non plus, autrement on ne l'aurait pas accepté dans notre club. Zigouiller une vieille dame dans un accès de folie!...

– J'éprouve la sympathie la plus sincère pour les fous, dit Jester.

– La plus profonde sympathie, corrigea Sherman. C'est l'inscription que nous avons fait mettre sur les fleurs... sur la couronne, je veux dire, que nous avons envoyée à ses parents quand il a passé sur la chaise électrique à Atlanta.

– Il est passé sur la chaise électrique? demanda Jester, horrifié.

– Naturellement, après avoir assommé une vieille dame le soir de Noël! Après, on a su que Happy avait passé la moitié de sa vie dans des asiles psychiatriques. Il n'avait même pas de motif. En fait, il n'a pas touché au sac de la vieille dame après l'avoir zigouillée. Il a tout simplement perdu la boule, il est devenu schizo... L'avocat a invoqué les séjours dans des établissements spéciaux, et la pauvreté et les contraintes... l'avocat de l'assistance judiciaire, je veux dire... Mais, malgré tout, Happy a été grillé.

– Grillé! s'exclama Jester avec horreur.

– Passé à la chaise électrique à Atlanta, le 6 juin 1951.

– Ça doit être terrible pour toi de dire d'un de tes camarades de club qu'il a été grillé?

– Eh bien, quoi, grillé, il l'a été, fit Sherman, sans émotion. Si nous parlions de quelque chose de plus réjouissant? Ça te plairait que je te montre l'appartement de Zippo Mullins? »

Avec orgueil, il détailla l'ameublement disparate de la pièce lugubre et trop encombrée.

« Ce tapis est un vrai Wilton. Et ce lit-canapé, acheté d'occasion, a coûté cent dix-huit dollars. On peut y coucher à quatre au besoin. »

Jester examina le canapé à trois places et se demanda comment quatre personnes auraient pu y dormir. Sherman caressait un crocodile de bronze qui tenait une ampoule électrique entre ses mâchoires béantes.

« Un cadeau de la tante de Zippo à l'occasion de la pendaison de crémaillère. Pas très moderne ni très joli, mais c'est l'intention qui compte.

– Certainement, approuva Jester, ravi du moindre signe d'humanité chez son nouvel ami.

– Les guéridons sont des meubles anciens authentiques, comme tu peux le voir. La plante est un cadeau d'anniversaire à Zippo. »

Sherman ne montra pas la lampe rouge aux franges élimées, les deux chaises trop visiblement cassées et autres tristes détails du mobilier.

« Je ne voudrais pas qu'il arrive quelque chose de fâcheux à cet appartement. Tu n'as pas vu le reste... C'est tout simplement superbe. (Sherman parlait avec orgueil.) Quand je suis ici, le soir, c'est rare que j'ouvre la porte.

– Pourquoi ?

– J'ai peur d'une agression et que les agresseurs emportent le mobilier de Zippo. »

Il ajouta en s'étranglant presque de suffisance :

« Je suis l'hôte payant de Zippo, tu sais. »

Six mois plus tôt, il aurait dit qu'il habitait avec Zippo ; mais depuis, ayant entendu quelque part l'expression *hôte payant*, qui l'avait enchanté, il s'en servait fréquemment.

« Si nous passions au reste de l'appartement ? suggéra-t-il, d'un air de propriétaire. Regarde la petite cuisine. Tu vois, tout le confort moderne... (Il ouvrit pieusement la porte du réfrigérateur pour le montrer à Jester.) Le compartiment du bas est réservé aux crudités : céleris, carottes, laitues, etc. (Il ouvrit à son tour ledit compartiment, qui ne contenait qu'un cœur de laitue fané.) Le caviar, nous le mettons dans ce coin, là-bas », fit-il négligemment.

Il indiqua d'un geste une autre partie de la boîte magique. Jester ne vit qu'un plat de petits pois figés dans leur sauce, tandis que Sherman expliquait :

« C'est dans ce casier-là que nous avons mis le champagne au dernier Noël. »

Jester, qui n'ouvrait pas souvent le réfrigérateur chez lui, se sentit mystifié.

« Tu dois manger beaucoup de caviar et boire du champagne à pleins seaux chez ton grand-papa, dit Sherman.

– Non, je n'ai jamais goûté au caviar, ni bu du champagne non plus.

– Jamais touché au Lord Calvert, mis en bouteilles à l'entrepôt, jamais bu de champagne ni mangé de caviar... Personnellement, je me bourre de caviar, moi, dit Sherman, qui en avait goûté une fois et s'était demandé pourquoi on le tenait en si haute estime. Et regarde, fit-il avec enthousiasme, un vrai batteur électrique... Il se branche ici. (Sherman brancha le batteur, qui se mit à tournoyer furieusement.) C'est un cadeau de Noël à Zippo, de la part de votre serviteur... Je l'ai acheté à crédit. J'ai un excellent crédit en ville et je peux acheter tout ce que je veux. »

Jester en avait assez de rester debout dans la minuscule cuisine aux murs douteux, et Sherman ne tarda pas à s'en apercevoir, mais son orgueil n'en fut pas ébranlé. Ils passèrent donc dans la chambre à coucher. Sherman montra du doigt une malle adossée au mur :

« C'est dans cette malle, fit-il absurdement, que nous conservons nos objets de valeur. » Puis il ajouta : « Je n'aurais pas dû te le dire. »

Jester, comme de juste, s'offensa de cette dernière remarque, mais il ne dit rien.

Il y avait deux lits jumeaux dans la pièce, chacun garni d'un couvre-lit rose. Sherman caressa le tissu avec satisfaction : « Pure soie artificielle. » Au-dessus de chaque lit était accroché un portrait, l'un d'une femme de couleur d'un certain âge, l'autre d'une jeune fille au teint sombre. « La mère et la sœur de Zippo. » Sherman continuait à caresser le couvre-lit, et la vue de cette main noire sur le rose fit frissonner Jester inexplicablement. Il n'osa pas toucher la soie ; il sentait que, si sa propre main avait effleuré la paume ouverte de Sherman, celle-ci l'électriserait comme un gymnote et, prudemment, il empoigna à deux mains la barre du lit.

« La sœur de Zippo a l'air d'une jeune fille bien, remarqua Jester, croyant que Sherman attendait quelque commentaire à propos de la famille de son ami.

– Jester Clane », dit Sherman – et bien qu'il eût parlé d'une voix dure, Jester, au simple appel de son nom, fut parcouru d'un autre frisson – « si jamais, jamais, tu as la plus petite, la plus infime pensée libidineuse au sujet de Cinderella Mullins, je te pendrai par les talons, je t'attacherai les mains, j'allumerai un feu sous ta figure et je te regarderai rôtir. »

Devant l'impétuosité de l'attaque, Jester se cramponna à la barre du lit.

« Tout ce que j'ai dit, c'est que...

– La ferme ! La ferme ! » hurla Sherman. Puis il ajouta d'une voix basse et dure : « Quand tu as regardé son portrait, tu as fait une gueule qui ne me plaisait pas...

– Quoi? demanda Jester, déconcerté. Tu m'as montré un portrait et je l'ai regardé. Que voulais-tu que je fasse d'autre? Que je pleure?

– Encore une plaisanterie de ce genre et je te pends et je te fais rôtir à petit, tout petit feu, en étouffant les flammes pour que ça dure indéfiniment.

– Je ne vois pas pourquoi tu te montres si désagréable avec quelqu'un que tu connais à peine.

– Quand la vertu de Cinderella Mullins est en cause, je dis ce qui me plaît.

– Es-tu amoureux de Cinderella Mullins, passionnément, je veux dire?

– Encore une question indiscrète et je t'envoie griller à Atlanta.

– Tu dis des stupidités, fit Jester. Comment le pourrais-tu? C'est une question de juridiction. »

Les deux jeunes garçons furent également impressionnés par cette phrase, mais Sherman se contenta de murmurer :

« Je brancherai le courant moi-même, je le ferai passer très, très lentement.

– À mon avis, toutes ces histoires de gens électrocutés ou rôtis sont puériles. (Jester fit une pause avant de porter un coup cinglant.) En fait, je ne suis pas loin d'y voir la preuve de ton vocabulaire limité. »

Sherman fut piqué au vif.

« Un vocabulaire limité! hurla-t-il, la voix frémissante de rage. (Puis il se tut un long moment avant de demander d'un ton agressif :) Qu'est-ce que signifie le mot *stygien*? »

Après avoir réfléchi un instant, Jester dut convenir qu'il l'ignorait.

« Et *épizootinique* et *pathologinique*? continua Sherman, inventant des mots à toute allure.

– Est-ce que *pathologinique* n'aurait pas un rapport avec la maladie?

– Non, dit Sherman, c'est un mot que je viens d'inventer.

– D'inventer? fit Jester, choqué. C'est tout ce qu'il y a de plus injuste, d'inventer des mots quand on veut mettre à l'épreuve le vocabulaire de quelqu'un.

– En tout cas, toi, tu as un vocabulaire infect et très limité. »

Jester se voyait dans l'obligation de prouver l'étendue de son vocabulaire; il essaya en vain de fabriquer de grands mots fantaisistes, mais rien de plausible ne lui vint à l'esprit.

« Pour l'amour du Ciel, dit Sherman, si nous changions de sujet? Tu ne veux pas que j'allonge ton Calvert?

– L'allonger?

– Oui, ballot. »

Jester prit une gorgée de son whisky et s'étrangla :

« C'est plutôt amer et fort...

– Quand j'ai parlé de l'allonger, est-ce que par hasard tu te serais figuré que ça voulait dire que j'allais mettre du sucre dedans, dans ce whisky Calvert? Je me demande de plus en plus si tu n'arrives pas tout droit de Mars. »

Cette remarque-là, également, Jester se promit de l'utiliser plus tard [143].

« Quelle soirée noctiluque, dit-il pour donner un échantillon de son vocabulaire. Tu es certainement très favorisé, ajouta-t-il.

– C'est à propos de l'appartement de Zippo que tu dis ça?

– Non, je pensais simplement... je méditais plutôt, sur la chance que tu as de savoir ce que tu veux faire dans la vie. Si j'avais une voix comme la tienne, je n'aurais pas à me casser la tête sur ce problème. Que tu t'en rendes compte ou non, tu as une voix d'or, tandis que je n'ai aucun talent, moi... Je ne sais ni chanter ni danser, et quant à dessiner... à part les arbres de Noël, n'en parlons pas!

– Il y a d'autres occupations, dit Sherman d'une voix supérieure, les louanges de Jester lui ayant été douces aux oreilles.

– ... Et je ne suis pas trop bon en math; alors, la physique nucléaire est hors de question.

– Tu pourrais peut-être t'occuper de construction.

– Peut-être », dit Jester sans enthousiasme. Puis il ajouta d'une voix soudain animée : « Enfin, cet été, j'apprends à piloter. Mais ce n'est que par prosélytisme. Je trouve que tout le monde devrait apprendre à piloter.

– Je ne suis pas du tout d'accord avec toi, dit Sherman, qui craignait le vertige.

– Mais suppose que ton bébé soit mourant, comme ces enfants bleus dont on parle dans les journaux, et que tu doives prendre l'avion pour le voir une dernière fois. Ou suppose que ta vieille mère infirme soit malade et veuille te revoir avant de mourir... Outre le plaisir qu'il y a à voler, je considère comme une sorte d'obligation morale pour tout le monde d'apprendre à piloter.

– Je ne suis absolument pas d'accord avec toi, dit Sherman, répugnant à s'étendre sur ce qui dépassait ses capacités.

– Enfin, reprit Jester, quelle était donc cette chanson que tu chantais ce soir?

– Ce soir, j'ai chanté du jazz pur et simple, mais, un peu plus tôt cet après-midi, j'ai étudié d'authentiques lieder allemands.

– Qu'est-ce que c'est que ça?

– Je savais bien que tu me le demanderais. (Sherman était ravi de s'embarquer sur ce sujet.) Lieder, ballot, ça veut dire chanson, en allemand; et allemand, ça veut dire allemand, comme tu t'en doutes. »

Il se mit à jouer et à chanter en sourdine; et Jester, à cette musique étrange et nouvelle pour lui, recommença à trembler.

« Les paroles, c'est de l'allemand, fanfaronna Sherman. On m'a dit qu'en allemand je n'avais pas le moindre accent.

– Qu'est-ce que ça veut dire? Traduis-moi.

– C'est une chanson d'amour. Un jeune homme qui chante pour sa fiancée... À peu près ça : *Les deux yeux bleus de ma bien-aimée, je n'ai jamais rien vu de semblable.*

– Tu as les yeux bleus. On dirait une chanson d'amour pour toi. En fait, maintenant que je connais les paroles, cette chanson me donne la chair de poule.

– La musique allemande donne toujours la chair de poule. C'est pour cette raison que je veux m'y spécialiser.

– Quelle musique aimes-tu, à part celle-là? Personnellement, j'adore la musique; passionnément, je veux dire. L'hiver dernier, j'ai appris l'étude *Vent d'hiver.*

– Je parie que c'est une blague. »

Sherman n'avait pas envie de partager ses lauriers.

« Tu crois que j'aurais le front de te raconter un mensonge, assis là, comme je le suis? dit Jester, qui ne mentait jamais.

– Comment veux-tu que je sache? répondit Sherman, qui était le plus grand menteur de la terre.

– Je suis un peu rouillé. »

Sherman, espérant encore que Jester ne saurait pas jouer, le regarda s'installer au piano.

Bruyant, furieux, farouche, le *Vent d'hiver* se déchaîna dans la pièce. Après les premières mesures, Jester, dont les doigts couraient impétueusement sur le clavier, hésita, puis s'arrêta.

« Une fois qu'on a perdu le fil de *Vent d'hiver*, c'est difficile de le retrouver. »

Sherman, qui avait écouté, non sans jalousie, fut soulagé lorsque le piano se tut. Mais Jester reprit le morceau à son début.

« Assez ! » s'écria Sherman.

Jester continua de jouer, tandis que Sherman ponctuait la musique de ses cris de protestation.

« Ma foi, c'est plutôt bien, dit-il après le finale frénétique et saccadé. Malheureusement, tu joues sans expression.

– Enfin, est-ce que je ne t'avais pas dit que je savais le jouer ?

– Il y a mille façons de jouer. Personnellement, la tienne ne me plaît pas.

– Je sais que le piano n'est qu'une fantaisie chez moi, mais j'aime ça.

– C'est ton droit.

– J'aime mieux ton jeu quand tu joues du jazz que quand tu joues des lieder allemands, dit Jester.

– Quand j'étais plus jeune, dit Sherman, j'ai fait partie d'un orchestre pendant un certain temps. On jouait du jazz-hot. C'était Bix Beiderbecke qui conduisait. Il jouait d'une trompette en or.

– Bix Beiderbecke ? Mais voyons, c'est impossible ! »

Tant bien que mal, Sherman essaya de rattraper son mensonge.

« Non, c'était Rix Heiderhorn qu'il s'appelait. De toute façon, j'aurais beaucoup voulu tenir le rôle de Tristan au Metropolitan Opera, mais le rôle n'est pas adaptable pour quelqu'un comme moi. En fait, les rôles du Metropolitain Opera sont sévèrement limités pour les chanteurs de ma race. Je ne vois vraiment que celui d'Othello. La musique me plaît, mais je ne peux pas encaisser ses sentiments, à ce Maure. Comment on peut être jaloux d'une femme blanche, ça me dépasse ! Il faudrait que je pense à Desdémone... moi... Desdémone... moi ?... Non, impossible d'avaler ça. » Il se mit à chanter :

« *Oh, pour toujours adieu à ma tranquillité.*

– Ça doit te faire une drôle d'impression de ne pas savoir qui est ta mère ?

– Non, pas du tout », dit Sherman, qui avait passé toute son enfance à la recherche de sa mère.

Il choisissait telle ou telle femme aux gestes doux et à la voix agréable. « Est-ce ma mère ? » se disait-il alors, avec un espoir informulé qui aboutissait toujours au chagrin.

« Une fois qu'on y est habitué, on n'y pense plus. (Il n'avait jamais pu s'y habituer, ce qui expliquait cette déclaration.) J'aimais beaucoup Mrs. Stevens, mais elle m'a dit tout net que je n'étais pas son fils.

– Qui est Mrs. Stevens?

– Une dame chez qui j'ai été en pension pendant cinq ans. C'est Mr. Stevens qui m'a enfigné.

– Qu'est-ce que ça veut dire?

– Violé, ballot. J'ai été violé quand j'avais onze ans. »

Jester resta muet de stupeur. Pour finir, il dit :

« Je ne savais pas qu'on pouvait violer les garçons.

– Eh bien, ça se fait, et je l'ai été, moi. »

Jester, qui avait toujours été sujet à de brusques vomissements, se mit soudain à vomir.

Sherman s'écria :

« Oh! le tapis Wilton de Zippo! » Il ôta sa chemise pour en frotter le tapis. « Va prendre un torchon à la cuisine, dit-il à Jester, qui continuait à vomir, ou bien sors de cette maison. »

Jester, vomissant toujours, sortit en trébuchant. Il s'assit dans la véranda puis, quand ses haut-le-cœur eurent cessé, il rentra aider Sherman à nettoyer les dégâts, au risque de se remettre à vomir à cause de l'odeur.

« Puisque tu ne sais pas qui est ta mère, et avec la voix que tu as, dit-il, je me demandais si Marian Anderson [144] ne pourrait pas être ta mère. »

Cette fois-ci, Sherman, qui acceptait les compliments comme une éponge absorbe un liquide, sans doute parce qu'il en recevait rarement, fut véritablement impressionné. Dans ses recherches d'une mère, il n'avait jamais songé à Marian Anderson.

« Toscanini a dit qu'elle avait une voix comme on n'en rencontre pas deux en un siècle. »

Sherman, trouvant que c'était presque trop beau pour être vrai désirait réfléchir tranquillement à cette possibilité et, en fait, serrer l'idée sur son cœur. Il changea brusquement de sujet :

« Quand j'ai été enfigné par Mr. Stevens (Jester pâlit et avala sa salive), je n'ai pu le dire à personne. Mrs. Stevens m'a demandé pourquoi je cognais toujours sur Mr. Stevens, et je n'ai pas pu le lui expliquer. Ce sont des choses qu'on ne peut pas dire à une dame. Alors, je me suis mis à bégayer. »

Jester dit :

« Je ne comprends pas comment tu peux supporter d'en parler.

– Ma foi, ça m'est arrivé et j'avais à peine onze ans.

– Quelle drôle d'idée de faire ça! dit Jester, qui essuyait le crocodile de bronze.

– Je me ferai prêter un aspirateur demain pour nettoyer le tapis, dit Sherman, que la question mobilier tracassait encore. (Il lança un torchon à Jester.) Si tu sens que ça va te reprendre, voudrais-tu avoir la bonté de t'en servir?... Comme je bégayais et que je continuais à cogner sur Mr. Stevens, le révérend Wilson est venu me parler. D'abord, il n'a pas voulu me croire. Mr. Stevens était diacre à l'église, tu comprends, et puis, aussi, j'avais déjà inventé tellement de choses.

– Quelles choses?

– Des choses que je racontais aux gens sur ma mère. »

Repensant à Marian Anderson, il regretta la présence de Jester, qui l'empêchait d'y réfléchir à loisir.

« Quand vas-tu rentrer chez toi? » demanda-t-il.

Jester, qui n'avait pas fini de s'apitoyer sur Sherman, se refusa à comprendre à demi-mot.

« As-tu jamais entendu Marian Anderson chanter " *Were you there when they crucified my Lord*[145] *?* " demanda-t-il.

– Les spirituals, voilà encore une chose qui me fait disjoncter.

– Il me semble que tu disjonctes facilement non?

– Qu'est-ce que ça peut te faire?

– Je te disais que j'aimais " *Were you there when they crucified my Lord?* ", chanté par Marian Anderson. Je crois bien que je pleure à chaque fois que je l'entends.

– Pleure tant que tu veux. C'est ton droit.

– En fait, presque tous les spirituals me font pleurer.

– Moi, je ne perdrais pas mon temps ni ma peine à pleurnicher pour ça. Mais Marian Anderson chante des lieder allemands qui vous donnent la chair de poule.

– Moi, je pleure quand elle chante des spirituals.

– Pleure tant que tu veux.

– Je ne comprends pas ton attitude. »

Les spirituals avaient toujours hérissé Sherman. D'abord, chaque fois qu'il en entendait, il pleurait et se conduisait comme un idiot, ce qu'il détestait; ensuite, il avait toujours violemment proclamé que c'était de la musique de nègres. Mais, à présent, comment le soutenir encore, si Marian Anderson était réellement sa mère?

« Qu'est-ce qui t'a fait penser à Marian Anderson? »

Puisque ce crampon de Jester ne voulait pas comprendre et le laisser rêver en paix, autant parler d'elle.

« À cause de ta voix et de la sienne. Deux voix d'or, deux voix comme on n'en rencontre qu'une par siècle, c'est vraiment une drôle de coïncidence.

– Alors pourquoi m'a-t-elle abandonné? J'ai lu quelque part qu'elle adore sa mère, elle, ajouta-t-il cyniquement parce qu'il ne pouvait renoncer à son rêve merveilleux.

– Elle est peut-être tombée amoureuse d'un prince blanc, passionnément, je veux dire, fit Jester, emporté par son histoire.

– Jester Clane, dit Sherman d'une voix douce mais intraitable, tâche que je ne t'entende plus jamais prononcer le mot *blanc* comme tu viens de le faire.

– Pourquoi?

– Dis plutôt Caucasien [146], sinon je croirais que, lorsque tu parles de ceux de ma race, tu dis *personnes de couleur* ou même *nègres*, alors que le terme approprié est Nigérien ou Abyssinien. »

Jester se contenta de hocher la tête en avalant sa salive.

« ... Sinon, tu risques de blesser les autres dans leurs sentiments, ce que tu n'aimerais pas, j'en suis sûr, étant donné la poule mouillée que tu es.

– Poule mouillée, c'est une insulte, protesta Jester.

– Eh bien, quoi, tu en es une!

– Comment le sais-tu?

– C'est mon petit doigt qui me l'a dit. »

Jester avait déjà entendu cette remarque, mais cela ne diminua en rien son admiration première.

« Même si elle est tombée amoureuse de ce Caucasien, je me demande pourquoi elle m'a abandonné sur un banc de l'église de l'Ascension, à Milan, Georgie, plutôt qu'ailleurs? »

Jester, qui ne pouvait rien savoir de la recherche anxieuse et stérile à laquelle s'était livré Sherman durant toute son enfance, s'inquiéta de voir qu'une suggestion faite au hasard avait pu engendrer une telle certitude. Il dit avec application :

« Marian Anderson n'est pas forcément ta mère, après tout; ou, si elle l'est, peut-être se considérait-elle comme enchaînée à sa carrière.

Pourtant, ce serait une action vraiment moche et je n'ai jamais pensé que Marian Anderson pouvait faire quelque chose de moche. En fait, je l'adore. Passionnément, je veux dire.

– Pourquoi répètes-tu toujours ce mot : *passionnément?* »

Depuis le début de la soirée, Jester était en proie à l'ivresse et, pour la première fois de sa vie, à l'ivresse passionnée; cependant, il ne put répondre. Car, bien que dispensée à la légère, la passion de la prime jeunesse est puissante. Elle peut naître instantanément d'une chanson entendue la nuit, d'une voix, de la vue d'un inconnu. La passion vous fait rêver en plein jour, vous empêche de vous concentrer sur vos maths et, au moment où vous aspirez à vous montrer spirituel, elle fait de vous un imbécile. Dans la prime jeunesse, le coup de foudre, ce raccourci de la passion, vous change en somnambule. Vous ne savez plus si vous êtes assis ou couché et vous ne pourriez vous rappeler, fût-ce au prix de votre vie, ce que vous avez mangé au dernier repas. Jester, encore novice en passion, avait très peur. Il ne s'était jamais enivré et n'en avait jamais eu l'envie. Excellent élève au collège, sauf en géométrie et en chimie, il était de ces garçons qui ne se laissent aller à la rêverie que dans leur lit; il se l'interdisait même, malgré son envie, une fois que la sonnerie de son réveil avait cessé. Pour une nature de ce genre, le coup de foudre ne peut être qu'effrayant. Jester avait l'impression que toucher Sherman l'eût conduit à un péché mortel, mais quel était ce péché, il n'aurait su le dire. Il se contentait d'éviter soigneusement de le toucher, tout en le couvant de ce regard de somnambule que donne la passion.

Soudain Sherman se mit à taper comme un forcené sur le *do* majeur.

« Qu'est-ce que tu joues? demanda Jester. Rien que le *do* majeur?

– Combien de vibrations y a-t-il dans l'aigu?

– De quelles vibrations parles-tu?

– De ces minuscules sons infinitésimaux qui vibrent lorsqu'on joue un *do* majeur ou n'importe quelle note.

– Je ne le savais pas.

– Eh bien, tu le sais maintenant. »

Sherman recommença à frapper le *do* majeur, d'abord de l'index de la main droite, puis de celui de la main gauche.

« Combien de vibrations entends-tu dans le grave?

– Aucune, dit Jester.

– Il y a soixante-quatre vibrations dans l'aigu et soixante-quatre autres dans le grave, dit Sherman, superbement inconscient de son ignorance.

– Et alors?

– Je veux simplement t'expliquer que j'entends jusqu'aux plus petites vibrations de la gamme diatonique. Depuis ici – Sherman frappa la note la plus grave – ... jusque-là. »

On entendit la note la plus aiguë.

« Pourquoi me dire tout ça? Tu es accordeur de pianos?

– Justement, c'est un métier que j'ai fait, gros malin. Mais je ne parle pas de pianos.

– Alors de quoi parles-tu?

– Je parle de ma race... Je te dis que j'enregistre les moindres vibrations de ce qui arrive à ceux de ma race. C'est ce que j'appelle mon Livre Noir.

– Ton Livre Noir?... Je vois, quand tu parlais de pianos, c'était une sorte de symbole, dit Jester, ravi de pouvoir employer ce mot intellectuel.

– Un symbole, répéta Sherman, qui connaissait le mot, mais ne l'avait jamais utilisé. Ouais, mon vieux... c'est vrai... Quand j'avais quatorze ans, moi et mes copains, un jour, on est partis en guerre contre les affiches de la tante Jemima. Nous avions décidé de toutes les déchirer. On s'est mis à gratter et à frotter partout pour les arracher. Et, vlan! voilà des flics qui s'amènent au beau milieu de l'opération. Les quatre autres, ils les ont fourrés en prison et condamnés à deux ans de travaux forcés pour dégradation d'un bien public. Moi, ils ne m'ont pas attrapé, parce que je faisais le guet, mais tout ce qui s'est passé, tu le trouveras dans mon Livre Noir. Un des types est mort d'épuisement, un autre est revenu avec une vraie tête de mort-vivant. As-tu entendu parler de ces Nigériens dans une carrière, à Atlanta, qui se sont cassé les jambes à coups de marteau pour qu'on ne les crève plus de travail? Eh bien, l'un d'eux avait été pris à cause des affiches de la tante Jemima.

– J'ai lu ça dans les journaux et j'en ai été malade. Mais tu me jures que c'est vrai, que c'était bien un de ces Nigériens Bronzés de tes amis?

– Je n'ai pas dit que c'était un Nigérien Bronzé, j'ai dit que c'était quelqu'un que je connaissais et voilà ce que je veux dire par vibrations. Je vibre à chacune des injustices commises envers ma race. Je vibre... vibre... et vibre, tu comprends?

– C'est ce que je ferais aussi à ta place.

– Non, tu ne le ferais pas... poule mouillée, froussard, mauviette!...

– Ce sont des injures.

– Eh bien, tant pis... tant pis... tant pis... Qu'attends-tu pour rentrer chez toi?

– Tu veux que je m'en aille?

– Oui. Pour la dernière fois, oui... oui... oui! (Il ajouta sourdement, d'une voix venimeuse :) Espèce de gros balourd de rouquin. Gros balourd, va! »

C'était ce que lui avait lancé un jour un copain au vocabulaire choisi.

Jester passa machinalement la main sur sa cage thoracique.

« Je ne suis pas gros [147].

– Je n'ai pas dit que tu étais gros... J'ai dit : gros balourd. Puisque tu as un vocabulaire tellement infect et limité, sache que ça veut dire imbécile... imbécile... imbécile! »

Jester leva la main comme pour parer un coup et recula vers la porte.

– Oh! flûte et reflûte! » hurla-t-il en se sauvant.

Il courut jusqu'à la maison de Reba et, quand il se trouva devant la porte, il cogna avec l'assurance que donne la colère.

L'intérieur de la maison n'était pas comme il l'avait cru. C'était un intérieur banal. Une maquerelle lui demanda :

« Quel âge avez-vous, mon garçon? »

Et Jester, qui ne mentait jamais, dit en désespoir de cause :

« Vingt et un ans.

– Qu'est-ce que vous prendrez?

– Merci mille fois, mais je ne veux rien boire, rien du tout. Je suis au régime sec, ce soir. »

Ce fut tellement simple qu'il ne trembla pas lorsque la maquerelle le fit monter, et pas davantage quand il fut couché avec une femme aux cheveux orange et aux dents aurifiées. Il ferma les paupières et, voyant en lui un visage sombre et des yeux bleus étincelants, il put enfin devenir un homme.

Pendant ce temps, Sherman Pew écrivait une lettre à l'encre noire, très digne. La lettre commençait par : *Chère Madame Anderson.*

5

Le juge avait veillé bien au-delà de son heure habituelle, et il avait passé une nuit agitée, mais il ne s'éveilla pas moins à quatre heures du matin, comme à l'accoutumée. Après s'être ébroué dans sa baignoire avec tant d'énergie qu'il réveilla son petit-fils, lequel avait également une nuit agitée, il se sécha et s'habilla sans se presser en se servant, et pour cause, de sa seule main droite (il ne parvint pas à nouer ses lacets)... puis, une fois baigné, habillé et en possession de tous ses moyens, il descendit sur la pointe des pieds à la cuisine. La journée promettait d'être belle ; le ciel gris de l'aube se teintait du rose et du jaune de l'aurore. La cuisine était encore plongée dans la pénombre, mais le juge n'alluma pas la lumière, car il aimait regarder le ciel à cette heure-là. Fredonnant un petit air discordant, il mit la cafetière sur le feu et s'attaqua à la préparation de son déjeuner. Il choisit dans le réfrigérateur deux œufs très bruns, car il s'était persuadé que les œufs bruns sont plus nourrissants que les blancs. Après des mois d'entraînement et bien des accidents, il avait appris à casser les œufs et à les faire tomber dans le plat. Tandis que les œufs cuisaient, il beurra légèrement des tartines pour les glisser au four, car il avait les grille-pain en horreur. Pour finir, il étendit sur la table une nappe jaune et sortit la salière et le poivrier bleus. Le juge ne voulait pas que son repas solitaire fût, en outre, lugubre. Ses préparatifs achevés, il disposa sur la table les éléments de son petit-déjeuner, un à un, cependant que le café filtrait allégrement. Pour finir, il alla prendre la mayonnaise dans le réfrigérateur et il en mit une noix sur chacun des œufs, avec application. C'était une mayonnaise à l'huile minérale, qui, Dieu merci, n'apportait guère de calories. Le juge avait découvert un livre merveilleux, intitulé *Régime sans désespoir*, qu'il n'arrêtait pas de lire. Le seul ennui venait de ce que l'huile minérale avait des propriétés laxatives. Et cette délicieuse mayonnaise, il fallait la consommer avec modération, sans quoi on s'exposait à de brusques accidents, lesquels ne seyaient guère à un magistrat... surtout s'ils se produisaient, comme par deux fois déjà, en plein tribunal. Le juge, qui tenait tout particulièrement à sa dignité, contrôlait donc avec soin sa ration.

La petite nappe jaune et quelques autres de la même taille, dont le juge se servait le matin et qu'il affectionnait – les faisant repasser avec soin – étaient celles-là mêmes qu'il avait utilisées jadis pour le plateau qu'il faisait porter à sa femme au petit-déjeuner. La salière et le poivrier bleus lui venaient également de Miss Missy, de même que la cafetière d'argent qu'il utilisait désormais. Jadis, alors qu'il contractait peu à peu cette habitude de se lever tôt, après avoir pris son petit-déjeuner il préparait avec amour celui de sa femme... ; bien souvent, même, il s'était interrompu dans sa tâche pour cueillir au jardin un petit bouquet dont il décorait le plateau. Il le montait précautionneusement à sa femme et, quand celle-ci dormait encore, il la réveillait avec des baisers, car il avait horreur de commencer la journée, de partir pour son bureau sans avoir entendu la douce voix de Miss Missy et aperçu son sourire encourageant. (Toutefois, durant sa maladie, il n'avait plus osé la réveiller; et, comme il ne pouvait se résoudre à partir sans l'avoir vue, il en résultait que bien souvent, vers la fin, il restait chez lui toute la matinée.)

Cependant, entouré d'objets ayant appartenu à sa femme, son chagrin atténué par les années, le juge ne pensait pas souvent consciemment à Miss Missy, et moins que jamais à l'heure du petit-déjeuner. Simplement, il utilisait les objets dont elle s'était servie et, parfois, il fixait d'un regard hébété de chagrin la salière et le poivrier gris-bleu.

L'inquiétude ne manquait jamais d'aiguiser l'appétit du juge; ce matin-là, il avait une faim de loup. Jester, à son retour, vers une heure du matin, était allé tout droit se coucher; et, voyant que son grand-père le suivait dans sa chambre, le jeune homme avait jeté d'une voix glaciale, furieuse, en criant presque :

« Ne venez pas m'embêter, pour l'amour du Ciel! Pourquoi ne pouvez-vous jamais me laisser tranquille? »

L'explosion avait été si forte et si soudaine que le juge s'était éloigné sans un mot, humblement presque, dans sa chemise de percale, sur la pointe de ses pieds roses. Et, lorsqu'il avait entendu Jester sangloter dans la nuit, il n'avait pas davantage osé intervenir.

Ainsi, le juge avait de bonnes raisons d'être affamé, ce matin-là. Gardant le meilleur pour la fin, il mangea d'abord le blanc de ses œufs. Ensuite, il écrasa les jaunes, poivrés et couverts de mayonnaise, pour étendre délicatement ce mélange sur une tranche de pain grillé. Il mangeait avec un plaisir appliqué, sa main infirme entourant sa nourriture, comme pour la défendre contre un agresseur éventuel. Les œufs et les toasts achevés, il passa au café, qu'il avait déjà pris soin de transvaser dans le pot d'argent de sa femme. Il le sucra à la saccharine, souffla dessus pour le refroidir et le sirota à petites, toutes petites gorgées. Après la première tasse, il prépara son premier cigare du matin. Il n'était plus loin de sept heures et le ciel avait pris ce bleu tendre qui précède une journée radieuse. Le juge partageait son attention avec amour entre son café et son premier cigare. Après sa petite attaque, quand le Doc Tatum lui avait interdit cigares et whisky, il avait d'abord été mortellement effrayé. Il se glissait dans la salle de bain pour fumer, se cachait à l'office pour boire ; il discutait sans fin avec le Doc Tatum... Puis était intervenue, ironiquement, la mort du Doc... lui qui était un antialcoolique convaincu, qui ne fumait jamais et ne se permettait qu'une chique en de rares occasions ! Bien qu'anéanti de chagrin, bien qu'il se fût montré inconsolable à la veillée funèbre, le juge, une fois passé le premier choc de cette mort, éprouva un soulagement secret, tellement secret qu'il demeura quasi inconscient de ce qui était survenu et qu'il ne se l'avoua jamais. Mais un mois après la mort du Doc, il fumait le cigare en public et buvait aussi ouvertement qu'auparavant, encore qu'il s'en tînt par prudence à sept cigares et à une pinte de whisky par jour.

Son petit-déjeuner achevé, le juge avait encore faim. Il alla prendre *Régime sans désespoir* sur le rayonnage de la cuisine et se mit à lire avec application et avidité. C'était consolant de savoir qu'un anchois de bonne taille ne vous apporte que vingt calories, une asperge cinq à peine, et qu'une pomme de grosseur moyenne vous en fournit cent. Mais, bien que réconforté par sa lecture, le juge était loin d'avoir recouvré sa sérénité, car ce qu'il désirait, en fait, c'étaient d'autres toasts ruisselants de beurre et couverts de cette confiture de mûres que Verily avait confectionnée elle-même. En esprit, il voyait le toast délicatement grillé, il sentait dans sa bouche les mûres douces et granuleuses... Creuser sa tombe avec ses dents, il n'en avait certes pas l'intention, mais l'inquiétude qui lui avait aiguisé l'appétit lui avait en même temps sapé la volonté. Il boitillait subrepticement vers la corbeille à pain lorsqu'un grondement dans ses entrailles l'arrêta net, la main tendue vers la corbeille, puis l'aiguilla vers les toilettes qu'on avait aménagées pour lui en bas, après sa petite attaque. Il fit un léger détour pour prendre sur la table *Régime sans désespoir*, au cas où il lui faudrait attendre un peu.

Ayant fait glisser en hâte son pantalon, il s'assit maladroitement sur le siège, après y avoir pris appui de sa bonne main ; puis, quand il se sentit en sécurité, il desserra ses grosses fesses et attendit. L'attente fut de courte durée ; il eut à peine le temps de lire la recette d'une tarte au citron sans croûte (quatre-vingt-seize calories seulement, à condition d'employer du Sucaryl), en se promettant avec satisfaction de demander à Verily de lui en confectionner une pour le repas de midi. Ce fut également avec satisfaction qu'il sentit ses entrailles s'ouvrir sans bruit et, pensant à *mens sana in corpore sano*, il se prit à sourire. Il ne fut aucunement incommodé quand l'odeur se répandit dans la pièce, au contraire, puisque tout ce qui lui appartenait lui plaisait, et ses selles ne faisaient pas exception, l'odeur le flattait plutôt. Ainsi s'attardait-il, détendu, méditatif et satisfait de lui-même. Quand il entendit un bruit à la cuisine, il s'essuya en hâte et se rajusta avant de quitter les toilettes.

De tout son cœur, soudain léger et folâtre comme celui d'un jeune garçon, le juge avait espéré voir Jester. Mais quand, bataillant encore avec sa ceinture, il parvint à la cuisine, il la trouva vide. On n'entendait que Verily qui nettoyait les pièces de la façade, comme tous les lundis. Légèrement penaud (il aurait pu rester encore un peu aux toilettes), le juge examina le ciel, à présent rayonnant de la pleine lumière du matin, et dont le bleu était vierge de tout nuage ; par la fenêtre ouverte lui parvint l'odeur fraîche, à peine perceptible, des fleurs d'été. Il regrettait que la routine habituelle, petit-déjeuner et fonctions intestinales, fût achevée. Il n'avait plus rien à faire, sinon attendre le *Milan Courier*.

L'attente n'étant pas moins pénible à la vieillesse qu'à l'enfance, le juge prit ses lunettes à la cuisine (il en avait une paire à la bibliothèque, une autre dans sa chambre, sans parler de celle qu'il laissait au tribunal) et il se mit à lire le *Ladies' Home Journal* ou, plus exactement, à en regarder les illustrations. Là, par exemple, quelle merveilleuse photographie d'un gâteau au chocolat !... Et, à la page suivante, cette reproduction, à vous faire venir l'eau à la bouche, d'une tarte à la noix de coco, à base de lait concentré... Le juge couvait ardemment du regard chaque image. Puis, comme honteux soudain de sa convoitise, il se rappela que le *Ladies' Home Journal* était un illustré d'une certaine valeur... bien supérieur à l'horrible *Saturday Evening Post*, dont les propres à rien de rédacteurs n'avaient même pas été fichus de lire la nouvelle qu'il avait envoyée... Il y avait des articles sérieux sur la grossesse et l'accouchement, qui lui plurent fort, de même que des vues pleines de bon sens sur l'éducation de l'enfant, dont, grâce à sa propre expérience en la matière, il fut à même d'apprécier la justesse. Il s'y trouvait aussi des articles sur le mariage et le divorce... en tant que magistrat, il aurait pu en faire son profit s'il n'avait eu l'esprit occupé par ses visions de grand homme politique. Enfin, dans le *Ladies' Home Journal*, les histoires étaient entrecoupées de petites maximes encadrées, empruntées à Emerson [148], à Ling Yu-tang [149] et autres Sages universellement reconnus. Quelques mois plus tôt, le juge y avait lu ces mots : *Comment les morts seraient-ils réellement morts, quand ils marchent encore dans mon cœur?* Cette citation, tirée d'une vieille légende indienne, il ne pouvait l'oublier. En esprit, il voyait un Indien nu-pieds et bronzé se frayer un chemin dans la forêt, il entendait le bruit imperceptible d'un canoë... Le juge ne pleurait jamais en songeant à la mort de sa femme, il ne pleurait même plus à l'idée de son régime. Quand son système nerveux et ses conduits lacrymaux sécrétaient des larmes, il pensait à son frère Beau, et Beau agissait comme un paratonnerre : il attirait à lui les larmes et les rendait inoffensives. Beau, qui avait deux ans de plus que lui, était mort à dix-huit ans. Jeune garçon, Fox Clane avait vénéré son frère, mieux même, vénéré le sol que foulait son frère. Beau jouait la comédie, la tragédie, était président du Club des Acteurs de Milan; Beau était doué pour tout. Puis, un soir, il était rentré avec un mal de gorge. Le lendemain, il délirait. C'était une angine infectieuse. Dans son délire, Beau murmurait : « *Je meurs, Égypte, je meurs* [150]*, la marée pourpre de la vie se retire vite.* » Puis il s'était mis à chanter : « *Je me sens, ah! je me sens comme l'étoile du matin. Vole, mouche, ne m'ennuie pas.* » À la fin, Beau s'était mis à rire, mais en fait, il ne riait pas du tout. Le jeune Fox avait été secoué de tels frissons que sa mère l'avait renvoyé dans la chambre du fond, une pièce lugubre et nue, qui servait d'infirmerie-salle de jeux, où les enfants avaient eu leur rougeole, leur varicelle et autres maladies infantiles, et où on les laissait se déchaîner quand ils se portaient bien. Le juge revoyait un vieux cheval à bascule abandonné et un jeune homme de seize ans qui, les bras autour de l'encolure du cheval de bois, pleurait... et, vieillard de quatre-vingt-cinq ans, il pleurait encore à volonté, rien qu'en pensant à ce premier chagrin. L'Indien marchant sans bruit dans la forêt, le bruit imperceptible du canoë. *Comment les morts seraient-ils morts quand ils marchent encore dans mon cœur?*

Jester descendit l'escalier quatre à quatre. Il ouvrit le réfrigérateur et se versa du jus d'orange. Au même instant, Verily entra dans la cuisine et se mit à préparer le petit-déjeuner du jeune homme.

« Je veux trois œufs, ce matin, lui dit Jester. Bonjour, grand-père.

– Ça va, aujourd'hui, mon petit?

– Sûr! »

Le juge ne fit aucune allusion aux larmes de la nuit précédente et Jester pas davantage. Le juge se retint même d'interroger son petit-fils sur sa sortie de la veille. Mais, quand le petit-déjeuner de Jester fut servi, sa volonté s'effondra; il prit un toast, le beurra et le couvrit de confiture de mûres. Ce toast illicite acheva de le priver de volonté, il demanda : « Où es-tu allé hier soir? » tout en sachant fort bien qu'il n'aurait jamais dû poser la question.

« Que vous vous en rendiez compte ou non, je suis un homme fait, maintenant, dit Jester d'une voix légèrement glapissante, et il existe une chose appelée sexe. »

Le juge, qui était prude en ces matières, fut soulagé de voir Verily lui verser une tasse de café. Il but en silence, ne sachant trop que dire.

« Grand-père, avez-vous jamais lu le rapport Kinsey [151]? »

Le vieux juge avait lu le livre avec un plaisir salace, en prenant d'abord la précaution d'en échanger la couverture contre celle de *Déclin et chute de l'Empire romain* [152].

« Ce n'est qu'un ramassis de niaiseries et d'ordures.

– C'est un exposé scientifique.

– Scientifique, vraiment!... Il y a près de quatre-vingt-dix ans que j'étudie le péché et la nature humaine, et je n'ai jamais rien vu de semblable.

– Peut-être devriez-vous mettre vos lunettes.

– En voilà une impertinence, Jester Clane!... Près de quatre-vingt-dix ans, répéta le juge, qui commençait à avoir la coquetterie de son grand âge... J'ai observé le péché, en tant que magistrat, et la nature humaine, en tant qu'homme, avec une curiosité naturelle.

– Un exposé scientifique, hardi et d'une valeur inestimable, dit Jester, en citant là un critique.

– De l'ordure pornographique.

– Un exposé scientifique des activités sexuelles de l'individu de sexe masculin.

– Le livre d'un vieil homme impuissant à l'esprit malpropre », dit le vieux juge qui s'était délecté derrière la couverture de *Déclin et chute de l'Empire romain*, ouvrage qu'il n'avait jamais lu, mais qu'il conservait pour la montre parmi les livres juridiques, dans son bureau, au tribunal.

« Il démontre que les garçons de mon âge ont déjà une vie sexuelle... des garçons plus jeunes, même. Et qu'à mon âge c'est déjà un besoin... si on est passionné, je veux dire. »

Jester avait tout d'abord été choqué par le rapport Kinsey, qu'il avait emprunté à la bibliothèque. Ensuite, à la seconde lecture, il s'était mis à se faire un souci terrible. Il avait peur, affreusement peur de n'être pas normal. La peur le taraudait intérieurement. Il avait beau tourner autour de la maison de Reba, il ne ressentait jamais cette impulsion sexuelle « normale », et, en son cœur, il tremblait pour lui-même, car il aspirait avant tout à être comme les autres. Il connaissait la phrase : *Putain aux yeux de pierres précieuses*, dont la belle résonance l'émoustillait, mais les yeux de la femme qu'il avait vue sortir de la maison de Reba, par cet après-midi de printemps, n'évoquaient pas les pierres précieuses; ils n'étaient que mornes et soulignés de poches. Lui qui soupirait après la volupté, après la condition normale, il se heurtait toujours à du rouge à lèvres gluant, à un sourire vide. Et la dame aux cheveux orange avec laquelle il avait couché n'avait pas le moins du monde des yeux de pierres précieuses. À part lui, Jester pensait que la sexualité, c'était du chiqué; mais, ce matin-là, homme enfin, il se sentait sûr de lui et libre.

« Tout ça, c'est bien joli, dit le juge, mais, dans ma jeunesse, nous fréquentions l'église, nous assistions aux réunions paroissiales et on se donnait joliment du bon temps. On faisait la cour aux jeunes filles, on dansait... crois-moi si tu veux, mais, à cette époque, j'étais un des meilleurs danseurs de Flowering Branch... souple comme un saule, la grâce incarnée. La valse était à la mode, en ce temps-là. On dansait sur la musique des *Contes de la forêt viennoise,* de *La Veuve joyeuse,* des *Contes d'Hoffman...* »

Le vieux juge obèse s'interrompit pour scander de la main une valse et se mit à débiter sur une seule note, en croyant chanter juste :

Belle nuit, ô nui...i...it d'amour...

« Vous n'êtes vraiment pas introverti, vous », dit Jester, quand son grand-père eut laissé retomber sa main et cessé de chanter de sa voix coassante.

Le juge, croyant à une critique, dit :

« Mon petit, chacun a le droit de chanter. Tous les êtres humains ont le droit de chanter. »

Belle nuit, ô nui...i...it d'amour...

C'était tout ce qu'il se rappelait des jolies valses de jadis.

« Je dansais comme un saule et chantais comme un ange.

– C'est bien possible.

– Tu n'as pas à en douter. Dans ma jeunesse, j'étais aussi léger et aussi vif que toi et que ton père, jusqu'à ce que ces tissus adipeux viennent m'alourdir, mais j'ai dansé et j'ai chanté, et je me suis donné un fameux bon temps. Je n'ai jamais boudé dans les coins, ni lu des livres malpropres en cachette.

– C'est bien ce que je disais. Vous êtes essentiellement un extraverti. » Jester ajouta : « En tout cas, je n'ai pas lu le rapport Kinsey en cachette.

– Je l'ai fait retirer de la bibliothèque municipale.

– Pourquoi ?

– Parce que je ne suis pas seulement le premier citoyen de Milan, je suis aussi le plus soucieux de mes responsabilités. Je dois veiller à ce que les yeux innocents ne soient pas blessés ni les cœurs tranquilles troublés par un livre de ce genre.

– Plus je vous entends, plus je me demande si vous n'arrivez pas tout droit de Mars.

– De Mars ? »

Le vieux juge paraissait ahuri, et Jester n'insista pas.

« Vous me comprendriez mieux si vous étiez un peu plus introverti.

– Pourquoi es-tu si entiché de ce mot ? »

En fait, Jester, qui l'avait lu quelque part, cherchait à se rattraper de n'avoir pas songé à l'utiliser le soir précédent.

Belle nuit, ô nui...i...it d'amour...

N'étant pas introverti, son grand-père n'avait jamais douté d'être comme les autres, se disait Jester. Lui qui dansait et chantait n'avait jamais songé qu'il n'était peut-être pas normal.

Jester s'était promis de se tuer s'il se découvrait homosexuel comme certains cas du rapport Kinsey. Oui, son grand-père était essentiellement extraverti... Quel dommage de n'avoir pas utilisé ce mot la veille... Introverti, extraverti... Lui, il était introverti. Et Sherman?... En tout cas, il faudrait placer ces deux mots...

« Ce livre, j'aurais pu l'écrire.

– Vous?

– Mais oui, certainement. La vérité est que j'aurais pu devenir un grand, très grand écrivain si je l'avais voulu.

– Vous?

– Ne répète donc pas *Vous? Vous?* comme un imbécile, mon petit. Être un grand écrivain, ça ne demande que de l'application, de l'imagination et le don de s'exprimer.

– De l'imagination, pour ça, vous en avez, grand-père. »

Le juge songeait à *Autant en emporte le vent*, qu'il eût écrit sans peine... Il n'aurait pas fait mourir Bonnie, lui, et il aurait changé Rhett Butler... Sous sa plume, le livre aurait beaucoup gagné. Il aurait pu également écrire *Ambre* [153] en un tournemain, en faire un roman bien meilleur, plus raffiné. Quant à *La Foire aux vanités* [154], inutile d'en parler, il voyait clair comme le jour dans cette Becky!... Tolstoï aussi, il aurait pu écrire son œuvre... Le juge n'avait jamais lu Tolstoï, mais il avait vu les films... Et Shakespeare? Il avait étudié Shakespeare à l'école de droit et même assisté à une représentation d'*Hamlet* à Atlanta. Par une troupe anglaise, qui jouait avec l'accent anglais, naturellement... C'était l'année de son mariage. Miss Missy avait mis ses perles et ses premières bagues. Après trois représentations du festival d'Atlanta, elle avait attrapé l'accent anglais, tant elle était subjuguée, et elle l'avait gardé tout un mois ensuite, à Milan... Mais aurait-il trouvé tout seul : *Être ou ne pas être?...* Parfois, le juge, après avoir bien réfléchi, croyait que oui, mais d'autres fois il se disait que non. Car, après tout, même un génie ne peut savoir tout faire, et Shakespeare n'avait jamais été membre du Congrès.

« Les spécialistes ne sont pas d'accord sur l'authenticité des œuvres de Shakespeare. On a prétendu qu'un acteur ambulant illettré n'aurait jamais pu écrire semblable poésie. Certains prétendent que c'est Ben Jonson [155] l'auteur des pièces. Je sais fichtrement bien que j'aurais pu écrire : *Ne bois à ma santé qu'avec tes yeux et je te répondrai des miens* [156]. Ça, je suis sûr que je l'aurais trouvé tout seul.

– Oh! on peut voir grand et faire petit, marmotta Jester.

– Qu'est-ce que tu dis là?

– Rien.

– Et si Ben Jonson a écrit : *Ne bois à ma santé qu'avec tes yeux*, et a écrit également Shakespeare... alors... »

Après cet effort d'imagination, le juge réfléchit.

« Vous voulez dire que vous vous comparez à Shakespeare?

– Enfin, peut-être pas au Barde lui-même, mais, après tout, Ben Jonson n'était qu'un simple mortel, lui aussi... »

L'immortalité, voilà ce qui intéressait le juge. Il ne pouvait admettre qu'il mourrait, inéluctablement... S'il suivait bien son régime, sans se laisser aller, il vivrait jusqu'à cent ans... Il se mit à regretter amèrement son toast supplémentaire... Et, d'ailleurs, cent ans, ce n'était pas assez. Les journaux n'avaient-ils pas parlé d'un Indien de l'Amérique du Sud qui avait vécu jusqu'à cent cinquante ans?... Mais même cent cinquante ans, serait-ce suffisant?... Non. Il lui fallait l'immortalité. L'immortalité, comme à Shakespeare ou, au pis aller, comme à Ben Jonson. En tout cas, poussière et cendres, il ne voulait pas de cela pour Fox Clane.

« J'ai toujours su que vous étiez le pire égotiste de la terre, mais, quand même, il ne me serait jamais venu à l'esprit que vous pouviez vous comparer à Shakespeare ou à Ben Jonson.

– Je ne me comparais pas vraiment au Barde. Je suis parfaitement capable d'humilité. Quoi qu'il en soit, je n'ai jamais essayé de devenir écrivain. On ne peut tout être à la fois. »

Jester, qui avait été cruellement blessé la veille au soir, se montra à son tour cruel, sans vouloir tenir compte de l'âge de son grand-père.

« Oui, plus je vous écoute, plus je me demande si vous n'arrivez pas tout droit de Mars. »

Il quitta la table, laissant son petit-déjeuner à peu près intact.

Le juge suivit son petit-fils.

« De Mars? répéta-t-il. Tu veux dire que je vis sur une autre planète? (Sa voix monta, se fit presque stridente.) Eh bien, permets-moi de te dire ceci, John Jester Clane. Non, je ne vis pas sur une autre planète; je suis ici sur terre, où c'est ma place et où je me sens bien. Je suis enraciné au centre même de la terre. Sans doute ne suis-je pas encore immortel, mais attends donc un peu, mon nom vaudra ceux de Washington et d'Abraham Lincoln... Il sera plus vénéré que celui de Lincoln, même, car moi, je redresserai les torts faits à mon pays.

– Oh! la monnaie confédérée... Je m'en vais, maintenant.

– Attends, mon petit... Ce jeune homme de couleur doit venir se présenter aujourd'hui et j'avais pensé que tu le recevrais avec moi.

– Je suis au courant, dit Jester, qui ne voulait pas être là lors de l'arrivée de Sherman.

– C'est un garçon sérieux. Je me suis renseigné sur lui. Il m'aidera à suivre mon régime, me fera mes piqûres, s'occupera de mon courrier, me servira de secrétaire pour tout. Ce sera un appui pour moi.

– Si ce Sherman Pew est jamais un appui pour vous, prévenez-moi.

– Il me fera la lecture... un garçon cultivé... de la poésie immortelle... (La voix du juge monta encore.) Pas de cette dégoûtante littérature à la manque, comme ce livre que j'ai fait retirer de la bibliothèque municipale... C'était de mon devoir... J'ai le sens de mes responsabilités, moi, et je suis bien décidé à mettre de l'ordre dans cette ville, et dans ce pays aussi... et même dans le monde entier si c'est en mon pouvoir. »

Jester sortit en claquant la porte.

Il n'avait pas remonté la sonnerie de son réveil, en sorte qu'il aurait pu rêver longuement avant de se lever, mais, ce matin-là, l'énergie et la vie sourdaient trop violemment en lui. L'été doré s'accordait à son humeur; il continuait à se sentir libre. Quand il eut quitté la maison en claquant la porte, il ne se pressa pas, mais prit son temps, car, après tout, c'étaient les vacances, et personne n'avait crié au feu. Il pouvait s'arrêter pour contempler le monde, il pouvait rêver, il pouvait examiner à loisir les verveines qui bordaient l'allée. Il se pencha même pour regarder de plus près une fleur éclatante et se sentit au comble de la joie. Il avait mis ses plus beaux vêtements, ce matin-là, un costume de toile blanche avec une vraie veste. Si seulement sa barbe se décidait à pousser un bon coup pour qu'il puisse se raser!... À moins qu'elle ne se refuse définitivement à pousser?... Alors, que diraient les gens?... Un instant, la joie des vacances se ternit; puis Jester pensa à autre chose.

Il s'était mis sur son trente et un en prévision de la venue de Sherman et il était sorti en claquant la porte parce qu'il ne voulait pas le rencontrer ainsi chez lui. La veille au soir, il ne s'était montré ni spirituel ni brillant; en fait, il s'était conduit comme un ballot et il préférait éviter Sherman tant qu'il ne se sentirait pas à même d'être spirituel et brillant. Comment réaliser cette ambition ce matin-là, il l'ignorait, mais il se promettait bien de parler d'introverti et d'extraverti... sans trop savoir où cela le mènerait, d'ailleurs. Et bien que Sherman eût été en désaccord complet avec lui au sujet de l'aviation et qu'il ne se fût pas laissé impressionner par ses capacités de pilote, Jester se dirigea machinalement vers la pharmacie de Malone, au coin de laquelle s'arrêtait l'autobus de l'aérodrome. Heureux, sûr de lui, libre, il leva les bras et en battit l'air un instant.

J. T. Malone, le voyant faire à travers la vitrine de sa pharmacie, se demanda si, après tout, ce garçon n'était pas un peu timbré.

Jester se disait que piloter seul l'aiderait peut-être dans sa résolution de se montrer spirituel et brillant. C'était la sixième fois qu'il volait sans moniteur. Le contrôle des instruments l'absorbait en grande partie. Dans l'air bleu et le vent de la course, son esprit s'allégea... mais quant à être spirituel et brillant... comment savoir? Naturellement, cela dépendrait pour beaucoup de ce que dirait Sherman lui-même. Il faudrait donc diriger adroitement la conversation et espérer qu'esprit et brillant viendraient tout seuls.

Jester pilotait un *Moth* [157] ouvert et le vent lui plaquait les cheveux sur le crâne. Il n'avait pas voulu coiffer son casque, car il aimait la sensation du vent et du soleil. Ce casque, il le mettrait pour rentrer à la maison et affronter ainsi Sherman en aviateur à l'air dégagé, sûr de lui. Au bout d'une heure dans le vent bleu cobalt, il se dit qu'il était temps d'atterrir. Et tandis qu'il cabrait avec précaution son appareil, puis tournait en rond en calculant bien sa distance, il avait l'esprit trop occupé pour songer encore à Sherman, car il était responsable de lui-même et du *Moth* d'entraînement. L'atterrissage fut brusque, mais, quand Jester eut coiffé son casque et sauté à terre avec une grâce étudiée, il regretta l'absence de tout admirateur.

Le trajet de retour en autobus lui donnait toujours une impression d'étouffement et le vieux bus lui-même lui semblait terriblement poussif, en comparaison de l'avion dans l'air... Il n'y avait pas à dire, plus il volait, plus il était convaincu que tout adulte avait le devoir d'apprendre à piloter, et les convictions de Sherman Pew n'y changeraient rien...

Il quitta l'autobus au coin de la pharmacie de J. T. Malone, en plein centre, et il regarda la ville autour de lui. Un pâté de maisons plus loin s'élevait la filature Wedwell. La chaleur des cuves de teintures, montant par les vasistas ouverts du sous-sol, dessinait des lignes tremblotantes dans l'air étouffant. À seule fin de se dégourdir les jambes, il se promena dans les rues commerçantes. Les piétons quittaient le moins possible l'abri des auvents de toile. C'était cette heure, en fin de matinée, où votre ombre est courte et ramassée sur le trottoir étincelant. Jester, qui n'avait pas l'habitude de porter une veste, suffoquait de chaleur. Il traversa la ville, en saluant de la main les passants de sa connaissance ; et il rougit de surprise et d'orgueil lorsque Hamilton Breedlove, de la First National Bank, porta la main à son chapeau – très vraisemblablement à cause de cette veste. Jester reprit le chemin du drugstore de Malone, en songeant à un Coca-Cola avec une cerise et de la glace pilée. Au carrefour, non loin de l'endroit où il avait attendu l'autobus, un personnage bien connu en ville sous le nom de *Poussette* était posté à l'ombre d'un store, sa casquette posée près de lui sur le trottoir. Poussette était un nègre au teint relativement clair, qui avait perdu les deux jambes dans un accident de scierie ; chaque matin, Grown Boy l'installait dans sa voiture pour le pousser jusqu'à la boutique devant laquelle il voulait mendier ce jour-là. Puis, à l'heure où fermaient les magasins, Grown Boy le véhiculait de nouveau chez lui. Quand Jester déposa une pièce de cinq *cents* dans la casquette, il remarqua qu'il y en avait déjà un certain nombre, plus une pièce de cinquante *cents*. Cette pièce de cinquante *cents*, Poussette s'en servait en guise d'appeau, dans l'espoir de provoquer d'autres largesses.

« Alors, ça va aujourd'hui, oncle ?

– Ça peut passer. »

Grown Boy, qui apparaissait souvent vers l'heure du déjeuner, se tenait là en spectateur. Poussette, ce jour-là, avait du poulet rôti au lieu de son habituel sandwich à la viande. Il le grignotait avec cette grâce nonchalante et délicate que déploient toujours les Noirs pour manger du poulet.

Grown Boy avait déjà déjeuné, mais il n'en demanda pas moins : « Pourquoi que tu ne me donnes pas un bout de poulet ?

– File, nègre.

– Ou quèques biscuits à la mélasse ?

– J' fais pas attention à toi.

– Ou cinq *cents* pour un cornet de glace ?

– File, nègre ! T'es pire qu'un moustique. »

Et ce n'était pas fini, Jester le savait. Le gros garçon simple d'esprit allait continuer à mendier auprès du mendiant... Panamas aux bords rabattus, square du tribunal avec ses fontaines séparées, l'une pour Blancs, l'autre pour Noirs, abreuvoirs et poteaux pour les mules, mousseline, toile blanche et salopettes en loques... Milan, Milan.

Jester pénétra dans la pénombre du drugstore, à l'odeur d'air ventilé, et se trouva face à face avec Mr. Malone, qui se tenait en manches de chemise derrière le comptoir.

« Pourrais-je avoir un coke, monsieur? »

Bizarre et trop poli, ce garçon... Malone se rappela qu'il l'avait vu battre follement des bras en attendant l'autobus de l'aérodrome.

Pendant que Mr. Malone lui préparait son Coca-Cola, Jester fila vers la balance, sur laquelle il monta.

« Cette balance ne marche pas, dit Mr. Malone.

– Excusez-moi », fit Jester.

Malone examina le jeune homme en s'interrogeant. Pourquoi avait-il dit cela? S'excuser parce qu'une balance ne marche pas, n'est-ce pas le signe qu'on est timbré? Timbré, pas de doute à ça...

Milan. Certains se satisfaisaient de vivre et de mourir à Milan, à part quelques brèves visites à leurs parents et amis de Flowering Branch, Goat Rock et autres petites villes des environs. Certains se satisfaisaient de passer toute leur vie, puis de mourir et d'être enterrés à Milan. Jester Clane n'était pas de ceux-là. Il constituait peut-être une minorité à lui seul, mais, en tout cas, il n'était pas de ceux-là. Malone le voyait qui piaffait d'impatience.

Ayant posé le verre de coke tout embué sur le comptoir, Malone dit :

« Voilà.

– Merci, monsieur. »

Lorsque Malone eut disparu dans son officine, Jester se mit à siroter son verre de coke glacé, sans cesser de songer à Milan. C'était la saison brûlante où tout le monde se promenait en manches de chemise, sauf les rigoristes à tout crin, qui mettaient une veste pour aller déjeuner au *Cricket Tea Room* ou au *Café de New York*. Son Coca-Cola en main, le jeune homme s'avança nonchalamment sur le seuil du drugstore.

Les quelques minutes qui suivirent devaient rester à jamais gravées dans sa mémoire. Ce furent des instants kaléidoscopiques, cauchemardesques, trop rapides et trop violents pour être immédiatement compréhensibles. Plus tard, Jester se rendit compte qu'il était responsable de ce meurtre; et de la conscience de cette responsabilité découlèrent d'autres sentiments de culpabilité. En ces quelques minutes, naturel et innocence furent souillés, irrémédiablement; mais, bien des mois plus tard, ces minutes devaient sauver Jester d'un autre meurtre et, en fait, lui sauver son âme.

Cependant, Jester, son Coca-Cola en main, observait le ciel d'un bleu de flamme et le brûlant soleil de midi. Le sifflet, annonçant la pause du déjeuner, retentit à la filature Wedwell. Les ouvriers sortirent à la débandade pour aller déjeuner. « La lie sentimentale de la terre », comme les appelait le vieux juge, qui, pourtant, avait un beau paquet d'actions des filatures Wedwell, dont le cours montait de façon satisfaisante. Depuis qu'on avait relevé les salaires, les ouvriers, au lieu d'apporter leur gamelle, pouvaient se permettre un repas dans un petit restaurant. Enfant, Jester avait craint et détesté les « voyous des filatures » et abhorré la saleté et la misère du quartier ouvrier. À présent encore, il n'aimait pas ces hommes en salopettes bleues, qui chiquaient le tabac.

Cependant, Poussette n'avait que deux morceaux de poulet, le cou et le croupion. Délicatement, tendrement, il s'attaqua au cou, le trouvant cordé comme un manche de banjo, suave comme un air de banjo.

« Rien qu'un tout pt'it bout », mendiait Grown Boy.

Il couvait le croupion d'un regard de convoitise, en avançant un peu sa main d'un brun rougeâtre. Poussette se dépêcha d'avaler, puis il cracha sur le croupion pour se l'approprier définitivement. Ce crachat gras sur le morceau de poulet doré rendit Grown Boy furieux. Jester, qui l'observait, le vit fixer des yeux noirs et avides sur la monnaie contenue dans la casquette. Un soudain pressentiment le fit s'écrier :

« Non, non, ne fais pas ça! »

Mais son avertissement étranglé se perdit dans le carillon de l'horloge de la ville, qui sonnait midi. Un instant, tout ne fut que sensation confuse de lumière aveuglante, de gongs cuivrés, de midi immobile, plein d'échos. Puis tout changea si vite, si violemment, que Jester ne comprit pas tout de suite. Grown Boy avait plongé vers la casquette aux piécettes et courait.

« Attrapez-le, attrapez-le! »

Poussette, qui s'était dressé sur ses moignons « chaussés » d'étuis de cuir, hurlait en se dandinant d'une jambe sur l'autre avec une rage impuissante. Mais déjà Jester se lançait à la poursuite de Grown Boy. Et les ouvriers de la filature, voyant un Blanc en veste blanche courir après un nègre, se joignirent à la chasse. Le flic du carrefour, remarquant le tumulte, se hâta vers la scène. Quand Jester prit Grown Boy au collet et voulut lui arracher l'argent qu'il serrait dans son poing, plus d'une demi-douzaine de badauds vinrent à la rescousse, bien qu'aucun ne sût de quoi il s'agissait.

« Attrapez le nègre! Attrapez-le, ce salaud de nègre! »

Le flic se fraya un chemin dans la foule avec sa matraque et, pour finir, il en assena un grand coup sur la tête de Grown Boy, qui se débattait avec épouvante. On n'entendit guère le choc, cependant Grown Boy perdit instantanément tout ressort et s'écroula. La foule s'écarta et attendit la suite. On ne voyait qu'un mince filet de sang sur le crâne noir, mais Grown Boy était mort. Le gros gamin plein de vie, vorace, effronté, qui n'avait jamais joui de toutes ses facultés, gisait sur le trottoir de Milan... immobile à jamais.

Jester se jeta sur le jeune nègre :

« Grown?... implora-t-il.

– Il est mort, dit l'un des badauds.

– Mort?

– Oui, dit le flic au bout d'un instant. Allez, circulez, vous autres. »

Par devoir professionnel, il se rendit à la cabine téléphonique de la pharmacie pour commander une ambulance, sachant néanmoins que l'homme était mort. Quand il retourna sur les lieux du drame, la foule s'était reculée à l'abri d'un store de toile et seul Jester demeurait près du corps.

« Il est mort, vraiment? » demanda Jester.

Il effleura de la main le visage de Grown Boy et le trouva tiède encore.

« Ne le touchez pas », dit le flic.

Sortant son calepin, il questionna Jester sur ce qui s'était passé. Jester commença un récit hébété. Il se sentait la tête légère comme un ballon de baudruche.

La sirène de l'ambulance déchira l'air immobile de l'après-midi. Un interne sauta de la voiture et posa son stéthoscope sur la poitrine de Grown Boy.

« Mort? demanda le flic.

– Bel et bien mort, répondit l'interne.

– Vous êtes sûr? » fit Jester.

L'interne le regarda et s'aperçut que le jeune homme avait perdu son panama dans la bataille.

« C'est votre chapeau? »

Jester le ramassa; il était tout sale, à présent.

Les internes en blouse blanche transportèrent le corps dans l'ambulance. Tout se passa comme dans un rêve, de façon si impersonnelle et si rapide que Jester se mit lentement en marche vers le drugstore en portant la main à son front. Le flic le suivit.

Poussette, qui mangeait le morceau de poulet sur lequel il avait craché, demanda :

« Qu'est-ce qui s'est passé?

– Sais pas », dit le flic.

Jester se sentait la tête légère. Se pouvait-il qu'il fût en train de s'évanouir?

« Je me sens tout drôle. »

Le flic, heureux d'avoir quelque chose à faire, le poussa vers une chaise dans la pharmacie et dit :

« Asseyez-vous là et laissez pendre votre tête entre vos genoux. »

Jester s'exécuta et, lorsqu'il sentit le sang lui affluer au visage, il se redressa, très pâle encore.

« C'est entièrement de ma faute. Si je ne l'avais pas poursuivi et sans tous ces types qui se sont jetés sur nous... (Il se tourna vers l'agent.) Et pourquoi avez-vous tapé si fort?

– Quand on se fraie un chemin dans la foule à coups de matraque, on ne se rend pas compte qu'on tape fort. La violence ne me plaît pas plus qu'à vous. Peut-être que je n'aurais pas dû entrer dans la police. »

Ensuite, Malone téléphona au juge de venir chercher son petit-fils, et Jester, à bout de nerfs, se mit à pleurer.

Quand Sherman Pew arriva en voiture pour le ramener chez lui, Jester, qui ne songeait plus à l'impressionner, se laissa conduire jusqu'à l'auto, tandis que le flic essayait d'expliquer ce qui s'était passé. Après l'avoir écouté, Sherman se contenta de dire :

« Ma foi, Grown Boy n'a jamais été qu'un crétin, et moi, si j'étais un crétin, je serais content que ce soit fini comme ça, maintenant. Je me mets à la place des autres, moi.

– Si seulement tu te taisais un peu! » dit Jester.

À leur arrivée chez le juge, ils trouvèrent larmes et confusion. Verily sanglotait en songeant à son neveu et le juge lui tapotait maladroitement l'épaule. On la renvoya chez elle, pleurer parmi les siens cette mort soudaine, en plein midi.

Avant l'arrivée de la nouvelle, le juge avait passé une heureuse et féconde matinée. Il avait travaillé allégrement, dans la joie d'échapper à l'ennui du désœuvrement, à cette impression que le temps n'en finit pas, aussi pénible à supporter dans la vieillesse que dans la petite enfance. Sherman Pew comblait ses plus grandes espérances. Ce n'était pas seulement un jeune Noir intelligent, qui, après avoir juré le secret, avait immédiatement compris ce qu'était l'insuline, et su faire des piqûres. Mais il avait de l'initiative, donnait des conseils de régime, de dosage de calories, et ainsi de suite. Une fois que le juge lui eut expliqué que le diabète n'était pas une maladie contagieuse, Sherman avait dit :

« Je sais tout ce qu'on peut savoir du diabète. Mon frère en avait. Il fallait peser tout ce qu'il mangeait sur une jolie petite balance... jusqu'à la moindre bouchée. »

Le juge, se rappelant soudain que Sherman était un enfant trouvé, s'étonna un instant, mais ne dit rien.

« Je sais aussi tout ce qu'on peut savoir des calories, monsieur, parce que je suis l'hôte payant de Zippo Mullins, et sa sœur a dû se mettre au régime. Je lui fouettais sa purée de pommes de terre avec du lait écrémé, je lui faisais de la gelée au Sucaryl. Je suis très calé, pour les régimes.

– Croyez-vous que vous ferez un bon *amanuensis* [158]?

– Un bon quoi?

– *Amanuensis*... C'est une sorte de secrétaire.

– Oh! un secrétaire de première grandeur, dit Sherman, la voix chargée de ravissement. J'adore ça.

– Hum! fit le juge pour cacher son plaisir. J'ai une volumineuse correspondance, une correspondance sérieuse, de grande portée, mais aussi des petites lettres sans importance.

– J'adore écrire des lettres et j'ai une belle écriture.

– L'écriture est toujours très révélatrice », dit le juge. Puis il ajouta : « La calligraphie.

– Où sont ces lettres, monsieur?

– Dans le classeur de mon bureau, au tribunal.

– Vous voulez que j'aille les chercher?

– Non », se hâta de dire le juge, car il avait déjà répondu à toutes. En fait, c'était son occupation principale le matin, une fois à son bureau – cela et la lecture attentive du *Flowering Branch Ledger* et du *Milan Courier*. Un certain jour de la semaine précédente, il n'avait absolument rien reçu, à part une réclame pour du matériel de camping qui, du reste, était plutôt destinée à Jester. Dans sa déception, le juge avait répondu à ladite réclame, en posant des questions tranchantes sur les sacs de couchage et la qualité des poêles à frire. Le désœuvrement de la vieillesse lui avait pesé bien des fois. Mais pas ce matin-là. Ce matin-là il était au septième ciel, sa tête enfantait littéralement les projets.

« La nuit dernière, j'ai veillé jusqu'au petit jour pour écrire une lettre, dit Sherman.

– Une lettre d'amour?

– Non. »

Sherman revit en pensée la lettre qu'il avait mise à la poste en venant chez le juge. Tout d'abord, la question de l'adresse l'avait arrêté; puis il avait fini par écrire : *Madame Anderson, sur les marches du Lincoln Memorial*[159]. De toute façon, on ferait suivre. « Mère... Mère, se disait-il, tu es trop célèbre pour que ma lettre te manque.»

« Mon épouse bien-aimée prétendait toujours que j'écrivais les plus précieuses lettres d'amour du monde.

– Je ne perds pas mon temps à écrire des lettres d'amour, moi. Ma longue lettre de la nuit dernière, c'était pour avoir un renseignement.

– Écrire des lettres est un art en soi.

– Quel genre de lettres voulez-vous que j'écrive aujourd'hui? » Sherman ajouta timidement : « Pas des lettres d'amour, je suppose?

– Bien sûr que non, bêta. C'est une lettre au sujet de mon petit-fils. Une supplique, en quelque sorte.

– Une supplique?

– Je veux demander à un vieil ami et collègue au Congrès de présenter mon petit-fils à West Point.

– Je vois.

– Il faut d'abord que je la compose soigneusement en esprit. Ces suppliques, ce sont les lettres les plus délicates à écrire. »

Le juge, afin de réfléchir profondément, ferma les yeux et plaça son pouce et son index sur ses paupières. C'était presque un geste de souffrance, mais, ce matin-là, le juge ne souffrait pas le moins du monde ; au contraire, après des années d'ennui et de désœuvrement, la joie suprême d'avoir des lettres importantes à élaborer et un *amanuensis* authentique à sa disposition lui rendait son enthousiasme de jeune homme. Il demeura si longtemps immobile, les sourcils froncés, que Sherman finit par s'inquiéter.

« Mal à la tête? »

Le juge sursauta et se redressa.

« Miséricorde, non! Je préparais simplement le plan de ma lettre. Je songeais au personnage à qui j'écris, aux diverses circonstances de sa vie passée et présente... à l'homme à qui je vais m'adresser.

– Qui est-ce?

– Thomas, le sénateur de la Georgie. Son adresse est Washington, D. C. »

Sherman, électrisé par l'idée d'écrire à un sénateur, plongea trois fois sa plume dans l'encrier et redressa son papier avec soin.

Mon Cher Ami et Collègue, Tip Thomas.

Sherman trempa encore une fois sa plume dans l'encre et se mit au travail, avec de grandes fioritures.

« Oui, monsieur?

– Du calme. Je réfléchis. Continuez maintenant. »

Sherman avait entrepris d'écrire ces derniers mots, lorsque le juge l'arrêta.

« N'écrivez pas cela, voyons. Recommencez. Lorsque je dis : *Continuez maintenant* et des choses de ce genre, inutile de les mettre dans la lettre.

– J'écris sous votre dictée, monsieur.

– Pour l'amour du Ciel, montrez un peu de bon sens.

– C'est bien ce que je fais. Quand vous me dictez une phrase, il est normal que je l'écrive.

– Reprenons au début. Comme appellation, vous mettez : *Mon cher ami et collègue, Tip Thomas.* Ça y est?

– Je n'écris pas *Ça y est*, n'est-ce pas?

– Non, naturellement. »

Le juge se disait que son secrétaire n'était peut-être pas aussi brillant qu'il l'avait cru tout d'abord, et Sherman se demandait à part lui si le vieux bonhomme ne déménageait pas. Ainsi chacun des deux soupçonnait l'autre de déficience mentale. Le travail s'engageait mal.

« N'écrivez pas ce que je vais vous dire. Je veux simplement mettre les choses au point avec vous.

– Bon, allez-y.

– L'art du parfait secrétaire consiste à rédiger une lettre ou un document sans rien omettre de ce qu'on lui dicte, mais non pas à noter les réflexions personnelles ou, en ce qui nous concerne, les idées qui me passent par l'esprit et qui sont plus ou moins étrangères à ladite lettre. L'ennui, avec moi, mon garçon, c'est que mon esprit fonctionne trop rapidement, en sorte que d'innombrables idées le traversent sans aucune suite logique.

– Je comprends, monsieur, dit Sherman, qui songeait que le travail ne serait pas ce qu'il avait imaginé.

– Rares sont les personnes qui me comprennent, fit le juge.

– Vous voulez dire qu'il me faudra lire dans vos pensées ce que je dois écrire et ce que je ne dois pas écrire?

– Mais non, il ne s'agit pas de lire dans mes pensées, s'indigna le juge, mais de distinguer, d'après mon intonation, ce qui est réflexion personnelle et ce qui ne l'est pas.

– Je suis merveilleux pour lire dans les pensées.

– Vous voulez dire que vous êtes intuitif? Moi aussi. »

Sherman ignorait le sens de ce mot, mais il se disait qu'auprès du juge il allait acquérir un vocabulaire à tout casser.

« Revenons-en à notre lettre, fit sèchement le juge. Après l'appellation, écrivez : *Il est récemment venu à ma connaissance que...* »

Il s'interrompit, pour reprendre d'une voix plus basse, en sorte que Sherman, lisant dans les pensées, cessa d'écrire.

« Récemment, c'est-à-dire quand, mon garçon? Un... deux... trois ans? Je crois qu'il y a dix ans de cela.

– En ce cas, je ne dirais pas *récemment*.

– Vous avez parfaitement raison, trancha le juge d'une voix ferme. Nous allons aborder cette lettre sous un angle tout à fait différent. »

La pendule dorée de la bibliothèque sonna douze coups.

« C'est midi.

– Ouais, fit Sherman, qui attendait, la plume en suspens.

– À midi, j'interromps toujours ma tâche pour prendre mon premier petit remontant de la journée. C'est une prérogative de vieillard.

– Vous désirez que je vous le prépare?

– Vous seriez très aimable. Et vous-même, vous prendrez bien un peu de whisky à l'eau?

– Du whisky à l'eau?

– Je ne suis pas alcoolique. Je n'aime pas boire seul. »

En fait, jadis, le juge invitait le jardinier, Verily ou n'importe qui à prendre un verre avec lui. Mais depuis que le jardinier était mort, et puisque Verily ne buvait pas, il était bien souvent forcé de boire seul, ce qu'il n'aimait pas.

« Un petit remontant pour me tenir compagnie. »

C'était là un aspect délicieux de sa charge auquel Sherman n'avait pas songé. Il dit :

« Je serai ravi, monsieur. Comment faut-il préparer votre whisky?

– Moitié, moitié. Et ne forcez pas sur l'eau. »

Sherman se précipita à la cuisine pour préparer les deux verres. Il se tourmentait déjà à l'idée du déjeuner. Après avoir bu amicalement avec le juge, ce serait détestable d'être envoyé manger à la cuisine avec la cuisinière... Inévitable, sans doute, mais déplaisant de toute façon... En esprit, il prépara soigneusement ce qu'il pourrait répondre : « Je ne déjeune jamais. » Ou : « J'ai pris un petit-déjeuner trop copieux ce matin, je n'ai pas faim. » Il versa moitié-moitié le whisky et l'eau dans chacun des verres et regagna la bibliothèque.

Le juge, ayant bu une gorgée et fait claquer ses lèvres, dit :

« Je vais parler *ex cathedra*.

– Quoi? fit Sherman.

– C'est ce que dit le pape avant de s'exprimer franchement. Moi, j'entends par là que rien de ce que je vais vous dire maintenant, pendant que nous buvons, ne concerne notre lettre. Mon ami Tip Thomas s'est procuré une compagne... Je veux dire qu'il a pris une seconde femme. En principe, je désapprouve le remariage; mais, quand j'y réfléchis, j'en viens simplement à penser : il faut bien que tout le monde vive. Comprenez-vous, mon garçon?

– Non, monsieur. Pas exactement.

– Je me demande si je dois passer outre à son second mariage et ne lui parler que de sa première femme... Lui faire des compliments sur sa première femme, sans mentionner l'autre?

– Pourquoi en mentionner aucune? »

Le juge appuya la tête au dossier de son fauteuil.

« L'art d'écrire une lettre se résume à ceci : d'abord, vous faites des remarques personnelles, agréables, sur la santé des épouses et autres; après quoi, vous passez carrément au véritable sujet de votre lettre. »

Le juge buvait avec délices. Et cependant un petit miracle venait de se produire.

Quand le téléphone sonna, le juge ne comprit pas tout de suite de quoi il s'agissait. J.T. Malone était au bout du fil, mais ce qu'il racontait n'avait ni queue ni tête.

« Quoi? Grown Boy tué dans une rixe en pleine rue?... Et Jester est mêlé à la rixe? répéta le juge. Je vais envoyer quelqu'un prendre Jester à la pharmacie. (Il se tourna vers Sherman.) Sherman, voudriez-vous aller chercher mon petit-fils en voiture au drugstore de Mr. Malone? »

Sherman, qui n'avait jamais conduit de sa vie, accepta avec plaisir. Il avait observé les gens au volant et croyait pouvoir s'en tirer.

Le juge posa son verre et se rendit à la cuisine.

« Verily, commença-t-il, j'ai de graves nouvelles pour vous. »

Après un coup d'œil sur le visage du juge, Verily dit :

« Y' a quelqu'un qu'est mort? (Comme le juge ne répondait pas, elle ajouta :) Ma sœur Bula? »

Quand le juge lui eut expliqué que c'était Grown Boy, elle releva son tablier sur sa tête et se mit à sangloter bruyamment.

« Et dire que, pendant toutes ces années, il n'a jamais eu tout son bon sens! » remarqua-t-elle, comme si c'eût été la donnée la plus poignante et la plus compréhensible de ce malheur qui s'abattait sur elle.

Le vieux juge essaya de la réconforter en lui tapotant maladroitement l'épaule. Puis il regagna la bibliothèque, vida son verre et celui de Sherman et passa sur le perron pour attendre Jester.

Alors il prit conscience du petit miracle qui s'était produit. Chaque matin, depuis quinze ans, soit dans la cuisine, soit dans la bibliothèque, il avait attendu interminablement l'arrivée du *Milan Courier*, et son cœur bondissait au petit « floc » annonciateur. Mais ce jour-là, pour la première fois depuis des années, il avait été si occupé qu'il n'avait même pas pensé au journal. Allégrement, le vieux juge boitilla jusqu'au bas des marches pour ramasser le *Milan Courier*.

6

Tant il est vrai que l'existence est faite d'une infinité de miracles quotidiens dont la plupart passent inaperçus, Malone, en cette triste période, fut tout étonné de remarquer un petit miracle. Chaque matin, depuis le début de l'été, il se réveillait en proie à une terreur imprécise. Quelle était cette chose atroce qui allait lui arriver? Qu'était-ce? Quand? Où? Lorsque enfin il en prenait pleinement conscience, la menace était si cruelle qu'il ne pouvait rester couché plus longtemps; il lui fallait se lever, aller rôder dans le vestibule et la cuisine, rôder sans but, rôder simplement, en attendant. En attendant quoi?... Après son entretien avec le juge, il avait rempli de foie de veau et de foie de bœuf le bac du réfrigérateur. Et chaque matin, tandis que la lumière électrique luttait avec l'aube, il faisait sauter une tranche de cette horreur. Il avait toujours abhorré le foie, même celui du poulet dominical que les enfants se disputaient. La cuisson emplissait la maison d'une odeur de bombe puante, mais Malone mangeait sa tranche jusqu'à la dernière bouchée. Justement parce que c'était si écœurant, il s'en trouvait un peu réconforté. Il avalait même les morceaux tendineux que la plupart des gens recrachent et posent sur le bord de leur assiette. L'huile de ricin, elle aussi, avait un goût atroce, et elle était efficace. Ce qu'il reprochait au docteur Hayden, c'était de n'avoir jamais suggéré le moindre médicament, atroce ou non, pour cette... leucémie. Dire à un homme qu'il a une maladie qui ne pardonne pas et ne lui indiquer aucun médicament... Tout l'être de Malone se révoltait. Pharmacien depuis près de vingt ans, il avait prescrit et vendu des médicaments par millions : pour la constipation, les troubles urinaires, une poussière dans l'œil *et cætera*. Si, en toute honnêteté, il estimait que le cas dépassait sa compétence, il renvoyait son client consulter un médecin, mais cela n'arrivait pas souvent... Il se sentait aussi capable que n'importe quel médecin diplômé de Milan, et il prescrivait des millions de médicaments. D'autre part, il se comportait lui-même en patient docile, s'administrant à point le désagréable sulfate de soude, utilisant quand besoin était le liniment Sloan; et il mangeait jusqu'au bout d'écœurantes tranches de foie... Ensuite, il restait à attendre dans la cuisine brillamment éclairée. Attendre quoi? Et jusqu'à quand?

Un matin, vers la fin de l'été, Malone, qui se réveillait, luttait pour se rendormir. Il s'efforçait, mais en vain, de regagner les doux, les tendres limbes du sommeil. Déjà levés, déjà malfaisants, les oiseaux criards mettaient en lambeaux son doux, son tendre sommeil. Ce matin-là, il était épuisé. L'horreur de la réalité submergeait son corps las et son esprit inerte. Mais il allait s'obliger à dormir... Il fallait compter les moutons – moutons blancs, moutons noirs, moutons roux, tous allant clopin-clopant, balançant leur grosse queue... Il fallait penser au néant, à ce doux, ce tendre sommeil. Non, il ne se lèverait pas, n'allumerait pas, n'irait pas rôder dans le vestibule et dans la cuisine, rôder et attendre, et trembler. Plus jamais, à l'aube, il ne ferait sauter ces horribles tranches de foie qui empestaient la maison comme une bombe puante. Jamais, c'était fini. Jamais, plus jamais. Malone alluma sa lampe de chevet et ouvrit le tiroir de sa table. C'était là que se trouvaient les cachets de Tuinal qu'il s'était prescrits. Il y en avait quarante, il le savait. Il glissa ses doigts tremblants parmi les capsules rouges et vertes. Quarante, c'était bien cela. Il n'aurait plus à se lever à l'aube pour rôder avec épouvante dans la maison. N'aurait plus à se rendre à la pharmacie, simplement parce qu'il s'y était toujours rendu et que la pharmacie était son gagne-pain et faisait vivre sa femme et ses enfants. Si lui, J. T. Malone, n'était pas l'unique soutien de sa famille, puisque sa femme avait des actions de Coca-Cola et trois maisons héritées de sa mère – la chère vieille Mme Greenlove, morte trois ans plus tôt –, si, du fait que sa femme jouissait de diverses ressources, il n'était pas le seul pourvoyeur du budget familial, la pharmacie n'en constituait pas moins la principale source de leurs revenus, et il était parfaitement capable de subvenir à tous les besoins de sa femme et de ses enfants, quoi que les gens pussent penser... La pharmacie était le premier magasin ouvert à Milan et le dernier fermé. Rester fidèle au poste, prêter l'oreille aux clients qui se plaignaient de leurs maux, prescrire des médicaments, préparer des ordonnances, servir du Coca-Cola et des glaces... Plus jamais, plus jamais. Pourquoi l'avoir fait si longtemps?... Comme une vieille mule poussive qui tourne en rond pour actionner un manège. Et rentrer à la maison chaque soir. Et dormir dans le même lit qu'une femme qu'il avait depuis longtemps cessé d'aimer. Pourquoi?... Parce qu'il n'avait pas d'autre endroit où aller, excepté la pharmacie? Parce qu'il n'avait pas d'autre place où dormir, excepté le lit conjugal? Travailler à la pharmacie, dormir avec sa femme, plus jamais. Sa morne existence s'étendait devant lui, tandis qu'il jouait avec les capsules de Tuinal aux couleurs de pierres précieuses.

Malone mit un cachet dans sa bouche et but un demi-verre d'eau. Combien de litres d'eau lui faudrait-il boire pour avaler quarante cachets?

Après le premier cachet, il en avala un second, puis un troisième. Ensuite il s'arrêta et alla remplir son verre. Quand il revint se coucher, il eut envie d'une cigarette. Fumer lui donna sommeil. Sa seconde cigarette lui tomba des doigts : enfin, J. T. Malone s'était endormi.

Il dormit jusqu'à sept heures. Toute la maisonnée était réveillée lorsqu'il entra dans la cuisine pleine d'animation. Ce fut une des rares fois de sa vie où il ne prit pas le temps de se baigner ni de se raser, de peur d'être en retard à la pharmacie.

Ce matin-là, il vit de ses yeux le petit miracle, mais il était trop préoccupé, trop pressé pour s'en rendre compte. Il avait pris au plus court par le jardin et la porte de derrière, quand le miracle s'offrit à sa vue, mais ses yeux étaient aveugles tandis qu'il se hâtait vers le portail. Une fois à la pharmacie, il se demanda pourquoi il s'était tellement dépêché; il n'y avait personne. Mais déjà il s'attaquait à sa tâche. Il fit descendre le store, qui claqua, et mit en marche le ventilateur électrique. Avec le premier client commença vraiment la journée, encore que ce premier client ne fût que Herman Klein, l'horloger d'à côté. Herman Klein entrait et sortait du drugstore tout le long du jour pour boire des Coca-Cola. Il gardait aussi une bouteille d'alcool à lui dans l'officine, car sa femme détestait l'alcool et n'admettait pas qu'on en introduisît dans la maison. Herman Klein partageait donc sa journée entre son travail d'horloger dans son magasin et ses visites fréquentes au drugstore. Contrairement à la plupart des commerçants de Milan, il ne rentrait pas chez lui pour déjeuner; il prenait une petite goutte à sa bouteille, puis il mangeait un des sandwichs bien empaquetés de la fabrication de Mrs. Malone. Sitôt Herman Klein servi, la presse commença. Une mère amena son enfant qui mouillait son lit et Malone lui vendit un Eurotone, dispositif qui actionnait une sonnette quand le lit était mouillé. Il avait vendu des Eurotone à d'innombrables parents, mais, à part soi, il se demandait si la sonnette était vraiment efficace. Peut-être ne servait-elle qu'à flanquer une bonne frousse au pauvre gosse endormi, et à quoi bon alerter toute une maison simplement parce que le petit Johnny avait fait pipi en dormant? Il se disait à part soi que mieux eût valu laisser Johnny faire son petit pipi en paix. Malone prévenait sagement les mamans : « J'ai vendu quantité de dispositifs comme celui-ci, mais, en ce qui concerne ces questions de propreté, j'ai toujours été persuadé que l'essentiel est la coopération de l'enfant. » Malone examina la coupable, une petite fille râblée, qui n'avait pas le moins du monde l'air disposée à coopérer. Il ajusta un bas spécial à la jambe d'une femme affligée de varices. Il s'intéressa à des migraines, à des lumbagos, à des troubles intestinaux. Il étudiait attentivement chaque client, faisait son diagnostic et vendait les médicaments appropriés. Personne ne souffrait de leucémie, personne ne partit les mains vides.

Vers une heure, quand le petit Herman Klein, que persécutait son acariâtre femme, entra prendre un sandwich, Malone était fatigué. Il méditait. Il se demandait s'il y avait au monde un individu plus mal loti que lui. Il examina le petit Herman Klein en train de mâcher son sandwich au comptoir. Malone le détestait. Le détestait pour son manque de ressort, parce qu'il travaillait comme un forcené, parce qu'il n'allait pas déjeuner au *Cricket Tea Room* ou au *Café de New York* comme les autres commerçants respectables qui ne rentraient pas chez eux à midi. Il n'avait pas pitié d'Herman Klein. Il le méprisait, sans plus.

Il enfila sa veste pour aller déjeuner chez lui. Il faisait une journée suffocante, avec un ciel d'une blancheur d'éclair. Malone marchait lentement, à présent, écrasé par le poids de sa veste ou d'il ne savait quoi sur ses épaules. Il avait toujours pris le temps de déjeuner à la maison. Pas comme cette petite souris de Herman Klein. Il passa la porte de derrière et, malgré sa fatigue, il reconnut le miracle. Le jardin potager, semé si négligemment et oublié durant cette longue saison d'angoisse, avait poussé. Il y avait le pourpre des choux, la dentelle légère des carottes, le vert, tellement vert, des navets et des tomates. Malone s'arrêta pour admirer son jardin. Pendant ce temps, une nuée d'enfants étaient entrés par le portail ouvert. C'étaient les petits Lank. Curieux, ce qui se passait chez les Lank. Une naissance multiple après l'autre. Des jumeaux, des triplées... Les Lank louaient une des maisons héritées par Martha – une maison biscornue et délabrée, forcément, avec tous ces enfants. Sammy Lank était contremaître à la filature Wedwell. Quand il se trouvait en chômage, ce qui arrivait de temps à autre, Malone ne le brusquait pas pour le loyer. La villa des Malone, que Martha tenait également de la vieille Mrs. Greenlove, Dieu ait son âme! faisait le coin, et sa façade donnait sur une rue très respectable. Les trois autres bâtisses se suivaient après le coin, sur l'autre rue qui, celle-là, ne payait pas de mine. La maison des Lank était la dernière, ou plutôt la dernière des trois dont Mrs. Malone avait hérité. Malone voyait donc souvent les petits Lank. Sales, morveux, ils traînaient dans les parages puisqu'ils n'avaient rien à faire chez eux. Un hiver particulièrement froid, où Mrs. Lank était au lit, après la naissance de jumeaux, Malone, qui aimait les enfants et savait que ceux-ci souffraient du froid, leur avait fait livrer du charbon. Les petits Lank s'appelaient Nip et Truck, Cyril et Simon, Rosemary, Rosamund et Rosa. Les enfants maintenant commençaient à se faire grands. Les trois aînées, déjà mariées et ayant des bébés à elles, étaient nées la même nuit que les cinq petites Dione, et le *Milan Courier* avait publié un article intitulé « Notre trio de Milan », que les Lank avaient fait encadrer pour l'accrocher dans leur salle commune.

Malone regarda encore le jardin.

« Ma douce! appela-t-il.

– Oui, mon chou, répondit Mrs. Malone;

– As-tu vu le jardin potager? »

Malone entra dans la maison.

« Quel jardin potager ? demanda Mrs Malone.

– Le nôtre, voyons!

– Bien sûr que je l'ai vu, mon grand. Il nous a nourris tout l'été. Qu'est-ce qui t'arrive? »

Malone, qui manquait d'appétit ces derniers temps et qui ne se rappelait jamais ce qu'il avait mangé, ne dit rien, mais c'était en vérité un miracle que ce jardin, planté si négligemment et jamais soigné, eût ainsi prospéré. Les choux frisés poussaient follement en tous sens, comme tous ceux de leur espèce. Plantez un chou frisé dans votre jardin, il se mettra à pousser en tous sens, bousculant les autres plantes. Exactement comme les volubilis... un chou frisé et un volubilis.

La conversation ne fut guère animée durant ce déjeuner. Martha servit un rôti et des pommes de terre maître d'hôtel, mais, quoique la nourriture fût bien préparée, Malone la trouva sans saveur. « Je t'ai pourtant répété tout l'été que les légumes venaient du jardin », dit Martha. Malone entendit la remarque, mais n'y fit pas attention, la laissa sans réponse ; depuis des années, la voix de sa femme ne lui était plus qu'un bourdonnement, un bruit que l'on entend sans y faire attention.

La jeune Ellen et Tommy expédièrent leur déjeuner avec la seule idée de se sauver.

« Il faut mâcher avant d'avaler, mes chéris. Autrement, Dieu sait quels maux d'estomac vous vous préparez... Quand j'étais enfant, on nous recommandait ce qu'on appelait la méthode Fletcher. Il fallait mâcher sept fois chaque bouchée avant d'avaler. Si vous persistez à vous empiffrer comme des ogres... »

Mais déjà les petits Malone avaient dit : « Excusez-moi », et s'étaient rués dehors.

À partir de là, le déjeuner se passa en silence. Aucun des deux époux ne formula ses réflexions. Mrs. Malone songeait à ses *sandwichs de Mrs. Malone*... aux gros poulets cashers (cela ne faisait pas de différence de goût si les poulets étaient cashers) qu'elle choisissait avec tant de soin, aux dindes naines, aux dindes de dix kilos... Elle étiquetait ses sandwichs à la dinde : *sandwichs à la galantine de dinde de Mrs. Malone*, bien que ce fût surprenant de voir le nombre de personnes incapables d'apprécier la différence entre la galantine de poulet et celle de dinde... Pendant ce temps, Malone s'absorbait dans ses propres considérations professionnelles. Avait-il bien fait de vendre cet Eurotone [160], ce matin ? Sur le moment, cela lui était sorti de l'esprit ; mais, quelques mois plus tôt, une dame s'était plainte du système. Il apparaissait que son petit Eustis avait dormi sans souci de la sonnette, mais toute la famille s'était réveillée pour se rassembler autour du lit et voir le petit Eustis qui faisait tranquillement pipi en dormant à poings fermés, malgré le tintamarre. Pour finir, le papa avait tiré l'enfant de son lit humide pour le fesser devant toute la famille. Était-ce juste ? Malone réfléchit et conclut que non, décidément, ce n'était pas juste. Il n'avait jamais porté la main sur Ellen ni sur Tom, qu'ils l'eussent mérité ou non. C'était sa femme qui punissait les enfants, car, selon Malone, le devoir en incombait à la mère ; et Mrs. Malone ne manquait jamais de pleurer quand son devoir lui dictait clairement de fesser l'un des siens. La seule fois où Malone avait éprouvé le besoin d'intervenir lui-même, c'était le jour où Ellen, alors âgée de quatre ans, avait allumé en cachette un feu sous le lit de sa grand-mère. Et ce que la pauvre vieille Mrs. Greenlove avait pleuré ! Autant par l'effet de la belle peur qu'elle avait eue que parce qu'on corrigeait sa petite-fille préférée. Mais les jeux avec le feu constituaient la seule incartade dont Malone s'occupât, car la faute était trop grave, en effet, pour qu'on pût s'en remettre à une mère au cœur tendre qui pleurait à chaque fois qu'elle corrigeait ses enfants. Oui, il n'avait jamais eu à sévir que pour des histoires d'allumettes interdites ou de feux clandestins. Et l'Eurotone ? C'était un article recommandé ; néanmoins, il regrettait d'en avoir vendu un ce matin. Avalant péniblement une dernière bouchée qui fit batailler sa pomme d'Adam dans son cou frêle, Malone s'excusa et se leva de table.

« Je vais téléphoner à Mr. Harris pour lui demander de se charger de la pharmacie pour le reste de la journée. »

L'inquiétude se refléta fugitivement sur le visage placide de Mrs. Malone :

« Tu ne te sens pas bien, mon chou ? »

De rage, Malone serra les poings jusqu'à en avoir les articulations livides. Un homme atteint de leucémie, ne pas se sentir bien ?... De quoi diable cette femme pensait-elle qu'il souffrait... de la petite vérole ou d'une fatigue printanière ? Mais malgré ses poings crispés, aux jointures livides, il se contenta de dire :

« Je ne me sens ni mieux ni plus mal que je ne le mérite.

– Tu travailles trop, mon chou. Vraiment trop. Tu es un vrai cheval de manège.

– Une mule, tu veux dire, fit Malone. Une mule qui tourne et tourne sans fin pour actionner une roue.

– Tu ne veux pas que je te prépare un bon bain tiède ?

– Certainement pas !

– Ne te bute pas comme cela, mon chou. Je ne songe qu'à t'aider.

– Je peux me buter tant qu'il me plaît chez moi, répondit Malone.

– Je ne songe qu'à t'aider, mais je vois que ça ne sert à rien.

– À rien du tout », répondit-il avec amertume.

Malone prit une douche fumante, se lava la tête, se rasa et fit l'obscurité dans la chambre. Mais il était trop irrité pour se reposer. De la cuisine lui parvenait le bruit du batteur à œufs de Martha, qui préparait la pâte de quelque gâteau de mariage, et cela ne fit que l'irriter davantage. Il sourit dans le flamboiement de l'après-midi.

Il avait laissé perdre l'été, cette année; les légumes avaient poussé, on les avait mangés sans qu'il s'en aperçût. Le dur flamboiement de l'été lui recroquevillait l'esprit. Le juge lui avait pourtant affirmé qu'il ne souffrait de rien dont le bel été de Milan ne viendrait à bout... Pensant au juge, Malone s'en fut chercher un sac à papier sous le porche de la cuisine. Il était libre pour l'après-midi, mais il n'éprouvait pas le moindre sentiment de liberté. Avec des gestes las, il entreprit de cueillir une brassée de verdure pour le juge, moitié feuilles de navet, moitié choux. Puis il y ajouta la plus grosse tomate du jardin, qu'il soupesa un instant dans le creux de la main.

« Mon chou, lança Mrs. Malone par la fenêtre de la cuisine, que fais-tu donc?

– Quoi? Quoi?

– Que fais-tu là, dehors, par cette chaleur? »

Eh bien, on était drôlement loti quand on n'avait plus le droit de rester seul dans son propre jardin sans avoir à donner d'explication! Mais, malgré la violence de ses pensées, Malone se contenta de répondre :

« Je ramasse des légumes.

– Si tu comptes rester encore dans ce soleil brûlant, tu ferais mieux de mettre un chapeau. Ça t'éviterait une insolation, mon chou. »

Malone pâlit. Il cria :

« Est-ce que ça te regarde, sacré nom!

– Ne jure pas, pour l'amour du Ciel! »

Ainsi, Malone s'attarda encore dans la chaleur torride, pour la seule raison que sa femme avait voulu intervenir. Puis, tête nue, serrant à deux mains son sac de légumes, il peina jusque chez le juge. Le vieil homme se tenait dans la pénombre de la bibliothèque et le nègre aux yeux bleus était avec lui.

« Haut les cœurs, J. T.! Haut les cœurs, mon brave! Vous êtes justement l'homme que je cherchais.

– À quel propos? »

Malone était à la fois ravi et déconcerté par cet accueil chaleureux.

« C'est notre heure de poésie immortelle. Mon *amanuensis* me fait la lecture.

– Votre quoi? demanda vivement Malone, pour qui ce mot évoquait vaguement l'Eurotone et le pipi-au-lit.

– Mon secrétaire que voici, Sherman Pew. Il lit d'admirable façon et notre heure de lecture est un des meilleurs moments de la journée. Aujourd'hui, nous en sommes à Longfellow. Continuez, Mac Duff, fit jovialement le juge.

– Quoi ?

– Je paraphrasais Shakespeare, en quelque sorte.

– Shakespeare ? »

Sherman se sentait hors de son élément, laissé de côté, balourd. Il en voulait à Mr. Malone d'être venu les déranger à cette heure consacrée à la poésie. Pourquoi ce vieux grincheux n'était-il pas resté dans sa pharmacie ?

« Reprenez à :

By the shore of Gitche Gumee
By the shining big sea water
At the doorway of his wigwam [161]... »

Le juge avait fermé les yeux et il dodelinait de la tête selon le rythme.

« Continuez, Sherman.

– Ça ne me dit rien », fit Sherman d'un ton boudeur.

Pourquoi se rendrait-il ridicule devant un faiseur d'embarras tel que ce Mr. Malone ?

Le juge sentait qu'un plaisir allait lui échapper.

« Eh bien, récitez simplement :

I shot an arrow in the air [162]... »

Malone, son sac de légumes sur les genoux, observait la scène.

Le juge sentait qu'un *grand* plaisir allait lui échapper et, dans son désir d'entendre jusqu'au bout l'adorable poème, il poursuivit lui-même :

« *Daughter of the moon, Nakomis,*
Dark behind it rose the forest
Rose the black and gloomy pine-trees ;
Bright before it beat the water
Beat the clear and sunny water
Beat the shining big sea water [163]...

« Cela me fatigue les yeux de lire dans la pénombre. Ne voudriez-vous pas continuer à ma place, Sherman?

– Non, monsieur.

– Ewa Yea, my little owlet,
Who is this that lights the wigwam
With his great eyes lights the wigwam [164]...

– Oh! la tendresse, le rythme et la tendresse de ces mots! Voyons, ne le sentez-vous pas, Sherman, vous qui lisez si bien la poésie immortelle? »

Sherman serra les fesses et ne répondit rien.

Malone, qui avait toujours son sac de légumes sur les genoux, sentit que l'atmosphère se tendait. Il était visible que ce genre de scène avait lieu chaque jour. Il se demanda qui était fou. Le vieux juge? Le nègre aux yeux bleus? Lui-même? Longfellow? Il essaya d'intervenir avec tact.

« Je vous ai apporté une brassée de feuilles de chou et de navet de mon jardin. »

Avec une grossièreté arrogante, Sherman dit :

« Il ne peut pas en manger. »

Le juge fit entendre une voix désolée :

« Voyons, Sherman, implora-t-il, j'adore les choux et les feuilles de navet.

– Ça ne fait pas partie de votre régime, insista Sherman. Il faut les accommoder avec du petit salé, mi-gras, mi-maigre. Et ça vous est interdit.

– Et si on ne mettait qu'un tout petit bout de maigre? »

Sherman n'avait pas encore pardonné à Mr. Malone d'être venu les déranger à cette précieuse heure de lecture. D'ailleurs, le vieux grincheux du drugstore les avait dévisagés tous deux comme s'il les croyait dingos, et il avait gâché l'heure de la poésie immortelle... Mais lui, Sherman, en tout cas, il s'était refusé à lire tout haut *Hiawatha*... Il n'avait pas fait l'imbécile – laissant le rôle au vieux juge, qui semblait n'avoir cure que les gens le croient échappé d'un asile d'aliénés...

Malone dit d'un ton apaisant :

« Les Yankees mangent les feuilles de navet avec du beurre et un filet de vinaigre.

– Ma foi, moi qui ne suis vraiment pas un Yankee, j'essaierai volontiers la recette. Durant notre lune de miel à La Nouvelle-Orléans, j'ai bien mangé des escargots... un escargot, je veux dire », se reprit-il.

Du salon venait le son du piano. Jester étudiait le *Lindenbaum*. Sherman s'irrita de l'entendre jouer si bien.

« Moi, je mange des escargots tout le temps. J'en ai pris l'habitude en France.

– J'ignorais que vous étiez allé en France.

– Mais si, bien sûr. J'ai servi un certain temps dans l'armée. »

En fait, Zippo Mullins avait été mobilisé et il racontait à ce sujet toutes sortes d'histoires, que Sherman n'acceptait pas sans réserve, pour la plupart.

« J. T., je suis sûr que vous avez besoin de vous rafraîchir après cette promenade torride. Que diriez-vous d'un peu de gin à l'eau de quinquina?

– Ce n'est pas de refus, juge.

– Sherman, voudriez-vous préparer un gin à l'eau de quinquina pour Mr. Malone et pour moi?

– Au quinquina, juge? »

La voix de Sherman dénotait l'incrédulité. Ce vieux Mr. Malone était pharmacien, bien sûr, mais, justement, son jour de sortie, il devait avoir envie d'autre chose que d'un produit pharmaceutique.

Le juge dit sans ménagement, du ton dont on s'adresse à un domestique :

« Vous trouverez cela dans le réfrigérateur. Il y a une étiquette *Tonic* sur la bouteille. »

Alors, pourquoi ne l'avoir pas dit tout de suite? Tonic et quinquina, ça faisait deux... Sherman le savait d'expérience pour s'être souvent rafraîchi depuis qu'il était dans la place.

« Ne ménagez pas la glace », dit le juge.

Sherman était hors de lui. Non seulement parce que l'heure de lecture était gâchée, mais encore parce qu'on lui donnait des ordres comme à un domestique. Il s'empressa d'aller passer sa hargne sur Jester.

« Alors quoi, tu joues Rockabye Baby?

– Non, *Lindenbaum*. C'est toi-même qui m'as prêté la musique.

– Peuh! En fait de lied allemand, on ne fait pas pire! »

Jester, à qui la musique avait arraché des larmes d'émotion, s'arrêta net de jouer, à la satisfaction de Sherman qui trouvait l'exécution beaucoup trop bonne, d'autant plus que Jester déchiffrait.

Sherman passa dans la cuisine et prépara les verres en y mettant très peu de glace. De quel droit lui donnait-on des ordres? Et comment ce mollasson de Jester faisait-il pour jouer si bien de vrais lieder allemands, et surtout du premier coup, en déchiffrant?

Il s'était mis en quatre pour le vieux juge. L'après-midi de la mort de Grown Boy, il avait préparé de ses propres mains le dîner et servi à table. Cependant, il n'avait rien voulu manger, même pas seul à la table de la bibliothèque... Et il avait procuré une cuisinière pour la maison, envoyé Cinderella Mullins comme bouche-trou, durant l'absence de Verily.

Pendant ce temps, le juge disait à son ami Malone :

« Ce garçon est un véritable trésor, une perle. Il rédige mon courrier, me fait la lecture, sans parler de mes piqûres. Et il veille à ce que je ne m'écarte pas d'un pouce de mon régime. »

Le scepticisme de Malone se lisait sur son visage.

« Comment avez-vous découvert ce prodige?

– Je ne l'ai pas découvert. Il a joué un rôle dans ma vie avant même d'être né. »

Malone, non sans scrupule, hasarda une supposition sur cette mystérieuse remarque. Se pouvait-il que cet intrigant de nègre aux yeux bleus fût le fils naturel du juge? Quoique improbable, ce n'était pas absolument impossible.

« Mais ne l'a-t-on pas découvert sur un banc d'église, dans une paroisse noire?

– Si.

– Alors, comment a-t-il pu jouer un rôle dans votre vie?

– Non seulement dans ma vie, mais encore dans celle de ma chair et de mon sang – mon propre fils. »

Malone essaya d'imaginer Johnny ayant une liaison avec une femme de couleur. Ce brave Johnny Clane aux cheveux blonds, en compagnie duquel il avait si souvent chassé à Sereno. C'était peu concevable, mais possible.

Le juge parut deviner les pensées de son ami. Il crispa sur sa canne sa main valide, qui prit une teinte violacée.

« Si vous vous figurez que Johnny a jamais couché avec des garces de négresses ou commis des impropriétés de ce genre... »

Dans sa fureur, il ne put achever.

« Je n'ai jamais rien supposé de semblable, dit Malone d'un ton apaisant. Seulement, vous aviez pris un ton si mystérieux...

– Et c'est un mystère, s'il en fut jamais. Mais même un vieux bavard comme moi en parlerait difficilement, tant l'affaire est pénible. »

Cependant, il était visible que le juge avait encore envie d'en parler. À ce moment-là, Sherman intervint en venant plaquer bruyamment deux verres sur la table de la bibliothèque. Il ne tarda pas à se précipiter hors de la pièce et le juge put reprendre :

« Enfin, maintenant, j'ai ce garçon qui m'est une vraie ressource dans ma vieillesse. Il m'écrit mes lettres... avec une écriture d'ange, me fait mes piqûres et m'empêche de m'écarter d'un pouce de mon régime. Et, l'après-midi, il me fait la lecture. »

Malone aurait pu faire observer que Sherman venait de se refuser à lire et que le juge avait dû achever lui-même le poème de Longfellow.

« Sherman lit Dickens d'une façon très émouvante. Je ne peux m'empêcher de pleurer, parfois.

– Et ce garçon pleure parfois, lui aussi?

– Non, mais il lui arrive de sourire aux passages drôles. »

Malone, intrigué, attendit que le juge s'expliquât davantage sur le mystère auquel il avait fait allusion, mais le vieil homme se contenta de dire :

« Ma foi, ça ne fait que montrer une fois de plus que : *Passé cette ortie, le danger, on cueille une fleur, la sécurité* [165]...

– Mais, voyons, de quoi s'agit-il? Vous couriez un danger?

– Pas vraiment un danger... Danger, c'est le terme qu'a employé le Barde [166]. Mais, depuis la mort de ma chère femme, j'ai été terriblement seul. »

Malone, en plus de sa perplexité, se sentit soudain inquiet.

« Seul, vraiment? Vous avez votre petit-fils et vous êtes le citoyen le plus respecté de Milan.

– On peut être le citoyen le plus respecté d'une ville, ou même d'un État tout entier, et ne pas s'en sentir moins seul. Et n'en *être* pas moins seul, Seigneur!

– Mais... et votre petit-fils, qui est la prunelle de vos yeux?

– Les jeunes garçons sont essentiellement égoïstes. Je les connais bien. La seule chose que j'ai à reprocher à Jester, c'est... l'adolescence. J'ai une connaissance profonde des jeunes gens. Chez eux, tout se réduit à... l'égoïsme, l'égoïsme, l'égoïsme. »

Malone fut ravi d'entendre critiquer Jester, mais, non sans mérite, il s'abstint de toute remarque. Il se contenta de demander :

« Depuis quand avez-vous engagé ce jeune Noir?

– Environ deux mois.

– Il ne lui a vraiment pas fallu longtemps pour s'intégrer à la maison... et s'installer agréablement, pourrait-on dire.

– Sherman est agréable, Dieu merci! C'est un adolescent, lui aussi, et pourtant mes rapports avec lui sont tout à fait différents de ceux que j'ai avec mon petit-fils. »

Malone se réjouit de la remarque, mais, cette fois encore, il s'abstint dignement de tout commentaire. Connaissant la versatilité du juge, ses brusques enthousiasmes et ses soudains désenchantements, il se demanda combien de temps durerait la situation.

« Une véritable perle, dit le juge avec fougue. Un trésor. »

Pendant ce temps, la « véritable perle » lisait un magazine de cinéma et buvait un gin et tonic bourré de glace. Sherman était seul à la cuisine, car Verily faisait le ménage en haut, dans les chambres. Bien que comblé dans sa gourmandise et dans son imagination – le magazine contenait un très bon article sur un de ses acteurs préférés... – il se sentait mal, très mal. Outre que ce touche-à-tout de Mr. Malone lui avait gâché son heure la plus précieuse de la journée, il vivait depuis trois mois dans l'attente, attente qui, petit à petit, se chargeait d'anxiété. Pourquoi Mme Anderson ne lui répondait-elle pas? Même si l'adresse était fausse, on aurait pu faire suivre... Sa mère était trop célèbre pour qu'une lettre la manque... Lorsque Tigre, le chien de Jester, entra dans la pièce, Sherman lui lança un coup de pied.

Verily descendit de l'étage et considéra le jeune homme qui lisait son illustré en buvant du gin et tonic. Elle s'apprêtait à une remarque cinglante, quand le regard des yeux cruels dans le visage sombre l'arrêta. Elle se contenta de dire :

« De mon temps, on ne s'asseyait pas ici pour lire des livres et boire de l'alcool. »

Sherman dit :

« Faut croire que vous êtes née esclave, ma vieille.

– Esclave, moi? Non. Mais ma grand-mère l'était bel et bien.

– Je parie qu'autrefois on vous a mise au pilori, en ville. »

Verily s'attaqua à sa vaisselle, en ouvrant tout grand le robinet, puis elle dit :

« Si je savais qui est ta mère, j'irais la trouver pour lui dire de te fouetter jusqu'au sang. »

Sherman retourna au salon, avec l'intention de harceler Jester, faute de mieux. Jester s'était remis au piano, et Sherman regretta de ne pas savoir ce qu'il jouait. Il n'osait se risquer à dénigrer le compositeur, de peur de se tromper. Était-ce du Chopin, du Beethoven ou du Schubert? Son ignorance le privait du plaisir d'être insultant, ce qui le rendit encore plus furieux. Si, par exemple, il disait : « Tu joues encore de cet affreux Beethoven », et que Jester réponde : « Ce n'est pas du Beethoven, c'est du Chopin »...? Pris de court, il ne savait trop à quoi se résoudre. Puis il entendit la porte d'entrée s'ouvrir et se refermer, et il comprit que ce faiseur d'embarras de Mr. Malone était parti. Alors, se voyant en mauvaise posture, il s'en fut, docile comme Moïse, retrouver le juge. De son propre mouvement, il reprit Longfellow et se mit à lire :

« *I shot an arrow in the air...* »

Malone n'avait encore jamais souffert de la chaleur comme cet été-là. Peinant pour rentrer chez lui, il sentait le poids du ciel embrasé, du soleil sur ses épaules. Lui qui était un homme tout simple, à l'esprit pratique, et qui rêvait rarement en plein jour, voilà qu'à présent il se laissait aller à rêver d'un séjour à l'automne dans une région du Nord, le Vermont ou le Maine, par exemple, où il reverrait la neige. Il s'y rendrait seul, sans Mrs. Malone. Il demanderait à Mr. Harris de le remplacer à la pharmacie et il resterait là-bas deux semaines ou peut-être, qui sait? deux mois, seul et tranquille. En esprit, il voyait l'enchantement polaire de la neige, il sentait la fraîcheur des flocons... Il descendrait dans un hôtel, seul, ce qu'il n'avait encore jamais fait – ou bien irait-il dans une station de sports d'hiver?... À la pensée de la neige, il fut envahi d'un sentiment de liberté; puis le remords se mit à le harceler, tandis qu'il avançait, les épaules voûtées, sous la terrible chaleur du jour. Une fois, une seule fois dans sa vie, il avait joui d'une coupable liberté. Douze ans auparavant, il avait envoyé sa femme et la petite Ellen passer l'été au frais à Tallulah Falls et, en leur absence, Malone avait rencontré son péché. Au début, il n'avait absolument pas songé que c'était un péché. Rien qu'une jeune dame entrée au drugstore. Elle était venue le trouver pour une poussière dans l'œil, que Malone lui avait enlevée très soigneusement avec son mouchoir de fil blanc. Il la revoyait encore qui tremblait, revoyait les larmes dont débordaient ses yeux noirs, tandis qu'il lui tenait la tête afin d'ôter la poussière. Elle était partie et, la nuit suivante, il avait rêvé d'elle, mais les choses n'auraient pas dû aller plus loin. Cependant, il se trouva qu'ils se rencontrèrent à nouveau le lendemain, quand il alla payer les articles de nouveautés du drugstore. Elle était employée à la comptabilité. Elle avait dit :

« Vous avez été si gentil pour moi, hier. Je me demande ce que je pourrais bien faire pour vous aujourd'hui. »

Il avait répondu :

« Eh bien, pourquoi ne viendriez-vous pas déjeuner avec moi demain ? »

Et ce petit bout de femme, employée dans un magasin de nouveautés, avait accepté. Ils avaient déjeuné au *Cricket Tea Room*, le restaurant le plus respectable de la ville. Malone avait parlé de sa famille, sans songer une minute que cela le mènerait plus loin. Mais c'était pourtant ce qui s'était passé. Quinze jours plus tard, il avait péché ; et, bien plus, il s'en réjouissait. Il se rasait en chantant et portait ses plus beaux vêtements en semaine... Il emmenait son amie Lola au cinéma en ville ; une fois, il l'avait même entraînée en bus jusqu'à Atlanta, pour lui offrir le « cyclorama ». Ils avaient dîné à l'hôtel Henry Grady ; elle avait commandé du caviar... Malone s'était senti étrangement heureux durant ce faux pas, et pourtant il savait que la fin viendrait bientôt. Et elle était venue en septembre, quand sa femme et sa fille rentrèrent en ville. Lola se montra très compréhensive. Peut-être qu'une aventure de ce genre lui était déjà arrivée. Après quinze ans, Malone rêvait encore d'elle, bien que, ayant changé de fournisseur, il ne l'eût plus jamais revue. Quand il avait appris qu'elle s'était mariée, il en avait éprouvé de la tristesse, mais aussi, dans une autre part de son âme, du soulagement.

Penser à la liberté, c'était comme penser à la neige [167]. Certainement, à l'automne, il demanderait à Mr. Harris de se charger de la pharmacie et il prendrait des vacances. Il jouirait à nouveau de l'arrivée furtive et feutrée de la neige, de son froid divin. Ainsi Malone cheminait-il péniblement vers son foyer.

« Quand tu prends de petites vacances comme aujourd'hui, mon chou, je trouve que ce ne sont pas des vacances du tout, si tu dois les passer à te traîner en ville, surtout par cette chaleur.

– Je n'ai pas pensé à la chaleur... Et pourtant il fait chaud comme en enfer dans cette ville, cet été.

– En tout cas, Ellen est à bout de nerfs.

– Que veux-tu dire? demanda Malone, alarmé.

– Qu'elle est à bout de nerfs. Elle pleure et elle a pleuré tout l'après-midi dans sa chambre. »

Malone se hâta de monter auprès d'Ellen et Mrs. Malone le suivit. Ellen, couchée sur le lit de sa jolie petite chambre bleue et rose, sanglotait. Un léger frémissement traversa la lassitude de Malone.

« Ma poupée, qu'y a-t-il? »

Ellen tourna son visage vers lui.

« Oh! Papa, je suis tellement amoureuse!

– Et pourquoi cela fait-il pleurer mon enfant chérie?

– Parce que, lui, il ne sait même pas que j'existe... On se rencontre dans la rue et partout, et il se contente de me faire un petit signe de la main en passant, rien d'autre. »

Mrs. Malone dit :

« Voyons, ma chérie, un jour, quand tu seras plus grande, tu rencontreras le vrai Prince charmant, et tout ira bien. »

Ellen se mit à sangloter plus violemment encore, et Malone en voulut à sa femme d'avoir dit une chose aussi stupide.

« Ma poupée, qui est-ce? »

– Jester. Je suis tellement amoureuse de Jester!

– De Jester Clane! tonna Malone.

– Oui, de Jester. Il est si beau!

– Chérie, mon amour, dit Malone, Jester Clane n'est pas digne de dénouer les lacets de tes souliers. »

Et comme Ellen continuait de sangloter, il regretta d'être allé porter des légumes au vieux juge, bien innocent pourtant, en l'occurrence. Pour se faire pardonner, il dit :

« Après tout, mon enfant chérie, ce n'est qu'un amour de gosse, Dieu merci! » Mais, tout en parlant, il se rendit compte que sa phrase était aussi stupide et inefficace que celle de sa femme.

« Chérie, quand il fera plus frais, ce soir, pourquoi ne viendrais-tu pas prendre au drugstore un bon quart de crème glacée pour le dîner? »

Ellen pleura encore un peu, mais, en fin d'après-midi, alors qu'il ne faisait nullement frais, ils allèrent tous en voiture au drugstore chercher leur dessert de crème glacée.

7

J. T. Malone n'était plus le seul à se faire du souci pour le vieux juge; Jester, lui aussi, commençait à s'inquiéter. Il avait beau être égoïste, égoïste, égoïste et être accablé de problèmes personnels, il se tourmentait pour son grand-père. Le juge, dans son enthousiasme forcené pour son *amanuensis*, avait tout simplement perdu la tête. C'était Sherman par-ci, Sherman par-là, toute la journée. Le vieil homme dictait son courrier le matin, puis, à midi, il prenait un verre avec son secrétaire. Ensuite il déjeunait en tête à tête avec Jester à la salle à manger, tandis que Sherman se préparait un « léger sandwich » qu'il allait manger à la bibliothèque. Il avait dit au juge qu'il désirait réfléchir à la correspondance du matin, qu'il ne voulait pas être dérangé par la conversation de Verily, à la cuisine, et qu'un déjeuner copieux l'empêchait de se concentrer sur son travail.

Le juge avait souscrit à cet arrangement, ravi que sa correspondance fût considérée avec tant de sérieux, ravi au septième ciel par tout, ces temps-ci. Il avait toujours gâté ses domestiques, leur faisant des cadeaux coûteux, mais souvent fort étranges, à Noël et aux anniversaires. (Une robe habillée, dix fois trop grande ou trop petite; un chapeau avec lequel personne n'aurait osé se montrer, des chaussures toutes neuves, mais d'une pointure impossible...) Il avait eu, en général, du personnel féminin, qui fréquentait l'église et ne buvait pas, mais quelques domestiques avaient fait exception. Pourtant, qu'ils fussent anti-alcooliques ou portés sur la boisson, le juge ne surveillait jamais les bouteilles d'alcool dans le buffet. En fait, Paul, le vieux jardinier (un vrai sorcier pour les roses et les plantes vivaces), était mort de cirrhose du foie après avoir jardiné et bu vingt ans durant chez le juge.

Bien qu'elle connût l'indulgence naturelle du juge, Verily était stupéfaite des libertés que prenait Sherman Pew.

« Veut pas manger à la cuisine parce qu'y veut penser aux lettres, grommelait-elle. Oui, c'est pas qu'y s'en croit trop pour manger à la cuisine avec moi, comme il devrait. Y se fabrique des sandwichs de prince et les mange à la bib'iothèque, s'il vous plaît! La table de la bib'iothèque, y va l'esquinter.

– Et comment? demanda le juge.

– En mangeant ces sandwichs de prince qu'il emporte sur un plateau », dit Verily, sans vouloir en démordre.

Le juge était très soucieux de sa dignité, mais beaucoup moins de celle des autres. En sa présence, Sherman dominait ses brusques accès de rage ; il allait les passer sur Gus, le nouveau jardinier, sur Verily et surtout sur Jester. Mais, si cela calmait momentanément sa fureur, son mécontentement profond demeurait, augmentait, même. D'abord, il détestait lire Dickens ; il y avait trop d'orphelins dans Dickens. Il avait horreur des livres parlant d'enfants sans mère, dans lesquels il retrouvait un reflet de lui-même. Aussi, lorsque le juge pleurait tout haut sur les orphelins, les ramoneurs, les beaux-pères et autres horreurs de ce genre, Sherman lisait d'une voix glaciale et inexorable, et jetait des regards de supériorité détachée sur le vieux fou qui se donnait en spectacle. Le juge, imperméable aux sentiments d'autrui, n'en remarquait rien et demeurait ravi. Riant, buvant, sanglotant à la lecture de Dickens, écrivant des piles de lettres, il ne s'ennuyait plus une minute. Sherman continuait d'être une perle, un trésor, et il ne fallait surtout pas le critiquer dans la maison. Pendant ce temps, dans le cœur fermé mais vulnérable de Sherman, le ressentiment ne faisait qu'empirer, en sorte qu'au milieu de l'automne le jeune homme n'éprouvait plus guère envers le juge qu'une haine sourde, mais toujours présente.

Et donc, malgré ce travail facile, propre, prestigieux, malgré le plaisir de harceler cette poule mouillée de Jester, jamais Sherman n'avait été aussi malheureux que cet automne-là. Jour après jour, semaine après semaine, il attendait, et la réponse n'arrivait toujours pas. Puis, un soir, il rencontra par hasard un ami de Zippo Mullins qui connaissait Marian Anderson, qui possédait une photo signée d'elle et tout ; et, de la bouche de cet horrible indifférent, il apprit la vérité : Mme Anderson n'était pas sa mère. Non seulement elle était liée à sa carrière et trop occupée à travailler son chant pour avoir le temps d'intrigues amoureuses avec des princes, sans parler de le mettre au monde, lui, puis de l'abandonner sur un banc d'église si curieusement choisi ; mais encore elle n'était jamais venue à Milan et ne pouvait avoir influencé en rien sa vie. Ainsi l'espoir qui l'avait soulevé, qui lui avait illuminé le cœur, vola en éclats. Pour toujours ?... Sur le moment, il le crut. Ce soir-là, il sortit ses disques des lieder allemands chantés par Marian Anderson et il se mit à danser en cadence avec un tel acharnement que pas un seul sillon des disques n'y résista. Puis, comme ni l'espoir ni la musique ne pouvaient être réellement réduits au silence, il se jeta, avec ses pieds sales, sur le couvre-lit de pure rayonne et se roula dessus en gémissant tout haut.

Le lendemain matin, il ne put se rendre à son travail, car sa crise de désespoir l'avait laissé épuisé et aphone. Mais à midi, lorsque le juge lui envoya sur un plateau couvert un potage aux légumes accompagné de longuets brûlants et d'un dessert au citron, il était suffisamment remis pour manger, lentement, paresseusement – jouissant de se sentir malade et croquant ses longuets, le petit doigt délicatement retroussé. Il garda la chambre une semaine. Le repos et une cuisine autre que la sienne le remirent d'aplomb. Mais son visage lisse et rond s'était durci ; et bien qu'au bout d'un certain temps il eût cessé de penser consciemment à cette « saleté de voleuse » de Mme Anderson, il désirait faire subir à d'autres ce que lui-même avait subi.

Le début de l'automne fut pour Jester une époque heureuse comme il n'en avait encore jamais connu. Après avoir pris son essor sur les ailes d'une chanson, sa passion s'était calmée, changée en amitié. Sherman était dans la maison tout le long du jour – et la sécurité d'une présence constante altère la passion qui se nourrit de danger et de la crainte d'un changement, d'une perte. Oui, Sherman était là à longueur de journée et rien ne permettait de croire que cela ne durerait pas toujours. Certes, Sherman ne manquait jamais une occasion de l'insulter, et c'était blessant. Mais, à mesure que passaient les semaines, Jester avait appris à ne pas laisser ces remarques offensantes l'atteindre trop profondément ou trop longtemps ; en fait, il apprenait à se défendre. Malgré son peu de dispositions pour la riposte cinglante, il savait la manier à présent. Bien plus, il commençait à comprendre Sherman ; et la compréhension, qui s'oppose à l'impitoyable violence de la passion, conduit tout ensemble à la pitié et à l'amour. Toutefois, durant l'absence de Sherman, cette semaine-là, Jester se sentit un peu soulagé ; il n'avait plus à se tenir constamment sur ses gardes, il pouvait se détendre sans crainte des blessures d'orgueil. Un autre sentiment intervenait encore dans ses rapports avec Sherman : il avait la vague prescience d'avoir été choisi, d'être celui que Sherman venait harceler quand il en voulait au monde entier. Or, il savait confusément qu'on se libère plus facilement de sa colère sur ceux dont on est le plus proche... si proche qu'on a la certitude que laideur et colère seront oubliées. Lui-même, dans son enfance, il ne se fâchait jamais que contre son grand-père. Ses accès de mauvaise humeur trépignante, il ne les infligeait qu'au juge, jamais à Verily, à Paul ni aux autres... car il était sûr que son grand-père lui pardonnerait avec amour. Ainsi, tandis que les remarques blessantes de Sherman n'étaient certes pas agréables, il devinait en elles une sorte de confiance dont il était reconnaissant. Il venait d'acheter la partition de *Tristan* et, en l'absence de Sherman, c'était reposant de l'étudier sans crainte de plaisanteries méprisantes. Cependant, quand il vit son grand-père errer dans la maison comme une âme en peine et perdre tout appétit, Jester s'inquiéta.

« Je ne vois pas ce que vous trouvez à Sherman Pew.

– Ce garçon est une perle, un véritable trésor », dit le juge sans se troubler. La voix changée, il ajouta : « D'autre part, ce n'est pas d'aujourd'hui que je le connais et je me sens une certaine responsabilité à son sujet.

– Quelle responsabilité?

– C'est à cause de moi que ce garçon est orphelin.

– Comprends pas, protesta Jester. Ne parlez pas par énigmes.

– Il s'agit d'une affaire trop lamentable pour que je puisse en parler, surtout à toi. »

Jester répondit :

« S'il y a une chose que je déteste, c'est bien que les gens ne vous racontent que la moitié d'une histoire, qu'ils éveillent votre intérêt et se refusent à poursuivre.

– Eh bien, oublie tout cela », lui dit son grand-père.

Puis il ajouta après coup, avec désinvolture, une explication à laquelle Jester ne se laissa pas prendre.

« Après tout, c'est lui, le petit caddy noir qui m'a sauvé la vie quand j'allais me noyer dans la mare du terrain de golf.

– Ce n'est qu'un détail, cela, et non l'entière vérité.

– Ne me pose pas de questions et je n'aurai pas à te mentir », fit le juge, d'une voix exaspérante.

Privé des joies et des occupations que lui permettait la présence de Sherman, le juge cherchait à accaparer Jester, qui était trop occupé par sa propre vie et par ses études pour s'y prêter. Jester se refusait à lire de la poésie immortelle, à jouer au poker, et même la correspondance ne l'intéressait pas le moins du monde. Ainsi, la tristesse et l'ennui accablaient de nouveau le juge. Après les intérêts et les occupations multiples de ces dernières semaines, les réussites de cartes l'ennuyaient ; de plus, il avait déjà lu d'un bout à l'autre tous les numéros du *Ladies' Home Journal* et du *McCall's* [168].

« Dites-moi, fit soudain Jester, puisque vous prétendez si bien connaître Sherman Pew, sauriez-vous qui est sa mère ?

– Malheureusement oui.

– Pourquoi n'en dites-vous rien à Sherman ? Il désire savoir, c'est bien naturel.

– Dans un cas comme celui-là, l'ignorance, comme on dit, est une bénédiction.

– Tantôt vous dites que *savoir c'est pouvoir* et tantôt que *l'ignorance est une bénédiction*. Il faudrait pourtant choisir. De toute façon, je ne crois pas un mot de ces vieilles rengaines. »

Machinalement, Jester déchiquetait la balle de caoutchouc mousse dont le vieux juge se servait pour exercer sa main gauche.

« Certaines personnes estiment que c'est un geste de faiblesse que de se suicider... d'autres, qu'il faut avoir beaucoup de cran pour le faire. Je me demande toujours pourquoi mon père s'est tué... Lui qui était un athlète complet, qui avait décroché brillamment ses diplômes universitaires, pourquoi s'est-il tué ?

– Ce dut être dans un brusque accès de dépression, dit le juge, faisant écho aux paroles de consolation de J. T. Malone.

– C'est curieux de la part d'un athlète complet. »

Tandis que son grand-père disposait soigneusement ses cartes pour une réussite, Jester s'approcha du piano. Roulant des épaules, les yeux mi-clos, il se mit à jouer *Tristan*. Il avait déjà écrit sur la partition :

Pour mon cher ami Sherman Pew.
Bien à lui.
John Jester Clane.

La musique, violente et chatoyante à la fois, lui donnait la chair de poule.

L'idée d'offrir un cadeau de choix à Sherman, qu'il aimait, souriait plus que tout à Jester. Le troisième jour de l'absence de Sherman, il alla cueillir quelques chrysanthèmes et du feuillage d'automne au jardin et les apporta fièrement à la maison de la ruelle, où il les disposa dans un pichet à thé glacé. Il s'agitait autour de Sherman comme autour d'un mourant, et celui-ci en fut excédé.

Sherman, qui reposait languissamment sur le lit, tandis que Jester arrangeait les fleurs, dit d'une voix molle et impudente :

« Est-ce que tu t'es jamais rendu compte que tu as un vrai derrière de bébé en guise de figure? »

Jester était trop ahuri pour comprendre, sans parler de répondre.

« Candide, stupide, un vrai derrière de bébé.

– Je ne suis pas candide, protesta Jester.

– Bien sûr que si. Ça se voit à ta figure d'abruti. »

Jester, comme tous les jeunes, avait tendance à trop bien faire les choses. Il avait caché dans son bouquet un pot de caviar acheté le matin même. À présent qu'il venait de subir de nouveau déchaînement de violence et d'insolence, il ne savait que faire de ce caviar que Sherman prétendait manger à la tonne. Déjà, il avait arrangé les fleurs en pure perte... pas un mot de remerciement ni un regard appréciateur... Jester n'aurait pu supporter une autre humiliation. Il cacha donc le caviar dans sa poche revolver, ce qui l'obligea à s'asseoir avec précaution et de biais. Sherman, bien qu'il ne se souciât pas d'en remercier Jester ou de les mentionner, était ravi d'avoir ces jolies fleurs dans sa chambre et, bien nourri d'une autre cuisine que la sienne, bien reposé, il se sentait en pleine forme pour taquiner Jester. (Il était loin de se douter que ses taquineries lui avaient déjà coûté un pot de caviar authentique qu'il aurait pu exposer des mois durant dans le compartiment le plus en vue de son frigidaire, avant de le servir à ses invités les plus marquants...)

« On dirait que tu as la syphilis au troisième degré, attaqua Sherman.

– On dirait que j'ai quoi?

– Quand on s'assied tout de travers comme ça, c'est un signe certain de syphilis.

– Je suis assis sur un pot, voilà tout. »

Sherman ne lui demanda pas pourquoi il était assis sur un pot et, naturellement, Jester n'offrit aucune explication. Sherman se rabattit donc sur une plaisanterie.

« Assis sur un pot?... Un pot de chambre?

– Ne sois pas si grossier.

– En France, on voit des tas de types assis comme ça parce qu'ils ont la syphilis.

– Comment le sais-tu?

– Parce que pendant mon court passage dans l'armée je suis allé en France. »

Jester se doutait que c'était là encore un mensonge de Sherman, mais il ne dit rien.

« Quand j'étais en France, je suis tombé amoureux d'une jeune fille française. Pas de syphilis, ni rien de ce genre. Une ravissante vierge française, pure comme un lis. »

Jester changea de position, car c'est désagréable de rester longtemps assis sur un pot de caviar. Les histoires sales le choquaient toujours et le mot *vierge* à lui seul lui donnait un petit frisson. Mais, choqué ou non, il était fasciné, en sorte qu'il laissa poursuivre Sherman et l'écouta.

« On était fiancés, cette jeune fille française, pure comme un lis, et moi. Et je l'ai culbutée. Alors, ça c'est bien d'une femme, elle a voulu qu'on se marie et le mariage devait avoir lieu dans cette vieille église qu'on appelle Notre-Dame.

– C'est une cathédrale, corrigea Jester.

– Enfin, église... cathédrale... ou ce que tu voudras, c'est là qu'on devait se marier. Il y avait des tas d'invités. Les Français ont des tombereaux de parents. Je suis resté devant l'église, à les regarder entrer. Personne ne m'a vu. Je voulais simplement assister au spectacle. Cette cathédrale splendide et tous ces Français en grand tralala... Ce que tout le monde était chic!

– Pourquoi n'es-tu pas entré? demanda Jester.

– Oh! quel abruti tu fais! Tu ne comprends pas que je n'avais pas la moindre intention d'épouser cette vierge française, pure comme un lis? Je me suis contenté de rester là tout l'après-midi, à observer ces Français bien nippés qui attendaient que je vienne épouser la vierge française, pure comme un lis. C'était ma *fiancée* et, quand la nuit est tombée, ils ont compris que je ne viendrais pas. Ma *fiancée* s'est évanouie. La vieille mère a eu une crise cardiaque. Le vieux père s'est suicidé en pleine église.

– Sherman Pew, tu es le plus grand menteur que la terre ait jamais porté. »

Sherman, qui s'était laissé entraîner par son histoire, ne dit rien.

« Pourquoi mens-tu? demanda Jester.

– Je ne mens pas vraiment, mais, quelquefois, j'invente des aventures qui auraient très bien pu m'arriver et je les raconte à des zigotos d'abrutis comme toi. Une bonne partie de ma vie, j'ai dû inventer des histoires parce que la réalité était trop dure à avaler.

– Enfin, si tu te prétends mon ami, pourquoi me traiter comme un niais?

– Tu incarnes le type que visait Barnum... du cirque Barnum et Bailey, au cas où tu aurais oublié... quand il disait : " Un naïf naît sur terre à chaque minute. " »

Sherman ne pouvait supporter la pensée de Marian Anderson. Et il désirait que Jester lui tînt compagnie, mais il ne savait comment le lui demander. De plus, il portait son plus beau pyjama de rayonne bleue, passepoilé de blanc, et il aurait été heureux d'une occasion de quitter son lit pour le faire admirer.

« Tu ne prendrais pas un petit Lord Clavert mis en bouteilles à l'entrepôt? »

Mais whisky et pyjama n'entraient pas pour l'instant dans les préoccupations de Jester. Il avait été choqué par l'histoire de Sherman, mais touché de l'explication que celui-ci avait donnée de ses mensonges.

« Ne sais-tu pas que je suis un ami auquel tu n'as pas besoin de mentir? »

Cependant, la tristesse et la colère s'étaient de nouveau emparées de Sherman.

« Où as-tu pris que tu étais mon ami? »

Jester fit semblant de n'avoir pas entendu; il dit simplement :

« Je vais rentrer.

– Tu ne veux pas que je te montre ce que la tante Carrie de Zippo m'a envoyé de bon? »

Sherman passa dans la cuisine, où il ouvrit le réfrigérateur. Une faible odeur surie s'en échappa. Sherman admira l'envoi de tante Carrie.

« C'est un aspic de tomate avec du fromage blanc au milieu. »

Jester jeta un coup d'œil sans enthousiasme sur l'aspic et dit :

« Est-ce que tu mens à tante Carrie, à Cinderalla et à Zippo Mullins?

– Non, fit Serman avec simplicité. Ils me connaissent, eux.

– Moi aussi, je te connais et j'aimerais bien que tu ne me racontes pas de mensonges.

– Pourquoi?

– J'ai horreur d'expliquer l'évidence, et les raisons pour lesquelles je n'aime pas que tu me mentes sont trop évidentes pour que je te les donne. »

Jester s'accroupit près du lit où Sherman s'était recouché. Vêtu de son plus beau pyjama, appuyé aux oreillers, Sherman affectait d'être à l'aise.

« As-tu jamais entendu dire que le vrai peut quelquefois n'être pas vraisemblable?

– Bien sûr.

– Quand Mr. Stevens m'a fait ce qu'il m'a fait, c'était peu avant Halloween, le jour de mes onze ans. Mrs. Stevens m'avait organisé une merveilleuse fête d'anniversaire. Il y avait beaucoup d'invités, les uns en grand tralala, les autres déguisés pour Halloween. C'était la première fois qu'on me fêtait mon anniversaire et j'étais très excité. Les invités s'étaient déguisés en sorcière ou en pirate, ou bien ils avaient mis leurs beaux vêtements du dimanche. Moi, j'étrennais mon premier pantalon long, flambant neuf, avec une chemise blanche, toute neuve aussi. L'assistance publique payait ma pension, mais ça ne comprenait ni réceptions ni costumes neufs d'anniversaire. Quand les invités m'ont offert leurs cadeaux, je n'ai pas oublié ce que m'avait recommandé Mrs. Stevens, je ne me suis pas jeté sur les paquets, j'ai dit : " Merci ", et j'ai défait les papiers sans me presser. Mrs. Stevens disait toujours que j'avais de très bonnes manières et j'ai eu de très bonnes manières, vraiment, pour cette fête d'anniversaire. On a joué à toutes sortes de jeux... » La voix lui manqua soudain, puis il reprit : « C'est drôle...

– Qu'est-ce qui est drôle?

– De toute la fête, depuis le début jusqu'au soir, quand elle s'est terminée, c'est à peine si je me rappelle ce qui s'est passé. Car c'est le soir de cette belle fête que Mr. Stevens m'a enfigné. »

Jester esquissa involontairement un geste de la main droite, comme pour parer un coup.

« Même quand tout a été fini et la Halloween passée, je ne me suis rien rappelé, sauf des bribes, par-ci par-là, de ma f...f... fête d...d... d'anniversaire.

– Je t'en prie, n'en parle pas. »

Sherman prit le temps de maîtriser son bégaiement, puis il reprit avec volubilité :

« Nous avons joué à toutes sortes de jeux, ensuite on a servi des rafraîchissements, de la crème glacée et un gâteau couvert de sucre blanc, avec onze bougies roses. J'ai soufflé les bougies et coupé mon gâteau d'anniversaire comme Mrs. Stevens m'avait dit de le faire. Après le goûter, on a joué à des jeux où on court et on crie. Je m'étais entortillé dans un drap comme un fantôme et j'avais une coiffure de pirate. Quand Mr. Stevens m'a appelé, derrière le hangar à charbon, j'ai vite couru vers lui, mon drap de fantôme volant derrière moi. Quand il m'a attrapé, j'ai cru que c'était pour jouer et j'ai ri à m'en rendre malade. Je riais encore à m'en rendre malade, quand j'ai compris que ce n'était pas un jeu. Ensuite, j'ai été trop ahuri pour savoir quoi faire, mais j'ai cessé de rire. »

Sherman, qui semblait fatigué, soudain, se laissa aller sur ses oreillers.

« N'empêche que j'ai eu une vie agréable, enchaîna-t-il d'une voix pleine d'entrain qui stupéfia Jester. À partir de ce moment-là, j'ai mené la bonne vie. Personne n'a jamais eu une vie meilleure que la mienne. Mrs. Mullins m'a adopté... pas vraiment adopté, l'assistance continuait à payer pour moi... mais elle m'a adopté dans son cœur. Je savais qu'elle n'était pas ma mère, mais elle m'aimait. Elle battait Zippo et fessait Cinderella avec une brosse à cheveux, mais moi, elle ne me touchait jamais. Alors, tu vois, j'ai eu une mère, presque. Et une famille aussi. Tante Carrie, la sœur de Mrs. Mullins, m'a appris à chanter.

– Où est la mère de Zippo? demanda Jester.

– Elle est morte, dit âprement Sherman. Partie pour l'autre monde. C'est ce qui a brisé la famille. Quand le père de Zippo s'est remarié, Zippo et moi, on n'a pas pu encaisser sa femme, aussi on a déménagé et, depuis, je suis l'invité payant de Zippo. Mais j'ai eu une mère un petit bout de temps. J'ai eu une mère, même si cette saleté de menteuse de Marian Anderson n'est pas ma mère.

– Pourquoi la traites-tu de saleté de menteuse?

– Parce que ça me plaît. Je me suis complètement détaché d'elle. J'ai piétiné tous ses disques. »

Sa voix se brisa. Jester, qui était toujours accroupi près du lit, se redressa et embrassa soudain Sherman sur la joue.

Sherman se recula dans son lit, posa les pieds par terre pour avoir un appui et frappa Jester de toutes ses forces.

Jester n'avait encore jamais été giflé, cependant il ne fut pas surpris.

« Si j'ai fait ça, dit-il, c'est seulement parce que j'avais de la peine pour toi.

– Garde tes cacahuètes pour le zoo!

– Je ne vois pas pourquoi on ne se montrerait pas sérieux et sincère », dit Jester.

Sherman, qui avait à moitié quitté son lit, le gifla sur l'autre joue, et si violemment que Jester tomba assis par terre. D'une voix étranglée de fureur, Sherman dit :

« Je croyais que tu étais un ami et voilà que tu es simplement un autre Mr. Stevens! »

Jester était abasourdi par la gifle et par ses propres émotions, mais il se releva vivement, les poings serrés, et flanqua un bon coup sur la mâchoire de Sherman qui, de surprise, tomba à la renverse sur le lit et marmotta :

« Cogner sur un type à terre!

– Tu n'étais pas à terre, tu étais assis sur ton lit, de façon à pouvoir me taper dessus de toutes tes forces. J'ai accepté bien des choses de toi, Sherman Pew; mais ça, je ne l'accepterai pas. D'ailleurs, toi, tu m'as frappé quand j'étais accroupi. »

Ils continuèrent à discuter de leurs positions respectives et de la posture la plus efficace pour donner une gifle ou un coup de poing. La discussion dura si longtemps qu'ils en oublièrent totalement les paroles qui avaient précédé les coups.

Mais, sur le chemin du retour, Jester pensait encore : « Je ne vois pas pourquoi on ne se montrerait pas sérieux et sincère. »

Une fois chez lui, il ouvrit le pot de caviar, mais ça sentait le poisson, qu'il n'aimait pas. Son grand-père, lui aussi, détestait le poisson; et Verily se contenta de faire : « Pouah! » après avoir reniflé le pot. Le jardinier à mi-temps, qui aurait mangé n'importe quoi, l'emporta chez lui.

8

En novembre, Malone vit son état s'aggraver. Il fut admis pour la seconde fois à l'hôpital de la ville, où il se retrouva avec plaisir. Bien qu'il eût changé de médecins, le diagnostic de sa maladie demeurait le même. Après le docteur Hayden, il avait consulté le docteur Galloway, puis encore le docteur Milton. Ces deux derniers étaient chrétiens (qui fréquentaient l'un la Première Église Baptiste, l'autre l'Église Épiscopale), mais leur verdict fut identique à celui du docteur Hayden. Ayant interrogé celui-ci sur le temps qu'il lui restait à vivre et s'étant attiré une réponse inattendue et terrible, Malone prit bien garde de ne plus rien demander. Au vrai, quand il avait consulté le docteur Milton, il s'était prétendu bien portant; il avait dit qu'il désirait simplement un examen général et qu'un médecin le soupçonnait de faire un peu de leucémie. Le diagnostic confirmé, Malone ne posa pas de questions. Le docteur Milton lui suggéra d'entrer à l'hôpital pour quelques jours. Ainsi, Malone se retrouva en train d'observer le sang rouge vif qui coulait goutte à goutte, ce dont il se réjouit, car enfin, c'était un traitement, et les transfusions lui redonnaient des forces.

Les lundis et vendredis, une infirmière passait avec une bibliothèque roulante. La première fois, Malone choisit un roman policier. Mais l'énigme l'ennuya et il ne parvint pas à suivre l'intrigue. La fois suivante, quand l'infirmière vint proposer de la lecture, Malone lui rendit le roman policier et passa en revue les titres qui s'offraient. Son regard fut attiré par un volume intitulé : *La Maladie à la mort* [169]. Il allait s'en saisir, quand l'aide-infirmière lui dit :

« Vous êtes bien sûr de vouloir celui-là? Ça ne paraît pas très réjouissant. »

Le ton de l'infirmière, qui lui rappelait celui de Martha, acheva de décider Malone et l'exaspéra :

« C'est le livre que je veux. Moi, je ne suis pas réjouissant non plus et je ne tiens pas à l'être. »

Après avoir lu une demi-heure, Malone se demanda pourquoi il avait fait tant d'histoires à propos de ce livre et il s'assoupit un moment. Quand il se réveilla, il ouvrit le volume au hasard et reprit sa lecture, simplement pour s'occuper. Dans le vide des caractères imprimés, quelques lignes le frappèrent et l'arrachèrent à sa torpeur. Il les lut et les relut : *Le plus grand malheur, celui de perdre son moi véritable, peut passer inaperçu, comme s'il ne comptait pas. Toute autre perte, celle d'un bras, d'une jambe, de cinq dollars ou d'une épouse, etc., se remarque à coup sûr...* Ces mots n'eussent été que des mots pour Malone s'il n'avait souffert de cette maladie incurable, et d'ailleurs, bien portant, il n'aurait pas choisi ce livre-là. Mais ainsi cette pensée le glaça; il reprit le volume au début. Cependant, cette fois encore, il le trouva ennuyeux, en sorte qu'il ferma les yeux et se mit à réfléchir au passage qu'il avait retenu par cœur.

Incapable d'admettre la réalité de sa propre mort, il était rejeté dans le passé, dans le triste labyrinthe de sa vie. Il s'était perdu lui-même... de cela il était certain. Mais comment? Quand? Son père, pharmacien en gros à Macon, avait eu de l'ambition pour lui, son fils aîné. À présent, le Malone de quarante ans trouvait son enfance agréable à évoquer. Mais son père avait eu de l'ambition pour lui, trop d'ambition, parut-il par la suite. Il avait décidé que son fils serait médecin, ce qui répondait d'ailleurs aux aspirations du jeune homme. Donc, le Malone de dix-huit ans entra à Columbia [170]; et, en novembre, il fit connaissance avec la neige. C'était alors qu'il avait acheté des patins à glace... Et, en fait, il avait essayé de patiner au Central Park. Oui, il s'était bien amusé à Columbia, où il avait appris à manger le *chow mein* [171], dont il n'avait encore jamais goûté, appris à patiner et où il s'était émerveillé de la ville. Il n'avait pas vu tout de suite qu'il réussissait mal dans ses études. Il avait essayé de potasser... travaillant jusqu'à deux heures du matin, les veilles d'examen. Mais les bûcheurs juifs encombraient sa classe... sujets exceptionnels, tous... Malone acheva de justesse sa première année, puis il alla se reposer chez lui avec le titre authentique d'étudiant en médecine. Au retour, à l'automne, la neige, le gel, la ville ne lui causèrent plus un tel choc. À la fin de sa seconde année de Columbia, lorsqu'il échoua, il eut l'impression d'être un bon à rien. Son orgueil de jeune homme lui interdit de regagner Macon. Il partit pour Milan, où il trouva un emploi de commis au drugstore de Mr. Greenlove. S'il s'était fourvoyé à ses débuts dans la vie, était-ce à cause de cette première humiliation?

Greenlove avait une fille, Martha. Il était ou semblait tout naturel de la part de Malone de l'inviter à danser un soir. Il avait mis son plus beau costume; Martha portait une robe de crêpe de Chine. La soirée avait lieu au club des Élans, où Malone venait tout juste d'être admis. Qu'éprouvait-il lorsqu'il touchait Martha et pourquoi l'avait-il invitée à danser? Après cette soirée, il était sorti bien des fois avec elle, faute de connaître beaucoup de jeunes filles à Milan et parce qu'elle était la fille de son patron. Mais, auprès de Martha Greenlove, il ne pensait jamais à l'amour et encore moins au mariage. Puis le vieux Mr. Greenlove (il n'était pas vieux, n'ayant guère que quarante-cinq ans, mais, aux yeux du jeune Malone, c'était un vieillard) était mort subitement d'une crise cardiaque. On avait mis le drugstore en vente. Malone emprunta quinze cents dollars à sa mère, acheta le magasin et l'hypothéqua pour quinze ans. Ainsi se retrouva-t-il avec une hypothèque sur les bras et, sans avoir même eu le temps de s'en rendre compte, nanti d'une femme. Martha ne lui demanda pas expressément de l'épouser, mais elle semblait tellement compter sur lui que Malone se serait senti déloyal s'il ne s'était déclaré. Il avait donc fait sa demande au frère de Martha, désormais chef de la famille. Après quoi, il avait échangé avec lui une poignée de main et il l'avait accompagné à la *Mule aveugle* pour prendre un verre. Tout s'était passé si naturellement que c'en était surnaturel. Mais il était fasciné par Martha, qui portait des robes pimpantes l'après-midi et une toilette de crêpe de Chine pour danser et qui, par-dessus tout, lui avait rendu sa confiance en soi, perdue depuis son échec à Columbia. Mais le jour du mariage, quand il se retrouva dans le salon des Greenlove avec sa mère, celle de Martha, les frères Greenlove et une ou deux tantes, et qu'il vit la mère de Martha fondre en larmes, il ne fut pas loin de l'imiter. Il ne pleura pas, mais il suivit la cérémonie avec stupeur. Après avoir été bombardés de riz, les jeunes mariés prirent le train pour Blowing Rock, où ils devaient passer leur lune de miel. Et si jamais, par la suite, Malone ne regretta expressément d'être marié, regrets et déception ne le hantaient pas moins. Il n'y eut jamais de moment précis où il se posa la question : « Est-ce vraiment tout ce que j'aurai de la vie? »; cependant, en vieillissant, il se le demandait sans paroles. Non, il ne lui manquait ni bras ni jambe, ni cinq dollars; mais, peu à peu, il avait perdu son vrai moi.

N'eût été cette maladie incurable, Malone ne se fût pas appesanti sur ces sujets. Mais tandis qu'il gisait là, sur son lit d'hôpital, à regarder le sang s'écouler goutte à goutte, mourir renforçait en lui le sentiment d'être vivant. Et il avait beau se dire que peu importait les frais d'hospitalisation, il se tracassait déjà pour les vingt dollars de la note.

« Mon chou, lui dit Martha, lors d'une de ses visites quotidiennes, pourquoi ne ferions-nous pas un petit voyage pour nous changer les idées? »

Malone se raidit sur son lit d'angoisse.

« Même ici, à l'hôpital, où tu te reposes, tu restes tendu et soucieux. Nous pourrions aller à Blowing Rock, respirer le bon air des montagnes.

– Ça ne me dit rien, fit Malone.

– ... Ou à l'Océan. Je n'ai vu l'Océan qu'une fois dans ma vie, quand je suis allée faire un séjour chez ma cousine Sarah Greenlove, à Savannah. Il paraît que le climat de Sea Island Beach est très agréable. Ni trop chaud ni trop frais. Et un petit changement te requinquerait peut-être.

– J'ai toujours trouvé les voyages éreintants. »

Malone ne souffla mot de celui qu'il projetait de faire un peu plus tard dans le Vermont ou le Maine, pour jouir de la neige. Il avait soigneusement caché sous son oreiller *La Maladie à la mort,* car il ne voulait rien partager d'intime avec sa femme. Il dit cependant avec irritation :

« J'en ai assez, de cet hôpital.

– En tout cas, il y a une chose que tu devrais faire, j'en suis sûre, c'est confier régulièrement la pharmacie à Mr. Harris, l'après-midi. À toujours travailler, on s'abrutit. »

De retour de l'hôpital et libre tout l'après-midi, Malone laissait ses journées en jachère. Il songeait aux montagnes, au Nord, à la neige, à l'Océan, à tout le temps inexploité de sa vie. Comment la mort pouvait-elle le frapper, alors qu'il n'avait pas encore vécu?

Il prenait un bain chaud au retour de son travail à midi, puis il baissait tous les stores de la chambre pour tâcher de faire la sieste; mais c'était peine perdue, car il n'avait jamais eu l'habitude de dormir au milieu du jour. Il ne se levait plus à quatre ou cinq heures du matin pour errer avec effroi dans la maison. L'épouvante n'avait flambé en lui qu'une saison, lui laissant l'ennui et une appréhension qu'il n'aurait su formuler. Il détestait les après-midi vides où Mr. Harris le remplaçait à la pharmacie. Il craignait toujours une histoire désagréable. Mais que risquait-il? Manquer une vente? Une erreur de diagnostic sur le malaise d'un client? Pour commencer, il n'avait aucun droit de se prononcer lui-même puisqu'il n'avait jamais terminé ses études de médecine... D'autres problèmes le harcelaient. Il était si maigre, à présent, que ses vêtements flottaient de partout sur lui. Devait-il aller chez un tailleur? Au lieu d'acheter comme d'habitude un costume chez Hart, Schaffner et Marx, il se rendit chez un tailleur et, tout en sachant fort bien que ces vêtements dureraient beaucoup plus longtemps que lui, il commanda un complet Oxford gris et un autre de flanelle bleue. Les essayages furent fastidieux. D'autre part, il avait eu de si gros frais de prothèse dentaire pour Ellen qu'il en avait négligé ses propres dents. Brusquement, il s'avéra nécessaire de lui en arracher plusieurs. Le dentiste lui donna le choix entre soit douze extractions et un appareil, soit des bridges coûteux. Sans ignorer qu'il n'en profiterait pas, Malone opta pour les bridges. Ainsi, mourant, il prenait soin de lui-même comme il ne l'avait encore jamais fait de sa vie.

Une grande chaîne de drugstores ouvrit une succursale à Milan. Elle n'offrait ni la qualité ni les garanties de la pharmacie de Malone, mais elle vendait à des prix défiant toute concurrence, et Malone en prenait ombrage. Il se demandait parfois si mieux ne valait pas se débarrasser de la pharmacie pendant qu'il pouvait en superviser la vente. Mais cette idée le choquait et le déconcertait plus encore que celle de sa mort. Il ne s'y attardait pas. D'autre part, on pouvait faire confiance à Martha pour disposer au mieux du magasin, stock, clientèle et bon renom compris, quand l'occasion s'en présenterait. Malone passa des journées entières, crayon et papier en main, à évaluer son avoir. Vingt-cinq mille dollars (il se flattait d'une estimation minimum) pour la pharmacie; les vingt mille de son assurance sur la vie; dix mille pour la villa, quinze mille pour les trois maisons délabrées, héritées par Martha... Ces biens réunis ne constituaient pas une fortune; mais, une fois les chiffres additionnés, le total était appréciable. Malone refit son calcul plusieurs fois avec un crayon à pointe fine et deux fois avec son stylo. Il avait à dessein laissé de côté les actions de Coca-Cola de sa femme. L'hypothèque de la pharmacie était liquidée depuis deux ans et la police d'assurance-retraite reconvertie en simple assurance-vie, telle qu'à l'origine. Il n'y avait donc ni dettes ni hypothèque à déplorer. Malone se rendait compte que ses affaires n'avaient jamais été en aussi bon ordre, mais cela ne le réconfortait guère. Mieux eût valu, sans doute, être écrasé d'hypothèques et de notes impayées que de constater cette morne solvabilité. Car il restait sur l'impression qu'il avait omis quelque chose dans ses calculs et que ses chiffres ne prouvaient rien. Il n'avait plus abordé avec le juge la question de son testament, mais il estimait qu'un homme digne de ce nom, un soutien de famille, se devait de ne pas mourir intestat. Devait-il prévoir une provision de cinq mille dollars pour l'éducation des enfants, le reste allant à sa femme? Ou tout laisser à Martha, qui avait au moins le mérite d'être une bonne mère? On parlait quelquefois de veuves achetant des Cadillac à la mort de leur mari et laissant leurs enfants à la charge de l'État; ou se ruinant en actions de puits de pétrole fictifs. Mais Malone savait que Martha ne paraderait jamais en Cadillac et qu'elle ne se risquerait jamais à acheter des actions moins sûres que celles de Coca-Cola ou de A.T. & T [172]. Il était probable qu'il rédigerait son testament en ces termes : « Je lègue toute ma fortune, tant en argent liquide qu'en biens de toute nature, à mon épouse bien-aimée, Martha Greenlove. » Il avait depuis longtemps cessé d'aimer sa femme, mais il respectait son jugement. Un testament classique s'imposait donc.

Jusqu'alors, Malone n'avait guère perdu d'amis ni de relations autour de lui. Mais l'année de ses quarante ans sembla marquée par la mort. Son frère de Macon mourut d'un cancer. Tom Malone n'avait que trente-huit ans et il dirigeait la Société de Produits pharmaceutiques en gros Malone. Il avait, de plus, épousé une femme ravissante. Malone avait bien souvent envié son frère. Mais la voix du sang est plus forte que celle de la jalousie. Aussitôt que la femme de Tom lui eut téléphoné que son frère déclinait rapidement, Malone entreprit de faire sa valise. Martha protesta contre ce voyage en alléguant la mauvaise santé de son époux, d'où une longue discussion, qui eut pour résultat de faire manquer son train à Malone. Ainsi, il ne put revoir son frère vivant ; et, mort, Tom présentait une dépouille trop fardée et terriblement réduite.

Martha arriva le lendemain, après avoir trouvé quelqu'un pour s'occuper des enfants. Malone, en tant que frère aîné, fut chargé de régler les questions d'argent. Personne ne se doutait du triste état des finances de la Société de Produits pharmaceutiques en gros Malone. Tom s'était adonné à la boisson, Lucille à des dépenses extravagantes, et la Société de Produits pharmaceutiques en gros Malone se voyait acculée à la faillite. Malone examina les livres de comptes et additionna des chiffres à longueur de journée. Son frère laissait deux garçonnets en âge de commencer leurs études secondaires ; et Lucille, confrontée à la nécessité de gagner sa vie, dit vaguement qu'elle prendrait un emploi dans un magasin d'antiquités. Mais il n'y avait pas de poste vacant chez les antiquaires de Macon, et, du reste, Lucille ne connaissait rien aux objets anciens. Elle avait cessé d'être ravissante et elle pleurait moins la mort de son mari que le fait qu'il eût si mal géré les affaires de la Société de Produits pharmaceutiques Malone et qu'elle restait veuve avec deux adolescents et sans la moindre perspective d'un gagne-pain. J. T. Malone et Martha lui consacrèrent quatre jours. Quand ils partirent, après les obsèques, Malone remit à Lucille un chèque de quatre cents dollars pour remettre la famille à flot. Un mois plus tard, Lucille trouva un emploi dans un grand magasin.

Cab Bickerstaff mourut brusquement un matin, dans son bureau de la Compagnie générale d'électricité de Milan, alors que Malone venait justement de le voir et de s'entretenir avec lui. Malone essaya de se rappeler par le menu les gestes et les paroles de Cab Bickerstaff, ce matin-là. Mais ils n'avaient absolument rien de remarquable; on n'y aurait prêté aucune attention, n'eût été qu'à onze heures Cab Bickerstaff, foudroyé par une attaque, s'était écroulé sur sa table de travail. Malone l'avait trouvé en parfaite santé et dans un état normal quand il lui avait servi un coke et quelques biscuits au beurre de cacahuète. Au fait, Cab avait réclamé un cachet d'aspirine avec son coke, mais cela n'avait rien d'extraordinaire. Et, en pénétrant dans la pharmacie, il avait dit : « Alors, fait assez chaud pour vous aujourd'hui, J. T.? » Cela aussi n'avait rien que de banal. Mais Cab Bickerstaff était mort une heure plus tard; et le coke, l'aspirine, les biscuits au beurre de cacahuète, la question rebattue s'étaient figés dans un mystère qui hantait Malone. Ensuite, ce fut la femme d'Herman Klein qui mourut, et la bijouterie demeura fermée pendant deux jours pleins. Herman Klein n'eut plus besoin de cacher sa bouteille dans l'officine, il pouvait boire chez lui. Mr. Beard, un des diacres de la Première Église Baptiste, mourut également cet été-là. Aucun des trois défunts n'était des intimes de Malone, qui, de leur vivant, ne s'était guère intéressé à eux. Mais, morts, ils étaient cernés de ce même mystère qui forçait enfin l'attention. Ce fut donc ainsi que se passa le dernier été de Malone.

Craignant d'interroger les médecins, incapable d'aborder un sujet intime avec sa femme, Malone se débattait en silence. Il se rendait à l'église chaque dimanche, mais le docteur Watson était un pasteur mondain qui s'adressait aux vivants, non à un homme sur le point de mourir. Un jour, il compara les Saints Sacrements à une auto; il dit que les chrétiens avaient besoin de faire le plein de temps à autre s'ils voulaient poursuivre leur vie spirituelle. Ce dimanche-là, Malone se sentit blessé, mais il n'aurait su dire pourquoi. La Première Église Baptiste était la plus grande de la ville; les bâtiments valaient deux millions de dollars, au bas mot; les diacres étaient des personnages cossus... Oui, piliers d'église, mais aussi millionnaires, grands médecins, propriétaires d'entreprises de services publics. Mais quoiqu'il se rendît tous les dimanches à l'église, et quoique à ses yeux ces diacres fussent des hommes de bien, Malone se sentait étrangement loin d'eux. Il serrait la main du docteur Watson à la sortie, néanmoins il n'avait pas la moindre impression de communiquer avec lui ni avec aucun des fidèles. Pourtant il était né, il avait été élevé dans le sein de la Première Église Baptiste et il ne voyait pas où trouver ailleurs un réconfort spirituel, car l'idée de parler de la mort le remplissait de honte et de confusion. Ainsi donc, Malone, un après-midi de novembre, peu après son second séjour à l'hôpital, endossa son nouveau costume gris et se rendit au presbytère.

Le docteur Watson l'accueillit avec quelque surprise.

« Quelle bonne mine vous avez, Mr. Malone! (Malone parut se rétracter dans son complet neuf.) Je suis heureux de votre venue. J'aime avoir la visite de mes paroissiens. Que puis-je faire pour vous? Vous prendrez bien un Coca-Cola?

– Non, merci, docteur Watson. Je désirerais vous parler.

– À quel sujet? »

Malone répondit d'une voix sourde et presque indistincte :

« Au sujet de la mort.

– Ramona! brailla le docteur Watson à l'adresse de sa bonne, qui se hâta d'accourir. Apportez-nous deux cokes au citron. »

Tandis que le docteur Watson servait les cokes, Malone croisait et décroisait ses jambes amaigries, habillées de fine flanelle. Son visage pâle s'était coloré d'une rougeur de honte.

« Je veux dire, fit-il, que vous passez pour être au courant de ces choses-là.

– De quelles choses? » demanda le docteur Watson.

Malone fit preuve de courage et n'hésita pas :

« De ce qui concerne l'âme, de ce qui nous attend dans l'au-delà. »

À l'église, fort de vingt ans d'expérience, le docteur Watson pouvait longuement discourir sur l'âme; mais chez lui, et devant cet homme qui l'interrogeait en tête à tête, son bagou se changea en embarras. Il se contenta de remarquer :

« Je ne vois pas ce que vous voulez dire, Mr. Malone.

– Mon frère est mort. Cab Bickerstaff est mort ici, dans cette ville, ainsi que Mr. Beard, et tout cela en l'espace de sept mois. Qu'est-il advenu d'eux après la mort?

– Nous devons tous mourir, dit le gros, le pâle docteur Watson.

– Mais les autres ne savent pas quand ils mourront, eux.

– Tous les chrétiens doivent se préparer à la mort. »

Le docteur Watson commençait à trouver le sujet morbide.

« Mais comment se prépare-t-on à la mort?

– En vivant dans le bien.

– Qu'est-ce que vivre dans le bien? »

Malone n'avait jamais volé, avait rarement menti, et l'unique épisode de sa vie qu'il savait être un péché mortel s'était produit des années auparavant et n'avait duré qu'un été.

« Dites-moi, docteur Watson, demanda-t-il, qu'est-ce que la vie éternelle?

– Selon moi, dit le docteur Watson, c'est une extension de la vie sur terre, en plus intense. Est-ce que cela répond à votre question? »

Malone songea à sa vie morne et se demanda comment on pourrait la rendre plus intense. La vie future consistait-elle à s'ennuyer éternellement et était-ce pour cela qu'il luttait si fort pour ne pas mourir? Il frissonna malgré la chaleur qui régnait dans la pièce.

« Croyez-vous au ciel et à l'enfer? demanda-t-il.

– Je ne suis pas un strict fondamentaliste, mais je crois que nos actions sur terre déterminent notre vie éternelle.

– Mais quand on n'a rien fait d'extraordinaire, ni en bien ni en mal?

– Il n'appartient pas à l'homme de juger du bien et du mal. Dieu voit la vérité et Il est notre Sauveur. »

Ces derniers temps, Malone avait souvent prié sans trop savoir à qui s'adressaient ses prières. Poursuivre cet entretien n'avait pas de sens, puisqu'il n'obtenait pas de réponse. Il posa soigneusement son verre de Coca-Cola sur un napperon, près de lui, puis il se leva.

« Enfin, merci beaucoup, docteur Watson, dit-il d'une voix morne.

– Je suis heureux que vous soyez venu bavarder en passant. Ma demeure est toujours ouverte à ceux de mes paroissiens qui veulent débattre des questions spirituelles. »

Hébété de fatigue, l'esprit vide, Malone s'enfonça dans le crépuscule de novembre. Un pivert éclatant becquetait avec un bruit creux un poteau télégraphique. Seul le pivert troublait le silence de l'après-midi.

C'était bizarre de la part de Malone, qui aimait les vers de mirliton, d'être hanté par ces lignes : *Le plus grand malheur, celui de perdre son moi véritable, peut passer inaperçu, comme s'il ne comptait pas. Toute autre perte, celle d'un bras, d'une jambe, de cinq dollars, d'une épouse, etc., se remarque à coup sûr...* Ces phrases insolites, à la fois fatidiques et banales comme l'était sa propre vie, résonnaient en lui, telle, sur la ville, la clameur puissante de l'horloge à la voix monotone et discordante.

9

Cet hiver-là, le juge se trompa lourdement sur Sherman et Sherman plus lourdement encore sur le juge. Ces deux erreurs n'étaient que des chimères, mais, puisque les chimères fleurissaient aussi généreusement dans le cerveau sénile du vieil homme que dans le cœur insatisfait du jeune garçon, on pouvait s'attendre au pire en ce qui concernait leurs rapports personnels, qu'entravait la luxuriance prodigieuse de leurs rêves réciproques. Et, vers la fin de novembre, ces rapports, si joyeux et limpides à leurs débuts, se troublèrent en effet.

Ce fut le vieux juge qui parla le premier de ses rêves. Un jour, avec un air de mystère et d'enthousiasme, il ouvrit son coffre-fort et tendit à Sherman une liasse de papiers.

« Lisez ceci attentivement, mon garçon, car ce sera peut-être ma dernière contribution d'homme politique à la grandeur du Sud. »

Sherman s'exécuta et fut ahuri, moins par les fioritures de l'écriture, la mauvaise orthographe que par le sens du texte.

« Ne vous occupez pas de l'écriture ni de l'orthographe, dit le juge avec désinvolture. C'est la puissance des idées qui compte. »

Sherman lut le projet concernant l'argent confédéré, tandis que le juge le regardait, rayonnant d'orgueil et savourant d'avance les compliments.

Sherman dilata ses narines délicatement ciselées; ses lèvres frémirent, mais il ne dit rien.

Le juge se lança dans un discours passionné. Il refit l'historique de la dévaluation des monnaies étrangères et parla du droit des nations vaincues à conserver leur monnaie.

« Dans les pays civilisés, la monnaie d'une nation vaincue a toujours été respectée... dévaluée, bien sûr, mais sauvée... Regardez le franc, le mark, la lire. Et même le yen, sacrebleu!... »

Ce dernier sauvetage, en particulier, mettait le vieil homme en fureur.

Les yeux bleu ardoise de Sherman demeuraient fixés sur ceux du juge, d'un bleu plus profond. Décontenancé par ces discours sur les monnaies étrangères, le jeune homme se demanda d'abord si le juge n'avait pas bu. Mais il n'était pas encore midi et le juge ne se permettait pas de petits remontants avant midi sonné. Cependant, comme le vieillard, ivre de son rêve, s'enflammait, Sherman se laissa impressionner. Il ignorait tout du sujet sur lequel s'étendait le juge, mais il fut sensible à la rhétorique, à la répétition et au rythme des phrases, à ce langage d'une démagogie forcenée, ce langage pompeux et dénué de sens dans lequel le vieux juge était passé maître. Les narines dilatées, il écouta sans rien dire. Le juge, qu'avait blessé l'indifférence désinvolte de son petit-fils, sut voir que son auditeur était sous le charme et il insista triomphalement. Et Sherman, qui croyait rarement un mot de ce que lui disait Jester, suivit jusqu'au bout, attentif et émerveillé, la tirade du juge.

Il se trouvait que quelque temps auparavant le juge avait reçu une lettre du sénateur Tip Thomas, en réponse à la première supplique écrite par Sherman au sujet de l'admission de Jester à West Point. Le sénateur avait répondu avec une courtoisie guindée qu'il serait heureux de poser à la première occasion la candidature du petit-fils de son vieil ami et collègue. Le vieux juge et Sherman avaient donc de nouveau peiné sur une lettre au sénateur Tip Thomas. Et cette fois-ci, avec toujours la même courtoisie guindée, le vieux juge avait fait allusion aussi bien à la défunte qu'à la vivante Mrs. Thomas. Sherman continuait à trouver prodigieux que le vieux juge eût réellement appartenu à la chambre des Représentants à Washington. L'honneur rejaillissait sur lui, l'authentique *amanuensis*, qui prenait ses repas sur un plateau à la bibliothèque. Quand le sénateur Thomas répondit, faisant allusion aux services que lui avait rendus le vieux juge dans le passé et promettant que Jester entrerait à West Point – jouant au plus fin avec le vieux juge –, cela parut magique à Sherman. Si magique qu'il dut lutter contre une jalousie révoltée, lui dont la lettre à Washington était demeurée sans réponse.

Le juge, malgré sa faconde, n'avait pas son pareil pour mettre les pieds dans le plat, et bientôt, comme il fallait s'y attendre, il y pataugea en plein. Il aborda le sujet du dédommagement des maisons brûlées, des récoltes de coton détruites et, à la grande humiliation et à l'horreur de Sherman, de la perte des esclaves.

« Des esclaves, fit Sherman d'une voix que la stupeur rendait presque inaudible.

– Mais voyons, bien sûr! continua le vieux juge avec sérénité. L'institution de l'esclavage était la véritable pierre angulaire et le pilier de l'économie du coton.

– Oui, mais Abe Lincoln [173] a libéré les esclaves et un autre Sherman que moi brûlé le coton. »

Le juge, perdu dans son rêve, avait oublié que son secrétaire était noir.

« Ah! on peut dire que ce furent de tristes temps! »

Il se demandait vaguement pourquoi son auditeur n'était plus sous le charme. Sherman, en effet, loin d'être charmé, tremblait à présent d'indignation et de rage. Il se saisit d'un porte-plume et le cassa en deux. Le juge ne le remarqua même pas.

« Cela exigera tout un travail de statistique, une masse de calculs et, en fait, c'est une entreprise considérable. Mais, pour ma campagne électorale, ma devise est : *Réparer*, et j'ai la justice de mon côté. Je n'ai qu'à ouvrir le bal, pour ainsi dire... Et je suis un politicien-né, je sais manier les hommes et me tirer des situations délicates. »

Pour Sherman, qui le voyait à présent dans tous ses détails, le rêve du vieux juge avait perdu tout attrait. L'élan d'enthousiasme qu'il avait d'abord provoqué chez lui s'était complètement dissipé.

« Ça ne sera pas facile, dit-il d'une voix sans timbre.

– Ce qui me frappe, dans cette idée, c'est sa simplicité.

– Sa simplicité, répéta Sherman en écho, de la même voix sans timbre.

– Oui, la simplicité du génie. Peut-être n'aurais-je jamais trouvé tout seul : *Être ou ne pas être*, mais mes idées pour la restauration du Sud témoignent d'un véritable génie. » La voix tremblante, il quêta une approbation : « N'est-ce pas votre avis, Sherman? »

Sherman, qui jetait les yeux autour de lui à la recherche d'une issue, au cas où le juge se montrerait soudain violent, se contenta de dire :

« Non, je ne vois pas où est le génie en cette affaire, ni même le sens commun.

– Génie et sens commun sont deux formes antagonistes de la pensée. »

Sherman nota le mot *antagoniste* en se disant qu'il en chercherait la signification plus tard. Avec le juge, du moins, il améliorait son vocabulaire.

« Tout ce que je peux dire, c'est que votre plan nous reportera cent ans en arrière.

– Rien ne me plairait davantage, dit imprudemment ce vieux fou de juge. Et, de plus, je me flatte d'y parvenir. J'ai en haut lieu des amis qui sont mortellement écœurés par ce pseudo-libéralisme et qui n'attendent qu'un cri de ralliement. Après tout, je suis un des plus vieux politiciens du Sud et ma voix sera écoutée. Peut-être que quelques faiblards hésiteront, à cause de tous les calculs et formalités nécessaires. Mais, sacrebleu, si, sous prétexte d'impôt sur le revenu, le Gouvernement fédéral peut me pressurer jusqu'au dernier sou, réaliser mon plan ne sera qu'un jeu d'enfant. »

Le juge baissa la voix.

« Je n'ai encore jamais versé un sou d'impôt à l'État et je ne le ferai jamais. Je ne voudrais pas que la chose s'ébruite, Sherman, et je vous le dis en stricte confidence. Quant à mes impôts au Gouvernement fédéral, je ne les paie que sous contrainte et bien à contrecœur. Comme je vous le disais, plus d'un Sudiste, en haut lieu, pense comme moi, et tous ceux-là prêteront l'oreille au cri de ralliement.

– Quel rapport avec vos impôts sur le revenu?

– Un grand rapport, dit le juge. Immense.

– Comprends pas.

– Bien sûr que la N.A.A.C.P. [174] se déchaînera contre moi. Mais le brave languit de se battre quand la cause est juste. Depuis des années, j'aspire à me bagarrer avec la N.A.A.C.P., à la forcer à baisser pavillon, à la discréditer. »

Sherman se contenta de fixer le regard bleu, plein d'ardeur du vieux juge.

« Tous les patriotes sudistes éprouvent ce sentiment-là envers cette outrageuse organisation qui tend à détruire les principes mêmes du Sud. »

Les narines et les lèvres frémissantes, Sherman dit :

« Vous parlez comme si vous étiez partisan de l'esclavage.

– Bien sûr, que j'en suis partisan. La civilisation est fondée sur l'esclavage. »

Le vieux juge, pour qui Sherman demeurait une perle, un trésor, continuait aussi, dans sa conviction passionnée, d'oublier que Sherman était noir. Et, quand il s'aperçut de l'émotion de sa perle, il essaya d'atténuer ce qu'il avait dit.

« Partisan sinon exactement de l'esclavage, du moins d'un état d'heureuse sujétion.

– Heureuse pour qui?

– Pour tout le monde. Vous ne vous figurez tout de même pas que les esclaves désiraient leur liberté? Non, Sherman, bien des esclaves sont demeurés fidèles à leur vieux maître, se sont refusés à la liberté jusqu'au jour de sa mort.

– Conneries !

– Plaît-il ? demanda le juge, qui était parfois sourd au bon moment. D'ailleurs, il paraît que, dans le Nord, la condition des Noirs est épouvantable... mariages mixtes, pas un coin où poser sa tête et une misère tout bonnement indescriptible.

– Pourtant un Noir préfère encore être une lumière de Harlem que gouverneur de la Georgie. »

Le juge tendit sa bonne oreille.

« Je n'ai pas saisi », dit-il doucement.

Toute sa vie, Sherman avait considéré les Blancs comme des fous, et plus ils étaient haut placés, plus leurs paroles et leur conduite étaient insensées. Sur ce point, il croyait dur comme fer tenir la vérité. Les politiciens, des gouverneurs aux membres du Congrès, jusqu'aux shérifs et aux gardiens de prison, se ressemblaient tous par le fanatisme et la violence. Sherman ressassait tout lynchage, attentat à la bombe, indignité infligés à ceux de sa race. En ceci, il avait la vulnérabilité, la sensibilité d'un adolescent. Porté à s'appesantir sur les atrocités, il lui semblait que tout malheur lui était personnellement réservé. Ainsi vivait-il figé dans une appréhension tendue. Cette attitude s'appuyait sur les faits. Dans tout le comté de la Pêche, aucun nègre n'avait jamais pu voter. Un instituteur s'était fait inscrire, pour se voir interdire l'approche des urnes. Deux étudiants dûment diplômés avaient été pareillement refoulés. Le Quinzième Amendement [175] à la Constitution américaine garantissait le droit de vote aux Noirs, pourtant Sherman n'avait jamais rencontré un Noir, jamais entendu parler d'un Noir qui eût voté. Oui, la Constitution américaine était une duperie. Et si cette histoire de vote des Nigériens Bronzés et de cercueil de carton, qu'il avait racontée à Jester, était inexacte, il l'avait cependant entendu rapporter à propos d'un autre club, dans un autre comté ; il savait qu'elle était advenue à d'autres, quelque part ailleurs, sinon aux Nigériens Bronzés de Milan. Son imagination accueillant toutes les catastrophes, il lui semblait que tout malheur dont il entendait parler ou dont il lisait le récit pouvait aussi bien lui être arrivé à lui-même.

Cet état d'anxiété poussait Sherman à prendre le juge plus au sérieux qu'il ne l'eût fait dans des conditions normales. L'esclavage !

Alors, le vieux juge projetait de réduire la race noire en esclavage? Cela n'avait aucun sens. Mais un sens, qu'est-ce qui en avait, dans ce sacré bordel des rapports entre les races? Le Quinzième Amendement avait été escamoté, donc la Constitution américaine n'était qu'une duperie. Et la justice! Sherman était au courant de toutes les violences, de tous les lynchages qui s'étaient produits depuis et avant sa naissance; il ressentait dans sa chair la moindre de ces humiliations, ce pourquoi il vivait figé dans une appréhension tendue. Autrement, il eût considéré les projets du juge comme le produit d'un cerveau sénile. Mais, Noir du Sud et, de plus, orphelin, il avait été exposé à des horreurs et des humiliations si réelles que les pires fantaisies du vieux juge lui semblaient non seulement possibles, mais encore, dans le pays sans loi qu'il s'était forgé, presque inévitables. Les faits contribuaient à entretenir ses chimères et ses craintes. Il était persuadé que tous les Blancs du Sud étaient fous. Mais, voyons, ils lynchaient bien un jeune nègre parce qu'une Blanche prétendait qu'il avait sifflé en passant près d'elle. Et qu'un juge condamne un Noir parce qu'une Blanche soutenait que ce Noir l'avait regardée d'une façon déplaisante! Siffler, regarder!... Il avait l'esprit enflammé et frémissant, telles ces atmosphères tropicales d'où naissent les mirages.

À midi, Sherman servit les verres d'alcool habituels, mais n'échangea pas une parole avec le vieux juge. Puis une heure plus tard, au moment du repas, comme il s'emparait d'une boîte de homard, Verily lui dit :

« Tu n'as pas besoin de ça, Sherman.

– Et pourquoi, ma vieille?

– Hier, tu as ouvert une boîte de thon pour tes sandwichs. Il te reste bien assez de thon pour aujourd'hui. »

Sherman commença d'ouvrir la boîte de homard.

« D'ailleurs, continua Verily, tu devrais manger des choux et des épis de maïs à la cuisine, comme tout le monde.

– C'est bon pour les nègres!

– Eh bien, pour qui que tu te prends, toi? La reine de Saba? »

Sherman écrasait le homard avec une bonne portion de mayonnaise et des pickles hachés.

« En tout cas, je ne suis pas un vrai nègre, moi, dit-il à Verily, qui avait la peau très sombre. Regardez mes yeux.

– J' les ai vus. »

Sherman était tout à la préparation de son homard.

« Ce homard, ça devait être pour le dîner de dimanche, que j' suis pas là pour préparer. J'ai comme une idée que je vais me plaindre de toi au juge. »

Mais puisque Sherman continuait d'être une perle, un trésor, la menace était vide de sens, tous deux le savaient.

« Allez lui dire, fit Sherman, en garnissant son assiette de tranches de pain tartinées de crème de pickles.

– C'est pas parce que tu as les yeux bleus que ça te donne le droit de prendre de grands airs. Tu es un nègre comme nous tous. Simplement, tu as eu un papa blanc, qui t'a passé ses yeux bleus, et y a pas de quoi en être fier. Tu es un nègre comme nous tous. »

Sherman prit son plateau et se faufila rapidement jusqu'à la bibliothèque. Mais, malgré la crème de sandwich royale qu'il s'était préparée, il ne put manger. Les yeux fixes et mornes dans son visage sombre, il réfléchissait à ce que lui avait dit le vieux juge. Ces propos étaient absurdes, il le sentait, mais sans plus, car, l'esprit faussé par l'anxiété, il ne pouvait penser rationnellement. Il songea aux discours électoraux de certains Sudistes au langage habile, violent, menaçant. À ses oreilles, les paroles du juge ne rendaient pas un son plus saugrenu que celles de ces politiciens. Des cinglés, tous des cinglés.

Sherman ne perdait pas de vue que le juge avait appartenu jadis au Congrès, remplissant ainsi une des plus hautes charges des États-Unis. Et le juge connaissait des gens bien placés. Il n'y avait qu'à lire la réponse du sénateur Tip Thomas... Le juge était intelligent, rudement malin, même ; il savait jouer au plus fin. Et, songeant à la puissance du vieux juge, Sherman oubliait que c'était un malade. Il ne lui venait pas à l'esprit que ce vieil homme, jadis membre du Congrès, pouvait être diminué par l'âge. Un des grands-pères de Zippo Mullins avait perdu la tête en vieillissant. Il prenait ses repas une serviette nouée autour du cou ; quand il mangeait une pastèque, il engloutissait tout, pulpe et graines ; le poulet rôti, faute de dents, il le mâchonnait longuement entre ses gencives. À la fin, on avait dû le placer à l'hospice du comté... Tandis que le vieux juge, au contraire, dépliait soigneusement sa serviette au début de chaque repas ; à table, il faisait montre de manières admirables et demandait à Jester ou à Verily de lui couper ce dont il ne venait pas à bout lui-même. Sherman n'avait jamais connu d'autres vieillards que ces deux-là, que séparait un monde. Ainsi, il ne songeait jamais à la possibilité d'une diminution des facultés intellectuelles chez le vieux juge.

Sherman fixa longuement sa belle assiette de homard, mais l'angoisse lui ôtait toute envie de manger. Il grignota cependant une tranche de pain à la crème de pickles avant de retourner à la cuisine. Il avait soif. Un peu de gin et de tonic, moitié, moitié, lui remettrait la tête d'aplomb, après quoi il pourrait manger. Il savait qu'il allait au-devant d'une autre bagarre avec Verily, mais il n'hésita pas et, une fois dans la cuisine, alla droit à la bouteille de gin.

« Regardez-moi ça, là-bas, dit Verily. Regardez ce que fait encore la reine de Saba. »

Sherman se versa froidement du gin, puis y ajouta le tonic.

« J'essaie d'être gentille avec toi, Sherman, mais j'ai compris tout de suite que ça ne servait à rien. Qu'est-ce qui te rend si froid et si faraud? C'est ces yeux bleus que t'a passés ton papa? »

Sherman quitta la cuisine d'un pas raide, son verre à la main, et se réinstalla à la table de la bibliothèque. À mesure qu'il buvait, son agitation intérieure augmentait. Dans sa recherche de sa mère véritable, il n'avait que rarement songé à son père. Pour lui, il allait de soi que c'était un Blanc, et il imaginait que sa mère avait été violée par cet homme blanc inconnu. Car un jeune garçon ne voit jamais sa mère autrement que vertueuse, surtout quand il s'agit d'une mère imaginaire. En conséquence, il haïssait son père, haïssait même l'idée d'avoir un père. C'était un de ces cinglés de Blancs qui avait violé une Noire et laissé un témoignage irréfutable de bâtardise dans les yeux bleus de son fils. Sherman ne s'était jamais mis en quête de son père, ainsi qu'il l'avait fait pour sa mère. Rêver à sa mère l'avait calmé et consolé, mais il songeait à son père avec une haine sans mélange.

Après déjeuner, tandis que le juge faisait sa sieste coutumière, Jester entra à la bibliothèque. Sherman était toujours assis à la table, son plateau intact.

« Qu'est-ce qui t'arrive, Sherman? »

Jester décela la somnolence de l'ivresse dans le regard fixe de Sherman et se sentit mal à l'aise.

« Va chier! » dit brutalement Sherman.

Jester était le seul Blanc à qui il put parler sur ce ton. Mais il avait atteint ce stade où la parole cesse d'être un remède. « Je le hais, je le hais, je le hais! » pensait-il, en fixant la fenêtre ouverte, sans la voir, d'un regard lourd.

« Souvent, je me suis dit que si j'étais Nigérien de naissance ou si j'avais la peau noire, je ne pourrais pas le supporter. Je t'admire, Sherman, j'admire la façon dont tu prends les choses. Je t'admire plus que je ne peux le dire.

– Garde tes cacahuètes pour le zoo!

– J'ai souvent pensé, reprit Jester, qui avait lu cette idée quelque part, que si le Christ naissait maintenant, Il serait Noir.

– Oui, mais Il ne l'était pas.

– J'ai bien peur... commença Jester, mais il ne put se résoudre à achever.

– De quoi as-tu peur, sale froussard de poule mouillée?

– J'ai bien peur que... d'être Nigérien ou Noir, ça m'aurait rendu neurasthénique. Complètement neurasthénique.

– Impossible. (De son index droit, Sherman fit mine de se trancher le cou.) Un nègre neurasthénique, c'est un nègre fichu. »

Jester se demandait pourquoi l'amitié était si difficile avec Sherman. Son grand-père disait souvent : « Le Noir est le Noir et le Blanc le Blanc; et jamais les deux ne se confondront si je peux l'empêcher. » Et l'*Atlanta Constitution* parlait de Sudistes de bonne volonté. Comment faire comprendre à Sherman qu'il ne pensait pas comme son grand-père, mais qu'il était, au contraire, un Sudiste de bonne volonté?

« Je respecte les Noirs tout autant que les Blancs.

– Tu es bon pour la balançoire, toi!

– Je respecte les hommes de couleur encore plus que les Blancs, à cause de tout ce qu'ils ont souffert.

– Il y a des tas de sales nègres dans les parages, fit Sherman en achevant son verre de gin.

– Pourquoi me dis-tu ça?

– Simplement pour mettre en garde le bébé aux grands yeux.

– Je voudrais te faire comprendre ma façon d'envisager la question raciale, mais tu ne veux pas m'écouter. »

Sa fureur et son désespoir aggravés par l'alcool, Sherman se contenta de dire d'une voix menaçante : « Des sales nègres avec un casier judiciaire et d'autres sans casier, comme moi.

– Pourquoi est-il si difficile d'être ton ami?

– Parce que je n'ai pas besoin d'amis, mentit Sherman qui, après une mère, ne désirait rien tant qu'un ami. Il admirait et craignait Zippo Mullins, mais celui-ci passait son temps à l'insulter, n'aurait jamais lavé une assiette, même quand c'était son tour pour la vaisselle, et, en fait, le traitait comme lui, Sherman, traitait Jester à cet instant.

– Bon, je vais à l'aérodrome. Tu ne viens pas?

– Quand je piloterai, ce sera mon avion à moi, pas un de ces zincs de rien du tout que tu loues pour voler, toi. »

Jester abandonna la partie, et Sherman, sombre et jaloux, le regarda s'éloigner dans l'allée.

Le juge s'éveilla de sa sieste à deux heures, bassina son visage brouillé de sommeil et se sentit joyeux et rafraîchi. N'ayant gardé aucun souvenir des conflits de la matinée, il fredonnait en descendant l'escalier. Sherman, dès qu'il entendit le pas lourd du juge et sa voix de fausset, grimaça dans la direction de la porte du hall.

« Mon garçon, dit le juge, savez-vous que j'aime mieux être Fox Clane que Shakespeare ou Jules César? »

Sherman fit du bout des lèvres :

« Non.

– Ou Mark Twain [176], ou Abraham Lincoln, ou Babe Ruth [177]. »

Sherman hocha la tête en se demandant où le juge voulait en venir.

« J'aime mieux être Fox Clane que toutes ces célébrités. Vous ne devinez pas pourquoi? »

Cette fois-ci, Sherman se contenta de le regarder.

« Parce que je suis vivant. Et quand on pense aux trillions et aux trillions de gens qui sont morts, on se rend compte que vivre est un grand privilège.

– Il y a des gens qui sont morts de la cervelle. »

Le juge passa outre à la remarque et dit :

« Pour moi, c'est tout simplement merveilleux d'être vivant. Pas pour vous, Sherman?

– Non, pas précisément, dit Sherman, qui désirait avant tout rentrer chez lui cuver son gin.

– Songez à l'aurore. À la lune, aux étoiles, au firmament, poursuivit le juge. Pensez aux gâteaux et à l'alcool. »

Sherman considéra d'un œil froid et dédaigneux l'univers et ses plaisirs quotidiens, et ne répondit pas.

« Quand j'ai eu ma petite attaque, le Doc Tatum ne m'a pas

caché que si la partie gauche de mon cerveau avait été touchée, au lieu de la droite, je serais mentalement diminué, sans espoir de guérison. (De crainte et d'horreur, le juge avait baissé la voix.) Pouvez-vous imaginer de vivre dans des conditions pareilles? »

Sherman le pouvait.

« Je connais un type qui a eu une attaque qui l'a laissé aveugle et avec la raison d'un bébé de deux ans. L'hospice du comté n'a pas voulu de lui. Ni même l'asile. Je ne sais pas ce qui lui est arrivé pour finir. Il est mort, probablement.

– Enfin, ce genre de chose m'a été épargné. Il ne me reste qu'une légère gêne motrice... rien que le bras et la jambe gauches un peu touchés... Et l'esprit intact. Aussi, je me suis dit : “ Fox Clane, dois-tu maudire Dieu, maudire les éléments célestes, maudire le sort à cause de cette petite gêne... ”, qui ne me gêne pas beaucoup, d'ailleurs... ou louer Dieu, les éléments, la nature, le sort, parce que je n'ai rien de cassé, que je suis sain d'esprit? Car, après tout, qu'est-ce qu'un bras, qu'est-ce qu'une jambe quand l'esprit est sain et l'âme joyeuse? Aussi je me suis dit : “ Fox Clane, tu ferais mieux de remercier Dieu, de le remercier sans trêve. ” »

Sherman regarda le bras gauche atrophié et la main en permanence crispée du vieux juge. Il se sentit envahi de pitié et se détesta pour cette pitié même.

« Je connais un petit garçon qui a eu la polio et qui doit porter un lourd appareil de métal à chaque jambe et se servir de béquilles... infirme pour la vie, quoi! » dit Sherman, en s'inspirant d'une photographie parue dans les journaux.

Le juge fit à part lui la remarque que Sherman connaissait toute une constellation de cas pitoyables; les larmes lui montèrent aux yeux, tandis qu'il murmurait : « Pauvre enfant! » Le juge ne se détestait pas quand il avait pitié d'autrui et il n'avait pas pitié de lui-même, car, dans l'ensemble, il se sentait parfaitement heureux. Certes, il eût aimé pouvoir manger quarante omelettes norvégiennes par jour, mais, en gros, il était satisfait de son sort.

« J'aime mieux suivre un régime que d'aller pelleter du charbon ou toucher de la harpe. D'abord, je n'ai jamais su faire marcher ma chaudière et je ne possède pas le moindre sens musical.

– Oui, il y a des gens qui sont incapables de chanter deux notes justes. »

Le juge laissa passer la remarque, car il chantait souvent et croyait chanter juste.

« Si nous continuions notre correspondance?

– Quelles lettres voulez-vous que j'écrive maintenant?

– Toute une liasse. Des lettres à tous les membres du Congrès, à tous les sénateurs que je connais personnellement; à tous les politiciens qui peuvent soutenir mes idées.

– Quel genre de lettres désirez-vous que je leur écrive?

– Dans le ton général de ce que je vous ai exposé ce matin. Au sujet de l'argent confédéré et de l'indemnisation du Sud. »

À la brève euphorie du gin avait succédé une colère froide. Sherman, bien qu'intérieurement tendu, se mit à bâiller longuement, dans le seul but de se montrer grossier. Il réfléchissait à son emploi, facile, propre, prestigieux, et au choc que lui avait causé la conversation du matin. Pour Sherman, aimer, c'était aimer; admirer, c'était admirer, et il n'y avait pas de demi-mesure. Jusqu'alors, il avait aimé et admiré le juge. Connaissait-il quelqu'un d'autre qui eût été membre du Congrès, juge, et qui l'eût laissé manger de succulents sandwichs dans une bibliothèque?... Ainsi Sherman se trouvait dans une impasse; ses traits mobiles parcourus d'un frémissement, il demanda :

« Cela signifie que je devrai écrire aussi ce que vous avez dit de l'esclavage? »

Le juge avait enfin compris qu'une difficulté se présentait.

« Je n'ai pas parlé de l'esclavage, mon petit, mais de la restitution des esclaves libérés par les Yankees. D'un dédommagement. »

Les narines et les lèvres de Sherman se mirent à palpiter comme les ailes d'un papillon.

« Je m'y refuse, juge. »

Le juge ne s'était pas souvent entendu dire non, car ses exigences étaient généralement raisonnables. Et voilà que son trésor, sa perle, lui opposait un refus! Il soupira.

« Je ne vous comprends pas, mon petit. »

Et Sherman, qui était sensible au moindre terme d'affection, d'autant plus qu'on ne lui en adressait que rarement, se détendit un instant et sourit presque.

« Ainsi, vous vous refusez à écrire ces lettres?

– Oui, dit Sherman, qui n'était pas sans jouir aussi de son pouvoir de refus. Je ne veux pas contribuer à nous reporter près de cent ans en arrière.

– Cela ne nous reportera pas cent ans en arrière, mais nous fera progresser d'un siècle, mon petit. »

C'était la troisième fois que le juge prononçait ce terme affectueux. La méfiance qui couvait toujours en Sherman s'éveilla, inarticulée, informe.

« Tout bouleversement fait progresser. Les guerres, en particulier. Sans la Première Guerre mondiale, les femmes porteraient encore des jupes à la cheville. À présent, les jeunes filles se promènent en salopette de charpentier, même les plus jolies, les mieux élevées. »

Le juge avait vu Ellen Malone entrer en salopette dans la pharmacie de son père, ce qui l'avait profondément choqué et embarrassé pour Malone.

« Pauvre J. T. Malone!

– Pourquoi dites-vous cela? demanda Sherman, frappé par la compassion et le mystère qui perçaient dans la voix du juge.

– J'ai bien peur, mon garçon, que Mr. Malone n'ait plus beaucoup de temps à passer sur terre. »

Sherman ne se souciait en aucune façon de Mr. Malone et il n'était pas d'humeur à simuler des sentiments qu'il n'éprouvait pas. Il se contenta de dire :

« Il va mourir? Dommage!

– Mourir, c'est pire que dommage. En fait, personne ici-bas ne sait réellement ce qu'est la mort.

– Vous êtes terriblement pieux, n'est-ce pas?

– Non, pas le moins du monde. Mais je crains...

– Pourquoi faites-vous souvent allusion à pelleter du charbon et à toucher de la harpe?

– Oh, ce n'est qu'une métaphore. J'aimerais n'avoir rien d'autre à craindre. Si j'allais en enfer, je pelletterais volontiers le charbon avec le reste des pécheurs, parmi lesquels je retrouverais bien des personnes de connaissance. Et, si je vais au ciel, j'apprendrais la musique, parbleu, assez pour rivaliser avec l'aveugle du coin ou avec Caruso. Ce n'est pas ce que je crains.

– Qu'est-ce que vous craignez? demanda Sherman, qui n'avait jamais beaucoup pensé à la mort.

– Le néant, dit le vieil homme. Un vide et des ténèbres infinis où je me retrouverais seul. Ne pas aimer, ne pas manger, rien. Reposer dans un vide infini, environné de ténèbres.

– Je détesterais ça, moi aussi », fit négligemment Sherman.

Le juge, l'esprit soudain clair et précis, se remémorait son attaque. Il minimisait sa maladie quand il en parlait, la qualifiant de petite attaque ou de légère atteinte de polio, mais il était honnête envers lui-même. Il savait qu'il avait eu, bel et bien, une attaque d'apoplexie et qu'il avait failli mourir. Il se rappelait sa chute horrible. De la main droite, il avait tâté son bras paralysé et n'avait rien senti, rien qu'une moiteur sans mouvement ni sensibilité. Sa jambe gauche, elle aussi, était lourde et insensible et, durant ces longues heures de panique, il avait cru que la moitié de son corps était morte, mystérieusement. Ne parvenant pas à réveiller Jester, il avait appelé Miss Missy, son père défunt, son frère Beau... Non pour les rejoindre, mais pour avoir une consolation dans son angoisse. On l'avait trouvé là au petit matin et envoyé à l'hôpital de la ville, où il s'était remis à vivre. Jour après jour, ses membres paralysés retrouvaient leur mobilité, mais le choc l'avait assommé et la privation d'alcool et de tabac empirait son état. Incapable de marcher et même de lever la main gauche, il avait fait des mots croisés, des réussites, lu des romans policiers. Il n'avait rien à attendre que les repas, et la nourriture de l'hôpital ne le tentait pas, ce qui ne l'empêchait pas, toutefois, d'engloutir tout ce qu'on lui mettait sur son plateau. Puis l'idée de la monnaie confédérée lui était soudain venue à l'esprit. Elle lui était venue, sans plus ; elle avait pris forme spontanément, telle la chanson qui monte aux lèvres d'un enfant. Et, une idée en engendrant une autre, il avait pensé, créé, rêvé. On était alors en octobre. Une douce fraîcheur s'abattait sur la ville le matin de bonne heure ; et le soir, au crépuscule, après la fournaise éblouissante de l'été de Milan, le soleil était clair et pur comme le miel. La seule force de la pensée amenait d'autres pensées. Le juge expliqua au diététicien comment faire un café convenable, hôpital ou pas hôpital, et bientôt il put se traîner de son lit au lavabo et de là au fauteuil, avec l'aide d'une infirmière. Ses partenaires au poker vinrent le voir et jouer avec lui, mais l'énergie qui le faisait revivre naissait de ses réflexions, de son rêve. Il cachait jalousement ses idées, n'en parlant à personne. Qu'est-ce que Poke Tatum et Bennie Weems auraient pu comprendre aux rêves d'un grand politicien ? Quand il rentra chez lui, il pouvait marcher, se servir vaguement de sa main gauche et vivre à peu près comme auparavant. Son rêve resta en sommeil. À qui aurait-il pu en parler ? Et quant à écrire, la vieillesse et le choc qu'il venait de subir avaient désorganisé son écriture.

« Je n'aurais sans doute jamais eu ces idées sans cette attaque qui m'a paralysé et laissé à moitié mort deux mois durant à l'hôpital. »

Sherman se curait le nez avec un mouchoir Kleenex; il ne dit rien.

« Et, paradoxalement, si je n'étais pas passé par les ombres de la mort, je n'aurais peut-être jamais vu la lumière. Comprenez-vous maintenant pourquoi ces idées me sont précieuses au-delà de toute raison? »

Sherman examina son Kleenex et le remit lentement dans sa poche. Puis, le menton dans la main droite, il entreprit d'intimider le juge en plongeant ses yeux au regard saisissant dans ceux, si bleus, du vieil homme.

« Ne voyez-vous pas pourquoi je tiens tellement à ce que vous écriviez les lettres que je vais vous dicter? »

Sherman ne répondit pas et son silence irrita le vieux juge.

« Donc, vous ne voulez pas les écrire?

– Je vous ai déjà dit non, et c'est non, cette fois encore. Vous voulez que je me fasse tatouer un NON sur la poitrine?

– Vous étiez un *amanuensis* si docile, au début, observa tout haut le juge. Mais, à présent, vous avez autant d'enthousiasme qu'une pierre tombale.

– Ouais, fit Sherman.

– Vous êtes si têtu, si dissimulé! se plaignit le juge. Dissimulé au point que vous ne me diriez pas l'heure qu'il est, même si vous aviez l'horloge de la ville devant vous.

– Je ne crie pas sur les toits tout ce que je sais. Je suis capable de tenir ma langue.

– Cette dissimulation que vous avez, vous, les jeunes... elle est tout à fait étrangère à la maturité d'esprit. »

Sherman songeait aux faits réels et aux rêves qu'il avait gardés pour lui. Ce que lui avait fait Mr. Stevens, il l'avait tu longtemps, au point d'en bégayer jusqu'à ne pouvoir plus se faire comprendre. Il n'avait soufflé mot à quiconque de sa quête d'une mère, ni de ses rêves au sujet de Marian Anderson. Personne, absolument personne ne connaissait son univers secret.

« Je ne crie pas mes idées sur les toits, dit le juge. Vous êtes le seul à qui j'en ai parlé, mises à part quelques allusions à mon petit-fils. »

En secret, Sherman considérait Jester comme un type très fort, encore qu'il n'eût jamais consenti à le reconnaître.

« Et qu'est-ce qu'il en pense?

– Il est, lui aussi, trop égocentrique, trop dissimulé. Il se refuserait à vous dire l'heure, même devant l'horloge de la ville. J'attendais mieux de vous. »

Sherman mettait en balance son poste agréable, prestigieux, et les lettres qu'on lui demandait d'écrire.

« Je veux bien me charger du reste de votre correspondance, des lettres d'invitation, d'acceptation et ainsi de suite.

– Ces lettres-là sont sans importance, dit le juge, qui ne se rendait jamais nulle part. De pures bagatelles.

– Je ne veux pas écrire les autres.

– Ce sont les seules qui m'intéressent.

– Si vous êtes tellement entiché de cette affaire, vous n'avez qu'à écrire vous-même, dit Sherman, qui savait fort bien dans quel état se trouvait l'écriture du juge.

– Sherman, implora le vieil homme, je vous ai traité comme un fils, et *plus terrible que la dent du serpent est l'ingratitude d'un enfant* [178]. »

Le juge citait souvent ce vers à Jester, mais sans effet aucun. Petit garçon, Jester, dès les premiers mots, s'était mis les doigts dans les oreilles et, plus tard, il avait toujours coupé court, d'une façon ou d'une autre, pour montrer son indifférence. Mais Sherman fut profondément affecté. Ses yeux gris-bleu, fixés sur ceux, d'un bleu plus vif, du juge, se remplirent de perplexité. Par trois fois, on l'avait appelé *mon petit*, et maintenant voilà que le juge lui parlait comme à un fils. N'ayant jamais eu ni père ni mère, Sherman ne connaissait pas la citation, reproche classique des parents. De plus, il n'avait jamais recherché son père et à cet instant, comme toujours, il repoussait l'image que ce mot évoquait pour lui : un Sudiste aux yeux bleus, comme il y en avait tant dans ce Sud aux yeux bleus. Le juge avait des yeux de cette teinte-là et Mr. Malone également. Et de même Mr. Breedlove, de la banque, et Mr. Taylor. On aurait pu citer à la douzaine, tout d'une traite, les noms d'hommes aux yeux bleus habitant Milan. Et il y en avait des centaines dans le comté environnant, des milliers dans tout le Sud. Cependant, le juge était le seul Blanc qui lui eût expressément témoigné de la bonté... Et Sherman, qui se méfiait de la bonté, s'interrogeait. Pourquoi le juge, des années auparavant, quand il l'avait tiré de cette mare, lui avait-il fait cadeau d'une montre à son nom et gravée d'une inscription en langue étrangère? Pourquoi lui avait-il offert cette sinécure de secrétaire avec, en plus, cet arrangement fantaisiste pour les repas? Ces questions hantaient Sherman qui, cependant, repoussait ses soupçons.

Dans son trouble, il ne put que parler d'autres ennuis qui le tracassaient. Il dit donc :

« Je me suis chargé des lettres d'amour de Zippo. Il sait écrire, bien sûr, mais ses lettres manquent de piment, elles n'auraient jamais émoustillé Vivian Clay. Alors, moi, j'ai écrit des choses comme : *L'aube de l'amour se lève sur moi*, et : *Je t'aimerai au coucher de soleil de notre passion autant que je t'aime à présent.* Dans mes lettres, je parlais tout le temps de l'aube, du coucher de soleil ; elles étaient pleines de jolies couleurs. Par-ci par-là, je mettais un : *Je t'adore*, et Vivian n'a pas tardé à être complètement allumée.

– Alors pourquoi ne voulez-vous pas écrire ces lettres sur le Sud?

– Parce que toute cette idée est bizarre et nous ferait reculer.

– Ça m'est égal de passer pour bizarre ou pour réactionnaire.

– Mais, d'écrire comme je l'ai fait, ça n'a servi qu'à me faire mettre dehors d'un joli appartement. Parce que après mes lettres d'amour Vivian elle-même a fait sa demande, et Zippo a accepté avec joie. Ce qui veut dire qu'il va falloir que je trouve un autre appartement. Je me suis arraché le plancher sous les pieds avec ma plume.

– Vous n'aurez qu'à trouver un autre appartement.

– C'est difficile.

– Je crois que je ne pourrais pas supporter de déménager. Et pourtant, mon petit-fils et moi, nous roulons dans cette grande baraque comme des pois dans une boîte à chaussures. »

Le juge, lorsqu'il songeait à sa demeure victorienne, tarabiscotée, aux vitres de couleur et au vieux mobilier guindé, soupirait. C'était un soupir d'orgueil ; et pourtant les habitants de Milan parlaient souvent de cette maison en l'appelant : *L'éléphant blanc du juge* [179].

« Je crois que j'aimerais mieux déménager pour le cimetière de Milan que d'avoir à m'installer dans une autre maison. »

Le juge se rendit compte de ce qu'impliquait sa remarque et se reprit en hâte, avec véhémence.

« Euh, ce n'est pas ce que je voulais dire, mon petit. (Il prit le soin de toucher du bois.) Une stupidité dans la bouche d'un vieil homme stupide... Je songeais simplement qu'il me serait très dur d'avoir à vivre ailleurs qu'ici, à cause de tous mes souvenirs. »

Le juge parlait d'une voix tremblante, et Sherman dit durement : « Ne pleurnichez pas là-dessus. Personne ne vous oblige à déménager, vous.

– J'avoue que cette maison me rend sentimental. Il y a des gens qui sont incapables d'en apprécier l'architecture. Mais moi, je l'aime, Miss Missy l'aimait ; et mon fils Johnny a été élevé dans cette maison. Mon petit-fils aussi. Certaines nuits, je reste simplement étendu dans mon lit, à me souvenir. Est-ce que vous vous rappelez le passé quelquefois, quand vous êtes couché ?

– Non.

– Je pense à des événements qui sont réellement arrivés et à d'autres qui auraient pu se produire. Je me rappelle les histoires que me contait ma mère sur la guerre de Sécession. Je me rappelle mes années d'étudiant à l'école de droit, et ma jeunesse et mon mariage avec Miss Missy. Le drôle. Le triste. Je me souviens de tout. En fait, je me souviens mieux du passé lointain que de ce qui s'est produit hier.

– C'est ce que j'ai entendu dire des vieilles personnes. Et je suppose que c'est exact.

– Il n'est pas à la portée de tout le monde de tout se rappeler, point par point, comme se déroule un film au cinéma.

– Bla-bla-bla... » fit Sherman à mi-voix.

Mais, bien qu'il eût parlé vers la mauvaise oreille du vieux juge, celui-ci l'entendit et se sentit blessé.

« Je suis peut-être bavard sur le passé, mais, pour moi, il est aussi réel que le *Milan Courier*. Et plus intéressant, parce que c'est moi qu'il concerne, ou ma famille ou mes amis. Je sais tout ce qui s'est produit à Milan depuis le jour de ma naissance.

– Savez-vous quelque chose de ma naissance à moi ? »

Le juge hésita, tenta de nier sa connaissance des faits ; mais, trouvant trop difficile de mentir, il ne dit rien.

« Savez-vous qui est ma mère ? Savez-vous qui est mon père ? Savez-vous où ils sont ? »

Mais le vieil homme, perdu dans sa méditation du passé, refusa de répondre.

« Vous pouvez me considérer comme un vieux bonhomme qui raconte tout ce qui lui passe par la tête, mais, en tant qu'homme de loi, je suis tenu au secret professionnel et, sur certains sujets, vous me trouverez muet comme la tombe. »

Sherman supplia et le supplia encore de parler, mais le vieux juge, après s'être préparé un cigare, se mit à fumer en silence.

« J'ai le droit de savoir. »

Le juge continua de fumer sans rien dire, en sorte que Sherman se remit à le foudroyer du regard. Ils restèrent là, tels deux ennemis mortels.

Au bout d'un long moment, le juge finit par dire :

« Voyons, qu'est-ce qui vous arrive, Sherman? Vous avez un air féroce.

– Je me sens féroce.

– Voyons, cessez de me regarder de cette façon bizarre. »

Sherman continua à le dévisager.

« D'ailleurs, dit-il, je songe sérieusement à vous donner ma démission. Et qu'est-ce que vous en diriez? »

Et sur ces mots, au beau milieu de l'après-midi, il sortit bruyamment, ravi d'avoir puni le juge et oubliant qu'il s'était aussi puni lui-même.

10

Le juge parlait rarement de son fils, mais il le retrouvait souvent en rêve. Il n'y avait qu'en rêve, ce phénix de la mémoire et du désir, que le souvenir de Johnny pouvait revivre. Et, quand il se réveillait, le vieux juge était d'une humeur massacrante.

Comme il vivait beaucoup dans l'instant présent, sauf lorsqu'il lâchait la bride à son imagination avant de s'endormir, le juge évoquait rarement le passé où, magistrat, il avait joui d'un pouvoir presque illimité... et même du droit de vie et de mort. Alors, ses décisions étaient toujours précédées de longues méditations; il n'envisageait jamais une condamnation à mort sans l'aide de la prière. Non qu'il fût pieux, mais la prière soutirait en quelque sorte à Fox Clane sa responsabilité, pour la déverser sur Dieu. Même ainsi, le juge avait commis des erreurs. Il avait condamné à mort pour viol un nègre de vingt ans et, après l'exécution, un autre nègre s'était accusé du crime. Mais comment, lui, Fox Clane, en tant que juge, pouvait-il être responsable? Les jurés, après mûres réflexions, ayant estimé le nègre coupable, n'avaient pas recommandé l'indulgence. Sa décision découlait simplement des lois et des coutumes de l'État. Comment, quand ce jeune homme répétait : « Ce n'est pas moi ! » pouvait-on savoir qu'il disait vraiment la vérité ? Après cette erreur, plus d'un magistrat consciencieux aurait plié bagage, mais, bien que le juge regrettât profondément l'incident, il se disait toujours que ce garçon avait été jugé par douze braves citoyens et que lui, pour sa part, n'avait été que l'instrument de la loi. Et donc, aussi grave que fût cette erreur judiciaire, il n'y avait pas là de quoi se laisser dépérir indéfiniment.

Le Noir Jones entrait dans une autre catégorie. Il avait tué un Blanc et il invoquait la légitime défense. Le meurtre avait eu un témoin, la propre femme du Blanc, Mrs. Ossie Little. Les choses s'étaient passées ainsi : Jones et Ossie Little étaient l'un et l'autre métayers sur la terre des Gentry, proche de Sereno. Ossie Little avait vingt ans de plus que sa femme. Pasteur à ses heures, il faisait descendre l'Esprit sur ses fidèles, qui s'exprimaient alors en des langues bizarres. À part cela, c'était un métayer paresseux, incapable, qui laissait péricliter sa ferme. Ses ennuis avaient commencé après qu'il eut épousé une vraie petite fille dont les parents arrivaient des environs de Jessup, où ils possédaient une ferme dans une région ravagée du *Dust Bowl*[180]. En route vers l'espoir et la Californie, ils traversaient la Georgie et, ayant rencontré le pasteur Little, ils avaient forcé leur fille, Joy, à l'épouser. C'était une de ces histoires simples et navrantes des années de crise, dont on ne pouvait raisonnablement rien attendre de bon ; et, certes, rien de bon n'était sorti de cette triste affaire. La jeune épouse de douze ans possédait un caractère comme on n'en voit que rarement chez les êtres aussi jeunes. Le juge se souvenait d'elle comme d'une ravissante petite personne, qui avait d'abord joué à la maman avec une boîte à cigares pleine de robes de poupée, et ensuite, alors qu'elle n'avait pas encore treize ans, avait dû mettre au monde et soigner un petit bébé. Puis, à ce point, les ennuis se compliquèrent comme ils le font toujours. Pour commencer, le bruit avait couru que la jeune Mrs. Little voyait plus qu'il n'était convenable le métayer de couleur de la ferme voisine. Ensuite, Bill Gentry, irrité par la paresse de Little, avait menacé de le renvoyer de la ferme pour la confier à Jones.

Le juge remonta sa couverture, car la nuit était fraîche. Comment son fils au nom sans tache, comment son enfant bien-aimé avait-il pu se compromettre avec des nègres assassins, des pasteurs veules, des femmes-enfants? Comment, mais comment? Et quelle atroce façon de perdre un fils!

Légitime défense ou non, le Noir était voué à la mort et Johnny le savait aussi bien que n'importe qui. Pourquoi donc avait-il insisté pour se charger de la défense, alors que la cause était perdue d'avance? Le juge avait essayé de l'en dissuader. Qu'est-ce que cela pouvait rapporter? Un fiasco, sans plus. Et pourtant il était alors fort loin de se douter que tout cela aboutirait à bien autre chose encore qu'à la déconfiture d'un jeune homme, à un échec d'avocat en herbe – que cela mènerait à un incompréhensible chagrin et à la mort. Mais comment, oh! comment? Le vieil homme gémit tout haut.

Le juge avait dû prononcer la sentence, mais, hormis cela, il s'était tenu autant que possible à l'écart de l'affaire. Il savait que Johnny s'en occupait déjà beaucoup trop, qu'il veillait jusqu'à l'aube, qu'il potassait ses livres de droit comme si en Jones il eût défendu son propre frère. Durant les six mois que Johnny avait passés sur ce dossier, se reprochait le juge, il aurait dû comprendre, lui. Mais comment aurait-il pu savoir? Pouvait-il lire dans les pensées?... À l'audience, Johnny s'était montré ni plus ni moins nerveux que n'importe quel jeune avocat à son premier procès pour meurtre. Le juge avait été désolé de le voir se charger de la défense et il fut stupéfait de la façon dont il s'y prenait... Un cas des plus épineux, pourtant... Johnny fut éloquent, mais il se contenta d'exposer la vérité telle qu'il la voyait. Et comment, de la sorte, arracher l'adhésion de douze braves citoyens? Il ne jouait pas de la voix, ainsi qu'on doit le faire dans le prétoire. Il ne criait pas, pour baisser ensuite le ton jusqu'au murmure en abordant un point litigieux. Johnny parlait calmement, comme s'il eût été bien loin d'un tribunal – et comment, de la sorte, arracher l'adhésion de douze braves citoyens? Il parlait de la justice d'une voix qui se brisait. Il chantait aussi son chant du cygne.

Le juge essaya de penser à autre chose – songer à Miss Missy et s'endormir. Mais, plus que tout, il désirait voir Jester. Dans la vieillesse ou l'infirmité, une fois qu'on s'est rappelé un événement du passé, on est comme envoûté. Inutile d'évoquer le temps où il avait pris une loge à l'Opéra. C'était pour l'inauguration de l'Opéra d'Atlanta. Il avait invité son frère et sa belle-sœur, en plus de Miss Missy et de son père, pour ce gala d'ouverture. Il avait rempli une pleine loge d'amis. On donnait *La Gardeuse d'oies*... Il se rappelait fort bien Geraldine Farrar [181] faisant son entrée sur la scène avec deux oies vivantes, drôlement harnachées. Les oies vivantes faisaient : « Couac, couac », et le vieux Mr. Brown, le père de Miss Missy, avait dit : « Enfin, voilà le premier mot que je comprends ce soir. » Miss Missy avait été horriblement gênée, et lui, il avait été ravi. Il était resté assis dans la loge, se donnant l'air d'être connaisseur, à écouter la troupe allemande qui chantait en allemand, tandis que les oies caquetaient... Inutile de penser à tout cela. Son esprit en revenait à Ossie Little, sa femme et Jones – ils ne voulaient pas le laisser reposer. Il essaya de se secouer.

Quand donc Jester rentrerait-il ? Il n'avait jamais été sévère avec le petit. Certes, il y avait une badine de pêcher dans un vase, sur la cheminée de la salle à manger, mais il ne s'en était jamais servi pour Jester. Un jour où Johnny trépignait et jetait son pain à la figure de sa bonne et de sa mère, il avait perdu patience, pris la badine de pêcher et traîné son jeune fils dans la bibliothèque où, au milieu des lamentations de toute la maisonnée, il avait cinglé deux ou trois fois les jambes nues de l'enfant qui gigotait. Après quoi, la badine était demeurée plantée dans le vase de la cheminée, en manière de menace, mais on ne l'avait plus jamais utilisée. Pourtant, les Écritures enseignaient : « Épargne la baguette, et l'enfant sera corrompu [182]. » Si la badine de pêcher avait servi plus souvent, Johnny eût-il encore été vivant ? Le juge en doutait, cependant il s'interrogeait. Johnny était trop passionné. Non pas d'une passion qu'on eût facilement comprise – cette passion propre à ceux de sa race, la passion du Sudiste qui défend ses femmes contre l'envahisseur étranger à la peau noire –, néanmoins une passion, aussi bizarre que cela pût lui sembler, à lui et aux autres citoyens de Milan.

Ainsi qu'un air monotone martèle un cerveau enfiévré, l'histoire l'obsédait. Le juge retourna sa masse éléphantesque dans son immense lit. Quand donc Jester rentrerait-il ? Il se faisait bien tard... Mais, quand il eut allumé la lampe, le juge vit qu'il était à peine neuf heures. Jester ne s'attardait pas tellement, après tout. Sur la cheminée, à gauche de la pendule, il y avait la photographie de Johnny. L'énergie du jeune visage disparu semblait rayonner à la lumière de la lampe. Sur le menton de Johnny, un peu à gauche, on distinguait une petite tache de naissance. Cette imperfection ne servait qu'à mettre en valeur la beauté de ce visage et, chaque fois qu'il la remarquait, le juge se sentait le cœur plus déchiré.

Pourtant, malgré cette bouffée de chagrin chaque fois qu'il regardait la petite tache, le juge ne pouvait pleurer son fils. Car, sous ses attendrissements, couvait un ressentiment tenace – un ressentiment atténué par la naissance de Jester, adouci par le passage du temps, mais à jamais présent cependant. Il semblait que son fils l'eût volé en le privant de sa présence bien-aimée, que le tendre et perfide brigand lui eût saccagé le cœur. Si Johnny avait eu une mort différente, un cancer, une leucémie – le juge était plus au courant de la maladie de Malone qu'il ne le laissait paraître –, il aurait pu s'affliger d'un cœur limpide, pleurer aussi. Mais ce suicide semblait un geste de dépit délibéré dont le juge s'offensait. Sur sa photographie, Johnny souriait faiblement et la petite tache parachevait la beauté du visage rayonnant. Le juge rabattit ses draps froissés, quitta lourdement son lit en s'appuyant sur sa main droite et traversa la chambre. Il se saisit du portrait de Johnny et le fourra dans un tiroir de commode. Puis il regagna son lit.

On entendait un carillon de Noël. Pour lui, Noël était la plus triste des saisons. Les carillons, la Joie du Monde... si triste, si abandonné, si solitaire. Un éclair illumina le ciel sombre. Est-ce qu'un orage se préparait? Si seulement Johnny avait été frappé par la foudre! Mais on ne peut pas choisir. Ni pour naître ni pour mourir, on ne peut choisir. Seuls les suicidés ont choisi, dédaignant la pulpe vivante de la vie pour le néant total de la tombe. Un autre éclair fut suivi d'un coup de tonnerre.

Certes, il n'avait pour ainsi dire jamais utilisé la badine de pêcher avec le petit Johnny; plus tard, cependant, il avait conseillé son fils, s'était inquiété de son admiration pour le bolchevisme, pour Samuel Liebowitz et le radicalisme en général. Mais il se disait toujours pour se tranquilliser que Johnny était jeune, qu'il jouait dans l'équipe de football de l'université de Georgie et que les engouements et les caprices des jeunes gens passent rapidement quand vient l'heure d'affronter la réalité. Certes, aussi, la jeunesse de Johnny avait été très différente de la sienne, de ces beaux jours de valses, de chants et de danses où, joli cœur de Flowering Branch, il avait courtisé et conquis Miss Missy. Quelquefois, il s'était dit tout bas : « Ce Cassius a l'air affamé; il réfléchit trop. Les hommes de ce genre sont dangereux. » Mais il ne s'était jamais attardé là-dessus, car, même dans ses pires débauches d'imagination, il n'avait jamais pu associer Johnny avec le danger.

Une fois, au cours de la première année de barreau de Johnny, il avait dit tout haut :

« Tu sais, Johnny, j'ai souvent remarqué que, lorsqu'on se passionne trop pour les opprimés, on a bien des chances d'aller grossir leurs rangs. »

Johnny s'était contenté de hausser les épaules.

« Quand j'ai commencé à exercer mon métier, j'étais un jeune homme pauvre et non un fils à papa comme toi. »

Il avait vu une lueur d'embarras passer sur le visage de Johnny, mais il avait poursuivi sans hésitation :

« J'ai dédaigné les clients de l'assistance judiciaire, dont se chargent d'habitude les avocats sans fortune. Ma clientèle a augmenté et, bientôt, j'ai pu me charger des causes qui représentaient des rentrées d'argent considérables. Profit et prestige politique étaient et ont toujours été ma considération primordiale.

– Moi, je ne suis pas ce genre d'avocat.

– Je ne cherche pas à te persuader de m'imiter, protesta faussement le juge. Une chose est certaine, en tout cas, je ne me suis jamais chargé d'un cas louche. Quand un client me ment, je le sais et je ne toucherais pas à son dossier, même du bout d'une perche de dix mètres. J'ai un sixième sens pour ces questions-là. Rappelle-toi ce type qui a tué sa femme avec un club de golf sur le terrain du Country Club. J'aurais touché des honoraires princiers, mais j'ai refusé d'assumer sa défense.

– Autant qu'il m'en souvienne, il y avait des témoins.

– Voyons, Johnny, un avocat de génie sait embobeliner les témoins, convaincre le jury qu'ils n'étaient pas là où ils jurent d'avoir été et qu'ils n'ont pu voir ce qu'ils ont vu. Cependant j'ai refusé l'affaire et beaucoup d'autres du même genre. Je ne me suis jamais compromis pour des causes douteuses, quelque princiers qu'en fussent les honoraires. »

Le sourire de Johnny était aussi ironique que celui qu'il montrait sur sa photographie.

« Ma foi, c'est magnifique de votre part.

– Bien sûr, quand une cause avantageuse se combine avec une cause juste, c'est le paradis pour Fox Clane. Tu te rappelles comment j'ai défendu la Compagnie générale d'électricité de Milan? Le paradis et des honoraires à tout casser.

– Et les tarifs ont augmenté.

– On ne peut pas avoir le gaz et l'électricité pour rien. Il n'y en avait pas chez nous quand j'étais enfant. Je devais garnir les lampes et charger le fourneau. Mais j'étais libre. »

Johnny ne dit rien.

Souvent, lorsque la petite tache de naissance provoquait en lui une émotion trop violente ou quand le sourire moqueur semblait le narguer, le juge faisait disparaître la photographie. Elle demeurait dans la commode jusqu'à ce qu'il eût changé d'humeur ou que l'absence du portrait de son fils lui fût devenue insupportable. Alors la photographie encadrée d'argent revoyait le jour, et le juge contemplait longuement la petite tache et s'accommodait même du sourire adorable et lointain.

« Ne te méprends pas, avait-il conseillé ce jour-là, il y avait des années. Si je me charge des causes profitables, ce n'est pas dans mon seul intérêt personnel. »

L'avocat d'âge mûr et ex-membre du Congrès avait aspiré à entendre quelques mots d'approbation de la bouche de son jeune fils. Sa franchise avait-elle paru, aux yeux de Johnny, du cynisme?

Après un silence, Johnny avait fini par dire :

« Au cours de cette dernière année, je me suis souvent demandé jusqu'à quel point vous étiez conscient de vos responsabilités.

– Conscient de mes responsabilités! (Le juge rougit rapidement, violemment.) Il n'y a pas de citoyen plus conscient que moi de ses responsabilités à Milan. Ni dans la Georgie, ni dans le Sud tout entier. »

Sur l'air de *God save the king*, Johnny psalmodia :

« Dieu aide le Sud!

– Sans moi, où crois-tu que tu serais?

– Au ciel. Je serais encore un petit machin mis à sécher par le Bon Dieu. Je n'ai jamais désiré être votre fils. »

Le juge, encore rouge d'émotion, n'osa pas dire : « Mais, moi, je n'aurais pas voulu d'un fils différent de toi. » Il se contenta de demander :

« Et quel genre de fils me conviendrait à peu près, selon toi?

– Que diriez-vous de... (En esprit, Johnny passa en revue des fils imaginaires.) Que diriez-vous d'Alec Sisroe? »

Au rire léger de Johnny se mêla le gros rire de gorge de son père :

« Ma-mère-à-moi, oh! ma-mère-à-moi! » cita le juge à travers ses crachotements et ses éclats de rire.

Alec Sisroe débitait ce poème chaque année, lors de la fête des Mères, à la Première Église Baptiste. C'était un chéri-à-sa-maman dégingandé, maniéré, et Johnny ne manquait jamais de singer sa performance, pour la jubilation de son père et la réprobation de sa mère.

Cette brusque hilarité hors de propos s'acheva aussi soudainement qu'elle avait commencé. Souvent, le juge et son fils, qui étaient pareillement sensibles au ridicule, partageaient des fous rires de ce genre. Cet aspect de leurs rapports avait incité le juge à une autre conviction, à une erreur fréquente chez les pères. « Johnny et moi, nous sommes plutôt comme deux frères que comme un père et son fils. Nous avons la même prédilection pour la pêche et la chasse, le même solide sens des valeurs... Je n'ai jamais entendu mon fils dire un mensonge... Les mêmes intérêts, les mêmes plaisirs. » C'était en ces termes que le juge, soit à la pharmacie de Malone, soit au tribunal ou dans l'arrière-salle du *Café de New York* et chez le coiffeur, vantait sa similitude fraternelle avec son fils. Ses auditeurs, qui voyaient peu de rapports entre le jeune et timide Johnny Clane et son énergumène de père, s'abstenaient de tout commentaire. Quand le juge lui-même s'était rendu compte de divergences croissantes entre son fils et lui, il n'en avait que plus souvent rabâché son thème père-et-fils, comme si, à force de paroles, son désir avait pu devenir réalité.

Ce fou rire provoqué par le garçon ma-mère-à-moi avait sans doute été le dernier qu'ils avaient partagé. Et, piqué par l'allusion de Johnny à son inconscience, le juge avait rapidement coupé court à son hilarité et dit :

« Il m'a semblé que tu me blâmais de m'être chargé de la défense de la Compagnie générale d'électricité. Est-ce vrai, mon petit?

– Oui. Les tarifs ont augmenté.

– Souvent, c'est le pénible lot de la maturité, d'avoir à choisir entre deux maux le moindre. Et il s'agissait là d'une cause qui touchait à la politique. Non que j'aie eu à subir la moindre pression de la part d'Harry Breeze et de la Compagnie générale d'électricité de Milan, mais le Gouvernement fédéral relevait sa vilaine tête. Imagine que la T.V.A. [183] et autres semblables compagnies de forces motrices contrôlent la nation entière. Je sens d'ici la puanteur de la paralysie progressive.

– La paralysie progressive ne pue pas.

– Non, mais à mon nez le socialisme empeste. Et quand le socialisme décourage l'initiative personnelle... (Le juge avait perdu le fil de son discours, quand une image lui vint soudain) découpe les individus à l'emporte-pièce, les fabrique en série... fit-il violemment. Ça t'intéressera peut-être de le savoir, mon petit, mais, autrefois, je me suis passionné pour le socialisme et même pour le communisme. D'un point de vue tout scientifique, remarque bien, et pour un temps très court. Puis, un jour, j'ai vu une photographie représentant des jeunes femmes bolchevistes à la douzaine, toutes vêtues du même costume de gymnastique, toutes accroupies, accomplissant le même mouvement. Des douzaines et des douzaines, exécutant le même exercice – rien que des poitrines semblables, des cuisses identiques –, chaque pose, chaque côte, chaque postérieur pareil à son voisin, pareil. Je ne déteste certes pas les femmes saines et bien en chair, mais, plus j'examinais cette photo, plus je me sentais révolté. Remarque que j'aurais fort bien pu apprécier une de ces femmes, isolée de cette prolifération de chair féminine... mais, à les voir identiques les unes aux autres, ça m'a révolté. Et tout mon intérêt, pour scientifique qu'il fût, m'a abandonné. Ne viens pas me parler de standardisation.

– Le dernier résultat que j'ai constaté, c'est que la Compagnie d'électricité de Milan a augmenté ses tarifs pour l'usage domestique, avait dit Johnny.

– Qu'est-ce que quelques sous si nous conservons notre liberté et si nous échappons à la paralysie progressive du socialisme et du Gouvernement fédéral? Faut-il que nous vendions nos privilèges pour un plat de lentilles? »

La vieillesse et la solitude n'avaient pas encore fixé l'hostilité du juge sur le Gouvernement fédéral. À cette époque, il passait sa colère sur sa famille, car il avait encore une famille, ou sur ses collègues, car il était encore un habile homme de loi, qui travaillait d'arrache-pied et ne dédaignait pas de corriger les jeunes avocats à l'audience, quand ils citaient de travers Bartlett [184], Shakespeare ou la Bible, et dont les avis étaient encore recherchés et suivis, aussi bien au tribunal qu'au-dehors. Sa principale préoccupation était alors ce fossé qui s'élargissait entre Johnny et lui, mais ce souci ne s'était pas encore changé en tourment et, en fait, il avait mis l'attitude de Johnny sur le compte de la légèreté de la jeunesse. Il n'avait rien pris au tragique quand Johnny s'était emballé et marié au sortir d'un bal, et bien que le père de la jeune fille fût un bootlegger notoire... préférant, dans le secret de son cœur, un bootlegger notoire à un pasteur qui eût peut-être voulu imposer son régime à la famille et empêcher les autres de danser en rond. Et Miss Missy s'était montrée courageuse, elle avait donné à Mirabelle son moins beau collier de perles et une broche de grenats, et fait grand cas du passage de sa belle-fille à Hollins College où, deux ans durant, Mirabelle avait étudié la musique. Les deux femmes jouaient même ensemble du piano et apprenaient par cœur, à quatre mains, la *Marche turque*.

La préoccupation du juge n'avait rien eu d'obsédant jusqu'au jour où Johnny, après un an de pratique à peine, avait accepté de défendre la cause de Jones contre la Société. À quoi servait que Johnny eût passé avec les félicitations du jury ses examens d'Université s'il n'avait pas un atome de bon sens? À quoi bon ses connaissances juridiques et sa culture s'il marchait sur les pieds des douze braves jurés, écrasant leurs œils-de-perdrix, cors et durillons?

Sans vouloir discuter le cas avec son fils, le juge l'avait cependant mis en garde contre les réactions des jurés. Il lui avait dit : « Tâche de te mettre à leur portée, n'essaie pas de les faire sortir d'eux-mêmes. » Mais est-ce que Johnny avait seulement voulu l'écouter? Non, il avait plaidé comme si ces pauvres Blancs de Georgie, ces ouvriers des filatures, ces métayers eussent été des habitués de la Cour suprême. Un talent incroyable. Mais pas un grain de bon sens.

Il était neuf heures et demie lorsque Jester entra dans la chambre du juge. Il mangeait un énorme sandwich qui excita la convoitise du vieil homme, affamé par ces heures passées à évoquer d'anciens tourments.

« Je t'ai attendu pour dîner.

– Je me suis laissé tenter par le cinéma. En rentrant, je me suis fait ce sandwich. »

Le juge chaussa ses lunettes et lorgna de près l'épais sandwich.

« Qu'est-ce qu'il y a dedans?

– Beurre de cacahuètes, tomates, plus du lard et des oignons. »

Jester mordit à belles dents dans son sandwich, en laissant tomber une rondelle d'oignon. Le juge, dans l'espoir de décourager son appétit, détacha du sandwich son regard gourmand pour le poser sur l'oignon collé au tapis par la mayonnaise. Son appétit demeura le même, en sorte qu'il dit :

« Le beurre de cacahuètes est bourré de calories. (Il ouvrit la cave à liqueurs et se versa un whisky.) Deux calories et demie le gramme, exactement. Trop pour mon goût, en tout cas.

– Où est passé le portrait de mon père?

– Dans le tiroir, là-bas. »

Jester, qui connaissait l'habitude qu'avait son grand-père de cacher la photographie quand il était bouleversé, demanda :

« Qu'est-ce qu'il y a?

– Je suis furieux. Triste. Déçu. Mais c'est bien souvent ce que j'éprouve quand je pense à mon fils. »

Quelque chose se figea dans le cœur de Jester, comme toujours à la mention de son père. Les carillons de Noël faisaient retentir de leurs sons argentins la nuit glacée. Il cessa de manger et posa sur la table de chevet le sandwich qui portait la marque de ses dents.

« Vous ne me parlez jamais de mon père.

– Nous étions plutôt comme deux frères que comme un père et son fils. Deux vrais frères jumeaux.

– J'en doute. Seuls les introvertis se suicident. Et vous n'êtes pas introverti.

– Mon fils n'était pas un introverti, je te prie de t'en souvenir, dit le juge d'une voix que la colère rendait stridente. Le même sens de l'humour, la même envergure d'esprit. Si ton père avait vécu, on aurait découvert qu'il avait du génie et c'est un mot que je n'emploie pas à la légère. »

Personne n'aurait imaginé à quel point c'était vrai, car le juge ne se servait du mot qu'à propos de Fox Clane et de William Shakespeare.

« Nous étions comme deux frères jumeaux jusqu'au jour où il s'est mêlé de l'affaire Jones.

– Est-ce à propos de cette affaire que vous dites toujours que mon père voulait passer outre à un axiome?

– Passer outre à la loi, aux coutumes de sa race, à des principes, que sais-je?... »

Après un regard furieux vers le sandwich entamé, le juge s'en empara et se mit à le manger avidement, mais, comme son insatisfaction ne lui venait pas d'un estomac vide, il n'en fut pas réconforté.

Le juge parlait rarement de son fils et se refusait à satisfaire la curiosité naturelle de Jester; celui-ci avait donc pris l'habitude de poser des questions détournées. Cette fois-ci, il demanda :

« Il s'agissait d'un délit de quel genre? »

Le juge alla chercher si loin sa réponse qu'elle sembla sans rapport avec la question.

« L'adolescence de Johnny s'est déroulée en un temps où le communisme brillait de toute sa splendeur aux places d'honneur. Des salauds de communistes, il y en avait jusque dans les services de la Maison Blanche. C'était l'époque de la T.V.A. [185], de la F.H.A. [185], de F.D.R. [186] et de toutes ces saloperies d'initiales. Et, de fil en aiguille, on en est arrivé à ce qu'une négresse chante devant le Memorial de Lincoln et à ce que mon fils... – la voix du juge s'enfla de colère – à ce que mon fils défende un Noir dans un procès pour meurtre. Johnny a essayé de... »

Le vieil homme fut saisi d'un rire hystérique, ce rire qui vous prend devant l'absurdité fantastique de cela même qui vous frappe au cœur. Hoquets douloureux et éclaboussures de salive l'empêchèrent de poursuivre.

« Non, ne riez pas », dit Jester.

Les gloussements rauques et les crachotements continuèrent, tandis que Jester, impassible, le visage blanc, observait son grand-père.

« Je ne..., parvint enfin à articuler le juge entre deux éclats de rire nerveux..., je ne ris pas. »

Jester demeurait assis bien droit dans son fauteuil, le visage blême. Il commençait à craindre que son grand-père n'eût une attaque d'apoplexie. Il savait qu'une attaque d'apoplexie se manifestait de façon bizarre et soudaine. Peut-être devenait-on rouge comme le feu et riait-on ainsi? En tout cas, on pouvait en mourir. Son grand-père, cramoisi et suffoquant, n'était-il pas en train de mourir de rire? Jester essaya de faire asseoir le vieil homme pour lui tapoter le dos, mais le poids excédait ses forces; et, à la fin, le rire s'atténua puis cessa tout à fait.

Déconcerté, Jester considéra son grand-père. Il avait entendu parler de dédoublement de la personnalité. Était-ce parce qu'il était vieux que son grand-père se conduisait tout de travers, riant aux larmes quand il aurait dû pleurer? Car, enfin, il avait aimé son fils. Toute une partie du grenier était consacrée à Johnny : dix couteaux, un poignard indien, un costume de clown, les volumes de Rover Boy, ceux de Tom Swift, et des piles de livres d'enfants; un crâne de bœuf, des patins à roulettes, une canne à pêche, des vêtements de football, des gants de base-ball, des malles et des malles pleines d'objets en bon état ou de vieilleries. Mais Jester savait qu'il ne devait pas jouer avec le contenu de ces malles, pas plus avec les objets en bon état qu'avec les vieilleries. Un jour qu'il avait accroché au mur de sa chambre le crâne de bœuf, le vieux juge, furieux, avait menacé de le fouetter avec la badine de pêcher. Ainsi, son grand-père avait aimé son fils unique ; pourquoi donc alors ce rire hystérique ?

Le juge, lisant la question dans les yeux de Jester, dit calmement :

« Être pris d'un fou rire nerveux, ce n'est pas rire vraiment, mon petit. C'est une réaction panique d'affolement quand on ne peut pas pleurer. J'ai ri pendant quatre jours et quatre nuits après la mort de mon fils. Le Doc Tatum a aidé Paul à me plonger dans une baignoire d'eau chaude et m'a administré des calmants, mais j'ai continué à rire – enfin, pas vraiment à rire... Alors le Doc a essayé des douches froides et forcé la dose de calmant. Rien à faire. Tandis que le corps de mon fils était exposé dans son cercueil au salon, moi, j'avais le fou rire. On a été obligé de repousser d'un jour les funérailles et j'étais si faible en entrant dans l'église qu'il a fallu deux gros types solides pour me soutenir. Ça devait être un joli spectacle », ajouta-t-il gravement.

Jester demanda du même ton tranquille :

« Mais pourquoi ce fou rire nerveux tout à l'heure ? Il y a plus de dix-sept ans que mon père est mort.

– Et, durant toutes ces années, pas un seul jour n'a passé sans que je songe à mon fils. Parfois le temps d'un éclair, d'autres fois en me plongeant dans mes souvenirs. Il est rare que je me risque à parler de mon fils, mais aujourd'hui, pendant la plus grande partie de l'après-midi et tout au long de la soirée, j'ai songé à lui... pas seulement au bon temps que nous avons pris ensemble quand nous étions jeunes, mais aussi aux graves problèmes qui nous ont séparés, par la suite, et qui ont eu raison de nous. J'ai revu mon fils à ce dernier procès, aussi nettement que je te vois en ce moment, plus nettement, même, en fait. Et j'ai entendu sa voix. »

Jester serrait si fort les bras de son fauteuil qu'il en avait les jointures toutes blanches.

« Sa défense fut magistrale, à une fatale erreur près. Cette fatale erreur, c'est que les jurés n'y ont rien compris. Mon fils a plaidé comme s'il s'adressait à une assemblée d'avocats juifs de New York et non à une brochette de douze braves citoyens du comté de la Pêche, en Georgie. Illettrés, tant les uns que les autres. Étant donné les circonstances, le premier geste de mon fils a été un vrai trait de génie. »

Jester, qui écoutait de tout son être, entrouvrit les lèvres et se mit à respirer par la bouche.

« Mon fils a commencé par demander aux jurés de se lever pour prêter serment au drapeau américain. Ils se sont mis lentement debout et Johnny leur a lu en entier la tartine, le serment. Nat Webber et moi, nous étions parés. Quand Nat a fait objection, j'ai tapé mon marteau et donné l'ordre de rayer ces mots du procès-verbal de la séance. Mais ça n'avait pas d'importance, mon fils était parvenu à ses fins.

– Quelles fins?

– D'un seul coup, mon fils avait lié ces douze hommes dans une action commune et les avait mis en demeure de se surpasser. À l'école, on leur avait appris à prêter ce serment et prononcer la formule, c'était pour eux participer à une sorte de cérémonie sacrée. J'y suis allé de mon marteau, grommela le juge.

– Pourquoi avez-vous rayé le serment du procès-verbal?

– Parce que sans rapport avec l'affaire. Mais mon fils, en tant que défenseur, avait atteint son but et placé un cas de meurtre sordide, réglé d'avance, sur le plan de la loi constitutionnelle. Il a poursuivi sans attendre : " Messieurs les jurés et Votre Honneur... " Il a dévisagé durement chacun des jurés, puis moi, son père. " Chacun de vous douze, en tant que juré, a été appelé à assumer une immense responsabilité. À cette heure, rien ne passe avant vous et votre tâche. " »

Jester écoutait, le menton au creux de la main, l'index sur la joue; et, dans son visage attentif, ses yeux brun-rouge étaient grands ouverts et pleins d'interrogation.

« Depuis le début, Rice Little soutenait que Mrs. Little avait été violée par Jones et que son frère Ossie avait eu tous les droits d'essayer d'abattre le nègre. Rice Little se cramponnait à sa déclaration comme un sale chien gardant la propriété de son frère, et rien ne pouvait l'en faire démordre. Quand Johnny a interrogé Mrs. Little, elle a juré que ce n'était pas vrai, que son mari avait délibérément attaqué Jones... que c'était en cherchant à lui arracher son fusil que Jones avait tué Ossie... drôle de chose à soutenir, pour une épouse. Johnny lui a demandé si Jones ne s'était jamais permis des privautés avec elle, et elle a dit jamais, qu'il l'avait toujours traitée comme une grande dame. »

Le juge ajouta :

« J'aurais dû remarquer quelque chose. Mais j'avais des yeux et ne voyais point. Leur visage et leur choix sont plus clairs pour moi que ce que j'ai vécu hier... L'accusé montrait ce teint bizarre que prennent les nègres quand ils sont mortellement effrayés. Rice Little, dans son complet du dimanche trop étroit, avait le visage aussi dur et jaune qu'une croûte de fromage. Mrs. Little restait assise sans bouger, avec son regard bleu, bleu et hardi comme pas un. Mon fils tremblait... Au bout d'une heure, mon fils a abandonné le particulier pour le général. " Si deux Blancs ou deux Noirs passaient en jugement pour un accident de ce genre, il n'y aurait pas de procès, car ce fut bien par accident que le fusil est parti lorsque Ossie Little cherchait à tuer l'accusé. " Johnny a poursuivi : " La vérité est que cette affaire concerne un Blanc et un Noir et qu'il nous faut compter avec les inégalités qui se mettent en travers du juste règlement d'une situation de ce genre. En fait, messieurs les jurés, dans un cas comme celui-ci, la Constitution elle-même est mise en cause. " Johnny a cité le Préambule et les Amendements libérant les esclaves, leur donnant le titre de citoyen et des droits égaux à ceux des Blancs. " Ces paroles que je viens de citer ont été écrites il y a un siècle et demi et répétées par des millions de voix. Ces paroles ne sont rien d'autre que la loi de notre pays. Moi, citoyen et avocat, je ne peux rien leur ajouter ni leur retrancher. Ma fonction dans ce tribunal consiste à les souligner et à veiller à leur application. Alors emporté par l'émotion, Johnny s'est mis à réciter : " *Il y a quatre-vingt-sept ans, nos pères*[187]... " Je me suis servi de mon maillet.

– Pourquoi?

– Ce discours n'engageait que Lincoln. Tous les étudiants en droit doivent l'apprendre par cœur, mais, moi, rien ne m'obligeait à le tolérer dans mon tribunal. »

Jester dit :

« Mon père désirait le citer. Laissez-moi l'entendre maintenant. »

Jester ne savait pas très clairement ce que serait la citation, mais il se sentait proche de son père comme jamais encore, et l'énigmatique squelette du suicidé et les vieilles malles-capharnaüm s'étoffaient d'une image vivante. Dans son excitation, il se leva et se tint debout, une main sur le bois du lit, les jambes rapprochées, l'oreille tendue. Et le juge, qui ne se faisait jamais prier deux fois pour chanter, réciter ou exercer sa voix de quelque façon que ce fût, cita gravement le discours de Gettysburg, tandis que son petit-fils l'écoutait, les yeux pleins de larmes d'enthousiasme, les talons joints et la bouche ouverte.

Quand ce fut fini, le juge parut se demander pourquoi il avait cité le passage. Il dit :

« Un des plus beaux morceaux d'éloquence qui aient jamais été prononcés, mais un dangereux excitant pour la populace. Ferme la bouche, mon garçon.

– C'est terrible, je trouve, qu'à cause de vous ces mots ne figurent pas au procès-verbal, fit Jester. Qu'est-ce que mon père a dit ensuite?

– Sa péroraison aurait dû être le meilleur de sa plaidoirie, mais, après les phrases pompeuses et illusoires de la Constitution et du discours de Gettysburg, elle est tombée à plat. On aurait dit un drapeau par un jour sans vent. Ton père a fait ressortir que les Amendements à la Constitution n'étaient jamais entrés en vigueur. Mais, lorsqu'il a parlé des droits civiques, il était si excité qu'il a trébuché sur le mot civique, ce qui a fait mauvaise impression et l'a désarçonné lui-même. Il a avancé que la population du comté de la Pêche était presque également répartie entre Blancs et Noirs, et fait remarquer que les Noirs n'étaient pas représentés dans le jury. Alors les jurés ont échangé des coups d'œil soupçonneux et perplexes. Ensuite, il a demandé : " Mon client est-il accusé de meurtre ou de viol? Le ministère public a essayé de souiller l'honneur de l'accusé et celui de Mrs. Little avec des insinuations sournoises et viles. Mais, moi, c'est contre une accusation de meurtre que je défends mon client. " J'ai vu que Johnny essayait de finir en beauté. De la main droite, il semblait chercher à saisir quelque chose, un mot, peut-être. " Depuis plus d'un siècle, le texte de la Constitution est, en principe, la loi de notre pays. Mais les textes sont sans pouvoir s'ils ne sont pas appliqués dans les cours de justice. Après un siècle interminable, nos tribunaux, en ce qui concerne les Noirs, ne sont que les repaires majestueux du préjugé et de la persécution légalisée. Les mots ont été prononcés, les idées formulées. Et combien de temps encore durera ce décalage entre textes, pensée et justice? " Johnny s'est rassis, et moi, ajouta amèrement le juge, j'ai pu desserrer les fesses.

– Desserrer quoi? demanda Jester.

– Mes fesses, que j'avais tenues bien serrées depuis qu'il avait trébuché sur le mot " civique ". Je me suis détendu, une fois la plaidoirie terminée.

– Je trouve que c'était une défense brillante, dit Jester.

– Elle n'a servi à rien. Je me suis retiré dans mon bureau pour attendre le verdict. Les jurés sont restés absents vingt minutes. Juste le temps de descendre tous en bande au sous-sol du tribunal et de confronter leurs conclusions. Le verdict, je le connaissais d'avance.

– Comment pouviez-vous le connaître?

– Quand pèse le moindre soupçon de viol, le verdict est toujours : coupable. Et que Mrs. Little ait pris si vivement la défense de l'assassin de son époux, ça paraissait franchement bizarre. Pendant tout ce temps, j'étais aussi innocent que le bébé qui vient de naître, et mon fils également. Mais le jury a flairé quelque chose de louche et déclaré l'assassin coupable.

– Mais n'était-ce pas un coup monté? demanda Jester avec indignation.

– Non, les jurés doivent décider qui a dit la vérité et, en ce cas, ils ne se sont pas trompés, encore que je m'en sois peu soucié sur le moment, moi. Une fois le verdict annoncé, la mère de Jones a poussé une grande lamentation dans la salle, Johnny est devenu pâle comme un fantôme et la petite Mrs. Little a chancelé sur son siège. Seul Sherman Jones a paru l'accepter courageusement.

– Sherman? (Jester pâlit et rougit tour à tour, rapidement.) Le nègre s'appelait Sherman? demanda-t-il d'une voix sans timbre.

– Oui. Sherman Jones. »

Jester parut intrigué; il essaya d'une question oblique :

« Sherman n'est pas un prénom courant, n'est-ce pas?

– Après la marche de Sherman à travers la Georgie, des quantités de petits nègres ont été baptisés ainsi. Personnellement, j'ai bien connu une demi-douzaine de Sherman dans ma vie. »

Jester songeait à l'unique Sherman qu'il connaissait, mais il n'en parla pas. Il se contenta de dire :

« Je ne comprends pas bien cette histoire.

– Moi non plus, à l'époque. J'avais des yeux et ne voyais point; j'avais des oreilles et n'entendais point. Si seulement, durant cette audience, je m'étais servi du bon sens que je tiens du Bon Dieu, ou si seulement mon fils s'était confié à moi!

– S'il vous avait confié quoi?

– Qu'il était amoureux de cette femme, ou se le figurait. »

Le regard de Jester se figea brusquement.

« Mais c'est impossible. Il était marié avec ma mère.

– Nous sommes deux vrais frères jumeaux, toi et moi, mon petit, au lieu d'un grand-père et de son petit-fils. Deux pois d'une même cosse. La même innocence, le même sens de l'honneur.

– Je ne peux pas croire ça.

– Moi non plus, je ne l'ai pas cru quand il me l'a avoué. »

Jester avait beaucoup entendu parler de sa mère; sur ce point, sa curiosité était satisfaite. Il savait que sa mère raffolait des crèmes glacées, en particulier des omelettes norvégiennes, qu'elle jouait du piano, qu'elle avait étudié la musique à Hollins. Ces détails, on les lui avait fournis spontanément, quand l'occasion s'en présentait au cours de son enfance, et l'idée de sa mère ne lui avait jamais, comme le faisait celle de son père, inspiré ni crainte ni pressentiment d'un mystère.

« Comment était cette Mrs. Little? demanda-t-il enfin.

– Une garce. Elle était très pâle, très visiblement enceinte, très fière.

– Enceinte? demanda Jester, écœuré.

– Très visiblement. Quand elle se promenait dans les rues, on aurait dit qu'elle s'attendait à ce que la foule s'écarte devant elle, comme la mer Rouge s'est ouverte au passage des Israélites.

– Alors, comment mon père a-t-il pu tomber amoureux d'elle?

– Rien n'est plus facile que de tomber amoureux. C'est le rester qui compte. Il ne s'agissait pas d'un amour véritable, mais plutôt d'un amour du genre de celui qu'on éprouve pour une idée. D'autre part, ton père ne s'y est jamais abandonné. Appelle ça une passade, si tu veux... Mon fils était un puritain, et les puritains s'illusionnent plus que les hommes qui se laissent aller à tous les coups de foudre, à toutes leurs impulsions.

– Ce dut être affreux pour mon père... d'être amoureux d'une autre femme alors qu'il était marié à ma mère, dit Jester, empoigné par le dramatique de la situation et sans même songer à prendre le parti de sa mère aux omelettes norvégiennes. Est-ce que ma mère le savait?

– Bien sûr que non. Mon fils ne me l'a avoué qu'une semaine avant de se tuer. Il était bouleversé, révolté. Sans quoi il ne m'aurait jamais rien dit.

– Révolté par quoi?

– Pour couronner le tout, après le procès et l'exécution, Mrs. Little a fait appeler Johnny. Son bébé était né et elle allait mourir. »

Les oreilles de Jester étaient devenues très rouges.

« A-t-elle avoué à mon père qu'elle l'aimait?... Passionnément, je veux dire?

– Elle le haïssait et le lui a dit. Elle lui a reproché violemment de s'être montré mauvais avocat, d'avoir fait étalage de ses idées sur la justice au détriment de son client. Elle l'a invectivé, l'a accusé, soutenant que s'il avait plaidé purement et simplement la légitime défense Sherman eût été libre à cet instant. C'était une mourante qui divaguait, pleurait, se lamentait, criait des injures. Elle a dit qu'elle n'avait jamais connu un homme plus propre ni plus convenable que Sherman et qu'elle l'aimait. Elle a montré à Johnny le nouveau-né, un bébé à la peau sombre et aux yeux bleus. Quand Johnny est rentré à la maison, il avait l'air d'avoir descendu les chutes du Niagara dans un tonneau. J'ai laissé Johnny parler tout son soûl, puis je lui ai dit : " Mon petit, j'espère que tu as compris ta leçon. Il est impossible que cette femme ait réellement aimé Sherman Jones. C'est un Noir; elle est une Blanche. " »

– Mais, grand-père, vous parlez comme si aimer un nègre, c'était aimer une girafe.

– Bien sûr que non, que ce n'était pas de l'amour. Il s'agissait de concupiscence. La concupiscence est fascinée par l'étrange, le pervers, le dangereux. C'est ce que j'ai dit à Johnny. Puis je lui ai demandé pourquoi il prenait tout cela tellement à cœur. Il m'a répondu : " Parce que, moi, j'aime Mrs. Little... ou faut-il appeler cela de la concupiscence? " – De la concupiscence ou de la démence, mon petit », ai-je dit.

– Qu'est devenu le bébé? demanda Jester.

– Selon toute vraisemblance, Rice Little l'a emporté après la mort de Mrs. Little et l'a abandonné sur un banc de l'église de l'Ascension. J'imagine que c'est Rice Little, du moins. Je ne vois pas qui ce pourrait être d'autre.

– S'agit-il de notre Sherman à nous?

– Oui. Mais ne lui dis rien de tout ceci, recommanda le juge.

– Ce n'est pas le jour même où Mrs. Little l'a injurié, l'a accusé, lui a montré le bébé, que mon père s'est tué, n'est-ce pas?

– Il a attendu l'après-midi de Noël, une semaine plus tard, alors que je me figurais lui avoir mis un peu de bon sens dans la cervelle et que tout était fini et oublié. Ce Noël-là a commencé comme tous les Noëls. Le matin, nous avons regardé nos cadeaux et empilé des paquets sous l'arbre de Noël... Miss Missy avait offert à Johnny une perle pour sa cravate, et moi, une boîte de cigares et une montre étanche et antichoc. Je me rappelle que Johnny a cogné sa montre et l'a placée dans un bol plein d'eau pour contrôler qu'elle était bien étanche et antichoc. Je n'ai jamais cessé de me reprocher de n'avoir rien remarqué de particulier ce jour-là. Puisque nous étions comme deux frères jumeaux, j'aurais dû deviner son désespoir. Était-ce normal de plaisanter ainsi avec cette montre étanche et antichoc? Dis-le-moi, Jester.

– Je ne sais pas, mais ne pleurez pas, grand-père. »

Car le juge, qui n'avait pas versé une vraie larme de toutes ces années, pleurait enfin son fils. Le voyage dans le passé qu'il venait de faire en compagnie de son petit-fils avait mystérieusement désarmé son cœur inflexible. Voluptueux en toutes choses, il sanglotait à présent avec abandon et y trouvait du plaisir.

« Non, je vous en prie, grand-père, fit Jester. Ne pleurez pas, bon-papa. »

Après ces heures passées à évoquer le passé, le juge reprit pied dans le présent.

« Il est mort, dit-il. Mon enfant chéri est mort, mais moi, je suis vivant. *Et la vie est pleine de tant de choses. De bateaux, de choux et de rois* [188]... Non, ce n'est pas tout à fait cela. *De bateaux, de...*

– *De cire à cacheter,* souffla Jester.

– C'est ça. *La vie est pleine de tant de choses, de bateaux, de cire à cacheter, de choux et de rois.* Ça me rappelle qu'il faudrait que je me procure une autre loupe, mon petit. Les caractères du *Milan Courier* sont de plus en plus flous. Et le mois dernier, au poker, une séquence m'est passée sous le nez parce que j'avais confondu un neuf et un sept. J'étais si fâché contre moi-même que j'aurais pu me mettre à hurler, là, en plein *Café de New York*. De plus, je vais me procurer un appareil auditif, encore que j'aie toujours soutenu qu'ils font " vieille dame " et ne marchent pas. Et puis, d'ici quelques années, j'aurai des sens tout neufs. Une vue et une ouïe meilleures, une amélioration considérable de tous les sens, tu verras. »

Comment le miracle se produirait, le juge ne l'expliqua pas, mais, vivant dans le présent et rêvant d'un avenir plus riant, il était comblé. Après les émotions de la soirée, il dormit paisiblement toute cette nuit d'hiver et ne se réveilla pas avant six heures, le lendemain matin.

11

Qui suis-je? Que suis-je? Où vais-je? Ces questions, fantômes qui hantent le cœur de l'adolescent, Jester finit par leur trouver une réponse. Les cauchemars où il revoyait Grown Boy et qui le laissaient bouleversé, en proie à un sentiment de culpabilité, cessèrent de le tourmenter. Et il n'imaginait plus qu'il sauvait Sherman de la foule, qu'il faisait le sacrifice de sa vie sous les yeux de Sherman, éperdu de chagrin. Envolés également les rêves où il arrachait Marilyn Monroe à une avalanche en Suisse, puis paradait triomphalement sous les serpentins dans les rues de New York. Ces rêveries n'avaient pas manqué d'intérêt par elles-mêmes, mais, après tout, elles ne menaient à rien. Il avait sauvé d'innombrables personnes, il était mort d'innombrables fois en héros! Et ces aventures se passaient presque toujours à l'étranger. Jamais à Milan, jamais en Georgie. Seulement en Suisse, à Bali ou dans des endroits de ce genre. Mais, à présent, ses rêves avaient changé de cadre. Aussi bien ceux qu'il avait en dormant que ceux qu'il faisait éveillé. Nuit après nuit, il rêvait de son père. Et, ayant trouvé son père, il avait fini par se trouver lui-même. Il était le fils de son père et il serait avocat. Une fois délivré de l'effarement causé par toutes les possibilités offertes, Jester se sentit heureux et libre.

Il se réjouit lorsque commença le second trimestre scolaire, qu'il aborda en étrennant les vêtements reçus à Noël (chaussures, chemise blanche, pantalon de flanelle, tout cela flambant neuf) et d'un cœur libre et assuré, maintenant que les *Qui suis-je? Que sais-je? Où vais-je?* avaient enfin reçu leur réponse. Il se promettait de travailler davantage ce trimestre, en particulier la littérature et l'histoire. Il étudierait la Constitution et apprendrait par cœur les discours célèbres, qu'ils fussent ou non au programme.

À présent qu'était dissipé pour Jester le mystère entretenu autour de la mort de son père, le vieux juge lui en parlait de temps à autre ; pas souvent, pas en pleurant, mais simplement entre initiés, en quelque sorte. Ainsi Jester put exposer ses projets d'avenir à son grand-père, lui dire qu'il voulait étudier le droit.

« Dieu sait que je ne t'y ai jamais encouragé. Mais si c'est ce que tu veux faire, mon petit, je t'aiderai de mon mieux. »

Dans son for intérieur, le juge était au comble de la joie. Il ne put s'empêcher de le montrer.

« Tu veux donc suivre les traces de ton grand-père? »

Jester dit :

« Je veux être avocat, comme mon père.

– Ton père, ton grand-père... nous étions comme deux frères jumeaux. Toi aussi, tu es un Clane coulé dans le vieux moule.

– Oh ! je suis bien soulagé, dit Jester. Je me demandais ce que je pourrais faire dans la vie. Jouer du piano, être aviateur... Mais rien ne me convenait tout à fait. J'avais l'impression que je laisserais le bon train partir sans moi. »

Au début de la nouvelle année, le cours tranquille de la vie du juge fut bouleversé. Un matin, lorsque Verily arriva pour travailler, elle accrocha son chapeau à la patère de la véranda, comme d'habitude, mais ensuite, au lieu de passer dans les pièces du devant pour commencer son ménage, elle demeura dans la cuisine. Sombre, têtue, implacable, elle ne bougeait pas.

« Juge, dit-elle, j' les veux, ces papiers.

– Quels papiers?

– Les papiers du gouvernement. »

Au juge qui, saisi d'une stupéfaction indignée, en avait massacré son premier cigare, Verily se mit à décrire la sécurité sociale.

« Je paie une partie de mon salaire au gouvernement, et vous, vous payez une autre partie.

– Qui vous a parlé de cette affaire? »

Le vieux juge se dit qu'on allait revoir les abus qui avaient suivi la guerre civile, mais il était trop effrayé pour protester tout haut.

« Les gens parlent.

– Voyons, Verily, soyez raisonnable. Pourquoi donneriez-vous une partie de votre argent au gouvernement?

– Parce que c'est la loi et que le gouvernement, il punit les gens. Des gens que je connais. C'est à cause de l'impôt sur le revenu, voilà!

– Dieu de miséricorde, vous ne voudriez pas payer un impôt sur le revenu!

– Si. »

Le juge se flattait de comprendre la mentalité des Noirs; il dit donc avec une douce fermeté :

« Vous avez tout embrouillé. N'y pensez plus. »

Et, en désespoir de cause, il ajouta :

« Voyons, Verily, ça fait presque quinze ans que vous êtes chez nous.

– Je veux rester du côté de la loi.

– Et d'une loi fichtrement embêtante, en plus. »

Verily finit par avouer ce qu'elle désirait exactement :

« Je veux ma pension de vieillesse quand mon temps viendra pour ça.

– Pourquoi auriez-vous besoin d'une pension de vieillesse? Je prendrai soin de vous lorsque vous ne pourrez plus travailler.

– Juge, vous avez bien passé vos soixante-dix ans. »

Cette allusion à la possibilité de sa mort indisposa le juge. En fait, toute l'affaire le mettait hors de lui. En outre, il était déconcerté. Il avait toujours cru si bien comprendre les Noirs!... Mais il ne s'était jamais rendu compte que chaque dimanche au déjeuner, lorsqu'il s'exclamait : « Ah! Verily, Verily [189], je vous le dis, vous habiterez la maison du Seigneur à jamais!... » il blessait invariablement Verily. Il n'avait pas davantage remarqué sa tristesse depuis la mort de Grown Boy. Il se figurait comprendre les nègres, mais il ne remarquait jamais rien.

Verily ne se laissa pas détourner de son sujet.

« Y a une dame qui s'arrangera pour les papiers du gouvernement, qui me paiera quarante dollars par semaine et me donnera mon samedi et mon dimanche. »

Le juge changea de couleur. Son cœur se mit à battre très vite :

« Eh bien, allez chez elle.

– Je trouverai quelqu'un pour travailler chez vous, juge. Ellie Carpenter prendra ma place.

– Ellie Carpenter ! Vous savez bien qu'elle n'a pas plus de cervelle qu'un lapin.

– Ma foi, vous avez ce vaurien de Sherman Pew.

– Sherman n'est pas un domestique.

– Alors, qu'est-ce que vous vous figurez qu'il est ?

– Il n'a pas appris le métier, en tout cas.

– Y a une dame qui s'arrangera pour les papiers du gouvernement, qui m' paiera quarante dollars par semaine et m' donnera mon samedi et mon dimanche. »

La colère du juge monta encore. Jadis, un domestique gagnait trois dollars par semaine et s'estimait bien payé. Mais tous les ans, année après année, les gages avaient augmenté. Verily gagnait à présent trente dollars par semaine et on racontait que les domestiques bien stylés obtenaient jusqu'à trente-cinq ou quarante dollars. Et même à ces conditions ils étaient ces temps-ci aussi rares qu'une poule avec des dents. Le juge avait toujours gâté ses domestiques. En vérité, il avait toujours cru en la nécessité de se montrer humain – devait-il croire aussi en celle des hauts salaires ?... Cependant, dans son désir de paix et de confort, il essaya de faire machine arrière.

« Je vous donnerai la sécurité sociale si vous y tenez.

– Je n'ai pas confiance en vous », dit Verily.

Pour la première fois, le juge s'apercevait que Verily avait du caractère. Elle parlait d'une voix non plus humble, mais farouche.

« Cette dame, elle s'arrangera pour mes papiers du gouvernement, elle me paiera quarante dollars par semaine...

– Eh bien, allez-y donc !

– Maintenant, tout de suite ? »

Le juge n'avait pour ainsi dire jamais élevé la voix contre un domestique, mais, cette fois-ci, il hurla :

« Maintenant, sacré nom ! Et je serai ravi d'être débarrassé de vous. »

Verily, bien que furieuse, ne se permit pas de répondre. Serrant ses lèvres violettes et ridées en une moue de colère, elle passa dans la véranda et se coiffa soigneusement de son chapeau garni de roses roses. Elle ne jeta pas même un coup d'œil autour d'elle, dans la pièce où elle avait travaillé près de quinze ans, et elle ne dit pas davantage adieu au juge avant de franchir majestueusement la porte.

Un silence absolu régnait dans la maison et le juge prit peur. Il craignait d'avoir une attaque. Jester ne reviendrait pas de l'école avant midi... Impossible de rester seul ainsi. Le juge se rappela que Jester, tout enfant, avait souvent hurlé dans le noir : « Je veux quelqu'un, quelqu'un, n'importe qui ! » et se sentit soudain l'envie de crier ces mots à son tour. Avant que ce silence ne se fût abattu autour de lui, il ne s'était jamais rendu compte combien lui étaient nécessaires les voix de la maison. Il se rendit donc sur la place du Tribunal avec l'intention d'engager un domestique, mais les temps avaient changé. On ne pouvait plus embaucher un Noir sur la place du Tribunal. Il aborda successivement trois nègres, mais chacun avait un emploi et tous le dévisagèrent comme s'ils le croyaient fou. Alors, il se rendit chez le coiffeur. Il demanda une coupe, un shampooing, se fit raser et, pour tuer le temps, manucurer, puis, quand il eut épuisé toutes les ressources du coiffeur, il alla s'asseoir un moment dans le hall de l'hôtel Taylor. Il s'attarda deux heures sur son déjeuner au *Cricket Tea Room*, après quoi il passa voir J. T. Malone à la pharmacie.

Trois jours durant, le juge vécut de la sorte, désaxé et malheureux. Effrayé par la solitude qui régnait chez lui, il traînait dans les rues, dans le hall de l'hôtel Taylor, chez le coiffeur ou dans le square du tribunal, sur un des bancs réservés aux Blancs. Le soir, à l'heure du dîner, il faisait sauter un steak pour Jester et pour lui, et Jester lavait la vaisselle.

N'ayant jamais manqué de domestiques, il ne lui vint même pas à l'esprit de s'adresser à une agence. La maison ne tarda pas à être d'une saleté repoussante. Combien de temps aurait duré ce triste état de choses, c'est difficile à dire. Mais un jour, à la pharmacie, le juge demanda à J. T. Malone si Mrs. Malone ne pouvait pas par hasard l'aider à trouver une domestique. J. T. Malone promit d'en parler à sa femme.

Le mois de janvier parut vernissé de bleu et d'or et le temps se radoucit. En fait, c'était un petit printemps. J. T. Malone, ressuscité par le changement de température, se crut mieux et fit le projet d'un voyage. Seul et en secret, il se rendrait à l'hôpital Johns Hopkins. Lors de cette première et fatale consultation, le docteur Hayden lui avait donné un an ou quinze mois à vivre, et déjà dix mois s'étaient écoulés. Malone se sentait tellement mieux portant qu'il se demandait si le médecin de Milan ne s'était pas trompé. Il dit à sa femme qu'il se rendait à Atlanta pour un congrès pharmaceutique et ce fut presque gaiement qu'il se mit en route vers le Nord, tant son secret et son mensonge l'amusaient. Il voyagea en pullman avec le sentiment de faire quelque chose de coupable et de hardi, tua le temps au wagon-salon, commanda deux whiskies avant de se mettre à table et, pour le déjeuner, bien que le foie fût le plat du jour, une assiette de fruits de mer.

Le lendemain, il pleuvait sur Baltimore, et Malone, dans la salle d'attente de l'hôpital, se sentait transpercé de froid et d'humidité, tandis qu'il expliquait à la réceptionniste ce qu'il désirait.

« Je voudrais voir le meilleur médecin de cet hôpital, car ceux de la ville d'où je viens sont si retardataires que je ne peux leur faire confiance. »

Alors suivirent les examens maintenant familiers, l'attente des résultats et, pour finir, le verdict trop bien connu. Écœuré et furieux, Malone prit une simple place assise pour regagner Milan.

Le lendemain de son retour, il alla trouver Herman Klein et posa sa montre sur le comptoir.

« Cette montre retarde d'environ deux minutes par semaine, dit-il avec humeur. J'exige qu'elle marque exactement l'heure de la gare. »

Car, prisonnier de son attente de la mort, Malone était obsédé par le temps. Il venait sans cesse importuner l'horloger, sous prétexte que sa montre avançait ou retardait de deux ou trois minutes.

« Ça fait tout juste quinze jours que j'ai révisé cette montre. Et où voulez-vous aller, que vous teniez tant à être à l'heure de la gare ? »

Furieux, Malone serra les poings à en avoir les doigts tout blancs et se mit à jurer comme un gosse.

« Est-ce que ça vous regarde, où je vais, sacré nom ? Et, Bon Dieu, qu'est-ce que ça peut vous foutre ? »

L'horloger, abasourdi par cette colère absurde, le dévisagea.

« Si vous n'êtes pas capable de faire votre métier, je m'adresserai ailleurs. »

Reprenant sa montre, Malone quitta la boutique, tandis que Herman Klein le suivait longuement des yeux avec une surprise ahurie. Cela faisait près de vingt ans qu'ils se servaient l'un chez l'autre.

Malone passait par un stade de fréquents et brusques accès de rage. Il ne pouvait penser nettement à sa mort parce qu'elle était trop irréelle. Mais ces fureurs que rien ne justifiait et qui le surprenaient lui-même se déchaînaient fréquemment dans son cœur, jadis si tranquille. Un jour qu'en compagnie de Martha il décortiquait des noix pour un gâteau, il avait jeté soudain le casse-noix, puis, dans sa rage, il s'était entaillé la main avec l'éplucheur qui servait à vider les coquilles. Une autre fois, ayant trébuché sur une balle oubliée par Tommy dans l'escalier, il l'envoya au loin avec tant de violence qu'il cassa une vitre de la porte d'entrée. Ces accès de fureur ne le soulageaient pas. Une fois qu'ils étaient passés, Malone se retrouvait avec le sentiment que quelque chose d'horrible et d'incompréhensible allait arriver, qu'il était impuissant à empêcher.

Mrs. Malone trouva une bonne pour le juge, qui fut ainsi sauvé de la rue. C'était une Indienne de race presque pure et on ne l'entendait pour ainsi dire pas. Mais le juge n'avait du moins plus à craindre la solitude chez lui. Il ne se sentait plus l'envie d'appeler : « Quelqu'un, quelqu'un, n'importe qui ! » car la présence d'un autre être humain le réconfortait au point que la maison aux vitres de couleur, la console surmontée d'un miroir, la bibliothèque et les autres pièces familières ne l'effrayaient plus par leur silence. La cuisinière s'appelait Lee. Avec elle, les repas étaient bâclés, mal préparés et mal servis. Quand elle apportait le potage, au début du déjeuner, ses pouces trempaient d'un bon centimètre dans le liquide trouble. Mais elle n'avait jamais entendu parler de sécurité sociale et elle ne savait ni lire ni écrire, ce qui emplissait le juge d'une subtile satisfaction. Pourquoi? il ne se le demandait pas.

Sherman ne mit pas complètement à exécution sa menace de renoncer à son poste, mais ses rapports avec le juge s'étaient encore envenimés. Il venait chaque jour faire les piqûres. Puis, maussade et affectant un air de martyr, il traînait dans la bibliothèque, taillant les crayons, lisant à haute voix de la poésie immortelle, préparant les petits remontants de midi et ainsi de suite. Il se refusait à écrire toute lettre concernant l'argent confédéré. Le juge savait que son secrétaire jouait délibérément la comédie de la mauvaise humeur et qu'il ne faisait rien de rien, les piqûres exceptées, mais il tenait bon dans l'espoir que les choses s'arrangeraient. Sherman ne voulait même pas lui laisser le plaisir de se féliciter de la décision de son petit-fils. Dès qu'il mentionnait le sujet, Sherman se mettait à fredonner impoliment ou à bâiller comme un alligator. Le juge ne manquait jamais une occasion de répéter : « Le diable prépare du travail aux ouvriers paresseux » ; et, ce disant, il regardait Sherman droit dans les yeux, mais Sherman se contentait de lui rendre son regard.

Un jour, le juge dit :

« Je vais vous demander d'aller à mon bureau au tribunal et de chercher dans mon classeur métallique, à la rubrique *Coupures*, les articles de journaux qui me concernent. Je voudrais les relire. Vous ne vous en doutez guère, mais je suis un homme célèbre.

– Le classeur métallique, au casier C, pour *Coupures* », répéta Sherman, ravi de cette expédition en perspective.

Il y avait longtemps qu'il désirait connaître le bureau du juge.

« Surtout, ne tripotez pas mes papiers importants. Contentez-vous de prendre les coupures de journaux.

– Je ne tripote jamais rien, dit Sherman.

– Préparez-moi un petit remontant avant de partir. Il est midi. »

Sherman, sans prendre sa part de remontant, se rendit immédiatement au tribunal. Sur la vitre dépolie de la porte du bureau, il put lire : CLANE & FILS, AVOUÉS. Avec un frisson de plaisir, il tourna la clef dans la serrure et pénétra dans la pièce ensoleillée.

Après avoir sorti du classeur la chemise intitulée *Coupures*, il prit le temps de fouiller dans les autres papiers. Il ne cherchait rien de particulier, mais il était touche-à-tout de nature et il en voulait au juge, qui lui avait dit : « Surtout, ne tripotez rien. » Ainsi, ce jour-là, à une heure de l'après-midi, tandis que déjeunait le juge, Sherman découvrit le classeur des papiers concernant le procès dont s'était occupé Johnny. Son regard tomba par hasard sur le nom de Sherman.

« Sherman ? Sherman ? C'est bien la première fois que je vois quelqu'un d'autre porter ce nom. Combien de Sherman peut-il y avoir en ville ? » À mesure qu'il lisait, il se sentait la tête qui tournait. Ce jour-là donc, à une heure de l'après-midi, il découvrit que le juge avait fait exécuter un homme de race noire et que cet homme s'appelait Sherman. Et il était aussi question d'une femme blanche accusée d'avoir forniqué avec le nègre... C'était incroyable. Et comment être sûr ?... Mais une Blanche, des yeux bleus... Tout était tellement différent de ce qu'il avait imaginé. On aurait dit un problème de mots croisés fantastique et torturant. Et lui, Sherman...

« Qui suis-je? Que suis-je? » Tout ce qu'il savait à cet instant, c'était qu'il était malade. À ses oreilles grondaient les chutes de la disgrâce et de la honte. Ni Marian Anderson, ni Lena Horne, ni Bessie Smith [190], ni aucune des belles dames doucereuses de son enfance n'était sa mère. Il avait été joué. On l'avait trompé. Si seulement il avait pu mourir comme était mort ce nègre!... Mais lui, du moins, il ne ferait jamais l'imbécile avec une Blanche; ça, il en était sûr. Il n'était pas Othello, le Maure cocu!... Lentement, il remit en place la chemise de carton et, quand il regagna la maison du juge, il chancelait comme un malade.

Le juge venait de se réveiller de sa sieste, car l'après-midi était bien avancé lorsque rentra Sherman. Le juge, qui ne remarquait jamais rien, ne remarqua pas le visage bouleversé et les mains tremblantes de son secrétaire. Il lui demanda de lire à haute voix les extraits de presse et Sherman était trop bouleversé pour refuser d'obéir.

Le juge répétait de temps à autre une phrase qu'avait lue Sherman, des phrases de ce genre : *Une étoile fixe dans la galaxie de la politique sudiste. Un homme d'une grande pénétration, un homme d'honneur et de devoir. Un honneur pour cet État et pour le Sud.*

« Vous voyez? » dit le vieux juge à Sherman.

Sherman, qui demeurait bouleversé, dit d'une voix tremblante :

« Vous avez une vraie gueule de cochon! »

Le vieil homme, absorbé par sa propre grandeur, crut qu'il s'agissait d'un compliment et il dit :

« Quoi donc, mon garçon? »

Car, loin de jouir d'une seconde vue et d'une amélioration de tous les sens, et malgré l'appareil auditif et la nouvelle loupe qu'il avait achetés, sa vue et son ouïe baissaient rapidement.

Sherman ne répondit pas. Avoir une vraie gueule de cochon, bon, mais l'insulte ne suffisait pas à exorciser sa vie à lui, ce sacré bordel d'yeux bleus qu'il avait et leur origine. Il fallait *faire quelque chose, faire quelque chose, faire quelque chose.* Mais, quand il voulut claquer violemment la liasse de feuilles sur la table, il réussit à peine à la laisser retomber mollement, tant il était faible.

Une fois Sherman parti, le juge demeura seul. Approchant sa loupe des coupures de presse, il lut à haute voix pour lui-même, encore drapé dans sa propre grandeur.

12

À la verdure dorée du printemps avaient succédé les feuillages épais et bleuâtres de mai, et la chaleur de l'été s'abattit de nouveau sur la ville. Avec la chaleur vint la violence. On parla de Milan dans les journaux, dans le *Flowering Branch Ledger*, l'*Atlanta Journal*, l'*Atlanta Constitution* et même le *Time Magazine*. Des Noirs s'étant installés dans un quartier blanc, une bombe fit sauter leur maison. Il n'y eut pas de mort à déplorer, mais trois enfants furent blessés et la colère haineuse redoubla d'intensité dans la ville.

À cette époque, Sherman était désemparé. Il voulait *faire quelque chose, faire quelque chose*, mais il ne voyait pas quoi. Il enregistra dans son Livre Noir l'épisode de la bombe. Et, peu à peu, il se mit à franchir les limites imposées aux Noirs. D'abord, il alla boire à la fontaine réservée aux Blancs, dans le square du tribunal. Personne ne parut le voir. Il entra aux toilettes des Blancs de la gare des autobus, mais il s'y prit si furtivement que, là aussi, il passa inaperçu. Il se glissa sur un banc de l'Église Baptiste. Cette fois encore personne ne remarqua rien, sauf, à la fin du service, un sacristain qui lui donna l'adresse d'une paroisse noire. Il s'assit à une table du drugstore Wheelan. Un employé lui dit : « File, nègre, et tâche qu'on ne te revoie plus. » Et à chaque fois qu'il entreprenait de franchir la « limite », Sherman était terrifié. Il avait les mains moites, le cœur qui battait la chamade. Mais, aussi terrifié fût-il, le fait que personne, hormis l'employé de chez Wheelan, ne semblait jamais s'apercevoir de rien, l'angoissait davantage encore. Il était épuisé, malheureux, et le *il faut que je fasse quelque chose, quelque chose, quelque chose* battait dans sa tête comme un tambour.

Finalement, il fit quelque chose. Il substitua de l'eau à l'insuline des piqûres du juge. Trois jours de suite, il recommença et attendit. Et là encore, c'était à vous donner la chair de poule, rien ne se produisit. Le juge débordait d'entrain et ne paraissait aucunement incommodé. Mais, malgré sa haine pour le juge et la conviction qu'on aurait dû le balayer de la surface de la terre, Sherman gardait conscience que ce meurtre ne serait pas un crime politique. Il ne pouvait tuer le juge. Dans un but politique, avec un poignard ou un revolver, peut-être aurait-il pu l'abattre, mais pas de cette façon sournoise, en continuant à substituer de l'eau à l'insuline. Ça ne se remarquerait même pas. Le quatrième jour, il en revint à l'insuline. Insistant, incessant, le tambour battait dans sa tête.

Cependant le juge, qui ne remarquait jamais rien, était gentil et d'humeur particulièrement charmante. Cela acheva d'exaspérer Sherman. Car ainsi il se trouvait qu'avec le juge, de même qu'avec les autres Blancs, sa haine n'avait pas de motif, n'était qu'une impulsion à vide. Et désirant passer outre aux interdictions et effrayé d'en venir là, désirant se faire remarquer et effrayé de l'être, Sherman, durant ces premiers jours de mai, fut un véritable obsédé. *Il faut que je fasse quelque chose, quelque chose.*

Mais, quand il s'y décida, il accomplit un geste si étrange et si bête qu'il n'y comprit rien lui-même. À la fin d'un après-midi limpide, tandis qu'il traversait le jardin du juge pour regagner la ruelle, il rencontra le chien de Jester, Tigre, qui lui sauta à l'épaule pour lui lécher le visage. Sherman ne devait jamais savoir pourquoi il agit comme il le fit, mais il s'empara délibérément d'une corde à linge, fit un nœud coulant et pendit le chien à la branche d'un orme. La bête se débattit quelques minutes à peine. Sourd, le vieux juge n'entendit pas les jappements étranglés ; et Jester n'était pas rentré.

Puis, bien qu'il fût de bonne heure encore, Sherman alla se coucher sans dîner et dormit comme une souche toute la nuit, pour ne se réveiller que le lendemain à neuf heures, lorsque Jester vint tambouriner sur la porte.

« Sherman ! » appelait Jester d'une voix que l'émotion rendait suraiguë.

Sherman prit son temps pour s'habiller et se passer de l'eau sur la figure, tandis que Jester continuait à marteler la porte en criant. Lorsque Sherman ouvrit enfin, Jester le traîna à moitié jusqu'au jardin. Le chien, raidi par la mort, se détachait sur le ciel de mai. Jester se mit à pleurer.

« Tigre, Tigre ? Comment est-ce arrivé ? Qu'est-ce qui s'est passé ? »

Puis, il se tourna vers Sherman, qui demeurait figé sur place, les yeux à terre. Soudain lui était venu un soupçon hallucinant, que lui confirma l'attitude de Sherman.

« Pourquoi, Sherman ? Pourquoi as-tu fait cette chose insensée ? »

Il dévisagea Sherman avec une stupeur incrédule. Il fallait trouver un mot juste, un geste approprié, et surtout ne pas vomir. Il ne vomit pas ; il alla prendre une pelle dans le hangar et se mit à creuser la tombe. Mais lorsqu'il décrocha le cadavre, coupa le nœud et coucha Tigre dans le trou, il crut s'évanouir.

« Comment as-tu vu du premier coup que c'était moi qui l'avais fait?

– À ta figure. J'ai compris tout de suite.

– Toi, tu te baladais avec ce chien pour Blancs, tu faisais le malin dans ce beau pantalon rayé, tu fréquentes une école de Blancs. Et moi, pourquoi est-ce qu'on ne s'occupe jamais de moi? Je fais des choses et personne ne remarque jamais rien. Bien ou mal, personne ne remarque rien. Les gens caressent ce sacré Bon Dieu de chien plus souvent qu'ils me remarquent, moi. Et lui, c'est seulement un chien. »

Jester dit :

« Mais je l'aimais. Et Tigre t'aimait, toi aussi.

– Les chiens des Blancs, je ne les aime pas. Et je n'aime personne.

– Mais quel coup ça m'a donné! Je ne peux pas l'oublier. »

Sherman revit le soleil de mai sur certains papiers, au tribunal.

« Ça t'a donné un coup, hein? Tu n'es pas le seul à en recevoir, des coups.

– Mais penser que tu as pu faire ça! C'est à croire que tu es bon pour l'asile d'aliénés.

– L'asile d'aliénés! persifla Sherman. (Il laissa pendre mollement les mains, comme un idiot.) Je suis bien trop malin pour qu'on me fourre à l'asile, mon p'tit vieux. Tu ne ferais jamais croire à personne que j'ai tué un chien comme ça. Pas même à un médecin pour les fous. Tu trouves que c'était cinglé, mais attends un peu de voir ce que je vais fabriquer, maintenant. »

Frappé par la menace contenue dans cette voix, Jester ne put s'empêcher de demander :

« Quoi donc?

– La chose la plus louftingue que j'aie jamais fabriquée de ma vie, moi ou n'importe quel nègre. »

Mais Sherman ne voulut rien dire de son projet et Jester ne réussit ni à lui faire honte au sujet de Tigre, ni à lui faire comprendre ce que sa conduite avait d'effarant. Trop bouleversé pour aller en classe, ce jour-là, trop énervé pour rester à la maison, Jester dit à son grand-père que Tigre était mort dans son sommeil, qu'il l'avait enterré, et le vieux juge ne chercha pas à en savoir plus long. Alors, faisant l'école buissonnière pour la première fois de sa vie, Jester se rendit à l'aérodrome.

Le vieux juge attendit en vain Sherman. Mais Sherman était

occupé à écrire une lettre de son « écriture d'ange ». Il écrivait à une agence d'Atlanta pour s'enquérir d'une maison à louer à Milan, dans les quartiers blancs. Quand le juge lui téléphona, Sherman lui dit qu'il ne fallait plus compter sur lui, que Son Honneur pouvait se faire piquer par quelqu'un d'autre.

« Vous voulez dire que vous me laissez tomber tout sec?

– Exactement. Tout sec. »

Le juge se retrouva donc livré à lui-même. Las et désœuvré, déplorant que la silencieuse demi-Indienne ne chantât jamais et que Jester dût aller en classe, il lisait le *Milan Courier* à l'aide de sa nouvelle loupe. Le Congrès vétérinaire qui se tint en ville à cette époque fut une vraie bénédiction pour lui. Poke Tatum y assista; il descendit chez le juge en compagnie d'une demi-douzaine d'autres participants. Qu'ils fussent spécialistes des chevaux, des cochons ou des chiens, tous ces carabins buvaient ferme et descendaient l'escalier à califourchon sur la rampe. Le juge trouva qu'ils exagéraient avec l'escalier et il eut plus d'une pensée de regret pour les élégants invités de Miss Missy lors des congrès spirituels, pour ces pasteurs et ces délégués paroissiaux qui chantaient des hymnes en chœur et surveillaient leurs manières. Après le départ de Poke, une fois le congrès terminé, la maison fut plus vide que jamais et le désœuvrement du juge plus déconcertant et pénible encore. Le vieil homme en voulait à Sherman de l'avoir abandonné. Il songeait au temps où, au lieu d'une seule domestique, il en avait deux ou trois, dont on entendait les voix couler dans la maison, telles de profondes rivières brunes mêlant leurs eaux.

Cependant, Sherman avait reçu une réponse de l'agence et envoyé le mandat du loyer exigé. On ne le questionna pas sur sa race. Il commença à emménager deux jours plus tard. Sa nouvelle demeure se dressait passé le coin de la villa des Malone et tout de suite après les trois petites maisons dont Mrs. Malone avait hérité. Elle était suivie d'une boutique, ensuite commençait le quartier noir. Bien que pauvre et délabrée, c'était une maison de Blancs. Sammy Lank habitait à côté avec sa nichée. Sherman acheta à crédit un piano crapaud et du mobilier ancien, garanti authentique, et il fit transporter le tout dans son nouveau logement.

Il s'installa chez lui vers le 15 mai et, cette fois-ci, on le remarqua. La nouvelle se répandit en ville comme une traînée de poudre. Sammy Lank vint se plaindre à Malone, qui s'en fut trouver le juge.

« Ce garçon m'a bel et bien laissé tomber. Je suis trop furieux contre lui pour aller le relancer. »

Sammy Lank, Bennie Weems et Max Gerhardt, le chimiste, se succédaient chez le juge. Le juge commença à faire pression sur Malone.

« Pas plus que vous je n'aime la violence, J. T., mais, quand une affaire de ce genre se présente, je me sens le devoir d'intervenir. »

En réalité, le juge était émoustillé. Jadis, il avait appartenu au Ku-Klux-Klan et, après l'interdiction du Klan, il avait longtemps regretté les réunions à Pine Mountains où, enroulé dans un drap blanc, on allait s'enivrer d'un pouvoir mystérieux et secret.

Malone ne s'était jamais affilié au Klan et, depuis quelques jours, il se sentait très mal en point. La maison visée n'appartenait pas à Martha, Dieu merci ! De toute façon, c'était une bâtisse croulante et tout de guingois.

Le juge dit :

« Ce ne sont pas les hommes comme vous et moi qui seront lésés si les choses continuent ainsi. J'ai ma maison ici et vous avez la vôtre, qui donne sur une rue très convenable. Cela ne nous touche pas. Les nègres ne risquent pas de s'imposer à nous. Je parle au nom des pauvres et des déshérités. Nous, citoyens marquants, nous devons nous faire les porte-parole des opprimés. Avez-vous vu la figure de Sammy lorsqu'il est venu me trouver ? J'ai cru qu'il allait avoir une attaque d'apoplexie. Il était aux cent coups, comme c'est normal, puisqu'il habite à côté. Ça vous plairait, à vous, d'habiter à côté d'un nègre ?

– Non, certainement pas.

– Vos immeubles vont se déprécier. Ces maisons que la vieille Mrs. Greenlove a laissées à votre femme vont se déprécier. »

Malone dit :

« Ça fait des années que je conseille à ma femme de les vendre, ces trois maisons. Ce sont de vrais taudis, maintenant.

– Vous et moi, qui sommes parmi les citoyens les plus en vue de Milan... »

Malone ressentit une douce fierté à être classé dans la même catégorie que le juge.

« Autre chose encore, reprit le vieil homme, vous et moi, nous avons des biens, une position, notre dignité. Mais qu'est-ce que possède Sammy Lank, à part sa nichée d'enfants ? Sammy Lank et les pauvres Blancs n'ont rien d'autre que leur couleur de peau. N'avoir ni biens, ni ressources, personne à mépriser... voilà le fin mot de toute l'affaire. C'est une triste considération sur la nature humaine, mais tout homme doit avoir quelqu'un à mépriser. Alors, les Sammy Lank de ce monde n'ont que les nègres. Voyez-vous, J. T., c'est une question d'orgueil. Vous et moi, nous avons notre orgueil, l'orgueil de notre sang, l'orgueil de notre descendance. Mais qu'est-ce que possède Sammy Lank, à part cette nichée de triplés et de jumeaux aux cheveux décolorés et cette femme épuisée par les maternités qu'on voit priser à longueur de journée, assise sous le porche, chez lui? »

Il fut convenu qu'on se réunirait à la pharmacie, après la fermeture, et que Jester y conduirait le juge et Malone. Une lune sereine éclairait la nuit de mai. Pour Jester et pour le vieux juge, ce n'était que la lune, mais Malone la contemplait avec une pesante tristesse. Combien de nuits de mai verraient la lune? Et lui, combien de lunes comme celle-ci verrait-il encore? Était-ce la dernière?

Dans la voiture, Malone n'était pas le seul à s'interroger. Jester, lui aussi, se posait des questions tout bas. Que signifiait cette réunion? Il avait dans l'idée qu'elle concernait Sherman et son installation dans le quartier blanc.

Quand Malone eut ouvert la petite porte de l'officine, le juge dit à Jester :

« Rentre à la maison, mon petit. Un des jeunes gens nous raccompagnera. »

Jester alla ranger la voiture un peu plus loin dans la rue, après le carrefour, tandis que Malone et le juge entraient dans la pharmacie. Malone mit le ventilateur en marche dans l'air tiède et confiné. Il n'avait pas allumé toutes les lampes et le demi-éclairage suggérait une conspiration.

Ayant supposé que les arrivants passeraient par la petite porte latérale, il fut surpris d'entendre frapper bruyamment sur la façade. C'était le shérif MacCall, un individu aux petites mains rougeaudes et au nez cassé.

Cependant, Jester était revenu au drugstore. La petite porte était fermée, mais non verrouillée; il entra sans bruit. Au même instant, un groupe de nouveaux arrivants frappait à la porte principale et, dans le désordre de l'accueil, la présence de Jester passa inaperçue. Craignant d'être découvert et renvoyé, le jeune homme se tint coi dans l'obscurité de l'officine. Que faisaient-ils tous à cette heure, alors que le drugstore était fermé?

Malone ne s'était pas rendu compte de ce que serait la réunion. Il avait pensé voir s'assembler les personnalités de la ville, mais, mis à part Hamilton Breedlove, le caissier de la banque de Milan et Max Gerhardt, l'ingénieur chimiste de la fabrique Nehi, aucune personnalité n'était venue. Seulement les vieux copains avec lesquels le juge jouait au poker, et Bennie Weems, et Sport Lewis, et Sammy Lank. Malone connaissait de vue également certains des derniers arrivants, des anonymes. Un groupe de jeunes gens en salopettes fit son entrée. Certes pas des personnalités de la ville, plutôt la racaille... De plus, ces gens étaient déjà plus ou moins éméchés, ce qui créait une atmosphère de kermesse. Une bouteille circula, fut posée sur le comptoir du bar. Avant même l'ouverture des débats, Malone regrettait d'avoir prêté sa pharmacie pour l'occasion.

Peut-être était-ce une question d'humeur, mais Malone se rappelait un détail déplaisant sur chacun des individus présents. Le shérif MacCall avait toujours léché les bottes du juge d'écœurante façon. De plus, Malone l'avait surpris un jour, au coin de la 12e Rue et de l'Avenue, en train de frapper de son bâton de policeman une jeune fille noire. Il dévisagea durement Sport Lewis. La femme de Sport avait obtenu le divorce pour extrême cruauté mentale. Malone, brave père de famille, se demandait en quoi pouvait consister l'extrême cruauté mentale. Mrs. Lewis avait divorcé au Mexique, pour se remarier ensuite. Mais, l'extrême cruauté mentale, qu'est-ce que c'était au juste?... Lui-même, il convenait qu'il n'avait rien d'un saint. Une fois, il s'était même rendu coupable d'adultère. Mais personne n'en avait souffert et Martha n'en avait jamais rien su. Extrême cruauté mentale?... Bennie Weems ne manquait jamais une occasion de vous taper. Il avait une fille de santé fragile, achetait de la pharmacie à crédit et ne payait jamais. Quant à Max Gerhardt, on le disait intelligent en diable, mais c'était un Allemand. Et Malone n'avait jamais fait confiance aux Allemands.

Ces hommes réunis dans le drugstore étaient tous des individus quelconques, si quelconques que Malone, jusqu'ici, n'avait pour ainsi dire jamais pensé à eux. Mais, ce soir-là, il distinguait leurs faiblesses, leurs petites laideurs... Non, il n'y avait pas là le moindre citoyen marquant.

La lune ronde et jaune déprimait Malone et le faisait frissonner malgré la tiédeur de la nuit. La forte odeur du whisky lui causait une vague nausée. Il y avait là quelque douze personnes rassemblées quand il demanda au juge :

« Est-ce que tout le monde est arrivé? »

Le juge semblait un peu déçu, lui aussi, quand il répondit : « Il est dix heures; je crois que oui. »

De sa voix grandiloquente d'orateur, il enchaîna :

« Chers concitoyens, si nous sommes réunis ici ce soir, c'est en tant que citoyens marquants de notre communauté, en tant que propriétaires, en tant que défenseurs de notre race. (Il y eut un murmure dans la pièce.) Peu à peu, nous, citoyens blancs de cette ville, nous sommes mis en difficulté et même gravement lésés dans nos intérêts. Les domestiques sont aussi rares qu'une poule avec des dents et, pour les conserver, il faut se plier à tous leurs caprices. »

Le juge fit une pause, examina son auditoire et comprit qu'il s'était fourvoyé. Car les hommes qu'il avait devant lui n'étaient certes pas de ceux qui pouvaient s'offrir des domestiques.

Il reprit :

« Mes chers concitoyens, n'avons-nous pas des arrêtés municipaux réservant certains quartiers de la ville aux Blancs? Désirez-vous que des nègres noirs comme du charbon viennent s'installer à côté de chez vous? Voulez-vous voir vos enfants entassés au fond des autobus, pendant que les Noirs se prélassent assis aux premières places? Voulez-vous voir vos femmes aguicher des nègres lubriques à travers la clôture de vos jardins? »

Le juge posa toutes les questions classiques. Un murmure parcourait l'auditoire et, de temps à autre, s'élevait un : « Non! Non! », « Sacré Bon Dieu! Non! »

« Allons-nous laisser les nègres décider de leurs quartiers résidentiels dans notre ville? Je vous le demande, allons-nous les laisser faire, oui ou non? (Prenant soigneusement son équilibre, le juge assena son poing sur le comptoir.) L'heure de la décision a sonné. Qui fait la loi dans cette ville? Nous ou les nègres? »

Le whisky circulait librement et toute la salle fraternisait dans la haine.

Malone contemplait la lune à travers la vitrine. Cette vue l'écœurait, mais il avait oublié la raison de son malaise. Il aurait voulu être chez lui, occupé à décortiquer des noix avec Martha ou à boire de la bière, les pieds sur la balustrade de la véranda.

« Qui c'est qui va lui flanquer une bombe, à ce salaud? » lança une voix éraillée.

Malone se rendit compte que presque personne dans la salle ne connaissait Sherman Pew, mais que, fraternisant dans la haine, ils étaient tous d'accord.

« Si nous tirions au sort, juge? »

Bennie Weems, qui n'était pas novice à ce jeu, demanda à Malone un crayon et du papier. Il se mit aussitôt à couper le papier en petits carrés, puis il traça une croix sur l'un d'eux.

« Ce sera celui qui tirera la croix », dit-il.

Glacé et ahuri par toute cette agitation, Malone continuait à fixer la lune. Il dit d'une voix sèche :

« Ne pourrions-nous pas nous contenter de parlementer avec ce nègre? Il ne m'a jamais plu, pas même lorsqu'il était à votre service, juge. Mais la violence ou les bombes, ça, je désapprouve.

– Moi également, J. T., j'ai pleinement conscience que nous, membres de ce comité de citoyens, nous allons enfreindre la loi. Mais, quand la loi ne protège pas nos intérêts et les intérêts de nos enfants et de nos descendants, je suis prêt à passer outre à la loi, pourvu que la cause soit juste et si la situation menace les droits de notre communauté...

– Tout le monde est paré? demanda Bennie Weems. On va voir qui aura la croix. »

À cet instant, Malone détesta tout particulièrement Bennie. C'était un garagiste à la mine chafouine, un vrai soûlaud.

Dans l'officine, Jester était accroupi contre le mur, le visage pressé contre une fiole de produit pharmaceutique. Ainsi, ils allaient tirer à qui ferait sauter la maison de Sherman... Il fallait prévenir Sherman, mais Jester ne savait trop comment sortir du drugstore. Il continua à tendre l'oreille.

Le shérif MacCall dit : « Prenez mon chapeau », en brandissant son grand couvre-chef de feutre. Le juge tira le premier, les autres l'imitèrent. Ce fut les mains tremblantes que Malone se saisit d'un papier roulé en boule. Il serrait étroitement les lèvres et regrettait de tout son cœur de n'être pas resté chez lui. Chacun déroula son papier dans la pénombre. Malone observait les visages qui l'entouraient et les vit, l'un après l'autre, se détendre de soulagement. Dans son appréhension du pire, il ne fut pas surpris de voir une croix sur le papier qu'il déroulait.

« Je suppose que ce devra être moi », dit-il d'une voix sourde.

Tous le dévisageaient. Haussant le ton, il poursuivit :

« Mais s'il s'agit de lancer une bombe, s'il s'agit d'un acte de violence, je m'y refuse à l'avance. »

Après un regard autour de lui, dans le drugstore, Malone s'aperçut que le terme n'était pas très approprié, mais il n'en continua pas moins.

« Gentlemen, je suis trop près de mourir pour commettre un péché, un meurtre. »

Parler de la mort devant cette assemblée lui était un supplice. Il enfla encore la voix.

« Je ne veux pas mettre mon âme en danger. »

Tous le regardaient comme s'il s'était mis soudain à divaguer.

Quelqu'un lança d'une voix contenue :

« Poule mouillée!

– Ma parole, je veux bien être pendu! fit Max Gerhardt. Pourquoi êtes-vous venu à ce meeting? »

Malone craignait de fondre en larmes en public, là, devant tous ces gens assemblés dans son drugstore.

« Il y a un an, mon médecin m'a dit que je n'avais plus qu'un an ou seize mois à vivre et je ne veux pas mettre mon âme en danger.

– Qu'est-ce que c'est que ces histoires d'âme? » demanda Bennie Weems, d'une voix retentissante.

Empêtré de honte, Malone répéta :

« Mon âme immortelle. »

Il avait les tempes battantes, les mains molles et tremblantes.

« Allez vous faire foutre avec votre âme immortelle. Qu'est-ce que c'est, une âme immortelle? demanda Bennie Weems.

– Je n'en sais rien, dit Malone. Mais, si j'en ai une, je ne veux pas la perdre. »

Le juge, voyant l'embarras de son ami, fut gagné à son tour par la gêne.

« Courage, mon vieux », lui dit-il.

Puis, d'une voix forte, il s'adressa aux hommes :

« J. T., que voilà, n'est pas d'accord avec nous pour ce que nous nous proposons de faire. Mais, si nous en venons effectivement à le faire, j'estime qu'il faut que ce soit tous ensemble, car, en ce cas, ce ne sera plus la même chose. »

S'étant conduit comme un imbécile et donné en spectacle, Malone n'avait plus rien à perdre; il s'écria donc :

« Mais si, c'est la même chose. Qu'une seule personne y trempe ou douze, ce sera la même chose, s'il s'agit d'un meurtre. »

Accroupi dans l'officine, Jester se disait qu'il n'aurait jamais cru le vieux Mr. Malone capable de cela.

Sammy Lank cracha par terre et répéta :

« Poule mouillée! »

Puis il ajouta : « Je m'en charge, moi. Et avec plaisir encore! C'est à côté de chez moi. »

Tous les regards se portèrent sur Sammy Lank, soudain transformé en héros.

13

Jester alla immédiatement prévenir Sherman. À mesure qu'il parlait du meeting à la pharmacie, le visage de Sherman prenait une teinte grisâtre, la pâleur des Noirs mortellement effrayés.

« Il n'a que ce qu'il mérite, se dit Jester. Il a tué mon chien. » Mais, quand il s'aperçut que Sherman tremblait, il oublia aussitôt le chien et ce fut comme s'il retrouvait son ami tel qu'il l'avait vu pour la première fois, ce soir d'été, il y avait près d'un an. Il se mit à trembler aussi, mais ce n'était pas de passion cette fois, c'était de peur pour Sherman, et d'énervement.

Soudain Sherman éclata de rire. Jester lui passa un bras autour des épaules.

« Ne ris pas comme cela, Sherman. Il faut que tu t'en ailles d'ici. Il faut que tu quittes cette maison. »

Sherman jeta un regard autour de lui, dans la pièce meublée à neuf, sur le piano crapaud acheté à tempérament, sur le canapé ancien, garanti authentique, acheté à tempérament lui aussi, de même que les deux fauteuils assortis, puis il se mit à pleurer. Il y avait du feu dans la cheminée, car, gelé malgré la douceur de la nuit, Sherman s'était laissé séduire par l'idée réconfortante d'une flambée. À la lueur des flammes, ses larmes prenaient des reflets pourpres et or sur son visage grisâtre.

Jester répéta :

« Il faut que tu t'en ailles d'ici.

– Que j'abandonne mes meubles? »

Dans une de ces brusques sautes d'humeur que Jester connaissait bien, Sherman se mit à discourir sur son mobilier.

« Et tu n'as pas vu ma chambre, avec ses draps roses et ses coussins capitonnés. Ni mes vêtements. (Il ouvrit la porte de la penderie.) Quatre complets tout neufs, de chez Hart, Schaffner et Marx. »

Pirouettant sur lui-même, il dit :

« Et la cuisine, avec tout le confort moderne. Et tout ça, c'est à moi. »

Dans son orgueil de propriétaire, il semblait avoir oublié sa peur.

Jester dit :

« Mais tu ne prévoyais pas ce qui t'attendait?

– Oui et non. Mais rien n'arrivera. J'ai envoyé à mes amis des cartes avec R.S.V.P., pour les inviter à pendre la crémaillère. J'ai acheté une caisse de Lord Calvert, mis en bouteilles à l'entrepôt, six bouteilles de gin, six bouteilles de champagne. Nous aurons du caviar sur des biscottes, du poulet rôti, de la salade russe. (Il jeta un regard autour de lui.) Rien n'arrivera parce que, mon vieux, sais-tu le prix de ces meubles? Il me faudra plus de trois ans pour les payer, avec tout cet alcool et mes complets en plus. »

Il s'approcha du piano pour le caresser avec amour :

« Toute ma vie, j'ai désiré un beau demi-queue.

– Cesse de faire le ballot avec tes histoires de demi-queue et de réception. Ne vois-tu pas que c'est sérieux, cette fois?

– Sérieux? Pourquoi mettrait-on une bombe chez moi? Moi, on ne me remarque même pas. L'autre jour, je suis entré au Prisunic et je me suis mis au bar. C'est vrai, ce que je te dis là. »

(Sherman s'était effectivement assis au bar du Prisunic. Mais, quand la serveuse s'était approchée de lui d'un air menaçant, il avait dit : « Je suis malade. Pourriez-vous me donner un verre d'eau, mademoiselle? »)

« Mais maintenant, on t'a remarqué, dit Jester. Pourquoi n'essaierais-tu pas d'oublier tout ce mic-mac de Blancs et de Noirs et d'aller dans le Nord, où les gens y font moins attention? Si j'étais Noir, je sais que je filerais dans le Nord, moi.

– Mais je ne peux pas, dit Sherman. J'ai loué cette maison contre du bon argent comptant et j'y ai installé tous ces beaux meubles. Depuis deux jours, je passe mon temps à tout arranger. Et, permets-moi de le dire, ça a beaucoup de chic. »

L'univers de Sherman s'était réduit soudain à cette maison.

Depuis sa découverte dans le bureau du juge, il n'avait plus pensé consciemment à ses parents. Mais il lui en restait un sentiment de tristesse, de vide. Il éprouvait le besoin de s'occuper de meubles, d'objets et il ne cessait pas un instant d'avoir conscience du danger et pas un instant ne vacillait sa résolution de tenir bon. Son cœur lui disait : *J'ai fait quelque chose, quelque chose, quelque chose.* Et la peur ne servait qu'à renforcer son exaltation.

« Tu ne veux pas voir mon nouveau costume vert? »

Sherman, affolé d'angoisse et d'énervement, passa dans sa chambre pour se changer. Jester, qui essayait désespérément de trouver une prise sur ce Sherman insaisissable, le regarda se pavaner dans la pièce, vêtu d'un complet neuf, en soie vert Nil.

Il finit par dire, faute de mieux :

« Je me fiche de tes meubles et de tes complets, mais je m'inquiète pour toi. Ne comprends-tu pas que c'est sérieux?

– Pas possible, mon vieux! (Sherman se mit à marteler le *do* majeur au piano.) Tu viens me dire que c'est sérieux, à moi qui ai tenu toute ma vie un Livre Noir?... Est-ce que je t'ai parlé des vibrations? Je vibre, je vibre, je vibre.

– Cesse de faire le fou avec ce piano et écoute-moi.

– J'ai pris une décision. Je vais rester ici. Rester ici. Bombe ou pas bombe. D'ailleurs, qu'est-ce que ça peut te foutre?

– Je ne sais pas pourquoi je m'inquiète tant pour toi, mais c'est un fait. »

Jester s'était bien souvent demandé la raison de son intérêt pour Sherman. Quand il se trouvait près de lui, il ressentait une sorte de pincement à l'estomac ou près du cœur. Pas constamment, mais par à-coups. Incapable d'en trouver l'explication, il dit :

« Je suppose que c'est une sorte de faiblesse, chez moi.

– Faiblesse? Qu'est-ce que tu veux dire?

– Tu ne connais pas l'expression *avoir un faible pour quelqu'un?*

– Va te faire foutre avec ta faiblesse! Je ne sais pas ce que tu veux dire. Tout ce que je sais, c'est que j'ai loué cette maison, que j'ai versé du bon argent et que je vais y rester. Je regrette.

– Regretter ne suffira pas. Il faudra aussi que tu déménages.

– Je regrette, dit Sherman. Pour ton chien. »

Jester, à ces mots, ressentit le petit spasme délicieux dans la région du cœur.

« Oublie le chien. Le chien est mort. Et toi, je ne veux pas que tu meures.

– Tout le monde doit mourir un jour, mais, tant que je vis, je veux que ça en vaille la peine. »

Et Sherman se mit à rire. Et Jester évoqua un autre rire. C'était le rire de son grand-père, le jour où il avait parlé de son fils disparu. L'absurde tapotement du piano, ce rire absurde narguaient son chagrin.

Oui, Jester essaya d'avertir Sherman, mais Sherman ne voulut pas être averti. C'était à Jester de se montrer à la hauteur, maintenant. Mais vers qui pouvait-il se tourner? Que pouvait-il faire? Il dut laisser Sherman assis là, riant et martelant le *do* majeur sur le piano crapaud.

Sammy Lank ignorait tout de la fabrication des bombes; il s'en fut donc trouver l'ingénieux Max Gerhardt, qui lui en fabriqua deux. Tous les sentiments qui l'avaient enflammé les jours précédents, la honte, l'orgueil forcené, cette impression d'avoir été outragé, insulté, lésé, s'étaient presque dissipés, et quand Sammy Lank, par ce doux soir de mai, s'arrêta devant la fenêtre de Sherman, une bombe à la main, il n'éprouvait plus guère de passion. Il restait là, sans rien ressentir, sinon l'orgueil superficiel de faire ce qui devait être fait. Sherman jouait du piano et Sammy l'observa avec curiosité, en se demandant comment il se pouvait qu'un nègre sût jouer du piano. Puis Sherman se mit à chanter. Il gonflait sa gorge puissante et brune, et ce fut cette gorge que visa Sammy Lank. N'étant qu'à quelques pas de la fenêtre, il atteignit son but de plein fouet. Une fois la première bombe lancée, une sensation sauvage et douce envahit Sammy. Il lança la seconde bombe et la maison commença à brûler.

La foule s'assembla aussitôt dans la rue et le jardin. Il y avait des voisins, des clients de Mr. Peak et jusqu'à Mr. Malone en personne. Les voitures des pompiers hurlaient.

Sammy Lank était sûr d'avoir eu le nègre, mais il attendit l'arrivée de l'ambulance et qu'on eût couvert le cadavre déchiqueté.

La foule restait stationnée à proximité. Les pompiers éteignirent le feu; après quoi, les badauds envahirent la maison. On traîna le piano demi-queue dans le jardin. Pourquoi? personne n'aurait su le dire. Quelques instants plus tard, une pluie fine et tiède se mit à tomber. Mr. Peak, qui tenait l'épicerie attenante, fit de bonnes affaires, ce soir-là. Le reporter du *Milan Courier* fit un article sur l'incident pour la première édition du matin.

Le juge habitait à l'autre bout de la ville, si bien que Jester n'entendit pas l'explosion et ne sut même rien de l'affaire avant le lendemain matin. Le juge, qui s'attendrissait facilement à présent, apprit la nouvelle avec émotion. Mal à l'aise, nostalgique, le vieil homme au cœur tendre et au cerveau ramolli se rendit à la morgue de l'hôpital. Il ne demanda pas à voir le corps, mais il le fit transporter dans un établissement de pompes funèbres, auquel il versa cinq cents dollars en bonne monnaie des États-Unis, pour l'enterrement.

Jester ne pleura pas. Soigneusement, l'esprit ailleurs, il enroula la partition de *Tristan* qu'il avait dédiée à Sherman et la déposa dans une des malles de son père, qu'il ferma à clef.

La pluie avait cessé, après être tombée toute la nuit ; le ciel était d'un bleu tendre et frais, comme toujours après une longue pluie. Quand Jester se rendit à la maison soufflée, quatre des petits Lank jouaient du tam-tam sur le piano, à présent démoli et désaccordé. Jester s'immobilisa au soleil, l'oreille tendue vers ce tam-tam morne et discordant, et de la haine se mêlait à son chagrin.

« Votre père est-il ici ? demanda-t-il à l'un des petits Lank.

– Non, l'est pas là », répondit l'enfant.

Jester rentra chez lui. Il prit le revolver, celui avec lequel son père s'était tué, et le déposa dans le casier à gants de la voiture. Puis, rôdant lentement à travers la ville, il se rendit d'abord à la filature, où il demanda à voir Sammy Lank. Il n'était pas là. L'impression de cauchemar que lui avait laissée le tam-tam discordant joué par les petits Lank renforça encore le désarroi de Jester. Il se mit à frapper du poing le volant de la voiture.

Certes, il avait eu peur pour Sherman, mais jamais il n'avait cru réellement que les choses en viendraient là. Mais peut-être que rien ne s'était passé, que tout n'était qu'un cauchemar, tam-tam, piano démoli et résolution de trouver Sammy Lank. Alors, comme il remettait la voiture en marche, il aperçut Sammy Lank qui flânait devant le drugstore de Mr. Malone. Jester ouvrit la portière et fit signe à Sammy d'approcher.

« Sammy, vous ne voulez pas venir avec moi à l'aérodrome ? Je vous ferai faire un tour en avion. »

Sammy, stupide et inconscient, eut un sourire d'orgueil. Il pensait : « Je suis déjà tellement célèbre en ville que Jester Clane m'invite à me balader en avion. » Il sauta joyeusement dans la voiture.

Jester installa d'abord Sammy dans le *Moth* qui servait à l'entraînement, puis il se hissa à bord à son tour. Il avait glissé le revolver dans sa poche. Avant de décoller, il demanda :

« Vous êtes déjà monté en avion?

– Non, dit Sammy, mais je n'ai pas peur. »

Jester effectua un décollage parfait. Le ciel bleu, l'air frais, le vent de la course réveillèrent son esprit engourdi.

L'avion prit de la hauteur.

« Est-ce vous qui avez tué Sherman Pew? »

Sammy se contenta de sourire et de hocher la tête.

Au nom de Sherman, cette fois encore, Jester sentit se contracter son cœur.

« Avez-vous une assurance sur la vie?

– Non. Des mioches, c'est tout ce que j'ai.

– Combien en avez-vous?

– Quatorze, dit Sammy. Y en a cinq qui sont grands. »

Sammy, pétrifié sur son siège, se mit à parler à tort et à travers avec nervosité.

« Ma femme et moi, on a failli avoir des quintuplés. Il y avait trois mioches et deux petites choses. Juste après la naissance des quintuplées du Canada... et c'étaient nos premiers mioches. Chaque fois qu'on pensait aux quintuplées du Canada... riches, célèbres, le papa et la maman riches et célèbres aussi, ma femme et moi, ça nous faisait tiquer. On avait presque décroché le gros lot et chaque fois qu'on couchait ensemble on se disait que ça serait des quintuplés. Mais on n'a jamais eu que des triplés et des jumeaux, plus quelques petits tout seuls. Une fois, ma femme et moi, on a emmené tous les gosses au Canada pour voir les quintuplées dans leur petite maison en verre. Nos mioches ont tous attrapé la rougeole.

– C'est donc pour ça que vous avez eu tant d'enfants?

– Voui. On voulait décrocher le gros lot. Et ma femme et moi, ça nous venait tout seul d'avoir des jumeaux et des triplés, et tout. Mais, le gros lot, on l'a jamais décroché. Pourtant, il y a eu un article dans le *Milan Courier* sur " nos triplés de Milan ". On l'a fait encadrer et on l'a accroché au mur de notre salle. Ça nous donnait du mal, d'élever tous ces mioches, mais on n'a jamais renoncé. Et maintenant que ma femme a eu son retour d'âge, c'est fini. Je serai jamais rien que Sammy Lank. »

Le grotesque de cette histoire pitoyable fit rire Jester de ce rire désespéré. Et, ayant ri de désespoir et de pitié, il sut qu'il ne pourrait pas se servir du revolver. Car dans l'intervalle la semence de la compassion, stimulée par le chagrin, avait germé en lui. Jester sortit l'arme de sa poche et la jeta hors de l'avion.

« Qu'est-ce que c'est que ça? demanda Sammy, terrifié.

– Rien », dit Jester.

Il jeta un coup d'œil sur Sammy, dont le visage avait verdi.

« Vous voulez que je descende?

– Non, dit Sammy. J'ai pas peur. »

Jester continua à tourner.

Vue de haut, d'une altitude de huit cents mètres, la terre révèle un certain ordre. Une ville, même une ville comme Milan, est toujours symétrique, régulière ainsi qu'un petit rayon de miel gris, complète. Le dessin du terrain qui l'entoure semble tracé selon une loi plus juste et plus mathématique que celles de la propriété et de l'intolérance. Les sombres parallélogrammes des bois de pins, les champs carrés, les rectangles des prairies. Par un jour sans nuages, le ciel, de tous côtés et sur votre tête, est d'un bleu aveuglant et monotone, impénétrable à l'œil et à l'imagination. Mais au-dessous, la terre est ronde, la terre est bornée. De cette hauteur, on ne distingue pas l'homme, ni les détails de son humiliation. La terre vue de très haut est parfaite, elle forme un tout.

Mais il s'agit là d'un ordre étranger au cœur et, pour aimer la terre, il faut s'en approcher. Glissez vers le bas, survolez de près la ville et la campagne, le tout se brise en de multiples impressions. La ville est à peu près la même en toutes saisons, mais la terre change. Au début du printemps, les champs ressemblent à de vieux morceaux de velours gris, tous semblables. Ensuite, on commence à différencier les cultures : le vert-gris du coton, la terre à tabac sombre et hérissée de piquets, le vert ardent du maïs. Et à mesure qu'on la cerne de plus près, la ville en soi devient folle et complexe. On découvre les zones secrètes des tristes arrière-cours. Les palissades grises, les filatures, la rue principale, longue et plate. De haut, les hommes paraissent tout petits, ils sont raides comme des automates. Ils semblent se mouvoir mécaniquement en aveugles, à la merci des embûches. On ne voit pas leurs yeux. Et finalement cela est intolérable. La terre entière vue de très haut signifie moins qu'un long échange de regard. Même avec votre ennemi.

Jester plongea son regard dans celui de Sammy, dont les yeux s'écarquillaient de terreur.

Son odyssée de passion, d'amitié, d'amour et de vengeance était achevée. Jester atterrit doucement et fit descendre Sammy de l'avion... Sammy Lank, qui irait se vanter à sa famille d'être maintenant si populaire que Jester Clane en personne venait de l'emmener faire un tour en avion.

14

Malone fut d'abord très affecté. Quand il vit que Bennie Weems se servait chez Wheelan et que le shérif MacCall ne venait plus boire ses sempiternels cokes, il fut très affecté. Il avait beau dire : « Que Bennie Weems et le shérif aillent au diable ! » dans le fond, il se tracassait. Cette soirée au drugstore avait-elle compromis les affaires du magasin et gâché les chances d'une vente de la clientèle? Avait-il eu raison de prendre position comme il l'avait fait au meeting?... Malone s'interrogeait, se tourmentait et ne trouvait pas de réponses. Le souci aggrava son état. Il commit des erreurs – des erreurs d'écriture, étranges de la part d'un bon comptable comme lui. Il envoya des notes inexactes, dont les clients se plaignirent. Au magasin, il n'avait pas la force de faire convenablement l'article. Il se rendait compte qu'il déclinait. Il aurait voulu se terrer chez lui et il lui arrivait, d'ailleurs, de passer des jours entiers dans le grand lit à deux places.

Proche de la mort, Malone était particulièrement impressionné par le lever du soleil. Après la longue nuit obscure, il observait l'approche de l'aube et les premières lueurs ivoire, or et safran à l'est. Si la journée promettait d'être belle et rayonnante, il s'adossait à ses oreillers et attendait avidement son petit-déjeuner. Mais quand le temps était couvert, si le ciel était morose ou s'il pleuvait, son état d'esprit s'en ressentait aussitôt. Il allumait la lampe et se plaignait avec irritation.

Martha s'efforçait de le réconforter.

« Ce sont simplement les premières chaleurs qui t'éprouvent. Quand tu seras habitué à ce temps, tu te sentiras mieux. »

Mais non, ce n'était pas le temps. Malone ne confondait plus la fin de sa vie avec le début d'une nouvelle saison. La glycine avait fleuri en cascades couleur de lavande, puis disparu. Malone n'avait pas eu la force de planter son jardin potager. Et les saules vert doré commençaient à prendre une teinte plus sombre. Curieux, il avait toujours associé les saules et l'eau. Mais les saules de son jardin n'avaient point d'eau, encore qu'il y eût une source de l'autre côté de la rue. Oui, la terre avait déroulé le cycle de ses saisons et le printemps était revenu. Mais Malone n'éprouvait plus le besoin de se révolter contre la nature, contre l'ordre des choses. Une étrange légèreté lui emplissait l'âme; il exultait. Quand il songeait à la nature, elle lui semblait être une part de lui-même, à présent. Il n'était plus un homme condamné à guetter l'heure à une horloge sans aiguilles [191]. Il n'était plus seul, il ne se rebellait pas, il ne souffrait pas. Il ne pensait même plus à la mort. Il n'était pas un mourant... personne ne mourait, tout le monde mourait.

Martha s'asseyait dans la chambre avec son ouvrage. Elle s'était remise au tricot et Malone trouvait sa présence apaisante. Il avait oublié les zones de solitude qui l'avaient tant déconcerté. Sa vie s'était étrangement rétrécie. Il y avait le lit, la fenêtre, un verre d'eau. Martha lui apportait ses repas sur un plateau et elle oubliait rarement de mettre un bouquet sur la table de chevet – roses, pervenches, gueules-de-loup.

L'amour qu'il avait jadis ressenti pour sa femme lui était revenu. Tandis que Martha combinait de bons petits plats pour tenter son appétit ou tricotait dans sa chambre de malade, Malone en vint à une plus juste appréciation de la tendresse qu'elle lui portait. Il fut touché quand elle lui acheta, dans le meilleur magasin de la ville, un dosseret rose pour qu'il pût s'asseoir dans son lit, mieux soutenu que par les oreillers moites et glissants.

Depuis le meeting à la pharmacie, le vieux juge traitait Malone en invalide. Les rôles étaient renversés; c'était le juge qui apportait maintenant ces paquets de porridge, ces légumes verts et ces fruits qu'on offre aux malades.

Le 15 mai, le médecin se dérangea à deux reprises, une fois le matin, une autre l'après-midi. C'était le docteur Wesley qui soignait Malone depuis quelque temps. Le même jour, le docteur Wesley prit Martha à part, au salon. Malone se rendit compte qu'on parlait de lui dans la pièce voisine, mais il ne s'en formalisa pas. Il ne se tourmentait pas, ne s'étonnait de rien.

Ce soir-là, Martha fit ainsi que chaque soir la toilette de son mari. Après avoir bassiné son visage fiévreux, elle lui mit un peu d'eau de Cologne derrière les oreilles et en versa dans la cuvette. Ensuite, elle lui passa l'éponge imbibée d'eau parfumée sur la poitrine et les aisselles, ainsi que sur les jambes et les pieds. Et pour finir, très doucement, elle lui lava son sexe flasque.

Malone dit :

« Ma chérie, personne n'a jamais eu une femme comme la mienne. »

C'était la première fois qu'il appelait ainsi Martha depuis la seconde année de leur mariage.

Mrs. Malone se rendit à la cuisine. Quand elle en revint, après avoir pleuré un peu, elle apportait une cruche d'eau chaude.

« Il fait frais la nuit et au petit matin », dit-elle.

Et, ayant glissé la bouillotte dans le lit, elle demanda :

« Tu es bien, mon grand ? »

Malone s'allongea complètement et posa les pieds sur la bouillotte.

« Ma chérie, dit-il, voudrais-tu me donner un peu d'eau glacée ? »

Mais quand Martha lui tendit le verre d'eau glacée, les cubes de glace flottant contre son nez, il dit :

« La glace me chatouille. Je voulais simplement de l'eau fraîche. »

Après avoir repêché les cubes, Mrs. Malone se retira dans la cuisine pour pleurer encore.

Malone ne souffrait pas. Mais il lui semblait avoir des os en plomb et il s'en plaignit.

« Voyons, mon grand, comment pourrais-tu avoir des os en plomb ? » demanda Martha.

Il dit qu'il avait envie d'une pastèque, et Martha alla acheter une pastèque d'importation chez Pizzalatti, la plus grande épicerie fine de la ville. Mais lorsque la tranche de pastèque rose et givrée fut sur son assiette, Malone ne lui trouva pas le goût qu'il avait cru.

« Il faut que tu manges pour garder des forces.

– Des forces pour faire quoi? » dit-il.

Martha prépara un lait frappé dans lequel elle cassa subrepticement un œuf. Deux œufs, en fait. Elle se sentit un peu réconfortée de voir son mari boire le mélange.

Ellen et Tommy entraient et sortaient de la chambre du malade, et Malone les trouvait bruyants, bien qu'ils fissent l'effort de baisser la voix.

« N'ennuyez pas votre père, dit Martha. Il n'est pas bien du tout en ce moment. »

Le 16 mai, Malone se sentit mieux; il voulut même se raser sans aide et prendre un vrai bain. Il insista pour se rendre à la salle de bain, mais, quand il atteignit le lavabo, il put tout juste s'y cramponner à deux mains et Martha dut l'aider à regagner son lit.

Cependant, le dernier flux de vie l'animait. Il avait l'esprit extraordinairement réceptif, ce jour-là. Dans le *Milan Courier*, il lut qu'un homme avait trouvé la mort dans un incendie en sauvant un enfant. Malone ne connaissait ni l'enfant ni l'homme en question, néanmoins il se mit à pleurer sans pouvoir s'arrêter. Et hypersensible à tout ce qu'il lisait, au ciel, au monde qu'il voyait à la fenêtre (il faisait une belle journée sans nuages), il était la proie d'une étrange euphorie. Il lui semblait que, n'eût été la lourdeur de ses membres, il aurait pu se lever et se rendre à la pharmacie.

Le 17, il ne vit pas le lever du soleil, car il dormait. Lentement, le flux de vie qu'il avait senti le jour précédent se retirait. Les voix lui semblaient venir de très loin. Il ne put rien prendre au déjeuner. Martha lui prépara donc un lait frappé à la cuisine. Elle y cassa trois œufs et Malone se plaignit que c'était mauvais. En lui se mêlaient les impressions du passé et celles du jour.

Après qu'il eut refusé de manger le poulet de son dîner, un visiteur inattendu se présenta. Le juge Clane fit irruption dans la chambre du malade. Les veines de la colère se gonflaient sur ses tempes.

« Je suis venu vous demander un peu de désinfectant, J. T. Avez-vous appris la nouvelle à la radio? »

Puis il regarda Malone et fut frappé de son brusque affaiblissement. La peine parut l'emporter sur la colère du vieux juge.

« Excusez-moi, cher J. T., dit-il d'une voix soudainement humble. (Puis sa voix monta :) Mais avez-vous appris la nouvelle?

– Voyons, qu'y a-t-il, juge? De quelle nouvelle parlez-vous? » demanda Martha.

Bredouillant, incohérent dans sa fureur, le juge leur annonça la décision de la Cour suprême relative à l'intégration scolaire [192]. Martha, ahurie, déconcertée, ne put que dire : « Eh bien, ma parole ! » car elle n'avait pas très bien compris de quoi il s'agissait.

« Il y a des moyens de tourner la loi, s'écria le juge. Ça ne se passera pas comme ça ! Nous lutterons. Tous les Sudistes se battront jusque dans leurs derniers retranchements. Jusqu'à la mort. Voter une loi est une chose, mais l'appliquer en est une autre. J'ai une voiture qui m'attend. Je dois aller faire un discours à la station radiophonique. Je battrai le rappel. Il me faut trouver quelque chose de sévère et de simple. Ce sera dramatique. Digne et forcené, si vous voyez ce que je veux dire. Quelque chose comme : *Il y a quatre-vingt-sept ans, nos pères...* Je préparerai cela en chemin. N'oubliez pas d'être à l'écoute. Ce sera un discours historique et ça vous fera du bien de l'entendre, cher J. T. »

Sur le coup, Malone s'était à peine rendu compte de la présence du juge. Il avait simplement conscience d'une voix, de quelque chose d'énorme qui sentait la sueur. Puis les mots, les sons ricochèrent à ses oreilles qui n'enregistraient pas : intégration... Cour suprême. Les implications de ces mots lui parvinrent enfin, quoique faiblement. Et l'amour et l'amitié que Malone portait au vieux juge l'arrachèrent à la mort. Il regarda la radio et Martha tourna le bouton, mais, comme on entendait un orchestre de danse, elle baissa le volume autant qu'elle le put. Une information annonçant une fois encore la décision de la Cour suprême précéda l'allocution du juge.

Dans la salle insonorisée de la station radiophonique, le juge avait empoigné le micro, tel un professionnel. Malheureusement, malgré ses efforts, il n'était pas parvenu à composer son discours en route. Les idées étaient si chaotiques, si inconcevables, qu'il ne sut comment formuler ses protestations. Elles étaient trop passionnées. Ainsi, furieux et révolté – et redoutant une imminente petite attaque, ou pire –, le juge tenait le micro en main, mais son discours n'était pas prêt. Des mots – des mots ignobles, des gros mots déplacés devant ce micro – se succédaient follement dans sa tête, mais nulles paroles historiques. La seule chose qui lui vint à l'esprit fut le premier morceau d'éloquence appris par cœur à l'école de droit. Sachant vaguement que ce qu'il allait dire était inopportun, il se lança :

« *Il y a quatre-vingt-sept ans, nos pères ont créé sur ce continent une nation nouvelle, conçue dans la liberté et vouée à cette idée que tous les hommes naissent égaux. À présent, nous sommes engagés dans une grande guerre civile qui décidera si une nation ou toute nation de même conception et de même idéal peut durer*[193]. »

On entendit un bruit de pas, puis la voix outragée du juge, qui disait :

« Pourquoi me poussez-vous ? »

Mais, une fois qu'on est lancé dans un discours monumental, il est difficile de s'arrêter. Le juge continua d'une voix plus forte :

« *Nous voici réunis sur un des grands champs de bataille de cette guerre. Nous sommes venus en consacrer une parcelle comme suprême lieu de repos pour ceux qui y donnèrent leur vie afin que vive la nation. Cet acte est convenable et juste...*

– Je vous ai dit de ne pas me pousser ! s'écria de nouveau le juge.

– *Mais, dans un sens plus large, nous ne pouvons dédier... nous ne pouvons consacrer... nous ne pouvons sanctifier ce sol. Les braves, vivants ou morts, qui ont lutté ici l'ont eux-mêmes consacré de façon si sublime que nous ne pouvons rien ajouter ni retrancher à cette consécration. Le monde remarquera peu et ne se rappellera pas longtemps les paroles que nous prononçons aujourd'hui...*

– Pour l'amour du Ciel, lança quelqu'un, coupez ! »

Le vieux juge se tenait devant le micro ; les échos de ses paroles retentissaient encore à ses oreilles, accompagnés du souvenir du bruit de son marteau dans la salle d'audience. La soudaine conscience de ce qu'il venait de faire le désarçonna. Mais aussitôt il se mit à crier :

« C'est exactement le contraire ! Je voulais dire exactement le contraire ! Ne coupez pas ! implorait-il d'une voix pressante. Je vous en prie, ne coupez pas. »

Mais un autre speaker avait pris la parole et Martha éteignit la radio.

« Je ne sais pas de quoi il parlait, dit-elle. Que s'est-il passé ?

– Rien, ma chérie, dit Malone. Rien qu'une chose qui se préparait depuis longtemps. »

Mais la vie se retirait de lui et, dans l'acte de mourir, la vie prenait une simplicité, une rigueur que Malone ne lui avait jamais connues. L'élan, la vitalité avaient disparu et ne semblaient plus désirables. Le dessein seul émergeait. Quelle importance si la Cour suprême ordonnait l'intégration scolaire ? Rien ne comptait plus pour Malone. Martha aurait pu étaler au pied du lit toutes ses actions de Coca-Cola, il n'aurait pas bougé la tête. Néanmoins, il désirait quelque chose, car il dit :

« Je voudrais un peu d'eau glacée, sans glace. »

Mais avant que Martha ait eu le temps d'apporter l'eau, lentement, doucement, sans angoisse ni lutte, la vie s'était retirée de J. T. Malone. Il avait cessé d'être. Et Mrs. Malone, qui se tenait près du lit, le verre plein à la main, crut entendre un soupir.

Nouvelles

La Ballade du café triste

Cette longue nouvelle fut écrite en un été, lors d'un séjour de Carson McCullers à Yaddo en 1941. L'intention première de l'auteur était d'écrire deux autres nouvelles de cette longueur, afin de les publier sous forme de trilogie. Trop occupée par la rédaction de The Member of the Wedding *(*Frankie Addams *en français), Carson laissa dormir son projet pendant deux ans et* La Ballade du café triste *fut publiée seule dans le magazine* Harper's Bazaar *en 1943.*

La référence au genre traditionnel de la ballade, annoncée dès le titre, a permis à Carson McCullers une stylisation plus poussée que dans ses romans, qui mêlent réalisme et allégorie. Comme dans une ballade, l'action est rapide, découpée en trois parties d'égale importance : l'arrivée du bossu, Cousin Lymon, son accueil exceptionnellement chaleureux de la part de Miss Amelia, les rumeurs, et la transformation du magasin en café ; la deuxième partie évoque l'expansion du café, réfléchit à la nature de l'amour et rappelle le mariage ridicule de Miss Amelia avec Marvin Macy qui a duré dix jours. La troisième et dernière partie voit le retour de Marvin Macy du pénitencier, l'attachement du bossu envers lui et la tension constante qui culmine dans le combat corps à corps entre Miss Amelia et Marvin Macy.

Comme dans une ballade traditionnelle, les personnages n'évoluent guère, mais Carson McCullers renouvelle le genre en leur attribuant des caractéristiques qui frôlent l'incongruité et le bizarre. Cousin Lymon est à la fois celui qui sème la zizanie et celui qui réunit le village autour de lui, Miss Amelia est pudibonde et impudique, masculine et maternelle ; quant à Marvin Macy, voleur et violeur, il a cependant quelque chose du chevalier désintéressé de l'amour courtois.

Les habitants du village, ouvriers pauvres, jouent le rôle de témoins ou de chœur antique, en ponctuant tous les événements de leurs murmures et de leurs suppositions.

Le récit se présente comme une série d'épisodes, dont le dénouement n'est jamais celui qu'attendent les gens de la ville : l'arrivée du nain débouche sur l'amour et non sur le meurtre, le mariage de Miss Amelia entraîne des crimes, et, contrairement à tous les pronostics, le retour de Marvin Macy est accueilli sans violence et avec une certaine résignation par Miss Amelia. Pour le combat de boxe, toute la ville avait parié sur Miss Amelia et c'est Marvin Macy qui l'emporte. À l'échelle du livre tout entier, le même effet d'attente déjouée est créé puisque, si le dénouement apparaît dès la première page, suivi d'un récit rétrospectif, l'épilogue consacré aux hommes enchaînés n'en produit pas moins un effet de surprise.

Carson McCullers crée des phénomènes de rupture au sein même du récit par des changements verbaux : le passage au présent dans un paragraphe au passé détonne et accentue la prise de distance par rapport à des événements ou des personnages jugés étranges. Il souligne à la fois le détachement de la voix narrative qui se dissocie des événements et produit un effet de proximité, comme si nous assistions à la représentation vivante de ces événements passés :

> *Le whisky qu'ils ont bu cette nuit-là (deux grandes bouteilles) a une grande importance. Sans lui, comment expliquer ce qui a suivi ? Sans lui, le café aurait-il jamais existé ? Car l'alcool fabriqué par Miss Amelia a une qualité bien à lui.*

La voix narrative affirme parfois sa souveraineté avec une certaine désinvolture, en précisant son rôle par des ellipses et des résumés :

> *Or, il nous faut laisser le temps s'écouler, car les quatre années qui suivent se ressemblent trop. De grands changements surviennent, bien sûr, mais lentement, par petites étapes, qui n'ont pas d'importance en elles-mêmes. Le bossu vit toujours chez Miss Amelia. Le café se développe.*

Cette voix souligne parfois les points forts du récit, détruisant par là même l'illusion réaliste : « N'oubliez donc pas ce Marvin Macy, car il jouera un rôle effrayant dans ce qui va suivre. »

L'atmosphère est celle d'une légende, et les événements étonnants associés au chiffre trois ou au chiffre sept ne doivent pas surprendre.

Ainsi, lorsque Marvin Macy provoque un réchauffement du temps en hiver, le surnaturel s'installe.

Par leur aspect grotesque, le bossu et Miss Amelia, sorte de géante asexuée en salopette, sont parents des sourds-muets du Cœur est un chasseur solitaire, *ou des adolescents androgynes des autres romans de Carson McCullers. De plus, le caractère improbable de l'attachement entre le bossu et la géante renforce la thèse illustrée dans tous les romans de Carson McCullers, que l'amour est toujours à sens unique, qu'il est voué à l'échec, et qu'il défie les normes de la raison.*

Dans son essai intitulé « The Flowering dream : Notes on Writing » (« L'éclosion du rêve : notes sur l'écriture », paru en 1959 et repris dans Le Cœur hypothéqué *en 1971), Carson McCullers revient sur la distinction établie par Denis de Rougement dans* L'Amour et l'Occident *(paru en 1938 et très vite traduit en anglais sous l'impulsion de T.S. Eliot) entre* Éros *et* Agape, *pour exalter la supériorité d'*Agape.

À la faveur de la relation mystérieuse qui s'instaure entre Miss Amelia et Cousin Lymon, une chaleur universelle gagne le café (Agape), *tandis que le combat de boxe qui oppose les corps enduits de graisse de porc de Miss Amelia et de Marvin Macy sert de substitut à l'acte sexuel. L'instabilité de tous ces liens pose la question des pouvoirs respectifs d'*Éros *et d'*Agape.

Le charme particulier de cette longue nouvelle vient de son économie de moyens, alliée à une façon d'outrer la peinture des personnages qui les transforme en figures de conte folklorique.

La désolation du village, qui ouvre la nouvelle, est une image forte des ravages causés par l'amour, et du désert auquel sont condamnés les êtres.

La ville même est désolée ; il n'y a guère que la filature, des maisons de deux pièces pour les ouvriers, quelques pêchers, une église avec deux vitraux de couleur, et une Grand-rue misérable qui n'a que cent yards de long. Les fermiers des environs s'y retrouvent chaque samedi pour parler affaires. Le reste du temps, la ville est triste, solitaire, un endroit loin de tout, en marge du monde. La gare la plus proche est Society City ; les lignes d'autocar *Greyhound* et *White bus lines* passent à trois miles de là, sur la route des Forks Falls. Les hivers y sont vifs et brefs, les étés chauffés à blanc.

Si vous marchez dans la Grand-rue, un après-midi du mois d'août, vous ne trouverez rien à faire. Le plus grand bâtiment, juste au centre de la ville, n'a que des fenêtres aveugles et penche si fort vers la droite qu'à chaque seconde on attend qu'il s'effondre. C'est une très vieille maison. Elle a quelque chose d'étrange, d'un peu fou et inexplicable, puis, brusquement, vous découvrez qu'il y a très longtemps déjà, on a commencé à peindre le côté droit de la véranda et un peu du mur – mais on n'a pas terminé le travail et la maison a un côté plus sale et plus sombre que l'autre. Elle a l'air tout à fait inhabitée. Au second étage, pourtant, il reste une fenêtre qui n'a pas été aveuglée. Il arrive parfois, au plus tard de l'après-midi, quand la chaleur est à son comble, qu'une main pousse la persienne et qu'un visage surplombe la ville. Un visage comme en ont les figures qu'on croise dans les rêves – blafard, asexué, deux yeux gris convergents, tournés l'un vers l'autre suivant un angle si aigu qu'ils ont l'air de se renvoyer un regard immense et secret de douleur. Ce visage s'attarde une heure environ, puis la persienne se referme, et il n'y a plus âme qui vive dans la Grand-rue. Ces après-midi du mois d'août – votre travail est terminé, vous n'avez absolument rien à faire – il vaudrait mieux prendre la route des Forks Falls pour entendre le groupe enchaîné des bagnards.

C'est ici pourtant, c'est dans cette ville, qu'on trouvait autrefois un café. Cette vieille maison aveugle ne ressemblait à aucune autre, à des miles à la ronde. Il y avait des tables, avec des nappes et des serviettes en papier, des guirlandes colorées suspendues aux ventilateurs et une foule de gens le samedi soir. C'était Miss Amelia Evans la propriétaire. Mais tout le succès, toute la gaieté, revenait à un bossu qu'on appelait Cousin Lymon. Dans l'histoire du café, il y a quelqu'un d'autre qui jouait un rôle – l'ancien mari de Miss Amelia, un terrible personnage qui, après avoir passé des années au pénitencier, revint dans la ville, provoqua le désastre et reprit son chemin. Il y a très longtemps que le café n'existe plus, mais chacun s'en souvient encore.

Ce ne fut pas toujours un café. Lorsque Miss Amelia reçut ce bâtiment en héritage de son père, c'était un magasin où l'on vendait surtout de quoi nourrir les animaux, du guano, des denrées genre farine et tabac à priser. Miss Amelia était riche. En plus du magasin, elle possédait une distillerie, à trois miles vers les marais, qui donnait le meilleur alcool du comté. C'était une grande brune, avec une charpente et des muscles d'homme, des cheveux coupés court coiffés en arrière, et dont le visage hâlé avait une expression tendue, hagarde. Elle aurait eu pourtant une certaine beauté sans cette tendance à loucher. Certains auraient aimé lui faire la cour, mais elle se moquait de l'amour que lui portaient les hommes. C'était un être solitaire. Aucun des mariages célébrés dans le comté ne pouvait se comparer au sien – un mariage étrange et lourd de menaces, qui n'avait duré que dix jours, et dont la ville entière avait été surprise et scandalisée. Cet étrange mariage mis à part, Miss Amelia avait toujours vécu seule. Elle passait souvent ses nuits dans son entrepôt des marais, en salopette et bottes de caoutchouc, surveillant silencieusement la flamme étouffée de ses alambics.

Miss Amelia gagnait de l'argent avec tout ce que l'on peut faire de ses mains. Elle vendait des andouilles et des saucisses à la ville voisine. Pendant les belles journées d'automne, elle pilait du sorgho, et le sirop de ses cuves, ambré comme de l'or, avait une odeur délicate. En quinze jours, elle avait réussi à construire des cabinets en brique derrière son magasin, et ses dons de charpentier étaient évidents. Elle n'était mal à l'aise que devant les gens. Parce que les gens – sauf s'ils sont sans volonté ou gravement malades – on ne peut pas les prendre dans ses mains et les transformer en une nuit en un produit plus intéressant et plus fructueux. Miss Amelia ne connaissait donc qu'une façon de se servir des gens : en tirer de l'argent. Et elle y réussissait parfaitement. Hypothèques sur les biens, sur les récoltes, scierie, placements en banque – c'était la femme la plus riche à des miles à la ronde. Sa fortune aurait pu égaler celle d'un membre du Congrès, si elle n'avait pas eu un goût presque maladif pour les procès et les tribunaux. Le moindre prétexte lui était bon à engager d'interminables poursuites judiciaires. On prétendait que, lorsqu'elle trébuchait sur une pierre dans un chemin, elle regardait d'instinct autour d'elle pour trouver quelqu'un à traîner en justice. Ce goût des procès mis à part, elle menait une vie tranquille où chaque journée ressemblait aux autres. Et rien, sinon son mariage de dix jours, n'en avait troublé le cours jusqu'au printemps de cette année où Miss Amelia eut trente ans.

C'était un peu avant minuit, un soir doux et calme d'avril. Le ciel était bleu comme un iris des marais. La lune avait tout son éclat. Les récoltes, ce printemps-là, promettaient d'être belles, et dans les semaines précédentes on avait mis en place à la filature une équipe de nuit. En contrebas, près du ruisseau, on voyait le bâtiment de brique éclairé, comme un grand carré jaune, d'où montait le bruit assourdi et patient des tissages. C'était une de ces nuits où l'on aime écouter, à travers l'obscurité des champs, la voix lointaine et heureuse du Noir qui va faire l'amour. Où l'on voudrait s'asseoir doucement et gratter sa guitare, ou simplement être seul et ne penser à rien. La rue était déserte, cette nuit-là, mais il y avait de la lumière dans le magasin de Miss Amelia, et cinq personnes se tenaient sous la véranda. Le contremaître Stumpy MacPhail, avec son visage congestionné, ses mains fragiles et violacées. Sur la plus haute marche, les jumeaux Rainey, en salopette, tous deux grands et maigres, avec leurs cheveux blancs et leurs yeux verts endormis. Henry Macy, sur la dernière marche, un homme timide, effacé, aux gestes doux et inquiets. Miss Amelia, enfin, appuyée près de la porte ouverte, avec ses bottes des marais, les pieds croisés, absorbée à défaire les nœuds d'une corde qu'elle venait de ramasser. Personne n'avait rien dit depuis un bon moment.

L'un des jumeaux, qui regardait la rue déserte, fut le premier à parler :

« J'aperçois quelque chose qui vient.

– Un veau qui s'est détaché », dit son frère.

La silhouette était trop éloignée encore pour qu'on la distingue nettement. Les pêchers en fleur qui bordaient la rue avaient, sous la lune, des ombres difformes. Le parfum des fleurs printanières et de l'herbe neuve se mêlait à l'odeur âcre et sourde de la lagune toute proche.

« Non, dit Stumpy MacPhail, c'est un gosse. »

Miss Amelia regardait silencieusement la rue. Elle avait posé sa corde et tripotait de sa main brune et sèche les sangles de sa salopette en fronçant les sourcils. Une mèche de cheveux sombres lui couvrait le front. Pendant qu'ils attendaient, un chien se mit à hurler, dans l'une des maisons du bas de la route – hurlements furieux, enroués, qu'une voix finit par faire taire. Il leur fallut attendre que la silhouette soit tout près d'eux, à la lumière de la véranda, pour savoir exactement qui venait.

C'était un inconnu – et il est bien rare qu'un étranger pénètre à pied dans la ville à une heure pareille. De surcroît, l'homme était bossu. À peine quatre pieds de haut, une vieille veste poussiéreuse qui lui arrivait aux genoux, de petites jambes torses qui paraissaient trop fragiles pour le poids de son énorme poitrine et de la bosse plantée entre ses deux épaules, une tête très large, des yeux bleu sombre, une bouche en lame de couteau, un visage insolent et doux à la fois, couvert de poussière ocre, avec des ombres bleu lavande autour des paupières. Il tenait une valise bancale fermée par une ficelle.

« 'Soir », dit le bossu, et il était hors d'haleine.

Sous la véranda, personne ne répondit à ce salut ; ni Miss Amelia, ni l'un des quatre hommes. Ils se contentèrent de le regarder en silence.

« Je cherche la piste de Miss Amelia Evans... »

Miss Amelia écarta la mèche de son front, et leva le menton : « Comment ça?

– Je suis de sa famille », dit le bossu.

Stumpy MacPhail et les jumeaux regardèrent du côté de Miss Amelia.

« C'est moi, dit-elle. Vous entendez quoi, par " famille " ?
– Eh bien... »

Le bossu semblait mal à l'aise, presque au bord des larmes. Il posa sa valise sur la dernière marche du perron, mais garda la poignée en main.

« Ma mère s'appelait Fanny Jesup, et elle était de Cheehaw. Elle a quitté Cheehaw, il y a une trentaine d'années, après son premier mariage. Elle parlait souvent d'une demi-sœur qui s'appelait Martha, je m'en souviens. Et quand je suis revenu à Cheehaw, on m'a dit que cette Martha était votre mère. »

Miss Amelia écoutait, la tête légèrement penchée. Tous ses repas du dimanche, elle les prenait seule. Aucun troupeau de parents n'encombrait sa maison, et elle ne se réclamait d'aucune famille. C'est exact qu'à Cheehaw elle avait eu autrefois une grand-tante qui tenait une écurie de louage, mais cette grand-tante était morte. Il lui restait seulement un cousin germain, qui vivait dans une autre ville, à vingt miles de là. Mais ce cousin s'entendait assez mal avec elle, et, quand ils se croisaient par hasard, ils crachaient sur le côté de la route. Certains mettaient parfois tout en œuvre pour se découvrir une parenté lointaine avec Miss Amelia, mais sans aucun succès.

Le bossu se lança dans un long discours, cita des noms, des lieux, qui semblaient n'avoir aucun rapport avec le sujet et dont ceux qui étaient sous la véranda n'avaient jamais entendu parler.

« Fanny et Martha Jesup étaient donc demi-sœurs, et comme je suis le fils du troisième mari de Fanny, je pense que vous et moi... »

Il se pencha, et commença à dénouer la ficelle de sa valise. Il avait les doigts sales et tremblants, pareils à des griffes de moineau. Sa valise était remplie d'une camelote bizarre – vêtements en lambeaux, objets rouillés qui ressemblaient aux pièces détachées d'une machine à coudre, ou tout aussi dénués de valeur. Il farfouilla longtemps, et finit par trouver une photographie :

« Ma mère et sa demi-sœur. » Miss Amelia ne disait rien. Elle remuait doucement les mâchoires. Ce qu'elle pensait était écrit sur son visage. Stumpy MacPhail prit la photographie et l'approcha de la lumière. Elle représentait deux petits enfants maigres et pâles, dans les deux ou trois ans. Leurs visages étaient deux taches blanches. C'était une vieille photographie qu'on aurait pu trouver dans l'album de n'importe qui.

Stumpy MacPhail la rendit sans commentaire.

« D'où venez-vous ? » demanda-t-il.

Le bossu répondit d'une voix hésitante.

« J'ai voyagé. »

Miss Amelia ne disait toujours rien. Tranquillement appuyée au chambranle de la porte, elle regardait le bossu de haut. Henry Macy plissait nerveusement les paupières, et se frottait les mains l'une contre l'autre. Puis il quitta sans bruit la dernière marche et disparut. C'était un brave homme et la situation du bossu l'avait touché. Il préféra donc s'en aller avant que Miss Amelia ne jette cet intrus hors de chez elle et ne le chasse de la ville. Le bossu attendait, sa valise ouverte sur la dernière marche. Il renifla, ses lèvres tremblaient. Peut-être commençait-il à entrevoir qu'il était en mauvaise posture. Peut-être comprenait-il à quel point il était dérisoire d'arriver ainsi dans une ville, avec une valise bourrée de camelote, pour prétendre qu'il était un parent de Miss Amelia. Il finit par s'asseoir et fondit en larmes.

Ce n'est pas chose courante de voir un bossu qu'on ne connaît pas arriver à minuit jusqu'à votre magasin, s'asseoir sur le perron et éclater en sanglots. Miss Amelia rejeta ses cheveux en arrière, et les hommes se regardèrent avec des mines déconcertées. Tout autour, la ville était calme.

L'un des jumeaux dit enfin :

« Que je sois pendu si ça n'est pas un parfait Morris Finestein ! »

Les autres tombèrent d'accord, car cette expression a un sens très particulier. Mais, comme le bossu ne pouvait pas savoir de quoi ils parlaient, il se mit à pleurer plus fort. Morris Finestein était un homme qui habitait la ville quelques années auparavant. Un petit juif nerveux et sautillant, qui se mettait à pleurer chaque fois qu'on le traitait de déicide et qui ne mangeait que du pain azyme et du saumon en boîte. Un malheur l'avait obligé à déménager. Il vivait maintenant à Society City. Mais depuis ce temps-là, chaque fois qu'un homme faisait la fine bouche ou se mettait à pleurer, on disait que c'était un parfait Morris Finestein.

« De toute façon, dit Stumpy MacPhail, il a du chagrin. Sûrement pas sans raison. »

En deux enjambées lentes et maladroites, Miss Amelia traversa la véranda, puis elle descendit les marches du perron et resta longtemps à regarder l'étranger. Elle avança un doigt maigre et brun, et le posa délicatement sur la bosse. Le bossu pleurait toujours mais il parut se calmer un peu. La nuit était silencieuse. La lune avait gardé son même éclat tranquille. Il commençait à faire froid. Miss Amelia fit alors une chose qu'elle ne faisait jamais. Elle sortit de sa poche revolver une bouteille, en frotta le goulot avec la paume de sa main et la tendit au bossu. Il était pratiquement impossible d'obtenir de Miss Amelia qu'elle vendît son alcool à crédit. Quant à en faire cadeau, même d'une seule goutte, c'était une chose que personne ne lui avait vu faire.

« Bois, dit-elle. Ça va te requinquer. »

Le bossu cessa de pleurer, lécha soigneusement les larmes qui restaient autour de ses lèvres, et fit ce qu'on lui disait. Lorsqu'il eut fini, Miss Amelia aspira une petite gorgée pour se chauffer et se rincer la bouche, cracha – et but à son tour. Les jumeaux et le contremaître avaient chacun une bouteille qu'ils avaient payée.

« C'est de l'alcool qui se boit comme du petit-lait, dit Stumpy MacPhail. Vous le faites toujours à la perfection, Miss Amelia. »

Le whisky qu'ils burent cette nuit-là (deux grandes bouteilles) a une extrême importance [194]. Sans lui, comment expliquer ce qui a suivi? Sans lui, le café aurait-il jamais existé? Car l'alcool fabriqué par Miss Amelia a une qualité bien à lui. Sur la langue, il est vif et franc, et, lorsqu'il est à l'intérieur du corps, il garde longtemps sa chaleur de braise. Mais ce n'est pas tout. Lorsqu'on trace un message sur une feuille de papier avec du jus de citron, on sait qu'il devient invisible. Mais si on tient la feuille de papier au-dessus du feu pendant un moment, les lettres brunissent et le message apparaît. Si nous considérons le whisky comme un feu et le message comme le secret que chacun enferme en son âme, on comprendra alors l'alcool de Miss Amelia. Des choses arrivées sans qu'on y prenne garde, des pensées enfouies dans l'obscurité de l'âme, deviennent soudain apparentes et lisibles. L'ouvrier de la filature, qui ne pense qu'à son métier, à sa gamelle, à son lit, et de nouveau à son métier – cet ouvrier devrait en boire un peu le dimanche, cueillir une jacinthe d'eau, tenir la fleur dans sa paume ouverte, en examiner le fragile calice d'or, et une poignante tendresse le saisirait. Un tisserand lèverait les yeux pour la première fois sur la splendeur inquiétante et givrée d'un ciel de janvier à minuit, et son cœur s'arrêterait d'effroi devant sa propre petitesse. Quiconque a bu l'alcool fabriqué par Miss Amelia connaît ces choses. Il prend le risque de souffrir ou d'être enivré de bonheur – mais l'épreuve a fait naître sa vérité, il a tenu son âme au-dessus du feu, il en a déchiffré l'invisible message.

Ils ont bu bien au-delà de minuit. Les nuages ont caché la lune. La nuit s'est faite froide et noire. Le bossu était toujours assis sur la dernière marche, plié en deux, le front tristement appuyé contre ses genoux. Miss Amelia, les mains dans les poches, avait un pied posé sur la seconde marche. Elle était restée longtemps silencieuse, avec l'expression qu'on voit souvent à ceux qui sont atteints d'un léger strabisme et qui réfléchissent – expression à la fois très sage et très folle. Elle finit par dire :

« Je ne sais pas ton nom.

– Lymon Willis, répondit le bossu.

– Alors, entre. J'ai un reste de dîner sur le coin du fourneau. Tu pourras manger. »

Dans la vie de Miss Amelia, bien rares étaient les jours où elle invitait quelqu'un à dîner – sauf si elle avait l'arrière-pensée de lui soutirer de l'argent. Les hommes assis sous la véranda sentirent donc qu'il se passait quelque chose de bizarre. Plus tard, quand ils eurent l'occasion d'en reparler entre eux, ils se dirent qu'elle avait dû boire plus que de coutume, cet après-midi-là, dans les marais. Toujours est-il qu'elle rentra dans son magasin, tandis que Stumpy MacPhail et les jumeaux retournaient chez eux. Elle verrouilla la porte d'entrée, jeta un coup d'œil autour d'elle pour s'assurer que les marchandises étaient en ordre, et se dirigea vers la cuisine installée dans l'arrière-boutique. Le bossu la suivait, traînant sa valise, reniflant toujours et s'essuyant le nez sur la manche de sa veste.

« Assieds-toi, dit Miss Amelia. Je vais réchauffer ça. »

Ils firent un excellent repas, cette nuit-là. Miss Amelia était riche et ne lésinait pas sur la nourriture. Poulet frit (le bossu prit un morceau de blanc), rutabagas en purée, choux verts, patates douces, dorées et craquantes. Miss Amelia mangeait avec la lenteur d'un ouvrier agricole qui apprécie sa nourriture. Elle était penchée sur son assiette, les coudes sur la table, les genoux largement ouverts, les deux pieds accrochés aux barreaux de sa chaise. Le bossu dévorait comme s'il était à jeun depuis plusieurs mois. Pendant qu'il mangeait, une larme roula sur sa joue creuse – mais ce n'était qu'un restant de larme, sans importance. La lampe posée sur la table, avec sa mèche bien coupée qui donnait une flamme bleue, emplissait la cuisine d'une lumière sereine. Le dîner fini, Miss Amelia essuya minutieusement son assiette avec une tranche de pain blanc, et l'arrosa du sirop parfumé qu'elle préparait elle-même. Le bossu l'imita – mais, comme il était plus délicat, il demanda une assiette propre. Lorsqu'elle eut terminé, Miss Amelia repoussa sa chaise, ferma le poing, palpa les muscles souples et fermes de son bras droit à travers l'étoffe de sa chemise bleue – geste qu'elle avait l'habitude de faire à la fin de chaque repas. Puis elle prit la lampe sur la table, et, de la tête, fit signe en direction de l'escalier, pour inviter le bossu à la suivre.

Il y avait trois pièces au-dessus du magasin – deux chambres séparées par un vaste salon –, où Miss Amelia avait vécu toute sa vie. Très peu de gens connaissaient ces trois pièces, mais on savait qu'elles étaient bien meublées et parfaitement propres. Et voici que Miss Amelia y faisait monter derrière elle un sale petit étranger bossu, qui arrivait de Dieu sait où. Elle montait lentement, deux marches par deux marches, en tenant haut la lampe. Le bossu la suivait si près que la lumière qui dansait sur la cage de l'escalier ne dessinait qu'une seule ombre immense, où tous deux étaient confondus. Un peu plus tard, l'obscurité se referma sur les trois pièces de l'étage et sur la ville entière.

Le matin se leva avec sérénité. Le soleil était d'un violet profond nuancé de rose. Dans les champs, autour de la ville, on venait de labourer, et les planteurs s'étaient mis au travail de bonne heure pour repiquer les jeunes pousses de tabac vert sombre. Les corbeaux volaient à ras de terre et dessinaient sur les champs de fugitives ombres bleues. Les ouvriers avaient quitté la ville très tôt avec leurs gamelles, et sur les vitres de la filature les reflets du soleil étaient d'un or aveuglant. L'air était doux. Les fleurs aux branches des pêchers étaient légères comme des nuages de mars.

Selon son habitude, Miss Amelia descendit de l'étage au petit jour. Elle se lava le visage à la pompe et se mit tout de suite au travail. Un peu plus tard, dans la matinée, elle sella sa mule pour aller surveiller ses champs de coton près de la route des Forks Falls. À midi, tout le monde avait entendu parler du bossu arrivé en pleine nuit, mais personne encore ne l'avait vu. La chaleur devint très forte, et à midi le ciel d'un bleu profond, mais l'étrange invité ne paraissait toujours pas. Quelques personnes se souvenaient d'une demi-sœur qu'avait eue la mère de Miss Amelia, mais certains affirmaient qu'elle était morte, d'autres qu'elle s'était enfuie avec un lieur de tabac. Quant aux prétentions du bossu, on s'accordait à dire qu'elles étaient une supercherie. Et l'ensemble de la ville, qui connaissait bien Miss Amelia, était certaine qu'après l'avoir fait dîner elle l'avait mis à la porte. Pourtant, vers le soir, au moment où le ciel blanchissait, où l'équipe de nuit relayait celle de jour, une femme affirma qu'elle avait vu un visage difforme à l'une des fenêtres de l'étage. Miss Amelia elle-même ne disait rien. Elle alla tenir sa boutique, discuta pendant plus d'une heure avec un fermier à propos d'un soc de charrue, répara la clôture d'un poulailler, puis, au crépuscule, elle ferma sa porte et regagna ses appartements, laissant la ville déconcertée et perplexe.

Le lendemain, Miss Amelia n'ouvrit pas son magasin, resta enfermée et ne vit personne. Et voici qu'une rumeur naquit ce jour-là – rumeur si terrible que la ville entière et le pays entier en furent frappés de stupeur. C'est un tisserand nommé Merlie Ryan qui fit naître cette rumeur. Un homme dont il n'y a rien à dire – teint jaunâtre, démarche traînante, complètement édenté. Atteint de malaria ternaire, c'est-à-dire que la fièvre le prend tous les trois jours. Pendant deux jours, il est déprimé et de méchante humeur. Le troisième, il lui passe soudain par la tête deux ou trois idées complètement stupides. À l'instant précis où montait sa fièvre, Merlie Ryan se tourna brusquement et dit :

« Je sais ce que Miss Amelia a fait de cet homme. Elle l'a tué pour lui prendre ce qu'il cachait dans sa valise. »

Il avait parlé d'une voix très calme, comme s'il s'agissait d'une certitude. En moins d'une heure, la nouvelle se répandit à travers la ville. Et la ville, ce jour-là, inventa une fable écœurante et féroce. Tous les éléments qui font battre le cœur se retrouvaient dans cette fable – un bossu, un enterrement à minuit au fond des marais, Miss Amelia traînée publiquement jusqu'à la prison, les disputes autour de son héritage. Tout cela murmuré, de bouche à oreille, alourdi chaque fois d'un nouveau détail macabre. Il s'était mis à pleuvoir. Les femmes oublièrent de rentrer la lessive qu'elles avaient suspendue. Deux ou trois personnes, qui devaient de l'argent à Miss Amelia, enfilèrent leurs habits du dimanche, comme si c'était jour de fête. Un groupe s'était formé dans la Grand-rue, qui discutait en surveillant le magasin.

Il serait faux d'affirmer que la ville entière participa à cette fête satanique. Quelques personnes sensées estimèrent que Miss Amelia était suffisamment riche pour ne pas se donner le mal d'assassiner un vagabond qui transportait de la camelote. Il existait même dans la ville trois âmes charitables qui refusèrent d'instinct de croire à ce crime, malgré l'intérêt et l'immense scandale qu'il susciterait. Ces trois personnes ne prenaient aucun plaisir à imaginer Miss Amelia derrière les barreaux d'un pénitencier, ou sur la chaise électrique d'Atlanta. Ces bonnes âmes ne partageaient pas l'opinion générale sur Miss Amelia. Quand quelqu'un a un caractère aussi particulier que celui de Miss Amelia, quand ses péchés sont tellement nombreux qu'il est difficile d'en faire le compte sans en oublier quelques-uns – alors il faut juger ce quelqu'un selon des critères particuliers. Ces trois personnes se souvenaient que Miss Amelia était née avec un teint sombre et un curieux visage. Qu'elle n'avait pas eu de mère. Qu'elle avait été élevée par son père, qui était un homme solitaire. Qu'elle avait atteint très jeune la taille de six pieds deux pouces, tout à fait inhabituelle pour une femme. Qu'elle avait une façon de vivre trop personnelle pour qu'on ait le droit de l'interpréter. Elles se souvenaient par-dessus tout de son surprenant mariage, objet du scandale le plus insensé que la ville ait connu.

Ces bonnes âmes ressentaient pour Miss Amelia quelque chose qui était assez proche de la pitié. Et, lorsqu'elles la voyaient conduire ses affaires avec extravagance – lorsqu'elles la voyaient, par exemple, se précipiter dans une maison et s'emparer d'une machine à coudre en règlement d'une dette, ou prendre feu et flamme pour un problème de droit – elles sentaient naître en elles un mélange d'exaspération, de petit chatouillement intérieur, et de tristesse profonde qu'elles ne savaient pas expliquer. Mais assez parlé de ces bonnes âmes, car elles ne sont que trois. Tout au long de l'après-midi, la ville s'amusa avec passion de ce crime inventé.

Miss Amelia – pour quelle étrange raison? – semblait n'avoir aucune conscience de ce qui se passait. Elle resta la plus grande partie de la journée à l'étage. De temps en temps, elle descendait au magasin, et faisait tranquillement les cent pas, les mains dans les poches de sa salopette, la tête si profondément baissée que son menton se perdait dans le col de sa chemise. Il n'y avait sur elle aucune tache de sang. Elle s'arrêtait parfois, regardait pensivement les rainures du plancher, tordait une mèche de ses cheveux courts et se parlait tout bas à elle-même. Mais elle resta en haut le plus clair de la journée.

La nuit vint. La pluie avait rafraîchi l'atmosphère, et c'était comme un soir triste et sombre d'hiver. Pas une étoile au ciel. Un petit crachin tombait, glacial. À l'intérieur des maisons, les lampes n'étaient plus que des lueurs tremblantes et sinistres quand on les regardait de la rue. Le vent s'était levé. Il ne venait pas des marais. Mais des forêts de pins noires et froides du Nord.

Les horloges de la ville sonnèrent huit heures. Rien n'était encore arrivé. Après les conversations macabres de l'après-midi, cette nuit lugubre fit peur à quelques-uns, qui préférèrent ne pas quitter le coin de leur feu. D'autres s'assemblaient par groupes. Il y avait une dizaine d'hommes sous la véranda du magasin de Miss Amelia. Ils attendaient, simplement, en silence, sans savoir eux-mêmes ce qu'ils attendaient. C'est exactement ce qui se passe à chaque période de tension, quand un grand événement se prépare : les hommes se rassemblent et attendent. Au bout d'un temps plus ou moins long, ils se mettent à agir tous ensemble. Sans qu'intervienne la réflexion ou la volonté de l'un d'entre eux. Comme si leurs instincts s'étaient fondus en un tout. La décision finale n'appartient plus alors à un seul, mais au groupe lui-même. À cet instant-là, plus personne n'hésite. Que cette action commune aboutisse au pillage, à la violence, au meurtre, c'est affaire de destin. Les hommes attendaient donc calmement sous la véranda de Miss Amelia. Aucun d'entre eux ne savait ce qui allait se passer, mais ils avaient tous la certitude intérieure qu'il fallait attendre, que l'instant était sur le point d'arriver.

Or, la porte du magasin était ouverte. À l'intérieur, tout avait son aspect habituel. Il y avait le comptoir, à gauche, avec des quartiers de viande fraîche, du sucre candi et du tabac. Derrière le comptoir, les étagères avec la viande salée et la farine. À droite, surtout du matériel agricole et d'autres outils de cet ordre. Au fond et à gauche, la porte qui conduisait aux étages. Cette porte était ouverte. À l'extrême droite du magasin, une seconde porte qui donnait sur la petite pièce que Miss Amelia appelait son bureau. Cette seconde porte était ouverte, elle aussi. À huit heures ce soir-là, on pouvait apercevoir Miss Amelia assise devant son pupitre à glissière, un stylo à la main, faisant ses comptes sur des feuilles de papier.

La lumière était vive dans le bureau, et Miss Amelia semblait ignorer qu'il y avait ce groupe d'hommes sous la véranda. Tout était en ordre autour d'elle, comme d'habitude. Le pays tout entier connaissait ce bureau et en avait peur. C'est là que Miss Amelia réglait ses affaires. Il y avait une machine à écrire, soigneusement couverte d'une housse. Elle savait parfaitement s'en servir, mais la réservait aux documents les plus importants. Et, dans les tiroirs, il y avait – à la lettre – des milliers de papiers rangés par ordre alphabétique. C'est là également que Miss Amelia recevait les malades, car elle aimait jouer les médecins et le faisait souvent. Elle avait deux étagères surchargées de flacons et d'objets divers. Contre le mur, un banc où s'asseyaient les malades. Elle était capable de recoudre une blessure avec une aiguille si bien flambée que jamais la plaie ne devenait verte. Pour les brûlures, elle possédait un sirop calmant. Pour les maladies incertaines, elle avait toute une collection de remèdes qu'elle préparait elle-même à partir de recettes mystérieuses. Ils vous tordaient si admirablement les boyaux qu'on ne pouvait pas les donner aux enfants, sous peine de provoquer chez eux des convulsions dangereuses. Elle leur réservait donc un breuvage spécial – plus doux d'effet et de goût plus agréable. Oui, à tout prendre, on pouvait dire que c'était un bon médecin. Ses mains, pourtant fortes et osseuses, avaient un toucher délicat. Son imagination était sans bornes, et elle pouvait inventer des centaines de remèdes différents. Ces remèdes, elle n'hésitait jamais à les prescrire, même les plus surprenants, les plus dangereux, et aucune maladie ne lui faisait peur. Elle se faisait fort de guérir la plus terrifiante. Une seule exception à sa science : les maladies féminines [195], qui la laissaient impuissante. Dès qu'on lui en parlait, son visage s'assombrissait lentement, la honte l'envahissait, elle allongeait le cou, frottait ses bottes l'une contre l'autre, et ressemblait tout à fait à une enfant trop vite grandie, rougissante et incapable de dire trois mots. Mais, sur tous les autres plans, les gens lui faisaient confiance. Comme elle ne réclamait aucun honoraire, il y avait toujours une foule de malades chez elle.

Ce soir-là, Miss Amelia avait beaucoup de comptes à faire. Mais elle ne pouvait pas ignorer plus longtemps le groupe massé sous la véranda sombre, et qui l'observait. Elle levait les yeux de temps en temps et les regardait fixement. Mais elle s'abstenait de les interpeller pour leur demander pourquoi ils tournaient autour de chez elle à jacasser comme des pies. Elle avait un visage fier et sévère, comme toujours lorsqu'elle était assise à son bureau. Ces regards insistants finirent par l'agacer. Elle s'essuya la joue avec un mouchoir rouge, se leva et ferma la porte de son bureau.

Or, ce geste fut comme un signal pour le groupe massé sous la véranda. L'instant venait enfin d'arriver. Ces hommes étaient restés longtemps immobiles, et la nuit derrière eux avait rendu la rue hostile et ténébreuse. Ils avaient attendu longtemps. Et l'instinct d'agir les envahit brusquement. Au même instant, comme poussés par une même volonté, huit hommes entrèrent dans le magasin. Ils se ressemblaient tous – ils portaient tous des salopettes bleues, et presque tous avaient les cheveux blancs, et tous les visages étaient blêmes, et la même expression rêveuse traversait tous les regards. Ce qu'ils étaient sur le point de faire, personne ne le saura jamais, car, à cet instant précis, un bruit se fit entendre en haut de l'escalier. Les hommes levèrent la tête et restèrent stupides d'étonnement. C'était le bossu – ce même bossu qu'ils avaient assassiné en imagination. Et ce bossu ne ressemblait en rien à la créature qu'on leur avait décrite. Ce n'était pas du tout un sale et médiocre petit menteur, abandonné de tous et réduit à la mendicité. En réalité, il ne ressemblait à rien de ce que les hommes du groupe avaient pu rencontrer jusqu'à ce jour. La salle avait l'immobilité de la mort.

Le bossu descendit lentement l'escalier, avec l'orgueil superbe de celui à qui appartient chacune des lattes du plancher où il pose le pied. Il avait beaucoup changé pendant ces deux jours. Il était devenu d'une propreté qui défiait toute expression. Il portait toujours la même veste, mais parfaitement brossée et raccommodée. Sous la veste, une chemise à damier rouge et noir qui appartenait à Miss Amelia. Pas de pantalon, comme en ont généralement les hommes, mais un petit short exactement à sa taille, qui lui arrivait aux genoux. De longues chaussettes noires couvraient ses jambes maigrichonnes ; et ses chaussures, impeccablement nettoyées et cirées, avaient une forme bizarre, avec des lacets qui lui encerclaient les chevilles. Autour du cou, si parfaitement enroulée qu'on ne voyait presque plus ses grandes oreilles pâles, une écharpe de laine vert tilleul dont les franges balayaient le sol.

Le bossu traversa le magasin, de sa démarche raide et saccadée, et s'arrêta au centre du groupe d'hommes. Ils s'écartèrent pour lui faire place, yeux grands ouverts et bras ballants. Le bossu eut une façon très particulière d'assurer son avantage. Il regarda fixement chaque homme à la hauteur où portait son regard, c'est-à-dire à la ceinture. Posément et subtilement, en connaisseur, il examina la moitié inférieure de chacun – de la ceinture à la semelle des souliers. L'examen terminé, il ferma les yeux un moment en secouant la tête, comme pour faire comprendre que, à son avis, ce qu'il venait d'examiner ne valait pas grand-chose. Puis, avec assurance, pour confirmer ce qu'il pensait, il rejeta la tête en arrière et parcourut d'un regard fixe le cercle de visages qui le dominaient. Il y avait, dans la partie gauche du magasin, un sac de guano à moitié plein. Maintenant qu'il avait l'avantage, le bossu alla s'asseoir confortablement sur ce sac, croisa ses petites jambes et sortit de sa poche un certain objet.

Or, il fallut un certain temps aux hommes qui étaient dans le magasin pour retrouver leur calme. Merlie Ryan, celui de la fièvre ternaire, qui était à l'origine de la rumeur, fut le premier à pouvoir articuler un mot. Regardant fixement l'objet que tripotait le bossu, il demanda à voix basse :

« Qu'est-ce que tu tiens là? »

Ils savaient tous très exactement ce que tenait le bossu. C'était une tabatière qui avait appartenu au père de Miss Amelia – une tabatière en émail bleu avec un dessin en or travaillé sur le couvercle. Les hommes, qui la connaissaient parfaitement, n'en revenaient pas. Ils lancèrent un coup d'œil timide vers le bureau, dont la porte était toujours fermée. On entendait Miss Amelia siffloter doucement.

« Oui, qu'est-ce que tu tiens là, *Peanut*? [196] »

Le bossu leva les yeux et pinça rapidement les lèvres :

« Peut-être un petit piège à mouches du coche... »

Il enfonça deux doigts déformés dans la tabatière, y prit une pincée de quelque chose et l'avala sans en offrir autour de lui. Ce n'était pas du tabac à priser, mais un mélange de sucre et de cacao. Il le prenait pourtant comme du tabac à priser, en fourrant la petite pincée sous sa lèvre inférieure et en la léchant à brefs coups de langue, ce qui provoquait toute une série de grimaces.

« L'amertume ne cesse jamais de me coller aux gencives, dit-il en guise d'explication. C'est ce qui m'oblige à prendre cette sucrerie en guise de tabac. »

Les hommes faisaient toujours cercle autour de lui, mal à l'aise et désorientés. Sensation qui ne s'effaça pas complètement, mais fut peu à peu tempérée par une autre – d'intimité et de vague réjouissance. Et voici quels étaient les noms de ces hommes, dans l'ordre : Hasty Malone, Robert Calvert Hale, Merlie Ryan, le révérend T.M. Willin, Rosser Cline, Rip Wellborn, Henry Ford Crimp et Horace Wells. Tous ces hommes, à l'exception du révérend Willin, ont beaucoup de choses en commun, comme cela a déjà été dit. Tous, d'une façon ou d'une autre, ont connu le plaisir, tous ont pleuré ou souffert, et sont, dans l'ensemble, raisonnables à moins qu'on ne les pousse à bout. Tous travaillent à la filature et logent dans des maisons de deux ou trois pièces, dont le loyer s'élève à dix ou douze dollars par mois. Tous ont été payés ce jour-là, parce que c'est un samedi. Pour le moment, pensez donc à eux comme à un tout.

Le bossu, cependant, les distinguait mentalement les uns des autres. Confortablement assis sur son sac de guano, il commença à parler, demandant à chacun s'il était marié, quel âge il avait, à combien se montait son salaire pour une semaine normale, louvoyant peu à peu vers des questions beaucoup plus intimes. Bientôt, d'autres personnes de la ville vinrent se joindre au groupe : Henry Macy, quelques désœuvrés qui flairaient un événement extraordinaire, des femmes qui étaient venues chercher leur mari, et même un garçon blond filasse et dégingandé, qui entra sur la pointe des pieds, faucha une boîte de corn flakes et disparut. Ainsi le magasin de Miss Amelia finit par être noir de monde, mais la porte de son bureau restait fermée.

Certains êtres possèdent une qualité qui les place hors du commun [197]. Ces êtres-là ont une sorte d'instinct, qu'on ne trouve généralement que chez les très jeunes enfants – instinct qui leur permet d'être immédiatement relié à tout ce qui existe sur terre par des liens vitaux. Le bossu en faisait évidemment partie. Il lui avait suffi de rester une demi-heure dans le magasin pour nouer des liens immédiats et vitaux avec tous ceux qui étaient là. Comme s'il avait vécu dans cette ville depuis des années. Comme s'il était quelqu'un de très connu. Comme s'il avait passé un nombre incalculable de soirées sur ce sac de guano. Ajoutez-y le fait que c'était un samedi soir. Cela peut expliquer l'atmosphère de liberté et de joie défendue qui régnait dans le magasin – mêlée pourtant à une certaine nervosité, due en partie à l'étrangeté de la situation, et au fait que Miss Amelia était toujours enfermée dans son bureau et n'avait pas encore fait son apparition.

Elle parut à dix heures, ce soir-là. Et ceux qui espéraient que son entrée allait provoquer un drame furent désappointés. Elle ouvrit sa porte et pénétra dans le magasin d'une démarche nonchalante et hautaine. Elle avait une trace d'encre sur l'aile du nez et un mouchoir rouge autour du cou. Elle n'eut pas l'air de trouver quoi que ce soit d'anormal. Son regard gris, qui louchait légèrement, s'attarda dans le coin où était installé le bossu. Puis elle dévisagea la foule avec un étonnement tranquille.

« Quelqu'un veut-il acheter quelque chose ? » demanda-t-elle avec calme.

Comme c'était un samedi soir, un certain nombre de clients désiraient de l'alcool. Or, Miss Amelia avait mis en perce un vieux tonneau trois jours plus tôt et en avait empli quelques bouteilles, à l'abri derrière sa distillerie. Elle reçut donc, ce soir-là, l'argent des clients et le compta en pleine lumière, comme elle le faisait d'habitude. Mais ce qui suivit n'avait rien à voir avec ses habitudes. Généralement, elle vous obligeait à faire le tour du bâtiment, à vous enfoncer dans l'arrière-cour ténébreuse, et là seulement elle vous glissait votre bouteille par la porte entrebâillée de la cuisine. Rien de plaisant dans cette transaction. Ayant reçu son alcool, le client disparaissait dans la nuit, ou si sa femme refusait que l'alcool rentre chez elle, il refaisait le tour du bâtiment, venait s'asseoir sous la véranda, ou à même la rue, et buvait son alcool à petites lampées. La véranda et la rue qui longeait la véranda appartenaient, sans erreur possible, à Miss Amelia. Mais elle refusait de les considérer comme étant sa propriété. Son véritable domaine commençait au seuil de sa porte et s'étendait à l'ensemble du bâtiment. Jamais, en dehors d'elle-même, personne n'avait eu le droit d'y déboucher une bouteille d'alcool et de la boire. Et voici que la loi fut rompue pour la première fois. Miss Amelia entra dans sa cuisine, le bossu sur ses talons et elle en rapporta, en pleine lumière, les bouteilles d'alcool. Elle fit plus. Elle sortit quelques verres, ouvrit deux boîtes de biscuits, les mit dans une assiette sur le comptoir et en offrit aimablement et gratuitement à ceux qui en voulaient.

Elle ne parla à personne, sauf au bossu. On entendit sa voix un peu rauque, un peu voilée, demander :

« Désirez-vous le prendre nature, Cousin Lymon ou réchauffé au bain-marie ?

– S'il vous plaît, Amelia. » (Et qui s'était permis jusque-là d'appeler Miss Amelia par son seul prénom, sans autre marque de respect? Certainement pas son mari de dix jours. Personne, en fait, depuis la mort de son père qui, pour de mystérieuses raisons, l'appelait « petite », personne jamais ne s'était permis de lui parler familièrement.) « S'il vous plaît, Amelia, je préfère qu'il soit réchauffé. »

Ceci fut la naissance du café. Aussi simple que cela. Rappelez-vous qu'il faisait comme une nuit d'hiver et que la fête aurait été bien sombre s'il avait fallu s'asseoir dehors, autour du bâtiment. À l'intérieur, il y avait foule. La chaleur était rassurante. On avait ranimé le feu dans l'arrière-boutique, et ceux qui avaient acheté de l'alcool le partageaient avec leurs amis. Il y avait aussi des femmes, qui suçaient de la réglisse, ou buvaient de la limonade, parfois même une goutte de whisky. La présence du bossu était si nouvelle qu'elle amusait tout le monde. On alla chercher le banc dans le bureau, et plusieurs chaises supplémentaires. Certains s'accoudaient au comptoir, d'autres s'y adossaient, d'autres encore s'étaient installés sur des tonneaux et sur des sacs. Le fait de déboucher pour la première fois des bouteilles d'alcool à l'intérieur du magasin ne fit naître aucune querelle, aucun rire inconvenant, aucun laisser-aller d'aucune sorte. Au contraire. Les gens étaient d'une politesse qui touchait presque à la timidité. Car, jusqu'à ce soir-là, ils n'avaient pas l'habitude de se réunir pour leur seul plaisir. Ils se rencontraient pour travailler à la filature, ou le dimanche pour les assemblées religieuses – et malgré le plaisir que l'on prend à ces réunions, leur seul but est d'augmenter en chacun la peur de l'enfer et la crainte du Seigneur tout-puissant. L'atmosphère d'un café, c'est tout autre chose. Dans un vrai café, le scélérat le plus avide et le plus riche sait tenir sa place et n'insulte personne. Les plus pauvres se regardent avec plaisir, et se passent la salière avec un sourire aimable et délicat. L'atmosphère d'un vrai café fait naître les qualités suivantes : amitié, plaisir de l'estomac, bonne humeur et courtoisie. Rien de tout cela n'avait été dit à la foule qui emplissait le magasin de Miss Amelia, mais elle le savait d'instinct. Et jusqu'à cette nuit-là, pourtant, il n'y avait jamais eu de café dans la ville.

Or, Miss Amelia, qui était à l'origine de tout cela, passa la plus grande partie de la soirée dans l'encadrement de la porte de la cuisine. En apparence, elle semblait la même. Beaucoup, cependant, remarquèrent son visage. Elle surveillait tout ce qui se passait, mais son regard restait le plus souvent fixé sur le bossu. Il allait et venait dans le magasin, d'un pas assuré, prenant parfois dans la tabatière une pincée de son mélange, et se montrant à la fois sarcastique et plaisant. La lueur qui venait du fourneau éclairait légèrement le long visage sombre de Miss Amelia. Elle semblait regarder à l'intérieur d'elle-même, avec un mélange de stupeur, de chagrin et de joie incertaine. Elle serrait les lèvres avec moins de force que d'habitude, et elle les humectait souvent. Sa peau semblait plus pâle. Ses grandes mains étaient moites. Elle avait, cette nuit-là, le regard solitaire de quelqu'un qui aime.

À minuit s'acheva la naissance du café. Chacun dit au revoir aux autres avec amabilité. Miss Amelia ferma la porte de son domaine, mais oublia de la verrouiller. Et très vite, tout dans la ville – la Grand-rue et ses trois magasins, la filature, les maisons – devint sombre et silencieux. Et s'achevèrent ainsi les trois journées et les trois nuits qui avaient vu l'arrivée d'un étranger, la célébration d'une fête impie et la naissance d'un café.

Or, il nous faut laisser le temps s'écouler, car les quatre années qui suivent se ressemblent trop[198]. De grands changements surviennent, bien sûr, mais lentement, par petites étapes, qui n'ont pas d'importance en elles-mêmes. Le bossu vit toujours chez Miss Amelia. Le café se développe. Miss Amelia commence à vendre de l'alcool à consommer sur place. On installe des tables à l'intérieur du magasin. Il y a des clients tous les soirs, et foule le samedi. Miss Amelia se met aussi à servir des fritures de poisson, à quinze *cents* l'assiette. Le bossu obtient qu'elle achète un joli piano mécanique. Au bout de deux ans, ce n'est plus un magasin, mais un vrai café, ouvert chaque soir de six heures à minuit.

Chaque soir, le bossu descend l'escalier avec l'air de quelqu'un qui a une très haute opinion de lui-même. Une légère odeur de navet l'accompagne, car Miss Amelia le frictionne jour et nuit avec un bouillon fortifiant qu'elle prépare elle-même. Elle s'occupe de lui au-delà de ce qui est raisonnable, mais rien ne réussit à le fortifier. La nourriture lui fait enfler la tête et la bosse, mais le reste de son corps est toujours aussi faible et difforme. En apparence, Miss Amelia ne change pas. En semaine, elle a ses bottes de caoutchouc et sa salopette, mais, le dimanche, elle porte une robe rouge sombre qui pend autour d'elle de façon bizarre. En réalité, sa façon de vivre et ses habitudes ont beaucoup changé. Elle a toujours autant de goût pour les procès, mais elle est moins rapide à tromper son prochain et à exiger impitoyablement son dû. Comme le bossu est extrêmement sociable, elle circule un peu – on la voit aux enterrements, aux réunions religieuses, etc. Ses remèdes sont toujours aussi efficaces, son alcool plus parfait qu'avant – si c'est possible. Le café lui rapporte pas mal d'argent, et c'est le seul endroit où l'on s'amuse à des miles à la ronde.

Découvrez donc ces années à travers quelques images sans suite, prises au hasard. Regardez le bossu, emboîtant le pas à Miss Amelia, un rouge matin d'hiver et l'accompagnant à la chasse dans les noires forêts de pins. Regardez-les inspecter ensemble les domaines de Miss Amelia. Cousin Lymon est à côté d'elle. Il ne fait rien, mais il a l'œil pour remarquer l'ouvrier paresseux. Regardez-les, certains après-midi d'automne, assis dans l'arrière-cour, en train de fendre les cannes à sucre. Et certains jours d'été aveuglants, s'enfonçant au milieu des marais, là où le cyprès d'eau est d'un vert presque noir, où l'ombre est lourde sous les arbres. Quand le sentier traverse un marécage ou une poche d'eau, regardez Miss Amelia qui se baisse et permet à Cousin Lymon de grimper sur son dos. Regardez-la marcher avec peine, le bossu à califourchon sur ses épaules, accroché des deux mains à ses oreilles ou à son large front. De loin en loin, Miss Amelia met en route, d'un tour de manivelle, la Ford qu'elle vient d'acheter, et offre à Cousin Lymon une séance de cinéma à Cheehaw, une promenade jusqu'à une foire lointaine, parfois un combat de coqs. Car le bossu prend à tous les spectacles un plaisir passionné. Bien entendu, chaque matin, ils sont chez eux, et restent souvent assis pendant des heures à l'étage, devant la cheminée du salon – car chaque nuit le bossu est malade. Il a peur de garder les yeux ouverts dans le noir. Il a une peur terrible de la mort. Et Miss Amelia ne veut pas qu'il reste seul à affronter cette peur. On peut même soutenir que l'importance prise par le café vient de là. C'est un moyen d'offrir à Cousin Lymon assez de plaisir et de compagnie pour qu'il ait le courage de traverser la nuit. À partir de ces images, inventez donc vous-même le dessin de ces quatre années. Et arrêtons-nous un moment.

Voici le temps venu d'expliquer cette étrange attitude. Le temps de parler de l'amour. Car Miss Amelia éprouve réellement de l'amour pour Cousin Lymon. Personne ne s'y trompe. Ils habitent la même maison. Ils sont toujours ensemble. Pour Mrs. MacPhail, une vieille fouineuse, au nez couvert de verrues, qui change sans cesse de place les meubles de sa chambre donnant sur la Grand-rue – pour Mrs. MacPhail et pour quelques autres, c'est la preuve éclatante que ces deux-là vivent dans le péché. Apparentés, peut-être ; mais de si loin, un vague croisement de cousins issus de germains, et encore, qui serait capable de le prouver? Sans doute Miss Amelia ressemble-t-elle à un immense tromblon de six pieds de haut et Cousin Lymon n'est-il qu'un bossu malingre qui lui arrive tout juste à la taille. Mais Mrs. MacPhail et ses cancanières y voient une preuve de plus, car ces femmes-là se font une gloire d'assembler les êtres les plus disparates. Laissons-les donc à leurs commérages. Pour les âmes charitables, si ces deux-là éprouvent à l'acte de chair un plaisir partagé, c'est affaire entre Dieu et eux-mêmes. Tous les gens raisonnables sont tombés d'accord sur ce point – et leur réponse a été un « non » clair et net. Quelle est donc la vraie nature de cet amour?

L'amour [199] est avant tout une expérience commune à deux êtres. Mais le fait qu'elle leur soit commune ne signifie pas que cette expérience ait la même nature pour chacun des deux êtres concernés. Il y a celui qui aime et celui qui est aimé, et ce sont deux univers différents. Celui qui est aimé ne sert souvent qu'à réveiller une immense force d'amour qui dormait jusque-là au fond du cœur de celui qui aime. En général, celui qui aime en est conscient. Il sait que son amour restera solitaire. Qu'il l'entraînera peu à peu vers une solitude nouvelle, plus étrange encore, et de le savoir le déchire. Aussi celui qui aime n'a-t-il qu'une chose à faire : dissimuler son amour aussi complètement et profondément que possible. Se construire un univers intérieur totalement neuf. Un étrange univers de passion, qui se suffira à lui-même. Il faut d'ailleurs ajouter que celui dont nous parlons, celui qui aime, n'est pas nécessairement un jeune homme qui a mis de l'argent de côté pour acheter une alliance. Celui qui aime peut être un homme, une femme, un enfant, n'importe quelle créature au monde.

Mais voici que celui qui est aimé peut avoir lui aussi n'importe quel visage. Cet aiguillon de l'amour se trouve chez les créatures les plus surprenantes. Un vieillard au cerveau embrumé peut être déjà arrière-grand-père, et continuer d'aimer une jeune fille inconnue qu'il n'a vue qu'une fois, il y a plus de vingt ans, dans une rue de

Cheehaw, en fin d'après-midi. Un homme d'Église peut aimer une femme perdue. Celui qui est aimé peut vivre dans le mensonge, avoir une intelligence médiocre, s'adonner au vice – mais oui – et celui qui aime peut en être aussi conscient que les autres, cela n'entravera pas l'évolution de son amour. Un être profondément vil peut donner naissance à l'amour le plus fou, le plus extravagant, extravagant et beau comme un lis vénéneux des marais. Un être au cœur pur peut donner naissance à l'amour le plus violent et le plus dégradant. Les bégaiements d'un simple d'esprit peuvent faire germer dans un autre cœur l'amour le plus tendre et le plus simple. La valeur, la qualité de l'amour, quel qu'il soit, dépend uniquement de celui qui aime.

C'est pourquoi la plupart d'entre nous préfèrent aimer plutôt qu'être aimés. La plupart d'entre nous préfèrent être celui qui aime. Car, la stricte vérité, c'est que, d'une façon profondément secrète, pour la plupart d'entre nous, être aimé est insupportable. Celui qui est aimé a toutes les raisons de craindre et de haïr celui qui aime. Car celui qui aime est tellement affamé du moindre contact avec l'objet de son amour qu'il n'a de cesse de l'avoir dépouillé, dût-il n'y trouver que douleur.

Il a déjà été dit que Miss Amelia avait été mariée. Au point où nous en sommes, il est nécessaire de revenir à ce surprenant épisode. Souvenez-vous qu'il date d'il y a très longtemps, et que, jusqu'à l'arrivée du bossu, c'est la seule occasion qu'ait eue Miss Amelia d'affronter cet inexplicable prodige – l'amour.

La ville ressemblait à ce qu'elle est aujourd'hui, à ceci près qu'il n'y avait que deux magasins au lieu de trois, et que les pêchers qui bordent la Grand-rue étaient plus petits et plus rabougris. Miss Amelia avait dix-neuf ans. Son père était mort quelques mois plus tôt. Il y avait en ville, à cette époque, un tisserand nommé Marvin Macy – le frère de Henry Macy. Lorsqu'on les connaissait, on avait du mal à croire qu'ils étaient parents. Marvin Macy était le plus bel homme du pays – six pieds un pouce, des muscles durs, des yeux gris langoureux et des cheveux bouclés. Il avait de l'argent, un bon salaire, une montre en or dont le boîtier s'ouvrait sur l'image d'une cascade. Vu de l'extérieur et sur un plan purement matériel, c'était un homme heureux. Aucun besoin de faire des courbettes à quiconque. Il obtenait toujours ce qu'il voulait. Mais, sur un plan plus grave, plus intérieur, Marvin Macy n'était pas quelqu'un à envier. C'était un personnage dangereux. Sa réputation était aussi mauvaise, sinon pire, que celle de n'importe quel voyou du comté. Pendant toute son adolescence, il avait gardé sur lui l'oreille séchée et salée d'un homme avec lequel il s'était battu et qu'il avait tué d'un coup de rasoir. Il s'amusait à trancher leur queue aux écureuils dans les forêts de pins. Et, dans la poche gauche de son gilet, il dissimulait de la marijuana, herbe interdite, pour appâter ceux qui perdaient courage et marchaient vers la mort. Malgré cette terrible réputation, il était le bien-aimé de beaucoup de femmes du pays. Il y avait en ce temps-là quelques jeunes filles aux yeux doux, aux cheveux bien coiffés, aux petites fesses tendres et délicates, et aux manières tout à fait charmantes. Il humilia et avilit ces douces jeunes filles. Puis, à vingt-deux ans, ce Marvin Macy porta brusquement son choix sur Miss Amelia. Cette fille solitaire et dégingandée, avec son léger strabisme, était la seule dont il eût envie. Pas pour son argent. Par amour.

Et l'amour transforma Marvin Macy. Avant qu'il ait commencé d'aimer Miss Amelia, on pouvait se demander s'il avait un cœur et une âme. Et les raisons ne manquaient pas pour expliquer la noirceur de son caractère, car il avait eu des débuts pénibles en ce bas monde. Il était l'un des six enfants accidentels de parents qu'on pouvait difficilement appeler « parents » – deux jeunes fous qui aimaient rôder et pêcher dans les marais. Ils avaient un nouvel enfant chaque année, mais ce n'était qu'embarras pour eux et calamité. La nuit venue, lorsqu'ils rentraient de la filature et qu'ils apercevaient leurs enfants, ils se demandaient d'où ils étaient venus. Si l'un pleurait, il recevait des coups. La première chose que ces enfants apprirent, en venant au monde, fut de trouver un recoin sombre pour essayer de s'y mettre à l'abri. Ils étaient maigres comme de petits fantômes, et ne parlaient jamais, pas même entre eux. Finalement, leurs parents les abandonnèrent tout à fait, et ils furent livrés à la miséricorde de la ville. C'était un hiver très rude – la filature fermée près de trois mois – la misère partout. On refuse pourtant, dans cette ville, de voir des enfants blancs et orphelins mourir de faim sous vos yeux. Il arriva donc ceci : l'aîné, huit ans à peine, s'en alla à Cheehaw et ne revint jamais. Peut-être rencontra-t-il un train de marchandises qui le conduisit à travers le monde, qui sait? Les trois suivants furent confiés aux habitants de la ville, et renvoyés d'une cuisine à l'autre; et, comme ils étaient de santé délicate, ils moururent avant Pâques. Les deux derniers, Marvin Macy et Henry Macy furent recueillis par une femme, appelée Mrs Mary Hale, qui avait du cœur. Elle les aima comme ses propres enfants. Ils grandirent chez elle et furent très bien traités.

Mais le cœur des petits enfants est un organe très délicat[200]. Un début cruel dans la vie peut lui donner d'étranges formes. Le cœur d'un enfant blessé peut diminuer tellement qu'il finit par être dur et grêlé comme un noyau de pêche. Mais il peut aussi enfler et s'alourdir, et devenir comme un poids intérieur impossible à supporter, car la moindre chose l'irrite et l'enflamme. C'est ce qui arriva à Henry Macy, l'exact contraire de son frère, l'homme le plus gentil et le plus doux de la ville, qui offre ce qu'il gagne aux malheureux et qui, le samedi soir, s'occupait des enfants dont les parents vont au café. Mais c'est un homme timide, et il a le regard de ceux qui en ont trop gros sur le cœur. Marvin Macy, pendant ce temps, devenait plus hardi, intrépide et cruel. Son cœur avait la rugosité des cornes de Satan, et, jusqu'au jour où il commença d'aimer Miss Amelia, il ne procura que honte et avanies à son frère et à la femme qui l'avait élevé.

Mais l'amour transforma le caractère de Marvin Macy. Pendant deux ans, il aima Miss Amelia en silence. Il se tenait près de la porte du magasin, sa casquette à la main, ses yeux gris exprimant attente et soumission. Il changea du tout au tout. Il devint bon avec son frère et sa mère adoptive. Il économisa sur ses salaires, apprit à épargner. Et surtout, il rencontra Dieu. Il ne passait plus ses dimanches entiers assis sous sa véranda à gratter sa guitare. Il assistait aux offices et à toutes les cérémonies religieuses. Il apprit les bonnes manières, s'exerça lui-même à se lever pour offrir sa chaise à une dame, renonça à jurer, à se battre, à invoquer pour rien le nom des saints. Cette métamorphose prit deux longues années et bonifia complètement son caractère. Ces deux ans écoulés, il rendit un soir visite à Miss Amelia. Il lui apportait un bouquet de fleurs des marais, un sac d'andouilles, une bague en argent – et ce soir-là, il déclara sa flamme.

Et Miss Amelia l'épousa. Tout le monde ensuite se demanda pourquoi. Certains prétendirent qu'elle avait envie de recevoir des cadeaux de mariage, comme les autres filles. D'autres, qu'elle en avait assez d'être réprimandée par sa grand-tante de Cheehaw, une redoutable vieille. Quoi qu'il en soit, elle parcourut à grands pas l'allée centrale de l'église, portant la robe de mariée de sa défunte mère, robe en satin jauni trop courte pour elle d'au moins douze pouces. C'était un après-midi d'hiver. Le soleil brillait à travers les vitraux écarlates et baignait le couple agenouillé devant l'autel d'un reflet bizarre. Pendant qu'on lisait les prières de mariage, Miss Amelia n'arrêtait pas de faire un curieux geste – elle frottait la paume de sa main droite contre le satin de sa robe ; c'est qu'elle cherchait la poche de sa salopette, et, comme elle ne la trouvait pas, l'impatience, l'ennui et l'exaspération se peignirent sur son visage. La cérémonie achevée, les prières dites, Miss Amelia sortit rapidement de l'église, sans donner le bras à son mari et en marchant à deux pas devant lui.

L'église n'était pas très éloignée du magasin. Les mariés revinrent donc chez eux à pied. On prétend que, sur le chemin du retour, Miss Amelia se mit à parler d'une affaire qu'elle venait de conclure avec un fermier pour une livraison de bois d'allumage. En fait, elle traitait son époux comme un client, parmi d'autres, entré dans son magasin pour boire quelque chose. Jusque-là, tout gardait cependant une allure décente. Les gens de la ville étaient satisfaits, car ils avaient vu à quel point l'amour avait transformé Marvin Macy, et ils espéraient qu'il transformerait son épouse de la même façon. Ils espéraient tout au moins que le mariage adoucirait le tempérament de Miss Amelia, lui donnerait quelques rondeurs d'épouse et ferait d'elle une femme réfléchie.

Ils se trompaient. Grâce aux jeunes gens qui regardaient par la fenêtre cette nuit-là, on sait exactement ce qui arriva : le marié et la mariée firent un souper extraordinaire, préparé par Jeff, le vieux cuisinier noir de Miss Amelia. La mariée reprit deux fois de chaque plat, mais le marié mangeait du bout des lèvres. La mariée fit ensuite ce qu'elle avait l'habitude de faire – lecture du journal, inventaire des stocks du magasin, etc. Le marié traînait près de la porte, avec un visage extatique, presque égaré. La mariée ne faisait pas du tout attention à lui. À onze heures, elle prit une lampe et monta au premier étage. Le marié la serrait de près. Jusque-là, tout gardait une allure décente. Mais ce qui suivit fut un véritable sacrilège.

Une demi-heure plus tard, Miss Amelia dégringolait l'escalier en pantalon et veste kaki. Son visage était tellement sombre qu'il paraissait presque noir. D'un furieux coup de pied, elle fit claquer la porte de la cuisine. Peu à peu, elle reprit son sang-froid, ralluma le feu, s'assit devant le fourneau, les pieds sur la grille, et se plongea dans la lecture de l'*Almanach du fermier*, en buvant du café et en tirant quelques bouffées de la pipe de son père. Son visage retrouvait sa couleur naturelle, mais restait fermé et sévère. De temps en temps, elle notait sur une feuille de papier un renseignement trouvé dans l'*Almanach*. À l'aube, elle entra dans son bureau, et sortit de sa housse la machine à écrire qu'elle venait d'acheter et dont elle apprenait à peine à se servir. Ainsi se passa toute sa nuit de noces. Quand il fit grand jour, elle sortit dans la cour, comme si de rien n'était, et exerça ses talents de menuisier sur un clapier commencé la semaine précédente et qu'elle avait l'intention de vendre.

C'est une situation bien fâcheuse pour un mari de ne pas réussir à partager le lit de son épouse bien-aimée, alors que toute la ville est au courant. Quand Marvin Macy descendit ce matin-là, il portait encore son habit de noces et son visage était dévasté. Dieu seul sait comment il avait passé la nuit. Il resta dans la cour à regarder travailler Miss Amelia, mais à quelque distance. Vers midi, il lui vint une idée, et il partit en direction de Society City. Il en revint avec des cadeaux – une bague d'opale, un peigne en émail rose, objet très à la mode à l'époque, un bracelet d'argent avec deux cœurs, et une boîte de bonbons qui avait coûté deux dollars et demi. Miss Amelia regarda ces merveilleux cadeaux, ouvrit sans attendre la boîte de bonbons, parce qu'elle avait faim. Puis, revenant aux cadeaux, elle en évalua le prix avec perspicacité et les posa sur le comptoir pour les vendre. La seconde nuit se passa comme la première – à ceci près que Miss Amelia installa son matelas contre le fourneau et dormit convenablement.

Ce fut ainsi pendant trois jours. Miss Amelia travaillait comme à son habitude, s'intéressait beaucoup à une rumeur qui courait concernant un pont qu'on allait construire à dix miles en contrebas de la route. Marvin Macy la suivait toujours à travers son domaine. À son visage, on voyait bien qu'il était malheureux. Le quatrième jour, il fit une chose tout à fait digne d'un simple d'esprit ; il alla chercher un notaire à Cheehaw, l'installa dans le bureau de Miss Amelia et fit donation de tous ses biens à son épouse – c'est-à-dire dix acres de bois de charpente qu'il avait achetés avec ses économies.

Elle examina l'acte avec le plus grand soin, pour être certaine qu'il ne contenait aucun piège, et le rangea dans le tiroir de son secrétaire. Cet après-midi-là, Marvin Macy emporta un quart de whisky dans les marais. Le soleil était encore haut. Il revint le soir, ivre mort, entra dans la chambre de Miss Amelia et lui posa la main sur l'épaule. Il avait un regard humide et fou. Il voulut dire quelques mots, mais, sans lui en laisser le temps, elle lui lança son poing en pleine figure, avec une telle force qu'il alla s'aplatir contre le mur et perdit une dent de devant.

Le reste de l'histoire ne peut se raconter que dans ses grandes lignes. D'autres coups suivirent. Miss Amelia frappait son époux dès qu'il était ivre et se trouvait à portée de sa main. Elle finit par le jeter dehors. Il fut alors obligé de vivre sa souffrance aux yeux de la ville entière. Dans la journée, il traînait autour du domaine de Miss Amelia. Parfois, avec un regard dément, il courait chercher son fusil, et le nettoyait en surveillant Miss Amelia du coin de l'œil. Avait-elle peur? Jamais elle ne le laissa voir. Mais son visage était la dureté même, et elle crachait souvent par terre. La dernière folie de Marvin Macy fut de s'introduire une nuit dans le magasin, par la fenêtre ouverte, et de rester assis dans l'ombre, sans autre intention que de la voir descendre l'escalier le matin suivant. Miss Amelia se rendit sans attendre au tribunal de Cheehaw, avec l'intention de le faire enfermer au pénitencier pour effraction. Marvin Macy quitta la ville ce jour-là. Personne ne le vit partir. Personne ne sut où il était allé. Avant de partir, il glissa sous la porte de Miss Amelia une lettre étrange, écrite mi-partie au crayon, mi-partie à l'encre – une lettre d'amour fou, qui contenait de violentes menaces. Il y faisait serment de se venger d'elle d'ici la fin de sa vie. Son mariage n'avait duré que dix jours. Et la ville éprouva cette satisfaction particulière qu'éprouvent les gens lorsqu'ils voient quelqu'un terrassé d'une abominable manière.

Miss Amelia devint propriétaire de tout ce que possédait Marvin Macy – son bois de charpente, sa montre en or, tous ses biens. Mais ils n'avaient aucune valeur pour elle, et, ce printemps-là, elle déchira l'uniforme du Ku Klux Klan [201] qui appartenait à Marvin pour en couvrir ses plants de tabac. Il n'avait réussi qu'une seule chose : la rendre plus riche et lui faire rencontrer l'amour. Et pourtant, c'est étrange à dire, jamais elle ne parlait de lui qu'avec un mépris et une amertume atroces. Elle refusait même de prononcer son nom et l'appelait toujours, dédaigneusement, « ce tisserand que j'avais épousé ».

Plus tard, quand d'effrayantes rumeurs le concernant atteignirent la ville, Miss Amelia en fut enchantée. Délivré de son amour, le véritable caractère de Marvin Macy se révélait enfin. Il devint un grand criminel. Son nom et sa photographie furent imprimés dans tous les journaux de l'État. Il dévalisa trois stations-service, cambriola avec un fusil à canon scié le supermarché de Society City. On l'accusa du meurtre de Sam le Balafré, un célèbre bandit de grand chemin. Tels étaient les crimes imputés à Marvin Macy, et sa sinistre notoriété s'étendit à de nombreux pays. La loi finit par avoir raison de lui. On l'arrêta un jour où il était ivre, couché à même le sol, dans une cabane, sa guitare à côté de lui, cinquante-sept dollars cachés dans sa chaussure droite. Il fut jugé, condamné, emprisonné dans un pénitencier près d'Atlanta. Et Miss Amelia se sentit profondément satisfaite.

Mais quoi, c'était il y a longtemps toute cette histoire du mariage de Miss Amelia. La ville s'amusa beaucoup de cette aventure grotesque. Pourtant, si les péripéties extérieures de cet amour paraissent tristes et ridicules, il faut se souvenir que l'histoire véritable se déroule dans l'âme de celui qui aime. Et qui, sinon Dieu, a le droit de se poser en juge suprême de cet amour-là, ou de quelque amour que ce soit ? La nuit où le café prit naissance, beaucoup se souvinrent brusquement de ce pauvre mari, enchaîné au fond d'un pénitencier, à des miles et des miles de là. Et pendant toutes les années qui suivirent, on ne cessa jamais de penser à lui. On ne prononçait pas son nom devant le bossu ou Miss Amelia, mais le souvenir de sa passion et de ses crimes, l'image de la cellule où il était enfermé étaient comme un reproche sous-jacent à l'amour de Miss Amelia et à la gaieté qui régnait dans le café. N'oubliez donc pas ce Marvin Macy [202], car il jouera un rôle effrayant dans ce qui va suivre.

Pendant les quatre années qui virent le magasin devenir un café, il n'y eut aucun changement à l'étage. Cette partie de la maison resta identique à ce qu'elle avait été pendant toute la vie de Miss Amelia, et pendant toute la vie de son père, et même avant lui. On sait déjà que les trois pièces étaient propres comme un sou neuf. Chaque objet, jusqu'au plus petit, avait sa place, et Jeff, l'homme de ménage de Miss Amelia, les nettoyait et les époussetait l'un après l'autre tous les matins. Cousin Lymon occupait la chambre du devant. C'était celle qu'avait occupée Marvin Macy pendant les quelques nuits où il avait eu le droit de monter à l'étage. Auparavant, c'était la chambre du père de Miss Amelia. Elle était meublée d'une armoire, d'un secrétaire avec un napperon de lin blanc amidonné aux coins rechaussés de crochet, d'une table à dessus de marbre et d'un immense lit à colonnes en bois de rose ouvragé. Sur ce lit, deux matelas de plume et une collection de coussins brodés. Le lit était si haut qu'on avait fabriqué un petit escabeau de deux marches pour y monter. Personne ne s'en était encore servi, mais Cousin Lymon le tirait chaque soir de sous le lit, au moment où il y grimpait pour s'y prélasser. À côté de l'escabeau, mais pudiquement caché aux regards, un pot de chambre en porcelaine décoré de roses roses. Pas de tapis sur le parquet ciré. Aux fenêtres, des rideaux d'étoffe blanche, dont les coins eux aussi étaient rechaussés de crochet.

De l'autre côté du salon se trouvait la chambre de Miss Amelia, plus petite et plus simple. Un lit étroit en sapin, un chiffonnier pour son linge, ses chemises et sa robe du dimanche. Deux clous au mur, qu'elle avait plantés elle-même pour suspendre ses bottes. Ni rideau, ni tapis, ni aucun ornement d'aucune sorte.

Le salon qui séparait les deux chambres était meublé avec beaucoup plus de recherche. Un canapé en bois de rose, tapissé d'une vieille soie verte, devant la cheminée. Des tables à dessus de marbre. Deux machines à coudre Singer. Un énorme vase garni de gynérions argentés. Tout était beau et somptueux. La pièce la plus importante du mobilier était une grande vitrine emplie de trésors et de curiosités. Miss Amelia, pour sa part, avait ajouté deux objets à la collection – un large gland, ramassé au pied d'un chêne d'eau, et une petite boîte de velours qui contenait deux minuscules cailloux grisâtres. De temps en temps, lorsqu'elle n'avait rien de précis à faire, elle sortait la boîte de velours, s'approchait de la fenêtre, prenait les cailloux dans sa paume et les regardait avec un mélange de fascination, de respect hésitant et d'effroi. C'étaient deux calculs qu'un médecin de Cheehaw lui avait extraits des reins quelques années plus tôt. Elle avait terriblement souffert, de la première à la dernière seconde, et cette longue épreuve ne lui avait rapporté que ces deux cailloux minuscules. Elle se sentait obligée de leur reconnaître une grande valeur, ou d'admettre qu'elle avait fait une très mauvaise affaire. Elle les avait donc gardés. Mais, un jour – le bossu habitait avec elle depuis deux ans déjà – elle les avait fait monter sur une chaîne de montre qu'elle lui avait offerte. Quant au second objet ajouté à la collection, le large gland, il semblait très précieux pour elle, mais elle le regardait toujours d'un air désolé et perplexe.

« Il représente quoi, Amelia? lui avait demandé Cousin Lymon.

– C'est un gland, simplement. Un gland que j'ai ramassé l'après-midi où papa est mort.

– Vous voulez dire quoi, exactement?

– Simplement que j'ai ramassé ce gland l'après-midi où papa est mort. Je l'ai ramassé. Je l'ai mis dans ma poche. Je ne sais pas pourquoi.

– C'est une curieuse raison pour le garder », avait dit Cousin Lymon.

Ils avaient de longues conversations, dans la chambre de Cousin Lymon; le plus souvent aux petites heures de l'aube, quand le bossu ne pouvait plus dormir. Miss Amelia était une femme de secret. Elle ne se laissait pas prendre à tous les sujets de conversation qui dansaient dans sa tête. Mais elle prenait plaisir à en choisir quelques-uns, qui avaient entre eux un même point commun : on pouvait les développer interminablement. Miss Amelia avait un goût profond pour les problèmes qu'on peut discuter vingt ou trente ans sans leur trouver de solution définitive. Cousin Lymon, de son côté, aimait parler de tout et de rien, car c'était un bavard impénitent. Leurs façons de conduire une conversation étaient très différentes. Miss Amelia s'en tenait aux idées générales, plus ou moins confuses, et se mettait à parler sans fin, d'une voix lourde et pensive, sans savoir exactement où elle allait. Cousin Lymon l'interrompait parfois brusquement, ayant saisi du bec, comme une pie, un petit détail sans importance qui lui permettait de revenir à un niveau précis et concret. Parmi les sujets préférés de Miss Amelia, on trouvait : les astres, pourquoi les Noirs sont-ils noirs, quel est le meilleur traitement du cancer, etc. Son père était également un sujet cher à son cœur, et elle s'y montrait intarissable.

« Comme je dormais, Seigneur! en ce temps-là, racontait-elle à Cousin Lymon. Je me couchais dès qu'on allumait les lampes, et je m'endormais aussitôt. C'était comme si je m'enfonçais dans de l'huile chaude. Puis l'aube arrivait. Papa entrait dans la chambre, posait sa main sur mon épaule : "Remue-toi, petite", disait-il. Un peu plus tard, je l'entendais crier de la cuisine que le fourneau était allumé. " Beignets frits, annonçait-il, viande blanche en sauce, œufs et jambon. " Je me précipitais dans les escaliers. Je m'habillais près du fourneau, pendant qu'il se lavait dehors à la pompe. Et on partait tous les deux pour la distillerie ou...

– Les beignets de ce matin n'étaient pas bons, interrompait Cousin Lymon. Frits trop vite. L'intérieur n'a pas eu le temps de cuire.

– En ce temps-là, quand papa mettait l'alcool en bouteilles... »

La conversation continuait interminablement. Miss Amelia avait les jambes tendues vers le feu. Car il y avait toujours du feu dans la cheminée, hiver comme été, à cause du Cousin Lymon qui était frileux de nature. Il était assis en face d'elle, sur une chaise basse, les pieds ne touchant pas le sol, emmitouflé dans une couverture ou dans son écharpe de laine tilleul. Miss Amelia ne parlait de son père à personne, sauf à Cousin Lymon.

C'était une façon de lui prouver son amour. Elle lui faisait entièrement confiance. Même pour les choses les plus importantes, les plus secrètes. Il était seul à connaître la cachette d'un document indiquant l'endroit où étaient enterrés certains fûts de whisky ; seul à pouvoir vérifier l'état de son compte en banque ; à se servir de la clef de la vitrine aux trésors. Il prenait de l'argent dans la caisse, à pleines mains, et se réjouissait du bruit qu'il faisait dans ses poches. Presque tout ce qui était là lui appartenait car, lorsqu'il était contrarié, Miss Amelia se mettait en quête d'un cadeau à lui faire. Si bien qu'il ne restait pratiquement plus rien à lui offrir. Le seul point de sa vie qu'elle refusait de partager avec Cousin Lymon était son mariage de dix jours. Le seul sujet de conversation que jamais, au grand jamais, ils n'abordaient ensemble était Marvin Macy.

Et maintenant, regardons couler ces années paresseuses, et arrêtons-nous à un samedi soir, six ans après l'arrivée en ville de Cousin Lymon. C'était au mois d'août. Le ciel avait flambé toute la journée au-dessus de la ville, comme un rideau de flammes. Mais le vert crépuscule n'était plus très loin, et on le sentait venir avec soulagement. Il y avait près d'un pouce de poussière jaune et sèche dans la Grand-rue. Les enfants demi-nus couraient au hasard, éternuaient beaucoup, transpiraient, étaient agités. La filature avait fermé à midi. Les gens qui habitaient dans la Grand-rue se reposaient sur le pas de leur porte et les femmes agitaient des éventails de feuilles de palmier nain. Il y avait maintenant une enseigne neuve au-dessus du porche de Miss Amelia : CAFÉ. L'arrière-cour était fraîche, ombragée de treillages, et Cousin Lymon y faisait marcher la sorbetière. Il écartait de temps en temps le sel et la glace, et arrêtait le batteur pour vérifier le goût de la crème et voir comment se présentaient les choses. Jeff faisait la cuisine. De bonne heure, ce matin-là, Miss Amelia avait placardé un menu sous la véranda. On pouvait y lire : « *Ce soir, dîner de poulet – vingt* cents *l'assiette* ». Le café était déjà ouvert. Son travail achevé, Miss Amelia venait de quitter son bureau. Les huit tables étaient occupées et une mélodie s'échappait du piano mécanique.

Dans un coin, près de la porte, assis à une table avec un enfant, se tenait Henry Macy. Il buvait de l'alcool, ce qui était rare pour lui, car l'alcool lui montait tout de suite à la tête et le faisait pleurer ou chanter. Son visage était extrêmement pâle. Il avait un tic à la paupière gauche, ce qui lui arrivait toujours lorsqu'il était ému. Il était entré sans bruit, furtivement, et quand on lui avait dit bonsoir il n'avait pas répondu. L'enfant qui était avec lui était le fils de Horace Wells. Son père l'avait déposé chez Miss Amelia le matin parce qu'il était malade.

Miss Amelia était de bonne humeur en sortant de son bureau. Elle alla vérifier quelques détails à la cuisine et revint dans le café, un croupion de poule à la main car c'était son morceau préféré. Elle regarda autour d'elle pour s'assurer que tout était en ordre et se dirigea vers Henry Macy. Elle fit pivoter une chaise, s'y assit à califourchon, comme si elle n'était là que pour passer le temps en attendant que le dîner soit prêt. Elle avait une bouteille de *Kroup Kure* dans la poche de sa salopette – médicament à base de whisky et de sucre candi mélangés à un mystérieux ingrédient. Elle déboucha la bouteille et la porta à la bouche de l'enfant. Puis, se tournant vers Henry Macy, elle s'aperçut qu'il clignait nerveusement de la paupière gauche.

« Vous souffrez de quoi ? » demanda-t-elle.

Henry Macy parut sur le point de répondre quelque chose d'extrêmement difficile à dire, mais, après avoir longuement croisé le regard de Miss Amelia, il avala sa salive et resta muet.

Elle se tourna vers son malade. Il avait juste la tête à hauteur de la table – une tête très rouge, avec des paupières à moitié fermées, des lèvres entrouvertes. Il avait sur la cuisse un gros furoncle enflé et dur, et son père l'avait conduit chez Miss Amelia pour qu'elle perce ce furoncle. Mais elle avait une façon très personnelle de soigner les enfants. Elle n'aimait pas qu'ils souffrent, qu'ils se débattent et qu'ils aient peur. Elle l'avait donc gardé toute la journée chez elle, lui avait donné de la réglisse et plusieurs doses de *Kroup Kure*, et, le soir venu, lui avait noué une serviette autour du cou et l'avait laissé dîner tout son soûl. Il avait maintenant la tête qui dodelinait lentement de côté et d'autre, et, de temps en temps, il laissait échapper un petit grognement de fatigue.

Il y eut un brusque mouvement dans le café, et Miss Amelia jeta un coup d'œil derrière elle. Cousin Lymon venait d'entrer. Avec l'air important qu'il prenait chaque fois qu'il entrait dans le café. Lorsqu'il fut exactement au centre de la pièce, il s'arrêta et regarda autour de lui, dévisageant ceux qui étaient là, évaluant avec une extraordinaire perspicacité le capital émotionnel dont il pourrait disposer ce soir-là. Car le bossu était un véritable brandon de discorde. Il aimait provoquer les drames. Il était capable, sans prononcer un mot, de dresser les gens les uns contre les autres. C'était presque magique. Ainsi, il y a deux ans, il avait fait se disputer les jumeaux Rainey à propos d'un couteau de poche. Depuis, ils ne s'adressaient plus la parole. Il avait également assisté à la violente bagarre qui avait opposé Rip Wellborn et Robert Calvert Hall, et à toutes les bagarres qui avaient suivi son arrivée en ville. Il fourrait son nez partout, connaissait en détail la vie privée de tout le monde, se montrait indiscret à toute heure du jour. Et, curieusement, c'est à lui que le café devait pourtant son immense popularité. On ne s'amusait jamais autant que lorsqu'il était là. Chaque fois qu'il entrait, la tension montait brusquement, car, avec un indiscret de cette espèce, on ignorait à l'avance ce qui pouvait vous tomber dessus ou éclater soudain dans la salle. Les gens ne sont jamais aussi libres et d'une insouciance aussi joyeuse qu'au moment où ils sentent planer au-dessus d'eux une possibilité de bagarre ou de drame. Aussi, quand le bossu entra dans le café ce soir-là, tout le monde tourna les yeux vers lui, et on entendit nettement monter le ton des conversations et sauter le bouchon des bouteilles.

Cousin Lymon salua de la main Stumpy MacPhail, qui était assis avec Merlie Ryan et Henry Ford Crimp.

« Ce matin, dit-il, je suis allé pêcher à Rotten Lake. Sur ma route, j'ai dû enjamber ce qui m'a semblé être, à première vue, un tronc d'arbre abattu. Mais, au moment où je l'enjambais, j'ai senti quelque chose qui bougeait ; en regardant mieux, j'ai découvert que j'étais à califourchon sur un alligator, aussi long que de cette porte d'entrée à la cuisine, et aussi gros qu'un porc. »

Il continua de bavarder ainsi, et tout le monde lui jetait des regards furtifs. Les uns écoutaient ce qu'il racontait, d'autres non. Il lui arrivait, certains soirs, de ne proférer que vantardises et mensonges. Ce soir-là, tout ce qu'il racontait était faux. Il avait passé la journée sur son lit, souffrant d'un rhume des foins, et ne s'était levé qu'en fin d'après-midi pour mettre la sorbetière en route. Tout le monde le savait. Il continuait pourtant de pérorer, debout au centre du café, accumulant tant de mensonges et de vantardises que chacun en avait les oreilles rompues.

Mains dans les poches, la tête légèrement penchée, Miss Amelia le regardait. Il y avait de la tendresse dans ses yeux gris, et elle souriait doucement. De temps en temps, elle regardait les autres clients. Ses yeux devenaient alors durs et fiers, avec une sorte de menace, comme si elle mettait quiconque au défi de reprocher au bossu ses bouffonneries. Jeff apportait les assiettes déjà servies, et les ventilateurs électriques tout neufs envoyaient dans l'atmosphère d'agréables courants de fraîcheur.

« Le petit bonhomme s'est endormi », finit par dire Henry Macy.

Miss Amelia baissa les yeux vers son malade et se composa un visage conforme à la situation. L'enfant avait le menton sur le bord de la table, un filet de salive ou de *Kroup Kure* lui coulait des lèvres ; il fermait à demi les paupières et une petite famille de moucherons s'était tranquillement installée au coin de ses yeux. Miss Amelia lui posa une main sur la tête et le secoua brutalement. Le malade continua de dormir. Alors, elle le souleva, en prenant grand soin de ne pas toucher la partie de la jambe qui lui faisait mal, et gagna son bureau. Henry Macy la suivit, et ferma la porte derrière eux.

Ce soir-là, Cousin Lymon s'ennuyait. Il ne se passait rien. Malgré la chaleur, les clients étaient d'excellente humeur. Assis à la table du milieu, Henry Ford Crimp et Horace Wells, qui se tenaient par les épaules, riaient tout bas d'une bonne plaisanterie bien lourde. Le bossu s'approcha d'eux, mais il fut incapable de comprendre car il n'avait pas entendu le début de l'histoire. Le clair de lune étincelait sur la poussière de la route. Les pêchers rabougris étaient immobiles. Pas un souffle de vent. Le bourdonnement des moustiques venus des marais était comme un écho du silence nocturne. La ville semblait obscure, à l'exception d'une lampe lointaine, à droite de la route, en contrebas, qui clignotait faiblement. Quelque part au fond des ténèbres, une femme chantait d'une voix très haute, aiguë et sauvage, et sa mélodie n'avait que trois notes, qu'elle répétait inlassablement. Accoudé à la rambarde de la véranda, le bossu fixait la route déserte, comme s'il espérait que quelqu'un arrive

Il y eut des pas derrière lui, une voix :

« Cousin Lymon, votre dîner est servi.

– Je n'ai guère faim ce soir, répondit le bossu qui avait passé la journée à avaler son mélange sucré. J'ai comme de l'acidité dans la bouche.

– Juste un petit morceau, dit Miss Amelia. Le blanc, le foie et le cœur.

Ils regagnèrent la clarté vive du café et prirent place à la table de Henry Macy. C'était la plus grande, avec un bouquet de lis des marais dans une bouteille de Coca-Cola. Miss Amelia était contente. Elle en avait terminé avec son malade. À travers la porte du bureau, on n'avait entendu que quelques gémissements étouffés. Elle avait eu le temps de tout finir avant que l'enfant ne se réveille et ne prenne peur. Il était couché maintenant sur l'épaule de son père, profondément endormi, ses petits bras abandonnés contre le dos de son père, le visage très rouge et enflé. Ils venaient de quitter le café tous les deux pour rentrer chez eux.

Henry Macy gardait toujours le silence. Il mangeait proprement, sans faire de bruit en avalant. Il avait trois fois moins d'appétit que Cousin Lymon qui, après avoir déclaré qu'il n'avait pas faim, enfournait bouchée sur bouchée. De temps en temps, Henry Macy levait les yeux vers Miss Amelia, la regardait bien en face, et ne disait rien.

C'était un samedi soir typique. Un vieux couple, qui arrivait de la campagne, hésita un moment dans l'encadrement de la porte, et se décida à entrer – des paysans qui se tenaient par la main. Ils avaient vécu ensemble si longtemps qu'ils étaient devenus comme des jumeaux, bruns et racornis comme deux petites cacahuètes ambulantes. Ils s'en allèrent de bonne heure. Aux environs de minuit, la plupart des clients étaient partis. Rosser Cline et Merlie Ryan jouaient encore aux dames; Stumpy MacPhail était assis devant sa bouteille d'alcool (sa femme refusait qu'il l'emporte chez lui) et continuait tranquillement à se parler à lui-même. Henry Macy était encore là, ce qui était tout à fait inhabituel. Il se couchait presque toujours à la nuit tombée. Miss Amelia bâillait de sommeil, mais, vu la nervosité de Cousin Lymon, elle ne proposait pas de fermer le café.

À une heure du matin, Henry Macy leva les yeux vers le plafond et dit doucement :

« J'ai reçu une lettre. »

Comme Miss Amelia recevait beaucoup de lettres d'affaires et de prospectus, elle n'eut pas du tout l'air impressionnée.

« Une lettre de mon frère », ajouta Henry Macy.

Le bossu, qui venait de traverser le café au pas de l'oie, les mains croisées derrière la tête, s'arrêta brusquement. Il était prompt à saisir le moindre changement d'atmosphère. Il regarda tous les visages et attendit.

Miss Amelia fronça les sourcils, ferma le poing droit.

« Grand bien vous fasse, dit-elle.

– Il vient d'être libéré sur parole. Il a quitté le pénitencier. »

Le visage de Miss Amelia s'assombrit. Elle frissonna malgré la chaleur de la nuit. Rosser Cline et Merlie Ryan laissèrent tomber leur jeu de dames. Un calme profond régnait dans le café.

« Qui ? » demanda Cousin Lymon.

Ses grandes oreilles blêmes semblaient avoir grandi et durci de chaque côté de son visage.

« Quoi ? »

Miss Amelia fit claquer la paume de ses mains contre la table.

« Ce Marvin Macy est un... »

Mais sa voix s'enroua. Au bout de quelques secondes, elle finit par dire :

« Il a été condamné au pénitencier jusqu'à la fin de ses jours.

– Qu'a-t-il fait ? » demanda Cousin Lymon.

Il y eut un long silence. Personne ne savait exactement que répondre.

« Il a cambriolé trois stations-service », dit Stumpy MacPhail.

Mais ses paroles appelaient une suite, et l'on sentait qu'elles dissimulaient d'autres péchés.

Le bossu ne supportait pas d'être tenu à l'écart de quoi que ce soit, même d'un grand mystère. Il était dévoré d'impatience. Le nom de Marvin Macy, qu'il ne connaissait pas, le mettait au supplice, comme chaque fois qu'il ignorait ce dont parlaient les autres – allusion à l'ancienne scierie détruite avant son arrivée, phrase échappée par hasard au sujet du pauvre Morris Finestein, souvenir d'un événement quelconque qui avait eu lieu avant sa venue. À côté de cette curiosité innée, il était fasciné par tout ce qui touchait au vol ou au crime. Il faisait le tour de la table, avec son air arrogant, en murmurant « libéré sur parole » et « pénitencier ». Mais il avait beau insister pour qu'on lui réponde, il n'arrivait à rien, car personne n'avait l'audace de parler de Marvin Macy en présence de Miss Amelia.

« La lettre ne disait pas grand-chose, dit Henry Macy. Elle ne disait même pas où il allait.

– Humph ! » fit Miss Amelia.

Son visage était toujours dur et sombre.

« Jamais ce démon ne posera ici son pied fourchu. »

Elle repoussa sa chaise et se prépara à fermer le café. Le nom de Marvin Macy avait sans doute fait naître en elle de graves pressentiments, car elle emporta la caisse enregistreuse dans la cuisine et l'enferma dans un endroit secret. Henry Macy disparut dans la rue sombre. Henry Ford Crimp et Merlie Ryan s'attardèrent un moment sous la véranda. Plus tard, Merlie Ryan devait affirmer qu'il avait eu cette nuit-là une vision prémonitoire de ce qui allait arriver. Mais la ville n'y prit pas garde, car Merlie Ryan avait toujours des prétentions de cet ordre. Miss Amelia et Cousin Lymon restèrent un moment dans le salon à parler. Quand le bossu sentit que le sommeil le gagnait, elle disposa la moustiquaire au-dessus de son lit et resta près de lui jusqu'à ce qu'il ait achevé ses prières. Puis elle enfila sa chemise de nuit, fuma deux pipes et attendit longtemps avant d'aller dormir.

Ce fut un automne heureux. Les récoltes étaient bonnes. Au marché de Forks Falls, le tabac atteignit un bon prix. Après ce long été torride, les premières journées de fraîcheur avaient une pureté douce et lumineuse. Les gerbes d'or fleurissaient le long des routes poussiéreuses et la canne à sucre devenait violette en mûrissant. Chaque matin, un autocar de Cheehaw ramassait quelques enfants et les conduisait au collège technique pour parfaire leur éducation. Les jeunes gens chassaient le renard dans les forêts de pins, les édredons d'hiver prenaient l'air suspendus à des cordes et, en prévision des jours froids, on enterrait les patates douces dans la paille. Le soir, de fragiles langues de fumée rose sortaient des cheminées et la lune était orange et ronde au centre du ciel. Aucun silence ne ressemble à la tranquillité de ces premières soirées d'automne. Tard dans la nuit, lorsqu'il n'y avait pas de vent, on entendait parfois le sifflement aigu du chemin de fer qui traversait Society City, en route vers le Nord.

Pour Miss Amelia Evans, c'était une période d'intense activité. Elle travaillait de l'aube au coucher du soleil. Elle avait mis en place un nouveau distillateur, plus large, dans son entrepôt, et, en une semaine, elle remplit assez de bouteilles d'alcool pour noyer tout le comté. Sa vieille mule avait des vertiges à force de piler le sorgho. Elle stérilisa ses bocaux hermétiques pour faire ses conserves et prépara ses confitures de poires. Elle attendait impatiemment les premières gelées, car elle avait acheté trois énormes porcs et avait l'intention d'en faire des rôtis, des andouilles et des saucisses.

Pendant toutes ces semaines, bien des gens remarquèrent le comportement de Miss Amelia. Elle avait des accès de rire – un rire qui sonnait lourdement – et, quand elle sifflotait, c'était avec une sorte d'impertinence mélodieuse. Elle vérifiait ses forces avec le plus grand soin, soulevait des objets très lourds et tâtait du doigt la fermeté de ses biceps. Un jour, elle prit place devant sa machine à écrire, et commença une histoire – une histoire pleine d'étrangers, de portes secrètes et de millions de dollars. Cousin Lymon ne la quittait pas d'un pouce, continuellement pendu à ses basques, et quand elle le regardait il y avait une douce lumière sur son visage, et quand elle prononçait son nom il y avait dans sa voix la secrète vibration de l'amour.

Vint enfin la première annonce du froid. Un matin, Miss Amelia découvrit sur ses vitres des fleurs de givre, et, dans son arrière-cour, la gelée blanche argentait les touffes d'herbe. Elle fit un feu d'enfer dans son fourneau et sortit pour ausculter le temps. L'air était vif et froid, le ciel vert pâle, sans un nuage. Très vite, les gens commencèrent à venir chez elle, de tout le pays, pour connaître le résultat de cette auscultation. Elle décida de saigner son porc le plus gras. La nouvelle fit le tour du comté. Elle tua donc son porc et alluma des braises de chêne dans son barbecue. La fumée qui sortait de son arrière-cour avait l'odeur chaude du sang de cochon, et cette matinée d'hiver était pleine de bruits de pas et d'éclats de voix. Miss Amelia supervisait le travail, donnait des ordres, et tout fut bientôt terminé.

Ce jour-là, elle avait une affaire importante à régler à Cheehaw. Après s'être assurée que tout allait bien, elle mit la voiture en marche d'un tour de manivelle, et, prête à partir, demanda à Cousin Lymon de l'accompagner. Elle le lui demanda exactement sept fois [203], mais toute cette agitation autour de lui l'enchantait et il refusa de s'en aller. Ce refus eut l'air d'ennuyer Miss Amelia, car elle aimait qu'il soit à côté d'elle, et, lorsqu'elle devait s'éloigner de chez elle, elle était toujours en proie à la mélancolie. Mais, lui ayant posé la question sept fois, elle sentit qu'elle ne pouvait pas insister davantage. Avant de partir, elle prit un bâton et traça un large trait autour du barbecue, à deux pas du foyer environ, en lui recommandant de ne pas franchir cette limite. Elle s'en alla aussitôt après le déjeuner, espérant être de retour avant la nuit.

Et voici qu'il n'y a rien d'étonnant à ce qu'une voiture ou un camion qui arrive de Cheehaw et se rend dans une autre ville emprunte la Grand-rue. Le percepteur, par exemple, qui vient chaque année discuter avec ceux qui ont de l'argent comme Miss Amelia. Ou si quelqu'un comme Merlie Ryan, par exemple, croit pouvoir se débrouiller pour avoir une voiture à crédit, ou verser trois dollars pour une superbe sorbetière électrique comme on en voit dans les vitrines de Cheehaw, voilà qu'un homme arrive de la ville, pose des questions indiscrètes, découvre des difficultés cachées et réduit à néant tout espoir d'acheter quoi que ce soit à tempérament. Parfois aussi, et notamment depuis qu'on a commencé à réparer la route des Forks Falls, les fourgons cellulaires qui transportent les bagnards traversent la ville. Il y a enfin des gens qui arrêtent leur voiture parce qu'ils se sont trompés de route et demandent la bonne. Aussi, personne ne s'étonna de voir un camion passer en fin d'après-midi devant la filature et s'arrêter au milieu de la Grand-rue, face au café de Miss Amelia. Un homme sauta à terre, et le camion repartit.

L'homme se tenait au milieu de la route et regardait autour de lui. Il était grand, des cheveux bruns bouclés, la démarche pesante, des yeux d'un bleu foncé. Il avait des lèvres très rouges et souriait avec nonchalance, d'un demi-sourire insolent. Il portait une chemise rouge, et une large ceinture de cuir ouvragé. À la main, une valise de fer et une guitare. La première personne qui aperçut le nouvel arrivant fut Cousin Lymon qui avait entendu grincer le changement de vitesse et venait voir ce qui se passait. Il se contenta de glisser la tête à l'angle de la véranda, sans se mettre en pleine lumière. Et les deux hommes se regardèrent fixement. Pas du tout comme deux étrangers qui se rencontrent pour la première fois et se mesurent rapidement l'un l'autre. Non. Ce fut un bien étrange regard que celui qu'ils échangèrent. Un regard comme peuvent en échanger deux criminels qui se reconnaissent. Puis l'homme à la chemise rouge haussa l'épaule gauche et tourna le dos. Le bossu le regarda descendre la Grand-rue. Il était extrêmement pâle. Au bout d'un instant, il lui emboîta le pas, en gardant ses distances.

La ville apprit très vite le retour de Marvin Macy. Il se rendit d'abord à la filature, s'accouda nonchalamment au rebord d'une fenêtre et regarda à l'intérieur. Comme tous les paresseux de naissance, il aimait regarder travailler les autres. La filature fut frappée d'une inactivité confuse. Les teinturiers abandonnèrent leurs cuves fumantes, les fileurs et les tisserands oublièrent leurs métiers, et Stumpy MacPhail lui-même, qui était contremaître, se demandait ce qu'il fallait faire. Marvin Macy avait toujours son demi-sourire insolent et humide. Son expression ne changea pas lorsqu'il aperçut son frère. Après avoir jeté un coup d'œil à la filature, il continua sa route jusqu'à la maison où il avait été élevé et posa sous la véranda sa valise et sa guitare. Puis il fit le tour du château d'eau, regarda l'église, les trois magasins, toute la ville enfin. Le bossu boitillait doucement à quelques mètres de lui, mains aux poches, toujours aussi pâle.

Il commençait à se faire tard. Le soleil d'hiver était rouge, et le couchant avait des reflets pourpre et or. Les martinets regagnaient leurs nids, rapides comme des flèches. Les lampes s'allumaient. On respirait de temps en temps l'odeur de la fumée et le parfum plus chaud et plus lourd de la viande qui cuisait doucement sur le barbecue, dans l'arrière-cour du café. Après avoir fait plusieurs tours en ville, Marvin Macy revint à la maison de Miss Amelia, regarda l'enseigne au-dessus de la véranda, puis, sans hésitation, entra dans la cour. La sirène de la filature fit entendre sa petite plainte solitaire. L'équipe de nuit relaya celle de jour. Et bientôt, quelques personnes rejoignirent Marvin Macy dans la cour de Miss Amelia – Henry

Ford Crimp, Merlie Ryan, Stumpy MacPhail, beaucoup d'enfants, et des gens qui préféraient rester dans l'ombre et regarder de loin. On parlait à peine. Marvin Macy se tenait d'un côté du barbecue, les autres lui faisaient face. Cousin Lymon était seul, à l'écart, et ne quittait pas des yeux le visage de Marvin Macy.

« C'était agréable, le pénitencier ? » demanda Merlie Ryan avec un petit rire nerveux et stupide.

Marvin Macy ne répondit pas. Il sortit de sa poche un grand couteau, l'ouvrit lentement et en aiguisa la lame sur le fond de son pantalon. Merlie Ryan se tut aussitôt et s'effaça derrière les larges épaules de Stumpy MacPhail.

Miss Amelia ne revint qu'à la nuit tombée. Elle était loin encore lorsque parvint le bruit de ferraille de son automobile. Un peu plus tard, il y eut le claquement d'une portière, et quelques secousses étouffées, comme si elle traînait quelque chose sur le perron. Le soleil était couché. Le ciel avait cette lumière bleutée et brumeuse des premières nuits d'hiver. Miss Amelia descendit lentement les marches qui menaient à l'arrière-cour. Les gens attendaient en silence. Il y a peu de personnes au monde capables de tenir tête à Miss Amelia, et, comme elle avait pour Marvin Macy une haine implacable et féroce, on pensait qu'elle allait entrer dans une rage violente, saisir n'importe quel objet dangereux et le chasser définitivement de la ville. Mais elle n'aperçut pas tout de suite Marvin Macy. Son visage avait l'expression rêveuse et contente, habituelle quand elle rentrait après un long déplacement.

Il semble qu'elle ait aperçu à la même seconde Marvin Macy et Cousin Lymon. Son regard alla rapidement de l'un à l'autre, mais ce n'est pas sur le voyou du pénitencier qu'il se posa enfin, avec un étonnement écœuré. C'est sur Cousin Lymon. Et tout le monde avec elle, car il valait la peine d'être regardé.

Le bossu se tenait dans l'angle du foyer, son pâle visage à peine éclairé par le rougeoiement des braises de chêne, qui brûlaient sans faire de fumée. Il possédait un talent très particulier, dont il se servait quand il cherchait à gagner les bonnes grâces de quelqu'un. Il restait parfaitement immobile, se concentrait légèrement et parvenait à faire bouger ses grandes oreilles pâles avec une rapidité et une aisance surprenantes. Il faisait appel à ce talent chaque fois qu'il voulait obtenir quelque chose de Miss Amelia, car elle était incapable d'y résister. Il se tenait donc à l'angle du foyer, et ses oreilles dansaient furieusement des deux côtés de sa tête. Pourtant, ce n'est pas vers Miss Amelia qu'il était tourné mais vers Marvin Macy. Et il lui adressait un sourire suppliant, voisin du désespoir. Au début, Marvin Macy n'y fit aucune attention. Lorsqu'il consentit à le regarder, il n'eut pas du tout l'air d'apprécier ce talent.

« Qu'est-ce qu'il a, ce Biscornu ? » demanda-t-il avec un geste nerveux du pouce.

Personne ne répondit. Cousin Lymon, voyant que son talent ne lui servait à rien, tenta d'autres manœuvres de séduction. Il se mit à papilloter ses paupières, comme de fragiles phalènes dans ses orbites. Il gratta le sol du pied, agita les mains, esquissa un petit pas de fox-trot. Dans la lueur sourde de cette nuit d'hiver, il ressemblait à l'enfant du génie des marais.

De tous les gens qui étaient là, seul Marvin Macy restait indifférent.

« Le nabot a une crise de nerfs ? » demanda-t-il.

Comme personne ne répondait, il s'approcha de Cousin Lymon et lui donna un coup sur le coin de la figure. Le bossu chancela et tomba sur le sol. Il resta assis là où il était tombé, les yeux toujours fixés sur Marvin Macy, et fit un dernier effort timide et désolé pour remuer les oreilles.

Tout le monde regardait Miss Amelia, pour voir sa réaction. Depuis quatre ans, personne ne s'était permis de toucher à un seul cheveu de Cousin Lymon. Ce n'est pourtant pas l'envie qui manquait à certains. Mais il suffisait que quelqu'un parle un peu sévèrement du bossu pour que Miss Amelia refuse aussitôt de lui faire crédit, et s'arrange pour que cet audacieux ait ensuite tous les ennuis possibles. On aurait donc trouvé tout naturel qu'elle aille chercher une hache sous le porche et ouvre en deux la tête de Marvin Macy. Elle n'en fit absolument rien.

Miss Amelia avait parfois l'air d'entrer en transe. On savait, la plupart du temps, ce qui provoquait ces transes, et on les comprenait. Car Miss Amelia était un médecin consciencieux, qui ne se contentait pas de broyer quelques racines des marais avec d'autres plantes et de les faire avaler au premier malade venu sans les avoir essayées. Chaque fois qu'elle inventait un nouveau remède, elle se l'administrait d'abord à elle-même. Elle en ingurgitait une énorme dose, et passait la journée à faire pensivement les cent pas entre son café et ses toilettes en brique. Lorsqu'elle était prise d'un violent accès de colique, elle restait généralement immobile, les yeux attachés au plancher, les poings crispés, essayant de garder toute sa lucidité et de repérer quelle sorte d'organe réagissait au remède et quelle sorte de maladie il pouvait guérir. Pendant qu'elle regardait le bossu et Marvin Macy, elle avait exactement cette expression-là, tendue vers l'intérieur d'elle-même, cherchant à localiser la douleur, bien qu'elle n'ait absorbé aucun nouveau médicament ce jour-là.

« Ça t'apprendra, Tordu », dit Marvin Macy.

Henry Macy rejeta en arrière ses pauvres cheveux grisonnants et toussa nerveusement. Stumpy MacPhail et Merlie Ryan remuèrent les pieds, mal à l'aise. Les enfants et les Noirs, qui étaient restés dans l'ombre, à la frontière du domaine, ne faisaient aucun bruit. Marvin Macy referma le couteau qu'il venait d'aiguiser, et, après avoir regardé autour de lui, sans la moindre frayeur, quitta l'arrière-cour, d'un air triomphant. Les braises n'étaient plus que des cendres grises. Il faisait presque noir.

C'est ainsi que Marvin Macy revint du pénitencier. Pas une âme, en ville, n'eut plaisir à le revoir. Pas même Mrs. Mary Hale, qui avait le cœur généreux et qui s'était chargée de son éducation, avec amour et sollicitude. Quand elle le revit pour la première fois, cette vieille mère adoptive lâcha la poêle à frire qu'elle tenait à la main et se mit à pleurer. Mais rien ne touchait le cœur de Marvin Macy. Il restait assis sous la véranda de Mrs. Hale, grattait négligemment sa guitare et, dès que le dîner était prêt, écartait de son chemin les enfants qui se trouvaient là et se servait un repas bien copieux, alors qu'il y avait juste assez de galettes de maïs et de viande blanche pour tout le monde. Quand il avait fini de manger, il choisissait le coin le plus chaud et le plus confortable de la pièce du devant, s'y endormait, et ses rêves eux-mêmes ne le troublaient pas.

Miss Amelia n'ouvrit pas son café, ce soir-là. Elle verrouilla soigneusement les portes et les fenêtres, et resta cachée à tous les regards, ainsi que Cousin Lymon. Une lampe brûla toute la nuit dans leurs chambres.

Comme on pouvait s'y attendre, Marvin Macy apporta aussitôt le malheur avec lui. Le temps changea [204] dès le lendemain et devint étouffant. À l'aube, il flottait dans l'air une chaleur lourde et gluante, le vent charriait l'odeur écœurante des marais, et de frêles moustiques couvrirent de leur bruit aigu l'eau verte du bief. C'était hors de saison, pire qu'en plein mois d'août, et les dommages furent importants. Car, dans le comté, presque tous ceux qui possédaient un porc avaient suivi l'exemple de Miss Amelia, et l'avaient égorgé la veille. Comment conserver des saucisses par un temps pareil ? Au bout de quelques jours, l'odeur de la viande pourrissante s'infiltrait partout. Partout une affreuse atmosphère de gaspillage. Plus grave encore. Au cours d'une réunion de famille, près de la route des Forks Falls, on servit du rôti de porc et la famille mourut, au grand complet. Le cochon avait certainement été contaminé. Comment savoir si le reste de la viande était mauvais ou non ? Les gens étaient déchirés entre l'envie de déguster ce porc merveilleusement parfumé et la peur de la mort. Ce fut un temps de désordre et de gaspillage.

Cause de tout cela, Marvin Macy n'avait honte de rien. Il se montrait partout. Aux heures de travail, il flânait aux alentours de la filature et regardait par les fenêtres. Le dimanche, il mettait sa chemise rouge et arpentait la Grand-rue avec sa guitare, d'un air triomphant. Il était toujours aussi beau – cheveux bruns, lèvres rouges, épaules larges et fortes. Mais le mal qui l'habitait était trop célèbre désormais pour que sa belle apparence puisse tromper qui que ce soit. Ce n'était pas seulement à ses péchés connus qu'on prenait la mesure de ce mal. C'est vrai qu'il avait dévalisé des stations-service, qu'il avait bien avant cela déshonoré les plus jeunes filles du comté et qu'il y avait pris plaisir. C'est vrai qu'on pouvait dresser toute une liste de méfaits dont il était coupable. Mais, ces méfaits mis à part, il cachait en lui une bassesse secrète qui le suivait comme une odeur. Autre chose encore : il ne transpirait pas. Même au mois d'août. Et c'était un signe digne d'être médité.

Aux yeux de la ville entière, il semblait être devenu plus dangereux qu'avant. Au pénitencier d'Atlanta, il avait dû apprendre l'art de jeter des sorts. Sinon, comment expliquer l'impression qu'il produisait sur Cousin Lymon ? Car à peine le bossu avait-il posé son regard sur Marvin Macy qu'un esprit contre nature l'avait ensorcelé. Il était sans cesse à suivre ce gibier de potence, et sa tête bouillonnait d'idées folles pour attirer son attention. Mais Marvin Macy le regardait avec dédain ou ne le remarquait même pas. Le bossu renonçait alors et venait se percher sur la balustrade de la véranda, comme l'oiseau malade qui rejoint les autres sur un fil téléphonique, et il se lamentait à voix haute.

« Mais pourquoi? » demandait Miss Amelia en le regardant fixement, louchant de plus en plus, les poings serrés.

« Oh! Marvin Macy... », murmurait tristement le bossu.

La seule musique de ce nom bouleversait si profondément le rythme de ses sanglots qu'il finissait par hoqueter.

« ... Il connaît Atlanta. »

Miss Amelia secouait la tête. Son visage était sombre et dur. D'abord, l'idée de voyager l'irritait. Elle n'avait que mépris pour les agités, les gens qui se rendent à Atlanta ou parcourent plus de cinquante miles pour voir l'Océan.

« Connaître Atlanta n'a rien de méritoire.

– Il a été au pénitencier », continuait le bossu, triste et envieux.

Comment discuter à partir de telles jalousies? Miss Amelia était tellement perplexe qu'elle n'était plus très sûre de ses réponses.

« Au pénitencier, Cousin Lymon? Un pareil voyage, il n'y a pas de quoi s'en vanter. »

Pendant toutes ces semaines, la ville surveilla Miss Amelia de très près. Elle travaillait distraitement, le regard lointain, comme lorsqu'elle était en transe. Pour une raison inconnue, depuis le retour de Marvin Macy elle avait laissé de côté sa salopette et portait chaque jour la robe rouge [205] qu'elle réservait jusque-là aux dimanches, aux enterrements et aux séances du tribunal. Au fur et à mesure que passaient les semaines, elle fit quelques tentatives pour éclaircir la situation. Mais ses efforts étaient difficiles à comprendre. Puisqu'elle souffrait de voir Cousin Lymon suivre partout Marvin Macy, pourquoi ne réglait-elle pas le problème une fois pour toutes? Pourquoi ne menaçait-elle pas le bossu de le mettre à la porte s'il continuait à fréquenter Marvin Macy? C'était tout simple. Cousin Lymon ne pouvait que se soumettre, ou accepter d'être seul de nouveau, abandonné de tous en ce monde. Mais Miss Amelia semblait avoir perdu toute volonté. Pour la première fois de sa vie, elle ne savait pas quelle attitude prendre. Et, comme la plupart de ceux que l'incertitude envahit, elle se décida pour la pire de toutes – c'est-à-dire qu'elle adopta plusieurs attitudes différentes, qui se contredisaient l'une l'autre.

Le café continuait d'être ouvert chaque soir, et c'était bien étrange, mais, lorsque Marvin Macy faisait son entrée, l'air arrogant, le bossu sur ses talons, elle ne le jetait pas dehors. Au contraire. Elle lui offrait à boire gratuitement, en lui adressant des sourires obliques et égarés. Et, dans le même temps, elle allait poser dans les marais un piège qui l'aurait tué à coup sûr s'il s'y était laissé prendre. Elle acceptait que Cousin Lymon l'invitât à dîner le dimanche et cherchait à lui faire un croc-en-jambe quand il descendait le perron. Elle offrit à Cousin Lymon une immense tournée de distraction, lui faisant faire d'épuisants voyages pour applaudir toutes sortes de spectacles qu'on donnait à toutes sortes d'endroits, l'emmenant en voiture à trente miles de là pour assister aux tournées Chautauqua, ou à Forks Falls pour une grande parade. Pour elle aussi ce fut d'ailleurs un temps de distraction. La plupart des gens pensaient qu'elle était sur la bonne route pour l'asile de fous, et personne ne comprenait ce qui allait sortir de tout cela.

Il fit froid de nouveau. L'hiver cerna la ville, et la nuit tombait sur la filature avant la relève de la dernière équipe. Les enfants dormaient tout habillés et les femmes relevaient le bas de leur jupe pour se chauffer rêveusement devant le feu. Lorsqu'il pleuvait, la boue gelait aussitôt dans les ornières. Les lampes n'étaient plus que de vagues lueurs derrière les vitres des maisons et les pêchers rabougris étaient nus. Pendant ces noires et silencieuses soirées d'hiver, le café était le seul endroit animé de la ville. Les lumières y étaient si vives qu'on les apercevait à un quart de mile à la ronde. Au fond de la salle, l'énorme poêle rugissait, crépitait et rougeoyait. Miss Amelia avait accroché des rideaux rouges devant les fenêtres et elle avait acheté à un colporteur un bouquet de roses en papier qui avaient l'air d'être vraies.

Mais ce n'est pas seulement la chaleur, la gaieté, les divers ornements qui donnaient au café une importance si particulière et le rendaient si cher aux habitants de la ville. Il y avait une raison plus profonde – raison liée à un certain orgueil inconnu jusque-là dans le pays. Pour comprendre cet orgueil tout neuf, il faut avoir présent à l'esprit le manque de valeur de la vie humaine [206]. Une foule de gens se rassemblait toujours autour d'une filature. Mais il était rare que chaque famille ait assez de nourriture, de vêtements et d'économies pour faire la fête. La vie devenait donc une lutte longue et confuse pour le strict nécessaire. Tout se complique alors : les choses nécessaires pour vivre ont toutes une valeur précise, il faut toutes les acheter contre de l'argent, car le monde est ainsi fait. Or vous connaissez, sans avoir besoin de le demander, le prix d'une balle de coton ou d'un litre de mélasse. Mais la vie humaine n'a pas de valeur précise. Elle nous est offerte sans rien payer, reprise sans rien payer. Quel est son prix? Regardez autour de vous. Il risque de vous paraître dérisoire, peut-être nul. Alors, après beaucoup d'efforts et de sueur, et vu que rien ne change, vous sentez naître au fond de votre âme le sentiment que vous ne valez pas grand-chose.

Cet orgueil tout neuf que le café apportait à la ville, tout le monde, en revanche, pouvait le partager, même les enfants. Car on n'était pas obligé de dîner ou de consommer de l'alcool. Il existait des boissons rafraîchissantes pour cinq *cents*. Et si vous n'aviez pas de quoi vous les offrir, Miss Amelia confectionnait elle-même une boisson très douce et très rose, appelée « *jus de cerise* », à un *cent* le verre. À l'exception du révérend T. M. Willin, tout le monde, ou presque, venait au café une fois par semaine au moins. Les enfants étaient ravis de dormir hors de chez eux ou de manger chez des voisins. Dans ces occasions exceptionnelles, ils se tiennent toujours très bien et se sentent très fiers. Quand les gens de la ville entraient dans le café, ils ressentaient la même fierté. Avant de se rendre chez Miss Amelia, ils faisaient toilette, et s'essuyaient poliment les pieds sur le seuil de la salle. Car, pendant quelques heures, ils pouvaient enfin oublier ce sentiment amer et profond de ne pas valoir grand-chose en ce monde.

Le café était particulièrement prisé par les célibataires, les pauvres et les tuberculeux. Il faut signaler ici qu'un certain nombre de raisons conduisaient à penser que Cousin Lymon était tuberculeux. L'éclat de ses yeux gris, sa nervosité, son besoin de parler, sa toux. Ce sont des symptômes précis. De plus, il est généralement admis qu'il y a relation de cause à effet entre la tuberculose et le fait d'être bossu. Chaque fois qu'on abordait ce sujet devant Miss Amelia, elle se mettait en colère. Elle récusait ces symptômes avec véhémence. En cachette, pourtant, elle faisait des sinapismes à Cousin Lymon, le forçait à boire du *Kroup Kure* et toutes sortes d'autres remèdes. La toux du bossu s'aggrava cet hiver-là. De temps en temps, même s'il faisait très froid, il avait de brusques accès de transpiration. Cela ne l'empêchait pas de suivre Marvin Macy.

Très tôt le matin, il quittait sa chambre et venait se poster derrière la maison de Mrs. Hale, pour attendre inlassablement – car Marvin Macy aimait faire la grasse matinée. Cousin Lymon attendait donc en l'appelant à mi-voix. Une voix qui ressemblait à celle des enfants accroupis près des cratères minuscules où sont censées habiter les coccinelles, y enfonçant le crin d'un balai et les fouillant patiemment en chantonnant d'une voix plaintive : *Coccinelle, envole-toi, coccinelle, envole-toi, coccinelle madame, ta maison brûle, coccinelle madame, tes enfants sont carbonisés.* De la même voix désolée, résignée et chantante, le bossu murmurait chaque matin le nom de Marvin Macy. Et, quand Marvin Macy sortait de la maison, il le suivait à travers la ville, et parfois ils disparaissaient ensemble, pendant des heures, du côté des marais.

Et Miss Amelia continuait de faire la pire des choses possibles : c'est-à-dire d'adopter plusieurs attitudes différentes et contradictoires. Lorsque Cousin Lymon quittait la maison, elle ne cherchait pas à le retenir, mais restait debout au milieu de la route, toute seule, et le suivait des yeux jusqu'à ce qu'il ait disparu. Marvin Macy venait au café chaque soir, suivi de Cousin Lymon, et s'asseyait pour dîner. Miss Amelia sortait ses bocaux de poires. La table était surchargée de jambon, de poulet, de bouillie de maïs dans de grands bols et de purée de pois cassés. Un soir, pourtant, Miss Amelia tenta d'empoisonner Marvin Macy. Mais, à la suite d'une erreur, il y eut confusion dans les assiettes et c'est à elle que revint le plat empoisonné. Elle le comprit très vite au léger goût d'amertume des aliments. Elle ne dîna pas, ce soir-là, mais resta assise, la tête rejetée en arrière, tâtant ses muscles et regardant fixement Marvin Macy.

Marvin Macy venait donc au café chaque soir, s'installait à la meilleure table, la plus grande, celle qui se trouvait au centre de la salle. Cousin Lymon lui apportait de l'alcool sans qu'il verse jamais un *cent*. Marvin Macy ne lui en montrait aucune gratitude. Il le chassait de la main, et, chaque fois qu'il le trouvait sur son chemin, il lui donnait un coup sur la bosse ou disait :

« Disparais, Tordu – sinon, je te scalpe la bosse ! »

À ces moments-là, Miss Amelia quittait son comptoir et s'approchait lentement de Marvin Macy, les poings serrés, sa robe rouge cachant maladroitement ses genoux osseux. Marvin Macy serrait les poings, lui aussi, et ils commençaient à se tourner autour, en se regardant d'un air qui en disait long. Et tout le monde retenait son souffle, mais il ne se passait jamais rien. L'heure du combat n'avait pas encore sonné.

Si l'on se souvient de cet hiver, si on en parle souvent, c'est pour une raison bien particulière. Il se produisit quelque chose de tout à fait exceptionnel. Le 2 janvier, en se réveillant, les gens découvrirent derrière leurs fenêtres un univers complètement métamorphosé. Les petits enfants, qui ne savaient pas de quoi il s'agissait, furent tellement étonnés qu'ils se mirent à pleurer. Les vieillards fouillèrent dans leurs souvenirs, mais rien ne leur rappelait un semblable prodige. Il avait neigé pendant la nuit. Dans les heures sombres d'après minuit, les flocons s'étaient mis à tomber sans bruit sur la ville. À l'aube, le sol avait complètement disparu, la neige s'accrochait curieusement aux vitraux rouges de l'église et blanchissait le toit des maisons. Elle donnait à la ville un air maladif et lugubre. Près de la filature, les maisons de deux pièces, qui étaient sales et de guingois, paraissaient sur le point de s'effondrer. Tout semblait plus petit, plus sombre. Mais la neige elle-même – il y avait en elle une beauté que bien peu de gens connaissaient déjà. Elle n'était pas blanche, comme le prétendaient ceux du Nord. Elle avait toutes sortes de couleurs, douces et tendres, du bleu, de l'argent, et le gris du ciel était un gris calme et lumineux. Douceur rêveuse de la neige [207] qui tombe – le silence de la ville, l'avait-on connu si profond?

Face à la neige, chacun réagissait à sa manière. Debout devant sa fenêtre, Miss Amelia releva le col de sa chemise de nuit en remuant pensivement ses orteils nus. Au bout d'un long moment, elle entreprit de fermer ses volets et de barricader soigneusement toutes les fenêtres de l'étage. Elle verrouilla complètement la maison, alluma les lampes et vint s'asseoir avec gravité devant son bol de bouillie de maïs. Non qu'elle ait une peur particulière des chutes de neige. Mais, face à cet événement inattendu, elle se sentait incapable de se forger une opinion immédiate. Faute de pouvoir dire, de façon exacte et définitive, ce qu'elle en pensait (ce qui était le cas pour la plupart des événements), elle préférait l'ignorer. Jamais encore, depuis qu'elle était au monde, la neige n'était tombée sur le comté, jamais encore elle n'y avait pensé d'une manière ou d'une autre. Si elle consentait à admettre l'existence de cette neige, elle serait obligée de prendre une décision quelconque, et, depuis quelque temps, elle avait une vie suffisamment perturbée. Elle continua donc d'aller et venir dans sa maison calfeutrée, à la lumière des lampes, comme s'il n'était rien arrivé. Cousin Lymon, au contraire, était dans un état d'extrême agitation. Dès que Miss Amelia eut tourné le dos pour lui préparer son déjeuner, il fila.

Marvin Macy s'appropria cette chute de neige. Il affirma qu'il avait déjà vu la neige à Atlanta, qu'il la connaissait, et, à sa façon de déambuler à travers la ville, on pouvait croire que chaque flocon lui appartenait. Il ricanait devant les petits enfants qui se glissaient timidement hors de leur maison, ramassaient une poignée de neige et la goûtaient. Le révérend Willin descendit la Grand-rue d'un pas pressé, le visage rouge de colère, réfléchissant à la meilleure façon de faire intervenir la neige dans son sermon dominical. La plupart des gens regardaient cette merveille avec tendresse et humilité. Ils parlaient à voix basse et ne cessaient de dire « merci » et « je vous prie ». Quelques esprits malades se sentirent évidemment démoralisés et se mirent à boire. Mais ils étaient peu nombreux. Chacun sentait que c'était une journée exceptionnelle, et beaucoup comptaient leur argent avec l'intention d'aller au café cette nuit-là.

Cousin Lymon ne quitta pas Marvin Macy de toute la journée, l'aidant à faire valoir ses droits sur la neige. Il s'émerveillait de voir qu'elle ne tombait pas comme la pluie, suivait des yeux la chute rêveuse et douce des flocons, jusqu'à en tituber de vertige. Et son orgueil personnel se réchauffait au prestige qui entourait Marvin Macy. À tel point que bien des gens ne résistaient pas au désir de l'interpeller.

– « Oho », soupiraient les mouches du coche, « on en soulève de la poussière... ».

Ce soir-là, Miss Amelia n'avait pas l'intention de servir à dîner. À six heures, pourtant, elle entendit des bruits de pas sous la véranda et entrebâilla prudemment sa porte. C'était Henry Ford Crimp. Il n'y avait rien à manger, mais elle lui permit de s'asseoir à une table et lui servit à boire. D'autres suivirent. Le soir était bleu, d'un froid vif. La neige ne tombait plus, mais le vent qui venait des forêts de pins soulevait du sol de légères rafales. Cousin Lymon n'arriva qu'à la nuit tombée. Marvin Macy l'accompagnait, sa valise de fer et sa guitare à la main.

« Vous partez en voyage? » demanda rapidement Miss Amelia.

Marvin Macy alla se réchauffer près du poêle, puis s'assit à sa table et aiguisa avec soin un cure-dent. Il se nettoya les dents lentement, en sortant souvent le bâtonnet de sa bouche pour en examiner la pointe et l'essuyer sur la manche de sa veste. Il ne prit pas la peine de répondre.

Le bossu observait Miss Amelia derrière son comptoir. Il n'y avait pas l'ombre d'une supplication sur son visage. Il était parfaitement sûr de lui. Il croisa les mains derrière son dos et redressa fièrement les oreilles. Il avait les joues en feu, les yeux brillants, les vêtements trempés.

« Marvin Macy vient nous faire une petite visite », dit-il.

Miss Amelia n'éleva aucune protestation. Elle quitta seulement son comptoir et se mit à tourner autour du poêle, comme si cette nouvelle lui avait brusquement glacé le sang. Mais elle ne se réchauffait pas le dos en soulevant pudiquement sa jupe d'un pouce, comme le font les autres femmes dans un endroit public. Il n'y avait pas une once de pudeur chez Miss Amelia, et il lui arrivait souvent d'oublier qu'il y avait des hommes autour d'elle. Elle se réchauffait donc et sa robe rouge était suffisamment retroussée pour qu'on puisse apercevoir, si on y faisait attention, un morceau de cuisse musclée et velue. Le visage tourné sur le côté, elle était plongée dans une longue conversation avec elle-même. On la voyait plisser le front, hocher la tête, et, sans comprendre clairement ce qu'elle disait, on percevait dans sa voix un ton d'accusation et de reproche. Pendant ce temps, le bossu et Marvin Macy avaient gagné le premier étage – gagné le salon fleuri de gynérions argentés des pampas, avec ses deux machines à coudre, et les chambres où Miss Amelia avait passé toute sa vie. En bas, dans le café, vous pouviez clairement entendre Marvin Macy qui s'affairait, ouvrait sa valise, s'installait.

Voilà comment Marvin Macy s'installa chez Miss Amelia. Au début, Cousin Lymon lui donna sa chambre, et dormit sur le canapé du salon. Mais la neige eut sur lui un effet regrettable. Il attrapa un rhume qui se transforma en bronchite, et Miss Amelia fut obligée d'abandonner sa propre chambre. Le canapé du salon était trop étroit pour elle, ses jambes pendaient, elle tombait souvent par terre. Peut-être ce manque de sommeil lui embrumait-il le cerveau? Tout ce qu'elle tentait contre Marvin Macy se retournait contre elle. Elle se prenait à ses propres pièges et se retrouvait dans les situations les plus lamentables. Mais elle ne se décidait pas à jeter Marvin Macy dehors, car elle avait peur de se retrouver seule. Quand vous avez vécu avec quelqu'un, c'est un terrible supplice d'être obligé de vivre seul [208]. Le silence d'une chambre, sans autre lumière que le feu, et brusquement l'horloge qui s'arrête, toutes ces ombres qui bougent dans la maison vide... Plutôt que d'affronter la terreur de vivre seul, il vaut mieux accueillir chez vous votre plus mortel ennemi.

La neige ne dura pas. Le soleil réapparut. En deux jours, la ville redevint ce qu'elle avait toujours été. Miss Amelia attendit que tous les flocons aient fondu pour ouvrir ses fenêtres. Elle entreprit un vaste nettoyage et fit prendre le soleil à tout ce qui était dans la maison. Mais, avant toute chose, elle attacha une corde à la plus grosse branche du laurier indien qui était dans son arrière-cour et y suspendit un sac de toile rempli de sable. C'était un punching-ball qu'elle s'était fabriqué, et elle commença ce jour-là à s'entraîner tous les matins. C'était déjà une excellente lutteuse – un peu lourde sur ses jambes, mais connaissant un grand nombre de prises et de clés particulièrement vicieuses.

Il a déjà été dit que Miss Amelia mesurait six pieds deux pouces. Marvin avait un pouce de moins. Ils étaient de poids sensiblement égal. Cent soixante livres environ. À l'avantage de Marvin Macy, il fallait compter le côté sournois de ses mouvements et la force de ses pectoraux. En apparence, toutes les chances étaient de son côté. En ville, cependant, la plupart des gens pariaient sur Miss Amelia. Une seule personne paria sur Marvin Macy. La ville se souvenait de la lutte gigantesque qui avait opposé Miss Amelia et un avocat des Forks Falls, qui avait voulu la rouler. Il s'agissait d'un grand gaillard solidement bâti, mais, à la fin du combat, elle l'avait laissé aux trois quarts mort. Ce qui avait impressionné tout le monde, ce n'était pas seulement son talent de pugiliste, mais la façon dont elle démoralisait son adversaire en faisant d'horribles grimaces et en poussant des hurlements si féroces que les spectateurs eux-mêmes en étaient parfois terrifiés. Elle avait un grand courage, s'exerçait très régulièrement au punching-ball, et, dans ce cas précis, le droit était de son côté. Les gens lui faisaient donc confiance, et attendaient. Aucune date n'avait encore été fixée pour le combat. Mais les signes avant-coureurs en étaient trop évidents pour que les gens ne les remarquent pas.

Pendant ce temps, le bossu déambulait de sa démarche arrogante, le visage tiré mais heureux. Il avait une façon adroite et subtile d'attiser entre eux la discorde. Il passait son temps à pincer la jambe du pantalon de Marvin Macy pour attirer son attention. Il emboîtait parfois le pas à Miss Amelia. Mais ce n'était que pour singer sa lourde démarche maladroite. Il louchait, imitait ses gestes, comme s'il voulait qu'on la prenne pour un monstre de foire. Il y avait dans tout ce qu'il faisait quelque chose de si horrible que même les clients les plus stupides, comme Merlie Ryan, ne parvenaient pas à en rire. Seul Marvin Macy relevait le coin gauche de sa bouche et riait tout bas. Miss Amelia était alors déchirée par deux émotions contradictoires. Elle regardait le bossu d'un air de sombre reproche désolé. Puis elle se tournait vers Marvin Macy en serrant les dents

« Va te faire étriper! » disait-elle d'une voix aiguë.

Marvin Macy prenait alors sa guitare, à côté de sa chaise. Sa voix était humide et mielleuse, comme s'il avait trop de salive dans la bouche. Et les mélodies glissaient lentement hors de sa gorge comme des anguilles. Ses doigts robustes pinçaient les cordes avec une agilité surprenante, et ce qu'il chantait était à la fois exaspérant et fascinant. Miss Amelia ne pouvait pas le supporter longtemps.

« Va te faire étriper! » répétait-elle en hurlant.

Marvin Macy avait toujours une réponse prête. Il posait la main sur les cordes, pour étouffer la résonance du dernier accord, et répondait avec une insolence paisible :

« Gueule toujours : ça te retombe dessus! »

Miss Amelia était obligée de s'arrêter, désemparée, car personne ne voyait comment la délivrer de ce piège. Elle ne pouvait pas continuer à hurler des injures, puisque ces injures lui retombaient dessus. Marvin Macy avait l'avantage sur elle, et elle n'y pouvait rien.

Les choses continuèrent donc ainsi. Personne ne savait ce qui se passait entre eux, la nuit, dans les chambres du premier étage. Mais chaque soir le café était plein. Il venait de plus en plus de clients. Il fallut ajouter une table. L'ermite lui-même, ce fou nommé Rainer Smith, qui s'était retiré au fond des marais il y a des années de cela, entendit parler de ce qui se passait. Il s'approcha une nuit de la fenêtre, et couva longuement du regard la grande salle illuminée. La tension était chaque soir à son comble au moment où Miss Amelia et Marvin Macy serraient les poings et s'avançaient l'un vers l'autre en se lançant des regards furieux. Ce qui n'arrivait jamais après une discussion précise, mais se produisait mystérieusement, chacun agissant instinctivement. Le café devenait alors si parfaitement silencieux qu'on pouvait entendre le frémissement des pétales de rose dans le courant d'air. Et chaque soir ils s'affrontaient un peu plus longuement que la veille.

Le combat eut lieu le 2 février, jour de la Marmotte [209]. Le temps était parfait, sans pluie ni soleil, d'une température absolument neutre. Plusieurs signes avant-coureurs permirent aux gens de comprendre que c'était le jour choisi, et, dès dix heures, la nouvelle se répandit dans tout le comté. Très tôt, ce matin-là Miss Amelia avait détaché son punching-ball. Assis sur les marches de l'arrière-cour, une boîte de fer entre les genoux, Marvin Macy s'enduisait soigneusement les bras et les jambes de graisse de porc. Un faucon, au bréchet couleur sang, survola la ville et vint tourner trois fois au-dessus de la maison de Miss Amelia. Les tables du café avaient été rangées sous la véranda pour que le combat puisse avoir lieu dans la grande salle vide. Tous ces signes concordaient. Au déjeuner, Miss Amelia et Marvin Macy mangèrent chacun quatre portions de rosbif à moitié cuit, et restèrent couchés tout au long de l'après-midi pour emmagasiner des forces. Marvin Macy se reposait dans la grande chambre de l'étage, Miss Amelia sur le banc de son bureau. À son visage pâle et tiré, on voyait qu'elle supportait difficilement d'être allongée à ne rien faire. Elle resta pourtant là, immobile comme un cadavre, les yeux fermés, les mains croisées sur la poitrine.

La journée de Cousin Lymon fut extrêmement agitée. L'excitation raidissait son petit visage. Il prépara lui-même son repas, puis sortit pour aller chasser la marmotte. Il revint une heure plus tard, ayant déjeuné, et annonça que la marmotte avait aperçu son ombre et qu'il fallait prévoir du mauvais temps. Comme Miss Amelia et Marvin Macy se reposaient pour emmagasiner des forces et qu'il se trouvait livré à lui-même, il eut l'idée de peindre la véranda. La maison n'avait pas été repeinte depuis des années. En réalité, Dieu seul savait si elle avait jamais été peinte. Cousin Lymon se mit au travail. Il eut bientôt peint d'un vert acide et éclatant la moitié du plancher de la véranda. Il travaillait comme un sagouin et s'était complètement barbouillé de peinture. Il changea brusquement d'idée, comme à son habitude, renonça à finir le plancher et s'attaqua aux murs, peignant d'abord aussi haut que sa main pouvait atteindre, puis grimpant sur une caisse pour peindre un pied de plus. Quand il eut vidé le pot de peinture, la moitié droite du plancher et une partie des murs étaient d'un vert criard. Cousin Lymon en resta là.

En admirant son travail, il ressentait un sentiment de joie puérile. À ce propos, il faut noter ici un fait curieux. Ni Miss Amelia, ni personne en ville, n'avaient une idée précise de l'âge du bossu. Certains affirmaient qu'il avait douze ans le soir de son arrivée, que c'était encore un enfant. D'autres étaient persuadés qu'il avait plus de quarante ans. Son regard était fixe et bleu comme celui d'un enfant, mais il avait autour de ses paupières froncées des taches lavande qui étaient les marques de l'âge. Son corps bizarrement tordu ne permettait pas de deviner la vérité. Ses dents elles-mêmes ne fournissaient aucun indice. Elles étaient au complet (deux avaient été cassées en ouvrant une noix), mais il les avait tellement salies en ingurgitant son mélange doux-amer qu'il était impossible de savoir si c'étaient de vieilles dents ou des dents de lait. Quand on l'interrogeait carrément, il affirmait qu'il ignorait tout de son âge – qu'il n'avait aucune idée du temps qu'il avait passé sur terre, peut-être dix ans, peut-être cent! Et son âge demeurait une énigme.

À cinq heures et demie, Cousin Lymon acheva son travail de peintre. Le temps s'était refroidi. Une légère humidité embrumait l'atmosphère. Le vent soufflait des forêts de pins et faisait trembler les vitres. Il s'amusa longtemps avec un vieux journal qu'il promena le long de la Grand-rue jusqu'à ce qu'il s'accroche à un cactus. Les gens commencèrent à affluer de tout le pays. Automobiles bondées, hérissées de têtes d'enfants, chariots tirés par de vieilles mules qui cheminaient à pas pesants, les yeux mi-clos, comme avec un sourire mélancolique et résigné. Trois jeunes garçons arrivèrent de Society City. Ils portaient tous les trois des chemises en rayonne jaune et des casquettes sur la nuque. Ils avaient tout à fait l'air de triplés. On les voyait à tous les combats de coqs et à toutes les cérémonies religieuses. À six heures, la sirène de la filature se fit entendre, indiquant que l'équipe de jour avait fini son travail. La foule fut alors au complet. Parmi les nouveaux venus, il y avait évidemment quelques canailles, quelques personnages inconnus, etc. – mais la foule était très calme. Un ange volait au-dessus de la ville et la lumière du crépuscule donnait aux gens d'étranges visages. L'obscurité se fit peu à peu. Pendant un instant, le ciel fut d'un jaune tendre et lumineux, et les pignons de l'église s'y découpaient en larges masses sombres. Puis le ciel s'éteignit doucement et la nuit rejoignit ses ténèbres.

Le chiffre sept [210] est un chiffre populaire, et c'était en particulier le chiffre favori de Miss Amelia. Sept gorgées d'eau contre le hoquet, sept tours du château d'eau au pas de course contre le torticolis, sept cuillerées de sirop « Miracle Amelia » contre les vers – la plupart de ses traitements reposaient sur le chiffre sept. C'est un chiffre qui offre toutes sortes de possibilités, et tous ceux qui ont le goût du mystère et des envoûtements y attachent un grand prix. Le combat devait donc avoir lieu à sept heures. C'était une évidence pour tout le monde, sans que rien ne soit dit ni écrit – une évidence aussi indiscutable que la pluie lorsqu'elle tombe ou l'odeur fétide qui monte des marais. Un peu avant sept heures, tout le monde se retrouva donc avec gravité autour de la maison de Miss Amelia. Les plus malins se glissèrent dans la salle et restèrent debout le long des murs. Les autres s'entassèrent sous la véranda, ou cherchèrent une place dans l'arrière-cour.

Miss Amelia et Marvin Macy n'avaient pas encore fait leur apparition. Après s'être reposée dans son bureau jusqu'à la fin de l'après-midi, Miss Amelia avait gagné le premier étage. En revanche, Cousin Lymon était là, se frayant un passage au milieu de la foule, frappant sur l'épaule des uns et des autres, claquant nerveusement des doigts et battant des paupières. À sept heures moins une, il pénétra dans la salle en se tortillant et grimpa sur le comptoir. Tout était calme.

Ils avaient sûrement passé un accord préalable, car, au dernier coup de sept heures, Miss Amelia apparut en haut des escaliers. À la même seconde, Marvin Macy apparut à la porte du café, et la foule s'écarta silencieusement pour le laisser entrer. Ils marchèrent lentement l'un vers l'autre, les poings serrés, avec des regards de somnambules. Miss Amelia avait troqué sa robe rouge contre sa vieille salopette, retroussée au-dessus des genoux. Elle était pieds nus et portait un bracelet de force autour du poignet droit. Marvin Macy avait également retroussé les jambes de son pantalon. Il était torse nu, enduit de graisse, chaussé avec les gros souliers qu'on lui avait donnés à sa sortie du pénitencier. Stumpy MacPhail se détacha de la foule, et leur palpa les poches avec la paume de la main droite, pour s'assurer qu'on ne verrait pas brusquement jaillir des couteaux. Et ils furent seuls, enfin, au centre de la salle brillamment éclairée.

Il n'y eut aucun signal. Ils frappèrent ensemble. Tous les deux au menton, et leurs deux têtes basculèrent en arrière, et pendant un instant ils restèrent ainsi, légèrement étourdis. Puis ils commencèrent à frapper le sol du pied, en essayant plusieurs positions et en faisant semblant d'envoyer des coups de poing. Et tout à coup, comme deux chats sauvages, ils furent l'un sur l'autre. On entendait le bruit des coups, et des halètements, et des battements de pieds. Si lestes, si rapides qu'on ne pouvait rien voir de ce qui se passait. À un moment, Miss Amelia fut jetée en arrière avec tant de force qu'elle tituba et faillit tomber. À un autre moment, Marvin Macy reçut un tel coup sur l'épaule qu'il se mit à tourner comme une toupie. Et le combat continuait, violent, féroce, sans aucun signe de fatigue de l'un ou de l'autre.

Dans ce genre de rencontre, quand les adversaires sont aussi rapides et aussi forts que ces deux-là, il est préférable de se détacher du combat lui-même, trop confus, et d'observer les spectateurs. Ils étaient collés au mur, le plus étroitement possible. Stumpy MacPhail, accroupi dans un coin, serrait les poings par solidarité avec les combattants et faisait entendre des bruits bizarres. Le pauvre Merlie Ryan avait la bouche si grande ouverte qu'une mouche y pénétra et qu'il l'avala sans s'en rendre compte. Et Cousin Lymon... – comme il valait le coup d'œil! Toujours perché sur le comptoir, dominant tout le monde, mains aux hanches, son énorme tête penchée en avant, ses petites jambes pliées, ses genoux en saillie. L'excitation lui avait provoqué une éruption et ses lèvres grises étaient secouées de tremblements.

Il fallut une demi-heure environ pour que change le cours du combat. Après des centaines de coups échangés, il restait indécis. Et brusquement, Marvin Macy réussit à saisir le bras gauche de Miss Amelia et à le coincer derrière son dos. Elle parvint à se dégager et lui ceintura la taille. Le véritable combat commençait enfin. Dans ce comté, la lutte est la façon la plus courante de se battre – car la boxe est trop rapide et demande trop de réflexion et de concentration. Miss Amelia et Marvin Macy étaient maintenant aux prises pour de bon. La foule sortit de sa réserve et s'approcha davantage. Les lutteurs étaient agrippés l'un à l'autre, muscle contre muscle, hanche contre hanche – d'arrière en avant, de gauche à droite, ils se balançaient. Marvin Macy ne transpirait pas encore, mais la salopette de Miss Amelia était trempée et la sueur coulait si fort le long de ses jambes qu'elle laissait sur le sol des empreintes de pas humides. L'ultime épreuve était arrivée, et, en cet instant de terrible effort, c'était Miss Amelia la plus forte. Marvin Macy était couvert de graisse, il glissait, il était difficile à saisir, mais c'était elle la plus forte. Petit à petit, elle l'obligea à se plier en arrière, pouce à pouce, et le courba de force vers le sol. C'était un spectacle terrible à voir. Dans la salle, on n'entendait que leurs gémissements enroués. Il fut enfin à terre, elle à califourchon sur lui, ses larges mains posées sur sa gorge.

Alors, à cet instant précis, à l'instant où le combat était gagné, un cri s'éleva, un cri à glacer le sang. Et ce qui suivit reste aujourd'hui encore un mystère absolu. La ville entière était là pourtant, et pouvait témoigner, mais certains refusèrent d'en croire leurs yeux. Il y a au moins douze pieds de distance entre le comptoir où se tenait Cousin Lymon et le centre de la salle où se trouvaient les combattants. Et pourtant, à l'instant précis où Miss Amelia saisissait Marvin Macy à la gorge, le bossu prit son élan, vola à travers la salle, comme s'il lui était poussé des ailes de faucon, atterrit sur le dos de Miss Amelia, et lui planta ses griffes dans le cou.

Le reste n'est plus que désordre confus [211]. Avant que la foule ait le temps de reprendre ses esprits, Miss Amelia est vaincue. Le bossu a permis la victoire de Marvin Macy. À la fin du combat, Miss Amelia reste allongée sur le sol, bras en croix, immobile. Marvin Macy la domine, les yeux écarquillés, son demi-sourire aux lèvres. Quant au bossu, il a disparu. Terrifié par ce qu'il vient de faire, ou si heureux qu'il préfère s'en réjouir seul à l'écart. Quoi qu'il en soit, il s'est glissé hors du café et a disparu en rampant sous les marches de l'arrière-cour. Quelqu'un verse de l'eau sur Miss Amelia. Elle réussit à se relever lentement et à se traîner jusqu'à son bureau. À travers la porte ouverte, la foule l'aperçoit, assise devant son secrétaire, la tête dans les bras, sanglotant avec tout ce qui lui reste de souffle, comme en un dernier râle. À un moment, elle serre le poing droit, frappe trois fois le dessus de son secrétaire, puis sa main s'ouvre lentement et retombe paume en l'air. Alors Stumpy MacPhail va fermer la porte.

La foule était calme. Un par un les gens quittaient le café. On réveillait les mules, on les détachait, on mettait les voitures en marche. Les trois garçons de Society City descendaient la Grand-rue à pied. Ce n'était pas un combat qu'on pouvait monter en épingle, un combat dont on pouvait parler après coup. Les gens s'enfermaient chez eux, remontaient leurs couvertures au-dessus de leur tête. La ville était noire – sauf dans les pièces de Miss Amelia où la lumière brûla toute la nuit.

On pense que Marvin Macy et le bossu quittèrent la ville une heure avant l'aube. Mais, avant de partir, voici ce qu'ils avaient fait :

Ils avaient ouvert la vitrine aux bibelots et raflé tout ce qui était dedans.

Ils avaient cassé le piano mécanique.

Ils avaient gravé des mots obscènes sur les tables du café.

Ils avaient découvert et emporté la montre dont le boîtier s'ouvrait sur l'image d'une cascade.

Ils avaient renversé sur le sol de la cuisine un gallon de sirop de sorgho et brisé tous les bocaux de conserve.

Ils avaient gagné les marais et défoncé entièrement la distillerie, le beau distillateur tout neuf et le refroidisseur, et mis le feu à la baraque.

Ils avaient cuisiné le plat préféré de Miss Amelia, de la bouillie de maïs avec des saucisses, l'avaient assaisonné d'une quantité suffisante de poison pour anéantir le comté entier, et posé le plat bien en évidence sur le comptoir.

Ils avaient cassé tout ce qui leur était tombé sous la main, sans oser cependant faire irruption dans le bureau où Miss Amelia avait passé la nuit.

Et puis, ensemble, ils avaient disparu.

C'est ainsi que Miss Amelia se retrouva seule dans la ville. Les gens auraient bien voulu l'aider, car on est serviable dans cette ville quand l'occasion s'en présente, mais ils ne savaient comment faire. Plusieurs ménagères armées de balais tentèrent d'effacer les traces du désastre. Miss Amelia les regardait, les yeux perdus, louchant de plus en plus, et secouant la tête. Le troisième jour, Stumpy MacPhail entra dans le café pour acheter une chique de tabac Queenie. Miss Amelia lui dit que c'était un dollar. Tout avait brusquement augmenté. Tout valait un dollar. Qu'est-ce que c'était que ce café? En tant que médecin, elle changea aussi bizarrement. Jusque-là, elle était beaucoup plus populaire que le médecin de Cheehaw, car elle ne touchait jamais à l'âme du malade. Elle le privait seulement de quelques plaisirs nécessaires, comme l'alcool, le tabac, etc. Il pouvait à la rigueur lui arriver d'interdire à un malade de manger du melon frit ou quelque plat de cet ordre, mais qu'il ne serait jamais venu à l'idée de personne de désirer. Maintenant, elle avait renoncé à ses bons conseils. Elle prévenait la moitié de ses malades qu'ils allaient mourir et elle ordonnait aux autres des traitements si insensés et si atroces qu'il fallait être fou pour les suivre.

Elle laissa pousser ses cheveux à la diable, et ils étaient devenus gris. Son visage s'allongea. Ses muscles s'effacèrent et elle devint maigre comme les vieilles filles qui frisent la déraison. Quant à ses yeux gris... – Ils louchaient un peu plus chaque jour, lentement, doucement, comme s'ils allaient à la rencontre l'un de l'autre, pour échanger un bref regard de connivence douloureuse et solitaire. On n'avait plus aucun plaisir à l'entendre parler. Elle avait la langue terriblement acérée.

Quand on parlait du bossu, elle disait seulement : « Oh! si je pouvais lui mettre la main dessus, je lui arracherais les tripes et je les jetterais au chat! » Le terrible, c'était moins les mots en eux-mêmes que la voix dont elle les prononçait. Sa voix avait perdu sa vigueur ancienne et cet accent de vengeance qui la traversait lorsqu'elle parlait de « ce tisserand qu'elle avait épousé », ou d'un autre de ses ennemis. C'était une voix cassée, lointaine, affaiblie, qui ressemblait à la plainte asthmatique de l'harmonium à l'église.

Pendant trois ans, elle est venue s'asseoir chaque nuit sur les marches de la véranda, muette et seule, regardant vers le bas de la route et attendant. Le bossu n'est jamais revenu. Certaines rumeurs laissaient entendre que Marvin Macy s'en servait au cours de ses cambriolages en le glissant par les fenêtres. D'autres que Marvin Macy l'avait vendu à une baraque foraine. Mais, comme la source de ces deux rumeurs était Merlie Ryan, il n'a jamais été possible de savoir la vérité. Au cours de la quatrième année, Miss Amelia a fait venir un menuisier de Cheehaw et l'a payé pour qu'il aveugle sa maison. Depuis, elle n'a pas bougé de ses chambres closes.

Oh! oui! comme la ville est désolée [212]. Dans les après-midi du mois d'août comme la route est vide, et blanche la poussière, et comme le ciel ressemble à un miroir aveuglant... Pas un mouvement. Pas une voix d'enfant. Juste le murmure étouffé de la filature. D'été en été, les pêchers se tordent davantage. Leurs feuilles fragiles sont d'un gris maladif. La maison de Miss Amelia penche tellement vers la droite qu'elle finira par s'effondrer. Ce n'est plus qu'une question de temps. Les gens font bien attention de passer le plus loin possible de sa cour. On ne trouve plus de bon alcool dans la ville. La distillerie la plus proche est à huit miles de là. Et l'alcool qu'elle fabrique est d'une si mauvaise qualité que ceux qui en boivent attrapent sur le foie des verrues plus grosses que des cacahuètes et s'enfoncent dans des rêveries intérieures lourdes de menaces. Vous ne trouverez rien à faire dans cette ville. Tourner autour du château d'eau, donner des coups de pied dans une souche vermoulue, chercher à quoi pourrait servir cette vieille roue de chariot abandonnée près de l'église, sur le bord de la route? L'ennui pourrit l'âme. Autant aller vers la route des Forks Falls pour entendre le groupe enchaîné des bagnards.

LES DOUZE MORTELS

La route des Forks Falls est à trois miles de la ville. C'est là que travaille le groupe enchaîné des bagnards. La route est goudronnée. Le comté a pris la décision de combler les ornières et de l'élargir à un endroit dangereux. Le groupe se compose de douze hommes. Ils portent le costume rayé noir et blanc des bagnards. Ils sont enchaînés aux chevilles, surveillés par un gardien armé d'un fusil. La réverbération est si forte que les yeux de ce gardien ne sont que deux étroites lignes rouges. Le groupe travaille toute la journée. Un fourgon cellulaire l'amène à l'aube et le remmène dans le crépuscule gris du mois d'août. Toute la journée, c'est le bruit des pioches dans la terre glaise, le soleil implacable, l'odeur de transpiration. Et chaque jour, c'est la musique. Une voix sombre amorce une phrase, à peine modulée, comme une question qu'elle pose. Bientôt, une seconde voix la rejoint, et peu à peu le groupe entier se met à chanter. Voix sombres dans l'incendie doré du soleil, inextricablement fondues, musique déchirante et joyeuse à la fois. Et voici qu'elle prend de l'ampleur. Une ampleur si vaste qu'elle semble ne plus venir des douze hommes, mais de la terre elle-même ou de l'immensité du ciel. Musique qui force le cœur à s'ouvrir. Celui qui l'entend demeure figé de stupeur et d'émerveillement. Peu à peu, elle va s'éteindre. Il n'y aura plus qu'une voix solitaire, comme un long soupir enroué, et le soleil, et le bruit des pioches dans le silence.

Quelle sorte de groupe peut ainsi donner souffle à une si belle musique? Simplement douze mortels, sept Noirs et cinq Blancs du comté. Simplement douze mortels enchaînés [213] l'un à l'autre.

Wunderkind

Publiée dès 1936 dans le magazine Story, *cette nouvelle, écrite au cours de « creative writing » dirigé par Sylvia Chatfield Bates, à l'université de New York, est centrée sur l'univers musical qui fut celui de la jeune Carson Smith destinée, par sa mère, à être pianiste de concert.*

La nouvelle raconte l'après-midi d'une jeune pianiste de quinze ans, que son professeur, Mr. Bilderbach avait affublée de ce nom étranger, « Wunderkind », qui signifie en allemand « enfant prodige ». La jeune Frances, qui vénère son professeur, s'applique à interpréter la sonate avec variations de Beethoven, Opus 26, mais à force de virtuosité technique elle ne parvient plus à en exprimer l'âme. Finalement son professeur lui demande de jouer l'un des premiers morceaux qu'elle avait travaillés avec lui, Le Joyeux Forgeron, *qu'autrefois elle rendait avec brio. Envahie par un sentiment d'échec, Frances ne peut pas s'exécuter et elle quitte le studio, toute à son désarroi.*

Comme plus tard Frankie Addams, la jeune Frances de « Wunderkind » se trouve à la lisière de l'enfance et de l'âge adulte. Pas assez mûre pour interpréter Beethoven, mais incapable de retourner sur ses pas, Frances éprouve l'impression angoissante d'être tombée du nid de l'enfance et d'être condamnée à rester en deçà de ce que ses aînés attendent d'elle.

Elle entra dans le living-room, son carton à musique cognant à petits coups contre les bas qu'elle portait toujours en hiver, l'autre main encombrée par ses livres de classe, et s'immobilisa pour écouter la musique qui venait de la salle d'étude. Un lent cortège d'accords au piano, soutenus par le chant du violon. Puis, sur la musique, la voix gutturale et tout d'une pièce de Mr. Bilderbach qui l'appelait :

« C'est toi, Bienchen [214] ? »

En secouant ses mitaines pour les enlever, elle s'aperçut que ses doigts refaisaient par saccades les mouvements de la fugue qu'elle avait travaillée le matin même.

« C'est moi, répondit-elle.

– Je... un instant.

Elle entendit parler Mr. Lafkowitz, mais sans comprendre ce qu'il disait – juste un bourdonnement soyeux et confus. Par rapport à celle de Mr. Bilderbach, on dirait une voix de femme, pensa-t-elle. Sa nervosité dispersait son attention. Elle feuilletait tour à tour son livre de géométrie et *Le Voyage de M. Perrichon* [215], et finit par les poser sur la table. Puis elle s'assit sur le divan et ouvrit son carton pour sortir ses partitions. De nouveau, elle regarda ses mains – les tendons comme des fils qui tremblaient le long des articulations, le bout de son doigt enflammé, couvert d'un méchant bout de sparadrap racorni. La frayeur qui la torturait depuis plusieurs mois augmenta d'intensité.

Elle articula sans bruit, pour elle-même, quelques phrases d'encouragement. « Une bonne leçon – une très bonne leçon – aussi bonne qu'avant... » Elle cessa brusquement de remuer les lèvres en entendant Mr. Bilderbach traverser la salle d'étude, et la porte à glissière s'ouvrir en grinçant.

Pendant quelques secondes, elle eut le sentiment bizarre que ce visage, ces larges épaules qui surgissaient derrière la porte, dans un silence que troublait seul le pincement étouffé et bref d'une corde de violon, elle les avait connus durant les quinze années de sa vie, ou presque. Mr. Bilderbach. Son professeur, Mr. Bilderbach. Un regard vif derrière des lunettes d'écaille; des cheveux blonds, clairsemés, au-dessus d'un visage étroit comme une lame; des lèvres pleines, arrondies, avec des traces plus rouges sur la lèvre inférieure, parce qu'il y plantait souvent les dents; un réseau de veines sous les tempes, et dont on voyait le battement depuis l'autre bout de la pièce.

« Tu n'es pas légèrement en avance? demanda-t-il en regardant la pendule de la cheminée, qui, depuis un mois, marquait midi cinq. Je suis avec Josef. Nous déchiffrons une sonatine écrite par un de ses amis.

– Parfait, dit-elle en essayant de sourire. Je vais vous écouter. »

Elle voyait ses doigts enfoncer faiblement des touches, en désordre. Elle sentait qu'elle était fatiguée – que s'il ne détournait pas les yeux, elle ne pourrait pas empêcher ses mains de trembler.

Il restait debout, un peu indécis, au milieu de la pièce, les dents plantées dans sa lèvre rouge et pleine.

« Tu as faim, Bienchen? Il reste un peu de tarte aux pommes préparée par Anna, et du lait.

– Merci, non. Je préfère après.

– Après avoir pris une bonne leçon, c'est ça? »

Son sourire semblait se perdre dans les coins de sa bouche.

Il y eut un bruit derrière lui. Mr. Lafkowitz poussa le second battant de la porte.

« Frances! dit-il en souriant. Comment va le travail, en ce moment? »

En présence de Mr. Lafkowitz, elle se sentait malgré elle toujours gauche et trop grande pour son âge [216]. C'était un homme si petit, au regard si triste lorsqu'il n'avait pas son violon à la main. Ses sourcils levés très haut sur son visage blême de juif semblaient poser une éternelle question, mais ses paupières étaient comme endormies, lourdes, indifférentes. Il avait l'air de penser à autre chose, ce jour-là. Elle le vit entrer dans le living-room sans aucune raison, lissant les crins blancs de son archet – dont le tendeur était orné d'une perle – sur un morceau de colophane. À travers la fente des paupières, son regard avait un éclat inusité, et le mouchoir de lin qui sortait de son col rendait plus sombre encore l'ombre qui les cernait.

« Je pense que tu dois avoir une bonne technique, maintenant », continua-t-il, sans attendre qu'elle ait répondu.

Elle regarda Mr. Bilderbach. Mais il s'était détourné. De ses larges épaules, il ouvrit si grands les battants de la porte, que le soleil de cette fin d'après-midi glissa à travers les vitres de la salle d'étude et donna au poussiéreux living-room une sorte d'éclat diffus. Derrière son professeur, elle apercevait l'énorme piano, la fenêtre et le buste de Brahms.

« Non, répondit-elle à Mr. Lafkowitz. Je travaille affreusement mal. »

Elle frappait d'un doigt nerveux les pages de sa partition.

« Je ne sais pas ce qui m'arrive. »

Elle ne quittait pas des yeux le dos large et musclé de Mr. Bilderbach. Elle savait qu'il écoutait avec une grande attention.

Mr. Lafkowitz souriait toujours.

« Je sais. Il y a des périodes, comme ça, où... »

Un bref accord dissonant au piano.

« Vous ne pensez pas que nous pourrions nous y mettre? demanda Mr. Bilderbach.

– J'arrive », répondit Mr. Lafkowitz.

Avant de franchir la porte, il vérifia de nouveau son archet. Elle le vit prendre son violon qui était resté sur le dos du piano. Il croisa son regard et abaissa son instrument.

« Tu as vu la photographie de Heime? »

Elle serra les doigts, avec force, sur le coin de son carton à musique.

« Quelle photographie?

– Dans *Le Courrier musical*, là, sur la table. À l'intérieur de la page de garde, il y a une photographie de Heime. »

La sonatine commença. Dissonante, et pourtant facile. Vide, et pourtant d'une écriture assez personnelle. Elle prit la revue et l'ouvrit.

Heime était là – en haut, à gauche. Tenant son violon, les doigts recourbés au-dessus des cordes pour un pizzicato. Des knickers de serge noire serrés sous le genou avec élégance. Un chandail à col roulé. La photographie n'était pas bonne. Prise de profil, mais il tournait les yeux vers l'appareil, et son doigt semblait prêt à pincer la mauvaise corde. Devoir regarder l'appareil le mettait visiblement mal à l'aise. Il avait minci – il avait perdu de l'estomac – mais, il n'avait pratiquement pas changé, en six mois.

Heime Israelsky, jeune et talentueux violoniste, photographié chez son professeur, à Riverside Drive, pendant une séance de travail. Le jeune virtuose, qui fêtera bientôt son quinzième anniversaire, vient d'être invité à interpréter le concerto de Beethoven avec...

Ce matin-là, elle avait travaillé entre six et huit heures, puis son père avait exigé qu'elle vienne prendre son petit-déjeuner avec toute la famille. Elle détestait le petit-déjeuner. Elle en gardait toujours une sorte de mal au cœur. Elle préférait s'acheter quatres barres de chocolat avec les vingt *cents* du déjeuner, et les croquer pendant la classe – en s'abritant derrière son mouchoir pour sortir les petits morceaux de sa poche, et en s'immobilisant chaque fois que le papier d'argent crissait. Ce matin-là, son père avait posé dans son assiette un œuf frit. Elle savait que si l'œuf crevait – si le jaune visqueux coulait sur le blanc – elle allait se mettre à pleurer. Et ça s'était produit. Elle venait de retrouver exactement la même impression. Elle reposa sans bruit la revue sur la table et ferma les yeux.

Dans la salle d'étude, la musique semblait s'acharner maladroitement à atteindre un but inaccessible. Bienchen réussit à ne plus penser à Heime, au concerto, à la photographie – et à revenir à sa leçon. Elle se déplaça légèrement sur le divan pour mieux voir la salle d'étude et les deux hommes qui jouaient, en regardant de temps en temps la partition posée sur le chevalet du piano et en essayant vigoureusement d'en tirer le maximum.

Elle n'arrivait pas à oublier le visage de Mr. Bilderbach lorsqu'il l'avait regardée, un instant plus tôt. Ses mains, sur ses genoux osseux, refaisaient par saccades les mouvements de la fugue. Fatiguée, oui, elle l'était. Avec le sentiment de quelque chose qui tourne et qui s'efface – sentiment qui l'envahissait certains soirs, au moment de sombrer dans le sommeil, lorsqu'elle avait trop travaillé. Quelque chose comme des fragments de rêves épars qui l'emportaient dans un bourdonnement de manège.

Un *Wunderkind* [217] – un *Wunderkind* – un *Wunderkind*. Syllabes qui roulaient l'une contre l'autre à la façon rocailleuse des Allemands, qui venaient rugir contre ses oreilles avant de se perdre en murmure confus. Images tournoyantes qui grandissaient, se déformaient, s'évanouissaient en petites taches transparentes. Images de Mr. Bilderbach, de Mrs. Bilderbach, de Heime, de Mr. Lafkowitz. Images qui tournaient, qui tournaient de plus en plus vite, et ce guttural *Wunderkind* qui éclatait à intervalles réguliers. Et Mr. Bilderbach, s'imposant au centre de la ronde, visage tendu, et les autres tout autour.

Des bribes de musique se bousculaient. Des notes qu'elle avait travaillées, qui roulaient les unes sur les autres, comme une poignée de billes dans un escalier. Bach – Debussy – Prokofiev – Brahms. Dont le rythme éveillait un écho grotesque dans son corps épuisé, et le bourdonnement incessant de la ronde.

Certains soirs – lorsqu'elle n'avait travaillé que trois heures, ou n'était pas allée au collège – ses rêves étaient moins embrouillés. La musique suivait son chemin en elle avec évidence, et sa mémoire lui rendait quelques images de son passé, très brèves et très précises – avec la parfaite évidence de ce tableau gnangnan, *L'Âge de l'innocence* [218], dont Heime lui avait fait cadeau à la fin du concert qu'ils avaient donné ensemble.

Un *Wunderkind* – un *Wunderkind*. Ainsi l'avait appelée Mr. Bilderbach, la première fois où elle était venue le voir, à l'âge de douze ans. Des élèves plus âgés avaient repris ce terme.

Mais jamais il ne l'avait prononcé devant elle. « Bienchen (elle avait un prénom américain très courant, mais il ne s'en servait que si elle faisait d'énormes fautes), Bienchen, disait-il, ce doit être affreux, je le sais, d'avoir autant de choses dans la tête. Pauvre Bienchen... »

Mr. Bilderbach était fils d'un violoniste hollandais et d'une mère née à Prague. Il était né là-bas, lui aussi, et avait passé sa jeunesse en Allemagne. Elle aurait donné n'importe quoi pour ne pas être née, pour ne pas avoir grandi uniquement à Cincinnati. « Comment dit-on " fromage " en allemand? Mr. Bilderbach, quelle est la phrase flamande qui correspond à " Je ne vous comprends pas? " »

Le premier jour où elle était entrée dans la salle d'étude, elle avait joué de mémoire et jusqu'au bout la deuxième *Rhapsodie hongroise*. Le crépuscule assombrissait la pièce. Son visage, au moment où il s'était penché au-dessus du piano...

« On repart de zéro, maintenant, lui avait-il dit ce premier jour.

Jouer de la musique, ce n'est pas seulement avoir de la technique. Que les doigts d'une petite fille de douze ans soient capables de frapper autant de notes à la seconde, ça ne signifie rien. »

De sa main épaisse, il s'était touché la poitrine et le front.

« Là et là. Tu es assez grande pour le comprendre. »

Il avait allumé une cigarette et rejeté lentement la fumée au-dessus de la tête de son élève.

« Et du travail – du travail – du travail. Maintenant, on commence par les *Inventions* de Bach et les pièces faciles de Schumann. »

Il avait bougé les mains de nouveau. Cette fois, pour pousser l'interrupteur de la lampe et éclairer la partition.

« Je vais te montrer comment je veux que ce soit joué. Écoute attentivement. »

Elle était restée près de trois heures devant son piano, et s'était sentie très fatiguée. La voix profonde de Mr. Bilderbach, il lui semblait qu'elle en connaissait la sonorité depuis toujours. Elle avait envie d'avancer la main, de toucher ce doigt qui lui montrait les notes, de caresser l'alliance brillante et le dos poilu de cette main puissante.

Elle prenait ses leçons chaque mardi après la classe et chaque samedi après-midi. Elle restait souvent dîner après la leçon du samedi, et même coucher, et reprenait son tramway le lendemain matin. Mrs. Bilderbach lui témoignait une affection calme et presque muette. Elle était très différente de son mari. Une grosse femme paisible aux mouvements lents. Elle passait des heures dans la cuisine à mijoter des plats très nourrissants dont ils raffolaient. Le reste du temps, elle était couchée dans son lit, au premier étage, et lisait les journaux ou regardait simplement devant elle avec un demi-sourire. Elle était chanteuse de *lieder* lorsqu'elle avait épousé Mr. Bilderbach, en Allemagne. Depuis, elle ne chantait plus (elle disait que c'était à cause de sa gorge). Lorsqu'elle était dans sa cuisine et qu'il l'appelait pour qu'elle écoute un élève, elle affirmait toujours en souriant, que c'était *gut, sehr gut*.

Frances avait treize ans lorsqu'elle prit conscience du fait que les Bilderbach n'avaient pas d'enfant. Cela lui parut étrange. Elle se trouvait un jour dans la cuisine avec Mrs. Bilderbach. Son mari était arrivé brusquement, presque en courant, tremblant de colère contre un élève qui l'avait énervé. Elle était debout, en train de tourner une soupe épaisse. Il avait levé la main, et, en tâtonnant, l'avait posée sur son épaule. Elle s'était retournée – parfaitement calme. Il l'avait prise dans ses bras, avait enfoui son visage mince dans le creux souple et blanc de son cou. Ils étaient restés longtemps immobiles. Puis il s'était redressé d'un mouvement rapide. Sa colère avait disparu. Son visage avait recouvré une expression apaisée. Il était retourné dans la salle d'étude.

Dès qu'elle eut commencé de travailler avec Mr. Bilderbach, Frances cessa de voir qui que ce soit au collège. Heime était le seul ami de son âge. Il travaillait avec Mr. Lafkowitz et l'accompagnait chez Mr. Bilderbach certains soirs où elle était là. Ils écoutaient jouer leurs professeurs. Et souvent ils faisaient eux-mêmes de la musique de chambre. Sonates de Mozart ou de Bloch.

Un *Wunderkind*. Un *Wunderkind*. Heime était un *Wunderkind*. Donc, elle et lui.

Heime jouait du violon depuis qu'il avait quatre ans. Il n'allait pas à l'école. Chaque après-midi, le frère de Mr. Lafkowitz, qui était infirme, lui apprenait la géométrie, l'histoire de l'Europe et les verbes français. À treize ans, il possédait une technique aussi savante que le meilleur violoniste de Cincinnati. Tout le monde le disait. Mais le violon, c'était certainement plus facile à apprendre que le piano. Elle en était sûre.

Autour de Heime flottait toujours une odeur de velours côtelé, de nourriture et de colophane. La moitié du temps, il avait les mains grises. Les poignets de chemise qui sortaient de son chandail étaient d'une propreté douteuse. Elle regardait toujours ses mains quand il jouait. Seules les articulations étaient fines, et il avait sous les ongles coupés court de petites boules de chair très dures. Un pli se dessinait, comme chez les jeunes enfants, sous le poignet de la main qui tenait l'archet.

Soit en rêve, soit éveillée, elle revoyait le concert comme dans un brouillard. Il avait fallu plusieurs mois pour qu'elle comprenne que ç'avait été un échec pour elle. Les journaux avaient pourtant fait beaucoup plus de compliments à Heime. Mais il était plus petit qu'elle. Sur l'estrade, l'un à côté de l'autre, il lui arrivait à peine à l'épaule. Comment les gens pouvaient-ils les juger à égalité? Il y avait aussi la sonate qu'ils avaient jouée. La Bloch.

« Non, non, je ne crois pas que cela convienne, avait dit Mr. Bilderbach lorsqu'on avait proposé de jouer la Bloch en fin de programme. Il vaudrait mieux ce morceau de John Powell – la *Sonate virginienne*... »

Sur le moment, elle n'avait pas compris. Elle avait insisté pour jouer la Bloch, autant que Heime et Mr. Lafkowitz.

Mr. Bilderbach s'était incliné. Un peu plus tard, en lisant dans les journaux que son tempérament ne convenait pas à ce genre de musique, qu'elle avait un jeu trop superficiel, qu'elle manquait de sentiment, elle avait senti qu'on s'était joué d'elle.

« Laisse tout ce bla-bla-bla, avait dit Mr. Bilderbach en froissant les journaux. Ce n'est pas pour toi, Bienchen. Laisse ça aux Heime et compagnie... »

Un *Wunderkind*. Peu importe ce qu'avaient écrit les journaux. Il l'avait appelée ainsi.

Pourquoi Heime avait-il été tellement meilleur qu'elle au concert? La question se dressait brusquement devant elle, à l'école, pendant qu'elle essayait de suivre les explications d'une élève qui résolvait au tableau un problème de géométrie, et la torturait comme un poignard. Lorsqu'elle était couchée, également, et même lorsqu'elle avait l'air de travailler attentivement son piano. La Bloch ne suffisait pas à tout expliquer, ni le fait qu'elle n'était pas juive – pas complètement. Pas même le fait que Heime n'allait jamais à l'école et qu'il travaillait depuis plus longtemps qu'elle. Quoi d'autre, alors?

Un jour, elle avait cru comprendre.

« Joue la *Fantaisie et fugue* », lui avait demandé Mr. Bilderbach. C'était un soir de l'année précédente. Il venait de déchiffrer une partition avec Mr. Lafkowitz.

En jouant son Bach, elle avait l'impression que c'était bien. Elle apercevait, du coin de l'œil, le visage satisfait et tranquille de Mr. Bilderbach. Elle voyait ses mains quitter les accoudoirs de son fauteuil, s'élever par degrés, puis retomber, détendues, apaisées, lorsqu'elle avait réussi à conduire sa phrase jusqu'à son point culminant. À la fin, elle s'était levée de son tabouret, et elle avait été obligée d'avaler sa salive pour dénouer les liens que la musique avait enroulés autour de sa gorge et de sa poitrine. Mais...

« Frances, avait brusquement demandé Mr. Lafkowitz en la regardant, les yeux presque voilés par ses paupières délicates et les lèvres pincées, Frances, sais-tu combien Bach avait d'enfants? »

Elle l'avait regardé, perplexe.

« Une bonne quantité. Quelque chose comme vingt.

– Donc... »

Un sourire s'était lentement dessiné sur le visage blême.

« Donc, il ne pouvait manquer de chaleur à ce point! »

Mr. Bilderbach n'avait pas été content du tout. Dans le flot de paroles allemandes qu'il avait prononcées, le mot *Kind*[219] était revenu plusieurs fois. Mr. Lafkowitz s'était contenté de hausser les sourcils. Elle avait compris assez clairement ce qu'il avait voulu dire, mais elle n'avait pas eu le sentiment de jouer les hypocrites en gardant cette expression lisse et immature que lui voulait Mr. Bilderbach.

Mais tout cela n'avait rien à voir. Ou presque rien, car elle grandirait. Mr. Bilderbach le savait, et Mr. Lafkowitz lui-même n'avait certainement pas voulu dire ce qu'il avait dit.

Dans ses rêves, le visage de Mr. Bilderbach grandissait, et disparaissait au centre de la ronde. Ses lèvres remuaient faiblement. Ses veines battaient contre ses tempes.

Mais parfois, juste au moment de s'endormir, il y avait des souvenirs qui revenaient, si précis : le geste qu'elle faisait pour dissimuler dans sa chaussure le trou qu'elle avait au talon d'un de ses bas. « Bienchen! Bienchen! » Elle apportait sa boîte à ouvrage à Mrs. Bilderbach qui lui montrait comment faire la reprise, en évitant une bosse désagréable.

Et le jour où elle avait obtenu son diplôme au collège.

« Quelle robe portais-tu? » avait demandé Mrs. Bilderbach le dimanche suivant, au petit-déjeuner, quand elle leur avait raconté que tous les élèves étaient entrés en procession dans l'auditorium.

« Une robe du soir que ma cousine avait l'an dernier.

– Ah! Bienchen..., avait-il dit en serrant sa tasse de café dans ses mains épaisses et en la regardant, le visage couvert de petites rides parce que ses yeux souriaient. Je parie que je devine ce que désire ma Bienchen... »

Il insistait. Il refusait de la croire lorsqu'elle prétendait qu'en toute franchise elle s'en moquait.

« Comme ceci, Anna », avait-il dit en posant sa serviette sur la table.

Il s'était mis à marcher dans la pièce, en remuant les hanches, d'une façon ridicule, et en roulant de gros yeux derrière ses lunettes d'écaille.

Le samedi suivant, la leçon terminée, il l'avait emmenée en ville dans les magasins du centre. De ses doigts épais, il caressait les tulles impalpables, les taffetas scintillants, que déroulaient les vendeuses. Il les lui posait contre la joue pour juger du coloris, penchait la tête sur le côté pour mieux choisir, se décidait finalement pour le rose. Les chaussures, là encore il savait. Il préférait à tout les escarpins blancs que portaient les enfants. À son avis à elle, c'étaient des chaussures de vieille dame, et la croix rouge qu'elles portaient sur la semelle intérieure évoquait une œuvre de charité. Mais cela n'avait aucune importance. Lorsque Mrs. Bilderbach avait commencé à tailler la robe et à l'épingler sur elle, il avait interrompu sa leçon pour assister à l'essayage. Debout à côté de sa femme, il avait suggéré des plissés sur les hanches, un col et un nœud de ruban sur l'épaule. À cette époque-là, la musique progressait facilement. Robes et remises de diplômes n'y changeaient rien.

Une seule chose comptait : jouer la musique comme elle devait être jouée, faire entendre ce qui était en elle, travailler, travailler, jouer de telle façon que le visage de Mr. Bilderbach perde peu à peu toute anxiété. Mettre dans la musique ce qu'y mettait Myra Hess, et Yehudi Menuhin – et Heime lui-même!

Mais, depuis quatre mois, que lui arrivait-il? Elle ne faisait sortir d'elle-même que des notes lisses, mortes. L'adolescence, avait-elle pensé. Il y a des enfants très doués – ils travaillent, ils travaillent, jusqu'au jour où ils pleurent au moindre prétexte, comme elle, parce qu'ils sont épuisés d'avoir tenté de rendre cette expression – oui, cette expression dont ils rêvaient – avec une telle violence – et quelque chose se déclenche. Mais pas avec elle. Non. Elle était comme Heime. Il fallait qu'elle le soit. Elle...

Une fois. Cette chose, elle était sûre de l'avoir eue. Et comment la laisser se perdre...? Un *Wunderkind*... Un *Wunderkind*... Ce qu'il avait dit d'elle, en faisant rouler les mots à la façon rocailleuse et forte des Allemands. Jusque dans ses rêves les plus profonds, les plus vrais. Elle voyait ce visage qui venait vers elle, qui la regardait, et les phrases musicales se confondaient avec le bourdonnement incessant du manège, qui tournait, qui tournait... Un *Wunderkind*, un *Wunderkind*...

Cet après-midi-là, Mr. Bilderbach n'accompagna pas Mr. Lafkowitz jusqu'à la porte, comme il avait l'habitude de le faire. Il resta devant son piano, jouant très doucement la même note solitaire. Frances écoutait, tout en regardant le professeur de violon nouer son écharpe autour de son cou fragile.

« C'est une bonne photographie de Heime, dit-elle en prenant ses partitions. J'ai reçu une lettre de lui il y a quelques mois. Il me disait qu'il avait entendu Schnabel et Huberman. Il me parlait de Carnegie Hall aussi, et de ce qu'il avait mangé au salon de thé russe. »

Pour reculer le moment d'entrer dans la salle d'étude, elle attendit que Mr. Lafkowitz soit prêt à partir, et le suivit jusqu'à la porte d'entrée. Quand il l'ouvrit, un vent froid et vif pénétra dans la maison. Il était déjà tard. La lumière pâle du crépuscule d'hiver baignait doucement l'atmosphère. Puis la porte se ferma, et jamais la maison ne lui parut plus sombre et plus silencieuse.

Mr. Bilderbach s'éloigna du piano au moment où elle entra dans la salle d'étude. Il la laissa sans un mot s'asseoir devant le clavier.

« Parfait, Bienchen, dit-il, cet après-midi nous recommençons au début. Oublie ces derniers mois. »

Il avait l'air de jouer un rôle dans un film. Son corps robuste se balançait d'un pied sur l'autre, il se frottait les mains, et son sourire lui-même avait quelque chose de forcé, comme au cinéma. Il renonça brusquement à cette attitude, se pencha et commença à fouiller nerveusement dans les partitions qu'elle avait apportées.

« Bach... Non, pas encore, murmura-t-il. Beethoven? Oui. La *Sonate avec variations*, opus 26. »

Les touches du piano étaient devant elle, blanches, dures, comme la mort.

« Un instant », dit-il.

Il avait appuyé ses coudes sur le couvercle du piano, et la regardait.

« Aujourd'hui, j'attends quelque chose de toi. Cette sonate – c'est la première sonate de Beethoven que tu aies travaillée. Tu n'as aucun problème technique avec les notes. Tu peux donc ne penser qu'à la musique. À rien d'autre qu'à la musique. Voilà ce que je te demande aujourd'hui. »

Il tourna rapidement les pages de son recueil de sonates pour trouver celle qu'elle allait jouer. Puis il posa sa chaise au centre de la pièce, la retourna et s'y assit à califourchon.

D'habitude, et sans qu'elle sache pourquoi, elle jouait beaucoup mieux lorsqu'il prenait cette position. Mais, ce soir-là, elle sentit qu'elle allait le regarder du coin de l'œil et qu'elle serait mal à l'aise. Il avait le dos raide, les jambes trop tendues. Le recueil paraissait en équilibre instable sur le dossier de la chaise.

« Commence », dit-il avec un regard impatient dans sa direction.

Elle arrondit les mains au-dessus du clavier et les laissa retomber. Les premières notes étaient trop fortes, les suivantes trop sèches.

Il leva le doigt pour l'interrompre :

« Attends. Pense une seconde à ce que tu joues. Qu'y a-t-il d'indiqué pour ce début?

– *An-andante.*

– Il n'y a donc aucune raison pour en faire un adagio. Enfonce bien les touches. Ne joue pas à la surface. Un andante qui sonne avec profondeur. »

Elle recommença. Mais ses mains refusaient d'obéir à la musique qu'elle sentait en elle. Il l'interrompit de nouveau :

« Écoute-moi. De toutes ces variations, quelle est celle qui domine l'ensemble?

– La marche funèbre.

– Alors, il faut la préparer. Cet andante, ce n'est pas un jeu mondain comme tu viens de le faire. Commence tout doucement, *piano*, et juste avant l'arpège, enfle le son. Qu'il soit passionné, dramatique. Et là – là où c'est indiqué *dolce* – fais ressortir le contre-chant. Ce sont des choses que tu sais déjà. Nous les avons déjà travaillées. Joue, maintenant. Sens ce que Beethoven a écrit. Sens ce déchirement et cette retenue. »

Elle ne pouvait s'empêcher de regarder les mains de Mr. Bilderbach. À peine posées sur la partition, prêtes à s'envoler pour lui faire signe d'arrêter, dès qu'elle aurait joué les premières notes. Et le scintillement de l'alliance qui semblait crier : « Halte! »

« Mr. Bilderbach... Peut-être que si... si vous me laissiez aller jusqu'au bout de la première variation, j'arriverais à jouer mieux.

– Je ne t'interromprai plus. »

Elle avait le visage trop près des touches. Elle joua la première partie, et, sur un signe de tête de Mr. Bilderbach, commença la seconde. Elle ne faisait aucune faute, mais les phrases se formaient sous ses doigts avant qu'elle ait pu leur donner la signification qu'elle ressentait.

À la fin, il leva les yeux de la partition et dit, avec une franchise désolée :

« Je n'ai pratiquement pas entendu le contenu harmonique de la main droite. Et, comme par hasard, c'est ce qui doit prendre de l'intensité, car c'est la préfiguration de toute cette première partie. Joue quand même la suite. »

Elle voulait attaquer avec une brutalité contenue, et atteindre peu à peu un sentiment de profond chagrin. C'est du moins ce que lui dictait son esprit. Mais ses mains frappaient les touches avec des mollesses de macaroni, et elle ne parvenait pas à donner de cette musique sa véritable image.

Mr. Bilderbach laissa s'éteindre la dernière note, puis ferma le recueil et se leva calmement de sa chaise. Il bougeait la mâchoire de droite à gauche. À travers ses lèvres entrouvertes, elle entrevoyait le canal d'un rouge florissant qui conduisait à la gorge, et les dents robustes jaunies par le tabac. Il posa soigneusement le recueil au-dessus de la pile, appuya ses coudes sur le dos noir et brillant du piano, et dit simplement, en la regardant dans les yeux :

« Non. »

Elle sentit ses lèvres trembler.

« Ce n'est pas de ma faute... Je... »

Il fit un grand effort pour s'obliger à sourire.

« Écoute-moi, Bienchen. »

Sa voix sonnait un peu faux.

« Tu sais encore jouer *Le Joyeux Forgeron*? Je t'avais recommandé de le garder à ton répertoire.

– Je le joue de temps en temps, oui. »

Exactement la voix qu'il prenait lorsqu'il parlait à des enfants.

« Un des premiers morceaux que nous ayons travaillés, tu t'en souviens? Tu le jouais avec une force surprenante. Tout à fait la fille d'un forgeron. Je te connais bien, ma Bienchen. Comme si tu étais ma propre fille. Je sais ce dont tu es capable. Je t'ai entendue jouer merveilleusement toutes sortes de choses. Tu es capable de... »

Il s'interrompit, mal à l'aise, tira une bouffée de son énorme mégot. La fumée qui sortait lentement de ses lèvres s'accrochait aux cheveux de Frances comme une couronne de brume et noyait son visage d'enfant.

« Simple et joyeux », dit-il.

Il alluma une lampe derrière elle, et s'éloigna du piano. Il resta debout un instant dans le cercle de lumière, puis, d'un mouvement inattendu, s'accroupit sur le sol.

« Vigoureux », dit-il.

Elle ne pouvait s'empêcher de le regarder, assis sur l'un de ses talons, l'autre pied posé devant lui en équerre pour garder l'équilibre. Sous l'étoffe de son pantalon, elle voyait distinctement les muscles de ses jambes.

« Simple, répéta-t-il avec un grand geste des mains. Pense au forgeron – qui travaille au soleil toute la journée. Qui travaille facilement, sans être dérangé par personne. »

Elle ne parvenait pas à regarder le clavier. Il y avait cette lumière sur le dos des mains robustes, qui jouait entre les touffes de poils soyeux et se reflétait dans ses lunettes.

« Joue. »

Il était impatient, maintenant.

« Qu'est-ce que tu attends? »

Elle sentit qu'il n'y avait plus de moelle dans ses os, plus de sang dans ses veines. Son cœur [220], qu'elle avait entendu battre toute la journée au fond de sa poitrine, s'était arrêté brusquement. Elle le voyait. Une sorte de poche grise et molle, arrondie aux angles, comme une huître.

Et le visage de Mr. Bilderbach se mit à flotter dans la pièce, à danser, à s'approcher de plus en plus près, et elle apercevait contre ses tempes le battement nerveux de ses veines. Elle recula, regarda le piano. Ses lèvres tremblaient comme de la gelée, ses larmes silencieuses transformaient les touches blanches en une sorte de ruisselet.

« Je ne peux pas, murmura-t-elle. Je ne sais pas pourquoi, mais je ne peux pas, je ne peux plus... »

Il se détendit et, s'aidant d'une main, se releva. Elle saisit la partition et passa rapidement devant lui.

Son manteau. Ses mitaines, ses caoutchoucs. Ses livres de classe, le carton à musique qu'il lui avait donné pour son anniversaire. Tout ce qui était à elle dans cette pièce silencieuse. Vite. Avant qu'il dise quoi que ce soit.

Elle traversa le vestibule et ne put se retenir de regarder les mains de Mr. Bilderbach. Il était adossé à la porte de la salle d'étude, les mains légèrement écartées du corps, ouvertes, inutiles. Elle claqua la porte avec un peu trop de force. Embarrassée par ses livres et par son carton à musique, elle trébucha sur les marches du perron, se trompa de direction, et se perdit dans le désordre de la rue où se mêlaient confusément les cris, les bicyclettes et les jeux des autres enfants [221].

Le Jockey

Situé à Saratoga Springs, villégiature balnéaire connue pour ses courses hippiques du mois d'août, et lieu de rencontre de la colonie artistique de Yaddo, « The Jockey » fut publié dans le New Yorker *en août 1941, très peu de temps après sa composition.*

Par sa stature minuscule et sa physionomie sans âge, Bitsy Barlow, le jokey qui donne son titre à la nouvelle, préfigure le bossu de La Ballade du café triste. *Comme Cousin Lymon, c'est un être chétif qui ne fait pas le poids face au cynisme de ses trois interlocuteurs : l'entraîneur, le bookmaker et l'homme qui avait de l'argent. Pour eux, un jockey blessé est un pion qu'il faut remplacer : l'accident, survenu six mois plus tôt, laissant l'ami de Bitsy Barlow handicapé à vie, n'est qu'un regrettable incident de parcours qui ne les empêche pas de déjeuner de bon appétit dans un grand restaurant. Le jockey, lui, se retrouve seul au bar à boire des cocktails.*

L'amertume du jockey, écœuré par tant d'indifférence, et ses exclamations finales de dépit annoncent la violence verbale, et la vindicte d'un Jake Blount dans Le cœur est un chasseur solitaire.

La réticence de Carson McCullers à dire précisément quels sont les enjeux incite le lecteur à lire entre les lignes de dialogues dépouillés à l'extrême.

Cette nouvelle montre à l'évidence l'intérêt de Carson McCullers pour les êtres diminués physiquement qui ont un idéal à défendre, mais elle illustre aussi son style, au sens propre, taciturne.

Le jockey s'arrêta sur le seuil de la salle à manger, hésita un moment, fit un pas de côté et s'adossa au mur, immobile. Il y avait foule dans la salle à manger. La saison était commencée depuis trois jours et tous les hôtels de la ville étaient pleins. Des bouquets de roses s'effeuillaient sur les nappes blanches, et, du bar voisin, venait un remous de voix trop fortes et lourdes de boisson. Dos au mur, paupières plissées, le jockey examinait les tables, une à une. Son regard s'arrêta sur celle qui se trouvait en diagonale par rapport à lui, dans un angle de la pièce. Trois hommes y étaient assis. Il redressa le menton, pencha la tête sur le côté, cambra son petit corps malingre et raidit les mains si violemment que ses doigts s'enfoncèrent dans ses paumes, comme des serres grises. Tendu contre le mur, il regardait, et il attendait.

Ce soir-là, il portait un costume de soie verte, sur mesure, qui aurait pu être taillé pour un enfant. Chemise jaune, cravate à rayures claires, pas de chapeau, des cheveux plats, encore humides, en frange sur le front. Un visage aux traits fixes et sans âge. Deux creux sombres aux tempes et des lèvres tendues par le fil d'un sourire. Il sentit, au bout d'un moment, qu'un des trois hommes l'avait aperçu. Il ne fit aucun signe de tête. Il se contenta de lever le menton un peu plus haut, et de glisser le pouce de sa main raidie dans la poche de sa veste.

Des trois hommes assis à la table d'angle, l'un était entraîneur, l'autre bookmaker, et le troisième avait beaucoup d'argent. L'entraîneur s'appelait Sylvester – de larges épaules, un nez écarlate, de tendres yeux bleus. Le bookmaker s'appelait Simmons.

L'homme qui avait de l'argent était propriétaire d'un cheval nommé Seltzer, que le jockey avait monté ce jour-là. Ils buvaient des whiskies-soda. Un garçon en veste blanche venait de leur apporter leur dîner.

C'est Sylvester qui aperçut le jockey le premier. Il détourna les yeux aussitôt, posa son verre de whisky et frotta nerveusement son pouce contre son nez flamboyant.

« Bitsy[222] Barlow est là, dit-il. À l'autre bout de la salle à manger. Il nous regarde.

– Oh! le jockey... », dit l'homme qui avait de l'argent.

Comme il était assis face au mur, il tourna la tête pour regarder derrière lui.

« Dites-lui de venir.

– Surtout pas! dit Sylvester.

– Il est cinglé », dit Simmons.

Le bookmaker avait une voix neutre, sans inflexion, un visage de joueur-né dont il surveillait constamment l'expression et qui oscillait sans cesse entre la peur et l'avidité.

« Cinglé? Je n'irais pas jusque-là, reprit Sylvester. Je le connais depuis longtemps. Jusqu'à ces six derniers mois, il était parfait. Mais, s'il continue comme ça, je le vois mal parti pour une autre année. Très mal parti.

– C'est à cause de ce qui est arrivé à Miami, dit Simmons.

– Quoi donc? » demanda l'homme qui avait de l'argent.

Sylvester jeta un coup d'œil vers le jockey, et passa sur ses lèvres une langue épaisse.

« Un accident. Un gosse qui a été blessé sur la piste. La jambe et la hanche cassées. Il était au mieux avec Bitsy. Un petit Irlandais. Pas mauvais cavalier, d'ailleurs.

– C'est triste, dit l'homme qui avait de l'argent.

– Ils étaient très amis, tous les deux, dit Sylvester. Le gosse était toujours fourré dans la chambre de Bitsy. Ils jouaient au rummy. Ils s'allongeaient sur le tapis pour lire les journaux sportifs.

– Ce sont des choses qui arrivent », dit l'homme qui avait de l'argent.

Simmons coupa son steak, y planta sa fourchette de biais et construisit avec son couteau une petite montagne de champignons.

« C'est un cinglé, répéta-t-il. Il me fait froid dans le dos. »

Il n'y avait plus une place libre dans la salle à manger. On avait dressé au centre une grande table ronde où se déroulait un banquet. Les phalènes blanc-vert du mois d'août avaient émergé de la nuit pour venir danser autour des hautes flammes des candélabres. Deux jeunes filles en pantalon et blazer de flanelle se dirigeaient vers le bar en se donnant le bras. Et la folie joyeuse des vacances traversait par vagues la Grand-rue.

« Il paraît qu'en août Saratoga [223] est la ville du monde où il y a le plus de gens riches », dit Sylvester.

Il se tourna vers l'homme qui avait de l'argent.

« C'est votre avis?

– Possible. Je n'en sais rien. »

D'un index délicat, Simmons s'essuya le coin de la bouche.

« Et Hollywood, alors? Et Wall Street...

– Attention, dit Sylvester. Il a décidé de nous rejoindre. »

Le jockey s'était détaché du mur et venait vers eux. Il se pavanait curieusement en marchant, la jambe cambrée, le talon frappant nerveusement la moquette rouge. Ayant heurté, en passant, le coude d'une grosse dame en robe de satin blanc qui participait au banquet, il recula d'un pas et lui fit une profonde révérence, les yeux mi-clos. Arrivé à la table d'angle, il attrapa une chaise et s'assit entre Sylvester et l'homme qui avait de l'argent, sans une inclinaison de tête, sans même qu'un trait ne bouge dans son visage gris.

« Tu as dîné? demanda Sylvester.

– Pour certains, ça s'appelle dîner. »

Il avait une voix aiguë, nette, cinglante. Sylvester reposa lentement son couteau et sa fourchette dans son assiette. L'homme qui avait de l'argent remua sur sa chaise, s'assit de biais et croisa les jambes. Il portait un pantalon à chevrons, des bottes sales, une vieille veste marron – tenue qu'il gardait pendant toute la saison des courses, bien qu'on ne l'ait jamais vu sur un cheval.

« Un peu d'eau de Seltz? proposa Sylvester. Ou quelque chose comme ça? »

Sans répondre, le jockey prit dans sa poche un porte-cigarettes en or, l'ouvrit nerveusement. Il contenait quelques cigarettes et un petit canif en or. Il se servit du canif pour couper une cigarette en deux. Après l'avoir allumée, il fit signe à un garçon.

« Bourbon du Kentucky, je vous prie.

– Maintenant, gars, écoute-moi, dit Sylvester.

– Ne m'appelle pas " gars ".

– Il faut que tu sois raisonnable. Tu le sais. Il faut absolument être raisonnable. »

Le jockey fit une grimace de mépris, regarda les plats sur la table et détourna les yeux aussitôt. Un poisson à la crème semé de persil devant l'homme qui avait de l'argent. Des œufs Benedict [224] devant Sylvester; des asperges, du maïs au beurre frais, une soucoupe d'olives noires, et, juste devant lui, un plat de pommes de terre frites. Pour ne plus voir toute cette nourriture, il regarda fixement le bouquet de roses mauves au centre de la table.

« Vous avez sûrement oublié quelqu'un qui s'appelle McGuire.

– Écoute-moi... », dit Sylvester.

Le garçon apporta le bourbon. Le jockey saisit le verre de ses petites mains dures et calleuses. Il portait au poignet une gourmette en or qui tintait contre le bord de la table. Après l'avoir fait tourner entre ses paumes, il avala le bourbon d'un trait, et reposa vivement le verre.

« Oui, je ne crois pas que vous ayez une mémoire si longue et si précise.

– Sans doute, dit Sylvester. Qu'est-ce qui te prend, ce soir? Tu as des nouvelles du gosse?

– J'ai reçu une lettre de ce quelqu'un dont nous parlons. On lui a enlevé son plâtre mercredi. Il a une jambe plus courte que l'autre de cinq centimètres. C'est tout. »

Sylvester hocha la tête avec un petit clappement de langue.

« Je comprends ce que tu éprouves.

– Vraiment? »

Il regarda de nouveau les plats sur la table, le poisson, le maïs, les pommes de terre frites. Son visage se ferma. Il détourna les yeux. Une rose perdait ses pétales. Il en prit un, le froissa doucement entre le pouce et l'index, et le mit dans sa bouche.

« Ce sont des choses qui arrivent », dit l'homme qui avait de l'argent.

L'entraîneur et le bookmaker avaient fini de dîner, mais il restait de la nourriture dans les plats. L'homme qui avait de l'argent plongea les doigts dans son verre d'eau et les essuya avec sa serviette.

« Quelqu'un veut-il que je lui repasse les plats? demanda le jockey. Ou que j'appelle le garçon pour une autre commande? Encore un steak, messieurs, ou...

– Sois raisonnable, dit Sylvester. Pourquoi ne montes-tu pas?

– Oui, pourquoi pas? » dit le jockey.

Il avait une voix suraiguë, au bord de la crise de nerfs.

« Je devrais monter dans ma foutue chambre, et tourner en rond, ou écrire des lettres, et me mettre au lit comme un bon petit garçon. Je devrais... »

Il recula brusquement sa chaise, se leva.

« Oh! La paix! Foutez-moi la paix! Je veux un autre verre.

– Prends garde, dit Sylvester. Tu es en train de creuser ta tombe. Tu sais comment tu réagis. Tu le sais parfaitement. »

Le jockey traversa la salle à manger et entra dans le bar. Il commanda un Manhattan. Sylvester le regardait. Il était debout, talons joints, raide comme un soldat de plomb, le petit doigt levé, et il buvait lentement son cocktail.

« J'avais raison, dit Simmons. C'est un dingue. »

Sylvester se tourna vers l'homme qui avait beaucoup d'argent.

« Quand il mange une côtelette de mouton, une heure après on la voit encore dans son estomac. Il ne digère plus rien. D'habitude, il pèse cinquante-six kilos. Depuis que nous avons quitté Miami, il en a pris un et demi.

– Un jockey ne devrait pas boire, dit l'homme qui avait de l'argent.

– Il ne supporte plus la nourriture. Il ne la digère plus. Quand il mange une côtelette de mouton, elle lui reste sur l'estomac. Elle ne descend plus. »

Le jockey avait fini son Manhattan. Il écrasa la cerise dans le fond du verre avec son pouce, et repoussa le verre. À sa gauche, les filles en blazer se regardaient en silence. À l'autre bout du bar, deux malins discutaient sur le point de savoir quelle était la plus haute montagne du monde. Personne n'était seul. Personne d'autre que lui, cette nuit-là, ne buvait seul. Il paya avec un billet de cinquante dollars tout neuf, ne vérifia pas la monnaie, rentra dans la salle à manger et revint jusqu'à la table des trois hommes. Il resta debout.

« Oui, je suis sûr que vous avez la mémoire très courte. »

Il était si petit que le bord de la table lui arrivait à la taille. Il n'avait pas besoin de se baisser pour y appuyer les mains.

« Oui, vous avez trop à faire à vous empiffrer dans les salles à manger. Vous êtes trop...

– Pour la dernière fois, sois raisonnable..., supplia Sylvester.

– Raisonnable, raisonnable! »

Son visage se mit à trembler, puis s'immobilisa en un rictus de dégoût. Il commença à secouer la table. Les assiettes tintaient. On pouvait croire qu'il allait la renverser. Mais il s'arrêta brusquement. Il tendit la main vers le plat qui était à côté de lui, enfonça tranquillement quelques frites dans sa bouche, les mâcha avec application, en relevant la lèvre supérieure, puis se tourna et cracha la bouchée sur la belle moquette rouge.

« Pourris ! » dit-il d'une voix fragile, cassée.

Il sembla faire tourner le mot dans sa bouche comme s'il en aimait le goût et la consistance.

« Bande de pourris ! » répéta-t-il.

Puis il tourna le dos et quitta la salle à manger, d'une démarche de plus en plus affectée.

Sylvester haussa lentement une épaule. L'homme qui avait de l'argent épongea l'eau qui s'était renversée sur la nappe, et ils attendirent, en silence, que le garçon vienne desservir.

Madame Zilensky
et le roi de Finlande

Cette nouvelle écrite à Yaddo le même été (1941) que « Le Jockey » et « Correspondance », est aussi drôle que « Le Jockey » est amère. L'humour de Carson McCullers se révèle dans sa façon de mettre sur le même plan le banal et l'étrange, en mentionnant, sans appuyer, des bizarreries de comportement tout à fait cocasses.

Madame Zilensky, musicienne et compositeur, se fait embaucher par Mr. Brook, directeur d'un département de musique dans un collège universitaire de province. La fougue pédagogique et l'énergie créatrice bouillonnante de Madame Zilensky (qui en est à sa douzième symphonie) font l'admiration de ses collègues, jusqu'au jour où Mr. Brook perçoit quelques anomalies dans le comportement et les propos de Madame Zilensky et de sa famille. Ses trois fils, Sigmund, Boris et Sammy ne se séparent jamais et se déplacent en file indienne. Ils ne marchent que sur le plancher nu, contournent les tapis et restent sur le seuil si une pièce est recouverte de moquette. Beaux et blonds, le regard totalement inexpressif, ils se ressemblent, ce qui soulève un problème, puisqu'ils n'ont rien de commun avec leur mère et qu'ils seraient de pères différents.

Madame Zilensky est désemparée à l'idée d'avoir perdu son métronome sur un quai de gare, alors que la perte complète de ses bagages la laisse indifférente. Le métronome égaré de Madame Zilensky est peut-être l'indice d'un égarement plus profond, que l'affaire du roi de Finlande confirmera.

Devant les errances de Madame Zilensky, Mr. Brook a choisi la prudence, comme s'il craignait de réveiller une somnambule. Mais lui-même n'est-il pas gagné par cette folie douce ? Plongé dans la correction de canons renversés, il voit avec surprise un vieux chien trottinant à reculons.

Sans conclure, la nouvelle suggère la nécessité de l'illusion, et s'achève symboliquement sur le mot « contrepoint ».

Le mérite d'avoir attiré Mme Zilensky au Ryder College revenait à Mr. Brook, directeur de la section musique. Et c'était une grande chance pour ce collège. Car elle jouissait d'une réputation considérable, qui concernait autant le professeur que le compositeur. Mr. Brook avait tenu à s'occuper lui-même de lui dénicher une maison avec jardin, aussi confortable que possible, assez voisine du collège et contiguë à celle qu'il habitait.

Personne à Westbridge n'avait rencontré Mme Zilensky avant son arrivée. Mr. Brook avait vu quelques photographies d'elle dans diverses revues musicales. Il lui avait écrit une fois, au sujet d'un manuscrit de Buxtehude dont il suspectait l'authenticité. Lorsqu'elle accepta de venir enseigner au collège, ils échangèrent un certain nombre de lettres et de télégrammes, pour mettre au point les détails pratiques. Elle avait une grande écriture carrée, très lisible. Ses lettres étaient tout à fait normales, à ceci près qu'elles faisaient allusion parfois à des choses ou à des personnes inconnues de Mr. Brook, comme « le chat jaune de Lisbonne » ou « ce pauvre Henrich ». Ces légères défaillances de mémoire s'expliquaient, selon lui, par les difficultés qu'elle avait dû surmonter pour s'en aller d'Europe avec sa famille.

Mr. Brook était un être en demi-teinte. Des années de menuets de Mozart et de cours sur les septièmes diminuées et les accords mineurs lui avaient forgé une patience professionnelle à toute épreuve. Il vivait le plus souvent à l'écart. Il avait en horreur le tralala universitaire avec ses assemblées. Lorsque la section musique avait décidé, quelques années plus tôt, de passer les vacances d'été à

Salzbourg, il s'était défilé au dernier moment pour faire, en solitaire, un voyage au Pérou. Sujet à quelques originalités personnelles, il était d'une grande tolérance pour celles d'autrui. Ou plutôt, il avait le sens du ridicule. Devant une situation grave mais incongrue, il était saisi d'un petit amusement intérieur, qui raidissait son doux visage aux traits allongés et accentuait l'éclat de ses yeux gris.

Une semaine avant le début du semestre d'automne, Mr. Brook se rendit à la gare de Westbridge pour accueillir Mme Zilensky. Il la reconnut aussitôt. Très grande, très droite, le visage pâle et décharné, des yeux sombres, une broussaille de cheveux bruns et courts rejetés en arrière, de longues mains fragiles et mal soignées. Il émanait de sa personne quelque chose de si noble et de si fier que Mr. Brook hésita un moment à aller au-devant d'elle, et attendit, en jouant nerveusement avec ses boutons de manchette. La façon dont elle était habillée – longue jupe noire, vieille veste de cuir déchirée – n'enlevait rien à son allure élégante. Trois enfants l'accompagnaient, trois garçons entre six et dix ans, beaux et blonds tous les trois, avec un regard totalement inexpressif. Il y avait quelqu'un d'autre avec eux, une vieille femme, qui se révéla par la suite être la domestique finlandaise.

Tel était le groupe qu'il trouva à la gare. Ils n'avaient pour tout bagage que deux énormes cartons de partitions, le reste ayant été égaré à la gare de Springfield lorsqu'ils avaient changé de train. Chose qui peut arriver à n'importe qui. Ayant réussi à faire entrer tout ce monde dans un taxi, Mr. Brook pensait que le plus difficile était accompli, lorsque Mme Zilensky tenta de l'enjamber pour atteindre la portière.

« Seigneur Dieu ! dit-elle. J'ai laissé mon – comment dites-vous ? – mon tic-tic-tic...

– Votre montre ? demanda Mr. Brook.

– Non, non ! dit-elle avec véhémence. Vous voyez bien, mon tic-tic-tic... »

Elle agitait son index de droite à gauche comme un pendule.

« Tic-tic-tic... », répéta Mr. Brook.

Il porta les mains à son front, ferma les yeux quelques secondes.

« Vous voulez parler d'un métronome ?

– C'est ça ! J'ai dû le perdre quand nous avons changé de train. »

Mr. Brook réussit à l'apaiser. Il alla même jusqu'à lui promettre, avec une galanterie irraisonnée, qu'il lui en procurerait un autre dès le lendemain. Mais il ne put s'empêcher de trouver étrange qu'ayant perdu tous ses bagages elle se sente paniquée pour son seul métronome.

La famille Zilensky prit donc possession de la maison voisine, et, en apparence, tout était parfait. Les trois garçons étaient très sages. Ils avaient pour prénoms : Sigmund, Boris et Sammy. Ils ne se séparaient jamais et se déplaçaient en file indienne, Sigmund généralement en tête. Ils parlaient entre eux une sorte d'espéranto effrayant à entendre, fait de russe, de français, de finnois, d'allemand et d'anglais. En présence de tiers, ils gardaient un silence absolu. Rien de ce que faisaient ou disaient les Zilensky ne pouvait inquiéter Mr. Brook. À certains petits détails près. Ainsi, lorsqu'il voyait les enfants Zilensky entrer dans une pièce, quelque chose dans leur attitude tracassait son subconscient. Il finit par s'apercevoir qu'ils ne marchaient que sur le plancher nu. S'il y avait un tapis, ils le contournaient en file indienne. Et, si la pièce était couverte de moquette, ils restaient sur le seuil de la porte. Autre chose. Les semaines passaient, et Mme Zilensky ne faisait aucun effort pour meubler sa maison. Il n'y avait qu'une table et des lits. La porte d'entrée restait ouverte jour et nuit. L'endroit prit très vite un aspect bizarre et désolé – comme s'il était abandonné depuis des années.

Le collège avait toutes les raisons d'être satisfait de Mme Zilensky. Elle donnait ses cours avec une ardeur passionnée. Elle prenait de violentes colères lorsqu'une quelconque Mary Owens ou Bernardine Smith ne parvenait pas à triller correctement Scarlatti. Elle avait fait installer quatre pianos dans sa classe et demandait à quatre étudiants abasourdis de s'y asseoir en même temps pour travailler les fugues de Bach. Il venait de sa section un tumulte extraordinaire. Mais elle avait des nerfs à toute épreuve, et, s'il suffisait de beaucoup d'énergie et de volonté pour venir à bout d'un thème musical, le Ryder College ne pouvait souhaiter mieux. La nuit, Mme Zilensky travaillait à sa douzième symphonie. Elle semblait ne jamais dormir. Quelle que soit l'heure à laquelle Mr. Brook jetait un coup d'œil par la fenêtre de son salon, il apercevait de la lumière dans le bureau de Mme Zilensky. Non, en vérité, si Mr. Brook en vint peu à peu à se poser des questions, ce ne fut pas pour des raisons d'ordre professionnel.

C'est à la fin d'octobre qu'il sentit, de façon évidente, que quelque chose n'allait pas. Il venait de déjeuner avec Mme Zilensky. Il avait écouté avec un réel plaisir le récit d'un safari auquel elle avait participé en Afrique, aux environs de 1928. Un peu plus tard, dans l'après-midi, elle frappa à son bureau, mais resta dans l'encadrement de la porte, l'air rêveur.

Mr. Brook leva les yeux :

« Puis-je quelque chose pour vous?

– Non, merci », répondit-elle.

Elle avait une voix très belle, sombre et grave.

« Je me demandais seulement... Vous vous souvenez du métronome? À votre avis, je l'ai peut-être laissé chez ce Français?

– Qui?

– Ce Français, voyons, avec qui j'étais mariée.

– Un Français... », dit Mr. Brook d'une voix neutre.

Il tenta d'imaginer le mari de Mme Zilensky, mais son esprit s'y refusa. Il murmura comme pour lui-même :

« Le père des garçons.

– Pas du tout, dit Mme Zilensky avec force. Le père de Sammy. »

Mr. Brook était doué d'une intuition extrêmement rapide. Ses instincts les plus profonds lui conseillaient d'en rester là. Son respect de l'ordre et son honnêteté le poussèrent pourtant à demander :

« Qui est le père des deux autres?

Elle porta l'une de ses mains à sa nuque et ébouriffa ses cheveux courts. Elle avait le visage pensif. Elle mit un peu de temps à répondre.

« Boris est d'un Polonais qui jouait du piccolo. »

Sa voix était d'une extrême douceur.

« Et Sigmund? »

Mr. Brook baissa les yeux vers son bureau, impeccablement en ordre – une pile de copies corrigées, trois crayons bien taillés, un presse-papiers en défense d'éléphant – puis regarda de nouveau Mme Zilensky. Elle semblait absorbée dans ses réflexions. Fronçant les sourcils, bougeant les mâchoires, elle examinait attentivement les quatre coins de la pièce. Au bout d'un long moment, elle demanda :

« Nous parlions du père de Sigmund?

– Non, non, dit Mr. Brook, ce n'est pas nécessaire... »

Elle dit alors d'une voix digne et sans appel :

« Un compatriote. »

De toute façon, pour Mr. Brook, c'était sans importance. Il n'avait aucun préjugé. Il acceptait parfaitement que les gens se marient dix-sept fois et mettent au monde des enfants chinois. Cependant, les déclarations de Mme Zilensky le laissaient perplexe. Il comprit brusquement pourquoi. Les garçons ne ressemblaient pas du tout à leur mère, mais se ressemblaient tous les trois de façon surprenante. Comme ils étaient de pères différents, cette ressemblance était déconcertante.

Mme Zilensky en avait terminé avec ce sujet. Elle remonta la fermeture Éclair de sa veste de cuir et fit demi-tour.

« J'en suis sûre, maintenant, dit-elle en hochant affirmativement la tête. Je l'ai laissé chez ce Français. »

À la section musique, tout allait pour le mieux. Mr. Brook n'avait à résoudre aucun problème délicat, comme celui qu'avait posé l'an dernier le professeur de harpe en s'enfuyant avec un garagiste. Seule le tourmentait cette impression d'incertitude qu'il éprouvait devant Mme Zilensky, sans parvenir à comprendre ce qui n'allait pas dans leurs relations ni ce qui rendait si complexes les sentiments qu'il lui portait. Il y avait d'abord ceci : c'était une grande voyageuse et sa conversation était truffée de références à des endroits perdus au bout du monde. Ceci également : elle était capable de rester silencieuse des journées entières, arpentant les couloirs, les mains dans les poches, plongée dans une méditation sans fin, et, brusquement, de se jeter sur Mr. Brook et de commencer un monologue interminable et passionné, les yeux brillants d'exaltation, la voix tremblant d'impatience. Elle parlait de tout et de rien. Mais, quel que soit le sujet de son récit, il finissait toujours par se teinter de couleurs étranges, et, lorsqu'elle parlait simplement de conduire Sigmund chez le coiffeur, on se sentait aussi dépaysé que si elle racontait un après-midi à Bagdad. Mr. Brook ne parvenait pas à comprendre pourquoi.

La vérité lui apparut de façon soudaine, et, sans rendre tout parfaitement intelligible, elle clarifia du moins la situation. Il était rentré chez lui de bonne heure, et avait allumé du feu dans la petite cheminée de son salon. Il se sentait, ce soir-là, en paix avec lui-même, assis devant son feu, en chaussettes, ayant près de lui, sur un guéridon, un volume de William Blake [225] et un petit verre d'eau-de-vie d'abricot. À dix heures, il se mit à somnoler doucement, l'esprit traversé par quelques phrases brumeuses de Malher et quelques pensées imprécises. Tout à coup, émergeant de ce tendre engourdissement, quatre mots s'imposèrent à lui : « le roi de Finlande ». Mots qui lui semblèrent familiers, mais qu'il ne put, tout d'abord, rattacher à aucun contexte. Il finit pourtant par en retrouver la piste. L'après-midi même, il traversait le campus. Mme Zilensky l'avait arrêté et s'était lancée dans un discours incohérent, qu'il n'avait écouté que d'une oreille distraite, préoccupé qu'il était par les exercices de canons renversés que venaient de lui remettre ses élèves de contrepoint. Les mots lui revenaient, maintenant, et jusqu'aux inflexions de voix, avec une surprenante exactitude. La première phrase de Mme Zilensky avait été : « Je regardais un jour la devanture d'une pâtisserie, lorsque le roi de Finlande est passé en traîneau. »

Mr. Brook se redressa dans son fauteuil et reposa son verre d'eau-de-vie. Sur le plan pathologique, cette femme était une menteuse. Presque tout ce qu'elle disait, en dehors de ses cours, était mensonger. Si elle avait travaillé toute la nuit, elle était capable de prétendre qu'elle avait passé la soirée au cinéma. Si elle avait déjeuné à *La Vieille Taverne*, il lui prenait la fantaisie d'affirmer qu'elle était restée chez elle avec ses enfants. La véritable explication était là : sur le plan pathologique, cette femme était tout simplement une menteuse.

Mr. Brook fit craquer ses articulations et se leva. Il était au comble de l'exaspération. Comment! elle avait l'audace de venir s'asseoir, jour après jour, dans son bureau, en face de lui, et de le noyer sous un déluge de mensonges éhontés! Il se sentait profondément ulcéré. Il se mit à marcher de long en large dans son salon, puis se rendit dans sa petite cuisine et se prépara un sandwich aux sardines.

Une heure plus tard, assis de nouveau devant le feu, son exaspération s'était muée en une vague méditation studieuse. Une seule chose à faire, se disait-il : envisager l'ensemble de la situation de façon impersonnelle, et examiner Mme Zilensky avec le détachement d'un médecin face à son malade. Ses mensonges étaient d'une candeur parfaite. En travestissant la vérité, elle ne cherchait pas à vous induire en erreur, et elle n'attendait de ses mensonges aucun avantage. C'est d'ailleurs ce qui paraissait le plus inquiétant. On ne trouvait à son comportement aucun motif explicable.

Mr. Brook acheva de boire son eau-de-vie. Il était près de minuit, lorsqu'il sentit qu'il faisait un nouveau pas vers la vérité. Mme Zilensky mentait pour une raison très simple et très triste. Elle avait été obligée de travailler toute sa vie – son piano, ses cours et ses douze énormes et admirables symphonies. Elle s'était, jour et nuit, consacrée, acharnée, sacrifiée corps et âme à ce travail épuisant, et il n'y avait eu place pour rien d'autre. Comme c'était un être humain, cette privation la faisait souffrir. Elle cherchait sans cesse à y remédier. Si elle avait travaillé toute une soirée à la bibliothèque, et si elle prétendait, le lendemain, avoir joué aux cartes, elle se donnait l'impression d'avoir fait les deux choses en même temps. Ses mensonges lui permettaient de vivre par procuration. Les rares instants de sa vie qu'elle ne consacrait pas à son travail prenaient ainsi une double dimension, et le cadre étroit de son existence personnelle s'élargissait peu à peu.

Mr. Brook regarda le feu, mais il avait dans l'esprit le visage de Mme Zilensky – un visage sévère, aux yeux sombres et fatigués, à la bouche délicatement dessinée. Il sentait naître en lui une sorte de chaleur, qui était à la fois de la pitié, un désir de protection et une redoutable compréhension. Il resta ainsi un long moment, en proie à un délicieux désarroi.

Un peu plus tard, en se brossant les dents et en mettant un pyjama, il se dit qu'il fallait être réaliste. En quoi y voyait-il plus clair? Le Français, le Polonais au piccolo, Bagdad? Et les enfants – Sigmund, Boris, Sammy –, qui étaient-ils? Étaient-ils vraiment ses enfants après tout, ou les avait-elle ramassés ici et là? Il essuya ses lunettes et les posa sur sa table de chevet. Il fallait, sans attendre, savoir la vérité. Sinon, la situation qui s'était créée dans la section musique finirait par poser des problèmes. Il était deux heures du matin. Il regarda par la fenêtre et vit de la lumière dans le bureau de Mme Zilensky. Il se coucha, fit d'horribles grimaces dans le noir, et réfléchit à ce qu'il allait dire le lendemain.

Mr. Brook pénétra dans son bureau à huit heures et s'embusqua derrière sa table de travail, prêt à sauter sur Mme Zilensky dès qu'elle traverserait le couloir. Il n'eut pas longtemps à attendre. Il reconnut son pas et l'appela.

Elle s'encadra dans la porte. Elle semblait épuisée et lointaine.

« Comment allez-vous? dit-elle. J'ai passé une nuit très reposante.

– Asseyez-vous, je vous en prie, dit Brook. J'aimerais avoir une petite conversation avec vous. »

Elle posa son porte-documents sur la table, et s'enfonça avec lassitude dans le fauteuil qui lui faisait face.

« Oui?

– Hier, commença-t-il d'une voix prudente, au moment où je traversais le campus, vous êtes venue me parler. Il s'agissait, si je ne me trompe, d'une pâtisserie et du roi de Finlande. Est-ce exact? »

Mme Zilensky tourna la tête, fixa des yeux le rebord de la fenêtre, cherchant à se souvenir.

« Il s'agissait d'une pâtisserie », répéta-t-il.

Le visage fatigué s'éclaira.

« C'est exact, en effet. »

Elle se mit à parler avec animation.

« Mais, bien sûr. Je vous ai raconté que j'étais arrêtée un jour devant ce magasin et que le roi de Finlande...

– Madame Zilensky, cria Mr. Brook, il n'y a pas de roi en Finlande! »

Pendant un moment, elle parut complètement déconcertée. Puis elle reprit sa phrase :

« J'étais arrêtée un jour devant la pâtisserie de Bjarne, je regardais les gâteaux, et, au moment où j'ai levé les yeux, j'ai aperçu le roi de Finlande...

– Madame Zilensky, je viens de vous dire qu'il n'y avait pas de roi en Finlande. »

Elle reprit sa phrase une fois encore, avec un entêtement désespéré :

« J'étais arrêtée un jour, à Helsingfors... »

Il la laissa continuer jusqu'au roi, et, de nouveau l'interrompit :

« La Finlande est une démocratie. Il est impossible que vous ayez vu le roi de Finlande. Ce que vous venez de dire est inexact. Une inexactitude totale. »

Jamais Mr. Brook n'oubliera le visage de Mme Zilensky à cet instant-là. Il y avait dans son regard de la stupeur, de la consternation et une sorte d'effroi secret. Comme quelqu'un qui assiste à l'effondrement, à la désintégration de son univers intérieur.

« Je suis désolé », dit Mr. Brook avec une sincère gentillesse.

Mme Zilensky se ressaisit, releva le menton et dit, d'un ton glacial :

« Je suis finlandaise.

– Je ne remets pas ce point en question, dit Mr. Brook, qui avait, à la réflexion, une certaine envie de le remettre en question.

– Je suis née en Finlande. Je suis citoyenne finlandaise.

– C'est tout à fait possible, dit Mr. Brook en élevant la voix.

– J'ai conduit une motocyclette pendant la guerre. J'étais agent de transmission. »

Elle parlait avec passion.

« Je ne mets pas votre patriotisme en doute.

– Et juste parce que je vais distribuer les premiers sujets d'examen...

– Madame Zilensky! »

Il s'agrippait des deux mains au rebord de son bureau.

« Le problème n'est pas là. Le problème est dans votre obstination à prétendre que vous avez vu... que vous avez vu... »

Il fut incapable d'achever. Mme Zilensky était pâle comme la mort, avec de grandes ombres autour de la bouche, et le regard immense et méprisant des condamnés. Mr. Brook eut la soudaine impression d'être un assassin. Une violente tempête de sentiments – remords, compréhension, amour irraisonné – l'obligea à couvrir de ses mains son visage. Il attendit que cette tempête intérieure s'apaise et disparaisse tout à fait. Puis il dit, d'une voix timide :

« Oui. Bien sûr. Le roi de Finlande. A-t-il été aimable? »

Une heure plus tard, Mr. Brook était assis devant la fenêtre de son bureau. Le long des rues de Westbridge, les arbres avaient perdu leurs feuilles. Les bâtiments gris du collège paraissaient tranquilles et abandonnés. Il regardait distraitement ce paysage familier, lorsqu'il remarqua le vieil airedale des Drake, qui boitillait vers le bas de la rue. C'était une image qu'il avait déjà aperçue cent fois. Pourquoi, ce soir-là, lui parut-elle insolite? Il finit par comprendre avec une sorte de surprise angoissée, que le vieux chien trottinait à reculons. Il le suivit des yeux, jusqu'à ce qu'il ait disparu, puis reprit la correction des canons que lui avaient remis ses élèves de contrepoint.

Celui qui passe

La musique est au cœur de cette nouvelle publiée d'abord dans la revue Mademoiselle *en mai 1950, avant de figurer dans le recueil de* La Ballade du café triste et autres nouvelles, *publié en 1951 chez Houghton Mifflin.*

John Ferris est revenu de France, où il réside, pour assister à l'enterrement de son père en Georgie. De passage à New York, il croise son ancienne épouse, Elizabeth, et finit par se faire inviter à dîner chez elle.

Devant le spectacle de ce foyer chaleureux, Ferris ressent le désordre et même le désastre de sa vie faite d'une suite de noms oubliés dans un carnet d'adresses, et de villes où il ne fait que « passer ». En anglais le titre est plus mystérieux : « The Sojourner », évoque l'éphémère d'un séjour temporaire et sans lendemain. Ferris achève de remuer des souvenirs nostalgiques en demandant à Elizabeth de jouer un prélude et une fugue de Bach, occasion pour Carson McCullers de nous livrer sa conception de la musique comme créatrice d'accords qui sont souvent parfaits.

Mais cette fugue de Bach a plutôt ici le rôle d'un déclencheur d'émotions non identifiées, dans un déplacement quasi proustien de la mémoire, à cette différence – majeure – près qu'ici le souvenir se fige, et que Ferris reste interdit devant un afflux de sensations informulées dont il ignore l'origine : ambivalence du désir, regret d'une union dont il n'a pas fait le deuil. À la fin de la nouvelle, rien n'a été dit entre les deux anciens partenaires de ce couple, mais tout a été transcrit du désir perdu de Ferris et de son impuissance à « maîtriser le rythme du temps ».

Dans cette nouvelle, écrite à l'encre de la mélancolie, brille le soleil noir de l'art de Carson McCullers fait de mi-dire et de tristesse voilée.

La frange crépusculaire qui sépare sommeil et réveil était romaine, ce matin-là : fontaines jaillissantes, étroites rues bordées d'arcades, ville d'or aux bourgeons éclatés, vieilles pierres usées par le temps. Il lui arrivait parfois, dans cette demi-inconscience, de se retrouver à Paris, ou dans l'Allemagne en ruine d'après-guerre, ou dans un hôtel de sports d'hiver en Suisse. Parfois même, partant pour la chasse, au petit jour, à travers les champs en friche de Georgie. Ce matin-là, dans l'univers des rêves où les années se confondent, c'était Rome.

John Ferris finit par s'éveiller dans la chambre d'un hôtel de New York. Il avait le sentiment que quelque chose de désagréable l'attendait – quoi? Il n'en savait rien. Noyé dans la routine des obligations matinales, ce sentiment réapparut lorsqu'il descendit, après s'être habillé. C'était un matin d'automne, sans nuages. Les gratte-ciel couleur pastel découpaient sur le soleil timide de longues bandes verticales. Ferris entra dans le drugstore voisin et s'installa au bout de la salle, contre la vitre qui bordait le trottoir. Il commanda un petit-déjeuner américain : œufs brouillés et saucisses.

Il était revenu de Paris, la semaine précédente, pour les obsèques de son père, célébrées en Georgie dans sa ville natale. En apprenant cette mort, il avait su que sa jeunesse était finie. Il commençait à perdre ses cheveux. On voyait battre ses veines contre ses tempes dégarnies. Son corps mince s'arrondissait déjà d'une légère brioche. Ferris avait eu pour son père une véritable dévotion. Il lui avait été attaché par un lien extraordinairement étroit, qui s'était peu à peu relâché avec les années. Cette mort, attendue depuis si longtemps, l'avait pourtant bouleversé de façon imprévue. Il s'était arrangé pour rester avec sa mère et ses frères jusqu'au dernier moment. Son avion pour Paris s'envolait le lendemain matin.

Ferris sortit de sa poche son carnet d'adresses, pour vérifier un numéro, et le feuilleta avec une attention de plus en plus grande. Noms, adresses de New York, de plusieurs villes d'Europe, quelques-unes, déjà effacées, de l'État du Sud où il était né, d'autres griffonnées un soir d'ivresse, illisibles. Betty Wills : un amour très bref, aujourd'hui mariée. Charlie Williams : blessé dans la forêt de Hürtgen, sans nouvelles depuis – cher vieux Williams, vivant ou mort ? Don Walker : devenu gros ponte à la télévision, en train de faire fortune. Henry Green : s'était laissé glisser sur une mauvaise pente après la guerre ; en sanatorium aujourd'hui, paraît-il. Cozie Hall : morte, avait-il entendu dire. Cozie l'étourdie, Cozie la rieuse, comment croire que cette idiote ait pu mourir, elle aussi ? En refermant son carnet d'adresses, il eut un étrange sentiment de hasard, d'éphémère, presque d'effroi.

Et brusquement, il sursauta. De l'autre côté de la vitre, sur le trottoir, il venait d'apercevoir son ex-femme. Elle passa lentement près de lui. Il ne comprenait pas pourquoi son cœur battait si fort, ni pourquoi elle laissait derrière elle un tel sillage de grâce et d'insouciance.

Il paya rapidement et sortit. Elizabeth avait atteint l'angle de la rue et attendait pour traverser la 5e Avenue. Il avait envie de lui parler, et se hâta pour la rejoindre. Les feux changèrent, et elle traversa. Il traversa à son tour. Il aurait facilement pu la rattraper, mais, de façon inexplicable, il préféra rester en arrière. Ses beaux cheveux bruns ondulaient à peine. En la regardant marcher, il se souvint d'une remarque de son père disant qu'Elizabeth avait « un maintien superbe ». Elle tourna dans la rue suivante. Bien qu'ayant renoncé à la rejoindre, il tourna derrière elle. Il cherchait à analyser le trouble qu'il avait ressenti en l'apercevant : mains moites, cœur battant à se rompre.

Huit ans qu'ils ne s'étaient vus. Il savait qu'elle était remariée. Et qu'il y avait des enfants. Depuis plusieurs années, il ne pensait jamais à elle. Mais, tout de suite après le divorce, il avait été comme anéanti de l'avoir perdue. Puis le temps avait joué son rôle de tranquillisant, et il avait recommencé à aimer, à deux reprises. En ce moment, c'était Jeannine. Son amour pour son ex-femme était donc mort depuis longtemps, il en était certain. Alors, pourquoi ce tremblement de tout le corps, cette agitation de l'esprit? Il savait seulement que son cœur ombrageux contrastait étrangement avec cette claire et simple matinée d'automne. Il tourna le dos, brusquement, et, à grands pas, courant presque, regagna son hôtel.

Il n'était pas encore onze heures, mais Ferris se fit servir un verre, et s'enfonça dans un fauteuil, comme un homme épuisé, serrant contre lui son bourbon coupé d'eau. L'avion pour Paris partait le lendemain. Il avait toute une journée devant lui. Il récapitula ce qu'il avait à faire : porter ses bagages à Air France, déjeuner avec son patron, acheter des chaussures, un manteau – quoi d'autre? N'avait-il pas autre chose à faire? Il vida son verre et ouvrit l'annuaire.

Il avait décidé de téléphoner à son ex-femme. C'était une impulsion irraisonnée. Elle s'appelait Bailey, du nom de son mari. Il composa le numéro sans prendre le temps de réfléchir. Chaque année, à Noël, ils échangeaient des cartes de vœux. Après avoir reçu le faire-part de son remariage, il lui avait envoyé un service à découper. Rien, absolument *rien*, ne l'empêchait donc de lui téléphoner. Pourtant, en écoutant la sonnerie à l'autre bout du fil, il eut un pressentiment.

Elizabeth répondit. Cette voix familière fut comme une bouffée de jeunesse. Il fut obligé de répéter son nom deux fois, mais, dès qu'elle eut compris qui il était, elle parut très heureuse. Il dit qu'il n'était à New York que pour une journée. Ils étaient invités au théâtre, répondit-elle, mais pourquoi ne viendrait-il pas dîner de bonne heure? Il dit qu'il en serait ravi.

En allant d'un rendez-vous à l'autre, il retrouvait parfois l'impression d'oublier quelque chose d'important. En fin d'après-midi, il prit un bain et se changea. Il pensait à Jeannine. Il allait la retrouver, le lendemain soir. Il lui dirait : « Figure-toi qu'à New York je suis tombé, tout à fait par hasard, sur mon ancienne femme. J'ai dîné avec elle, et avec son mari, bien sûr. C'était drôle de la revoir après tant d'années. »

Elizabeth habitait dans la partie Est de la 50e Rue. Du taxi qui l'y conduisait, il regardait tomber le crépuscule, d'un croisement à l'autre. Il faisait nuit quand il arriva à destination : une nuit d'automne, très sombre. L'immeuble avait un portier et un auvent de toile. Il monta au septième étage.

« Entrez, Mr. Ferris. »

Comme il s'attendait à voir Elizabeth, ou le mari qu'il ne connaissait pas, cet enfant, au visage couvert de taches de rousseur l'étonna. Il avait su, pour les enfants, mais sans en admettre vraiment l'existence. Il recula d'un pas, gêné.

« C'est bien ici, dit l'enfant poliment. Vous êtes monsieur Ferris? Je suis Billy. Entrez. »

Une seconde surprise l'attendait dans le living-room : le mari lui-même. Là encore, sur le plan émotionnel, il n'en avait pas vraiment admis l'existence. C'était un homme roux, assez fort, avec des gestes lents. Il se leva, tendit une main amicale :

« Bill Bailey. Ravi de vous connaître. Elizabeth nous rejoint dans une minute. Elle finit de s'habiller. »

Ces derniers mots firent naître en lui un flot d'images d'autrefois. La belle Elizabeth, si rose et nue, au moment de prendre son bain. Assise devant sa coiffeuse, à demi habillée, brossant ses beaux cheveux châtains. Intimité de tendresse, de hasard, déesse au corps parfait si complètement à lui... Il parvint à repousser ces souvenirs importuns, et à croiser le regard de Bailey.

« Billy fils, veux-tu aller chercher le plateau avec les boissons sur la table de la cuisine? »

L'enfant obéit aussitôt et quitta la pièce. Pour dire quelque chose, Ferris remarqua :

« Je trouve votre fils charmant.

– Nous aussi. »

Silence pesant jusqu'au retour de Billy, portant un plateau avec des verres et un shaker. La conversation s'amorça grâce aux premières gorgées : ils parlèrent de la Russie, de New York qui faisait toujours la pluie et le beau temps, de leurs appartements respectifs à Manhattan et à Paris.

« Demain, Mr. Ferris va traverser l'Atlantique, dit Bailey à son fils, qui était sagement assis sur le bras de son fauteuil. Tu aimerais qu'il te cache dans sa valise? »

L'enfant secoua ses mèches souples :

« J'aimerais monter en avion et être journaliste, comme Mr. Ferris. »

Il ajouta, avec une brusque assurance :

« C'est ce que j'aimerais faire quand je serai grand.

– Je croyais que tu voulais être médecin, dit Bailey.

– Médecin aussi. J'aimerais être les deux. Et aussi, savant en énergie nucléaire. »

Elizabeth entra, une petite fille dans les bras.

« Oh! John... »

Elle donna le bébé à son mari.

« Quel plaisir de te voir! Je suis tellement heureuse que tu sois venu... »

La petite fille était assise sur les genoux de son père, sage comme une image. Elle portait une robe en crêpe de Chine rose pâle, avec des smocks d'un rose plus vif autour du col, et, dans les cheveux, un ruban de soie assorti à sa robe. Elle avait la peau bronzée, des yeux marron tachetés d'or, qui riaient sans cesse. Elle leva un doigt vers les lunettes d'écaille de Bailey. Il les enleva et lui permit de jouer avec un moment.

« Comment va ma petite Candy? » demanda-t-il.

Elizabeth était très belle, plus belle, peut-être, que Ferris ne s'y attendait. Éclat des cheveux, parfaitement coiffés et soignés. Douceur du visage, plus apaisé, plus rayonnant. Une beauté de madone qui lui venait de cette atmosphère familiale.

« Tu n'as guère changé, dit-elle. Ça fait pourtant longtemps...

– Huit ans. »

Durant cet échange de phrases banales, il passait inconsciemment la main dans ses cheveux clairsemés. Et brusquement, il eut l'impression d'être un spectateur, un intrus. Qu'était-il venu faire chez ces Bailey? Il avait mal. Sa propre vie lui apparut dérisoire, solitaire, fragile colonne dressée parmi les décombres des années perdues, et qui ne supportait plus rien. Il sentit qu'il ne pouvait pas rester un moment de plus au milieu de cette famille. Il regarda sa montre.

« Je crois que vous allez au théâtre...

– Je suis désolée, dit Elizabeth, c'est un rendez-vous pris depuis plus d'un mois. Mais tu reviendras chez toi un jour ou l'autre, John, j'en suis certaine, et dans pas très longtemps. Tu ne vas pas t'expatrier?

– Expatrié? répéta Ferris. C'est un mot que je n'aime pas beaucoup.

– Tu en connais un meilleur? »

Il réfléchit quelques secondes.

« Je préfère " celui qui passe ". »

Il regarda sa montre encore une fois. Elizabeth renouvela ses excuses :

« Si seulement tu nous avais prévenus à l'avance...

– C'est ma seule journée à New York. Il a fallu que je revienne. À cause de mon père. Il est mort la semaine dernière.

– *Papie* est mort?

– À Johns-Hopkins. Il était malade depuis près d'un an. On l'a enterré chez nous, en Georgie.

– Je suis désolée. *Papie* était un homme que j'aimais beaucoup.

Le petit garçon avança la tête de derrière le fauteuil pour regarder sa mère en face.

« Qui est mort? »

Ferris n'entendait plus rien. Il pensait à la mort de son père. Il revoyait le corps étendu dans le cercueil de soie capitonnée. La peau curieusement rouge. Les mains familières, aux doigts joints, qui pesaient lourdement sur un lit de roses. L'image disparut. Il fut rappelé à la réalité par la voix calme d'Elizabeth :

« Le père de Mr. Ferris, Billy. Un homme merveilleux. Tu ne le connaissais pas.

– Pourquoi l'appelles-tu *Papie*? »

Elizabeth et son mari échangèrent un bref regard, comme pris en faute. Ce fut Bailey qui répondit :

« Il y a longtemps, ta mère a été mariée à Mr. Ferris. Avant ta naissance. Il y a très longtemps.

– À Mr. Ferris? »

Le petit garçon ouvrit de grands yeux et regarda Ferris d'un air étonné et incrédule. Ferris, de son côté, le regardait avec une incrédulité semblable. Cette Elizabeth, cette étrangère, l'avait-il vraiment appelée « mon oiseau », « ma douceur », au cours de longues nuits d'amour; avait-il vraiment vécu avec elle, partagé avec elle plus de mille jours et plus de mille nuits, et supporté, dans le déchirement d'une solitude inattendue, la dislocation pierre par pierre – alcool, jalousie, querelles d'argent – de leur amour conjugal?

Bailey dit aux enfants :

« Je connais quelqu'un qui doit aller dîner, maintenant. Dépêchons-nous.

– Mais papa! Maman et Mr. Ferris... Je... »

Le regard de Billy, ce regard fixe, perplexe, éclairé d'un soupçon d'hostilité, rappelait à Ferris celui d'un autre enfant. Le jeune fils de Jeannine. Un garçon de sept ans, au petit visage fermé, aux genoux pointus, qu'il voyait le moins possible et qu'il préférait oublier.

« En avant, marche! dit Bailey en entraînant son fils vers la porte. Dis bonsoir.

– Bonsoir, monsieur Ferris. »

Il ajouta, avec dépit :

« Je croyais que je devais rester pour le gâteau.

– Tu reviendras pour le gâteau, dit Elizabeth. Va dîner avec papa. »

Ils restèrent seul. La situation pesa de tout son poids sur leurs premiers instants de silence. Il demanda la permission de boire un second verre. Elizabeth posa le shaker près de lui. Il aperçut le piano à queue, la partition posée sur le chevalet.

« Tu joues toujours aussi merveilleusement?

– J'aime toujours.

– Alors, joue, Elizabeth. Je t'en prie. »

Elle se leva aussitôt. Elle acceptait toujours de jouer quand on le lui demandait. C'était un des bons côtés de son caractère – sans hésiter jamais, ni chercher de mauvaises excuses. En s'asseyant au piano, ce soir-là, elle éprouvait, en plus, un sentiment de soulagement.

Elle commença par un *Prélude et fugue* de Bach. Le prélude était joyeux, irisé, comme le soleil du matin dans une chambre. La première voix de la fugue se détacha d'abord, limpide, solitaire, puis se répéta, mélangée à une seconde voix, et se répéta de nouveau dans une construction savante, où le flot serein, horizontal, de la musique se mit à couler avec une majesté tranquille. Le thème principal s'enroulait aux deux autres, dans une richesse infinie d'invention – émergeant parfois, parfois submergé, avec la sublime élégance d'une chose qui se sait unique et ne craint pas de se fondre dans un ensemble. Vers la fin, la densité du matériau sonore atteignit sa plénitude par l'ultime répétition du thème principal, et la fugue s'acheva sur un accord parfait. Ferris, la tête sur le dossier de son fauteuil, avait fermé les yeux. Dans le silence, on entendit une voix haute, claire, de l'autre côté du couloir : « Papa, comment Mr. Ferris et maman ont-ils *pu*... » – et le claquement d'une porte.

Le piano reprit. Quelle était cette mélodie? Incapable de la reconnaître, et pourtant familière, endormie au fond de son cœur depuis de très longues années. Elle parlait d'un autre temps, d'un autre lieu. Elizabeth la jouait souvent. Fragile mélodie qui ranima le désordre confus de ses souvenirs. Il fut noyé par un flot de plaisirs anciens, de déchirements, de désirs ambivalents. Comment cette musique, si simple, si paisible, pouvait-elle servir de catalyseur à une si tumultueuse anarchie? L'arrivée de la femme de chambre la brisa net.

« Madame est servie. »

Il se retrouva assis entre son hôte et son hôtesse, mais la musique interrompue embrumait encore son cerveau. Il devait être un peu ivre.

« *L'improvisation de la vie humaine* *, dit-il. Rien ne fait mieux comprendre l'improvisation de la vie humaine qu'une musique inachevée – ou un vieux carnet d'adresses.

– Un carnet d'adresses? » répéta Bailey.

Il n'osa pas aller plus loin, et garda un silence poli.

« Tu as toujours été une sorte d'enfant, Johnny », dit Elizabeth avec un accent d'ancienne tendresse.

Le dîner était « sudiste », avec tous les plats qu'il aimait : poulet frit, gâteau de maïs, merveilleuses patates douces au sucre caramélisé. Elizabeth entretenait la conversation pour que les silences ne se prolongent pas. Ferris en vint à parler de Jeannine :

« Je l'ai rencontrée, il y a un an. À peu près, à cette époque-ci, en automne. Elle est chanteuse. Elle avait un engagement à Rome. Je pense que nous allons nous marier. »

Cela semblait si vrai, si inévitable, que Ferris ne prit pas tout de suite conscience de son mensonge. Jamais il n'avait parlé mariage avec Jeannine. Du reste, elle avait encore un mari – un Russe blanc, agent de change à Paris, dont elle vivait séparée depuis cinq ans. C'était trop tard pour revenir sur son mensonge. Elizabeth disait déjà :

« Je suis très heureuse pour toi, Johnny. Je te félicite. »

Il essaya de se racheter par une vérité première :

« L'automne est si beau, à Rome. Toutes ces fleurs, tous ces parfums... »

Il ajouta :

« Jeannine a un petit garçon de six ans, un curieux bonhomme qui parle trois langues. Je l'emmène parfois aux Tuileries. »

* En français dans le texte. *(N.d.T.)*

Mensonge, là encore. Il ne l'avait emmené qu'une fois. Ce petit étranger blafard, aux culottes trop courtes, aux jambes trop maigres, avait fait nager son bateau dans le bassin, était monté sur un poney et avait voulu assister au spectacle de marionnettes. Mais quelqu'un attendait Ferris à l'hôtel Scribe. Il avait promis à Valentin de revenir, une autre fois. Ils n'étaient jamais revenus.

Il y eut une brusque agitation. La femme de chambre entra avec un gâteau piqué de bougies roses. Les enfants la suivaient, en pyjama. Ferris ne comprenait pas encore.

« Bon anniversaire, John! dit Elizabeth. Souffle tes bougies. »

C'était son anniversaire. Les bougies s'éteignirent doucement dans une odeur de cire chaude. Trente-huit ans. Les veines de ses tempes étaient devenues plus sombres. On les voyait battre plus vite.

« Vous allez être en retard pour le théâtre. »

Il remercia Elizabeth, dit au revoir à toute la famille qui le raccompagna jusqu'à la porte.

Une lune très haute, très mince, brillait au-dessus des gratte-ciel noirs en dents de scie. Il y avait du vent. Les rues étaient froides. Il se hâta vers la 3e Avenue et héla un taxi. Il regarda la ville endormie avec l'attention particulière de ceux qui s'en vont – qui ne reviendront peut-être jamais. Il était seul. Il attendait avec impatience l'heure du départ, et le voyage qui approchait.

C'est d'avion, le lendemain, qu'il regarda la ville, éclatante dans le soleil, pareille à un jouet, si précise. Puis l'Amérique bascula, il n'y eut plus que l'Atlantique, et, au-delà de l'horizon, le lointain rivage d'Europe. Au-dessous des nuages, l'Océan avait une pâleur laiteuse, tranquille. Ferris somnola pendant presque toute la journée. Vers le soir, il pensa à Elizabeth, à la visite de la veille. Il la revit au milieu des siens, avec un sentiment d'envie très doux, très nostalgique, et un regret qu'il ne comprenait pas. Il essaya de retrouver la mélodie interrompue qui l'avait bouleversé. Il n'en avait gardé que le rythme, quelques notes éparses. La musique lui échappait. Par contre, il réentendit le premier motif de la fugue, mais inversée, comme par dérision, et dans un ton mineur. Suspendu au-dessus de l'Océan, il se sentait libéré de toute angoisse devant la solitude et la brièveté du temps, et c'est avec résignation qu'il pensait à la mort de son père. L'avion atteignit la côte française à l'heure du dîner.

À minuit, Ferris traversait Paris en taxi. C'était une nuit nuageuse. Une couronne de brume s'accrochait aux réverbères de la place de la Concorde. Les lumières des cafés encore ouverts se reflétaient sur les trottoirs mouillés. Comme toujours après un vol transatlantique, le changement de continent était trop brutal. Le matin à New York, Paris à minuit. Ferris entrevoyait le désordre de sa vie : tant de villes, d'amours éphémères, et le temps, le glissement sinistre des années, le temps toujours.

« *Vite, vite, dépêchez-vous !* » cria-t-il au chauffeur.

Valentin ouvrit la porte. Il portait un pyjama et une robe de chambre rouge trop grande pour lui. Ses yeux gris étaient pleins d'ombre. En voyant Ferris entrer dans l'appartement, il battit rapidement des paupières.

« *J'attends maman.* »

Jeannine chantait dans une boîte de nuit. Elle ne rentrerait qu'une heure plus tard. Valentin s'accroupit de nouveau sur le tapis, reprit ses crayons de couleurs et recommença à dessiner. Ferris regarda le dessin : c'était un joueur de banjo. Des notes de musique lui sortaient de la bouche, entourées d'une bulle.

« On va retourner aux Tuileries. »

L'enfant leva la tête. Ferris l'attira contre ses genoux. La mélodie interrompue lui revint subitement. Sans qu'il l'ait cherchée, comme si sa mémoire se libérait d'un coup – et ce fut un instant de joie inattendue.

« Tu l'as vu, monsieur Jean? » demanda l'enfant.

Ferris ne comprenait pas. Il pensait à un autre enfant – un petit garçon roux qu'adoraient son père et sa mère.

« Vu qui, Valentin?

– Ton papa mort en Georgie. Il était bien? »

Ferris se mit à parler très vite :

« On ira aux Tuileries, très souvent. Tu feras du poney. On ira au guignol. On regardera les marionnettes. On ne sera plus jamais pressés.

– Le guignol est fermé, maintenant, monsieur Jean », dit l'enfant.

L'effroi, de nouveau, le compte des années perdues, la mort. Valentin dans ses bras, confiant, abandonné. Sa joue touchait cette douce joue et sentait la caresse des cils délicats. Dans un geste d'effusion, il serra l'enfant contre lui, comme si une émotion aussi changeante que son amour pouvait maîtriser le rythme du temps.

Un problème familial

Le titre anglais de cette nouvelle (publiée pour la première fois en 1951 dans La Ballade du café triste et autres nouvelles*), « A Domestic Dilemma », a une résonance plus mystérieuse due à l'allitération en « d » et à la complexité du mot « dilemme » qui évoque deux voies également sans issue.*

Martin Meadows n'a de champêtre que le patronyme et lorsqu'il rentre chez lui le jeudi, jour de congé de l'employée de maison qui avait été embauchée pour aider sa femme dépressive, il est plein d'appréhension.

Ce soir-là, il est atterré de découvrir que, sous l'influence de l'alcool, sa femme, Emily, a préparé aux enfants, Marianne et Andy, des tartines qui leur emportent la bouche. Elle a en effet confondu cannelle et poivre de Cayenne.

Carson McCullers analyse avec précision les causes de cet alcoolisme féminin, souvent tu, parce que considéré comme honteux. Emily n'a pas supporté le déménagement qui l'a privée de ses repères familiaux. Le choix d'une ville comme Paris, Alabama, pour symboliser le trou de province duquel il est difficile de se détacher, est un trait de l'humour de Carson McCullers, qui condense sa nostalgie du Sud et son amour pour la vie parisienne.

Mais, loin d'être une enquête sur l'alcoolisme féminin, cette nouvelle en montre les ravages qui menacent de défaire les liens familiaux, et surtout de menacer la confiance de la mère dans l'amour de ses enfants. Le titre prend tout son sens, au dernier paragraphe, lorsque le mari, plein de dégoût envers sa femme, sent sa rancœur se dissoudre devant le spectacle de cette beauté abandonnée au sommeil. Toute la difficulté (le dilemme) du couple sado-masochiste se lit dans cette scène (l'une des rares où Carson McCullers évoque directement l'amour sensuel) où la haine se mue en désir.

Chaque jeudi, Martin Meadows quittait son bureau un peu plus tôt pour pouvoir attraper le premier autocar express. Le crépuscule bleu lilas se fanait dans les rues humides, et, à l'instant précis où l'autocar quittait le terminus, les lumières de la nuit brillaient sur la ville. Chaque jeudi après-midi, la domestique était de sortie, et Martin préférait rentrer le plus vite possible, car, depuis l'an dernier, sa femme n'était pas... – enfin, pas très bien. Ce jeudi-là, il était très fatigué. Pour éviter qu'un des habitués de cette ligne de banlieue ne lui adresse la parole, il se plongea dans son journal jusqu'à ce que l'autocar ait franchi le pont George-Washington 226
et se soit engagé sur l'autoroute 9-W. Il avait fait alors la moitié du parcours. Martin en prenait conscience chaque soir. Et, même quand il faisait froid et qu'aucun courant d'air ne traversait l'atmosphère enfumée de l'autocar, il prenait une profonde inspiration, en se disant qu'il respirait enfin l'air de la campagne. Il pouvait alors commencer à se détendre, et penser à sa maison avec plaisir. Depuis l'an dernier, cependant, il sentait grandir en lui un sentiment d'inquiétude à mesure qu'il s'en rapprochait, et il était beaucoup moins pressé d'arriver. Ce jeudi-là, le visage contre la vitre, il regardait les champs déserts, et les lumières des villages isolés. Le clair de lune éclairait à peine la terre noire, coupée çà et là de plaques de neige durcie. Ce paysage lui parut immense et désolé. Quelques minutes avant l'arrêt, il prit son chapeau dans le filet, glissa son journal dans la poche de son manteau et tira le signal.

Le cottage était à une rue de la station de l'autocar, au bord de la rivière, mais pas directement sur la berge. Par les fenêtres du living-room, on apercevait l'Hudson, de l'autre côté de la rue, au-delà d'un petit jardin. C'était une maison trop blanche et trop neuve, avec une pelouse étroite. En été, il y avait un gazon soyeux et brillant, et Martin prenait grand soin d'une bordure de fleurs et d'un rosier grimpant. Mais, en hiver, la pelouse était terne et le cottage paraissait nu. Ce soir-là, Martin vit toutes les lampes allumées et pressa le pas. Il s'arrêta devant le perron pour écarter un chariot qui lui barrait le passage.

Les enfants étaient dans le living-room. Si passionnés par leur jeu qu'ils n'entendirent pas la porte s'ouvrir. Martin s'arrêta pour les regarder. Ils étaient très beaux et ils allaient très bien. Ils avaient ouvert le dernier tiroir du secrétaire et sorti les décorations de Noël. Andy avait réussi à allumer la guirlande d'ampoules électriques. Les boules rouges et vertes étincelaient sur le tapis, comme pour une fête hors-saison. Il essayait de faire passer cette guirlande lumineuse par-dessus le cheval à bascule de Marianne. Marianne, assise par terre, déplumait un ange de ses ailes. Les enfants accueillirent leur père avec des transports de joie. Martin fit sauter la petite fille si bien potelée par-dessus son épaule, pendant qu'Andy se jetait dans ses jambes.

« Papa, papa, papa! »

Martin reposa la petite fille par terre avec précaution et fit osciller deux ou trois fois Andy comme un pendule. Puis il ramassa la guirlande d'ampoules.

« Pourquoi avez-vous sorti tout ça? Aidez-moi à le remettre dans le tiroir. Andy, ne fais pas l'idiot avec la prise de courant. Je te l'ai déjà dit cent fois. C'est sérieux, Andy. »

Le petit garçon de six ans hocha la tête et referma le tiroir. Martin passa la main dans ses doux cheveux blonds, s'attarda un moment sur la petite nuque fragile.

« Tu as dîné, mon gros loup?

– Le toast était brûlant. J'ai eu mal. »

La petite fille trébucha sur le tapis et, la première surprise passée, se mit à pleurer. Martin la prit dans ses bras et la porta jusqu'à la cuisine.

« Le toast, papa, regarde... »

Emily avait préparé le dîner des enfants sur la table de porcelaine qu'elle avait débarrassée. Deux assiettes, avec des restes de flocons d'avoine, deux pots d'argent qui avaient contenu du lait, et une grande assiette de pains grillés à la cannelle, tous intacts, sauf le premier qui portait une marque de dents. Martin renifla le morceau entamé, le mordilla sans enthousiasme, et jeta le pain dans la poubelle.

« Oh! Fffuuiii... Mais qu'est-ce que c'est que ça? »

Emily s'était trompée. Au lieu de cannelle, elle avait mis du poivre de Cayenne.

« C'est agréable de brûler, dit Andy. J'ai bu de l'eau, j'ai sorti en courant et j'ai ouvert la bouche. Marianne en a pas mangé.

– N'en a pas », corrigea Martin, immobile, perplexe, regardant les murs de la cuisine.

« Enfin, c'est comme ça, dit-il enfin. Où est ta mère?

– Là-haut. Dans votre chambre. »

Martin laissa les enfants dans la cuisine et monta voir sa femme. Il resta un moment sur le palier pour que sa colère se calme. Puis il entra et referma soigneusement la porte derrière lui.

Emily était assise dans un rocking-chair, près de la fenêtre de cette agréable pièce. Elle venait de boire quelque chose dans une timbale. En le voyant entrer, elle cacha rapidement la timbale derrière son fauteuil. Il y avait dans son attitude un mélange d'inquiétude et de culpabilité, qu'elle essaya de masquer sous une vivacité un peu trop appuyée.

« Oh! Marty, déjà rentré? Je n'ai pas vu le temps passer. J'allais justement descendre... »

Elle vint vers lui, en titubant un peu. Son baiser sentait le sherry. Comme il la regardait sans dire un mot, elle se recula avec un petit rire nerveux :

« Qu'est-ce qui t'arrive? Tu restes là, planté comme un piquet. Il y a quelque chose qui ne va pas?

– Qui ne va pas pour *moi?* »

Il se baissa et ramassa la timbale derrière le rocking-chair.

« Si tu pouvais savoir à quel point j'en ai assez... À quel point tout ceci est néfaste pour nous tous... »

Emily prit la voix faussement enjouée qui était devenue un peu trop familière pour Martin. Elle affectait, dans ces moments-là, un léger accent anglais, imité sans doute d'une actrice qu'elle admirait.

« Je ne comprends pas un mot de ce que tu dis. Fais-tu allusion à la timbale qui m'a servi à boire une larme de sherry? Une larme, peut-être deux. Peux-tu m'expliquer en quoi c'est un crime? Je me sens tout à fait bien. Tout à fait bien.

– Ça saute aux yeux! »

Emily se dirigea vers la salle de bain en surveillant attentivement sa démarche. Elle ouvrit le robinet d'eau froide, en fit couler dans ses mains jointes, s'en aspergea le visage et s'essuya avec le coin d'une serviette. Elle était jolie, avec des traits délicatement dessinés, jeune, sans une ride.

« J'allais justement descendre préparer le dîner. »

Elle perdit l'équilibre, se rattrapa au montant de la porte.

« C'est moi qui vais m'occuper du dîner. Reste ici. Je te l'apporte.

– Il n'en est pas question, Marty. Entendre une chose pareille, mais...

– Je t'en prie.

– La paix, à la fin! Je te répète que je suis tout à fait bien et que j'allais justement descendre...

– Obéis-moi.

– Et ta sœur! »

Elle chancela vers la porte. Martin lui saisit le bras.

« Je ne veux pas que les enfants te voient dans cet état. Sois raisonnable.

– Cet état! »

Emily secoua le bras. Une brusque colère fit trembler sa voix.

« Je bois deux petits sherries dans l'après-midi et tu veux me faire passer pour une ivrogne? Cet état! Je ne touche jamais au whisky, tu le sais parfaitement. Je n'entre jamais dans un bar. Tu ne peux pas en dire autant! Pas même un cocktail avant le dîner. Un simple verre de sherry de temps en temps. Et alors, où est le mal? Cet état! »

Martin cherchait comment la calmer.

« Tu vas voir. On va dîner ici, tranquillement, en tête à tête. Voilà, sois raisonnable. »

Emily s'était assise sur le bord du lit. Il ouvrit rapidement la porte.

« Une seconde, et je reviens. »

Tout en s'occupant du dîner, il cherchait une fois de plus à comprendre comment un tel problème avait pu atteindre son foyer. C'est vrai qu'il avait toujours aimé boire lui-même. C'est vrai qu'en Alabama ils trouvaient tout naturel de se préparer des cocktails. Et que, pendant des années, ils avaient pris l'habitude de boire deux ou trois verres avant le dîner, et un dernier verre avant de se coucher. Et qu'à la veille des vacances il leur arrivait de faire la bombe et d'être un peu éméchés. Mais jamais Martin n'avait considéré l'alcool comme un problème. Comme une dépense, plutôt, qui devenait de plus en plus lourde avec le développement de sa famille. Rien de plus. Il avait fallu qu'il soit nommé à New York pour s'apercevoir que sa femme buvait trop. Qu'elle sirotait pendant la journée.

Le problème découvert, il avait essayé d'en analyser la cause. Le transfert d'Alabama à New York avait sans aucun doute perturbé Emily. Elle avait toujours vécu dans la chaleur paresseuse d'une petite ville du Sud, entourée de sa famille, de ses cousins, de ses amis d'enfance. Elle n'avait pas pu se faire à la façon de vivre du Nord, plus rigide et plus impersonnelle. Elle supportait mal ses devoirs de mère de famille et de maîtresse de maison. Elle avait une si vive nostalgie de Paris-City qu'elle ne s'était fait aucune amie dans cette petite ville de banlieue. Elle se contentait de lire les journaux et beaucoup de romans policiers. L'alcool l'aidait à combler le vide de sa vie intérieure. Les effets de la boisson sapèrent insidieusement l'image qu'il avait eue jusque-là de son épouse. Elle avait des moments de méchanceté inexplicable, des moments où l'excès d'alcool provoquait une explosion de colère extrêmement vulgaire. Martin découvrit chez Emily une grossièreté latente, en désaccord absolu avec sa simplicité naturelle. Elle mentait au sujet de ce qu'elle buvait, et inventait pour tromper Martin des stratagèmes dont il la croyait incapable.

Puis un accident se produisit. Un soir de l'année précédente, en rentrant chez lui, il avait entendu des cris qui venaient de la chambre d'enfants. Il avait trouvé la petite Marianne nue et mouillée. Elle sortait de son bain. Emily la tenait de telle façon que son fragile, si fragile petit crâne heurtait le bord de la table, et qu'un filet de sang coulait dans le duvet de ses cheveux. Emily sanglotait. Elle était ivre. Pendant qu'il berçait l'enfant blessée, qui avait pris pour lui, à cet instant, une valeur inestimable, Martin s'était senti terrifié en pensant à l'avenir.

Le lendemain, Marianne allait bien. Emily avait fait le serment de ne plus toucher à l'alcool. Elle avait tenu parole quelques semaines. Elle était sobre, froide, et abattue. Petit à petit, elle avait recommencé à boire. Ni whisky ni gin. De la bière en grande quantité, du sherry et toutes sortes de liqueurs étrangères. Il avait découvert un jour un carton à chapeaux plein de bouteilles de crème de menthe vides. Il avait engagé une personne de confiance qui dirigeait la maison avec efficacité. Virgie était d'Alabama, elle aussi. Martin n'avait pas osé dire à Emily quels étaient les salaires pratiqués à New York. Maintenant, Emily buvait dans le secret le plus absolu, en dehors des heures où il était à la maison. Impossible de s'en apercevoir. Une certaine lenteur, peut-être, dans les gestes; une certaine lourdeur dans la paupière. Les moments d'irresponsabilité absolue, comme la tartine au poivre de Cayenne, étaient rares. Quand Virgie était là, Martin pouvait oublier ses soucis. Il gardait en lui, cependant, une angoisse secrète, qui l'accompagnait toute la journée, l'angoisse d'un irréparable désastre.

« Marianne! »

Chaque fois qu'il repensait à l'accident, il avait besoin de se rassurer en appelant sa fille. Sa blessure avait disparu, mais elle avait toujours, aux yeux de son père, une valeur inestimable. Elle entra dans la cuisine avec son frère. Martin achevait de préparer le dîner. Il avait ouvert une boîte de soupe et mis deux côtelettes à griller dans la poêle. Il s'assit devant la table et fit grimper Marianne sur ses genoux pour jouer au cheval. Andy les regardait, en faisant bouger une de ses dents qui remuait depuis le début de la semaine.

« Andy-lapin, tu as toujours cette vilaine bête dans la bouche? Fais voir.

– J'ai une ficelle pour l'arracher. »

Le petit garçon sortit de sa poche un morceau de fil tout emmêlé.

« Virgie dit qu'il faut attacher un bout à la dent, l'autre bout à la poignée de la porte, et fermer la porte très fort. »

Martin prit un mouchoir propre et tâta soigneusement la dent branlante.

« Il faut que cette dent quitte cette nuit la bouche d'Andy. Sinon, nous allons avoir un arbre à dents dans la famille.

– Un quoi?

– Un arbre à dents. En mordant dans quelque chose, Andy avalera sa dent. Cette dent prendra racine dans l'estomac du pauvre Andy et se transformera en arbre qui aura des petites dents pointues à la place des feuilles.

– Nnnooonn, papa! »

Andy tenait solidement sa dent entre le pouce et l'index.

« J'ai jamais vu cet arbre-là. Ça peut pas exister.

– Je *n*'ai jamais vu cet arbre-là, ça *ne* peut pas exister. »

Martin se redressa brusquement. Emily descendait l'escalier. En entendant son pas hésitant, il prit peur et serra le petit garçon contre lui. Quand Emily entra dans la cuisine, il comprit, à ses gestes et à son visage fermé, qu'elle avait eu de nouveau recours à la bouteille de sherry. Elle ouvrit brutalement les tiroirs et commença à mettre le couvert.

« Cet état! dit-elle d'une voix furieuse. Tu oses me parler sur ce ton! Ne t'imagine pas que je vais oublier. Je me souviens de tous tes mensonges, l'un après l'autre. Ne t'imagine pas une seconde que je vais oublier.

– Emily, les enfants...

– Les enfants, justement. Ne t'imagine pas que je suis aveugle. Je vois parfaitement ce que tu complotes. Tu t'enfermes ici, et tu les montes contre moi. Ne t'imagine pas que je ne comprends pas.

– Emily, je t'en prie, retourne là-haut.

– Et, pendant que je suis là-haut, tu montes mes enfants, mes propres enfants... »

Deux grosses larmes coulaient sur ses joues.

« Tu essaies de monter mon petit garçon, mon petit Andy, contre sa propre mère... »

Avec la violence de l'ivresse, elle s'agenouilla devant l'enfant tout surpris. Elle s'agrippa à ses épaules pour garder son équilibre.

« Réponds-moi, Andy. Tu n'écoutes pas les mensonges que te dit ton père? Tu ne crois pas ce qu'il te raconte? Réponds-moi, Andy, de quoi te parlait ton père avant que j'arrive? »

Ne sachant que faire, l'enfant chercha le regard de son père.

« Réponds-moi. Je veux savoir.

– De l'arbre à dents.

– Quoi? »

L'enfant répéta. Elle répéta à son tour, prise d'une terreur insensée.

« L'arbre à dents! »

Elle serrait l'épaule de l'enfant de toutes ses forces.

« Je ne comprends pas de quoi tu parles, Andy. Mais écoute, Andy, maman va bien, non? »

Les larmes coulaient sur son visage. Andy, qui avait peur, se recula. Emily saisit le bord de la table pour se tenir droite.

« Tu vois, tu as monté mon fils contre moi! »

Marianne commença à pleurer. Martin la serra contre lui.

« C'est ça dit-elle, reprends *ta* fille. Tu as toujours eu une préférence pour elle. Je te la laisse, mais laisse-moi au moins mon petit garçon. »

Andy, qui était tout près de son père, lui toucha la jambe.

« Papa... », supplia-t-il.

Martin conduisit les deux enfants au pied de l'escalier.

« Andy, tu montes avec Marianne. Je vous rejoins dans une minute.

– Et maman? murmura l'enfant.

– Tout ira bien, ne t'inquiète pas. »

Emily sanglotait contre la table de la cuisine, le visage enfoui au creux de son coude. Martin remplit un bol de soupe et le posa devant elle. Ses sanglots le désarmaient. Quelle qu'en fût la nature, la violence de cette émotion suscita en lui un élan de tendresse. Involontairement, il lui posa la main sur les cheveux.

« Redresse-toi et mange ta soupe. »

Elle leva la tête, le regarda d'un air suppliant et désolé. Était-ce le recul du petit garçon ou la main de Martin? Son humeur s'était transformée.

« Mar... Martin..., sanglota-t-elle, j'ai tellement honte.

– Mange ta soupe. »

Elle voulut faire preuve d'obéissance, avala sa soupe entre deux hoquets. Elle avala un second bol et accepta qu'il la reconduise jusqu'à leur chambre. Elle était docile et calme. Il posa la chemise de nuit sur le lit. Au moment où il allait quitter la chambre, une nouvelle vague de désespoir, provoquée par l'alcool, la submergea.

« Il s'est détourné de moi. Mon Andy m'a regardée et s'est écarté de moi... »

Malgré la fatigue et l'agacement qui durcissaient sa voix, Martin répondit prudemment :

« Tu oublies que c'est un petit enfant. Comment veux-tu qu'il comprenne ce que signifie ce genre de scène?

– J'ai fait une scène? Martin, j'ai fait une scène devant les enfants? »

Elle avait un visage si horrifié qu'il en fut touché, presque amusé malgré lui.

« N'y pense plus. Mets ta chemise de nuit et dors.

– Mon enfant s'est détourné de moi. Andy a regardé sa mère et s'est détourné de sa mère. Les enfants... »

Elle se laissait reprendre par le désespoir rythmé de l'ivresse. Martin quitta la chambre en disant :

« Pour l'amour du ciel dors. Demain matin, les enfants auront tout oublié. »

Mais il n'était pas sûr que ce soit vrai. Cette scène s'effacerait-elle complètement de leur mémoire, ou plongerait-elle dans leur subconscient des racines profondes qui resurgiraient et suppureraient un jour? Il n'en savait rien. Cette éventualité le rendit malade. Il imagina le réveil d'Emily, sa « matinée-après-l'humiliation ». Les échardes de souvenirs, les éclairs de lucidité déchirant l'obscur aveuglement de la honte. Elle téléphonerait deux fois au bureau de New York – peut-être trois, quatre fois. Martin imaginait son propre embarras, se demandant si ses collègues ne se douteraient pas de quelque chose. Il avait l'impression que sa secrétaire avait deviné son problème depuis longtemps et qu'elle avait pitié de lui. Une brève révolte le dressa contre son destin. Il haïssait sa femme.

Quand il eut refermé derrière lui la porte de la chambre des enfants, il se sentit à l'abri pour la première fois de la soirée. Marianne tomba, se releva toute seule, dit : « Regarde, papa », tomba de nouveau, jouant sans fin à « je tombe-je me relève-je dis à papa de me regarder ». Assis dans sa petite chaise d'enfant, Andy tripotait sa dent. Martin fit couler l'eau dans le tub, se lava les mains dans le lavabo et appela son fils dans la salle de bain.

« Andy, viens me montrer ta dent encore une fois. »

Il s'assit sur le siège des W.-C., serra Andy entre ses genoux. L'enfant ouvrit la bouche. Martin saisit la dent. Une secousse, un mouvement bref, la dent de lait nacrée sortit de son alvéole. Le visage d'Andy reflétait à la fois la terreur, l'étonnement et le plaisir. Il but une gorgée d'eau, la recracha dans le lavabo.

« Papa, du sang! Regarde! Marianne... »

Martin adorait donner leur bain à ses enfants. Il se délectait devant la tendresse de ces corps nus, debout dans l'eau. Emily était injuste en l'accusant d'avoir une préférence. En savonnant ce corps délicat de garçon qui était celui de son fils, il sut qu'il était impossible d'aller plus avant dans l'amour. Il admettait cependant que l'émotion qu'il éprouvait pour chacun de ses enfants était différente. Son amour pour sa fille était plus grave, teinté d'une sorte de mélancolie, d'une douceur qui ressemblait à de la douleur. Les diminutifs qu'il donnait au garçon changeaient chaque jour, au gré du moment. Sa fille, il l'appelait toujours Marianne, et, quand il prononçait ce nom, sa voix était une caresse. Il acheva d'essuyer le petit ventre grassouillet, le doux petit pli génital. Ces deux visages bien propres, éclatants comme des pétales de fleur, il les aimait autant l'un que l'autre.

« Je vais mettre ma dent sous mon oreiller, dit Andy. En échange, je recevrai vingt-cinq *cents*.

– Comment ça?

– Tu sais bien, papa. Johnny a reçu vingt-cinq *cents* pour sa dent.

– Mais qui les dépose, ces vingt-cinq *cents*? J'ai toujours cru que c'étaient les fées. De mon temps, d'ailleurs, elles ne donnaient que dix *cents*.

– C'est des histoires pour le jardin d'enfants.

– Qui les dépose, alors?

– Les parents. Toi. »

Martin attachait la couverture de Marianne. La petite fille dormait déjà. Il se pencha, retenant son souffle, embrassa le front, embrassa une fois encore la main minuscule qui reposait, paume ouverte, près de son visage.

« Bonne nuit, Andy-fiston. »

Un murmure ensommeillé lui répondit. Il attendit un moment, chercha de la monnaie dans sa poche, et glissa sous l'oreiller une pièce de vingt-cinq *cents*. En sortant, il laissa une lampe de chevet allumée dans la chambre.

Il redescendit dans la cuisine, et, tout en cherchant de quoi dîner, il lui vint à l'esprit que les enfants n'avaient reparlé ni de leur mère ni de cette scène qui avait dû leur sembler incompréhensible. Ils s'étaient trouvés absorbés par l'instant présent – la dent, le bain, la pièce de vingt-cinq *cents*, incidents légers et que le temps si fluide de l'enfance entraînait avec lui, comme une rivière rapide entraîne des feuilles, abandonnant et oubliant sur la berge les énigmes du monde adulte. Martin en remercia Dieu.

Mais sa colère, longtemps retenue, resurgit. Il voyait sa jeunesse s'effriter sous les coups d'une ivrogne, sa propre virilité subtilement minée. Une fois franchie l'innocence qui les protégeait, que se passerait-il pour les enfants, d'ici un an ou deux? Les coudes sur la table, il mangeait rageusement, machinalement. Impossible de dissimuler la vérité plus longtemps. On allait finir par jaser en ville et au bureau. Il avait une femme aux mœurs dissolues. Dissolues. Quel avenir, pour ses enfants et lui, sinon une lente et inéluctable déchéance?

Il se leva d'un mouvement brusque, se mit à tourner dans le living-room. Il essaya de lire, mais son esprit était encombré d'images sinistres. Il voyait ses enfants qui se noyaient dans une rivière, sa femme devenue un objet de mépris public. Au moment de monter se coucher, cette colère insupportable et tenace était comme un poids sur sa poitrine, et il traînait les pieds en montant l'escalier.

La chambre était sombre. Une faible lueur arrivait de la salle de bain par la porte entrebâillée. Il se déshabilla lentement. Un mystérieux changement s'opérait en lui peu à peu. Sa femme dormait paisiblement. Sa respiration tournait doucement dans la pièce. En apercevant les bas négligemment jetés sur les chaussures à hauts talons, il perçut comme un appel silencieux. Il s'approcha des vêtements, en désordre sur une chaise. Il prit dans ses mains la gaine et le soutien-gorge soyeux, les garda, quelques instants, immobile. Pour la première fois de la soirée il regarda sa femme. Il parcourait des yeux le front délicat, le parfait dessin des sourcils dont avait hérité Marianne, en même temps que l'arrondi du nez. Les hautes pommettes et le menton pointu appartenaient à Andy. Elle était mince et souple, et sa poitrine était épanouie. Plus il regardait sa femme endormie, plus il sentait s'éloigner le spectre de sa colère. Reproche, déchéance, tout avait disparu. Il alla éteindre la salle de bain, entrouvrit la fenêtre et se glissa doucement contre Emily, en prenant soin de ne pas l'éveiller. Il lui jeta un dernier regard, à la clarté de la lune. Sa main tâtonna vers ce corps et le chagrin se doublait de désir dans la complexité infinie de l'amour.

Une pierre, un arbre, un nuage

Écrite pendant la période de dépression qui suivit la première attaque cardiaque de Carson McCullers, cette nouvelle parut d'abord dans Harper's Bazaar *en novembre 1942, et elle fut choisie pour figurer dans l'anthologie des meilleures nouvelles de 1942.* (O. Henry Memorial Prize Stories of 1942). *C'est elle qui clôt le recueil de* La Ballade du café triste et autres nouvelles *publié en 1951 par Houghton Mifflin.*

Dialogue entre un jeune livreur de journaux de douze ans et un vagabond accoudé au comptoir d'un tramway-bar, cette courte nouvelle expose les idées de Carson McCullers sur l'amour. Bravant l'antagonisme narquois de Léo, propriétaire du bar, le vagabond raconte à l'enfant comment sa femme l'a quitté, douze ans auparavant, ce qui a précipité d'abord sa chute, puis sa prise de conscience de la différence entre plaisir et amour. Si le plaisir éparpille l'être, l'amour le rassemble et lui donne un centre. C'est, au fond, la thèse de toute l'œuvre de Carson McCullers. Mais l'homme ne s'arrête pas à ce constat : il en a conçu une théorie, une « science » de l'amour dont il évoque les degrés : au lieu de commencer par l'apogée, il faut partir du degré zéro, et apprendre à aimer une pierre, un arbre, un nuage avant de prétendre à un stade plus élevé. Il y a quelque chose de Zen dans cette concentration sur les choses, et Carson McCullers renforce le caractère choquant d'une telle simplicité en mettant en scène la hargne du tenancier de ce bar. Visiblement, il ne supporte pas que l'âme devienne objet de discours chez un vagabond. Le petit garçon, quant à lui, manifeste sa perception confuse que l'homme en sait long en disant simplement : « En tout cas, il a beaucoup voyagé. » Tel le fou qui dit la vérité, l'homme de passage a exprimé son message optimiste dans le petit matin blême d'un « tramway-bar » anonyme. L'incompréhension qu'il a rencontrée n'ôte rien à l'intensité de sa conviction.

Le matin était encore très sombre et il pleuvait. Le garçon passa devant le tramway-bar. Comme il avait presque fini sa tournée, il entra boire une tasse de café. C'était un bar ouvert toute la nuit, tenu par un homme aigri et avare nommé Léo. Après tant de rues désertes, hostiles, le bar avait quelque chose de gai et d'amical. Le long du comptoir, il y avait deux soldats, trois ouvriers de la filature et, tout à fait dans le fond, un homme tellement voûté que son nez et la moitié de son visage plongeaient dans son pichet de bière. Le garçon portait un casque de cuir comme en ont les pilotes. En entrant, il dégrafa le côté droit de sa mentonnière et le releva au-dessus de sa petite oreille rose. Il arrivait souvent que quelqu'un lui dise un mot aimable pendant qu'il buvait son café. Mais, ce matin-là, personne ne parlait. Léo ne fit même pas attention à lui. Il allait sortir, après avoir payé, quand il entendit une voix qui l'appelait :

« Fils ! Hé ! Fils ! »

Il se retourna. L'homme qui était dans le coin lui faisait signe d'approcher, du doigt et du regard. Il avait soulevé la tête et semblait brusquement très heureux. C'était un homme grand et pâle, avec un gros nez, des cheveux carotte fanée.

« Hé, fils ! »

Le garçon approcha. Il devait avoir dans les douze ans, petit pour son âge, une épaule plus basse que l'autre à cause de la sacoche qui contenait les journaux, un visage banal, couvert de taches de rousseur, et les yeux ronds d'un enfant.

« M'sieu ? »

L'homme posa une main sur l'épaule du petit livreur, puis lui saisit le menton et le fit tourner lentement de gauche à droite. L'enfant recula d'un bond, mal à l'aise.

« Eh! dit-il d'une voix perçante, vous voulez quoi, exactement? »

Une grand silence s'était fait dans le bar. L'homme dit doucement :

« Je t'aime. »

Au comptoir, les hommes s'étaient mis à rire. Le garçon hésitait, les sourcils froncés. Il regarda Léo au comptoir, et Léo avait un sourire ironique et désabusé. L'enfant se dit qu'il valait mieux rire, lui aussi. Mais l'homme était triste et grave.

« Je ne voulais pas me moquer de toi, fils. Assieds-toi. Prends un verre de bière avec moi. J'ai quelque chose à t'expliquer. »

Le petit livreur de journaux glissa un œil prudent vers les hommes du comptoir, pour savoir ce qu'il fallait faire. Mais ils étaient revenus à leur bière ou à leur petit-déjeuner, et ne s'intéressaient plus à lui. Léo posa sur le comptoir une tasse de café et un pot de crème.

« Attention! dit-il, c'est un mineur. »

Le petit livreur de journaux se hissa sur un tabouret. Son oreille, qui dépassait le bord du casque, était très petite et rouge. L'homme le regardait calmement en remuant la tête.

« C'est important », dit-il.

Il fouilla dans sa poche, en sortit quelque chose qu'il posa dans la paume de sa main.

« Regarde attentivement. »

Le garçon écarquilla les yeux, mais il n'y avait rien à regarder attentivement. Une simple photographie, dans la grande main sale de l'homme. La photographie d'une femme au visage flou. Seuls le chapeau et la robe étaient nets.

« Vu? » dit l'homme.

Le garçon fit signe que oui. L'homme lui montra une seconde photographie. C'était la même femme, sur une plage, en maillot de bain. Un maillot qui lui faisait un gros ventre. C'est la seule chose qu'on remarquait.

« Bien regardé? » dit l'homme.

Se penchant le plus possible, il ajouta :

« Tu ne l'as jamais rencontrée? »

Immobile sur son tabouret, le garçon dévisageait l'homme du coin de l'œil.

« Pas que je sache. »

L'homme souffla sur les photographies et les remit dans sa poche.

« C'était ma femme.

– Morte ? » demanda le garçon.

L'homme hocha doucement la tête, plissa les lèvres comme s'il allait siffler, et hésita longtemps avant de répondre.

« Euuuuhhhh... Je vais t'expliquer. »

Il avait devant lui un grand pichet de bière en grès marron. Au lieu de le prendre pour boire, il se pencha, posa son visage sur le rebord et garda cette position un long moment. Puis, inclinant le pichet des deux mains, il aspira la bière.

« Une de ces nuits, dit Léo, vous vous endormirez le nez dans un pichet et vous vous noierez... Un client de passage éminent se noie dans sa bière. Pas banal, comme mort ! »

Le petit livreur de journaux cherchait à communiquer par signes avec lui. Profitant de ce que l'homme ne regardait pas, il demanda silencieusement, en articulant bien : « Il est soûl ? » Mais Léo se contenta de lever les sourcils et posa quelques tranches de lard sur son gril. L'homme repoussa le pichet, se redressa, croisa ses longues mains osseuses. Il regardait le garçon avec tristesse. Il ne clignait pas des paupières, mais, de temps en temps, les laissait retomber sur ses yeux vert pâle avec une gravité délicate. C'était presque l'aube. Le garçon déplaça la sacoche qui lui faisait mal à l'épaule.

« C'est de l'amour que je vais parler, dit l'homme. Pour moi, c'est devenu une science. »

Le garçon glissait déjà de son tabouret. Mais l'homme pointa l'index dans sa direction. Il y avait quelque chose en lui qui arrêta le garçon et l'empêcha de s'en aller.

« Je me suis marié il y a douze ans avec la femme des photographies. Elle a été mon épouse, pendant un an, neuf mois, trois jours et deux nuits. Je l'aimais. Oui... »

Il raffermit sa voix qui s'était cassée brusquement.

« Je l'aimais. Je croyais qu'elle m'aimait aussi. J'étais ingénieur des chemins de fer. Elle avait tout ce qu'elle voulait, à la maison, le confort et les à-côtés. Il ne me serait jamais venu à l'idée qu'il pouvait lui manquer quelque chose. Tu sais ce qui est arrivé ?

– Nnnooonn ! » grogna Léo.

L'homme continua de fixer l'enfant.

« Elle est partie. Un soir, je suis rentré ; la maison était vide. Elle était partie.

– Avec un type ? » demanda le garçon.

L'homme reposa sa main sur le comptoir.

« Bien sûr, fils. Une femme ne s'en va pas comme ça toute seule. »

Le bar était calme. Au-dehors, il y avait la pluie, noire et douce, qui tombait sans fin. Léo prit une longue fourchette et appuya les tranches de lard sur le gril.

« Alors, comme ça, dit-il, vous suivez cette pépée à la piste depuis onze ans ? Quel vieux cinglé vous faites ! »

L'homme regarda Léo pour la première fois.

« Pas de vulgarité, je vous prie. D'ailleurs, ce n'est pas à vous que je parle. »

Il se retourna vers le garçon, et dit à mi-voix, comme en confidence :

« On ne fait pas attention à lui, d'accord ? »

Le petit livreur de journaux hocha la tête, avec un peu d'hésitation.

« Je suis quelqu'un qui perçoit des choses, reprit l'homme. C'est comme ça depuis que je suis né. Les choses laissent une empreinte en moi, l'une après l'autre. Un clair de lune, la jambe d'une jolie fille. Mais toujours l'une après l'autre. Et chaque fois qu'une chose m'a touché ainsi, j'ai l'impression étrange qu'elle s'éparpille autour de moi. Aucune ne paraît capable de se suffire à elle-même ou de s'harmoniser avec les autres. Les femmes ? J'en ai eu quelques-unes. Pareil. Le plaisir s'éparpillait très vite. J'étais quelqu'un qui n'avait jamais aimé. »

Il ferma les paupières, très lentement, et c'était comme le rideau d'un théâtre qui se baisse à la fin d'un acte. Lorsqu'il recommença à parler, il n'avait plus la même voix. Il était surexcité, les mots se bousculaient, et les lobes de ses grandes oreilles frémissaient.

« Et j'ai rencontré cette femme. J'avais cinquante et un ans. Elle a toujours prétendu qu'elle en avait trente. Je l'ai rencontrée dans une station-service. Trois jours plus tard, on était mariés. Peux-tu imaginer ce qui s'est passé pour moi ? Je suis incapable de le décrire. Tout ce que j'avais jamais ressenti était soudain rassemblé autour de cette femme. Plus d'éparpillement. L'impression d'une harmonie parfaite dont elle était le centre. »

L'homme s'interrompit brusquement, en caressant son grand nez. Il dit à mi-voix, d'un ton mécontent :

« J'explique mal. Voilà exactement ce qui s'est passé : toutes ces merveilleuses impressions, tous ces plaisirs secrets faisaient partie de moi. Mais en désordre. Cette femme a su en faire le dessin de mon âme. Les divers fragments de moi-même se sont cristallisés en elle, et je suis devenu un tout. Tu me suis maintenant?

– Elle s'appelait comment? demanda le garçon.

– Oh! je l'appelais Dodo. Mais ça n'a rien à voir.

– Vous avez essayé de la faire revenir à la maison? »

L'homme parut ne pas entendre.

« Tu peux commencer à comprendre ce qui s'est passé quand elle m'a quitté. »

Léo mit deux tranches de lard grillé à l'intérieur d'un petit pain. Il avait le visage gris, des yeux fendus, un nez cerclé d'ombres bleuâtres. L'un des ouvriers de la filature fit signe qu'il voulait encore du café. Léo lui en versa. Il se faisait payer pour en resservir. L'ouvrier de la filature prenait tous les matins son petit-déjeuner dans ce bar, mais, plus Léo connaissait ses clients, plus il était avare avec eux. Lui-même, en grignotant son petit pain, il avait l'air de se le refuser.

« Et vous n'avez jamais pu remettre la main dessus? »

Le garçon ne savait pas très bien que penser. Il y avait autant de curiosité que de méfiance sur son visage d'enfant. Comme livreur de journaux, il débutait à peine. C'était encore bizarre pour lui d'être ainsi en ville, dans le petit jour sombre, inquiétant.

« J'ai essayé beaucoup de choses pour la faire revenir, dit l'homme. Je l'ai suivie à la trace un peu partout. J'ai été à Tulsa, où elle avait des parents. Et à Mobile. J'ai été dans toutes les villes dont elle m'avait parlé, j'ai recherché tous les hommes qu'elle avait connus avant moi. Tulsa, Atlanta, Chicago, Cheehaw, Memphis... J'ai battu le pays pendant près de deux ans pour essayer de lui remettre la main dessus.

– Mais ce foutu couple avait disparu de la surface du globe, dit Léo.

– Ne l'écoute pas, dit l'homme à mi-voix, et ne pense pas à ces deux années. Elles ne comptent pas. L'important, c'est cette chose curieuse qui m'est arrivée aux environs de la troisième année.

– Quoi? » demanda le garçon.

L'homme inclina son pichet. Au moment de boire une gorgée de bière, il hésita. Ses narines palpitaient doucement. Il renifla l'odeur de la bière, mais ne but pas.

« Tout d'abord, l'amour est un truc étrange. Les premiers temps, je n'avais qu'une idée : la ramener à la maison. C'était devenu une obsession. Un peu plus tard, j'ai voulu retrouver mes souvenirs. Sais-tu ce qui s'est passé?

– Non.

– Je m'allongeais sur mon lit, j'essayais de penser à elle et mon cerveau était vide. Impossible de la revoir. Je sortais ses photographies. Je les regardais. Rien à faire. Le vide. Tu comprends ça? »

Léo se tourna vers un des hommes du comptoir.

« Tu imagines, Mac, le cerveau de ce mec : le vide! »

L'homme agita la main doucement, comme pour chasser des mouches. Ses yeux verts fixaient avec une attention extrême le visage creux du petit livreur de journaux.

« Brusquement, un éclat de verre sur le trottoir, une pièce de cinq *cents* dans un juke-box, une ombre sur un mur la nuit, et je retrouvais mes souvenirs. Ça m'arrivait dans la rue, sans prévenir. J'en pleurais ou je me cognais la tête contre un bec de gaz. Tu me suis?

– Un éclat de verre... dit le garçon.

– N'importe quoi... Je tournais en rond. J'étais incapable de deviner quand ça allait m'arriver, ni comment. On se dit qu'on doit pouvoir se fabriquer une armure. Mais le souvenir n'attaque jamais de face. Il prend des chemins détournés. J'étais à la merci de tout ce que je voyais, de tout ce que j'entendais. Ce n'était plus moi qui fouillais le pays pour la retrouver. C'était elle qui me poursuivait. À l'intérieur de mon âme. *Elle* me poursuivait. *Moi*. Tu te rends compte, à l'intérieur de mon âme! »

Le garçon finit par demander :

« Vous étiez où, à ce moment-là?

– Wooohhh! répondit l'homme avec un petit grognement. J'en étais devenu malade. Une sorte de petite vérole. Je me suis soûlé, fils, je le confesse, et j'ai forniqué; j'ai commis tous les péchés dont j'avais envie. J'ai honte de le confesser. Mais j'y suis obligé. Quand je repense à cette période, j'ai comme de la glace dans le cerveau. C'était horrible. »

Il baissa la tête, jusqu'à cogner du front le comptoir. Il resta ainsi quelques instants, avec sa broussaille de cheveux carotte sur la nuque, ses longues mains croisées, aux doigts joints, comme en prière. Quand il se redressa, il souriait. Il avait le visage illuminé, tremblant et très vieux.

« C'est arrivé aux environs de la cinquième année, dit-il. Le vrai commencement de ma science. »

Léo fit une rapide grimace.

« La jeunesse, les gars, c'est pas à nous qu'on la rendrait! »

Avec une brusque colère, il jeta par terre le chiffon qu'il tenait à la main.

« Vieille lavette de Roméo!

– Il est arrivé quoi? demanda le garçon.

– La paix, répondit l'homme, d'une voix très haute et très pure.

– Quoi?

– Difficile d'en donner une explication scientifique, fils. En bonne logique, je crois qu'on s'est tellement fuis l'un l'autre qu'on a fini par être complètement emmêlés, et par s'écrouler en lâchant prise. La paix. Un vide étrange et merveilleux. C'était le printemps à Portland. La pluie tombait chaque après-midi. Je restais sur mon lit jusqu'au soir. Et la science me pénétrait peu à peu. »

Derrière les vitres du tramway, le petit jour était bleu pâle. Les deux soldats avaient payé leur bière et se dirigeaient vers la porte. Avant de sortir, l'un d'eux se coiffa et essuya une tache de boue sur ses guêtres. Les trois ouvriers de la filature finissaient leur petit-déjeuner en silence. Sur le mur, la pendule de Léo battait doucement.

« Écoute bien ce qui est arrivé. J'ai médité sur l'amour, et peu à peu, j'ai fini par comprendre d'où vient notre erreur. Quand un homme tombe amoureux pour la première fois, de quoi tombe-t-il amoureux? »

La délicate bouche du garçon était entrouverte, et il ne répondit pas.

« D'une femme. Et il ne possède pas la science. Il ne possède rien de ce qu'il faut pour entreprendre le plus périlleux des voyages qui soient sur cette terre du Seigneur. Il tombe amoureux d'une femme. Exact, fils?

– Ouais, répondit vaguement le garçon.

– Il commence à apprendre l'amour dans le mauvais sens. Il commence tout de suite par l'apogée. Comprends-tu pourquoi c'est si désolant? Sais-tu comment l'homme devrait aimer? »

Le vieil homme avança la main, saisit le garçon par le col de son blouson de cuir, lui donna une petite secousse amicale. Il le regardait fixement, gravement, de ses yeux verts, et ses paupières ne battaient pas.

« Sais-tu comment l'amour devrait débuter? »

Le garçon était attentif, tout petit sur son tabouret. Il remua doucement la tête. Le vieil homme se pencha et murmura :

« Un arbre, une pierre, un nuage. »

Dans la rue, il pleuvait toujours. Une pluie fine, et douce, et persistante. La sirène de la filature retentit. C'était la relève de six heures. Les trois ouvriers payèrent et s'en allèrent. Dans le bar, il n'y avait plus que Léo, le petit livreur de journaux et le vieil homme.

« Il faisait ce temps-là, à Portland, reprit-il, au moment où ma science a pris forme. J'ai médité et je me suis mis prudemment au travail. Prudemment, au début. J'ai ramassé un objet dans la rue, et je l'ai rapporté à la maison. J'ai acheté un poisson rouge, et j'ai fini par l'aimer. D'une chose à l'autre, je faisais des progrès. Ma technique s'améliorait tous les jours. Sur la route de Portland à San Diego...

– Ta gueule! cria brusquement Léo. Ta gueule, ta gueule, ta gueule! »

Le vieil homme tenait toujours le petit garçon par le col de son blouson. Il tremblait. Il y avait de la gravité sur son visage, et de la violence, et de la lumière.

« Pendant six ans, j'ai fait ce chemin tout seul, j'ai mis ma science au point. Maintenant, fils, je suis un maître. Je peux aimer n'importe quoi. Sans même y penser. Je vois une rue pleine de monde. Une admirable lumière me pénètre. Je regarde un oiseau dans le ciel. Je croise un voyageur sur la route. Tout, fils. Tout le monde. Tous étrangers, et tous aimés. Tu te rends compte de ce que représente une science comme la mienne? »

Le garçon était raide, les mains agrippées au comptoir. Il finit par demander :

« Cette femme, vous l'avez retrouvée?

– Quoi, fils? Tu dis quoi? »

Le garçon reprit timidement :

« Je veux dire, êtes-vous tombé amoureux d'une autre femme? »

Le vieil homme lâcha le blouson et se détourna. Pour la première fois, il y avait une lueur d'égarement dans ses yeux verts. Il souleva le pichet de bière, le vida. Sa tête bougeait lentement de côté et d'autre. Il finit par dire :

« Non, fils. Ce sera le dernier stade de ma science. J'avance prudemment. Tu vois, je ne suis pas encore prêt.

– Bon! dit Léo. Bon, bon, bon! »

Le vieil homme était déjà sur le pas de la porte.

« N'oublie pas », dit-il.

Cerné par la lumière froide et grise de l'aube, il avait l'air rabougri, pitoyable, vulnérable. Mais son sourire était radieux.

« N'oublie pas, fils, je t'aime. »

Il inclina une dernière fois la tête. La porte se ferma doucement derrière lui.

Le garçon resta silencieux un long moment. Il arrangea sa frange sur son front, promena son petit index crasseux sur le bord de sa tasse vide. Puis, sans regarder Léo, il demanda :

« Il était soûl?

– Non », répondit sèchement Léo.

Le garçon dit, un peu plus fort :

« Alors, c'était un habitué de la drogue?

– Non. »

Le garçon se décida à regarder Léo. Il y avait une sorte de désespoir sur son petit visage sans relief. Il dit d'une voix insistante, surexcitée :

« Alors, il était fou? Léo, tu crois qu'il était fou? »

Mais le doute l'envahit. Sa voix baissa d'un ton :

« Léo, oui ou non? »

Léo ne répondait pas. Il tenait un café ouvert la nuit depuis quatorze ans. Il estimait s'y connaître parfaitement en matière de folie. Il y avait les gens de la ville, et les clients de passage, comme échappés de la nuit. Il connaissait les manies des uns et des autres. Mais il n'avait aucune envie de satisfaire la curiosité de cet enfant. Il resta donc muet, le visage impassible.

Alors, le garçon referma le côté droit de sa mentonnière. Au moment de tourner le dos pour s'en aller, il fit le seul commentaire qui lui parut indiscutable, la seule remarque qui ne risquait pas de faire naître le rire ou le mépris :

« En tout cas, il a beaucoup voyagé. »

Sucker

Toute première nouvelle écrite par Carson McCullers quand elle n'avait que dix-sept ans, « Sucker » a connu un destin singulier puisqu'elle ne fut publiée que trente ans plus tard en 1963.

Le point de vue narratif est celui d'un garçon de seize ans, Pete, qui partage sa chambre avec son cousin germain surnommé « sucker », c'est-à-dire « poire », « pigeon », parce qu'il croit tout ce qu'on lui dit.

Ce récit rétrospectif revient sur la dégradation progressive des rapports entre Pete et son jeune cousin : après avoir été rejeté par sa petite amie Maybelle, Pete se venge sur Sucker. Le passage difficile de l'enfance à la pré-adolescence, que subit Sucker, annonce ce que seront Mick Kelly qui renonce à la musique et à son espace d'intimité à la fin du Cœur est un chasseur solitaire, *et Frankie Addams, trop grande pour coucher dans le même lit que son père, mais pas assez pour quitter impunément le foyer familial. Sucker est, lui aussi, orphelin, et, de même que Frankie Addams redeviendra Frances, une fois détruits ses rêves d'évasion, il se fait appeler Richard lorsqu'il rompt avec son innocence enfantine.*

La tristesse qui se dégage de cette courte fiction donne une image précise et fidèle des tumultes et des tourments de l'adolescence que les autres œuvres de Carson McCullers exploreront encore davantage.

C'était comme si la chambre n'appartenait qu'à moi. Sucker dormait avec moi, dans mon lit, mais ça ne changeait rien. C'était ma chambre. J'y vivais comme je l'entendais. Je me rappelle qu'un jour j'ai aménagé une cachette dans le plancher. L'an dernier, quand j'étais en deuxième année de collège, j'ai épinglé au mur des photos de filles, découpées dans des magazines. L'une d'elles ne portait que ses sous-vêtements. Ma mère me laissait parfaitement tranquille. Elle avait assez à faire avec les plus jeunes. Et, pour Sucker, tout ce que je faisais était formidable.

Quand je ramenais un ami dans ma chambre, il suffisait que je jette un coup d'œil à Sucker : il se levait aussitôt, laissait tomber ce qu'il était en train de faire, me regardait avec une sorte de demi-sourire et quittait la pièce sans un mot. De son côté, il n'amenait jamais de petits copains. Il a douze ans, quatre de moins que moi, et il a toujours su, sans que je le lui dise, que je ne voulais pas voir des gosses de cet âge fouiller dans mes affaires.

J'oublie, la plupart du temps, que Sucker n'est pas mon frère. C'est un cousin germain, mais, j'ai beau chercher dans mes souvenirs, je le vois vivre avec nous depuis toujours. Sachez que ses parents ont disparu dans un naufrage peu après sa naissance. Pour mes petites sœurs et pour moi, c'est exactement comme un frère.

Sucker retient tout ce que je dis et y croit dur comme fer. D'où son surnom. Il y a deux ans environ, je lui ai raconté que, s'il sautait du toit du garage avec un parapluie ouvert en guise de parachute, il tomberait en douceur. Il a essayé et s'est démis le genou. C'est un exemple entre mille. Le plus drôle, c'est qu'il oublie aussitôt que je l'ai fait marcher et qu'il recommence à me croire. Il n'est pas idiot pourtant – c'est simplement sa façon d'être avec moi. Il est à l'affût de tout ce que je fais et l'enregistre silencieusement.

J'ai appris une chose. Une chose qui me donne un sentiment de culpabilité, et difficile à comprendre. Quand vous sentez que quelqu'un vous admire beaucoup, vous avez tendance à lui tourner le dos avec mépris – et dans le même temps vous êtes capable de vouer une admiration sans bornes à quelqu'un qui ne vous regarde même pas. C'est difficile à comprendre. Ainsi, Maybelle Watts, cette fille qui était en quatrième année, se prenait tout à fait pour la reine de Saba. Elle allait jusqu'à m'humilier. J'aurais pourtant fait n'importe quoi pour qu'elle s'intéresse à moi. Elle m'obsédait jour et nuit. À devenir fou. Pendant toute l'enfance de Sucker, et jusqu'au jour où il a eu douze ans, j'ai l'impression d'avoir été aussi cruel envers lui que Maybelle l'était envers moi.

Il a tellement changé aujourd'hui que j'ai du mal à le revoir tel qu'il était. Je n'aurais jamais cru que quelque chose pourrait nous rendre brusquement si différents l'un de l'autre. Je n'aurais jamais cru également que, pour mettre de l'ordre dans mes idées et chercher à comprendre, je serais obligé de comparer ce qu'il était avec ce qu'il est devenu. Si j'avais pu le savoir d'avance, j'aurais peut-être agi autrement.

En fait, je n'ai jamais fait attention à lui, ni même pensé à lui, et ça doit vous paraître bizarre qu'on puisse partager si longtemps une chambre avec quelqu'un et se souvenir si mal de lui. Dès qu'il se croyait seul, il se racontait des histoires – il s'imaginait en train de poursuivre des gangsters, ou de vivre dans un ranch, enfin des histoires de gosse. Il s'enfermait dans la salle de bains pendant près d'une heure. De temps en temps, il se mettait à parler tout haut, d'une voix surexcitée qu'on entendait dans toute la maison. D'habitude, pourtant, il était très calme. Il n'avait pas beaucoup de copains dans le quartier. Il ressemblait à un gosse qui regarde jouer les autres en attendant qu'on l'invite à entrer dans le jeu. Ça lui était complètement égal de porter des chandails et des vestes qui n'étaient plus à ma taille, même si les manches trop larges lui faisaient des poignets fragiles et blancs de petite fille. Voilà l'image que je garde de lui – il grandissait un peu plus chaque année, mais il restait toujours le même. Voilà ce qu'était Sucker, il y a quelques mois, au moment du drame.

Comme Maybelle joue un certain rôle dans ce qui s'est passé, je crois qu'il faut commencer par elle. Avant de la connaître, je n'avais pas passé beaucoup de temps avec les filles. Au trimestre d'automne, elle est venue s'asseoir à côté de moi pendant le cours de sciences naturelles, et c'est à partir de ce moment-là que je me suis intéressé à elle. Jamais je n'ai vu des cheveux d'un blond aussi lumineux que les siens, et de temps en temps elle fait tenir ses boucles avec une sorte de laque. Elle a des ongles pointus, très bien soignés, couverts d'un vernis rouge vif. Pendant le cours de sciences, je n'ai pas cessé de regarder Maybelle, sauf quand je sentais qu'elle allait tourner les yeux vers moi ou quand le professeur m'interrogeait. Ses mains notamment me fascinaient. Très petites, très blanches, à l'exception de ce vernis rouge, et, quand elle tournait une page de son livre, elle mouillait toujours son pouce, levait le petit doigt, et tournait sa page très lentement. C'est impossible de décrire Maybelle. Elle rend dingues tous les garçons, mais elle ne faisait pas du tout attention à moi. Il faut dire qu'elle a deux ans de plus que moi. J'essayais de la frôler dans les couloirs : c'est à peine si elle souriait vaguement. Rien d'autre à faire qu'à m'asseoir et à la regarder pendant le cours – et j'avais parfois l'impression que la classe entière pouvait entendre cogner mon cœur, et j'avais envie de hurler, de foutre le camp et d'aller au diable!

La nuit, dans mon lit, je pensais à Maybelle. J'étais souvent incapable de m'endormir avant une ou deux heures du matin. Sucker se réveillait et me demandait ce que j'avais à m'agiter comme ça. Je lui répondais de fermer sa gueule. J'ai dû être odieux avec lui très souvent. Je crois que je cherchais à humilier quelqu'un comme Maybelle m'humiliait. Dès qu'on fait de la peine à Sucker, ça se voit sur sa figure. Je ne me souviens pas de toutes les méchancetés que je lui ai dites, car en lui parlant, c'est à Maybelle que je pensais.

Les choses ont duré ainsi pendant trois mois, puis quelque chose a changé dans l'attitude de Maybelle. Elle a commencé à me parler dans les couloirs, et chaque matin elle copiait mes devoirs. Un jour, à l'heure du déjeuner, j'ai dansé avec elle au gymnase. Un après-midi, je me suis payé d'audace et je suis allé chez elle avec une cartouche de cigarettes. Je savais qu'elle fumait dans le vestiaire des filles et parfois même en dehors du collège. Je ne voulais pas lui offrir des bonbons, c'est vraiment « vieux jeu ». Elle s'est montrée très gentille avec moi et j'ai eu l'impression que tout allait changer.

C'est cette nuit-là que le drame a vraiment commencé. Il était très tard quand je suis rentré dans ma chambre, et Sucker dormait déjà. J'étais trop heureux, trop excité. Je ne parvenais pas à trouver une position confortable. Je suis resté éveillé très longtemps en pensant à Maybelle. Puis je me suis mis à rêver et j'ai cru que je l'embrassais. En me réveillant j'ai été surpris de me trouver dans le noir. Je suis resté immobile et il m'a fallu plusieurs secondes avant de comprendre où j'étais. La maison était silencieuse et la nuit très sombre.

La voix de Sucker m'a fait sursauter.

– Pete...

Je n'ai pas répondu, pas même bougé.

– Pete, tu m'aimes comme si j'étais ton frère?

J'étais stupéfait de ce qui arrivait. Comme si le vrai rêve, ce n'était pas l'autre, mais celui-ci.

– Tu m'as toujours aimé comme si j'étais ton frère?

– Bien sûr.

Je me suis levé quelques minutes. Il faisait très froid. J'ai été content de retrouver mon lit. Sucker s'est agrippé à mon dos. Il était petit et chaud contre moi, et je sentais son souffle sur mon épaule.

– Malgré tout ce que tu as pu me faire, je sais depuis toujours que tu m'aimes.

J'étais complètement réveillé, mais toutes mes idées s'embrouillaient. C'était le bonheur dû à Maybelle, évidemment, et tout ça – mais autre chose aussi, qui venait de Sucker, de la voix qu'il avait en prononçant ces phrases et qui a éveillé mon attention. Je crois, de toute façon, qu'on comprend mieux les autres lorsqu'on est heureux que lorsqu'on a des ennuis. J'ai eu l'impression de penser à Sucker pour la première fois. Je me suis dit que j'avais toujours été dur avec lui. Quelques semaines plus tôt, je l'avais entendu pleurer dans le noir. Il venait de perdre le pistolet à air comprimé d'un copain, il avait peur qu'on s'en aperçoive et il me suppliait de lui dire ce qu'il fallait faire. J'avais très sommeil. Je lui ai dit de se taire et, comme il n'obéissait pas, j'ai fini par le frapper. Ce n'est qu'un souvenir parmi d'autres. Je découvrais combien ce gosse était seul. Je m'en voulais.

Plus les nuits sont noires et froides, plus vous vous sentez proche de la personne qui dort avec vous. Quand vous parlez ensemble, c'est comme si vous étiez les deux seules personnes éveillées dans toute la ville. J'ai dit :

– Sucker, tu es un gosse formidable.

J'avais la brusque impression de l'aimer plus que n'importe qui au monde – plus qu'aucun de mes amis, plus que mes sœurs, et dans un certain sens plus que Maybelle. J'étais envahi d'un bien-être absolu – comme au cinéma quand la musique devient triste. Je voulais faire comprendre à Sucker que je pensais sincèrement à lui, et me faire pardonner la façon dont je l'avais traité jusqu'ici.

Nous avons longtemps parlé, cette nuit-là. Il parlait vite, comme s'il avait gardé pour lui depuis longtemps les choses qu'il me racontait. Il m'apprit qu'il voulait construire un canoë, que les gosses du quartier refusaient de l'engager dans leur équipe de foot, et je ne sais quoi d'autre. J'ai parlé beaucoup, moi aussi. C'était merveilleux de voir avec quel sérieux il écoutait ce que je disais. Je lui ai même parlé de Maybelle, mais en lui faisant croire que c'était elle qui n'arrêtait pas de me courir après. Il m'a posé des questions sur le collège, et sur beaucoup d'autres choses. Sa voix était toujours aussi rapide et surexcitée, comme s'il avait peur de ne pas trouver les mots à temps. J'ai fini par m'endormir, mais il parlait toujours et je sentais son souffle chaud contre mon épaule.

Pendant les deux semaines suivantes, j'ai beaucoup vu Maybelle. Elle se comportait comme si vraiment elle avait un faible pour moi. La plupart du temps j'en étais si content que je ne savais plus où me mettre.

Je n'avais pas oublié Sucker. Il y avait des tas de vieux objets dans le tiroir de mon bureau – gants de boxe, livres de Tom Swift, équipement de pêche bon marché. Je lui ai tout donné. Nous avons eu d'autres conversations, et c'était exactement comme si je venais de faire sa connaissance. Un jour, en apercevant une longue entaille sur sa joue, j'ai compris qu'il avait tripoté mon rasoir neuf, mais je n'ai rien dit. Son visage semblait différent. Jusque-là il avait toujours l'air intimidé, comme s'il craignait qu'on lui flanque un coup sur la tête. Cette expression avait disparu. Avec ses yeux écarquillés, ses oreilles en feuilles de chou, sa bouche toujours entrouverte, il ressemblait maintenant à quelqu'un qui est tout étonné et qui attend quelque chose de formidable.

J'ai voulu un jour le présenter à Maybelle, en lui disant que c'était mon jeune frère. On jouait un film policier au cinéma, cet après-midi-là. Je venais de gagner un dollar en travaillant pour mon père. J'ai donné 25 *cents* à Sucker, pour qu'il s'achète des bonbons ou ce qu'il voudrait. Avec ce qui restait, j'ai invité Maybelle. Nous étions assis dans le fond de la salle, et j'ai vu entrer Sucker. À la seconde même où il a tendu son billet au contrôleur, il a fixé les yeux sur l'écran et s'est mis à descendre l'allée en tâtonnant sans savoir où il allait. J'étais sur le point de pousser Maybelle du coude. J'ai hésité. Sucker avait l'air un peu ridicule, à tituber comme un homme ivre, le regard vissé sur l'écran. Il a essuyé ses lunettes avec le pan de sa chemise. Il avait un short trop grand pour lui. Il est allé s'asseoir au premier rang, comme tous les gosses. Je n'ai pas poussé Maybelle du coude. J'ai seulement pensé que c'était bien de les avoir réunis tous les deux dans cette salle de cinéma grâce à l'argent que j'avais gagné.

Je crois que tout a continué ainsi pendant un mois ou six semaines. J'étais dans un tel état d'euphorie que je n'arrivais pas à travailler ni à fixer mon attention sur quoi que ce soit. J'avais envie d'être l'ami de tout le monde. Par moments il fallait absolument que je parle à quelqu'un. C'était généralement à Sucker. Il se sentait aussi euphorique que moi. Un jour il m'a dit :

– Pete, que tu sois comme mon frère, il n'y a rien au monde qui me rende plus heureux.

Puis quelque chose s'est passé entre Maybelle et moi. Je n'ai jamais compris clairement ce que c'était. Les filles, c'est difficile à comprendre. Son attitude envers moi a changé. Au début je ne voulais pas le croire, et je me persuadais que c'était pure imagination de ma part. Elle n'avait plus aucun geste de plaisir en me voyant. Elle sortait souvent avec un type de l'équipe de foot qui avait une voiture de sport jaune – la couleur exacte des cheveux de Maybelle. Le cours terminé, elle filait avec lui, en riant et en le regardant dans les yeux. Je ne savais pas quoi faire. Je pensais à elle jour et nuit. Quand j'avais la chance inouïe de sortir avec elle, elle prenait des airs méprisants et semblait m'ignorer complètement. Je cherchais ce qui n'allait pas. Je me disais que mes chaussures faisaient trop de bruit, ou que ma braguette était ouverte, ou que j'avais un bouton sur la figure. Quelquefois, en l'apercevant, je prenais le mors aux dents, je jouais les durs, j'apostrophais les grandes personnes sans les appeler « monsieur » et je disais des grossièretés. La nuit, je cherchais à comprendre pourquoi j'agissais ainsi et j'étais trop fatigué pour m'endormir.

Au début, j'étais tellement préoccupé que je ne faisais plus du tout attention à Sucker. Et puis, peu à peu, il a commencé à m'énerver. Il traînait toujours en attendant que je rentre du collège, il avait toujours l'air d'avoir quelque chose à me raconter ou d'attendre que je lui raconte quelque chose. Pendant ses cours de travail manuel, il m'a fabriqué un porte-revues, et il a économisé l'argent de son déjeuner pendant une semaine pour m'offrir trois paquets de cigarettes. Il était incapable de comprendre que j'avais l'esprit ailleurs et que je ne pouvais plus rigoler avec lui. C'était chaque après-midi la même chose – toujours là, dans ma chambre, avec l'air d'attendre quelque chose. Je ne disais pas un mot, ou je lui répondais avec une telle brutalité qu'il finissait par disparaître.

Je ne peux pas retrouver les dates exactes et dire : ceci a eu lieu tel jour, cela le lendemain. J'étais tellement bouleversé que je mélangeais les semaines, elles finissaient par se confondre, et c'était l'enfer, et je me foutais de tout. Il ne s'est rien passé de précis. Pas un mot, pas un geste. Maybelle se promenait toujours avec son type à la voiture jaune. Certains jours elle me souriait, d'autres non. Je passais tous mes après-midi à rôder dans les endroits où j'espérais la rencontrer. Elle se montrait presque aimable parfois, et je commençais à me dire que les choses finiraient par s'arranger, qu'elle ferait de nouveau attention à moi ; à d'autres moments, elle se conduisait de telle façon que si ça n'avait pas été une fille j'aurais pris un vrai plaisir à l'attraper par son petit cou bien blanc et à l'étrangler. Plus j'avais honte d'agir comme un imbécile, et plus je lui courais après.

Sucker m'énervait de plus en plus. Il me regardait comme s'il m'en voulait vaguement de quelque chose, tout en sachant qu'il n'y en avait plus pour longtemps. Il s'était mis à grandir et, pour une raison que j'ignore, il commençait à bégayer en parlant. Il faisait parfois des cauchemars ou vomissait son petit-déjeuner. Maman lui a acheté une bouteille d'huile de foie de morue.

Puis ce fut la fin entre Maybelle et moi. Je l'ai rencontrée un jour sur le chemin du drugstore, et je lui ai demandé un rendez-vous. Quand elle m'a répondu non, j'ai senti quelque chose d'ironique dans sa voix. Elle m'a dit que je la rendais malade, qu'elle en avait assez de me voir tourner autour d'elle et qu'elle ne m'avait jamais trouvé le moindre intérêt. Tout simplement. Je suis resté immobile, incapable de répondre. Je suis rentré à la maison très lentement.

Je suis resté enfermé dans ma chambre plusieurs après-midi de suite. Je refusais de bouger ou de parler à qui que ce soit. Quand

Sucker entrait et me regardait bizarrement, je lui criais de foutre le camp. Je refusais de penser à Maybelle et je m'asseyais à mon bureau pour lire *La Mécanique à la portée de tous*, ou je bricolais un support pour ma brosse à dents. J'avais l'impression de réussir assez bien à oublier cette fille.

Mais comment peut-on se défendre contre ce qui arrive pendant la nuit? Voilà ce qui a conduit les choses au point où elles en sont aujourd'hui.

Quelques nuits après ma rupture avec Maybelle, figurez-vous que j'ai recommencé à rêver d'elle. Le même rêve que la première fois, et j'ai serré le bras de Sucker avec une telle force qu'il s'est réveillé. Il a cherché ma main.

– Qu'est-ce que tu as, Pete?

Brusquement, j'ai suffoqué de rage – contre moi et contre mon rêve et contre Maybelle et contre Sucker et contre le monde entier. Je me suis souvenu de toutes les humiliations que Maybelle m'avait fait subir, de tout ce qui m'était arrivé d'horrible. Pendant une seconde, je me suis dit que personne ne m'aimerait jamais, à part cet imbécile de Sucker.

– Pete, pourquoi on a cessé d'être amis comme avant? Pourquoi?...

– Ta gueule!

J'ai rejeté la couverture, je me suis levé, j'ai allumé. Il s'est dressé au milieu du lit, en clignant les yeux, terrifié. Il y avait quelque chose en moi que j'étais incapable de maîtriser. Je suis sûr que personne ne parvient deux fois à un tel état d'égarement. Les mots sortaient de moi et j'ignorais ce que j'allais dire. C'est plus tard seulement que j'ai réussi à me souvenir de chaque mot prononcé et à comprendre clairement ce qui s'était passé.

– Pourquoi on a cessé d'être amis? Parce que je n'ai jamais vu un imbécile comme toi. Tout le monde se fout de toi. Si je te parle, de temps en temps, c'est parce que tu me fais de la peine et que j'essaie d'être gentil, mais ne va pas t'imaginer que je m'intéresse à un imbécile de ton espèce!

Ç'aurait été moins affreux si je l'avais injurié ou frappé. Mais je parlais très lentement et, en apparence, j'étais parfaitement calme. Sucker avait la bouche entrouverte. Il paraissait effaré, comme s'il s'était cogné le coude au point sensible. Son visage était livide. La sueur lui couvrait le front. Il l'a essuyée du revers de la main, et pendant une minute il a gardé le bras levé comme s'il voulait écarter quelque chose.

– Tu ne comprendras jamais rien? Tu ne te décideras jamais à aller faire un petit tour ailleurs, à te chercher une petite amie et à me foutre la paix? Qu'est-ce que tu veux devenir? Une poule mouillée?

Je ne savais pas ce qui allait suivre. J'étais incapable de me retenir ou de réfléchir.

Sucker ne bougeait pas. Il portait une de mes vestes de pyjama. Son cou en émergeait, long et maigre. Ses cheveux étaient collés sur son front.

– Qu'est-ce que tu espères en tournant toujours autour de moi? Tu ne comprends pas que j'en ai marre de toi?

Après coup j'ai revu la façon dont le visage de Sucker s'était alors transformé. Son regard effaré s'est éteint lentement, et il a refermé la bouche. Il a plissé les paupières et serré les poings. Jamais encore il n'avait eu ce regard-là. Comme s'il vieillissait à chaque seconde. C'était un regard dur qu'on voit rarement chez un gosse. Une goutte de sueur a roulé sur son menton, mais il n'y a pas fait attention. Il était assis, les yeux fixés sur moi, sans dire un mot, le visage tendu, immobile.

– Jamais, non, jamais tu ne comprends qu'on en a marre de toi. Tu es complètement bouché. Comme ton surnom. Oui, un pauvre crétin, une pauvre poire, un pauvre imbécile de Sucker.

C'était comme si quelque chose s'était déchiré en moi. J'ai éteint la lampe, et je me suis assis sur une chaise près de la fenêtre. Mes jambes tremblaient et j'étais tellement fatigué que j'avais envie de hurler. La chambre était noire et froide. Je suis resté assis longtemps, en fumant une cigarette tout écrasée, que j'avais mise de côté. Dehors, la cour était sombre et calme. Au bout d'un moment, j'ai entendu Sucker se recoucher.

Je n'étais plus du tout en colère, seulement épuisé de fatigue. Ça me paraissait effrayant d'avoir parlé ainsi à un gosse de douze ans. Je ne parvenais pas vraiment à y croire. Je me disais qu'il fallait le rejoindre et essayer de tout effacer. Mais je suis resté assis pendant très longtemps dans le froid. Je cherchais dans ma tête un moyen d'arranger les choses le lendemain matin. J'ai fini par me recoucher en faisant très attention à ne pas faire grincer le sommier.

Le lendemain, quand je me suis réveillé, Sucker était déjà parti.

Dans la journée, quand j'ai voulu lui faire des excuses, selon les plans que j'avais imaginés, il m'a dévisagé avec ce regard dur que je ne lui connaissais pas, et je n'ai pas pu dire un mot.

C'était il y a deux ou trois mois. Depuis, Sucker a grandi plus vite qu'aucun des garçons que j'ai connus. Il est presque aussi grand que moi et ses os sont plus épais et plus lourds. Il refuse de porter mes vieux vêtements. On vient de lui acheter son premier pantalon – avec des bretelles de cuir. Ces changements-là sont ceux qu'on peut remarquer facilement et exprimer avec des mots.

Notre chambre n'est plus ma chambre. Il y fait monter sa bande de copains, et ils ont formé un club. Quand ils ne sont pas en train de creuser des tranchées dans un terrain vague ou de se battre, ils s'enferment dans ma chambre. Ils ont écrit sur la porte, avec du Mercurochrome, cette phrase idiote : « Malheur à l'étranger qui s'aventure en ces lieux », avec des os croisés en guise de signature et leurs initiales secrètes. Ils ont bricolé un poste de radio et le font jouer à pleine puissance chaque après-midi. Un jour, en entrant dans la chambre, j'ai entendu l'un des garçons parler d'une chose qu'il avait vue à l'arrière de la voiture de son frère aîné. J'ai deviné sans peine ce que je n'avais pas entendu : *Voilà ce qu'elle faisait avec mon frère. Sans blague – à l'arrière de la voiture.* Pendant quelques secondes, Sucker a eu l'air étonné, et son visage ressemblait presque à ce qu'il était avant. Mais il s'est repris très vite, s'est durci. « Évidemment, pauvre cloche, il y a longtemps qu'on est au courant... » Ils ne faisaient pas attention à moi. Sucker a commencé à leur expliquer que, dans deux ans, il avait l'intention de devenir trappeur en Alaska [227].

Mais le plus souvent, Sucker est seul. Quand nous nous trouvons tous les deux dans la chambre, c'est pire que tout. Il se vautre sur le lit, dans son pantalon à bretelles en velours côtelé, et il fixe sur moi son regard dur et vaguement ironique. Je déplace sans raison les objets qui sont sur mon bureau, car ce regard m'empêche de travailler. Il faut pourtant que je travaille, car j'ai déjà eu trois mauvaises notes ce trimestre. Si je rate mon anglais, je n'aurai pas mon diplôme l'an prochain. Je ne supporte pas l'idée d'être un raté, et je ne pense qu'à ça. Je me fous de Maybelle et de toutes les autres filles. La seule chose qui me préoccupe maintenant, c'est cette histoire avec Sucker. On ne se parle plus, sauf en présence de la famille, quand on ne peut pas faire autrement. Je n'ai plus envie de l'appeler Sucker, et je lui donne presque toujours son véritable prénom : Richard. Le soir, quand il est dans la chambre, je ne peux pas étudier et je vais traînasser du côté du drugstore, et fumer sans rien faire avec des types qui perdent leur temps comme moi.

Ce que je voudrais, par-dessus tout, c'est retrouver ma tranquillité d'esprit. Je regrette la façon dont on s'entendait autrefois, Sucker et moi, et ça me donne un sentiment de tristesse bizarre dont je ne me serais jamais cru capable. Tout est si différent, maintenant, que je ne vois plus ce que je pourrais faire pour arranger les choses. Je pense parfois que si on se battait une bonne fois, ça arrangerait tout. Mais comment me battre avec lui? Il a quatre ans de moins que moi. Autre chose encore – son regard, parfois, me fait presque penser que s'il pouvait me tuer il le ferait.

[*The Saturday Evening Post,* 1963.]

Cour dans la 80e Rue

Refusée par plusieurs éditeurs comme l'indique la lettre placée à la suite, cette nouvelle ne fut publiée qu'à titre posthume par la sœur de Carson McCullers, Margarita Smith, qui réunit en 1971 des nouvelles connues ou inédites, des articles critiques et des poèmes sous le titre Le Cœur hypothéqué, *d'après un poème de Carson.*

Rédigée pendant les années d'apprentissage, cette nouvelle décrit ce que voit une jeune provinciale de dix-huit ans de sa chambre new-yorkaise. Une violoncelliste a des démêlés avec ses voisins, un jeune couple dont la femme est enceinte, tandis qu'un homme aux cheveux roux observe les tensions du voisinage. L'homme qui murmure des paroles inaudibles semble à la jeune fille pouvoir résoudre les conflits, bien qu'elle ne perçoive pas la teneur de ses propos marmonnés en état d'ivresse. Ce face à face muet entre deux fenêtres sur cour préfigure ce que seront Mick Kelly et John Singer dans Le cœur est un chasseur solitaire, *alors en gestation, car la jeune fille attribue à l'homme une connaissance immédiate de ses pensées à elle. Dans cette fiction courte, l'attention minutieuse aux détails de la description évite le pathos tout en créant une progression dramatique qui donne à cette œuvre de jeunesse beaucoup de force et de dignité.*

Il a fallu le printemps pour que je m'intéresse à l'homme qui occupe la chambre faisant face à la mienne. Pendant les mois d'hiver, la cour qui nous sépare était sombre et les quatre murs de nos petites chambres donnaient l'impression d'être repliés sur leurs secrets. Comme toujours quand il fait froid et que les fenêtres sont fermées, les bruits semblaient lointains, étouffés. Il neigeait souvent et, quand je regardais dehors, j'apercevais quelques flocons blancs et silencieux le long des murs gris, des bouteilles de lait couvertes de neige sur le rebord de la fenêtre à côté de cartons d'aliments, et parfois un mince filet de lumière qui perçait la pénombre à travers les rideaux tirés. Pendant tous ces mois, je n'ai aperçu que très vaguement l'homme qui habitait en face de chez moi – un éclair de cheveux roux derrière une vitre étoilée de givre, une main qui happait les cartons sur le rebord de la fenêtre, un visage paisible et comme endormi qui jetait de temps en temps un coup d'œil dans la cour. Je ne faisais pas plus attention à lui qu'aux douze autres locataires de l'immeuble. Je ne lui trouvais rien de particulier. Je ne pensais pas que je finirais un jour par penser à lui comme je l'ai fait.

L'hiver dernier, j'avais eu autre chose à faire qu'à regarder par la fenêtre. J'étais à New York pour la première fois de ma vie. C'était ma première année à l'université et je cherchais un travail à mi-temps. Dix-huit ans, c'est un âge difficile pour une jeune fille qui cherche du travail et qui ne parvient pas à se donner l'air un peu plus âgée. Mais je dirais peut-être la même chose si j'avais quarante ans. Quoi qu'il en soit, quand j'y repense aujourd'hui, je considère ces quelques mois comme les plus durs de ma vie. Le matin, il fallait travailler (ou chercher du travail), l'après-midi suivre les cours de l'université, le soir lire et étudier. Ajoutez à cela que cette ville était nouvelle pour moi et que je m'y sentais perdue. Je ne pouvais pas me débarrasser d'une bizarre sensation de faim, pas seulement de nourriture – de toutes sortes de choses. J'étais trop absorbée pour me faire des amis à l'université. Jamais je ne m'étais sentie aussi seule.

Le soir, je m'asseyais devant la fenêtre et je lisais. Un ami resté au « pays » m'envoyait de temps en temps trois ou quatre dollars pour que je lui achète d'occasion certains livres qu'il ne trouvait pas à la bibliothèque. Il me demandait toutes sortes de choses : *La Critique de la raison pure* ou *Tertium organum*, des auteurs comme Marx, Strachey ou George Soule. Comme son père était au chômage, il était obligé de rester là-bas pour aider sa famille. Il avait trouvé une place de mécanicien dans un garage. Il aurait pu travailler dans un bureau, mais on est mieux payé comme mécanicien et, quand il était allongé sous une voiture, il avait le temps de réfléchir et d'envisager l'avenir. Avant de les lui expédier, je lisais moi-même ces livres, et je découvrais parfois une phrase ou deux qui rendaient brusquement évidentes un certain nombre de choses dont nous avions déjà discuté ensemble, avec nos mots à nous, et que je n'avais comprises qu'à moitié.

Quand je tombais sur une phrase de cet ordre, j'étais toute bouleversée, et je restais longtemps immobile à regarder par la fenêtre. Cela me paraît très étrange aujourd'hui de penser que j'étais seule ainsi, avec cet homme qui dormait en face dans sa chambre, que je ne savais rien de lui et que je n'y pensais même pas. Il y avait cette cour très noire dans la nuit, et la neige sur l'avancée du toit du premier étage, et c'était comme un trou de silence que rien ne pouvait éveiller.

Petit à petit, le printemps est venu. Je comprends mal pourquoi j'ai fait si peu attention à la façon dont tout s'est mis à changer – la douceur de l'air, l'éclat du soleil, l'éclairage de la cour et des chambres qui l'entouraient. Les petites flaques de neige grisâtres ont fondu. À midi le ciel est devenu d'un bleu très vif. Je me suis aperçue qu'au lieu d'un manteau, je pouvais mettre une veste. Les bruits étaient si distincts au-dehors qu'ils me troublaient quand je lisais, et chaque matin le soleil inondait la façade de l'immeuble en face. Mais j'étais trop préoccupée par mon travail, mes cours à l'université, et l'état d'exaltation dans lequel me plongeaient mes lectures, pour m'en apercevoir. Et puis, un matin, en découvrant que le chauffage était arrêté dans l'immeuble, j'ai ouvert ma fenêtre, j'ai regardé dehors et j'ai vu que tout était changé. C'est à cet instant-là, curieusement, que j'ai remarqué pour la première fois l'homme aux cheveux roux.

Il regardait dehors comme moi, les mains sur l'appui de sa fenêtre. Le soleil du matin éclairait son visage. J'ai été surprise de le découvrir si près, et en pleine lumière. Ses cheveux, qui flambaient au soleil, se dressaient au-dessus de son front, très rouges et rêches comme une éponge. Je distinguais nettement ses lèvres aux commissures abruptes, ses épaules droites et musclées sous la veste de pyjama bleue. Il avait des paupières légèrement tombantes, ce qui lui donnait un air curieusement grave et sûr de lui. Pendant que je l'observais, il disparut un instant, et revint avec deux plantes en pot qu'il posa au soleil sur le rebord de la fenêtre. Il était si près de moi que je voyais ses grandes mains caresser les plantes, toucher délicatement les racines et la terre. Il n'arrêtait pas de siffloter trois notes, toujours les mêmes – pas vraiment une chanson, plutôt l'expression d'un vrai bien-être. Quelque chose me disait que j'aurais aimé l'observer toute la matinée. Un peu plus tard, après avoir regardé le ciel de nouveau, il prit une longue inspiration et disparut.

À mesure que le temps se réchauffait, survenaient d'autres changements. Les locataires qui habitaient autour de la cour attachèrent leurs rideaux pour que l'air puisse entrer dans les petites chambres, et rapprochèrent leur lit de la fenêtre. Quand on peut voir quelqu'un dormir, manger, s'habiller, on a l'impression de le connaître parfaitement – même si on ignore son nom. En plus de l'homme aux cheveux roux, j'observais les autres de temps en temps.

Il y avait une violoncelliste, dont la chambre faisait un angle droit avec la mienne. Un jeune ménage habitait au-dessus d'elle. Comme j'étais presque toujours à la fenêtre, je voyais, malgré moi, tout ce qui leur arrivait. J'ai vite compris que le jeune ménage allait avoir un bébé, et que la jeune femme n'était pas en très bonne santé, mais qu'ils étaient très heureux. Je connaissais également les plaisirs et les chagrins de la violoncelliste.

La nuit, quand j'avais fini de lire, j'écrivais à cet ami resté au

« pays », ou je tapais certaines phrases qui me traversaient l'esprit, sur une machine à écrire qu'il m'avait offerte quand j'étais partie pour New York. (Il savait qu'à l'université j'aurais certains devoirs à taper.) Ce que je tapais n'avait pas beaucoup d'importance. C'étaient surtout des pensées dont j'avais besoin de me libérer l'esprit pour me sentir tout à fait bien. Sur le papier, il y avait des quantités de ratures d'où émergeaient des phrases comme celles-ci : *Le fascisme et la guerre ne peuvent pas durer longtemps, car ce sont deux choses synonymes de mort, et la mort est la seule plaie de ce monde ;* ou bien : *C'est injuste que le garçon assis à côté de moi pendant le cours d'économie soit obligé de mettre des journaux sous son pull-over en hiver parce qu'il n'a pas de pardessus ;* ou encore : *Quelles sont les choses que je sais et peux continuer de croire ?* Tout en écrivant, je regardais l'homme qui habitait en face de moi, et c'était comme s'il se trouvait mêlé à toutes mes pensées – comme s'il connaissait peut-être la réponse aux problèmes qui me préoccupaient. Il avait l'air si calme, si sûr de lui. Quand les ennuis ont commencé dans la cour, je n'ai pas pu m'empêcher de penser qu'il était le seul à pouvoir les résoudre.

Les exercices de la violoncelliste agaçaient tout le monde, et particulièrement la jeune femme enceinte qui habitait au-dessus d'elle. Elle était très nerveuse. Elle devait traverser des moments difficiles. Son visage était très maigre et son corps boursouflé. Ses petites mains ressemblaient aux pattes fragiles des moineaux. La façon dont elle se plaquait les cheveux autour de la tête lui donnait l'air d'une enfant. Quand les exercices de la violoncelliste devenaient particulièrement bruyants, elle se penchait à la fenêtre avec un regard profondément désespéré, comme si elle voulait lui crier de se taire. Son mari devait être aussi jeune qu'elle. Tout laissait croire qu'ils étaient heureux. Leur lit était contre la fenêtre. Ils s'asseyaient souvent dessus en tailleur, l'un en face de l'autre, et se parlaient en riant. Un jour, ils étaient assis de cette façon-là et mangeaient des oranges en jetant les épluchures par la fenêtre. Le vent a rabattu l'une de ces épluchures dans la chambre de la violoncelliste, qui s'est mise à hurler que c'était interdit de jeter des ordures sur les gens. Le jeune homme a éclaté de rire, si fort que la violoncelliste l'a sûrement entendu. La jeune femme a posé l'orange dont elle n'avait mangé que la moitié, et a refusé de la finir.

Ce soir-là, l'homme aux cheveux roux était dans sa chambre. Il entendit hurler la violoncelliste et la regarda longtemps ainsi que le jeune couple. Il était assis près de sa fenêtre, comme d'habitude, en pyjama, très calme, sans rien faire. (Une fois rentré de son travail il ressortait rarement.) Il avait une expression apaisée et bienveillante. J'ai eu le brusque sentiment qu'il avait envie de réconcilier les locataires des deux chambres. Il s'est contenté de les regarder sans bouger de sa chaise, mais j'ai vraiment eu ce sentiment. Entendre crier les gens me rend malade, et cette nuit-là, j'étais très fatiguée, très nerveuse. J'ai refermé le livre de Marx que j'étais en train de lire, j'ai regardé l'homme, et j'ai cherché à imaginer qui il pouvait être.

La violoncelliste avait dû emménager aux environs du 1er mai, car je ne me souviens pas de l'avoir entendue s'exercer pendant l'hiver. En fin d'après-midi, le soleil entrait dans sa chambre et éclairait toute une série de choses qui devaient être des photographies épinglées au mur. Elle sortait souvent. Un homme, toujours le même, venait parfois la voir. Tard dans la journée, elle s'installait face à la cour avec son violoncelle, les genoux largement écartés pour bien tenir son instrument, la jupe relevée haut sur les cuisses pour ne pas tirer sur les coutures. Elle jouait comme une débutante, avec beaucoup de mollesse. Quand elle travaillait, elle semblait s'enfoncer dans une sorte de coma, et son visage ressemblait à celui d'un chien battu. Il y avait presque toujours des bas qui séchaient devant sa fenêtre. (Je les voyais avec une telle netteté que j'étais capable de noter les jours où elle n'en lavait que les pieds pour se donner moins de mal et ne pas les user trop vite.) Certains matins, il y avait un petit truc accroché au cordon de son store.

J'avais l'impression que l'homme qui habitait en face de chez moi connaissait parfaitement la violoncelliste et tous les locataires de la cour. Que rien ne pouvait le surprendre. Que sa compréhension était plus profonde que celle de la plupart des gens. Peut-être cette impression était-elle due à la façon mystérieuse dont retombaient ses paupières. Je ne sais pas exactement. Je sais seulement que j'étais heureuse de le regarder et de penser à lui. Il rentrait chaque soir avec un sac en papier qui contenait son dîner. Il mangeait lentement, puis il mettait son pyjama, faisait quelques mouvements de gymnastique et s'installait généralement devant sa fenêtre sans rien faire. Il y restait jusque vers minuit. Sa chambre était d'une propreté absolue. Il n'y avait aucun désordre sur le rebord de sa fenêtre. Il s'occupait chaque matin de ses plantes et le soleil éclairait son visage à la peau saine et pâle. Il arrosait souvent ses plantes avec une poire en caoutchouc qui ressemblait à un compte-gouttes. Je n'arrivais pas à imaginer le genre de travail qu'il faisait dans la journée.

Vers la fin mai, il se produisit un nouveau changement dans la cour. Le jeune homme dont l'épouse était enceinte ne partait plus travailler régulièrement. À voir leurs mines, il était clair qu'il venait de perdre sa place. Il restait plus longtemps avec sa femme, le matin, prenait du lait dans la bouteille d'un litre qui était sur le rebord de la fenêtre, et veillait à ce qu'elle le boive avant que la chaleur le fasse tourner. La nuit, quand tout le monde dormait, on pouvait les entendre parler à voix basse. Il disait parfois, après un long silence : *Maintenant, tu vas m'écouter !* – avec tant de force qu'il nous réveillait, puis sa voix retombait, et il se lançait dans un monologue insistant et secret. Elle ne répondait presque jamais. Son visage semblait se ratatiner. Parfois, elle restait assise sur son lit pendant des heures, la bouche entrouverte, comme une enfant qui rêve.

Après la fin du trimestre, j'étais restée à New York parce que j'avais un job qui m'occupait cinq heures par jour, et que j'avais décidé de suivre les programmes d'été de l'université. Comme je n'allais plus aux cours, je voyais de moins en moins de monde et je restais le plus souvent chez moi. J'ai eu tout le temps de comprendre ce qui se passait, quand j'ai vu que le jeune homme ne rapportait plus qu'un demi-litre de lait au lieu d'un litre, puis seulement un quart de litre.

C'est difficile d'expliquer ce qu'on ressent en regardant quelqu'un souffrir de la faim. Leur chambre n'était qu'à quelques mètres de la mienne, et je ne pouvais pas m'empêcher de penser à eux. Au début je refusais de croire ce que je voyais. Nous n'habitons tout de même pas un taudis à l'est de la ville, me disais-je. Nous habitons un quartier relativement convenable, relativement bien – l'ouest de la 80e Rue. Bien sûr, la cour est petite, les chambres peuvent à peine contenir un lit, une commode et une table, et nous sommes les uns sur les autres comme dans des baraquements. Mais, de l'extérieur, nos immeubles ont belle allure. À l'entrée, il y a un petit hall en faux marbre, un ascenseur qui nous évite de grimper à pied nos six, huit ou dix étages. De l'extérieur, nos immeubles ont presque l'air cossu. C'est impensable qu'à l'intérieur quelqu'un puisse mourir de faim. Ce n'est pas parce que ce jeune homme n'achète plus qu'un quart de lait, me disais-je, que je ne le vois rien manger (chaque soir, à l'heure du dîner, il va acheter à sa femme un sandwich) qu'ils sont en train de mourir de faim. Si sa femme reste assise toute la journée, les yeux fixés sur le rebord des fenêtres où certains d'entre nous mettent ce qui leur reste de fruits, c'est simplement qu'elle va avoir son bébé, et qu'elle ne se sent pas dans son état normal. S'il fait ainsi les cent pas dans sa chambre, s'il lui crie parfois quelque chose en pleine figure, c'est simplement qu'il a un odieux caractère.

Après avoir raisonné ainsi, je me tournais vers l'homme aux cheveux roux. Je suis incapable d'expliquer pourquoi j'avais foi en lui. Incapable de dire ce que j'attendais. Je note seulement le sentiment qui était en moi. Je restais assise pendant des heures à l'observer. Nos regards se croisaient parfois, puis l'un de nous finissait par détourner les yeux. Il faut que vous compreniez bien. Dans cette cour, nous nous regardions dormir les uns les autres et nous habiller, et vivre toutes les heures qui n'étaient pas consacrées au travail, mais nous ne parlions jamais. Nous sommes tellement proches que nous pourrions nous envoyer de la nourriture d'une fenêtre à l'autre, tellement proches qu'une seule rafale de mitraillette nous abattrait tous en même temps, mais nous restions des étrangers.

Au bout d'un temps, il n'y eut plus aucune bouteille de lait sur la fenêtre du jeune couple, et le mari restait toute la journée à la maison, les yeux cernés, la bouche amère. La nuit on pouvait l'entendre parler. Toujours le même début : *Maintenant, tu vas m'écouter*. De tous les locataires de la cour, seule la violoncelliste semblait indifférente à ce qui se passait.

Comme elle habitait en dessous d'eux, elle n'avait sans doute jamais vu leurs visages. Elle faisait beaucoup moins d'exercices et sortait davantage. L'homme dont j'ai déjà parlé passait presque toutes les nuits chez elle. Il était vif comme un chaton – petit, le visage rond et brillant, de grands yeux en amande. On les entendait souvent se disputer, puis il s'en allait. Un soir, elle rapporta chez elle un de ces hommes gonflables comme on en vend à Broadway – un grand ballon qui représentait le corps, un autre plus petit qui servait de tête, où était peinte une grande bouche hilare. Deux ballons d'un vert acide, avec des jambes en papier crépon rose et des pieds en carton noir. Elle accrocha cet objet à la ficelle de son store, et il se mit à bouger lentement, à tourner, à croiser ses jambes de papier dès qu'il y avait un peu de vent.

À la fin juin, je me suis dit que je ne pouvais pas rester plus longtemps dans cette cour. S'il n'y avait pas eu l'homme aux cheveux roux, j'aurais sûrement déménagé. Déménagé avant la nuit où tout a basculé. Je ne pouvais plus travailler. Je ne pouvais plus me concentrer sur quoi que ce soit.

Je me souviens d'une nuit où il faisait très chaud. Il y avait de la lumière chez la violoncelliste et chez le jeune ménage. L'homme qui habitait en face de chez moi était assis, en pyjama, et regardait la cour. Il avait une bouteille à côté de lui. De temps en temps, il la portait à ses lèvres. Il avait posé les pieds sur le rebord de la fenêtre. Je voyais nettement ses orteils nus et recourbés. Chaque fois qu'il buvait un peu trop, il commençait à parler tout seul. Je ne pouvais pas entendre ce qu'il disait. Les mots formaient une sorte de murmure confus qui montait et descendait. Je devinais pourtant qu'il faisait des réflexions sur les différents locataires de la cour, car, entre chaque gorgée, il regardait les fenêtres. J'avais un étrange sentiment : comme si les mots qu'il prononçait allaient permettre de tout arranger si j'en déchiffrais le sens. Mais j'avais beau me concentrer, je ne comprenais rien. Je regardais son cou puissant, son visage paisible qui, même lorsqu'il avait trop bu, gardait son expression de sagesse secrète. Il n'arriva rien. Je ne réussis pas à comprendre un mot de ce qu'il disait. Je savais seulement que, s'il avait parlé plus haut, j'aurais appris énormément de choses.

Ce qui précipita les choses se produisit une semaine plus tard. Il devait être deux heures du matin quand un bruit bizarre me réveilla. Il faisait noir. Toutes les lampes étaient éteintes. Le bruit semblait venir de la cour. En l'écoutant, je ne pouvais pas m'empêcher de trembler. Il était assez faible et ne m'aurait pas réveillée si je n'avais pas le sommeil si léger, mais ce bruit avait quelque chose d'animal – aigu et étouffé, tenant à la fois du cri et du gémissement. J'avais déjà entendu un bruit de ce genre, mais il y avait trop longtemps pour que je m'en souvienne avec précision.

Je suis allée à la fenêtre. Le bruit venait de la chambre de la violoncelliste. Aucune lumière. Il faisait très chaud et très noir, une nuit sans lune. J'étais immobile, je regardais, j'essayais de comprendre, quand un hurlement que je n'oublierai jamais sortit de la chambre du jeune ménage. C'était la voix du jeune homme. Entre les mots qu'il hurlait, on pouvait entendre un bruit sourd.

– Ta gueule! Ta gueule! Tu entends, toi, la putain qui habite en dessous? Je ne peux plus supporter...

J'avais compris ce qu'était le bruit. Le jeune homme s'arrêta au milieu d'une phrase. Un silence de mort tomba sur la cour. Il n'y eut pas de *chuttt!* comme les autres fois. Quelques lampes s'allumèrent, mais ce fut tout. J'étais à ma fenêtre. J'avais la nausée. Je ne pouvais pas m'arrêter de trembler. Je fixais la chambre de l'homme aux cheveux roux. Je vis sa lampe s'allumer. Il jeta vers la cour un regard ensommeillé. J'avais envie de lui crier : *Faites quelque chose! Faites quelque chose!*... Mais, au bout d'un instant, il prit sa pipe, éteignit sa lampe, et vint s'asseoir devant sa fenêtre. Longtemps après que chacun se fut rendormi, on devinait l'odeur de son tabac dans la pénombre chaude.

Après cette nuit, les choses sont devenues ce qu'elles sont aujourd'hui. Le jeune ménage est parti. La chambre est toujours vacante. L'homme aux cheveux roux ne reste plus chez lui le soir, comme avant. Moi non plus. Je n'ai jamais revu le sémillant ami de la violoncelliste. Elle a recommencé ses exercices, et son archet glisse fiévreusement sur les cordes de son instrument. Le matin, lorsqu'elle décroche le soutien-gorge et les bas qu'elle a mis à sécher, elle a des gestes très rapides, et tourne le dos à la fenêtre. L'homme gonflable pend toujours à la ficelle de son store, et se balance lentement, avec son visage vert acide au sourire hilare.

Hier, l'homme aux cheveux roux est parti à son tour. C'est la fin de l'été, l'époque où les gens déménagent. Je l'ai regardé faire ses valises, en essayant de ne pas penser que je le voyais pour la dernière fois. Je pensais uniquement à mes cours de l'université qui allaient bientôt reprendre, à tous les livres que j'avais encore à lire. Je l'ai regardé comme si c'était un étranger. Il avait l'air très heureux, et il fredonnait un petit air en faisant ses valises. À un moment, il est venu tripoter ses plantes, puis les a rentrées. Avant de partir, il s'est penché par la fenêtre et a regardé la cour une dernière fois. Son visage paisible supportait sans broncher la lumière aveuglante, mais ses paupières tombaient si lourdement qu'il avait les yeux presque fermés. Le soleil dessinait autour de ses cheveux flamboyants une sorte d'auréole qui ressemblait à un halo.

Cette nuit, j'ai beaucoup pensé à cet homme. J'ai voulu écrire à mon ami resté au « pays », qui travaille comme mécanicien, mais j'y ai renoncé. C'est trop difficile d'expliquer à qui que ce soit, et même à cet ami, comment il était. Il y a trop de choses que j'ignore

– son nom, son métier, sa nationalité. Il n'a jamais rien fait, et je ne sais pas ce que j'attendais qu'il fasse. Pour le jeune couple, je finis par me dire qu'il ne pouvait pas plus que moi lui venir en aide. Jamais, pendant tout le temps où je l'ai observé, il n'a fait quoi que ce soit de singulier. À part ses cheveux, on ne peut rien décrire de sa personne. En fait, il ressemble à un million d'autres humains. Si étrange que cela paraisse, je continue pourtant à croire qu'il cache en lui une force qui serait capable de modifier bien des situations, de résoudre bien des problèmes. Un seul point ressort de cette histoire – si j'éprouve un sentiment de ce genre, c'est qu'en un sens il est vrai.

*

La lettre suivante, concernant cette nouvelle et « Sucker », a été retrouvée dans les dossiers de Carson McCullers. Son agent littéraire, à cette époque, était Maxim Lieber.

MAXIM LIEBER

Représentant de l'auteur

545 5e Avenue
New York

Mrs. Carson Smith McCullers
1519 Starke Avenue
Columbus, Georgie

10 novembre 1939

Chère Mrs. McCullers,

Je suis au regret de vous dire que vos deux nouvelles : « Sucker » et « Cour dans la 80e Rue » ont été refusées par les journaux suivants : *The Virginia Quarterly, The Ladies, Home Journal, Harper's, The Atlantic Monthly, The New Yorker, Redbook, Harper's Bazaar, Esquire, The American Mercury, North American Review, Story,* pour la première. Et : *The Virginia Quarterly, The Atlantic Monthly, Harper's, The New Yorker, Harper's Bazaar, Coronet, North American Review, The American Mercury, The Yale Review, Story, The Southern Review, Zone, Nutmeg,* pour la seconde.

Nous vous renvoyons, ci-joint, les deux nouvelles.

Sincèrement à vous,

Geraldine MAVOR.

Poldi

Également publiée à titre posthume dans Le Cœur hypothéqué *(1971), cette nouvelle de jeunesse est l'histoire d'un amour non partagé entre le narrateur, Hans, pianiste boutonneux, et Poldi Klein, violoncelliste sans le sou. Si Hans admire en secret Poldi, la jeune fille est amoureuse d'un autre. L'annonce du mariage prochain de celui qu'elle aime ne dissuade pas Poldi, et Hans se rend compte qu'elle tient à ses illusions. Le rôle vital des illusions évoque une autre nouvelle de Carson McCullers, « Madame Zilensky et le roi de Finlande ».*

Comme dans « Cour dans la 80ᵉ Rue », les bas filés et le linge qui sèche aux fenêtres évoquent toute une misère psychologique, qui est pointée du doigt, sans complaisance.

Le commentaire de Sylvia Chatfield Bates, son professeur de « creative writing » à l'université de New York, souligne la qualité de l'attention au détail. La comparaison qu'elle établit avec l'écrivain confirmé qu'était Willa Cather (1873-1947), auteur, notamment, de Lucy Gayheart, My Antonia, O Pioneers!*) est un très grand hommage rendu au talent de la jeune Carson Smith.*

Hans n'était plus très loin de l'hôtel quand une pluie glaciale se mit à tomber, brouillant l'éclat des lumières qui venaient juste de s'allumer le long de Broadway. Il fixa de ses yeux pâles une enseigne où il lut : COLTON ARMS, glissa la partition sous son manteau et se mit à courir. En pénétrant dans le hall décoré de marbre crasseux, il haletait à en avoir mal et la partition était toute froissée.

Il fit un vague sourire au visage qui lui faisait face.

– Troisième étage – pour cette fois.

Les sentiments que le garçon d'ascenseur portait aux clients permanents de l'hôtel étaient très faciles à connaître. Lorsqu'il avait un certain respect pour la personne qu'il faisait monter, il lui tenait la porte un moment avec un sourire obséquieux. Si Hans n'avait pas fait un petit bond rapide, la porte lui aurait mordu les talons.

Poldi...

Il s'arrêta en hésitant. Du fond du couloir mal éclairé venait le son d'un violoncelle – jouant une suite de phrases descendantes, cascadant comme une poignée de billes dans un escalier. Il se dirigea vers la pièce d'où venait la musique, et s'immobilisa un long moment devant la porte. Une pancarte à l'écriture maladroite y était fixée par une punaise.

POLDI KLEIN

NE PAS DÉRANGER PENDANT LES EXERCICES

La première fois qu'il avait vu cette pancarte, il s'en souvenait, il manquait un *s* à *exercices*.

La température était très basse. L'humidité sortait des plis de son manteau en petites bouffées de froid. Se blottir contre le radiateur à peine tiède, près de la fenêtre du fond, ne lui apporta aucun soulagement.

Poldi... Je t'ai attendue si longtemps. Si souvent j'ai marché dans les rues, pour te laisser finir tes exercices, en cherchant les mots que je voulais te dire. Que c'était beau, *mein Gott* [228]!... Comme un poème, comme une petite mélodie de Schumann. Ça commençait ainsi : Poldi...

Sa main glissait le long du métal rouillé. Elle était chaude ; toujours. Et s'il l'étreignait, ce serait au point de s'en mordre la langue jusqu'au sang.

– Hans, tu sais parfaitement que les autres ne représentent rien pour moi. Joseph, Nicolas, Harry – tous ces garçons que j'ai rencontrés. Et ce Kurt (*trois fois seulement, elle ne pouvait quand même pas...*) dont je t'ai parlé la semaine dernière. Absolument rien, du vent !

Il s'aperçut que ses mains froissaient la partition. Il regarda la couverture violemment colorée. Elle était humide, la couleur s'effaçait, mais à l'intérieur la partition était intacte. Mauvaise qualité. Quelle importance ?

Il fit les cent pas dans le couloir, en grattant les boutons qu'il avait sur le front. Le violoncelle fit monter un arpège incertain. Ce concerto – celui de Castelnuovo-Tedesco... Combien de temps allait-elle poursuivre ses exercices ? Il s'arrêta devant la porte, tendit la main vers la poignée. Non. Il était entré, une fois, et elle l'avait regardé... Elle l'avait regardé et lui avait dit...

La musique dansait dans sa tête et lui procurait une sorte d'ivresse. Il remuait nerveusement les doigts, comme s'il voulait transcrire au piano la partition d'orchestre. Elle devait être penchée en avant, ses doigts glissant le long des cordes.

La lumière qui venait de la fenêtre était trop faible pour percer la pénombre du couloir. Il s'agenouilla brusquement, fixa son œil à la serrure.

Juste le mur et l'angle. Elle doit être assise près de la fenêtre. Juste le mur et sa collection de photographies (Casals [229], Piatigorski [230], un type de sa ville natale qu'elle aimait beaucoup, Heifetz), mêlées à des cartes de Noël et de la Saint-Valentin. Tout près de lui, un tableau baptisé *L'Aube* (une dame aux pieds nus, tenant une rose) et le chapeau en papier rose tout défraîchi qu'elle avait gagné au 1er janvier, l'année précédente.

La musique s'enfla jusqu'au crescendo et s'acheva par quelques coups d'archet rapides. *Ach !* la dernière note... un quart de ton trop bas. Poldi...

Il se releva rapidement et frappa à la porte avant qu'elle n'attaque l'exercice suivant.

– Qui est là?

– Moi... Han... Hans.

– Bon. Tu peux entrer.

Elle était assise près de la fenêtre de la cour, dans la faible clarté du crépuscule. Ses jambes largement ouvertes serraient son violoncelle. Elle leva très haut les sourcils, avec l'air d'attendre quelque chose, et laissa tomber son archet.

Il regardait obstinément les gouttes de pluie contre la vitre.

– J'étais juste venu t'apporter la nouvelle rengaine qu'on va jouer ce soir. Celle dont tu nous as parlé.

Elle rajusta sa jupe, qui était retroussée jusqu'au revers de ses bas. Hans ne put s'empêcher de suivre son geste. Elle avait les mollets saillants, une maille filait à l'un de ses bas. Il sentit que les boutons de son front s'empourpraient et préféra revenir aux gouttes de pluie.

– Tu m'as entendue travailler?

– Oui.

– Dis-moi, Hans, as-tu senti toute la spiritualité? Que la musique t'emporte vers les cimes?

Elle était congestionnée. Une goutte de transpiration se faufila jusqu'au petit sillon qui lui partageait les seins, et disparut dans son corsage.

– Euh... oui.

– J'ai eu cette impression, moi aussi. Je crois que mon jeu s'est beaucoup approfondi ce dernier mois.

Elle eut un vaste haussement d'épaules.

– C'est la vie qui m'a apporté ça. Ça se produit chaque fois qu'une chose pareille m'arrive. C'était différent autrefois. Tu ne joues bien que si tu as souffert.

– C'est ce qu'on prétend.

Elle le regarda un long moment, espérant une approbation un peu plus chaleureuse, puis pinça les lèvres avec agacement.

– Cet animal de violoncelle me rend folle! Tu sais, ce truc de Fauré, en *mi* bémol, cette note qui revient sans arrêt, et qui me donne envie de me soûler... Je suis affolée par ce *mi* bémol – c'est un véritable supplice.

– Tu ne peux pas le donner à réparer?

– Évidemment – mais ça n'arrangera rien : le prochain truc que je vais travailler sera sûrement dans le même ton. Et puis, ça coûtera de l'argent, il faudra que je leur laisse mon violoncelle pendant quelques jours, et je jouerai avec quoi, pendant ce temps?

Quand il aurait de l'argent, elle pourrait faire...

– C'est un véritable scandale! Quand je pense qu'il y a des gens qui jouent comme leurs pieds, qui s'offrent des violoncelles de premier ordre, et moi, je ne peux même pas en avoir un convenable. Je devrais refuser de jouer sur une pareille camelote. Ça gâte mon jeu. Tout le monde te le dira. Comment veux-tu que je tire une seule note de cette cloche à fromage?

Quelques notes d'une sonate qu'il était en train de travailler allaient et venaient dans sa tête.

– Poldi...

Que dire ensuite? *Je t'aime t'aime t'aime...*

– D'ailleurs, à quoi bon m'en faire – avec le boulot minable que nous avons...

Elle se leva avec un grand geste dramatique et alla poser son instrument dans un coin de la chambre. Quand elle alluma la lampe, un cercle de lumière éclatante cerna d'ombres les courbes de son corps.

– Si tu savais, Hans! Je suis tellement énervée que j'en hurlerais!

La pluie éclaboussait les vitres. Il se gratta le front et la regarda faire les cent pas. Quand elle s'aperçut qu'un de ses bas avait filé, elle eut un petit sifflement de fureur, cracha sur le bout de son index et se pencha pour coller ce point de salive à la dernière maille.

– Personne n'a autant de problèmes de bas qu'une violoncelliste. Et pour quel résultat? Vivre dans une chambre d'hôtel, et gagner cinq dollars par soirée en jouant pendant trois heures de la musique de bastringue. Chaque mois deux paires de bas neufs. Le soir, je me contente de rincer le pied, le haut file quand même.

Elle décrocha une paire de bas pendus à côté d'un soutien-gorge, et les enfila après avoir enlevé les autres. Ses jambes étaient très blanches, piquetées de poils noirs. Des veines bleues lui entouraient les genoux.

– Excuse-moi... Ça ne te gêne pas, j'espère? Pour moi, tu es comme un petit frère. Et on va se faire virer ce soir, si je joue avec des bas pareils.

Il était debout devant la fenêtre, et regardait la pluie brouiller le mur de l'immeuble voisin. Sur le rebord de la fenêtre qui lui faisait face, il y avait une bouteille de lait et un tube de mayonnaise. En dessous, quelqu'un avait mis des vêtements à sécher, mais avait oublié de les rentrer. Ils claquaient tristement dans le vent et la pluie. Un petit frère... Seigneur!

– Et les robes! reprit-elle, excédée. Les coutures qui craquent sans arrêt parce que tu as les genoux écartés. Sur ce plan-là, heureusement, ça va mieux. Je te connaissais quand tout le monde portait des jupes ultracourtes? C'était terrible de vouloir suivre la mode sans être indécente en jouant. Je te connaissais ou pas?

– Non, répondit Hans. Il y a deux ans, les jupes étaient à peu près comme aujourd'hui.

– C'est vrai. Ça fait deux ans qu'on s'est rencontrés.

– Après le concert. Tu étais avec Harry et...

– Hans!

Elle se pencha et le regarda avec intensité. Elle était si proche de lui qu'il pouvait sentir son odeur.

– J'ai été comme folle, toute la journée. À cause de lui.

– Qu... Qui?

– Tu le sais parfaitement. Lui. Kurt! Oh! Hans, il m'aime, tu crois?

– Poldi, mais... Tu l'as vu combien de fois? Vous vous connaissez à peine.

Il lui avait tourné le dos, chez les Levin, quand elle lui avait fait des compliments sur son jeu et...

– Que je l'aie vu trois fois seulement, ça n'est pas ce qui compte. Je devrais être inquiète. Mais son regard, la façon dont il parlait de mon jeu... Quelle âme noble! Ça s'entend dans sa musique. As-tu déjà entendu quelqu'un jouer la sonate funèbre de Beethoven comme il l'a jouée ce soir-là?

– C'était bien.

– Il a dit à Mrs. Levin que mon jeu laissait deviner un tel tempérament...

Il aurait voulu la regarder. Ses yeux pâles restaient fixés sur la pluie.

– Il est tellement *gemütlich. Ein Edel Mensch!* Qu'est-ce que je dois faire? Hans, réponds!

– Je ne sais pas.

– Ne prends pas cet air sinistre. Qu'est-ce que tu ferais?

Il essaya de sourire.

– As-tu... As-tu des nouvelles de lui?... A-t-il téléphoné ou écrit?

– Non. Mais je suis sûre que c'est par délicatesse. Il a peur que je sois choquée, ou que je le repousse.

– Ne doit-il pas épouser la fille de Mrs. Levin au printemps prochain?

– Si. Mais c'est une erreur. Que peut-il attendre d'une pareille dinde?

– Mais, Poldi...

Elle leva les bras pour aplatir ses cheveux contre sa nuque. Sa vaste poitrine se trouva projetée en avant. On devinait les muscles de ses bras à travers la soie du corsage.

– Le soir de son concert, tu sais, j'avais l'impression qu'il ne jouait que pour moi. Il me regardait dans les yeux chaque fois qu'il saluait. C'est pour ça qu'il n'a pas répondu à ma lettre. Il a tellement peur de me blesser. Il demande à la musique de parler à sa place.

Hans avala sa salive, et sa pomme d'Adam monta et descendit le long de son cou délicat.

– Tu lui as écrit?

– J'ai été obligée de le faire. Une artiste ne peut pas maîtriser la violence des sentiments qui la bouleversent.

– Tu lui as écrit quoi?

– Je lui ai dit à quel point je l'aimais. Ça fait dix jours – une semaine après que je l'ai eu rencontré chez les Levin.

– Et tu n'as pas de nouvelles?

– Non. Mais tu ne comprends pas ce qu'il ressent? J'étais tellement sûre qu'il ne répondrait pas que je lui ai envoyé un autre petit mot avant-hier pour lui dire de ne pas s'inquiéter – que je serais toujours la même.

D'une main hésitante, Hans arrangea la raie de ses cheveux.

– Mais, Poldi, il y en a eu tellement d'autres... depuis que je te connais.

Il se leva, posa un doigt sur la photographie qui était à côté de celle de Casals. Le visage lui souriait. Des lèvres épaisses, surmontées d'une moustache noire. Une petite marque rouge à la base du cou. Deux ans plus tôt, Poldi lui avait fait remarquer cette marque elle-même, en lui expliquant que c'était là qu'il appuyait son violon, que c'était toujours irrité, qu'elle avait l'habitude d'y passer le doigt doucement. Elle appelait ça la lèpre du violoniste. Pour aller plus vite, ils disaient entre eux : la *violonite*. Hans regardait fixement la marque. Elle se voyait à peine. Il se demandait si elle était vraiment sur la photographie ou si ce n'était que l'usure du temps.

Le regard sombre et perçant était fixé sur lui. Il sentit ses genoux lui manquer. Il s'assit de nouveau.

– Réponds, Hans. Il m'aime? Qu'est-ce que tu crois? Tu crois vraiment qu'il m'aime et qu'il attend le moment favorable pour me répondre? Qu'est-ce que tu crois?

Un léger brouillard semblait s'être infiltré dans la pièce.

– Oui, répondit-il très lentement.

Elle changea de visage.

– Hans!

Il se pencha en avant. Il tremblait.

– Hans... Tu as l'air tellement bizarre... Ton nez remue, tes lèvres tremblent, on dirait que tu vas pleurer. Est-ce que...

Poldi...

Elle se mit à rire bruyamment.

– Tu ressembles à un drôle de petit chat qui appartenait à mon père!

Il se tourna rapidement vers la fenêtre pour qu'elle ne voie pas son visage. La pluie coulait toujours contre la vitre argentée, semi-opaque. Les lampes de l'immeuble voisin étaient allumées. Elles brillaient doucement dans le crépuscule gris. *Ach!* Hans se mordit les lèvres. Derrière l'une des fenêtres, on apercevait une ombre – l'ombre d'une femme : Poldi dans les bras d'un homme très grand aux cheveux très noirs. Et sur le rebord de la fenêtre, entre la bouteille de lait et le tube de mayonnaise, il y avait un drôle de petit chat jaune, sous la pluie, qui regardait à l'intérieur. De ses longs doigts osseux, Hans se frotta doucement les paupières.

*

Commentaire de Sylvia Chatfield Bates, qui se trouvait joint à « Poldi », avec l'annotation suivante : *Retour pour seconde lecture.*

Voilà un excellent exemple de nouvelle « picturale » – c'est-à-dire dramatisation complète d'un thème très court, description d'une situation presque statique dont les éléments narratifs appartiennent au passé ou au futur. C'est une histoire assez banale, mais pas trop. Vous pouvez échapper à cette banalité – comme l'a fait Willa Cather dans *Lucy Gayheart* – grâce à la véracité, à la précision et à la richesse du détail. Beaucoup de nouvelles se vendent grâce à la qualité du détail. Comme je l'ai constaté déjà, les vôtres sont de cet ordre. Les détails sont bons. Très vivants. Une nouvelle qui s'appuie sur une certaine connaissance technique peut avoir également des chances de succès. Votre connaissance de la technique musicale, qui est éclatante, sonne juste. Un musicien en jugerait mieux que moi.

Le lecteur moyen aimerait que la nouvelle soit un peu plus vivante. Qu'elle avance davantage, et qu'elle permette de mieux comprendre ce qui va arriver. Mais moi, je l'aime telle qu'elle est. Elle n'a aucun besoin d'être retravaillée.

S.C.B.

Un souffle qui vient du ciel

Comme les autres nouvelles publiées à titre posthume dans Le Cœur hypothéqué *(1971), cette nouvelle de jeunesse semble directement liée à des événements de la vie de Carson McCullers, dont la première crise de rhumatisme articulaire aigu, étiquetée à tort tuberculose, justifia l'envoi de la jeune Lula Carson en sanatorium.*

Ici, Constance doit partir à la montagne, et entre deux quintes de toux elle observe les jeux insouciants de son frère et de sa sœur. En soulignant le bleu du ciel, infini effrayant dans lequel la jeune fille craint bientôt de se fondre, et en insistant sur le souffle court de Constance, Carson McCullers évoque sans la nommer la peur de mourir de la jeune fille. Constance cherche appui dans le regard bleu et froid de sa mère qui reste aussi impénétrable que l'azur.

Sans rien conclure, la fin donne la première place aux sensations de fièvre et de fusion dans l'inconnu qui envahissent la jeune fille. Très belle et très poignante évocation de la maladie du souffle, cette nouvelle privilégie les impressions visuelles qui expriment l'intériorité meurtrie de la jeune malade.

Elle leva son petit visage pointu, fixa d'un œil mécontent le bleu du ciel, un peu plus pâle au bord de l'horizon, puis, avec un léger tremblement de sa bouche entrouverte, reposa la tête sur l'oreiller de la chaise longue à rayures, se couvrit les yeux avec son panama et reprit son immobilité. Un damier d'ombres dansait sur la couverture qui couvrait son corps amaigri. Du massif de spirées tout proche, aux fleurs blanches épanouies, s'élevait un bourdonnement d'abeilles.

Constance somnola un moment. Une suffocante odeur d'étable chaude la réveilla – et la voix de Miss Whelan.

– Allons! Voici votre lait.

Une question traversa les brumes de son sommeil – une question qu'elle n'avait pas l'intention de poser, qu'elle formula de façon tout à fait inconsciente :

– Où est maman?

La bouteille brillait entre les mains épaisses de Miss Whelan. Quand elle versa le lait, l'écume blanche moussa dans le soleil et couronna de givre le bord du verre.

– Où? répéta Constance, et le mot se perdit dans son souffle fragile.

– Elle est sortie avec les autres enfants. Mick a fait une scène, ce matin, à propos de maillots de bain. Je pense qu'ils sont en ville, pour en acheter.

Quelle voix puissante! Assez puissante pour briser les tiges délicates des spirées, et les milliers de petites fleurs s'éparpilleront, tomberont, tomberont, comme un kaléidoscope enchanté de blancheur.

Silencieuse blancheur. Seules resteront visibles les branches dures aux épines dressées.

– Quand votre mère saura où vous avez passé la matinée, elle sera sûrement étonnée.

– Non, murmura Constance, sans savoir pourquoi elle répondait non.

– Moi, je parie que si. Votre première sortie. Je ne pensais pas que le docteur vous donnerait la permission. Surtout après ce qui s'est passé la nuit dernière.

Elle regarda le visage de l'infirmière, puis son corps énorme sous la blouse blanche, ses mains placidement croisées sur son ventre – de nouveau le visage, si rose, si gras, et comment... oui, comment peut-elle supporter cet énorme poids, ce teint écarlate? Pourquoi la fatigue ne lui fait-elle jamais tomber le visage vers la poitrine? La haine fit trembler ses lèvres. Son souffle devint plus rapide, plus faible.

Au bout d'un moment, elle dit :

– Si je pouvais faire trois cents miles, la semaine prochaine – toute la route jusqu'à Mountain Heights –, je suis sûre que ça me ferait du bien d'être assise dans mon jardin pendant quelque temps.

Miss Whelan avança une main boudinée, écarta les mèches du front de l'enfant.

– Allons, allons, dit-elle d'une voix tranquille. L'air des hauteurs achèvera de vous guérir. Pas d'impatience. Après une pleurésie, il faut rester calme et faire attention. C'est tout.

Constance serra les mâchoires avec force : « Il ne faut pas que je pleure, pensa-t-elle. Par pitié, qu'elle ne me voie pas pleurer, qu'elle ne me touche plus, qu'elle ne me regarde plus, par pitié, plus jamais... »

Quand l'infirmière eut regagné la maison, en traversant pesamment la pelouse, Constance ne pensa plus à pleurer. Elle regarda les feuilles de chêne que le vent agitait de l'autre côté de la route, et qui brillaient dans le soleil comme de l'argent. Elle posa le verre sur sa poitrine. De temps en temps elle inclinait la tête pour aspirer une gorgée de lait.

Enfin dehors. Sous le ciel bleu. Après tant de semaines à respirer une odeur moite de renfermé entre les murs jaunes de sa chambre. À regarder le bois de son lit, avec l'impression qu'il allait lui broyer la poitrine. Ciel bleu. Fraîcheur bleutée, qu'elle avait envie de sucer jusqu'à devenir bleue elle-même. Elle fixa le ciel avec des yeux écarquillés et se laissa envahir par la chaleur des larmes.

Elle entendit arriver une voiture, reconnut aussitôt le bruit du moteur, tourna la tête vers la petite portion de route qu'elle pouvait apercevoir de l'endroit où elle était couchée. La voiture pencha dangereusement en tournant dans l'allée, hoqueta bruyamment et s'arrêta. L'une des vitres arrière, fendue, avait été réparée avec du papier collant très sale. À travers la fente, on apercevait la tête d'un chien policier, langue palpitante.

Mick descendit la première avec le chien.

– Maman! Regarde! cria-t-elle, et sa voix d'enfant se transforma en un cri strident. Elle est *dehors*.

Mrs. Lane traversa la pelouse et dévisagea sa fille d'un air las et lointain. Elle tenait une cigarette entre ses doigts nerveux. Elle en tira une bouffée qui déroula dans le soleil de longs rubans de fumée grise.

– Hé oui..., dit Constance, d'une voix hésitante.

– Bonjour, belle inconnue, dit Mrs. Lane avec une gaieté un peu forcée. Qui t'a laissée sortir?

Mick retenait le chien qui tirait sur sa laisse.

– Maman! Regarde! King veut s'approcher de Constance. Il ne l'a pas oubliée. Regarde! Il la connaît aussi bien que n'importe qui... N'est-ce pas, mon chien-chien...

– Mick, ne crie pas si fort et va enfermer ce chien dans le garage.

Howard traînassait derrière Mick et sa mère – visage boutonneux de garçon de quatorze ans, regard timide.

– Bonjour, sœurette, murmura-t-il après un silence. Tu te sens comment?

En les regardant tous les trois à l'ombre des chênes, elle se sentit beaucoup plus fatiguée qu'au moment où elle était sortie de la maison. Mick surtout – arc-boutée sur ses petites jambes nerveuses pour empêcher King de lui sauter dessus.

– Maman! Regarde! King...

Mrs. Lane haussa nerveusement une épaule.

– Mick, Howard, emmenez immédiatement cet animal. Compris? Allez l'enfermer où vous voudrez.

Ses longues mains s'agitaient sans raison.

– J'ai dit : immédiatement!

Les enfants jetèrent un regard oblique à Constance, et traversèrent la pelouse en direction du perron.

– Parfait ! soupira Mrs. Lane quand ils eurent disparu. Alors, comme ça, tu décides de te lever et de sortir ?

– C'est le docteur qui m'a permis. Enfin ! Il est allé chercher la vieille chaise roulante dans la cave, avec Miss Whelan, et... ils m'ont aidée.

Tant de mots à la suite l'épuisaient. Elle prit une longue inspiration et se mit à tousser. Penchée sur le côté, un Kleenex à la main, elle toussa jusqu'à ce que le petit brin d'herbe sur lequel son regard était fixé se grave à jamais dans sa mémoire, comme les rainures du plancher lorsqu'elle était dans son lit. Sa toux calmée, elle jeta le Kleenex dans une boîte en carton posée contre sa chaise longue et regarda sa mère. Mrs. Lane s'était détournée. D'un air absent, elle s'amusait à brûler les fleurs de spirées avec le bout de sa cigarette.

Le regard de Constance se détacha de sa mère et monta vers le bleu du ciel. Elle sentit qu'il fallait dire quelque chose.

– J'aimerais avoir une cigarette, prononça-t-elle lentement, en accordant chaque syllabe au rythme de son souffle fragile.

Mrs. Lane se retourna. Sa bouche, aux coins légèrement relevés, s'ouvrit sur un sourire un peu trop éclatant.

– En voilà une *bonne* idée !

Elle laissa tomber sa cigarette dans l'herbe, l'écrasa du bout de sa chaussure.

– C'est moi plutôt qui devrais m'arrêter de fumer quelque temps. Je me sens la bouche irritée et pâteuse – comme un petit chat qui aurait la gale.

Constance rit avec difficulté. Chaque rire était un tel fardeau à soulever qu'elle se calma vite.

– Maman...

– Oui ?

– Le docteur voulait te voir, ce matin. Il demande que tu lui téléphones.

Mrs. Lane saisit une branche de spirées et la brisa entre ses doigts.

– J'y vais tout de suite. Où est Miss Whelan ? Dès que j'ai le dos tourné, elle t'abandonne sur la pelouse, à la merci des chiens, et...

– Chut, maman. Elle est dans la maison. C'est son après-midi de congé aujourd'hui, n'oublie pas.

– Je sais. Mais l'après-midi n'est pas encore commencé.

Le murmure glissa plus facilement avec son souffle.

– Maman...

– Oui, Constance?

– Tu... tu reviendras ici?

Elle regardait ailleurs en parlant – elle regardait le bleu intense et fiévreux du ciel.

– Si tu veux que je revienne, je reviendrai.

Elle regarda sa mère traverser la pelouse et prendre l'allée de gravier qui menait à la porte d'entrée. Elle avait une démarche aussi sautillante qu'une petite marionnette de verre. Les chevilles osseuses se croisaient avec raideur, les bras maigres se balançaient par saccades, le cou délicat était penché sur le côté.

Elle regarda son lait, le ciel, son lait de nouveau.

– Maman...

Elle forma le mot avec ses lèvres, mais le son se perdit dans sa respiration épuisée.

Le lait était à peine entamé. Deux gouttes crémeuses coulaient le long du verre. Elle avait bu quatre gorgées. Deux en regardant cette chaleur immaculée, deux en fermant les yeux avec un frisson. Elle fit tourner le verre, posa ses lèvres à un endroit où elle n'avait pas encore bu. Elle sentit le lait descendre dans sa gorge avec une fraîcheur tranquille.

Mrs. Lane revint. Elle avait des gants blancs de jardinière et tenait un vieux sécateur rouillé.

– Tu as téléphoné au docteur Reece?

Mrs. Lane remua tout juste le coin des lèvres comme pour avaler sa salive.

– Oui.

– Et alors?

– Il pense que c'est mieux... qu'il ne faut pas hésiter plus longtemps. Toute cette attente... Plus vite tu seras là-bas, mieux ça vaudra.

– Alors quand?

Elle sentait son pouls battre jusqu'au bout de ses doigts, comme une abeille sur une fleur – vibrer contre le verre de lait froid.

– Après-demain, ça te va?

Sa respiration se changea en une série de petits halètements brefs et chauds. Elle hocha la tête affirmativement.

Un bruit de voix sortit de la maison. Mick et Howard discutaient avec animation des ceintures de leurs maillots de bain. La phrase de Mick s'acheva en un cri strident. Tout s'apaisa.

Voilà ce qui la faisait presque pleurer. Elle pensa à l'eau, imagina de grands tourbillons vert jade autour d'elle, la fraîcheur de l'eau pénétra ses membres brûlants, l'écume jaillit des longues brasses allongées, si simples, si faciles. Fraîcheur de l'eau – couleur du ciel.

– Oh! je me sens tellement sale!

Mrs. Lane brandissait son sécateur. Un de ses sourcils tressaillit au-dessus de la branche de spirées qu'elle tenait.

– Sale?

– Oui, oui... Je n'ai pas pris de bain depuis... depuis trois mois... J'en ai assez de cette toilette d'avare, juste avec une éponge...

Sa mère se baissa, ramassa dans l'herbe un papier de bonbon, l'examina un moment d'un air absent, le laissa retomber.

– Je veux nager... Je veux sentir sur moi cette eau fraîche... C'est injuste... injuste de ne pas avoir le droit...

– Assez! dit Mrs. Lane d'une voix sèche, agacée. Assez, Constance! Cesse de te tourmenter pour des bêtises.

– Et mes cheveux?

Elle toucha le chignon gras qui lui tombait sur la nuque.

– Pas lavés depuis... des mois... Des cheveux dégoûtants qui finiront par me rendre folle. J'accepte toutes les pleurésies, tous les drains, toutes les tuberculoses, mais...

Mrs. Lane serrait les fleurs avec tant de force qu'elles avaient l'air de se cacher les unes contre les autres, comme si elles avaient honte.

– Assez! répéta-t-elle d'une voix forte. C'est inutile.

Le ciel était en feu. Des hautes flammes bleues, étouffantes à respirer, meurtrières.

– Peut-être en les coupant très court...

Le sécateur se referma doucement.

– Si tu veux que... oui, je pense que je pourrais te les couper. Tu tiens vraiment à ce qu'ils soient plus courts?

Constance tourna la tête de côté, leva difficilement la main pour enlever les épingles mordorées.

– Très courts, oui. Coupe tout.

La lourde chevelure châtain foncé avait couvert l'oreiller. Mrs. Lane se pencha, saisit une mèche en hésitant. Les lames, étincelantes dans le soleil, commencèrent à couper lentement.

Mick surgit brusquement du massif de spirées. Nue, sauf un minuscule maillot de bain. Sa poitrine d'enfant potelée brillait au soleil comme de la soie blanche. Deux légères lignes d'embonpoint soulignaient son petit estomac ballonné.

– Maman ! Tu *lui* coupes les cheveux ?

Mrs. Lane tenait avec précaution les cheveux qu'elle venait de couper. Elle les regarda un moment, le visage tendu.

– Beau travail ! dit-elle gaiement. Pas de petits poils dans le cou, j'espère ?

– Non, répondit Constance, qui regardait sa sœur.

L'enfant tendit sa main ouverte.

– Donne, maman. Je vais en bourrer un beau coussin pour King. Je vais...

– Qu'elle ne touche pas à cette saleté, dit Constance entre ses dents.

Elle caressa du doigt les mèches raides et inégales qui lui entouraient la nuque, puis laissa retomber la main avec fatigue et arracha quelques brins d'herbe.

Mrs. Lane s'accroupit, écarta les fleurs blanches qu'elle avait posées sur un journal, mit les cheveux à leur place, en fit un paquet qu'elle cacha derrière la chaise roulante.

– Je l'emporterai quand je rentrerai.

Les abeilles bourdonnaient dans le silence étouffant. L'ombre était plus noire. Les petits nuages qui voltigeaient autour des chênes avaient disparu. Constance baissa la couverture sur ses genoux.

– Tu as prévenu papa que j'arrivais bientôt ?

– Je viens de lui téléphoner.

– À Mountain Heights ? demanda Mick qui se balançait d'un pied sur l'autre.

– Oui, Mick.

– Maman, c'est là que tu as été voir Oncle Charlie ?

– Oui.

– C'est de là qu'il nous a envoyé des bonbons au cactus – il y a très longtemps ?

Des lignes grises, fines comme une toile d'araignée, apparurent sur le visage pâle de Mrs. Lane, autour des lèvres et entre les yeux.

– Non, Mick, c'était l'Arizona. Mountain Heights se trouve juste de l'autre côté d'Atlanta.

– Ils avaient un drôle de goût, dit Mick.

Mrs. Lane recommença à couper ses fleurs. Les coups de sécateur étaient beaucoup plus rapides.

– Je... je crois que j'entends le chien aboyer quelque part... Va voir, Mick, va vite.

– Ça n'est pas King, maman. Howard est en train de lui apprendre à donner la patte. Ils sont derrière la maison. Ne me demande pas d'y aller, je t'en prie.

Elle appuya la main sur la petite brioche de son estomac.

– Regarde, Constance. Tu ne m'as rien dit de mon costume de bain. Il me va bien?

La malade regarda les muscles vifs et tendus de l'enfant, puis leva les yeux vers le ciel. Deux mots se formèrent silencieusement sur ses lèvres.

– Il faut se dépêcher, maman. Cette année, ils font traverser aux baigneurs une sorte de fossé pour qu'ils ne se fassent pas mal aux pieds. Et ils ont installé un nouveau toboggan.

– Rentre à la maison, Mick. Obéis.

L'enfant regarda sa mère et s'engagea sur la pelouse. En arrivant à l'allée de gravier, elle se retourna, la main devant les yeux à cause du soleil.

– On part bientôt? demanda-t-elle d'une voix soumise.

– Oui. Prenez les serviettes et préparez-vous.

La mère et la fille gardèrent le silence un moment. Mrs. Lane était brusquement passée du massif de spirées aux fleurs de couleur fiévreuse qui bordaient l'allée. Elle coupait nerveusement les tiges, et la lumière verticale de midi mettait à ses pieds une ombre noire qui la suivait comme un petit chien. Constance la regardait faire, les yeux à demi fermés à cause de la réverbération, les mains appuyées sur cette dynamo qui ronflait en battant la chamade et qui était son cœur [231]. Elle réussit enfin à former les mots avec ses lèvres et à les prononcer.

– Je vais là-bas toute seule?

– Bien sûr, ma chérie. On t'assiéra sur la selle d'une bicyclette et on te donnera juste un peu d'élan au départ.

Constance écrasa une petite mucosité avec sa langue pour éviter de la cracher en se demandant s'il ne fallait pas répéter sa question.

Il n'y avait plus de fleurs à couper. Par-dessus le bouquet qu'elle tenait dans ses bras, Mrs. Lane jeta vers sa fille un coup d'œil oblique, et sa main veinée de bleu bougea le long des tiges.

– Écoute, Constance... Le Garden Club organise aujourd'hui une sorte de petite réception. Tout le monde déjeune au club, puis on va visiter un jardin de rocaille. Comme il faut que j'emmène les enfants, je me demandais... Tu m'en voudras si je m'en vais?

– Non, répondit Constance au bout d'un moment.

– Miss Whelan accepte de rester. Demain, peut-être...

Il y avait toujours cette question que Constance voulait poser une seconde fois, mais les mots restaient au fond de sa gorge, comme de petites boules élastiques, et elle savait qu'elle pleurerait si elle les prononçait. Un peu au hasard, elle réussit à dire :

– Très joli.

– N'est-ce pas? Les spirées, surtout. Si élégantes, si blanches...

– Je ne savais pas qu'elles étaient en fleur. Si je n'étais pas sortie...

– Comment? Je t'en ai apporté dans un vase, la semaine dernière.

– Dans un vase..., murmura Constance. La nuit, c'est le meilleur moment pour les regarder. J'étais à la fenêtre, la nuit dernière. Le clair de lune les inondait. Tu sais comment sont les fleurs blanches sous la lune.

Constance leva brusquement les yeux et rencontra ceux de sa mère.

– Je t'ai entendue, dit-elle avec une sorte de reproche. Dans l'entrée. Tu faisais les cent pas. Il était tard. Dans la salle de séjour aussi. J'ai eu l'impression d'entendre la porte qui s'ouvrait et se refermait. À un moment, je me suis mise à tousser, j'ai regardé par la fenêtre et j'ai cru apercevoir une robe blanche qui marchait sur la pelouse. Comme un fantôme... Comme...

– Chut! dit sa mère, d'une voix qui crissait comme du verre pilé. Parler, c'est... c'est très fatigant.

Il fallait qu'elle pose sa question maintenant. Elle sentait sa gorge toute gonflée de syllabes mûres, prêtes à se détacher.

– Je vais à Mountain Heights toute seule? Ou avec Miss Whelan? Ou...

– C'est moi qui t'accompagne. Nous prendrons le train toutes les deux. Je resterai quelques jours. Jusqu'à ce que tu sois installée.

Sa mère était à contre-jour, faisant écran à l'éclat du soleil, et elle pouvait voir ses yeux. Ils avaient la couleur du ciel par un matin froid. Ils étaient posés sur elle avec un calme bizarre – une tranquillité inquiétante. C'était le bleu du ciel avant qu'il ne soit brûlé de soleil. Elle regardait sa mère, ses lèvres tremblaient, elle écoutait le bruit de son souffle : « Maman... »

Le mot se perdit dans le premier accès de toux. Elle se pencha par-dessus la chaise longue. La toux lui cognait violemment la poitrine, de grands coups surgis d'une région d'elle-même qu'elle ne connaissait pas. Ils cognaient l'un après l'autre, avec une régularité effrayante. Quand le dernier lui eut arraché la gorge, elle était trop épuisée pour avoir la force de se relever. Elle se laissa tomber, prise de vertige, contre l'accoudoir de la chaise longue, avec le sentiment qu'elle ne pourrait plus jamais redresser la tête.

Pendant la minute de halètement qui suivit, les yeux toujours fixés sur elle s'agrandirent à la dimension du ciel. Elle regarda, reprit son souffle, fit un effort pour regarder de nouveau.

Mrs. Lane s'était détournée. Au bout d'un instant, sa voix aiguë se fit entendre.

– Au revoir, ma chérie. Il faut que je parte. Miss Whelan va être là dans une minute. Tu devrais rentrer. À bientôt.

Pendant qu'elle traversait la pelouse, Constance crut voir qu'un léger frisson lui parcourait les épaules – quelque chose d'aussi imperceptible que la vibration d'un verre de cristal heurté un peu trop brutalement.

Quand ils quittèrent la maison, Miss Whelan occupait de nouveau son champ de vision. À travers la vitre réparée avec du papier collant très sale, elle distinguait vaguement les corps à moitié nus de Mick et de Howard, le mouvement des serviettes dont ils frappaient par jeu leurs derrières respectifs, et la tête de King, langue palpitante. Elle entendit le bruit enroué du moteur, le grincement frénétique de la boîte de vitesses, au moment où la voiture s'engagea dans l'allée en marche arrière, et, longtemps après que le dernier râle du moteur se fut perdu dans le silence, elle croyait voir encore le visage pâle et las de sa mère au-dessus du volant.

– Qu'y a-t-il? demanda Miss Whelan. Ce n'est pas votre côté qui recommence à vous faire mal, j'espère?

Constance remua la tête sur l'oreiller.

– Rentrons maintenant. Tout ira bien quand vous serez rentrée.

Ses mains, sans force et sans couleur, comme une cire fondue, plongèrent dans la chaleur humide qui ruisselait le long de ses joues. Et, souffle suspendu, elle se mit à nager dans une immensité bleue, aussi impénétrable que le bleu du ciel.

[*Redbook*, octobre 1971.]

L'Orphelinat

Ce petit texte publié à titre posthume dans Le Cœur hypothéqué *(1971) se présente comme une brève incursion dans le monde fantastique d'enfants de sept ans, qui aiment se donner des frissons en racontant des histoires monstrueuses de fœtus conservés dans le formol ou d'enfants abandonnés. C'est aussi la transposition d'un souvenir d'enfance que Carson McCullers a décrit dans « The Flowering Dream : Notes on Writing » (« L'éclosion du rêve : notes sur l'écriture », 1959, également repris dans* Le Cœur hypothéqué*). Pour introduire une réflexion sur l'isolement spirituel, Carson McCullers y parle d'un souvenir de ses quatre ans où, lorsqu'elle était passée devant l'orphelinat voisin, elle avait conçu le sentiment d'être tenue à l'écart d'une fête qui avait toujours lieu sans elle. Au lieu de présenter cette institution comme un lieu effrayant et triste, Carson McCullers montrait, dans cet article, sa fascination pour un monde dont elle était exclue puisqu'elle n'avait pas la chance d'être orpheline.*

« L'orphelinat », sans être une véritable nouvelle, donne un aperçu du talent de Carson McCullers à revenir de plain-pied dans la fantasmagorie de l'enfance, ce qui donnera une telle vérité aux silhouettes enfantines de Bubber dans Le cœur est un chasseur solitaire, *ou de John Henry dans* Frankie Addams. *Carson n'a pas oublié qu'être petit cela veut dire aussi chercher à donner un sens à tous les signes désordonnés jaillis de son imagination et de celle de ses pairs.*

Étrange que cet orphelinat ait été associé dans mon esprit à cette horrible bouteille. Cela tient à la logique mouvante de l'enfance, car, au début de cette histoire, j'avais juste sept ans. Comme cette maison servait de refuge aux orphelins de notre ville, on avait parfaitement le droit de lui reprocher sa mystérieuse laideur. C'était un large bâtiment à pignons, peint en vert noirâtre, tapi au fond d'une cour où le râteau laissait des traces, et qui, en dehors de deux magnolias, était absolument nue. Cette cour était fermée par une grille en fer forgé et, si vous vous arrêtiez sur le trottoir pour y jeter un coup d'œil, vous n'aperceviez presque jamais les orphelins. Quant à l'arrière-cour, elle a longtemps gardé son secret pour moi. Le bâtiment était dans un angle. Une haute palissade empêchait de voir ce qui se passait de l'autre côté, mais quand vous la longiez vous entendiez des voix de personnes invisibles, et parfois quelque chose comme un cliquetis métallique. Ces bruits secrets, ce mystère m'effrayaient terriblement. Je passais souvent devant l'orphelinat avec ma grand-mère, en allant de chez moi à la Grand-rue, et quand j'y repense aujourd'hui, j'ai l'impression que c'était toujours en hiver et au crépuscule. Dans cette lumière déclinante, les bruits entendus de l'autre côté de la palissade sonnaient comme une menace, et le heurtoir en métal de la porte d'entrée était comme l'empreinte d'une main glacée. La désolation de cette cour nue et les reflets de lumière jaune qui sortaient des étroites fenêtres convenaient parfaitement à l'affreuse révélation qui m'a été faite à cette époque-là.

Mon initiatrice fut une petite fille appelée Hattie, qui devait avoir neuf ou dix ans. J'ai oublié son nom de famille, mais je me souviens de beaucoup d'autres choses la concernant. Elle m'apprit notamment qu'elle était la nièce de George Washington [232]. Elle m'expliqua ensuite comment les gens de couleur deviennent des gens de couleur. Si une fille embrasse un garçon, me dit-elle, elle se transforme peu à peu en fille de couleur. Et, quand elle se marie, ses enfants eux aussi sont des enfants de couleur. Seule exception à cette loi : il est permis d'embrasser son frère. Hattie était petite pour son âge, avec des dents qui se chevauchaient et des cheveux blonds et gras retenus sur la nuque par une barrette ornée de pierreries. On m'avait interdit de jouer avec elle, car ma grand-mère ou mes parents avaient peut-être eu peur que quelque chose de malsain ne se glisse dans nos relations. Si c'est vraiment ce qu'ils craignaient, ils avaient tout à fait raison. J'avais un jour embrassé Tit, mon meilleur ami, mais seulement un petit cousin, de sorte que je me transformais jour après jour en fille de couleur. C'était l'été. J'étais un peu plus foncée chaque matin. Comme cette terrible révélation m'avait été faite par Hattie, je m'imaginais qu'elle avait peut-être le pouvoir de l'arrêter. Enchaînée doublement, par la peur et par le poids de ma faute, je ne la quittais plus d'un pas, et elle m'extorquait souvent des pièces de cinq et dix *cents*.

Les souvenirs d'enfance ont l'étrange pouvoir d'être mouvants, et de grandes plages d'ombre entourent les espaces qui restent en pleine lumière. Les souvenirs d'enfance ressemblent aux flammes claires des bougies qui brûlent dans l'étendue nocturne, et font surgir de l'obscurité des figures immobiles. Je n'ai aucun souvenir de l'endroit où habitait Hattie, mais un certain couloir, une certaine chambre brillent encore pour moi d'un éclat mystérieux. Je ne sais plus du tout comment je suis arrivée jusqu'à cette chambre, mais je sais que je m'y trouvais avec Hattie et mon cousin Tit. C'était une fin d'après-midi. Il ne faisait pas tout à fait nuit dans la chambre. Hattie portait une robe indienne et une coiffure de plumes rouge vif. Elle nous a demandé si nous savions comment venaient les bébés. J'ignore pourquoi, mais ces plumes me faisaient peur.

– Ils poussent à l'intérieur des dames, dit Tit.

– Si vous me jurez de n'en parler à personne au monde, je vais vous montrer quelque chose.

Nous avons fini par jurer. Je me souviens pourtant que c'était avec une certaine répugnance et que cette nouvelle révélation m'effrayait à l'avance. Hattie a grimpé sur une chaise, et a pris quelque chose sur l'étagère d'un placard. C'était une bouteille, avec quelque chose de rouge et de bizarre à l'intérieur.

– Savez-vous ce que c'est? a-t-elle demandé.

La chose qui était à l'intérieur de la bouteille ne ressemblait à rien de ce que j'avais pu voir jusque-là. C'est Tit qui a demandé :

– Qu'est-ce que c'est?

Hattie a pris un long temps. Sous sa coiffure de plumes rouges son visage avait une expression sournoise. Après quelques instants de suspense, elle a dit :

– Un bébé mort, dans du vinaigre.

Dans la chambre, le silence était absolu. J'ai échangé avec Tit un long regard horrifié. J'étais incapable de regarder de nouveau la bouteille, mais Tit examinait la *chose* avec autant de fascination que de frayeur.

– De qui? demanda-t-il à voix basse.

– Tu vois la petite tête rouge et fripée, avec la bouche? Tu vois les petites jambes rouges repliées sous son ventre? C'est mon frère qui l'a apporté à la maison quand il apprenait à devenir pharmacien.

Tit avança un doigt, toucha la bouteille, cacha très vite ses mains derrière son dos. Il répéta, dans un murmure cette fois :

– De qui? Le bébé de qui?

– Un orphelin, répondit Hattie.

Je me souviens que nous avons fait très peu de bruit en quittant la chambre sur la pointe des pieds, que le couloir était sombre, et qu'au bout du couloir il y avait un rideau. Là s'arrêtent, Dieu merci, mes souvenirs concernant Hattie. Mais cet orphelin en conserve m'a hantée longtemps. J'ai rêvé une nuit que la *chose* était sortie de son bocal, qu'elle rampait dans l'orphelinat, que j'y étais retenue prisonnière, que la *chose* me tournait autour et courait derrière moi. Peut-être même ai-je cru que ce sombre bâtiment à pignons contenait de grandes étagères où étaient alignées d'innombrables bouteilles terrifiantes. Peut-être oui – et non. Car les enfants connaissent deux sortes de réalités – l'une qui est celle du monde, et qu'il faut considérer comme une immense complicité liant entre eux les adultes; et l'autre qui est celle du secret, de l'inavoué, du dissimulé, de l'absolu. Quoi qu'il en soit, quand nous revenions de la ville et que nous passions devant l'orphelinat, je me serrais contre ma grand-mère. À cette époque, je ne connaissais aucun orphelin, car ils allaient à l'école située dans la 3e Rue.

Quelques années plus tard, un double hasard m'a permis d'entrer directement en relation avec l'orphelinat. Je me considérais, à cette époque, comme une grande fille, et j'étais passée des milliers de fois devant le bâtiment, toute seule, soit à pied, soit à bicyclette ou sur mes patins. Ma terreur s'était changée en une sorte de fascination. Quand j'arrivais devant l'orphelinat, j'ouvrais toujours des yeux immenses pour le regarder. J'apercevais parfois les orphelins qui, avec une lenteur dominicale, revenaient de l'église ou de l'école du dimanche, et marchaient en rangs serrés, les deux plus grands en tête, les deux plus petits en queue. Je devais avoir onze ans quand survinrent les hasards qui m'ont permis de voir les choses de plus près et de découvrir un champ romanesque insoupçonné. Il y eut d'abord la nomination de ma grand-mère au conseil d'administration de l'orphelinat. C'était à l'automne. Au début du printemps suivant, il y eut le transfert des orphelins à l'école de la 17e Rue, qui était la mienne. Je me suis trouvée en sixième avec trois orphelins. Ce transfert fut le résultat d'une modification du tracé des districts scolaires. Quant à la nomination de ma grand-mère au conseil d'administration, elle s'explique par le fait que ma grand-mère adorait tout ce qui est conseil, comité, réunion d'association, et qu'un des membres de ce conseil venait de mourir.

Ma grand-mère se rendait à l'orphelinat une fois par mois. Je l'ai accompagnée à sa seconde visite. C'était le moment le plus merveilleux de la semaine, le vendredi après-midi, merveilleux parce qu'on a une impression de vacances imminentes. Il faisait froid. Le soleil couchant embrasait les fenêtres. L'intérieur de l'orphelinat était très différent de ce que j'avais imaginé. Un grand hall nu, des pièces sans rideaux, sans tapis. Très peu de meubles. Des poêles allumés dans la salle à manger et dans la salle de réunion qui faisait face au parloir. Mrs. Wesley, l'intendante, était une grosse femme, un peu dure d'oreille, qui gardait la bouche ouverte quand elle écoutait parler quelqu'un d'important. Elle paraissait toujours à bout de souffle, et sa voix placide lui sortait du nez. Ma grand-mère avait apporté des vêtements (Mrs. Wesley disait : « des habits ») qui avaient été donnés par plusieurs églises. Elles se sont enfermées dans le parloir glacial pour discuter. On m'a confiée à une fille de mon âge, qui s'appelait Susie. Nous avons tout de suite couru vers l'arrière-cour, de l'autre côté de la palissade.

Je me suis sentie mal à l'aise, pendant toute cette première visite. Il y avait des filles de tous les âges, qui jouaient à différents jeux. Il y avait un tronc d'arbre avec une planche qui servait de balançoire, des barres parallèles et un jeu de marelle dessiné sur le sol. J'étais tellement désorientée que cette cour me parut pleine d'enfants qui n'avaient rien à faire ensemble. Une petite fille est venue vers moi. Elle m'a demandé qui était mon père. Comme je mettais un peu de temps à répondre, elle m'a dit :

– Mon père à moi était employé aux chemins de fer.

Puis elle a couru vers les barres parallèles, s'y est suspendue par les genoux, à la renverse – ses cheveux ont masqué son visage trop rouge et elle portait des culottes bouffantes en coton marron.

Un instant de l'heure qui suit

Écrite lorsque l'auteur n'avait que dix-neuf ans, « Un instant de l'heure qui suit » désigne le « gouffre insondable », « gouffre de nuit » qui s'est ouvert entre un homme et une femme alcooliques. Réflexion sur l'abîme où un couple s'enfonce, cette courte nouvelle ne reçut pas l'approbation du professeur qui suggéra quelques retouches, publiées ici à la suite de la nouvelle. Mais Carson McCullers ne tint pas compte de ses conseils.

Thème commun à « Un problème familial » (1951) et à « Qui a vu le vent ? », nouvelle écrite environ vingt ans plus tard, l'influence destructrice de l'alcool semble toujours associée à la difficulté du couple. Carson McCullers a abordé ce thème relativement peu souvent, comme si la présence réelle du problème dans sa vie n'avait pas facilité sa transposition romanesque.

La force de cette nouvelle vient de sa manière de décrire les gestes avec minutie : de remarquables gros plans sur les mains ou sur le comprimé d'Alka Seltzer tiennent lieu d'analyse psychologique et mènent au fondu au noir final.

Comme dans « Un problème familial », le malaise ne naît pas uniquement de l'alcool, il provient de l'ambivalence des sentiments : rejet et amours mêlés d'où la tendresse n'est pas exclue ; les premiers mots de la nouvelle sont à cet égard très forts.

De ses mains, légères comme des ombres, elle lui caressa le visage et s'immobilisa doucement, paumes arrondies autour de son crâne. Il sentait l'extrémité de ses doigts appuyer contre ses tempes, vérifier le lent et chaud battement de son corps.

– Ré*so*-nance du *vi*-ide, murmura-t-il en heurtant les syllabes l'une contre l'autre.

Elle tourna les yeux, regarda ce corps solide, affalé sur toute la longueur du lit. Un pied – chaussette en accordéon autour de la cheville – pendait dans le vide. Pendant qu'elle le regardait, il souleva une de ses mains nerveuses, la fit grimper à tâtons de la poitrine vers la bouche, et toucha ses lèvres tremblantes, toutes pincées depuis qu'il avait parlé.

– Gouffre insondable, murmura-t-il entre ses doigts.

– Chéri, ça suffit pour cette nuit, dit-elle. La chandelle est morte et il n'y a plus de feu.

Ils avaient éteint le chauffage un moment plus tôt. Il commençait à faire froid dans l'appartement. Elle regarda la pendule. Les aiguilles marquaient une heure. De toute façon, pensa-t-elle, le chauffage est toujours très bas à cette heure-là. Aucun courant d'air, cependant. Les longs rubans de fumée grise enroulés au plafond restaient immobiles. Elle baissa les yeux, jeta un regard pensif sur la bouteille de whisky. Sur la table à jeu où l'échiquier était renversé. Sur un livre ouvert, pages contre le sol. Sur une feuille de laitue que Marshall avait laissée tomber de son sandwich en le secouant. Sur les vieux mégots éteints et les vieilles allumettes éparpillées un peu partout.

– Couvre-toi, dit-elle distraitement, en dépliant la couverture qui était au pied du lit. Tu es très sensible aux courants d'air.

Il ouvrit les yeux, la regarda longuement – yeux bleu-vert assortis à son chandail, avec une trace de sang rose dans un coin, ce qui lui donnait l'expression naïve d'un lapin en peluche. Toujours cet air d'avoir moins de vingt ans. Comme il avait posé la tête sur ses genoux, elle apercevait la nuque, qui jaillissait du col roulé comme un arc tendu, le dessin fragile des nerfs et des cartilages, la broussaille de cheveux noirs qui accentuait la pâleur du visage.

– Majestueuse vacuité...

Ses paupières se fermaient pendant qu'il parlait. Ses yeux n'étaient plus qu'une fente minuscule qui semblait lui sourire ironiquement. Elle comprit alors, avec un léger sursaut, qu'il était moins ivre qu'il prétendait l'être.

– Inutile de continuer, dit-elle. Phillip est rentré chez lui. Il n'y a que moi.

– C'est dans la na-a-ature des choses – à un certain point de vue – de vue...

– Je te répète qu'il est rentré chez lui. Il en avait assez de t'entendre.

Elle revit la silhouette de Phillip ramassant les mégots – son corps mince, souple, blond, ses yeux si calmes.

– Il a lavé les assiettes. Il a même voulu balayer, mais je lui ai dit de laisser tout ça.

– C'est un..., commença Marshall.

– Vu *ton* état – et la fatigue où j'étais – il m'a proposé d'ouvrir le lit et de t'aider à te coucher.

– Ingénieuse attention, articula-t-il.

– Je lui ai dit de filer.

Elle revit rapidement le visage de Phillip pendant qu'elle fermait la porte. Elle se souvint du bruit de ses pas dans l'escalier, du sentiment qu'elle éprouvait (crainte de la solitude et bien-être mêlés) chaque fois qu'elle écoutait le pas de quelqu'un s'éloigner dans la nuit et disparaître.

– En l'entendant parler, on a l'impression qu'il ne lit que... que G.K. Chesterton [233] et George Moore [234], dit Marshall avec une voix d'homme ivre. Qui a gagné aux échecs? Lui ou moi?

– Toi. Mais tu jouais beaucoup mieux avant d'être ivre.

– Ivre..., murmura-t-il.

Il remua son grand corps avec difficulté, changea sa tête de position.

– Bon Dieu! Tes genoux sont osseux! Os-seux...

– J'ai vraiment cru qu'il allait gagner, quand je t'ai vu déplacer le pion de ta reine aussi bêtement.

Elle revit leurs doigts hésitants au-dessus des pièces finement sculptées, leurs sourcils froncés, le reflet de la lampe dans la bouteille posée à côté d'eux.

Il avait de nouveau fermé les yeux et recroquevillé sa main contre sa poitrine.

– Absurde comparaison, grommela-t-il. OK pour la montagne. OK pour Joyce qui a beaucoup de mal à grimper. O-O K-K. Mais quand il a atteint le sommet... le sommet atteint...

– Tu ne tiens pas la boisson, mon chéri.

Elle lui caressa la pointe du menton, et sa main s'immobilisa.

– Il ne voulait pas dire que le monde était *plaaat*. C'est ce que prétendaient les autres. C'était pourtant facile aux gens du village de poser leurs fesses sur des mulets et d'aller faire le tour – le tour, oui. Ils auraient découvert la vérité eux-mêmes. Leurs fesses sur des mulets.

– Chut! dit-elle. Assez parlé de ça. Quand tu te lances dans une discussion, tu vas, tu vas, tu es incapable de t'arrêter. Et tu n'aboutis jamais nulle part.

Il eut une respiration enrouée.

– Un cratère. Après une ascension aussi interminable, il aurait pu au moins espérer... quelques ravissantes flammes d'enfer... quelques...

Elle referma la main sur son menton et lui imprima de petites secousses.

– Tais-toi. Je t'ai entendu improviser brillamment sur ce thème avant le départ de Phillip. Tu devenais obscène. Je l'avais presque oublié.

Il eut un petit sourire furtif et leva vers elle ses yeux frangés de bleu.

– Obscène? Pourquoi voudrais-tu te sentir concernée par ce genre de symboles... de sym...

– Si tu discutais de cette façon avec quelqu'un d'autre qu'avec Phillip, je te quitterais.

– Vacuité insondable, dit-il en refermant les yeux. Gouffre de mort. J'ai dit : gouffre. Avec peut-être, tout au fond, perdu parmi les cendres, un...

– Tais-toi.

– ... un crétin obèse qui se débat.

Elle se dit qu'elle avait dû boire plus qu'elle ne pensait, car tous les objets de la chambre prenaient bizarrement l'air malade. Mégots humides d'avoir été trop sucés. Dessins du tapis, presque neuf pourtant, couverts de cendres et piétinés. Le restant de whisky lui-même était incolore au fond de la bouteille.

– Tu te sens un peu mieux? demanda-t-elle lentement en essayant de rester calme. J'espère que dans ces moments-là...

Elle sentit qu'il se raidissait et, comme un gosse insupportable, il lui coupa la parole en chantonnant d'une voix de fausset.

Elle dégagea ses jambes en lui soulevant la tête et se mit debout. La chambre semblait avoir rapetissé, et le désordre augmenté, avec l'odeur entêtante de fumée froide et de whisky renversé. Des éclats de lignes blanches dansaient devant ses yeux.

– Lève-toi, dit-elle tristement. Il faut que je défasse ce sacré canapé et que je le retape.

Il posa ses mains sur son estomac et resta immobile, replié sur lui-même.

– Tu es odieux.

Elle ouvrit la porte du placard, prit sur une étagère une paire de draps et des couvertures.

Elle revint vers lui et attendit qu'il se lève. Elle eut alors un instant de panique en découvrant la terrible pâleur de son visage – les ombres qui avaient envahi la moitié des pommettes, le battement accéléré de l'artère qui apparaissait à hauteur du cou chaque fois qu'il était ivre ou fatigué.

– Marshall, boire de cette façon, c'est nous conduire comme des animaux. Je sais bien que tu ne travailles pas demain – mais tu as encore des années, beaucoup d'années devant toi – peut-être cinquante...

La phrase sonnait faux. Elle était incapable de penser plus loin que le lendemain matin.

Il eut du mal à s'asseoir sur le bord du lit. Une fois dans cette position, il laissa tomber sa tête dans ses mains.

– Oui, Pollyanna, murmura-t-il, oui, ma petite grenouille Pol-Pol. Grâce à Dieu, vingt ans c'est un bel âge.

En le voyant fourrager dans ses cheveux et refermer doucement les doigts, elle se sentit submergée par une brusque vague d'amour déchirant. Elle prit les coins de la couverture, lui en entoura les épaules.

– Allons, debout. On ne va pas passer toute la nuit comme ça.

– Gouffre..., dit-il, trop fatigué pour refermer la mâchoire.

– Tu es malade?

Il serra la couverture contre lui, se mit debout, marcha lourdement vers la table à jeu.

– Il est donc interdit à quelqu'un de *penser*, sans qu'on l'accuse aussitôt d'être obscène, malade ou ivre? Incompréhension de toute pensée. De la plus profonde, de la plus ténébreuse pensée. D'un complexe vécu. Vécu. Avec leur cul.

Le drap voltigea dans l'air et retomba sur le lit en plis arrondis. Elle tira rapidement sur les quatre coins, posa les couvertures par-dessus. Quand elle se redressa, il était assis devant l'échiquier et cherchait à faire tenir un pion en équilibre sur une tour. La couverture à carreaux rouges lui entourait les épaules et pendait derrière la chaise.

Elle eut envie de plaisanter.

– Tu ressembles à un roi boudeur dans une maison de passe.

Elle se laissa tomber sur le canapé, qui ressemblait enfin à un vrai lit, et éclata de rire.

Il renversa l'échiquier avec colère. Quelques pions roulèrent sur le sol.

– Parfait! dit-il. Rigole bien, espèce d'imbécile. Ça finit toujours comme ça!

Elle était entièrement secouée par le rire, comme si les muscles de son corps avaient perdu toute résistance. Quand elle s'arrêta, la chambre était très calme.

Au bout d'un moment, il rejeta la couverture, qui s'effondra en tas derrière sa chaise.

– Il est aveugle, dit-il doucement. Pratiquement aveugle.

– Prends garde aux courants d'air. Qui est aveugle?

– Joyce.

Cet accès de rire l'avait épuisée. La chambre lui semblait de plus en plus petite et la lumière lui blessait les yeux.

– L'ennui avec toi, dit-elle, c'est que quand tu es dans cet état-là tu vas, tu vas, tu es incapable de t'arrêter et tu épuises les gens.

Il la regarda d'un air morne.

– Je dois reconnaître que tu es jolie quand tu es ivre.

– Je ne suis jamais ivre. Même si je le voulais, je n'y arriverais pas.

Elle sentit derrière ses yeux une sourde migraine l'envahir.

– Et cette fameuse nuit où nous...

– Je t'ai déjà expliqué que je n'étais pas ivre, dit-elle avec violence. J'étais malade. Tu voulais absolument que je sorte et...

Il l'interrompit :

– C'est exactement pareil. Tu étais belle cramponnée à cette table. Exactement pareil. Une femme malade. Une femme ivre...

Elle vit qu'il fermait lentement les paupières, jusqu'à ce que toute la bonté contenue dans ses yeux ait disparu.

– Et, de plus, une femme enceinte, reprit-il. Oui. Tu choisiras ton heure exquise pour me susurrer tes succulents secrets – un second petit Marshall, aussi mignon que son père. Nous sommes des gens formidables. Regarde ce que nous sommes capables de faire. Oh! Seigneur, quelle tristesse!

– Je te hais, dit-elle en regardant ses mains, qui ne faisaient plus partie de son corps, qui s'étaient mises à trembler. Tout ce raffut d'ivrogne en plein milieu de la nuit...

Il souriait, et sa bouche était aussi rose et fendue que ses yeux.

– Tu adores ça, murmura-t-il d'une voix tranquille. Tu serais perdue si je ne me saoulais pas la gueule une fois par semaine. Ça te permet de me palper avec avidité. Marshall chéri par-ci, Marshall chéri par-là. D'un ton mielleux. Ça te permet de caresser mon visage de tes petits doigts voraces. Oh oui! tu m'aimes cent fois plus quand je souffre. Tu... tu...

Il traversa la chambre en titubant, et elle crut voir frissonner ses épaules. Il haussa la voix et dit avec un ricanement :

– Dis donc, maman, pourquoi tu ne viens pas m'aider à viser droit?

Il claqua la porte de la salle de bains, et les cintres vides suspendus à la poignée se heurtèrent avec un bruit métallique.

– Je te quitte, dit-elle d'une voix sourde, quand le bruit des cintres se fut apaisé.

Mais ces mots n'avaient aucun sens pour elle. Elle s'assit sur le lit, complètement épuisée, et regarda la feuille de laitue à l'autre bout de la chambre, l'abat-jour qui avait reçu un coup, qui penchait dangereusement vers l'ampoule – et sous cette lumière aveuglante le désordre de la chambre était insoutenable.

– Je te quitte, répéta-t-elle en regardant cette saleté qui les submergeait au milieu de la nuit.

Elle se souvint des pas de Phillip descendant l'escalier. Comme un gouffre de nuit. Elle pensa à l'obscurité qui régnait dehors, aux arbres nus et glacés dans ce début de printemps. Elle essaya d'imaginer son départ à une heure pareille. Peut-être avec Phillip. Mais en cherchant à retrouver son visage, son corps mince et souple, elle ne vit qu'une silhouette vague et sans expression. Une seule chose restait nette dans sa mémoire : le mouvement de ses mains pendant qu'il essuyait avec un torchon le fond d'un verre marbré de sucre – ce que faisaient ses mains pendant qu'il l'aidait à faire la vaisselle. Et en repensant au bruit de ses pas, elle n'entendait plus qu'un glissement très doux, très doux – jusqu'au silence le plus noir.

Elle se leva en frissonnant, se dirigea vers la bouteille de whisky. Toutes les parties de son corps étaient comme des accessoires inutiles. Seule la douleur derrière ses paupières semblait lui appartenir. Elle hésita, le goulot à la main. Ça ou un Alka-Seltzer dans le premier tiroir du bureau. Mais l'image du comprimé blanchâtre, venant mourir à la surface du verre, dévoré par sa propre effervescence, lui parut trop déprimante. De toute façon, il restait à peine de quoi remplir un fond de verre. Elle versa le whisky rapidement et s'aperçut une fois de plus qu'elle se laissait toujours tromper par l'éclat convexe de la bouteille.

L'alcool creusa jusqu'à son estomac une ligne brûlante, mais le reste de son corps demeurait glacé.

– Bon Dieu! murmura-t-elle en pensant à cette feuille de laitue qu'il faudrait ramasser le lendemain matin, au froid qu'il faisait dehors, et en épiant les bruits de Marshall dans la salle de bains. Oh! Bon Dieu, je n'arriverai jamais à me soûler avec ça!

Elle fixa la bouteille vide et laissa son imagination vagabonder de façon absurde, comme cela se produisait dans ces moments-là. Elle se vit, à l'intérieur de la bouteille de whisky – avec Marshall. Écœurants de perfection et de petitesse. Se débattant furieusement contre la paroi froide et lisse, comme des singes en miniature. Le nez écrasé, l'œil hagard, dévorés d'un désir impatient. Après un instant de danse frénétique, elle les vit retomber dans le fond –

pâles, épuisés – comme des fœtus de laboratoire. Sans s'être rien dit l'un à l'autre.

Elle eut du mal à supporter le bruit de la bouteille qui s'enfonçait dans les pelures d'oranges et les vieux papiers avant de heurter le fond métallique de la poubelle.

– Ah! soupira Marshall en ouvrant la porte de la salle de bains et en posant prudemment un pied sur le seuil de la chambre. Ah!... la jouissance la plus pure qui soit laissée à l'homme... à l'instant ultime... pisser!

Elle s'adossa à la porte du placard – la joue pressée contre l'arête glacée du bois.

– Essaie de te déshabiller, dit-elle.

– Ah! répéta-t-il en s'asseyant sur le lit qu'elle venait de faire.

Ses mains lâchèrent sa braguette et cherchèrent à tâtons la ceinture.

– Tout le reste, mais pas la ceinture... Peux pas dormir avec une boucle de ceinture... Comme tes genoux... Os-seux...

Elle pensa qu'il allait perdre l'équilibre en essayant d'arracher sa ceinture d'un coup sec (c'était arrivé une fois, elle s'en souvenait). Mais non. Il la fit glisser lentement, d'un passant à l'autre, et quand elle fut complètement dégagée, il la posa sur le lit avec soin. Puis il la regarda. Il avait la bouche ouverte – ce qui dessinait deux lignes grises sur son visage blême. Il la regardait, les yeux écarquillés, et elle crut un moment qu'il allait pleurer.

– Écoute, dit-il lentement, d'une voix claire.

Elle entendit qu'il avait un peu de mal à avaler sa salive.

– Écoute, répéta-t-il.

Il cacha son visage blanc dans ses mains. Doucement, à un rythme qui n'était pas celui de l'ivresse, son corps se balança de gauche à droite. À travers le chandail bleu-vert, elle voyait trembler ses épaules.

– Seigneur, dit-il à voix basse. Comme je... comme je souffre!

Elle trouva la force de se traîner jusqu'à la porte, de redresser l'abat-jour, d'éteindre la lampe. Dans l'obscurité elle vit bouger devant ses yeux un cercle bleu – qui oscillait au même rythme que le corps de Marshall. Elle entendit qu'il enlevait ses chaussures, les laissait tomber sur le sol. Puis les ressorts du lit grincèrent tandis qu'il se tournait vers le mur.

Elle s'allongea dans le noir, tira les couvertures vers elle – elles étaient devenues très lourdes et très froides sous ses doigts. Elle lui en couvrit les épaules. Elle entendit que les ressorts grinçaient toujours. Il tremblait de la tête aux pieds.

– Marshall..., murmura-t-elle. Tu as froid?

– Un coup de froid. Un sacré bon Dieu de coup de froid.

Elle se souvint vaguement qu'à la cuisine il n'y avait plus de bouchon à la bouilloire et que le paquet de café était vide.

– Bon Dieu..., répéta-t-elle distraitement.

Il serrait ses genoux contre elle dans le noir. Elle sentit son corps se refermer sur lui-même comme une petite boule tremblante. Épuisée de fatigue, elle avança une main, lui prit la tête et l'attira contre elle. Elle massa d'un doigt le sillon de la nuque, caressa doucement la broussaille des cheveux, monta vers le sommet du crâne où ils devenaient plus soyeux, descendit vers les tempes, vérifia de nouveau le battement du sang.

– Écoute..., répéta-t-il.

Il redressa la tête et elle avait son souffle contre sa gorge.

– Oui, Marshall.

Il ferma les poings. Elle les sentit trembler un moment contre ses épaules. Puis il demeura si parfaitement immobile que pendant un instant elle fut prise d'une étrange frayeur.

– C'est ça, dit-il enfin d'une voix neutre. C'est ça mon amour pour toi, ma chérie. J'ai parfois l'impression – dans des moments comme celui-ci – qu'il finira par me détruire.

Elle sentit qu'il ouvrait les mains, qu'il cherchait à se cramponner à son dos. Puis la grippe qu'il couvait depuis le début de la soirée se répandit dans tout son corps avec de grandes vagues de frissons.

– Oui, dit-elle dans un souffle.

Elle pressa son visage dans le creux de ses seins.

– Oui, répéta-t-elle, et les mots, le grincement des ressorts, l'odeur âcre de fumée froide s'en allèrent rejoindre dans le noir l'endroit où, pour l'instant, tout avait disparu.

[*Redbook*, octobre 1971.]

Commentaire de Sylvia Chatfield Bates, qui était joint à « Un instant de l'heure qui suit ».

De tout ce que vous avez écrit, c'est ce que j'aime le moins. Vous voyez que je ne vous fais pas seulement des compliments. Voyons d'abord ce qui est bien : si je n'avais jamais rien lu de vous, je dirais quelques mots de la vigueur de votre style, et de l'acuité de votre perception. La façon dont chaque petit détail acquiert une force dramatique est excellente, et très originale. Les personnages existent parfaitement grâce à la réalité des scènes décrites. Le trait « saillant » de la nouvelle, la charmante « petite pincée de sel artistique », est donné par les deux personnages enfermés dans la bouteille. C'est très frappant, et très bon.

Voyons maintenant ce qui ne va pas. Je suis obligée d'insister une fois de plus sur le fait qu'une nouvelle doit avoir une raison d'être. Elle demande une intrigue, et un développement dépendant à la fois du contenu de la nouvelle et des événements extérieurs. Pourquoi donner tant de détails désagréables, s'il s'agit seulement de découvrir que Marshall connaît un amour tellement grand qu'il risque d'être détruit par cet amour? Jusqu'à cette réplique, j'ai attendu que quelque chose sorte de tout ça, quelque chose d'intéressant, de mûrement réfléchi, de vital. Mais je n'ai rien eu que cette opinion toute personnelle, qui semble de toute évidence provoquée par l'ivresse. N'est-il pas possible de garder ce qui est là, mais de suggérer ou de décrire comment et par quoi ils ont été pris – comment et par quoi ils se sont détruits? C'est une question importante. Est-ce vraiment la passion qui les a détruits? Vous employez les mots sans connaître leur sens profond, ce qui vous fait tomber dans la sentimentalité – et je sais bien que vous vous servez de tous les mots sauf de celui-ci, mais on peut être sentimental tout en employant un langage sophistiqué.

À mon sens, il faudrait amplifier le symbolisme des personnages dans la bouteille. Retravaillez à partir de là, et laissez le thème se développer jusqu'à son point culminant – bien que ce soit de toute évidence une histoire d'ordre psychologique. Peut-être cette insuffisance vient-elle du fait que le conflit n'est pas assez clair dans votre esprit et que vous avez du mal à le rendre perceptible.

Ça mérite d'être réécrit. À ce propos, Joyce ou pas Joyce, certains passages sont impubliables dans un journal.

S.C.B.

Comme ça

Bien qu'achetée par Whit Burnett pour être publiée dans le magazine Story *en 1936, cette nouvelle d'apprentissage ne refit surface que bien des années plus tard dans les archives de la revue* Story *à l'université de Princeton (octobre 1971).*

Très proche de « Sucker » par le ton et le mode narratif, « Comme ça » raconte le désarroi d'une jeune fille pubère devant l'évolution de sa sœur aînée, surnommée « Sis ». La conclusion est que si c'est ça, grandir, elle aimait mieux « avant ». La résistance de la petite fille au changement préfigure Mick Kelly dans Le cœur est un chasseur solitaire *et ses regrets nostalgiques évoquent la souffrance combinée de Pete et de Sucker devant la difficulté de devenir adulte.*

Même si elle a dix-huit ans, cinq ans de plus que moi, Sis et moi étions plus proches l'une de l'autre, et nous nous amusions mieux ensemble que la plupart des sœurs. C'était d'ailleurs la même chose avec Dan, notre frère. L'été nous allions nous baigner ensemble. Les soirs d'hiver, nous nous installions près du feu, dans la salle de séjour, nous faisions des parties de bridge à trois, ou de michigan, et chacun posait sur la table une pièce de cinq ou dix *cents* pour le gagnant. Je crois qu'une entente aussi parfaite n'existait dans aucune autre famille. Du moins, avant ce qui s'est passé.

N'allez surtout pas vous imaginer que Sis me montrait de la condescendance. Elle est aussi intelligente qu'on peut l'être. Elle a lu beaucoup plus de livres que la plupart des gens que je connais, même des professeurs. C'est seulement qu'au lycée elle détestait jouer les coquettes, se balader en voiture avec d'autres filles pour ramasser des garçons et aller au drugstore. Quand elle n'était pas plongée dans ses livres, elle aimait simplement jouer avec Dan et moi. Elle ne s'estimait pas trop âgée pour se chamailler avec nous à propos d'une barre de chocolat oubliée dans le réfrigérateur, ou pour passer avec nous les veillées de Noël, trop excitée pour pouvoir dormir. Sur beaucoup de plans, j'avais l'impression d'être plus mûre qu'elle. L'été dernier, quand elle a commencé à sortir avec Tuck, c'est moi qui lui faisais parfois remarquer qu'elle avait tort de porter des socquettes, car il avait peut-être l'intention de l'emmener en ville, ou qu'elle aurait intérêt à s'épiler les sourcils au-dessus du nez comme les autres filles.

En juin, Tuck doit quitter le collège. C'est un garçon très grand et très maigre, qui a toujours l'air de vouloir apprendre quelque chose. Il est tellement intelligent que l'université lui a accordé une bourse d'études. L'été dernier, il a commencé à sortir avec Sis, dans la voiture que lui prêtait son père. Il était toujours très bien habillé. Il est donc venu nous voir souvent, cette année-là, et beaucoup plus souvent encore cette année-ci. Jusqu'à son départ, il est venu chercher Sis tous les soirs. C'est un garçon bien.

Mes relations avec Sis avaient dû se modifier depuis quelque temps déjà, mais je ne m'en suis pas tout de suite rendu compte. Il m'a fallu attendre une certaine nuit de cet été pour commencer à deviner que nous devions arriver au point où nous en sommes maintenant.

Il était tard, cette fameuse nuit, quand je me suis réveillée. En ouvrant les yeux, j'ai d'abord cru que c'était l'aube, et j'ai été effrayée de ne pas voir Sis à côté de moi dans le lit. Mais c'était seulement le clair de lune qui brillait au-dehors, et sa clarté blanche et froide donnait aux chênes du jardin un feuillage couleur d'encre et parfaitement dessiné. C'était aux environs du 1er septembre, mais je n'avais pas très chaud en regardant le clair de lune. J'ai tiré le drap vers moi, et je me suis mise à observer la forme noire des meubles de notre chambre.

Cet été-là, je me réveillais souvent la nuit. Vous allez comprendre pourquoi. Sis et moi, nous avons toujours partagé la même chambre, et lorsqu'elle rentrait et qu'elle allumait la lampe pour prendre sa chemise de nuit ou n'importe quoi d'autre, elle me réveillait. J'aimais ça. L'été, la classe finie, je n'avais pas besoin de me lever de bonne heure. Nous restions au lit et nous bavardions, très longtemps parfois. J'aimais qu'elle me décrive les endroits où elle était allée avec Tuck, et beaucoup de choses me faisaient rire. Elle m'avait souvent parlé de Tuck, avant cette fameuse nuit, et de façon très intime, comme si nous avions le même âge – elle me demandait si elle avait eu raison de dire ceci ou cela quand il était venu la chercher, et après, parfois, elle m'embrassait. Elle était vraiment folle de Tuck. Un jour, elle m'a dit : « Il est absolument merveilleux. Jamais, au grand jamais, je ne m'attendais à rencontrer quelqu'un comme lui. »

Nous parlions également de Dan. Il avait dix-sept ans. Il voulait suivre les cours *extra muros* de l'école technique à l'automne. Il avait beaucoup mûri cet été-là. Une nuit, il est rentré à quatre heures du matin, et il avait bu. Le samedi suivant, papa lui a fait la morale, et il a quitté la maison. Il est parti faire du camping avec des camarades pendant quelques jours. Les étés précédents, il nous parlait toujours des moteurs Diesel, de départ pour l'Amérique du Sud et de choses de cet ordre, mais cet été-là il est devenu très silencieux, et il n'adressait pas beaucoup la parole aux membres de la famille. Il est grand, mince comme un fil. Il a des boutons sur la figure. Il n'est pas bien dans sa peau, et pas très beau garçon. Je sais que, la nuit, il se promène souvent seul, peut-être même en dehors de la ville, dans les forêts de sapins.

Tout en réfléchissant ainsi, j'étais donc allongée dans mon lit. Je me demandais quelle heure il pouvait bien être et dans combien de temps Sis allait rentrer. La veille au soir, après le départ de Sis et de Dan, j'avais été jusqu'au coin de la rue, avec d'autres enfants du quartier, pour jeter des pierres contre une chauve-souris accrochée à l'un des feux de signalisation, et essayer de la tuer. Je tremblais un peu, au début, et je croyais que c'était une chauve-souris du genre Dracula. Quand j'ai vu qu'elle ressemblait à un papillon, ça ne m'a plus du tout intéressée de savoir s'ils allaient la tuer ou non. Je me suis assise sur le trottoir, et j'ai fait des dessins dans la poussière avec un bâton. Brusquement, Sis et Tuck sont passés devant moi en voiture. Elle était assise tout contre lui. Ils ne parlaient pas, ne souriaient pas. Ils descendaient la rue lentement, serrés l'un contre l'autre, en regardant devant eux. Je les ai reconnus au moment où ils m'ont dépassée, et j'ai crié :

– Oh! Oh! Sis...

Mais la voiture est passée lentement. Personne n'a répondu. Je suis restée au milieu de la rue. Je me sentais toute bête avec ces gosses autour de moi.

L'horrible petit Bubber [235], qui habite l'immeuble voisin, s'est approché de moi. Il m'a demandé :

– C'était ta sœur?

J'ai répondu oui.

– Elle le serrait de drôlement près, son petit ami!

Je ne sais pas quelle colère m'a prise. Ça m'arrive quelquefois. J'ai ramassé une poignée de cailloux et je la lui ai jetée à la figure. Ce n'était pas très gentil, parce qu'il a trois ans de moins que moi, mais *primo* je ne peux pas le sentir, *secundo* il n'avait pas à faire de l'esprit à propos de Sis. Il a porté les mains à son cou en hurlant. Je l'ai laissé, je suis rentrée à la maison et je me suis couchée.

J'ai évidemment repensé à cet incident pendant que j'étais réveillée, et l'affreux Bubber Davis me trottait dans la tête au moment où j'ai entendu approcher une voiture. Notre chambre n'est séparée de la rue que par un petit jardin. On peut facilement entendre ce qui se passe sur le trottoir. La voiture a tourné pour s'engager dans notre allée. La lumière des phares a lentement balayé les murs de la chambre, et s'est arrêtée sur le bureau de Sis, éclairant ses livres et la moitié d'un paquet de chewing-gum. Puis l'obscurité s'est faite, et de nouveau ce fut le clair de lune.

La portière de la voiture ne s'est pas ouverte, mais j'ai entendu qu'ils parlaient. Lui, du moins. D'une voix basse, insistante, comme s'il répétait plusieurs fois la même chose. De Sis, pas un mot. Je n'étais pas encore endormie, quand la portière a fini par s'ouvrir. Sis a dit :

– Ne sors pas.

Elle a claqué la portière, et j'ai entendu le bruit de ses talons sur l'allée, rapide et léger comme si elle courait.

Maman attendait devant notre chambre. Elle avait entendu la porte. Elle est toujours aux aguets quand Sis et Dan sont dehors, et elle ne s'endort que lorsqu'ils sont rentrés. Je me suis souvent demandé comment elle faisait pour ne pas s'endormir en restant des heures dans le noir.

– Il est une heure et demie, Marianne, a-t-elle dit. Tu devrais rentrer plus tôt.

Sis n'a rien répondu.

– Tu t'es bien amusée?

C'est tout à fait maman. Je pouvais facilement l'imaginer, avec sa chemise de nuit toute gonflée autour d'elle, son corps épais, ses pauvres jambes blanches sillonnées de veines bleues. Une bien triste allure. Maman est beaucoup mieux lorsqu'elle s'habille pour sortir.

– Oui, a répondu Sis. C'est merveilleux.

Elle avait une voix bizarre, qui me rappelait le piano de l'école, un peu trop aigu, trop criard. Vraiment bizarre.

Maman a voulu en savoir davantage. Où étaient-ils allés? Qui avaient-ils rencontré? Ce genre de questions. C'est tout à fait maman.

– Bonne nuit, a dit Sis de sa voix mal accordée.

Elle a ouvert la porte de notre chambre et l'a refermée très vite. J'étais sur le point de dire que j'étais réveillée, mais je me suis retenue. Elle restait immobile dans le noir. Je l'entendais haleter. Au bout de quelques minutes, elle a pris sa chemise de nuit dans le placard et elle s'est couchée. J'ai entendu qu'elle pleurait.

– Tu t'es disputée avec Tuck?

– Non, a-t-elle répondu.

Puis elle a changé d'avis :

– Oui. Je me suis disputée.

S'il y a une chose qui me fait peur, c'est d'entendre pleurer quelqu'un.

– Ne t'inquiète pas. Demain, tout s'arrangera entre vous.

Le clair de lune inondait la chambre. Je voyais Sis remuer les mâchoires. Elle avait les yeux fixés au plafond. Je l'ai regardée longtemps. Le clair de lune semblait être de glace. Un petit vent humide et frais entrait par la fenêtre. Je me suis rapprochée d'elle, comme je le fais de temps en temps, pour avoir plus chaud. Je me suis dit que ça la calmerait peut-être et qu'elle s'arrêterait de pleurer.

Elle tremblait de tout son corps. Au moment où je suis arrivée contre elle, elle a sursauté comme si je l'avais pincée, et m'a repoussée d'un brusque coup de pied.

– Surtout pas. Surtout pas.

J'ai pensé qu'elle était subitement devenue folle. Elle pleurait lentement, mais avec beaucoup de force. J'ai eu peur. Je suis allée dans la salle de bains une minute. J'ai regardé par la fenêtre, du côté du carrefour où se trouvent les feux de circulation. Et là, j'ai aperçu quelque chose qui allait sûrement intéresser Sis.

– Tu veux que je te dise? ai-je demandé en me recouchant.

Elle s'était reculée aussi près du bord que possible, raide, silencieuse.

– La voiture de Tuck est arrêtée devant les feux. Contre le trottoir. Je l'ai reconnue, à cause du coffre et des deux pneus qui sont dessus. Je viens de la voir par la fenêtre de la salle de bains.

Pas un mouvement.

– Il est sûrement assis à l'intérieur. Qu'est-ce qui ne va pas entre vous?

Pas un mot.

– Je n'ai pas pu l'apercevoir, mais il est sûrement assis à l'intérieur. Devant les feux. Assis.

On aurait dit qu'elle s'en moquait ou qu'elle était déjà au courant. Elle se tenait le plus loin possible de moi, les jambes tendues, les mains solidement agrippées au rebord du lit, le visage caché dans son bras.

D'habitude, elle s'allonge de tout son long, et quand il fait trop chaud je suis obligée de la repousser. Parfois même j'allume la lampe, et je trace une ligne de démarcation au milieu du lit pour lui prouver qu'elle empiète sur mon côté. Je me suis dit : cette nuit, inutile de tracer la moindre ligne de démarcation. J'étais triste. Il a fallu que je regarde longtemps le clair de lune pour parvenir à me rendormir.

Le lendemain, c'était dimanche. Papa et maman sont allés à l'église parce que c'était l'anniversaire de la mort de ma tante. Sis a dit qu'elle ne se sentait pas bien et resta au lit. Dan est sorti. J'étais seule. Tout naturellement, j'ai fini par revenir dans notre chambre. Le visage de Sis était aussi blanc que l'oreiller, elle avait de grands cernes autour des yeux, et un tic nerveux lui agitait la mâchoire comme si elle mâchait du chewing-gum. Elle ne s'était pas coiffée. Ses cheveux d'un roux éclatant étaient en désordre sur l'oreiller. En désordre, mais très beaux. Elle tenait un livre tout contre son visage. Elle n'a pas bougé les yeux quand je suis entrée. Je pense qu'ils ne bougeaient pas non plus sur la page de son livre.

Il faisait une chaleur à mourir. La réverbération du soleil était si forte qu'elle brûlait les paupières. Dans notre chambre, il faisait tellement chaud qu'on avait l'impression de pouvoir toucher l'air avec la main. Mais Sis avait tiré le drap sur ses épaules. Je lui ai demandé :

– Tuck doit venir aujourd'hui?

C'était pour essayer de dire quelque chose qui la fasse un peu sourire.

– Est-ce qu'on ne peut pas avoir la *paix* dans cette maison?

Elle ne dit jamais des choses aussi désagréables de but en blanc. Désagréables peut-être, mais jamais sur ce ton agressif. J'ai dit :

– Sois tranquille. Personne n'a envie de faire attention à toi.

Je me suis assise et j'ai fait semblant de lire. Chaque fois qu'il y avait un bruit de pas dans la rue, Sis serrait son livre avec force, et je savais qu'elle écoutait avec une extrême attention. Je suis capable de reconnaître les différentes sortes de pas. Je suis même capable de dire, sans voir celui qui marche, si c'est un Noir ou non. Les Noirs font une sorte de plongeon après chaque pas. Quand le bruit de pas s'éloignait, Sis serrait son livre moins fort et se mordait les lèvres. Même chose quand passait une voiture.

J'étais désolée pour elle. Et c'est alors, à cet instant-là, que je me suis juré qu'aucune dispute, jamais, avec quelque garçon que ce soit, ne me mettrait dans un état pareil. Mais je voulais que Sis et moi retrouvions notre relation habituelle. On s'ennuie assez le dimanche matin. Pourquoi s'inventer des tracas supplémentaires?

– Nous nous disputons beaucoup moins souvent que les autres sœurs, ai-je dit. Et quand ça arrive, ça ne dure pas. Oui ou non?

Elle a marmonné quelque chose en fixant toujours la même page de son livre.

– C'est déjà ça, ai-je dit.

Elle remuait doucement la tête, d'un côté, de l'autre, encore et encore – mais son expression ne changeait pas.

– Nous n'avons jamais eu de vraie dispute, comme les deux sœurs de Bubber Davis, par exemple.

– Non, a-t-elle répondu, mais elle n'avait pas l'air de penser à ce que je venais de dire.

– Jamais de dispute pareille, si ma mémoire est bonne.

Pour la première fois, elle a levé les yeux de son livre.

– Moi, je me souviens d'une vraie dispute, a-t-elle dit brusquement.

– Quand?

Ses yeux étaient étrangement verts à cause des cernes noirs qui lui entouraient les paupières, et semblaient enfoncés, comme des clous, dans ce qu'ils regardaient.

– Quand tu as dû rester à la maison tous les après-midi pendant une semaine. Il y a très longtemps.

Je m'en suis souvenue brusquement. Je croyais que c'était complètement oublié. Je ne voulais plus m'en souvenir. Mais j'ai tout retrouvé, d'un seul coup, quand elle m'a dit cette phrase.

C'était il y a très, très longtemps. Sis avait dans les treize ans. Je me rappelle que j'étais beaucoup plus méchante à cette époque, et beaucoup plus entêtée. Ma tante, celle que je préférais à toutes mes autres tantes, venait de mourir en mettant au monde un enfant mort-né. Après les obsèques, maman nous avait expliqué, à Sis et à moi, ce qui était arrivé. Quand j'apprends des choses que je voudrais ne pas savoir, je suis toujours malade. Vraiment malade. Et j'ai peur.

Mais Sis faisait allusion à autre chose. Quelques jours plus tard, il lui était arrivé pour la première fois ce qui arrive à toutes les filles, chaque mois, à partir d'un certain âge. J'avais cru mourir de peur. Maman m'avait alors appris ce qui se passait et ce que Sis allait être obligée de porter. J'ai eu la même réaction qu'après la mort de ma tante, mais en dix fois plus violent. Pour moi, Sis était différente. J'étais tellement en colère que j'avais envie de me jeter sur les gens et de les frapper.

Impossible d'oublier Sis, dans notre chambre, devant la glace. Le visage blanc, aussi blanc que celui que j'apercevais sur l'oreiller, les mêmes cernes autour des yeux, les mêmes cheveux en désordre. Elle était seulement plus jeune de quelques années.

Moi, j'étais assise sur le lit. Je me mordais le genou.

– Ça se voit, lui ai-je dit. Ça se voit vraiment.

Elle avait un pull-over, une jupe bleue plissée. Elle était tellement maigre que ça se voyait un peu.

– N'importe qui va s'en apercevoir. Au premier coup d'œil. Il suffit de te regarder. N'importe qui va s'en apercevoir.

Dans la glace, le visage de Sis était livide.

– C'est horrible. Je ne serai jamais comme ça, jamais, jamais. Ce qui se voit et tout le reste.

Elle s'est mise à pleurer. Elle a dit à maman qu'elle ne retournerait pas à l'école, etc. Elle a pleuré longtemps. À cette époque, j'étais méchante, et entêtée. Ça m'arrive encore quelquefois. Voilà pourquoi il y a très longtemps, il a fallu que je reste à la maison l'après-midi, pendant une semaine.

Tuck est finalement venu chercher Sis, ce dimanche-là, un peu avant le déjeuner. Elle s'est levée. Elle s'est habillée tellement vite qu'elle n'a même pas pris le temps de se mettre du rouge à lèvres. Elle a dit qu'elle allait déjeuner avec lui. Ça a paru curieux, car le dimanche nous passons généralement toute la journée en famille. Ils ne sont revenus qu'à la tombée de la nuit. Quand la voiture est arrivée, nous étions sur la terrasse, en train de boire du thé glacé parce qu'il faisait très chaud. Ils sont descendus de voiture. Papa, qui était de bonne humeur ce jour-là, a insisté pour que Tuck prenne un verre de thé avec nous.

Tuck s'est installé sur la balancelle à côté de Sis, mais il se tenait très droit et ses talons ne touchaient pas le sol, comme s'il était sur le point de se lever. Il passait continuellement son verre d'une main dans l'autre et changeait sans cesse de sujet de conversation. Il ne regardait jamais Sis. Elle ne le regardait pas non plus, sinon parfois à la dérobée. Ce n'était pas un regard de folle passion. C'était un regard bizarre. Comme si un danger menaçait. Et Tuck est parti très vite.

– Puss, viens t'asseoir à côté de ton père, a dit papa.

Puss est un surnom qu'il donne à Sis quand il est de très bonne humeur. Il aime bien nous câliner. Sis est allée s'asseoir sur le bras de son fauteuil. Elle se tenait très droite, comme Tuck tout à l'heure, légèrement rejetée en arrière, et le bras de papa avait un peu de mal à lui entourer la taille. Papa fumait un cigare et regardait le jardin. Les arbres commençaient à s'estomper dans le soir naissant.

– Comment va ma grande fille, ces jours-ci?

Papa aime nous cajoler, quand il est de bonne humeur, et nous traiter comme des gosses. Même Sis.

– Bien, a-t-elle répondu.

Elle a bougé un peu comme si elle voulait se lever, mais elle avait peur de lui faire de la peine.

– J'ai l'impression que tu as passé de bons moments avec Tuck, cet été, ma Puss.

– Oui.

Elle a recommencé à bouger sa mâchoire inférieure. J'ai voulu dire quelque chose, mais je n'ai rien trouvé.

– Je crois qu'il va poursuivre ses études à l'école technique maintenant, a dit papa. C'est pour quand, son départ?

– Dans moins d'une semaine.

Elle s'est levée si précipitamment qu'elle a fait tomber le cigare de papa. Elle ne l'a même pas ramassé, et elle est rentrée dans la maison. Je l'ai entendue courir jusqu'à notre chambre et refermer violemment la porte. Je savais qu'elle allait pleurer.

Il faisait plus chaud que jamais. La pelouse était sombre et le chant des criquets devenait si aigu qu'on finissait par ne plus l'entendre. Le ciel avait une couleur gris-bleu. De l'autre côté de la rue, les arbres du terrain vague étaient noirs. Je suis restée assise sous le porche avec papa et maman. Ils parlaient doucement, mais je n'écoutais pas ce qu'ils disaient. J'aurais voulu rejoindre Sis dans notre chambre, mais j'avais peur. Je voulais qu'elle m'explique ce qui lui arrivait. S'était-elle si gravement disputée avec Tuck? Ou l'aimait-elle au point de ne pas supporter son départ? Pendant un instant, j'ai pensé qu'aucune de ces deux hypothèses n'était la bonne. Je voulais connaître la vérité, mais j'avais peur de poser la question. Je suis restée assise avec les grandes personnes. Je ne me suis jamais sentie aussi seule que ce soir-là. Si je cherche un moment triste de ma vie, c'est à celui-là que je pense. Assise, regardant les grandes ombres bleuâtres de l'autre côté de la pelouse, avec le sentiment d'être le seul enfant de la famille, comme si Dan et Sis étaient morts, ou partis à jamais.

Maintenant, c'est le mois d'octobre. Le soleil est clair. Il fait frais. Le ciel a la couleur de ma bague de turquoise. Dan est parti pour l'école technique. Tuck aussi. Cet automne ne ressemble pas du tout au précédent. Quand je rentre du collège (car je vais au collège maintenant), je trouve généralement Sis devant la fenêtre, en train de lire, ou d'écrire à Tuck, ou de regarder simplement devant elle. Elle est de plus en plus mince. Elle me regarde parfois comme si j'étais une grande personne, ou comme si quelque chose l'avait blessée brusquement. Nous ne faisons plus rien de ce que nous avions l'habitude de faire. C'est un temps à faire des caramels ou toutes sortes de choses, mais non. Elle reste assise. Ou elle fait de longues promenades solitaires, en fin d'après-midi, dans le froid. Parfois elle sourit d'une façon qui me serre le cœur. Comme si je n'étais qu'une enfant. J'ai envie de lui cogner dessus ou de pleurer.

Mais je suis aussi dure à cuire que n'importe qui. Je suis parfaitement capable de rester seule si on me le demande. Sis ou n'importe qui d'autre. Je suis contente d'avoir treize ans, de porter encore des chaussettes et de faire ce que je veux. Je refuse de vieillir, si je dois devenir comme Sis. Mais non. Jamais je n'aimerai un garçon comme elle aime Tuck. Aucun garçon, ni rien au monde, ne me forcera jamais à agir comme elle. Je ne vais pas perdre mon temps à essayer de retrouver la Sis que j'ai connue. Ça m'oblige à devenir quelqu'un de solitaire, c'est vrai. Mais je m'en moque. Je sais qu'il n'y a aucun moyen d'avoir toujours treize ans, mais je sais aussi que rien ne me fera vraiment changer. Quoi que ce soit, qui que ce soit.

Je fais du patin à glace, de la bicyclette, et le vendredi j'assiste aux matches de football. Un après-midi, dans le vestiaire, les mômes se sont mis à parler du mariage et de choses comme ça –

je me suis vite levée pour ne pas les entendre et je suis allée jouer au basket. Et quand certaines filles ont annoncé qu'elles allaient se mettre du rouge à lèvres et des bas, j'ai dit que même pour cent dollars je ne ferais pas la même chose.

Croyez-moi, je refuserai toujours de devenir ce qu'est devenue Sis. Toujours. Tous ceux qui me connaissent le savent. Je refuse, un point c'est tout. Si c'est ça, grandir – je refuse de grandir.

[Archives du magazine *Story*,
bibliothèque universitaire de Princeton.
Publié dans *Redbook*, octobre 1971.]

Les Étrangers

Publiée pour la première fois dans Le Cœur hypothéqué *(1971), cette nouvelle contient en germes ce qui deviendra* Le cœur est un chasseur solitaire. *Le personnage principal, Felix Kerr, préfigure John Singer, par sa présence rigide et muette. C'est un Juif en exil qui prend le bus vers le Sud dans l'intention de recréer un foyer pour la famille qu'il a laissée derrière lui en Europe, à Munich.*

L'arrivée d'une femme noire au corps déformé amène un échange entre le Juif et un jeune garçon qui ne trouve rien à redire à cette silhouette grotesque. Cette exclusion de tous les étrangers au sens fort exprimé dans le titre original, « The Aliens », évoque sans vraiment le nommer le problème de l'intégration des différences dans une société donnée. Mais la question raciale est abordée ici en toile de fond, alors qu'elle sera au centre du dernier roman de Carson McCullers, L'Horloge sans aiguilles.

Ce qui saillit brutalement dans la conscience de Felix Kerr, c'est la douleur aiguë du chagrin qui l'envahit à la pensée de sa fille aînée dont il a perdu la trace. Carson McCullers utilise à merveille ses connaissances musicales pour décrire ce thème qui parcourt en mineur toute son œuvre : le deuil impossible, l'amour malheureux pour un objet toujours perdu.

Au mois d'août de l'année 1935 un Juif était assis sur l'un des sièges arrière d'un autocar qui roulait vers le Sud. Il était seul. C'était la fin de l'après-midi. Le Juif voyageait depuis cinq heures du matin. Ce qui veut dire qu'il avait quitté New York à l'aube et que, à part quelques arrêts rapides et nécessaires, il avait patiemment attendu sur son siège le moment d'arriver à destination. Derrière lui, il avait laissé la Ville – splendeur d'architecture inextricable et d'immensité. Et le Juif, qui s'était mis en route de si bonne heure, ce matin-là, emportait avec lui, comme dernière image, celle d'une ville absolument vide et étrangement irréelle... Il avait marché dans les rues désertes au lever du soleil. Il était seul. Aussi loin que portait son regard, il n'apercevait que des gratte-ciel, jaunes et mauves, aigus et transparents comme des stalactites contre le ciel. Il avait écouté le bruit paisible de ses propres pas et, pour la première fois dans cette Ville, il avait pu entendre le son d'une voix isolée traverser les rues. Et pourtant, même à cet instant-là, on sentait la présence d'une immense foule. Il y avait comme une menace, comme l'annonce imprécise de cette violence qui allait éclater dans les heures prochaines, ce déchaînement, ces combats acharnés autour des portes du métro, ce terrible grondement d'une journée de la Ville. Telle était l'impression dernière qu'il emportait de ce qu'il laissait derrière lui. Devant lui, maintenant, c'était le Sud.

Le Juif, un homme d'une cinquantaine d'années, était un voyageur patient. De taille moyenne, de corpulence légèrement au-dessus de la moyenne. Comme l'après-midi était chaud, il avait enlevé son veston noir et l'avait soigneusement posé sur le dossier de son siège. Il portait une chemise bleue à rayures, un pantalon à carreaux gris. Il prenait grand soin de ce pantalon plutôt élimé – un soin qui allait jusqu'à l'anxiété, car chaque fois qu'il croisait les jambes, il remontait l'étoffe sur ses genoux, et balayait avec son mouchoir la poussière qui entrait par la vitre ouverte. Il n'y avait personne sur le siège voisin du sien, mais il faisait très attention à ne pas dépasser les limites de sa place. Dans le filet au-dessus de lui, il y avait une boîte en carton qui contenait ses repas et un dictionnaire.

Le Juif était observateur. Il avait regardé les autres voyageurs avec le plus grand soin. Il avait notamment remarqué les deux Noirs qui étaient montés dans l'autocar à des stations très éloignées l'une de l'autre, mais qui avaient passé l'après-midi à rire et à bavarder sur la banquette du fond. Il regardait également défiler le paysage avec intérêt. Il avait un visage paisible, ce Juif – un front large et clair, des yeux sombres derrière des lunettes d'écaille, une bouche pâle et assez tendue. Ce voyageur patient, cet homme qui semblait si calme laissait pourtant échapper des signes de nervosité. Il fumait beaucoup et, tout en fumant, il tripotait constamment le bout de sa cigarette, en arrachait de petits morceaux de tabac entre le pouce et l'index, et, comme la cigarette finissait par être déchiquetée, il était obligé d'en couper le bout avant de la porter de nouveau à ses lèvres. Ses mains avaient de légers cals à l'extrémité des doigts et des muscles d'une perfection délicate : des mains de pianiste.

À sept heures, le long crépuscule d'été commençait seulement à poindre. Après une journée de chaleur torride et de soleil aveuglant, le ciel prenait une douce couleur bleu-vert. L'autocar roulait sur une route non goudronnée, en soulevant des nuages de poussière. À perte de vue, des champs de coton. C'est sur cette route qu'il s'arrêta pour embarquer un nouveau voyageur. Un jeune homme avec une valise en fer toute neuve et bon marché. Après avoir hésité un peu gauchement, le jeune homme vint s'asseoir à côté du Juif.

– Bonsoir, monsieur.

Le Juif sourit – car le jeune homme avait un agréable visage bien bronzé – et répondit à ce salut d'une voix très douce où vibrait une légère pointe d'accent. Ils n'échangèrent aucun mot pendant quelque temps. Le Juif regardait par la fenêtre et le jeune homme observait timidement le Juif du coin de l'œil. Puis le Juif prit dans le filet le carton qui contenait ses repas et se prépara à dîner. Il y avait dans le carton un sandwich de pain de seigle et deux tartes au citron.

– En voulez-vous une? proposa-t-il aimablement.

Le jeune homme rougit.

– Avec plaisir. Je vous remercie beaucoup. En rentrant chez moi, j'ai été obligé de me laver, de me changer, et je n'ai pas eu le temps de dîner.

Sa main bronzée hésita un instant entre les deux tartes, se décida pour celle qui avait un peu coulé et dont la pâte s'effritait. Il avait une voix chaude, musicale – qui traînait sur les voyelles et avalait les finales.

Ils mangèrent en silence, en faisant durer leur plaisir, comme tous ceux qui connaissent la valeur de la nourriture. Quand le Juif eut terminé sa tarte, il mouilla légèrement l'extrémité de ses doigts avec sa langue, et sortit son mouchoir pour les essuyer. Le jeune homme le regarda faire et l'imita avec gravité. La nuit tombait. À l'horizon les forêts de pins devenaient indistinctes, et de petites lumières tremblantes brillaient dans les maisons perdues au milieu des champs. Après avoir regardé par la fenêtre avec une extrême attention, le Juif se tourna vers le jeune homme et fit un signe de tête vers les champs :

– Qu'est-ce que c'est?

Le jeune homme aiguisa son regard et aperçut dans le lointain, derrière les arbres, le profil d'une cheminée.

– Difficile de savoir d'ici. Peut-être une machine, ou une scierie.

– Je parle de ce qui nous entoure, ce qui pousse.

Le jeune homme eut l'air stupéfait.

– Je ne comprends pas de quoi vous parlez.

– Ces plantes, qui ont des fleurs blanches.

– Mais voyons! dit lentement le jeune Sudiste. Mais c'est du *coton*.

– Du coton, répéta le Juif. C'est vrai. Je devrais le savoir.

Pendant le long silence qui suivit, le jeune homme regarda le Juif avec un mélange d'inquiétude et de fascination. Il se mouilla plusieurs fois les lèvres, comme s'il était sur le point de dire quelque chose. Après avoir mûrement réfléchi, il adressa au Juif un sourire engageant et hocha la tête pour que celui-ci se sente tout à fait en confiance. Puis (en souvenir de Dieu sait quelle expérience acquise dans Dieu sait quel café grec d'une quelconque petite ville), il approcha son visage de celui du Juif à le toucher et articula, en exagérant volontairement son accent :

– *Toi y en as grec?*

Le Juif secoua la tête avec étonnement.

Le jeune homme accentua son sourire et répéta sa question d'une voix forte :

– J'ai dit : *Toi y en as grec?*

Le Juif se renfonça dans le coin de son siège.

– J'avais parfaitement entendu. Mais je ne comprends pas ce dialecte.

Le crépuscule d'été s'estompait. L'autocar roulait maintenant sur une route large et goudronnée qui tournait beaucoup. Le ciel était d'un bleu presque noir, et la lune était blanche. Ils avaient laissé derrière eux les champs de coton (qui faisaient sans doute partie d'une immense plantation) et, des deux côtés de la route, on apercevait des terres en friche. Les arbres traçaient au bas de l'horizon une grande ligne sombre. L'atmosphère avait une transparence bleu lavande et les perspectives étaient si curieusement inversées que les objets lointains paraissaient proches et les objets proches se perdaient au loin. À l'intérieur de l'autocar, le silence était absolu – juste le bruit du moteur, si régulier qu'on finissait par ne plus l'entendre.

Le jeune homme bronzé soupira légèrement. Le Juif lui jeta un rapide coup d'œil. Le jeune Sudiste sourit alors, et demanda doucement :

– Chez vous, monsieur, c'est à quel endroit?

Le Juif ne répondit pas tout de suite. Il arracha de sa cigarette quelques brins de tabac et, quand elle fut complètement déchiquetée, il la jeta et l'écrasa avec son pied.

– J'espère être chez moi dans la ville où je vais – Lafayetteville.

Cette réponse prudente et évasive était la meilleure que pouvait faire le Juif. Car il faut bien comprendre ceci : ce n'était pas un voyageur comme les autres. Ce n'était pas un habitant de la ville qu'il avait laissée derrière lui. Le temps de son voyage ne pouvait pas se mesurer en heures, mais en années – pas en centaines de miles, mais en milliers. Et ce genre de mesures elles-mêmes demeuraient imprécises. Le voyage de ce fugitif – car ce Juif s'était enfui de chez lui, de Munich, deux ans plus tôt [236] – ressemblait beaucoup plus à un état d'esprit qu'à une succession d'étapes qu'on pouvait chiffrer à l'aide de cartes et d'indicateurs. Il y avait derrière lui comme un gouffre infini d'angoisses, d'errances incertaines, de frayeurs et d'espoirs. Mais il ne pouvait rien en dire à un étranger.

– Moi, dit le jeune homme, j'ai juste cent quatre-vingts miles à parcourir. Mais c'est la première fois que je vais aussi loin de chez moi.

Le Juif leva les sourcils en une interrogation polie.

– C'est ma sœur que je vais voir. Elle s'est mariée il y a un an. J'ai beaucoup pensé à elle tous ces temps, et maintenant elle est...

Il hésita comme s'il cherchait l'expression la plus délicate et la mieux appropriée.

– Maintenant le petit s'annonce.

Et ses yeux bleus regardèrent le Juif avec une nuance de doute, comme s'il craignait qu'un homme qui n'avait jamais vu de coton de sa vie soit incapable de comprendre cet autre principe fondamental de la nature.

Le Juif hocha la tête et se mordit la lèvre en retenant un sourire.

– Elle est presque à terme, et son mari fait sécher le tabac. J'ai pensé que je pouvais me rendre utile.

– J'espère que tout se passera bien pour elle, dit le Juif.

Il y eut un nouvel arrêt. Comme il faisait sombre, le conducteur s'immobilisa sur le bord de la route et alluma les lampes à l'intérieur de l'autocar. Cette brusque lumière réveilla une petite fille qui avait dormi tout le temps et qui se mit à pleurnicher. Sur la banquette du fond, les Noirs, qui étaient restés longtemps silencieux, reprirent leur dialogue languissant. Sur un des sièges avant un vieillard, qui avait la voix insistante et creuse des sourds, commença à plaisanter avec son voisin.

– Votre famille vit déjà dans la ville où vous vous rendez? demanda le jeune homme au Juif.

– Ma famille?

Le Juif ôta ses lunettes, souffla un peu de buée sur les verres et les frotta contre la manche de sa chemise.

– Non. Elle me rejoindra quand je serai installé – ma femme et mes deux filles.

Le jeune homme se pencha en avant, posa ses coudes sur ses genoux et enfonça son menton entre ses paumes écartées. Sous la lumière des lampes, il avait un visage rond, presque rose et sain. De petites gouttes de transpiration brillaient au-dessus de sa lèvre supérieure. Ses yeux bleus semblaient endormis et les mèches de cheveux bruns qui lui couvraient le front lui donnaient un air enfantin.

– J'ai l'intention de me marier bientôt, dit-il. J'ai papillonné longtemps au milieu des filles. Finalement, j'en ai sélectionné trois.

– Trois?

– Oui. Très jolies toutes les trois. C'est la seconde raison qui me pousse à faire ce voyage. À mon retour, je les regarderai d'un œil neuf et je finirai peut-être par savoir quelle est celle que j'ai envie de demander en mariage.

Le Juif se mit à rire – d'un rire aimable et doux qui le transforma d'un seul coup. Il rejeta la tête en arrière, serra fortement les mains, et toute trace de fatigue disparut de son visage. Et le jeune Sudiste – qui savait pourtant que ce rire s'exerçait à ses dépens – se mit à rire avec lui. Le rire du Juif cessa aussi brusquement qu'il avait commencé, par une large inspiration, suivie d'une longue expiration qui s'acheva en grognement. Puis il ferma les yeux un moment et sembla inscrire cette minute de gaieté dans son sottisier personnel.

Les deux voyageurs avaient ri ensemble et mangé ensemble. Ils cessaient donc d'être des étrangers [237] l'un pour l'autre. Le Juif s'installa plus confortablement sur son siège, sortit un cure-dent de la poche de son veston et s'en servit discrètement, en cachant sa bouche derrière sa main. Le jeune homme dénoua sa cravate et déboutonna le col de sa chemise, laissant apparaître ainsi la toison noire et bouclée de sa poitrine. Il était évident, cependant, que le Sudiste était moins à l'aise que le Juif. Quelque chose le rendait perplexe. Il avait l'air de chercher à formuler une question difficile et douloureuse. Il frotta les mèches de son front, arrondit les lèvres comme s'il allait siffler, et finit par dire :

– Vous êtes bien étranger [238]?

– Oui.

– Vous venez d'un autre continent?

Le Juif inclina la tête et attendit. Mais le jeune homme paraissait incapable d'aller plus loin. Et tandis que le Juif se demandait s'il allait finir par parler ou choisir de se taire, l'autocar s'arrêta pour embarquer une femme noire qui avait fait signe sur le bord de la route. L'apparition de ce nouveau personnage parut troubler le Juif. C'était une Noire d'âge indéterminé, et si elle n'avait pas porté une vieille robe très sale, son sexe lui-même aurait été impossible à déterminer du premier coup d'œil. Elle était difforme – mais pas l'un de ses membres en particulier : son corps tout entier était déjeté, chétif et noueux. Elle portait un chapeau de feutre déchiré, une jupe noire en lambeaux, une blouse grossièrement taillée dans un sac de farine. On voyait une blessure mal fermée au coin de sa bouche, un morceau de tabac à priser sous sa lèvre inférieure. Le blanc de ses yeux n'était pas blanc, mais d'un jaune boueux, injecté de sang. Son visage avait une expression perdue, affamée et vagabonde. Elle suivit l'allée centrale de l'autocar pour aller s'asseoir sur la banquette du fond. Le Juif se tourna vers le jeune homme et demanda d'une voix basse et tendue :

– Que lui arrive-t-il?

Le jeune homme eut l'air surpris.

– À qui? Vous voulez dire à la négresse?

– Chut! fit le Juif, car leurs sièges étaient contre la banquette du fond et la femme noire était juste derrière eux.

Mais le Sudiste s'était retourné et regardait la femme avec une telle assurance que le Juif tressaillit.

– Elle n'a rien du tout, dit-il après l'avoir dévisagée. Je ne vois rien.

Le Juif se mordit la lèvre avec embarras. Il avait froncé les sourcils et son regard était soucieux. Il se tourna vers la fenêtre en soupirant, mais, comme il faisait très sombre dehors et très clair dans l'autocar, il n'apercevait pas grand-chose. Il ne voyait pas que le jeune homme cherchait à attirer son attention et qu'il remuait les lèvres comme s'il était sur le point de parler.

Il se décida enfin à poser sa question.

– Connaissez-vous la France, Paris?

Le Juif répondit oui.

– C'est un endroit où j'ai toujours rêvé d'aller. Je connais un homme qui y a été pendant la guerre, et j'ai toujours eu envie d'aller à Paris, en France. Mais comprenez-moi bien...

Il s'interrompit et dévisagea le Juif avec gravité.

– Comprenez-moi, ce n'est pas pour les femmes (et, sans doute influencé par l'élocution parfaite du Juif ou poussé par le désir naïf de paraître raffiné, il prononçait : *fââmmes*). Ce n'est pas pour les petites Françaises dont vous avez sûrement entendu parler.

– Pour les maisons? Les boulevards?

– Non, dit le jeune homme avec un mouvement embarrassé de la tête. Pour rien de tout ça. C'est ce que je n'arrive pas à comprendre. Quand je pense à Paris, je ne vois qu'une seule chose.

Il ferma les yeux pensivement.

– Je vois une petite rue étroite, avec des maisons de chaque côté. Il fait sombre, froid, il pleut. Et personne en vue, sauf ce Français qui est debout au coin de la rue, une casquette sur les yeux.

Le jeune homme regarda le Juif fixement.

– D'où peut venir une si forte nostalgie [239] pour quelque chose de cet ordre? Pourquoi, à votre avis?

Le Juif secoua la tête.

– Trop de soleil, peut-être, dit-il enfin.

Très peu de temps après, le jeune homme arriva à destination – un petit village, qui semblait désert, à la croisée des chemins. Le Sudiste prit tout son temps pour descendre de l'autocar. Il saisit sa valise en fer et serra la main du Juif.

– Au revoir, monsieur...

Il s'aperçut brusquement et avec surprise qu'il ignorait son nom.

– Kerr, dit le Juif. Felix Kerr.

Et le jeune homme s'en alla. La femme noire – cette épave humaine dont la vue avait tellement troublé le Juif – descendit de l'autocar au même arrêt. Et le Juif se retrouva seul.

Il ouvrit sa boîte en carton et mangea le sandwich de pain de seigle. Puis il fuma plusieurs cigarettes, le visage appuyé au rideau de la fenêtre, essayant de saisir une image du paysage qui défilait sous ses yeux. De grandes nuées nocturnes avaient envahi le ciel, et il n'y avait pas d'étoiles. Il devinait parfois le contour sombre d'un bâtiment, de vagues étendues de champs ou un bouquet d'arbres au bord de la route. Il finit par détourner les yeux.

À l'intérieur de l'autocar, les voyageurs s'étaient installés pour la nuit. Certains dormaient déjà. Il regarda autour de lui, mais sa curiosité était émoussée. Il s'adressa un léger sourire à lui-même, un sourire qui effila le coin de ses lèvres. Mais la dernière trace de sourire n'était pas encore effacée qu'un brusque changement s'opéra en lui. Il regardait le vieux sourd en salopette assis sur l'un des sièges avant, et pendant qu'il l'observait une violente émotion parut le traverser. Une grimace de douleur lui déforma le visage. Il pencha la tête, posa son pouce contre sa tempe droite et se massa lentement le front.

Car ce Juif était malheureux. Il avait pourtant pris grand soin de son pantalon élimé à carreaux. Il avait mangé avec plaisir, et ri, et c'est avec une grande espérance qu'il pensait à la maison inconnue qui l'attendait au bout de son voyage. Mais cela ne l'empêchait pas de cacher au fond de son cœur un chagrin sombre et terrible. Et ce chagrin n'était pas dû à Ada, sa douce femme à laquelle il était resté fidèle pendant vingt-sept ans, ni à Grissel, sa fille la plus jeune qui était une enfant charmante. Si Dieu le voulait, elles le rejoindraient toutes les deux dès qu'il serait prêt à les accueillir. Ce chagrin n'était pas dû aux angoisses qu'il éprouvait en pensant à ses amis, ni à la perte de sa maison, de son bien-être et de sa sécurité. Non. Le chagrin qui déchirait le Juif était dû à sa fille aînée Karen, dont il ignorait si elle avait pu se réfugier quelque part et comment elle parvenait à survivre.

Un chagrin de cet ordre ne provoque pas une douleur continue dont on peut mesurer l'exigence et à laquelle il faut payer un tribut précis. Un chagrin de cet ordre (car le Juif était musicien) ressemble plutôt à un thème secondaire [240] qui court avec insistance tout au long d'une partition d'orchestre – un thème qui revient toujours, à travers toutes les variations possibles de rythme, de structure sonore et de couleur tonale, nerveux parfois sous le léger pizzicato des cordes, mélancolique d'autres fois derrière la rêverie pastorale du cor anglais, éclatant soudain dans l'agressivité haletante et suraiguë des cuivres. Et ce thème reste le plus souvent indéchiffrable derrière tant de masques subtils, mais son insistance est si forte qu'il finit par avoir, sur l'ensemble de la partition, une influence beaucoup plus importante que la ligne de chant principale. Il arrive même qu'à un signal donné, ce thème trop longtemps contenu jaillisse tel un volcan en plein cœur de la partition, faisant voler en éclats les autres inventions musicales, et obligeant l'orchestre au grand complet à reprendre dans toute sa violence ce qui demeurait jusque-là étouffé. Mais, pour le chagrin, les choses sont un peu différentes. Ce qui le fait exploser brusquement, ce n'est pas un appel toujours le même, ce n'est pas la main du chef d'orchestre faisant un signal convenu – c'est l'inattendu, c'est l'incalculable. Le Juif était parfaitement capable de parler de sa fille avec calme, de prononcer son nom sans un frémissement. Mais en regardant cet homme sourd, à l'avant de l'autocar, qui penchait la tête sur le côté pour essayer de saisir quelques bribes d'une conversation, il s'était brusquement trouvé à la merci de son chagrin. Car c'était ainsi que sa fille avait l'habitude d'écouter, légèrement penchée sur le côté, et elle avait également l'habitude de relever le visage et de jeter un bref coup d'œil devant elle quand celui qui parlait s'était tu. Et c'est le geste inattendu de ce vieil homme qui avait fait exploser en lui cette douleur trop longtemps bâillonnée – qui l'avait obligé à fermer les yeux et à incliner la tête.

Il resta longtemps ainsi, à se masser le front, dans un état d'extrême tension. À onze heures, l'autocar s'arrêta comme le prévoyait l'horaire. L'un après l'autre, les passagers rendirent une rapide visite à un petit édicule qui sentait le croupi. Un peu plus tard, ils se firent servir des consommations dans un café et achetèrent de la nourriture qu'on pouvait emporter et manger facilement. Le Juif but une bière, remonta dans l'autocar et se prépara à dormir. Il tira de sa poche un mouchoir très propre, cala soigneusement sa tête dans la fourche que dessinait la paroi de l'autocar avec le dossier de son siège, et posa le mouchoir sur ses yeux pour les protéger de la lumière. Il croisa les jambes, joignit les mains sur son ventre, et ne bougea plus. À minuit, il dormait.

L'autocar continua sa route dans le noir, roulant tranquillement vers le sud. Au milieu de la nuit, les lourdes nuées s'écartèrent peu à peu et le ciel redevint clair et étoilé. La route suivait la vaste plaine côtière qui s'étend à l'est des Appalaches, et serpentait à travers des champs désolés, plantés de coton et de tabac, que coupaient parfois de petits bois de pins. Sous le clair de lune blafard, les cabanes des ouvriers ressemblaient à de hautes silhouettes lugubres. De temps en temps, l'autocar traversait des villes endormies, et s'arrêtait pour embarquer ou déposer un voyageur. Le Juif dormait. Il avait le sommeil pesant de ceux qui sont fatigués à en mourir. Un cahot de la route fit sauter sa tête en avant et projeta son menton contre sa poitrine, mais son sommeil n'en fut pas troublé. Juste avant l'aube, l'autocar arriva dans une ville plus grande que toutes celles qu'il avait traversées. Il s'arrêta et le conducteur vint poser sa main sur l'épaule du Juif pour le réveiller. Son voyage s'achevait enfin.

Histoire sans titre

Ce texte, découvert par Margarita Smith dans les manuscrits non publiés de sa sœur, est, comme celui des « Étrangers », plus intéressant pour les lecteurs qui connaissent les romans de Carson McCullers, dont ces deux textes font figure d'ébauches. Il est assez émouvant de découvrir ici quelques fragments, que l'on retrouvera mot pour mot dans Le cœur est un chasseur solitaire, *preuve, s'il en était besoin, de la « fabrique » du roman, de son caractère travaillé.*

Quelques exemples montreront la diversité des rapprochements : la citation tirée de Jules César *de Shakespeare, souvent citée comme l'exemple type de l'ironie dramatique, sera de nouveau citée dans* Le cœur est un chasseur solitaire, *comme un rappel indirect de l'ironie sous-jacente au roman. L'obsession de voler comme Icare qu'ont les adolescents de cette « Histoire sans titre » évoque les figures adolescentes et immatures de Mick Kelly, dans* Le cœur est un chasseur solitaire, *de Frankie Addams dans* Frankie Addams, *et de Jester Clane dans* L'Horloge sans aiguilles.

Le contexte social est le même que celui du Cœur est un chasseur solitaire : *une ville du Sud sans nom pendant les années trente. La trame du récit est parfois interrompue par l'intervention d'une voix extérieure qui semble, en une phrase, annoncer tous les romans ultérieurs : « Tout le monde, un jour ou l'autre, a envie de s'en aller – et ça n'a rien à voir avec le fait qu'on s'entende ou qu'on ne s'entende pas avec sa famille. »*

La servante noire Vitalis évoque déjà la présence chaleureuse de Portia dans Le cœur est un chasseur solitaire *ou celle de Bérénice dans* Frankie Addams*; Harry Minowitz deviendra, dans* Le cœur est un chasseur solitaire, *le nom de l'initiateur de Mick Kelly aux choses de l'amour. Quant à la quête d'Andrew Leander de quelque chose qu'il ne connaît pas, elle annonce le titre de la chanson qu'inventera Mick Kelly pour résumer son mal-être : « Ce que je veux, je ne sais quoi. »*

Cette histoire mérite cependant d'être lue pour elle-même sur un point en particulier : le malaise de la jeune femme désorientée après sa chute a quelque chose de brutalement dérangeant.

Mais cette « Histoire sans titre » est aussi la trace précise du mouvement créateur qui commence par quelques phrases, comme un thème dans une composition musicale, avant que ne se mette en place l'architecture d'ensemble.

Le jeune homme attablé dans le buffet de la station d'autocar ignorait le nom de la ville où il se trouvait et sa situation exacte. Il n'avait également qu'une notion très approximative de l'heure : entre minuit et le petit jour. Il pensait qu'il avait sûrement atteint le Sud, mais qu'il lui restait plusieurs heures de voyage avant d'être chez lui. Il était assis à cette table depuis longtemps déjà, une bouteille de bière à moitié vide devant lui, dans une position assez décontractée : cuisses écartées, son pied droit sur sa cheville gauche. Ses cheveux, qui avaient bien besoin d'être coupés, lui cachaient le front – et il regardait la table d'un air rêveur, que modifiait sans cesse le fil de ses pensées. On pouvait lire sur son visage mince une grande nervosité, une sorte d'innocence et beaucoup de perplexité. Sur le sol, à côté de lui, deux valises et un carton, portant une étiquette avec son nom tapé à la machine – Andrew Leander – suivi d'une adresse dans une grande ville de Georgie.

Il était entré dans ce buffet avec une agitation d'homme ivre, due en partie aux gorgées de whisky que lui avait fait boire son voisin d'autocar, due surtout aux grandes vagues d'impatience qui l'avaient agité pendant les dernières heures de son voyage. Cette émotion n'était pas sans raison. Trois ans plus tôt, ce jeune homme avait quitté le domicile paternel, poussé par une agressivité intérieure dont il ne savait comment se libérer. Il avait alors dix-sept ans – voyageur maladroit qui s'embarque vers l'inconnu en tremblant, bien décidé à ne pas revenir. Et voilà qu'au bout de trois ans, il revenait.

Assis dans le buffet de cette station d'autocar anonyme,

Andrew retrouvait peu à peu son calme. Pendant ces trois années d'absence, il avait obstinément refusé de penser à sa ville natale et à sa famille – un père, deux sœurs, Sara et Mick, et Vitalis, une fille de couleur qui tenait la maison. Mais depuis qu'il fixait cette bouteille de bière (devenu si complètement étranger qu'il avait l'impression d'être suspendu comme par magie au-dessus du sol), les images de son passé se déroulaient de nouveau en lui avec la précision d'un film – parfois très claires, très en ordre, mais le plus souvent dans un désordre chaotique.

Une petite histoire lui revenait sans cesse en mémoire. Depuis des années pourtant, et jusqu'à cette nuit-là, il n'y avait jamais repensé. L'histoire du planeur qu'il avait construit avec Sara dans la cour de leur maison. Et s'il y repensait, c'est qu'il y avait sans doute une grande ressemblance entre les sentiments qu'il éprouvait à cette époque-là et l'impatience que ce voyage faisait naître en lui.

Ils étaient encore enfants. À un âge où tout ce qu'on entend à la radio, tout ce qu'on lit dans les livres, tout ce qu'on voit au cinéma vous met dans un état d'excitation passionnée. Il avait treize ans, Sara un an de moins que lui, et la petite Mick (elle ne comptait pas pour ce genre de choses) était encore au jardin d'enfants. La lecture d'un article sur les planeurs, dans une revue scientifique qu'ils avaient trouvée à la bibliothèque de l'école, les avait poussés, Sara et lui, à en construire un dans la cour de leur maison. (Ils avaient commencé la construction le mercredi après-midi, et ils avaient tellement travaillé que le planeur était pratiquement terminé le samedi.) L'article ne donnait aucun conseil précis pour la construction du planeur. Ils s'étaient donc fiés à leur propre inspiration, en utilisant les matériaux qu'ils avaient trouvés. Vitalis avait refusé de leur donner un drap pour couvrir les ailes, et ils avaient été obligés de découper une tente de camping. L'armature était faite de baguettes de bambou et de morceaux de bois chipés aux menuisiers qui construisaient un garage quelques maisons plus loin. Une fois terminé, le planeur n'était pas très grand et ressemblait assez peu à ceux qu'ils avaient vus au cinéma. Mais ils estimaient que c'était très bien comme ça et que rien ne pouvait empêcher leur appareil de voler.

Ce samedi-là était une journée qu'aucun d'eux n'oublierait jamais. Le ciel était d'un bleu profond, brûlant, un peu la couleur des flammes de pétrole, et un vent étouffant soufflait de temps en temps. Ils avaient travaillé toute la matinée dans la cour, en plein soleil, et ils avaient très chaud. L'excitation tirait le visage blême de Sara, et ses lèvres, qui étaient toujours gonflées et molles, étaient devenues rouges et sèches comme si elle avait de la fièvre. Elle n'arrêtait pas de courir sur ses jambes trop maigres pour chercher ce dont ils avaient besoin. Ses cheveux moites lui couvraient les épaules. La petite Mick les regardait, assise sur le perron. Il avait l'impression à cette époque que ses deux sœurs étaient aussi différentes qu'on pouvait l'être. Mick était donc assise, les mains sagement posées sur ses genoux arrondis, silencieuse, observant leurs moindres gestes d'un air songeur, sa petite bouche entrouverte. Vitalis était là, elle aussi, ne sachant pas trop s'il fallait y croire ou non. Elle était assez peu foncée, très nerveuse et, dans cette histoire de planeur, elle était aussi excitée que les enfants. En les regardant faire, elle n'arrêtait pas de tripoter ses boucles d'oreilles rouges ou de toucher ses grosses lèvres tremblantes. Ils sentaient tous que cette journée avait quelque chose d'un peu fou. Comme s'ils étaient coupés du monde, isolés tous les quatre, et plus rien ne comptait que ce projet auquel ils travaillaient dans la cour paisible inondée de soleil. Comme s'ils n'avaient jamais rien souhaité d'autre que de voir ce planeur quitter le sol et se perdre dans le ciel bleu et chaud.

Le lancement les tracassait beaucoup. Andrew n'arrêtait pas de dire à Sara :

– Il faudrait une voiture pour nous tirer. C'est comme ça que l'on fait pour le vol à voile. Ou alors une de ces cordes élastiques dont ils parlaient dans la revue.

À côté du garage, il y avait un très grand pin, avec de hautes branches, qui arrivaient presque jusqu'à leur maison. Une balançoire était accrochée à l'une des branches. C'est de là qu'ils avaient décidé de s'envoler. Ils avaient enlevé la planche de bois et l'avaient remplacée par une plus grande. L'élan donné à la balançoire devait leur permettre de prendre leur vol.

Vitalis, qui se sentait responsable, avait un peu peur.

– Je me sens toute bizarre depuis ce matin...

Une brise chaude soufflait et le faîte du pin murmurait doucement. Mains levées pour sentir le vent, elle était restée longtemps à interroger le ciel – regard fixe comme un primitif perdu dans ses prières.

– Parce que votre mère n'est plus de ce monde, vous croyez que vous avez le droit de faire ce que vous voulez. Pourquoi vous attendez pas que votre père rentre à la maison? Alors vous lui demanderez. Je me sens toute bizarre depuis ce matin. Le sentiment que quelque chose de mauvais va arriver à cause de cette chose-là.

– Tais-toi, avait dit Sara.

– Cette chose-là, elle a peut-être des ailes faites avec la toile de tente déchirée, mais c'est pas un vrai avion, ça c'est sûr. Et vous deux, vous êtes des humains comme moi, et votre tête, c'est très facile qu'elle se casse.

Mais elle avait beau dire, elle y croyait autant qu'eux, à ce planeur. Et lorsqu'elle était dans sa cuisine, ils voyaient parfois son visage sombre s'approcher de la fenêtre, écraser son large nez contre la vitre et les regarder en tremblant.

Le soleil se couchait quand tout avait été prêt. Le ciel était pâle comme du jade, et le vent qui avait soufflé presque toute la journée leur parut plus violent et plus froid. Le calme régnait dans la cour. Sans un mot, sans un regard l'un pour l'autre, ils avaient installé le planeur en équilibre sur la balançoire. Ils avaient longuement discuté pour savoir qui monterait le premier, et c'est lui qui avait gagné. Ils avaient appelé Vitalis pour qu'elle vienne aider Sara à donner l'élan final. Elle avait refusé. Ils lui avaient dit qu'elle ferait mieux d'accepter, sinon ils iraient chercher Chandler West ou n'importe quel autre garçon du voisinage. La petite Mick était descendue du perron où elle était restée assise toute la journée, pour regarder son frère grimper avec précaution sur la balançoire, s'accroupir sur l'armature du planeur, les semelles en caoutchouc de ses chaussures de tennis solidement posées contre le bois.

– Tu penses que tu iras aussi loin qu'Atlanta ou que Cleveland? avait-elle demandé.

Ils avaient un cousin qui habitait Cleveland, c'est pour ça qu'elle connaissait ce nom.

En s'accroupissant dans le planeur, il avait l'impression d'avoir déjà quitté le sol. Il sentait son cœur battre dans sa gorge et ses mains tremblaient.

Vitalis avait dit :

– Et si le vent t'emporte dans les airs, qu'est-ce que tu vas faire après? Tu vas planer comme ça, toute la nuit, comme un ange?

– Tu seras revenu pour dîner? avait demandé Mick.

Sara semblait ne rien entendre. Des gouttes de sueur perlaient sur son front. Il l'entendait respirer à petits coups rapides. Elle avait saisi une corde de la balançoire, Vitalis l'autre, et elles avaient tiré de toutes leurs forces. La petite Mick était venue les aider. Il attendait, plié en deux, tous les muscles tendus, la mâchoire serrée, les yeux mi-clos. Il avait l'impression qu'elles mettaient des heures à le hisser par-dessus leurs têtes. Il se voyait planant dans le ciel doux et bleu, plus haut, toujours plus haut, et la joie qui était en lui, jamais jusque-là il n'en avait connu de semblable.

L'étape suivante avait été la plus difficile à comprendre après coup. Le planeur avait à peine quitté la balançoire qu'il piquait du nez et s'écrasait si lourdement qu'Andrew sentit son estomac tourner comme s'il avait de terribles crampes, et pendant un long moment il crut que quelqu'un s'était mis debout sur sa poitrine et l'empêchait de respirer. Mais l'important n'était pas là. Il s'était relevé, et c'était comme s'il refusait de croire à ce qui s'était passé. Il avait réussi à ne pas tomber sur le planeur, et celui-ci était intact, à l'exception d'une légère déchirure à l'aile. Il avait desserré sa ceinture et respiré profondément. Sans prononcer un mot. Sara non plus. Ils avaient préparé le second lancement. Et, chose étrange, ils savaient déjà que ce second lancement finirait comme le premier et que leur planeur ne s'envolerait pas. C'était une certitude secrète mais quelque chose les empêchait d'en être conscients. Le même désir, la même exaltation leur interdisaient de se calmer et d'être raisonnables.

Vitalis avait eu une réaction très différente et sa voix s'était élevée, aiguë et chantante :

– Andrew, voilà qu'il a failli s'ouvrir en deux, et vous allez quand même recommencer? Vivement que le temps passe et que vous ayez vos vingt-cinq ans, comme moi, et du plomb dans votre tête.

Mick elle-même avait éprouvé le besoin de parler. Elle n'avait pas prononcé dix mots depuis qu'elle était là, à les regarder. Elle ne disait jamais rien. Elle avait l'habitude de vous regarder, la bouche entrouverte, avec l'air de réfléchir et d'être d'accord avec tout ce que vous faisiez ou disiez, mais sans jamais chercher à répondre.

– Moi, avait-elle dit, quand je serai grande et que j'aurai douze ans, je m'envolerai. Et je ne tomberai pas. Attendez, et vous verrez.

– Toi, avait dit Vitalis, tu dois pas parler comme ça.

Elle était rentrée dans la maison, parce qu'elle ne voulait pas les regarder. Mais, de temps en temps, ils apercevaient le visage sombre contre les vitres de la cuisine. Andrew était seul pour pousser Sara.

Il faisait presque nuit quand elle avait pris place dans le planeur. Elle s'était écrasée beaucoup plus lourdement que lui, mais comme elle ne semblait pas s'être fait mal, il n'avait pas remarqué tout de suite la bosse au-dessus de l'œil et qu'un de ses genoux saignait parce qu'il avait la peau arrachée. Le planeur n'était pas plus abîmé que la première fois. Et, comme disait Vitalis, ils manquaient de plomb dans la tête.

– J'essaie encore une fois, avait dit Sara. Ce qui freine, c'est la balançoire. Je vais arranger ça et il s'envolera.

Elle avait couru jusqu'à la maison, en boitant un peu à cause de sa jambe blessée, et elle était revenue avec un morceau de beurre et du papier métallique pour graisser la planche de la balançoire. La voix aiguë de Vitalis les appelait de la cuisine, mais ils faisaient comme s'ils n'entendaient pas.

La troisième fois avait été la dernière. Andrew avait laissé son tour à Sara parce qu'il était trop lourd et qu'elle n'aurait jamais pu soulever la balançoire. Le planeur s'était écrasé avec tant de force qu'il ne ressemblait plus à rien. Cette fois, Andrew avait été obligé d'aider Sara à se relever. Son œil était enflé. Elle avait l'air mal en point. Elle faisait porter tout son poids sur un seul pied et, quand elle avait soulevé sa jupe pour montrer le bleu qu'elle avait à la cuisse, ses jambes tremblaient tellement qu'elle avait failli perdre l'équilibre. Il n'y avait plus aucun espoir, et c'était le vide en lui, et la mort.

Il faisait nuit. Ils étaient restés longtemps à se regarder. Mick était toujours assise sur le perron. Elle paraissait effrayée et ne disait rien. Leurs visages étaient blêmes dans la pénombre, et l'odeur du dîner qui venait de la cuisine envahissait peu à peu l'atmosphère immobile et lourde. Tout était calme. Andrew avait eu de nouveau l'impression d'une terrible solitude, comme s'ils étaient seuls au monde.

Sara avait fini par dire :

– Je m'en fiche. Ça n'a pas marché, mais on a essayé. Je suis contente. On a été jusqu'au bout. On a construit notre planeur. C'est bien. Le reste, je m'en fiche.

Il avait détaché un morceau d'écorce de pin et regardé Vitalis qui s'agitait dans la lumière jaune et pâle de la cuisine.

– Ç'aurait dû marcher, avait-il dit. Ç'aurait dû voler. Je ne comprends pas pourquoi ça n'a pas marché.

Une étoile très blanche brillait dans le ciel. Ils avaient traversé la cour lentement en direction du perron. Ils étaient contents que leurs visages soient à demi cachés par l'obscurité. Ils étaient rentrés sans bruit à l'intérieur de la maison, et Vitalis avait été la seule à reparler de ce qui s'était passé ce jour-là.

Le jeune homme finit de boire sa bière et fit signe au garçon ensommeillé de lui en apporter une autre. Il décida brusquement de ne pas prendre l'autocar suivant et d'attendre le lever du jour dans cette ville inconnue. Il ferma les yeux à demi pour ne plus voir la lumière trop vive, les quelques voyageurs épuisés qui attendaient aux tables voisines, et les taches sur la nappe à carreaux devant lui.

Il avait l'impression que personne jusque-là n'avait ressenti ce qu'il ressentait. Son passé, les dix-sept années qu'il avait passées chez lui, se tenaient devant lui comme une sombre et confuse arabesque. Le dessin en était incompréhensible au premier regard, semblable à un thème musical qui se développe en contrepoint, voix après voix, et qui ne devient clair qu'à l'instant où il se répète. Ce n'était qu'un dessin très vague, composé d'émotions plus que d'événements. Les trois années qu'il venait de passer à New York n'en faisaient pas partie. Elles n'étaient qu'une sorte d'arrière-plan obscur, grâce auquel le passé prenait un relief plus précis. Et, en filigrane, en contrepoint de ses sentiments, la musique emplissait son âme.

La musique avait toujours eu une grande importance pour Sara et pour lui. Avant la naissance de Mick, du temps où leur mère vivait encore, ils avaient soufflé ensemble dans des peignes enveloppés de papier hygiénique. Un peu plus tard, il y avait eu les pipeaux de Prisunic et les mélopées déchirantes que chantaient les gens de couleur. Puis Sara avait pris des leçons de musique. Elle détestait son professeur et les morceaux qu'il lui faisait apprendre, mais elle faisait ses exercices très régulièrement. Elle aimait déchiffrer au piano les airs de jazz qu'elle entendait ou laisser simplement ses doigts frapper les notes au hasard, sans chercher à composer une mélodie.

Il devait avoir douze ans quand la famille avait acheté un poste de radio. Les choses avaient évolué. Ils avaient commencé à écouter des programmes classiques et des orchestres symphoniques très différents de ce qu'ils avaient entendu jusque-là. D'une certaine façon, cette musique leur semblait étrange, et en même temps c'était comme s'ils l'avaient attendue toute leur vie. À Noël, leur père leur avait offert un gramophone portatif, un Victrola, et des disques d'opéra italien. Ils n'arrêtaient pas de remonter leur gramophone, et les disques avaient fini par s'user – peu à peu d'étranges bruits d'usure s'étaient insinués dans la musique, et les chanteurs avaient l'air de se pincer le nez en chantant. L'année suivante, ils avaient reçu des disques de Wagner et de Beethoven.

Tout cela se passait avant la tentative de fuite de Sara. Comme Andrew vivait dans la même maison qu'elle et qu'ils étaient presque toujours ensemble, il n'avait pas deviné tout de suite le changement qui s'opérait en elle. Elle grandissait très vite, c'est vrai, et ses robes devenaient tellement courtes en deux mois qu'on voyait ses genoux et ses poignets. Mais la vraie raison n'était pas là. Elle avait l'air d'une somnambule, qui marche en titubant dans une pièce obscure dès que la lumière est éteinte. Elle avait souvent le regard perdu, étonné, et c'était difficile à comprendre.

Elle se prenait de passion pour toutes sortes de choses. Un temps, ç'avait été le cinéma. Elle y allait tous les samedis avec lui, Chandler West et d'autres enfants, mais quand la séance était finie, elle refusait de s'en aller avec eux, et elle restait pour revoir le film jusqu'à ce qu'il fasse nuit. Dès qu'elle entrait dans la salle, elle regardait l'écran, comme fascinée, et descendait l'allée centrale en trébuchant contre les fauteuils jusqu'à ce qu'elle soit presque arrivée devant l'écran. Sara s'asseyait alors au deuxième ou au troisième rang, le cou penché en arrière, la bouche entrouverte. Et quand elle avait vu le film deux fois et qu'il fallait qu'elle s'en aille, elle quittait la salle en tournant la tête pour continuer à regarder l'écran, et elle se cognait aux spectateurs comme quelqu'un qui a trop bu. En semaine, Sara ne dépensait que les dix *cents* nécessaires à son déjeuner et économisait le reste pour acheter des magazines de cinéma. Sur les murs de sa chambre, il y avait des photographies de Clive Brook [242] et de quatre ou cinq stars, et quand elle allait au drugstore, elle commençait par acheter un chocolat au lait, puis elle feuilletait tous les magazines qui étaient là et achetait ceux qui contenaient le plus de renseignements sur les stars qu'elle admirait. Pendant trois mois, Sara avait eu ainsi une vraie passion pour le cinéma. Brusquement, ça lui avait passé, et elle n'y allait plus jamais, même le samedi.

Ensuite, ç'avait été le scoutisme. Elle avait décidé d'aller camper, près d'un lac, à vingt miles de la ville, avec des filles qu'elle connaissait. Elle en avait parlé pendant un mois. Sara se pavanait devant la glace avec le short kaki et la chemise de garçon qui leur servaient d'uniforme, et elle collait ses cheveux bien à plat parce qu'elle trouvait ça formidable de faire ce que faisaient les garçons. Mais, quatre jours à peine après le début du camp, en rentrant à la maison, en fin d'après-midi, il l'avait trouvée en train de faire marcher le Victrola. Elle avait demandé à une des cheftaines de la reconduire. Elle semblait épuisée. Elle avait raconté qu'elles passaient leur temps à nager, à courir et à faire du tir à l'arc, qu'il n'y avait pas de matelas pour se coucher, qu'il y avait des moustiques la nuit, qu'elle avait très mal aux jambes et qu'elle ne pouvait pas dormir.

– J'ai couru, couru et couru, et puis je me suis retrouvée dans le noir, pendant toute la nuit à ne pas pouvoir fermer l'œil, répétait-elle. Un point c'est tout.

Andrew avait commencé par se moquer d'elle, mais quand elle s'était mise à pleurer – pas en poussant des cris comme les mômes genre Mick, mais très lentement et sans faire de bruit – il avait eu l'impression qu'il était une partie d'elle-même et qu'il pleurait lui aussi. Ils étaient restés assis un long moment à écouter leurs disques. Ils avaient toujours été plus proches l'un de l'autre que la plupart des frères et sœurs.

La musique, pour eux, c'était un peu ce qu'aurait dû être le planeur. Pas quelque chose qui les prenait brusquement pour, ensuite, les décevoir. Non. Plutôt comme le whisky pour leur père, quelque chose qui ne les quitterait jamais.

Après son entrée au collège, Sara s'était mise à jouer du piano de plus en plus souvent. Elle était comme Andrew, elle ne se plaisait pas au collège. Souvent elle le mettait dans l'embarras en lui demandant de lui faire des mots d'excuse et d'imiter la signature de leur père. Elle avait eu sept avertissements pendant le premier trimestre. Leur père n'avait jamais su s'y prendre avec elle. Chaque fois qu'elle faisait quelque chose de mal, il s'éclaircissait la gorge et la regardait d'un air embarrassé, comme s'il n'arrivait pas à formuler ce qu'il pensait. D'après les photographies, Sara ressemblait beaucoup à leur mère, et il avait un grand amour pour elle – mais avec une étrange timidité. Pour les avertissements, il n'avait rien dit. De toute façon, elle avait à peine douze ans et c'était bien jeune pour être déjà au collège.

Tout le monde, un jour ou l'autre, a envie de s'en aller [243] – et ça n'a rien à voir avec le fait qu'on s'entende ou qu'on ne s'entende pas avec sa famille. On éprouve le besoin de partir, poussé par quelque chose qu'on doit faire, ou qu'on a envie de faire, et certains même partent sans savoir exactement pourquoi. C'est comme une faim lancinante qui vous commande d'aller à la recherche de quelque chose. Andrew s'était enfui à l'âge de onze ans. Une fille de l'immeuble voisin avait retiré tout l'argent qu'elle avait à la caisse d'épargne et avait pris un autocar pour Hollywood parce que l'actrice dont elle était folle lui avait écrit que, si elle venait un jour en Californie, elle pourrait lui rendre visite et se baigner dans sa piscine. Pendant dix jours, ses parents n'avaient pas réussi à la joindre. Sa mère avait fini par aller la chercher à Hollywood. Elle s'était vraiment baignée dans la piscine de l'actrice et elle cherchait à faire du cinéma. Elle n'avait pas été triste du tout de rentrer chez elle. Chandler West lui-même, qui manquait pourtant de nerf et de courage, avait un jour tenté de se sauver. Ils connaissaient très bien Chandler, car il avait toujours habité en face de chez eux. Mais il y avait en lui quelque chose d'impossible à comprendre. Sara et Andrew l'avaient toujours senti. C'était arrivé quand il avait raté tous ses examens, et il passait la plupart d'entre eux pour la seconde fois. Chandler avait raconté après coup qu'il voulait se construire une hutte dans une forêt du Canada et y vivre seul comme un trappeur. Comme il était trop timide pour faire du stop, il avait marché vers le nord, et il avait fini par se faire arrêter, parce qu'il s'était endormi dans un fossé. On l'avait raccompagné chez lui. Sa mère était devenue presque folle. En apprenant sa fuite, elle avait eu un regard d'animal apeuré. Chandler était sûrement le seul être au monde qu'elle ait jamais aimé. C'était peut-être à cause d'elle qu'il avait fui.

Sara n'avait donc pas agi de façon tellement bizarre – et pour ne pas comprendre ce genre de choses, il fallait être un adulte, comme leur père. Son désir de fuite ne s'expliquait par aucune raison profonde. Il tenait simplement à la façon dont elle s'était mise à ressentir les choses cette année-là. Peut-être la musique avait-elle joué un rôle. Peut-être était-ce simplement qu'elle avait grandi trop vite et qu'elle ne savait pas quoi faire de son corps.

C'était arrivé le jour de ses treize ans, un lundi matin. Vitalis avait mis une nappe propre et des fleurs sur la table du petit-déjeuner. Sara avait l'air exactement comme les autres jours. Mais brusquement – elle était en train de manger ses *grits* [244] – elle avait aperçu un cheveu crépu dans son assiette, et elle avait éclaté en sanglots. Vitalis s'était sentie blessée, car elle avait tout fait, ce matin-là, pour que le petit-déjeuner soit agréable. Sara avait pris ses livres de classe et quitté la maison en disant qu'elle ne reprochait rien à personne, mais qu'elle s'en allait pour de bon. Andrew savait qu'elle ne parlait pas sérieusement et se contenterait de rester dehors jusqu'à ce que l'heure du collège soit passée. Sara avait remonté la rue en courant. Si Vitalis ne l'avait pas prévenu, leur père n'en aurait jamais rien su. Parvenue à la hauteur du terrain vague, elle avait jeté ses livres dans l'herbe. Quand Andrew était allé les ramasser, le vent avait éparpillé ses papiers. Il y avait des devoirs avec des choses assez étranges griffonnées dans les marges.

Vitalis avait téléphoné à leur père, qui était déjà parti travailler. Il était revenu en voiture. Il avait l'air très grave et très ennuyé. Il n'arrêtait pas de mordiller sa lèvre inférieure et de s'éclaircir la gorge. Ils étaient montés tous les trois dans la voiture pour partir à la recherche de Sara. Ce qui s'était passé ensuite peut paraître drôle quand on n'a pas été directement mêlé à l'histoire. Ils l'avaient retrouvée au bout d'une demi-heure environ. Elle descendait la rue qui conduit du collège au centre de la ville. Leur père avait klaxonné, mais elle avait refusé de monter dans la voiture. Elle n'avait même pas tourné la tête. Elle avait continué à marcher, en regardant droit devant elle, sa jupe plissée dansant contre ses genoux pointus. Jamais leur père n'avait eu l'air si nerveux et si en colère. Impossible pour lui de descendre de voiture et de poursuivre une gamine dans la rue. Rien d'autre à faire qu'à continuer de la suivre, en roulant au pas et en klaxonnant. Des gosses qui allaient à l'école les avaient croisés. Ils avaient ouvert de grands yeux, avec de petits rires. C'était horrible. Andrew en voulait à Sara beaucoup plus qu'à son père. Si la voiture avait été une voiture fermée, il aurait pu se rejeter en arrière et se cacher la figure. Mais c'était une Ford décapotable et il ne pouvait rien faire d'autre que de frotter ses chaussures l'une contre l'autre en ayant l'air de se moquer de tout.

Sara avait fini par capituler et par monter dans la voiture. Leur père ne savait pas quoi dire. Ils étaient tous tendus et silencieux.

Sara avait honte. Elle se sentait triste. Elle essayait de le cacher en sifflotant d'un air détaché. Elle était descendue de voiture devant le collège. Andrew aussi. En apparence le calme était revenu. Mais l'histoire n'était pas terminée.

Le mois suivant, Oncle Jim, un des frères de leur mère, avait quitté Detroit pour aller passer ses vacances en Floride. Comme c'était sur son chemin, il s'était arrêté chez eux. Tante Esther, sa femme, l'accompagnait. C'était une Juive qui jouait du violon. Ils aimaient beaucoup Sara. À Noël ils lui faisaient des cadeaux nettement plus beaux qu'à Mick ou à Andrew. Ils n'avaient pas d'enfants, et leur couple était un peu différent des autres. Le premier soir, ils étaient restés longtemps à parler avec leur père, et celui-ci leur avait sans doute raconté ce qui s'était passé avec Sara, car, au moment de leur départ, ils avaient demandé à Sara si ça lui ferait plaisir d'aller vivre chez eux pendant un an et de continuer ses études à Detroit. Elle avait tout de suite répondu oui. Elle n'avait jamais dépassé Atlanta, et elle rêvait de dormir dans un train, de connaître des villes étrangères et de voir tomber la neige en hiver.

Tout s'était passé si vite qu'Andrew n'avait pas eu le temps de s'y préparer. Jamais encore il n'avait pensé qu'ils pourraient être séparés un jour. Leur père se disait sans doute qu'à son âge Sara avait besoin d'une présence à la maison alors qu'il n'y était pas assez souvent lui-même. Il s'était sans doute dit également que le climat de Detroit serait bon pour elle et qu'ils n'avaient pas beaucoup de parents. Avant leur naissance à tous les trois, Oncle Jim avait vécu un an chez eux. Il était jeune à cette époque. C'était juste avant qu'il ne monte vers le nord. Mais Andrew ne parvenait pas à comprendre que leur père ait eu l'idée de la laisser partir. Elle était partie une semaine plus tard. Le trimestre scolaire était commencé depuis un mois, et il ne fallait pas qu'elle perde plus de temps. C'était si brutal qu'il n'avait pas eu le temps d'y réfléchir. Elle partait pour dix mois, et pour lui c'était comme si elle partait pour toujours. Il ignorait alors qu'il allait se passer deux fois plus de temps avant qu'elle revienne. Il était hébété. On s'était dit au revoir comme dans un rêve.

Cet hiver-là, la maison était vide. Mick était trop petite. Elle ne pensait qu'à manger, à dormir et à dessiner avec des crayons de couleur, comme au jardin d'enfants. Lorsque Andrew rentrait du collège, les pièces étaient silencieuses. Seule l'atmosphère de la cuisine était différente, parce que Vitalis chantonnait en préparant les repas. Il y faisait bon. C'était plein d'odeurs agréables et de vie. Quand il ne sortait pas, il tournait autour de la cuisine, regardait travailler Vitalis, et lui parlait pendant qu'elle lui préparait à manger. Elle comprenait sa solitude, et elle était très gentille avec lui.

Il passait presque tous ses après-midi dehors avec Chandler West et une bande de garçons qui étaient en seconde année. Ils avaient formé un club et un embryon d'équipe de foot. Le terrain vague venait d'être vendu et l'acquéreur s'y faisait construire une maison. En fin d'après-midi, quand les menuisiers et les maçons s'en allaient, la bande jouait à grimper sur la charpente ou à se poursuivre à travers les pièces inachevées. Andrew éprouvait un sentiment étrange pour cette maison. L'après-midi, il enlevait ses chaussures et ses chaussettes pour ne pas glisser, et se hissait jusqu'au faîte du toit. Bras écartés pour ne pas perdre l'équilibre, il se tenait debout, contemplant l'univers étendu à ses pieds ou le ciel pâle du crépuscule. Les autres garçons se battaient au-dessous de lui ou s'interpellaient, mais leurs voix n'étaient plus les mêmes. Elles éveillaient de longs échos dans les pièces vides et leur son n'avait plus rien d'humain, car les paroles devenaient méconnaissables.

Seul sur le haut du toit, il éprouvait le besoin impérieux de crier. Mais il ne savait pas ce qu'il voulait dire. Il sentait inconsciemment que, s'il parvenait à exprimer ce besoin à l'aide de mots, il cesserait à jamais d'être un enfant aux pieds trop grands, aux mains sortant gauchement des manches de sa veste. Il deviendrait un grand personnage, une sorte de dieu, et tous les problèmes qui le tourmentaient et qui tourmentaient les autres trouveraient une solution simple et évidente grâce à ses paroles. Sa voix aurait la puissance de la musique, et les hommes et les femmes sortiraient de leurs maisons pour l'écouter, sachant que tout ce qu'il disait était vrai, et ils se fondraient en une seule personne, et plus rien au monde ne leur semblerait indéchiffrable. Mais qu'importait la force de ce besoin, puisqu'il ne parvenait pas à l'exprimer avec des mots? Il restait donc en équilibre, la poitrine tellement oppressée qu'il la sentait sur le point d'éclater, et s'il n'avait pas eu la voix aussi aiguë et hésitante il aurait fini par hurler la musique d'un de ses disques de Wagner. Il était incapable de faire quoi que ce soit. Et quand les autres garçons quittaient la maison et levaient les yeux vers lui, il était pris d'une brusque panique, comme si son pantalon de velours côtelé venait de tomber sur ses chevilles. Pour masquer sa nudité, il hurlait alors des phrases idiotes, du genre : « Citoyens romains, mes amis [245]... », ou : « Chaque spire aspire le pire », puis il redescendait, et il retrouvait en lui ce vide, cette honte, l'impression d'être plus seul au monde que n'importe qui.

Le samedi matin, il allait travailler à la boutique de son père. Une boutique de joaillier [246], étroite et longue comme un couloir, située dans le quartier d'affaires de la ville. Au fond de la boutique, il y avait une vitrine brillamment éclairée qui contenait des pierres et des objets en argent. L'établi d'horloger de son père était appuyé contre la vitrine qui donnait sur la rue. C'est là qu'il venait s'asseoir tous les jours – très grand, plus de six pieds de haut, avec des mains qui paraissaient trop épaisses pour un travail aussi délicat. Mais si on le regardait faire un moment, cette première impression s'effaçait. Les gens qui avaient remarqué ses mains ne pouvaient plus en détacher les yeux – très grasses, apparemment sans muscles ni os, avec une peau noircie par les acides, douce comme une soie ancienne. Des mains tout à fait étrangères au reste de son corps, à son dos toujours courbé, à son cou épais et tendu. Quand il faisait un travail difficile, ça se voyait à son visage. L'œil auquel était fixée la loupe de bijoutier était tout déformé, rond et fixe, et l'autre, à moitié fermé, semblait loucher. Une grimace lui tordait les joues et il avait la bouche ouverte. Quand il n'avait rien à faire, il s'amusait à regarder la tête et le buste des gens qui passaient dans la rue. Mais dès qu'il travaillait il les ignorait complètement.

Quand Andrew venait à la boutique, son père lui donnait généralement des travaux ennuyeux à faire : frotter l'argenterie, ou aller en courses. De temps en temps, il nettoyait des ressorts de montres avec une petite brosse imbibée d'alcool. S'il y avait plusieurs clients et que la vendeuse fût occupée, il s'installait derrière le comptoir et essayait maladroitement de vendre quelque chose. Mais la plupart du temps, il n'avait rien à faire et il tournait en rond. Il avait horreur de passer le samedi à la boutique, parce qu'il pensait à tout ce qu'il aurait pu faire pendant ce temps. Il y avait des moments interminables où la boutique était plongée dans un silence absolu – rompu seulement par le grignotement monotone des montres et, de loin en loin, par le timbre étouffé d'une horloge qui se mettait à sonner.

Tout changeait quand Harry Minowitz [247] était là. Il se chargeait de quelques travaux supplémentaires chez deux ou trois joailliers de la ville, et quand il venait aider le père d'Andrew il s'installait devant l'établi qui était au fond de la boutique. Harry savait tout. Aucun rouage n'avait de secret pour lui, ce qui expliquait (mais il y avait d'autres raisons) son surnom de « Magicien ». Le père d'Andrew n'aimait pas les Juifs. Il y en avait deux en ville aussi fourbes que des renards, et qui faisaient le plus grand tort à la profession de joaillier. C'était donc assez curieux qu'il se soit tellement attaché à Harry.

Harry était petit, avec un visage blafard, et l'air d'être toujours fatigué. Son nez était si proéminent qu'on ne voyait que lui dans sa figure en lame de couteau. Il avait l'habitude de le frotter doucement entre le pouce et l'index quand il réfléchissait, commençant par en tâter l'arête, puis arrondissant le bout vers le bas. Lorsqu'on lui posait une question et qu'il n'était pas sûr de la réponse, au lieu de hausser les épaules ou de remuer la tête, il se contentait de lever les mains vers le ciel, paumes ouvertes, en se mordant le creux des joues. Il avait toujours une cigarette à la bouche, mais ses lèvres étaient si minces qu'on se demandait comment elle pouvait tenir. Ses yeux sombres avaient une façon très particulière de vous regarder. Ils vous fixaient avec une attention aiguë, puis les paupières se fermaient brusquement, comme si vous ne l'intéressiez plus, parce qu'il venait de tout comprendre. Il avait une certaine désinvolture. Toujours tiré à quatre épingles, mais coiffé d'un chapeau melon posé de travers sur la nuque. Rien ne le surprenait, jamais. Harry avait une façon très calme et très personnelle de plaisanter de tout, et d'abord de lui-même. Il vivait dans cette ville depuis dix ans. Il occupait seul une chambre dans une des rues surpeuplées qui longeaient la rivière. Il connaissait de nom ou de vue plus de la moitié des gens de la ville, mais Harry avait très peu d'amis et c'était un homme solitaire.

Après le départ de Sara, Andrew venait travailler à la boutique tous les samedis. Il aimait regarder Harry et penser à lui. Il aurait donné n'importe quoi pour qu'il le remarque et l'admire. Il n'avait jamais tenté d'imiter son père, comme la plupart des autres garçons. Mais Harry possédait une sorte d'assurance nonchalante qui lui paraissait merveilleuse. Il avait vécu dans des villes comme Los Angeles ou New York, où l'on parlait des langages que des hommes comme son père ne pouvaient pas comprendre. Andrew souhaitait de toutes ses forces devenir l'ami de Harry, mais il ne savait pas comment s'y prendre. Quand ils étaient ensemble, une force bizarre le poussait à parler trop fort, à garder la tête trop droite, à ne pas dire « monsieur » aux adultes. Après, il se sentait mal à l'aise, dansait d'un pied sur l'autre et bousculait tout le monde. Il savait que Harry n'était pas dupe et se moquait de lui. Ça le rendait furieux. Par moments, si ce Minowitz avait été plus jeune, il l'aurait provoqué, ils se seraient battus et il lui aurait frotté les oreilles. Harry était sans âge – peut-être une trentaine d'années – et un garçon de quatorze ans, qui mesure presque six pieds de haut, ne peut pas se permettre de provoquer un homme plus petit que lui et tellement plus vieux.

Un matin de cet hiver-là, Harry apporta ses « poupées » à la boutique. C'est ainsi que quelqu'un avait baptisé le jeu d'échecs auquel il travaillait depuis dix ans. Andrew découvrit avec étonnement que Harry était capable d'avoir une passion. Il avait entendu dire qu'il aimait les échecs et possédait un très bel échiquier, mais c'était tout. Harry lui avoua qu'il était prêt à faire n'importe quoi pour rencontrer un adversaire capable de disputer avec lui une vraie partie. Il n'aimait pas seulement jouer, mais caresser ces pions qui ressemblaient à des poupées, et les décorer. Ils avaient été sculptés, par un ami de son père, dans de l'ébène et dans un autre bois léger et dur. Quelques-uns avaient le visage plissé des Chinois. Ils étaient tous très étranges et très beaux. Depuis des années, Harry travaillait, à ses moments perdus, à les incruster d'or fin.

Leur amitié était née grâce à ces « poupées ». En voyant l'intérêt qu'Andrew leur portait, Harry avait commencé à lui apprendre les règles du jeu et la façon dont les pièces se déplaçaient sur l'échiquier. En quelques semaines, il avait acquis une science très honorable pour un débutant. Le samedi, dans l'arrière-boutique, il jouait souvent avec Harry. Peu à peu, quand il n'arrivait pas à dormir la nuit, il s'était mis à penser aux échecs. Jamais il n'aurait cru qu'il se passionnerait à ce point pour un jeu.

Harry l'invitait parfois chez lui l'après-midi. Sa chambre était très propre et très nue. Ils s'asseyaient devant la petite table à jeu et disputaient leur partie sans un mot. Quand Harry jouait, il avait le visage aussi pâle et tendu que celui des petits pions sculptés – seuls bougeaient ses sourcils noirs et ses mains dont il se frottait doucement le nez. Au début, Andrew partait aussitôt le jeu fini, parce qu'il avait peur d'ennuyer Harry s'il restait plus longtemps. Il ne voulait pas passer pour un gosse encombrant. Mais les choses changèrent sans qu'il s'en aperçoive, et ils prirent l'habitude de rester ensemble très tard dans la soirée. Par moments, Andrew se sentait comme un homme ivre et il tentait d'exprimer avec des mots ce qu'il renfermait en lui depuis si longtemps. Il parlait, il parlait, à perdre haleine, et il avait les joues brûlantes. Il parlait de tout ce qu'il avait envie de faire, de voir, des décisions qu'il devait prendre. Harry l'écoutait, la tête penchée, dans un silence tellement compréhensif qu'il parvenait à s'exprimer plus vite et plus clairement qu'il ne l'avait cru possible.

Harry était toujours très calme, mais les quelques mots qui lui échappaient laissaient deviner plus de choses qu'il n'en disait. Il avait un frère plus jeune, nommé Baruch, qui étudiait le piano à New York. À l'entendre parler de ce frère, on sentait qu'il comptait pour lui plus que tout au monde. Andrew essayait d'imaginer Baruch – sûrement quelqu'un de plus grand, de plus fort, de plus savant que tous les garçons de sa bande. En pensant à lui une sorte de tristesse l'envahissait parfois, mêlée à un violent désir de le connaître. Harry avait d'autres frères – l'un tenait un débit de tabac à Cincinnati, un autre était accordeur de pianos. Il était manifestement très attaché à sa famille. Mais Baruch était son préféré.

Parfois, en longeant à toute vitesse les rues obscures pour rentrer chez lui, Andrew éprouvait une sorte de frayeur. Sans savoir pourquoi. Comme s'il venait de donner tout ce qu'il possédait à un étranger capable de le voler. Il avait alors envie de se mettre à courir, à courir, et à courir sans fin le long des rues obscures. Il l'avait fait une nuit, puis s'était arrêté à un coin de rue et s'était adossé à un réverbère en cherchant à se souvenir de ce qu'il avait dit exactement. C'était effrayant, car, sans savoir pourquoi, il avait été si loin dans la confidence qu'il s'était presque mis à nu. Il ne comprenait pas pourquoi ses paroles semblaient s'entrechoquer comme pour se moquer de lui.

– Ça ne vous est jamais arrivé de détester être ce que vous êtes? Je veux dire, quand on se réveille en sursaut, vous savez, et qu'on se dit : je suis moi, et qu'on n'a plus la force de respirer. Comme si tous vos gestes et toutes vos pensées n'avaient plus ni rime ni raison. Et on se dit qu'un moment finira bien par arriver où on découvrira le dessin d'ensemble, comme à travers un périscope. Une sorte de...

comment dire? de périscope géant qui ne laisse rien dans l'ombre, et grâce auquel tout paraîtra cohérent. Et peu importe ce qui arrive ensuite. On n'est plus... on ne se sent plus séparé des autres, comme un pouce malade, qui ne fait plus partie des autres doigts, et tout l'équilibre est perdu. Voilà pourquoi j'aime les échecs. C'est un peu la même chose. La musique aussi – je veux dire : la bonne musique. Celle qu'on entend dans les films, les thèmes de chansons, les airs de jazz, ça ressemble un peu à ce qu'une gosse comme Mick dessine sur des feuilles de papier – une espèce de ligne tremblée, raturée, pas précise. Mais l'autre musique, la bonne, elle est parfois comme un dessin absolument parfait, et pendant un moment vous avez l'impression d'être un dessin parfait, vous aussi. Pour cette histoire de périscope, c'est un peu différent. C'est peut-être ce dont tout le monde rêve, sans le savoir. On essaie une chose, on en essaie une autre, mais il y a toujours ce rêve en vous qui ne vous quitte jamais [248]. Jamais.

Il s'était tu. Le visage de Harry était pâle et immobile comme celui des petits rois de son échiquier. Il s'était contenté de hocher la tête. Andrew le haïssait. Mais il savait qu'il retournerait le voir le samedi suivant.

Cette année-là, il avait pris l'habitude de sortir et d'errer à travers la ville. Ça lui avait permis de connaître toutes les rues du quartier où il habitait, et celles des autres quartiers, jusqu'au quartier noir. Il avait également commencé à se familiariser avec une partie de la ville qu'on appelle South Highlands. Là où se sont installées les trois usines les plus importantes, trois filatures, à un mile en amont de la rivière. Il n'y avait rien d'autre que ces filatures et des ruelles étroites serpentant entre des baraques où vivaient les ouvriers. C'était immense, complètement séparé du reste de la ville, et Andrew, les premiers temps, avait l'impression d'être à cent miles de chez lui. Il lui arrivait, certains après-midi, de se promener pendant des heures à travers ces ruelles en pente et qui sentaient mauvais. Il marchait, les mains dans les poches, sans parler à personne, et plus il avançait, plus il avait le sentiment que, s'il voulait retrouver sa tranquillité d'esprit, il fallait qu'il marche, qu'il marche longtemps entre ces baraques. Certaines choses qu'il découvrait là l'impressionnaient d'une façon tout à fait nouvelle – nouvelle, car ce n'était plus par rapport à lui-même qu'il avait peur, et il ne comprenait pas pourquoi. La peur pourtant ne le quittait pas, et par moments il était sur le point d'étouffer. Il y avait toujours des gens sur le seuil des baraques ou dans l'encadrement des portes qui le regardaient fixement – et la plupart des visages étaient jaunes, sans expression. Ils se contentaient de le regarder avec indifférence. Les rues étaient pleines d'enfants en salopette. Un jour, il avait vu un garçon de son âge qui pissait sur les marches de sa baraque sans faire attention aux filles qui étaient là. Un autre jour, un gosse encore mal équarri avait cherché à lui faire un croche-pied, et ils s'étaient battus. Andrew n'était pas un grand bagarreur, mais quand il se battait il se servait toujours de ses poings et donnait des coups de tête. Le gosse, lui, se battait comme un chat. Il griffait, mordait, et sa respiration ressemblait à un sifflement. La bagarre était pratiquement finie, et Andrew était allongé sur le sol, à moitié étouffé, quand le gosse, brusquement, était devenu plus mou qu'un vieux sac et avait tout arrêté. Et quand ils s'étaient retrouvés debout tous les deux, le gosse, en le regardant droit dans les yeux, avait fait une chose incroyable. Il lui avait craché à la figure, puis s'était laissé glisser par terre en souplesse. Le crachat s'était écrasé sur la chaussure d'Andrew, si épais qu'il semblait avoir été préparé depuis très longtemps. Andrew regardait le gosse allongé sur le sol. Il était écœuré, et n'avait aucune envie de recommencer à se battre. Il faisait froid ce jour-là. Le gosse portait simplement une salopette. On apercevait sa poitrine osseuse et son estomac ballonné. Andrew se sentait aussi écœuré que s'il avait frappé un bébé ou une fille, ou un de ses amis, quelqu'un de la même bande que lui. La plainte rauque de la sirène de la filature annonçant l'heure du changement d'équipe l'avait fait revenir à lui.

Malgré cette bagarre, il avait continué à errer dans les ruelles de South Highlands. C'était plus fort que lui – comme s'il était à la recherche de quelque chose. Mais quoi? Il n'en savait rien [249].

Dans le quartier noir de la ville, il ne ressentait pas du tout cette vague peur. Il avait l'impression d'y être un peu chez lui – notamment dans la petite rue de Sherman's Quarter où habitait Vitalis. Une rue aux frontières de la ville et à quelques blocs à peine de sa propre maison. La plupart des gens de couleur qui vivaient là étaient employés sur les chantiers, ou faisaient la cuisine et la lessive chez les Blancs. Derrière le Quarter s'étendaient d'immenses prairies et des bois de pins où il allait camper. Quand il était enfant, il connaissait par leur nom tous les gens des environs. Chaque fois qu'il partait camper, il empruntait un chien de chasse très maigre à un vieil homme qui habitait au bout du Quarter, et s'il rapportait un opossum ou un poisson, ils le faisaient cuire et le mangeaient ensemble. Il connaissait toutes les cours de toutes les maisons, comme si c'était la sienne – avec les baquets noirs, les cercles de tonneaux, les pruniers, les cabinets, et dans l'une d'elles une vieille carcasse d'automobile sans roues qui était là depuis des années. Il connaissait les dimanches matin du Quarter, quand les femmes peignaient les cheveux de leurs petites filles et leur faisaient des tresses, assises au soleil sur les marches de leur perron, quand les grandes se pavanaient dans de longues robes de soie brillante, et que les hommes les regardaient en chantonnant des blues à mi-voix. Il connaissait également le Quarter quand le dîner était fini, avec la lumière des lampes à huile qui faisaient bouger derrière les vitres de hautes ombres vacillantes. Il y avait des odeurs de fumée, de poisson frit, de maïs, et toujours quelqu'un dansait, ou jouait de la guitare.

Il y avait un moment pourtant où le Quarter lui devenait étranger. C'était après minuit. Il lui arrivait parfois, en rentrant de la chasse, ou simplement lorsqu'il était trop énervé pour dormir, de marcher dans les rues à cette heure-là. Toutes les portes s'étaient refermées devant le clair de lune, et les maisons avaient l'air d'avoir rapetissé. Elles ressemblaient à de vieilles baraques abandonnées. Cependant le silence qui en sortait n'était pas celui des endroits déserts – mais celui qu'on entend là où beaucoup de gens dorment ensemble. Chaque fois qu'Andrew écoutait ce silence, il finissait par distinguer un bruit, et c'est à cause de ce bruit que le Quarter lui devenait étranger. Un bruit jamais le même, qui ne venait jamais du même endroit. Parfois comme le rire d'une fille – qui se prolongeait doucement. Puis un homme gémissait sourdement dans l'ombre. Un bruit comme une musique, mais sans ligne précise – et il avait envie de s'arrêter pour mieux l'entendre, et tremblait à cause de cette chanson. Il rentrait chez lui, et le bruit le suivait. Andrew l'entendait encore en se couchant, et il bougeait dans le noir, sans pouvoir s'endormir, en frottant l'un contre l'autre ses membres lourds.

Jamais il n'avait parlé de ces promenades à Harry Minowitz.

L'idée de parler de ce bruit à qui que ce soit ne lui venait même pas. À Harry moins qu'à quiconque. C'était une chose trop secrète.

Jamais non plus il n'avait parlé de Vitalis à Harry.

Lorsqu'il revenait du collège et pénétrait dans la cuisine où se tenait Vitalis, il prononçait trois mots, toujours les mêmes. C'était comme un réflexe, comme de répondre « présent » quand on faisait l'appel au collège. Il posait ses livres, s'arrêtait un moment sur le seuil et disait : « J'ai très faim. » Toujours la même petite phrase. Il lui arrivait de la prononcer sans y faire attention. Et parfois, il la répétait machinalement quand il avait fini de manger, et il restait assis sur sa chaise, devant le fourneau, très énervé comme toujours, mais avec l'envie de ne plus bouger. Il lui suffisait de voir Vitalis pour y penser.

– Jamais j'ai vu un garçon aussi maigre manger autant, disait-elle. Qu'est-ce qui t'arrive? Je crois que tu manges parce que tu as envie de faire quelque chose et tu sais pas quoi.

Elle avait toujours un plat prêt pour lui. Du bouillon et du pain de maïs, ou des biscuits et du sirop d'érable. Parfois même elle préparait des sucreries pour lui seul, ou lui coupait une tranche du steak qu'elle devait servir au dîner.

Regarder Vitalis, c'était presque aussi agréable que de manger. Il la suivait des yeux partout. Elle n'était pas d'un noir de charbon comme beaucoup de filles de couleur, et ses cheveux, délicatement tressés, brillaient parce qu'elle y mettait un peu d'huile. Sylvester, son petit ami, partait travailler très tôt le matin. Elle partait avec lui. Elle portait généralement une robe de satin écarlate, très voyante, des boucles d'oreilles et des chaussures vertes à hauts talons. Mais quand elle arrivait chez eux, elle enlevait ses chaussures, faisait jouer un moment ses orteils avant d'enfiler des pantoufles, suspendait sa robe de satin derrière la porte et mettait une blouse de coton. Elle avait la démarche des gens de couleur qui ont l'habitude de porter des paniers de linge sur la tête. C'était vraiment quelqu'un de très bon et personne ne pouvait lui être comparé.

Ils avaient entre eux des conversations très libres et très animées. Quand elle ne comprenait pas quelque chose, elle ne se sentait ni triste ni embarrassée. Devant elle, il laissait parfois échapper des confidences, et c'était comme s'il se parlait à lui-même. Elle avait toujours des réponses rassurantes. Des réponses qui lui donnaient l'impression de redevenir un gosse, et il en riait. Un jour, il lui avait dit quelques mots très vagues de Harry.

– Plusieurs fois, je l'ai vu dans la boutique de ton père. Un Blanc, très petit, c'est ça? Et très maigre. Tu sais une chose qui est drôle? Les hommes, quand ils sont petits et maigres, presque toujours ils ont la tête qui grossit. Plus ils sont petits, plus ils se croient grands. Regarde, quand ils marchent, comme leur tête ils la tiennent droite. Les hommes, quand ils sont vraiment grands – les hommes comme Sylvester, ou comme toi dans pas longtemps – c'est pas du tout ça qu'ils font. Avec leurs six pieds de haut, ils sont comme des enfants. Ils sont doux et timides. Un nain, j'ai connu, qui avait une grosse tête. Il s'appelait Hunch. Si tu avais vu, le dimanche, quand il marchait dans la rue. Il avait un parapluie énorme, et il était là, tout seul, à se pavaner, comme si c'était le bon Dieu en personne.

Un matin, il était entré dans la cuisine après avoir écouté le nouveau disque de Beethoven qu'il venait d'acheter. La musique avait dansé dans sa tête pendant une partie de la nuit, et il s'était levé de bonne heure et en avait écouté quelques passages avant de partir pour le collège. Il était donc entré dans la cuisine au moment où Vitalis enlevait ses chaussures.

– Oh! chéri, avait-elle dit, pourquoi tu es pas venu une minute plus tôt? J'arrive dans la cuisine, figure-toi. Et toi tu faisais marcher ce gramophone dans la chambre, et c'était comme un orchestre qui passait dans la rue. Alors je regarde par terre, et qu'est-ce que je vois, figure-toi? Je vois une famille de souris, grandes comme ton doigt, qui étaient debout sur les pattes arrière et qui dansaient. Je jure que c'est vrai. Les souris, ça doit aimer cette musique-là.

S'il allait toujours rejoindre Vitalis, en disant : « J'ai très faim », c'était peut-être pour entendre des phrases de ce genre. Pas seulement pour la nourriture et le café qu'elle lui préparait.

De temps en temps ils parlaient de Sara. Elle écrivit très peu pendant ses dix-huit mois d'absence. Des lettres où il n'était question que de Tante Esther, de ses leçons de musique et de ce qu'ils allaient manger pour dîner. Andrew savait qu'elle n'était plus la même. Il pensait qu'elle avait des ennuis, ou que quelque chose d'important lui était arrivé. Mais pour lui, ce n'était plus qu'une ombre vague – et c'était incroyable, mais s'il voulait se souvenir de son visage, il ne parvenait plus à le voir distinctement. Pour lui, elle était un peu comme sa mère qui était morte.

Pendant toute cette période, c'est donc Harry Minowitz et Vitalis qui avaient été les plus proches de lui. Vitalis et Harry. S'il essayait de les imaginer ensemble, il se mettait à rire. C'était comme si on mélangeait du rouge et du bleu lavande – ou une fugue de Bach et la sourde complainte d'un Noir. C'était pareil pour tout ce qu'il connaissait. Rien, jamais, n'allait ensemble.

Et puis Sara était revenue, mais les choses n'avaient pas changé pour autant. Leur complicité d'autrefois n'existait plus. C'est leur père qui avait décidé qu'il était temps pour elle de revenir, mais elle n'avait pas l'air contente d'avoir retrouvé sa famille. Très souvent, cette année-là, elle restait immobile, le regard fixé au loin, comme quelqu'un qui est en exil. Ils n'avaient plus les mêmes amis. Ils ne s'attendaient plus le matin pour aller ensemble au collège. À Detroit, Sara avait fait beaucoup de musique. Elle s'appliquait maintenant en jouant du piano. Andrew sentait qu'elle avait une profonde affection pour Tante Esther, mais – pour quelle raison ? – elle n'en parlait pratiquement jamais.

L'ennui, c'est qu'il continuait à voir Sara comme dans un brouillard. Et tout le reste aussi, à cette époque. À croire que tout se brouillait dans sa tête et qu'il devenait fou. Il était sur le point de devenir un homme, et il ne savait pas ce qui allait se passer. Il avait toujours faim, et toujours le sentiment de quelque chose qui se préparait. Quelque chose de terrible, qui le détruirait. Mais il refusait que ce pressentiment atteigne son esprit. Le temps lui-même – ces deux longues années qui suivirent le retour de Sara – semblait n'avoir traversé que son corps, pas son esprit. Il s'en souvenait seulement comme de mois interminables de révolte ou de passivité absolue. Lorsqu'il y repensait, il avait du mal à le croire.

Il était sur le point de devenir un homme, et il avait dix-sept ans.

Et cette chose qu'il attendait sans la connaître avait fini par arriver. Cette chose qu'il avait été incapable d'imaginer, et qui lui semblait, après coup, surgie du néant – du moins pour son esprit, car pour une autre partie de lui-même, c'était différent.

L'été approchait de sa fin, et dans quelques semaines il serait à Atlanta, pour suivre les cours du collège technique. Il n'avait aucune envie d'entrer au collège technique, mais c'était bon marché, et son père voulait qu'il ait un diplôme d'ingénieur. Il ne voyait pas du tout ce qu'il pourrait faire d'autre, et de toute façon il était impatient de quitter la maison et d'aller vivre seul dans un endroit nouveau. Cet après-midi de fin d'été, il se promenait dans les bois qui entourent Sherman's Quarter, inquiet de ce qui l'attendait et agité par toutes sortes de pensées très vagues. Il se souvenait de s'être promené très souvent dans ces bois, et il se sentait comme perdu et abandonné.

Au coucher du soleil, il avait quitté les bois et s'était engagé dans la rue où habitait Vitalis. Tout était silencieux, bien que ce fût dimanche. Comme si tout le monde était parti. La chaleur était suffocante et une odeur d'aiguilles de pin gonflées de soleil tournait dans l'atmosphère. Le long de la rue, il y avait des touffes d'herbes sèches et quelques verges d'or en fleur. Il soulevait tant de poussière en marchant qu'il avait les chevilles presque grises, et le soleil lui brûlait les paupières. Soudain, il avait entendu la voix de Vitalis.

– Andrew, mais qu'est-ce que tu fais par ici?

Elle était assise sur les marches de son perron, et c'était comme si elle avait été seule dans tout le Quarter.

– Rien, avait-il répondu. Je me promène, c'est tout.

– Aujourd'hui, c'est un grand enterrement à l'église. Figure-toi, le prêtre est mort cette fois. Alors, tout le monde a voulu y aller. Sauf moi. Parce que moi, je travaillais chez toi. Même Sylvester, il a voulu y aller.

Andrew ne savait que dire, mais en voyant Vitalis, il avait murmuré, comme par réflexe :

– Dieu, que j'ai faim. J'ai tellement marché. Soif, aussi...

– Je vais te chercher quelque chose.

Elle s'était levée lentement. C'est la première fois qu'il la voyait pieds nus. Ses chaussures et ses bas étaient sous la véranda. Elle s'était baissée pour les remettre.

– Tout le monde est parti, alors je les enlève. Il reste juste une femme malade au bout de la rue. Ces chaussures vertes, figure-toi, elles me tordent toujours les orteils – alors parfois le sol, c'est bon pour mes pauvres pieds.

Il avait gagné la petite cour, derrière la maison, pour boire de l'eau fraîche, et il en avait fait couler un peu sur son visage en feu. Il avait l'impression d'entendre cet étrange bruit qui l'accompagnait la nuit dans les rues désertes. Quand il était rentré dans la maison où l'attendait Vitalis, son corps s'était mis à trembler. Ils étaient restés longtemps immobiles dans la pénombre de la petite chambre, sans qu'il comprenne pourquoi. Tout était calme. Une horloge battait doucement. Sur la cheminée, il y avait une poupée avec de grosses joues, une ceinture de gaze, et dans l'air une odeur un peu aigre de renfermé.

– Pourquoi tu trembles, Andrew? Qu'est-ce que tu as? Dis-moi qu'est-ce que tu as, chéri?

Ce n'était pas venu de lui et ce n'était pas venu d'elle. C'était venu de cette chose en elle et en lui. C'était venu de ce bruit étrange qu'il entendait la nuit dans les rues désertes. C'était venu de cette chambre obscure et du grand silence au-dehors. Et de tous ces après-midi passés dans la cuisine avec elle. Et de cette faim qui ne le quittait pas, et de tous ces moments où il était trop seul. C'est ce qu'il s'était dit lorsque tout avait été fini.

Un peu plus tard, elle était sortie de la maison avec lui et ils s'étaient arrêtés sous un pin à la lisière des bois.

– Pourquoi tu me regardes, Andrew? répétait-elle. Pourquoi tu t'en fais pour ça? Tout est bien.

Il avait l'esprit vide. Il se disait seulement que c'était comme s'il la regardait du fond d'un puits.

– Pourquoi tu crois que c'est mal, Andrew? Pour moi, c'était pas la première fois, et pour toi, tu as l'âge d'un homme. Alors pourquoi tu me regardes comme ça?

Jamais jusque-là cette chose ne lui avait traversé l'esprit. Mais elle s'était insinuée en lui, elle avait attendu, étouffant peu à peu ses autres pensées – et ce n'était pas seulement à cette occasion-là qu'il avait agi ainsi. Toujours. Toujours.

– C'est rien, toi et moi, ça signifie rien. Sylvester, il saura même pas. Ton père non plus. Toi et moi, on a pas décidé. On a pas vraiment fait un péché, toi et moi.

Il avait souvent imaginé comment cela se passerait lorsqu'il aurait vingt ans. Il ne savait rien d'elle, sinon, dans tous ses rêves, qu'elle avait un visage pâle comme une fleur.

– Personne, il peut savoir d'avance.

Il l'avait quittée. L'échiquier de Harry, les poupées aux visages plissés, de clairs problèmes de géométrie, et le déroulement régulier d'une musique large comme un fleuve. Il se sentait perdu, perdu, et il avait la certitude que la fin était arrivée. Il aurait voulu pouvoir refermer les mains sur tous les événements de sa vie passée, et les assembler, et les obliger enfin à former un tout. Il se sentait perdu, perdu. Seul et nu. Et derrière l'échiquier, derrière la musique, il apercevait brusquement une vue aérienne de New York, qu'il avait regardée autrefois – l'aiguille des gratte-ciel, le dessin précis des blocs d'immeubles. Il voulait fuir, très loin, plus loin qu'Atlanta qui était trop près de chez lui. Il se souvenait de cette vue de New York, précise et glacée, et il savait que c'est là qu'il devait aller et nulle part ailleurs. Il ne savait plus rien d'autre.

Andrew Leander finit son dernier verre de bière dans le buffet de cette ville anonyme où l'avait déposé l'autocar. Le garçon allait fermer, et le prochain autocar pour la Georgie ne partait que le lendemain matin. Impossible d'arracher de sa mémoire Vitalis, Sara, Harry, son père, d'autres encore, comme Chandler West auquel il avait à peine pensé jusque-là. Chandler, qui habitait de l'autre côté de la rue, avec qui il avait joué si souvent, et qu'en même temps il connaissait si mal. Et cette fille du collège qui se mettait du vernis à ongles rouge vif. Et ce petit bout de garçon surnommé Peeper avec qui il avait parlé un jour à South Highlands.

Il se leva et ramassa ses bagages. Il était le dernier client, et le garçon était pressé de le voir partir. Il hésita un moment sur le seuil de la porte. Devant lui la rue était sombre et vide.

Quand il était venu s'asseoir à cette table, tout lui semblait parfaitement clair. Maintenant, il se sentait plus perdu qu'avant. Mais ça n'avait pas beaucoup d'importance. Il se sentait fort. Cette petite ville endormie dans l'ombre lui était sans doute étrangère, mais il rentrait chez lui après trois ans d'absence. Pas seulement en Georgie : véritablement chez lui. Il était ivre, mais il se sentait capable d'obliger enfin les choses à former un tout. Il repensait à tous ceux qu'il aimait quand il était chez lui. Et ce n'était pas en lui-même qu'il allait découvrir le dessin final, mais à travers eux tous. Il était ivre et dévoré par le désir d'être chez lui. Il avait envie de sortir et de se mettre à crier et de chercher dans la nuit tous ceux dont il avait besoin. Il était ivre, ivre. Il était Andrew Leander.

Il se tourna vers le garçon, qui attendait pour fermer la porte.

– Vous ne pouvez pas me dire où je trouverai une chambre pour la nuit?

Le garçon lui donna plusieurs adresses, et il essaya de les graver dans sa mémoire. La rue était noire et silencieuse. Il s'attarda un instant encore sur le seuil de la porte ouverte.

– J'étais à moitié ivre quand je suis descendu de l'autocar. Vous ne pouvez pas me dire le nom de cet endroit?

Correspondance

Comme un exercice avec contrainte imposée, ces quatre lettres, dont le destinataire est absent, disent quelque chose de la détresse d'une lettre laissée en souffrance. Une jeune lycéenne de quatorze ans écrit à un correspondant brésilien dont elle a trouvé le nom sur une liste affichée dans son collège.

Le changement de formule introductive (« Cher Manoel, Cher Manoel Garcia, Cher Monsieur Garcia ») ainsi que l'évolution de la signature vers de plus en plus de distance (« Henky Evans, Henrietta Evans, Miss Henrietta Hill Evans ») suffisent à suggérer le désarroi de la jeune fille dont les messages sont restés lettre morte.

Les lecteurs du New Yorker, *où ce texte fut publié pour la première fois en 1942, ont pu apprécier l'humour de la jeune prodige qui, en quelques pages, en disait long sur le besoin de communiquer avec l'autre, de préférence inaccessible et lointain, qui sera le souci premier de Frankie Addams dans le roman qui porte son nom.*

113 Whitehall Street
Darien (Connecticut)
USA
Le 3 novembre 1941

Manoel García
Calle São Jose 120,
Rio de Janeiro
Brésil
Amérique du Sud

Cher Manoel,

Je pense qu'en voyant sur cette lettre une adresse d'Amérique tu comprendras tout de suite de quoi il s'agit. Une liste d'étudiants sud-américains avec lesquels on peut correspondre vient d'être affichée dans mon collège. Ton nom y figurait. Je suis celle qui t'a choisi.

Il faut peut-être que je te parle un peu de moi. Je suis une fille. Je vais sur mes quatorze ans et je suis en première année au collège. C'est difficile de me décrire avec précision. Je suis grande, et comme j'ai grandi un peu trop vite je n'ai pas une silhouette très élégante. J'ai les yeux bleus. Pour mes cheveux, je ne sais pas exactement quelle couleur tu leur donnerais – disons qu'ils sont châtain clair. J'aime jouer au base-ball, faire des expériences scientifiques (avec des appareils de chimiste, par exemple) et lire toutes sortes de livres.

J'ai passé ma vie entière à rêver de voyages, mais je n'ai jamais été plus loin que Portsmouth, dans le New Hampshire. Ces derniers temps, j'ai beaucoup pensé à l'Amérique du Sud. Depuis que j'ai choisi ton nom sur la liste, j'ai beaucoup pensé à toi également, en essayant d'imaginer comment tu étais. J'ai vu la baie de Rio en photo et je peux te voir, avec les yeux de l'esprit, marcher au soleil le long de la plage. Pour moi, tu as des yeux noirs transparents, une peau brune, des cheveux noirs bouclés. J'ai toujours été folle des Sud-Américains, et pourtant je n'en ai jamais connu. Et j'ai toujours rêvé de voyager dans toute l'Amérique du Sud et plus spécialement d'aller à Rio de Janeiro.

Puisque nous allons nous écrire et devenir amis, je crois qu'il faut tout de suite savoir ce qui compte pour l'un et pour l'autre. Ces derniers temps, j'ai beaucoup pensé à la vie. J'ai médité sur beaucoup de problèmes du genre : pourquoi sommes-nous sur terre? J'ai décidé que je ne croyais pas en Dieu. Je ne suis pas athée pour autant. Je crois que chaque chose a sa raison d'être, et qu'on ne vit pas pour rien. Après la mort, j'ai tendance à croire que quelque chose arrive à notre âme.

Je n'ai pas encore décidé exactement ce que j'allais faire plus tard, et ça me tracasse. Parfois je pense devenir explorateur dans l'Arctique. À d'autres moments j'ai envie d'être journaliste et de travailler à devenir écrivain. Pendant des années j'ai voulu devenir comédienne, plus exactement tragédienne, et jouer des rôles tristes à la Greta Garbo. Cet été, j'ai mis en scène *La Dame aux camélias*[250], j'ai joué le rôle principal et ç'a été un échec retentissant. La représentation avait lieu dans notre garage. Je ne peux pas t'expliquer à quel point l'échec a été retentissant. Je crois donc plus sage, maintenant, de penser au journalisme, et particulièrement au poste de correspondant étranger.

Je ne me sens pas tout à fait comme les autres filles de ma classe. Je me sens différente d'elles. Le vendredi, quand je suis avec une fille pour la soirée, elle ne souhaite qu'une chose au monde : retrouver des amis au drugstore voisin, et tout, et la nuit, quand on est couchées, si j'aborde des sujets sérieux, elle finit presque toujours par s'endormir. Les pays étrangers, ça leur est complètement égal. Ne t'imagine pas que je sois impopulaire ou quelque chose comme ça, mais je ne trouve pas les autres élèves de ma classe très excitantes, et elles ne me trouvent pas très excitante non plus.

J'ai beaucoup pensé à toi, Manoel, avant d'écrire cette lettre. Je suis profondément convaincue que nous allons nous entendre. Aimes-tu les chiens? J'ai un airedale qui s'appelle Thomas, et qui est la fidélité même. J'ai l'impression de te connaître depuis très longtemps et je suis sûre que nous allons pouvoir discuter d'un tas de choses ensemble. Mon espagnol est loin d'être parfait, car je n'étudie cette langue que depuis trois mois. Mais j'ai l'intention de la travailler assidûment pour que nous puissions nous comprendre quand nous nous rencontrerons.

J'ai pensé à toutes sortes de choses. Aimerais-tu passer tes vacances avec moi cet été? Je crois que ce serait merveilleux. J'ai bien d'autres projets en tête. L'année prochaine, quand nous nous connaîtrons, tu pourrais peut-être habiter chez moi et t'inscrire dans un collège d'ici, et moi, pendant ce temps, j'habiterais chez toi et j'irais dans un collège sud-américain. Qu'en penses-tu? Je n'en ai pas encore parlé à mes parents. J'attends d'avoir ton avis. Je vais guetter ta réponse avec une extrême impatience, pour savoir si je ne me suis pas trompée en pensant que nos sentiments sur la vie et sur toutes sortes de choses sont profondément semblables. Tu peux m'écrire ce que tu voudras. Je t'ai déjà dit que j'avais l'impression de te connaître depuis longtemps. *Adiós*. Je t'envoie ce que j'ai de meilleur comme sentiments.

Ton amie pleine d'affection,

Henky EVANS.

P-S – Mon véritable prénom est Henrietta, mais mes parents et mes voisins m'appellent Henky, parce que, Henrietta, c'est un peu bébête. J'envoie cette lettre par avion, pour que tu la reçoives plus vite. Encore *adiós*.

113 Whitehall Street
Darien (Connecticut)
USA
Le 25 novembre 1941

Cher Manoel,

Trois semaines déjà de passées et je pensais bien recevoir enfin une lettre de toi. Il est tout à fait possible que les communications soient plus longues que je ne l'imaginais, notamment à cause de la guerre. Je lis tous les journaux et la situation mondiale pèse de tout son poids sur mon esprit. Je ne voulais pas te réécrire avant d'avoir reçu de tes nouvelles, mais, comme je viens de le dire, les choses mettent sans doute beaucoup de temps, en ce moment, pour atteindre les pays étrangers.

Aujourd'hui, je ne suis pas au collège. En me réveillant, hier matin, j'étais très fatiguée, tout enflée et toute rouge, comme si j'avais un genre de petite vérole. Le docteur est venu. Il m'a dit que c'était de l'urticaire. J'ai pris des médicaments et depuis je suis malade au fond de mon lit. Je travaille mon latin, car c'est une matière qui risque de me faire échouer. Je serai soulagée quand ces piqûres auront disparu.

J'ai oublié une chose dans ma dernière lettre. Je crois que nous devrions échanger nos photographies. Si tu en as une de toi, sois gentil de me l'envoyer. Je veux être sûre que tu ressembles à l'image que je me suis faite de toi. Je joins à cette lettre une photo de moi. Le chien qui est dans le coin et qui se gratte, c'est Thomas, et la maison, au fond, c'est notre maison. Je fais une grimace parce que j'ai le soleil dans l'œil.

J'ai lu l'autre jour un livre passionnant sur la réincarnation des âmes. Au cas où tu n'aurais rien lu à ce sujet, ça veut dire que tu vis plusieurs vies de suite, que pendant un siècle tu es quelqu'un, et quelqu'un d'autre pendant un autre siècle. C'est passionnant. Plus j'y pense, plus je crois que c'est vrai. Quelle est ton opinion?

Il y a une chose que j'ai du mal à imaginer au sujet des saisons. Quand c'est l'hiver ici, c'est l'été au-dessous de l'équateur. Je connais, bien sûr, la raison de cet état de choses, mais ça m'a toujours semblé bizarre. Toi, bien sûr, tu y es habitué. Il faut toujours que je me souvienne que c'est le printemps chez toi, même si c'est novembre ici. Ici les arbres sont nus, le chauffage est allumé, mais à Rio de Janeiro c'est le début du printemps.

Chaque jour je guette le facteur. Je suis profondément convaincue, ou plutôt j'ai comme un pressentiment que je vais recevoir de tes nouvelles aujourd'hui ou demain. Les communications doivent être plus longues que je ne l'imaginais, même en avion.

Affectueusement à toi,

Henky EVANS.

113 Whitehall Street
Darien (Connecticut)
USA
Le 29 décembre 1941

Cher Manoel García,

Je ne comprends vraiment pas pourquoi je suis sans nouvelles de toi. As-tu reçu mes deux lettres? Des tas de filles de ma classe ont depuis longtemps reçu des lettres de Sud-Américains. J'ai commencé cette correspondance il y a bientôt deux mois. L'idée m'est venue, ces derniers temps, que tu n'avais peut-être pas réussi à trouver quelqu'un qui parle anglais pour te traduire ce que je t'ai écrit. Il me semble pourtant que ça ne doit pas être très difficile à trouver et, de toute façon, il était sous-entendu que les Sud-Américains figurant sur la liste étudiaient tous l'anglais.

Mes deux lettres se sont peut-être perdues. Je sais bien que les communications sont très aléatoires, surtout en temps de guerre. Mais si une des lettres s'était perdue, il me semble que l'autre aurait dû te parvenir. J'avoue que je ne comprends pas.

Il peut se passer aussi quelque chose que j'ignore. Tu es peut-être malade, à l'hôpital, ou ta famille a peut-être déménagé de ton ancienne adresse. J'aurai peut-être bientôt de tes nouvelles, et tout cela s'expliquera. S'il y a eu un malentendu, ne t'imagine surtout pas que je t'en veux parce que je suis sans nouvelles de toi. Je continue à souhaiter sincèrement que nous devenions amis et que nous continuions cette correspondance, parce que j'ai toujours été folle des pays étrangers, notamment de l'Amérique du Sud, et que j'ai tout de suite eu l'impression de te connaître depuis longtemps.

Je vais bien. J'espère qu'il en est de même pour toi. Pour Noël, j'ai gagné deux kilos et demi de bonbons à une tombola au profit des pauvres. Dès que tu recevras cette lettre, je te demande de me répondre et de m'expliquer ce qui se passe, car, de moi-même, je suis incapable de comprendre.

Qu'il me soit permis d'être toujours sincèrement à toi,

Henrietta EVANS.

113 Whitehall Street
Darien (Connecticut)
USA
Le 20 janvier 1942

Cher Monsieur García,

C'est en toute bonne foi que je vous ai envoyé trois lettres, et j'attendais que vous participiez au projet de correspondance entre étudiants américains et étudiants sud-américains, tel que cet échange était organisé. La plupart des élèves de ma classe ont reçu des réponses, certaines même des cadeaux. Tout le monde n'est pourtant pas aussi fou que moi des pays étrangers. J'ai attendu de vos nouvelles chaque jour et je vous ai accordé le bénéfice du doute. Je comprends maintenant la grave erreur que j'ai commise.

Je ne veux savoir qu'une seule chose : pourquoi avez-vous fait figurer votre nom sur la liste, si vous n'aviez pas l'intention d'assumer toutes les conséquences qui en résulteraient ? J'ajouterai un dernier mot : si j'avais su tout de suite ce que je sais maintenant, je vous promets bien que j'aurais choisi un autre Sud-Américain.

Bien à vous,

Miss Henrietta Hill EVANS.

P-S – Je ne peux pas continuer à perdre, en vous écrivant, un temps qui m'est précieux.

[*The New Yorker*, 7 février 1942.]

L'Art et Mr. Mahoney

Publié dans la revue Mademoiselle *en 1949, ce court récit est écrit dans une veine satirique, assez inhabituelle chez Carson McCullers et qui la rapproche de l'auteur de* Babbitt *et de* Main Street, *Sinclair Lewis.*

La sobriété du titre pose bien la question du « et » puisque Mr. Mahoney entretient avec l'art une relation conflictuelle : pour suivre sa femme il feint de s'investir dans la promotion d'événements culturels, mais tous les guillemets indiquent bien que le cœur n'y est pas. L'incident décrit pourrait figurer dans une anthologie des gaffes, ou dans une étude sur la honte. Les codes sociaux implicites de ce groupe de provinciaux prétentieux sont difficiles à assimiler pour Mr. Mahoney, mais l'humour de Carson McCullers donne finalement à penser que la bévue de Mr. Mahoney est moins grave que la balourdise de ces parvenus. Rien de plus vulgaire, semble nous dire Carson McCullers, que ces faux esthètes pour qui la musique n'est ni un art ni une source de plaisir mais un moyen de reconnaissance sociale.

C'était un homme grand et fort, un entrepreneur, et c'était le mari de la petite Mrs. Mahoney, si maigre, qui se donnait tant de mal pour le club et pour les réunions culturelles. Homme d'affaires avisé (il possédait une briqueterie et un atelier de menuiserie), Mr. Mahoney évoluait pesamment, mais avec une souriante docilité, dans le sillage artistique de Mrs. Mahoney. Il avait très bien appris sa leçon. Il avait acquis l'habitude de parler « répertoire », et de suivre une conférence ou un concert avec l'expression de tristesse résignée qui est de mise. Il était capable de discuter art abstrait. Il avait même joué un rôle dans deux productions du Petit Théâtre, une fois comme maître d'hôtel, une autre comme soldat romain. Ce Mr. Mahoney, éduqué avec tant d'application, si souvent réprimandé – comment a-t-il pu faire fondre sur sa femme et lui un tel déshonneur?

Le pianiste était José Iturbi [251], ce soir-là, et c'était le premier concert de la saison, une soirée de gala. Les Mahoney s'étaient donnés un mal fou pour soutenir la campagne en faveur de la Ligue des Trois Arts [252]. Mr. Mahoney avait vendu lui-même plus de trente abonnements pour la saison. En présence de ses relations professionnelles ou des hommes d'affaires de la ville, il parlait de ce programme de concerts comme d'une « nécessité culturelle ». Les Mahoney avaient permis qu'on se serve de leur voiture. Ils avaient invité tous les souscripteurs à une garden-party – trois barmen de couleur en veste blanche servaient des rafraîchissements, et leur toute nouvelle demeure, style Tudor, avait été entièrement cirée et fleurie pour la circonstance. En tant que champions de l'art et de la culture, les Mahoney avaient une réputation bien assise.

Le début de cette fatale soirée ne laissa en rien présager ce qui allait se passer. Mr. Mahoney chanta sous sa douche et s'habilla avec un soin méticuleux. Il avait acheté une orchidée chez Duff, le fleuriste. Quand Ellie poussa la porte de sa chambre – dans leur nouvelle demeure, ils occupaient des chambres séparées mais communicantes –, il finissait de se coiffer. Il était superbe dans son smoking. Ellie avait épinglé l'orchidée sur l'épaulette de sa robe en crêpe bleu. Elle était ravie. Elle lui dit, en lui tapotant le bras :

– Tu as l'air très élégant ce soir, Terence. Indiscutablement distingué...

Le corps épais de Mr. Mahoney frémit de bonheur, et son visage haut en couleur, marqué aux tempes d'un triangle de veines, devint écarlate.

– Tu es si belle, Ellie. Toujours si belle. Je me demande parfois pourquoi tu as épousé un...

Elle l'interrompit d'un baiser.

Après le concert, il y avait une réception chez les Harlow. Les Mahoney y étaient évidemment invités. Dans cet herbage de raffinements, Mrs. Harlow tenait la « tête du troupeau ». Oh! ces comparaisons campagnardes, Ellie les détestait à un point!... Mais Mr. Mahoney, qui posait galamment un manteau du soir sur les épaules de sa femme, ne se souvenait plus qu'elle l'avait si souvent réprimandé.

Ce qui est drôle, c'est qu'avant de commettre son infamie, Mr. Mahoney prit à ce concert plus de plaisir qu'à aucun autre. Pas de morceau de ce Bach, monotone et épuisant. Une musique qui sonnait comme une marche et dont la mélodie lui semblait familière. Il était donc assis, il prenait plaisir à cette musique, et de temps en temps il jetait un coup d'œil vers Ellie. Elle avait sur le visage cette expression de douleur profonde et inconsolable que faisait toujours naître chez elle la musique classique. Entre chaque morceau, elle portait la main à son front d'un air égaré, comme si tant d'émotion était trop lourde à supporter. Mr. Mahoney applaudissait avec entrain, de ses mains roses et potelées, heureux de pouvoir les remuer à son tour.

À l'entracte, les Mahoney gagnèrent lentement le foyer chacun de son côté. Mr. Mahoney se fit harponner par la vieille Mrs. Walker.

– J'attends le Chopin, dit-elle. J'ai toujours adoré la musique en mineur. Pas vous?

– J'ai l'impression que plus vous êtes triste, plus vous êtes contente, répondit-il.

Miss Walker, qui était professeur d'anglais, répliqua avec vivacité :

– Maman a une âme celte et mélancolique. C'est qu'elle est de souche irlandaise!

Devinant qu'il avait gaffé, Mr. Mahoney dit maladroitement :

– Moi aussi, j'aime la musique en mineur.

Tip Mayberry lui prit familièrement le bras.

– C'est un pianiste qui sait se servir d'un clavier, dit-il.

– Il possède une excellente technique, répondit Mr. Mahoney d'un ton circonspect.

– Encore une heure, soupira Tip Mayberry d'un ton plaintif. Si on pouvait s'éclipser en douce, tous les deux...

Mr. Mahoney s'éloigna prudemment.

Il aimait l'atmosphère des spectacles et des concerts du Petit Théâtre – mousselines, corsages, smokings de rigueur. Envahi par une bouffée d'orgueil et de plaisir, il allait et venait dans le foyer, saluant aimablement les dames, discutant avec une discrète autorité de tempo et de mazurkas.

Le désastre eut lieu après l'entracte, au cours du premier morceau. C'était une longue sonate de Chopin – un premier mouvement furieux, un second rapide et saccadé. Mr. Mahoney suivit le troisième mouvement en soulignant à bon escient le rythme avec son pied – une marche funèbre solennelle, coupée en son milieu par un mouvement de valse. Marche funèbre qui s'acheva en une succession d'accords fracassants. Le pianiste leva la main et se renversa légèrement sur son tabouret.

Mr. Mahoney applaudit. Il était tellement sûr que c'était fini qu'il applaudit de tout son cœur une demi-douzaine de fois avant de s'apercevoir, avec horreur, qu'il était le seul à applaudir. Avec une vigueur diabolique et précipitée, José Iturbi se jeta de nouveau sur son clavier.

Mr. Mahoney était paralysé par l'angoisse. Les minutes qui suivirent furent les plus horribles de sa vie. Les veines de ses tempes gonflèrent en devenant rouge sombre. Il cacha ses mains coupables entre ses cuisses.

Si Ellie lui adressait au moins un signe discret de consolation... Lorsqu'il osa la regarder, elle avait un visage de glace et fixait la scène avec une attention désespérée. Après d'interminables minutes d'humiliation, Mr. Mahoney allongea timidement la main vers la cuisse couverte de crêpe d'Ellie. Elle s'écarta et croisa les jambes.

Pendant près d'une heure Mr. Mahoney dut supporter publiquement sa honte. Il jeta un coup d'œil vers Tip Mayberry, et une haine qu'il n'avait jamais éprouvée envahit son cœur naturellement bon. Tip ne faisait aucune différence entre une sonate et les *Slit Belly Blues*. Il était pourtant là, à sa place, béat, et personne ne faisait attention à lui. Mrs. Mahoney évitait les regards angoissés de son mari.

Il fallait assister à la réception. Mr. Mahoney reconnut que c'était la seule chose à faire. Ils s'y rendirent sans échanger un mot. Mais quand la voiture fut garée devant la maison des Harlow, Mrs. Mahoney dit :

– N'importe qui doué d'un peu de bon sens attend pour applaudir que tout le monde applaudisse.

La soirée fut désolante pour lui. Les invités entouraient José Iturbi pour lui être présentés. (Étant le seul à ignorer qui avait applaudi, il fut aussi aimable avec Mr. Mahoney qu'avec les autres.) Mr. Mahoney buvait du scotch, caché dans un coin, derrière le piano à queue. La vieille Mrs. Walker et sa fille rôdaient avec la « tête du troupeau » autour de Mr. Iturbi. Ellie examinait le dos des livres de la bibliothèque. Elle finit même par en prendre un et par lire un moment, le dos tourné. Il restait seul dans son coin avec son whisky-soda. Tip Mayberry vint finalement le rejoindre.

– Vu le nombre de billets que vous avez vendus, dit-il, j'estime que vous avez droit à un applaudissement supplémentaire.

Et il lui adressa un petit clin d'œil empreint d'une complicité fraternelle que Mr. Mahoney fut presque sur le point de partager.

[*Mademoiselle*, février 1949.]

Le Garçon hanté

Publiée d'abord dans la revue Mademoiselle *en 1955, puis dans la première édition de* La Ballade du café triste et autres nouvelles*, la même année, cette nouvelle évoque de manière précise et poignante l'horreur qui envahit Hugh lorsqu'il découvre que sa mère n'est pas là. Il est en effet hanté par le souvenir refoulé de « l'autre fois » où sa mère avait été emmenée à l'hôpital psychiatrique après une tentative de suicide.*

Carson McCullers décrit avec beaucoup de justesse les déformations des objets familiers qui se parent d'une « inquiétante étrangeté » freudienne sous l'effet de l'angoisse déclenchée par l'absence. L'enfant secoué de sanglots se bat intérieurement contre l'amour transformé en haine envers cette mère dont il a tant besoin. L'épisode a eu un effet cathartique sur l'enfant qui, à la fin de la nouvelle, semble débarrassé de la peur.

Une telle précision dans l'analyse de l'ambivalence des sentiments évoque la sensibilité précoce de l'enfant douée qu'a dû être Lula Carson Smith, exercée très tôt à l'art douloureux d'enregistrer les intermittences du cœur.

Hugh alla jusqu'au coin de la maison, mais sa mère n'était pas dans la cour. Elle faisait parfois un petit tour du côté des plates-bandes de fleurs printanières – ibérides, lobélias, œillets de poète (elle lui avait appris leurs noms) – mais, cet après-midi-là, la pelouse verte cernée de fleurs multicolores était vide, sous le soleil délicat de la mi-avril. Il remonta l'allée en courant. John le suivit. Ils franchirent le perron en deux enjambées et la porte claqua derrière eux.

– Maman! appela Hugh.

C'est alors, dans le silence immobile de l'entrée trop bien cirée, qu'il eut le sentiment que quelque chose n'allait pas. Il n'y avait plus de feu dans la cheminée. Comme il avait pris l'habitude, pendant les mois d'hiver, de voir trembler les hautes flammes, la pièce lui parut étrangement vide et sombre en ce premier jour de beau temps. Il frissonna. Heureusement, John était avec lui. Les rayons du soleil tombaient sur un coin rouge du tapis. Rouge clair, rouge-nuit, rouge-mort. Hugh sentit la nausée l'envahir au souvenir de l' « autre fois ». Le rouge vira au noir absolu.

– Qu'est-ce que tu as, Brown? demanda John. Tu es tout blanc.

Hugh se secoua et porta la main à son front.

– Rien. Retournons à la cuisine.

– Je reste juste une minute, dit John. Il faut absolument que j'aille vendre ces billets. Je mange et je file.

Avec ses torchons de couleurs vives, ses casseroles étincelantes, la cuisine était l'endroit le plus agréable de la maison. Une tarte au citron, que sa mère venait de faire, était posée sur la table ripolinée.

Rassuré par cette cuisine de tous les jours, par cette tarte, Hugh retourna dans l'entrée, leva la tête vers le premier étage et appela :

– Maman! Oh! oh!... Maman!

Toujours pas de réponse.

– C'est ma mère qui a fait cette tarte, dit-il.

Il prit un couteau et découpa rapidement la tarte – il fallait repousser cette peur qui l'envahissait.

– Brown, tu es sûr que tu as le droit de la couper?

– Sûr, Laney.

Ce printemps-là, ils avaient décidé de s'appeler par leur nom de famille, mais ils l'oubliaient parfois. Pour Hugh, ça avait quelque chose de sportif, d'adulte et d'assez imposant [253]. Hugh préférait John à tous les garçons de son école. John était son aîné de deux ans. À côté de lui, les autres n'étaient qu'une bande de punks. John était le meilleur élève de seconde année, très intelligent, mais absolument pas le chouchou des professeurs. C'est aussi le meilleur athlète. Hugh était en première année. Il n'avait pas encore beaucoup d'amis. Il s'était un peu coupé des autres, parce qu'il était toujours effrayé.

– Quand je rentre de l'école, maman m'a toujours préparé quelque chose de bon pour goûter.

Il mit une grande part de tarte dans une assiette pour John – pour Laney.

– Elle est vraiment géniale, cette tarte.

– La pâte n'est pas faite comme les tartes normales, mais avec des biscuits écrasés, parce que, avec une pâte normale, on a toujours des ennuis. Nous trouvons que c'est aussi bon avec des biscuits écrasés. Mais maman est tout à fait capable de faire une tarte normale, si elle veut.

Hugh ne pouvait pas rester en place. Il allait et venait dans la cuisine, son morceau de tarte à la main. Il avait les cheveux en désordre, parce qu'il n'arrêtait pas d'y fourrager nerveusement avec les doigts. Une douloureuse perplexité hantait son regard brun doré. John, qui était assis à la table, sentit le malaise de Hugh et croisa les jambes.

– Il faut absolument que j'aille vendre ces billets pour le Glee Club.

– Ne pars pas encore. Tu as tout l'après-midi.

La maison vide l'effrayait. Il avait besoin de John, besoin d'une présence. Il avait par-dessus tout besoin d'entendre la voix de sa mère, d'être sûr qu'elle était dans la maison avec lui.

– Elle prend peut-être un bain, dit-il. Je vais l'appeler encore une fois.

Le silence répondit à ce troisième appel.

– Ta mère a dû aller au cinéma, ou faire des courses, ou quelque chose comme ça.

– Non, dit Hugh. Elle m'aurait laissé un mot. Quand elle s'absente avant que je revienne de l'école, elle me laisse toujours un mot.

– On n'a pas cherché, dit John. Elle l'a peut-être laissé sous le paillasson ou dans le salon.

Hugh ne parvenait pas à se rassurer.

– Non. Elle l'aurait laissé sous la tarte. Elle sait qu'en arrivant, je vais tout de suite à la cuisine.

– Elle a peut-être reçu un coup de fil. Elle s'est peut-être souvenue brusquement qu'elle avait quelque chose à faire.

– Peut-être, en effet. Elle a dit à papa qu'un de ces jours elle irait s'acheter des vêtements neufs, je m'en souviens.

Cette lueur d'espoir s'évanouit très vite. Il rejeta ses cheveux en arrière et bondit hors de la cuisine.

– Je crois qu'il faut que j'aille voir là-haut. Que j'aille voir là-haut pendant que tu es là.

Il restait immobile, le bras autour de la rampe. L'odeur des marches cirées et, tout en haut, la porte blanche et fermée de la salle de bains faisaient renaître en lui l'« autre fois ». Il serrait la rampe de toutes ses forces. Ses pieds ne pouvaient pas bouger, ne pouvaient pas monter l'escalier. De nouveau, comme un vertige, le rouge bascula vers le noir. Il s'assit. *Coince ta tête entre tes genoux*, pensa-t-il avec force, en se souvenant du manuel scout des premiers soins.

– Hugh! appela John. Hugh!

Le vertige s'éloigna, remplacé par un nouveau chagrin. Laney l'avait appelé par son prénom – sans doute parce qu'il se conduisait comme une poule mouillée vis-à-vis de sa mère, et qu'il ne méritait plus qu'on l'appelle de façon sportive et imposante par son nom de famille, comme avant. Le vertige disparut tout à fait et il retourna dans la cuisine.

– Brown..., dit John (le chagrin disparut à son tour), ne posséderais-tu pas, dans cette maison, quelque chose qui ait appartenu à une vache? Tu sais, ce liquide blanc et crémeux – ce qu'on appelle *lait*[254] en français?

Cette plaisanterie idiote le ramena sur terre.

– Oh! Laney, pardon, je suis stupide, j'ai complètement oublié.

Il prit le lait dans le réfrigérateur et alla chercher deux verres.

– Je ne sais plus à quoi je pense. J'ai la tête ailleurs.

– Je vois, dit John.

Au bout d'un moment, il demanda, d'une voix très calme, en regardant Hugh dans les yeux :

– Hugh, pourquoi es-tu si inquiet à cause de ta mère? Elle est malade?

Cette fois, Hugh sentit qu'il ne devait pas être blessé par l'emploi du prénom. John parlait trop sérieusement pour imiter les sportifs. Jamais encore il n'avait aimé quelqu'un comme il aimait John. Assis en face de lui, de l'autre côté de la table, il se sentait beaucoup plus à l'aise, presque en sécurité. Il plongea dans le regard gris et calme de John, et sa frayeur céda devant son affection. John répéta plus gravement :

– Hugh, ta mère est malade?

Hugh aurait refusé de répondre à n'importe qui d'autre. Il ne parlait de sa mère à personne, sauf à son père, et encore, de façon indirecte, dans leurs rares moments d'intimité. Pour aborder ce sujet, il fallait qu'ils fassent autre chose, de la menuiserie, par exemple, ou qu'ils aillent chasser ensemble dans les bois (c'était arrivé deux fois), ou encore qu'ils préparent le dîner, qu'ils fassent la vaisselle.

– Elle n'est pas vraiment malade dit-il. Mais papa et moi, on se fait beaucoup de mauvais sang pour elle. Ou plutôt, on s'en est fait beaucoup, pendant un moment.

– Une sorte de trouble cardiaque? demanda John.

Hugh avait la voix tendue.

– On t'a raconté ma bagarre avec ce débile de Clem Roberts? Quand je lui ai traîné sa figure de débile sur le gravier, tout le long de l'allée? J'ai presque failli le tuer. Il était tout écorché. Il a encore des cicatrices et il a porté un pansement pendant au moins deux jours. J'ai été consigné à l'école pendant une semaine entière l'après-midi. Mais j'ai presque failli le tuer. Je l'aurais tué si Mr. Paxton n'était pas intervenu pour m'arracher à lui.

– On m'a raconté.

– Tu sais pourquoi je voulais le tuer?

Le regard de John scintilla un instant et se détourna.

Hugh se raidit. Il agrippa le bord de la table avec ses fortes mains de garçon. Il prit une profonde inspiration, une sorte de plainte étouffée.

– Ce débile racontait partout que ma mère était à Milledgeville. Il racontait partout que ma mère était folle.

– L'enfant de salaud!

– Ma mère a bien été à Milledgeville, reprit Hugh d'une voix haute et contrainte. Mais ça n'est pas pour ça qu'elle était folle.

Il ajouta très vite :

– C'est un grand hôpital. Il y a des bâtiments pour les fous et d'autres pour les gens qui sont simplement malades. Maman a été malade à un certain moment. On en a discuté, papa et moi, et on a fini par penser qu'à l'hôpital elle aurait les meilleurs médecins, que c'est là qu'elle serait le mieux soignée. Mais elle n'était pas folle du tout, pas plus folle que toi et moi. Tu la connais.

Il dit encore :

– Il faudrait que j'aille voir là-haut.

– J'ai toujours pensé que ta mère était une des dames les plus sympathiques de la ville, dit John.

– Il lui est arrivé quelque chose d'un peu particulier, et depuis elle a eu des idées noires.

Il se confiait. Les mots, ensevelis au plus profond de son cœur, laissaient deviner pour la première fois le secret qui le rongeait. Il continua, d'une voix plus rapide, avec une sorte de soulagement immédiat et inattendu :

– L'an dernier, elle croyait qu'elle allait avoir un enfant. Elle nous l'a annoncé, à papa et à moi.

Il parlait avec fierté.

– On voulait une fille. C'était à moi de choisir le prénom. On était surexcités. J'avais sorti tous mes vieux jouets – mon train électrique, les rails... J'avais décidé qu'elle s'appellerait Crystal. C'est un joli prénom, pour une fille, tu ne trouves pas? Ça fait penser à quelque chose de fragile et de lumineux.

– Le bébé est mort-né?

C'était pourtant John, mais les oreilles de Hugh prirent feu. Il les couvrit de ses mains glacées.

– Non. C'était ce qu'ils appellent une tumeur. C'est ça qui est arrivé à ma mère. Ils ont été obligés de l'opérer à l'hôpital.

Il hésitait. Sa voix était devenue très basse.

– Alors, elle a eu ce qu'on appelle un retour d'âge.

C'étaient des mots terrifiants pour lui.

– C'est après ça qu'elle a eu des idées noires. Papa dit que c'est son système nerveux qui a reçu un choc. Ça arrive aux dames, paraît-il. Elle a simplement eu des idées noires, et elle était complètement épuisée.

Il n'y avait pas de rouge, pas du tout de rouge dans la cuisine. Hugh pourtant se rapprochait de l' « autre fois ».

– Un jour, elle a tout laissé tomber, pour ainsi dire. Un jour de l'automne dernier.

Il avait les yeux exorbités, étincelants. Il montait de nouveau l'escalier, il ouvrait la porte de la salle de bains. Il mit la main devant ses yeux pour chasser l'image.

– Elle a essayé de... de se faire mal. Je l'ai découverte en rentrant de l'école.

John avança une main, caressa lentement le bras de Hugh à travers son chandail.

– Ne t'en fais pas, dit-il. Il y a des tas de gens qui sont obligés d'aller à l'hôpital, parce qu'ils sont épuisés ou qu'ils ont des idées noires. Ça arrive à n'importe qui.

– On a été obligés de la mettre à l'hôpital. Au meilleur hôpital.

Derrière l'image de ces longs mois, si longs mois, se tenait aux aguets la morne solitude, aussi insupportable que l' « autre fois », car elle lui avait paru interminable – combien de temps? À l'hôpital, sa mère avait le droit d'aller où elle voulait. Elle portait toujours des chaussures.

– Elle était vraiment géniale, cette tarte, dit John d'un ton circonspect.

– Ma mère est une cuisinière formidable. Elle sait faire des choses comme le gâteau à la viande, ou le pain de saumon. Des steaks aussi, bien sûr, et des hot dogs.

– Ça m'ennuie de filer juste après avoir mangé, dit John.

Hugh était tellement effrayé de rester seul qu'il entendit comme une sonnerie d'alarme au fond de son cœur.

– Ne pars pas, supplia-t-il. Parlons encore un peu.

– Parlons de quoi?

Hugh ne pouvait pas le dire. Pas même à John Laney. Il ne pouvait parler à personne de la maison vide, de l'horreur de ce temps passé.

– Ça t'arrive de pleurer? demanda-t-il. Moi, jamais.

– Moi, quelquefois, avoua John.

– C'est dommage qu'on ne se soit pas mieux connus pendant l'absence de maman. Papa et moi, on allait chasser presque tous les samedis. On se nourrissait uniquement de cailles et de pigeons. Ça t'aurait plu, je parie...

Il ajouta, un peu plus bas :

– Le dimanche, on allait à l'hôpital.

– C'est assez difficile à vendre, ces billets, dit John. Il y a beaucoup de gens qui n'aiment pas les concerts du Glee Club. Sauf s'ils connaissent quelqu'un qui en fait partie. Ils préfèrent rester chez eux, devant une bonne émission de télévision. Il y en a des quantités qui achètent un billet uniquement par devoir civique.

– On va bientôt avoir un poste de télévision.

– Sans la télé, je ne pourrais pas vivre, dit John.

Il y avait une pointe d'excuse dans la voix de Hugh.

– Papa veut d'abord liquider les factures de l'hôpital. La maladie, c'est quelque chose qui coûte très cher, tout le monde sait ça. Après on aura la télévision.

John leva son verre.

– *Skol!* dit-il. C'est un mot suédois qu'on dit avant de boire. Un mot qui porte bonheur.

– Tu connais des tas de mots en langues étrangères.

– Pas tellement, répondit John avec honnêteté. Juste : *kaput*, et *adiós*, et *skol*, et ce qu'on apprend en classe de français. Ça ne fait pas tellement.

– Ça fait *beaucoup*, dit Hugh en français.

Il se sentit plein d'esprit et très content de lui. Sa tension nerveuse, maîtrisée jusque-là, se changea en un brusque défoulement physique. Il attrapa le ballon de basket qui était sous la véranda et courut dans l'arrière-cour. Il dribbla plusieurs fois, visa le panier que son père avait fait installer pour son anniversaire, rata le panier, fit rebondir le ballon vers John qui l'avait suivi. C'était bon d'être dehors, et le sentiment de libération apporté par ce jeu tout simple lui offrit le premier vers d'un poème : « Mon cœur est comme un ballon de basket. » D'habitude, quand il composait un poème, il était allongé de tout son long sur le tapis du salon, essayant de trouver des rimes, et sa langue frétillait au coin de ses lèvres. Sa mère s'approchait en l'appelant « Shelley-Poe », et parfois elle lui posait doucement un pied sur le derrière. Sa mère aimait toujours ses poèmes. Le second vers surgit soudain, comme par magie. Il le dit tout haut pour John :

– « Mon cœur est comme un ballon de basket qui bondit de joie dans la cour... » Pour un début de poème, tu trouves ça comment?

– Ça me paraît plutôt fou, dit John.

Il se reprit aussitôt :

– Je veux dire... ça me paraît... bizarre. Je voulais dire : bizarre.

Hugh comprit très bien pourquoi John s'était repris aussitôt. L'ivresse du jeu et du poème tomba d'un coup. Il attrapa le ballon, le serra sous son bras et resta là, immobile. L'après-midi était comme de l'or. Sous la véranda, la glycine triomphante ressemblait à une cascade couleur lavande. Une brise légère jouait avec le parfum des fleurs ensoleillées. Le ciel était bleu, sans un nuage. C'était le premier beau jour du printemps.

– Il faut que je file, dit John.

– Non!

La voix de Hugh était désespérée.

– Si tu prenais un autre morceau de tarte? Je n'ai jamais vu quelqu'un qui mange un seul morceau de tarte.

Il rentra dans la maison avec John, et d'instinct, parce qu'il avait l'habitude d'appeler lorsqu'il rentrait, il cria :

– Maman!

Après cet instant passé au soleil, il avait froid. Il n'avait pas seulement froid à cause du temps qu'il faisait, mais parce qu'il était si effrayé.

– Ça fait un mois que ma mère est revenue, et l'après-midi, quand je rentre, elle est toujours là. Toujours. Toujours.

Ils étaient dans la cuisine. Ils regardaient la tarte au citron. Hugh trouvait que cette tarte entamée avait l'air plus ou moins... bizarre. Ils étaient immobiles dans la cuisine. Et le silence devenait oppressant – bizarre, lui aussi.

– Tu ne trouves pas que cette maison est bien calme?

– C'est parce que vous n'avez pas la télévision. Chez nous on allume le poste à sept heures du matin et il marche jusqu'à ce qu'on aille se coucher, même s'il n'y a personne dans le salon. Ça n'arrête pas. Des jeux, des pièces, des blagues.

– On a une radio, évidemment, et un pick-up.

– Ça ne tient pas compagnie comme une bonne télévision. Tu

verras, quand tu en auras une. Tu ne sauras même pas si ta mère est là ou non.

Hugh ne répondit pas. Leurs pas résonnaient dans l'entrée. Il posa un pied sur la première marche de l'escalier, serra le bras autour de la rampe et se sentit malade.

– Tu devrais monter juste une minute.

John répondit d'une voix brusquement aiguë et agacée :

– Je t'ai déjà dit cent fois qu'il fallait que j'aille vendre ces billets. C'est un devoir civique d'aider des organisations comme le Glee Club.

– Une seconde. J'ai quelque chose d'important à te montrer.

John ne demanda pas ce que c'était. Hugh cherchait quelque chose d'assez important pour décider John à monter. Il finit par dire :

– Je suis en train de me construire une chaîne hi-fi. Il faut être drôlement calé en électronique. Papa me donne un coup de main.

Tout en parlant, il savait que John ne se laisserait pas prendre une seconde à ce mensonge. Comment acheter une chaîne hi-fi, puisqu'ils n'avaient pas de quoi s'offrir une télévision? Il haïssait John, comme on hait tous ceux dont on a désespérément besoin [255]. Il avait encore quelque chose à dire, et il se redressa :

– Je veux seulement que tu saches que ton amitié a beaucoup d'importance pour moi. Ces derniers temps, je m'étais complètement coupé des autres.

– OK, Brown. Il ne faut pas t'en faire à ce point-là parce que ta mère a été... là où elle a été.

John avait mis la main sur la poignée de la porte. Hugh tremblait.

– Je crois que si tu montais juste une minute...

John le regarda d'un air anxieux et surpris. Il demanda lentement :

– Il y a quelque chose qui te fait peur, là-haut?

Hugh aurait voulu tout lui avouer. Mais il était incapable de raconter ce que sa mère avait fait, cet après-midi de septembre. C'était trop affreux, trop... bizarre. Quelque chose qu'une *malade* pouvait faire, mais pas quelqu'un comme sa mère. Il avait le regard terrifié. Il tremblait de tout son corps. Il dit pourtant :

– Je n'ai pas peur.

– Alors, salut. Désolé. Il faut que je parte – quand il faut, il faut.

La porte d'entrée se referma, et Hugh se trouva seul dans la maison vide. Rien ne pouvait plus le sauver. Même s'il y avait eu toute une bande de gosses dans le salon en train de regarder la télévision et de rire à chaque jeu et à chaque blague, ça ne l'aurait pas sauvé. Il fallait qu'il monte et qu'il la découvre. Pour se donner du courage, il se répéta la dernière phrase de John à haute voix :

– Quand il faut, il faut.

Mais cette phrase ne lui donna pas une seule bribe du courage et de la désinvolture de John. C'étaient des mots étranges et inquiétants au milieu du silence.

Il fit lentement face à l'escalier. Son cœur n'était plus comme un ballon de basket, mais comme une batterie de jazz frénétique, qui sonnait de plus en plus fort au fur et à mesure qu'il montait. Il traînait les pieds lourdement, comme s'il pataugeait dans l'eau jusqu'aux genoux, et il s'agrippait des deux mains à la rampe. La maison lui semblait bizarre, folle. Il regarda la petite table du rez-de-chaussée, le vase rempli de fleurs printanières, et ces objets aussi lui parurent tout à fait singuliers. Il y avait un miroir au premier étage. Il fut terrifié par son propre visage, parce qu'il avait vraiment l'air d'un fou. Sur son chandail, les initiales du collège se reflétaient à l'envers et elles ne voulaient plus rien dire, et il avait la bouche ouverte comme un aliéné. Il ferma la bouche et se trouva mieux. Les objets qu'il apercevait – la petite table du rez-de-chaussée, le canapé du premier étage – avaient curieusement l'air de se fendre en deux, ou d'éclater, sous l'effet de cette peur qui était en lui, et pourtant c'étaient des objets familiers, qui appartenaient à son univers quotidien. Il fixa des yeux la porte fermée, à droite de l'escalier, et la batterie de jazz s'enfiévra davantage.

Il ouvrit la porte de la salle de bains, et la peur qui l'avait hanté pendant tout l'après-midi lui fit d'abord apercevoir la pièce telle qu'il l'avait aperçue l' « autre fois ». Sa mère était étendue par terre, et il y avait du sang partout. Sa mère était étendue là, elle était morte, et il y avait du sang partout, sur son poignet tailladé, et une flaque de sang avait coulé jusqu'à la douche, une flaque énorme, stagnante. Hugh se cramponna au montant de la porte et retrouva son équilibre. La pièce alors cessa de tournoyer, et il comprit que ce n'était pas l' « autre fois ». Les carreaux blancs étincelaient dans le soleil d'avril. Il n'y avait qu'une salle de bains lumineuse et une fenêtre ensoleillée. Il alla jusqu'à la chambre. Le lit était vide, recouvert d'un dessus-de-lit rose. Sur la coiffeuse il y avait les objets de sa mère. La chambre était comme d'habitude. Rien ne s'était passé, et il se jeta sur le dessus-de-lit rose et il pleura de soulagement, et il pleura aussi à cause de cette immense et sombre fatigue qui avait duré si longtemps. Les sanglots lui secouaient le corps entier, et son cœur affolé s'apaisait peu à peu.

Hugh n'avait pas pleuré pendant tous ces mois. Il n'avait pas pleuré l' « autre fois », quand il avait découvert sa mère dans la maison vide avec du sang partout. Il n'avait pas pleuré, mais il avait commis une faute. Avant de lui faire un pansement, comme on le dit dans le manuel scout, il avait essayé de soulever ce corps trop lourd et couvert de sang. Il n'avait pas pleuré en téléphonant à son père. Il n'avait pas pleuré pendant tous ces jours où ils avaient discuté de ce qu'il fallait faire. Il n'avait pas même pleuré quand le docteur avait parlé de Milledgeville, ou quand ils l'avaient conduite en voiture à l'hôpital – son père pourtant avait pleuré en revenant. Il n'avait pas pleuré à cause des repas qu'ils se préparaient – un steak chaque soir pendant tout un mois, si bien que le steak leur sortait par les yeux et par les oreilles. Ils s'étaient alors tournés vers les hot dogs, et ils en avaient mangé jusqu'à ce que les hot dogs leur sortent aussi par les yeux et par les oreilles. Ils n'avaient fait aucun effort en ce qui concernait la nourriture, et ils laissaient la cuisine en désordre jusqu'à ce que la femme de ménage vienne, le samedi. Il n'avait pas pleuré pendant ces longs après-midi de solitude, après sa bagarre avec Clem Roberts, quand il savait que les autres garçons pensaient de sa mère des choses horribles. Il restait chez lui, dans cette cuisine en désordre, il grignotait des figues confites et des tablettes de chocolat, ou il allait regarder la télévision chez une voisine, Miss Richards, une vieille fille qui ne regardait que les émissions destinées aux vieilles filles. Il n'avait pas pleuré quand son père s'était mis à boire et avait fini par perdre l'appétit, et Hugh était obligé de manger tout seul. Il n'avait pas même pleuré pendant les interminables dimanches où ils allaient à Milledgeville, et deux fois il avait aperçu sous la véranda une dame pieds nus qui parlait toute seule, une malade qui l'avait frappé et avait suscité en lui un sentiment d'horreur innommable. Il n'avait pas pleuré en entendant sa mère dire : « Ne m'obligez pas à rester ici, pour me punir. Laissez-moi rentrer à la maison. » Il n'avait pas pleuré en entendant ces mots terribles qui le hantaient : « retour d'âge »,

« folle », « Milledgeville »... Il n'avait pas pleuré pendant tous ces longs mois d'engourdissement, de désir et d'effroi.

Il sanglotait toujours, allongé sur le dessus-de-lit rose, si doux, si frais contre ses joues mouillées. Il sanglotait si fort qu'il n'entendit pas sa mère pousser la porte d'entrée, qu'il n'entendit pas sa mère l'appeler, ni le bruit de ses pas dans l'escalier. Il sanglotait toujours quand la main de sa mère le toucha, et il enfouit son visage dans le dessus-de-lit, et il raidit les jambes et il donna des coups de pied.

– Qu'y a-t-il, mon garçon joli? dit sa mère en retrouvant le vieux surnom de son enfance. Qu'y a-t-il?

Il sanglota plus fort, et sa mère essayait de lui faire tourner le visage. Il voulait qu'elle s'inquiète. Il attendit qu'elle s'éloigne du lit. Alors seulement il la regarda. Elle portait une robe neuve – quelque chose qui ressemblait à de la soie bleue dans la lumière fragile du printemps.

– Qu'y a-t-il, mon ange?

La frayeur de l'après-midi s'était effacée, mais il ne pouvait pas en parler à sa mère. Il ne pouvait pas lui dire pourquoi il avait eu peur, ni lui expliquer l'horreur de ce qui n'était plus jamais arrivé, mais qui était arrivé une fois.

– Pourquoi as-tu fait ça?

– Il faisait chaud, aujourd'hui, et brusquement j'ai eu envie de m'acheter des robes neuves.

Il ne parlait pas des robes. Il parlait de l' « autre fois », et de cette haine qui l'avait envahi en découvrant le sang, et de cette horreur et de tout ce qu'il avait pensé à ce moment-là : *Pourquoi m'a-t-elle fait ça, à moi ?* Il parlait de cette haine [256] envers une mère qu'il aimait plus que tout au monde. Et pendant tous ces mois, si tristes et si longs, cette haine s'était battue contre son amour, et entre eux deux s'était glissé un sentiment de culpabilité.

– J'ai acheté deux robes avec des jupons. Tu aimes?

– Je déteste! dit Hugh avec colère. On voit le jupon.

Elle tourna deux fois sur elle-même. Le jupon se voyait beaucoup.

– Il faut qu'il se voie, nigaud! C'est la mode.

– Je déteste quand même.

– J'ai pris un sandwich au salon de thé, avec deux tasses de chocolat, et je suis allée chez Mendel. Il y avait tellement de jolies robes que je n'avais plus la force de quitter le magasin. J'ai acheté deux robes, et regarde, Hugh, ces chaussures!

Elle revint vers le lit et alluma la lampe de chevet pour qu'il voie mieux. C'étaient des chaussures *bleues*, à talons plats – avec des paillettes au bout. Il ne savait pas comment formuler sa critique.

– Ce ne sont pas des chaussures pour tous les jours. On dirait plutôt des chaussures du soir.

– Je n'ai jamais porté de chaussures de couleur. Je n'ai pas pu résister.

Elle se dirigea vers la fenêtre, comme si elle dansait, et son jupon tournoyait sous sa robe neuve. Hugh ne pleurait plus, mais il était toujours en colère.

– Je déteste ça, parce qu'on dirait que tu veux te rajeunir, et je parie que tu as au moins quarante ans.

Sa mère s'arrêta de danser et resta immobile devant la fenêtre. Son visage était devenu très triste soudain, et très tranquille.

– J'aurai quarante-trois ans en juin.

Il venait de la blesser. Sa colère s'évanouit d'un coup. Il ne restait plus que l'amour.

– Je n'aurais pas dû dire ça, maman, je...

– En faisant mes courses, j'ai réalisé que je n'avais pas mis les pieds dans un magasin depuis plus d'un an. Tu te rends compte?

Hugh ne supportait pas la tristesse tranquille de cette mère qu'il aimait tant. Il ne supportait pas sa beauté et l'amour qu'il avait pour elle. Il essuya ses larmes avec la manche de son chandail et se leva.

– Je ne t'ai jamais vue aussi jolie, avec des robes et des jupons aussi jolis.

Il s'agenouilla devant elle, toucha les chaussures pailletées.

– Ces chaussures sont vraiment géniales.

– À la seconde où je les ai vues, je me suis dit que tu les aimerais.

Elle aida Hugh à se relever et l'embrassa sur la joue.

– Allons bon! Je t'ai mis du rouge...

En effaçant le rouge, il répéta une plaisanterie qu'il avait entendue quelques jours plus tôt.

– Ça prouve au moins que je suis populaire...

– Pourquoi pleurais-tu quand je suis arrivée? Il s'est passé quelque chose à l'école?

– C'est parce que je suis rentré, et j'ai vu que tu n'étais pas là et que tu n'avais pas laissé de mot, rien du tout...

– Pour le mot, j'ai complètement oublié.

– Pendant tout cet après-midi, je me suis senti... John m'a accompagné, mais il a été obligé de partir parce qu'il vend des billets pour le Glee Club. Pendant tout cet après-midi, je me suis senti...

– Quoi? Tu t'es senti quoi?

Il ne pouvait pas parler de sa terreur à cette mère qu'il aimait tant, ni de la raison de cette terreur. Il finit par dire :

– Je me suis senti... bizarre.

Quand son père revint, il demanda à Hugh de venir le rejoindre dans la cour. Son père avait un visage soucieux, comme si Hugh avait laissé traîner un outil auquel il tenait. Mais aucun outil ne traînait et le ballon de basket était à sa place sous la véranda.

– Fils, j'ai quelque chose à te dire.

– Oui?

– Ta mère m'a appris que tu avais pleuré cet après-midi.

Il ne lui laissa pas le temps de s'expliquer.

– Il faut qu'on soit très amis, tous les deux. Alors, dis-moi si c'est quelque chose à l'école, ou une fille, ou je ne sais quoi qui t'inquiète. Pourquoi pleurais-tu?

Hugh se souvint de cet après-midi déjà si lointain, aussi lointain qu'une chose qu'on regarde par le petit bout d'une lorgnette.

– Je ne sais pas, dit-il. Peut-être parce que j'étais un peu énervé.

Son père lui passa un bras autour des épaules.

– Personne n'a le droit d'être énervé avant d'avoir atteint l'âge de seize ans. Et tu as encore beaucoup de chemin avant d'y arriver.

– Je sais.

– Je n'ai jamais vu ta mère en aussi bonne forme. Si gaie, si jolie. Elle n'a pas été comme ça depuis des années. Tu t'en es aperçu?

– Le jupon... Il faut qu'on le voie. C'est la mode.

– C'est bientôt l'été, dit son père. On partira en pique-nique tous les trois.

Ces mots firent brusquement apparaître une aveuglante image de rivière ensoleillée, de bois ombreux, de feuillages épais. Son père ajouta :

– Je t'ai demandé de venir ici, parce que j'ai autre chose à te dire.

– Oui?

– Il faut que tu saches que pendant ces moments difficiles tu as été parfait, et que je m'en suis rendu compte. Tu as été parfait. Bougrement parfait.

Son père utilisait ce terme comme s'il parlait à un adulte. Ce n'était pas quelqu'un à faire des compliments. Il était toujours très sévère pour les carnets de notes, pour les outils qu'on laissait traîner. Il ne lui faisait jamais de compliments et ne se servait jamais de mots d'adulte devant lui. Hugh sentit son visage s'enflammer. Il y appuya ses mains glacées.

– Je voulais simplement te dire ça, fiston.

Il secoua Hugh par l'épaule.

– D'ici un an ou deux, tu seras plus grand que ton vieux père.

Et il rentra précipitamment dans la maison, laissant à Hugh cette floraison inattendue et si douce de compliments.

Hugh restait immobile. La cour s'assombrissait lentement. L'éclat du soleil couchant s'estompait vers l'ouest, et la glycine était d'un violet presque noir. La lampe de la cuisine était allumée. Il aperçut sa mère qui préparait le dîner. Il comprit que quelque chose venait de s'achever, que la frayeur était à jamais effacée, et aussi les impulsions de rage et d'amour, la peur et le sentiment d'une faute. Il savait qu'il ne pleurerait plus ou, du moins, qu'il ne pleurerait plus jusqu'à ses seize ans – et la cuisine éclairée et rassurante étincelait à travers ses larmes, parce qu'il n'était plus un garçon hanté maintenant, parce qu'il était heureux maintenant, et qu'il n'avait plus peur.

[*Mademoiselle*, novembre 1955.]

Qui a vu le vent?

Publiée dans Mademoiselle *en 1956 cette nouvelle met en scène un écrivain alcoolique qui éprouve les affres de la page blanche après avoir publié deux romans : le premier à succès et le deuxième moins bien reçu par la critique.*

Le suicide de son mari, Reeves McCullers, et sa vie aux prises avec l'alcoolisme ont sans doute quelque chose à voir avec cette incursion de Carson McCullers dans le huis-clos étouffant de couples à la dérive. La neige qui tombe sur New York semble concrétiser l'angoisse de cet homme qui a raté sa vie, sa carrière d'écrivain désormais infécond et son mariage. La violence envers sa femme qui ne supporte plus ses illusions et ses errances réapparaît lorsqu'il la retrouve dans une soirée mondaine. La fin de la nouvelle voit l'homme désorienté marcher vers une mort incertaine : il est comme le vent, invisible et insaisissable. Ses traces de pas dans la neige aussitôt effacées sont à l'image de sa difficulté à fixer sa marque sur le blanc de la page.

Il se dégage de ce court texte de fiction un malaise proche de celui décrit dans « L'instant de l'heure qui suit » où les protagonistes semblent lutter en vain contre un mal qu'ils s'évertuent à nier.

Ken Harris avait passé l'après-midi devant sa machine à écrire, face à une page blanche. C'était l'hiver et il neigeait. La neige étouffait les bruits du dehors, et le silence était si grand, dans l'appartement de Greenwich Village, qu'il était gêné par le tic-tac du réveil. Il s'était installé dans la chambre pour travailler, parce qu'elle contenait les affaires de sa femme, et ça le rassurait, ça lui donnait l'impression d'être moins seul. Le goût de son apéritif (destiné à lui ouvrir quoi? l'appétit ou les yeux?) avait été gâché par le ragoût en boîte qu'il avait mangé seul dans la cuisine. À quatre heures, il enfouit le réveil au fond de la penderie et revint à sa machine à écrire. La page était toujours aussi blanche, et le blanc de cette page lui envahissait peu à peu le cerveau. Il y avait eu pourtant une époque (à quand remontait-elle?) où il suffisait d'une chanson entendue au coin d'une rue, d'une voix venue de l'enfance pour que le passé surgisse dans le paysage de sa mémoire, et le choc de l'inattendu contre le présent faisait naître un roman, une nouvelle – il y avait eu une époque où la page blanche aimantait ses souvenirs et les tamisait, et il était conscient de cette maîtrise presque somnambulique de son art. Une époque, en bref, où il était un écrivain qui écrivait presque chaque jour. Qui travaillait beaucoup, reprenait soigneusement chaque phrase, couvrait de *x* celles qui n'étaient pas bonnes, corrigeait les répétitions. Et maintenant il était là, assis, le dos voûté, presque effrayant, un homme blond, assez proche de la quarantaine, avec des cernes sous des yeux bleu-gris, couleur d'huître, une bouche épaisse et blême. Il regardait la neige tomber sur New York, il pensait au Texas de son enfance. Et brusquement, une petite vanne s'ouvrit dans sa mémoire, et il se mit à taper, en récitant tout haut :

Qui a vu le vent?
Pas plus toi que moi.
Mais si l'arbre a penché la tête
C'est que le vent passait par là.

Cette comptine lui parut tellement sinistre, en y réfléchissant, que la paume de ses mains devint moite. Il arracha la page de la machine et la déchira en petits morceaux, qu'il jeta dans la corbeille à papiers. À six heures, il se sentit soulagé, parce qu'il était invité à un cocktail – heureux d'échapper au silence de l'appartement, à ces vers déchirés, heureux de marcher dans la rue froide mais rassurante.

Une lumière glauque régnait dans les souterrains du métro. Après la fraîcheur de la neige, l'atmosphère y était fétide. Ken remarqua un homme allongé sur un banc, mais il ne se posa aucune question sur ce qui avait pu arriver à cet inconnu, comme il le faisait d'autres fois. Il vit la rame qui arrivait, la voiture de tête qui oscillait, et il recula à cause de l'air et de la poussière. Il vit les portes s'ouvrir et se refermer (c'était pourtant son métro), et regarda d'un air morne la rame disparaître en grondant. Une sorte de tristesse le rongeait pendant qu'il attendait la rame suivante.

Les Rogers habitaient un duplex très loin dans Manhattan, et la soirée était commencée. Le bruit des voix se mêlait à l'odeur du gin et des sandwiches. Ken parlait avec Esther Rogers sur le seuil du salon plein de monde.

– Depuis quelque temps, dit-il, quand j'arrive à une soirée où il y a beaucoup de monde, je pense à la dernière soirée chez le duc de Guermantes [257].

– Comment? demanda Esther.

– Vous savez bien, quand Proust – celui qui dit *je*, le narrateur – regarde tous ces visages familiers et pense aux ravages du temps. Sublime passage. Je le relis chaque année.

Esther semblait énervée :

– Il y a tellement de bruit. Votre femme vient?

Le visage de Ken tressaillit légèrement. Il attrapa un des verres de Martini que faisait circuler la bonne.

– Elle viendra dès qu'elle pourra quitter son bureau.

– Marian travaille dur. Tous ces manuscrits à lire...

– Quand j'arrive dans une soirée comme celle-ci, c'est toujours pareil. Toujours cette terrible différence. Comme si le ton avait baissé, s'était décalé. Cette terrible différence des années qui passent, de la fourberie du temps, de la terreur qu'on en a. Proust...

Mais son hôtesse s'était éloignée, et il se retrouva seul au milieu du salon plein de monde. Il examina les visages qu'il avait l'habitude de retrouver, depuis treize ans, à des soirées comme celle-ci. Oui, ils avaient vieilli. Esther était devenue assez forte, et sa robe de velours la serrait un peu trop – la noce, pensa-t-il, et le trop-plein de whisky... Les choses avaient changé. Il y a treize ans, quand il venait de publier *La Nuit des ténèbres*, Esther se serait littéralement jetée sur lui et ne l'aurait pas abandonné ainsi dans un coin du salon. Il était le jeune homme blond, en ce temps-là. Le jeune homme blond de la Sacrée Déesse [258]. (Quelle Sacrée Déesse? Celle du succès, de l'argent, de la jeunesse?) Il remarqua près d'une fenêtre deux jeunes écrivains du Sud – dans dix ans la Sacrée Déesse viendrait réclamer leur capital de jeunesse. Cette pensée lui fit du bien, et il avala un petit truc au jambon qu'on lui offrait.

Il aperçut alors, de l'autre côté du salon, quelqu'un qu'il admirait. Mabel Goodley, peintre et décoratrice. Des cheveux blonds, courts et brillants, des lunettes qui étincelaient dans la lumière. Mabel avait beaucoup aimé *La Nuit*. Quand il avait reçu sa bourse Guggenheim, elle avait donné une soirée en son honneur. Elle avait senti également, et c'était plus important encore, que, malgré la sottise des critiques, son second livre était meilleur que le premier. Il voulut la rejoindre, mais fut arrêté par John Howards, un éditeur qu'il avait l'habitude de rencontrer dans ce genre de cocktails.

– Salut, dit Howards. Qu'est-ce que vous écrivez, en ce moment, si ce n'est pas indiscret?

Le genre de questions que Ken détestait. Il y avait plusieurs réponses possibles. Il prétendait parfois qu'il terminait un gros roman, d'autres fois qu'il laissait reposer sa terre. De toute façon il n'y avait pas de bonne réponse. Il serra le ventre, et chercha désespérément à prendre l'air indifférent.

– Je me souviens très bien du bruit qu'a fait *La Chambre sans porte*, à l'époque, dans les milieux littéraires – un beau livre.

Howards était grand. Il portait un costume de tweed marron. Ken leva vers lui un regard stupéfait, et tenta de se cuirasser contre cette perfidie inattendue. Mais le regard brun était d'une parfaite innocence, et Ken n'y découvrit aucune trace de perfidie. Après un instant de silence assez pénible, une femme qui portait autour du cou un collier de perles très serré dit :

– Mais, mon cher, ce n'est pas Mr. Harris qui a écrit *La Chambre sans porte*.

– Oh! fit Howards, désemparé.

Ken regarda les perles de la femme. Il aurait voulu l'étrangler avec.

– C'est sans importance.

Pour essayer de se rattraper, l'éditeur insista :

– Mais je sais que vous vous appelez Ken Harris, et que vous êtes le mari de Marian Campbell, qui travaille pour un magazine de...

La femme dit, très vite :

– Ken Harris a écrit *La Nuit des ténèbres* – un beau livre.

Harris pensa qu'avec ces perles et cette robe noire la gorge de cette femme avait une certaine allure. Son visage commençait à se détendre, quand elle ajouta :

– C'était il y a dix ou quinze ans, n'est-ce pas?

– Je me souviens, dit l'éditeur. Un beau livre. Comment ai-je pu confondre? Dans combien de temps peut-on espérer un second livre?

– J'ai écrit un second livre, dit Ken. Il a coulé comme une pierre, sans laisser de rides à la surface. Échec total.

Il ajouta agressivement :

– Les critiques étaient encore plus bornés que d'habitude. Et je n'ai rien d'un auteur de best-seller.

– Dommage, dit l'éditeur. C'est parfois l'un des risques du métier.

– Ce second livre était meilleur que le premier. Quelques critiques ont prétendu qu'il était obscur. Ils ont dit la même chose de Joyce.

Il répéta, avec la loyauté de tout écrivain vis-à-vis de sa dernière œuvre :

– C'était un livre bien meilleur que le premier, et je sens que je commence à peine à travailler vraiment.

– C'est ce qu'il faut, dit l'éditeur. Il faut continuer avant tout. Persévérer. Qu'est-ce que vous écrivez en ce moment, si ce n'est pas indiscret?

La colère éclata brusquement :

– Qu'est-ce que ça peut vous foutre?

Il n'avait pas parlé très fort, mais les mots avaient porté, et une petite zone de silence se créa soudain dans le salon.

– Qu'est-ce que ça peut vous foutre, bon Dieu?

S'éleva alors dans la pièce silencieuse la voix de la vieille Mrs. Beckstein, qui était sourde, et qui était assise dans un coin :

– Pourquoi achetez-vous tant d'édredons capitonnés?

Sa fille, qui était restée vieille fille et ne quittait jamais sa mère, la servant comme une reine ou comme un animal sacré, jouant les intermédiaires entre elle et le monde extérieur, expliqua d'une voix forte :

– Mr. Brown disait que...

Le brouhaha reprit. Ken se dirigea vers le buffet, but un second Martini, plongea au hasard un morceau de chou-fleur dans un bol de sauce et mangea, le dos tourné. Puis il attrapa un troisième Martini et se fraya un chemin jusqu'à Mabel Goodley. Il s'assit à côté d'elle, sur le canapé, en faisant attention à son verre, et dit d'un ton un peu guindé :

– C'est vraiment une journée épuisante.

– Où étais-tu?

– Assis sur mon coccyx.

– Je connais un écrivain qui est resté assis tellement longtemps qu'il a fini par avoir des troubles sacro-iliaques. Serait-ce ton cas?

– Non, dit-il. Tu es la seule personne honnête de cette assemblée.

Quand les pages blanches avaient commencé, il avait essayé toutes sortes de remèdes. Il avait essayé d'écrire au lit, et c'était une période où il n'écrivait plus qu'à la main. Il s'était souvenu de la chambre insonorisée de Proust, et il avait essayé les boules dans les oreilles – mais il ne travaillait pas mieux et les boules avaient provoqué une mycose. Ils avaient déménagé pour Brooklyn, mais ça n'avait eu aucun résultat. On lui avait raconté que Thomas Wolfe [259] écrivait debout, son manuscrit posé sur le réfrigérateur, et il avait essayé – mais il passait son temps à ouvrir le réfrigérateur et à grignoter. Il avait essayé de se saouler avant d'écrire – sur le moment, les idées, les images étaient merveilleuses, mais après coup elles devenaient sinistres. Il avait essayé d'écrire de très bonne heure, le matin, tout à fait sobre et malheureux. Il avait pensé au *Walden* [260] de Thoreau. Il s'était mis à rêver d'un travail manuel, d'une ferme où il ferait la culture des pommiers. Il suffirait de longues promenades à travers champs pour que la lumière créatrice brille de nouveau. Mais y a-t-il des champs à New York?

Il se consolait en pensant aux écrivains qui avaient constaté leur propre échec et n'étaient devenus célèbres qu'après leur mort. À vingt ans, il rêvait qu'il mourrait à trente ans et que son nom serait connu après sa mort. À vingt-cinq ans, après avoir fini *La Nuit des ténèbres*, il se mit à rêver qu'il mourrait à trente-cinq ans, en pleine gloire, reconnu comme le plus grand des écrivains, ayant accompli une œuvre importante et recevant le prix Nobel sur son lit de mort. Maintenant, il allait avoir quarante ans, il n'avait écrit que deux livres (un succès, un fiasco), et il ne rêvait plus à sa mort.

– Je me demande pourquoi je continue à écrire, dit-il. C'est une vie de frustration.

Il espérait vaguement que Mabel, qui était une amie, allait lui parler de sa vocation d'écrivain-né, lui rappeler les devoirs qu'il avait envers son propre talent, lui parler même de « génie », mot magique qui transforme l'épreuve et l'échec en une sombre gloire. Mais la réponse de Mabel le laissa décontenancé :

– Je crois qu'écrire, c'est comme le théâtre. Quand on a commencé à écrire ou à jouer, on ne peut plus s'en passer.

Il méprisait les comédiens – vaniteux, prétentieux, toujours au chômage.

– Jouer la comédie n'a rien d'un art de création. C'est uniquement un art d'interprétation. Tandis qu'un écrivain doit tailler un bloc imaginaire...

Il aperçut sa femme qui entrait dans le salon. Marian était grande, mince, avec des cheveux noirs, raides et courts. Elle portait une robe noire très simple, sans aucun ornement, comme on en porte au bureau. Ils s'étaient mariés treize ans plus tôt, l'année où il avait publié *La Nuit*, et l'amour l'avait fait trembler longtemps. En l'attendant, il se sentait soulevé parfois par la merveilleuse exaltation des amants, et lorsqu'il l'apercevait enfin il se mettait à trembler doucement. À cette époque, ils faisaient l'amour presque chaque nuit, et souvent très tôt le matin. Cette première année-là, elle revenait de temps en temps à l'heure du déjeuner, et ils s'aimaient nus en plein jour. Le désir avait fini par s'apaiser. L'amour ne faisait plus trembler son corps. Il travaillait à son second livre et ça avançait difficilement. Puis il avait reçu une bourse Guggenheim, et ils étaient partis pour Mexico, au moment où la guerre éclatait en Europe. Il avait abandonné son livre et la vague de succès le portait encore, mais il n'était pas content de lui. Il voulait écrire, écrire, écrire – les mois passaient, il n'écrivait pas. Marian lui avait dit qu'il buvait trop et qu'il piétinait, et il lui avait lancé un verre de rhum à la figure. Puis il s'était agenouillé devant elle en pleurant. C'était la première fois qu'il vivait dans un pays étranger et le temps y avait d'autant plus de prix que c'était un pays étranger. Il voulait écrire quelque chose sur le bleu de ce ciel, sur les ombres du Mexique, sur l'air humide et doux des montagnes. Mais les jours passaient – et ces jours avaient d'autant plus de prix qu'il était dans un pays étranger – et il n'écrivait pas. Il n'apprenait même pas l'espagnol, et il était agacé d'entendre Marian parler au cuisinier et aux autres Mexicains (c'est plus facile pour une femme d'apprendre une langue étrangère, et de plus elle parlait déjà le français). La vie était tellement bon marché au Mexique qu'il dépensait trop. Il dépensait son argent comme si c'était de la monnaie de singe ou des faux billets, et le chèque Guggenheim était toujours liquidé à l'avance. Mais il vivait à l'étranger, et ces journées mexicaines finiraient un jour ou l'autre par être bénéfiques à son travail d'écrivain. Une chose étrange arriva au bout de huit mois : presque sans le prévenir, Marian prit un avion pour New York. Il interrompit son année Guggenheim pour la rejoindre. Mais elle refusa de vivre avec lui – ou de le laisser s'installer chez elle. Elle lui dit qu'elle avait l'impression de vivre avec vingt empereurs romains incarnés en un seul et qu'elle n'en pouvait plus. Elle trouva une place d'assistante dans un magazine de mode, et il s'installa dans un petit appartement qui n'avait pas l'eau chaude. Leur mariage était un échec. Ils vivaient séparés, mais il essayait toujours de la suivre. Le jury Guggenheim ne renouvela pas sa bourse et il dépensa très vite l'à-valoir qu'il avait touché sur son prochain livre.

Il se souviendrait toute sa vie d'une matinée de cette époque-là. Il ne s'était rien passé pourtant, absolument rien. C'était une matinée d'automne ensoleillée, avec un ciel très pur, presque vert, au-dessus des gratte-ciel. Il était allé prendre son petit-déjeuner dans une cafétéria. Il était assis au soleil, contre la vitre. Les gens marchaient rapidement sur le trottoir. Ils avaient tous un but précis. À l'intérieur de la cafétéria, il y avait l'agitation du petit-déjeuner, le heurt des plateaux, le bruit des conversations. Les gens entraient, mangeaient, s'en allaient, et ils semblaient tous savoir exactement où ils allaient. Ils avaient l'air de considérer leur destination comme une chose admise, qui n'avait rien à voir avec une routine de travail ou de rendez-vous. La plupart de ces gens étaient seuls, mais ils avaient l'air de faire plus ou moins partie d'un tout, partie de cette claire matinée d'automne dans la ville – lui, il était seul, il était en marge, un zéro, égaré dans le mouvement de cette ville qui connaissait sa destination exacte. Le soleil éclairait le pot de confiture. Il en mit un peu sur un toast, mais il ne pouvait pas manger. Le café avait un reflet violacé. Il y avait une vague empreinte de rouge à lèvres sur le bord de la tasse. Il ne se passa rien, mais ce fut une heure de désespoir absolu.

Et maintenant, après tant d'années, au milieu de ce cocktail, il se souvenait de cette matinée à la cafétéria, à cause du bruit, de l'assurance des autres, du sentiment de sa propre solitude. C'était plus atroce encore, parce que le temps s'était enfui.

– Voici Marian, dit Mabel. Elle a l'air fatiguée, plus maigre.

– Si cette foutue Guggenheim avait renouvelé ma bourse, j'aurais pu emmener Marian en Europe pendant un an. Foutue Guggenheim... Elle n'accorde plus de bourses aux écrivains. Aux physiciens seulement, ceux qui préparent la prochaine guerre.

Pour Ken, la guerre avait été comme un soulagement. Il était soulagé d'abandonner ce livre qui avançait si mal, soulagé d'échapper à sa tour d'ivoire, de participer à cette grande expérience – car la guerre était incontestablement la grande expérience de sa génération. Il suivit un entraînement intensif, obtint ses galons d'officier, et quand Marian le vit en uniforme elle pleura, l'aima de nouveau et ne parla plus de divorce. Au cours de sa dernière permission ils firent aussi souvent l'amour qu'aux premiers mois de leur mariage. En Angleterre, il pleuvait tous les jours et il fut invité dans un château par un lord. Il traversa la Manche au jour J du débarquement et son bataillon continua directement jusque chez les Chleus. Dans une ville en ruine, il aperçut un chat qui reniflait le visage d'un cadavre au fond d'une cave. Il avait peur, mais ce n'était plus la peur aveugle de la cafétéria ni l'angoisse de la page blanche sur sa machine à écrire. Car il se passait toujours quelque chose. Il trouva trois jambons de Westphalie dans la cheminée d'un paysan, et il se cassa le bras dans un accident d'automobile. La guerre était la grande expérience de sa génération, et, pour un écrivain, chaque jour prenait automatiquement de la valeur parce que c'était la guerre. Mais la guerre terminée, que pouvait-il raconter – le chat tranquille et son cadavre, le lord anglais, le bras cassé?

Il se réinstalla dans l'appartement de Greenwich Village[261], reprit le manuscrit commencé depuis si longtemps. Cette année-là, juste après la guerre, il retrouva pendant un temps le sentiment de joie de l'écrivain qui fait son travail d'écrivain. Pendant un temps, une voix venue de l'enfance, une chanson entendue au coin d'une rue, tout s'ajustait. Dans l'étrange euphorie de son travail solitaire, le monde retrouvait son unité. Il parlait d'un autre temps, d'un autre lieu. Il parlait de sa jeunesse dans une petite ville du Texas, avec du vent, et de l'héroïsme, et c'était sa ville natale. Il parlait de la révolte de la jeunesse, et du désir de visiter les villes fabuleuses, cette nostalgie des pays qu'il ne connaissait pas. En écrivant *Une soirée d'été*, il était dans un appartement de New York, mais au fond de lui, il vivait au Texas, et la distance qu'il mesurait n'était pas seulement l'espace : c'était celle qui sépare douloureusement l'âge mûr de la jeunesse. Et pendant qu'il travaillait à ce livre, il était partagé entre deux réalités : sa vie de tous les jours à New York, et les souvenirs de sa jeunesse au Texas. Quand le livre parut, et que l'accueil des critiques fut indifférent ou sévère, il crut qu'il le prenait bien. Mais les jours de désespoir se succédaient, et bientôt la panique l'envahit. Il commença à faire des choses bizarres. Un jour, il s'enferma dans la salle de bains, une bouteille de désinfectant à la main, et il resta là simplement, la bouteille à la main, effrayé et claquant des dents. Il resta là pendant une demi-heure, puis, au prix d'un grand effort, il réussit à vider lentement la bouteille dans les w-c. Il alla ensuite s'allonger sur le lit et se mit à pleurer. Vers la fin de l'après-midi il s'endormit. Un autre jour, il s'assit sur le rebord de la fenêtre ouverte et laissa tomber dans la rue une douzaine de feuilles de papier blanc. Elles tombaient du sixième étage. Le vent s'en emparait au fur et à mesure qu'il les jetait, et il ressentit une étrange ivresse à les voir tournoyer. S'il finit par admettre qu'il était malade, ce n'est pas que ces actes fussent insensés en eux-mêmes. C'est qu'ils s'accompagnaient d'une violente tension nerveuse.

Marian lui conseilla d'aller voir un psychiatre. Il répondit que la psychiatrie était devenue une méthode d'avant-garde pour se masturber. Et il se mit à rire. Mais Marian ne riait pas, et cet accès de rire solitaire s'acheva en frisson d'effroi. Finalement, c'est Marian qui alla voir le psychiatre, et Ken fut doublement jaloux – du médecin parce qu'il devenait l'arbitre d'un mariage malheureux; de Marian parce qu'elle avait retrouvé son calme alors qu'il vivait de plus en plus sur les nerfs. Cette année-là, il écrivit quelques textes pour la télévision, gagna deux mille dollars et acheta à Marian un manteau de léopard.

– Tu ne fais plus rien pour la télévision? demanda Mabel Goodley.

– Non. Je me concentre très fort sur mon prochain livre. Tu es la seule personne honnête que je connaisse. Avec toi, je peux parler.

Poussé par l'alcool et rassuré par cette amitié (car Mabel était l'un des êtres qu'il préférait), il se mit à lui parler du livre qu'il essayait d'écrire depuis si longtemps.

– Le thème essentiel, c'est la trahison de soi-même. Le personnage principal est un avocat qui s'appelle Winkle. Il habite une petite ville. L'action se passe au Texas, dans ma ville natale. La plupart des scènes se déroulent dans le greffe crasseux du tribunal de la ville. Au début de l'histoire, Winkle se trouve confronté à une situation...

Ken racontait avec passion, expliquant les différents personnages, décrivant la suite des événements. Il parlait toujours quand Marian vint les rejoindre, et il lui fit signe de ne pas l'interrompre. Tout en parlant, il regardait fixement les yeux bleus de Mabel à travers ses lunettes. Il eut brusquement un étrange sentiment de *déjà vu* [262]. Comme s'il avait déjà parlé de ce livre à Mabel – au même endroit, dans les mêmes circonstances. Le rideau bougeait de la même façon. Mais il s'aperçut que les yeux de Mabel se remplissaient de larmes, et cette émotion lui fit plaisir.

– Winkle est donc obligé de divorcer et...

Il hésita.

– C'est curieux. J'ai l'impression de t'avoir déjà raconté tout ça.

Mabel attendit un instant, et il se tut.

– C'est exact, dit-elle enfin. Il y a six ou sept ans. Au cours d'une soirée comme celle-ci.

La pitié qu'il lisait dans ses yeux, la honte qui tournait dans son propre corps étaient insupportables. Il se leva en titubant et trébucha contre son verre.

Après les éclats de voix du salon, le silence de la petite terrasse lui parut surprenant. On n'entendait que le vent, qui rehaussait encore cette impression de solitude et d'abandon. Pour calmer sa honte, il hasarda un propos insignifiant :

– Tout ça, vraiment...

Et il sourit, avec une légère angoisse. Mais la honte persistait, et il posa sa main glacée contre son front qui battait et brûlait. Il ne neigeait plus. Sur la terrasse blanche, le vent soulevait des flocons de neige. On pouvait faire six pas dans le sens de la longueur. Ken commença à marcher lentement, et il regardait avec une attention croissante la trace à peine visible de ses souliers pointus. Pourquoi regardait-il ces traces avec une tension si grande? Et pourquoi était-il seul? Seul sur cette terrasse enneigée, où la lumière qui venait du salon découpait un rectangle jaunâtre? Et ces traces de pas? La terrasse était fermée par une petite balustrade qui lui arrivait à la taille. En s'appuyant contre cette balustrade, il sentit qu'elle n'était pas très solide, et il sentit à la même seconde *qu'il savait qu'elle n'était pas très solide*, et il y resta pourtant appuyé. Le duplex était situé au quinzième étage. Les lumières de la ville scintillaient au-dessous de lui. Il pensa qu'il suffirait d'une légère poussée contre cette balustrade branlante pour qu'il tombe, mais il y resta tranquillement appuyé, l'esprit tranquille, apaisé.

Une voix l'appela, et il lui parut intolérable d'être dérangé ainsi. C'était la voix de Marian. Elle appelait doucement :

– Aah! Aah!

Elle ajouta, au bout d'un instant :

– Viens, Ken. Que fais-tu là-bas?

Il se redressa, et quand il eut repris son équilibre, il donna une légère secousse à la balustrade. Elle résista.

– Cette balustrade est pourrie. La neige, sans doute. Je me demande combien de gens ont tenté de se suicider ici.

– *Combien?*

– C'est si facile.

– Viens.

Pour revenir, il prit soin de remettre ses pas dans les traces qu'il avait faites.

– Il y a au moins un pouce de neige.

Il se baissa, enfonça son troisième doigt dans la neige.

– Non, deux pouces. J'ai froid, ajouta-t-il.

Marian l'agrippa par sa veste, ouvrit la porte et le poussa à l'intérieur du salon. L'atmosphère était plus calme. Les gens commençaient à rentrer chez eux. La lumière était très vive après l'obscurité de la terrasse. Ken trouva que Marian avait l'air fatigué. Il y avait de la frayeur dans ses yeux, et de la rancune, et Ken n'avait pas la force de croiser ce regard.

– Ce sont tes sinus qui te font souffrir, chérie?

Il lui toucha doucement le front et l'aile du nez avec son index.

– Je n'aime pas te voir dans cet état.

– État? Moi?

– Prenons nos manteaux et filons.

Il ne supportait pas le regard de Marian et la haïssait de laisser entendre qu'il était ivre.

– Il faut que j'aille à la soirée de Jim Johnson.

Ils prirent leurs manteaux, firent leurs adieux un peu au hasard, se retrouvèrent dans l'ascenseur, puis sur le trottoir, avec d'autres invités qui cherchaient un taxi. Après les avoir interrogés sur leurs directions respectives, Ken et Marian partagèrent avec l'éditeur le premier taxi qui allait vers le centre. Libéré de sa honte, Ken se mit à parler de Mabel.

– C'est terriblement triste, ce qui arrive à Mabel.

– Que veux-tu dire? demanda Marian.

– Tout. On voit craquer toutes ses coutures. La pauvre... Elle se désintègre.

Marian, qui n'aimait pas ce genre de conversation, se tourna vers Howards.

– Si on traversait le parc? C'est si beau quand il a neigé, et on va plus vite.

– Je m'arrête au coin de la 5e Avenue et de la 14e Rue, répondit Howards.

Il dit au chauffeur :

– Traversez le parc, s'il vous plaît.

– Ce qui est dramatique pour Mabel, c'est qu'elle n'est plus dans le coup. Il y a dix ans, elle passait pour un peintre honnête et une honnête décoratrice. C'est peut-être qu'elle manque d'imagination ou qu'elle boit trop, mais elle a perdu son honnêteté. Elle refait éternellement la même chose. Elle se répète, encore et encore.

– Tu rigoles, dit Marian. Elle fait des progrès, au contraire, d'année en année, et elle gagne beaucoup d'argent.

Ils traversaient le parc. Ken regardait le paysage d'hiver. La neige pesait de tout son poids sur les arbres. De temps en temps, le vent secouait les branches, et la neige tombait, mais les arbres n'inclinaient pas la tête. Il se mit à réciter l'ancienne comptine qui parlait du vent, et de nouveau les paroles lui semblèrent sinistres. Ses paumes devinrent moites.

– Ça fait des années que je n'avais pas entendu ce petit refrain, dit John Howards.

– Petit refrain? C'est aussi déchirant que du Dostoïevski.

– Nous le chantions au jardin d'enfants, je me souviens. Et quand c'était l'anniversaire de l'un de nous, il y avait sur sa chaise un ruban bleu ou rose, et on chantait *Happy Birthday*.

Il était assis au bord de la banquette, coincé contre Marian. C'était difficile d'imaginer ce gros éditeur encombrant, chaussé de galoches, en train de chanter dans un jardin d'enfants.

– D'où êtes-vous? demanda Ken.

– De Kalamazoo [263].

– Je me suis toujours demandé si un endroit pareil existait vraiment, ou si c'était une expression.

– Il existait vraiment. Il existe toujours. Ma famille a déménagé, quand j'avais dix ans, pour s'installer à Detroit.

Ken sentit de nouveau une impression bizarre. Certaines personnes ont gardé si peu de chose de leur enfance que c'est presque incongru de les entendre parler des chaises du jardin d'enfants ou d'un déménagement de famille. Il eut brusquement l'idée d'une nouvelle qui aurait pour héros un homme de cet ordre – ça s'appellerait : *L'Homme au complet de tweed*. Il se mit à rêver en silence, et la nouvelle se déroulait dans sa tête en images rapides, et il retrouva fugitivement cette ancienne jubilation qui l'envahissait si rarement aujourd'hui.

– La météo annonce que le thermomètre descendra au-dessous de zéro, cette nuit, dit Marian.

– Vous pouvez m'arrêter là, dit Howards au chauffeur.

Il ouvrit son portefeuille, tendit un peu d'argent à Marian.

– Merci de m'avoir accepté dans votre taxi. Voici ma part.

Il ajouta en souriant :

– J'ai été ravi de vous revoir. Déjeunons ensemble un de ces jours. Avec votre mari, s'il a l'obligeance de vous accompagner.

Il fit un faux pas en descendant du taxi et dit à Ken :

– J'attends votre prochain livre.

– Pauvre idiot! dit Ken quand le taxi eut redémarré. Je te dépose à la maison et je vais passer un moment chez Jim Johnson.

– Qui est-ce? Pourquoi y vas-tu?

– C'est un peintre que je connais. Il m'a invité.

– Tu vois tellement de gens, ces temps-ci. Dès que tu fais partie d'une bande, tu la laisses tomber pour une autre.

C'était vrai, Ken le savait, mais c'était plus fort que lui. Depuis quelques années, il s'intégrait à une bande (Marian et lui avaient depuis longtemps des amis différents), et puis un jour où il était ivre, il faisait une scène, il ne supportait plus ceux qui l'entouraient, il se sentait furieux et indésirable. Alors il s'intégrait à une autre bande. Et chaque fois qu'il changeait, c'était pour des gens moins équilibrés, qui avaient des appartements plus minables et qui buvaient de l'alcool meilleur marché. Il était heureux d'aller partout où on l'invitait, chez des gens qu'il ne connaissait pas, espérant qu'une voix s'élèverait pour lui montrer la direction à suivre, que quelques gorgées de mauvais alcool apaiseraient ses nerfs à vif.

– Pourquoi ne veux-tu pas te soigner, Ken? Je ne peux plus continuer dans ces conditions.

– Quoi? Qu'est-ce que tu dis?

– Tu le sais très bien.

Il la sentit tendue, sur la défensive.

– Tu tiens vraiment à aller à une nouvelle soirée? Tu ne te rends pas compte que tu te détruis? Pourquoi étais-tu appuyé contre cette balustrade, sur la terrasse? Tu ne comprends pas que tu es... malade? Rentre à la maison.

Ces paroles le contrariaient, mais il ne supportait pas l'idée de rentrer, ce soir-là, avec Marian. Il avait le pressentiment que, s'ils se retrouvaient en tête à tête dans l'appartement, il allait se passer quelque chose d'horrible, une catastrophe imprécise dont l'avertissait son état nerveux.

Autrefois, après être allés à un cocktail, ils étaient heureux de se retrouver chez eux, de discuter tranquillement de ce cocktail en buvant un verre ou deux, de mettre à sac le réfrigérateur, puis d'aller se coucher, blottis l'un contre l'autre, à l'abri du monde extérieur. Mais un soir, après un de ces cocktails, il était arrivé quelque chose – il avait dû avoir un malaise, il avait dit ou fait quelque chose dont il ne parvenait pas à se souvenir, dont il refusait de se souvenir. Il n'en était resté qu'une machine à écrire cassée, des fragments de souvenirs qui lui faisaient honte, qu'il n'avait pas la force de regarder en face, et les yeux terrifiés de Marian. Elle s'était arrêtée de boire et avait essayé de le convaincre d'adhérer à un groupement d'aide aux alcooliques. Il avait assisté à une réunion avec elle. Il était même resté cinq jours sans boire – et l'horreur de cette nuit dont il ne se souvenait pas s'était dissipée peu à peu. Depuis, il était obligé de boire seul, et il était agacé par le verre de lait et l'éternel café qu'elle buvait. De son côté, elle était furieuse de le voir boire de l'alcool. Il avait l'impression que le psychiatre était plus ou moins responsable de cette situation difficile, et il se demandait si ce dernier n'avait pas hypnotisé Marian. De toute façon leurs soirées étaient à jamais gâchées, et ils étaient mal à l'aise l'un avec l'autre. Dans le taxi, il sentait très bien qu'elle était sur la défensive, assise très droite, immobile, et il voulut l'embrasser, comme autrefois lorsqu'ils revenaient d'une soirée. Mais elle résista à son étreinte.

– Recommençons comme autrefois, chérie. Rentrons à la maison, buvons tranquillement en discutant de cette soirée. Tu aimais ça. Tu aimais boire un verre ou deux quand on était tranquillement en tête à tête. Recommence à boire avec moi, bien au chaud, comme autrefois. Je laisse tomber l'autre soirée, si tu veux. Je t'en prie, chérie. Tu n'es pas du tout une alcoolique. Si tu refuses de boire avec moi, j'ai l'impression d'être un ivrogne. Je me sens mal à l'aise. Tu n'es pas du tout alcoolique. Pas plus que moi.

– Je te préparerai un potage, et tu iras te coucher, dit-elle.

Mais sa voix était dure, méprisante. Elle ajouta :

– J'ai tout essayé pour sauver notre mariage et pour t'aider. Mais c'est comme si je me débattais au milieu des sables mouvants. Cette habitude de boire recouvre trop de choses, et je suis très fatiguée.

– Je ne resterai qu'une minute à cette soirée. Accompagne-moi.

– Je ne peux pas.

Le taxi s'arrêta. Marian régla la course et demanda en descendant du taxi :

– Tu as suffisamment d'argent pour aller plus loin? Si tu vas plus loin...

– Bien sûr.

Jim Johnson habitait de l'autre côté de West Side, dans un quartier portoricain – poubelles béantes sur le trottoir, vieux papiers que le vent poursuivait sur les trottoirs enneigés. Quand le taxi s'arrêta, Ken était tellement distrait que le chauffeur dut le rappeler à la réalité. Il regarda le compteur, ouvrit son portefeuille. Il n'avait pas un seul dollar, juste cinquante *cents*, ce qui était insuffisant.

– J'ai claqué tout mon argent. Il ne me reste que cinquante *cents*, dit-il en les tendant au chauffeur. Qu'est-ce que je peux faire?

Le chauffeur le regarda.

– Descendre, c'est tout. Il n'y a rien d'autre à faire.

Ken descendit.

– Il manque quinze *cents* et le pourboire. Désolé.

– Vous auriez mieux fait d'accepter l'argent de la dame.

La soirée avait lieu au dernier étage d'un immeuble sans ascenseur, dans un appartement pas chauffé, et les relents de cuisine stagnaient à chaque palier. La pièce était froide et pleine de monde. On avait allumé les feux de la cuisinière à gaz, qui brûlaient avec une flamme bleue, et la porte du four était ouverte pour dégager un peu de chaleur. Comme il n'y avait pratiquement pas d'autre meuble qu'un canapé, la plupart des invités étaient assis par terre. Les toiles étaient alignées contre le mur. Il y avait sur un chevalet un tableau représentant un dépôt d'ordures mauve éclairé par deux soleils verts. Ken s'assit à côté d'un jeune homme aux joues roses qui portait un blouson de cuir marron.

– On a toujours une impression d'apaisement quand on s'assied dans l'atelier d'un peintre. Les peintres n'ont pas les mêmes problèmes que les écrivains. Personne n'a jamais entendu parler d'un peintre qui s'arrête. Ils travaillent à partir de quelque chose de concret : la toile à préparer, les pinceaux, etc. Pas de page blanche. Les peintres ne deviennent pas névrotiques comme beaucoup d'écrivains.

– Je ne sais pas, dit le jeune homme. Van Gogh ne s'est-il pas coupé une oreille?

– De toute façon, l'odeur de la peinture, les couleurs, les gestes, c'est apaisant. Ce n'est pas comme un bureau silencieux, une page blanche. Les peintres peuvent siffloter pendant qu'ils travaillent. Ils peuvent même parler aux gens.

– Je connais un peintre qui a tué sa femme.

On offrit à Ken du rhum, du punch ou du sherry. Il choisit le sherry, qui avait un goût légèrement métallique, comme si on y avait fait tremper de la monnaie.

– Vous êtes peintre?

– Non, répondit le jeune homme. Écrivain. Plus exactement : j'écris.

– Quel est votre nom?

– Il ne vous dirait rien. Je n'ai pas encore publié de livre.

Il ajouta, après un petit silence :

– J'ai une nouvelle qui a été publiée dans *Bolder Accent* – un petit journal –, vous connaissez peut-être?

– Vous écrivez depuis longtemps?

– Huit, dix ans. Je suis évidemment obligé d'avoir un emploi à mi-temps, pour me nourrir et payer mon loyer.

– Quel genre d'emploi?

– Un peu tout. Un an à la morgue, par exemple. C'était très bien payé, et je pouvais travailler pour moi tous les jours pendant quatre ou cinq heures. Au bout d'un an, j'ai senti que ça n'était pas tellement bon pour mon œuvre – tous ces cadavres. Alors, j'ai changé. J'ai vendu des hot dogs à Coney Island [264]. En ce moment, je suis veilleur de nuit dans un hôtel vraiment minable. Mais je peux travailler chez moi l'après-midi, et la nuit je peux penser à mon livre. C'est un endroit qui présente un grand intérêt sur le plan des contacts humains. Pour mes prochains livres, vous comprenez...

– Qu'est-ce qui vous fait croire que vous êtes écrivain?

Le visage du jeune homme se figea. Il passa les doigts sur ses joues rouges, ce qui fit deux traînées blanches.

– Je le sais, voilà tout. J'ai beaucoup travaillé et j'ai confiance en mon talent.

Il garda le silence un moment.

– Une nouvelle publiée dans un petit journal au bout de dix ans, ce n'est pas un début très brillant, d'accord. Mais pensez aux combats que doit mener tout écrivain – même un génie. J'ai le temps et la volonté. Quand mon roman sera publié, le monde sera obligé de reconnaître mon talent.

Il parlait avec une gravité manifeste qui déplut à Ken, car il reconnaissait quelque chose qu'il avait perdu depuis longtemps.

– Du talent, dit-il avec mépris. Un petit talent, pour une seule petite nouvelle. Le cadeau le plus perfide que Dieu puisse faire. Travailler, toujours travailler, en gardant l'espoir, en gardant la foi, jusqu'à ce que la jeunesse soit à jamais perdue. J'ai vu si souvent ce genre de chose. Un petit talent, c'est la plus grave malédiction de Dieu.

– Comment savez-vous que j'ai un petit talent? demanda le jeune homme indigné. Vous n'avez pas lu une ligne de ce que j'ai écrit.

– Je ne parlais pas de vous. Je parlais dans l'absolu.

Une forte odeur de gaz régnait dans la pièce. Des rubans de fumée serpentaient contre le plafond bas. Le sol était froid. Ken attrapa un coussin qui était à la portée de sa main et s'assit dessus.

– Quel genre de choses écrivez-vous?

– Mon livre parle d'un homme appelé Brown – j'ai choisi exprès un nom très courant, pour qu'il symbolise l'humanité en général. C'est un homme qui aime sa femme et qui est obligé de la tuer parce que...

– N'allez pas plus loin. Un écrivain ne doit jamais raconter son livre avant de l'avoir terminé. D'ailleurs je connais déjà l'histoire.

– Comment pouvez-vous la connaître? Je ne vous l'ai jamais racontée. Je n'ai même pas fini de...

– La fin est toujours la même. J'ai déjà entendu cette histoire, dans cette même pièce, il y a six ou sept ans.

Le visage empourpré du jeune homme blêmit brusquement.

– Mr. Harris, vous avez peut-être écrit deux romans qui ont été publiés, mais j'estime que vous êtes méprisable.

Sa voix monta d'un ton.

– Laissez-moi en paix!

Il se leva, tira sur la fermeture à glissière de son blouson de cuir et se réfugia dans un coin de la pièce, l'air sombre.

Au bout d'un moment, Ken se demanda ce qu'il était venu faire là. Son hôte mis à part, il ne connaissait personne, et le tableau représentant le dépôt d'ordures et les deux soleils verts l'agaçait. Dans cette pièce remplie d'inconnus, aucune voix ne s'élevait pour lui montrer la direction à suivre, et le sherry était tellement râpeux qu'il lui écorchait la bouche. Sans dire au revoir à personne, il quitta la pièce et descendit.

Il se souvint qu'il n'avait pas d'argent et qu'il était obligé de rentrer à pied. Il neigeait de nouveau. À chaque coin de rue, le vent soufflait avec violence, et la température avoisinait zéro. Il était encore loin de chez lui quand il aperçut un drugstore qu'il connaissait bien, et il eut envie d'un café chaud. Simplement boire un café chaud, poser ses mains autour de la tasse, et il sentirait son cerveau se dégager, et il aurait la force de rentrer chez lui, d'affronter sa femme et ce quelque chose d'horrible qui n'allait pas manquer de se produire dès qu'il serait rentré. Il se passa alors un petit incident qui lui parut très banal, sur le moment, très naturel. Un homme coiffé d'un feutre était sur le point de le dépasser dans cette rue déserte. Lorsqu'ils furent à la même hauteur, Ken dit :

– Bonsoir. Il ne doit pas faire loin de zéro.

L'homme eut une brève hésitation.

– Attendez, continua Ken. Je suis dans une drôle de situation : j'ai perdu tout mon argent – peu importe comment – et je me suis dit que vous accepteriez peut-être de me donner un peu de monnaie pour boire un café.

En prononçant ces mots, Ken comprit brusquement que ça n'avait rien d'un incident banal. Il échangea avec cet étranger un regard de honte mutuelle, empreint de cette méfiance qui s'installe entre celui qui demande et celui à qui l'on demande. Ken avait les mains dans les poches (il avait perdu ses gants quelque part). L'étranger lui jeta un dernier regard et s'éloigna rapidement.

– Attendez, cria Ken. Vous devez me prendre pour un malfaiteur. C'est faux! Je suis un écrivain – pas du tout un criminel!

L'étranger traversa la rue en courant et la serviette qu'il tenait à la main cognait contre ses genoux. Il était minuit passé quand Ken rentra chez lui.

Marian était couchée. Il y avait un verre de lait sur sa table de chevet. Ken se prépara un whisky-soda et l'apporta dans la chambre. Il avait pourtant l'habitude de boire son alcool très vite et en secret.

– Où est le réveil?

– Dans la penderie.

Il alla le chercher et le posa à côté du verre de lait. Marian le regardait bizarrement.

– Comment c'était, cette soirée?

– Épouvantable.

Il ajouta, après un petit silence :

– Cette ville est un vrai désert : les soirées, les gens... les inconnus qui se méfient...

– Mais c'est toi qui aimes les soirées.

– Je ne les aime plus.

Il s'assit sur le lit jumeau, à côté de Marian, et brusquement il eut les larmes aux yeux.

– Qu'est-il arrivé à la ferme, chérie, aux pommiers?

– La ferme? Les pommiers?

– *Notre* ferme, *nos* pommiers. Tu ne te souviens pas?

– Il y a tant d'années. Et tant de choses se sont passées depuis.

C'était un rêve oublié depuis si longtemps, mais il en retrouva soudain toute la fraîcheur. Il voyait les pommiers en fleur sous la pluie de printemps, la vieille ferme aux murs gris. Au petit jour, il allait traire les vaches, puis il s'occupait du potager : la laitue verte et pommelée, le maïs poudreux en été, l'aubergine, le choux rouge chatoyant de rosée. Ensuite, un petit-déjeuner campagnard, avec les *pancakes*, la saucisse qui venait du cochon élevé à la ferme. Les travaux du matin achevés, le petit-déjeuner pris, il travaillait à son nouveau roman pendant quatre heures. L'après-midi, il y avait les clôtures à réparer, le bois à couper. Il imaginait sa ferme à toutes les saisons – prison magique de la neige pour achever d'un seul jet une courte nouvelle, jours lumineux et tendres de mai, étang vert de l'été où pêcher les truites du déjeuner, octobre bleu avec ses pommes. La réalité n'avait pas abîmé son rêve. Il était toujours aussi vivant, aussi exact.

– Et le soir, dit-il (et il voyait la lueur du feu, le mouvement des ombres sur les murs de la ferme), le soir nous étudierons vraiment Shakespeare, nous lirons la Bible en entier.

Marian se laissa prendre à ce rêve pendant un moment.

– C'était pendant notre première année de mariage, dit-elle d'une voix étonnée ou blessée. Après la ferme, les pommiers, nous devions avoir un enfant.

– Je m'en souviens, dit-il.

Mais c'était très vague, quelque chose qu'il avait pratiquement oublié. Il aperçut la silhouette indécise d'un petit garçon de cinq ou six ans avec un jean. Mais l'enfant disparut, et il se vit lui-même, très nettement, à dos de cheval – ou plutôt à dos de mulet – se hâtant vers le village pour envoyer à son éditeur le manuscrit du grand roman qu'il venait d'achever.

– On vivrait de presque rien. Et on vivrait très bien. Je ferais tout moi-même. Le travail manuel est rentable de nos jours. On ferait pousser tous nos légumes. On aurait nos propres cochons, une vache, des poulets.

Il ajouta, après un silence :

– On n'aurait même pas besoin d'acheter de l'alcool. Je ferais moi-même le cidre et l'eau-de-vie. On aurait un pressoir et tout ce qu'il faut.

– Je suis fatiguée, dit Marian.

Elle porta la main à son front.

– Il n'y aurait plus de soirées new-yorkaises, et le soir on lirait la Bible en entier. Je n'ai jamais lu la Bible en entier. Et toi?

– Moi non plus, dit-elle. Mais tu n'as pas besoin de posséder une ferme et des pommiers pour lire la Bible.

– Peut-être faut-il que je possède cette ferme et ces pommiers pour lire la Bible – et aussi pour écrire bien.

– Alors, *tant pis*.

Cette expression française le mit en colère. Un an avant leur mariage elle était professeur de français dans un collège, et parfois, quand elle était déçue ou quand elle lui en voulait, elle prononçait une phrase en français, qu'il ne comprenait généralement pas.

L'atmosphère était de plus en plus tendue entre eux. Il le sentait et cherchait un moyen de la détendre. Assis tristement au bord du lit, le dos voûté, il regardait fixement les gravures accrochées au mur.

– Il y a quelque chose qui s'est détraqué dans mes rêves. Quand j'étais jeune, j'étais sûr de devenir un grand écrivain. Les années ont passé. Je suis devenu un honnête écrivain de second ordre. Tu sens combien cette chute est horrible?

– Non, dit-elle au bout d'un moment. Je suis fatiguée. Moi aussi, j'ai pensé à la Bible, cette année. À l'un des premiers commandements : *Tu n'auras d'autres dieux que Moi*. Mais toi et les gens qui te ressemblent, vous avez un autre dieu : l'illusion. Vous refusez toutes les responsabilités – famille, argent, respect de vous-même. Vous refusez tout ce qui risque de s'interposer entre ce dieu étrange et vous. Le veau d'or, à côté, ce n'était rien.

– Après être devenu un écrivain de second ordre, j'ai été obligé de trahir de nouveau mes rêves. J'ai écrit pour la télévision. Même là, j'ai échoué. Tu comprends à quel point c'est horrible? Je suis devenu jaloux, aigri. Je n'étais pas comme ça avant. Quand j'étais heureux, j'étais quelqu'un de très gentil. La seule chose qui me reste à faire, c'est de renoncer à tout et de chercher un job dans la publicité. Tu comprends à quel point c'est horrible?

– J'ai souvent pensé à cette solution. N'importe quoi, chéri, pour retrouver le respect de toi-même.

– C'est vrai. Mais il vaudrait mieux travailler à la morgue ou vendre des hot dogs.

Elle le regarda avec inquiétude.

– Il est tard. Couche-toi.

– J'aurais tant de choses à faire dans cette ferme à pommiers : travail aux champs, travail sur mes livres. Ce serait si calme, si... si rassurant. Pourquoi ne pas le faire, chérie?

Elle se coupait de petites peaux autour des ongles et ne le regarda même pas.

– Si j'empruntais à ta tante Rose? Un emprunt parfaitement légal, en faisant intervenir une banque. Avec une hypothèque sur la ferme et sur les récoltes. Et je lui dédierais mon nouveau livre.

– Emprunter? Pas à ma tante Rose.

Marian posa les ciseaux.

– Je vais dormir.

– Pourquoi ne crois-tu pas en moi? En cette ferme avec des pommiers? Pourquoi refuses-tu cette ferme? Ce serait si calme, si... si rassurant. Nous serions seuls, loin de tout. Pourquoi refuses-tu?

Elle avait les yeux grands ouverts, et il vit naître une expression qu'il n'avait vue qu'une seule fois jusque-là. Elle répondit d'une voix sèche :

– Pour rien au monde je n'accepterais de vivre seule avec toi, loin de tout, dans cette maudite ferme entourée de pommiers. Loin des médecins, des amis, sans aucune aide de personne.

Il y avait de la peur dans ses yeux, une peur qui se transformait peu à peu en terreur. Elle serra les mains sur son drap. Ken était bouleversé.

– Tu ne vas pas avoir peur de moi, mon ange? Je ne toucherai pas un seul de tes cheveux, même du bout des doigts. Pas un seul. Personne ne t'effleurera. Pas même le vent. Je suis incapable de faire du mal à...

Marian arrangea son oreiller et s'allongea, le dos tourné.

– Parfait. Bonne nuit.

Il resta hébété un moment, puis s'agenouilla contre le lit de Marian, lui posa doucement la main sur les fesses. Cette caresse éveilla un vague commencement de désir.

– Viens, dit-il. Je me déshabille. On sera bien au chaud tous les deux.

Il attendit, mais elle ne fit aucun geste, ne répondit rien.

– Viens, mon petit amour.

– Non, dit-elle.

Mais son désir augmentait, et il ne fit pas attention à sa réponse. Sa main tremblait. Ses ongles sales se détachaient sur la couverture blanche.

– Jamais plus, dit-elle. Jamais plus.

– Je t'en prie, mon amour. Après, on sera délivrés et on dormira.

Chérie, ma chérie, tu es tout ce que je possède. Tu es le seul trésor de ma vie.

Marian écarta brutalement sa main, se redressa et s'assit. Ce n'était plus de la peur. C'était un sursaut de colère. Une veine bleue battait contre sa tempe.

– Le seul trésor de ta vie...

Sa voix essayait d'être ironique, mais elle n'y parvenait pas.

– On peut le dire : c'est moi qui paie tout!

L'insulte ne l'atteignit que très lentement. Et la colère jaillit comme une flamme.

– Je... Je...

– Tu t'imagines être le seul à avoir vu tes rêves faussés! J'ai épousé un écrivain. Je pensais qu'il deviendrait un grand écrivain. J'étais fière de payer pour lui. J'étais sûre d'être récompensée un jour. J'ai accepté de travailler dans un bureau pendant que tu t'enfermais ici, dans cette chambre – pendant que tes rêves s'écroulaient peu à peu... Que nous est-il arrivé, Seigneur?

– Je... Je...

La colère l'empêchait de parler.

– Tu aurais pu te faire soigner. Tu aurais pu aller voir un médecin quand ce blocage a commencé. On le savait depuis longtemps, toi et moi, que... que tu étais malade.

Il reconnut de nouveau l'expression qu'il n'avait vue qu'une seule fois – au cours de cette horrible nuit, dont il avait tout oublié, sauf une chose : ce regard, ces yeux noirs où tremblait la peur, cette veine qui battait contre la tempe. Il prit la même expression, comme le reflet d'un miroir, et leurs regards restèrent fixés l'un à l'autre pendant un moment, étincelants de la même terreur.

C'était impossible à supporter. Ken s'empara des ciseaux sur la table de chevet et les brandit au-dessus de sa tête, le regard fixé sur la tempe de Marian.

– Malade! finit-il par articuler. Tu veux dire... fou. Je vais t'apprendre à t'imaginer que je suis fou. Je vais t'apprendre à parler de celui qui paie. Je vais t'apprendre à croire que je suis fou.

La terreur dévorait les yeux de Marian. Elle essaya de bouger faiblement. La veine se contractait contre sa tempe.

– Pas un geste!

Il fit un effort, réussit à ouvrir la main. Les ciseaux tombèrent sur le tapis.

– Désolé, dit-il. Pardon.

Il regarda autour de lui, l'air absent, aperçut sa machine à écrire, se dirigea vers elle.

– Je l'emporte dans le salon. Je n'ai pas fait mon nombre de pages quotidien. Ce qui compte, c'est la discipline, dans ce métier.

Il s'assit dans le salon, devant sa machine à écrire, frappa bruyamment des lignes de *x* et des lignes de *r* – puis s'interrompit et dit avec colère :

– Mon histoire trouve enfin son assise.

Il écrivit : « Le renard brun et paresseux bondit sur le chien astucieux. » Il tapa cette phrase un certain nombre de fois, puis se rejeta en arrière.

– Délices de ma vie, dit-il fiévreusement. Tu sais que je t'aime. Je n'ai jamais aimé que toi. Tu es ma vie. Ô délices de ma vie, ne veux-tu pas comprendre?

Elle ne répondit pas. L'appartement était silencieux. On n'entendait que le sifflement des radiateurs.

– Pardonne-moi, reprit-il. Je suis terriblement malheureux d'avoir pris ces ciseaux. Tu sais très bien que je suis incapable de te frapper – même doucement. Dis-moi que tu me pardonnes. Je t'en prie, je t'en prie, dis-le-moi.

Toujours pas de réponse.

– Je serai un mari parfait. Je trouverai un job dans une agence de publicité. Je serai un poète du dimanche. Je n'écrirai que pendant le week-end et les vacances. Je t'assure que je le ferai, chérie. Je le ferai.

Il était désespéré.

– Mais ce serait encore mieux de vendre des hot dogs à la morgue.

Le silence de l'appartement... Était-ce à cause de la neige? Il entendait battre son cœur. Il écrivit :

Pourquoi ai-je si peur?
Pourquoi ai-je si peur??
Pourquoi ai-je si peur???

Il alla dans la cuisine, ouvrit le réfrigérateur.

– Je vais te préparer quelque chose de bon, chérie. Qu'est-ce que c'est, ce truc noirâtre dans une soucoupe? Ah! c'est le foie du dîner de dimanche dernier. As-tu un goût particulier pour le foie de poulet ou préfères-tu quelque chose de chaud, un potage, par exemple? Que préfères-tu, chérie?

Aucun bruit.

– Je suis sûr que tu n'as pas dîné. Tu dois être morte de fatigue – avec ces horribles soirées, à boire, à marcher, l'estomac vide. Il faut que je prenne soin de toi. On va manger. Après, on se blottira bien au chaud tous les deux.

Il resta immobile à écouter. Puis il prit le foie de poulet, entouré de graisse solidifiée, et, sur la pointe des pieds, se dirigea vers la chambre. Elle était vide. La salle de bains aussi. Il posa délicatement le foie sur le marbre blanc de la commode et resta quelques instants sans bouger, dans l'encadrement de la porte, le pied levé comme s'il était sur le point de faire un pas. Il ouvrit les placards, même le placard à balais de la cuisine, regarda derrière les meubles, jeta un coup d'œil sous le lit. Marian n'était nulle part. Il s'aperçut que le manteau de léopard et le sac à main avaient disparu. Il avait du mal à respirer quand il s'assit pour téléphoner.

– Allô, docteur?... Ken Harris à l'appareil. Ma femme a disparu. Je tapais à la machine. Elle est partie pendant ce temps. Est-elle chez vous? Vous a-t-elle téléphoné?

Il traçait sur le bloc-notes des lignes droites et des lignes ondulées.

– Oui, nous nous sommes disputés. J'ai pris les ciseaux... Non, je ne l'ai pas touchée. Je suis incapable de lui faire du mal, de toucher à l'ongle de son petit doigt... Non, elle n'est pas blessée... Pourquoi avez-vous cette idée?

Ken écouta.

– Je veux simplement vous dire ceci : je sais que vous avez hypnotisé ma femme, que vous lui avez empoisonné l'esprit à mon sujet. Si quelque chose arrive entre nous, je vous tuerai. J'irai à Park Avenue, j'entrerai dans votre cabinet de sale espion, et je vous tuerai.

Seul dans l'appartement vide et silencieux, il fut pris d'une panique indéfinissable, qui lui rappela son enfance peuplée de fantômes. Il s'assit sur le lit. Il avait encore ses chaussures. Il serrait les bras autour de ses genoux. Le début d'un poème chantait dans sa tête : « Mon amour, mon amour, mon amour, pourquoi m'as-tu abandonné? » Il sanglota et mordit son genou à travers son pantalon.

Au bout d'un moment, il se mit à téléphoner partout où il s'imaginait qu'elle était allée, accusa ses amis de se mêler de leur vie conjugale, de cacher Marian... Lorsqu'il téléphona à Mabel Goodley, il avait oublié l'incident du cocktail, et il lui dit qu'il avait envie de venir la voir. Elle répondit qu'il était trois heures du matin et qu'elle devait se lever de bonne heure. Il demanda alors à quoi servaient les amis sinon pour des moments pareils. Il l'accusa de cacher Marian, de se mêler de leurs affaires de ménage et d'être de mèche avec ce psychiatre du diable...

Il cessa de neiger à la fin de la nuit. L'aube était gris perle. Il allait faire beau et très froid. Le soleil se leva. Ken mit son manteau et descendit. La rue était encore déserte. Le soleil dessinait sur la neige fraîche des taches d'or et des ombres bleu pâle. Tous les sens en éveil, il s'offrait au rayonnement glacé du jour, et il se disait qu'il fallait écrire quelque chose sur une matinée comme celle-ci – que c'était exactement ce qu'il avait envie d'écrire.

Voûté, hagard, les yeux brillants, il se traînait lentement vers le métro. Il pensa aux roues des wagons, à la poussière, au bruit. Il se demanda si, au moment de mourir, le cerveau revoyait vraiment toutes les images du passé – les pommiers, les amours, le son des voix perdues, emmêlées, vivantes, dans le cerveau agonisant. Il marchait très lentement, le regard fixé sur la trace de ses pas solitaires et sur la neige immaculée qui s'étendait devant lui.

Un agent de la police montée longeait le trottoir. On voyait la respiration de son cheval dans l'air immobile et glacé, et ses yeux mauves, transparents.

– J'ai quelque chose à vous dire, monsieur l'officier. Ma femme m'a menacé avec une paire de ciseaux. Elle visait cette petite veine bleue. Puis elle a quitté l'appartement. Ma femme est très malade. Folle. Il faut absolument l'aider, sinon il arrivera quelque chose d'horrible. Elle n'a rien voulu manger, pas même le petit foie de poulet.

Ken se traînait lourdement, et l'officier le regardait s'éloigner. Il se laissait emporter vers une destination de hasard, comme le vent que personne ne voit, et il ne pensait qu'à l'empreinte de ses pas, et à ce chemin devant lui qui n'était pas tracé.

[*Mademoiselle,* septembre 1956.]

Notes

LE CŒUR EST UN CHASSEUR SOLITAIRE

1. *La ville :* le lieu reste et restera anonyme ; « Cette ville du Sud » (voir Préface ainsi que les commentaires de Carson McCullers sur ce point à la fin de l'*Esquisse pour « Le Muet »*).

2. *Le muet :* le projet initial du roman s'intitulait *Le Muet*, avant d'être changé par l'éditeur, sans doute d'après un poème, « Le chasseur solitaire » (« The Lonely Hunter ») de William Sharp (« Fiona Macleod ») où l'on trouve ce vers : « Mon cœur est un chasseur solitaire qui chasse sur une colline solitaire. »

3. *Un monstre :* « freak » en anglais désigne une anomalie physique et morale ; *cf.* plus loin : « il aimait les monstres ». La présence de la fête foraine est un rappel de l'existence d'humains difformes. Dans *Frankie Addams*, la jeune héroïne aura peur de devenir un monstre à cause de sa grande taille.

4. *La guerre en Orient :* Pearl Harbor, le 7 décembre 1941.

5. *Elle avait l'air d'un très jeune garçon :* Mick Kelly inaugure le personnage de la jeune fille androgyne, dont Frankie Addams sera un autre exemple. Miss Amelia, dans *La Ballade du café triste* en sera la version adulte.

6. *À Harvard :* Carson McCullers, qui a l'air de mettre sur le même plan un séjour à l'université de Harvard et une peine de prison, manifeste ici son humour caustique.

7. *Étranger dans un pays étrange :* Ancien Testament, *Exode*, 2 : 22.

8. *Pas tout à fait humain* : le pouvoir de fascination de Singer sur les autres est déjà perceptible.

9. *Pêcheurs d'hommes :* évangile selon saint Matthieu, 4 : 19.

10. *Bras comme des ailes :* le texte sans titre (« Histoire sans titre », repris ici) contient déjà ce désir de voler.

11. *Écoutez-moi ! :* Shakespeare, *Jules César* (acte III, scène 2, vers 79). Ce vers, souvent cité comme exemple d'ironie, était également présent dans « Histoire sans titre » ; voir note 245.

12. *Un grand inventeur :* la force de Mick Kelly, mais aussi sa tragédie, vient de ce qu'elle ne limite pas ses ambitions aux rôles féminins traditionnels.

13. *Qui lui poignait le cœur :* dans l'original le verbe (« shrink up ») rend visible une contraction, voire un rétrécissement du muscle cardiaque. Le cœur est toujours très présent dans sa dimension la plus concrète (voir Préface.)

14. *Edison :* Thomas Alva Edison (1847-1931), inventeur américain, autodidacte, qui créa le télégraphe, le phonographe et la lampe à incandescence.

15. *Dick Tracy :* héros de bande dessinée populaire dans les années quarante.

16. *Mussolini :* le dernier cité de cette liste disparate situe le roman dans l'histoire.

17. *Motsart :* la culture de Mick Kelly est orale et elle ne sait pas épeler le nom du compositeur.

18. *Jeanette Mac Donald* (1901-1965) : actrice de cinéma et chanteuse, vedette de nombreuses comédies musicales et opérettes dans les années vingt.

19. *Spinoza :* les deux héros du docteur Copeland sont Spinoza et Karl Marx (nom qu'il a d'ailleurs donné à l'un de ses fils).

20. *Rotret :* « retraite », mal compris.

21. *Nègre :* le docteur Copeland revendique l'appellation de « nègre » pour les gens de sa race, afin de combattre l'hypocrisie.

22. *Dans le restaurant d'un Blanc :* le même épisode a déjà été raconté d'un point de vue différent.

23. *Et peut-être plus encore :* à la fin de la première partie, chaque personnage a fait l'objet d'un chapitre séparé et Singer est installé dans son rôle central de confident.

24. *Mr Singer patinait à ses côtés :* l'image du bonheur pour Mick, c'est la Suisse, la neige et la glace. Frankie Addams concevra les mêmes rêves froids; voir préface.

25. *Carole Lombard :* actrice américaine (1908-1942), vedette des studios Paramount, qui forma avec Clark Gable un couple mythique; elle périt dans un accident d'avion en 1942, lors d'une tournée de propagande pour soutenir l'effort de guerre américain.

26. *Arturo Toscanini :* chef d'orchestre italien (1867-1957), qui s'établit définitivement à New York en 1938 et créa l'orchestre de la NBC.

27. *La musique était là :* la musique joue un rôle primordial pour Mick : elle modèle son espace d'intimité qu'elle appelle l' « espace du dedans ».

28. *Joe Louis :* figure légendaire de la boxe américaine, il fut le premier champion américain poids lourd noir en 1937. Il incarna le rêve américain, pour une génération de Noirs, surtout lorsqu'il s'enrôla dans l'armée américaine pour aller combattre en Europe. La participation des soldats Noirs américains à la guerre allait d'ailleurs entraîner des changements profonds dans la société américaine.

29. *Mountain Man Dean :* champion de catch, très corpulent, comme son nom l'indique.

30. *Rien que du vin :* cette vision naïve de la France est pleine d'humour.

31. *Membre d'aucune bande :* ce souci de faire partie d'un groupe (d'être « membre de quelque chose ») sera aussi celui de Frankie Addams dans *The Member of the Wedding* (*Frankie Addams* en français).

32. *Elle était si grande :* comme Frankie dans *The Member of the Wedding*, Mick craint d'être « trop grande ».

33. *Harry Minowitz :* prévu pour être le nom du héros dans *Le Muet*, ce nom a été conservé pour désigner l'adolescent avec lequel Mick connaît son initiation amoureuse.

34. *Promenade :* dans l'original « to prom » signifie déambuler, comme c'était la tradition lors de ce genre de réunion entre lycéens.

35. *Sucker :* littéralement « poire », « pigeon », titre d'une nouvelle de jeunesse composée par Carson au cours de « creative writing » à New York.

36. *Spareribs :* littéralement, « travers » (de porc).
37. *Fasciste ou nazi ? :* Mick a un sens de l'histoire assez approximatif.
38. *Trop grande pour continuer à porter un short après ça :* Mick est sortie de l'enfance après cette fête ratée.
39. *La troisième symphonie de Beethoven :* symphonie « Héroïque » dont ce passage donne une transcription poétique.
40. *Car je ne sais pas ce que je fais :* d'après l'évangile selon saint Luc, 23 : 34.
41. *Moins d'une heure après, Alice était morte :* la sobriété voulue avec laquelle est traitée la mort d'Alice témoigne de ce « peu de valeur de la vie humaine » (« the cheapness of human life ») dont Carson McCullers fait le trait commun à la pensée russe et à l'attitude sudiste (voir Préface).
42. *Chamberlain* (Arthur Neville, 1869-1940) : Premier ministre britannique en 1937. La politique d'apaisement qu'il voulait suivre pour éviter la guerre ne put tenir tête aux ambitions d'Hitler.
43. *Munich :* (les accords de Munich) conférence tenue à Munich en septembre 1938 et qui réunit les représentants de la France (Daladier), de la Grande-Bretagne (Chamberlain), de l'Italie (Mussolini) et de l'Allemagne (Hitler). Par crainte d'un conflit, les démocraties occidentales laissèrent Hitler annexer les Sudètes. L'Allemagne en sortit renforcée dans sa politique d'expansion.
Les échos des prémisses de la Seconde Guerre mondiale permettent de dater le moment historique dans lequel s'inscrit ce roman.
44. *Tu t'es remariée avec lui :* curieusement c'est ce qui arrivera à Carson McCullers elle-même, quelques années après la parution de ce roman (voir Préface : « Le roman de la vie ».)
45. *Qu'à une fille :* l'allure androgyne de Mick inspire à Biff une réflexion sur la bisexualité.
46. *Tuberculose pulmonaire :* la maladie romantique par excellence, diagnostiquée par erreur lorsque Lula Carson Smith avait dix-sept ans.
47. *John Brown :* héros abolitionniste blanc (voir *L'Horloge sans aiguilles*, note 142).
48. *Joe Louis :* voir note 28.
49. *D'entrer dans le royaume de Dieu :* évangile selon saint Matthieu, 19 : 24.
50. *D.A.R. :* Daughters of the American Revolution, association de femmes pouvant justifier d'un ancêtre ayant combattu pendant la Révolution américaine. Groupe très réactionnaire (voir *L'Horloge sans aiguilles*, note 144).
51. *La sensation la plus délicieuse de sa vie :* Carson McCullers en savait quelque chose, puisque la musique a toujours tenu une place primordiale dans sa vie quotidienne.
52. *L'espace du dedans et l'espace du dehors :* dans l'original, « the inside room » et « the outside room ».
53. *Juste à ta taille :* la cruauté de l'enfance se lit dans la précision du détail fictif.
54. *La permanente :* la cupidité de la mère de Baby Wilson transforme cet épisode qui aurait pu être tragique en farce satirique.
55. *Florède :* Florada, dans l'original. La faute d'orthographe révèle la jeunesse du petit garçon qui n'est jamais sorti de chez lui.
56. *Savait des choses que les gens ordinaires ignorent :* l'influence apaisante de Singer se révèle ici encore.
57. *George :* le changement de prénom qui accompagne une transformation morale sera au cœur de la structure de *Frankie Addams (The Member of the Wedding)*.

58. *Tuskegee College :* premier établissement d'enseignement supérieur réservé aux Noirs, créé par Booker T. Washington en 1881, à Tuskegee dans l'Alabama.

59. *Booker Washington* (1856-1915) : leader noir américain de la fin du XIXᵉ siècle, partisan d'une attitude humble face à la ségrégation, mais aussi défenseur de l'idée que l'intégration passe par l'éducation. Fondateur de l'École normale et technique de Tuskegee, il préconise l'éducation manuelle et une vie au-dessus de tout soupçon. Il créa la Ligue nationale d'encouragement des hommes d'affaires noirs (National Negro Business League) en 1900. Son prestige et son audience lui valurent d'être reçu à la Maison-Blanche par le président Theodore Roosevelt.

60. *Le docteur Carver :* George Washington Carver (1864-1943), ingénieur chimiste qui découvrit des utilisations nouvelles pour les cacahuètes, la patate douce, le soja et les dérivés du coton. Comme Booker T. Washington, il prônait la création d'écoles séparées pour les Noirs, avec une orientation technique et agricole.

61. *Les Scottsboro boys* : neuf jeunes Noirs accusés du viol de deux Blanches (1931) furent condamnés par un jury entièrement blanc.

62. *Les fardeaux de l'homme blanc :* d'après le poème de Rudyard Kipling, « Le Fardeau de l'homme blanc ».

63. *Potomac :* fleuve qui coule à Washington, et qui sert de frontière entre la Virginie occidentale, le Maryland et la Virginie, et se jette dans la baie de Chesapeake.

64. *« Rien d'humain ne m'est étranger »* : du poète latin Térence dans *Heauton Timoroumenos :* « Homo sum ; humani nil a me alienum puto ». Carson McCullers en avait fait sa devise.

65. *C.I.O. :* Congress of Industrial Organizations (syndicat ouvrier).

66. *Le muet comprenait :* cet exemple concret montre à quel point le silence de Singer donne lieu à des interprétations fantaisistes et le dote d'un pouvoir surnaturel.

67. *Comme les rayons d'une roue vers le moyeu :* cette métaphore décrit bien la structure du livre.

68. *Une étrange méprise :* Biff est plus lucide et plus clairvoyant que les autres.

69. *Army and Navy :* magasin vendant les surplus militaires.

70. *Carole Lombard, Arturo Toscanini* : voir notes 25 et 26.

71. *L'Amiral Byrd* (1888-1957) : marin, aviateur et explorateur. Après avoir survolé le pôle Nord (1926), il entreprit plusieurs expéditions dans l'Antarctique au cours desquelles il survola le pôle Sud (1929).

72. *En Alaska :* on retrouvera la même fascination pour la neige et le froid chez Frankie dans *Frankie Addams (The Member of the Wedding).*

73. *Voilà comment c'était :* l'initiation amoureuse de Mick est traitée sur le mode elliptique.

74. *Se tira une balle dans la poitrine :* la mort de Singer ne donne lieu a aucun développement. Les répercussions de cette mort sur les quatre autres personnages occupent la dernière partie du roman.

75. *Il avait faim et rien à manger :* parodie de l'évangile selon saint Matthieu, 25 : 134-135.

ESQUISSE POUR « LE MUET »

76. Ce texte, ébauche du *Cœur est un chasseur solitaire*, fut publié pour la première fois par Oliver Evans dans sa biographie critique *The Ballad of Carson McCullers*, New York : Coward-McCann, 1966.

REFLETS DANS UN ŒIL D'OR

77. *Très fatiguée :* en français dans le texte. (N.B. les expressions en français dans le texte sont en italiques.)

Le goût d'Anacleto pour le français symbolise son désir de sortir du cadre étroit de ses fonctions et de s'évader par une certaine forme de culture. La musique et la danse ont la même fonction.

78. *Franck :* César Franck (1822-1890), compositeur et organiste français ; sa musique, empreinte de passion et de tendresse, est influencée par Bach et Beethoven. L'ampleur de la mélodie et la richesse de l'improvisation en font une musique pleine de fraîcheur et de nouveauté pour l'époque.

79. *Mr Serge Rachmaninoff :* musicien russe installé aux États-Unis (1873-1943). Pianiste virtuose et compositeur, il créa une œuvre au lyrisme généreux et riche d'invention mélodique, qui lui assura une grande popularité.

80. *Ballets russes :* la célèbre compagnie de ballets dirigée par Diaghilev comptait notamment à son répertoire *L'Oiseau de feu* (Stravinski, 1910). Le cheval de Mrs Penderton s'appelle Firebird, oiseau de feu.

81. *Une histoire de splendeur barbare, de décadence financière et de morgue héréditaire :* de façon lapidaire Carson McCullers résume ici les idéaux du vieux Sud au temps de sa splendeur, c'est-à-dire avant la guerre de Sécession (1861-1865).

82. *Maladie de cœur :* le cœur est toujours un organe menacé chez Carson McCullers ; mais il doit s'entendre au sens propre comme au sens figuré. Alison Langdon a le cœur brisé, et dans la clinique chic où elle est finalement admise, elle succombera à une crise cardiaque (voir Préface : *La maladie comme métaphore*).

83. *Le battement de son cœur :* le cœur, organe fragile, est toujours présent, comme si les battements, au lieu d'être un phénomène naturel, étaient inquiétants.

84. *Il lui fallut féminiser le nom :* l'indétermination sexuelle atteint même les animaux. Dans *Frankie Addams*, Frankie téléphone à la police pour signaler la disparition de son chat. Elle ajoute que s'il ne répond pas au nom de Charles, il suffit de l'appeler Charlina (voir note 97).

85. *Grotesque :* l'adjectif évoque l'influence de Sherwood Anderson (1876-1941), dont le chef-d'œuvre, *Winesburg, Ohio*, dépeint les tentatives avortées des petites gens de la province américaine pour sortir de leur condition obscure et misérable.

86. *L.G. Williams :* l'absence de prénom semble être à l'origine de la personnalité trouble et troublée du soldat. La difficulté de se faire un prénom sera aussi le thème de *Frankie Addams (The Member of the Wedding).*

87. *Shirley Temple :* petite fille prodige du cinéma américain dans les années trente. Qu'un vieux caporal lui écrive tous les soirs en dit long sur la solitude qui règne dans les casernes.

88. *Il est vrai que :* dépassant le récit du fait divers, la voix narrative analyse le phénomène de prise de conscience fulgurante dans les moments de crise.

FRANKIE ADDAMS

89. *Un petit âne en plomb :* cet objet renvoie à la biographie de Carson McCullers (voir Préface).

90. *Cette neige, si blanche et si froide et si douce :* la neige est toujours associée à

la douceur et à l'espoir (*cf.* la rêverie autour du nom Winter Hill), par opposition à la canicule qui n'apporte que du malheur.

91. *Je suis triste à mourir :* en anglais la formule « I am sick unto death », de par son archaïsme, rappelle le titre de l'ouvrage du philosophe danois Sören Kierkegaard, *La Maladie à la mort* (sous-titré : *Le concept de désespoir), The Sickness unto death* (1848), que Carson McCullers a lu pendant ses années d'apprentissage à Brooklyn sur les conseils du poète W.H. Auden, et qu'elle citera dans son dernier roman, *L'Horloge sans aiguilles (Clock Without Hands,* voir note 169*).*

L'ennui de Frankie Addams confine au désespoir.

92. *Les Français, ils avaient chassé les Allemands de Paris :* donc après août 1944. Ici se font sentir les échos de la Seconde Guerre mondiale.

93. *Elle mesurait un mètre soixante-six et chaussait du quarante :* cette peur d'être trop grande qui hante aussi Mick Kelly dans *Le cœur est un chasseur solitaire* était celle de Lula Carson Smith, très préoccupée par sa grande taille à l'adolescence. En se comparant à un phénomène de foire (« freak »), Frankie fait surgir tout un monde grotesque et gothique, où l'infirmité physique n'est qu'un miroir grossissant de la difficulté d'aimer et d'être aimé, thème repris dans *La Ballade du café triste.*

94. *Patton* (1885-1945) : général américain qui commanda la IIIe armée américaine lors du débarquement en Normandie (1944).

95. *Elle avait décidé de donner son sang pour la Croix-Rouge :* Frankie a trouvé un moyen détourné de se mettre littéralement dans la peau des autres et ainsi d'appartenir à une communauté humaine, très concrètement.

96. *Sears et Roebuck :* chaîne de supermarchés spécialisés entre autres dans l'outillage et les vêtements de travail (équivalent de la Samaritaine à Paris).

97. *Appelez-le Charlina :* voir note 84 *(Reflets).*

98. *Milledgeville :* grand hôpital psychiatrique, équivalent de Charenton ou de Sainte-Anne, cité dans plusieurs romans et nouvelles (voir en particulier « Le Garçon hanté »).

99. *Elle écrivait quand même des pièces de théâtre :* c'était aussi l'occupation favorite de la jeune Lula Carson Smith (voir Préface).

100. *Mon* nous *à moi :* par cette expression gauche (« the we of me »), Frankie exprime son désir d'« être membre » d'une famille.

101. *Les bagnards enchaînés les uns aux autres : cf.* l'épilogue de *La Ballade du café triste* qui conclut sur la même idée : mieux vaut faire partie d'une bande de bagnards que de connaître la solitude.

102. *Son cœur :* comme dans les autres romans de Carson McCullers, le cœur est un organe fragile et menacé d'étouffement.

103. *Miss F. Jasmine Addams, Esq. :* la confusion sexuelle règne puisque Esquire (Monsieur) s'emploie uniquement avec un nom masculin.

104. *Un proverbe :* F. Jasmine a une conscience aiguë de la langue qu'elle utilise couramment. Son activité d'écrivain de théâtre y est sans doute pour beaucoup. Carson McCullers prête à l'adolescente une réflexion qui a dû être la sienne sur la valeur des mots.

105. *Hopping-john :* par étymologie populaire, « pois de pigeon », un plat fait de pois, de riz et de jambon.

106. *Comme sa mère était morte le jour de sa naissance :* la plupart des adolescents imaginés par Carson McCullers sont orphelins ou orphelines : Jester Clane et Sherman Pew dans *L'Horloge sans aiguilles.*

107. *Les battements de son cœur :* le cœur reste un organe sensible et très présent.

108. *W.A.C.* : Women's Army Corps. Bataillon de femme de l'armée de l'Air.

109. *Camille* ou *Le Roman de Marguerite Gautier* : film de George Cukor (1937), mélodrame inspiré de *La Dame aux camélias*, d'Alexandre Dumas, avec Greta Garbo dans le rôle principal.

110. *Joe Louis* : voir note 28.

111. *Batteruup! Batteruup!* : dans un match de base-ball, indique à celui qui tient la batte *(batter)* que c'est à son tour de jouer.

112. *Et leurs trois chansons finissaient par s'entrelacer* : la tresse de leurs trois voix unifiées par le *blues* est un moyen de combattre leur solitude et leur détresse.

113. *Tout est venu de l'ironie du sort* : signe de son désir d'indépendance, Frances utilise des expressions grandiloquentes, comme « l'ironie du sort ».

114. *Tennyson* (Lord Alfred, 1809-1892) : poète et auteur dramatique anglais.

115. *Une autorité incontestable dans le domaine des radars* : ayant renoncé à suivre le couple formé par son frère et sa femme, Frances fait d'autres projets d'avenir, tout aussi irréalistes et grandioses.

116. *Dans le ciel une lumière plus belle que jamais* : le « peu de valeur de la vie humaine » dont parle Carson McCullers dans son article sur les écrivains réalistes russes et le Sud est très sobrement exprimé ici. La beauté de la lumière apporte un contrepoint ironique et cruel à la mort brutale du petit garçon.

L'HORLOGE SANS AIGUILLES

117. *La capitation (poll tax)* : condition nécessaire au vote, qui excluait, de fait, la plupart des Noirs. L'adoption du vingt-quatrième Amendement à la Constitution en 1964 déclara la capitation illégale pour les élections fédérales.

118. *Égalité des droits au point de vue scolaire* : le juge Clane anticipe sur l'histoire, puisque l'affaire « Brown vs. Board of Education » déclara la ségrégation scolaire anticonstitutionnelle en 1954. Mais les réticences du juge permettent de comprendre pourquoi l'application de la loi fut difficile. L'intégration scolaire mettra du temps à s'inscrire dans la réalité quotidienne.

119. *Les immeubles de l'Administration fédérale du logement* : les « Federal Housing Projects », mis en place par le Président Roosevelt pendant les années de la Dépression, rencontrèrent l'opposition des investisseurs privés.

120. *Ô mort, où est ta victoire?* : épître aux Corinthiens, 15 : 55.

121. *Il était un homme condamné à guetter l'heure à une horloge sans aiguilles* : le titre du roman souligne cette impression de fixité sans appel.

122. *Verily, Verily, je vous le dis* : Verily signifie « en vérité », d'où la parodie de la parole christique qui n'est pas du goût de l'intéressée.

123. *Il répétait le mot* : pour Jester, utiliser un mot abstrait comme « symbole » est une façon d'accéder au monde mystérieux des adultes. Il le répétera avec plaisir devant Sherman Pew.

124. *Évolué* : Jester confond *évalué* et *évolué*; la langue maternelle est, pour cet orphelin, une langue à trouver ou à retrouver (voir Préface, « Une langue adamique »).

125. « *Plus cruelle que la dent du serpent est l'ingratitude d'un enfant.* » : Shakespeare, *Le Roi Lear*, acte I, scène 4, vers 312 (voir note 178).

126. *West Point* : académie militaire américaine.

127. *Dieu sait si le gouvernement fédéral a fait assez de mal au Sud :* par tradition le vieux juge est hostile à toute intervention du gouvernement fédéral dans les affaires du Sud.

128. *Autant en emporte le vent :* le roman de Margaret Mitchell, *Gone With the Wind*, écrit en 1936, en devenant un *best-seller* international, a concrétisé le mythe du Vieux Sud. Le film réalisé en 1939 par Victor Fleming avec Clark Gable et Vivien Leigh dans les rôles de Rhett Butler et de Scarlett O'Hara a connu, et connaît encore, le même succès populaire.

129. *La Confédération :* les États du Sud qui, en 1861, quittèrent l'Union des États-Unis pour se doter d'une Constitution et d'un Président.

130. *F.D. Roosevelt :* Franklin Delano Roosevelt (1882-1945), 32e Président des États-Unis, de 1933 à 1945.

131. *New Deal (nouvelle donne) :* programme économique et social élaboré par Roosevelt afin de lutter contre la crise. L'interventionnisme étatique institué par le New Deal lui valut les critiques du capitalisme et de ses appuis politiques.

132. *La tante Jemima :* récupération d'une image positive de la « nounou » noire, la tante Jemima orne les boîtes de préparation pour crêpes et autres biscuits.

133. *Johns Hopkins :* grand hôpital de Baltimore, Maryland.

134. *Sir Joshua Reynolds* (1723-1792) : peintre anglais spécialiste du portrait héroïque, donnant une idée du rôle historique du modèle.

135. *De tout repos :* dans l'original, « safe » signifie que le chauffeur noir n'est pas menaçant. Cet adjectif reflète les préjugés raciaux des riches Blancs.

136. *« Mens sana in corpore sano »* : maxime de Juvénal (*Satires*, X, 356). L'homme sage ne demande au ciel que la santé de l'âme avec la santé du corps. À l'usage, le sens de la formule a évolué en : la santé du corps est nécessaire à la santé de l'âme.

L'expression revient plusieurs fois dans la bouche du juge, très préoccupé par sa santé.

137. *« Être ou ne pas être »* : Shakespeare, *Hamlet*, acte III, scène 1, vers 56.

138. *Le rire du désespoir ne se réprime pas facilement* : cette utilisation du temps présent donne à ce commentaire la valeur d'une vérité générale.

139. *La vérité simple et sans fard (the ice-cold truth)* : Sherman Pew aime les expressions imagées dont il émaille son discours pour leur donner un certain panache. On remarquera aussi : « mon petit doigt me l'a dit », et « hôte payant ».

140. *Pew* : signifie « banc d'église ».

141. *Sherman* : nom du général nordiste William Tecumseh Sherman (1820-1891), héros de la guerre de Sécession.

142. *John Brown's Body* : chanson inspirée par la révolte de John Brown, leader abolitionniste blanc, qui, en 1859 s'empara d'un arsenal (Harper's Ferry). Il fut arrêté, jugé puis pendu. Pendant la guerre de Sécession cette chanson transforma John Brown en martyr de la liberté.

143. *Se promit de l'utiliser plus tard :* l'ascendant que Sherman Pew exerce sur Jester est aussi d'ordre linguistique.

144. *Marian Anderson (1897-1993)* : contralto très célèbre, dont Toscanini a souligné le talent (voir plus bas). Son nom reste attaché à la cause des Noirs puisque, en 1939, l'association des « Daughters of the American Revolution » (D.A.R.), très conservatrice, lui avait refusé l'accès au Constitution Hall de Washington; ce qui provoqua la démission de la présidente Eleanor Roosevelt de cette association de femmes. Les services scolaires de la municipalité lui ayant également

interdit de chanter dans le lycée réservé aux Blancs, le secrétaire à l'Intérieur, Harold Ickes, lui offrit le plus prestigieux des lieux de concert : les marches du Lincoln Memorial (voir note 159), d'où s'éleva sa voix merveilleuse devant une foule électrisée. Dans le « roman familial » inventé par Jester et Sherman, Marian Anderson est la personne idéale pour remplacer la mère de cet enfant trouvé : lointaine, inaccessible, célèbre et Noire.

145. *« Were you there when they crucified my Lord? »* : de son éducation au sein de l'Église baptiste, Marian Anderson avait gardé un talent pour interpréter les *spirituals* avec une ferveur très communicative.

146. *Caucasien* : Sherman Pew choisit de réformer la langue, pour modifier les relations entre les Blancs et les Noirs. « Caucasien » désigne la race blanche, sans faire allusion à la couleur de la peau. De même l'appellation « Nigérien » ou « Abyssinien » semble influencée par les théories de Marcus Garvey prônant, en 1914, un retour à l'Afrique. Voulant rendre à sa race fierté et estime de soi il dota la nation noire d'un drapeau, noir, vert, rouge, et d'un hymne national : « Éthiopie, terre de nos Pères. »

147. *Je ne suis pas gros* : dans l'original Jester butte sur « fatuous » (« sot », « stupide »), mot d'origine latine, et comprend qu'on le traite de « fat » qui, en anglais, veut dire « gros ».

148. *Emerson* : Ralph Waldo Emerson (1803-1882), philosophe et essayiste américain, fondateur du *transcendantalisme*, mouvement philosophique et religieux alliant défense de l'individualisme et panthéisme mystique.

149. *Lin Yu-tang* : écrivain chinois né en 1895, d'inspiration taoïste.

150. *« Je meurs, Égypte, je meurs »* : Shakespeare, *Antoine et Cléopâtre*, acte IV, scène 13, vers 18.

151. *Le rapport Kinsey* : célèbre enquête sur la sexualité des Américains publiée dans les années cinquante par le médecin zoologiste Alfred Kinsey.

152. *Histoire du déclin et de la chute de l'Empire romain* (1776) : ouvrage d'Edward Gibbon, historien anglais, qui soutenait que le triomphe de l'Église était lié au déclin de l'Empire romain – thèse approuvée par le philosophe Hume.

153. *Ambre (Forever Amber)* : roman très populaire de Kathleen Winsor, publié en 1950.

154. *La Foire aux Vanités (Vanity Fair)* : de W.M. Thackeray, publié en 1847-1848.

155. *Ben Jonson* : dramaturge anglais (1572-1637), auteur de comédies satiriques, dont *Volpone* (1605), qui font partie des chefs-d'œuvre du théâtre élisabéthain.

156. *« Je te répondrai des miens »* : citation de Ben Jonson (*À Célia*).

157. *Un Moth* : la marque de l'avion piloté par Jester (« phalène » ou « papillon de nuit ») évoque la sortie de la chrysalide si difficile pour l'adolescent.

158. *Amanuensis* : sans doute par déformation professionnelle, le vieux juge aime les mots latins. *Amanuensis* veut dire secrétaire, scribe.

159. *Sur les marches de Lincoln Memorial* : voir note 144.

160. *Eurotone* : signal sonore déclenché lorsque l'enfant fait pipi au lit.

161. *Sur la rive de Gitche Gumee,*
Au bord de la grande mer brillante,
Sur le seuil de son wigwam...

(LONGFELLOW, *The song of Hiawatha.*) (N.d.T.)

162. *Dans l'air, j'ai tiré une flèche...*

(LONGFELLOW, *The arrow and the song.*) (N.d.T.)

163. *Fille de la lune, Nakomis,*
Derrière se dressait la forêt sombre,
Se dressaient les pins noirs et lugubres;
Claire à ses pieds palpitait l'eau,
Palpitait l'eau limpide ensoleillée,
Palpitait la grande mer brillante...

(LONGFELLOW, *The song of Hiawatha.*) (N.d.T.)

164. *Ewa Yea, mon petit hibou.*
Qui est-ce là qui éclaire le wigwam,
De ses grands yeux éclaire le wigwam...

(LONGFELLOW, *The song of Hiawatha.*) (N.d.T.)

165. *Une fleur, la sécurité* : Shakespeare, *Henry IV*, première partie, acte III, scène 3, vers 11.

166. *Le Barde* : Shakespeare.

167. *Penser à la liberté, c'était comme penser à la neige* : cette équation est valable pour la plupart des romans de Carson McCullers, et en particulier *Frankie Addams (The Member of the Wedding).*

168. *Ladie's Home Journal et McCall's* : magazines féminins illustrés sur papier glacé.

169. *La Maladie à la mort* : ouvrage du philosophe danois Sören Kierkegaard, sous-titré *Le Concept de désespoir* et publié en 1848.

170. *Columbia* : Université de New York.

171. *Chow mein* : plat chinois.

172. *A.T. & T* : American Telegraph and Telephone.

173. *Abe Lincoln* : Abraham Lincoln (1809-1865), président des États-Unis à partir de 1860, et assassiné en 1865. Il déclara l'abolition de l'esclavage en 1863.

174. *N.A.A.C.P.* : « National Association for the Advancement of Colored People », créée en 1909, a utilisé le recours à la justice pour promouvoir l'intégration raciale.

175. *Le Quinzième Amendement* : reconnaissant le droit de vote pour tous sans distinction de race, fut adopté en 1870.

176. *Mark Twain* (1835-1910) : romancier américain, auteur de *Tom Sawyer* (1876) et *Huckleberry Finn* (1884).

177. *Babe Ruth* : George Herman (1895-1948), surnommé Babe, champion de base-ball, se heurta au racisme lors de ses tournées. À cause de la couleur de sa peau, il ne pouvait pas descendre dans le même hôtel que le reste de son équipe.

178. *« Plus terrible que la dent du serpent est l'ingratitude d'un enfant » :* Shakespeare, *Le Roi Lear*, voir note 125.

179. *L'éléphant blanc du juge* : en anglais « a white elephant » désigne un luxe inutile, une folie, un objet coûteux et sans grande utilité.

180. *Dust Bowl* : région du sud des États-Unis la plus touchée par la sécheresse dans les années trente.

181. *Geraldine Farrar* (1882-1967) : soprano américaine.

182. *« Épargne la baguette et l'enfant sera corrompu »* : Dans l'original, « Spare the rod and spoil the child », traduit le plus souvent par « Qui aime bien, châtie bien ».

183. *T.V.A.* : La « Tennessee Valley Authority », programme d'aménagement de la Vallée du Tennessee mis en place par le président Roosevelt dans les années trente.

184. *Bartlett John* (1820-1905) : éditeur américain qui compila un dictionnaire des citations.

185. Tennessee Valley Authority et Federal Housing Administration. (Il s'agit de deux réalisations de l'administration Roosevelt.) *(N.d.T.)*

186. Franklin Delano Roosevelt. *(N.d.T.)*

187. *« Il y a quatre-vingt-sept ans, nos pères »* : début du discours prononcé par Lincoln à Gettysburg.

188. *De bateaux, de choux et de rois* : Lewis Carroll dans *À travers le miroir.*

189. *Verily* : voir note 122.

190. *Lena Horne, Bessie Smith* : chanteuses de *blues.*

191. *Il n'était plus un homme condamné à guetter l'heure à une horloge sans aiguilles* : l'expression, qui donne son titre au roman, est reprise ici par la négative pour marquer l'évolution intérieure de Malone.

192. *Décision de la Cour Suprême relative à l'intégration scolaire* : voir note 118.

193. *Peut durer* : il s'agit du texte intégral de la déclaration du président Lincoln prononcée à Gettysburgh le 19 novembre 1863.

NOUVELLES

La Ballade du café triste

194. *Le whisky... a une extrême importance :* exemple d'intrusion d'un commentaire au présent qui attire l'attention sur les temps forts du récit ou les éléments importants de l'histoire.

195. *Les maladies féminines :* les dons de guérisseur de Miss Amelia s'arrêtent au corps féminin. Elle-même manifeste dans sa conduite peu de caractéristiques féminines.

196. *Peanut :* cacahuète; terme familier utilisé en référence à sa petite taille.

197. *Hors du commun :* parfois la voix narrative intervient pour énoncer une vérité générale au présent simple.

198. *Se ressemblent trop :* ici la voix narrative choisit ostensiblement l'ellipse, et attire l'attention sur le procédé narratif. Carson McCullers adopte plusieurs fois cette sorte d'insolence au cours du récit.

199. *L'amour :* ce passage très connu évoque une conception douloureuse de l'amour, chère à Carson McCullers.

200. *Mais le cœur des petits enfants est un organe très délicat :* ici encore le cœur est perçu de manière très physique comme un organe fragile, siège de l'âme et des sentiments.

201. *Ku Klux Klan :* fondé en 1865, il procédait à des lynchages et des meurtres contre la population noire.

202. *N'oubliez donc pas ce Marvin Macy :* voir note 194.

203. *Sept fois :* chiffre magique qui tend à rapprocher ce récit d'un conte.

204. *Le temps changea :* Marvin Macy provoque des changements surnaturels comme ce brusque retour de la chaleur en hiver. Le fait qu'il ne transpire pas lui confère une aura maléfique.

205. *La robe rouge :* ce changement de tenue inexpliqué évoque des motivations obscures d'ordre sexuel, ou passionnel.

206. *Le manque de valeur de la vie humaine :* « the cheapness of human life »,

l'expression se trouve à l'identique dans l'article de Carson McCullers sur les écrivains réalistes russes et le Sud (voir Préface).

207. *Douceur rêveuse de la neige :* comme dans *Frankie Addams*, la neige est associée à la douceur.

208. *Obligé de vivre seul :* cette phrase énoncée au présent pourrait sous-titrer la plupart des romans et nouvelles de Carson McCullers.

209. *Jour de la Marmotte :* jour de la Chandeleur où la marmotte termine son hibernation.

210. *Le chiffre sept :* le surnaturel joue ici un rôle explicite.

211. *Le reste n'est plus que désordre confus :* le changement de temps verbal donne au lecteur l'impression qu'il assiste en direct à l'événement.

212. *La ville est désolée :* en reprenant ainsi les premiers mots du texte, Carson McCullers construit un cadre fermé pour ce récit rétrospectif. Le dernier mot sera donné à l'épilogue, qui apporte une conclusion inattendue.

213. *Enchaînés :* ce thème du groupe humain (quel qu'il soit) plus fort que l'individu isolé se trouve aussi dans *Frankie Addams (The Member of the Wedding).*

Wunderkind

214. *Bienchen :* en allemand « petite abeille ». Comme l'héroïne de *Frankie Addams*, la jeune pianiste s'appelle Frances.

215. *Le Voyage de M. Perrichon :* célèbre comédie d'Eugène Labiche représentée en 1860.

216. *Trop grande pour son âge :* Lula Carson Smith, qui avait la même inquiétude, l'attribuera à ses héroïnes adolescentes, Mick Kelly dans *Le cœur est un chasseur solitaire* et Frankie, dans *Frankie Addams.*

217. *Wunderkind :* en allemand « enfant prodige ».

218. *L'Âge de l'innocence :* tableau de Sir Joshua Reynolds, portraitiste anglais (voir note 134, dans *L'Horloge sans aiguilles*).

219. *Kind* : en allemand « enfant ».

220. *Son cœur :* le cœur est ressenti de manière très physique (voir Préface, « La maladie comme métaphore »).

221. *Des autres enfants :* de « Wunderkind », enfant prodige, Frances est retournée à l'état de « Kind » enfant.

Le Jockey

222. *Bitsy :* minuscule.

223. *Saratoga Springs :* ville d'eau située dans l'État de New York, célèbre pour ses courses hippiques du mois d'août. C'est aussi non loin de là, dans la résidence artistique de Yaddo, que Carson McCullers écrivit cette nouvelle, pendant l'été 1941.

224. *Œufs Benedict* : œufs pochés avec lamelles de jambon grillé sur canapés, et nappés de sauce hollandaise.

Madame Zilensky et le roi de Finlande

225. *William Blake :* poète, peintre et graveur anglais (1757-1827).

Un problème familial

226. *Le Pont George-Washington :* relie Manhattan au Bronx. La scène se passe bien dans une banlieue de New York, comme cela sera précisé plus loin.

Sucker

227. *Devenir trappeur en Alaska :* l'obsession de « voir la neige » sera aussi celle de Mick Kelly dans *Le cœur est un chasseur solitaire* et de Frankie dans *Frankie Addams (The Member of the Wedding).*

Poldi

228. *Mein Gott !* : Mon Dieu! en allemand dans le texte.
229. *Casals :* Pablo Casals (1876-1973), violoncelliste et chef d'orchestre espagnol, exilé en France à l'arrivée du franquisme, et installé à Prades.
230. *Piatigorski* (1903-1976) : violoncelliste russe naturalisé américain. Grand virtuose et pédagogue.

Un souffle qui vient du ciel

231. *Cette dynamo qui ronflait en battant la chamade et qui était son cœur :* le cœur est ici encore perçu comme une petite machine, dans sa dimension la plus physique.

L'Orphelinat

232. *George Washington :* premier président américain (1789-1797). Comme la scène se passe au XXe siècle, ce lien de parenté est peu probable.

Un instant de l'heure qui suit

233. *G.K. Chesterton* (1874-1936) : poète, romancier, essayiste et critique anglais, converti au catholicisme. Bon nombre de ses écrits témoignent de ses préoccupations religieuses.
234. *George Moore* (1852-1933) : romancier, poète et auteur dramatique irlandais. *Confessions d'un jeune anglais* (1888) est un roman « décadent » où le héros se dépeint comme un raté ayant tout sacrifié à son art.

Comme ça

235. *Bubber :* prénom du petit frère de Mick Kelly dans *Le cœur est un chasseur solitaire.*

Les Étrangers

236. *Enfui de Munich deux ans plus tôt :* c'est-à-dire en 1933, pour échapper à la montée du nazisme.

237. *Des étrangers :* dans l'original, « strangers », c'est-à-dire des inconnus l'un pour l'autre.

238. *Étranger :* en anglais, « foreigner », venu de l'étranger.

Le titre original « The Aliens » condense tous ces sens à la fois, y compris le sens d'indésirable ou de marginal.

239. *Nostalgie :* les personnages de Carson McCullers ont souvent la nostalgie d'un lieu étranger qu'ils n'ont jamais connu.

240. *Un thème secondaire :* dans tout ce passage au présent Carson McCullers définit en termes musicaux la douleur qui parcourt son œuvre comme en sourdine.

Histoire sans titre

241. *Anonyme :* la ville où se situe *Le cœur est un chasseur solitaire* sera tout aussi anonyme.

242. *Clive Brook* (1887-1974) : acteur d'origine anglaise qui a fait sa carrière à Hollywood; il incarna un Sherlock Holmes élégant et fut le partenaire de Marlène Dietrich dans *Shanghai Express.*

243. *Tout le monde, un jour ou l'autre, a envie de s'en aller :* sortant du cadre strict de l'histoire, cette phrase de commentaire à valeur générale semble exprimer une pensée de l'auteur.

244. *Grits (hominy grits) :* plat traditionnel du Sud à base de gruau de maïs.

245. *« Citoyens romains, mes amis » :* Shakespeare, *Jules César* (acte III, scène 2, vers 79). Cette citation sera reprise telle quelle dans *Le cœur est un chasseur solitaire* (voir note 11).

246. *Une boutique de joaillier :* comme le père de Lula Carson Smith, le père de Mick Kelly et celui de Frankie Addams exerceront le même métier.

247. *Harry Minowitz :* nom du personnage principal dans *Esquisse pour « Le Muet »,* avant de devenir John Singer. Ce nom apparaît toutefois dans *Le cœur est un chasseur solitaire.*

248. *Ce rêve en vous qui ne vous quitte jamais :* la quête des personnages de Carson McCullers est contenue en germe dans ce rêve de faire partie d'un tout.

249. *Il n'en savait rien :* le titre de la chanson inventée par Mick Kelly dans *Le cœur est un chasseur solitaire* évoque la même aspiration vers un désir qui demeure obscur.

Correspondance

250. *La Dame aux camélias :* drame d'Alexandre Dumas fils (1852).

L'Art et Mr. Mahoney

251. *José Iturbi* (1895-1980) : pianiste et chef d'orchestre d'origine espagnole.
252. *Ligue des Trois Arts :* l'une des résidences pour étudiantes où la jeune Lula Carson a séjourné à son arrivée à New York s'appelait *The Three Arts Club*, et était située dans la 24e Rue Ouest.

Le Garçon hanté

253. *Imposant :* les tentatives de Hugh et de John pour parler comme des adultes préfigurent le désir de bien parler exprimé par Jester Clane et Sherman Pew dans *L'Horloge sans aiguilles.*
254. *Lait :* parler français est une autre façon de faire chic.
255. *Comme on hait tous ceux dont on a désespérément besoin :* cette déclaration qui ressemble à un aveu est illustrée, entre autres, dans *La Ballade du café triste* et dans *Frankie Addams.*
256. *Il parlait de cette haine :* chez Carson McCullers l'amour est indissociable de la haine.

Qui a vu le vent?

257. *La dernière soirée chez le duc de Guermantes :* dans *Le Temps retrouvé,* dernière partie de *À la recherche du temps perdu* de Marcel Proust.
258. *La Sacrée Déesse* (« the Bitch Goddess ») : écho de D.H. Lawrence *(L'Amant de Lady Chatterley).*
259. *Thomas Wolfe* (1900-1938) : écrivain américain né en Caroline du Nord, auteur de *Look Homeward, Angel* (1929) et de *You Can't Go Home Again* (1940), qui exerça une influence fondamentale sur le roman américain.
260. *Walden :* sorte de journal philosophique rédigé par H.D. Thoreau et publié en 1854; un classique de la littérature « transcendantaliste ».
261. *Greenwich Village :* quartier de Manhattan, bohême, puis hippie, dans les années cinquante et soixante.
262. *Déjà vu :* en français dans le texte.
263. *Kalamazoo :* ville du Michigan.
264. *Coney Island :* station balnéaire de Brooklyn, qui possède des parcs d'attractions.

Table

ROMANS

NOUVELLES

Achevé d'imprimer
ISBN 2253063150
Dépôt édit. 0015-03/94
Collection 01 - Édition 01
Composition réalisée par COMPOFAC - PARIS
Imprimé en Italie par G. Canale & C. S.p.A. - Borgaro T.se - Turin

31/3212/3